Helmut Schmidt

Die Deutschen und ihre Nachbarn

Der zweite Band des Lebensberichts von Helmut Schmidt, der ausschließlich den Deutschen und ihren Nachbarn gewidmet ist, hat mit Recht einen bleibenden Aktualitätsanspruch. Denn im Mittelpunkt dieses Bandes stehen jene europäischen Regionen, die heute fast täglich die Schlagzeilen und Nachrichtensendungen füllen. Einen bedeutsamen Stellenwert nimmt natürlich das noch geteilte Deutschland ein, wo Helmut Schmidt in Auseinandersetzung mit Erich Honecker das Beste für die Deutschen diesseits und jenseits der Grenze herauszuholen suchte. Dann die Ungarn und die Polen, zu denen Helmut Schmidt während seiner Kanzlerschaft besonders intensive Beziehungen pflegte, weil er diesen Nachbarn die Sorge vor einem wiedererstarkten Deutschland nehmen wollte.

Im Westen legt Helmut Schmidt vor allem Wert auf ein enges und harmonisches Verhältnis zu Frankreich. Denn die Erfahrungen der politischen Wirklichkeit lehrten ihn, daß Paris der eigentliche Partner für Bonn sei, nicht zuletzt, weil England darauf beharrte, eine Sonderrolle in Europa zu spielen, und sich lange für die Europäische Gemeinschaft nicht gewinnen ließ.

Schmidt zeigt in diesem zweiten Band seines Rückblicks wieder jene Mischung von persönlichen Erfahrungen und sachlichen Einsichten, die schon der Titel des ersten Bandes zum Ausdruck brachte – Menschen und Mächte. Man kann dieses Buch mit Recht das »Dokument eines deutschen Europäers« nennen.

Helmut Schmidt

Die Deutschen und ihre Nachbarn

Menschen und Mächte II

Ein Siedler Buch bei Goldmann

Der Goldmann Verlag
ist ein Unternehmen der Verlagsgruppe Bertelsmann

Made in Germany · 1. Auflage · 6/92
Genehmigte Taschenbuchausgabe

Umschlaggestaltung: Werner Rebhuhn unter Verwendung
eines Fotos von dpa/Steiner
Druck: Presse-Druck Augsburg
Lektorat: Thomas Karlauf
DvW · Herstellung: Barbara Rabus
ISBN 3-442-12838-2

Inhalt

Vorrede 13

Geleitwort zur Taschenbuchausgabe 25

Die Einheit der Deutschen vollenden 29

Der 9. November 1989 · Die innerdeutschen Beziehungen während der siebziger und achtziger Jahre · Jugenderinnerungen

Das Ziel unserer Deutschland-Politik 34

Dialog auf neutralem Boden 37

Die deutschlandpolitischen Aktivitäten der SPD · Vorbereitung auf die KSZE-Konferenz · Erste Gespräche mit Honecker in Helsinki · Die Frage der Wiedervereinigung · Wirtschaftsprobleme

Gemeinsames Erbe 48

Was bedeutet Einheit der Nation? · Honeckers vergeblicher Versuch, den Begriff Nation zu tilgen · Die notwendige Aufarbeitung der Vergangenheit · Die gemeinsame Zukunft der Deutschen

Ungleiche Chancen 58

Die Anfänge der DDR · Devisenknappheit · Die Anomalie West-Berlins · Die Rolle der Kirchen in der DDR · Über das gespannte Verhältnis zwischen Sozialdemokraten und Kommunisten

Beschwerliche Wanderung in die Mark Brandenburg 68

Titos Begräbnis: Honecker wirft einen Köder aus · Die mehrfache Verschiebung meines Besuches in der DDR · Die Erhöhung des Mindestumtauschs · 11. Dezember 1981: Treffen mit Honecker am Werbellinsee · Mindestumtausch, Swing und Wechselkurse · Einblicke in die Führungsstrukturen der DDR · Honecker nimmt meine Gegeneinladung an

Schlagschatten 85

In Polen wird das Kriegsrecht verhängt · Pressekonferenz · Fahrt nach Güstrow · Das Echo in den westlichen Medien

Sorgen und Ängste unserer Nachbarn 93

Kohl empfängt Honecker · Aspekte der Vereinigung im Rahmen eines gesamteuropäischen Prozesses · Deutschland, ein proteisches Land · Was von uns verlangt wird · Gelassenheit und Augenmaß

Agonie, Revolution und neue Hoffnung 101
Die letzten Tage des SED-Regimes · Ein Wort zu Berlin · Die Schicksalsstadt der Deutschen

Englische Beharrlichkeit 105

Streit ums Geld – aber nicht nur darum 106
Großbritanniens schwierige Mitgliedschaft in der EG · Auf dem Labour-Parteitag in London (1974) · Wilsons Forderungen · Dublin I und Dublin II

Engländer und Deutsche 114
Sommer 1932: meine erste Reise nach England im Rahmen eines Schüleraustauschprogramms · Die Anglophilie der Hanseaten · Warten auf Großbritannien · Britische Tradition · Karl Popper · Henry Moore · »Large Two Forms«

10 Downing Street 126
Die Vorteile des Mehrheitswahlrechts · Harold Wilson · James Callaghan · Margaret Thatcher · Whitehall und Westminster · Chequers

Bei den Engländern in der sicherheitspolitischen Lehre 139
Die Briten in der NATO · Denis Healey · Lord Carrington · Meine Zeit auf der Hardthöhe · Die Mängel der NATO-Strategie · Dem britischen Beispiel folgend

Wirtschaft und Währung 153
Die »englische Krankheit« · Gespräch mit Harold Wilson · Anlaß zur Besorgnis: die Ölpreisschocks · Englands berechtigte Kritik an der EG-Agrarpolitik · Großbritannien blockiert das Europäische Währungssystem

Großbritanniens Grand Strategy 166
Der Übergang vom Empire zum Commonwealth · Die special relationship zu den USA · Londons strategische Zuverlässigkeit · Englische Fairneß

Bonne Entente mit Frankreich 173

Charles de Gaulle in Hamburg (1962) · Der Elysée-Vertrag und seine Präambel

Das Erbe de Gaulles 176
Ein Staatsmann von Weltformat · Vertrauensvolle Zusammenarbeit mit Michel Debré · Der lange Schatten de Gaulles · Die EG-Gipfelkonferenz vom Oktober 1972

Giscard d'Estaing: Ein neuer Anfang zwischen Bonn und Paris 185
Von der sachlichenÜbereinstimmung zur persönlichen Freundschaft · Das französische Erziehungswesen · Das Übergewicht der Bürokratie · Ein neues Amt für Giscard wie für mich · Herzliches Einvernehmen im Elysée-Palast · Neuer Stil in der Politik · Konstituierung des Europäischen Rates · Der erste Weltwirtschaftsgipfel in Rambouillet

Der mühevolle Alltag der Entente 202
Regelmäßige Konsultationen · Einige Bemerkungen zu Bonn als Hauptstadt · Das Terrorismus-Problem · Die Kritik der Opposition an meiner Frankreich-Politik · Erfolge und Fehlschläge der deutsch-französischen Europa-Politik

Deutsch-französische Festtage 215
Facetten meiner Freundschaft mit Giscard · Giscards Berlin-Besuch im Oktober 1979 · Der Staatsbesuch im Juli 1980

Der Weltwirtschaftskrise standhalten 223
Das magische Viereck · Deutschland und Frankreich: ein ökonomischer Vergleich · Der Wechselkurs des Franc: eine Prestigefrage · Das sozialistische Experiment Mauroy · Kritische Fragen · Gründe für den deutschen Vorsprung · Die Rolle der Gewerkschaften · Der Streit um die Kernkraft · Die Bedeutung der Rüstungsindustrie

Wir schaffen ein Europäisches Währungssystem 247
Giscard und ich ergreifen die Initiative · Die Bundesbank als »Gralshüter« · Durchbruch in Kopenhagen und Bremen · Ein Europäisches Zentralbanksystem als langfristiges Ziel · Hindernisse · Der Delors-Bericht · Die deutsch-deutsche Währungsunion · Die Vollendung des europäischen Währungssystems als vorrangige Aufgabe

Kontinuität der Deutschland-Politik im Elysée 272
François Mitterrand · Die Konferenz der Sozialistischen Internationale in Helsingör (1976) · Mitterrand in Bonn (1977) · Ein klärendes Gespräch · Besuch beim neuen Mann im Elysée (1981) · Die Sicherheitspolitik · Mitterrand privat · Übereinstimmung in den wesentlichen Fragen der internationalen Politik · Die Polenkrise vom Dezember 1981 · Ein antideutscher Akzent in den französischen Medien · Mitterrand in Hamburg und Lübeck · Der Prunk des Versailler Gipfels

Widersprüchliche Sicherheitspolitiken 305
Die französische Gesamtstrategie seit de Gaulle · Der deutsche Spagat zwischen Washington und Paris · Korrekturen des de Gaulleschen Konzepts durch Giscard · Französische Vorbehalte · Die Mängel der sogenannten »flexible response« · Der Stand der deutsch-französichen militärischen Zusammenarbeit im Mai 1981 · Die Fortsetzung der französischen Sicherheitspolitik durch Mitterrand · »Wo Deutschland und Frankreich einig sind, kommt Europa voran« · Das Konzept eines Westeuropäischen Verteidigungssystems · Die Situation seit dem Herbst 1989

Deutschland braucht Frankreich 332
Der wichtigste Schlüssel liegt in Paris · Die Glaubwürdigkeit der Franzosen · Frankreichs Gewicht in der Völkergemeinschaft

Die verborgene Vitalität der Italiener 337

Sandro Pertini · Ein ungewöhnlicher Kredit

Der Staat und die Mörder 345
Die Entführung und Ermordung von Aldo Moro · Verständnis für Andreotti · Ein Gespräch über den internationalen Terrorismus

Seite an Seite beim Doppelbeschluß 350
Außenpolitische Kontinuität in Rom · Die Konzeption des NATO-Doppelbeschlusses

Die Italien-Sehnsucht der Deutschen 353

Die politische Klasse 357
Die strukturellen Probleme des Landes · Das Zwei-Kammern-System · Die Misere der Finanz- und Währungspolitik · Italiens Beitritt zum Europäischen Währungssystem · Andreotti, Spadolini, Cossiga

Hervorragende Unternehmer 367

Benelux 371

Flamen und Wallonen 375
Leo Tindemans in Bonn · Besuch auf Schloß Laeken · Geschichtliche und sprachliche Verwandtschaft · Brüssel: die Hauptstadt Westeuropas

Finanzplatz Luxemburg 384
Das Europäische Parlament: Meinungsverschiedenheiten mit Gaston Thorn · Anlaß zur Sorge: die Steueroase Luxemburg

Die moralischen Holländer 391
Land und Leute · Königin Beatrix ·
Der mühsame Prozeß der Verständigung · »Gesinnungsethiker« ·
Die Kritik der holländischen Linken an Bonn· Bangen um den
Doppelbeschluß · Eine ehrenvolle Einladung nach Den Haag

Übergang zur Normalität 404

Fünf in einem Boot 407

Hundert Jahre Kieler Woche · Der Nordische Rat ·
Meine Liebe zu Skandinavien

Reykjavik bei Mitternacht 410
Ferien auf den Fåröer (1957) · Islands Sorgen um die Fischwirtschaft ·
Besuch des isländischen Ministerpräsidenten Thoroddsen in Bonn (1982)

Die schweigsamen Norweger 416
Ein früher Besuch bei der norwegischen Luftwaffe · Bei Nordli auf den
Lofoten · Flug nach Spitzbergen · Die Nordflanke der NATO

Die gemütlichen Dänen 423
Eine besondere Form der Nachbarschaft · Anker Jørgensen ·
Zwei wichtige Konferenzen auf dänischem Boden

Schweden – ein kapitalistischer Wohlfahrtsstaat 430
Das »schwedische Modell« · Die strikte Neutralitätspolitik Stockholms ·
Olof Palme · Mit dem Küstenmotorschiff in den Norden · Die Besetzung
der Deutschen Botschaft in Stockholm am 24. April 1975

Modell Finnland 440
Die schwierige strategische Lage des Landes · Der absurde Vorwurf
der »Finlandization« · Kalevi Sorsa · Eine gute Kenntnis des Kreml ·
Alte Verbindungen ins Baltikum

Späte Übergänge zur Demokratie 447

Das Ende der Diktaturen in Südeuropa · Die Erweiterung der
Europäischen Gemeinschaft von neun auf zwölf Mitglieder

Die Erben des Perikles 450
Das Geburtsland der Demokratie · Karamanlis · Militärhilfe und
NATO-Mitgliedschaft · Die Zypernfrage · Die Absurditäten des
Andreas Papandreou

Drei mutige junge Männer retten Spanien 463
Juan Carlos beruft Adolfo Suarez zum Ministerpräsidenten · Der Putschversuch des Oberstleutnant Tejero · Gespräch mit Arias Navarro am Rande der KSZE-Konferenz · Neujahrsurlaub 1976/77 auf Mallorca: Gespräch mit Adolfo Suarez, Felipe Gonzalez und König Juan Carlos · Das klärende Wahlergebnis vom Juni 1977 · Die Rolle von Armee und Kirche · Der Siegeszug der Sozialisten unter Felipe Gonzalez · Das spanische Königspaar zu Besuch in Hamburg

Revolution der Nelken in Lissabon 483
Die Bewegung der Streitkräfte · Vasco Gonçalves, Rosa Coutinho und Costa Gomez · Die Utopie eines pluralistischen Sozialismus · Titos Urteil über Portugal · Die Anfänge eines geordneten politischen Lebens: Mario Soares · Sein Mut zu unpopulären Schritten

Europäisches Kaleidoskop 497

Die Konferenz über Sicherheit und Zusammenarbeit in Europa (KSZE) · Die Plenarsitzung am 30. Juli 1975 in Helsinki

Was meinen wir mit dem Begriff Europa? 502
Vom Atlantik bis zum Ural · Unbefriedigende Definitionsversuche · Die Vitalität Europas

Die Kontinuität der Bonner Ostpolitik 505
Die Überwindung der Befangenheit · Ressentiments gegen die Bundesrepublik · »Kontinuität und Konzentration«

Die Schlußakte von Helsinki 509
Der schwierige Korb drei · »Ein Etappensieg Moskaus«? · Die überspannte Reaktion der CDU/CSU-Opposition · Die Erfolge von Helsinki im Rückblick

Guter Rat von den Neutralen – Bruno Kreisky 513
Freunde in der Schweiz: Kurt Furgler, Fritz Leutwiler · Das internationale Ansehen Bruno Kreiskys · Regelmäßige Kontakte, nützliche Informationen

Die dreifache Rolle des Heiligen Stuhls 521
Kardinal Franz König · Der Vatikan im KSZE-Prozeß · Besuch bei Papst Paul VI. (1977) · Das Problem der deutschen Diözesangrenzen · Gespräche mit Johannes Paul II.

Patriotismus statt Nationalismus 533
Ein unerfreuliches Gespräch mit Erzbischof Makarios · Pierre Trudeau · Über Freundschaft in der Politik

Korb drei füllt sich mit Wirklichkeit 538
Von der Helsinki-Schlußakte zu den Umwälzungen in Osteuropa

Polen: unser Nachbar seit tausend Jahren 541

Hindernisse auf dem Wege zu einer deutsch-polnischen Verständigung

Einigung mit Gierek 543
Der Durchbruch von Helsinki: ein nächtliches Gespräch mit dem polnischen KP-Chef · Der Bergarbeitersohn aus Kattowitz · Den Polen helfen · Das Einigungspaket

Strategische Umklammerung 547
Die polnischen Teilungen · Westverschiebung Polens durch Stalin · Der strategische Sinn des Rapacki-Plans

Auf der Suche nach Verständnis und Vertrauen 549
Eine Autofahrt quer durch Polen (1966) · Der Warschauer Vertrag · Giereks Besuch in der Bundesrepublik (1976) · Mein Gegenbesuch ein Jahr später · In Danzig und Krakau

Auschwitz 557
»Dieser Ort gebietet schweigen« · Reaktionen auf den Besuch · Die Aufhebung der Verjährungsfrist bei Mord

Zwangswirtschaft im Krebsgang 561
Formloser Besuch bei Gierek im Sommer 1978 · Ursachen der polnischen Wirtschaftsmisere · Die Verantwortung von Solidarność

Von Gierek zu Mazowiecki 565
Gespräch mit Gierek (Mai 1980) · Ein halbes Jahr später: Gierek gibt auf · Die Ausrufung des Kriegsrechts im Dezember 1981 · Ein polnischer Patriot: Wojciech Jaruzelski

Nachbarn seit tausend Jahren 574
Die Marienburg · Gegenseitige Unkenntnis der Geschichte · Die Leiden der Polen · Die Angst der Polen · Partner zum Frieden: Polen und Frankreich

Die verblichenen Gestalten des »real existierenden Sozialismus« 581

Die Defizite des Marxismus-Leninismus · Der Fehlschlag der Kommandowirtschaft · Die beachtlichen Unterschiede innerhalb des sogenannten Ostblocks

Von Dubček über Jakeš zu Havel 580
Ein bemerkenswertes Interview · Deutsche und Tschechen · Reise nach Prag und Pilsen (1966) · Ein Wochenende in den Bergen · Der desolate Zustand der Wirtschaft · Gespräch mit František Kriegel · Der Prager Frühling · Blaß und unsicher: Gustav Husák · Auf einem neuen Weg in die Zukunft: Václav Havel

Das Ungarn János Kádárs 602
Bekenntnis zu Mitteleuropa · Die Niederschlagung des Volksaufstands im Oktober 1956 · János Kádárs geschicktes Manövrieren · Offene Gespräche zwischen Bonn und Budapest · Kádár will nicht weichen

Europa an der Schwarzmeer-Küste 611
Der Größenwahn des Nicolae Ceauşescu · Freundlicher Empfang durch Todor Schiwkoff

Josip Broz Tito 615
Das verwirrende Bild eines Vielvölkerstaates · Tito besucht die Bundesrepublik (1974) · Der israelisch-arabische Konflikt · Meinungsaustausch über die Sowjetunion · Ein Riese an der Spitze eines schwachen Staates · Die düstere Zukunft Jugoslawiens

Gefahren und Chancen – wie geht es weiter? 625
Europa nach den Herbststürmen des Jahres 1989 · Die Frage der Nachfolge in kommunistischen Staaten · Das personalpolitische Defizit · Der gegenwärtige Stand der Gorbatschowschen Reformen · Unser vorrangiges Interesse an einem Gelingen der Perestroika

Epilog über die Moral, welche der deutschen Politik nötig ist 633

Grafiken 646

Abkürzungs- und Sachregister 653

Namenregister 659

Vorrede

Im Jahre 1990 erscheint die Zukunft Europas offener als jemals seit dem Ende des Zweiten Weltkriegs. In einem Katarakt gewaltloser Revolutionen, von Budapest bis Leipzig, von Warschau bis Dresden und Prag, hat der Wille zur Freiheit gesiegt. Die Diktatur im Namen des »real existierenden Sozialismus« ist moralisch gestorben. Sie ist auch ökonomisch und politisch gestorben. Uns Deutschen hat sich am Ende dieses schrecklichen Jahrhunderts doch noch die Chance zur Vereinigung der beiden Teile der Nation eröffnet – nach 45 Jahren der gewaltsamen Trennung.

Zugleich aber ist die Zukunft der Sowjetunion so unklar wie nie zuvor; die Zukunft Rumäniens, Bulgariens und Jugoslawiens ist gleicherweise nicht zu erkennen. Die Standfestigkeit der neu errichteten Demokratien in Polen, Ungarn und der Tschechoslowakei wird wesentlich von ihrer ökonomischen Entwicklung bestimmt werden. Alle drei Staaten bedürfen – im Ausmaß eines zweiten Marshallplanes – der wirtschaftlichen Hilfe durch die wohlhabenden Staaten Westeuropas, vornehmlich durch die Europäische Gemeinschaft. Das vereinigte Deutschland wird keiner wirtschaftlichen Hilfe von außen bedürfen; die Wirtschaftskraft der Bundesrepublik reicht voll aus, um die DDR binnen eines Jahrzehnts auf gleiche Produktivität zu heben. Aber schon heute betrachten manche Politiker im Westen wie im Osten Europas die zukünftige ökonomische Potenz des vereinigten Deutschland mit kaum verhohlener Besorgnis. Denn sie fürchten, damit werde auch die politische Potenz Deutschlands wachsen und der deutsche Nachbar könnte von diesem politischen Gewicht möglicherweise einen falschen oder allzu egoistischen Gebrauch machen. Deshalb benötigen wir Deutschen einfühlsames Verständnis für die Sorgen und die Interessen unserer Nachbarn – und größere politische Klugheit im Umgang mit ihnen, als wir sie in diesem Jahrhundert bisher aufgebracht haben.

In den Jahren meiner aktiven Beteiligung an der deutschen Politik haben mir die Beziehungen zu unseren Nachbarvölkern besonders am Herzen gelegen, sie haben besondere Anstrengungen gekostet. Sie bilden das Thema dieses Buches.

In Matthias Claudius' »Abendlied« heißt es am Schluß:

Verschon uns, Gott! mit Strafen
Und laß uns ruhig schlafen!
Und unsern kranken Nachbar auch!

Zeit meines Lebens haben mich diese drei Zeilen begleitet. Sie haben mich immer wieder angerührt - auch während des Krieges, vor allem während des Feldzugs in Rußland. Seit dessen Beginn stand mir - ich war damals 22 Jahre alt - klar vor Augen, daß unser ganzes Volk für Hitlers Krieg schrecklich gestraft werden würde. Ich dachte an Napoleons Selbstüberschätzung bei seinem Versuch, Europa zu erobern, an seinen Rückzug aus dem brennenden Moskau, an die Vernichtung seiner Armee an der Beresina 1812. Ich stellte mir das Ende für uns Deutsche weit schlimmer vor als dasjenige der Grande Armée - schlimmer noch, als es dann 1945 tatsächlich eingetreten ist. Meine Frau und ich hatten erwartet, die Reste unseres Volkes würden nach Kriegsende weitgehend und für lange Zeit in Erdlöchern hausen müssen. Ganz so schlimm wurde es dann doch nicht.

Gleichwohl ist das deutsche Volk für die Aggressionen und die Verbrechen sehr hart gestraft worden, die unter Hitlers Herrschaft im Namen Deutschlands und von Deutschen begangen worden sind, für den Tod von Millionen, die Opfer des Mordes und des Krieges wurden. Auch unschuldige Deutsche hatten später unter den Strafen zu leiden - am meisten die Deutschen in der DDR. Dergleichen hat es in der Weltgeschichte schon des öfteren gegeben: Im Laufe der Jahrtausende sind immer wieder Städte und Völker, die ohne Schuld waren, auf das Schlimmste heimgesucht worden. Das Deutsche Reich, sein »Führer« und dessen Helfer und Helfeshelfer aber waren schuldig. Alle Deutschen - ob persönlich schuldig oder unschuldig - müssen deshalb für die Folgen dieses Krieges noch immer haften. Eine der bösen Konsequenzen für jeden Deutschen ist die Tatsache, daß manche unter unseren Nachbarn nach wie vor mit einigem Argwohn auf uns blicken.

Wir Deutschen haben mehr Nachbarn als die anderen Nationen Europas. Die geographische Lage in der Mitte unseres relativ kleinen, aber dicht bevölkerten Erdteils hat es für uns noch etwas schwieriger gemacht, mit allen Nachbarn in Frieden zu leben, als für die meisten anderen europäischen Völker, die mehr an den Rändern des Kontinents oder auf seinen Inseln und Halbinseln leben. Durch Jahrhunderte hindurch sind oft genug Fremde in unser Land eingefallen. Wenn man Geographie und Geschichte Europas betrachtet, dann war Friedlosigkeit über weite Strecken das Schicksal der Deutschen. Kriege erschienen den Zeitgenossen oft schicksalhaft.

In den einhundert Jahren von der Mitte des 19. Jahrhunderts bis in die Mitte des 20. Jahrhunderts sind wir Deutschen mehrfach aus dem Zentrum Europas hervorgestoßen und haben auf dem Boden unserer Nachbarn Krieg geführt. Hitlers Angriffskrieg hat Tod und Verwüstung nach Frankreich und Polen getragen, tief nach Rußland hinein, nach Norwegen, Dänemark, Holland, Belgien, England, nach Italien, fast überallhin, selbst nach Nordafrika.

Wir haben mit dieser Geschichte gebrochen. Wir können und wollen sie nicht auslöschen, aber wir haben einen neuen Anfang gemacht. Konrad Adenauer hat mit seiner Vertragspolitik gegenüber unseren westlichen Nachbarn begonnen; aus dem ehemals Erbfeind genannten Frankreich ist – nachdem die Franzosen uns die Hand zur Versöhnung gereicht haben – ein Bündnispartner und ein Freund geworden. Gegenüber unseren östlichen Nachbarn hat Willy Brandt durch seine Vertragspolitik die dringend notwendige Ergänzung hinzugefügt. Wer immer heute oder morgen in Deutschland zu regieren hat, der muß beherzigen, was inzwischen fast alle Deutschen wissen: Es ist unsere Aufgabe, gegenüber *allen* unseren Nachbarn den Frieden und gute Nachbarschaft zu wahren.

Das ist eine schwierige Aufgabe. Zu ihrer Erfüllung reicht guter Wille allein keinesfalls aus. Denn unser außen- und sicherheitspolitisches Handeln, unsere wirtschafts-, währungs- und finanzpolitischen Entscheidungen, das Verhalten unserer Industrie, die Einstellung unserer politischen Publizistik: all das ergibt sich aus dem Friedensziel nicht schon unmittelbar oder von selbst. Unser gesamtes politisch wirksames Handeln verlangt vernunftgemäßes Abwägen der Mittel und Wege. Die Mittel und Wege müssen zugleich zweckmäßig und moralisch sein. Sie dürfen die Interessen unserer Nachbarn, unserer Partner zum Frieden niemals außer acht lassen. Wir müssen zum Kompromiß zwischen entgegengesetzten Interessen, zum Ausgleich der Interessen bereit sein. Ausgleich mit den Nachbarn ist aber nur möglich, wenn wir und soweit wir ihre Interessen verstehen, ihre Erfahrungen, ihre Hoffnungen und Befürchtungen, ihr Anderssein insgesamt.

Ebenso waren und bleiben wir darauf angewiesen, von unseren Nachbarn verstanden zu werden, besonders in unserem Streben nach Aufhebung der Zweiteilung des deutschen Volkes. Die Freiheit und damit zugleich die Würde der einzelnen Person, ebenso die Freiheit zur Selbstbestimmung eines Volkes sind moralische Grundwerte von höchstem Rang. Mit Recht haben sowohl die amerikanische als auch die Französische Revolution im 18. Jahrhundert diese Grundwerte an die Spitze gestellt, unser Grundgesetz hat dies übernommen. Seit Beginn der siebziger Jahre haben wir alles getan, was uns möglich war, um der Freiheit der Bürger der DDR zu dienen und das Geflecht der Verbindungen zwischen den Deutschen in beiden deutschen Staaten zu erhalten und die Beziehungen zwischen ihnen zu erleichtern. Alles mit dem Ziel, das Zusammengehörigkeitsgefühl unter den Deutschen auf beiden Seiten wach zu halten und damit die Option zu bewahren, von der in der Präambel des Grundgesetzes die Rede ist. »Der innerste Kern unserer Deutschlandpolitik«, so habe ich in meiner letzten Regierungserklärung am 1. Oktober 1982 gesagt, » ist die Erhaltung der Einheit der Nation... Wir dürfen die Hoffnungen der Deutschen in der DDR nicht enttäuschen, sie müssen täglich spüren können... daß wir zu ihnen gehören.«

Hier lag der Grund für das jahrelange zähe Ringen mit Erich Honekker um humanitäre Erleichterungen, um die Zusammenführung getrennter Familien, um Verbesserungen im Reiseverkehr, um die Herstellung von Autobahnverbindungen, um breiteren Wirtschaftsaustausch. Ich habe mich nie gescheut, dafür Steuergelder aus dem Bundeshaushalt zur Verfügung zu stellen – besonders auch für den Freikauf von DDR-Bürgern, die aus politischen Gründen in Gefängnissen der DDR eingesperrt waren. Selbstverständlich waren dazu geordnete Beziehungen zum anderen deutschen Staat und zu seinen Organen eine notwendige Voraussetzung. Die Bürger der DDR haben dies immer verstanden und immer begrüßt, während einige westliche Politiker und die CDU/CSU diese Beziehungen mit Argwohn betrachteten. Honecker selbst wurde in seiner Politik gegenüber Bonn oft genug von Moskau an kurzer Leine gehalten. Diese Vormachtstellung der Sowjetunion war eines der Motive unserer Ostpolitik. Ich habe darüber im ersten Band »Menschen und Mächte« berichtet, während ich die innerdeutschen Beziehungen zur DDR an den Anfang dieses zweiten Bandes stelle.

Inzwischen hat sich, nach kurzem Zwischenspiel unter der Führung von Krenz und Modrow, die SED vor aller Welt als nackt erwiesen, als Kaiser ohne Kleider. Herbert Wehner hatte das schon vor einem Vierteljahrhundert vorausgesehen, als er sagte, das SED-Experiment werde fürchterlich enden, mit moralischem Katzenjammer und mit sittlicher

Vernichtung derer, die einmal aus ehrlichen Absichten kommunistische Ideen hatten verwirklichen wollen. Die Weltöffentlichkeit verfolgt aufmerksam und mit großer Anteilnahme den Prozeß der Demaskierung, der sich heute in der DDR, im Osten Europas und vor allem innerhalb der Sowjetunion vollzieht. Man sieht Gorbatschow mit Mut, mit taktischem Geschick und mit Beredsamkeit um die Fortsetzung von Glasnost und Perestroika ringen. Ohne ihn und seine Achtung des Völkerrechts, die ihn die von seinem Vorgänger Breschnew unterschriebene Schlußakte von Helsinki respektieren läßt, wären die Revolutionen in Warschau, Budapest, Ost-Berlin und Prag wohl kaum zum Erfolg gelangt; Breschnew an seiner Stelle hätte Panzer eingesetzt.

Aber in seinem eigenen Land wollen Millionen kommunistischer Funktionäre sich ihre Befugnisse in Partei und Staat, Armee und Wirtschaft erhalten – und ebenso ihre Privilegien. Die Frage nach dem Ausgang kann noch nicht beantwortet werden, wenngleich Gorbatschow als der Liquidator eines Systems erscheint, das jahrzehntelang Raubbau seiner Ressourcen betrieben und seine Menschen psychisch wie physisch unterdrückt hat. Die Meinungsfreiheit in der Sowjetunion ist heute größer als jemals zuvor unter kommunistischer Herrschaft und größer als während des zaristischen 19. Jahrhunderts; das offene Streben nach Autonomie und sogar Souveränität einer wachsenden Zahl von Völkern, die das Riesenreich sich zu Zeiten der Zaren und Stalins einverleibt hat, ist eine der Folgen. Der Versuch zum wirtschaftlichen Umbau war bisher ein totaler Fehlschlag. Rüstung und Militär verbrauchen noch immer wachsende Anteile des schrumpfenden sowjetischen Sozialproduktes, und die beängstigend ansteigenden Defizite der Wirtschaft und des Staates werden mit Hilfe einer willfährigen Notenpresse finanziert. Daraus hat sich eine zurückgestaute Inflation ergeben, schwarzer Markt, Tauschwirtschaft, schwere Versorgungsmängel, Streiks und Korruption.

Noch Ende der siebziger Jahre habe ich es für wahrscheinlich gehalten, daß Breschnew und seine Nachfolger kraft ihrer unbeschränkten innenpolitischen Macht wirtschaftlich dem Rüstungswettkampf mit den USA und mit dem Westen insgesamt würden standhalten können, natürlich zu Lasten der Bürger. Aber die ungeheure strategische Expansion von Vietnam bis Afghanistan, von Kuba und Angola bis nach Nord- und Ostafrika und die Notwendigkeit der ökonomischen Alimentation der Satelliten haben, wie wir heute erkennen können, die Sowjetunion weit überfordert. Daß der Westen nicht seinerseits auch auf Vorherrschaft, sondern lediglich auf Gleichgewicht abzielte und daß er es Moskau ermöglichte, das Gesicht zu wahren, hat es Gorbatschow erleichtert, weitgehende außenpolitische Konsequenzen zu ziehen.

Die Gesamtstrategie, welche der Westen seit einem Vierteljahrhundert gegenüber der Sowjetunion auf dem Boden der Harmel-Doktrin verfolgt hat, folgte zwei Hauptlinien. Zum einen ging es um die gemeinsame Fähigkeit des westlichen Bündnisses, die Sowjetunion von weiteren Übergriffen abzuschrecken und sich notfalls erfolgreich dagegen verteidigen zu können. Der Scheitelpunkt dieser Linie - für die Sowjetunion zugleich der Wendepunkt - lag in der Verwirklichung des NATO-Doppelbeschlusses durch den Westen. Die Hoffnung der Sowjets, mit Hilfe ihrer enormen nuklearen Raketenrüstung die Einheit des Westens zu unterlaufen und mit Hilfe der westdeutschen Friedensbewegung die Bundesrepublik aus der Einheit herauszubrechen, hat sich nicht erfüllt. Die beiderseitige Verschrottung aller nuklearen Mittelstreckenraketen entsprechend dem INF-Vertrag war nur folgerichtig; diese »doppelte Null-Lösung« ist seit 1979 mein erklärtes strategisches Ziel gewesen. Der INF-Vertrag wurde zum ersten wirklichen Abrüstungsvertrag in der Geschichte, geschlossen zwischen gleichberechtigten Partnern; er hat den Boden für die weiterreichenden Abrüstungsverträge geschaffen, die heute verhandelt werden.

Die andere Hauptlinie der Harmel-Doktrin war die westliche Bereitschaft zur Zusammenarbeit mit der Sowjetunion und mit deren osteuropäischen Bündnispartnern. Diese Entwicklung begann spektakulär mit unserer Ostpolitik und erreichte ihren bisherigen Höhepunkt 1975 in der gesamteuropäischen Helsinki-Konferenz über Sicherheit und Zusammenarbeit in Europa. Die von Breschnew und Ford, von Honekker und mir und von allen anderen europäischen Regierungschefs unterschriebene gemeinsame Schlußerklärung mit ihrer klaren Betonung der Menschenrechte leitete die Wende ein: in der Sowjetunion, in Polen, in der Tschechoslowakei und in der DDR. Denn Sacharow und die Menschenrechtskampagne, die Charta 77, Solidarność und viele andere Regimekritiker und -gegner haben sich darauf berufen können. Helsinki hat dem Willen zur Freiheit einen unschätzbaren Auftrieb gegeben. Für uns Deutsche war außerdem wichtig, daß wir in der Helsinki-Schlußakte Formulierungen durchgesetzt haben, die für eine Vereinigung der beiden deutschen Staaten Raum ließen und ihr keineswegs entgegenstanden.

Heute kommt es der sowjetischen Führung darauf an, den Helsinki-

Prozeß fortzusetzen und zu institutionalisieren, um bei der künftigen Gestaltung Europas mitreden zu können. Dagegen ist nichts einzuwenden, im Gegenteil. In den neunziger Jahren verlieren Soldaten und Waffensysteme an Bedeutung; wirtschaftliche und finanzielle Leistungsfähigkeit und die Fähigkeit zur Hilfe werden in den Vordergrund treten. Zusammenarbeit, vor allem auf den Feldern der Wirtschaft, ist gefordert. Die Hilfe des Westens wird in erster Linie gegenüber denjenigen Staaten im Osten Europas nötig und sinnvoll sein, die sich politisch dem demokratischen Pluralismus und ökonomisch einer Marktwirtschaft zugewandt haben. Aber auch die Sowjetunion wird der Hilfe bedürfen.

Bei alledem sollte die Europäische Gemeinschaft eine entscheidende Hauptrolle spielen. Die EG ist der ökonomische Stabilitätsanker unseres Kontinents; sie wird sich im Laufe der neunziger Jahre wahrscheinlich in zunehmendem Maße auch der Sicherheitspolitik der europäischen NATO-Partner annehmen, so daß das Atlantische Bündnis auch in Zukunft auf zwei Pfeilern ruhen wird, einem europäischen und einem nordamerikanischen. Auch ein überragendes nationales Interesse spricht für den schnellen Ausbau der EG zur Wirtschafts- und Währungsunion und danach zur politischen Union: Nur bei Vertiefung und Festigung der EG, nur bei unlöslicher Verbindung Deutschlands mit der EG können wir Deutschen hoffen, bei unseren Nachbarn dauerhaft Verständnis und Wohlwollen zu finden. Unsere Nachbarn müssen sich vor künftiger Dominanz durch 78 Millionen Deutsche sicher fühlen können. Dies gilt - angesichts der letzten zweihundert Jahre deutsch-polnischer Geschichte - ganz besonders für die Polen.

Es gilt vor allem aber auch für die Franzosen. Nur wenn die deutsch-französische Freundschaft überdauert, nur wenn Franzosen und Deutsche gemeinsam die Europäische Gemeinschaft voranbringen, nur dann wird Europa eine gestaltende Kraft des 21. Jahrhunderts sein können. Wir sollten deshalb bald beitragen zur Errichtung eines Europäischen Zentralbanksystems innerhalb der EG mit dem ECU als einziger, gemeinsamer Währung. Wenn wir statt dessen die DM zur Europa beherrschenden Währung werden ließen, würden wir die Besorgnisse unserer Nachbarn vor einer europäischen Vorherrschaft der Deutschen nur bestätigen. Sensibilität gegenüber den Nachbarn, das ist jenes wichtige Element, das den Deutschen unter Wilhelm II. gefehlt hat.

Schon bald nach Kriegsende sind uns die Franzosen weit entgegengekommen, sie haben früh damit begonnen, Brücken zu schlagen.

Dabei spielte auch ihr eigenes, langfristiges Interesse eine wichtige Rolle, nämlich die Absicht, den deutschen Teilstaat Bundesrepublik möglichst eng an Frankreich zu binden. Im Laufe der Jahrzehnte ist bei der französischen Nation jedoch auch wirkliche Sympathie für die Deutschen entstanden.

Der Schuman-Plan, fünf Jahre nach Kriegsende vorgetragen, ist zum Ausgangspunkt nicht nur der Entfaltung der Europäischen Gemeinschaft, sondern auch der Versöhnung breiter Schichten des französischen Volkes mit uns Deutschen geworden. Ich war von Anfang an von dem Plan fasziniert. Während Kurt Schumacher und die Führung der Sozialdemokratischen Partei auf eine baldige Vereinigung der beiden deutschen Teilstaaten hofften und wegen der offenkundigen französischen Interessen, aber auch aus Furcht vor einer dauernden wirtschaftlichen Bevormundung der Bundesrepublik in Mißtrauen verharrten, habe ich aus innerer Überzeugung dem Schuman-Plan zugestimmt. Ich gehörte damals zu jenen Sozialdemokraten, die von dem Gedanken der Vereinigten Staaten Europas begeistert waren. Wir teilten den allgemeinen Wunsch unseres Volkes nach Wiedervereinigung, aber wir glaubten nicht an eine schnelle Realisierbarkeit. Entweder westeuropäische Integration *oder* deutsche Wiedervereinigung: dies erschien uns nicht als praktische Alternative, sondern eher als geschichtliche Abfolge - eins nach dem andern.

Trotzdem habe ich mich bei der Ratifikation der Römischen Verträge im Bundestag der Stimme enthalten. Denn ich konnte mir eine westeuropäische Integration ohne Großbritannien nicht recht vorstellen. Heute bin ich von der Rolle Englands in der Europäischen Gemeinschaft enttäuscht. Manche meiner englischen Freunde werden gewiß nicht alle Eindrücke teilen, die ich aus meinen Erfahrungen mit England und im Umgang mit englischen Staatsmännern gewonnen habe. Ich schildere sie - wegen der zeitlichen Reihenfolge meiner persönlichen Erfahrungen - am Anfang dieses Bandes.

Sehr großen Raum gebe ich sodann der Zusammenarbeit mit Frankreich. Sie stand 25 Jahre lang - und steht noch immer - im Zentrum meines außenpolitischen Denkens. Meine Erfahrungen im Umgang mit Politikern an der Spitze der übrigen Mitgliedsstaaten der EG und mit den Neutralen schließen sich an. Am Ende komme ich auf die zu meiner Zeit kommunistisch regierten Staaten Europas zu sprechen.

Unter diesen hat - aus moralischen wie aus politischen Gründen - mein besonderes Engagement stets Polen gegolten. Denn die polnische

Nation hat – nächst den Menschen jüdischer Religion in allen Ländern von Hitlers vorübergehendem Machtbereich – am meisten unter den Verbrechen und Schandtaten gelitten, die sein Krieg mit sich gebracht hat. Die Entkrampfung unseres Verhältnisses zu Polen bleibt auch für die nächste Generation schwierig. Die große Mehrheit der ermordeten Juden waren Menschen polnischer Nationalität. Prozentual gesehen, sind bei Kriegsende mehr Polen durch Stalin aus ihrer Heimat vertrieben worden als Deutsche. Diese polnischen Heimatvertriebenen sind zum größten Teil zwangsweise in Städten, Dörfern und Landschaften angesiedelt worden, die jahrhundertelang deutsch gewesen waren. Viele der davon betroffenen deutschen Heimatvertriebenen haben für ihre eigene Vertreibung deshalb die Polen verantwortlich machen wollen – zu Unrecht. Die Umklammerung Polens durch sowjetische Armeen im Osten, im Westen und später auch im Süden (in Ungarn und in der Tschechoslowakei) sowie die dauernde Anwesenheit sowjetischer Truppen auf polnischem Boden haben unsere Versöhnung mit den Polen besonders behindert; denn über Jahrzehnte hinweg hat die sowjetische Präsenz fast zwangsläufig die Politik Warschaus geprägt. Und ohne große Mühe konnte man in Warschau Unzufriedenheit des polnischen Volkes immer auf die Deutschen ablenken und sie umfunktionieren in Furcht vor angeblichem deutschen Revanchismus. Wir können Aussöhnung höchstens erbitten, nicht sie verlangen.

Meine Erfahrungen mit dem mächtigen Nachbarn Sowjetunion und mit unserer eigenen Bündnis-Vormacht USA habe ich im ersten Band »Menschen und Mächte« dargelegt. Einige Überschneidungen und Wiederholungen sowohl gegenüber dem ersten Band als auch innerhalb des hier vorgelegten Bandes habe ich als unvermeidbar in Kauf genommen. Die beiden Bände sollten jedoch als eine Einheit betrachtet werden.

Im Epilog des vorliegenden Buches komme ich auf allgemeine moralisch-politische Kategorien zu sprechen, die ich für jedwede deutsche Außenpolitik als wichtig erachte. Ich bekenne, daß dabei auch ein gewisser Ärger mitspielt: Zwar hatte ich gegen das auf mich gemünzte Wort vom Macher eigentlich nichts einzuwenden; weil es aber von einigen absichtlich in einer abschätzigen Weise gebraucht wurde – als ob es der von mir zu verantwortenden Politik an gedanklichem Tiefgang oder an der moralischen Bindung gefehlt habe –, liegt mir an dieser abschließenden Betrachtung. Was ich dort zum Ausdruck bringe, ist mir seit drei Jahrzehnten Richtschnur.

Auch mit diesem Band ist abermals keineswegs eine Autobiographie beabsichtigt. Von innenpolitischen Ereignissen oder Gestalten wird nur insoweit berichtet, als es zum Verständnis der außenpolitischen Abläufe unentbehrlich erscheint. Allerdings möchte ich hier eine biographische Frage beantworten, der ich seit meinem Ausscheiden aus dem staatlichen Amt häufiger begegnet bin, nämlich: »Wie verkraftet einer den plötzlichen Abschied von der Macht?« Einer solchen Frage liegt die Vorstellung zugrunde, daß Macht eine besondere Art von Lebensgenuß bedeute. Meine Antwort ist immer gewesen: Ich war erleichtert, vom ersten Augenblick an. Ich empfinde auch heute angesichts der Chance der deutschen Vereinigung kein Bedauern über mein Ausscheiden aus der Politik. Ich glaube, daß dies eine wahrhaftige Auskunft ist. Denn ich habe meine öffentlichen Ämter immer in erster Linie als Aufgabe empfunden, bisweilen als Last, nicht aber als Wohltat. Gewiß ist kein Politiker frei von Geltungsbedürfnis, Ehrgeiz und Eitelkeit; schließlich ist er mit keinen anderen menschlichen Eigenschaften ausgestattet als die meisten Menschen. Aber was mich in die Politik gezogen und was mich bewogen hat, hohe Ämter anzunehmen, das waren das Engagement für politische Ziele, die Hoffnung, zu ihrer Verwirklichung beitragen zu können, der Reiz der Aufgabe. Es war nicht der Ehrgeiz, etwas zu sein - vielmehr der Ehrgeiz, etwas zu tun.

Das öffentliche Amt, das ich mit der größten inneren Befriedigung ausgeübt habe, war der Vorsitz der sozialdemokratischen Bundestagsfraktion; ich war abhängig von Zustimmung, Wahl und Wiederwahl durch die Parlamentskollegen meiner eigenen Partei. Als Höhepunkt habe ich ein Ereignis empfunden, das über zwanzig Jahre zurückliegt. Es war der Auftrag, in der Schlußdebatte über die Notstands-Ergänzung des Grundgesetzes - zur Ablösung der Notstandsrechte, welche die einstigen Besatzungsmächte sich vorbehalten hatten - sowohl für die Mehrheit meiner Fraktion zu sprechen als auch für die Minderheit, welche die Grundgesetz-Ergänzung ablehnte. Wir hatten tage- und nächtelang über jeden einzelnen Satz debattiert und gerungen. Daß mich am Schluß die Minderheit beauftragte, zugleich mit den Argumenten der Mehrheit auch die Gründe und Argumente der Minderheit vorzutragen, hat mich mit tiefer Befriedigung erfüllt.

Es ist nicht der Genuß der Macht, der den Politiker befriedigen sollte, sondern vielmehr die Freude über das ihm entgegengebrachte Vertrauen. Vertrauen und Respekt sind auch in den auswärtigen Beziehungen eine große Belohnung. Daß sich die Nachbarn vertrauensvoll auf deutsche Stetigkeit verlassen konnten, erschien mir als eine der wichtigsten Aufgaben unserer Außenpolitik – im Verhältnis zu den Weltmächten wie auch zu unseren Nachbarn in Ost und West.

Die Lenker der europäischen Staaten, ihre Auffassungen von den Interessen ihrer Nation, ihre Sorgen und Hoffnungen, ihre Argumente: das ist der Stoff dieses Buches. Nicht Theorien oder Ideologien machen einen Staatsmann aus, sondern sein Charakter, seine Moralität und seine praktische Vernunft. Ich habe Grund zur Dankbarkeit gegenüber den Frauen und Männern an der Spitze unserer Nachbarstaaten, die mir Vertrauen geschenkt haben. Darunter waren Konservative, Liberale, Sozialdemokraten, Sozialisten und Kommunisten, sowohl Gegner als auch Freunde. Ohne Freunde kann einem Politiker kaum viel gelingen. Ein Publizist, Autor von Aufsätzen und Büchern, übt auf den Gang der Außenpolitik meist nur einen kleinen, indirekten Einfluß aus, ebenso in der Regel ein Mitglied des Bundestages. Minister oder Fraktionsvorsitzende können stärkeren Einfluß ausüben. Ein Bundeskanzler kann zwar außenpolitische und strategische Entscheidungen treffen, aber deren Erfolg hängt oft entscheidend ab von dem Willen und den Fähigkeiten der Verantwortlichen anderer Staaten. Valéry Giscard d'Estaing, Lord Callaghan of Cardiff, Gerald Ford und Anwar el Sadat hatte ich während meiner Regierungszeit für besonders wichtige Ratschläge und für besonders große freundschaftliche Hilfe zu danken.

Es wäre unfair, und deshalb versage ich es mir, unter den vielen deutschen Freunden – zumeist Sozialdemokraten, aber auch Angehörige anderer Parteien sowie manche der Politik eher fernstehende Personen – einige besonders hervorzuheben. Statt dessen möchte ich mich bei meiner Frau bedanken, die während meiner Jahrzehnte in öffentlichen Ämtern mir im Gespräch immer wieder geholfen hat, Menschen und Erlebnisse zu verstehen.

Bei der Arbeit an diesem Buch half mir eine Reihe von Freunden und zeitweiligen Weggefährten mit Anregungen und Kritik. Ich danke Rainer Barzel, Kurt Becker (†), Willi Berkhan, Klaus Bölling, Hans Otto Bräutigam, Gerd Bucerius, Dieter Buhl, Jens Fischer – auch für das Sachregister –, Paul Frank, Egon Franke, Justus Frantz, Otto von der Gablentz, Helga Hirsch, Wilhelm Höynck, Dieter Koniecki, Lothar Lahn, Manfred Lahnstein, Hans Matthöfer, Gerhard Ritzel, Jürgen Ruhfus, Eugen Selbmann, Horst Schulmann, Lilo Schmarsow, Berndt von Staden, Roger de Weck, Ernst Weisenfeld und Klaus Zeller. Zu danken habe ich auch meinem Verleger Wolf Jobst Siedler und seinem Lektor Thomas Karlauf. Ebenso gilt mein Dank Ruth Loah, die meine verstreuten Notizen und Unterlagen aus über dreißig Jahren mühselig archivarisch geordnet und aufbereitet hat, sowie Marianne Duden, Karin Eggers und Birgit Krüger-Penski, die meine schlecht lesbaren handgeschriebenen Manuskripte in saubere Form brachten. Auch danke ich Bundesminister Wolfgang Schäuble, der mir eine Auskunft aus den Akten des Bundeskanzleramts ermöglicht hat.

Nicht alle Anregungen und nicht jede Kritik habe ich aufgegriffen. Die Verantwortung für dieses Buch, einschließlich aller denkbaren Irrtümer und aller Urteile, trage ich allein. Mit meinem Freund Siegfried Lenz teile ich die Skepsis gegenüber einer Geschichtsschreibung, welche Geschichte »mit Hilfe von Hypothesen auslegt, die zudem in eigener Begriffssprache formuliert sind«. Mir ist eine Geschichtsinterpretation, die den Ablauf der Ereignisse als zwangsläufige Folge sozialökonomischer Prozesse auffassen will, genauso suspekt wie umgekehrt eine Geschichtsschreibung, die den ökonomischen Faktoren keine Bedeutung beimißt und sich im wesentlichen an den dramatis personae orientiert. Auch der von Lenz bevorzugten »narrativen Geschichte« stehe ich skeptisch gegenüber. Aber sein Diktum, Geschichtsschreibung sei »Weltsicht von erklärter Vorläufigkeit«, überzeugt mich.

Dieses Diktum gilt gewiß auch für das hier vorgelegte Buch. Es will keineswegs Geschichtsschreibung sein, sondern vielmehr ein – gewiß subjektiver – Beitrag zur Verständigung zwischen uns Deutschen und unseren Nachbarn, ein Versuch, eigenes Wissen, Eindrücke und Analysen, von denen ich in konkreten Lagen ausging, zu verdeutlichen und die Motive des eigenen Handelns zu beleuchten. An den beiden Bänden von »Menschen und Mächte« habe ich insgesamt sechs Jahre gearbeitet; die Arbeit am vorliegenden Band wurde im Mai 1990 abgeschlossen.

Hamburg, im Mai 1990 *Helmut Schmidt*

Geleitwort zur Taschenbuchausgabe

Nach der Vereinigung der beiden Staaten ist für uns Deutsche ein gutes Verhältnis zu all unseren vielen Nachbarnationen und -staaten noch wichtiger geworden, als es schon vorher gewesen ist. Denn unser Land ist nach der Zahl der Bürger heute doppelt so groß wie Polen, fünfmal so groß wie Holland oder die Tschechoslowakei und fast anderthalbmal so groß wie Frankreich oder Italien oder England. Bei einigen unserer Nachbarn sind deshalb manche alten Besorgnisse wieder bewußt geworden, welche in den über vierzig Jahren nach dem Ende der Nazi-Zeit und des Zweiten Weltkrieges weitgehend – aber keineswegs vollständig – aus dem Bewußtsein abgesunken zu sein schienen.

Um so mehr erscheint es mir dankenswert, daß der Goldmann-Verlag durch eine wohlfeile Taschenbuchausgabe vielen Deutschen die Möglichkeit verschafft, meine Erfahrungen mit unseren Nachbarn und meine Schlußfolgerungen daraus kennenzulernen. Weil es sich um einen Bericht über Tatsachen der Zeitgeschichte handelt und weil diese Tatsachen auch nach Ablauf von zwei Jahren, seit dem erstmaligen Erscheinen dieses Buches, sich nicht in anderem Lichte darstellen, habe ich inhaltlich nichts geändert oder hinzugefügt, ausgenommen einige Korrekturen von eher unwichtigen Irrtümern und Druckfehlern. Vor allem ist, am Schlusse des Buches, der Epilog über die Moral, welche der deutschen Politik nötig ist, meiner tiefen Überzeugung nach der Vereinigung Deutschlands noch richtiger und wichtiger als vorher; es ist nichts daran zu ändern.

Dieses Buch ist im Mai 1990 abgeschlossen worden, knapp ein halbes Jahr vor der Vereinigung. Zwar bin ich in der Vorrede von der Gewißheit der bevorstehenden Einigung Deutschlands ausgegangen. Aber die Zahl und das Ausmaß der wirtschafts-, finanz- und sozialpolitischen Fehler habe ich nicht vorausgesehen, die seit Ende Juli 1990 – zum Teil recht leichtfertig – im sozialökonomischen Einigungsprozeß gemacht worden sind. Wenn ich im Mai 1990 geschrieben habe, die Wirtschaftskraft der alten Bundesrepublik werde binnen eines Jahrzehnts die Wirtschaft der alten DDR auf gleiche Produktivität heben, so muß man heute, nach all den vielen Fehlern und Versäumnissen, die ja ihre negativen Wirkungen weiterhin entfalten, mit fast dem doppelten Zeitraum rechnen. In einer Reihe von Aufsätzen, die in »DIE ZEIT« veröffentlicht worden sind, habe ich inzwischen mehrfach Vorschläge zur Abhilfe gemacht; ich will sie hier nicht wiederholen, weil sie nicht zum Thema des Buches gehören.

Ich bin heute vor zwei Jahren zwar von der Gewißheit des totalen Fehlschlages der Perestrojka ausgegangen, ich habe den Ausgang des Gorbatschowschen Gesamt-Experiments ausdrücklich als noch nicht beantwortbar bezeichnet; aber das Auseinanderbrechen der Sowjetunion habe ich in dem inzwischen eingetretenen Ausmaß nicht vorhergesehen. Jedoch war mein Urteil über die Zukunft der gesamten Balkan-Halbinsel zutreffend. Nach der Erlangung der Souveränität der früheren Sowjet-Republiken werden nicht nur der Balkan, sondern auch ganz Osteuropa auf lange Zeit von ökonomischer, sozialer und politischer Unruhe gekennzeichnet sein. Vielfältige Bürgerkriege und auch bewaffnete Konflikte zwischen Staaten sind nicht auszuschließen. Um so mehr wird die Europäische Gemeinschaft in der Vorstellung unserer östlichen Nachbarn zu einem Anker der Stabilität, an dem sie ihre eigenen Staatsschiffe festmachen möchten.

Es ist deshalb wahrscheinlich, daß die EG – heute aus zwölf Staaten bestehend – relativ bald Schweden, Österreich und Finnland aufnehmen wird; andere etablierte Demokratien von marktwirtschaftlicher Prägung werden möglicherweise folgen. Sodann aber wird es um die EG-Mitgliedschaft Polens, der Tschechoslowakei und Ungarns, danach um diejenige Estlands, Lettlands, Litauens gehen; und schließlich werden möglicherweise Slowenien, Kroatien und andere folgen wollen. Die Beitrittswünsche von Staaten, welche bisher keine privaten Unternehmungen, keine Märkte und keine freien Gewerkschaften gekannt haben, werfen schwierige Probleme auf – sowohl für die beitrittswilligen Staaten und ihre Volkswirtschaften als auch für die EG als auch für Deutschland.

Ein allzu früher Beitritt der ehemals kommunistisch regierten Staaten, ehe die Mehrzahl ihrer Unternehmungen in der Qualität ihrer Produkte und in ihren Kosten und Preisen internationale Wettbewerbsfähigkeit erreicht haben, würde einen großen Teil dieser Industrien und der Industrie-Beschäftigung auslöschen. Das Beispiel der ehemaligen ostdeutschen Trabant-Produktion ist lehrreich: Sobald nach Wegfall aller Grenzen, Zölle und Einfuhrbeschränkungen westeuropäische Autos in der früheren DDR angeboten wurden, waren diese besser und preiswerter als die Trabis; infolgedessen stockte sogleich der Verkauf des Trabant, alsbald mußte die Produktion eingestellt werden, und die Belegschaft wurde arbeitslos.

Für die Europäische Gemeinschaft wirft der Beitrittswunsch so vieler Staaten die Frage auf, ob die Erweiterung des Kreises der Mitgliederstaaten nicht zunächst die Vertiefung der Institutionen der EG vorausgehen muß: Gemeinsame Währung, gemeinsame Außen- und Sicherheitspolitik sowie Gesetzgebung und wirksame Kontrolle durch das Europäische Parlament. Es ist wahrscheinlich, daß die hierzu notwendigen, tief in die Souveränität der EG-Mitgliedsstaaten eingreifenden Beschlüsse, die bisher unter zwölf Mitgliedsstaaten noch nicht möglich waren, unter später siebzehn oder vierundzwanzig Staaten erst recht unmöglich sein werden. Sofern es aber zu einem vertiefenden Ausbau der EG-Institutionen nicht kommen sollte, so werden ziemlich zwangsläufig die deutsche Volkswirtschaft, die D-Mark, die deutschen Banken und Versicherungen und die in D-Mark bilanzierenden Unternehmen in Europa mächtig herausragen und dann von unseren Nachbarn als bedrohlich empfunden werden. Eine zunehmende Isolierung Deutschlands könnte die gefährliche Folge sein.

Deshalb sollten wir unser Interesse an einer schnell zunehmenden Integration der EG erkennen. Auch unsere Nachbarn sollten dies als in ihrem eigenen Interesse liegend erkennen. Die gegenwärtigen propagandistischen Kampagnen deutscher Politiker, Publizisten und Medien gegen die angebliche »Aufopferung unserer D-Mark« sind ein Vorgeschmack zukünftig möglicher, abermaliger deutscher Arroganz. Die im Dezember 1991 durch die Staats- und Regierungschefs der EG-Staaten in Maastricht beschlossenen Bedingungen für die Ersetzung der nationalen Währungen durch eine gemeinsame EG-Währung enthalten alle zur Stabilität der gemeinsamen Währung notwendigen Bedingungen; deshalb sind die Einwendungen dagegen - kommen sie aus London oder Frankfurt - sachlich nicht gerechtfertigt. Vielmehr beruht die Gegnerschaft auf nationalistischen Instinkten und auf sehr massiven persönlichen Interessen bestehender Institutionen und Firmen.

Andererseits darf die EG als Ganzes nicht die lobenswerte währungspolitische Integrationsbereitschaft der Bundesregierung zum Versuch ausnutzen, der Bundesrepublik zusätzliche budgetäre Opfer abzuverlangen. Denn die finanzielle Leistungsfähigkeit unseres Staates, seiner Steuerzahler und ihrer Ersparnisbildung ist gegenwärtig voll ausgeschöpft. Diese Tatsache beruht zum kleinen Teil auf den Finanzleistungen und Leistungsversprechen an die bisherige Sowjetunion, die ich nicht tadeln will, weil davon der Abzug ihrer Truppen und Waffen aus den neuen Bundesländern abhängt. Zum größeren Teil beruht sie auf enormen laufenden Finanzübertragungen an Institutionen in den neuen Bundesländern, Transfers, die zum Teil durchaus Tadel verdienen, weil sie vielfältig verschwendet werden und weit überwiegend nicht der Investition und der Schaffung neuer Arbeitsplätze, sondern dem Konsum dienen. Schließlich beruht unsere heutige finanzwirtschaftliche Kalamität auf völlig unzureichender Einsparung in den öffentlichen Haushalten, besonders in bezug auf die uferlosen Subventionen. Aus diesen Gründen ist Deutschland innerhalb von nur zwei Jahren von einem Kapitalexporteur zu einem Kapitalimporteur geworden. Das heißt: Wir leben zum Teil von den Ersparnissen anderer; aber wir müssen deren Kredite verzinsen und natürlich später auch zurückzahlen. In dieser auf Jahre hinaus festgefahrenen finanzwirtschaftlichen Lage Deutschlands gibt es einstweilen keinen nennenswerten finanziellen Spielraum für zusätzliche deutsche Finanzleistungen an andere Staaten.

Auch deshalb bedarf der weitere Ausbau der Europäischen Gemeinschaft großen Fingerspitzengefühls auf deutscher Seite. Wir dürfen nicht vergessen: Die EG bewahrt uns vor den Gefahren von Isolation und Selbstisolation. Dabei bleibt Frankreich unser wichtigster Partner innerhalb der Europäischen Gemeinschaft - ganz unabhängig davon, wer gerade in Paris und wer gerade in Bonn (und danach in Berlin) regiert. Im Rahmen des atlantischen Bündnisses müssen wir Amerika als unseren wichtigsten Partner ansehen, solange zum einen Gefahren aus dem Osten und Südosten Europas nicht ausgeschlossen werden können und solange zum anderen die EG noch nicht zu einer gemeinsamen Sicherheitspolitik gefunden hat. In der östlichen Hälfte Mitteleuropas ist Polen unser wichtigster Nachbar, nicht nur aus geographischen Gründen, sondern auch wegen unserer geschichtlichen Belastung seit der ersten polnischen Teilung vor zweihundertzwanzig Jahren und besonders aus der Zeit von 1939 bis 1945.

Aber unabhängig von gemeinsamen Mitgliedschaften in der EG und im Bündnis und unabhängig von der Größe und Bedeutung unserer Nachbarn: Wir Deutsche müssen ohne innere Aufgeregtheiten und ohne Überheblichkeiten den Weg der Vernunft und des vernünftigen Kompromisses mit all unseren Nachbarn gehen. Keine der euopäischen Nationen hat so viele Nachbarn wie wir. Deshalb ist gute Nachbarschaft nach allen Seiten für uns eine noch schwierigere Aufgabe als für unsere europäischen Brüdervölker.

Hamburg, im Mai 1992 *Helmut Schmidt*

Die Einheit der Deutschen vollenden

Als am 9. November 1989 die Mauer aufgemacht wurde, als die Menschen von beiden Seiten durch das Brandenburger Tor strömten, da kannten Jubel und Begeisterung in Deutschland keine Grenzen. Auch unsere Nachbarn im Westen und Osten Europas haben sich überschwenglich mit uns gefreut. Ich selbst war zutiefst ergriffen. Ich hatte nicht darauf zu hoffen gewagt, diesen Tag noch mitzuerleben – ich hatte mich eher auf das Ende unseres Jahrhunderts oder auf den Beginn des 21. Jahrhunderts eingestellt. Aber ich habe nie daran gezweifelt: Der Tag wird kommen.

Die sechzehn Millionen Deutschen, die in der Deutschen Demokratischen Republik leben, habe ich nie als ein eigenes, benachbartes Volk empfunden. Wenn die Regierung in Ost-Berlin zeitweilig gern von den Deutschen in der DDR als von einer »sozialistischen Nation« gesprochen hat, so empfand ich dies als unfreiwillig komisch. Zwei der wichtigsten Faktoren der Nation-Bildung sind gemeinsame Geschichte und gemeinsamer staatspolitischer Wille. Im Falle der Deutschen nach 1945 kann keine Rede sein von einem verschiedenen staatspolitischen Willen; nur konnten die DDR-Bürger über vierzig Jahre lang ihren Willen nicht äußern. Aber offenkundig fühlen sich die Deutschen in Rostock, Weimar oder Dresden zur gleichen deutschen Nation gehörig wie die Deutschen in Nürnberg, Frankfurt oder Hamburg. Das hat die Welt im Herbst 1989 miterleben können.

Die Deutschen drüben und hüben waren also in einem technischen Sinne des Wortes Nachbarn, sie fühlten sich aber nicht als benachbarte Staatsvölker, sondern als Teile einer einzigen Nation. Sie lebten in zwei getrennten Staaten, aber kein Deutscher hat die Teilung in zwei Staaten gewollt; kaum einer hat jene Staatsgrenze gewollt, die später zu einer mit Stacheldraht, Wachttürmen und Selbstschußanlagen gespickten Polizeigrenze gemacht wurde, nachdem sie bereits Militärgrenze zwischen zwei weltweiten gegnerischen Bündnissystemen war. Der andere deutsche Staat war Wirklichkeit – auch wenn viele im Westen sehr lange gebraucht haben, diese Realität zu begreifen und mit einem real existierenden, ungeliebten Staat und seiner ungeliebten Regierung nachbarlichen Umgang zu pflegen.

Wir haben immer gesagt, die DDR sei für uns kein Ausland. Wir haben die Beziehungen zu dem anderen deutschen Staat deshalb auch nicht dem Auswärtigen Amt anvertraut, sondern sie lagen in den Händen des Bundeskanzlers. Wir gingen sie anders an als unsere Beziehungen zu Holland oder Polen, zu den USA oder zur Sowjetunion. Wir haben auch keine Botschafter ausgetauscht, sondern »Ständige Vertreter«. Wir pflegten die Beziehungen zur DDR und ihrer Regierung, weil dies im Interesse der Menschen in der DDR lag, denen wir tief verbunden sind, und weil es sowohl im Interesse der Menschen in der Bundesrepublik als auch im Interesse des Friedens in Europa lag.

Trotz der einzigartigen Formen unserer Beziehungen lag in der Tatsache des offiziellen, vom Bundestag mit knapper Mehrheit gebilligten Vertrages über den Umgang mit der Regierung der DDR eine Anerkennung ihrer tatsächlichen Existenz und ihrer tatsächlichen Regierungsgewalt. Noch zur Zeit der Großen Koalition hatte es Bundeskanzler Kiesinger für dringend nötig gehalten, unsere diplomatischen Beziehungen zu dem weit entfernten Kambodscha abzubrechen, weil dies Land die DDR diplomatisch anerkannt hatte. Es war das letzte Mal, daß die sogenannte Hallstein-Doktrin praktisch eine Rolle gespielt hat; danach durften wir keine diplomatischen Beziehungen zu einem Staate unterhalten, der seinerseits diplomatische Beziehungen zur DDR aufgenommen hatte (die nach dem ehemaligen Staatssekretär des Auswärtigen Amtes Walter Hallstein benannte Doktrin - von Adenauer ins Leben gerufen - nahm allein die Sowjetunion aus). Die Politik der sozial-liberalen Koalition hat diese Praxis Anfang der siebziger Jahre beendet - gegen den Widerstand und gegen die Stimmen der CDU/CSU und ihrer damaligen Führungspersonen, einschließlich des späteren Bundeskanzlers Kohl. Ende der achtziger Jahre hat schließlich auch die CDU/CSU den Versuch aufgegeben, die Deutsche Demokratische Republik von den übrigen Staaten der Welt zu isolieren. Aber immer noch gibt es auf dem rechten Flügel der CDU/CSU und noch weiter rechts das ebenso krampfhafte wie illusionäre Bestreben einiger Romantiker, über die östliche Grenze der DDR mitzubestimmen und sich hinsichtlich der 1945 in Jalta und Potsdam oktroyierten deutsch-polnischen Grenze die Möglichkeit einer späteren Revision offenzuhalten.

Wir Deutschen neigen stärker zur Ideologisierung der Politik - auch der Außenpolitik - als die meisten anderen europäischen Nationen. Diese Neigung hat uns schon viel Unglück eingetragen. Unsere Nachbarn erkennen deutlicher als viele von uns, daß diese Neigung in Ost-Berlin und in Bonn auch nach der Revolution in der DDR nicht untergegangen ist. Hier liegt einer der Gründe für das Mißtrauen, mit dem die Nachbarnationen uns Deutsche betrachten. Zwar hatte der Argwohn im Westen im Laufe der Jahrzehnte abgenommen. Aber in dem Maße, in dem wir die Beziehungen zwischen den beiden deutschen Staaten entspannen und »normalisieren« konnten - soweit denn die konkurrierende Existenz zweier deutscher Staaten Normalität zuließ -, stieg die Sorge auf, eines Tages würden die beiden deutschen Regierungen eine Vereinigung ihrer Politiken oder sogar ihrer Staaten zustande bringen. Nach dem Fall der Mauer hat die Vorstellung, daß in Zukunft achtzig Millionen Deutsche gemeinsam auftreten können, vor allem bei unseren beiden wichtigsten Nachbarnationen, Franzosen und Polen, diese Sorge aktualisiert.

Im Wissen um diese historisch gewachsenen Ängste lag einer der Gründe für die Vorsicht und Umsicht, mit der wir in Bonn zu meiner Zeit die innerdeutschen Beziehungen gehandhabt haben. Ein anderer Grund war die Besorgnis sowjetischer Führer, wir könnten versuchen, die DDR schrittweise aus dem von Moskau dominierten militärischen, ökonomischen und ideologischen Lager herauszumanövrieren; wir wollten Breschnew keinen Anlaß zum Eingreifen bieten. In der Rücksichtnahme auf Moskau mußte Honecker natürlich noch viel vorsichtiger sein. Zwar konnte ich nicht erkennen, wie groß der Druck des sowjetischen Militärapparates und des Geheimdienstes auf Honecker war, wohl aber ist mir die straffe Aufsicht des Moskauer Außenministeriums unter Andrej Gromyko und des ideologischen Apparates der KPdSU unter Mikhail Suslow nicht verborgen geblieben.

Darüber hinaus hatte Honecker natürlich seine eigenen Gründe zur Vorsicht. Er wußte, wie sehr die große Mehrheit der von ihm regierten Deutschen unter der Vorenthaltung persönlicher Freiheit, den Reisebeschränkungen und ebenso unter der ärmlichen Versorgung mit Wohnungen, langlebigen Konsumgütern und Lebensmitteln litt. Er bemühte sich, durch vorteilhafte Wirtschaftsbeziehungen zur Bundesrepublik die ökonomische Situation zu verbessern. Andererseits war er ängstlich bemüht, keine Ventile zu öffnen, die er nicht wieder schließen konnte, falls Einbrüche in die Machtstruktur der SED-Herrschaft drohten. Honecker wußte genau, wie sehr die übergroße Mehrheit der Bürger seines Staates die Herrschaft der SED ablehnte. Er war in seiner Handlungsfreiheit nicht zuletzt durch seine Ideologie und durch die

Praxis des Befehlskommunismus eingeengt, welche die Kommunisten seit Lenins Tod unter fälschlicher Berufung auf Marx überall in der Welt entwickelt haben.

Die Machtinteressen der Sowjetunion und die Anwesenheit starker sowjetischer Truppenverbände auf dem Territorium der DDR müssen die SED-Führung zeitweilig sehr bedrückt haben. Ohne Zweifel hatte Honecker in Zeiten der Zuspitzung des Verhältnisses zwischen der Sowjetunion und dem Westen genausoviel Furcht vor einem Krieg wie jeder andere in Mitteleuropa. Seine Hoffnung auf Entspannung und Abrüstung war echt; nur war sein Einfluß auf die Außen-, Militär- und Bündnispolitik der östlichen Vormacht wesentlich geringer als mein Einfluß in Washington - und der war, besonders während der Ära Carter, zeitweilig nicht allzu groß. Andererseits bedeutete die militärische Präsenz der Sowjets für die SED eine Rückendeckung für den Fall eines Aufstandes in der DDR.

Alles in allem waren Honeckers Schwierigkeiten mit der deutsch-deutschen Politik deutlich größer als die meinigen. Das lag auch daran, daß er einen Regierungswechsel in Ost-Berlin, der gegen seinen Willen erfolgte, als ein unvorstellbares Unglück ansah. Ich hingegen habe 1976, 1980 und abermals seit dem Winter 1981/82 mit der Möglichkeit eines Kanzlerwechsels in Bonn gerechnet und mich darauf eingestellt. In der Bundesrepublik sind Regierungswechsel demokratische und verfassungsgemäße Normalität. Die DDR dagegen hat in vier Jahrzehnten nur ein einziges Mal einen Wechsel des Mannes an der Spitze erlebt - und das nicht in einem geordneten staatlichen oder innerparteilichen Verfahren. Natürlich wird sich Honecker später von Zeit zu Zeit an Ulbrichts Sturz 1971 erinnert und ihn als Menetekel für sich selbst empfunden haben.

In der westdeutschen Publizistik ist das Wort »Machterhalt« in Mode gekommen, Machterhalt wird den handelnden Politikern als ihr wichtigstes Motiv unterstellt. Soweit ich sehe, geht die Unterstellung in vielen Fällen zu weit. Im Falle Erich Honeckers traf sie zu. Gleichzeitig war der Staatsratsvorsitzende der DDR, wie jeder andere auch, im Laufe seines Lebens mancherlei Wandlungen unterworfen. Als ich ihn 1975 zum ersten Mal traf, war er 63 Jahre alt, zur Zeit seines Sturzes war er ein kranker alter Mann geworden. Das Leben als kommunistischer Funktionär erzieht zur Härte gegen sich selbst und gegen andere. Von den langen Jahren im Zuchthaus Brandenburg bis zur Zwangsvereinigung der Sozialdemokratie mit der kommunistischen SED, an der er aktiv beteiligt war, vom Bau der Berliner Mauer, von ihm organisiert, bis an die Spitze der Diktatur: dieser Weg hat Honecker Härte gelehrt.

Aber alte Menschen erinnern sich; bisweilen steigt die Jugendzeit vor ihren Augen wieder auf. Honecker hat sich sehnlich gewünscht, seine Heimat an der Saar wiederzusehen. Ich habe ihn nach meinem Ausscheiden aus dem Amt einige Male zum Gespräch getroffen. Mein Eindruck war: je älter er wurde, desto deutscher wurde sein Empfinden.

Die Stätten der Jugend gegen Ende des Lebens noch einmal zu besuchen, ist ein Verlangen, das vielen Menschen gemeinsam ist. Für mich gehören manche Orte und Landschaften in der DDR zu meinen Jugenderlebnissen. Einmal sind ein Klassenkamerad und ich mit dem Fahrrad über Tangermünde nach Berlin gefahren. Wir hatten im Unterricht Theodor Fontanes »Grete Minde« gelesen, eine süß-bittere Novelle, die in Tangermünde spielt. Später habe ich fast den ganzen Fontane gelesen; »Effi Briest«, »Der Stechlin« und die »Wanderungen durch die Mark Brandenburg« haben bei mir einen tiefen Eindruck hinterlassen. In Tangermünde bewunderten wir die gotischen Backsteinfassaden, die Stephanskirche mit ihrem gewaltigen, an Dome in Westfalen erinnernden Westwerk und das spätgotische Rathaus. In Berlin begeisterten uns vor allem Schinkels Neue Wache und der Pergamonaltar. Ich begriff die Verwandtschaft des Klassizismus mit den Bauten der Griechen und stand ehrfürchtig vor den mehr als zweitausendjährigen Zeugen des Hellenismus. Auf der Rückfahrt sind wir in Potsdam gewesen. Man schrieb das Jahr 1933, und Friedrich der Große war uns als Idol und als unantastbare Autorität vorgestellt worden.

In der Hamburger Lichtwark-Schule lernten wir die Backsteingotik der Ostsee-Städte kennen. In der Quinta fuhren wir nach Lübeck. Mit dem Fahrrad besuchte ich später Wismar, Doberan, Rostock und Güstrow. Meine Radfahrten führten bis nach Stralsund, Greifswald und Rügen. Auf Rügen sah ich die weißen Kreidefelsen und die Bäume der Stubbenkammer mit den Augen Caspar David Friedrichs, dessen romantisches Bild »Zwei Jünglinge in Betrachtung des Mondes« mich damals mächtig anzog. Dies alles war ganz selbstverständlich Teil der Heimat – wie später die Thomaskirche in Leipzig, die Uta in Naumburg oder, während des Krieges, Bernau, der Wandlitzsee, der Liepnitzsee, die Mark Brandenburg insgesamt. Ich wollte alle diese Stätten gern noch einmal sehen, aber für den Bundeskanzler war das nicht ganz einfach, im Gegenteil.

In umgekehrter Richtung war alles noch viel schwieriger. Die meisten Deutschen in der DDR, die nach Kriegsende aufgewachsen sind, haben bis zum November 1989 niemals eine Gelegenheit gehabt, den westlichen Teil ihres Vaterlandes zu sehen. Menschen aus der ganzen Welt konnten nach Bayreuth fahren oder den Kölner Dom besichtigen; sie konnten München oder Hamburg besuchen, die wunderbare oberbayerische Seenlandschaft, das Kloster Maria Laach in der Eifel oder das Nolde-Museum in Seebüll. Aber den Deutschen in der DDR wurde all dies verweigert. Sie durften weder in den anderen Teil Deutschlands noch nach Paris, nach Wien oder nach Rom. Sie waren eingesperrt. Die DDR war *ein* großes Gefängnis - bis gestern.

Diktaturen zwingen die von ihnen Beherrschten zu Verhaltensweisen, die dem Menschen im allgemeinen unsympathisch und widerwärtig sind. Das war unter der Nazi-Diktatur so, unter Stalin, unter Pinochet, unter Ceauşescu in Rumänien und ebenso unter Ulbricht und Honecker in der DDR. Man paßt sich an, man windet und schlängelt sich durch, man gibt Überzeugungen vor, die man nicht teilt. Viele machen mit, weil sie sonst keine beruflichen Aussichten hätten. Einige leisten Widerstand; von ihnen kommen die meisten ins Gefängnis, viele werden bedroht, gedemütigt, gefoltert, in der DDR wurden viele auch ausgewiesen - eine besondere Form, Oppositionelle zum Schweigen zu bringen. Heute den Deutschen in der DDR Vorwürfe machen zu wollen, Mitläufer gewesen zu sein, wäre arrogant und würde die Realität verfehlen. Denn in Wahrheit haben Millionen, auch unter den Mitgliedern der SED und der von ihr beherrschten Gewerkschaften, Blockparteien und anderer Organisationen, auf sehr menschliche Weise lediglich das kleinere Übel gewählt - und haben darunter gelitten.

Die lebenslange, tägliche Bevormundung der Deutschen in der DDR begann 1933; sie wechselte nach 1945 nur die Vorzeichen, an der Unfreiheit selbst hat sich nichts geändert. Aber zusätzlich zu allen Übeln einer Diktatur litten sie unter der gewaltsamen Abspaltung vom anderen Teil des eigenen Volkes. Mein Freund Alex Möller hat 1933 aus dem Gefängnis an Julius Leber geschrieben: »Man kann dem Volk Angst einjagen ... Liebe aber wächst nur durch Menschlichkeit und Gerechtigkeit. Ohne Liebe gibt es kein Vaterland.« In diesem Sinne hatten die Menschen in der DDR kein Vaterland. Sie sind für Hitlers Krieg und für die Verbrechen unter seiner Diktatur unvergleichlich viel härter bestraft worden als die Menschen in der Bundesrepublik - mit andauernder Unfreiheit.

Ich habe niemals daran gezweifelt, daß wir Deutschen eines Tages vereint unter einem gemeinsamen Dach leben werden. Ich hatte dafür nicht nur historische Gründe. Dahinter stand auch mein Wille zur nationalen Identität. Für diesen Willen hätte ich übrigens der Präambel des Grundgesetzes und der dazu ergangenen Rechtsprechung des Bundesverfassungsgerichts nicht bedurft.

Es ist eine Erkenntnis der Geschichte, daß keinerlei Machtkonstellation ewig dauert. Jeder Staat folgt in seiner Entwicklung eigenen Gesetzmäßigkeiten, deshalb verschieben sich die Machtverhältnisse zwischen den Staaten. 1814/15 hatten Rußland, Österreich, Preußen, Frankreich und England in gegenseitigem Einvernehmen ihre Pentarchie über Europa errichtet, spätestens um die Mitte des Jahrhunderts war diese Konstruktion hinfällig geworden. Die erfolgreiche, friedenserhaltende Gleichgewichtspolitik Bismarcks ging nach seiner Entlassung 1890 schnell verloren, als man in Berlin über die Sorgen der anderen Großmächte hinweggehen zu können glaubte und sich dadurch ohne Not allzu viele Feinde machte. Hitlers Beherrschung großer Teile Europas fand ein noch schlimmeres Ende als fünf Generationen vorher diejenige durch Napoleon. Deshalb habe ich nie daran gezweifelt, daß die in Jalta und Potsdam geschaffene Teilung Europas nicht das letzte Wort sein wird. Und das Ende scheint heute weit näher, als ich es zu meiner Regierungszeit erwarten konnte; damals habe ich erst für die ersten Jahrzehnte des 21. Jahrhunderts damit gerechnet.

Wie gesagt, ich habe immer damit gerechnet. Wenn meine Erinnerung nicht trügt, habe ich im Bundestag zum ersten Mal im September 1966 über das Zusammenbringen der beiden Teile des deutschen Volkes gesprochen; ich habe damals gesagt, dies werde nur möglich sein im Zusammenhang mit der Wiederherstellung Europas als Ganzes. Hinzugefügt habe ich, daß es dazu dann der Zustimmung Amerikas und der Sowjetunion und all unserer Nachbarn bedürfen werde - *und* der Zustimmung beider Teile des deutschen Volkes. Das war der Kern des Konzeptes meiner späteren Deutschlandpolitik. Sie galt dem Ziel, den Willen des ganzen Volkes zur nationalen Einheit aufrechtzuerhalten und in der Zwischenzeit die Verbindungen zwischen beiden Teilen soweit wie nur irgend möglich zu stärken. Wenn dann eines zukünftigen Tages die Mächtekonstellation in Europa den Deutschen die Chance eröffnen würde, sollte dieser Wille zur Einheit - unter Rücksichtnahme auf unsere Nachbarn und in Zusammenarbeit mit ihnen - Wirklichkeit werden, so wie es den Polen zweimal gelungen ist, ihre nationale Einheit wiederherzustellen.

In meiner Vorstellung war und ist eine der Voraussetzungen das Vertrauen Frankreichs in die Festigkeit unserer Bindung an die Werte des Westens und an die westlichen Organisationen. Unabdingbar ist weiterhin die Erringung des Vertrauens der Russen und der Polen in unsere Friedfertigkeit, dazu die Aufrechterhaltung des militärischen Gleichgewichtes in Europa. Schon 1966 habe ich in der erwähnten Rede vom deutschen Interesse an einer Stabilisierung des Gleichgewichts auf niedrigerer Ebene gesprochen. Meine Entspannungspolitik gegenüber dem Osten war nicht aus Angst vor einem Krieg geboren, sondern sie hatte einen deutschlandpolitischen Zweck und zugleich den Vorteil, auch im Interesse unserer Nachbarn zu liegen.

Es war eine konsequente Weiterführung dieser Gedanken, daß ich einerseits kräftig geholfen habe, die tödliche Drohung Breschnews mit den auf Westeuropa gerichteten SS-20-Raketen abzuwehren, und daß ich andererseits mit vielen kleinen Schritten dazu beitrug, eine gelassenere Atmosphäre zwischen den beiden deutschen Staaten herzustellen. Ich habe mich dabei weder gescheut, den Wunsch der DDR nach allgemeiner diplomatischer Anerkennung zu respektieren - diese wäre mit ein wenig Verzögerung schließlich auch ohne uns erfolgt -, noch der DDR erhebliche finanzielle Mittel zukommen zu lassen. Kredite kamen der Leistungsfähigkeit der DDR-Wirtschaft und damit letztlich dem Lebensstandard der Bürger im anderen Teil Deutschlands zugute. Die Bürger der DDR waren der eigentliche Adressat unserer Hilfen. Im Idealfall dienten Kredite einer gemeinsamen Infrastruktur, so etwa die Finanzierung fehlender Autobahnverbindungen und der Bau einer Autobahn von Berlin nach Hamburg.

Natürlich habe ich daneben mit nichtkommunistischen und oppositionellen Kräften in der DDR Kontakt gehalten. Die Verbindungen liefen über Wege, die hier nicht näher angedeutet werden sollen, oft auch über Personen der beiden Kirchen. Honecker ist das gewiß nicht verborgen geblieben; wir haben uns gegenseitig dazu angeschwiegen.

Die Angst, die in den Jahren 1981/82 im Zusammenhang mit der Nachrüstung vornehmlich im protestantischen Bereich, aber auch in meiner eigenen Partei verbreitet wurde, erschien mir grundlos und bedenklich. Gab man ihr nach, lief man Gefahr, in Moskau den Eindruck hervorzurufen, daß die Bundesrepublik bereit sei, sich der Macht der sowjetischen Kommunisten anzupassen. Solche Anpassung lag zwar in niemandes Absicht, aber bereits die Inkaufnahme des Anscheins war ein Fehler; dies trug zum Ende der sozial-liberalen Regierung bei. Da die nachfolgende Bundesregierung unter Helmut Kohl meine Politik fortgesetzt hat, entstand kein weiterer Schaden; vielmehr hat Moskau schließlich nachgegeben, und beide Seiten haben begonnen ihre nuklearen Mittelstreckenraketen abzuwracken.

Dialog auf neutralem Boden

Die SPD hat durch ihr Ost-Büro unter Stephan Thomas lange Jahre zu alten Freunden in der DDR Kontakt gehalten und ihnen Hilfe geleistet. Seit dem Ende der fünfziger Jahre haben Sozialdemokraten im Westen an Plänen gearbeitet, die das Ziel verfolgten, unseren Landsleuten in der DDR und damit allen Deutschen in ihrer absurden Lage zu helfen. Ich erinnere mich an einen Besuch von Fritz Erler und Carlo Schmid in Moskau 1959, bei dem das Terrain für mögliche Lösungen der deutschen Frage sondiert werden sollte; kurz darauf kam der »Deutschland-Plan« der SPD, an dem ich unter Herbert Wehners Vorsitz mitgearbeitet und für den ich den ökonomischen Teil der Vorarbeiten übernommen hatte (manches davon liest sich auch heute noch erstaunlich aktuell).

Im November 1958 hatte Chruschtschow mit einem Berlin-Ultimatum jenen Nervenkrieg eröffnet, der mit dem Bau der Mauer am 13. August 1961 vorläufig beendet wurde. Wir haben uns nicht entmutigen lassen. Auf unseren Parteitagen formten sich im Laufe der sechziger Jahre jene politischen Gedanken, die zu Beginn der siebziger Jahre mit den Verträgen über gegenseitigen Verzicht auf Gewalt mit der Sowjetunion und mit der Volksrepublik Polen sowie mit dem »Vertrag über die Grundlagen der Beziehungen zwischen der Bundesrepublik Deutschland und der Deutschen Demokratischen Republik« verwirklicht wurden. Natürlich gab es auch in den sechziger Jahren Rückschläge. So scheiterte der Versuch, Redner der SPD und der SED auf dem Boden des jeweils anderen deutschen Staates auftreten zu lassen, weil die SED einen Rückzieher machte. Vor allem aber marschierte 1968 die Sowjetarmee in die Tschechoslowakei ein, und zwar unter Beteiligung deutscher Streitkräfte aus der DDR – die Soldaten Ulbrichts auf den Spuren der Soldaten Hitlers!

Alle deutschlandpolitischen Aktivitäten der SPD wurden von der

CDU/CSU mit Mißtrauen und Ablehnung begleitet, erst recht von 1969 an, als die SPD unter Willy Brandt die Regierungsverantwortung übernahm. Mißtrauen regte sich auch in manchen westeuropäischen Staaten, vor allem aber in den USA; dort wurde das Mißtrauen durch Personen der CDU/CSU zusätzlich geschürt. Dies war alte Tradition; schon Adenauer hatte im ganzen Lande Wahlplakate zur Diffamierung der Sozialdemokratie kleben lassen, welche in großen Überschriften verkündeten: »Alle Wege des Sozialismus führen nach Moskau«. Erst in den achtziger Jahren hat sich die CDU/CSU der Deutschlandpolitik der beiden sozialdemokratischen Bundeskanzler angeschlossen.

Als Willy Brandt im Zusammenhang mit der Entlarvung eines Spions, den die DDR-Regierung - höchst töricht und provokativ - in seiner nächsten Umgebung placiert hatte, im Mai 1974 zurücktrat, waren mit Hilfe der FDP die Ostverträge einschließlich des Grundlagenvertrages mit der DDR ratifiziert und in Kraft. Aber das innenpolitische Klima war außerordentlich gereizt und aufgeregt - auch im Zusammenhang mit Guillaume und der Ostpolitik. In diesem Umfeld begannen unsere Vorbereitungen einer gesamteuropäischen »Konferenz über Sicherheit und Zusammenarbeit in Europa« (KSZE). An den Ratifikationsdebatten des Bundestages über die Ostverträge hatte ich mich als Verteidigungsminister mit einer gründlich vorbereiteten prinzipiellen Parlamentsrede beteiligt, in der ich darlegte, daß die Ostverträge einschließlich des Viermächteabkommens über Berlin zur Sicherung des Friedens in Europa beitrugen. Nun war ich entschlossen, den Weg der Verständigung und der Normalisierung konsequent fortzusetzen. Bei meinem Moskau-Besuch im Herbst 1974 erfuhr ich von Breschnew, daß er die Sowjetunion auf der KSZE-Schlußkonferenz persönlich vertreten werde. So rechnete ich damit, daß auch Honecker teilnehmen und nicht seinen Ministerpräsidenten schicken würde, und bereitete mich für Helsinki auf ein ausführliches, offenes Gespräch mit ihm vor.

Tatsächlich kam es in der finnischen Hauptstadt dann sogar zu zwei Gesprächen zwischen Honecker und mir, die insgesamt mehrere Stunden dauerten. Da wir beide Deutsche sind, entfielen die sonst notwendigen, oft zeitraubenden Übersetzungen, und die Gefahr von sprachlichen Mißverständnissen jedenfalls war gering. Bei einer Reihe von Fragen vertieften wir uns ins Detail. Zu diesen Punkten waren auf zwei verschiedenen Kanälen schon im voraus Klärungen und teilweise sogar Einigungen erzielt worden, auf denen wir aufbauen konnten. Der eine dieser beiden Kanäle bestand zwischen unserem Ständigen Vertreter in der DDR, Staatssekretär Günter Gaus, und Vizeaußenminister Nier, der andere zwischen dem ausgezeichneten Ministerialdirektor Carl-Werner Sanne, Abteilungsleiter im Bundeskanzleramt und mein engster außenpolitischer Mitarbeiter, und DDR-Staatssekretär Schalck-Golodkowski. Außerdem gab es – unter Umgehung der beiderseitigen Bürokratien – einen direkten Weg für persönliche Mitteilungen; als »Briefträger« fungierte der Ost-Berliner Rechtsanwalt Wolfgang Vogel. Er war ein persönlicher Vertrauensmann Honeckers, aber auch Herbert Wehner und ich haben ihm ohne Einschränkung vertraut; man konnte sich auf seine Diskretion ebenso verlassen wie darauf, daß er die persönlichen Meinungen der beiderseitigen Chefs minutiös übermittelte. Solche Briefboten hat es übrigens immer auch im Verkehr sowohl mit Chruschtschow und Breschnew als auch mit allen amerikanischen Präsidenten gegeben. Dies ist eine verbreitete Praxis zwischen den Regierungschefs – zum Ärger der jeweiligen Außenministerien. Ihr Nutzen liegt vor allem darin, daß Indiskretionen, innenpolitische Schwierigkeiten oder auch Prestigeverletzungen vermieden werden können; noch wichtiger ist das auf diesem Wege geschaffene Vertrauen in die persönliche Aufrichtigkeit des Partners.

Sowohl Honecker als auch ich hatten im Sommer 1975 alle vorweg erzielten Einigungen gebilligt und kannten die offen gebliebenen Streitpunkte gut. Bei der feierlichen Eröffnung der Plenarsitzung durch Präsident Kekkonen am 30. Juli – Honecker und ich saßen aus Gründen des Alphabets nebeneinander – gingen wir freundlich aufeinander zu. Der »Stern« meinte einige Tage später, ich hätte Honecker wie einen entfernten Verwandten begrüßt, den man lange nicht gesehen hat. Tatsächlich hatten wir uns überhaupt noch nie gesehen. Natürlich stürzten sich die Fotografen auf diese erste flüchtige Begegnung, und einige Reporter ergingen sich in den nächsten Tagen in Vermutungen darüber, was wir miteinander geredet hatten. Es war nichts Bedeutungsschweres gewesen, eher ein mit leichter Ironie untermischter small talk. Am Nachmittag, zu Beginn unseres Gesprächs in einem kleinen Zimmer der Finlandia-Halle, fiel mir auf, daß ostdeutsche wie westdeutsche Fotografen gleichermaßen japanische Kameras benutzten. Honecker gefiel diese Feststellung wohl nicht ganz, jedenfalls fragte er: »Wer hat hier eine Kamera von Zeiss-Jena?« Es meldete sich aber nur ein einziger.

Danach begann das Gespräch ernst zu werden. Es freue mich, sagte ich einleitend, daß die Konferenz Gelegenheit zu einem persönlichen

Treffen biete, wie wir beide es ja schon seit längerem beabsichtigten. »Lassen Sie mich eines gleich zu Beginn betonen: Genau wie mein Amtsvorgänger Willy Brandt bin ich daran interessiert, die seit 1969 eingeleitete Politik fortzusetzen. Schon seit mehr als zehn Jahren habe ich mich öffentlich für jene Politik eingesetzt, die sich später im Grundlagenvertrag zwischen unseren beiden Staaten und in anderen Verträgen und Abkommen niedergeschlagen hat. Als Verteidigungs- und als Finanzminister habe ich allerdings weder Zeit noch Anlaß gehabt, alle Details der Verhandlungen kennenzulernen; erst seit dem Kanzlerwechsel im Mai des vorigen Jahres bin ich tief in die Materie eingestiegen. Dies war ein Nachteil für mich; denn ich habe vieles nachlernen müssen. Es ist aber zugleich auch ein Vorteil; denn ich bin heute unbelastet von Prestigefragen, die früher schon ausgekämpft worden sind.

Unser beider Meinungsaustausch seit dem Herbst 1974 hat ja über den Wechsel von Briefen und Informationen sowie durch unser beider Beauftragte zu einigen Vereinbarungen geführt ... Das Jahr 1975 muß nun im Zeichen der Anstrengung stehen, die einzelnen Punkte auf der Palette in die Wirklichkeit umzusetzen. Wir müssen des weiteren auch über die noch ausstehenden Folgevereinbarungen nach dem Grundlagenvertrag verhandeln.

Sie haben es bei mir mit einem zu tun - und ich bin in Bonn ja nicht der einzige -, der sich mit allem Ernst um das Einebnen der Gräben bemüht. Andererseits bin ich ein nüchterner Mensch, ich kann rechnen, das habe ich spätestens als Finanzminister gelernt. Außerdem habe ich es in Bonn mit einer Opposition zu tun, welche auf die gegebenen Notwendigkeiten keine Rücksicht nehmen will. Im Bundestag ist sie in der Minderheit, aber im Bundesrat hat sie die Mehrheit; und 60 Prozent unserer Gesetzgebung bedarf weitgehend der Zustimmung des Bundesrates. Ich habe es also zu Hause nicht ganz einfach. Bitte beurteilen Sie meine Politik weder nach dem, was die Springer-Presse schreibt, noch nach dem ›Spiegel‹. Wenn Ihnen etwas undeutlich erscheint, bitte fragen Sie mich selbst. Wir haben dazu heute eine gute Möglichkeit, und für die Zukunft haben wir uns brauchbare Kanäle geschaffen.«

Honecker dankte für diese Worte. Er habe mich stets für einen Realpolitiker gehalten. Das sei auch gut, denn mit Realpolitik seien Probleme leichter zu lösen. »Seit 1969 hat sich im Verhältnis der beiden Staaten ein großer Wandel ergeben. Wenn die Entwicklung nicht immer gradlinig verläuft, so müssen wir das wohl in Kauf nehmen, wir sind ja nun einmal Mitglieder verschiedener Bündnisse. Aber die Verantwortung für den Frieden, die tragen wir doch beide. Nicht nur wegen der Vergangenheit, die hinter uns liegt, sondern auch wegen der Gegenwart. Die KSZE-Schlußakte ist eine gute Grundlage, sie wird sich günstig auf den Normalisierungsprozeß auswirken.

Allerdings muß ich bemerken, in der Bundesrepublik wird in jüngster Zeit sehr viel von Wiedervereinigung geredet. Sie und ich, wir sind beide nüchterne Leute und wissen, daß es sich um zwei souveräne Staaten handelt. Wem nützt denn das Reden über Wiedervereinigung? Das erweckt doch bloß Hoffnungen, aber später kommen dann die Enttäuschungen. Auch wenn man unterstellt, daß solche Äußerungen aus Rücksicht auf die Opposition gemacht werden, so ist ihre Wirkung doch bloß negativ; denn sie wecken Hoffnungen, die später enttäuscht werden müssen.

In der positiven Bewertung der Entwicklung sind wir wohl einig, aber auch was die Unvermeidbarkeit von Rückschlägen angeht. Zu Ihrer Rede über die Lage der Nation kann ich nur sagen: Wie man in den Wald hineinruft, so schallt es heraus. Aber wir haben Ihre Rede nicht zum Anlaß genommen, den Kurs der DDR zu ändern. Wir sind dafür, daß die sozial-liberale Koalition am Ruder bleibt und daß Sie auch nach den Wahlen des Jahres 1976 diese äußerst wichtige Arbeit weiterführen.

Ich sehe zwei Probleme: Beide Seiten sollten nach Möglichkeit vermeiden, die Belastbarkeit des Viermächteabkommens (über Berlin) zu testen ... Und die großzügigen Schritte der Deutschen Demokratischen Republik sollten nicht aus der BRD mit scharfen Angriffen beantwortet werden; so etwas führt nur dazu, meine Position zu erschweren. Man muß doch auf Ihrer Seite auch einmal anerkennen, daß jedes Jahr sieben bis acht Millionen Besucher aus der BRD und aus West-Berlin in die DDR reisen, und zwar zu sehr günstigen Bedingungen: Wir haben den Mindestumtausch reduziert, wir haben die Rentner ganz davon befreit. Auch in der Familienzusammenführung sind wir in Wirklichkeit doch weiter, als man draußen ahnt ...«

Ich ging zunächst auf die Frage der Wiedervereinigung ein. »Ich bin – wie Sie – dagegen, Hoffnungen zu wecken, die dann – vielleicht – nicht erfüllt werden. Ich will mich aber heute zu dieser Frage nicht äußern; denn keiner kann wissen, was in den 25 Jahren bis zum Ende dieses Jahrhunderts noch alles geschieht.«

Honeckers Rechtsberater waren sich gewiß über die verfassungsrechtliche Lage in der Bundesrepublik im klaren, wahrscheinlich auch er selbst; zweifellos kannte er die Präambel des Grundgesetzes, die jedem Verfassungsorgan der Bundesrepublik – also auch der Bundesregierung – die Vollendung der Einheit und Freiheit Deutschlands als politisches Ziel gebietet. Ich hatte die Auseinandersetzung über die Präambel und den dauernden Gebrauch des Wortes »Wiedervereinigung« längst satt und verspürte keine Lust, ausgerechnet mit dem Staatschef der DDR einen Streit über das Grundgesetz zu führen. Seit einer Reihe von Jahren davon überzeugt, daß unsere Ostpolitik im Interesse der ganzen Nation lag und ihrer Zukunft diente, genügte es mir, daß das Bundesverfassungsgericht unter anderem festgestellt hatte: »Die Bundesregierung hat allerdings in eigener Verantwortung zu entscheiden, mit welchen politischen Mitteln und auf welchen politischen Wegen sie das nach dem Grundgesetz gebotene Ziel der Wiedervereinigung zu erreichen oder ihm wenigstens näherzukommen versucht.«

Ich fuhr fort: »Ihren Satz, man solle das Viermächteabkommen nicht auf die Probe stellen, halte ich für richtig. Aber Sie meinen ja nicht mich damit. Der Senat von Berlin unterliegt nicht meinen Richtlinien, wie Sie wissen, die Berliner Opposition schon gar nicht. Ich finde, weil die beiden deutschen Staaten keine Vertragspartner des Viermächteabkommens sind, deshalb sollten wir uns beide auch nicht in Auslegungsstreitigkeiten hineinziehen lassen; solche Auseinandersetzungen sollten die vier unter sich austragen.

Übrigens habe ich erst als Bundeskanzler begriffen, daß das Abkommen keineswegs alle Probleme abdeckt, daß vielmehr Grauzonen geblieben sind. Das ist manchen Leuten in Bonn aber nicht klar; soweit ich dies kann, werde ich sie bremsen. Wenn es notwendig werden sollte, werde ich dazu beitragen, daß die vier selbst das Abkommen interpretieren. Ähnliches gilt auch für Ihre Bemerkung über scharfe Angriffe auf die DDR. Ich kann fast niemand in Bonn vorschreiben, wie er sich über die DDR zu äußern hat, auch nicht in der eigenen Partei.

Die Entwicklung der Familienzusammenführung will ich gern anerkennen. Allerdings haben wir ja noch nicht öffentlich gesagt, wie unsere finanzielle Gegenleistung aussieht ... Dagegen kann ich Ihre Senkung des Zwangsumtausches nicht als eine besondere Leistung anerkennen. Denn die DDR hätte 1973 nicht einseitig die bis dahin geltenden Sätze verdoppeln dürfen; wir haben das als Verstoß gegen Treu und Glauben aufgefaßt. Aber ich verstehe, daß es danach für Sie schwierig gewesen ist, diese hohen Sätze wieder zu reduzieren ... Gleichwohl, ich kann die Reduzierung nicht öffentlich loben ...«

Honecker kam nochmals auf das Karlsruher Urteil zurück: »Man muß doch sehen, daß innerstaatliches Recht nicht Völkerrecht ersetzen kann! ... Das Urteil enthält Ausführungen über Deutschland in den Grenzen von 1937, es hat die Grenzen der DDR qualitativ den Grenzen der Bundesländer gleichgesetzt, dies alles widerspricht dem Moskauer Vertrag und unserem Grundlagenvertrag. Ich will aber hinzufügen: Solange diese Karlsruher Ausführungen nicht zur Grundlage der Politik Ihrer Regierung werden, so lange sehe ich die Sache nicht als sehr wichtig an. Sofern sich das aber ändern sollte und die Bundesregierung sich auf diese Ausführungen berufen sollte, so wird die Sache unerträglich ...«

Meine Vermutung über Honeckers Kenntnis der Rechtslage erwies sich also als zutreffend. Das galt auch für das nächste Thema, nämlich die von mir betriebene Übertragung aller dem Grundlagenvertrag folgenden Abkommen auf West-Berlin. Es wurde klar, daß die DDR in dieser Frage dem Moskauer Beispiel folgen wollte, und deshalb unterstrich ich noch einmal, daß die Bundesregierung mit der Sowjetunion kein Abkommen schließen werde, in das West-Berlin nicht einbezogen sei. Tatsächlich wurde der Fall erst 1987 geregelt, als West-Berlin voll in die Abkommen über wissenschaftlich-technische Zusammenarbeit mit der Sowjetunion und mit der DDR einbezogen werden konnte.

Abschließend wandte sich das Gespräch vielen der damals wichtigen Einzelfragen zu: Sportverkehr, Olympische Spiele, Kooperationsverträge der DDR mit Krupp und Hoechst, Warenbezüge westdeutscher Unternehmen aus der DDR, Grunderneuerung der Autobahn Helmstedt-Berlin, Transit-Pauschale - statt der seit 1972 von jedem Reisenden im Berlin-Verkehr erhobenen Straßenbenutzungsgebühr -, die von uns gewünschte Öffnung des Grenzübergangs Staaken, der Ausbau des Grenzübergangs Schwanheide, Teltow-Kanal. Sogar über den Lokomotivwechsel auf der Strecke nach Berlin haben wir reden müssen. Für Honecker ging es dabei meist um Zahlungen in harter D-Mark-Währung. Einige der Fragen konnten wir in kurzem Meinungsaustausch fördern und dann an die jeweiligen Beauftragten weiterleiten.

Das zweite Gespräch in Helsinki, zwei Tage später, profitierte von der zunehmend entspannten Gesprächsatmosphäre, die wir im ersten Gespräch erreicht hatten. Es wurden sogar Witzworte gewechselt. Ich hatte inzwischen begriffen, daß Honecker ein gut informierter Staatschef war, keineswegs darauf angewiesen, zu allen Punkten eine schriftliche Vorlage vor Augen zu haben, wie es anfangs den Anschein gehabt hatte. Honecker seinerseits schien zu dem Schluß gekommen zu sein, daß es nützlicher war, offen und undiplomatisch mit mir zu reden als »durch die Blume«, wie er noch am ersten Tag seine Kritik an meiner Rede zur Lage der Nation vorgebracht hatte. Ich war mit der zunehmenden Direktheit der Unterhaltung sehr zufrieden.

Zunächst setzten wir die Erörterung von bilateralen Details fort. Danach ergriff ich die Initiative zu einem Meinungsaustausch über die allgemeine internationale Situation. Ich erinnerte Honecker daran, daß ich ihm über Rechtsanwalt Vogel von internationalen Eindrücken hatte berichten lassen, die ich gewonnen hatte. Ich schlug vor, solches gegenseitig des öfteren zu tun. Die Bundesregierung tausche ihre Eindrücke und ihre Meinungen mit vielen Regierungen aus, auch mit Moskau und anderen Hauptstädten der Staaten des Warschauer Paktes. Auch die beiden deutschen Staaten sollten langsam anfangen, nicht immer bloß über Mindestumtausch und Transit-Pauschale zu reden, sondern über diese bilateralen Fragen hinaus auch über die internationale Lage. Man brauche das ja nicht gleich an die große Glocke zu hängen, aber die bisherige Enthaltsamkeit sei nicht normal.

Es gebe doch einen Protokoll-Vermerk zum Grundlagenvertrag, warf Honecker ein, aber der funktioniere bisher nicht. Gemeint war damit eine Vereinbarung über politische Konsultationen. Der Text der Erklärung anläßlich der Unterzeichnung des Grundlagenvertrages vom 21. Dezember 1972 lautete: »Beide Regierungen haben vereinbart, sich im Zuge der Normalisierung der Beziehungen zwischen der Bundesrepublik Deutschland und der Deutschen Demokratischen Republik über Fragen von beiderseitigem Interesse insbesondere über solche, die für die Sicherung des Friedens in Europa von Bedeutung sind, zu konsultieren.« In der Sache stimmte ich Honecker zu, gab aber zu bedenken, »daß ich mich wegen der überflüssigen Guillaume-Affäre gegenwärtig nicht öffentlich auf den Protokoll-Vermerk beziehen« könne. Dann lenkte ich das Gespräch auf die wirtschaftliche Gesamtentwicklung. »Die weltweite Inflation, der Zusammenbruch des Weltwährungssystems, vor allem aber die Ölpreisexplosion der letzten beiden Jahre haben starke, negative Wirkungen ausgelöst. Dies gilt für uns zu Hause, ebenso für Frankreich, die Benelux-Staaten und für Dänemark, vor allem aber für Großbritannien und Italien. Am schlimmsten sind die Entwicklungsländer betroffen, sofern sie nicht selbst Öl haben. Auch für Sie in der DDR und im RGW ist die Lage offenbar nicht einfach; denn die Sowjetunion hat ja die Chance zur Erhöhung der Exportpreise für ihr Öl keineswegs verschenkt... Ist es eigentlich wirklich vernünftig, daß die RGW-Staaten allen Konferenzen über Öl-, Rohstoff- und Währungsfragen fernbleiben? Auf lange Sicht werden nur die USA und die Sowjetunion Gewinner der Ölpreisexplosion sein. Ich denke auch, es ist auf längere Sicht ein Fehler, wenn die RGW-Staaten ihre Währungen nicht konvertibel machen.«

»In dieser Richtung werden Erwägungen angestellt«, entgegnete Honecker. »Natürlich wirkt die Krise der westlichen Welt auch auf die Wirtschaft der RGW-Staaten zurück; aber die wirtschaftliche Entwicklung im RGW ist insgesamt ziemlich stabil ... Natürlich haben die Preiserhöhungen für Erdöl zunächst Schwierigkeiten ausgelöst. Aber durch die Neufestsetzung der Industriepreise (Preise für industriell hergestellte Güter) im RGW hat die DDR jedenfalls zwei Drittel der Ölpreiserhöhung auffangen können, weil wir jetzt höhere Exportpreise bekommen. Für das restliche Drittel brauchen wir Überbrückungskredite. Bis 1980 ist für die DDR ein Wachstum des Bruttosozialproduktes um über 5 Prozent jährlich gesichert. Ich muß aber hinzufügen: Wir können die KSZE-Empfehlung in Richtung auf weitere Entwicklung der wirtschaftlichen Kooperation in Europa nur dann verwirklichen, wenn im westlichen System mehr Stabilität hergestellt wird.«

Ich habe die zukünftigen Steigerungsraten in der DDR bezweifelt und auch eine skeptische Bemerkung über das weitere wirtschaftliche Wachstum der Sowjetunion gemacht. Allerdings konnte damals keiner die bevorstehende zweite Ölpreisexplosion der Jahre 1979/80 vorhersehen, erst recht nicht den bald danach einsetzenden Zusammenbruch der Ölpreise, der in der zweiten Hälfte der achtziger Jahre zu der rapiden Verschlechterung der Lage der sowjetischen Volkswirtschaft beitrug. Meine Prognose für die Sowjetunion als langfristiger Nutznießer war insofern also falsch, aber Honeckers Wachstumsprognosen waren auch falsch. Bei seinem Optimismus über die wirtschaftliche Stabilität im RGW war mir nicht klar, ob er daran glaubte oder aber nur die offizielle Sprachregelung befolgte. Schließlich hatte er selbst von einer massiven Erhöhung der Preise für industrielle Erzeugnisse gesprochen. Daß sich dieser Preisauftrieb tendenziell auf die Konsumgüterpreise übertragen würde, war selbstverständlich; es blieb demnach nur die Wahl zwischen Lohnerhöhungen (also Preis-Lohn-Spirale) und Subventionierung der Konsumgüterindustrie (also Überdehnung der Haushaltsdefizite) beziehungsweise Abwälzung der Last auf die Verbraucher (das heißt Reallohnsenkung mit der Folge sozialer Unruhen).

Die kommunistische Kommandowirtschaft war zum Entsetzen ihrer Kommandeure über alle inneren Gebrechen hinaus ähnlichen äußeren Gefahren ausgesetzt wie die Marktwirtschaft im Westen. Die Vorstellung, der RGW könne sich in dieser Situation von den Märkten und Funktionszusammenhängen der Weltwirtschaft abkoppeln, war naiv. Aber mein Vorschlag zur Konvertibilität von Rubel, Zloty und Ost-Mark war ebenfalls illusionär. Erst die polnische Schuldenkrise und das sowjetische Perestroika-Experiment haben Jahre später offenbart, daß schon 1975 überall im Osten sehr viel mehr Geld gedruckt worden war, als es dem Warenangebot entsprach. Preisfreigaben mußten von der verdeckten zu einer hohen, offenen Inflation führen und eine Freigabe der Wechselkurse zu einem rapiden Verfall von Rubel, Zloty oder Ost-Mark. Die Kommandeure hatten zu keiner Zeit ausreichende Mittel zur Selbstdisziplinierung ihrer Geldmengenpolitik. Die beschämenden Umtauschkurse auf dem schwarzen Markt waren deutlich genug. Dazu kamen Schwierigkeiten beim Export der qualitativ unzureichenden Erzeugnisse. Der Handelsbilanzdefizite wegen waren die RGW-Staaten auf Hartwährungs-Kredite angewiesen, nur die DDR war wegen unserer finanziellen Entgelte und Zahlungen aller Art etwas besser gestellt. Bisweilen empfand ich heimlich Mitleid mit der DDR und ihren Leuten, die bei jeder Gelegenheit neue und höhere D-Mark-Zahlungen herauszuholen versuchen mußten; aber mein Ärger über die Erpressungsmethoden überwog das Mitleid bei weitem. Es ging bei jeder kleinen menschlichen Erleichterung immer zugleich um Geld.

Am Ende unseres ökonomischen Meinungsaustauschs fragte ich nach den Absichten zur Herabsetzung des Rentenalters, jener Altersgrenze, von der an die älteren Bürger der DDR frei in den Westen reisen konnten. Honecker erwiderte, für ihn gehe es in erster Linie darum, die Zahlungsbilanz der DDR mit den kapitalistischen Staaten in Ordnung zu bringen. Er hoffe, daß dies nach unserem Gespräch besser vorangehen werde: »Aber ich möchte doch noch sagen, man soll nicht immer so tun, als ob die DDR nichts leistet!« Ich erklärte mich bereit, öffentlich zu sagen, die positive Entwicklung unserer Beziehungen sei das Verdienst *beider* Seiten.

Ich schlug vor, daß wir uns in zwei Jahren (also 1977) wieder treffen sollten. Honecker meinte, auch 1976 sei ihm recht, worauf ich erwidern mußte, daß ich ein erneutes Treffen noch vor der für Herbst 1976 geplanten Bundestagswahl nicht als hilfreich ansehen könne. Wir blieben also bei 1977. Tatsächlich hat es dann – abgesehen von einem Treffen bei den Begräbnisfeierlichkeiten für Tito - bis 1981 gedauert; in der Zwischenzeit haben wir unsere Gesprächskanäle benutzt und auch des öfteren miteinander telefoniert.

Wenn ich heute an jene erste Begegnung zwischen dem deutschen Kommunisten und dem deutschen Sozialdemokraten zurückdenke, auch an die Zeitumstände - zwei Jahre nach dem Grundlagenvertrag -, dann erscheinen mir die Fortschritte, die bis zum November 1989 erreicht wurden, durchaus beachtlich. Das Verhältnis zwischen beiden Staaten war sachlicher geworden, vielerlei kleine Fragen konnten beantwortet, jahrelang geschürzte Knoten konnten gelöst werden. Die DDR-Führung hatte sich daran gewöhnt, daß wir bei jeder sich bietenden Gelegenheit auch für West-Berlin Vorteile und Erleichterungen herausholten. Unsere Seite hatte sich damit abgefunden, viele Zugeständnisse der DDR-Führung in harter D-Mark zu honorieren; zwar wurden noch immer Kostenrechnungen aufgemacht, und noch immer wurde in jedem Einzelfalle gefeilscht, aber dies ist auch im internationalen Verkehr durchaus normal. Die Absurdität der generellen Einsperrung der DDR-Bürger hat jedoch bis zum Ende des Regimes gedauert.

Von einem gemeinsamen Haus oder auch nur einem gemeinsamen Dach war in ganz Europa kaum jemand weiter entfernt als wir Deutschen auf beiden Seiten. Immerhin: die Helsinki-Schlußakte wurde ein entscheidend wichtiger, inzwischen vielfältig bewährter Maßstab für die tatsächlich kaum vorhandenen Grundfreiheiten der Menschen (»Menschenrechte«) in Mittel- und Osteuropa und auf dem Balkan. Helsinki legte die Defizite bloß und wurde zur ständigen Mahnung; die Schlußakte hat wesentliches zur Verbesserung in der Sowjetunion und anderswo beigetragen. 1975 waren wir von Glasnost noch weit entfernt, die Sowjetunion und die ihr verbündeten europäischen Staaten - damals nicht zu Unrecht bisweilen Satelliten genannt - steckten noch tief in der Ära Breschnew, die man heute in Moskau Zeit der Stagnation nennt. Es war die Regel, daß sich die sowjetischen Apparate in die Politik der Satelliten einmischten. Bis 1977 kam es auch umgekehrt immer wieder vor, daß sich die DDR in Moskau über die Politik der Bundesrepublik beschwerte und um sowjetische Gegenmaßnahmen bat. Trotzdem hatte ich in Helsinki das Gefühl, daß Erich Honecker ein verläßlicher Vertragspartner war.

Erich Honecker ist mir weniger als Funktionär Moskauer Prägung erschienen, als jener Typus vom Schlage Walter Ulbrichts, in dem die Reste kommunistischer Ideale längst überdeckt und überwachsen waren von der kalten Machtpraxis des Stalinismus. Vielmehr hatte ich von Honecker den Eindruck eines Mannes, der noch immer seinen Jugendidealen nachhing, obschon er wohl längst ihre Bodenlosigkeit, ihre Vergeblichkeit ahnte. Aber dies konnte er vor sich selbst nicht zugeben. Er hatte unter der Hitler-Diktatur acht Jahre Zuchthaus hinter sich gebracht, und es ist schwer, nach solch prägendem Lebensabschnitt sich den eigenen Irrtum einzugestehen, wie Herbert Wehner es getan hat.

Honecker hatte längst verstanden, daß Marx' These von der geschichtlichen Notwendigkeit der Diktatur des Proletariats in der Praxis zur Diktatur des Politbüros oder auch nur eines einzigen Mannes geführt hatte. Der Druck des Apparates, der auf den Bürgern der DDR lastete, schien ihn bisweilen selbst zu bedrücken, weil er sich ein gewisses Gefühl für die Nöte der Menschen bewahrt hatte. So hat Honecker in vielen Einzelfällen menschliche Härten beseitigt, die ihm von Herbert Wehner, von mir oder von anderen zur Kenntnis gebracht wurden, meist über Wolfgang Vogel. Mir schien, als steckte in dem kommunistischen Machthaber Honecker auch ein Quentchen mitmenschlicher Solidarität; daneben übrigens auch eine Portion sehr deutschen Stolzes sowohl auf die eigene Karriere als auch auf die Leistungen des von ihm regierten Staates, die sich vorteilhaft von denjenigen der Sowjetunion und der anderen RGW-Staaten abhoben. Er war vorsichtig und gelegentlich auch ein wenig eilfertig im Umgang mit seiner Bündnisvormacht, aber wohl mehr deshalb, weil er die sowjetische Machtklammer über der DDR realistisch einschätzte, weniger aus Parteigehorsam. Natürlich wußte er, daß sein SED-Staat ohne den Rückhalt durch Moskau nicht hätte bestehen können.

Im Oktober 1974 hat Honecker den Begriff »Deutsche Nation« aus der Verfassung der DDR streichen lassen – ein Schritt der Abgrenzung gegen den größeren, westlichen Teil der Nation. Auch der Beschluß, die Hymne der DDR nicht mehr zu singen, in der es heißt »Deutschland, einig Vaterland«, diente der Abgrenzung. Ich weiß nicht, ob diese Schritte allen Leuten in der Führungsschicht der SED und ob sie Honecker selbst leichtgefallen sind. Ich dachte damals, es müsse darüber wohl verschiedene Meinungen gegeben haben.

Über den Inhalt des Begriffes Nation gibt es divergierende Auffassungen. Historiker, Juristen, Politologen, Philosophen und natürlich Politiker selbst sind an der Diskussion beteiligt. Sie kam im 19. Jahrhundert auf und wird heute nirgendwo mit größerer Vehemenz ausgetragen als in Deutschland, was wohl darauf zurückzuführen sein mag, daß wir uns der Existenz unserer Nation weniger bewußt waren als andere, jedenfalls nicht mit der gleichen Selbstverständlichkeit wie Franzosen und Engländer. Es ist vorauszusehen, daß unsere Auseinandersetzungen über die deutsche Nation sich auch im 21. Jahrhundert fortsetzen werden.

Unter den deutschen Intellektuellen zum Beispiel begegnet man mitunter der Auffassung, abgesehen von der Zeit zwischen 1871 und 1945 habe es in der deutschen Geschichte kein gemeinsames Bewußtsein der deutschen Nation gegeben; sie meinen deshalb, wir könnten heute und für die Zukunft darauf verzichten. Dies wurde uns bisweilen auch von einigen Engländern, Franzosen und Amerikanern nahegelegt; soweit es sich dabei um Politker handelte, so hätten sie sich gern der Last des Artikels 7 des Deutschlandvertrages von 1954 entledigt, in dem von der »Wiedervereinigung Deutschlands« und von der diesbezüglichen Verpflichtung der drei westlichen Siegermächte die Rede ist. Man sagte uns: Ihr Deutschen habt doch durch die Jahrhunderte keinen Nationalstaat gekannt, ihr seid früher ohne ihn ausgekommen, also könnt ihr auch künftig darauf verzichten; begnügt euch damit, Kulturnation zu sein.

Ich habe dieses Argument nie akzeptiert. Aber ich habe eingeräumt, daß es der Diskussion bedürfe. Von Helmuth Plessner stammt das Wort von der »verspäteten Nation«; es war der Titel eines Buches über die zeitliche Verzögerung, mit der in Deutschland Liberalität zur Geltung kam. Der Nationalstaat, dessen Errichtung schon nach dem Sieg über Napoleon von einigen angestrebt wurde, der aber erst 1847/48 fällig war, kam in Deutschland sehr viel später zustande als in Frankreich, England oder Holland, etwa gleichzeitig mit dem italienischen Nationalstaat. Aber die Tatsache der »Verspätung« unserer Nation und unseres Nationalstaates ist kein Argument gegen den Wunsch der Deutschen nach nationaler Einheit.

Es ist wahr, die dynastischen Interessen der Habsburger, Hohenzollern, Wittelsbacher und unzähliger kleinerer Häuser haben die staatliche Einheit lange verhindert. Goethe und Schiller hatten in ihren gemeinsam verfaßten Xenien schon 1797 pessimistisch geschrieben:

DÄNEMARK
NORDSEE
OSTSEE
Memel
Königsberg
Danzig
Kiel
Lübeck
Rostock
Stettin
Hamburg
Bremen
Hannover
Berlin
Warschau
Oder
POLEN
Weichsel
Elbe
Breslau
Leipzig
Köln
Dresden
Frankfurt
LUX.
Prag
Nürnberg
Rhein
ÖSTERREICH-
Stuttgart
FRANK-
REICH
Straßburg
München
200 km
Donau
Wien
Basel
SCHWEIZ
UNGARN
1871
Das Bismarckreich

DÄNEMARK
NORDSEE
OSTSEE
Memel
Freie Stadt
Danzig
Königsberg
Kiel
Ostpreußen
Lübeck
Rostock
Stettin
Hamburg
Bremen
Hannover
Berlin
Weichsel
Warschau
POLEN
Elbe
Leipzig
Breslau
Köln
Oder
Dresden
Frankfurt
LUX.
Prag
Nürnberg
TSCHECHOSLOWAKEI
FRANK-
REICH
Stuttgart
Rhein
München
200 km
Donau
Wien
Basel
SCHWEIZ
ÖSTERREICH
1919
Zur Zeit der
Weimarer Republik

Hitlers
Großdeutsches Reich

1989
BRD und DDR

»Zur Nation Euch zu bilden, Ihr hoffet es, Deutsche, vergebens; Bildet, ihr könnt es, dafür freier zu Menschen Euch aus!« Damals aber lag die Geburt der amerikanischen Nation auch gerade erst zwei Jahrzehnte zurück – wie die Nationalstaatsidee insgesamt ja nicht sehr alt ist. Daß Italiener und Deutsche länger als andere ohne sie auskommen konnten, lag an der Tatsache, daß sie sich seit dem Hochmittelalter im umfassenden Römischen Reich (Sacrum Romanum Imperium) aufgehoben fühlen konnten, welches in Deutschland seit Kaiser Karl IV. den Namen »Heiliges Römisches Reich Deutscher Nation (Nationis Germanicae) trug.

Das Wort »deutsche Nation« ist vermutlich an den italienischen Universitäten aufgekommen und bezeichnete die Studenten deutschsprachiger Herkunft. Das lateinische »natio« bedeutete ursprünglich Volk. Mit dem Begriff »deutsche Nation« waren zunächst die deutsch sprechenden Menschen innerhalb des Reiches gemeint; auch die Kaiser des römisch-deutschen Reiches sprachen (mit Ausnahmen) deutsch. Allerdings gab es keine einheitliche deutsche Hochsprache, sondern nur viele eng miteinander verwandte Mundarten. Das war zu jener Zeit in anderen Teilen Europas freilich nicht anders; erst der Buchdruck hat zur Vereinheitlichung der französischen, der englischen und anderer Sprachen geführt. Der Begriff »deutsche Nation« ist also alt. Er hat sowohl das römisch-deutsche Reich überlebt als auch das Reich Bismarcks, sowohl das »Dritte Reich« Hitlers als auch die vierzigjährige Teilung der Nation.

Der Begriff des Reiches stammt von den Römern: Imperium Romanum. Die Engländer haben ihn lange Zeit benutzt, ehe sie an die Stelle des »British Empire« das Commonwealth gesetzt haben. Auch die Franzosen haben ihn zeitweise benutzt. In Deutschland hingegen ist der Reichsbegriff nicht nur eintausend Jahre lang erhalten geblieben, er wurde auch mystifiziert und glorifiziert. Wir waren immer anfällig für Ideologien, hat Walter Scheel einmal gesagt: »Politik war für uns mehr eine Sache des Glaubens als der Vernunft.« Wahrscheinlich wären wir besser gefahren, wenn wir uns nach der Liquidation des blutleer gewordenen Heiligen Römischen Reiches Deutscher Nation durch Napoleon endgültig auch vom Begriff des Reiches getrennt hätten.

Der Begriff Nation und nationales Bewußtsein hingegen haben sich weltweit durchgesetzt und auch gegenüber fremder Herrschaft erhalten – nicht zuletzt in der Sowjetunion, wie man heute in vielen Republiken erkennen kann. Die Organisation der Staaten der Welt nennt sich

»United Nations«. Zwar ist im Verständnis der Nationen der Nationalbegriff mit jeweils anderen Inhalten gefüllt, die sich zum Teil stark voneinander unterscheiden. Aber fast überall gründet er sich auf gemeinsame Sprache und Literatur, gemeinsame Geschichte, gemeinsame Tradition und auf einen gemeinsamen Staatswillen.

Wer als Deutscher ergründen will, was unsere Nation ausmacht, kommt nicht umhin, auch von den Verbrechen der Nazizeit zu reden. »Die Zeit, sagt der Volksmund, heilt alle Wunden«, heißt es in einer Rede meines Freundes Siegfried Lenz, »und wie so manches Mal irrt er sich auch hier ... Wenn wir das Gedächtnis preisgeben, wenn wir uns über die Selbstverständlichkeiten hinwegsetzen, zu denen es verpflichtet, geben wir politische Moral ebenso preis wie menschliche Gesittung ... Zu ihr gehört auch die Bereitschaft, eine Gedächtnislast zu übernehmen.« Geschichtsbewußtsein und das Bewußtsein der Nation gehen Hand in Hand. Wer aber ein selektives Gedächtnis pflegt, wer sich nur an die Höhepunkte und Heldentaten der eigenen Geschichte erinnern will, wer als Christ die Ketzer- und Hexenverbrennungen, als Deutscher den millionenfachen Mord an den Juden oder als Kommunist die Verbrechen des Stalinismus verdrängen und verschweigen will, der gibt Moral und Gesittung preis.

Sowohl in der DDR als auch in der Bundesrepublik gibt es den vielfältigen Versuch, zu verdrängen, zu vergessen, zu verschweigen oder Schuld auf andere abzuschieben. Es waren in der Tat der Krieg Hitlers und die Verbrechen Hitlers, aber ungezählte Deutsche waren am Krieg und an den Verbrechen beteiligt. Kein Deutscher darf dies aus dem Gedächtnis verlieren. Die kommunistischen Führer in der DDR wollten sich aus der Verantwortung stehlen und dem Volk weismachen, sie allein seien die Erben des Widerstands gegen Hitler, während die Bundesrepublik die Fortsetzung jener Kräfte darstelle, die Hitler an die Macht gebracht und damit den Zweiten Weltkrieg und alle Verbrechen der Nazizeit ermöglicht hätten. Sie haben als Geschichtsfälscher Moral und Gesittung preisgegeben.

Die Wahrheit ist viel komplexer. Die Mystifizierung der Staatsidee durch Hegel, die im 19. Jahrhundert versäumte Revolution zur Etablierung der Grundfreiheiten für jedermann, die Begeisterung für den nationalistischen Prunk und das Militärgehabe unter Wilhelm II., die Erbitterung über die alleinige Kriegsschuldzuweisung durch die Sieger im Versailler Vertrag, die Spaltung der Sozialdemokratie am Ende des Ersten Weltkrieges, dies alles bis hin zum politischen Romantizismus in

Teilen des deutschen Bürgertums gilt es zu berücksichtigen. Der Fehlschlag des ersten deutschen Demokratieversuchs ist Bürgertum, Kommunisten, Sozialdemokraten und Nazis gemeinsam zur Last zu legen – und der Unfähigkeit der Regierenden, der bitteren Not von sechs Millionen Arbeitslosen abzuhelfen. Aber Kommunisten und Nazis *wollten* die Demokratie zerstören; ich habe als Quartaner und Tertianer die Schlägereien und Schießereien miterlebt, mit denen sich Kommunisten und Nationalsozialisten in Hamburg während der großen Wirtschaftsdepression bekriegt haben. Beide hatten mit der Demokratie nichts im Sinn. So ist das atmosphärische Gemisch von Angst, Überdruß, Haß, Verzweiflung und Hoffnung entstanden, in dem der genialdemagogische Hitler Mehrheiten finden, die Macht an sich reißen und die Nation verführen konnte.

Kein Deutscher kann dieses Erbe ausschlagen. In Wahrheit wußten dies auch viele der Älteren unter den Kommunisten in Ost-Berlin. Aber ihnen fehlte der Mut, sich die Wahrheit einzugestehen; statt dessen haben sie Millionen junger Menschen mit ihren Geschichtsfälschungen gefüttert. Es gehörte der Mut Gorbatschows dazu, die von Hitler und Stalin als Komplizen gemeinsam begangenen Verbrechen gegen Polen, Litauen, Lettland und Estland offenzulegen, gefährdete er damit doch den Machtanspruch der Kommunistischen Partei und seine eigene Position als Inhaber der Macht. Es kann sein, daß Gorbatschow scheitert; aber sein Aufräumen mit den stalinistischen Geschichtslegenden ist nicht rückgängig zu machen.

Gewiß ist es ebenso unredlich, den Nachkommen »die ganze deutsche Geschichte nur als Verbrecheralbum« (Wolfgang Döring) vorzuführen. Die Nachkommen haben ein Recht darauf, daß ihnen die deutschen Leistungen nicht verschwiegen werden, weder in der älteren noch in der jüngsten Vergangenheit. Die jungen Menschen in beiden Teilen Deutschlands haben ein Recht darauf, von der Spartakistin Rosa Luxemburg zu hören, für die »Freiheit immer die Freiheit der Andersdenkenden« gewesen ist. Sie haben ein Recht darauf, vom Widerstand der Stauffenberg, Leber und Leuschner zu hören, aber auch vom Widerstand gegen Walter Ulbricht und seine mit Hilfe der sowjetischen Besatzungsmacht im Gebiet der heutigen DDR 1946 erzwungene Vereinigung der demokratischen SPD mit der diktatorischen KPD.

Die Vermittlung von Geschichte an die Nachfahren war zu allen Zeiten selektiv und deshalb oft tendenziös; in der DDR war sie dies in besonders hohem Maße. Bisweilen habe ich den Eindruck gehabt, einige der Oberen in der DDR glaubten inzwischen selbst an ihre einseitig ausgewählte und einseitig verzeichnete Geschichtsdarstellung. Natürlich bedeutet Geschichtsschreibung nicht bloß Präsentation von Fakten, sondern zugleich Auswahl, Aufspüren der Zusammenhänge, Bewertung, zugleich Sinngebung und nicht zum geringsten die Kunst der zusammenfassenden Darstellung. Geschichtsschreibung ist subjektiv - wie alle Kunst und alle Philosophie. Die Geschichtsschreibung durch die Kommunisten aber war weniger Kunst als vielmehr Agitation - und mehr wollte sie im Grunde auch nicht sein.

Der Versuch, den Begriff der deutschen Nation im Bewußtsein der Bürger der DDR zu tilgen und statt dessen den Begriff einer sozialistischen Nation zu indoktrinieren, lief jedenfalls auf eine radikale Einengung des Geschichtsbewußtseins hinaus. Selbst wenn dieser Versuch unter Zuhilfenahme aller totalitären Mittel noch über lange Zeit hätte fortgesetzt werden können, wären gleichwohl die Erfolgschancen nicht hoch gewesen. Das geschichtliche Erbe, wie es von Generation zu Generation vermittelt wurde, ist tief im Bewußtsein der Menschen verankert und nur ganz allmählich zu korrigieren. Auch erschwerte die Wirkung des Fernsehens über die Grenzen hinweg alle Versuche totalitärer Umerziehung in hohem Maße.

Wir Deutschen haben aus unserer nationalen Geschichte im letzten Drittel des 19. Jahrhunderts eine allgemeine Tendenz zur Überheblichkeit gegenüber unseren Nachbarn abgeleitet, die sich bis hin zu Hitlers Wahnidee von der Beherrschung Europas steigerte. Die Neigung zu spezifischer Arroganz gegenüber unseren polnischen Nachbarn ist noch ein wenig älter, sie geht einher mit einer inneren Unsicherheit gegenüber den Russen; beides ist in der DDR genauso, wenn nicht stärker zu spüren als in der Bundesrepublik. Die DDR-Bürger sind in der gesamten Zeit der Existenz ihres Staates einer engen Berührung mit den Russen ausgesetzt gewesen, was das Verständnis und die Sympathie für russische Geschichte und Kultur nicht sonderlich gefördert hat. Auch in der Bundesrepublik war es nicht immer leicht, durch den Schleier der sowjetischen Agitation hindurch die russische Kultur als Teil der gemeinsamen europäischen Kultur zu begreifen.

Dennoch sind in der Aufarbeitung geschichtlich überkommener Defizite die Bürger der Bundesrepublik ungleich besser gefahren als die Bürger der DDR. Aufgrund unserer Einbindung in die westliche Gemeinschaft wurden uns die Grundfreiheiten des Menschen, die Vorzüge einer pluralistischen Gesellschaft und die Werte der parlamentarischen Demokratie verständlich und selbstverständlich. Dabei war diese Entwicklung 1945 keineswegs vorgezeichnet. Denn immer waren den Deutschen, nach einem Wort von Fritz Stern, »die bürgerlichen Freiheiten ... weniger wichtig als der Traum von einer starken und geeinten Nation«. Die Deutschen in der Bundesrepublik haben seit 1949 einen kontinuierlichen Lernprozeß in Sachen Politik nachholen können, den Bürgern der DDR blieb dies bis in den Herbst 1989 versagt; sie beginnen jetzt damit, nach vierzigjährigem Vakuum. Wie groß die Unterschiede in der Entwicklung des politischen Bewußtseins hüben und drüben sind, wird sich auch daran messen lassen, wieviel die Bürger der DDR aus dem gemeinsamen Erbe vom Reichstag zu Worms bis Auschwitz bewahrt haben, was sie daraus gelernt haben und was sie inzwischen zusätzlich aufgenommen haben. Ich scheue in der Politik Optimismus ebensosehr wie Pessimismus, weil beides sachliches Urteilen und vernunftgeleitetes Handeln erschwert. Ich halte es jedoch für realistisch zu sagen: schon in kurzer Zeit wird sich zeigen, daß sie und wir eine und dieselbe Nation sind und daß wir zusammengehören.

Manche Leser mögen mit den in diesem Abschnitt skizzierten Grundlinien meines Verständnisses von Nation oder einigen meiner geschichtlichen Reflexionen nicht übereinstimmen. Sie haben mit Nationalismus nichts zu tun. Ich habe sie hier festgehalten, weil sie – wie subjektiv auch immer – meine Haltung gegenüber der deutschen Teilung kennzeichnen und mein Verhalten gegenüber der DDR unter Honecker bestimmt haben.

Zu dem geschichtlichen Erbe, das wir Deutsche nicht ausschlagen können, gehört die Tatsache, daß Karl Marx und Friedrich Engels Deutsche gewesen sind. Der Marxismus hat aus ihren Einsichten und Thesen Lehrgebäude der Politik und der Ökonomie gemacht und später eine Technik der Beherrschung von Menschen und Gesellschaft entwickelt, die mit den Urhebern nicht mehr viel gemeinsam hat. Karl Marx hatte die Situation des englischen Industrieproletariats des 19. Jahrhunderts vor Augen, seine Thesen waren nicht auf landwirtschaftlich orientierte Gesellschaften, schon gar nicht auf Entwicklungsländer hin konzipiert – und auch nicht auf fortgeschrittene industrielle Demokratien.

Der praktische Marxismus der Regierenden war weithin verheerend. Wenn deutsche Kommunisten sich dennoch weiterhin an die ihnen vermittelte spezifische Version von Marxismus klammern, so stehen sie in einer unheilvollen deutschen Tradition, der Neigung zur Ideologie.

Und doch ist zu betonen: Wer als Marxist oder Kommunist Widerstand gegen Hitler geleistet hat, hat recht gehandelt. Dies gilt auch für Erich Honecker, der sich in Hitlers Zuchthaus an die Grundüberzeugung seiner Jugendjahre klammerte – woran sonst hätte er sich damals halten können? Als er nach Kriegsende sein Teil dazu beitragen wollte, »daß sich die Schrecken der Vergangenheit niemals wiederholen können« (Kurt Schumacher), geschah dies auf der gleichen politischen und moralischen Grundlage, die es ihm in jahrelanger Haft ermöglicht hatte, seelisch zu überleben. Wer von uns wollte ihn dafür schelten, daß ihm weder Marx noch Lenin die Grundwerte der persönlichen Freiheit und der Demokratie mit auf den Weg haben geben können?

Honeckers Lebensweg zu verstehen, bedeutete keineswegs, seine Herrschaftspraxis und die Praxis seines Partei- und Staatsapparates zu billigen, weit gefehlt. Fast niemand in Deutschland wollte von Honekkers diktatorischem Kommunismus etwas wissen, ganz im Gegenteil. Und doch haben wir miteinander geredet, haben Abkommen geschlossen und uns gegenseitig besucht. Warum? Weil wir in Bonn wußten, daß Abkommen den Deutschen in der DDR nützten – und uns in der Bundesrepublik auch. Weil wir wußten, daß wir zusammengehören.

Lange Jahre hat man, wenn von den Bürgern der DDR die Rede war, von »unseren Brüdern und Schwestern« gesprochen. Später mochte man diese Wendung nicht mehr hören, zumal sie oft bloß formelhaft gebraucht wurde, während die Staatspraxis der Bundesrepublik sich ansonsten auf »Nichtanerkennung« beschränkte. Dies ist seit 1969 schrittweise anders und besser geworden, aus der gegenseitigen Verachtung wurde Kooperation. Ich habe dazu meinen Beitrag geleistet und bin zufrieden, daß mein Amtsnachfolger Helmut Kohl den Weg der Zusammenarbeit fortgesetzt hat; auch Franz Josef Strauß hat im Laufe der achtziger Jahre eine zunehmend realistischere Haltung eingenommen.

Als ich 1981 am Werbellinsee war, habe ich Erich Honecker zum Gegenbesuch in der Bundesrepublik eingeladen. Dieser Gegenbesuch kam 1987 zustande, als ich bereits lange aus dem Amt war. Kohl hat Honecker mit allen militärischen Ehren ganz zeremoniell empfangen. Ich habe mich über Honeckers Besuch gefreut, weil er ein weiterer Schritt auf dem Wege zur Normalisierung war. In der »Zeit« habe ich geschrieben: »Auch wenn wir politisch nie Freunde werden können, laßt uns ihn würdig empfangen – empfangt ihn als einen unserer Brüder!« Ein Bruder zwar, aber keineswegs ein Freund. Freunde kann man sich aussuchen, Brüder nicht.

Ungleiche Chancen

Die Verhandlungen mit Honecker und seiner Regierung waren zu keiner Zeit einfach, oft verliefen sie extrem zähflüssig, meist wurde endlos gefeilscht. Wie man das macht, konnte die Ost-Berliner Führung in Moskau studieren; im deutsch-deutschen Verkehr kam zu der sowjetischen Hartnäckigkeit noch deutscher Perfektionismus hinzu, vor allem aber der für die DDR-Volkswirtschaft unerläßliche Zwang, soviel wie möglich an harter D-Mark zu ergattern. Der Grund war offensichtlich: Obwohl die Wirtschaft der DDR besser funktionierte als die anderen Volkswirtschaften im RGW einschließlich der Sowjetunion, litt das Land unter ständigem Mangel an Devisen für den Import von Industrieerzeugnissen, die im RGW nicht zu haben waren.

1945 hatte die damalige Sowjetische Besatzungszone (SBZ) Startbedingungen gehabt, die denjenigen in den drei westlichen Besatzungszonen sehr ähnlich waren: schwere, zum Teil schwerste Zerstörungen der Städte und der Industrien, Wohnungsnot, weitgehend lahmgelegte Verkehrsverbindungen, Kohlemangel, eine völlig unzureichende Lebensmittelversorgung und Hunger. Ohne Bezugsscheine gab es nichts, auf dem schwarzen Markt herrschten inflationistische Preise. Dem gegenüber stand ein zäher Wille zum Überleben. Auch gab es gut ausgebildete und erfahrene Facharbeiter, Ingenieure, Fabrik- und Unternehmensleiter. Die Reparationen, welche die Sowjetunion verlangte, waren jedoch weit umfangreicher als die Demontagen in den drei westlichen Besatzungszonen, und bald klaffte auch die wirtschaftspolitische Entwicklung in beiden Teilen Deutschlands auseinander.

Die Währungsreform in den drei westlichen Besatzungszonen allein hätte nicht ausgereicht, derartig schnell die Produktivität zu revitalisieren. Erst Erhards kühner Entschluß, innerhalb einer kurzen Zeitspanne fast alle Preise freizugeben und fast alle Bezugsscheine zu beseitigen, setzte die Kräfte frei. Die Einführung der Sozialen Marktwirtschaft war eine große staatsmännische Leistung, auch wenn sie damals auf herbe Kritik stieß. Natürlich dürfen bei alledem die Segnungen des Marshallplanes nicht vergessen werden; damit begann ja erst der Zufluß lang entbehrter Importwaren, darunter Nahrungs- und Genußmittel.

In der SBZ/DDR hingegen blieb es nicht nur bei dem Bezugsscheinsystem und bei staatlich festgesetzten Preisen, Stalin lehnte auch Marshallplanhilfen für alle Staaten seines Machtbereiches ab. Aber ein gewichtiger hemmender Faktor trat hinzu: die größeren Betriebe und

Am Montag, dem 7. September 1987, empfing Bundeskanzler Helmut Kohl den Staatsratsvorsitzenden und Generalsekretär der SED Erich Honecker mit vollem staatlichen Zeremoniell in der Bundeshauptstadt. Die Einladung an Honecker hatte Helmut Schmidt im Dezember 1981 am Werbellinsee ausgesprochen.

alle Konzerne in der SBZ wurden zu volkseigenen Betrieben erklärt und enteignet. Damit wurde die Zwangswirtschaft des Nationalsozialismus unter neuen Vorzeichen fortgesetzt und nach sowjetischem Vorbild in ein dauerhaftes, zentral verwaltetes System gebracht. Die nach 1945 neugegründeten Gewerkschaften wurden zu Erfüllungsgehilfen degradiert, hinzu kamen Leistungsnormen für die Belegschaften; ihre Erhöhung löste am 17. Juni 1953 den Aufstand aus, den die sowjetische Besatzungsmacht und DDR-Organe blutig niederschlugen. Es folgte die schrittweise Überführung der gesamten Landwirtschaft in Betriebsformen nach dem Muster der sowjetischen Kolchosen. 1960 war das Wirtschaftssystem des Befehlskommunismus vollendet. Es funktionierte schlecht, auch die Lebensmittelversorgung. In der ganzen Zeit gab es Ströme von Flüchtlingen; der Bau der Berliner Mauer am 13. August 1961 setzte dem ein Ende.

Im März 1959 veröffentlichte die SPD in Bonn ihren Deutschland-Plan, der über drei Stufen zur Vereinigung der Bundesrepublik und der Deutschen Demokratischen Republik führen sollte. Der Lebensstandard in der DDR lag damals mindestens um ein Drittel niedriger als in der Bundesrepublik, auch die Arbeitsproduktivität war viel geringer als bei uns. Die Systeme der Steuerpolitik, der öffentlichen Finanzen, der Kreditwirtschaft und der Banken, der Sozialpolitik, des Außenhandels, des Zollwesens und so weiter schienen mir so verschieden, daß es nach meinem damaligen Urteil »selbst bei bestem Willen beider Seiten« vieler Jahre bedurfte, ehe es zu einem »gesamtdeutschen Markt« und zu einer »Währungsunion« kommen konnte. Dabei hatten wir von vornherein auf Angleichung der Eigentumsstrukturen verzichtet, damit an die andere Seite keine unzumutbaren Forderungen gestellt wurden.

Die in den USA damals aufkommende »Konvergenz-Theorie«, nach der sich die ökonomischen Systeme des Kommunismus und der Marktwirtschaft auf längere Sicht zwangsläufig einander annähern würden, kam mir wenig wahrscheinlich vor. Aus ideologischen Gründen wurde sie in Moskau und Ost-Berlin heftig bekämpft und als ein »Instrument imperialistischer Globalstrategie« verurteilt. Ein Vierteljahrhundert später hat Gorbatschow als erster maßgebender Kommunist die ökonomische Überlegenheit marktwirtschaftlicher Systeme eingeräumt, aber seine Perestroika wurde in Ost-Berlin weder verstanden noch akzeptiert. Noch 1987 hat Honecker während seines Besuches in der Bundesrepublik zu mir gesagt: »Das ist doch bloß ein Wechseln der Tapeten!« Honeckers Versuch, sich gegen die neue Entwicklung in Moskau zu stellen, war jedoch nicht durchzuhalten. Er hat zu seinem Sturz - und dem der SED - beigetragen.

Als Honecker und ich 1975 in Helsinki zum ersten Mal persönlich über Fragen des Wirtschaftsaustausches zwischen beiden deutschen Staaten zu reden hatten, funktionierte die Wirtschaft der DDR gewiß besser als diejenige der Sowjetunion. Aber im Vergleich zur Wirtschaftsleistung der Bundesrepublik war sie weit unterlegen; genaue Zahlenangaben sind wegen der unterschiedlichen Preissysteme nicht möglich. Immerhin hat die Weltbank für 1980 zwei fundierte Schätzungen vorgelegt, nach denen das Bruttosozialprodukt pro Kopf in der DDR einmal bei 43 Prozent, das andere Mal bei 53 Prozent der Wirtschaftsleistung in der Bundesrepublik lag. Allerdings herrschte in der DDR Vollbeschäftigung, während wir in der Bundesrepublik unter dem Druck des ersten Ölschocks 1975 im Jahresdurchschnitt 1,07 Millionen, das heißt 4,7 Prozent Arbeitslose verzeichneten.

Neben dem wirtschaftlichen Handicap, für das die Sowjetunion nur teilweise verantwortlich war und das nicht zuletzt auf der reformfeindlichen Starrheit der Ost-Berliner Regierung beruhte, stand als zweite große Belastung die Massierung von Truppen auf dem Territorium der DDR. Die Zahlen der Nationalen Volksarmee entsprechen, auf die Staatsfläche bezogen, im großen und ganzen den Zahlen der Bundeswehr; die Zahl der in der DDR stationierten sowjetischen Truppen hingegen ist, ebenfalls auf die Staatsfläche bezogen, etwa dreimal so groß wie die Zahl aller ausländischen Truppen auf dem Boden der Bundesrepublik. Obwohl die sowjetischen Soldaten weitgehend isoliert in ihren Kasernen bleiben - einer der Gründe liegt in ihrem bescheidenen Sold -, ist ihre Präsenz doch jedermann in der DDR bewußt. Auch Honecker wird zu keiner Zeit vergessen haben, daß die Sowjetarmee nicht nur 1956 in Ungarn und 1968 in der ČSSR eingegriffen hat und daß sie mehrfach darauf vorbereitet war, in Polen einzugreifen - zuletzt im November/Dezember 1981 -, sondern daß sie auch jederzeit in der DDR eingreifen konnte, wie am 17. Juni 1953 geschehen. Solange diese Situation anhielt, war keine Regierung der DDR frei in ihren Entschlüssen, es sei denn, daß sie einen Konflikt mit Moskau in Kauf nahm. Mehrfach hat die Ost-Berliner Seite der Bundesregierung und auch mir persönlich ziemlich offen angedeutet, daß ein bestimmter Schritt oder eine bestimmte Veränderung bisheriger Praxis mit Rücksicht auf Moskau nicht möglich sei. Später, als Gorbatschow der SED Reformen empfohlen hat, war sie dazu nicht fähig und nicht willens.

Wir haben der DDR auf vielfältige Weise ökonomisch geholfen. Eine der wichtigsten Hilfen war der sogenannte Interzonenhandel, das Wort stammt noch aus der Zeit der Besatzungszonen. Er wurde de facto in D-Mark abgewickelt und hatte für die DDR zwei wichtige Vorteile: zum einen die Zollfreiheit beim Import von DDR-Waren in die Bundesrepublik, zum anderen den Swing. Mit Swing bezeichnet man die Marge, um welche beide Partner vorübergehend abweichen dürfen von dem prinzipiell vereinbarten Gleichgewicht in ihrer bilateralen Handelsbilanz. In der Praxis hat allein die DDR den Swing in Anspruch genommen, das heißt, ihre Ausfuhr in die Bundesrepublik hinkte immer hinter ihren Einfuhren aus der Bundesrepublik hinterher. Weil der Swing eine Art zinsfreier Überziehungskredit ist, genoß die DDR praktisch einen ständigen zinsfreien Kredit der Bundesrepublik, und jede Erhöhung des Swing bedeutete für die DDR eine Ausweitung ihrer Importe aus dem Westen. Auch der Swing war, wie alle finanziellen Regelungen, immer wieder Gegenstand schwieriger Verhandlungen.

Eine besonders heikle Angelegenheit war das Freikaufen von Inhaftierten. Zwar wurde im Laufe der Menschheitsgeschichte oft Lösegeld für politische Gefangene gezahlt, aber auf seiten der DDR muß man sich doch geschämt haben. Uns bestimmte der Wunsch, so viele Menschen wie möglich herauszuholen. Der Minister für innerdeutsche Beziehungen, Egon Franke, aber auch Herbert Wehner, Rainer Barzel und Abgeordnete anderer Parteien haben vielen Menschen helfen können; das Geld bewilligte der Bundestag. Bei der Lösung von humanitären Problemen hatte sich die Praxis der DDR im Laufe der Jahre gebessert, auch wenn sie bis zum Ende der Ära Honecker keineswegs die Kriterien der Helsinki-Schlußakte erfüllte. In manchen Einzelfällen mußte offenbar Honecker persönlich eingeschaltet werden, der sich aber, wie es schien, nicht einfach über Regeln der DDR-Praxis hinwegsetzen wollte - oder konnte.

Dennoch schien mir Honecker in humanitären Angelegenheiten mehr Herz zu haben als manche seiner Politbüro-Kollegen und als seine sturen Behörden. Ich habe manchen Fall erlebt, in dem er persönlich hilfreich eingegriffen hat. Ein solcher Fall betraf mich selbst. 1944 tat ich Dienst in einer Kaserne in Bernau bei Berlin. Loki und ich wohnten außerhalb in einer sogenannten Schnitter-Kaserne, einem primitiven Gebäude, das wohl im vorigen Jahrhundert für polnische Saisonarbeiter gebaut worden war; einige Familien im Haus sprachen noch polnisch untereinander. Dort wurde unser erstes Kind geboren, das bald nach der Geburt starb. Als meine Frau 1981 das Grab auf dem Friedhof der benachbarten Kirchengemeinde Schönow besuchte, war es unkenntlich. Einige Jahre später haben wir gemeinsam den Friedhof in Schönow besucht; jetzt war das kleine Kindergrab hergerichtet und mit einem Grabstein versehen, der den Namen und die Lebensdaten unseres Söhnchens trug. Der Pastor des Dorfes und seine Ehefrau pflegten das Grab, am Kopfende wuchs eine kleine Linde. Meine Frau und ich waren sicher, daß Erich Honecker dies veranlaßt hatte.

Andere RGW-Staaten haben die devisenpolitischen Vorteile der DDR mit Neid betrachtet, was gelegentlich in Bemerkungen ihrer Staatschefs mir gegenüber zum Ausdruck kam. Die DDR hatte und hat noch immer mehr Möglichkeiten zum Import westlicher Güter als die anderen RGW-Staaten. Sie verdankte dies der westdeutschen Solidarität mit den Bürgern in West-Berlin und mit den Bürgern der DDR. Es war nicht immer leicht, unsere Zahlungen der bundesdeutschen öffentlichen Meinung verständlich zu machen, zumal wir deswegen oft von der Opposition getadelt wurden. Der Vorwurf, die Bundesregierung lasse sich beim Freikauf von Gefangenen erpressen, hat mich immer geärgert, wenngleich oder vielmehr weil er sachlich richtig war. Aber die Alternative wäre gewesen, auf alle die Hilfen und Erleichterungen zugunsten der benachteiligten Landsleute im anderen Staat und in Berlin zu verzichten. Soweit ich sehe, hat auch mein Nachfolger nicht auf diese solidarischen Hilfen verzichtet - freilich blieben ihm Vorwürfe durch die sozialdemokratische Opposition erspart.

Parallel zu unseren Verhandlungen mit der DDR bemühten wir uns mit Nachdruck und unter Aufwendung großer finanzieller Mittel um den wirtschaftlichen Ausbau West-Berlins, was den Machthabern im Ostteil der Stadt natürlich ein Dorn im Auge war. Große westdeutsche Unternehmen und Banken und der Bundesverband der Deutschen Industrie - ebenso wie die Gewerkschaften - waren im Prinzip zu Investitionen in West-Berlin bereit; dennoch hat es die Bundesregierung und mich vielerlei Anstrengung und Überredung gekostet. Ich selbst war oft in Berlin, habe dort auch alljährlich, gemeinsam mit dem Regierenden Bürgermeister der Stadt, ein großes Fest gegeben, zu dem die westdeutsche Prominenz in großer Zahl erschien. Psychologisch und politisch wichtiger war es, daß ich Regierungschefs und Staatsoberhäupter, die zu Besuch in die Bundesrepublik kamen, auch zum Besuch West-Berlins veranlassen konnte, von Elizabeth II. bis zu Gerald Ford. Dabei mußten wir immer sorgfältig das Viermächteabkommen über Berlin beachten.

Die insulare Anomalie West-Berlins hat mir immer große Sorgen gemacht. Die in der ganzen Welt einmalige Situation einer offenen Gesellschaft in einer eingemauerten Stadthälfte hat zwangsläufig Auswirkungen auf die Psychologie ihrer Einwohner. West-Berlin ist gleichwohl immer eine Weltstadt geblieben. Seine Bürger haben seit der Blockade und der Luftbrücke, unter so hervorragenden Bürgermeistern wie Louise Schröder, Ernst Reuter und Willy Brandt, alle internationalen Krisen um ihre Stadt mit Tapferkeit und schnoddrigem Humor überstanden. Je mehr sich aber die Lebensverhältnisse beruhigten, um so deutlicher traten auch gewisse Ermüdungserscheinungen in der ehemaligen »Frontstadt« zutage. Zweifellos hoffte die SED-Führung auf eine langsame, schrittweise Erlahmung oder Austrocknung des Widerstandwillens der West-Berliner.

Das Viermächteabkommen zwischen den USA, der Sowjetunion, England und Frankreich vom 3. September 1971 regelt einen Teil der für beide Hälften der Stadt geltenden Verfahren, läßt jedoch viele Fragen offen. Es dokumentiert die Oberhoheit und die oberste Verantwortung der vier Mächte, die diese vor fast einem halben Jahrhundert in Potsdam als Recht der Sieger beansprucht haben, aber es läßt der politischen und wirtschaftlichen Praxis der DDR wie der Bundesrepublik weiten Raum. Die Umklammerung Berlins durch das Territorium der DDR gab deren Regierung viele Möglichkeiten zur Schikane gegen West-Berlin in die Hand; dies machte es für die Bundesregierung noch schwieriger, die Bürger West-Berlins in vollem Umfang an den Fortschritten der Lebensqualität in der Bundesrepublik teilnehmen zu lassen. Wir konnten diese Aufgabe erfüllen, weil wir die drei Westmächte auf unserer Seite hatten und weil wir angesichts unseres hohen Sozialproduktes über genügend Finanzmittel zur Stützung West-Berlins wie auch zur Abgeltung von tatsächlichen oder nur vorgeblichen Kostenerstattungsansprüchen der DDR verfügten. So wurde also auch mit Geld, etwa für einen reibungsfreien Transitverkehr zwischen der Bundesrepublik und West-Berlin, die Freiheit der West-Berliner verteidigt.

Was die Freiheit der Bürger in der DDR betraf, so hatten sie einen gewissen Spielraum im Rahmen der beiden Kirchen und der kirchlichen Gemeinden, besonders auf den Kirchentagen, an denen auch Laien zu Wort kommen. Beide Kirchen waren darauf bedacht, diesen Spielraum nicht zu sehr auszuweiten, damit er ihnen nicht genommen wurde. Ich habe gern alle Gelegenheiten genutzt, mit den Bischöfen der DDR zu sprechen und von ihnen zu hören, was die Menschen bewegte und bedrückte. Ich erinnere mich mit Dankbarkeit der Kardinäle Bengsch und Meisner, der evangelischen Bischöfe Schönherr, Forck und Hempel und des Konsistorialpräsidenten Manfred Stolpe.

Nach meinem Ausscheiden aus dem Amt bin ich fast jedes Jahr privat in der DDR gewesen und habe mehrere Vorträge in Kirchen oder kirchlichen Einrichtungen gehalten, so in der großen klassizistischen Nikolai-Kirche in Potsdam im Oktober 1986 und in der schönen Marienkirche in Rostock im Juni 1988. In beiden Kirchen drängten sich die Menschen - auch ohne öffentliche Ankündigung der Veranstaltung -, um einen westdeutschen Politiker zu hören, den sie vom Fernsehen kannten. Sie waren darauf eingestellt, dem Redner allein schon deshalb, weil er gekommen war, zuzujubeln. Ich achtete deshalb darauf, durch meine Worte den DDR-Behörden keinen Anlaß zu Repressionen zu geben. Dennoch habe ich bei solchen Gelegenheiten meine Kritik an der SED-Herrschaft klar ausgedrückt und ausführlich die These 5 der Barmer Bekenntnissynode zitiert, mit der sich 1934 die Bekennende Kirche gegen die Nazi-Überfremdung wehrte. Die Aussage, daß nicht nur die Regierenden, sondern auch die Regierten Verantwortung tragen, habe ich gegen die SED gewendet und gesagt: »Sie brauchen aber auch Raum für ihre Verantwortung!« Die Regierenden haben das gewiß nicht gern gehört.

Natürlich habe ich immer wieder die Helsinki-Schlußakte von 1975 zitiert, Honeckers Unterschrift darunter hervorgehoben und dargelegt, daß eine volle Verwirklichung der Menschenrechte in der DDR bislang nicht erreicht sei. Aber ich habe den DDR-Bürgern auch Mut gemacht: »Jeder von uns darf an der Hoffnung auf ein gemeinsames Dach über der deutschen Nation festhalten. Auch Gorbatschow hat ja in seinem Perestroika-Buch die Zukunft Deutschlands ausdrücklich offen gelassen ... Je mehr Brücken es geben wird, hinüber oder herüber, je mehr wir alle über diese Brücken reisen können, um so mehr wird die Frage Ausreisen oder Hierbleiben an Gewicht verlieren. Dies möge die Regierung der DDR bedenken! ... Ich gehöre zu denen, die immer den schrittweisen Weg zur Überbrückung der Grenzen gegangen sind, auch in Zukunft müssen wir dabei bleiben. Dabei können Kompromisse immer wieder nützlich sein. Allerdings: die Gewissensfreiheit der Person, die Würde des einzelnen Menschen, die erträgt keinen Abstrich und keinen Kompromiß! Das haben wir doch schon nach dem Zusammenbruch der ersten Demokratie in Deutschland gelernt.«

Im Laufe der Jahre ist die SED-Herrschaft gegenüber den Kirchen etwas toleranter geworden. Politbüro und Bezirksleitungen haben wohl zunehmend gespürt, daß die von ihnen regierten Menschen ein Ventil brauchten. Gleichwohl war es für die alten Kommunisten in Ost-Berlin sehr schwierig, sich die Beziehungen eines gläubigen Christen zu Gott vorzustellen. Wenn sie Gottesdienst tolerierten, so aus Gleichgültigkeit und weil es zweckmäßig schien.

Respekt vor den Gewissensüberzeugungen anderer war nie Sache der kommunistischen Parteien in den Warschauer-Pakt-Staaten. Eine rühmliche Ausnahme war die Haltung der polnischen Kommunisten gegenüber der katholischen Kirche, am geringsten war die Achtung in der Sowjetunion, der Stalinismus hat hier bis tief in die Ära Gorbatschow nachgewirkt. Auch in der DDR war bei den Regierenden von Respekt vor den Überzeugungen anderer kaum je etwas zu spüren. Die Ausdrücke, mit denen die Chefideologen der SED zum Beispiel uns Sozialdemokraten oder die westdeutsche Gesellschaft insgesamt belegten, die Vorwürfe, Faschisten und Imperialisten zu sein, waren unsinnig und ehrenrührig. Solche Dauerpropaganda sollte das Volk in der DDR gegen westdeutsche Einflüsse immunisieren. In Wirklichkeit wurde dadurch die Glaubwürdigkeit der SED bei den eigenen Untertanen nur zusätzlich unterminiert, zumal die Deutschen in der DDR sich dank des Fernsehens ihr eigenes, zutreffenderes Bild von den politischen Verhältnissen und den Lebensbedingungen in der Bundesrepublik machen konnten. Das zeitweilige Verbot von Fernsehantennen, mit deren Hilfe man westdeutsche Fernsehprogramme empfangen konnte, hat daran nicht viel ändern können; nicht nur wurde es umgangen, sondern es bewies dem Volk die Angst der Regierenden vor der Wahrheit.

Die SED hatte den ganzen staatlichen Machtapparat zur Verfügung, um die von ihr verfälschten oder frisierten Tatsachen als angebliche Wahrheiten zu indoktrinieren. In diesen Bereich gehört auch die Legende, die Sozialdemokraten in der SBZ hätten im April 1946 ihre Vereinigung mit den Kommunisten zur »Sozialistischen Einheitspartei Deutschlands« (SED) aus freien Stücken beschlossen. Die Wahrheit ist, daß schon vor dem Vereinigungs-Parteitag die einzelnen Ortsvereine und Gliederungen der SPD durch List, Drohung und Gewalt seitens der sowjetischen Besatzungsmacht eingeschüchtert und auf Einheitskurs gebracht worden waren. Zwar haben in Berlin Otto Grotewohl und andere die Schaffung einer Sozialistischen Einheitspartei betrieben, aber tatsächlich waren sie in der SPD eine Minderheit. Ich habe noch viele Sozialdemokraten gekannt, die dagegen gekämpft hatten und deshalb nach dem Westen fliehen mußten; andere haben den massiven Einschüchterungen nachgegeben, sind erst später geflohen und berichteten uns dann, wie es wirklich gewesen ist. Der Umstand, daß in keiner der drei anderen Besatzungszonen eine Vereinigung der Sozialdemokraten mit den Kommunisten ernsthaft zur Debatte stand, reicht als Indiz aus, um die kommunistische Legende als Geschichtsfälschung zu kennzeichnen. Die Sozialdemokraten in der SBZ haben keine Chance zu einer freien Willensbildung gehabt.

Wir hatten im Parteivorstand und Parteirat der SPD guten Grund, uns 1971 gegen jedes Mißverständnis und jede absichtliche Mißdeutung zu verwahren, die Ost-Verträge einschließlich des Grundlagenvertrages mit der DDR bedeuteten die Preisgabe der notorisch antikommunistischen Haltung der Sozialdemokratie. Unser Beschluß bekräftigte den Willen, unsere freiheitliche Ordnung »kompromißlos gegen alle kommunistischen Irrlehren zu verteidigen«, und bezeichnete das kommunistische System der DDR als »nicht annehmbar«.

Diese klare Ablehnung des Kommunismus hatte nicht den Zweck, die weitere Zusammenarbeit mit den Regierungen der kommunistisch regierten Staaten einschließlich der DDR zu erschweren oder gar zu verhindern. Staaten sind prinzipiell gleichberechtigt. Aber keinesfalls hätten wir uns mit Vertretern einer kommunistischen Partei an einen Tisch gesetzt, um gemeinsame Dokumente über unsere politischen und »ideologischen« Übereinstimmungen und Konflikte auszuarbeiten. Kommunistische Parteien, welche effektiv Diktatur ausüben, mit demokratischen Parteien auch nur theoretisch gleichzusetzen, bleibt ein Irrweg. Die Kommission der SPD, die 1987 meinte, ein solches Wagnis eingehen zu sollen, lief Gefahr, ihre eigene Ethik zu kompromittieren, innenpolitisch mißverstanden zu werden und außenpolitisch Mißtrauen in ihre Zuverlässigkeit zu wecken, zumal jenes gemeinsame »Ideologiepapier« das Prinzip der Freiheit weit hinter den Punkten Frieden und Ökologie einordnete.

Gewiß enthielt das gemeinsame Ideologiepapier auch ein Risiko für die SED; es bestand vornehmlich darin, daß sich die von ihr Regierten auf Teile des Papiers berufen konnten. Die SED glaubte aber zu Recht, mit einer solchen Opposition fertig zu werden, wie ja auch die Berufung auf die Helsinki-Schlußakte weitestgehend unterbunden worden war. Zusammen mit der CSSR und Rumänien blieb die DDR bis tief in den Herbst 1989 am weitesten hinter jener Öffnung zurück, mit der Gorbatschow in der Sowjetunion begonnen hat. Die SED-Führung gab sich bis zu ihrem Ende der Hoffnung hin, in der DDR sowohl Glasnost als auch Perestroika verhindern zu können, ja der Hoffnung, diese Prinzipien in der Sowjetunion scheitern zu sehen.

Angst um den Frieden im allgemeinen und Angst vor einem nuklearen Holocaust im besonderen hätten jedoch nicht dazu verführen dürfen, mit der kommunistischen Ideologie der SED zu paktieren. Auch ging von dem Gegensatz zwischen den Kommunisten in der DDR und den Demokraten in der Bundesrepublik nie eine Kriegsgefahr aus. Wenn es in den letzten vierzig Jahren die Gefahr eines Krieges zwischen Ost und West gegeben hat, so lagen die Ursprünge solcher Krisen immer im antagonistischen Verhältnis der beiden Supermächte. Richtig und notwendig war es, für Abrüstung und für ein stabiles Gleichgewicht der militärischen Kräfte auf niedriger Ebene einzutreten, und darüber mußte man mit jedermann auf der anderen Seite reden, der zum Gespräch bereit war.

Beschwerliche Wanderung in die Mark Brandenburg

Zwischen meinem Gespräch mit Erich Honecker in Helsinki und dem nächsten Treffen mit ihm lagen fast fünf Jahre; es ergab sich am 8. Mai 1980 in Belgrad, als Marschall Tito zu Grabe getragen wurde. Das Gespräch war nicht sehr ergiebig. Es fiel in die Zeit, als die Sowjets konsterniert waren über die energischen Reaktionen des Westens auf ihre Aufrüstung mit SS-20-Mittelstreckenraketen und auf den Einmarsch in Afghanistan. Auf die zusätzliche Bedrohung Westeuropas durch die neuen Raketen hatte der Westen im Dezember 1979 mit dem Doppelbeschluß reagiert. Der Überfall auf Afghanistan hatte vornehmlich die USA zu Reaktionen veranlaßt, die allerdings ziemlich unsicher wirkten. Honecker hatte offensichtlich den Auftrag seiner Moskauer Bündnisvormacht und Breschnews persönlich – er hatte am gleichen Tage zuvor mit Breschnew konferiert –, mich zu beeinflussen.

Zum einen versuchte er, mich vom NATO-Doppelbeschluß abzubringen. Nur wenn dieser durch den Westen suspendiert werde, sei Moskau überhaupt zu Verhandlungen über Mittelstreckenraketen bereit; seine Argumente entsprachen der öffentlichen sowjetischen Argumentation. Trotz insistierender Wiederholungen blieb ich unbeeindruckt. Honecker hat das wohl vorausgesehen, mußte aber seinen Auftrag erfüllen.

Zum anderen versuchte Honecker ebenso nachdrücklich, mich wegen der Teilnahme der westdeutschen Sportler an der Moskauer Olympiade umzustimmen. Vielleicht wußte er, wie sehr ich mich darüber geärgert hatte, in dieser Sache von Jimmy Carter - unwillentlich - irregeführt worden zu sein, und baute darauf seine Hoffnung auf einen Gesprächserfolg. Schließlich ging er soweit zu sagen, Breschnew werde eine deutsche Nichtteilnahme als persönliche Beleidigung auffassen; ich solle Breschnews Verdienst an der Entspannungspolitik nicht vergessen, die jetzige Krise könnte auf die Beziehungen zwischen den europäischen Staaten durchschlagen, und dann werde »vieles zu Bruch gehen«. Ich empfand dies als eine absichtlich unklar gehaltene Drohung, die vermutlich auf Honeckers Gespräch mit Breschnew zurückging. Natürlich blieb ich auch in dieser Sache fest und fragte ihn, ob er wohl eine DDR-Mannschaft zu einer Olympiade schicken würde, bei der die Sowjetunion aus politischen Gründen demonstrativ ihre Teilnahme verweigere. Tatsächlich haben von allen Staaten der Atlantischen Allianz nur Norwegen, die Türkei und die Bundesrepublik sich in dieser Sache solidarisch mit den USA verhalten, das heißt diejenigen, die der Sowjetunion am nächsten liegen und amerikanischen Beistands am ehesten bedurften.

Honeckers drittes Anliegen betraf meine 1980 beabsichtigte Reise nach Moskau. Hier rannte er allerdings offene Türen ein, als er meinte, mich dafür gewinnen zu müssen. Offenbar war der Kreml unsicher, ob ich den längst verabredeten Besuch wegen der internationalen Zuspitzung möglicherweise verschieben oder absagen würde; offenbar wußte man im Kreml, daß das Weiße Haus Druck auf mich ausübte, den Besuch abzusagen. Ich dachte aber nicht daran, im Gegenteil: Gerade in Phasen internationaler Zuspitzung ist es nach meiner Überzeugung dringend geboten, daß die Exponenten beider Seiten im Gespräch miteinander bleiben. In kritischen Lagen kann es sogar von Nachteil sein, sich auf einen diplomatischen Notenwechsel zu beschränken, weil die tatsächlichen Auffassungen und Absichten oft sorgfältig verhüllt werden, so daß der Empfänger durchaus zu falschen Schlüssen gelangen kann. Was Honecker betraf, habe ich die persönliche Unterhaltung jedenfalls meist nützlicher gefunden.

Interessant war ein Köder, den Honecker auswarf: im Zusammenhang mit meinem Besuch könnte Moskau eine Geste machen und eine bis zwei sowjetische Divisionen aus Afghanistan abziehen. Da Afghanistan nicht das operative Feld Bonns war, sondern vielmehr Aufgabe der amerikanischen Außenpolitik bleiben mußte, bin ich auf diese Bemerkung nicht näher eingegangen, zumal Honecker einschränkend hinzufügte, natürlich müsse ein solcher Teilabzug nach außen abgesichert werden - dies war für Washington nichts Neues. Erstaunlich war, daß Honecker erwähnte, mein Besuch in Moskau sei auch von den hohen Moskauer Militärs gebilligt worden. Ich nahm an, daß auch diese Information von Breschnew stammte, und schloß daraus, daß es wegen Afghanistan in Moskau zu Meinungsverschiedenheiten gekommen war, die man inzwischen aber offenbar überwunden hatte.

Augenscheinlich war Breschnew aus Prestigegründen sehr an meinem Besuch interessiert, er drängte auf eine Festlegung des Datums. Ich sagte Honecker, was der Kreml ohnehin schon wußte, der Besuch werde nach dem Weltwirtschaftsgipfel stattfinden, der für Juni nach Venedig anberaumt war; vorher werde Staatssekretär van Well nach Moskau reisen, um noch verbliebene Schwierigkeiten der Vorbereitung zu beseitigen. Tatsächlich fuhr ich dann Anfang Juli nach Moskau, so wie ich es gewollt hatte; der Besuch wurde trotz oder wegen der internationalen Krise - die Moskauer Olympiade stand noch bevor, und der Krieg in Afghanistan dauerte an - zu einem der interessantesten Auslandsbesuche, die ich absolviert habe, zumal ich damals ein langes Gespräch mit den beiden höchsten Marschällen der Sowjetunion führte.

Im Mai in Belgrad stimmten Erich Honecker und ich darin überein, daß sich die politische Weltlage im Laufe des letzten halben Jahres deutlich verschlechtert hatte. Aber trotz Zuspitzung der internationalen Lage seien die Beziehungen zwischen der DDR und der Bundesrepublik intakt geblieben, meinte Honecker; dem pflichtete ich bei. Als sich das Gespräch jedoch meinem seit Dezember 1979 zwischen uns erörterten Arbeitsbesuch in der DDR zuwandte, zeigte sich deutlich die Begrenzung des außenpolitischen Spielraums der DDR. Mit diesem Besuch wollte ich den Deutschen in der DDR zeigen, daß wir sie trotz der Rückkehr zum kalten Krieg nicht vergessen hatten. Die Gefahr eines Mißverständnisses durch unsere Landsleute drüben bestand nicht; ich war unter den Deutschen der DDR ebenso populär wie in der Bundesrepublik, und niemand konnte mir unterstellen, daß ich den Kommunisten auf den Leim ging. Natürlich wußte die SED das, und so fürchtete sie sich vor großen Sympathiebezeugungen der DDR-Bevölkerung. Am 28. Januar 1980 hatte Honecker - vielleicht aus dieser Besorgnis, vielleicht auf Wunsch Moskaus - den Besuch einstweilen auf

Eis gelegt. Jetzt, Anfang Mai, hätte Honecker meinen Besuch wohl gern gesehen, aber jetzt mußte er warten, bis ich bei Breschnew gewesen war.

Ich wollte nicht später als August in die DDR reisen, denn am 5. Oktober sollten die Wahlen zum 9. Deutschen Bundestag stattfinden, und ich wollte vermeiden, daß der Besuch in den Geruch des Wahlkampfs gebracht wurde. Andererseits mußte eine Reihe von deutschdeutschen Fragen wieder in direktem, persönlichem Kontakt beratschlagt werden. In Belgrad hatten wir fast ausschließlich über die Ost-West-Krise gesprochen, die von den sowjetischen SS-20-Raketen, dem NATO-Doppelbeschluß sowie vom Krieg in Afghanistan ausging. Als wir uns bald nach meiner Rückkehr aus Moskau im Juli 1980 daranmachten, meinen Besuch bei Honecker für Ende August vorzubereiten, hatte sich inzwischen jedoch die Lage in Polen in dramatischer Weise zugespitzt. Giereks Regierung wurde durch anhaltende, sozial und wirtschaftlich nur allzu verständliche Streiks geschwächt, und die DDR-Führung befürchtete offenbar, die polnische Streikbewegung, die immer mehr politischen Charakter annahm, könnte auf die DDR übergreifen. Ich selbst empfand wachsende Besorgnis, meine Anwesenheit in der DDR könnte zu einem Anlaß oder zu einem Katalysator werden, der den Funken aus der Volksrepublik Polen in die Deutsche Demokratische Republik überspringen ließ.

Im August 1980 sah ich für die unmittelbare politische Zukunft Polens drei mögliche Entwicklungen als denkbar an. Zum ersten ein auf militärische Macht gestütztes Eingreifen der Sowjetunion, das dem Kreml in seiner außenpolitischen Bedrängnis gewiß unerwünscht, aber dennoch nicht ganz auszuschließen war. Zum zweiten eine gewaltsame Konfliktlösung der polnischen Führung. Zwar herrschte bei der Armee Ruhe, und Gierek schien Gewalt vermeiden zu wollen, aber es war auch zu beobachten, daß in den Industriegebieten Schlesiens und um Danzig die Miliz auf Einsatzfähigkeit gebracht wurde. Zum dritten hielt ich es für möglich, daß die Führung durch wirtschaftliche Zugeständnisse die Lage zu entschärfen suchte. Alles in allem habe ich mich im August 1980 hinsichtlich des Tempos der polnischen Entwicklung geirrt.

Am 22. August kam es zu einer langen Beratung mit einigen Ministern und Mitarbeitern. Unser Ständiger Vertreter in Ost-Berlin, Günter Gaus, hielt hartnäckig an dem Plan des DDR-Besuches fest, der in wenigen Tagen beginnen sollte. Die Analyse der Mitteilungen Honeckers führte mich jedoch zu dem Entschluß, für diesmal den Besuch abzusagen. Ich rief Honecker an und teilte ihm meine Entscheidung mit. Er schien erleichtert, jedenfalls sagte er, er habe mit der Absage gerechnet, und äußerte sein Verständnis. Verschiedene Einlassungen seiner Protokollbeamten hätten zu meiner Unsicherheit über den Ablauf des Besuches beigetragen, meinte ich. »Ein Besuch von Ihnen in Rostock ist gegenwärtig nicht zu machen«, entgegnete er. Zu diesem Punkt bemerkte ich, daß offenbar Erwägungen eine Rolle spielten, die nicht im Verhältnis zwischen Bundesrepublik und DDR begründet seien. Ich meinte Honeckers Sorge vor einer Wiederholung der Danziger Ereignisse in Rostock. Das Wort Polen fiel nicht, denn wir telefonierten über eine offene Postleitung, aber wir verstanden uns durchaus und einigten uns schnell über den Text der Verlautbarung.

Dies war das zweite Mal, daß der Besuch verschoben wurde. Das Echo in den Medien war breit, im Inland wie im Ausland. Es gab kaum eine Stimme, die meinen Entschluß mißbilligte. Wohl aber gab es – besonders bei dem Kanzlerkandidaten der CDU/CSU, Franz Josef Strauß, bei dem Parteivorsitzenden der CDU, Helmut Kohl, und bei ihren Parteigängern – hämische Begleitmusik; schadenfroh ließ man verlauten, man habe schon immer gewußt, daß die ganze Entspannungspolitik des Bundeskanzlers keinen Boden unter den Füßen habe. Viele Stimmen glaubten, nun würden die Chancen für Strauß steigen; aber binnen weniger Wochen stellte sich heraus, daß dies ein Irrtum war. Ein Satz aus einem Radiokommentar der BBC traf den Nagel auf den Kopf: »Diese Absage zeigt, wie sehr die Bundesregierung besorgt sein muß, daß die Streiks mit einem Blutbad enden könnten.«

Sieben Wochen später erhöhte die DDR drastisch den Mindestumtausch und startete gleichzeitig eine böse und zugleich törichte Verleumdungskampagne gegen die Bundesrepublik, die als entspannungsfeindlich und friedensgefährdend hingestellt wurde. Am 13. Oktober, acht Tage nach der für mich erfolgreichen Bundestagswahl, hielt Honecker in Gera eine breit angelegte Abgrenzungsrede, in der er in geballter Form eine größere Zahl alter Forderungen wiederholte. Sie reichten von der Anerkennung der Staatsbürgerschaft der DDR bis zur Regelung der Elbe-Grenze – im wesentlichen Status- und Prestigefragen. Die wirtschaftlichen Beziehungen sparte Honecker aus; daß dies so deutlich in Erscheinung trat, ließ die Annahme zu, die DDR-Führung werde früher oder später zu ihrer Politik der vorsichtigen Öffnung und zur Zusammenarbeit mit der Bundesrepublik zurückkehren. Wir beschlossen abzuwarten und einstweilen keinerlei Sondierungen der Verhandlungen zum Swing oder zu den Verkehrs- und Energieprojekten aufzunehmen.

Auch als Honecker im Laufe der nächsten Wochen, zum Beispiel während eines Besuches bei Kreisky in Wien, unfreundliche Bemerkungen machte, haben wir Gelassenheit bewahrt. Wir wußten, daß Honeckers Spielraum sehr viel kleiner war als der unsrige und daß wir am längeren Hebel saßen. Was wir nicht wußten, war, ob die Initiative zu dieser Phase verbaler Abgrenzung von Moskau ausgegangen war oder ob Honecker sich damit in Moskau als zuverlässiger Gefolgsmann ausweisen wollte, weil er sich im Laufe des Sommers uns gegenüber für sowjetischen Geschmack vielleicht zu weit vorgewagt hatte, oder ob er es für nötig hielt, sich angesichts der polnischen Krise vor dem eigenen Parteiapparat als hart und unnachgiebig darzustellen. Vielleicht spielten alle drei Faktoren zugleich eine Rolle. Ich jedenfalls war entschlossen zu warten, um zu einem günstigeren Zeitpunkt meine Politik der deutsch-deutschen Kooperation wieder aufzunehmen. Sie war weder auf den Wahlkampf ausgerichtet gewesen, der inzwischen hinter uns lag, noch entsprang sie irgendwelchen anderen kurzfristigen Nützlichkeitserwägungen, sondern sie entsprach meiner seit Beginn der sechziger Jahre feststehenden Überzeugung von den gemeinsamen Interessen der geteilten deutschen Nation.

Der günstige Zeitpunkt zur Fortsetzung der Zusammenarbeit trat früher ein, als von mir erwartet. Der Wechsel von Günter Gaus zu Klaus Bölling als Ständiger Vertreter in Ost-Berlin Anfang 1981 war für mich ein Anlaß, die Kontinuität unserer Deutschlandpolitik zu betonen und abermals die Erhöhung des Mindestumtausches auf 25 DM pro Tag und pro Person wie auch Honeckers Geraer Rede zu kritisieren. Honeckers Antwort kam postwendend. In Anbetracht des zugespitzten Ost-West-Konfliktes war sie ungewöhnlich ausführlich, die Positionen kamen denjenigen Moskaus gleich. Offenbar war die »mündliche Botschaft«, die in Wirklichkeit schriftlich übergeben wurde, vom Ost-Berliner Außenministerium aufgesetzt worden. Darüber hinaus ließ mir Honekker mündlich ausrichten, er habe die Absicht zu einem Treffen nicht vergessen, nach zwei vergeblichen Anläufen könne doch das Motto nunmehr heißen »aller guten Dinge sind drei«. Ich ließ antworten, auch wenn ein Treffen zustande käme, könne doch ohne eine Änderung der derzeit geltenden Mindestumtauschsätze kaum viel erreicht werden. Außerdem gab ich den Ratschlag, Honecker möge im Falle eines Eingreifens der Sowjetunion in Polen darauf bestehen, daß die Nationale Volksarmee der DDR auf keinen Fall daran beteiligt werde. Etwas später sagte Honecker zu Klaus Bölling über das deutsch-deutsche Verhältnis: »Es wäre bereits spektakulär, wenn wir die Dinge auf dem gegenwärtigen Stand halten können. Mehr ist im Augenblick nicht drin.« Denn was in der DDR außenpolitisch geschehe, das bestimme »natürlich« das Bündnis - was bedeutete: Moskau.

Im Juli 1981 besuchte mich Bischof Albrecht Schönherr, der seinen Abschied als Vorsitzender des Bundes der Evangelischen Kirchen in der DDR nahm. Schönherr meinte, man wisse in der DDR, daß eine sowjetische Intervention in Polen die Welt verändern würde. Hier liege der Grund für die Nervosität der DDR-Staatsführung. Er sprach von der »herben Enttäuschung«, welche die Absage des Treffens im letzten August hervorgerufen habe, und über die empfindliche Reaktion der DDR-Führung auf die Berichterstattung und Kommentierung in den westdeutschen Medien. Honecker solle froh sein, habe ich geantwortet, daß ich den wahren Grund für die Absage nicht öffentlich genannt hätte, nämlich seine Sorge, ein Besuch des Bundeskanzlers in Rostock könnte in der Werftstadt ähnliche Aktionen auslösen, wie sie zuvor in der Werftstadt Danzig an der Tagesordnung waren. Weil ich davon ausging, daß Schönherr seiner Regierung mindestens teilweise berichten würde, fügte ich hinzu, daß ich bereit sei, das Treffen nachzuholen. Honecker müsse jedoch eine Korrektur der überhöhten Mindestumtauschsätze ins Auge fassen. Wahrscheinlich habe er die Mindestumtauschsätze im letzten Herbst erhöht, um sie später wieder etwas senken zu können.

Ende August 1981, genau ein Jahr nach der zweiten Absage eines bilateralen Treffens, waren die gegenseitigen Annäherungen in die Presse durchgesickert. Zugleich war bekannt, daß Breschnew im November seinen dritten Besuch in der Bundesrepublik absolvieren würde. Im September deutete Honecker die Möglichkeit an, sich schon vierzehn Tage nach Breschnews Besuch mit mir zu treffen. Außerdem spielte er negative Äußerungen von Politbüromitglied Hermann Axen gegenüber Klaus Bölling herunter. Die Vorverhandlungen zu den einzelnen Sachthemen zwischen unseren Beauftragten vertieften und konkretisierten sich schnell.

Am 30. November, nachdem Breschnew wieder zu Hause war, schrieb der »Kölner Stadt-Anzeiger«, ein Nebeneffekt der Beratungen mit Breschnew sei, daß nun wohl endgültig der zweimal verabredete durch internationale Ereignisse vereitelte Besuch des Bundeskanzlers in der DDR zustande komme. Das war zutreffend. Aber die Lage in und um Polen war nicht minder gespannt als vorher. Auf Gierek war Kania,

Oben: die KSZE-Konferenz im Juli 1975 in Helsinki bot Gelegenheit zu einem ersten persönlichen Kennenlernen; rechts: der amerikanische Präsident Gerald Ford.
Unten: sechseinhalb Jahre später am Werbellinsee.

Nachdem der Besuch aus außenpolitischen Gründen – wegen des sowjetischen Einmarschs in Afghanistan und wegen der Zuspitzung der Polenkrise – zweimal verschoben worden war, flog Helmut Schmidt am 11. Dezember 1981 nach Berlin-Schönefeld. Ziel der Gespräche auf Schloß Hubertusstock am Werbellinsee war es, das Gefühl der Zusammengehörigkeit der Deutschen zu stärken, ohne Illusionen entstehen zu lassen.

auf Kania war Jaruzelski gefolgt; auch der General bekam weder die ökonomische noch die politische Lage in den Griff. Eine sowjetische Intervention konnte noch immer nicht ausgeschlossen werden, auch wenn ich den Eindruck hatte, daß Breschnew der internationalen Lage wegen eher besorgt und keineswegs abenteuerlustig war.

Am Nachmittag des 11. Dezember 1981 flog ich mit einem Bundeswehrflugzeug nach Schönefeld, dem Flughafen im Südosten Berlins. Erich Honecker erwartete mich. Wir fuhren mit dem Wagen über die alte Stettiner Autobahn zum Jagdschlößchen Hubertusstock am Werbellinsee, am Rande der Schorfheide. Diese Fahrt durch die mir vertraute Mark Brandenburg – eine Moränenlandschaft der letzten Eiszeit mit sandigen, dürftigen Ackerböden, vielen Seen und Kiefernwäldern – hat mein Herz erfreut, und mit Befriedigung stellte ich fest, daß ich mich während der ganzen Zeit ohne Karte orientieren konnte. Als wir an Bernau vorbeikamen, erinnerte ich mich an eine Wanderung zum Liepnitzsee 1944, auf der Loki und ich einen Pirol gesehen hatten, und natürlich kamen mir Theodor Fontanes »Wanderungen durch die Mark Brandenburg« in den Sinn, in denen mir der Name Werbellin zum ersten Mal begegnet war: »Es scheint, als ob alle Welt, auch in alten Tagen schon, ein Ohr für den Wohlklang des Namens Werbellin gehabt habe.«

Der letzte Teil der Fahrt führte über eine einfache Landstraße. Es lag Schnee, und ich hätte mich einer vorweihnachtlichen Stimmung hingeben können. Statt dessen ging ich in Gedanken noch einmal die zwanzig Einzelpunkte durch, die Staatsminister Günter Huonker der Delegation in einer der letzten vorbereitenden Sitzungen in Bonn vorgetragen hatte. Tatsächlich kam es mir weniger auf die Detailprobleme an, sondern vielmehr darauf, durch einen allgemeinen Meinungsaustausch über alle uns interessierenden weltpolitischen und weltwirtschaftlichen Fragen und durch die Tatsache des Besuches selbst sowohl Honecker als auch der Welt das Bewußtsein zu geben, die DDR – wenngleich ihre Politik in wesentlichen Punkten nach wie vor zu mißbilligen war – gehöre selbstverständlich und als eigenständiger Partner in das gesamteuropäische Gespräch über Sicherheit und Zusammenarbeit, über Gleichgewicht und Rüstungsbegrenzung.

Für dieses Ziel hatte ich ein doppeltes Motiv. Ich wollte helfen, das Selbstwertgefühl Erich Honeckers im internationalen Kontext zu heben und die Minderwertigkeitskomplexe der DDR-Führung abzubauen; dadurch hoffte ich zu einer wachsenden Souveränität und Großzügigkeit der DDR-Regierung im Umgang mit den von ihr regierten Bürgern beizutragen. Dies war seit Beginn der Ostpolitik der sozial-liberalen Koalition für mich das tragende Motiv gewesen. Zum anderen wollte ich den DDR-Bürgern zeigen, daß wir keine Krokodilstränen weinten, sondern mit Engagement und unter Inkaufnahme manchen Risikos uns für ihre Interessen einsetzten. Ich wußte, die große Mehrheit der DDR-Bürger blickte mit Zustimmung und mit Hoffnung auf dieses Treffen.

Die Hoffnungen der Deutschen in der DDR zu stützen, ohne zugleich Illusionen entstehen zu lassen, dies war das Problem, das mich bei der Vorbereitung der Reise am stärksten beschäftigt hatte. Ich wußte natürlich, daß es nicht in Honeckers Hand lag, weitreichende Lösungen zu vereinbaren. Abgesehen von den objektiven und den eingebildeten Zwängen, denen die DDR-Führung ausgesetzt war, besaß Honecker weder im Ministerrat noch im Politbüro eine Mehrheit für größere Zugeständnisse an uns. Noch eine Woche vor dem Treffen hatte Ministerpräsident Stoph vor der Volkskammer eine Reihe von unannehmbaren Forderungen aus Honeckers Geraer Rede öffentlich wiederholt und behauptet, unsere »im Widerspruch zum Völkerrecht stehenden Positionen« seien die Ursache dafür, daß die »Zusammenarbeit zwischen den beiden deutschen Staaten noch nicht zustande gekommen« sei. Tatsächlich war seit Stophs Begegnungen mit Brandt in Erfurt und Kassel ein Jahrzehnt zuvor sehr viel an Zusammenarbeit zustande gekommen, und Stoph wußte das natürlich. Es lag ihm und denjenigen seiner Genossen, für die er sprach, offenbar daran, die Erwartungen der DDR-Bürger von vornherein zu dämpfen und außerdem wohl auch die Rolle Honeckers am Werbellinsee herunterzuspielen.

Ich selbst hatte innerhalb des Kabinetts wie auch im Gespräch mit den drei Bundestagsfraktionen davor gewarnt, größere Erwartungen entstehen zu lassen. Ich wollte nicht öffentlich mit »Marschgepäck« belastet werden, das nachher als Beweis für den angeblichen Fehlschlag des Treffens gegen meine Regierung ins Feld geführt werden konnte. Ich wies darauf hin, daß Honecker selbst infolge seiner Geraer Rede vom Oktober 1980 mit überflüssigem Marschgepäck befrachtet sei; immerhin habe er von Breschnew grünes Licht für das Treffen erhalten, was Breschnew selber mir gesagt hatte.

Ich hatte Honecker durch Rechtsanwalt Vogel sagen lassen, ich würde im Vieraugengespräch mit völliger Offenheit reden, im gemeinsamen Gespräch der Delegationen »zwar fortiter in re, nämlich ohne

Verkleisterung von Gegensätzen, aber suaviter in modo«; ich hatte sogar hinzugefügt »cordialiter in modo«, ohne allerdings zu wissen, ob dieses Wort überhaupt in der lateinischen Sprache existiert. Wir waren uns einig, daß alle kontroversen ökonomischen Detailfragen zwischen Graf Lambsdorff, Bundesminister für Wirtschaft, und Günter Mittag, der im Politbüro und im Sekretariat des SED-Zentralkomitees für die Wirtschaftspolitik verantwortlich war, besprochen werden sollten, die übrigen kontroversen Detailfragen zwischen Egon Franke, Bundesminister für innerdeutsche Beziehungen, und DDR-Außenminister Oskar Fischer. Ein Entwurf für das gemeinsame Abschlußkommuniqué lag beiden Seiten bereits vor.

Kurz nach Eintreffen im Schloß Hubertusstock zogen Honecker und ich uns zu einem ersten Vieraugengespräch zurück. Wir konnten mit der Feststellung beginnen, daß sowohl Breschnew als auch der Ministerrat des Nordatlantischen Bündnisses unser Treffen begrüßt hatten. Beinahe zwangsläufig wandten wir uns danach den schwebenden Fragen des militärischen Gleichgewichtes und der Rüstungsbeschränkung in Europa zu. Das lange Gespräch hierüber zeigte den guten Informationsstand Honeckers, brachte aber für mich nichts wesentlich Neues, mit einer Ausnahme: Honecker betonte das Eigeninteresse der DDR an der von mir vorgeschlagenen beiderseitigen Null-Lösung für atomare Mittelstreckenraketen (SS 20 und Pershing), glaubte jedoch, daß sie nur schrittweise zu erreichen sei.

Später kamen wir auf die Situation in anderen Teilen der Welt zu sprechen und auf die Weltwirtschaft. Ich riet Honecker, nicht zuletzt wegen der Auslandsverschuldung der DDR in harter Währung, dem Weltwährungsfonds (IMF) beizutreten (die gleiche Empfehlung hat 1989 eine internationale Kommission unter meinem Vorsitz wiederholt). Honecker gab sich zuversichtlich: Die DDR werde im Laufe von fünf Jahren ihre Auslandsverschuldung abbauen; dies hielt ich für Illusion. Dem Weltwährungsfonds werde man nur dann beitreten, wenn der RGW dem zustimme. Abermals zeigten sich hier die Grenzen der Bewegungsfreiheit der DDR.

Unmittelbar anschließend kam Honecker auf das devisenpolitische Dilemma der DDR zu sprechen und brachte seinen dringenden Wunsch nach einer längerfristigen Swing-Regelung zum Ausdruck. Ich wäre ihm in dieser Frage entgegengekommen, wenn umgekehrt die DDR in der Frage des Mindestumtauschs Verständnis für unseren Standpunkt gezeigt hätte. Immerhin hatte die Verdoppelung des

Zwangsumtauschbetrages den Reiseverkehr von West nach Ost etwa um ein Drittel reduziert. Im übrigen hatte ich in Sachen Swing - unabhängig von Gegenleistungen - gar keine ausreichende Handlungsfreiheit, weil der Zentralbankrat der Bundesbank seine Kooperation verweigerte. Ich habe Honecker wahrheitsgemäß die Schwierigkeiten mit dem Zentralbankrat erläutert, die zum Teil rein politischer Natur waren - die sozial-liberale Bundesregierung hatte im Zentralbankrat keine Mehrheit, was ich schon zwei Jahre zuvor bei der Schaffung des Europäischen Währungssystems (EWS) schmerzhaft hatte zur Kenntnis nehmen müssen. Am Ende haben wir uns darauf geeinigt, den Swing in seinem damals bestehenden Umfang zunächst um ein halbes Jahr bis zum 30. Juni 1982 zu verlängern und in der Zwischenzeit über eine langfristige Lösung zu verhandeln. Dieses Arrangement gab Honecker Zeit, seine Gremien zu einer Reduzierung der Zwangsumtauschsätze zu bringen; zugleich konnte die Bundesregierung mit dem Präsidenten der Bundesbank einen Weg aus den eigenen Swing-Schwierigkeiten suchen.

Meine Anregung, die Swing-Regelung in ein langfristiges wirtschaftliches Rahmenabkommen zwischen unseren beiden Staaten einzubetten, wollte Honecker prüfen lassen. Ich verknüpfte das Swing-Thema ausdrücklich mit der Frage des Mindestumtauschs: »Gegenwärtig besteht in der Bundesrepublik nicht die richtige Stimmung für ein langfristiges Abkommen mit der DDR. Die Verdoppelung der Mindestumtauschbeträge durch Sie hat eine schwerwiegende Enttäuschung des Vertrauens unserer Bürger bewirkt, auf beiden Seiten. Außerdem eine Enttäuschung unseres allgemeinen Vertrauens in den Bestand von Regelungen, welche die DDR doch seinerzeit im Gegenzug zu neuen westdeutschen Leistungen in Kraft gesetzt hatte. Diese Sache betrachte ich als eine schwerwiegende Belastung der Beziehung zwischen unseren Staaten.«

Honecker: »Sie müssen bitte beachten: die Mark der DDR wird auf dem schwarzen Markt weit unter ihrem Wert gehandelt. In West-Berlin kann man für eine D-Mark vier bis fünf Mark der DDR kaufen. Aber der wirkliche Wert ist, angesichts unserer stabilen Einzelhandelspreise, etwa 1:1, höchstens 1:1,35. Wenn man in West-Berlin eine D-Mark umtauscht in Mark, dann kann man dafür in der DDR ein ganzes Mittagessen bezahlen ... Können Sie denn nicht wenigstens dafür sorgen, daß in West-Berlin nur zum offiziellen Wechselkurs umgetauscht wird?«

Schmidt: »Das kann ich nicht. Bei uns herrscht Freiheit des Geld- und Kapitalverkehrs. Die Wechselkurse, auch zum Beispiel zum Dollar, bilden sich bei uns auf dem Markt.«

Honecker: »Ich will Ihnen einen praktischen Fall erzählen. Wir haben zwei Bürger der BRD dabei erwischt, wie sie in Dresden für 4000 Mark wertvolle Kunstgegenstände gekauft haben; aber tatsächlich haben sie durch Geldumtausch im Westen höchstens 1000 D-Mark dafür bezahlt! Der freie Umtausch zu freien Wechselkursen führt dazu, daß Bundesbürger, vor allem auch West-Berliner und in West-Berlin lebende Türken, teilweise auf Kosten der DDR leben. Vor der Erhöhung des Mindestumtausches sind jeden Samstag Tausende von Türken nach Ost-Berlin gefahren, um dort für billiges Geld ihre Lebensmittel einzukaufen. Aus ähnlichen Gründen haben wir übrigens auch gegenüber Polen den Mindestumtausch erhöhen müssen, obgleich unsere Mark gegenüber dem Zloty zu hoch bewertet ist. Auch hier war unsere eigene Versorgung der Grund ... Können Sie nicht doch irgendwie in der Frage des schwarzen Geldumtausches in West-Berlin und in der Bundesrepublik hilfreich sein?«

Schmidt: »Leider nein. Wir können auch nicht durch Interventionen der Bundesbank auf den Märkten den Wechselkurs der Mark (Ost) hochhalten. Denn was sollte nachher die Bundesbank für die Mark (Ost) bekommen, die sie aufkaufen müßte?«

Ich war kein Freund des floating, das heißt frei schwebender Wechselkurse; ich wußte und weiß jedoch, daß für feste Wechselkurse mindestens drei Bedingungen nötig sind, nämlich die Disziplinierung der eigenen Haushalts- und Geldpolitik, des sogenannten policy mix, die Bereitschaft und Fähigkeit der eigenen Zentralbank zu Interventionen im Devisenmarkt und schließlich internationale Regeln zur offiziellen Änderung der festgesetzten Wechselkurse durch Auf- oder Abwertung einer Währung. Honeckers Gesprächsführung hingegen ließ erkennen, daß er, seit Jahrzehnten an internationalen Tauschhandel und an staatlich festgesetzte Preise und Wechselkurse gewöhnt, sich das Funktionieren von Märkten überhaupt nicht vorstellen konnte.

Ich kam noch einmal auf den Mindestumtausch zurück: Nicht nur die Höhe des Betrages sei schlimm und prohibitiv, auch die Art und Weise der Anordnung und Durchführung der Erhöhung sei unerfreulich gewesen, die DDR habe die Bundesregierung von ihrer Absicht vorher nicht unterrichtet und ihr auch keine Gelegenheit zur Äußerung gegeben. Diese Überrumplung habe übrigens der Opposition die Gelegenheit zu heftigen Angriffen auf die Deutschlandpolitik der Bundesregierung gegeben. Auch in meiner ersten Tischrede habe ich die Erhöhung der Mindestumtauschsätze vom Oktober 1980 kritisiert und als schwer bedrückend bezeichnet. Als ich im Plenargespräch der beiden Delegationen nochmals auf dieses Thema zurückkam, wandte DDR-Außenminister Fischer ein: »Der Mindestumtausch ist nicht Gegenstand zweiseitiger Verträge gewesen.« Diese Feststellung war unbestreitbar. Ich habe jedoch zum wiederholten Male darauf hingewiesen, daß durch einseitiges Vorgehen dieser Art kein Vertrauen entstehen könne. Und zum wiederholten Male habe ich die ausstehende Swing-Regelung erwähnt. Die DDR-Delegation einschließlich ihres versierten Wirtschaftsexperten Mittag hat mich klar verstanden: Ohne wesentliches Entgegenkommen der DDR in Sachen Mindestumtausch wird mit uns über eine Ausweitung der Swing-Vereinbarung nicht zu reden sein. Aber gerade an einem neuen längerfristigen Swing-Abkommen mußte der DDR besonders gelegen sein. Mittag bezifferte den Wirtschaftsaustausch zwischen unseren beiden Staaten auf 8 Prozent des Außenhandels der DDR und auf 1,6 Prozent des Außenhandels der Bundesrepublik. Am Ende blieb es bei der auf sechs Monate befristeten Verlängerung des damals geltenden Swing.

Im Juni 1982 kam es dann zu einem Einverständnis über eine schrittweise Reduzierung des Swing. Helmut Kohl hat es bis 1985 dabei belassen, für die Jahre 1986 bis 1990 wurde der Swing wieder erhöht. 1983 und 1984 hat er jedoch zusätzlich auf Initiative von Strauß zweimal einen Milliardenkredit an die DDR verbürgen lassen. Ich fand das nicht zweckmäßig, habe aber Kohls Kreditpolitik zugunsten der DDR dennoch nicht kritisiert. Denn auch für Kohl bestand das Dilemma darin, einerseits auf Gegenleistungen beharren zu müssen, andererseits aber darauf zu achten, daß den DDR-Bürgern keine Nachteile entstanden.

Den Delegationssitzungen am Werbellinsee waren Zwiegespräche zwischen Dr. Mittag und Graf Lambsdorff sowie zwischen Außenminister Oskar Fischer und Egon Franke vorangegangen. Alle vier Minister trugen die zwischen ihnen erzielten Einigungen oder Verabredungen in den Plenarsitzungen vor. Dank der beiden Chefs war die Atmosphäre freundlich, wenn auch betont sachlich; die abschließende Arbeit am Kommuniqué erwies sich als unproblematisch.

Günter Mittag, den ich von einem Besuch im Kanzleramt im April 1980 bereits kannte, machte auf mich abermals den Eindruck eines kompetenten, aber zugleich sehr eigenwilligen Mannes. Im Vergleich zu Kossygin und Tichonow, die ich in ähnlichen wirtschaftspolitischen Funktionen in der sowjetischen Führungsspitze erlebt hatte, schnitt er gut ab. Er muß jedoch ein harter Vorgesetzter und ein dogmatischer Verfechter der Kommandowirtschaft gewesen sein. Übrigens hatte Mittag seinerzeit als Gastgeschenk eine prächtige Bodenvase aus der Meißener Manufaktur in das Kanzleramt mitgebracht. Ich habe sie ihrer Schönheit, aber auch ihres gesamtdeutschen Symbolwertes wegen im Arbeitszimmer des Bundeskanzlers aufstellen lassen.

Wenn man alles zusammenzählt, so hatte ich am Ende des Treffens am Werbellinsee etwa fünfzehn Stunden mit Erich Honecker gesprochen - eine lange Zeit für einen bilateralen Austausch. Man war sich langsam nähergekommen. Besonders interessant für mich war Honeckers Darstellung der Regierungsstrukturen und der politischen Landschaft in der DDR. Auf meine Frage nach der Aufgabenverteilung in Ost-Berlin sagte er, für die Außenpolitik der DDR sei er selbst verantwortlich, für die Außenbeziehungen der SED Hermann Axen, während Außenminister Fischer lediglich für die Ausführung der Außenpolitik zuständig sei. Die Aufgabenstellung Axens entspreche ungefähr derjenigen Ponomarjows im Politbüro der KPdSU. Das wirkliche Führungszentrum sei das Politbüro der SED; unter den Staatsorganen sei der Staatsrat dem Ministerrat übergeordnet. Der Staatsrat (Vorsitz Honekker) habe »verfassungsrechtliche Befugnisse«, er übe auch ständige Aufsicht über Verfassungsmäßigkeit und Gesetzlichkeit des obersten Gerichtes aus - die Rechtsprechung war also tatsächlich von Honecker abhängig. Der Ministerrat (Vorsitz Willi Stoph) sei ein reines Exekutiv-Organ und erfülle innenpolitische Aufgaben; der Außenminister sei jedoch ihm, Erich Honecker, direkt zugeordnet. Mehrere der Mitglieder der beiden obersten Staatsorgane, die Honecker namentlich aufführte, gehörten dem Politbüro an, aber offenbar erfüllten nicht alle Politbüromitglieder zugleich Aufgaben in den Staatsorganen.

Was die Einbettung der hohen Militärs in die Führungsstruktur betraf, so ergab sich bei einem Vergleich mit der Situation in Bonn und in Brüssel, daß bei den Ratstagungen des Nordatlantischen Bündnisses die Außenminister, im Warschauer Pakt dagegen die Verteidigungsminister das größere Gewicht hatten. Die Militärs der DDR, so Honecker, seien voll und ganz der politischen Führung unterstellt; er selbst war Vorsitzender des »Nationalen Verteidigungsrates« der DDR.

Ich habe im Gegenzug unsere eigene politische Führungsstruktur dargestellt, dabei auch die komplizierten Mechanismen einer Koalitionsregierung. Dies gab mir Gelegenheit, auf das große Engagement von Bundesaußenminister Genscher bei den deutsch-deutschen Beziehungen hinzuweisen; hier liege ein wichtiges Feld der Gemeinsamkeit der sozial-liberalen Koalition. Honecker war über diesen Hinweis überrascht: Dies sei für ihn eine wichtige Feststellung, er habe das bisher anders gesehen. Natürlich kamen auch die kleineren Parteien in der Bundesrepublik zur Sprache. Wir hatten damals verschiedene, ziemlich bedeutungslose kommunistische Parteien, zumeist von jüngeren Intellektuellen, kaum von Arbeitern getragen. Ich sagte, die DKP, die von der SED und von Honecker finanziell unterstützt wurde, sei diszipliniert, aber ohne politischen Einfluß; Honecker schien zuzustimmen. Den Grünen – damals meist noch Alternative genannt – attestierte ich die Chance, bei den Landtagswahlen die Fünfprozenthürde zu überwinden. Ich gab auch zu erkennen, daß mir die vielfachen Bemühungen aus Kreisen der CDU/CSU nicht verborgen geblieben waren, mit Honecker ins Gespräch zu kommen; er selbst hielt sich in diesem Punkte bedeckt.

Das wichtigste Thema unserer Gespräche war natürlich die zukünftige Gestaltung der Beziehungen unserer beiden Staaten zueinander. Viele Male haben Honecker, Mittag und Fischer von der Souveränität der DDR gesprochen. Schon in seiner ersten Tischrede verlangte Honecker »strikte gegenseitige Achtung der Souveränität und der Unabhängigkeit«. Ich habe geantwortet: »Über die Grundsatzfrage der Nation werden wir uns nicht verständigen. Schon 1972 haben beide Seiten in der Präambel des Grundlagenvertrages festgestellt, daß die nationale Frage besteht – und die Parlamente beider Seiten haben dem zugestimmt. Sie kennen meine aus Amtseid wie aus Überzeugung bestehende Verpflichtung auf das Grundgesetz der Bundesrepublik Deutschland ... aber damit will ich Eigenstaatlichkeit und Souveränität der Deutschen Demokratischen Republik nicht in Zweifel ziehen.« In der gleichen Rede habe ich die Formel aus dem Grundlagenvertrag zitiert, wo es heißt »normale gutnachbarliche Beziehungen auf der Grundlage der Gleichberechtigung«, und habe hinzugefügt, von diesem Ziel seien wir noch weit entfernt.

In der Delegationssitzung habe ich ausgeführt, es sei nicht das erste Mal in der Geschichte, daß es mehrere deutsche Staaten gebe. Auch früher schon hätten dabei auswärtige Mächte eine Rolle gespielt. »Trotzdem müssen wir Deutschen aus verschiedenen Ländern gut miteinander auskommen wollen ... Gegenseitige Mäßigung und Zurückhaltung sind bei der Wahrnehmung eigener Interessen dringend nötig ... Meine Absicht, Sie zu besuchen - und meine Erwartung, daß Sie anschließend mich besuchen -, ist in meiner Vorstellung ein Stein in einem größeren Mosaik vernünftiger, nachbarschaftlicher Beziehungen in Europa.« Im Zwiegespräch sagte Erich Honecker zu mir: »Ich akzeptiere und respektiere Ihre Haltung.« Er wußte, daß ich damals die Herstellung der Einheit der deutschen Nation nicht als ein aktuelles oder operatives Thema der achtziger Jahre ansah.

Honecker nahm meine Gegeneinladung an. Er wolle bei dieser Gelegenheit gern einen Abstecher in seine saarländische Heimat machen; jemand in Saarbrücken habe aber die Befürchtung geäußert, das werde bei der nächsten Wahl zugunsten der CDU ausschlagen. Ich wehrte diesen Einwand ab. Wir verabredeten also den Gegenbesuch und auch den Abstecher an die Saar. Ich ging davon aus, daß der Gegenbesuch binnen 24 Monaten stattfinden werde. Tatsächlich hat es dann - nach dem Kanzlerwechsel in Bonn - bis 1987 gedauert.

Am Abend des 12. Dezember 1981 war ich mit dem Gesamtergebnis des Besuches zufrieden. Weder Erich Honecker noch ich hatten Gegensätze vertuscht oder verkleistert. Wohl aber hatten beide Regierungschefs in einer schwierigen, besorgniserregenden Großwetterlage demonstriert, daß es möglich und wichtig ist, im Gespräch zu bleiben und so das gegenseitige Vertrauen zu stärken.

Schlagschatten

In den frühen Morgenstunden des nächsten Tages kam die erschrekkende und bedrückende Nachricht von der Verhängung des Kriegsrechtes in Polen. Honecker und ich sprachen beim Frühstück darüber, ehe ich zur Pressekonferenz mit westdeutschen Journalisten fuhr, die sich in großer Zahl in der Uckermark eingefunden hatten. Honecker war offensichtlich betroffen über die Nachricht, die zu diesem Zeitpunkt noch kurz und unvollständig war. Wahrscheinlich war er jedoch auch erleichtert, daß von einem Eingreifen sowjetischer Truppen keine Rede war. Dies bedeutete jedenfalls eine große Erleichterung für mich. Im Falle einer sowjetischen Intervention wäre Honecker zumindest gezwungen gewesen, diese öffentlich zu begrüßen - wenn nicht mehr.

Natürlich hatten wir, wie alle anderen europäischen Regierungen auch, die Entwicklung in Polen mit gespannter Aufmerksamkeit verfolgt. Seit Monaten mußte man mit der Möglichkeit einer Eskalation rechnen. Falls die DDR – ob freiwillig oder von Moskau gezwungen – sich an einer Gewaltanwendung beteiligte, wie es 1968 in der ČSSR geschehen war, so wäre der Prozeß der Entfaltung gutnachbarlicher Beziehungen zwischen Bonn und Ost-Berlin mit Sicherheit auf längere Zeit unterbrochen worden. Auf dieses Risiko hin war ich an den Werbellinsee gefahren. Dabei hatte ich mich auch auf meine Eindrücke aus dem Vieraugengespräch mit Breschnew im November verlassen. Gleichwohl ging ich am Morgen des 13. Dezember 1981, einem Sonntag, davon aus, daß die Sowjets die polnische Führung zu diesem Schritt veranlaßt hatten. Wahrscheinlich, so dachte ich, haben sie Warschau mit Intervention gedroht, so daß dort nun, um dies zu verhindern, alle innenpolitischen Instrumente einsetzte, die zur Verfügung standen. So sah es zwei Tage später auch Alois Mertes, der außenpolitische Sprecher der CDU/CSU im Bundestag.

Natürlich gab es in der Pressekonferenz Fragen zu dem polnischen Ereignis. Auf eine Frage von Friedrich Nowottny nach den Konsequenzen für meine Gespräche mit Honecker antwortete ich, es werde für unser gegenwärtiges Gespräch keine Konsequenzen haben; denn solcher Art Nachrichten aus Polen habe man seit über einem Jahr erwarten müssen. »Herr Honecker ist genauso bestürzt gewesen wie ich, daß dies nun notwendig war. Ich hoffe sehr, daß es der polnischen Nation gelingt, ihre Probleme zu lösen ... die wirtschaftlichen und finanziellen Hilfsmöglichkeiten anderer Staaten zugunsten Polens sind ja gewiß nicht unbegrenzt.« Das Wort »notwendig« in dem eben zitierten Satz führte fünf Tage später in einer Bundestagsdebatte zu einigen wüsten Zwischenrufen von seiten der CDU/CSU, als ob ich damit eine objektive Notwendigkeit gemeint hätte, »auf Arbeiter zu schießen«. Tatsächlich hatte ich gemeint, daß Jaruzelski die Ausrufung des Ausnahmezustandes (»Kriegsrecht«) wohl notwendig erschien, um eine sowjetische Intervention zu vermeiden. Einige der Zwischenrufe waren infam. Meine im Augenblick der Erregung nicht ganz glückliche Wortwahl am Werbellinsee bot der Opposition den erwünschten Haken, an dem sie ihre habituellen Vorwürfe gegen mich aufhängen konnte.

In der gleichen Pressekonferenz fragte mich Hans-Joachim Reiche, ob ich den Besuch am Werbellinsee abgesagt hätte, wenn das Kriegsrecht in Polen vier oder fünf Tage früher verhängt worden wäre. »Wahrscheinlich«, sagte ich, »wäre ich trotzdem gereist, denn ein drittes Mal zu verschieben, das wäre nun wirklich Unsinn gewesen.« Erwartungsgemäß warf mir die CDU/CSU-Opposition in den folgenden Tagen vor, ich hätte das Treffen am Werbellinsee sofort abbrechen sollen. Tatsächlich habe ich dergleichen nicht einmal erwogen. Auch aus der Rückschau wäre es ein schwerer Fehler gewesen, die DDR wegen der Vorgänge in Polen zu brüskieren und ihr damit vor der Weltöffentlichkeit und besonders in den Augen des polnischen Volkes eine Mitschuld an der innenpolitischen Zuspitzung im Nachbarstaat zuzuschieben. Darüber hinaus wäre es widersinnig gewesen, die kommunistischen Machthaber im Osten Europas in einer Zeit zusammenzuschweißen, in welcher sie begannen auseinanderzufallen. Gleichwohl war nicht zu übersehen, daß von Osten her ein Schlagschatten auf das Treffen in der Uckermark gefallen war.

Dies wurde am gleichen Nachmittag in der kleinen mecklenburgischen Stadt Güstrow besonders deutlich, wo die SED mit Hilfe zugereister Funktionäre sowie Sicherheitskräften in Zivil und Volkspolizeiuniform jeden Kontakt der Bevölkerung zu mir zu verhindern suchte. Mein Wunsch, nach Güstrow zu fahren, hatte allerdings nichts mit dem sogenannten Bad in der Menge zu tun, der Anlaß war vielmehr Ernst Barlach. Dieser expressionistische Bildhauer ist seit meiner Jugend ein großes Idol für mich. Oft, wenn ich am Hamburger Rathausmarkt an der Freitreppe zur kleinen Alster das Kriegerehrenmal sehe, erinnere ich mich an ihn und auch an den Streit, den das Flachrelief einst ausgelöst hat, weil es nicht den soldatischen Helden zeigt, sondern die Kriegerwitwe mit ihrem Kind. Im Kanzleramt saß vor meinem Zimmer Barlachs »Singender Mann« und sang vor sich hin, und zu Hause haben Loki und ich einige Kleinplastiken des Meisters. Ernst Barlach hat mehrere Jahre seines Lebens in einem eigenen Atelier in Güstrow gearbeitet. Vor allem aber hängt im Güstrower Dom an einer langen eisernen Kette der »Schwebende«. Ich kannte den Abguß des schwebenden Engels mit den geschlossenen Augen in Köln, auch viele Fotos, aber ich wollte die Skulptur gern an dem Ort sehen, für den Barlach sie geschaffen hatte. Der Kopf des Schwebenden erinnert an Käthe Kollwitz, die Loki und ich gleicherweise seit unserer Zeit auf der Lichtwark-Schule lieben.

Es waren nur wenige Menschen in dem etwas windschiefen Backsteindom, der als Bauwerk alle meine Kinderzeit-Vorstellungen von einer Kirche erfüllte. Der mecklenburgische Landesbischof Heinrich Rathke begrüßte »den Marxisten Erich Honecker und den Christen Helmut Schmidt«. Es war das erste Mal, daß Honecker in einer Kirche begrüßt wurde. Ich hoffte, es würde das Verhältnis zwischen Staat, Partei und Kirche in der DDR entspannen helfen. »Wir beten in unseren Kirchen für Sie ... und im Angesicht der jüngsten Entwicklung in unserem Nachbarland Polen haben wir auch besonders gebetet für die verantwortlichen Politiker dort und für das ganze Volk ... Dieser Dom ist wohl auch ein Symbol für das, was wir gemeinsam haben. Die Backsteinkirchen in Güstrow und in Rostock, ich kann sagen in Lübeck und in Hamburg bis hin ... zu den Kirchen in Riga und Tallin, sind doch Zeugen einer gemeinsamen Geschichte, einer europäischen Kulturgeschichte, die uns verbindet ... Und auch Barlach ist für uns ein Stück gemeinsamer Vergangenheit und Erinnerung.«

»Barlach kann auch unsere gemeinsame Zukunft sein«, fügte ich in meinem Dank an Bischof Rathke hinzu. »Da Sie den Marxisten und den Christen zugleich angeredet haben: ... Wenn sie sich an Ernst Bloch und an das Prinzip Hoffnung erinnern, dann werden die Marxisten auch wissen, welch große Rolle die Hoffnung im Bewußtsein der Christen spielt. So weit sind die beiden nicht auseinander.« Honecker saß stumm daneben, und mir schien, als ob diese gemeinsamen Minuten ihn bewegten.

Draußen auf der Straße haben mir dann einige Güstrower Bürger verstohlen Zettelchen in die Hand gegeben und meine Hände gedrückt, trotz der massenhaft versammelten Staatssicherheitsorgane. Aber die meisten sind der strengen Anordnung gefolgt; sie blieben in den Häusern und standen hinter den Gardinen ihrer Fenster. »Wie furchtbar für Honecker«, so berichtete Marlies Menge in der »Zeit« von einem Gespräch mit einer Güstrower Lehrerin, »er muß sich schämen. Eine Stadt ohne Frauen und Kinder!«

Die Szenen im Dom und auf dem Marktplatz hat das DDR-Fernsehen denn auch nicht übertragen; sie hätten nicht nur einen Schatten auf das Treffen des ersten Mannes der DDR mit mir geworfen, sondern zugleich auch ein Schlaglicht auf das Polizeiregime. Ansonsten aber berichteten die gelenkten Medien der DDR über das Treffen in großer Breite. Noch wenige Tage zuvor hatte die SED den Güstrower Bürgern den Bundeskanzler als »Vertreter des Imperialismus« dargestellt, jetzt erlebten Millionen DDR-Bürger den Repräsentanten der Bundesrepublik im eigenen Fernsehen. Vom »Raketenkanzler« und »Einpeitscher« oder vom »imperialistischen NATO-Staat« war jetzt keine Rede mehr, wohl aber von der Bewahrung des Friedens. Außer mir fand sich auch Kurt Becker, Pressesprecher der Bundesregierung, ausführlich und fair

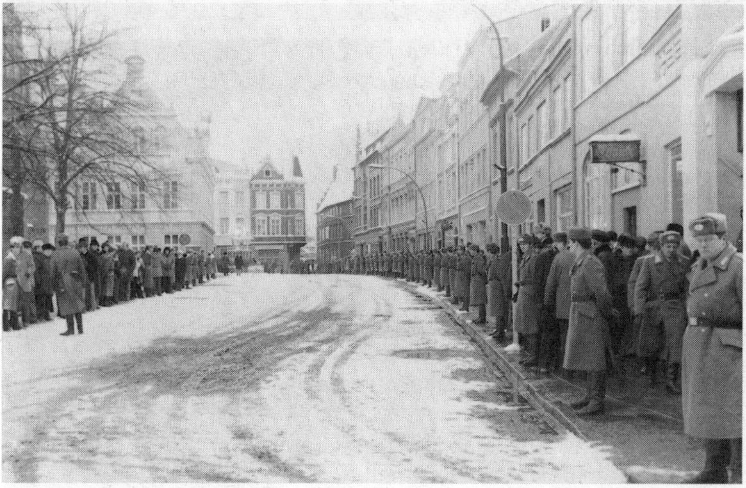

Oben: in den Plenarsitzungen wurden die zwischen den Ministern erzielten Einigungen vorgetragen; die Atmosphäre war freundlich, wenn auch betont sachlich.
Unten: am 13. Dezember fuhr der Bundeskanzler ins mecklenburgische Güstrow; die SED hatte aus Angst vor einem allzu engen Kontakt der Bevölkerung zu dem Gast die Straßen der Stadt abriegeln lassen.

Der eigentliche Anlaß des Besuches in Güstrow war Ernst Barlach, vor allem dessen »Schwebender Engel« im Güstrower Dom. Landesbischof Rathke begrüßte »den Marxisten Erich Honecker und den Christen Helmut Schmidt«; hinter Schmidt Staatssekretär Klaus Bölling. Rechts: Verabschiedung auf dem Bahnhof von Güstrow.

im SED-Parteiblatt »Neues Deutschland« wiedergegeben. Für die auf Abgrenzung bedachten hard-liner im Politbüro und ihre Apparatschiks muß zwischen der ersten und der zweiten Dezemberwoche ein Teil ihres ideologischen Himmels eingestürzt sein. Im übrigen hatte auch Breschnew einen Anteil an diesem tiefgreifenden Klimawechsel. Er hatte seinen Ost-Berliner Genossen sagen lassen, man möge Gospodin Federalny Kancler ordentlich empfangen; es gebe zwar ernste Meinungsverschiedenheiten mit ihm, aber er sei ein Mann des Friedens.

Das Echo in den westlichen Medien war überwiegend positiv, bis hin zur konservativen »Neuen Zürcher Zeitung«: Die Zukunft müsse zeigen, was aus der Diskussion am Werbellinsee werde, die Spielräume beider Seiten seien weiterhin begrenzt. Allein die »Frankfurter Allgemeine Zeitung« fühlte sich bemüßigt, neben fairen Berichten und Kommentaren darauf hinzuweisen, daß das Wort von der gutnachbarlichen Atmosphäre am Werbellinsee ein »falsches Wort« gewesen sei. Die FAZ mußte eben auch der CSU und dem rechten Flügel der CDU Zucker geben. Einen der interessantesten Kommentare schrieb die Londoner »Times«: Beide deutsche Staaten seien infolge des Antagonismus der Supermächte enger aneinandergerückt. Es sei unmöglich zu sagen, wohin diese Entwicklung führe. Aber gegenwärtig sei dieses deutsch-deutsche Verhältnis eher ein Vorteil als eine Belastung für den Frieden in Europa. Alle drei Sätze erschienen mir zutreffend.

Teile der Opposition im Bundestag sahen das freilich anders. Franz Josef Strauß und Friedrich Zimmermann warfen mir »Unredlichkeit« und »Instinktlosigkeit« vor, »zynische, lächerliche Verbrüderung mit Honecker«. Richard von Weizsäcker, Regierender Bürgermeister von Berlin, und Lothar Späth, Ministerpräsident in Baden-Württemberg, hielten jedoch dagegen. Oppositionsführer Helmut Kohl hielt sich in der Mitte; in der Bundestagsdebatte am 18. Dezember beschränkte er sich darauf, zu sagen, ich hätte der DDR einen Freibrief ausgestellt, der sie in die Lage versetze, über Zugeständnisse nicht nachdenken zu müssen. Der wackere FDP-Kollege Uwe Ronneburger traf den Nagel auf den Kopf, als er einige der deutschlandpolitischen Äußerungen aus der CSU aufgreifend von einer Politik der Konfrontation sprach. Mein immer präsenter Freund Herbert Wehner hielt der Opposition die Leitsätze der Deutschlandpolitik vor, welche die von dem CDU-Kanzler Kiesinger geführte Große Koalition im April 1967 verkündet hatte, und kontrastierte sie mit neueren Äußerungen aus der CDU/CSU.

Als ich im Sommerurlaub 1989 begann, dieses Kapitel zu schreiben, flüchteten in großer Zahl DDR-Bürger auf dem Wege über Ungarn, um ihre deutsche Staatsbürgerschaft in der Bundesrepublik in Anspruch zu nehmen. In wenigen Wochen wurde daraus ein für die ganze Welt unübersehbares Signal. Für mich war der Zustrom von Zehntausenden ein Anlaß zur Mahnung an meine westdeutschen Landsleute, Solidarität zu praktizieren. Die praktische Hilfe und die Aufrechterhaltung der Hoffnung, dies sind immer die Grundmotive meiner Deutschlandpolitik gewesen, und ich bin altmodisch genug geblieben, nach Freiheit und Frieden die Zusammengehörigkeit der Deutschen als einen der höchsten Werte anzusehen. Der Leser wird deshalb verstehen, daß ich das Treffen von 1981 auch und gerade in der Rückschau als eines der wichtigen Ereignisse meiner Kanzlerzeit ansehe. Ich empfand die Mark Brandenburg und das Städtchen Güstrow als Teil der Heimat, und wie eh und je betrachte ich die Menschen dort als meine Brüder.

Nach unserer Rückkehr aus Werbellin und Güstrow haben sich drei meiner Reisebegleiter auf persönliche Weise geäußert. Dr. Wolfgang Völpel, der seit zwanzig Jahren mein Hausarzt ist und früher in Ost-Berlin an der Charité gearbeitet hatte, meinte, die DDR sei ihm fremd vorgekommen. Bei meiner langjährigen Sekretärin Lieselotte Schmarsow, Berlinerin aus Britz, weckte die Fahrt durch die Mark Brandenburg eine Reihe guter und böser Erinnerungen. Trotz des Schocks in Güstrow gelangte sie zu der Überzeugung, daß sie zu Hause gewesen war. Klaus Bölling – auch ein Berliner – schrieb mir, es sei für ihn die schönste und zugleich die psychisch anstrengendste Reise gewesen, die er seit seinem Dienstantritt bei mir im Jahre 1974 gemacht habe.

Bölling analysierte das Treffen aufgrund der Erfahrungen, die er durch seine Ost-Berliner Mission im Umgang mit den Mächtigen der DDR gewonnen hatte. Honecker habe mit einer sonst kaum je bei ihm wahrzunehmenden Offenheit und menschlichen Authentizität reagiert, besonders dann, wenn er sich von den Papieren der Axen/Fischer-Apparate löste; im Politbüro habe das zwei Tage später anscheinend zu einigen kritischen Fragen geführt. Die Mehrheit der DDR-Bürger verstehe den Besuch als Nachweis der Fürsorgepflicht, die dem Regierungschef der freien Bundesrepublik auferlegt sei. Lediglich einige konservative Temperamente unter den DDR-Bürgern schienen zu meinen, ich sei dem Diktator zu freundlich begegnet. Die stalinistisch anmutende Belagerung der mecklenburgischen Kleinstadt habe auf viele DDR-Bürger erstaunlicherweise motivierend gewirkt: Für viele, die sich in der Nischengesellschaft verkrochen hätten, sei Güstrow ein aufrüttelndes Signal gewesen, eine Dokumentation des Widerspruchs zwischen Schein und Wirklichkeit. »Das Gefühl der Zusammengehörigkeit ist durch Ihre Reise gestärkt worden.« Als ich in der Ruhe der Weihnachtstage 1981 Böllings Brief vom 17. Dezember noch einmal las, wünschte ich mir, dieser Satz möge wahr sein.

Sorgen und Ängste unserer Nachbarn

Die Selbstverständlichkeit, mit der Bundeskanzler Kohl die von Willy Brandt und mir dreizehn Jahre hindurch verfolgte Linie der Deutschlandpolitik fortsetzte, hat mich im Grunde nicht überrascht. Was immer Kohl und seine Partei in den dreizehn Jahren ihrer Opposition verlangt hatten, spätestens mit Honeckers Besuch in der Bundesrepublik im September 1987 verstand die Union: Normalisierung ist unerläßlich, aber sie ist nur schrittweise erreichbar. Die Lösung des Kardinalproblems der Einheit war auch nach dem Regierungswechsel in Bonn 1982 nicht in Sicht – nicht einmal die Lösung weniger gewichtiger Fragen –, Kohl aber redete bis in den Herbst 1989 weniger von »Wiedervereinigung« als vor seiner Kanzlerschaft. Er sah ein, daß auch er keinen Weg zur Einheit anzubieten hatte. Statt dessen tat er 1987 – zum Ärger der »Frankfurter Allgemeinen Zeitung« – einen Schritt über die von mir beobachtete Zurückhaltung hinaus und empfing Honecker mit vollem staatlichen Zeremoniell in Bonn. Weder Kohl noch irgendjemand sonst hat 1987 den gewaltigen Umbruch in den osteuropäischen Staaten vorhergesehen, der im Sommer 1987 seinen Anfang nahm.

Gewiß, das weltpolitische Klima war 1987 besser als 1981. Der INF-Vertrag, der erste wirkliche Abrüstungsvertrag der Weltgeschichte zwischen gleichberechtigten Partnern, hatte parallel laufende Sicherheitsinteressen *beider* deutscher Staaten befriedigt, Glasnost und Perestroika hatten im Osten wie im Westen große Hoffnungen geweckt. Andererseits hatten Honecker und die SED-Führung soeben deutlich betont, daß es sich in der Sowjetunion bloß um einen oberflächlichen Wechsel handele, den die DDR keineswegs nötig habe. Kohls Besucher repräsentierte noch immer einen Staat, in dem Zensur, Kommandowirtschaft, Stacheldraht, Angst und Unfreiheit herrschten. Immer noch ließ er sich jedes kleine Entgegenkommen in harter D-Mark bezahlen. Hans Heigert hatte einige Wochen zuvor in der »Süddeutschen Zeitung« vorgerechnet, die DDR habe im Laufe der letzten zehn Jahre von der Bundesrepublik rund 10 Milliarden DM »eingestrichen«. Für die einen ging es immer noch und immer wieder um etwas mehr Freiheit über die innerdeutsche Grenze hinweg, für die anderen immer noch und immer wieder um etwas mehr Geld. Und genau wie zu meiner Zeit hatte Helmut Kohls Regierung im voraus erklärt, man dürfe Honeckers Besuch »nicht mit Erwartungen überfrachten«. Angesichts dieser Kontinuität der Bonner Deutschlandpolitik erinnerte ich mich mit Genugtuung an ein Wort von Edzard Reuter, das er 1983 in einer Gedenkstunde für seinen Vater Ernst Reuter gesagt hatte: »Entspannungspolitik muß wohl doch eine ziemlich harte Realpolitik gewesen sein.«

Aber auch die Besorgnis mancher ausländischer Wortführer angesichts möglicher deutsch-deutscher Anstrengungen in Richtung auf eine Vereinigung beider deutscher Staaten war unverkennbar. Sie ist latent immer vorhanden gewesen. Als ich 1966 auf einem Bundesparteitag der SPD in Dortmund eine programmatische Rede zur Außen-, Deutschland- und Sicherheitspolitik zu halten hatte, habe ich diese Besorgnis unserer Nachbarn deutlich vor Augen geführt: »Die Furcht vor einer Veränderung des Status quo in Europa ist erheblich größer als der Wunsch, Deutschland wieder vereinigt zu sehen ... Es gibt – außerhalb unseres deutschen Volkes – kein anderes Volk in Europa, das ... wenigstens in seiner Mehrheit die Wiedervereinigung Deutschlands als eine vordringliche internationale Aufgabe ansieht.« Auf diese Tatsache habe ich stets hingewiesen, wenn ich von meiner Überzeugung sprach, daß eines Tages das deutsche Volk unter ein gemeinsames Dach zurückkehren werde. Das Wort Wiedervereinigung habe ich dabei höchst selten gebraucht, denn unsere Nachbarn hören dann vornehmlich das Wort »Wieder« heraus, und dieses Wort weckt die Furcht, die von 1938 bis 1945 vom Großdeutschen Reich ausgegangenen Schrecken könnten »wieder« drohen. Außerdem klingt für manche, die das Wort Wiedervereinigung gern im Munde führen, der Anspruch auf Wiedervereinigung mit den ehemaligen deutschen Ostgebieten mit – für manchen Zuhörer unverkennbar und daher Anlaß zu neuerlicher Sorge.

Bereits in jener Dortmunder Rede 1966 habe ich neben der Unverrückbarkeit der Oder-Neiße-Grenze als weitere Bedingung für eine Vereinigung aller Deutschen unter einem gemeinsamen Dach die Forderung erhoben, diese dürfe nur im Rahmen eines gesamteuropäischen Prozesses der Auflösung der beiden einander feindlich gegenüberstehenden Machtblöcke erfolgen. Die Gewaltverzichtsverträge der Regierung Brandt/Scheel waren eine notwendige Voraussetzung für einen derartigen gesamteuropäischen Prozeß. Die KSZE-Konferenz in Helsinki 1975 und ihre Schlußakte waren gleichsam der erste Akt, ein zweiter Akt war der INF-Vertrag, die Befreiung Ungarns, Polens, der ČSSR und der DDR von der Diktatur bildeten den dritten Akt. Aber der Prozeß wird - anders als klassische Dramen - nicht auf fünf Akte beschränkt sein. Es wird immer wieder Rückschläge geben, und mit dem Schlußvorhang werden wir uns möglicherweise bis ins nächste Jahrhundert gedulden müssen.

Nicht erst seit dem 9. November 1989 gibt es in der Bundesrepublik vereinzelt Stimmen, die für eine Aufrechterhaltung der Teilung plädieren - aus Sorge um den Frieden, wie sie sagen. Weil wir den Zweiten Weltkrieg verursacht haben, hätten wir Deutschen die moralische Pflicht, unseren Anspruch auf Vereinigung aufzugeben und die uns auferlegte Teilung gleichsam freudig zu akzeptieren. Die Deutschen in der DDR werden dabei nicht nach ihrer Meinung gefragt, obgleich sie doch die Hauptleidtragenden der Teilung sind. Diesem Appell liegt der aus Angst geborene Irrtum zugrunde, als ob es der Wunsch nach Einheit des deutschen Volkes sei, der den Frieden in Europa gefährde. In Wahrheit waren es die Spannungen zwischen den Siegermächten und ihr jetzt erst nachlassender Rüstungswettkampf, der immer wieder zu Kriegsangst Anlaß gab. Fast alle Spannungen sind von der Sowjetunion ausgegangen: von der Blockade West-Berlins 1947/48 über die gewaltsame Niederschlagung des Protestes der Berliner Bauarbeiter am 17. Juni 1953, den Einmarsch in Ungarn, Chruschtschows Berlin-Ultimatum und den Mauerbau bis hin zum Einmarsch in die ČSSR 1968. Die stetige Tendenz der Sowjets zur Überrüstung und Bedrohung Europas zwang den Westen regelmäßig zur Nachrüstung. Keine der Spannungen und Krisen ist von den Deutschen ausgegangen.

Der Gedanke, um des Friedens willen auf die Einheit zu verzichten, enthält gleichwohl ein notwendiges Element von großer Bedeutung: Der Wille der Deutschen zum Frieden muß für alle anderen Völker glaubwürdig und überzeugend sein. Deshalb war ich dankbar, als Honecker in den siebziger Jahren mein Wort aufnahm, daß »von deutschem Boden niemals wieder Krieg ausgehen« dürfe. Umgekehrt habe ich es immer mit Bitterkeit gehört, wenn auf der politischen Rechten in der Bundesrepublik von einer »Politik der Stärke« (Adenauer) oder vom Fortbestand des Deutschen Reiches in den Grenzen von 1937 geredet und geschrieben wurde. Solche Formeln sind nicht nur irreal und irrational, sie gefährden auch die Glaubwürdigkeit unseres Friedenswillens.

Schließlich müssen wir Deutschen auch wissen, daß der ausdrückliche Verzicht auf nationale Einheit das latente Mißtrauen unserer Nachbarn eher verstärken als mindern würde. Denn die europäischen Völker – mit Ausnahme der von der Sowjetunion vereinnahmten baltischen sowie weiterer Völker, die innerhalb der Sowjetunion ihre nationale Identität nicht aufgegeben haben – leben in Nationalstaaten; sie halten ihre nationale Einheit für selbstverständlich und ihre nationale Selbstbestimmung für ihr natürliches Recht. So sehr sich die Staaten Europas in EFTA, EG, RGW oder in den beiden Bündnissystemen verbunden haben, um Aufgaben gemeinsam zu lösen, so sehr ist ihnen ihre nationale Identität selbstverständlich geblieben. Europa lebt keineswegs in einer »postnationalen« Gesellschaft. Wenn wir Deutschen als einzige einen postnationalen Sonderweg proklamieren wollten, so würden uns unsere Nachbarn nicht glauben, weder daß wir diesen Sonderweg durchhalten können, noch daß wir ihn durchhalten wollen, zumal sich alsbald eine nationale und nationalistische Opposition innerhalb Deutschlands zu Wort melden würde. »Deutschland ist ein Land, das täuscht, ein proteisches Land«, schrieb 1983 der Italiener Luigi Barzini. Proteus konnte seine Gestalt ändern, er konnte nacheinander Löwe, Schaf oder Schlange sein, Wasser oder Feuer, ein Meister der Verwandlung. Barzini zitiert Nietzsche: »Der Deutsche versteht sich auf die Schleichwege zum Chaos.« Es lohnt sich, Barzinis Deutschland-Kapitel zu lesen. Viele Deutsche werden sich dort ertappt finden, andere werden Barzinis Übertreibungen tadeln. Alles in allem aber sagt er nur, was viele unserer Nachbarn noch immer von uns denken.

Die Anforderungen unserer Nachbarn an uns Deutsche sind vielfältig, sie widersprechen sich zum Teil und sind gegenwärtig noch nicht auf einen gemeinsamen Nenner zu bringen. Wir sollten uns deshalb freilich nicht auf den Volksmund berufen, der sagt, daß man es nicht jedermann recht machen kann. Denn wenn nicht wenigstens unsere wichtigsten Nachbarn und – in der heutigen Konstellation – die USA, Frankreich, England und die Sowjetunion zustimmen, ist es nicht möglich, verfassungsrechtlich ein gemeinsames Haus der Deutschen zu errichten. Schließlich gilt noch immer der Deutschland-Vertrag von 1954, den wir mit den Vereinigten Staaten, mit Frankreich und Großbritannien geschlossen haben; dort heißt es im Artikel 2, daß die drei Mächte ihre bisherigen Rechte und Verantwortlichkeiten in bezug auf Berlin und auf Deutschland als Ganzes behalten, »einschließlich der Wiedervereinigung«. Und ebenso gilt noch immer die Viermächtevereinbarung über Berlin, an der neben den USA, Frankreich und Großbritannien die Sowjetunion als Vertragspartner beteiligt ist.

Helmut Kohls Zehn-Punkte-Programm für eine deutsch-deutsche Konföderation vom 22. November 1989 enthielt nicht nur den Kardinalfehler, die polnische Westgrenze nicht anzuerkennen. Der Bundeskanzler machte auch den zweiten, nicht minder gravierenden Fehler, seine Vorstellungen ohne Rücksprache mit den drei Partnern des Deutschland-Vertrages, die er nicht einmal vorab informierte, auf den Tisch der Weltöffentlichkeit zu legen. Zumindest mit François Mitterrand hätte er sich beraten müssen, allein schon um dem Elysée-Vertrag zu entsprechen. Man darf seine Partner und Freunde nicht überraschen, schon gar nicht als Deutscher in der deutschen Frage. Die Quittungen aus den drei Hauptstädten kamen prompt. Margaret Thatcher, George Bush und sein Außenminister Baker und auch François Mitterrand pochten in öffentlichen Reden auf ihr Mitspracherecht und stellten Bedingungen. Selbst der italienische Ministerpräsident Andreotti und der dänische Ministerpräsident Schlüter sprachen sich öffentlich gegen eine zukünftige Einheit Deutschlands aus.

Was die Regierungen der drei Partner des Deutschland-Vertrages und was die Regierungen der EG-Partnerstaaten der Bonner Regierung auf nichtöffentlichem Wege gesagt haben, ist nicht schwierig zu erraten. Die demonstrative Zusammenkunft der Vertreter der Vier Mächte im Gebäude des ehemaligen Alliierten Kontrollrats - unter Beteiligung der Sowjets - war jedenfalls eine gezielte Ohrfeige. Dieser Akt signalisierte der Bundesregierung, daß es nicht reicht, sich über Gräbern zu umarmen und in früheren Konzentrationslagern gemeinsam zu beten. Berechenbarkeit, Zuverlässigkeit und Loyalität gegenüber Partnern, Nachbarn und Freunden sind wichtiger. Wir sollten sie nie überraschen. Wir müssen uns vielmehr von dem Ruf befreien, ein proteisches Land zu sein.

Es ist durchaus vorstellbar, daß die Sowjetunion beziehungsweise die Vier Mächte gemeinsam oder die allgemeinen Umstände des weiteren politischen Einigungsprozesses, vielleicht auch erneute Spannungen in Europa uns Deutsche an der Einheit hindern, indem sie den Prozeß der gegenseitigen Annäherung der beiden deutschen Staaten aufhalten oder ihn mit Bedingungen verknüpfen. Wir werden damit rechnen müssen. Wir werden uns zu vielfältigen und komplizierten Kompromissen gezwungen sehen. Wir werden einen starken Willen zum Kompromiß brauchen. Aber wir hätten keine moralische Rechtfertigung, wenn wir auf Dauer auf das Selbstbestimmungsrecht unseres Volkes verzichten wollten. Und noch weniger dürfen die Westdeutschen das Selbstbestimmungsrecht der DDR-Deutschen in den Wind schlagen.

Die Geschichte deutscher Selbsttäuschungen und Illusionen seit 1949 ist lang und vielfältig, und vieles davon werden wir endgültig beiseite schieben müssen. Sie reicht von Kurt Schumacher und Konrad Adenauer bis in die Gegenwart. Sie schließt den Deutschland-Plan der SPD ein, einzelne Sätze des Bundesverfassungsgerichtes und fast die ganze öffentliche Diskussion über die Präambel des Grundgesetzes, welche aus der Aufforderung an das »gesamte deutsche Volk... in freier Selbstbestimmung die Einheit und Freiheit Deutschlands zu vollenden«, ein Kriterium für verfassungsrechtliche Zulässigkeit oder Unzulässigkeit einzelner außenpolitischer Schritte der Bundesrepublik gemacht hat. Die Neigung von parlamentarischen Minderheiten, politische Niederlagen mit Hilfe des Bundesverfassungsgerichtes in politische Siege umwandeln zu wollen, ist insgesamt schädlich. Sie hat aus dem höchsten Gericht – gegen dessen ausdrücklichen Willen zu richterlicher Zurückhaltung – eine Instanz gemacht, welche im Ergebnis hochpolitische Entscheidungen trifft. Die Neigung, deutsche Jurisprudenz zum Maßstab deutscher Außenpolitik zu machen, reicht bis in die Ära Adenauer zurück. Es wird leider wohl noch einige Zeit dauern, bis die Juristen in der deutschen politischen Klasse allgemein begreifen, daß die Mächtigen der Welt sich in ihrem Tun und Lassen nicht nach Karlsruher Urteilen richten, wie auch immer sie begründet sein mögen, auch nicht nach jenen Rechtsgutachten, welche die Endgültigkeit der polnischen Westgrenze leugnen.

Unsere Verfassung wird überragt von den Grundrechten, insbesondere von der Garantie der Menschenwürde, der Freiheitsrechte der Person, der Religions- und Gewissensfreiheit, der Meinungs- und Pressefreiheit und der Freizügigkeit. In diesen Grundrechten, die wir aus der Erbmasse des 1848/49 fehlgeschlagenen deutschen Einigungs- und Verfassungsversuches übernommen haben und die heute unter dem Begriff »Menschenrechte« zusammengefaßt werden, müssen wir die entscheidende Orientierung für die Deutschlandpolitik suchen. Alles was der Verwirklichung von Menschenrechten in der DDR dient, war, ist und bleibt moralisch, rechtlich und politisch geboten. Welcher Weg dorthin führt und welche Schritte im einzelnen dienlich sind, das zu beurteilen ist nicht Sache der Jurisprudenz, sondern Sache des Souveräns, nämlich des Wählervolkes.

Es ist nach Hitler verständlich, daß die öffentliche Meinung in Europa auf Verletzungen von Menschenrechten im allgemeinen und des Selbstbestimmungsrechtes im besonderen stärker reagiert hat, wenn es Polen oder Tschechen und Slowaken, Israelis oder Palästinenser, Chilenen oder Panamesen, Vietnamesen oder Kambodschaner oder die schwarze Mehrheit in Südafrika betraf, als wenn es sich um Deutsche in der DDR handelte. Dennoch geht es um die gleichen natürlichen und unveräußerlichen Menschenrechte. Wir Bundesbürger waren nicht schon deshalb Nationalisten, weil wir für die Herstellung der Menschenrechte und des Selbstbestimmungsrechtes in der DDR eintraten. Wenn wir umsichtig waren, taten wir es unter Berufung auf die Vereinten Nationen und auf die Helsinki-Schlußakte. Wer am Gedanken der Einheit unseres Volkes festhalten will, ist gut beraten, im Gespräch mit unseren Nachbarn an das Selbstbestimmungsrecht zu erinnern, das in Gestalt der Unabhängigkeitserklärung von 1776 Grundlage der amerikanischen Verfassung ist.

Er muß zugleich glaubhaft erklären, daß er die Oder-Neiße-Grenze als endgültig anerkennt. Er muß Einvernehmen und gute Nachbarschaft mit den Polen und mit den Franzosen herstellen. Polen und Franzosen sind seit eintausend Jahren unsere Nachbarn. Für die Polen, zumal für die polnischen Juden, bedeuteten Hitlers Krieg und der Holocaust grauenhaftes Schicksal; auch die bei Kriegsende von Stalin erzwungene Westverschiebung Polens wäre ohne Hitler nicht möglich gewesen. Zugleich aber haben uns die Polen über hundert Jahre lang ein Beispiel gegeben für den Willen zur Freiheit und zur Selbstbestimmung ihrer Nation. Wenn es der polnischen Nation schlecht geht, kann es der deutschen Nation nicht wirklich gut gehen. Die Freundschaft mit den Franzosen - auch sie Opfer von Hitlers Aggression und Verbrechen wie fast alle Völker Europas - ist ebenso unverzichtbar. Nur wenn Franzosen und Polen ohne Sorge über ihre Grenzen mit Deutschland blikken, werden uns die Europäer insgesamt vertrauen. Deshalb bedarf unsere Deutschlandpolitik des guten Einvernehmens mit diesen beiden wichtigsten Nachbarstaaten.

Die in der deutschlandpolitischen Diskussion seit Kriegsende häufig auftauchende Vorstellung eines neutralen Deutschland kann in der heutigen Konstellation Europas nicht das Vertrauen unserer Nachbarn finden. Zu groß ist die Sorge, das vereinigte Deutschland könnte sich eines Tages doch auf eine der beiden Seiten schlagen und damit das Gleichgewicht in Europa beziehungsweise die Machtbalance der beiden sich gegenüberstehenden Bündnissysteme zum Einsturz bringen; würde Deutschland von Fall zu Fall zwischen enger Kooperation mit dem Westen und Zusammenarbeit mit dem Osten schwanken oder gar beide gegeneinander ausspielen wollen, könnte es damit zur Ursache von Instabilität in Europa werden.

Alle Hinweise auf Österreich als Beispiel für eine Neutralität, die von den Siegermächten und allen Nachbarn akzeptiert worden ist, taugen hier nicht. Denn Österreich hat nur siebeneinhalb Millionen Einwohner, ein vereinigtes Deutschland hingegen fast achtzig Millionen. Dies stellt in den Augen unserer Nachbarn, aber auch im Urteil der USA und der Sowjetunion, eine kritische Masse dar. Die Bewegungen dieser Masse könnten - anders als im Falle Österreichs - nicht nur das europäische Gleichgewicht entscheidend beeinflussen, sondern auch Deutschland zur europäischen Vormacht werden lassen. Deshalb liegt es im Interesse unserer Nachbarn, Deutschland politisch, wirtschaftlich und militärisch einzubinden. Deshalb erschiene ihnen eine Lockerung unserer Bindungen an die Atlantische Allianz und an die Europäische Gemeinschaft als gefährlich. Schon ein Nachlassen unserer Bemühungen um den weiteren Ausbau der EG durch ein gemeinsames System der Zentralbanken, eine gemeinsame Geld- und Währungspolitik und eines zukünftigen Tages auch eine gemeinsame Sicherheitspolitik würde in Paris, London, Rom, bei allen EG-Mitgliedern Besorgnis auslösen. Auch Warschau, Prag und Budapest haben ein Interesse an der Leistungsfähigkeit der EG insgesamt, sie möchten nicht der ungezügelten Wirtschaftskraft eines vereinigten Deutschland ausgeliefert sein.

Noch weniger würden unsere westlichen Nachbarn ein Ausscheiden aus der NATO akzeptieren. Die Sowjetunion hat vorerst kein Interesse daran, die DDR aus dem Warschauer Pakt zu entlassen. Selbst wenn ein solches Modell den Sowjets irgendwann sinnvoll erscheinen sollte, so hinge die Zustimmung aller Nachbarn doch davon ab, ob bis dahin ein neues internationales Vertragssystem geschaffen ist, welches das militärische Gleichgewicht in Europa gewährleisten kann.

Mit Umsicht und Beharrlichkeit, Gelassenheit und Augenmaß, Vernunft und Tatkraft werden wir den Weg finden, den wir schrittweise gemeinsam gehen können. Es wird »zusammenwachsen, was zusammengehört« (Willy Brandt). Unsere Partner werden sich einer deutschen Einigung am Ende nicht entgegenstellen: Sie haben vertragliche und moralische Pflichten, und sie haben ein Interesse, keinen neuen deutschen Nationalismus zu provozieren. Über den Fortbestand der deutschen Nation wird letztlich das Verhalten der Deutschen in ihrer Gesamtheit entscheiden - so habe ich im ersten Jahr meiner Kanzlerschaft im Bundestag gesagt. Daran hat sich bis heute nichts geändert.

Agonie, Revolution und neue Hoffnung

Die Agonie der Honeckerschen SED-Herrschaft wurde im August 1989 deutlich. Der rasch ansteigende Strom von DDR-Deutschen, die - nach den Gesetzen ihres Staates illegal - in die Bundesrepublik übersiedelten, und die unsicheren Reaktionen der DDR-Führung auf die massenhafte Abkehr von ihrem Staat ließen die tiefe innere Krise der überalterten, entschlußschwach gewordenen Männer im Politbüro der SED erkennen. Honecker war zudem krank, seine Platzhalter waren ratlos. Sie wußten auch nicht, wie sie auf die immer größer werdenden Montagsdemonstrationen in Leipzig reagieren sollten. Bis heute ist nicht recht klar, wer es wirklich gewesen ist, der eine Wiederholung der blutigen Ereignisse in Beijing für Leipzig und Ost-Berlin verhindert hat. Bis zum 7. Oktober, an dem die SED in Gorbatschows Anwesenheit den 40. Geburtstag ihres Staates feierte, hat die Polizei noch geknüppelt. Aber als am 23. Oktober und abermals eine Woche später in Leipzig jedesmal 300 000 Menschen auf die Straße gingen, als am 4. November in Ost-Berlin eine Million DDR-Bürger demonstrierte, war die Agonie der SED-Führung unter Krenz schon weit fortgeschritten. Aus Moskau hatte sie keine Hilfe mehr zu erwarten; sie hatte sich schon seit Ende des Frühjahrs an die Diktaturen in Beijing und Bukarest anzulehnen versucht. Jetzt stand sie nackt und bloß, und am Ende ist ihre Diktatur fast lautlos zusammengebrochen. Aber schon wenige Tage nach dem 9. November mußte man sich die Frage stellen, was nun zu tun sei. Es waren schwierige Fragen, und ungeheure Probleme stehen uns noch bevor.

Am 2. und 3. November 1989 waren meine Frau und ich in der DDR. Ursprünglich hatte ich, wie in manchen der vorangegangenen Jahre, in einer größeren Kirche in Sachsen reden sollen. Als sich im Laufe des Herbstes terminliche Schwierigkeiten ergaben, war ich im Grunde erleichtert, hätte ich in der aufgewühlten, explosiven Atmosphäre doch politisch Klartext reden müssen. Aber bei dem Gedanken, möglicherweise zum Zündfunken am Pulverfaß zu werden, war mir recht unbehaglich zumute - schließlich konnte ich den um ihre Freiheit kämpfenden Menschen kaum helfen, ich würde ja kurz darauf wieder nach Hamburg zurückfahren. Zu meiner Erleichterung wurde es also keine große öffentliche Rede, sondern eine insgesamt zehnstündige Diskussion. Sie fand zum Teil in der Evangelischen Akademie in Meißen statt, zum Teil in Hüttental bei Karl-Marx-Stadt. Manfred Stolpe hatte mich vorbereitend über die Lage in der sächsischen Kirche informiert. Aber in Meißen waren unter den Teilnehmern nicht nur Kirchenleute, sondern viele politisch engagierte Menschen - vom Neuen Forum, vom Demokratischen Aufbruch, Sozialdemokraten. Sie kamen keineswegs alle aus Sachsen. Wie funktioniert die parlamentarische Demokratie in der Bundesrepublik, wie die Marktwirtschaft, wie die Gewerkschaften, was darf die Polizei - so lauteten ihre Fragen. Niemand wußte, ob die große Ost-Berliner Demonstration, die für den übernächsten Tag geplant war, ohne Blutvergießen ablaufen würde; einigen war beklommen zumute.

Loki und ich waren gerührt von dem hohen Maß an Vertrauen, das man uns entgegenbrachte. Unser wichtigster Eindruck war: Die Versammelten sind sich einig und stark in dem, was sie ablehnen und was sie abschaffen wollen - aber das Neue zu definieren, zu sagen, wofür sie eintreten, ist weit schwieriger. Auf der Tagung der Ephoren der sächsischen Kirche in Hüttental trug ein Diskussionsteilnehmer seine Zweifel an der parlamentarischen Demokratie vor - es müsse doch noch einen anderen, einen dritten und besseren Weg geben zwischen Diktatur und pluralistischer Parteien-Demokratie. Die Vorstellung von einem dritten Weg geisterte auch durch die wirtschaftspolitischen Erörterungen. Ich konnte spüren, daß die jahrzehntelange Propaganda und Erziehung zum Kampf gegen den »Kapitalismus« erhebliche Wirkung gehabt hat, zumal in Gegenden, in denen man kein Westfernsehen empfangen konnte.

Ich rechnete bereits mit dem Zusammenbruch der SED-Herrschaft, wenngleich möglicherweise nach einer Phase gewaltsamer Auseinandersetzungen. Aber die naive wirtschaftspolitische Diskussion ließ mich begreifen, wie hilflos man dann den ökonomischen Problemen gegenüberstehen würde und daß man auch auf Fachleute der alten Garde angewiesen wäre. Schließlich war die alte Währung der DDR eine reine Binnenwährung, die Auslandsschulden waren hoch, die Preise für Konsumgüter und Lebensmittel wurden unabhängig von den Herstellungskosten festgesetzt und aus dem Staatshaushalt hoch subventioniert, es gab großen Geldüberhang mit der latenten Gefahr der

Preisinflation auf schwarzen Märkten, das Lohnsystem war ungerecht, höhere Leistung wurde unzureichend honoriert, die Produktivität war gering. Dennoch bin ich zuversichtlich, denn die Facharbeiterschaft versteht ihr Handwerk. Und wenn die Entscheidungen und die Verantwortung aus der zentralen Wirtschaftsverwaltung auf die Kombinate und die Betriebe übergeleitet werden, werden viele Freude daran finden, ihre Kräfte einzusetzen. Die Währungsunion und die Ersetzung der Mark (Ost) durch die D-Mark werden zunächst viele Menschen arbeitslos machen. Fehlschläge werden nicht ausbleiben, aber wer wäre nicht bereit, daraus zu lernen? Nach wenigen Jahren wird es einen steilen wirtschaftlichen Aufstieg geben.

Zum Schluß dieses Kapitels ein Wort zu Berlin. Für gut einhundert Jahre ist Berlin die Schicksalsstadt der Deutschen gewesen, ihre Blüte reichte eigentlich nur von Bismarcks Reichsgründung 1871 bis 1933, und während dieser Zeit wiederum waren es insbesondere die Jahre von 1918 bis 1933, in denen Berlin zum Mythos wurde. Graf Krockow hat recht mit seiner Charakterisierung: Zwar ist Berlin unter den Weltstädten Europas ein später Emporkömmling. Anders als in anderen Metropolen Europas, in Venedig oder Amsterdam, in London, Paris oder Wien, gab es hier kein alteingesessenes Honoratiorentum, keine Patrizierfamilien, welche die Tradition der Stadt begründeten. Was den besonderen Reiz Berlins ausmachte, waren die Menschen; sie prägten die Kultur und das Lebensgefühl der Stadt. Die Tradition der bereitwilligen Aufnahme von Bedrängten und Unterdrückten, von allen, die sich nach geistiger Freiheit sehnten, reicht weit zurück – bis zum Potsdamer Toleranzedikt des Großen Kurfürsten von 1685. Seit dieser Zeit strömten sie von allen Seiten heran – aus Frankreich, aus Schlesien, aus Polen und Galizien, aus Holland und woher auch immer. Kurt Tucholsky hat dazu gesagt: »Daß französische Emigranten nach Berlin kamen, zeigt heute noch manche Frauengrazie – und der ganze Fontane.« Heute könnte man noch einen Satz über die de Maizières hinzufügen, sowohl in Ost-Berlin als auch in Bonn.

Die Kulturstadt Berlin, das war in den Goldenen Zwanzigern auch die Theaterstadt, die Musikmetropole, die Stadt der Schriftsteller, der Zeitungen und Zeitschriften, die Stadt der Verlage. Die Namen sind Legion und noch heute jedermann geläufig. Damals schrieb Heinrich Mann: »Die Zukunft Deutschlands wird heute andeutungsweise vorausgelebt in Berlin. Wer Hoffnung fassen will, blickte dorthin ... Die Vereinheitlichung Deutschlands wird, sicherer als durch Gesetze, durch die werbende Kraft des Zivilisationsherdes geschehen, der das zu sich selbst heranwachsende Berlin ist. Ja, Berlin wird, so wenig es sich dies träumen ließ, die geliebte Hauptstadt sein.« Oder mit den Worten von Carl Zuckmayer: »Berlin schmeckte nach Zukunft, und dafür nahm man den Dreck und die Kälte gern in Kauf.«

Wenn der berühmte Satz von Ernst Reuter, im Augenblick höchster Bedrängnis gesprochen: »Völker der Welt, schaut auf diese Stadt«, je wieder Bedeutung gewinnt, dann nicht, weil es die Bedrängnis der Stadt ist, welche die Aufmerksamkeit der Welt auf sich zieht, sondern die Hoffnung, die heute von dieser Stadt ausgeht – und die eine Hoffnung ist für die ganze Welt. Ist es nicht so, daß in diesen Tagen auf einmal wieder die Möglichkeit sich ergibt, daß Berlin abermals zu einem Magneten für Menschen von überallher werden könnte, daß hier abermals ein Schmelztiegel entsteht, von dem künstlerische, wissenschaftliche, gesellschaftliche Impulse ausgehen? Als die Mauer sich öffnete, da blitzte für einen Augenblick diese Zukunft Berlins auf. In der DDR hat eine Morgendämmerung begonnen. Das Wort Walter Mompers am 10. November, die Deutschen seien an diesem Tage das glücklichste Volk der Welt, ist wahr gewesen. Aber wir Deutschen sind auch gefordert: heute und morgen historisch bewußter und politisch klüger zu handeln als jemals zuvor in unserer bisherigen Geschichte.

Englische Beharrlichkeit

Am 29. November 1979 saßen die neun Regierungschefs der Mitgliedsstaaten der Europäischen Gemeinschaft und ihre Außenminister an einem großen Tisch in Dublin, der Hauptstadt der Republik Irland. Die Atmosphäre war kühl bis frostig. Man hatte schon eine Weile ergebnislos miteinander verhandelt, das Wort hatte bereits mehrfach die Runde gemacht. Jetzt sprach zum weiteren Mal die neue britische Premierministerin Margaret Thatcher. Sie war es leid, ihre alten Argumente zu wiederholen, zumal diese zum großen Teil widerlegt worden waren. Sie faßte sich kurz: »I want my money back, and I want it now!« Sie sagte das mit Nachdruck in der Stimme, und es klang ein wenig schrill. Von Kompromißbereitschaft war nichts zu spüren.

Valéry Giscard d'Estaing und ich sahen uns fragend an; wir waren ratlos. Was konnte man angesichts einer solchen Haltung noch tun? Wir waren darauf vorbereitet gewesen, der neuen Premierministerin ein wenig entgegenzukommen, obgleich Großbritannien jetzt schon zum zweiten Mal eine Neuverhandlung jener finanzwirtschaftlichen Ordnung der EG verlangte, die Ted Heath beim Beitritt des Landes am 1. Januar 1973 akzeptiert hatte. Wir wollten nicht, daß Margaret Thatcher den Streit zum Vorwand nahm, um Großbritannien wieder aus der EG herauszuführen. Andererseits wollten wir auch nicht alle paar Jahre die finanziellen Spielregeln der EG England zuliebe ändern. Wir hatten das 1975 auf Drängen des damaligen Premierministers Harold Wilson schon einmal getan. Nachdem Margaret Thatcher zum dritten Mal gesagt hatte, sie wolle ihr Geld zurück - sie sagte wirklich »my money« -, haben wir die Sache vertagt. Wir wollten uns nicht stundenlang so behandeln lassen, als seien wir Gegner Großbritanniens.

Die Engländer zahlten damals netto mehr in die Kassen der EG, als sie wieder herausbekamen, das ist wahr; England war ein sogenannter Netto-Zahler. Aber das war die Bundesrepublik natürlich auch, die Briten waren nicht die einzigen. 1979 betrugen die britischen Netto-Leistungen 850 Millionen Rechnungseinheiten (ECU), die deutschen 1430 Millionen ECU. Frankreichs Zahlungen und Rückflüsse waren ungefähr ausgeglichen, die französischen Netto-Zahlungen machten nur 80

Millionen ECU aus. Die ökonomisch schwächeren Mitgliedsländer waren allesamt Netto-Empfänger, das heißt, die Rückflüsse aus der EG waren größer als die jeweiligen Einzahlungen. Die Netto-Positionen der Mitgliedsstaaten wurden wesentlich durch die enormen EG-Subventionen für die Landwirtschaft und durch »Grenzausgleichsbeträge« bestimmt, mit denen Auf- oder Abwertungen einzelner Währungen im Bereich der Landwirtschaft ausgeglichen werden sollten. Im Ergebnis brachte die komplizierte Maschinerie der EG-Agrarpolitik den Volkswirtschaften mit relativ vielen Landwirten einen günstigen Netto-Effekt.

Margaret Thatchers Kritik an der EG-Agrarpolitik war in meinen Augen durchaus gerechtfertigt. Aber darum ging es ihr höchstens in zweiter Linie; schließlich wußte auch sie, daß eine Reform der Agrarpolitik gar nicht zur Diskussion stand. An erster Stelle ging es ihr darum, dem englischen Volk zu demonstrieren, daß sie mit ihrer konservativen Regierung für Großbritannien etwas herausholte, was Harold Wilson und James Callaghan, ihre Vorgänger von Labour, nicht erreicht hatten. Aber genau dies hatte Harold Wilson 1975 - zufällig ebenfalls in Dublin - auch schon demonstrieren wollen, um seinen konservativen Vorgänger Ted Heath in den Schatten zu stellen.

Streit ums Geld - aber nicht nur darum

Ohne allzugroße Übertreibung kann man sagen: das Vereinigte Königreich hat insgesamt viermal über seinen Beitritt zur Europäischen Gemeinschaft beziehungsweise über die Aufrechterhaltung seiner Mitgliedschaft verhandelt. Dabei ist die halbherzige britische Beteiligung an der Konferenz von Messina nicht mitgezählt, die 1957 zum Römischen Vertrag führte, der die Europäische Wirtschaftsgemeinschaft der sechs begründete. Premierminister Anthony Eden hatte - wie schon sein Vorgänger Winston Churchill - eine britische Mitgliedschaft gar nicht erst in Betracht gezogen. Dies änderte sich unter Harold Macmillan, der Anfang der sechziger Jahre ernsthafte Verhandlungen in Gang brachte. Aber de Gaulle, der britisches Dominanzstreben und eine allzu enge britische Zusammenarbeit mit den USA befürchtete, machte den Briten einen Strich durch die Rechnung. Ein Jahrzehnt später führte Großbritannien unter Ted Heath zum zweiten Mal ernsthafte Beitrittsverhandlungen - dieses Mal erfolgreich, wenn auch gegen massive

EG-Gipfel in Dublin, November 1979. Von links nach rechts: Anker Jørgensen, der Gastgeber, Margaret Thatcher, Helmut Schmidt, Valéry Giscard d'Estaing.

innenpolitische Widerstände der damaligen Labouropposition (und aus den Reihen der Konservativen). Als 1974 Harold Wilson die Regierung übernahm, versuchte er, die von Heath ausgehandelten Bedingungen in neuen Verhandlungen zu korrigieren, und stellte die britische EG-Mitgliedschaft zur Disposition. Margaret Thatcher wiederholte dieses Manöver fünf Jahre später und drohte der Gemeinschaft mit Obstruktion.

An drei dieser Verhandlungen bin ich beteiligt gewesen, gegenüber Heath noch als Finanzminister, gegenüber Wilson und Margaret Thatcher als Bundeskanzler. So sehr ich meine jeweiligen britischen Verhandlungspartner respektierte und einige von ihnen bewunderte, so sehr hat mich die britische Einstellung zu Europa enttäuscht. Es wäre falsch, die wechselnden Haltungen der britischen Premierminister und der hinter ihnen stehenden beiden großen Parteien als Wankelmut zu kennzeichnen. Sie waren im Gegenteil kontinuierlich von einem einzigen Motiv bestimmt, das sie beharrlich verfolgten, dem »sacro egoismo«.

Nach dem Zweiten Weltkrieg hatte die politische Klasse Großbritanniens zunächst geglaubt, die Weltmachtrolle Großbritanniens fortsetzen zu können; die eigene Souveränität, das Commonwealth und die special relationship zu den USA wären die Stützpfeiler gewesen. Später erkannte man widerwillig die wachsende wirtschaftliche Kohäsion und das wachsende politische Gewicht der Europäischen Gemeinschaft und befürchtete eine europäische Führungsrolle de Gaulles; beides mag Macmillan zur Aufnahme von Verhandlungen bewogen haben. Die Abneigung sehr vieler Engländer gegen britische Souveränitätsverzichte zugunsten der EG ist aber bis heute ungebrochen. Es hat zu meiner Regierungszeit lediglich zwei Ausnahmen gegeben, Roy Jenkins (ursprünglich Labour, später SDP), der als Präsident der EG-Kommission von 1977 bis 1981 gute Dienste leistete, und Ted Heath.

Für die Europäische Gemeinschaft bedeutete das Ausscheiden von Ted Heath aus dem Amt des Premierministers im Frühjahr 1974 eine mittlere Katastrophe. Nach mühsamer Überwindung britischer Zweifel und nach langen Jahren der Blockade durch de Gaulle hatte er Großbritannien endlich in die EG geführt. Er hatte dies in der festen Überzeugung getan, daß der Beitritt lebenswichtig für die britische Wirtschaft und für Großbritanniens politische Rolle in der Welt sei. In Brandt und Pompidou hatte er Partner gefunden, die ihm halfen, seine Beitrittsverhandlungen zum Erfolg zu führen. Heath wußte, daß das

Vereinigte Königreich außerhalb des großen gemeinsamen Marktes der EG wirtschaftlich verkümmern würde. Zugleich war er selbstbewußt genug, kein Hehl aus seiner Überzeugung zu machen, daß umgekehrt Europa auf den politischen Beitrag Großbritanniens angewiesen war. Anknüpfend an Macmillan, hatte er keine Scheu vor den notwendigen, damals noch sehr begrenzten Souveränitätsverzichten, aber dies erschien der Mehrzahl der Briten als kaum erträglich, und Heath hatte einen schweren Stand.

Edward Heath war und ist einer der wenigen überzeugten »Europäer« in Großbritannien, die nicht nur Mitglied sein wollen, um Schlimmeres zu verhüten, sondern die aktiv die gemeinsame Zukunft Westeuropas zu gestalten wünschen. Das gleiche konnte man von seinem Nachfolger Harold Wilson nicht sagen. Dieser hatte bereits 1967 als Premierminister die Mitgliedschaft Großbritanniens ohne großen Nachdruck betrieben. Als er 1974 erneut Premierminister wurde, behauptete er, Heath habe es versäumt, für Großbritannien akzeptable Bedingungen auszuhandeln; überdies reiche die 1972 erfolgte Annahme des Beitrittsvertrages durch das Unterhaus nicht aus, vielmehr müsse das Volk durch ein Referendum entscheiden. Mit diesem Schachzug, den er noch als Oppositionsführer bekanntgegeben hatte, sollten zugleich der antieuropäische Flügel der Labour Party beruhigt und die EG-Mitgliedsstaaten unter Druck gesetzt werden, Zugeständnisse zu machen.

Wilson begann alsbald mit seinen »renegotiations« (Neu-Verhandlungen), die sich jahrelang hinzogen. Die britische Forderung nach weiterer Verringerung des britischen Finanzbeitrages zur EG wurde seither viele Male erneuert und immer wieder zum Angelpunkt endloser Streitigkeiten. Bisweilen gerieten die Verhandlungen zwischen den neun Staats- und Regierungschefs wie auch zwischen den Hunderten von Haushalts- und Agrarexperten so kleinlich, daß ich mich gefragt habe, ob ich mich in der englischen Staatskunst vielleicht doch getäuscht haben könnte. Ob nicht überhaupt meiner ganzen Anglophilie eine zu hohe Meinung von der politischen Substanz Englands zugrunde lag? Zweifel sind mir erneut gekommen, als Ende der siebziger Jahre unter dem Druck der weltweiten wirtschaftlichen Strukturkrise und steigender Arbeitslosigkeit in vielen Regierungen der EG-Mitgliedsstaaten der sacro egoismo durchbrach und London dabei den Ton angab. Zwar habe ich meine Bedenken immer wieder überwunden, aber Harold Wilson und Margaret Thatcher haben nicht eben dazu beigetragen.

Als sich im Herbst 1974, ein halbes Jahr nach meinem Amtsantritt als Bundeskanzler, der Parteitag der Labour Party mit großer Mehrheit gegen die EG entschied, hielt ich dies für bloße Nachwehen einer vierjährigen Oppositionszeit; die soeben übernommene Regierungsverantwortung, so dachte ich, würde die Vorbehalte überwinden helfen. Ich war eingeladen, am letzten Tag jenes Labour-Parteitages in London die brüderlichen Grüße der deutschen Sozialdemokraten zu überbringen. Natürlich rechnete Harold Wilson darauf, daß ich über die Zukunft Europas und über Großbritanniens Rolle in der EG reden würde. Genau dies fürchtete die Labour-Linke; sie drohte damit, demonstrativ den Saal zu verlassen, falls ich fordern würde, Großbritannien solle seine Mitgliedschaft aufrechterhalten. Die Atmosphäre war gespannt. Ich begann damit, mich mit einem Manne zu vergleichen, welcher der Heilsarmee den Alkohol anpreisen will. Wie ich es von Denis Healey und Lord Carrington gelernt hatte, garnierte ich meine Wahrheiten mit einem Schuß Selbstironie, mit einigen witzigen Bemerkungen - und mit Shakespeare. Was die britische Mitgliedschaft und die Weltwirtschaftskrise betraf, die nur gemeinsam überwunden werden konnte, blieb ich ebenfalls gelassen, wenn auch eindeutig. Ich appellierte an Labours sozialdemokratische Solidarität und forderte dazu auf, die Wünsche und Hoffnungen der Genossen auf dem Kontinent ernst zu nehmen und zu wägen.

Die deutschen Zeitungen hatten mir am Vortag prophezeit, ich würde allenfalls »eine Minderheit zu mäßigem Applaus bewegen«. Das Gegenteil trat ein, niemand verließ den Saal, statt dessen gab es eine standing ovation. Ich lernte daraus, daß man in England mit einer guten Rede politische Stimmungen beeinflussen kann, und hatte das Gefühl, Wilson und seinem Außenminister Callaghan geholfen zu haben. In Wahrheit schien mir die Partei Gefangene ihrer eigenen Anti-EG-Propaganda während der Oppositionszeit, und ich dachte, Wilson wolle raus aus diesem Käfig. Am Nachmittag dieses 30. November 1974 fragte ich ihn in Chequers, welche Bedingungen aus seiner Sicht erfüllt werden müßten, um den Verbleib Großbritanniens in der EG sicherzustellen. »Gibt es auf Ihrer Seite Vorbehalte oder Bedingungen, die bisher unausgesprochen sind?«

Die bisherigen Bedingungen würden Großbritannien verkrüppeln (»crippling«), meinte Wilson und nannte seine Hauptforderungen: finanzielle Entlastung; Revision der gemeinsamen Agrarpolitik der EG, vor allem Zugang zu billigen Import-Nahrungsmitteln; stärkere Berücksichtigung der Interessen der Commonwealth-Länder; höhere Flexibilität bei der Handhabung des Regionalfonds. Auf meine Frage, ob diese Liste vollständig sei, erwiderte Wilson: »Wir machen keine Salamitaktik, wir werden nichts nachschieben. Ich will diese Verbesserungen im Rahmen des bestehenden Vertrages; ich verlange keine Änderungen des Vertrages.« Entscheidend für Wilson war nicht so sehr die öffentliche Meinung Großbritanniens als vielmehr sein Wunsch, die eigene Partei vom Erfolg der Neu-Verhandlungen zu überzeugen. »Wir können die Einheit der Partei nicht an der Frage des Gemeinsamen Marktes zerbrechen lassen.«

Ich gab unsere Bereitschaft zu erkennen, Großbritannien bei den finanziellen Forderungen und beim Regionalfonds entgegenzukommen, und machte meine eigene Kritik an der prinzipiell verfahrenen EG-Agrarpolitik deutlich. Ich wies aber auch darauf hin, daß man den ratifizierten, am 1. Januar 1973 in Kraft getretenen Beitrittsvertrag nicht umgehen dürfe; damit widersprach ich einer Bemerkung Wilsons, in seinem Lande gelte der Grundsatz, kein Parlamentsbeschluß binde das nachfolgende Parlament.

Meine Frage, ob Großbritannien wirklich in der EG bleiben wolle, wurde von Wilson zwar bejaht, aber er weigerte sich, dies auch öffentlich zu erklären, indem er darauf verwies, daß erst die Ergebnisse der Neu-Verhandlungen auf dem Tisch liegen müßten. Ich habe das als eine mögliche Drohung mit britischem Austritt empfunden, zumal Schatzkanzler Healey im Verlauf des Gespräches angedeutet hatte, daß für die Mehrheit der Engländer die Vorstellung eines fortschreitenden Souveränitäts- und Identitätsverlustes schrecklich sei: »Die EG und ihre Maschinerie raubt uns unsere Vitalität.« Auch Harold Lever hatte dem beigepflichtet, daß eine Wirtschafts- und Währungsunion zum Verlust der nationalen Identität beitrage. Den Verteidigungsminister Mason, der von der Sorge gesprochen hatte, im Falle eines Scheiterns der Verhandlungen und des Austritts Großbritanniens aus der EG könnten auch die auf den Kontinent konzentrierten englischen Verteidigungsanstrengungen zusammenbrechen, hatte Harold Wilson allerdings ziemlich barsch korrigiert: »Was auch immer als Ergebnis bei der Europa-Politik herauskommt, der Verbleib Großbritanniens in der NATO wird davon nicht beeinflußt werden und unser Wille zur Verteidigung auch nicht.« Dies alles klang keineswegs zuversichtlich, weder hinsichtlich des Ergebnisses der von Wilson angestrengten Neu-Verhandlungen noch hinsichtlich des Referendums. Wilson war nicht wirklich engagiert.

Wir flogen mit sehr gemischten Gefühlen zurück nach Bonn. Ich hatte den deutschen Wunsch nach Aufrechterhaltung der britischen Mitgliedschaft deutlich vorgetragen und auch Kompromiß- und Zahlungsbereitschaft zu erkennen gegeben. Aber die Antworten erschienen uns doppeldeutig. Und wir wußten, daß Dänemark höchstwahrscheinlich folgen würde, sollte Wilson die EG verlassen.

Ein Vierteljahr später, im März 1975, kam es unter Vorsitz des irischen Taoiseach (Premierminister) Liam Cosgrave in Dublin zur entscheidenden Verhandlung zu neunt. Es herrschte frostige Stimmung, ich selbst hatte außerdem eine Lungenentzündung. Nach endlosem Feilschen boten Giscard und ich Nachbesserungen zu Englands Gunsten an, die Wilson schließlich akzeptierte. Natürlich war dieser Kompromiß für Deutschland keineswegs billig. Einen Preis hat aber auch Großbritannien bezahlt, denn sein Ansehen bei den anderen Teilnehmern hatte erheblich gelitten. Immerhin kehrte Wilson mit einem Erfolg nach London zurück. Das Referendum drei Monate später ergab eine Zweidrittelmehrheit der britischen Wähler für das Verbleiben des Vereinigten Königreiches in der Europäischen Gemeinschaft.

Es schien, daß wir mit Dublin zufrieden sein konnten, zumal in englischen Zeitungen zu lesen war, ein derartiger Gipfel werde sich wohl nicht wiederholen. Leider sollten sich jedoch die Kommentare einiger deutscher Journalisten als zutreffend erweisen, wenn sie auch bisweilen überspitzt formuliert waren. So schrieb die »Stuttgarter Zeitung« am 12. März: »Würde das Übung, was sich in Dublin abgespielt hat, so degenerierte die Europäische Gemeinschaft zu einem Kuhhändler-Klub auf höchstem Niveau. Es gibt dieses Einverständnis; aber wer garantiert, daß es dauerhaft gilt?«

In der Tat, viereinhalb Jahre später, Ende 1979, zufällig abermals in Dublin – ich habe mir deshalb angewöhnt, von »Dublin I« und »Dublin II« zu sprechen – erlebten wir die Reprise. Margaret Thatcher schlüpfe in die Rolle von Wilson, benahm sich dabei aber noch weniger diplomatisch als ihr Labour-Vorgänger. Sie erreichte schließlich – nach zwei weiteren Sitzungen in Luxemburg und in Brüssel – im Mai 1980 eine drastische Senkung der Netto-Zahlungen Großbritanniens. Diese waren vornehmlich deshalb so hoch, weil England einerseits relativ wenige Landwirte hat und deshalb von den Agrarsubventionen der EG nur einen kleinen Teil erhielt, andererseits aber wegen seiner umfangreichen Importe aus Ländern außerhalb der EG relativ hohe Beträge aus Zolleinnahmen an die EG abführen mußte. Die von Margaret Thatcher erstrittenen Ausgleichszahlungen, die vor allem Deutschland und Frankreich, in geringerem Maße auch Italien belasteten, hatten – gemessen in D-Mark – eine Milliarden-Größenordnung.

Später stellte sich dann heraus – ein Beweis für die Unvorhersehbarkeit der Auswirkungen von Landwirtschaftspolitik und von Wechselkurs-Veränderungen –, daß die für 1980 und 1981 festgestellten tatsächlichen Ist-Zahlen von den in Dublin zugrunde gelegten Schätzungen um mehrere Milliarden abwichen. Aber nun weigerte sich Margaret Thatcher, die beträchtlich überhöhten Ausgleichszahlungen wieder herauszugeben. So setzte schon 1983 das alte Feilschen wieder ein. Die Verringerung der britischen Netto-Beiträge, um die es dabei ging, ist zwar nicht gerade unerheblich, aber sie ist weder für Großbritanniens Budget noch erst recht für die britische Volkswirtschaft von vitaler Bedeutung. Vielmehr diente der Finanzstreit innerhalb der EG den englischen Politikern immer wieder als ein Vehikel dafür, der Öffentlichkeit die große und erfolgreiche Rolle der Regierung Ihrer Majestät auf dem permanenten Kampffeld der EG vor Augen zu führen.

Daß die Konferenzen der EG dadurch in der europäischen öffentlichen Meinung diskreditiert wurden, hat weder Wilson noch Frau Thatcher wesentlich gestört. Ich hatte bei Margaret eher im Gegenteil den Eindruck, daß ihr jedwede psychologische Abwertung der EG nur recht war. Die ständig notwendige Abstimmung zwischen neun, später zwölf Partnerstaaten war ihr lästig und ihrem politischen Instinkt zuwider. Ihre Vorstellung von der Rolle Großbritanniens in der Weltpolitik wie in der Weltwirtschaft hätte ausgezeichnet ins 19. Jahrhundert gepaßt; im Spaß sagten wir anderen Teilnehmern der Sitzungen des Europäischen Rates der Regierungschefs, Margarets einziger wirklicher Kummer sei, daß sie nicht Lady Palmerston heiße. Sie vertrat mit ihrer Europa-Politik zweifellos die damalige Mehrheitsmeinung nicht nur ihrer eigenen Konservativen Partei, sondern wohl auch der Briten im allgemeinen – trotz des Referendums von 1975; denn unter Margaret Thatchers Einfluß hatte inzwischen auch im Volk eine Rückorientierung eingesetzt. Es mag sein, daß heute abermals ein Stimmungsumschwung sich vorbereitet, diesmal in Richtung auf eine positive Haltung zur EG und zum Europäischen Währungssystem.

Meine Enttäuschung über die britische Haltung ist in den letzten Jahren kaum geringer geworden. Allerdings hat sie meiner großen Sympathie für die Engländer, für ihre Demokratie, ihren common sense, ihre sorgsam gepflegten Traditionen und ihre Kultur insgesamt keinen Abbruch getan. Seit meiner Schulzeit bin ich davon überzeugt, daß wir Deutschen von unseren britischen Nachbarn vieles lernen können.

Bevor Hitlers Weltkrieg mich auf Schlachtfelder in fremden Ländern führte, hatte ich die deutschen Grenzen nur ein einziges Mal überschritten. Auslandsreisen waren in den dreißiger Jahren für die meisten Jugendlichen undenkbar; wer im Dritten Reich aufwuchs, hatte von Deutschlands Nachbarn in der Regel keine eigene Anschauung. Kurz vor Hitlers Machtergreifung hatte es für mich eine Ausnahme gegeben: Im Sommer 1932 schickte mich mein Vater mit einer Schüleraustauschgruppe für drei Wochen nach England; anschließend kam der Sohn meiner englischen Gastgeber für drei Wochen zu uns.

Der Lebenszuschnitt in beiden Familien war kleinbürgerlich. Ein Tagesausflug von Manchester nach Blackpool war der finanziell sorgfältig abgewogene Höhepunkt der Reise wie umgekehrt die Einladung meines Vaters an Alfred und mich zu einem Eiskaffee im Uhlenhorster Fährhaus; von der Schellingstraße mußten wir zu Fuß hin und zurück, jeweils fast eine Stunde. Trotz aller Beschränkungen habe ich in jenen sechs Wochen manches gelernt. Das Aufregendste war ein Interview mit einem Manchester Lokalblatt, das meinen Klassenkameraden Helmut Pleß – er wurde später ein angesehener Journalist – und mich nach unseren Eindrücken befragte. Wir beklagten uns über die langweiligen englischen Sonntage und bekamen jeder 21 Shilling für unsere naiven Antworten. Das Interview schmückt heute noch die Wand meines Büros bei der »Zeit«.

Ich war damals dreizehn Jahre alt. In Hamburg war vor der Nazi-Zeit ein Schüleraustausch mit England nichts Ungewöhnliches. Viele Hamburger, die bei der Schiffahrt und im Außenhandel arbeiteten, und natürlich die Kaufleute und Reeder selbst hatten vielerlei Kontakt mit Großbritannien. Meine Vaterstadt hielt sich mit Recht viel auf ihre britischen Verbindungen zugute. Auch meine drei Jahre in der Hamburger Marine-Hitler-Jugend hatten auf mich keinen gegenteiligen Einfluß. Als britische Bomber den größeren Teil aller drei Hansestädte vernichteten und in meiner Vaterstadt im Juli 1943 fast 50 000 Menschen auf einmal im Inferno der Brandbomben ums Leben kamen, da hat sich der Zorn der Hamburger eher auf Hitler und Göring gerichtet als auf den »Tommy«. Parolen wie »perfides Albion« und »Gott strafe England« hatten schon im Ersten Weltkrieg in Hamburg nur ein sehr begrenztes Echo gefunden. Alles in allem aber war die besondere Beziehung der Hanseaten zu Großbritannien wohl eine ziemlich einseitige Angelegenheit.

Die Anglophilie der Hamburger ist bis auf den heutigen Tag ungebrochen. Historisch gesehen, geht sie zurück auf die Eroberung Hamburgs durch die Truppen Napoleons und auf die Brutalität seines Satrapen Marschall Davout, vor allem aber auf die Kontinentalsperre, die den Seehandel Hamburgs empfindlich einschränkte und damit den Lebensnerv der Stadt bedrohte. Großbritannien allein leistete Napoleon Widerstand: Grund genug zur Bewunderung des eigentlichen Konkurrenten. Hier, im jahrhundertelangen Konkurrenzverhältnis, vornehmlich gegenüber London, lag der eigentliche Grund unserer Anglophilie. Die gemeinsame Kenntnis der Kontinente, die gemeinsamen Risiken des Seehandels, die Notwendigkeit, durch Versicherung und Börse diese Risiken abzudecken und zu verteilen, das System der weltweiten Finanzierungen schon zu Zeiten der Großsegler, kurz die Verbindung von Wagemut mit finanzieller Umsicht und Solidarität, all dies hatte in London und in Hamburg eine ähnliche Mentalität geschaffen. Seit jedoch Nord- und Ostsee immer mehr zu Randmeeren von bloß peripherer wirtschaftlicher Bedeutung absanken, lief Großbritanniens Seehandel den kontinentalen Häfen den Rang ab. Die Hamburger hielten zwar tapfer mit – Hamburg blieb bis in die zweite Hälfte des 19. Jahrhunderts die bedeutendste Stadt Deutschlands –, aber aus ihrer Bewunderung für das erfolgreichere Albion machten sie kein Hehl. Und dabei blieb es.

Aufgrund meiner Erfahrungen während des Schüleraustauschs interessierte und engagierte ich mich für England. Als ich 1937 mein Abitur machte – ein Jahr früher als vorgesehen, weil Hitler Soldaten brauchte und die Regierung eine entsprechende Verordnung erlassen hatte –, erhielt ich in Geschichte die Note Eins nur deshalb, weil ich aus dem Stegreif einen Vortrag über Lord Haldanes Mission halten konnte, der 1912 als britischer Kriegsminister in Berlin vergeblich versucht hatte, das Deutsche Reich für eine Verständigung in der Flottenfrage zu gewinnen. Ich war naiv genug, mich auf die britische Seite zu stellen, was mir aber bemerkenswerterweise nicht zum Nachteil ausschlug.

Damals begann ich mich nicht nur für die jüngere englische Geschichte und für seine Verfassung zu interessieren, sondern vor allem auch für englische Literatur. Aus der öffentlichen Bücherhalle am Hasselbrook-Bahnhof holte ich mir Werke von Oscar Wilde, dessen Eleganz ich bewunderte, von John Galsworthy und Emily Brontë, von Joseph Conrad und George Bernard Shaw. Von den Shakespeare-Stükken fand ich den »Hamlet« überwältigend, den »Sturm« unverständlich – zwanzig Jahre später hat Carlo Schmid ihn Loki und mir erklärt. Als ich im Herbst 1937, achtzehn Jahre alt, Soldat wurde, hatte ich eine zwar lückenhafte, aber doch die Umrisse erahnende Vorstellung von der englischen Literatur, und dies erlaubte mir nach Kriegsende eine Wiederanknüpfung und Erweiterung. Nach der Ardennenoffensive war ich Anfang 1945 in Belgien in englische Kriegsgefangenschaft geraten, aber schon im Herbst 1945 entlassen worden.

Nach acht Soldatenjahren wieder zurück in Hamburg, traf ich abermals auf Engländer, nämlich auf eine britische Militärregierung. Die britischen Soldaten hatten sich nach allem, was man hörte, gegenüber den Einwohnern hervorragend verhalten. Der zivile Militärgouverneur Sir Henry Vaughan Berry ist mir in besonders guter Erinnerung; während sich die meisten Briten in Hamburg fair benahmen, verhielt sich Berry fast wie ein Freund. Er lud jüngere, nach Aufklärung und politischem Gespräch begierige Menschen zu interessanten Diskussionen in sein Privathaus ein. Wir standen im Begriff, uns als Liberale, als Christdemokraten oder als Sozialdemokraten zu engagieren, und dabei lenkte uns der pädagogisch kluge Berry mit geschickter Hand.

Schon während der Schulzeit und den ganzen Krieg hindurch hatte ich mir vorgestellt, Städtebauer zu werden und zu diesem Zweck Architektur in München oder Wien zu studieren, denn ich wollte gleichzeitig an einer Technischen Hochschule und an einer Kunstakademie lernen. Das hätte jedoch eine abermalige Trennung von meiner Frau bedeutet; auch war ich bald 27 Jahre alt und wollte endlich selbst Geld verdienen. So entschloß ich mich zur Volkswirtschaft, weil dieses Fach die kürzeste Studiendauer versprach. Dabei lernte ich, welch bedeutenden Beitrag die Engländer zur Durchdringung der ökonomischen und sozialen Probleme der Welt geleistet hatten – von Adam Smith und Ricardo bis zu Marshall, Keynes und Beveridge. Hinzu kam mein Respekt vor der Freigabe der Kolonien und vor dem demokratisch herbeigeführten Machtwechsel, der Churchill noch im Jahr seines Sieges zum Rücktritt zwang.

1948 veranstaltete der Sozialistische Deutsche Studentenbund, dessen Vorsitzender ich damals war, in Barsbüttel bei Hamburg ein internationales Treffen. Die Teilnehmer kamen aus vielen europäischen Staaten, aus den USA, aus Kanada, Indien und Afrika. Auch damals war ich besonders von den Briten beeindruckt.

Als ich 1953 zum ersten Mal eine Kandidatur zum Bundestag annahm - eigentlich aus politischer Neugierde und nicht mit der Absicht, Berufspolitiker zu werden - und gewählt wurde, war ich mithin ein überzeugter Anhänger Großbritanniens, seiner politischen Erfahrung und seiner demokratischen Ratio. Diese England-Orientierung verstärkte sich zunächst noch, wobei Kontakte zu Altersgenossen wie Denis Healey, aber auch zu älteren Labour-Leuten wie Hugh Gaitskell ebenso eine Rolle spielten wie die Königswinter Konferenzen der Deutsch-Englischen Gesellschaft, die den deutschen Teilnehmern wichtige Einblicke in das Denken der Briten ermöglichten.

Seit Churchills Europa-Rede 1946, das heißt schon vor der mitreißenden Initiative Robert Schumans und Jean Monnets, war ich ein überzeugter Anhänger des westeuropäischen Zusammenschlusses. Aber instinktiv konnte ich mir - anders als Churchill - eine gedeihliche europäische Integration ohne Beteiligung Großbritanniens nicht vorstellen. Ich fürchtete, daß ohne britischen common sense, ohne die politische Vernunft Großbritanniens die Sache schiefgehen werde. Deshalb habe ich mich bei der Ratifizierungsabstimmung über die Römischen Verträge - gemeinsam mit einigen anderen sozialdemokratischen Hamburger Abgeordneten - der Stimme enthalten. Nicht weil ich Schumachers Ablehnung der Westintegration aus Gründen der nationalen Einheit geteilt habe, sondern weil ich glaubte, Europa werde ohne den britischen Faktor ein »Klein-Europa« bleiben und sei nicht lebensfähig. Wenn Großbritannien nicht mitmachen wolle, müsse man warten, dachte ich.

Heute - mehr als drei Jahrzehnte später - bin ich längst zu einem anderen Urteil gelangt. Der Grund dafür sind meine britischen Erfahrungen, besonders meine Erfahrungen mit der »Insularität«. Zwar ist Großbritannien schon seit 1973 Mitglied der Europäischen Gemeinschaft, aber innerlich haben weder die Konservativen noch die Labour-Leute Englands Zugehörigkeit jemals voll akzeptiert - und dies mag noch eine Weile so bleiben. Vielleicht wird erst der Tunnel zwischen England und dem Kontinent einen Wandel herbeiführen.

In den dreizehn Jahren meiner Minister- und Kanzlerzeit habe ich vier britische Premierminister zu Partnern gehabt. Man könnte versucht sein anzunehmen, daß der relativ häufige Wechsel in Downingstreet auch einen Wechsel der Ziele oder doch wenigstens einen Wechsel der Schwerpunkte beziehungsweise der Methoden der britischen Außenpolitik mit sich gebracht habe; aber der Wechsel galt offenbar im wesentlichen nur für die Bereiche der Innenpolitik. In der auswärtigen Politik haben die britischen Premierminister – trotz der ganz beträchtlichen Unterschiede ihrer Persönlichkeit wie auch ihres politischen Hintergrundes – ein erstaunliches Maß an Kontinuität bewahrt.

Diese englische Stetigkeit unterschied sich deutlich von der amerikanischen Außenpolitik, die in meiner Zeit als Kanzler einen zweifachen Bruch vollzog, das erste Mal unter Jimmy Carter, das zweite Mal unter Ronald Reagan, beide Male mit voller Absicht. Auf die Kontinuität der Briten konnte man sich dagegen verlassen. Sie verlangten nicht, daß mit dem Regierungsantritt eines neuen Premierministers auch die Regierungen aller verbündeten und befreundeten Staaten ihre Politik der neuen Meinung anzuschließen hätten. Von dieser Regel gab es nur die eine schon erwähnte Ausnahme, nämlich die Taktik der jeweils neuen Regierung gegenüber der Europäischen Gemeinschaft. Ansonsten aber konnte man auf Großbritannien bauen, und es hat mir immer besonders imponiert, wie sich dort Standhaftigkeit mit Pragmatismus und Gelassenheit paart.

Wir Deutschen tun uns einen guten Dienst, wenn wir von Zeit zu Zeit die politische Kultur unserer angelsächsischen Nachbarn studieren: um unseren Hang zu perfektionistischer Organisation zu dämpfen; um daran erinnert zu werden, daß die Diskussion konkreter Ziele und praktischer Möglichkeiten wichtiger ist als die Systematisierung aller theoretisch denkbaren Lösungen; um politische Geduld zu lernen; um unsere Diplomatie an der britischen zu messen; um unser Parlament nicht zu einer Börse für Buchhalter verkommen zu lassen; um zu erkennen, weshalb die »Financial Times« und der »Economist« allen vergleichbaren deutschen Zeitungen und Zeitschriften weit überlegen sind; um schließlich zu lernen, wie man aus Söhnen und Töchtern von Kolonialwarenhändlern und Schneiderinnen erstklassigen Nachwuchs für Verwaltung und Regierung macht.

Zu der über viele Jahrhunderte ungebrochenen Staatstradition Großbritanniens gehört als ein wesentlicher Faktor die Krone. Ich habe oft erlebt und kann bezeugen, wie Engländer aller Klassen und aller politischen Schattierungen mit Respekt, mit Zuneigung und zugleich mit Stolz auf die Königin schauen. Und noch jeder Premierminister hat mir erzählt, wie sehr er die allwöchentliche Stunde des persönlichen Berichtes an die Königin genießt, die außen- und innenpolitisch sehr gut informiert ist, kluge Fragen stellt und den Premierminister zum Nachdenken und zur Konzentration zwingt. Wilson und Callaghan waren dafür genauso dankbar wie Frau Thatcher, die im übrigen immer einen tiefen Hofknicks macht. Und dabei hat das Staatsoberhaupt keinerlei politische Macht - welch glückliche Konstellation!

Eine Anekdote am Rande: Einmal war ich bei einem großen Essen neben der Königinmutter (»Queen-Mum«, korrekt »Queenmother Elizabeth«) Queen Mary placiert, einer sehr freundlichen, sehr lebhaften alten Dame und einer angenehmen Gesprächspartnerin. Ich stibitzte eine der schön verpackten Zigarren und sagte zu ihr: »Die ist für meinen alten Vater, der wird sich über die königliche Zigarre freuen!« Queen Mary stibitzte daraufhin zwei weitere Zigarren, gab sie mir und schrieb dazu einen persönlichen Gruß für meinen alten Herrn auf die Speisenkarte. Mein Vater, damals schon neunzig Jahre alt, hat sich sehr darüber gefreut, er hat vielen Leuten davon erzählt und ihnen stolz die Speisenkarte mit Queen Marys Unterschrift gezeigt.

Anders als die Engländer, die Skandinavier, die Holländer und Belgier, anders als heute die Spanier haben wir Deutschen nicht das Glück gehabt, in der Wolle demokratisch gefärbte Fürstenhäuser zu besitzen. Manches in unserer Geschichte wäre vielleicht besser gelaufen. Aber so wie bei uns die Dinge lagen, insbesondere in Preußen, war die Kluft zwischen den Fürsten einerseits, den Demokraten und besonders den Sozialdemokraten andererseits unausweichlich und zerstörerisch. Einen parlamentarisch und demokratisch gesinnten Monarchen konnten die Deutschen sich kaum vorstellen - und die Hohenzollern schon gar nicht -, und deshalb wurde bei uns Demokratie gleichbedeutend mit Republik und mit Abschaffung der Monarchie. Diejenigen aber, die den senilen Hindenburg zum Ersatzkaiser stilisierten, liefen 1933 Hitler in die Arme.

Ich weiß noch heute, wie verblüfft ich war, als ich in den frühen fünfziger Jahren begriff, daß das Vereinigte Königreich keine geschriebene Verfassung kennt. Zwar hatte ich von der Magna Charta gehört und von der Bill of Rights, aber ich hatte als selbstverständlich angenommen, daß diese alten Texte inzwischen in einer umfassenden modernen Verfassung aufgegangen waren. Eine solche Verfassung gibt es in Großbritannien jedoch nicht. Das britische Staatsleben beruht gleichwohl auf

Gehorsam gegen die Verfassung; aber diese hat sich im Laufe der Jahrhunderte durch eine Reihe von Gesetzen und durch die Staatspraxis herausgebildet. Der Instinkt für die Freiheit des einzelnen und für demokratische Regierungsformen hat sich in Großbritannien frühzeitig Bahn gebrochen, er hat schrittweise eine de-facto-Verfassung geschaffen. Dem deutschen Hang zum Perfektionismus ist diese Praxis ziemlich unverständlich; wir hätten - jedenfalls nach Gründung des Deutschen Reiches durch Bismarck - ohne eine Verfassung wohl kaum genügend staatspolitische Selbstdisziplin aufgebracht.

Später bin ich auf das Werk von Sir Karl Popper gestoßen, der den britischen Weg der schrittweisen verfassungspolitischen Entfaltung zu einem allgemeinen gesellschaftlichen Prinzip erhoben hat. Ich fand bei Popper, besonders in seiner Auseinandersetzung mit Plato, Hegel und Marx, die er 1945 unter dem Titel »The Open Society and its Enemies« veröffentlichte, eine überzeugende Darlegung dessen, worauf es beim Fortschritt der Gesellschaft und bei gesellschaftlichen Reformen ankommt. *Die* große Reform, *den* einzig-großen Wurf gibt es nicht; es geht vielmehr darum, systematisch und schrittweise viele einzelne Gesetze und Vorschriften zu ändern, Einzelprobleme anzupacken und zu lösen, die Veränderung eben »Stück für Stück« in konkreten Reformschritten herbeizuführen - »piecemeal social engineering«, wie Popper es im Gegensatz zu utopischen Entwürfen fordert.

Totale Utopien können zur totalen Gewaltanwendung verleiten; eine demokratische, eine offene Gesellschaft pervertiert nur zu leicht zum geschlossenen, totalitären System, wenn zugunsten eines abstrakten Ideals die Pluralität der politischen Zielsetzungen aufgegeben wird. Schrittweise Veränderungen aber setzen voraus, daß jedem einzelnen Schritt ein dafür ausreichender Konsens - und das heißt: Kompromiß - vorausgeht. Indem dieses Vorgehen die zu erwartenden Wirkungen und Nebenwirkungen, Vor- und Nachteile, Begünstigungen und Benachteiligungen in einem vernunftorientierten Auseinandersetzungsprozeß vorab erkennbar macht, limitiert und kalkuliert es die Risiken des Fehlschlages und der negativen Auswirkungen für Millionen von Menschen. Nur dies kann der Demokrat eine rationale Art der Politik nennen, nur dies stellt eine ethisch begründbare Art der Politik dar.

Politik, so meine an Kant und Popper orientierte Grundüberzeugung, ist pragmatisches Handeln zu sittlichen Zwecken. Dennoch ist Politik keineswegs allein aus der Sittenlehre oder Ethik zu begründen. Ob man die letzte sittliche Grundlage seines politischen Handelns in seiner religiösen Vorstellung vom Sinn des Menschen, in der Philosophie oder anderswo gefunden hat: sie allein reicht für konkretes politisches Handeln nicht aus. Die geistige Durchdringung des Möglichen und der Folgen möglichen Handelns gehören ebenso dazu wie eigene Erfahrungen und die Einübung im eigenen Handeln.

In diesen Grundsätzen fanden Popper, den ich mehrfach in seinem bescheidenen Haus in der Nähe Oxfords besucht habe, und ich die Basis unserer gemeinsamen Erwägungen. Mit einem philosophischen Lebenswerk, das in diesem Jahrhundert hervorragt, hat der gebürtige Österreicher dem Lande, das ihm Schutz gewährte, gedankt - und, wie mir scheint, mit einer bleibenden Deutung der politischen Weisheit Englands.

Bei meinen Begegnungen mit Menschen, die im geistigen und künstlerischen Leben Englands eine Rolle spielen, habe ich viel Glück gehabt und vielerlei Bereicherung erfahren. Neben Sir Yehudi Menuhin, dem Anwalt der Menschlichkeit, der sein Leben der Versöhnung und dem Frieden gewidmet hat - er ist dem Paß nach allerdings Amerikaner -, und dem großartigen Peter Ustinow, der einmal bei einem Kanzlerfest in Berlin als sowjetischer Oberst in einem Jeep auf die Bühne gefahren kam, nenne ich an erster Stelle den Bildhauer Henry Moore.

Am Anfang meiner Freundschaft mit Moore stand eine Bonner Kalamität. Bis zu Kiesingers Zeiten hatten sich die Bundeskanzler hinsichtlich der Unterbringung ihrer Mitarbeiter mit einem von Jahr zu Jahr weniger zumutbaren Provisorium abgefunden. Als ich im Mai 1974 mein Amt antrat, war der Stab des Bundeskanzleramtes über rund zwei Dutzend Gebäude in der Stadt verstreut. Professor Erhard hatte durch den Architekten Sepp Ruf im herrlichen alten Park des Palais Schaumburg lediglich einen Bungalow für den Kanzler errichten lassen; er war, in Anlehnung an Bauhaus und Mies van der Rohe, mehr repräsentativ als wohnlich. Willy Brandt endlich beschloß, alle Teile des Amtes zusammenzuführen, und gab den Bau eines geräumigen Verwaltungsgebäudes am Rande des Parks in Auftrag. Im Frühjahr 1974 begann das neue Bundeskanzleramt bereits aus dem Boden zu wachsen: ein dreigeschossiger funktionaler Stahlskelettbau, der mit dunkel bronziertem Stahlblech verkleidet war. Das Gebäude gefiel mir nicht, aber ich hielt es für falsch, in diesem Stadium noch einzugreifen. Auch an der Disposition des großen rechteckigen Vorplatzes wollte ich nichts mehr ändern. Vielleicht wirkte er deshalb so unfreundlich, weil er nach Ausschreibung von einer Kommission beschlossen worden war, mir jedenfalls erschien er wie eine Mischung aus Westwall und lieblosem Heldenfriedhof. Er brauchte unbedingt einen anderen Akzent. Nach Beratung mit einigen künstlerisch versierten Freunden und Helfern wandte ich mich deshalb an Henry Moore. Im Juni 1977 kam er nach Bonn, um sich den Platz anzusehen, und fand ihn eher ungeeignet; er war höflich, in Wahrheit fand er ihn schauderhaft. Es war nicht leicht, Moore dafür zu gewinnen - lieber wollte er im Park eine Skulptur aufstellen.

Wir schieden ohne feste Verabredung, aber Moore lud meine Frau und mich ein, ihn in Much Hadham in seinem Atelier zu besuchen. Wir fuhren sehr bald und waren sogleich nicht nur beeindruckt, sondern begeistert. Die Arbeiten, darunter große plastische Entwürfe, waren auf mehrere Gebäude verteilt. Das älteste Atelier, in einem kleinen ländlichen Haus, barg Schätze: Zeichnungen, Kleinplastiken und Gegenstände aus der Natur wie absonderlich geformte Steine, Knochen, Baumwurzeln und Muscheln. Beide Moores waren herzliche Gastgeber, man fühlte sich wohl bei ihnen. Der Höhepunkt jenes Besuches aber war ein Gang über die weiten, von Hecken eingefriedeten Wiesen und Wälder, auf denen Moore viele seiner großen Stücke aufgestellt hatte. Es waren organische, natürlich wirkende Formen. Es schien, als ob sie wie selbstverständlich zur Landschaft gehörten, einer Landschaft, die uns sehr an Schleswig-Holstein erinnerte. Mir wurde klar, warum Moore den Platz vor dem neuen Kanzleramt ungeeignet fand. Aber ich hoffte, es würde ihm ein rettender Einfall kommen, und bot ihm an, den ganzen Vorplatz nach seinen Notwendigkeiten umzugestalten.

Ein gutes Jahr später kam Moore abermals nach Bonn. Er hatte inzwischen seinen achtzigsten Geburtstag gefeiert und freute sich über unser nachträgliches Geschenk, einen irgendwo ausgegrabenen, angeblich eine Million Jahre alten Mammut-Backenzahn, ein plastisch interessantes Objekt, das gut in sein Haus in Much Hadham paßte. Zufällig war gerade Premierminister James Callaghan zu Besuch. Moore und Callaghan kannten sich gut und hatten gemeinsam bereits einige der Skulpturen betrachtet, die nach Moores Meinung für Bonn in Betracht kamen. Es entwickelte sich ein Gespräch wie unter drei alten Freunden. Moore schlug eine Umgestaltung des Platzes vor, eine einfache Rasenfläche, die an zwei Stellen durch sanfte Hügel aufgelockert werden sollte. Als Skulptur bot er einen eigentlich schon vergebenen Guß seiner großen Bronze »Large Two Forms« an. Sie sollte auf einem der angedeuteten Hügel in der am weitesten vom Gebäude entfernten Ecke des Rasens aufgestellt werden.

Henry Moore in Bonn. Der englische Bildhauer kam in die Bundeshauptstadt, um noch einmal den Platz vor dem Bundeskanzleramt zu inspizieren, auf dem seine Bronze »Large Two Forms« Aufstellung finden sollte. Unten: im Gespräch mit dem zufälligerweise ebenfalls in Bonn weilenden englischen Premierminister James Callaghan.

Ich war gerührt und ergriffen, denn mir war klar: dieses Zeichen für Leben und Menschlichkeit würde nicht nur das von mir ungeliebte Gebäude ins Gleichgewicht bringen, sondern auch einen wohltuenden Kontrast bilden zu der traditionell großspurigen, oft gestelzten oder prunkhaften Feierlichkeit deutscher Staatsbauten. Moore schlug vor, die Skulptur vorerst leihweise aufzustellen und begleitend - als werbende und edukative Maßnahme - eine Ausstellung mit Maquetten (Klein-Plastiken) und Zeichnungen zu organisieren: »Die Leute werden sich an meine Kunst gewöhnen, und nach zwei Jahren werden Sie kein Problem mehr haben, den Kaufpreis vom Bundestag bewilligt zu bekommen.« Wir haben damals nicht über den Preis gesprochen; später hat sich Moore dann sehr generös gezeigt.

Wir haben alles nach Moores Vorschlägen gemacht - wobei uns zu Hilfe kam, daß die durch Käferbefall weitgehend vernichteten Taxushecken und andere erhebliche Mängel des alten Vorplatzes ohnehin beseitigt werden mußten. Die Moore-Ausstellung mit 60 Modellen und Zeichnungen wurde im benachbarten Haus der Vertretung des Landes Nordrhein-Westfalen eingerichtet. Am 19. September 1978 schließlich wurde nach einem dritten Besuch Moores in Bonn, welcher der endgültigen Positionierung der Skulptur diente, »Large Two Forms« enthüllt.

Die von Moore vorausgesehenen Angriffe ließen nicht auf sich warten. Die »Frankfurter Allgemeine Zeitung« veröffentlichte - allerdings mit einem distanzierenden Vorspann - einen Verriß Moores (»perfekte Imitation von Kunst«) wie auch meiner selbst (»Ausdruck geistigen Bankrotts«). Der Autor dieses Beitrags behauptete, die Wahl Moores sei bei deutschen Künstlern auf Erbitterung, Verständnislosigkeit und Trauer gestoßen. Welch ein Chauvinismus! Ein Leser aus Florenz aber schrieb: »Haben die Italiener nicht Fontainebleau und Leningrad mitgebaut ... deutsche Nazarener nicht römische Villen ausgemalt? ... Was wäre Friedrich der Große ohne Voltaire?« In der Tat: Europa ist ein zusammenhängender, geschichtlich gewachsener kultureller Organismus, und dieser Aspekt des europäischen Kontinuums ist mir immer unendlich wichtiger gewesen als alle die unvermeidlichen Streitigkeiten über EG-Finanzbeiträge oder die Agrarpolitik der Gemeinschaft. Die Bürger und die Abgeordneten des Bundestages haben sich übrigens von keiner bornierten Deutschtümelei einwickeln lassen. Sie fanden »Large Two Forms« schön.

Die Skulptur, von der es auf der Welt insgesamt vier Güsse gibt, ist ein würdiger Kontrapunkt zu der geschäftsmäßigen Architektur des

Kanzleramtes. Sie wirkt noch auf große Entfernung und zeigt aus jedem Blickwinkel neue Perspektiven; die Lichtreflexe auf ihrer goldfarbenen Oberfläche beleben die Landschaft des Platzes. Für den einen ist sie Anlaß zum Nachdenken, für den anderen Anregung zur Spekulation, für den Dritten einfach nur ein Grund zur Freude. Für mich ist sie über all das hinaus Zeugnis der Freundschaft zwischen einem Engländer und einem Deutschen. Ich empfand große Zuneigung zu dem bescheidenen alten Mann, der für mich einer der größten Bildhauer unseres Jahrhunderts bleibt.

Wer sich bewußt als Europäer versteht, der wird heute Engländer wie Moore und Popper als Teil seiner eigenen Kultur empfinden. In diesem Zusammenhang muß ich auch Sir Robert Birley erwähnen, einen Freund Deutschlands, der ein tatkräftiger Helfer beim geistigen Wiederaufbau unseres Landes in den Nachkriegsjahren gewesen ist. Ich bin dem Headmaster von Eton in den fünfziger und sechziger Jahren bei den Königswinter Konferenzen begegnet und verdanke ihm manche Einsicht in die englische Geschichte, die sich von der unsrigen so vorteilhaft unterscheidet. »England hatte es leichter«, so sagte er einmal. Die Errichtung des Heiligen Römischen Reiches Deutscher Nation habe sich für die Deutschen selbst verhängnisvoll ausgewirkt, weil es das Ziel der nationalen Einheit der Deutschen sowohl überflüssig als auch unmöglich gemacht habe, während England, Frankreich, selbst das zerspaltene Spanien ihre Einheit erreichten. In der gleichen Rede pries Birley das Heilige Römische Reich als Ideal der politischen und kulturellen Einheit Europas. Lange vor Gorbatschows Wort vom »gemeinsamen europäischen Haus« war der britischen Nation der Inhalt dieses Begriffes selbstverständlich. London ist eben mehr als die Hauptstadt des Vereinigten Königreiches, es ist eine der großartigsten Kulturmetropolen Europas. Ich habe jeden Besuch in London genossen, die Museen, die Theater, die großen Philharmonischen Orchester.

Mit dem London Philharmonic Orchestra verbindet mich eine liebenswerte persönliche Erinnerung: Im Herbst 1981 hatten mich meine Pianistenfreunde Christoph Eschenbach und Justus Frantz dazu überredet, mit ihnen ein Mozart-Konzert aufzunehmen. Nicht ahnend, auf was ich mich eingelassen hatte, fuhr ich kurz vor Weihnachten zu den Aufnahmen nach London. Die Londoner Philharmoniker waren auch ohne Orchesterprobe gegenüber dem Dilettanten aus Deutschland fabelhaft hilfsbereit und freundlich.

Was ich in London immer besonders genossen habe, war unsere

schöne Botschaft im viktorianischen Stil am wohlhabenden Belgrave Square. Es hat mich gefreut, wenn der eine oder andere Premierminister und sonstige englische Spitzenpolitiker gelegentlich dorthin kamen und unseren Botschafter beim Vornamen anredeten. Bei aller Geschäftigkeit in der Londoner City, bei aller Hektik auf dem völlig überlasteten Flughafen Heathrow und trotz aller Schwierigkeiten, zur Zeit der rush hour einen Termin einzuhalten, ist London doch eine der liebenswerten, eindrucksvollen europäischen Metropolen.

Es ist sicher nicht leicht, am Ende beider Weltkriege auf der Seite der Sieger gestanden zu haben und dennoch von der Vorstellung des British Empire Abschied nehmen zu müssen. Die Existenz des heutigen Commonwealth, die nützlich ist für die Regierungen in Canberra, Delhi oder Ottawa, täuscht wohl manchen britischen Politiker darüber hinweg, daß es kein Empire mehr gibt und geben wird. Hier liegt anscheinend eine der Ursachen für die britische Abneigung gegenüber der Integration Westeuropas. Aber der Prozeß ist nicht mehr umkehrbar.

10 Downing Street

Die Beharrlichkeit der Engländer läßt sie auch an Dingen festhalten, die längst überholt sind oder sich als falsch erwiesen haben. Das gilt für Äußerlichkeiten wie zum Beispiel die kuriose Angewohnheit einer Zeitung, Nachrichten aus anderen europäischen Staaten unter »Overseas News« zu rubrizieren. Aber es gilt auch für Grundsätzliches. So halten viele Briten an der aus dem 19. Jahrhundert überkommenen Klassenkampf-Vorstellung fest; ob auf seiten von Gewerkschaftsfunktionären oder auf seiten Margaret Thatchers, man redet von »us and them«, von uns und von ihnen. Das Festhalten am Klassenkampf ist der Grund für die relativ häufigen und lang ausgedehnten Streiks, die oft mit einer in Deutschland unbekannten Bitterkeit ausgetragen wurden. Es fehlte an der Zusammenfassung der zahllosen kleinen Einzelgewerkschaften zu handlungs- und verhandlungsfähigen großen Industriegewerkschaften. Wer aber Gewerkschaftsmitglied ist, der gehört geradezu automatisch zur Labour Party. Manche Gewerkschaftsführer treten auf Parteitagen mit dicken Stimmpaketen auf, als ob es sich um das Depotstimmrecht einer Bank handelt, die auf der Hauptversammlung einer Aktiengesellschaft im Namen der von ihr vertretenen Aktionäre stimmt.

Die Labour Party und ihre Führung sind deshalb viel stärker von einzelnen mächtigen Gewerkschaftsführern abhängig als etwa die deutsche Sozialdemokratie oder die sozialistischen Parteien in Frankreich, Italien oder Spanien. Weil aber die britischen Gewerkschaftsführer in der Regel nicht Mitglieder des Unterhauses sind und daher weder an den Parlamentsdebatten noch an den Fraktionssitzungen teilnehmen, bleiben viele in ihrem Informations- und Erkenntnisstand erheblich hinter dem der Parlamentarier zurück. Auch sind sie nur selten der Konfrontation mit anderen Meinungen ausgesetzt, und sie brauchen keine Wahlkreise zu erobern und zu verteidigen. Alles in allem wird es ihnen relativ leicht gemacht, an ihren Vorurteilen festzuhalten. Diese Vorurteile sind klassenkämpferisch und - seltsamerweise - zugleich national-konservativ geprägt. Der ziemlich rücksichtslose Thatcherismus des letzten Jahrzehnts trägt natürlich ein gerüttelt Maß zur Aufrechterhaltung der alten Fronten bei.

Dagegen ist das britische Mehrheitswahlrecht eher geeignet als das unsrige, die Parlamentarier dazu zu bringen, auf die Stimme des Volkes zu hören. Wer in seinem Wahlkreis keine Mehrheit erringt, der bekommt auch kein Mandat; eine »Absicherung« über die Liste der Partei ist nicht möglich, weil es gar keine Listenmandate gibt. Bei uns gelangen viele süddeutsche Sozialdemokraten und viele norddeutsche Christdemokraten nur über die jeweilige Landesliste in den Bundestag; dies gilt geschlossen für alle Abgeordneten der FDP und der Grünen. Manche der auf diese Weise mit Hilfe der Zweitstimme in den Bundestag gelangten Abgeordneten geben sich dort dann besonders ausgefallenen Ideen hin, brauchen sie doch um keinen Wahlkreis zu bangen. Es genügt, wenn sie im Kuhhandel in Hinterzimmern der Landesparteitage oder der Landesvorstände einen »sicheren« Listenplatz ergattern. Sie sind nur ihresgleichen, nicht aber den Wählerinnen und Wählern eines bestimmten Wahlkreises verantwortlich.

Natürlich spielt die Hinterzimmer-Taktiererei der Kandidatenaufstellung auch in vielen englischen Wahlkreisen eine Rolle, die Notwendigkeit für den Abgeordneten, sein Verhalten gegenüber dem Wählervolk seines Wahlkreises verantworten zu müssen, bleibt gleichwohl ein gewisser Vorteil. Der andere Vorteil des britischen Wahlsystems liegt darin, daß Kandidaten von Splitterparteien nur in seltenen Ausnahmefällen einen Wahlkreis erobern können. Dies hat - ähnlich wie in den USA - zu einem hochstabilen Zweiparteiensystem geführt. Kleine Verschiebungen in der öffentlichen Meinung führen zu großen Verschiebungen im Unterhaus; in aller Regel braucht keine Partei einen Koalitionspartner als Mehrheitsbeschaffer.

Während der Großen Koalition in den späten sechziger Jahren haben Rainer Barzel (als Fraktionsvorsitzender der CDU / CSU), Paul Lücke (damals Innenminister), Herbert Wehner und andere sowie ich selbst versucht, das Mehrheitswahlrecht auch in der Bundesrepublik einzuführen. Der Versuch scheiterte am Desinteresse und am Widerstand einer größeren Zahl von Abgeordneten, die das deutsche Verhältniswahlrecht beibehalten wollten, weil es angeblich gerechter sei. Dabei kann von Gerechtigkeit keine Rede sein, wenn eine kleine Partei, die weniger als 10 Prozent der Wähler vertritt, einen Regierungswechsel erzwingen kann. Die Mehrheit des Bundestages war damals bereit, komplizierte Koalitionsregierungen in Kauf zu nehmen, in denen kleine Parteien eine übergebührliche Macht ausüben können. Die ersten beiden Kabinette Adenauer bestanden aus vier beziehungsweise fünf Parteien. Weil Adenauer auf keine der kleinen Koalitionsparteien verzichten konnte, mußte er oft jonglieren und manche nationalistischen »Sonntagsreden« erdulden. Ich selbst hatte später nur einen Koalitionspartner und war dessen Nötigungen durch latente, manchmal auch ausgesprochene Austrittsdrohungen ausgesetzt. Sofern in den neunziger Jahren tatsächlich weitere Parteien im Parlament vertreten sein sollten, wird die Regierungsverantwortung des Kanzlers noch mehr verwischt werden als bisher; ein allgemeiner Ansehensverlust aller Parteien ist zu befürchten.

Das britische System führt zu klarer Verantwortung der einzigen Regierungspartei und vor allem des Premierministers. Er bestimmt tatsächlich die »Richtlinien der Politik«, er ernennt Minister und wechselt sie aus, ohne darin von einem Koalitionspartner abhängig zu sein. Er kann sogar zu jedem ihm taktisch günstig erscheinenden Zeitpunkt das Unterhaus auflösen und Neuwahlen ansetzen. Soweit ich sehe, haben alle Premierminister, die ich während meiner politisch aktiven Zeit erlebt habe – nämlich Macmillan, Douglas Home, Wilson, Heath, Callaghan und Thatcher –, von den ihnen zustehenden Rechten Gebrauch gemacht. Zwar war der Stil ihres Auftretens durchaus verschieden, aber – ob Konservative oder Labour, ob aus der Oberschicht, aus dem Mittelstand, aus Kleinbürgertum oder Arbeiterschaft – in einer mich frappierenden Weise faßten sie ihre Rolle als Premierminister sehr ähnlich auf. Sie hatten in ihrem politischen Leben dank der Voraussicht früherer Parteichefs schon eine Reihe von Regierungsämtern oder Parlamentsfunktionen durchlaufen und waren deshalb auf die Übernahme des höchsten Amtes glänzend vorbereitet. Mit großer Selbstverständlichkeit ergriffen sie Besitz von 10 Downingstreet und setzten von dort zum Teil jahrhundertealte Traditionen fort. Alle waren eingebettet in die Kontinuität britischer Politik. Daß sie alle aus dem Parlament kamen, war selbstverständlich; niemand würde in London daran denken, ohne langjährige Erfahrung in der nationalen Politik an die Spitze des Staates rücken zu wollen, wie dies in den USA vorkommt. Theoretisch ist zwar vorstellbar, daß ein Mitglied des Oberhauses Premierminister wird, aber das ist schon lange nicht mehr vorgekommen.

In England ist Politik auf der nationalen Bühne des Parlaments ein Lebensberuf. Schon deshalb werden politische Spitzenbegabungen zielstrebiger gefördert und früher mit Verantwortung betraut als irgendwo sonst. Ich habe die Briten darin stets als Vorbild empfunden und versucht, ihrem Beispiel zu folgen. Dies hat sich in Deutschland jedoch ebensowenig durchgesetzt wie die Einrichtung eines Schattenkabinetts durch die jeweilige Opposition; jede Opposition nimmt von vornherein Rücksicht auf einen erhofften Koalitionspartner.

Ein Brite, der mit den Wechselfällen der britischen Innenpolitik vertraut ist, mag erstaunt sein, wenn ich berichte, daß die Parteizugehörigkeit in den Gesprächen und Verhandlungen mit dem deutschen Bundeskanzler kaum eine Rolle spielte. Die drei Premierminister, mit denen ich als Kanzler zu tun hatte, Wilson, Callaghan und Thatcher, waren alle gleicherweise im britischen Interesse engagiert. Sie waren meist faire Bündnisgenossen. Alle drei hatten, wenn auch nicht mit dem Herzen, so doch mit dem Verstand, Abschied genommen vom Empire und von der Rolle Großbritanniens »east of Suez«. Alle drei bemühten sich sehr, das Commonwealth zusammenzuhalten, und warben um Verständnis für die Nöte der anderen Commonwealth-Staaten. Alle drei waren antigaullistisch, und sie waren auch alle ein wenig besorgt über das gute Einvernehmen zwischen Giscard und mir. Alle drei waren schließlich voller Mißtrauen gegenüber der Europäischen Gemeinschaft; sie waren Mitglieder nur, um das Vereinigte Königreich nicht zu isolieren, und weigerten sich hartnäckig, die britische Sterling-Währung in das Europäische Währungssystem einzubringen.

Der einzige wirkliche »Europäer« unter den britischen Premierministern war, wie schon gesagt, Edward Heath, den ich jedoch erst nach seiner Amtszeit näher kennengelernt habe. Sein politischer Lebensweg ist exemplarisch: Schon in den fünfziger Jahren hatte er verschiedene kleinere Ämter in der Führung der konservativen Unterhausfraktion und in der Treasury innegehabt, später war er unter Macmillan Arbeitsminister, Lordsiegelbewahrer und Chefunterhändler bei den Verhandlungen über die Mitgliedschaft des Vereinigten Königreiches in der Europäischen Gemeinschaft gewesen, danach unter Douglas Home Handelsminister. Von 1965 an war Heath Oppositionsführer, 1970 wurde er Premier. Auch nach seinem Rücktritt 1974 blieb Ted Heath bei seiner proeuropäischen Haltung; er ist der herausragende Fürsprecher einer aktiveren Rolle Großbritanniens beim Ausbau der EG zur Wirtschafts- und Währungsunion. Daneben ist er ein leidenschaftlicher Dirigent; es ist ein besonderes Vergnügen zuzuhören, wenn Ted »Pomp and Circumstances« des englischen Komponisten Edgar Elgar dirigiert.

Sein Gegenspieler Harold Wilson war schon mit 22 Jahren Dozent in Oxford. (In Großbritannien werden Schul- und Universitätsausbildung erheblich früher abgeschlossen als bei uns, was ich für sehr gesund halte.) Während des Krieges arbeitete Wilson in verschiedenen Ministerien als Wirtschaftsfachmann, in der Regierung Attlee erhielt er seine ersten politischen Ämter. Es folgten lange Jahre im Schattenkabinett. 1963, nach dem Tode Gaitskells, wurde er Oppositionsführer, 1964 bis 1970 zum ersten Mal Premierminister, dann wieder Oppositionsführer, 1974 bis 1976 abermals Premierminister. Im privaten Gespräch war Wilson ein ganz anderer als bei öffentlichen Auftritten oder in Konferenzen. Im Zwiegespräch war er interessiert, neugierig, politisch mitdenkend, ein durchaus angenehmer Gesprächspartner, auch wenn er seine letzten Gedanken gewiß nicht offenbarte. Sobald jedoch mehrere Personen zugegen waren, insbesondere seine eigenen Minister, pflegte er stets die Rolle des Premierministers zu spielen: manchmal leicht mokant, vorgetragene Argumente anderer schnell erfassend und ebenso schnell abwertend oder mit einem Gegenargument abwehrend – eine große taktische Begabung (er hat mich darin oft an Hans-Dietrich Genscher erinnert). Ich muß bekennen, fast bis zum Abstimmungstag, das heißt bis zum Juni 1975, nicht ganz sicher gewesen zu sein, ob er das von ihm angekündigte und durchgeführte Referendum über Großbritanniens EG-Mitgliedschaft wirklich gewinnen wollte, denn die Einheit der Labour Party ist ihm in vielen Fällen wichtiger gewesen als alles andere. Er blieb immer Parteiführer, auch wenn er als Staatsmann auftrat.

Als Parteiführer ist Wilson überaus erfolgreich gewesen. Er hat drei von vier Unterhauswahlen gewonnen und seine zerstrittene Partei

Oben: mit Harold Wilson auf dem Labour-Parteitag in London, 30. November 1974.
Unten: zum Aperitif in der Godesberger Redoute; von links nach rechts: Helmut Schmidt, James Callaghan, Denis Healey, Hans Matthöfer.

– jedenfalls während seiner Regierungszeit – einigermaßen zusammenhalten können. Dies war angesichts der sogenannten »Trots« (Trotzkisten), der linken Souveränitätsfanatiker, des adelsabtrünnigen Jakobiners Wedgewood Benn und der von der Klassenkampfideologie geprägten Gewerkschaftsführer einerseits, des starken rechten Flügels andererseits ein immerwährender Balanceakt. Die Rechten wußten, daß Labour zum Regieren auf einen erheblichen Stimmanteil aus der Mitte angewiesen war. Das wußte auch Wilson. Gleichwohl hat er sich von Zeit zu Zeit als Linker, auch als Antieuropäer gebärdet, allerdings nie als »Unilateralist«, das heißt als Anhänger einseitiger britischer nuklearer Abrüstung. Vielmehr war und blieb er immer ein überzeugter Anhänger der Allianz und des Prinzips der gemeinsamen Verteidigung.

Nach seinem überraschenden Rücktritt im März 1976 – er war gerade 60 Jahre alt geworden – hat Wilson, der sich bis dahin immer hinter Pfeifenqualm und Wortschwall verborgen gehalten hatte, ziemlich ausführlich Auskunft gegeben. Er sei, wenn überhaupt ein Taktiker, dann ein schlechter Taktiker gewesen, was wohl heißen sollte, daß er seine Ziele immer klar vor Augen gehabt habe. So habe ich Harold Wilson allerdings nicht erlebt. Für mich war er ein jederzeit schlagfertiger, hochintelligenter Taktiker, der einfach Freude am Regieren hatte; Premierminister zu werden und zu sein, war offenbar seine Antriebskraft. Der Umgang mit ihm war nicht einfach, und es war schwierig, mit ihm warm zu werden. Gleichwohl sind wir nur zweimal aneinandergeraten – bezeichnenderweise über Finanzfragen innerhalb der EG.

Sein Nachfolger James Callaghan war noch besser auf die Übernahme des höchsten politischen Amtes vorbereitet. Seine ersten Aufgaben in der Regierung hatte er in den vierziger und frühen fünfziger Jahren unter Attlee übernommen, danach war er bis 1964 ebenfalls im Schattenkabinett, sodann drei Jahre unter Wilson Schatzkanzler (1964–67), anschließend Innenminister (1967–70) und von 1974 bis 1976 Außenminister. Aus dieser Zeit kannte ich ihn gut. 1976 ging Callaghan als einer von mehreren Kandidaten aus einer Reihe von innerfraktionellen Wahlgängen als Premier hervor. Anders als die Oxford-Absolventen Heath, Wilson und Thatcher, denen häufig genug – vor allem von snobistischen Konservativen – ihre Herkunft aus dem unteren Mittelstand bescheinigt wird, ist Callaghan wirklich von unten gekommen; sein früh verstorbener Vater war – wie der Vater August Bebels – Unteroffizier gewesen. Callaghan hatte keine Universitätsausbildung, er hatte als junger Mann lange hauptberuflich für eine Gewerkschaft gearbeitet. Über diese Zeit sprach er gern. Obgleich er als Premierminister angesichts der britischen Wirtschaftslage besondere Schwierigkeiten mit den Gewerkschaften hatte, war seine Nähe zur Gewerkschaftsbewegung doch sein politischer Rückhalt. Als 1978 seine wichtigsten Freunde unter den Gewerkschaftsvorsitzenden in den Ruhestand traten, kam es abermals zu voller Entfaltung der klassenkämpferisch-egozentrischen Instinkte in den Gewerkschaften. Die bis dahin errungenen ökonomischen Erfolge von Callaghans Regierung - zum Beispiel die Verringerung der Inflationsrate von über 20 auf weniger als 8 Prozent - gingen im Streikwinter 1978 / 79 unter, und auf dem Labour-Parteitag wurden die großen gewerkschaftseigenen Stimmpakete gegen ihn abgegeben. Das Ende seiner Regierung Anfang Mai 1979 und sein Rücktritt als Oppositionsführer anderthalb Jahre später waren in erster Linie eine Folge dieses gewerkschaftlichen Verhaltens und der daraus resultierenden Zerrissenheit der Labour Party.

Jim hatte von seinem Vorgänger eine politisch zerfledderte Partei geerbt und mußte erleben, daß deren Zustand sich in seiner Amtszeit noch verschlechterte. Höhepunkt der innerparteilichen Divergenzen war die Abspaltung einer Reihe bedeutender Labour-Parlamentarier des rechten Flügels, darunter Roy Jenkins, Shirley Williams und David Owen, die im März 1981 die Social Democratic Party gründeten und dank ihrer Allianz mit den Liberalen erhebliche Teile der ehemaligen Labour-Wählerschaft auf sich zogen. Callaghan hat in einigen Rechts-Links-Fragen innerhalb der Partei keine deutliche Position bezogen und auch hinsichtlich der EG lange geschwankt - »wie das britische Volk«, sagte er später. Im Grunde war er ein Mann der Mitte, ein konservativer Sozialdemokrat mit starkem Engagement für soziale Gerechtigkeit, kein Ideologe, sondern ein politisch sehr erfahrener Pragmatiker mit festen Prinzipien, intelligent, aber kein Intellektueller.

Ich habe Jim in seiner ganzen politischen Haltung als mir sehr nahestehend empfunden. Er war immer ein Mann des Ausgleiches, hatte den dafür nötigen Überblick, täuschte nie und war als Mitspieler wie als Freund stets zuverlässig. Natürlich haben in den dreieinhalb Jahren unserer Zusammenarbeit britische und deutsche Interessen gelegentlich nicht übereingestimmt. Aber während es mit Harold Wilson deutliche Wortwechsel gegeben hatte - ausschließlich über EG-Fragen -, kam dergleichen zwischen Callaghan und mir nicht vor. Wir standen uns von Anfang an menschlich nahe, und eine weitgehende politische Übereinstimmung kam hinzu. So konnten wir das Offset-Problem endgültig beseitigen (deutsche Finanzbeiträge zum Ausgleich der Ausgaben für die britischen Truppen in der Bundesrepublik); wir konnten regelmäßige deutsch-britische Konsultationen ins Werk setzen, die seither zweimal im Jahr stattfinden, und wir konnten uns bilateral wie auch auf vielen multinationalen Konferenzen gegenseitig unterstützen oder ergänzen – bis hin zu gemeinsamen Fernsehsendungen.

Am wichtigsten sowohl seelisch-moralisch als auch praktisch war mir Callaghans Hilfe während der Schleyer-Krise und bei der Befreiung der von Terroristen entführten Lufthansa-Maschine in Mogadischu. Zufällig war er am Morgen der Befreiungsaktion von Mogadischu in Bonn; ich lud ihn ein, an der Sitzung des von der Presse so genannten Großen Krisenstabes und an der sozialdemokratischen Fraktionssitzung teilzunehmen. Jim war beeindruckt davon, wie gut und wie eng Kanzler, Regierung, Koalition *und* Opposition während der Krise zusammengearbeitet hatten. Willy Brandt, Helmut Kohl und Hans-Dietrich Genscher dankten Callaghan für seine Hilfe. In einer improvisierten Ansprache als Gast der Fraktion sagte er später: »Ich glaube, die Genossen Schumacher, Erler und Ollenhauer, deren Bilder in diesem Saal hängen und mit denen zusammenzuarbeiten ich das Privileg hatte, diese drei Männer wären zufrieden gewesen, wenn sie hätten miterleben können, wie Ihr diese Krise gemeistert habt.« Ich war darüber gerührt. Tatsächlich war es ja die Krise, die meine Seele, meine Nerven und mein Verantwortungsbewußtsein am stärksten belastet hat.

In seinen späten Jahren, als Lord Callaghan of Cardiff und Mitglied des Oberhauses, setzte sich Jim sehr viel entschiedener für den europäischen Integrationsprozeß ein als jemals zuvor. Wir haben uns nach unserem Ausscheiden aus dem Amt regelmäßig getroffen, meist im Haus von Gerald Ford in Colorado, gemeinsam mit Valéry Giscard d'Estaing; das wird wohl auch in Zukunft so sein.

Margaret Thatcher, die Callaghan im Amt nachfolgte, verkörperte einen ganz anderen Typus. Wir kannten uns, sie hatte mich in ihrer Zeit als Oppositionsführerin einmal in Bonn besucht; damals unterhielten wir uns über Fragen der Finanz- und vor allem der Geldpolitik. Schon eine Woche nach ihrem Regierungsantritt besuchte ich sie, gemeinsam mit mehreren Bundesministern, zu den fälligen Konsultationen. Ich hatte wegen des Regierungswechsels in London mit einer Verschiebung gerechnet, aber die neue Premierministerin wollte schnell ins Geschäft kommen. Sowohl die »Frankfurter Allgemeine Zeitung« als auch »Die

Welt« schrieben aus diesem Anlaß, Thatcher und Schmidt seien ökonomisch nicht allzuweit voneinander entfernt - was zu jener Zeit auch stimmte. Margaret Thatcher behauptete beim Essen: »Ich habe vom deutschen Bundeskanzler in Sachen Wirtschaft noch einiges zu lernen.« Ich antwortete lachend: »Bitte sagen Sie dies nie wieder. Denn erstens dürfen unsere beiden Parteien das nicht hören, und zweitens habe ich zu Hause leider ohnehin den Ruf eines ökonomischen Schulmeisters.«

Wir kamen gleich zur Sache: über SALT II, über die Mittelstreckenwaffen-Problematik (INF), über das unmittelbar bevorstehende Treffen Carter-Breschnew. Vor allem aber sprachen wir über die Europäische Gemeinschaft, deren Kommissions-Präsidenten Roy Jenkins sie damals genauso zu schätzen schien, wie ich es auch tat, über Agrarpolitik und über die britischen Finanzbeiträge.

Der interessanteste Teil unseres Gespräches im Mai 1979 war der private Teil unter vier Augen. Die Premierministerin fragte mich: »Wie machen Sie das eigentlich, daß die Gewerkschaften bei Ihnen sich sehr viel verantwortungsbewußter bewegen als meine?« Sie sagte tatsächlich »meine Gewerkschaften«, wie sie auch später oft von »my money« sprach. Ich erklärte unser gewerkschaftliches Einheitsprinzip, das heißt die Konzentration auf etwa zwanzig relativ starke Gewerkschaften, die sich nicht gegenseitig den Rang oder die Mitglieder streitig zu machen brauchen und sich deshalb nicht durch radikale Forderungen profilieren müssen (in Großbritannien gab es, je nach Zählweise, 400 beziehungsweise über 1000 Gewerkschaften). Ich erklärte das Prinzip von Betriebsverfassung und Mitbestimmung. Sodann schilderte ich, wieviel Zeit und Kraft ich für die regelmäßige Diskussion mit den gewerkschaftlichen Führern aufwendete, nicht zu vergessen die häufigen Abendessen und Gesprächsrunden im Kanzler-Bungalow, bei denen Vertreter von Industrie, Handel und Banken, Gewerkschaftsführer und die zuständigen Ressortchefs der Bundesregierung an einem Tisch saßen. Ob das nicht auch etwas für 10 Downingstreet sei? Die Antwort kam entschieden: »My goodness, no, dafür habe ich doch meinen Arbeitsminister.« Ich bekam einen Vorgeschmack jenes Klassenkampfes von oben, der bald schon Thatcherismus genannt werden sollte.

Anders als Callaghan, aber ähnlich wie Wilson, tritt Margaret Thatcher in internationalen Konferenzen, zum Beispiel bei den Treffen der Staats- und Regierungschefs der Europäischen Gemeinschaft (in der Presse oft Eurogipfel, offiziell Europäischer Rat genannt), anders auf als im persönlichen Gespräch, oft geradezu brüsk. Ich glaube, sie hat eine gewisse Freude daran, als »Iron Lady« zu erscheinen und so genannt zu werden.

Margaret Thatcher ist zweifellos nicht nur nach außen hart und unbeugsam, sondern auch gegen sich selbst - und jedenfalls gegen ihre Kabinettsminister. Mir scheint Lord Carrington der einzige gewesen zu sein, dessen bisweilen substanziell abweichende Meinungen sie ertragen konnte. Andererseits kann ich bezeugen, daß Mrs. Thatcher bei all ihrer Härte gleichwohl ein Mensch mit Ängsten und Hoffnungen ist. Als sich ihr Sohn an einer Sahara-Rallye beteiligte und mehrere Tage vermißt wurde, rief ich sie an, um mein Mitgefühl zum Ausdruck zu bringen. Maggie war bewegt, und ich glaube gespürt zu haben, daß sie Tränen unterdrücken mußte. Dieser kurze Augenblick, in dem ich erlebte, wie sie die Kontrolle über sich verlor, hat mich berührt; ich spürte den verletzbaren Menschen, die angsterfüllte Mutter und empfand große Sympathie.

Für alle Premierminister ist es seit über 250 Jahren selbstverständlich, von einem unscheinbaren, unansehnlichen Haus in einer Sackgasse aus zu regieren, und die meisten haben dort auch gewohnt. Das Haus wurde im 17. Jahrhundert von einem gewissen Herrn Downing erbaut, der vermutlich ein Grundstücksspekulant war, und Anfang des 18. Jahrhunderts vom König dem Premierminister zur Verfügung gestellt. Die Downingstreet mündet in die Whitehall, an der zahlreiche Ministerien und Ämter untergebracht sind. »Whitehall« ist deshalb ein häufig gebrauchtes Kürzel für das politische Zentrum des Staates, ähnlich wie früher die Berliner »Wilhelmstraße«. In den ebenfalls sehr unscheinbaren Häusern Downingstreet 11 und 12 residieren der Chancellor of the Exchequer, der Finanzminister, und die Whips - wörtlich: Einpeitscher - der Regierungspartei, gemeint ist die Fraktionsführung.

Die Engländer sind stolz auf 10 Downingstreet. Wenn man die lange Reihe großer Premierminister vor Augen hat, die von hier aus die Geschicke eines Weltreiches gelenkt haben, so ist das verständlich. In diesem Haus weht, deutlich wahrnehmbar, ein Hauch von Geschichte und Tradition. Allerdings ist das nachträglich nach hinten erweiterte Gebäude recht winklig und unzweckmäßig.

Chequers dagegen ist ein großzügiger Landsitz. Wenn der Premierminister dorthin eingeladen hatte, holte er den Gast meist persönlich auf dem kleinen, nordwestlich von Heathrow gelegenen Flughafen Northolt ab. Die gemeinsame Autofahrt über enge und kurvenreiche

Verabschiedung auf dem Flughafen nach einem Besuch des Bundeskanzlers in Chequers, Mai 1981.

Landstraßen verband das Notwendige mit dem Angenehmen: Man konnte ungestört miteinander reden und genoß zugleich die englische Countryside. So wie Chequers habe ich mir als Leser von Agatha Christie immer die englischen Landsitze vorgestellt, auf denen am Wochenende die geheimnisvollen Morde stattfinden. Altertümlich, anheimelnd, voller alter Bilder, Bücher und Möbel - mir wurde Churchills Bett zugewiesen -, nach altem Holz riechend, nach Kaminfeuer und Lavendel, mit einem von einer Mauer umfriedeten Rosengarten, und dies alles in einer wie von Constable gemalten Parklandschaft, an deren Ecken Rinder grasen.

Ich habe die britischen Premierminister immer beneidet um diesen für politische Erörterungen hervorragend geeigneten Ort, der zugleich als Wochenendhaus dient, in das sich der Premierminister zur Arbeit oder zum Nachdenken zurückziehen kann. Während des Ersten Weltkrieges soll ein Lord den Besitz dem Premierminister geschenkt haben, und das Schwimmbad, erzählte man mir, sei ein Geschenk des wohlhabenden amerikanischen Botschafters Annenberg. Mir vorzustellen, daß auch dem Außenminister ein eigener Landsitz zur Verfügung steht, erweckte vollends meine Neidgefühle.

Man darf Großbritannien um mehr beneiden als nur um Chequers. Man kann es ebenso um die ganze City of Westminster beneiden. Sie ist - von Downingstreet bis zum Parlamentsgebäude, von der Banquet Hall bis zur Westminster Abbey, vom Trafalgar Square bis zum Cenotaph - ein höchst funktionstüchtiges Staatszentrum und zugleich ein Geschichtsmuseum. Sie ist Symbol des Staates, mit dem sich der Engländer identifiziert und in dem jeder Ausländer Großbritannien erkennt - das vitale Herz einer vitalen Nation.

Während meiner Amtszeit als Bundeskanzler hat es etwa zwanzig gegenseitige Besuche der Regierungschefs gegeben; dazu kamen viele bilaterale Gespräche am Rande internationaler Konferenzen und viele Telefonate. Natürlich neigten die Botschafter, die Beamten des jeweiligen Außenministeriums und besonders die Außenminister bisweilen zur Eifersucht, wenn sie an Vieraugengesprächen nicht beteiligt waren. Außerdem fehlten ihnen dann die Dolmetscher-Aufzeichnungen, weil wir keine Dolmetscher brauchten. Englisch unterhielt ich mich übrigens auch mit Valéry Giscard d'Estaing, mit holländischen Gesprächspartnern und mit vielen anderen. Englisch ist tatsächlich von Asien bis nach Südamerika, vor allem aber für die Europäische Gemeinschaft, eine Art lingua franca geworden - ein großer Vorteil für die Engländer, die dies offenbar für selbstverständlich halten. Im Anschluß an solche Vieraugengespräche diktierte ich, was ich für wichtig hielt; wenn das Gespräch auf deutschem Boden stattgefunden hatte und deshalb kein Rückflug nötig war, fehlte es allerdings manchmal an der nötigen Zeit zum Diktat - zum Kummer des Auswärtigen Amtes.

Manchen englischen Gast lud ich nach Hamburg ein, wo der Senat sein sehr schönes Gästehaus zwischen Außenalster und Feenteich zur Verfügung stellte. Da die Villa keinen größeren Saal hat, mußten wir zu Pressekonferenzen oft einige Schritte über die Straße zum Klubhaus des Norddeutschen Regatta-Vereins gehen, der uns Gastrecht einräumte. Auf der Alster trieben sich Piraten und Conger und 470er herum, ein buntes Bild vor dem Hintergrund der Kirch- und Rathaustürme meiner Stadt, sozusagen Hamburgs gute Stube, die ich den Engländern mit Stolz gezeigt habe.

Übrigens ist der in Deutschland allgemein gebräuchliche Ausdruck Engländer und England nicht ganz korrekt. Der offizielle Name des Staates lautet »United Kingdom of Great Britain and Northern Ireland«; seine Bürger nennen sich zumeist nach ihrer weiteren Heimat Irishmen, Scots, Welshmen oder Englishmen, manchmal auch zusammenfassend »We British«. Das Adjektiv britisch ist uns Deutschen allerdings zumeist nur in der Zusammensetzung »British Airlines« geläufig. In den amtlichen Akten ist bei uns die Rede von UK (für United Kingdom), seltener von GB (für Great Britain); aber wenn von den Menschen gesprochen wird, so reden wir wie schon seit Jahrhunderten von den Engländern.

Bei den Engländern in der sicherheitspolitischen Lehre

Nach anderthalb Jahrzehnten häufiger und anregender Diskussionen mit britischen Politikern trat ich im Herbst 1969 - soeben zum Bundesverteidigungsminister im ersten Kabinett Brandt ernannt - zum ersten Mal in verantwortlicher Position einem britischen Kollegen entgegen, und zwar meinem alten Bekannten Denis Healey, der damals schon im sechsten Jahr unter Wilson Verteidigungsminister war. Wir hatten uns in Königswinter und im Rahmen des Londoner International Institute of Strategic Studies in den fünfziger und sechziger Jahren des öfteren über die Gesamtstrategie des Westens, über die Aufgaben des Atlantischen Bündnisses und seine militärische Strategie ausgetauscht und waren dabei meist der gleichen Meinung gewesen. Es war deshalb kein Wunder, daß wir auch als Verteidigungsminister gut miteinander harmonierten. Healey verfügte über eine für Politiker überdurchschnittliche Allgemeinbildung, er sprach ein wenig deutsch – so konnte er einige vulgäre deutsche Schimpfworte in entzückender englischer Sprachfärbung am geeigneten Punkt in seine Rede einflechten, was immer Anlaß zu Gelächter war –, und er hatte eine umfassende Vorstellung von deutscher Literatur und Musik. Er kannte Europa als Ganzes sehr gut und gab im Rat der Verteidigungsminister den Ton an.

Seitdem de Gaulle Frankreich aus der integrierten militärischen Organisation gelöst und insoweit zwar aus der NATO, nicht aber aus der Allianz herausgenommen hatte, wurden die Details militärischer Planung der NATO nicht mehr im Rat der Allianz, sondern im Kreis der Verteidigungsminister, im sogenannten Defence Planning Committee beraten, an dem Frankreich nicht teilnahm; die Ergebnisse wurden dann – meist an einem zweiten Sitzungstag – in groben Zügen den Beratungsergebnissen der Außenminister hinzugefügt, und in diesem Kreis war Frankreich vertreten. In sehr zielstrebiger, an sachlichen Ergebnissen und an der Notwendigkeit zum Kompromiß orientierter Weise leitete der Italiener Manlio Brosio als Generalsekretär die Sitzungen.

Für uns Verteidigungsminister waren zwei andere Gremien von größerer Bedeutung: die Nuclear Planning Group und die Euro-Group. In der ersteren gaben die Amerikaner den Ton an, damals mein Freund Melvin Laird, Verteidigungsminister unter Richard Nixon. An der Euro-Group hingegen waren die Amerikaner nicht beteiligt. Denis Healey hatte sie erfunden. Offiziell sollte sie die Beschaffungspolitik der europäischen NATO-Partner koordinieren; vor allem aber gab sie den Europäern die Möglichkeit, ihre gemeinsamen Interessen zu definieren und untereinander abzustimmen. Die Amerikaner wußten dies wohl und waren deswegen etwas argwöhnisch; da aber die Initiative von einem Briten ausgegangen war, haben sie wenig dagegen unternommen. Der Krieg, den sie in Vietnam führten, hatte nicht nur militärisch negative Auswirkungen auf die Allianz; weit verheerender waren die psychologisch-politischen Folgen. Schon deshalb war es gut, daß die Europäer untereinander regelmäßig darüber sprechen konnten – auch wenn solche Themen auf der offiziellen Tagesordnung der Euro-Group nie erschienen.

Schon nach wenigen Monaten trat Edward Heath an die Stelle von

Harold Wilson, und an die Stelle von Healey - dem ich später als Finanzminister wieder begegnete - trat Lord Peter Carrington. Im Mai 1971 war ich Gastgeber der Nuclear Planning Group, die zu einer ihrer halbjährlichen Sitzungen in Mittenwald zusammentrat. Es gab nach der eigentlichen Arbeit am Abend eine zünftige bayerische Gaudi, eine gute Gelegenheit, den neuen britischen Kollegen näher kennenzulernen. Carrington, ein klassischer Konservativer, war etwa gleichaltrig mit mir, aber seine Biographie schien mir sehr viel aufregender als meine eigene. Ein erblicher Lord in der sechsten Generation, war er schon unter Churchill Regierungsmitglied gewesen; er hatte zahlreiche Regierungsämter bekleidet, war High Commissioner in Australien gewesen und First Lord of the Admiralty. Zwar hatte ich keine Minderwertigkeitskomplexe, aber ich begann unsere Zusammenarbeit zunächst mit Distanz. Später, als Carrington Außenminister wurde, ist daraus herzliche Freundschaft geworden.

Zwei Dinge begriff ich schon damals: zum einen, daß Carrington ein zuverlässiger Partner war, der die Interessen des Vereinigten Königreiches als Mitglied der Allianz nicht sehr viel anders definierte als sein Vorgänger. Zum anderen begann ich durch den Wechsel von Healey zu Carrington zu verstehen, daß es in der internationalen Politik nur zum kleinsten Teil auf die Ideologie oder »Weltanschauung« und die parteipolitische Färbung der Mitspieler ankommt, sondern vielmehr auf die Fähigkeit, die Interessen des eigenen Landes richtig zu erkennen und zu verstehen und die Interessen der anderen in Rechnung zu stellen, vor allem aber auf berechenbare Stetigkeit.

Auch Peter Carrington besaß all das in hohem Maße. Er hatte einen trockenen Humor, der sich knapp und in wenigen Worten kundtat - häufig nur in einem zusätzlichen, skurrilen Adjektiv. Die Komik wurde dadurch gesteigert, daß er seine erheiternden Wendungen wie beiläufig vorbrachte. Der Ton des Beiläufigen ist für manche Angehörigen der britischen Oberschicht charakteristisch, große Teile der politischen Klasse Großbritanniens haben diese Attitüde übernommen. Carrington arbeitete hart, er nahm seine Aufgaben ernst wie jeder andere Staatsmann, aber er gab seiner Rede- und Verhandlungsweise mit Vergnügen eine Note des Dilettantischen, so als ob er Politiker nur aus Leidenschaft für ein Hobby sei, das er notfalls auch aufgeben könne. Es war angenehm, mit ihm zu verhandeln, zumal er den Kompromiß für eine dem Frieden dienende Tugend hielt und immer kompromißfähig war.

Diese Tugend war es, die ihn 1979 befähigte, nach monatelangen Verhandlungen im Lancaster House den für unlösbar gehaltenen Rhodesien-Knoten zu lösen und einen allseits annehmbaren Kompromiß sowohl zwischen Schwarz und Weiß als auch zwischen den schwarzen Führern Mugabe, Muzurewa und Nkomo zu finden. Im April 1980 konnte Rhodesien schließlich als Simbabwe in die Freiheit der Souveränität entlassen werden. Natürlich ist seither auch in Simbabwe manches Unerfreuliche geschehen, aber wer dies Carrington anlasten wollte, muß sich fragen, ob und wo denn in ehemaligen britischen, französischen, spanischen oder portugiesischen Kolonien in Afrika seit deren Souveränität rechtsstaatliche und demokratische Zustände tatsächlich europäischen Maßstäben entsprechen. Angesichts der Zustände, die sich in teilweise mehr als einem Jahrhundert europäischer Kolonialherrschaft herausgebildet haben - sie reichen vom Analphabetismus unter den schwarzen Völkern bis zu der unterlassenen Hilfestellung in Fragen der Administration, der Volks- und Betriebswirtschaft -, darf man nirgendwo einen idealen Staat erwarten.

Carringtons Ausscheiden als Außenminister hat in der Weltpolitik zunächst eine schmerzliche Lücke hinterlassen. Und natürlich hat er selbst nicht etwa nur ein Hobby verloren, sondern einen wesentlichen Teil seines bisherigen Lebens aufgeben müssen, als er 1982 im Falkland-Konflikt zurücktrat. Ob hinreichender Grund bestand, den Rücktritt anzunehmen, ist mir bis heute nicht klar. Jedenfalls war Carrington zu seiner Zeit der beste Außenminister des ganzen Westens; deshalb hoffte ich sehr auf seine Rückkehr in die Weltpolitik. Es gehörte 1983 zu den bescheidenen Genugtuungen eines elder statesman, daß Gerald Ford, James Callaghan, Valéry Giscard d'Estaing und ich gemeinsam durch einige Gespräche in den Hauptstädten der Allianz zu seiner Berufung als Nachfolger von Joseph Luns beitragen konnten. Als Carrington im Dezember 1983 vom Nordatlantik-Rat zum neuen Generalsekretär des Bündnisses berufen wurde, schickten wir ihm ein gemeinsames Glückwunschtelegramm mit der ironischen Mahnung, er möge die nationalen Interessen eines jeden von uns sorgfältig vertreten. Ein Stückchen Ernst steckte natürlich auch dahinter, denn für einen langjährigen Verteidigungs- und Außenminister des Vereinigten Königreiches ist es gewiß nicht ganz einfach, sich umzuorientieren vom Primat britischer Interessen auf den Primat der Interessen des Bündnisses.

Ich selbst habe das Amt des Verteidigungsministers nicht so lange bekleidet wie Carrington, nicht ganz drei Jahre, weil ich nach dem Aus-

»Elder statesmen« zu Besuch bei Gerald Ford in Colorado, 1983. Von links nach rechts: Gerald Ford, Valéry Giscard d'Estaing, Helmut Schmidt, James Callaghan, der australische Ministerpräsident Malcolm Frazer.

scheiden Karl Schillers aus dem ersten Kabinett Brandt auf Wunsch des Bundeskanzlers im Juli 1972 Hals über Kopf das Doppelressort des Finanzministeriums und des Wirtschaftsministeriums zu übernehmen hatte. Der Abschied von der Bundeswehr und von der Hardthöhe fiel mir noch schwerer als die Übernahme dieses Postens Ende 1969.

Nach Artikel 65 a des Grundgesetzes ist der Verteidigungsminister in Friedenszeiten zugleich Inhaber der Befehls- und Kommandogewalt. Diese Bestimmung war 1955 auf meine Initiative in das Grundgesetz aufgenommen worden. Ich verdankte meine Einsicht dem im gleichen Jahr erschienenen Buch von Karl Dietrich Bracher über die Auflösung der Weimarer Republik. Zum einen sollte der Oberbefehlshaber eindeutig der parlamentarischen Kontrolle unterworfen werden, wie sie für den ganzen Bereich der Bundesregierung gilt. Die Bundeswehr dem keiner Parlamentskontrolle unterliegenden Staatsoberhaupt zu unterstellen, schied aufgrund der Erfahrungen in der Weimarer Republik aus. Zum anderen sollte verhindert werden, daß der Bundeskanzler Oberbefehlshaber wurde, was seine verfassungsrechtlich ohnehin sehr starke Position geradezu übermächtig gemacht hätte. Zum dritten sollte der scheinbare Pleonasmus »Befehls- und Kommandogewalt« die Wiederholung eines anderen Weimarer Fehlers ausschließen, nämlich die durch den Chef der Heeresleitung von Seeckt herbeigeführte Verordnung vom 11. August 1920 über die Regelung der Befehlsbefugnisse im Reichsheer. Deren Ergebnis war die Herauslösung einer künstlich konstruierten »Kommandogewalt« aus dem nach Artikel 47 der Weimarer Verfassung dem Reichspräsidenten zustehenden Oberbefehl über die gesamten Streitkräfte des Reiches. Der Reichspräsident war danach Träger der militärischen Kommandogewalt, seine Anordnungen und Verfügungen mußten vom Reichswehrminister oder Reichskanzler gegengezeichnet werden; doch nunmehr wurde die Befehlsverwaltung, im wesentlichen die Wehrmachtsverwaltung, dem Reichswehrminister zugeordnet, die Kommandogewalt aber sollte dem Chef der Heeresleitung zustehen. Diese Konstruktion hatte in der Weimarer Republik zur Aushöhlung sowohl der Kontrolle der Reichswehr durch den Reichstag als auch der Position des Reichswehrministers geführt.

Im Gegensatz dazu ist die Stellung des Bundesverteidigungsministers sehr stark. Sie ist aber infolgedessen gleichzeitig sehr exponiert. Es ist kein Wunder, daß die Bundesrepublik erheblich mehr Verteidigungsminister als Bundeskanzler verbraucht hat. Dies stand mir 1969 durchaus vor Augen. Vor allem aber war ich mir der Tatsache nur allzu bewußt, daß die an sich gesunde antimilitaristische Tradition meiner Partei von Zeit zu Zeit zu einer hyperkritischen Attitüde gegenüber den Streitkräften geführt hatte und weiterhin führen würde (was dann allerdings erst 1980 wieder hervortrat und meinen Freund Hans Apel stark belastete, der nach Georg Leber 1978 der dritte sozialdemokratische Verteidigungsminister wurde). Deshalb hatte ich 1969 durchaus gezögert, dem Ruf Willy Brandts und dem Drängen Herbert Wehners zu folgen und das Verteidigungsressort zu akzeptieren; schließlich sollte ich, ein im Parlament allseits respektierter Vorsitzender der Bundestagsfraktion meiner Partei, ein nicht einfaches, aber doch unabhängiges Amt aufgeben, welches keiner Kabinettsdisziplin und Richtliniengewalt des Bundeskanzlers unterworfen, sondern allein abhängig war vom Vertrauen der Fraktionsmitglieder. Den Ausschlag gab schließlich mein älterer Freund Alex Möller; wir hatten gemeinsam die Bundestagsfraktion geleitet und traten nun gemeinsam in die Bundesregierung ein. Allerdings habe ich die Bedingung gestellt, daß Herbert Wehner den Fraktionsvorsitz übernahm. Wehner folgte diesem Wunsche, wurde gewählt und blieb ununterbrochen bis zum Herbst 1982 an der Spitze der Fraktion, unermüdlich und unerschütterlich, in seinem politischen Instinkt unübertroffen. Später, während der achteinhalb Jahre meiner Kanzlerschaft, ist er für mich eine immer zuverlässige Stütze und oft genug auch Zuflucht gewesen.

Weder 1969 noch 1972 oder in den dazwischenliegenden Jahren ist mir je der Gedanke an eine eigene Kanzlerschaft gekommen. Anfragen dieser Art durch fürwitzige, spekulierende Journalisten habe ich immer vom Tisch gewischt - und zwar aus innerer Überzeugung. Ich habe mich damals mit wachsender Befriedigung auf die Sicherheitspolitik unseres Staates und auf die Bundeswehr konzentriert.

Als 1969 die Entscheidung für die Hardthöhe gefallen war, schenkte mir meine Frau eine noch nicht geöffnete Eßkastanie - mit Stacheln an der Außenhaut - und sagte: »Mit der Bundeswehr wird es dir wohl ähnlich gehen wie mit dieser Kastanie - das Innere wird sich als durchaus genießbar erweisen.« Damit hat sie recht behalten: Schon nach wenigen Monaten hatte ich mich mit unseren Streitkräften identifiziert. Und ich war sogar stolz darauf, ein halbes Jahrhundert nach der kurzen, unglücklichen Wehrministerzeit Gustav Noskes der erste sozialdemokratische Befehlshaber einer deutschen Armee zu sein.

Ich war auf das Amt recht gut vorbereitet; anderthalb Jahrzehnte hatte ich den Aufbau der Bundeswehr als Abgeordneter aktiv mitgestaltet, ich kannte die führenden Offiziere, hatte auch guten Kontakt zu meinem Vorgänger Gerhard Schröder gehabt. Ich hatte zur Sicherheitspolitik, zur militärischen Strategie, zur Abrüstungsstrategie, zur Gesamtstrategie die wichtigste französische, amerikanische und englische Literatur durchgearbeitet. Vor allem die Briten hatten in den fünfziger und sechziger Jahren praktische Analysen erstellt. Die Lektüre von Liddell Hart, der den Begriff der übergreifenden »Grand Strategy« popularisierte, hatte mir besonders geholfen. Die Bücher der Briten waren nicht so dickleibig wie die der meisten Amerikaner, und sie waren auch weniger akademisch, sondern eher pragmatisch - sehr englisch eben. Die Briten orientierten sich an der tatsächlichen politischen und militärischen Lage Europas und des West-Ost-Verhältnisses.

Ich berichte hier so ausführlich von meiner Zeit auf der Hardthöhe, weil ich in jenem Amt den Briten besonders viel verdanke: den deutsch-englischen Begegnungen in Königswinter, den Konferenzen des International Institute for Strategic Studies unter der Leitung Alastair Buchans, Männern wie Admiral Anthony Buzzard, Luftmarshall Sir John Slessor, Denis Healey, Alun Gwynne-Jones (später Lord Chalfont). Als ich mich bei einer Tagung Ende der fünfziger Jahre für die Teilnahme an einer mit konventioneller Verteidigung befaßten Arbeitsgruppe meldete, bedeutete mir Buchan: »Von konventioneller Verteidigung verstehen Sie genug, gehen Sie doch in die Arbeitsgruppe über nukleare Strategie, darin fehlt es noch bei Ihnen.« Er hatte recht.

Englische Freunde haben auch ein Hauptverdienst daran, daß ich 1961 und 1969 je ein strategisches Buch vorlegen konnte. Beide Bücher (»Verteidigung oder Vergeltung« und »Strategie des Gleichgewichts«) waren vom Standpunkt der deutschen Interessen aus geschrieben, aber in Kenntnis und unter Verarbeitung des Standes der internationalen Diskussion. Beide Bücher waren nicht nur bei der Bundeswehr, sondern auch von meinen englischen Freunden aufmerksam registriert worden - daher nahmen sie den neuen Verteidigungsminister 1969 sogleich als Insider auf.

Der Umgang war kameradschaftlich und sehr englisch. Der französische Kollege Michel Debré, den ich zehn Jahre zuvor im Straßburger Europaparlament kennengelernt hatte, hielt sich als überzeugter gaullistischer Siegelbewahrer leider völlig abseits. Manlio Brosio dagegen debattierte nicht bloß in englischer Sprache, er hätte auch, vom Akzent abgesehen, durchaus als englischer Edelmann durchgehen können. Die meisten von uns waren im Zweiten Weltkrieg Soldat gewesen, und fast

Oben: im Oktober 1969 trifft Helmut Schmidt, soeben zum Verteidigungsminister im ersten Kabinett Brandt ernannt, seinen britischen Amtskollegen Denis Healey.
Unten: Healeys Nachfolger, Lord Peter Alexander Carrington, wurde 1979 Außenminister im Kabinett von Margaret Thatcher – »der beste Außenminister des ganzen Westens«. Aufnahme vom Februar 1980.

Oben: Besuch des Verteidigungsministers bei Harold Wilson in Downing Street, Oktober 1969.
Unten: der Bundeskanzler mit dem britischen Premierminister James Callaghan zu Besuch bei Einheiten der britischen Rheinarmee, April 1977.

alle hatten gegen Deutschland gekämpft. Nur einer, der mit mir befreundete holländische Verteidigungsminister Willem den Toom, war ein ehemaliger General.

Die Verteidigungsminister bildeten einen angenehmen Männerclub, dessen Mitglieder zumeist hart arbeiteten und von der Bedeutung ihrer Aufgabe durchdrungen waren. Die nationalen Generalstabschefs (bei uns der Generalinspekteur - zu meiner Zeit General de Maizière, später Admiral Zimmermann) wie auch die nationalen Vertreter im Military Committee, dem höchsten militärischen Organ, gehörten ebenso zu diesem Club wie der Oberkommandierende der NATO-Streitkräfte in Europa, damals General Andrew Goodpaster. Dabei beobachtete ich, daß in den westlichen Demokratien, anders als in der Türkei und in Portugal, die Unterordnung des obersten Soldaten unter die politische Direktionsgewalt des Ministers selbstverständlich war, auch wenn letzterer in den meisten Fällen keineswegs verfassungsmäßiger Oberbefehlshaber war.

In der Sache gab es durchaus nationale Interessengegensätze. Häufig standen Amerikaner und Briten besonders nah beieinander. Die Briten pflegten bewußt ihre special relationship mit Amerika: Nicht nur die britisch-amerikanische Waffenbrüderschaft aus zwei Weltkriegen, besonders aus dem Krieg gegen Hitler, wirkte hier nach, auch strategisch verfolgten sie ähnliche Ziele. Beide Länder haben im übrigen keine Wehrpflicht-Tradition. Großbritannien hatte die Wehrpflicht schon bald nach Kriegsende abgeschafft. Als die USA Anfang der siebziger Jahre folgten, erschien mir dies geradezu opportunistisch, als eine Art Beruhigungspille für die über den Vietnamkrieg in Unruhe geratene amerikanische Universitätsjugend. Ich meine, daß Demokratie und Wehrpflicht zusammengehören; ein Berufsheer kann, wie das Beispiel Weimar lehrt, zur Gefahr für die Demokratie werden.

Weil die USA angesichts ihrer großen Bevölkerungszahl nicht alle verfügbaren jungen Männer als Soldaten benötigen, wäre ein selective service - oder ein universal service, der auch soziale und andere Dienstleistungen einbezieht - notwendig. Dies würde zwangsläufig Ungerechtigkeiten mit sich bringen und erscheint daher manchem Amerikaner als ungeeignet. Tatsächlich verfügen jedoch sowohl die USA als auch Großbritannien über nicht genug Reservisten für den Mobilmachungsfall. Die Regierungen und die Militärs in London und Washington wissen dies. Deshalb besteht in beiden Ländern eine weitaus größere Neigung als anderswo, den Mangel an Soldaten durch besonders hohe

Stückzahlen an Panzern, Flugzeugen, Schiffen und so weiter auszugleichen, vor allem aber durch Kernwaffen.

So ergibt sich in London wie in Washington immer ein doppelter Druck auf einen möglichst hohen Verteidigungshaushalt: zum einen von seiten der hardware, zum anderen, weil Berufssoldaten ungleich teurer sind als Wehrpflichtsoldaten. Infolgedessen wird vor allem in den USA, aber auch in Großbritannien, der Umfang des Verteidigungshaushaltes als Maßstab für »härtere« oder »weichere« Verteidigungspolitik angesehen. Wer weniger Finanzmittel für die Verteidigung bereitstellte, galt als weich. Dementsprechend haben die amerikanische, aber auch die britische Regierung immer wieder Druck auf kontinentaleuropäische Regierungen ausgeübt, die Verteidigungsbudgets zu erhöhen.

Ich vertrete auch heute den Standpunkt von damals: Nachdem Abschreckung mittels eines nuklearen Monopols oder eindeutiger nuklearstrategischer Überlegenheit seit Jahrzehnten nicht mehr denkbar ist, kommt es bei der Abschreckung zuallererst auf die Soldaten an. Ich habe im Bündnis immer die gleiche Rangskala vertreten:
1. Soldaten
2. Motivation der Soldaten
3. Führungsqualität der Vorgesetzten - bis herunter zum Feldwebel
4. militärische Ausbildung der Soldaten
5. Waffen, Gerät, Munition – mit einem anderen Wort: Haushaltsmittel

In den angelsächsischen Ländern hat dagegen der fünfte und letzte Punkt Priorität. In den USA wird außerdem die Führungsfähigkeit der Vorgesetzten nach meinem Urteil zu gering, jedenfalls ganz anders bewertet als bei uns: Es scheint nicht so sehr auf selbständige Urteils- und Entschlußkraft des einzelnen Führers und Unterführers anzukommen als vielmehr auf penibel genaue Ausführung der von oben bis ins letzte Detail geplanten Operation. Für eine Führung mittels »Auftragstaktik« gab es in der US-Armee wenig Verständnis.

Dies allerdings war bei den Briten ganz anders. Britische Bataillonskommandeure und auch Offiziere der unteren Ränge sind zu selbständiger Führung ausgebildet und erzogen. Aber auch die Briten versuchten, das Fehlen von Soldaten auszugleichen, indem sie die Bedeutung der nuklearen Waffen hervorhoben. Dies war schon während meiner Verteidigungsministerzeit deutlich, es ist bis heute so geblieben. Die offizielle militärische Strategie der NATO, seit Dezember 1967 in dem Dokument MC 14/3 als »flexible response« niedergelegt, war in Wirklichkeit keineswegs besonders flexibel. Die westliche Unfähigkeit, rechtzeitig ausreichende Reserven nach Mitteleuropa zu bringen, hat dazu geführt, daß in den Plänen relativ schnell der Einsatz sogenannter taktischer Nuklearwaffen vorgesehen war. Damit war die Hoffnung verbunden, ein eigener Ersteinsatz (»first use«) taktischer Nuklearwaffen werde die sowjetische Seite davon abschrecken, ähnliche Waffen einzusetzen. Britische Experten hatten darauf aufbauend eine ganze Theorie der »graduated deterrence« entwickelt: Der Westen müsse die Sowjets dadurch von einem Angriff abhalten, daß er sowohl mit konventionellen Waffen als auch mit taktischen Nuklearwaffen drohe und auch auf dem Felde strategischer Nuklearwaffen Vergeltung ankündige.

Der Pferdefuß dieser Theorie wurde später, im Zeichen des Streites über »first use« und »early first use«, allgemein deutlich. Mir selbst ist ein schneller Ersteinsatz nuklearer Waffen immer höchst bedenklich erschienen. Ich war in diesem Punkt als Verteidigungsminister deutlich kritischer als viele meiner NATO-Kollegen und habe damals verhindert, daß die in Deutschland gelagerten ADMs (Atomic Demolition Means, sogenannte Atomminen) parallel zur innerdeutschen Grenze verlegt wurden, denn dies hätte im Kriegsfall umgehend und nahezu zwangsläufig zu nuklearen Explosionen auf deutschem Boden führen müssen.

Die Labour-Politiker waren in Fragen der nuklearen Sicherheit von größeren Skrupeln geplagt als ihre konservativen Kollegen. In den fünfziger Jahren hatte sich Denis Healey im Sinne der Vorschläge des polnischen Außenministers Adam Rapacki für eine atomwaffenfreie Zone in Mitteleuropa eingesetzt. Als sich im Januar 1979 Jimmy Carter, Giscard d'Estaing, Callaghan und ich auf der Karibikinsel Guadeloupe trafen, um über die neue Bedrohung Europas durch die erstmalig installierten sowjetischen SS-20-Mittelstreckenraketen zu beraten, äußerte der Labour-Premierminister starke Bedenken gegen sofortige amerikanische Gegenstationierungen. Insofern ist Callaghan an dem daraufhin von Giscard zuerst vorgeschlagenen Doppelbeschluß ursächlich entscheidend beteiligt gewesen; ich selbst habe mich angeschlossen. Übrigens markierte Guadeloupe nach außen zum ersten Mal die Zugehörigkeit der Bundesrepublik zur Führungsgruppe der westlichen Allianz. Natürlich war auch Callaghan – ähnlich wie dreißig Jahre zuvor Ernest Bevin zur Zeit von Attlees Regierung – in keiner Weise geneigt, eine sowjetische Bedrohung hinzunehmen. Es entsprach aber durchaus britischem Pragmatismus, daß die NATO Ende 1979 – entsprechend dem in Guadeloupe Vereinbarten – beschloß,

1. erst nach vier Jahren, das heißt Ende 1983, mit der Stationierung amerikanischer Mittelstreckenwaffen zu beginnen, sofern bis dahin kein Begrenzungsabkommen mit der Sowjetunion geschlossen sein oder die Sowjetunion ihre SS-20-Aufrüstung gestoppt haben sollte;
2. der Sowjetunion sofort Verhandlungen anzubieten.

Den Gedanken, westliche Systeme im Austausch gegen die im schnellen Aufbau befindlichen sowjetischen SS 20 zu verhandeln, hatte ich Callaghan bereits im Oktober 1978 vorgetragen, nachdem ich am 28. Oktober des Vorjahres in einer Rede in London auf die Gefahr späterer außenpolitischer Nötigung durch Moskau hingewiesen hatte. Callaghan war in solchen Dingen sehr realistisch und ebenso tatkräftig. Er akzeptierte sogleich, daß die Bundesrepublik durch die mögliche Stationierung amerikanischer Mittelstreckenwaffen nicht in eine isolierte und damit gegenüber Moskau exponierte, singuläre Lage gebracht werden dürfe, und war bereit, bodengestützte Marschflugkörper (GLCM) auch auf britischem Boden zu stationieren. Als ihm im Frühjahr 1979 Margaret Thatcher folgte, trat in der britischen Haltung keine Änderung ein.

Eine große Hilfe für mich waren die Verteidigungsweißbücher, welche die britische Regierung regelmäßig veröffentlichte. Sie gaben Aufschluß über tatsächliche oder angestrebte Veränderungen der militärischen Strategie, der Ausrüstung von Marine, Heer und Luftwaffe, ebenso der budgetären Planung und so weiter. Es handelt sich um relativ kurzgefaßte, verdichtete Darstellungen von hohem Informationswert für die Streitkräfte selbst, für die öffentliche und die parlamentarische Debatte, für die Verbündeten – und für die Sowjets. Ich folgte dem britischen Beispiel, als ich während der Großen Koalition einen Beschluß zur Veröffentlichung eines deutschen Verteidigungsweißbuches durchsetzte; das Ergebnis war ein schmales, ziemlich abstraktes Bändchen. 1969 / 70 habe ich dann als Verteidigungsminister eine umfassende Bestandsaufnahme der Bundeswehr vorgenommen und deren Ergebnisse in einem ersten größeren Weißbuch öffentlich vorgelegt, dem seither regelmäßig neue Ausgaben folgten.

Auch bei der Ausarbeitung der Vorschläge und Ziele für Veränderungen und Reformen in der Bundeswehr orientierte ich mich an einem englischen Vorbild. Harold Wilson hatte 1964 bei Bildung seines ersten Kabinetts den parteilosen, strategisch versierten Journalisten Alun Gwynne-Jones zum Staatsminister im Foreign Office ernannt und mit den Aufgaben der Abrüstungsstrategie und -diplomatie betraut. Diesem Beispiel folgend berief ich den militärpolitisch erfahrenen Journalisten Theo Sommer an die Spitze des von mir neugebildeten Planungsstabes aus Zivilisten und Militärs auf der Hardthöhe; er hat sich dort bewährt, konnte aber leider nicht lange bleiben, weil die »Zeit« ihn zurückhaben wollte.

Von entscheidendem Gewicht an der Spitze des Bundesministeriums der Verteidigung war das »Kollegium«. Dies war ein inoffizielles Team, bestehend aus dem knochentrockenen beamteten Staatssekretär Hans Birckholtz, mit dem ich schon Anfang der sechziger Jahre als Innensenator ausgezeichnet zusammengearbeitet hatte, dem ideenreichen Manager Ernst Wolf Mommsen, einem »One-Dollar-Man« im Rang eines Staatssekretärs, dem sorgfältigen Generalinspekteur Ulrich de Maizière (später Admiral Armin Zimmermann) als ständigem Gast, meinem immer fröhlichen Freund Willi Berkhan, Parlamentarischer Staatssekretär, der für Ausgleich und Kompromiß sorgte, und mir selbst. Wir waren keineswegs immer einer Meinung, trotzdem haben wir als Team geführt. Es war eine glückliche Zusammenarbeit.

Das britische Beispiel wurde noch in einem weiteren wichtigen Punkte fruchtbar. Mir war das ausgezeichnete Bildungsniveau einer Reihe britischer Offiziere aufgefallen, die vielfach mindestens ein vollständiges College-Studium absolviert hatten. Wir untersuchten daraufhin die Bildungsgänge der Berufsoffiziere in anderen Bündnisstaaten. Das Ergebnis war die Gründung der beiden Bundeswehr-Hochschulen, deren Besuch für junge Berufsoffiziere obligatorisch wurde, was sich inzwischen sehr bewährt hat. Die Bundeswehr hat - nach anfänglicher Scheu vor neuen Methoden - die Nutzanwendung bald akzeptiert, zum eigenen Vorteil.

Wirtschaft und Währung

So viel ich vom militärisch-strategischen Denken der Briten in den fünfziger und sechziger Jahren gelernt habe, so wenig war von ihrer ökonomischen Politik zu lernen. Zwar hat Großbritannien durch John Maynard Keynes und William Henry Beveridge seit den dreißiger Jahren das sozialökonomische Denken der gesamten westlichen Welt auf das stärkste beeinflußt, aber die tatsächliche ökonomische und soziale Entwicklung in Großbritannien verzeichnete seit den fünfziger Jahren nur einen geringen Anstieg. Großbritannien konnte für die übrigen europäischen Regierungen kaum ein Vorbild sein. Ich begriff diese Tatsache allerdings erst 1972/73, in meinem ersten Jahr im Amt des Finanzministers - und war verblüfft darüber.

Meine britischen Finanzministerkollegen, zunächst Anthony Barber (Conservative) und später Denis Healey (Labour), verstanden ihr Geschäft. Aber weder sie noch ihre Regierungschefs (zunächst Heath, ab Februar 1974 Wilson) vermochten Entscheidendes gegen die »englische Krankheit« zu tun. Dieser in den siebziger Jahren in Europa vielfach benutzte Ausdruck faßte in zwei Worten zusammen, was im Vergleich zu anderen fortgeschrittenen Industriestaaten Europas ins Auge fiel: hohe Nominallohnsteigerungen, geringe Produktivitätsfortschritte, hohe Inflationsraten, hohe Handelsbilanzdefizite, hohe Arbeitslosigkeit. Angesichts der Tatsache, daß die meisten britischen Gewerkschaften sich auf die Steigerung der Nominallöhne und die vertragliche Festschreibung vorhandener Arbeitsplätze konzentrierten und dabei weder die Produktivität und Wettbewerbsfähigkeit der betroffenen Unternehmen noch gesamtwirtschaftliche Interessen berücksichtigten, war ihre politische Rolle viel zu stark und zu einflußreich. Sie schadete dem Land und nützte den Gewerkschaftsmitgliedern höchstens kurzfristig. Verständlicherweise blieben die realen Lohnfortschritte gering, während die internationale Wettbewerbsfähigkeit der britischen Industrie abnahm. Auf der Seite der Arbeitgeber und Unternehmensleitungen stand den Gewerkschaften in vielen Fällen ein weithin recht gemütliches und teilweise zugleich überhebliches Management gegenüber, das den Ernst der Lage nicht rechtzeitig begriff.

Die Regierung behalf sich mit den Instrumenten der Geld- und der Währungspolitik; nach der Freigabe der Wechselkurse wertete das Pfund jedoch stark ab. Unter Wilson wurden zusätzliche Industriezweige verstaatlicht, was natürlich nur die Gewerkschaften stärkte, nicht aber zu einem effektiven Management führen konnte. Wilson hatte 1974 eine Inflationsrate von 19 Prozent und schon ein Jahr später 25 Prozent. Callaghan konnte zwei Jahre lang durch einen »Sozial-Vertrag« mit den Gewerkschaften den Anstieg der Nominallöhne und der Inflationsrate bremsen (letztere auf 8 Prozent), aber nachdem die Gewerkschaften diesen Vertrag Anfang 1979 gekündigt hatten, kam es zu einer großen Streikwelle. Sie hat den Regierungswechsel zu Margaret Thatcher im gleichen Jahr wesentlich beschleunigt. Die neue Regierungschefin nahm den Kampf gegen die Gewerkschaften mit großer gesetzgeberischer Rücksichtslosigkeit auf, mit gleicher Energie stärkte

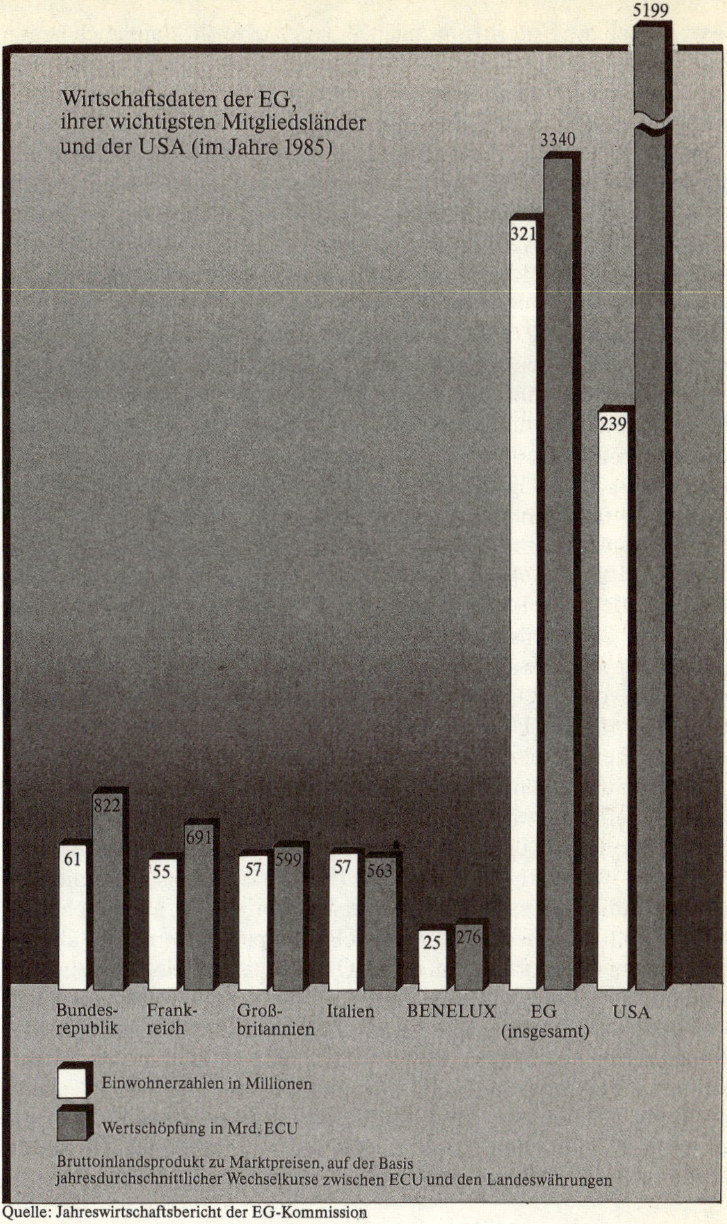

Quelle: Jahreswirtschaftsbericht der EG-Kommission

sie steuerlich die Unternehmungen. Aber gleichwohl steht auch heute, am Ende der achtziger Jahre und nach zehn Jahren Thatcherismus, die britische Volkswirtschaft keineswegs gut da, wenn man sie mit derjenigen Frankreichs und der Bundesrepublik vergleicht.

Wer sich an die Führungsrolle Großbritanniens während der ersten industriellen Revolution im 19. Jahrhundert erinnert, an seine technischen Pionierleistungen, an die weltweite Bedeutung der britischen Währung bis zur Weltwirtschaftskrise, wer nicht vergessen hat, mit welch zäher Entschlossenheit Großbritannien unter Churchills Führung als einziger europäischer Staat 1940/41 Hitler getrotzt hat, der wird das wirtschaftliche Zurückfallen der britischen Nation erstaunlich finden. Man darf freilich annehmen, daß es sich um eine vorübergehende Phase in der Geschichte Großbritanniens handelt - wie ich dies für möglich halte und hoffe. Gegenwärtig jedoch steckt Großbritannien noch immer in jener internationalen Strukturkrise, welche von den beiden Ölpreisschocks 1973/74 und 1979/80 ausgegangen ist und von der das Land - obgleich selbst Ölproduzent - tiefer betroffen wurde als andere fortgeschrittene Industriestaaten.

Als ich im Juni 1974 - Harold Wilson hatte soeben Edward Heath und ich hatte soeben Willy Brandt abgelöst - zu einem bilateralen, breit angelegten ökonomischen Meinungsaustausch mit Wilson in Bonn zusammentraf, hatte der erste Ölpreisschock seine Wirkungen voll entfaltet. Die von der OPEC erzwungene Vervierfachung der Ölpreise führte zu enormen Überschüssen in den Handelsbilanzen und hoher Liquidität der ölpreisexportierenden Staaten und zu gleichfalls enormen Defiziten in den Handelsbilanzen der ölimportierenden Staaten. Von den Defiziten waren damals nicht nur Entwicklungsländer betroffen - hier nahm deren heute so genannte Schuldenkrise ihren Ursprung -, sondern auch fast alle Industriestaaten, einschließlich Großbritanniens, dessen Nordseeöl erst exploriert war, aber noch nicht wirklich floß. Gleichzeitig stiegen infolge der plötzlichen Liquidität die Preise in den Ölexportstaaten, in den Ölimportstaaten dagegen stieg die Inflationsrate. Eine von mir Ende 1973 angeregte, Anfang 1974 in Washington abgehaltene energiepolitische Konferenz war wegen des eigensinnigen Verhaltens des französischen Außenministers Jobert ziemlich ergebnislos geblieben. Inzwischen hatte aber der Präsidentschaftswechsel von Pompidou zu Giscard d'Estaing stattgefunden, und dieser erkannte deutlich die weltwirtschaftlichen Gefahren. In den USA näherte sich die Watergate-Krise ihrem Höhepunkt; Finanzminister

Shultz war aus Protest zurückgetreten. Der US-Dollar hatte schon 1973 seine Leitfunktion verloren. Die Weltwirtschaft war führungslos.

Der nachfolgend wiedergegebene Teil unserer Unterhaltung zeigt, daß Wilson und ich die Lage mit Besorgnis beurteilten:

Schmidt: »Für Europa ist wichtig, ob Giscards Anstrengungen, in Frankreich zur Stabilitätspolitik zurückzukehren, Erfolg haben werden. Er ist gegenüber den USA ohne Vorurteile und zur ökonomischen Koordination bereit.«

Wilson: »Es gibt Parallelitäten der britischen und der französischen Wirtschaftslage, zum Beispiel im Rückgang der Bau- wie der Automobilindustrie. Für meine Regierung ist der hohe Stand der Staatsverschuldung, die wir vorgefunden haben, besonders problematisch.«

Schmidt: »Ich bin besonders besorgt darüber, daß auf den europäischen Kreditmärkten Kredite gegeben werden, die einerseits praktisch langfristig sind, andererseits aber bloß mit kurzfristigen (arabischen) Geldern finanziert werden. Die Regierungen müssen verhindern, daß dies zu einer Kreditkrise führt. Im Gegensatz zu 1930/31 werden diesmal die Gefahren nicht durch Deflationspolitik der Regierungen, sondern durch Inflationsraten verursacht, welche höher sind als jemals zuvor, außer in Kriegszeiten. Die Verwerfung ihrer Zahlungsbilanzen kann - wenn es nicht zu gemeinsamem ökonomischen Handeln kommt - Regierungen dazu verleiten, einseitige Importdrosselungen zu verordnen. Dergleichen ruft nicht nur Arbeitslosigkeit in den betroffenen exportorientierten Staaten hervor, sondern kann - infolgedessen - auch deren Gegenmaßnahmen provozieren. In solcher Lage nützt einem die Notenpresse gar nichts. Leider können wir nach dem Ausscheiden von George Shultz kaum mit amerikanischer Führung rechnen. Deshalb müssen die westeuropäischen Staaten und Japan gemeinsam tätig werden.«

Wilson: »Ich sehe die Lage ähnlich. Die Erschütterung des japanischen Wirtschaftswunders ist symptomatisch. Meine Sorgen über die Entwicklung auf dem Euromarkt habe ich schon mehrfach geäußert; der Zusammenbruch einer einzigen Bank kann - wie schon einmal in den dreißiger Jahren - wie ein negatives Signal für viele andere wirken. Die konservative Regierung hat einerseits die Kapitalverkehrskontrollen aufgehoben und andererseits hohe Haushaltsdefizite erwirtschaftet. Viel Liquidität ist in den Grundstücksmarkt geflossen; aber seit wir praktisch nur noch die Drei-Tage-Arbeitswoche haben, ist auch dieser Markt erschüttert. Eine Reihe kleinerer britischer Banken muß bereits durch die Großbanken gestützt werden. An amerikanische Führung ist nicht zu denken; selbst wenn Kissinger in der Außenpolitik die amerikanischen Aktivitäten aufrechterhalten kann, so wird auf dem Währungssektor der Kongreß dem Präsidenten keinerlei amerikanische Führungsrolle gestatten.«

Wir kamen überein, durch persönliche Beauftragte das heikle Feld der internationalen Kreditvergabe untersuchen zu lassen. Wegen der psychologischen Empfindlichkeit der internationalen Kredit- und Währungsmärkte sollte aber nichts davon an die Öffentlichkeit dringen.

Die währungspolitischen Kontakte zwischen den Finanzministern der USA, Englands, Frankreichs, der Bundesrepublik und oft auch Japans hatten bis dahin gute Dienste geleistet, und ich drängte auf eine Fortsetzung und Intensivierung dieser Finanzministertreffen im Rahmen der Library-Group (so genannt, weil das erste Treffen in der Bibliothek des Weißen Hauses stattgefunden hatte). Wilson stimmte zu und kam dann auf das Recycling der OPEC-Überschüsse zu sprechen. Er fragte nach den deutschen Absichten.

Mir schien der richtige Weg die Schaffung einer besonderen Ölfazilität des Weltwährungsfonds (IMF). Im übrigen hielt ich eine energische konzertierte Aktion aller Öl-Import-Länder für zweckmäßig. Wilson stimmte mir zu. Im übrigen habe Großbritannien soeben ein neues Kohle-Investmentprogramm beschlossen, und bis 1980 werde das Vereinigte Königreich hinsichtlich des Öls Selbstversorger geworden sein. Ich bedauerte, daß »die Ölverbraucherländer bisher gegenüber den Ölproduzenten keine klare gemeinsame Politik entwickelt haben. Nach dem Regierungswechsel in Paris ist jetzt eine positive Beteiligung Frankreichs an einer Folgekonferenz der Washingtoner Energiekonferenz vom Februar nicht mehr ausgeschlossen. Zunächst aber finde ich es unerläßlich, daß die neun in der EG unter sich gemeinsame energiepolitische Prinzipien festlegen. Nachdem im letzten Jahr weder die französische noch die britische Regierung sich an solcher Anstrengung beteiligen wollten, können doch die neuen Regierungen jetzt diese Haltung überprüfen.«

Wilson war sich nicht sicher, ob die EG eine ausreichende Basis darstelle. Wenn man anschließend ohnehin die USA und Japan beteiligen müsse, sei die OECD als Plattform wohl geeigneter. Hierüber entspann sich eine längere Diskussion, in der Harald Wilson auf seinem Standpunkt beharrte. Er dachte an eine internationale Festlegung des Verhältnisses zwischen den Rohstoff- und Ölpreisen einerseits sowie andererseits den Preisen für industriell erzeugte Güter. Sein Minister Harold Lever sei im Begriff, Möglichkeiten einer »Indexierung« zu prüfen. Darauf bin ich nicht eingegangen, und das Gespräch wandte sich außenpolitischen Themen zu.

Als mir die vorstehenden Notizen aus dem Juni 1974 nach fünfzehn Jahren wieder in die Hände fielen, schienen sie mir vier wichtige Punkte zu verdeutlichen. Zum einen sahen Harold Wilson und ich die weltwirtschaftliche Gesamtentwicklung mit ähnlicher Besorgnis. Zum anderen setzte Wilson deutlich weniger auf die EG als internationalen wirtschaftsstrategischen Faktor als ich. Zum dritten war der Gedanke einer Indexierung von Industrie- und Ölpreisen ein dirigistischer Ansatz, der angesichts der Vielfalt der beteiligten Staaten sowohl ökonomisch als auch politisch hätte scheitern müssen, falls er versucht worden wäre - es war ein früher Schritt zur Konkretisierung der »new international economic order«, von der später viele Politiker aus Entwicklungsländern immer wieder geredet haben. In der besonderen Situation der siebziger Jahre hätte dies zumindest zeitweilig der kleinen Zahl der OPEC-Länder eine ganz unangemessen große wirtschaftsstrategische Bedeutung eingeräumt. Viertens hat Wilson offenkundig die strukturelle Schwäche der britischen Wirtschaft unterschätzt, auf das britische Nordseeöl gesetzt und dessen zukünftige Rolle überbewertet.

Als im April 1976 James Callaghan an Wilsons Stelle trat, spielte das Nordseeöl noch immer keine wichtige Rolle. Statt dessen war die britische Wirtschaft weiter zurückgefallen und steckte in ernsten Zahlungsbilanz-Problemen. Wir mußten ein internationales Sicherheitsnetz und Stand-by-Kredite für den Fall vorbereiten, daß ausländische Gläubiger ihre auf Sterling lautenden Guthaben aus London abziehen und dort nicht genügend Währungsreserven verfügbar sein sollten. Die Bundesrepublik hatte inzwischen die von der Ölpreisexplosion ausgegangenen Beeinträchtigungen ihrer Zahlungsbilanz überwunden und war zu internationaler Hilfe fähig - sowohl gegenüber Italien als auch gegenüber Großbritannien.

Das uns aus Downingstreet angetragene Rezept, für die in die Ölexportstaaten abgeflossene Liquidität durch Ausweitung der inländischen Geldversorgung Ersatz zu schaffen, hatte ich abgelehnt. Wir hatten, anders als Großbritannien, kaum »reflationiert«. Gleichwohl hatten auch wir einen hohen Preis gezahlt, nämlich mit erheblicher Arbeitslosigkeit. Immerhin blieb aber nicht nur unsere Inflationsrate, sondern auch unsere Arbeitslosenquote deutlich geringer als die entsprechenden Ziffern in Großbritannien, Frankreich oder Italien.

Schon Wilson hatte Giscards und meinen Vorschlag eines Weltwirtschaftsgipfels für 1975 akzeptiert. Dieser - wie auch die nachfolgenden Wirtschaftsgipfel - hatte zwei wichtige Ergebnisse. Zum einen verstanden die Regierungschefs der wichtigsten Wirtschaftsmächte die weltweiten Zusammenhänge, in die sie ihre ökonomische Politik einbetten mußten und von denen ihr Erfolg abhängig war; zum anderen führte dieses Verständnis zum weitgehenden Verzicht auf Importbeschränkungen, so daß eine allgemeine Schrumpfung der Weltwirtschaft vermieden werden konnte.

Aber die Gefahr war nicht gebannt. 1979 erhöhte die OPEC abermals drastisch ihre Preise. Anfang der achtziger Jahre kostete das Öl auf den sogenannten Spotmärkten zum Teil mehr als zwanzigmal soviel wie 1972. Die Konsequenzen für die ökonomische Lage - besonders die zwangsläufige Verschuldung - der vom Ölimport abhängigen Entwicklungsländer und für die Beschäftigung in den Industriestaaten müssen an dieser Stelle nicht geschildert werden. Großbritannien hatte dank des inzwischen sprudelnden Nordseeöls nach diesem zweiten Ölschock zunächst einen erheblichen Vorteil für seine Zahlungsbilanz; weil aber die Ölpreise voll auf Unternehmen und Verbraucher durchschlugen, sanken die reale Kaufkraft und deshalb die Beschäftigung. Als aber dann im Laufe der achtziger Jahre die Ölpreise wieder auf weit weniger als die Hälfte der erzielten Spitzenpreise zurückgingen, wurde Großbritannien abermals getroffen - ebenso wie Norwegen, die Sowjetunion und andere Nutznießer der OPEC-Preispolitik.

Natürlich konnten weder Harold Wilson noch Margaret Thatcher die wilden Fluktuationen der Ölpreise voraussehen, als sie 1975 beziehungsweise 1979 die finanziellen Beitrittsbedingungen zur EG in Frage stellten, die ihre jeweiligen Vorgänger ausgehandelt hatten. Kaum ein anderer Preis auf den Weltmärkten ist so sehr von regionalen politischen Ereignissen und Konstellationen abhängig wie der Preis für Öl. In Downingstreet jedenfalls benutzte man 1975 wie 1979 die finanziellen Regelungen zwischen England und der EG als Blitzableiter für den Unmut der öffentlichen Meinung über die britische Wirtschaftssituation. Dabei kam sowohl Wilson als auch Margaret Thatcher der allgemeine Argwohn zu Hilfe, den große Teile des britischen Volkes gegen die EG hegten.

Am Ende von »Dublin II« beantwortete der belgische Außenminister Henri Simonet in der BBC die Frage: »Glauben Sie, daß Frau Thatcher - wie seinerzeit de Gaulle - mit einer Politik umfassender

Obstruktion die Gemeinschaft lahmlegen kann? Machen Ihnen solche Aussichten nicht Sorgen?« Simonet erwiderte: »Sie könnte damit eine Reihe ernster politischer Probleme für die Glaubhaftigkeit der Gemeinschaft heraufbeschwören, aber die Gemeinschaft würde ohne Zweifel davon nicht blockiert werden.« Es schien mir symptomatisch, daß Simonet die Frage nicht einfach vom Tisch wischte, sondern zu erkennen gab, daß er mit der Möglichkeit britischer Obstruktion durchaus rechnete. Ich selbst habe am gleichen Tage ähnliche Fragen der deutschen Fernsehanstalten beantworten müssen; ich drückte mich vorsichtiger aus als Simonet, aber innerlich gab ich ihm recht.

Gleichwohl habe ich zu keinem Zeitpunkt daran gezweifelt, daß in puncto EG-Agrarpolitik die Kritik der britischen Premierministerin berechtigt war, und sie ist es immer noch. Das System der EG-Agrarpolitik ist im Ansatz verfehlt. In diesem Punkte hat die Entwicklung Ludwig Erhard recht gegeben, der sich 1956/57, als es um die Römischen Verträge ging, mit seiner Kritik bei Adenauer nicht durchsetzen konnte. Die für alle wichtigen europäischen Agrarprodukte alljährlich gemeinschaftlich festgesetzten Preise sollen im Effekt das Realeinkommen der Bauern sichern und steigern, und zwar bis hin zu den kleinsten und unrentabelsten Betrieben. Zugleich wird unter Aufwendung ungeheurer Kosten die Abnahme der Überschußproduktion garantiert; die innerhalb der EG nicht absetzbaren Mengen werden anschließend unter großen Verlusten für den EG-Haushalt in der Welt verschleudert. Einschließlich vielerlei Beihilfen verbraucht dies alles von Jahr zu Jahr steigende Beträge – knapp 70 Prozent des Haushalts der EG.

Zugleich wird der Gemeinsame Markt gegen billige landwirtschaftliche Importe aus dritten Ländern abgeschottet, ein Lehrbeispiel für Protektionismus. Nicht nur Getreide und Milch, auch Wein oder Lammfleisch oder Heringe: fast kein Nahrungsmittel wird von der immer weniger durchschaubaren Bürokratie verschont. Dazu kommen nach jeder Auf- oder Abwertung einer der Mitgliedswährungen zusätzliche Besteuerungs- und Subventionskunststücke (positive und negative Grenzausgleichsbeträge), deren Systematik vollends undurchschaubar ist und deren Volumen zu Anfang eines jeden Jahres ziemlich unberechenbar sind.

In der Bundesrepublik können höchstens je ein Dutzend Bürokraten des Staates und der grünen Front den Unfug noch überblicken, nur wenige von ihnen beherrschen die Regeln der alljährlichen Preisverhandlungen. Ursprünglich war es um das Schicksal französischer Weizenerzeuger gegangen; Frankreichs wegen zahlte Adenauer den Preis – gegen Erhards Rat. Inzwischen geht es ebenso um das wirtschaftliche Schicksal von Schnapsbrennern im Schwarzwald, um Oliven- und Apfelsinenbauern rund um das Mittelmeer, um Erwerbsgärtner, um Bergbauern, die teilweise in Wirklichkeit gar nicht im Gebirge leben, oder um Buttergroßhändler. Wenn Autos, Maschinen, Möbel oder Lippenstifte ähnlichen Richtlinien unterworfen würden, bliebe vom »Markt« nicht mehr viel übrig, die Wirtschaft Europas würde im Morast von Eingriffen, Subventionen und Handelsbeschränkungen ersticken – zumal die außereuropäischen Handelspartner mit gleicher Münze heimzahlen würden.

In Sachen Agrarpolitik also ist die britische Kritik gerechtfertigt, und zwar seit langem. Ich habe immer gehofft, Großbritannien käme eines Tages mit konkreten Vorschlägen zur schrittweisen Reform; ich selbst konnte mit Rücksicht auf den Koalitionspartner FDP kaum eine Initiative in Angriff nehmen. Darüber hinaus hatte Deutschland sich seit fast zwanzig Jahren auf dem agrarpolitischen Feld mit Rücksicht auf französische Empfindlichkeiten zurückgehalten. Ob Vierte oder Fünfte Republik, ob de Gaulle, Giscard oder Mitterrand: jede französische Regierung scheint von ihrer Klientel in der Landwirtschaft abzuhängen. Diese lange währende deutsche Duldung aufzugeben, hätte ernste Verstimmungen zwischen Paris und Bonn auslösen müssen. Die Briten dokterten zwar an den Symptomen herum; sobald sie aber weiterreichende Vorschläge machten, wurden diese im Kreise der übrigen schon allein deswegen ungünstig aufgenommen, weil sie nicht erkennbar vom gemeinschaftlichen Geist getragen waren.

Auch in der Frage der britischen Netto-Beiträge zur EG hatten die Briten einen guten Grund zur Opposition. Es ist in der Ordnung, daß Deutschland als wirtschaftlich stärkstes Mitgliedsland die höchsten Netto-Beiträge leistet. Aber es war unsinnig, daß Großbritannien im Ergebnis der einzige weitere Netto-Beitragszahler war, obgleich sein Lebensstandard deutlich niedriger lag als derjenige der reichen Holländer und Dänen. Auch von einer Bedürftigkeit Italiens kann nicht mehr die Rede sein – wohl aber von einer Bedürftigkeit Irlands und der späteren EG-Mitgliedsstaaten Griechenland, Portugal und Spanien. Diese vier Mitgliedsländer bedürfen in der Tat finanzieller Hilfen. Dabei sollten die zahlenden Mitgliedsländer jedoch nicht überfordert werden; die Organe der EG müssen lernen, mit ihren Einnahmen auszukommen. Auch deshalb ist eine Reform der gemeinsamen Agrarpolitik nach wie vor geboten – und Großbritannien hat recht.

Hinsichtlich des Europäischen Währungssystems liegt der Schwarze Peter allerdings bei Großbritannien.

Premierminister Callaghan blieb zunächst außerhalb, weil das Pfund zu anfällig sei und bei Eintritt in das EWS abgewertet werden müsse, was ein durch Deflation ausgelöstes Absinken der Beschäftigung bewirken würde. Später blieb Premierministerin Thatcher außerhalb, weil das Pfund zu stark sei. Die Begründungen wechselten, aber der dahinter stehende insulare Instinkt war der gleiche. Heute, nach Ablauf weiterer zehn Jahre, spricht Margaret Thatcher von dem Souveränitätsverzicht, der mit dem EWS verbunden ist und den sie für unzumutbar hält. Dies ist immerhin ein ehrliches und noch dazu in der ersten Hälfte zutreffendes Argument. In der Tat: feste Wechselkurse zwischen den Währungen der EG-Staaten, auch wenn eine Währung in einem formalisierten, öffentlichen Beschluß aller Mitgliedsstaaten auf- oder abgewertet werden kann, üben einen beträchtlichen Druck auf jede Regierung aus, in ihrer monetären und fiskalischen Politik mit der allgemeinen Entwicklung der EG Schritt zu halten, um das innenpolitische Odium einer von der Regierung zu verantwortenden Auf- oder Abwertung zu vermeiden. Dies war einer der beiden Hauptgründe, die Giscard d'Estaing und ich 1978/79 mit der Errichtung des EWS verfolgten; wir wollten auf indirekte Weise einen Gleichklang in der Geld- und Haushaltspolitik aller EG-Staaten herbeiführen.

Genau dieser Disziplin haben sich die britischen Premierminister bisher nicht unterwerfen wollen. Sie haben dabei eine wichtige Tatsache übersehen. Großbritannien hatte sich schon einmal zum eigenen Vorteil einem ähnlichen System unterworfen, nämlich dem 1944 in Bretton Woods erdachten System fester Wechselkurse unter dem Dach des Weltwährungsfonds, das 1973 aufgelöst worden und aus dem Großbritannien schon ein Jahr zuvor ausgeschieden war. Das System von Bretton Woods wiederum war – ohne daß dies den vertragschließenden Regierungen 1957 bewußt wurde – eine wichtige Voraussetzung für die Funktionsfähigkeit der EG.

Das EWS, während der deutschen Präsidentschaft im Europäischen Rat durchgesetzt, sollte angesichts der wilden Fluktuation des Dollar-Wechselkurses nach dem Zusammenbruch des Systems von Bretton Woods wenigstens eine europäische Zone der Stabilität herstellen und zugleich die EG-Mitgliedstaaten in ihrem ökonomischen Verhalten disziplinieren und dadurch harmonisieren. Nicht zuletzt wollten wir natürlich die wirtschaftliche Integration Europas einen Schritt voranbringen.

Callaghans Regierung hat in der konzeptionellen Phase, die dem Ratsbeschluß voranging, mitgearbeitet. Diese Phase war auch deshalb schwierig, weil einigen Leuten im deutschen Zentralbankrat das ganze Konzept nicht paßte – nach dem Motto »Der Starke ist am mächtigsten allein«.

Wir hatten Callaghan geholfen, ein internationales Sicherheitsnetz für das Pfund aufzuspannen; dies war aus englischer Sicht wohl ein beschämender Vorgang. London fühlte sich 1978 nicht stark genug. Die Angst vor den Auswirkungen einer, wie London befürchtete, durch Teilnahme am EWS wahrscheinlich werdenden Pfundabwertung erwies sich als unüberwindbar. Callaghan und der Präsident der Bundesbank warnten außerdem gemeinsam vor einer zukünftigen Reserve-Währungsfunktion der D-Mark. In einem Währungsverbund, meinte ich damals, seien derartige Risiken leichter für alle Beteiligten zu tragen; auf längere Sicht werde die EWS-Währung ECU neben Dollar und Yen eine der drei großen Reservewährungen sein. Mein letztes Argument war: die Bundesrepublik und die D-Mark könnten auch ohne EWS leben, das EWS liege nicht unbedingt in unserem nationalen Interesse. Aber man müsse doch im allgemeinen Interesse der EG das Dreieck Nordamerika–Europa–Japan wirtschaftlich stabilisieren, und dafür sei das EWS ein guter Anfang. Heute, nach zehn langen Jahren der Vernachlässigung des weiteren Ausbaus des EWS, wird dies Argument in der ganzen Welt besser verstanden und akzeptiert als damals. Es bleibt aber bisher auch unter Margaret Thatcher bei der britischen Abstinenz.

Natürlich kam die Frage des britischen Beitritts zum EWS schon in den ersten Gesprächen mit ihr am Rande der deutsch-britischen Konsultationen auf. Großbritanniens Zahlungsbilanz war inzwischen durch die umfangreiche Nordseeölförderung erheblich entlastet worden; außerdem gab es starke Geld- und Kapitalzuflüsse aus OPEC-Überschußländern – von einer drohenden Krise für das Pfund konnte nicht die Rede sein. In einem Gespräch im Mai 1979, an dem neben Mrs. Thatcher auch ihr Außenminister Lord Carrington teilnahm, ging dieser soweit zu sagen: »Großbritannien ist dem EWS nicht beigetreten, weil es sich den rigorosen Mechanismen zur Kontrolle der Inflation nicht unterwerfen konnte ... Aber in Zukunft wird die Haltung Großbritanniens gegenüber dem EWS der Prüfstein sein, an dem die britische Einstellung zu Europa gemessen werden wird.« Das hörte sich gut an. Aber Carrington wurde sogleich gebremst. »Für die Entscheidung meiner Regierung über den Beitritt wird es sehr wichtig sein«, fügte

Mrs. Thatcher hinzu, »ob wir bis dahin Zeichen der Ernsthaftigkeit von unseren Partnern in den anderen Hauptstädten erhalten.« Und ihr Schatzkanzler Howe sagte unserem Finanzminister Matthöfer, eine baldige Entscheidung sei nicht zu erwarten. Dies war im Mai 1979, ein halbes Jahr vor »Dublin II«.

Im Februar 1980 teilte die Premierministerin mit: »Jedesmal, wenn die OPEC den Ölpreis heraufsetzt, steigt der Pfund-Kurs, trotz des Stahlstreiks und all unserer anderen wirtschaftlichen Probleme. Auch unsere Hoffnung, die Freigabe der Devisenbewirtschaftung werde den Anstieg des Pfundes bremsen, hat ganz und gar getrogen.« Der hohe Pfund-Kurs stehe dem Beitritt zum EWS entgegen. Ich habe nur noch trocken eine Fußnote beigefügt: »Vor einem Jahr hatte die vorige britische Regierung umgekehrt Sorge vor einem denkbaren Absacken des Pfundes.« Aber ich sah ein, daß weitere Reden zwecklos waren. Das galt um so mehr für das spätere Ziel des EWS, nämlich den ECU zur gemeinsamen Währung im gemeinsamen Markt der EG zu machen.

Heute fürchte ich, daß sehr heterogene Faktoren den weiteren Ausbau des EWS lange verzögern, wenn nicht verhindern werden, nicht nur Londons Angst vor einem weiteren Verlust an ökonomischer Souveränität, auch die Sorge der mächtigsten Notenbank Europas, der Bundesbank in Frankfurt, Autonomie einzubüßen, außerdem möglicherweise einige sozialistisch-autarkische Neigungen in Paris und schließlich vielleicht noch einige Sonderwünsche der italienischen Finanzbürokratie.

Jacques Delors hat 1989 als EG-Kommissionspräsident ein auf vielerlei Kompromissen aufgebautes Stufenkonzept für die Vollendung des EWS und für die Schaffung eines EG-weiten Systems der Europäischen Zentralbanken vorgelegt. Aber kaum hatte der Europäische Rat – ohne Fristen oder Zeitpunkte zu nennen – zugestimmt, setzte das alte Sperrfeuer aus London und aus Frankfurt wieder ein. So werden denn wohl die künftigen Regierungen in London noch viele Jahre auf die Märkte starren; sie werden von den internationalen Finanzmärkten abhängiger werden als nötig und versuchen, sich mit nationalen Instrumenten durchzuwursteln. Es ist sehr wohl vorstellbar, daß die britische Wirtschaft deshalb weiterhin hinter den EWS-Teilnehmerstaaten zurückbleibt.

Margaret Thatcher sah auf dem ökonomischen Felde zunächst wohl nur die zweifellos vorhandenen strukturellen Schwächen der eigenen Volkswirtschaft, hier ergaben sich für sie die wichtigsten Aufgabenstellungen. Aber schon 1982, nach dem ersten Jahr der Reagan-Administration, erkannte sie die international abträglichen Folgen des ungewöhnlichen amerikanischen Budget-Defizits und der daraus entstehenden beispiellosen realen Hochzinsen. Wäre nicht der Falklandkrieg dazwischengekommen, hätte Margaret Thatcher im Laufe des Jahres 1982 vielleicht versucht, ernsthaft auf die budgetäre Beggar-my-neighbour-Politik - die Haushaltspolitik zu Lasten anderer Staaten - des von ihr ansonsten geschätzten Reagan einzuwirken. Margaret Thatcher war in den achtziger Jahren die einzige europäische Führungspersönlichkeit, auf die Reagan - vielleicht - gehört hätte.

Großbritanniens Grand Strategy

Die Briten haben schon im 19. Jahrhundert gewußt, daß zielgerichtetes ökonomisches Verhalten ein wichtiger Bestandteil der Gesamtstrategie ist und sein sollte - der gesamte Aufbau des Weltreiches in der langen viktorianischen Periode bezeugt das. Während der Weltwirtschaftskrise Ende der zwanziger Jahre unseres Jahrhunderts zeigte sich, daß der globale Überblick weitgehend verlorengegangen war. Auch John Maynards Keynes, dessen »General Theory« leider erst 1936 erschien, dachte im Rahmen einer nationalen Volkswirtschaft, obgleich doch gerade Großbritannien zu den am stärksten in die Weltwirtschaft verflochtenen und von ihr abhängigen Staaten gehörte. Für den auf der Welt weitverbreiteten Keynesianismus jedoch, der in allen möglichen Situationen Beschäftigungssteigerungen durch Staatsdefizite erreichen will, ist Keynes genausowenig verantwortlich wie Karl Marx für alle Spielarten von Marxismus. Keynes hat Einseitigkeiten seiner theoretischen Arbeiten spätestens durch seinen hervorragenden Anteil an der Schaffung des Weltwährungssystems, des Internationalen Währungsfonds und der Weltbank zurechtgerückt. Wie der Marshallplan, so darf auch Bretton Woods als eine Meisterleistung im Sinne einer friedenserhaltenden »Grand Strategy« bewertet werden.

Unsere britischen Nachbarn haben Clausewitz nicht gebraucht, um zu verstehen, daß Waffengebrauch und Krieg keine der Politik übergeordneten, sondern vielmehr den politischen Zielen und Operationen untergeordnete Kategorien sind. Sie haben keinen Hitler gebraucht, um zu verstehen, daß Freiheit und demokratische Gesellschaftsordnung gegen innere und gegen äußere Feinde verteidigt werden müssen. Sie haben Stalins Expansionismus nicht nötig gehabt, um die Nützlichkeit des internationalen Gleichgewichtes zum Zwecke der eigenen Sicherheit zu verstehen. In all diesen Erkenntnissen waren die Briten uns Deutschen um mehrere Generationen voraus. Heute sind sie im Prozeß der Erkenntnis begriffen, daß zur Friedenssicherung auch internationaler ökonomischer Ausgleich nötig ist, wenn nicht ökonomisches Elend oder krasse wirtschaftliche Benachteiligung zur inneren Destabilisierung anderer Staaten und damit zur Destabilisierung und Gefährdung des Weltfriedens führen sollen.

Der Übergang vom Empire zum Commonwealth vollzog sich gleichsam fließend, für das Ausland zum Teil unmerklich; für viele Briten war er dagegen schmerzlich. Zwei Weltkriege und die Blutopfer der Soldaten aus den Dominions haben den Prozeß gefördert. Die aufgrund der Intervention Washingtons und Moskaus fehlgeschlagene Suez-Operation 1956 war nicht mehr als ein Abgesang, ein verspäteter imperialer Tusch. In der unmittelbaren Nachkriegszeit hatte die britische Grand Strategy ein doppeltes Ziel verfolgt: Zum einen wollte man seine Rolle als Weltmacht erhalten, zum anderen wollte man ein ausreichendes Gegengewicht gegen die als übermächtig erscheinende Sowjetunion, um das Gleichgewicht und den Frieden in Europa zu bewahren. Politisch wollte man diese Absichten auf das Commonwealth und auf die Rechte der Siegermacht in Mitteleuropa stützen – hinzu kam die ständige Mitgliedschaft im Sicherheitsrat der Vereinten Nationen. Militärisch stützte man sich auf das Atlantische Bündnis mit den USA, auf die Anwesenheit britischer Truppen auf deutschem Boden sowie auf die eigenen Nuklearwaffen, vor allem zur See. Ökonomisch hoffte man, sich auf den geschichtlich gewachsenen Verbund mit den Commonwealth-Staaten in allen fünf Erdteilen stützen zu können und ebenso auf das internationale Gewicht der eigenen Währung und des Bankplatzes London.

Es lag in der Logik der auf Weltmachtrolle abzielenden Grand Strategy, daß man in 10 Downingstreet zunächst nicht daran dachte, das Vereinigte Königreich als einen von neun, später zwölf Staaten in die EG einzureihen. Nachdem der Beitritt – aus ökonomischer Einsicht – 1973 erfolgt war, wehrten sich die Briten gegen die Vorstellung, aus der EG solle mehr werden als ein gemeinsamer Markt, etwa eine Wirtschafts- und Währungsunion oder gar ein außen- und sicherheitspolitischer Verbund. Das von einigen kontinentaleuropäischen Politikern etwas voreilig propagierte Ziel der Vereinigten Staaten von Europa ist ihnen ein Greuel.

Die Vorstellung, auf gleicher Ebene mit den übrigen EG-Staaten zu stehen, ist bis heute nicht wirklich Teil der politischen Ratio, weder bei den Führern der Labour Party noch bei denen der Konservativen. Selbst die Vorstellung, auf gleicher Ebene mit Frankreich zu stehen, ist vielen unbehaglich. Man setzt sein enges Verhältnis zur Supermacht USA dagegen, die oft zitierte special relationship. Obschon sich diese special relationship im Falklandkrieg bewährt hat, ist doch offenkundig, daß die heutige politische Klasse der USA das Verhältnis bei weitem nicht als so eng und intensiv empfindet, wie große Teile der politischen Klasse in London dies anscheinend tun. Vielen Briten scheint der Kanal immer noch breiter als der Atlantik. Viele lasten die wirtschaftlichen Schwierigkeiten Großbritanniens lieber der EG-Mitgliedschaft als sich selbst an. Es wird noch seine Zeit brauchen, bis Großbritannien sich als ebenso integrierter Bestandteil der EG betrachtet, wie dies Holland oder die Bundesrepublik oder Italien tun. Am Ende der achtziger Jahre scheint sich ein Wandel anzudeuten: bei der Labour-Opposition und auch bei einigen Politikern der Konservativen, weshalb Geoffrey Howe und Nigel Lawson das Kabinett Margaret Thatcher verlassen haben. Einstweilen ist jedoch die Vorstellung einer special relationship mit den USA stärker als die Sympathie für die eigene EG-Mitgliedschaft.

Charles de Gaulle wurde 1963 und 1967 unterstellt, er habe Großbritannien draußen halten wollen, um die Führungsrolle Frankreichs in der EG nicht zu gefährden und um nicht unmittelbar, auf dem Wege über London, amerikanische Einflüsse in Europa zu stärken. Genau umgekehrt sagte mir Denis Healey 1974: »Pompidou wollte uns doch nur deswegen in der EG haben, damit wir mit Frankreich zusammen ein Gegengewicht gegen eine zu starke Rolle Deutschlands bilden.« Es war jedoch Bonn gewesen, das seit 1957 kontinuierlich den Beitritt Großbritanniens gewünscht hatte, aus zunächst unklar bleibenden Motiven, eher gefühlsmäßig, wie es schien. Die deutschen Motive wurden erst 1967 mit der öffentlichen Erklärung der westlichen Doppelstrategie, durch die Harmel-Doktrin der NATO und mit der Bonner Ostpolitik deutlich. Der Beschluß des Atlantik-Rates im Dezember 1967, der sich auf einen unter Leitung des belgischen Außenministers Pierre Harmel erarbeiteten Bericht stützte, stand in voller Übereinstimmung mit der schon vorher entwickelten britischen Auffassung: zum einen Aufrechterhaltung der notwendigen politischen Solidarität und ausreichende militärische Anstrengungen der westlichen Allianz-Partner, um die Sowjetunion von jedem Angriff abzuschrecken und, sofern nötig, einen Angriff erfolgreich abzuwehren – zum anderen Entspannung und Zusammenarbeit mit der Sowjetunion auf dem Gebiet der Wirtschaft, der Abrüstung, der Kultur. Wir in Bonn wußten, daß diese Doppelstrategie des Westens gegenüber der Sowjetunion ohne aktive Mitwirkung Großbritanniens nicht effektiv werden konnte. Ein ähnlicher Beschluß des Bündnisses erging erneut 1974.

London hat stets an dieser Doppelstrategie festgehalten, trotz aller Schwankungen, die nach Ende der Ära Nixon–Ford–Kissinger in den USA sichtbar wurden. Margaret Thatcher war ebenso wie James Callaghan über die Schwankungen in Washington beunruhigt. Ich habe die Zuverlässigkeit der britischen Grand Strategy für einen äußerst wichtigen weltpolitischen Faktor gehalten. Seit Ende des Zweiten Weltkrieges hat keine britische Regierung jemals gezögert, Großbritanniens Potential zur Verteidigung Europas gegen sowjetischen Expansionismus zur Verfügung zu stellen, andererseits hat es in Großbritannien nie eine antisowjetische Kreuzzugsmentalität gegeben. Schon im September 1966 habe ich in einer Bundestagsrede, die ich an Stelle meines todkranken Kollegen Fritz Erler zu halten hatte, gesagt: »Meine tiefe persönliche Überzeugung ist, daß man sich im Falle der akuten Gefahr auf England immer verlassen kann.«

Sowohl Jim Callaghan als auch Margaret Thatcher waren zugleich immer bemüht, die von ihnen als gefährlich eingestufte Empfindlichkeit der Administrationen Carter und Reagan gegenüber europäischer Kritik als Tatsache zu nehmen und die Amerikaner öffentlich zu schonen – was freilich in England meistens viel leichter ist als in Frankreich oder auch in der Bundesrepublik. Margaret Thatcher hat mir im Laufe des Frühjahrs 1982 einmal gesagt: »Die Leute im Weißen Haus laufen Gefahr, sich ihre Politik von den Notwendigkeiten ihrer täglichen Pressekonferenz vorschreiben zu lassen. Und wenn sie sich dann entschieden haben, informieren sie die Alliierten in letzter Minute und nennen das Konsultation. Sie verwechseln Information mit Konsultation.« Es gab genug Anlaß zu solchen Bemerkungen. Aber sowohl Mrs. Thatcher als auch Callaghan waren stets darum bemüht, ihre Kritik nicht öffentlich werden zu lassen. Callaghan hat in diesem Zusammenhang einmal gesagt: »Bei den Russen darf kein Zweifel über die Führungskraft Washingtons aufkommen; wir Europäer dürfen solche Zweifel nicht nähren.« London hielt zwar am Inhalt der Doppelstrategie à la Harmel fest, war aber Washington zuliebe stets bereit, alte Schlagworte und Begriffe auszuwechseln, sofern sie für die jeweilige amerikanische Regierung inopportun geworden waren.

Allerdings hat auch keiner meiner englischen Kollegen eine Amtszeit erlebt, in der er mit vier amerikanischen Präsidenten nacheinander zusammenzuarbeiten hatte; Mrs. Thatcher hatte - bisher - immerhin drei Partner im Weißen Haus. Für meine eigene Legitimation gegenüber der Öffentlichkeit bedeutete der nach 1976 in Washington häufig gewordene Wechsel von Melodie und Rhythmus eine wesentliche Schwierigkeit, schließlich durfte und wollte ich nicht selbst als unstet und schwankend erscheinen. Schon deshalb war ich in Carters oder Reagans Augen keineswegs prädestiniert für Harmonie. Um so mehr habe ich meine britischen Freunde ob ihrer Fähigkeit bewundert, sowohl Prinzipientreue mit Anpassungsfähigkeit als auch Tradition mit praktischer Vernunft zu kombinieren. Ich habe ebenso bewundert, wie nach ihrem Ausscheiden aus dem Amt Heath, Carrington und Callaghan öffentlich gegen Carter und Reagan Stellung bezogen und konstruktiv an der westlichen Gesamtstrategie festgehalten, sie erläutert und begründet haben. Ebenso habe ich gern zugestimmt, als Margaret Thatcher auf die sowjetische Invasion in Afghanistan scharf reagierte, nicht aber deswegen bereit war, irgendwelche amerikanischen Hysterien mitzumachen. Ted Heath hat im März 1980, zur Zeit von Teheran und Afghanistan, nach einer westlichen *weltweiten* Gesamtstrategie verlangt und Beiträge dazu geliefert.

Jim Callaghan hat im Februar 1982 in ähnlichem Zusammenhang angesichts martialischer Reden in Washington geschrieben: »Die Europäer haben ein besseres Verständnis für die komplexen Zusammenhänge der gegenwärtigen Krise der Welt als die Vereinigten Staaten. Ich bin zwar traurig über unsere Meinungsverschiedenheiten, aber sie beeinträchtigen nicht unsere Treue zum Bündnis. Wir müssen heute darin übereinstimmen, nicht mit den USA übereinzustimmen (agree to differ), aber wir müssen weiterhin mit ihnen diskutieren, um sie von der Notwendigkeit zu überzeugen, eine andere Haltung einzunehmen. Denn ohne Zustimmung der USA hierzu können sie der Welt keine klare Führung geben.«

Peter Carrington sagte ein Jahr später: »Der Allianz fehlt eine positive politische Strategie für den Umgang mit der Sowjetunion; es ist dieses Manko einer gemeinsamen Definition, das all die gegenwärtigen Schwierigkeiten ausgelöst hat ... Die Vorstellung, daß wir einen Nervenkrieg gegen die Sowjetunion führen sollen, nur gelegentlich von Lautsprecher-Diplomatie unterbrochen, beruht auf Irrtümern über unsere eigenen Werte, über das Verhalten der Sowjets und über die

Erwartungen unserer eigenen Völker ... Es ist kein Zugeständnis, mit einem gleichfalls schwer bewaffneten, aber weniger von Skrupeln geplagten Gegner zu reden – es ist vielmehr gesunder Menschenverstand, genau das, was ein Polizist gegenüber einem potentiellen Selbstmörder tut (der auf dem Rande des Daches vor dem Absprung steht) ... Wir müssen den Sowjets sagen, daß neue Chancen für wirtschaftliche Zusammenarbeit entstehen, wenn sie ihren Expansionismus beenden ... Die NATO ist für den Frieden wesentlich, aber eine NATO, die nicht bloß weiß, woher sie gekommen ist, sondern die weiß, wohin sie gehen will.« Diese Worte waren der Form nach an das Bündnis, tatsächlich aber an die Regierung Reagan gerichtet. Margaret Thatcher war unter den europäischen Regierungschefs die erste, welche die herausragende Bedeutung Gorbatschows und seiner Reformen erkannte.

Mit all diesen Zeugnissen des common sense britischer Freunde habe ich übereingestimmt. Sie waren mir zugleich Beweis dafür, daß mich mein einstiger jugendlicher Instinkt hinsichtlich britischer Erfahrung und britischen Augenmaßes nicht getäuscht hat und daß man sich auf britische Stetigkeit verlassen kann. Gleichwohl bleibt eine Enttäuschung meiner Jugendliebe zu Großbritannien. Denn bei aller Bewunderung wäre ich glücklicher, wenn das Vereinigte Königreich sich voll und ganz in die Europäische Gemeinschaft einbrächte. Der britischen Beharrlichkeit wegen wird dies wahrscheinlich nicht so bald geschehen, es sei denn, daß in London überraschend ein kühner politischer Führer auftritt, der die Insularität überwindet und die Briten dabei mitzieht.

Die Führung Westeuropas wird deshalb wohl einstweilen bei Frankreich liegen müssen – sofern überhaupt eine Führung und eine gemeinsame Grand Strategy der zwölf EG-Staaten zustande kommt. Aber die französische Neigung zur Definition bis ins Detail und der deutsche Hang zum Perfektionismus ergänzen sich leider nicht, sondern addieren sich und führen nur oft genug noch tiefer ins bürokratische Dickicht. Schon allein deshalb bedarf Europa der pragmatischen Staatsweisheit der Engländer und ihrer Fähigkeit, sich in komplizierten Detailfragen auch einmal durchzuwursteln – to muddle through.

Die Engländer, mit denen ich im Laufe des Lebens zu tun gehabt habe, waren uns Deutschen gegenüber fast ohne jede Ausnahme fair und zugleich offen. Gewiß werden sie weder den Holocaust noch den Zweiten Weltkrieg jemals vergessen. Aber die Verbrechen und die schrecklichen Erfahrungen scheinen eher in das Schubfach der Geschichte gelegt worden zu sein, als daß sie – wie bei manchen Franzosen, Polen oder Holländern - als ständige Mahnung zu Mißtrauen und Vorsicht gegenüber Deutschland fortwirken. Dabei kann einer der Gründe in der Tatsache liegen, daß Großbritannien - anders als fast alle unsere anderen Nachbarn - keine deutsche Besetzung und keine Gestapo zu erdulden hatte. Auch der pragmatische, aus Erfahrung gespeiste Sinn für Gleichgewicht hat gewiß eine Rolle gespielt: Weil den Engländern zu ihrer eigenen Sicherheit gegenüber dem sowjetischen Expansionismus von Stalin bis Breschnew das westliche Bündnis als Gegengewicht unerläßlich war, weil dieses Gegengewicht ohne deutsche Mitwirkung nicht ausgereicht hätte, hielten sie die Bündnispartnerschaft mit der Bundesrepublik für sachlich geboten und haben sie deshalb ohne größere innere Vorbehalte akzeptiert.

Wenn seit dem Herbst 1989, angesichts der bis dahin unerwarteten Möglichkeit einer Vereinigung der beiden deutschen Staaten, erstmals auch in London Vorsicht und Zurückhaltung gegenüber Bonn deutlich spürbar werden, so ist auch dies - abgesehen von einigen politisch-psychologischen Fehlern der Bundesregierung im Winter 1989/90 - ein Ausfluß englischen Gleichgewichtsdenkens. Eine vereinigte deutsche Volkswirtschaft von 80 Millionen Menschen erscheint den Engländern mit Recht als ein potentiell übergewichtiger ökonomischer Machtfaktor in Europa; in London sieht man voraus, daß auch das politische Gewicht Deutschlands entsprechend zunehmen wird. Deshalb wird man sich der Einbeziehung der DDR in die EG nicht widersetzen; aber England wird diesen Vorgang allein noch nicht für ausreichend halten, um den vorhersehbaren deutschen Gewichtszuwachs auszubalancieren.

Darin trifft sich englisches Denken mit demjenigen der sowjetischen Führung und mit dem Denken der Regierungen in Polen, in der ČSFR, in Italien, Holland und vor allem mit den Besorgnissen Mitterrands. Der im Frühjahr 1990 ins Leben gerufene Zwei-plus-vier-Prozeß hat zur Stunde noch keinen erkennbaren Fortschritt gemacht; noch gibt es kein kompromißfähiges Konzept für die sicherheitspolitische Neuordnung Europas und für die Einbettung eines vereinigten deutschen Staates in die Neuordnung. Wie auch immer: Wir Deutschen werden englische Fairneß erwarten dürfen, zugleich aber englisches Beharren auf Gleichgewicht sowohl bezüglich der nach wie vor als Supermacht erscheinenden Sowjetunion als auch bezüglich des vereinigten Deutschland.

Bonne Entente mit Frankreich

Am Vormittag des 7. September 1962 traf der französische Staatspräsident Charles de Gaulle auf dem Hamburger Flughafen Fuhlsbüttel ein und begab sich, trotz strömenden Regens in einem offenen Wagen, zum Hamburger Rathaus - eine Strecke von 12 Kilometern. Die Bürger meiner Vaterstadt standen zu Zehntausenden Spalier oder erwarteten ihn auf dem Rathausmarkt. Dieser Deutschland-Besuch des großen Franzosen, so empfanden sie, besiegelte nicht nur den Frieden zwischen beiden Nationen, sondern auch den Willen zu enger, von gegenseitiger Sympathie getragener Zusammenarbeit. Entgegen dem Programm und polizeilicher Vorbereitung ließ de Gaulle mehrfach anhalten, stieg aus und drückte Hunderte von Händen, die ihm begeistert entgegengestreckt wurden. Ich war bewegt, zugleich aber auch besorgt; denn als hamburgischer Innensenator war ich für de Gaulles Sicherheit verantwortlich, und einen Attentatsversuch konnten wir keineswegs ausschließen. Erst als der Staatspräsident schließlich mit großer Verspätung im Rathaus eintraf, wich meine Nervosität. Ich empfand Dankbarkeit für diesen Mann und für sein freundliches Entgegenkommen gegenüber einem Volk, das dem seinen im Zweiten Weltkrieg so tiefe Demütigung zugefügt hatte.

Im Bürgermeistersaal unseres Rathauses, inmitten der etwas pompösen Renaissancedekorationen des späten 19. Jahrhunderts, stehen die Büsten von Wilhelm I., von Moltke und Bismarck; an den Wänden hängen einige ältere Bilder von ehemaligen Bürgermeistern und Senatoren. An einer Schmalseite des Saals befindet sich ein Kolossalgemälde mit dem Gruppenporträt eines früheren Senats, alle Senatoren in altertümlicher Amtstracht mit spanischer Halskrause. Die Häupter der gemalten Senatoren mit seiner Körpergröße fast erreichend, vom Regen triefend, stand de Gaulle inmitten seiner Entourage und der hamburgischen Notabeln vor dem Gemälde, um die Begrüßung durch den Bürgermeister anzuhören und auf sie zu erwidern. Er tat dies mit großer Würde - ich werde den Eindruck nicht vergessen.

Ich werde auch die drei Reden nicht vergessen, die de Gaulle an diesem Tag in Hamburg hielt - vor den Offizieren der Führungsakademie der Bundeswehr, im Rathaus und vor der Handelskammer. Alle drei

Reden, zu meinem Erstaunen großenteils ohne Manuskript und noch dazu weitgehend in Deutsch gehalten, galten dem gleichen Zweck: Sie dienten de Gaulles Botschaft einer engen europäischen Zusammenarbeit zwischen Franzosen und Deutschen, sie schmeichelten den Deutschen in nahezu schamloser Weise (»Sie sind ein großes Volk!«; seine deutschen Zuhörer akzeptierten die Schmeichelei, ohne zu erröten), und sie untermauerten seinen persönlichen Führungsanspruch.

Wenige Monate später, am 22. Januar 1963, schlossen de Gaulle und Adenauer den Elysée-Vertrag. De Gaulle versprach sich von diesem Vertrag, der die Bundesrepublik eng an Frankreich binden sollte, freie Hand gegenüber den USA (und gegenüber Großbritannien), aber auch gegenüber der Sowjetunion. Adenauer war vorsichtiger, auf keinen Fall wollte er es – trotz seiner skeptischen Beurteilung Kennedys – mit den USA verderben. Das wollte niemand in Deutschland; der sowjetische Einmarsch in Ungarn, vor allem aber Chruschtschows Berlin-Ultimatum und der Bau der Mauer quer durch Berlin waren in frischer Erinnerung. Deshalb war in den Augen der Deutschen jede Entfremdung von den USA gefährlich; die vergleichsweise noch schwachen militärischen Möglichkeiten sowohl Frankreichs als auch der nicht einmal halbfertigen Bundeswehr erschienen im Frühjahr 1963 nur wenigen deutschen Politikern als akzeptables Äquivalent. Deshalb fügte der Bundestag mit überwältigender Mehrheit am 16. Mai 1963 bei dem Ratifikationsgesetz für den Deutsch-Französischen Vertrag eine Präambel hinzu, welche nicht nur alle multilateralen Vertragsverpflichtungen Deutschlands für unberührt erklärte, sondern auch den Willen zur engen Partnerschaft zwischen Europa und den USA sowie zur Aufrechterhaltung der Integration der Streitkräfte der NATO-Mitgliedsstaaten ausdrücklich betonte, die Einbeziehung Großbritanniens in die Europäischen Gemeinschaften verlangte und schließlich die Förderung der deutschen Einheit als Ziel festschrieb. Alle diese Elemente sind im Text des Vertrages nicht enthalten; die Präambel stellte praktisch eine Liste aller von de Gaulle abgelehnten Ziele dar.

In de Gaulles Augen war der Elysée-Vertrag durch diese Präambel weitgehend entwertet. Gleichzeitig begann die deutsche Diskussion über den amerikanischen Vorschlag einer multilateralen Atomstreitmacht zur See (MLF, Multilateral Force), an der auch die Bundesrepublik beteiligt sein sollte. Dies trug zu de Gaulles Enttäuschung über Bonn bei. Er änderte seine Absichten, blockierte im Sommer und Herbst 1965 jede Mehrheitsabstimmung im Ministerrat der Europäi-

Charles de Gaulle im Bürgermeistersaal des Hamburger Rathauses, 7. September 1962; in der ersten Reihe vorn Bürgermeister Paul Nevermann, dahinter rechts Finanzsenator Herbert Weichmann und Innensenator Schmidt.

schen Gemeinschaft durch eine Politik des »leeren Stuhls«, zog im März 1966 Frankreich aus der militärischen Integration der NATO (nicht aber aus dem Nordatlantik-Vertrag) heraus und blockierte im November 1967 zum zweiten Mal den Beitritt Großbritanniens zur Europäischen Gemeinschaft. Statt dessen flirtete er mit der Sowjetunion, die er im Juni 1966 ausgiebig besuchte - just nachdem er die NATO, ihre Einrichtungen und Truppen angewiesen hatte, den Boden Frankreichs zu verlassen.

Dabei hatte de Gaulles Formel »Détente, Entente, Coopération« wiederholt die Funktion einer Einladung an Moskau. Diese Formel erschien vielen von uns sehr wohl vereinbar mit guten Beziehungen zwischen Paris und Bonn, da sie auch unseren ostpolitischen Interessen entgegenkam. Diese waren im Juni 1966 auf dem Dortmunder Parteitag der SPD mit politischem Gewicht artikuliert worden und entfalteten sich schrittweise ab Ende 1966 unter der Bundesregierung Kiesinger/Brandt.

Das Erbe de Gaulles

Über die gesamtstrategischen Ziele de Gaulles, über seinen »Großen Plan« für Europa, über die inneren Widersprüche in seinem politischen Handeln ist viel gerätselt, geschrieben und gestritten worden - in der Sowjetunion und in Amerika, in Großbritannien und in Deutschland, nicht zuletzt auch in Frankreich selbst. Einige Elemente in der Persönlichkeit und im Denken dieses seine europäischen Zeitgenossen weit überragenden Mannes blieben konstant, vor allem die tiefe Überzeugung von der wahrhaft konstitutiven Kraft des Nationalstaates. Man erinnert sich an die Formel vom »Europa der Vaterländer«, mit der die öffentliche Debatte de Gaulles Vorstellung zu charakterisieren sich bestrebte; seine fast mystische Hingabe an die Wiederherstellung und Festigung des weltpolitischen Ranges Frankreichs; die Vorstellung einer dafür unerläßlichen prinzipiellen militärstrategischen Unabhängigkeit Frankreichs von den etablierten Weltmächten USA und Sowjetunion; dazu als Voraussetzung eine von Frankreich geführte Verbindung der westeuropäischen Staaten, die zugleich die französische Führung über Deutschland ein- und Großbritannien als »trojanisches Pferd« der Amerikaner ausschließen sollte. Konstant blieb auch die Souveränität, mit der de Gaulle ihm brauchbar erscheinende Argu-

»Ich bin noch heute besonders glücklich darüber, Jean Monnets Vertrauen erworben zu haben... Monnet verdanke ich nicht nur wichtige Impulse für die Entwicklung meines Denkens über das Ziel und die möglichen Fortschritte der europäischen Integration, sondern auch Einsichten in das französische politische Denken.« Rechts im Bild Monnets langjähriger Vertrauter Max Kohnstam. Aufnahme vom Oktober 1974.

mente, Instrumente oder Institutionen jeweils auswechselte. Es war diese taktische Flexibilität, welche die Analytiker, vor allem aber die Mit- und Gegenspieler de Gaulles immer wieder verwirrt hat. Aber ebenso wie Winston Churchill - der andere Staatsmann von Weltformat, den Europa im 20. Jahrhundert hervorgebracht hat - konnte auch Charles de Gaulle durch seine mitreißende Rhetorik, durch die Würde seiner immer sorgfältig inszenierten Auftritte und durch Charisma sein Publikum faszinieren und große Mehrheiten der Franzosen hinter sich sammeln.

Seine Deutschland-Reise 1962 hatte zunächst eine große Mehrheit auch der Deutschen in den Bann gezogen. Allerdings minderte Kennedys Auftreten in Berlin ein Jahr später - »Ich bin ein Berliner« - die Wirkung des de Gaulle-Besuchs wieder. Ein Vierteljahrhundert später löste auch Gorbatschows Besuch in der Bundesrepublik ungewöhnliche Sympathiebekundungen aus. In allen drei Fällen waren wir Deutschen dankbar für die versöhnliche Haltung, die der Staatschef eines ehemaligen Kriegsgegners einnahm.

Natürlich haben de Gaulles Veto-Politik innerhalb der EG und sein Verlassen der militärischen NATO-Organisation Mitte der sechziger Jahre die deutsche Begeisterung für ihn abgekühlt. Aber weil diese Vorgänge zeitlich zusammenfielen mit einer den Deutschen insgesamt unsympathischen, weil als rücksichtslos und nicht voll zuverlässig empfundenen Gesamtstrategie Lyndon Johnsons, weil sie außerdem mit einer schwächlichen politischen Führung durch Ludwig Erhard kontrastierten, gewann de Gaulle auch in Deutschland noch einmal einige Anhänger. Mitte der sechziger Jahre war es jedenfalls keine Beleidigung, die CSU-Politiker Franz Josef Strauß und Karl Theodor zu Guttenberg als »deutsche Gaullisten« zu bezeichnen, während die Mehrheit der außenpolitisch versierten Sprecher von CDU, SPD und FDP als »Atlantiker« apostrophiert wurde. Diese Unterscheidung wurde hinfällig, als im Laufe des Jahres 1968 die Faszination durch de Gaulle schnell abnahm - nicht nur infolge der Studentenunruhen und des Generalstreiks im Mai.

Der Staatspräsident ging jetzt auf die Vollendung seines achten Lebensjahrzehnts zu. Er hatte im Verlauf des Zweiten Weltkrieges und bei Kriegsende in überragendem Maße zur Wiedergewinnung der nationalen Identität Frankreichs und zum neuen nationalen Konsens beigetragen. Anfang 1946 bereits aus allen Staatsämtern wieder ausgeschieden, war er 1958 in der Krise der Vierten Republik abermals an die

Spitze des Staates zurückgekehrt, hatte das »Wahlkaisertum« der Fünften Republik geschaffen, den Algerienkrieg beendet, Putsch und Bürgerkrieg abgewendet und am Ende für Frankreich einen Rang in der Welt erobert, den es seit Jahrzehnten nicht mehr besessen hatte - eine gewaltige Lebensleistung. Ihr gegenüber werden seine Irrtümer und seine Fehlschläge weit in den Hintergrund der Geschichtsschreibung treten.

Ich empfand es als letzten tragischen Akt eines grandiosen Dramas, als de Gaulle sich im Mai 1968 in Baden-Baden persönlich der Loyalität des Generals Massu vergewissern mußte; knapp ein Jahr später trat er zurück. Zwar hatte ich seine Zurückweisung Englands mißbilligt, ebenso seine mehrfachen Verletzungen der Römischen Verträge, auch seine forcierte nukleare Aufrüstung gegen etwaige Feinde Frankreichs »in allen Himmelsrichtungen« zu Lasten der konventionellen Kampfkraft Frankreichs; ich hatte im September 1958 seinen Versuch zur Errichtung eines Dreier-Direktoriums, bestehend aus den USA, England und Frankreich, für erstaunlich und sein Verlassen des militärischen Verbundes der NATO für schädlich gehalten; seine Vorstellung eines »Europa vom Atlantik bis zum Ural« war mir als ein für die Sowjetführung inakzeptabler historischer Irrtum erschienen. Aber trotz alledem war mir immer bewußt: dies ist ein großer Staatsmann, der seinem Lande unschätzbare Dienste geleistet hat.

Die nach de Gaulles Präsidentschaftsverzicht und nach seinem Tod zurückgebliebenen Gaullisten konnten sich nicht auf ein klares Testament stützen. Dies auch deshalb nicht, weil de Gaulle es oft vorzog, in geheimnisvollen Andeutungen zu sprechen und sich eine Präzisierung vorzubehalten. Diese dem taktischen Kalkül entsprungene Ausdrucksweise hat es den Regierenden in Europa und in Amerika schwergemacht, seine Ziele zu erkennen. Dazu kam, daß er Begriffe verwendete, denen er von Fall zu Fall andere Inhalte unterlegte. Wenn er zum Beispiel von »Europa« sprach, so bedeutete das einmal die sich formierende Europäische Gemeinschaft der westeuropäischen Staaten, ein andermal den historisch-geographischen Raum von Gibraltar bis zum Ural; ein drittes Mal meinte er den von ihm erhofften unabhängigen Machtfaktor, der die *beiden* Supermächte ausbalancieren oder im Gleichgewicht halten sollte, deren »doppelte Hegemonie« er verabscheute. Bei alledem wollte er das Bündnis mit den USA beibehalten, er verließ sich - unausgesprochen - auf den amerikanischen Beistand. Aber er wollte von diesem potentiellen Beistand nicht abhängig sein.

Eine noch so vernünftige Lösung eines internationalen Problems durch die USA erschien seinem Denken inakzeptabel, sofern nicht Frankreich an der Lösung gleichberechtigt mitgewirkt hatte; deswegen lehnte er zum Beispiel den Nichtverbreitungsvertrag in der zweiten Hälfte der sechziger Jahre genauso ab wie zwei Jahrzehnte zuvor die Ergebnisse der Konferenz von Jalta.

In seiner Sicht gab es fünf Weltmächte: Frankreich, die USA, die Sowjetunion, China und England. Schon aus diesem Grund war ihm die französische strategische Nuklearstreitmacht unverzichtbar - außerdem war sie zugleich das Rangabzeichen zur Führung der übrigen Staaten des kontinentalen Westeuropa. Seinem Konzept des Gleichgewichtes mit der Sowjetunion entsprechend, war ihm die Anerkennung der Grenzziehung zwischen Polen und der DDR selbstverständlich; aber es entsprach seiner Überzeugung von der geschichtlichen Macht des Nationalstaates, daß er eine Wiedervereinigung der deutschen Nation für möglich hielt. Henry Kissinger hatte recht, als er - lange bevor er Nixons Mitarbeiter wurde - von der »französisch-amerikanischen Ironie« sprach, daß de Gaulle ein Konzept verfolge, welches größer sei als Frankreichs Kraft, während die Macht der USA größer sei als ihre Konzeptionen.

Als ich im Winter 1969/70, nunmehr als Bundesverteidigungsminister unter Willy Brandt, erstmals mit meinem französischen Kollegen Michel Debré zusammenkam, wirkte die geistig-politische Erbschaft de Gaulles in Paris noch immer fort. Debré selbst stand ganz in der Nachfolge de Gaulles, dem er von 1959 bis 1962 als Ministerpräsident gedient hatte. Er besaß eine ungleich größere politische Erfahrung als ich, auch war er sechs Jahre älter. Seine Haltung gegenüber dem neuen deutschen Kollegen war deutlich reserviert, aber seine Vorsicht galt, wie ich vermutete, wohl eher den Deutschen insgesamt als mir persönlich. Wir haben uns mehrfach getroffen und rüstungstechnische Kooperationen von begrenzter Bedeutung zustande gebracht; das wichtigste Projekt, das wir von unseren Vorgängern übernahmen, war das gemeinsam zu entwickelnde und zu produzierende Kampfflugzeug MRCA, später Tornado genannt. Für Debré war der Vorrang Frankreichs eine Selbstverständlichkeit; da ich kein sonderliches Prestigebedürfnis empfand, entwickelte sich gleichwohl eine vertrauensvolle und zuverlässige Zusammenarbeit.

Was Gespräche über die militärische Strategie betraf, hielt sich Debré allerdings bedeckt. In diesem Punkt kam uns der damalige französische

Generalstabschef Ailleret wesentlich mehr entgegen, wenn auch nicht ganz so weit wie dem Oberkommandierenden Europa, General Lemnitzer. Ohne am engen Bündnis mit den USA und an der NATO zu zweifeln, wollte ich schrittweise die Kluft des militärischen Denkens zwischen der französischen Regierung und uns einebnen. Bundeskanzler Brandt und Außenminister Scheel ließen mir freie Hand bei meinem Bemühen, auf dem Wege über eine auch im Hinblick auf den Haushalt großzügige Rüstungskooperation mit Frankreich zu einer breiteren militärpolitischen Zusammenarbeit zu gelangen. Für Debré dagegen schien die Aufrechterhaltung der von de Gaulle bewirkten Herauslösung der französischen Streitkräfte aus der militärischen Integration des Westens sakrosankt; auch entsprach dies seiner eigenen Überzeugung. Ob und wieweit Ministerpräsident Jacques Chaban- Delmas und Staatspräsident Georges Pompidou die strengen Auslegungen teilten, die Debré der von de Gaulle hinterlassenen militärischen Strategie gab, vermochte ich nicht zu erkennen; beiden bin ich damals nur flüchtig begegnet. Ich war jedoch ziemlich sicher, daß sie mein fortgesetztes Werben um Vertrauen verstanden und es nicht mißbilligten. Ein Dutzend Jahre später, als ich der Bundesregierung schon nicht mehr angehörte, habe ich in Unterhaltungen mit Debré wie mit Chaban-Delmas (Pompidou war 1974 gestorben) zu meiner großen Genugtuung spüren können, wie sehr wir uns gegenseitige Hochachtung und wohl auch eine gewisse Zuneigung bewahrt hatten, wie sie seinerzeit so deutlich nicht ausgesprochen worden war.

Irgendwann Mitte der achtziger Jahre hatte ich einmal im Süden Frankreichs zu tun. Auf der Rückfahrt nach Paris fiel mir ein Straßenschild nach Amboise auf. Ich hatte den Namen der Stadt dunkel in Erinnerung und beschloß, einen kurzen Abstecher für einen Kaffee und einen Cognac zu machen. Im Bistro fiel es mir dann ein: dies war ja die Stadt Michel Debrés. Ich erkundigte mich nach ihm, und als ich erfuhr, daß er noch immer Bürgermeister sei, bat ich darum, ihm meine Grüße auszurichten. Indessen funktionierte der Kontakt unter den Bürgern von Amboise in eindrucksvoller Weise: Wenige Minuten später rief Debré an und bedrängte mich, ihn sogleich zu besuchen. Ich habe das sehr gern getan. Wir saßen im Garten seines Hauses und sprachen über alte Zeiten und unsere Probleme von einst, aber auch über die Gegenwart und ihre Gefahren. Wir waren gleicherweise kritisch gegenüber Ronald Reagan, bewunderten die Leistung Deng Xiaopings, und natürlich sprachen wir auch über die Politik Mitterrands. Es war eine private Unterhaltung, die uns wohl beide bereichert hat.

Persönlicher Respekt und Freundschaft mit führenden Politikern gleich welcher Nation und gleich welcher politischen Richtung sind für mich immer eine Quelle der Bereicherung gewesen. Zwar ist es wichtig, mit Palmerston zu wissen: »England hat weder ewige Freunde noch ewige Feinde. Es hat nur ewige Interessen.« Aber Staaten werden von Menschen gelenkt, und es ist für den Umgang mit anderen Staaten ein unschätzbarer Vorteil, wenn man Vertrauen haben kann in die Aufrichtigkeit und Stetigkeit derjenigen, die die Interessen ihres Staates zu interpretieren haben.

Obgleich ich nie Französisch gelernt habe - ein schwerer Mangel für meine, ein unverzeihlicher Fehler für die nächste Generation -, so habe ich doch im Laufe meines politischen Lebens viele Freunde in Frankreich gefunden. Ich bin noch heute besonders glücklich darüber, Jean Monnets Vertrauen erworben zu haben, dessen Comité d'Action pour les Etats-Unis d'Europe ich auf Herbert Wehners Initiative hin angehörte. Monnet verdanke ich nicht nur wichtige Impulse für die Entwicklung meines Denkens über das Ziel und die möglichen Fortschritte der europäischen Integration, sondern auch Einsichten in das französische politische Denken.

Dazu kamen im Laufe der Jahrzehnte mannigfache Kontakte mit Publizisten wie dem großen Raymond Aron, mit André Fontaine, Joseph Rovan, Pierre Hassner oder Alfred Grosser, mit herausragenden Militärs wie den Generalen André Beaufre, Paul Stehlin, Jacques Massu oder mit dem Vorkämpfer einer französischen nuklearen Weltmachtposition, Pierre Gallois. Dazu kamen freundschaftliche Beziehungen zu herausragenden Vertretern der französischen Politik wie Pierre Pflimlin, Maurice Faure, Michel Rocard, Pierre Mendès-France, Jacques Chirac, Raymond Barre und zahlreichen Diplomaten. Ihre intellektuelle Brillanz hat mir immer wieder imponiert. Am meisten gelernt habe ich natürlich von den beiden Männern, mit denen ich als Minister und als Bundeskanzler am engsten zusammengearbeitet habe: neun Jahre mit Valéry Giscard d'Estaing und anderthalb Jahre mit François Mitterrand.

Fast alle der Genannten standen mehr oder weniger unter dem Einfluß des strategischen Denkens von de Gaulle. Dies galt auch für Giscard und - in deutlich höherem Maße - für Mitterrand; es galt für die öffentliche und die veröffentlichte Meinung Frankreichs insgesamt, und alle französischen Politiker hatten dieser Meinung Tribut zu zollen. Ob im Verhältnis zur EG oder zur NATO: die Entschlußfreiheit Frankreichs hatte für die meisten von ihnen höchsten, fast axiomatischen Wert.

Als ich Anfang Juli 1972 – für mich überraschend und nicht zu meiner Freude – das Doppelressort Wirtschaft und Finanzen zu übernehmen hatte, besuchte ich alsbald meinen neuen Kollegen Giscard d'Estaing. Mein Freund Karl Klasen, damals Präsident der Bundesbank, sagte vor der Abreise zu Loki und mir: »Ihr müßt wissen, ein gutes Miteinander zwischen Giscard d'Estaing und Helmut ist ungeheuer wichtig.« Giscard hatte als Finanzminister sowohl de Gaulle als auch Pompidou gedient, aber er war kein Gaullist. Er war Mitglied des Monnet-Komitees gewesen, hatte schon früh große wirtschafts-, finanz- und währungspolitische Erfahrungen gesammelt und war mir insoweit hoch überlegen. Aus diesem Grunde fiel es mir auch leicht, ihn als den Erfahreneren anzuerkennen, obwohl er jünger ist. Ich wußte, daß sein persönliches Verhältnis zu meinem Amtsvorgänger Karl Schiller nicht frei von Spannungen gewesen war; um so mehr war ich entschlossen, ein gutes persönliches Klima herzustellen. Es ergab sich bald, daß mein französischer Kollege ähnliche Vorsätze gefaßt zu haben schien – jedenfalls kamen wir beide von Anfang an sowohl persönlich als auch sachlich und fachlich ganz ausgezeichnet miteinander aus. Während der langen Jahre, in denen wir zunächst Kollegen als Finanzminister, dann Kollegen an der Spitze unserer Staaten waren, hatten wir oft genug auch mit einander widersprechenden Interessen beider Staaten oder beider Regierungen zu tun; die große persönliche Offenheit zwischen uns hat es uns aber ermöglicht, immer akzeptable Kompromißlösungen zu finden und das Vertrauen auf beiden Seiten stetig auszubauen. Es hat nicht lange gedauert, bis Karl Klasen die Bemerkung machte: »Die beiden verstehen sich noch besser, als ich gehofft habe.«

Die Offenheit zwischen Giscard und mir begann spätestens während einer Gipfelkonferenz der Europäischen Gemeinschaft, die am 19. und 20. Oktober 1972 unter Pompidous Vorsitz in Paris stattfand. Großbritanniens Beitritt – im wesentlichen zwischen Georges Pompidou und Edward Heath und mit Willy Brandts Hilfe zustande gebracht – war im dritten Anlauf endlich unter Dach und Fach. Die Erweiterung der EG auf nunmehr neun Mitglieder sollte offiziell am 1. Januar 1973 in Kraft treten; in Vorbereitung auf diese neue Phase der EG sollte die Gipfelkonferenz Ziele und Leitlinien vorgeben.

Die Atmosphäre an dem riesigen Sitzungstisch – allein jeweils neun Regierungschefs, Außenminister und Finanzminister – war äußerst merkwürdig. So sehr Pompidou den Anschein aufrechterhielt, als werde unter ihm der Gaullismus selbstverständlich fortgesetzt, so sehr war doch seine Aufhebung des Vetos gegen Großbritanniens Beitritt zur EG ein verblüffender Verstoß gegen die Politik de Gaulles. Wenngleich der Beitritt Großbritanniens den deutschen Vorstellungen entsprach, gab es inzwischen doch auch Gerüchte, Pompidou wolle die Entente cordiale zwischen Frankreich und England wiederherstellen. Auch bestand zwischen Pompidou und Brandt kein besonders gutes Vertrauensverhältnis, und zwar nicht nur wegen unserer Ostpolitik; es war mir unklar, ob Pompidou wirklich den Fortschritt der europäischen Integration im Rahmen der EG oder aber bloß ein englisches Gegengewicht gegen die Bundesrepublik suchte. Die unter dem Vorsitz des Belgiers Davignon erarbeiteten Vorschläge für die außenpolitische Zusammenarbeit der EG-Mitgliedsstaaten waren zwar bescheiden, stießen aber gleichwohl auf französische Vorbehalte. Die unter dem Vorsitz des Luxemburgers Werner erarbeiteten Vorschläge für eine Wirtschafts- und Währungsunion binnen acht Jahren erschienen mir in diesem Zeitrahmen utopisch. Zu alledem wurden von mehreren Staatschefs recht phrasenreiche Reden gehalten, die entweder großer Naivität, großem Optimismus oder großem Opportunismus entsprachen. Es fiel mir schwer, meinen Spott für mich zu behalten.

Giscard muß die Situation ähnlich empfunden haben. Wir saßen nebeneinander, vielleicht aufgrund eines protokollarischen Zufalls, wahrscheinlich aber, weil einer von uns beiden einige Namensschildchen auf dem Tisch ausgetauscht hatte. Während der vielen Reden schoben wir uns kleine Zettelchen zu, auf denen wir uns mit boshaften Bemerkungen über den Aplomb und über die Realitätsferne einiger Redner lustig machten. Wohlgemerkt: Auch wir wollten die europäische Einigung, den gemeinsamen Binnenmarkt, die Wirtschafts- und Währungsunion; wir hatten beide aus Überzeugung in Jean Monnets Komitee für die Vereinigten Staaten von Europa mitgearbeitet. Aber wir waren Realisten und wußten, daß viele kleine Schritte noch vor uns lagen und daß das alles viel länger dauern würde, als die Phrasen vermuten ließen. Mit diesem Austausch ironischer Bemerkungen hat, wie ich glaube, unsere Freundschaft ihren Anfang genommen.

Zugleich habe ich auf jener Sitzung den Vorsatz gefaßt, mich nicht an überschwenglichen europäischen Sonntagsreden zu beteiligen, wohl aber im Sinne von Karl Poppers »piecemeal social engineering« den integrativen Fortschritt der Europäischen Gemeinschaft pragmatisch und zugleich beharrlich voranbringen zu helfen. Daß dieser Fortschritt nur auf der Grundlage kontinuierlichen Einvernehmens zwischen

Franzosen und Deutschen möglich war und daß dieses Einvernehmen selbst bei großen deutschen Anstrengungen nur sehr langsam und schrittweise auf die zwischen Paris und Bonn seit Adenauers Zeiten kaum je gemeinsam behandelten Fragen der internationalen Politik ausgedehnt werden konnte, das hatte ich schon als Verteidigungsminister erfahren. Von Lenin soll der Satz stammen, wer Berlin habe, der habe Deutschland, und wer Deutschland habe, der habe Europa. Ich hingegen hatte begriffen: die Einigung der demokratisch regierten Staaten Europas ist nur möglich, wenn und soweit Paris diese Einigung will und sie zu seiner eigenen Sache macht. Der Schlüssel liegt noch immer dort, wo er seit den Zeiten von Robert Schuman, Jean Monnet oder René Pleven liegt, bei den Franzosen.

Giscard d'Estaing: Ein neuer Anfang zwischen Bonn und Paris

Die Zusammenarbeit zwischen den beiden Finanzministern gestaltete sich alsbald sehr eng und auch sehr zwanglos. Dabei kam uns zustatten, daß wir eine ähnlich kritische Grundeinstellung zu einer Reihe von aktuellen Problemen hatten, so zum Beispiel hinsichtlich der ökonomischen Politik der USA, insbesondere hinsichtlich ihrer Währungspolitik. Giscard und ich bemühten uns gleicherweise um monetäre und fiskalische Disziplin.

Ebenso erkannten wir im Herbst 1973 gemeinsam die bevorstehende Krise der Weltwirtschaft durch die Explosion der Erdölpreise. Wir erwarteten sowohl eine weitgehende Verwerfung der Zahlungsbilanzen unserer beiden Staaten (wie auch anderer ölimportierender Industriestaaten) als auch einen Anstieg der Arbeitslosigkeit infolge des Kaufkraftentzugs durch wesentlich höhere Aufwendungen für das volkswirtschaftlich unverzichtbare Erdöl. Wir waren uns einig, daß gegenüber diesen Gefahren nationalstaatlich begrenztes Handeln einzelner Ölimport-Staaten kaum Erfolg haben konnte, und setzten unsere Hoffnung auf internationale energiepolitische Absprachen.

Eine Folge solcher gemeinsamen Erwägungen war mein Vorschlag an die amerikanische Regierung, eine internationale Energiekonferenz einzuberufen. Die freilich brachte eine doppelte Enttäuschung. Zum einen wollte Washington die ölexportierenden Staaten nicht einbeziehen. Zum anderen entsandte Präsident Pompidou nicht, wie wir unterstellt hatten, Giscard d'Estaing zu der Anfang 1974 in Washington stattfindenden Konferenz, sondern seinen Außenminister Jobert; Pompidou mißtraute offensichtlich der den USA gegenüber relativ kooperationsbereiten Haltung seines Finanzministers. Jobert aber machte durch seine Intransigenz jede weitreichende Einigung der ölimportierenden Industriestaaten unmöglich. So blieb es bei der Vorherrschaft des OPEC-Kartells. Ohne wesentliche Gegenwehr der ölimportierenden Staaten brachte die OPEC 1979/80 eine zweite Ölpreisexplosion zustande, ehe noch der erste Schock wirklich überwunden war. So kam es zu einer tiefgreifenden Strukturkrise der gesamten Weltwirtschaft: weltweit hohe Preissteigerungen, hohe Arbeitslosigkeit und eine unerträglich hohe Auslandsverschuldung der meisten Entwicklungsländer.

Die Schuld für die Unfähigkeit zu gemeinsamem Handeln der vom Ölimport abhängigen Staaten lag 1974 bei den USA und bei Frankreich, später jedoch allein bei den USA unter Jimmy Carter. Weder dieser Fehlschlag noch die ungeheuren, sich kumulierenden Auswirkungen des Zusammenbruchs des Bretton-Woods-Systems fester Wechselkurse, weder der weltweite Trend zu nationalstaatlicher Geldinflation noch die schnelle Vervielfachung der in Dollar zu zahlenden Ölrechnungen haben Giscard und mich von der Überzeugung abgebracht, daß der Westen nur durch gemeinsames Handeln eine ökonomische Katastrophe zu verhindern hoffen konnte, wie wir sie aus den frühen dreißiger Jahren in Erinnerung hatten. Als wir von Mai 1974 an gleichzeitig in die Lage kamen, in unseren Ländern die Richtlinien der Politik zu bestimmen, haben wir infolgedessen relativ schnell gemeinsame Initiativen zu engerer internationaler Zusammenarbeit ergriffen; die spektakulärsten Initiativen dieser Art führten zu den sogenannten Wirtschaftsgipfeln der wichtigsten industriellen Demokratien und zum Europäischen Währungssystem.

Aus der weitgehenden fachlich-sachlichen Übereinstimmung zwischen Giscard und mir hat sich sehr schnell zunächst Sympathie und dann eine feste Freundschaft entwickelt. Dabei waren wir nach unserem gesellschaftlichen Hintergrund und Herkommen wie auch nach unseren innenpolitischen Zielvorstellungen sehr verschieden. Giscard ist ein liberaler Konservativer, ich hingegen bin Sozialdemokrat. Er entstammte dem wohlhabenden Großbürgertum; ich traute meinen Augen kaum, als ich zum ersten Mal das Schlößchen L'Etoile in Authon mit seinem großzügigen, schönen Park sah, in dem das Ehepaar Giscard d'Estaing zu Hause ist. Ich hingegen entstammte dem Kleinbürgertum, mein Großvater war noch ungelernter Hafenarbeiter gewesen, mein Schwiegervater Hermann Glaser war Elektriker, Loki und ich wohnen in einer Reihenhaus-Siedlung der Neuen Heimat. Entsprechend verschieden waren die Ansprüche und der Habitus, die unser Leben und unser öffentliches Auftreten kennzeichneten.

Der größte Unterschied bestand vermutlich in unserer Erziehung und unserem bisherigen Lebenslauf. Während ich nach dem Kriege mehr pro forma als tatsächlich eine Durchschnitts-Universität besuchte und während jener Zeit sowohl meinen Lebensunterhalt zu verdienen hatte - meine Frau leistete als Lehrerin den weitaus größeren Teil - als auch autodidaktisch meine allgemeine Bildung zu vervollständigen trachtete, war Giscard ein Absolvent der École nationale d'administration (ENA). Ebenso wie Pompidou oder Chirac entstammte er einer der vier großen Eliteschulen Frankreichs, der Grandes Écoles.

An diesen akademischen Spitzeninstituten werden die Mandarine, das heißt die französische Elite, herangebildet. Den Zugang regelt ein scharfer Auslese-Wettbewerb, und die Abschlußprüfung stellt Rangordnungen der Absolventen fest (oft aufgrund nur minimaler Notenunterschiede). Die ENA war erst nach dem Zweiten Weltkrieg entstanden, unter wesentlicher Mitwirkung des damals noch jungen Michel Debré. Sie ist der Pflanzgarten des Nachwuchses für die Spitzenstellungen des französischen Beamtentums. Wer in der obersten Kategorie die ENA verläßt, dem steht nicht nur die Wahl der Laufbahn oder des Ministeriums frei, in welches er einzutreten wünscht, sondern der Aufstieg bis an die Spitze des Beamtentums ist praktisch garantiert; viele der aus der ENA kommenden Spitzenbeamten wechseln später in politische Spitzenämter. So hart der Konkurrenzkampf während der Ausbildungszeit auch ist, so sehr bewährt sich nachher für die ganze berufliche Laufbahn die Zuverlässigkeit des Esprit de Corps, auf die ein ENA-Absolvent (ein »Enarch«) rechnen kann.

Völlig anders als in den USA, aber doch auch weitgehend anders als in Deutschland bringt das französische System der Beamtenausbildung zwar vorzügliche Spitzenbeamte hervor, aber ebenso führt es zu einer weitgehenden Vormacht der Bürokratie gegenüber den politischen Faktoren und den gewählten Politikern, sei es in der Hauptstadt, in den Städten oder den Départements. Der ungewöhnliche Zentralismus Frankreichs verstärkt noch die damit verbundenen Gefahren. So wurde mir erzählt, daß der Bauplan für ein Krankenhaus auf der Insel

La Réunion, Tausende von Kilometern vom Mutterland entfernt, selbstverständlich der Genehmigung durch das zuständige Ministerium in Paris bedurfte und daß diese verweigert wurde, weil angeblich die Fenster nicht genug Sonne hereinließen. Es scheint, daß trotz der von François Mitterrand betriebenen Dezentralisierung die französische Zentralverwaltung noch immer in viele Dinge hineinregiert, die besser von den lokalen, kommunalen oder regionalen Parlamenten und Instanzen geordnet werden könnten.

Besonders stark jedoch erscheint das Übergewicht der Pariser Bürokratie über viele ihrer eigenen Minister. In der Vierten Republik stand ein Minister meist nicht sehr lang an der Spitze seines Ministeriums; daran hat sich auch in der Fünften Republik nicht viel geändert. Ein Minister braucht aber Zeit, um sich in die Aufgaben seines Ministeriums einzuarbeiten, um Defizite oder Fehler zu entdecken, Pläne zur Abhilfe oder neue Politiken zu entwickeln und durchzuführen; er braucht auch Zeit, um seine Spitzenbeamten beurteilen und notfalls korrigieren zu können. Für all dies bedient sich ein französischer Minister herkömmlicherweise seines persönlichen »Kabinetts« und eines »Directeur du cabinet«. Aber in aller Regel ist sein Kabinett abermals aus - meist jüngeren - Verwaltungsbeamten zusammengesetzt. Diese arbeiten loyal für ihren Minister; da sie jedoch zum Teil von anderen Ministerien ausgeliehen sind, besteht die Gefahr geteilter Loyalitäten.

Das einflußreichste Korps ist dasjenige der »Inspecteurs des Finances«. Diese Spitzenbeamten haben alle die gleiche vorzügliche Fachausbildung, sehr ähnliche ökonomische Zielvorstellungen, eine relativ homogene ökonomische Ideologie; sie neigen stark zum ökonomischen Dirigismus, für den sie auch tatsächlich ausgebildet sind. Der moderne Merkantilismus Frankreichs ist, trotz aller politischen und gesellschaftlichen Umwälzungen, das ideologische Erbe Jean Baptiste Colberts, der vor dreihundert Jahren als Minister Ludwigs XIV. die französische Finanzwirtschaft ordnete, durch zentrale Wirtschaftsförderung und Reglementierung den Aufbau leistungsstarker einheimischer Manufakturen und Gewerbebetriebe beschleunigte und gegen die Konkurrenz des Imports ausländischer Produkte absicherte.

Soweit ich sehe, gibt es unter den heutigen industriellen Demokratien lediglich in Japan einen noch weitergehenden Einfluß der staatlichen Bürokratie auf das Verhalten der Industrieunternehmen und der Banken. Aber nirgendwo ist der Glaube stärker ausgeprägt, der Staat wisse es besser als der Markt. Schon 1945 und 1946 waren in dieser Überzeugung unter anderem die Großbanken, die großen Versicherungen und die ganze Energiewirtschaft verstaatlicht worden. Überdies hat die politische Linke Frankreichs ihre eigenen Gründe oder Instinkte, welche den Glauben der Franzosen an die Zweckmäßigkeit der staatlichen Lenkung nicht nur der Volkswirtschaft im allgemeinen, sondern auch der einzelnen Unternehmen gefördert haben. Das Fundament für die Durchführung der ökonomischen Politik lag schon zur Zeit de Gaulles und Pompidous bei den Inspecteurs des Finances im Finanzministerium in der Rue de Rivoli, und es liegt auch heute noch dort.

Valéry Giscard d'Estaing ist selbst Inspecteur des Finances. Als wir uns 1972 kennenlernten, hatte er bereits eine steile Karriere hinter sich und ragte aus dem Korps weit heraus. Er war erst sechsunddreißig Jahre alt gewesen, als er 1963 das erste Mal unter de Gaulle Finanzminister wurde; als er nach dem Tode Pompidous die Rue de Rivoli gegen den Elysée-Palast tauschte, hatte er insgesamt neun Jahre (wenn auch mit Unterbrechung) das Finanzministerium innegehabt. Diese ungewöhnlich lange Zeit hatte es ihm ermöglicht, sich von der Bürokratie seines Ministeriums unabhängig zu machen, sich ihrer andererseits aber sehr wohl zu bedienen. So war er zwar geprägt vom traditionellen ökonomischen Denken, im konkreten Fall gab er aber immer der praktischen Vernunft den Vorzug und blieb in seinem ökonomischen Urteil und in dessen Formulierung selbständig und souverän. Mit dieser Unabhängigkeit des Urteils überragte er zugleich die Mehrheit seiner Kabinettskollegen.

Es war für uns beide ein glücklicher Zufall, daß wir im Mai 1974 fast gleichzeitig an die Spitze unserer Staaten traten. Wegen der innenpolitischen Krise in Bonn, die Anfang Mai zu Willy Brandts Rücktritt führte, weil ich mich auf die Nachfolge vorbereiten mußte und wegen der atemberaubenden Zuspitzung der Watergate-Krise hatte ich den französischen Präsidentschaftswahlkampf nur bis zum ersten Wahlgang einigermaßen verfolgen können. Am 5. Mai hatte François Mitterrand deutlich vor Giscard abgeschnitten. Im zweiten Wahlgang, vierzehn Tage später, erreichte Giscard, für mich überraschend, 50,8 Prozent, Mitterrand dagegen 49,2 Prozent. Mitterrand als Staatspräsident wäre für mich eine ziemlich unbekannte Größe gewesen, deshalb war ich zufrieden mit dem Ergebnis. Als sieben Jahre später mit fast gleichem, aber umgekehrtem Stimmergebnis Mitterrand an Giscards Stelle trat, kannte ich den ersteren inzwischen erheblich besser und konnte – wenn auch mit großem persönlichen Bedauern Giscards wegen – ohne Besorgnis der weiteren Entwicklung der deutsch-französischen Zusammenarbeit entgegensehen.

Daß Giscard 1974 den rechten Gaullisten Jacques Chirac zum Ministerpräsidenten berief, überraschte mich. Von Landwirtschaftsminister Ertl hatte ich nicht viel Gutes über den bisherigen französischen Agrarminister gehört; er sei in Verfolgung der Interessen der französischen Bauern rücksichtslos und anmaßend. Für meine Begriffe war Chirac als Ministerpräsident reichlich jung, nämlich zweiundvierzig Jahre alt. Zwar mochte Ertl, der in der Verteidigung der Interessen der deutschen Landwirte bei der EG selber keineswegs zimperlich aufzutreten pflegte, bei der Charakterisierung Chiracs aus Verärgerung übertrieben haben. Tatsächlich aber schlug Chirac in den zwei Jahren seiner Ministerpräsidentschaft unter Giscard auch mir gegenüber bisweilen einen erstaunlichen Ton an. Als er im August 1976 abgelöst wurde, hat diese Art des Auftretens gegenüber dem Bundeskanzler eine Rolle gespielt. Viele Jahre später - Chirac hatte inzwischen das neugeschaffene, schöne Amt des Bürgermeisters von Paris inne, aber die »Cohabitation« unter Mitterrand hatte noch nicht begonnen - habe ich ihn in seinem Rathaus am Ufer der Seine zu einem langen Gespräch besucht. Er war wesentlich reifer geworden, welterfahrener und ausgeglichen; das Gespräch war ein Gewinn - vielleicht auch für ihn.

Zwei Wochen nach seiner Wahl zum Staatspräsidenten besuchte ich Valéry Giscard d'Estaing. Es war für uns beide das erste Gespräch im neuen Amt, das wir mit einem ausländischen Regierungschef führten: Giscard empfing seinen ersten ausländischen Besucher, und ich machte meinen ersten Besuch im Ausland. Das frühzeitige Treffen kam für die öffentliche Meinung Europas überraschend, wurde jedoch umgehend als ein selbstverständlicher Akt anerkannt. Einige Zeitungen dramatisierten die Zusammenarbeit bereits in dem Sinne, der im Laufe des Jahres verstärkt zum Ausdruck kommen sollte: »letzter Versuch ... die Gemeinschaft vor dem totalen Kollaps zu bewahren« (»Deutsche Zeitung«); »Europas letzte Chance?« (»Münchner Merkur«). Andere Zeitungen waren nüchterner: »Schmidt ... benötigt ein Einverständnis ... mit Frankreich. Frankreich seinerseits ist an einer Wiederbelebung der Entente mit Deutschland interessiert ... Es geht ihnen darum, gemeinsam über die Rettung Europas nachzudenken« (»L'Aurore«); »ein echter Erfolg unter dreifachem Zeichen: Erleichterung, Entschlossenheit und Diskretion« (»Le Figaro«).

Unsere Vorstellungen von einer Wiederbelebung der europäischen

Integration haben wir damals verschwiegen; wir wollten kein vorzeitiges Unbehagen in den anderen EG-Staaten auslösen. Aber es war uns klar, daß es dabei auf unsere gemeinsame Führung entscheidend ankommen würde. Wir haben unsere Vorschläge erst Ende des Jahres bei einem intimen Abendessen der neun Regierungschefs der Mitgliedsstaaten ausgebreitet, zu dem Giscard eingeladen hatte. Im Mai haben wir unsere Kollegen, allen voran Harold Wilson in London, in groben Zügen lediglich von unseren Übereinstimmungen in Kenntnis gesetzt. Hierbei ging es nur zum Teil um die EG.

In diesem Punkt waren wir uns einig, Geist und Buchstaben der Verträge zu wahren. Erste aktuelle Priorität gaben wir der Rückkehr zur internen Stabilität unserer Volkswirtschaften; Giscard erkannte aus freien Stücken den deutschen Stabilitätsvorsprung an, hatte aber die begründete Hoffnung, durch die von ihm beabsichtigten Schritte auch Frankreich auf den Weg der monetären Stabilität zu führen. Er lehnte eine törichterweise vom Deutschen Industrie- und Handelstag öffentlich geforderte deutsche Zahlungsbilanzhilfe für Frankreich von sich aus ab; Frankreich müsse und könne selbst mit seinem akuten Problem fertig werden. Zwar waren wir uns einig, daß innerhalb der Gemeinschaft solidarische Hilfe gegenüber einzelnen Mitgliedsstaaten notwendig werden könnte, diese müsse jedoch erfolgversprechenden eigenen Anstrengungen des betreffenden Staates nachgeordnet sein (auf diesen Punkt der Übereinstimmung gründete sich vier Monate später der große deutsche Währungskredit an Italien). Wir lehnten Rückgriffe auf protektionistische Maßnahmen zum Ausgleich der Handelsbilanzen durch die EG-Staaten ab – eine für Frankreich in dieser Eindeutigkeit neue und für mich erfreuliche Position.

Wir faßten die Möglichkeiten eines EG-Beitritts von Portugal und Spanien ins Auge; im letzteren Fall wies ich darauf hin, daß die deutsche Öffentlichkeit nicht zustimmen werde, solange dort eine Diktatur herrsche. Wir waren uns einig, notfalls Italien zeitlich begrenzte Ausnahmen von den Regeln der Gemeinschaft zuzugestehen. In bezug auf den britischen Willen zur Kooperation im Rahmen der EG war Giscard skeptischer als ich. Schließlich waren wir uns einig in dem Ziel, die Eigenständigkeit der Europäischen Gemeinschaft zu fördern, nicht nur durch Rückkehr zu einer befriedigenderen Anwendung der Gemeinschaftsregeln, sondern auch durch »gemeinsame Positionen zu den großen monetären, weltwirtschaftlichen und weltpolitischen Fragen«. Zur Verhinderung eines weiteren Rückschrittes der EG sei Fortschritt nötig.

Wenn man diese Skizzierung unserer Vorstellungen von Mai und Juni 1974 vergleicht mit den tatsächlichen Ergebnissen, wie sie im Mai 1981 beim Ausscheiden Giscards erreicht waren – trotz Weltwirtschaftskrise –, so kann man nicht sagen, wir hätten Wolkenkuckucksheime erdacht. Wir legten damals Wert darauf, unser Gespräch als Ausfluß des bilateralen Elysée-Vertrages zu deklarieren, tatsächlich reichte es weit über die EG hinaus. Denn natürlich sprachen wir auch über die Krise in Washington, bedauerten dabei das Ausscheiden unseres gemeinsamen Freundes George Shultz und gaben unseren Beamten gemeinsame Weisungen für die im nächsten Monat in Washington anstehende Währungskonferenz.

Einer der wichtigsten Punkte unseres Gespräches war die ausführliche Erörterung von Verteidigungsfragen unter vier Augen. Giscard hatte hierzu noch keine eigenen Vorstellungen, verspürte aber erkennbar ein Unbehagen über die Divergenz zwischen der »splendid isolation«, in die sich Frankreich militärisch in Europa und innerhalb der Nordatlantischen Allianz unter de Gaulles Führung begeben hatte, und seinem eigenen Wunsch nach besserer Koordination der internationalen Politik der EG-Staaten und nach integrativem Fortschritt der EG. Er warf dieses Thema auf, für das ich aufgrund meines politischen Werdegangs etwas größere Erfahrungen mitbrachte. Wir haben im Laufe der nächsten sieben Jahre häufiger und gründlicher darüber gesprochen, ohne daß die Gesprächsinhalte in die Akten oder gar in die Medien gelangt wären. Die beiderseitige Beherrschung der englischen Sprache erwies sich dabei als nützlich, auf Dolmetscher konnten wir weitgehend verzichten. Leider stehen mir deshalb heute kaum Gesprächsnotizen zur Verfügung.

Ich habe meinem Freund damals vor allem drei sicherheitspolitische Aspekte vor Augen geführt: zum ersten die unerwünschte, übergroße Abhängigkeit der Bundesrepublik von den USA, die infolge der Verweigerung französischer Beteiligung an einer gemeinsamen Verteidigungsorganisation unvermeidlich war. Zwar wollte ich als Bundeskanzler äußerste Anstrengungen unternehmen, um mich in keine Lage hineinmanövrieren zu lassen, in welcher Bonn zwischen Paris und Washington zu wählen hätte; aber in einer etwaigen Krise waren solche Zwänge nicht auszuschließen.

Zum zweiten betonte ich meine Überzeugung, daß die französischen Truppen und ihre mobilisierbaren Reserven zusammen mit den deutschen Truppen und deren Reserven allein fast ausreichen würden, um die Sowjetunion von jedem konventionellen Angriff in Europa abzuschrecken. Dabei machte ich Giscard auf die Vernachlässigung der konventionellen Streitkräfte Frankreichs aufmerksam, die in Bewaffnung und Ausrüstung, aber auch in der psychologischen Behandlung der Armee seit etwa fünfzehn Jahren zu beobachten war.

Zum dritten wies ich auf die Gefährlichkeit der militärischen Pläne der NATO hin. Weil man sich konventionell den sowjetischen Streitkräften stark unterlegen fühle, wolle man im Falle der Verteidigung sehr früh mit sogenannten taktischen nuklearen Waffen antworten; eine nukleare Explosion auf deutschem Boden werde aber alsbald jeden weiteren deutschen Widerstandswillen erschüttern, gleichgültig ob es sich um eine amerikanische, englische oder französische Nuklearwaffe handele. Deshalb beruhe die französische Vorstellung von einem Glacis östlich des Rheins, welches die Deutschen verteidigen würden, auf sehr dubiosen theoretischen Überlegungen.

Gegen Ende unserer siebenjährigen vertrauensvollen Zusammenarbeit verfolgten wir gemeinsam die Absicht, uns aktiv der Lösung der Probleme zuzuwenden, sobald Giscard als Präsident für eine zweite Amtsperiode wiedergewählt wäre. Über die beiderseitigen innen- und außenpolitischen Schwierigkeiten, die dabei zu überwinden sein würden, gaben wir uns keinen Illusionen hin; aber die Unberechenbarkeit zweier amerikanischer Präsidenten hätte in der öffentlichen Meinung in Europa gewiß zum Verständnis der notwendigen Korrekturen beigetragen. Es ist bis heute nicht zu wesentlichen Korrekturen der französischen Sicherheitspolitik gekommen. Aber so weit konnten wir im Juni 1974 nicht vorausschauen; wir waren beide praktische Menschen, die zwar die langfristigen Ziele nicht aus den Augen verlieren wollten, sich aber immer auf die nächsten Schritte konzentrierten.

Unsere nächsten Schritte waren die Verabredung der offiziellen Konsultation unserer beiden Regierungen schon im Juli in Bonn, vor allem die Verabredung zur Fortsetzung unseres direkten persönlichen Kontaktes. Tatsächlich haben wir uns im weiteren Verlauf des Jahres 1974 mehrfach getroffen, wir haben auch vielfach miteinander telefoniert oder Briefe gewechselt. Der enge Kontakt ist alsbald zur Regel geworden; dabei gingen wir dazu über, bei der Anrede auch in Gegenwart unserer Minister oder ausländischer Kollegen beim Vornamen zu bleiben. Wir durchbrachen ganz bewußt das steife diplomatische Protokoll, das bis dahin überall gegolten hatte, und versuchten, damit ein Beispiel zu geben.

Unser erstes persönliches Gespräch hatte im Elysée-Palast stattgefunden. Nur wenige hundert Meter entfernt liegt das Hotel Bristol, in dem seit Adenauers Zeiten die Bundeskanzler wohnten. Valéry brachte mich zu Fuß bis an die Tür des Hotels - eine Geste, die das herzliche Einvernehmen zwischen uns besser unterstrich, als ein ausgefeiltes Kommuniqué dies hätte tun können.

Im Laufe des Jahres 1974 hat auch das gute Einvernehmen der beiden Außenminister zur engen Zusammenarbeit beigetragen. Genscher und Sauvagnargues kannten sich schon, denn letzterer war unmittelbar vor seiner Ernennung durch Giscard vier Jahre lang Frankreichs ausgezeichneter Botschafter in Bonn gewesen. Er war nicht nur ein guter Kenner Deutschlands und seiner politischen Strukturen und Positionen, sondern auch ein überzeugter Anhänger der Vorstellung, daß der Aufbau Europas auf der Grundlage enger deutsch-französischer Partnerschaft erfolgen müsse. Seine Ernennung wurde in Deutschland hoch bewertet. Aber auch zu den neuen Ministern Simone Veil, Poniatowski, Fourcade (der schon im Finanzministerium mit Giscard eng zusammengearbeitet hatte) und d'Ornano fanden die deutschen Kollegen rasch guten Kontakt. Dabei waren die gelegentlichen erläuternden Hinweise Carlo Schmids, der als Koordinator fungierte, für uns von großem Wert, weil er vorzügliche Kenntnisse Frankreichs und ein tiefgehendes Verständnis für seine Mentalität, seine Stärken und Schwächen besaß.

Bis gegen Ende des Jahres 1974 gelang es Valéry und mir, die noch im Frühjahr vorherrschende gedrückte Stimmung einer europäischen Malaise zu beseitigen. Valéry hatte durch ein drastisches Sparprogramm bewiesen, daß er es ernst meinte mit der Wiederherstellung von Stabilität, wir hatten Italien zu einer parallelen Anstrengung verholfen. Giscard und ich hatten uns vor und nach wichtigen Kontakten mit anderen Regierungschefs, zum Beispiel mit dem neuen amerikanischen Präsidenten Gerald Ford, gegenseitig unterrichtet - eine Übung, die wir fast ausnahmslos sieben Jahre lang beibehalten sollten -, und wir hatten jedermann daran teilhaben lassen.

Der »Kölner Stadtanzeiger« schrieb 1974 von dem »neuen Stil von Staatsmännern, die sich so benehmen, als seien sie gewöhnliche Sterbliche« - dies entsprach der Wirklichkeit. Per Fischer, einer meiner damaligen diplomatischen Mitarbeiter, später unser Botschafter in Beijing, hat damals in einer für das Bundeskabinett bestimmten Aufzeichnung die Feststellung getroffen: »Der Meinungsaustausch mit dem französischen Präsidenten hat einen Grad von Offenheit erreicht, der sicher einmalig ist... Er (Giscard d'Estaing) geht dabei vorurteilsfrei den verschiedensten Denkanstößen nach... Es handelt sich, seiner Denkart entsprechend, die auch die unsrige ist, in erster Linie um konkrete, pragmatische Fortschritte.« In der Tat: das bilaterale Verhältnis zwischen Bonn und Paris war und blieb von nun an enger, als es je zu Zeiten von Adenauer und de Gaulle gewesen war. Keiner von uns beiden hatte dabei die Absicht, konfligierende Interessen vom Tisch zu wischen. Beide kannten wir die innenpolitischen Widerstände und Erwartungen, die es zu berücksichtigen galt - Valéry besonders am rechten Flügel der Gaullisten, auf die er angewiesen war, ich im wesentlichen gegenüber dem Koalitionspartner FDP und hinsichtlich des Störfeuers, das der rechte Flügel der CDU/CSU in Washington entfachen konnte.

Giscard mußte sich darum bemühen, Frankreichs wirtschaftliche Leistung auf das Niveau der Bundesrepublik zu heben; ich habe diese erklärte Absicht, die den Erwartungen der Franzosen Rechnung trug, immer anerkannt. Umgekehrt hatte ich eine Erwartung zu erfüllen, die nicht minderen Schwierigkeiten begegnete. Denn angesichts der Tatsache, daß die Bundesrepublik im Vergleich zu Frankreich sehr viel stärker auf die politische und ökonomische Funktionstüchtigkeit der EG angewiesen war, und angesichts der seit de Gaulle in Paris bestehenden Vorstellung von der Notwendigkeit der Unabhängigkeit Frankreichs war mir klar, daß in manchen der alltäglichen Streitfragen innerhalb der EG, aber auch in prinzipiellen Fragen des Integrationsfortschrittes die Kompromißvorschläge und Anstöße - und oft genug auch die größeren finanziellen Opfer - aus Bonn kommen mußten. Aber angesichts der Prestigeempfindlichkeit anderer - nicht nur der Franzosen - durfte (und darf) Bonn keineswegs als Führungsmacht der EG erscheinen, sondern mußte (und muß noch für lange Zeit) immer wieder Paris den Vortritt lassen. Aus ähnlicher Rücksicht auf Frankreich haben wir jahrelang den Vorwurf der finanziellen Knauserigkeit gegenüber der EG bewußt hingenommen, obschon wir in bar und netto immer die bei weitem größten Finanzbeiträge leisteten, während Paris stets darauf bedacht war, aus den verschiedenen Brüsseler Töpfen und Säckeln der EG insgesamt ziemlich genau die gleichen Beträge zurückzuerhalten, die es an laufenden Mitteln in die EG einzahlte.

Parallel dazu habe ich, ob als Verteidigungs- oder Finanzminister oder als Kanzler, immer darauf geachtet, nicht nur protokollarisch, sondern auch politisch Frankreich erkennbar den ersten Rang einzuräumen. Für die deutsche öffentliche Meinung war dies akzeptabel, denn die Rangabzeichen Frankreichs als Nuklearmacht sowie als Garantiemacht für Berlin, die französische Mitverantwortlichkeit für »Deutschland als Ganzes«, schließlich die ständige Mitgliedschaft einschließlich des Vetorechts im Sicherheitsrat der Vereinten Nationen, all dies war unübersehbar - und sollte trotz der Vereinigung beider deutscher Staaten auch in Zukunft berücksichtigt werden.

Dieser den Franzosen von Bonn eingeräumte Vorrang war allerdings für viele englische Politiker nicht akzeptabel, weil England exakt die gleichen Rangabzeichen trägt und außerdem – anders als Frankreich - militärisch innerhalb des Nordatlantischen Bündnisses weitgehend integriert ist, was nicht zuletzt auch im deutschen Interesse liegt. Andererseits aber war und ist - und hierin hat Giscards Skepsis gegenüber meinem zeitweiligen Optimismus recht behalten - bis zur Stunde keinerlei Bereitschaft Englands zu erkennen, zum Integrationsfortschritt oder zur Führung der Europäischen Gemeinschaft initiativ beizutragen. Von Harold Wilson bis zu Margaret Thatcher war Downingstreet immer nur an direkten und unmittelbaren Vorteilen aus der EG interessiert. Deshalb hat sich in den siebziger Jahren das Wort von der deutsch-französischen Achse eingestellt, das Giscard und ich hatten vermeiden wollen.

Ende 1974 lud Valéry Giscard d'Estaing die Regierungschefs der damals neun EG-Mitgliedsstaaten zu einem intimen Abendessen und Gespräch nach Paris ein; daraus entstand eine feste Gewohnheit, die dem offenen Meinungsaustausch untereinander dienlicher war als die bis dahin üblichen Mammutsitzungen der sogenannten europäischen Gipfelkonferenzen. Wichtiger war, daß wir diese Zusammenkünfte auf der höchsten politischen Ebene als »Europäischen Rat« konstituieren konnten, was übrigens keine Änderung der Römischen Verträge nötig machte. Dies war eine von mehreren Anstrengungen, die von den Taktiken der nationalen und der Brüsseler Bürokratien weitgehend überwucherten Ratssitzungen der EG wieder politisch handlungsfähig zu machen. Auch die Außenminister entwickelten eine ähnliche Form des zwanglosen Meinungsaustausches.

Zwar sind mindestens zwei strittige Problemfelder auf diese Weise kaum wesentlich entschärft worden, nämlich die regelmäßigen Dispute über Agrarpreise und der lange Kampf um britische Neuverhandlungen; auch ist der Europäische Rat im Laufe der Jahre leider zu einer Art von Berufungsinstanz für die vielen sogenannten Fachminister-Räte geworden, die sich im Laufe eines Vierteljahrhunderts unerfreulicherweise etabliert hatten, obschon der EG-Vertrag nur von »dem Rat« spricht. Gleichwohl ist der Europäische Rat eine sehr fruchtbare Ergänzung oberhalb der bisherigen EG-Maschinerie geworden, weil man hier sehr wohl offen reden und sich auch gegenseitig widersprechen oder berichtigen, sich sogar revidieren kann, ohne daß daraus eine diplomatische Affäre oder ein öffentlicher Prestige-Wettkampf werden muß.

Auf diese Weise sind in den nächsten acht Jahren unter den neun – später zwölf – Regierungschefs der EG viele sinnvolle Initiativen und vernünftige Kompromisse zustande gebracht worden. Es gab und gibt auf der ganzen Welt kaum einen Regierungschef, der die Regierungschefs seiner Nachbarstaaten so oft sieht und so gut kennt, wie dies bei den Mitgliedern des Europäischen Rates der Fall ist. Ein zunächst unbeabsichtigtes Nebenprodukt verdient Erwähnung: der enge Kontakt der Regierungschefs hilft diesen sehr, ihre nationale Bürokratie im Griff zu halten, weil er ihnen automatisch und aus erster Hand Informationsvorsprünge gewährt.

Im Juli 1975 einigte sich der Europäische Rat, der erstmalig auch die Meinung der Gewerkschaften einholte (mein Freund Heinz Oskar Vetter war damals Vorsitzender des Europäischen Gewerkschaftsbundes), rasch zusätzliche Konjunktur-Impulse zu geben; Paris und Bonn faßten Investitions-Impulse über die öffentliche Hand und über höhere öffentliche Kreditaufnahmen ins Auge. Gleichzeitig wurde Hilfe für Portugal anvisiert, aber unter der klar ausgesprochenen Bedingung, daß ein Fortschritt zur pluralistischen Demokratie erkennbar sein müsse. Schließlich gingen wir auf die ersten allgemeinen Wahlen zum Europäischen Parlament zu, die wir für 1978 ins Auge faßten. Auch mit der Errichtung eines Rechnungshofes der EG kam man voran. Insgesamt initiierten wir in diesem Jahr also eine Reihe von Fortschritten auf dem Felde der Integration Westeuropas.

Das Jahr 1975 aber stand – einschließlich des deutsch-französischen Verhältnisses – weitgehend im Zeichen der weltweiten Energie- und Wirtschaftskrise. Valéry Giscard d'Estaing und ich waren bestrebt, ein abgestimmtes ökonomisches Vorgehen der wichtigsten industriellen Demokratien zustande zu bringen. Auf einer »Vorkonferenz« der erdölproduzierenden mit den erdölimportierenden Staaten versuchten wir vor allem bei den OPEC-Staaten Verständnis dafür zu finden, daß die Funktionsfähigkeit der Weltwirtschaft insgesamt auf dem Spiel stand und daß deshalb preispolitische Mäßigung auch im wirtschaftlichen

Interesse der erdölexportierenden Länder geboten war; immerhin hat diese Einsicht noch bis 1979 angehalten.

Wichtiger war es jedoch, die USA und England von der Notwendigkeit eines einvernehmlichen Verhaltens zu überzeugen. Wir erreichten deren Zustimmung zu einer weltwirtschaftlichen Konferenz in mehreren Teilschritten; Valéry Giscard d'Estaing und ich agierten dabei in konzertierter Weise. Auch kam uns der glückliche Zufall zu Hilfe, daß ich im Juli 1975 nacheinander den Besuch sowohl des französischen als auch des amerikanischen Staatspräsidenten und des britischen Premierministers empfangen konnte. Als wir uns kurz darauf in Helsinki alle wiedersahen, konnten Giscard und ich das Projekt in einer Gesprächsrunde zu viert weiter fördern. Dabei spielte eine wichtige Rolle, daß Gerald Ford und Giscard sich auf Martinique getroffen und die atmosphärischen Störungen zwischen den USA und Frankreich weitgehend beseitigt hatten. Zwar konnten wir bei der angenehm verlaufenden Unterhaltung in Helsinki noch nicht definitiv den später sogenannten Weltwirtschaftsgipfel verabreden, aber wir verständigten uns darauf, je eine Person des persönlichen Vertrauens mit der Vorbereitung einer solchen Entscheidung zu beauftragen. Gerald Ford beauftragte unseren gemeinsamen Freund George Shultz, Giscard beauftragte Raymond Barre, Wilson, Sir John Hunt, ich selbst Wilfried Guth; eine Serie von zwei-, drei- und vierseitigen Gesprächen zwischen den »personal representatives« (später »sherpas« genannt) folgte. Für Giscard stand die währungspolitische Unordnung der Weltwirtschaft im Vordergrund, für mich die Besorgnis einer weltweiten Rezession. Mindestens letztere Sorge scheint schließlich allgemein geworden zu sein, denn jeder von uns erinnerte sich daran, daß die erste Weltwirtschaftskrise in den frühen dreißiger Jahren deshalb zur Katastrophe geworden war, weil die Regierungen in blindem Nationalismus gegeneinander gehandelt und damit den internationalen Wirtschaftsaustausch stranguliert hatten.

Auf Giscards Einladung trafen sich schließlich die Regierungschefs der USA (Ford), Japans (Miki), Englands (Wilson), Deutschlands und Italiens (Moro) Mitte November auf Schloß Rambouillet in der Nähe von Paris, dazu die Finanz- und die Außenminister der sechs Staaten. Das Schloß war angenehmerweise nicht allzu geräumig, die Konferenz fand in einem relativ kleinen Saal statt, die Zimmer der Chefs lagen eng beieinander, aber Presse und Fernsehen waren außerhalb des Parks, das heißt weit weg. Valéry hat es verstanden, eine nachbarschaftliche,

Der erste Weltwirtschaftsgipfel in Rambouillet, November 1975. Von links nach rechts: Aldo Moro, Harold Wilson, Gerald Ford, Valéry Giscard d'Estaing, Helmut Schmidt, Takeo Miki. Das Treffen der Regierungschefs der sechs wichtigsten westlichen Industrienationen (Kanada kam erst später hinzu) ging zurück auf einen gemeinsamen Vorschlag von Giscard d'Estaing und Helmut Schmidt. Auf Grund des Erfolges kamen die Teilnehmer überein, diese internationale Gesprächsrunde zu institutionalisieren.

freundschaftliche Atmosphäre herzustellen. Er leitete das Gespräch mit Courtoisie und leichter Hand. Nur noch zweimal habe ich später eine Konferenz derartigen Kalibers so zwanglos und doch so konzentriert erlebt, nämlich die Wirtschaftsgipfel 1976 in Puerto Rico mit Gerald Ford und 1981 in Montebello (Kanada) mit Pierre Trudeau als Gastgeber.

Aus der Rückschau, anderthalb Jahrzehnte nach der Konferenz von Rambouillet, erscheint mir als das wichtigste Ergebnis nicht etwa die Liste der getroffenen Verabredungen, sondern vielmehr die Tatsache, daß die Konferenz einen weltweiten Rückfall in beggar-my-neighbour-Politik verhindert hat. Die Konferenz, auf Valérys Wunsch von mir mit einer Analyse der allgemeinen ökonomischen Lage eingeleitet, hat den beteiligten achtzehn Politikern den Blick für die ökonomische Interdependenz geschärft und die Erkenntnis allgemein werden lassen, daß es angesichts der seit den dreißiger Jahren stets zunehmenden internationalen Verflechtung unserer Volkswirtschaften keinem von uns - auch nicht der amerikanischen Regierung – gelingen konnte, allein mit nationalen geld- und währungspolitischen, haushalts- oder steuerpolitischen, handels- oder strukturpolitischen Instrumenten der tiefen Rezession zu entgehen, unter der wir alle zu leiden begonnen hatten. Dieses gemeinsame Verständnis hat verhindert, daß die beteiligten Regierungen sich blind den Verblendungen des Protektionismus und des Inflationismus hingaben. Giscard hatte recht, als er nachher sagte: »Das Wichtigste an dem Treffen ist, daß es stattgefunden hat.«

Erst nach Schluß der Konferenz wurde die Presse unterrichtet, der sich die sechs Regierungschefs gemeinsam in der kleinen Mairie des Städtchens stellten. Die Maßregel der räumlichen und zeitlichen Distanz zu den Medien war klug ersonnen; denn sie machte es schon technisch unmöglich, daß unsere Pressesprecher zwischen Konferenzraum und Journalisten hin- und herpendeln konnten, was erfahrungsgemäß manchen Konferenzteilnehmer dazu verleitet, seine Worte vor allem so einzurichten, daß sie auf die eigenen Medien einen möglichst guten Eindruck machen. Gewiß waren die Journalisten in Rambouillet darüber nicht sehr glücklich, aber dafür hatten sie zwei schöne arbeitsfreie Tage in Frankreich. Die Medien der Welt hatten das Treffen vor Beginn überwiegend mit Skepsis betrachtet. Man versprach sich keine konkreten Erfolge, was angesichts der Kürze der verfügbaren Zeit auch ganz natürlich war. Nicht zum wenigsten wegen der geringen Erwartungen fiel nach Beendigung des Gipfeltreffens das internationale Medienecho bemerkenswert positiv aus. Es gab nicht nur allgemeine Zustimmung zur gemeinsamen Abschlußerklärung und Erleichterung über die währungspolitische Annäherung zwischen den USA und Frankreich, sondern darüber hinaus unterstrich die Mehrheit der Kommentatoren das gewachsene Bewußtsein der ökonomischen Interdependenz zwischen den Industrienationen, aber auch zwischen ihnen und der Dritten Welt. Während vorher das Vertrauen in die Fähigkeit des Westens zur Überwindung der Krise sehr gesunken war, erschien es danach gestärkt.

Auch wurde in mehreren Kommentaren die Notwendigkeit hervorgehoben, diese Gesprächsrunde fortzusetzen beziehungsweise zu institutionalisieren. Dies letztere empfahl zum Beispiel auch das »Wall Street Journal«, das den Nagel auf den Kopf traf: Der Gewinn der Treffen werde darin liegen, daß sich die Regierungschefs über die internationalen Auswirkungen ihrer wirtschaftlichen Entscheidungen klar werden. Da alle Konferenzteilnehmer überdies eine Bereicherung im persönlichen Gespräch mit ihren Kollegen erfahren hatten - was vermutlich den Japanern noch nützlicher war als den anderen -, konnten Valéry Giscard d'Estaing und ich mit der von uns in die Wirklichkeit umgesetzten gemeinsamen Idee durchaus zufrieden sein. Vielleicht hatte ich Grund zu besonderer Befriedigung; denn ich hatte zwar einen angemessenen Anteil am Ergebnis, aber ich hatte doch meinen Vorsatz verwirklichen können, meinem französischen Freund - dem Bedürfnis nach Rang und Würde Frankreichs entsprechend - Vorrang zu verschaffen.

Natürlich zahlte sich Rambouillet nicht nur in der Verhinderung weltwirtschaftlichen Unfugs aus, sondern es trug auch innenpolitisch zum Ansehen des Gastgebers bei. Beides war Grund genug für Gerald Ford, 1976 zu einem zweiten Treffen dieser Art einzuladen, diesmal unter Beteiligung Kanadas in Gestalt meines Freundes Pierre Trudeau. Insgesamt habe ich an acht derartigen Weltwirtschaftstreffen teilgenommen, sechsmal gemeinsam mit Giscard. Auch wenn wir keineswegs immer einer Meinung sein konnten, so hat doch keiner bei diesen Treffen jemals eine Spannung zwischen dem französischen Staatspräsidenten und dem deutschen Bundeskanzler bemerken können - weil es sie nicht gab.

Giscard und ich haben die Tradition fortgesetzt, jährlich zweimal offizielle Konsultationen zwischen unseren beiden Regierungen abzuhalten. Auf französischer Seite waren daran regelmäßig der Staatspräsident, der Ministerpräsident und einige Minister beteiligt, auf unserer Seite einige Minister und der Bundeskanzler; dazu kamen auf beiden Seiten die »Koordinatoren« sowie eine Reihe von Beratern und Beamten. Während zunächst nur diejenigen Minister teilnahmen, deren Ressorts an der bilateralen Zusammenarbeit oder an der Kooperation im Rahmen der EG unmittelbar beteiligt waren, zogen wir im Laufe der Jahre auch die Innenminister hinzu - die Bekämpfung des Terrorismus spielte in der zweiten Hälfte der siebziger Jahre eine zunehmende Rolle - und gegen Ende unserer gemeinsamen Amtszeit auch die Verteidigungsminister.

Die Förderung des kulturellen Austauschs nahmen wir sehr wichtig, machten aber beim Abbau der sprachlichen Barrieren kaum fühlbare Fortschritte; in beiden Ländern lag es im Zug der Zeit, daß an den Gymnasien und Universitäten aus praktischen Gründen ein wesentlich größeres Interesse an der englischen Sprache bestand als an der Sprache des Nachbarlandes. Gleichwohl funktionierte der Jugendaustausch recht gut, meine Tochter Susanne hatte daran schon in den sechziger Jahren mit Gewinn teilgenommen. Der kulturelle Austausch insgesamt litt an den Unterschieden unserer Verfassungen: Das zentralistische Frankreich hat einen Kultusminister mit großen Einflußmöglichkeiten, bei uns hingegen sind Bildung und Ausbildung, Wissenschaft und Kultur Sache der Länder. Die elf Landesregierungen hüten diese Zuständigkeit mit Eifersucht, zum Teil sogar mit kirchtumspolitischem, kleinlichem Eigensinn. Hier lag übrigens der Hauptgrund dafür, daß zu meiner Amtszeit weder der noch von Bundeskanzler Brandt stammende Gedanke einer Deutschen Nationalstiftung noch meine Hoffnung auf eine Bundeskunsthalle in Bonn verwirklicht werden konnte, obgleich wir uns im Gespräch mit den Ländern redlich Mühe gaben.

Niemand wird von der Bundeshauptstadt Bonn behaupten wollen, daß sie die Kultur Deutschlands auch nur annähernd repräsentiert, abgesehen von der hoch subventionierten Oper. Dieser Mangel ist leicht verständlich, schließlich war Bonn bis 1950 nur eine mittlere Universitätsstadt und das später eingemeindete Godesberg im wesentlichen eine Pensionärsstadt. Der ausländische Politiker, der nach

Washington kommt, mag eine einseitige Vorstellung von der wirtschaftlichen und der politischen Rolle der USA haben, aber an Ort und Stelle werden ihm das einzigartige Smithsonian Institute oder die National Gallery geboten, die imposanten Denkmäler für Lincoln, Washington und Jefferson, der Friedhof in Arlington, der nicht weniger eindrucksvolle Capitol Hill und die Mall zwischen Capitol und Potomac. Der Besucher kann nicht umhin, selbst wenn er nur drei Tage bleibt, einen besseren, umfassenderen Eindruck von Amerika mit nach Hause zu nehmen. Dies gilt noch viel mehr von Paris, London, Rom, von Moskau oder Tokio. Dem ausländischen Besucher hingegen, der mit groben Umrißvorstellungen zum ersten Mal nach Bonn kommt, wird das Bild keineswegs ergänzt oder gar korrigiert, das er sich aus rudimentärem Wissen über die Nazi-Herrschaft, über die Konzentrationslager, aus falschen Deutungen Martin Luthers oder Preußens und aus Statistiken über die Leistungen der deutschen Wirtschaft zusammengebastelt haben mag. Der Staatsgast ist gewohnt, durch einen Kranz die Toten zu ehren - aber wo ist in Bonn der Ort dafür?

Es ist nicht Prestigesucht, die mich und andere den Mangel an Kultur und Geschichte in Bonn empfinden läßt, sondern das sehr einseitige Deutschlandbild vieler Ausländer. Vor verzerrtem Hintergrund ist aus aktuellem Anlaß schon genug antideutsches Ressentiment entstanden - so im Fall von Willy Brandts Extremisten-Erlaß oder von Bundestagsdebatten über die strafrechtliche Verjährung von NS-Verbrechen, anläßlich des linken Terrorismus, des Aufkommens der Friedensbewegung und der Grünen oder wenn gelegentlich irgendwelche ganz unwichtigen kleinen Gruppen von Neo-Nazis von sich reden machten. Mißtrauen und heimliche Bewunderung, Neid und Besorgnis können in solchen Situationen schnell zu antagonistischen Haltungen im Ausland führen. Dies geschah am schnellsten dort, wo ein Regime ein Interesse an der Herabsetzung der Bundesrepublik hatte, etwa in Moskau, in Warschau oder in Prag. Aber ich habe es auch in den uns eng verbundenen westlichen Nachbarländern erlebt, in Italien, in Holland und in Frankreich, bei den dortigen Linken ohnehin, aber ebenso auf dem rechten Flügel der Gaullisten.

Natürlich wollten alle Bundesregierungen dem entgegenwirken; sie taten es mit wechselndem Erfolg. Jede Bundesregierung wäre froh, wenn sie zu diesem Zweck ihren ausländischen Besuchern in Bonn nicht bloß das Wachbataillon und die Oper zeigen könnte - was beides internationalen Gepflogenheiten entspricht -, sondern auch den deutschen Klassizismus, die Malerei der Romantik, die Expressionisten, das Bauhaus oder auch Zeitgenossen wie A. Paul Weber und Horst Janssen. Die Länder bestreiten der Bundesregierung jedoch das Recht zur Vertretung der kulturellen Belange Deutschlands. Die Bundesregierung wird sich deshalb noch lange schwer damit tun, in diesem Punkt das nationale Interesse gegen partikulären Eigensinn durchzusetzen.

Dies bedeutet, daß die Franzosen noch auf lange Zeit bei gelegentlichen Besuchen am Rhein oder in den Bankhochhäusern von Frankfurt kein wahrhaftiges Deutschlandbild erhalten werden. Sie müßten Deutschland zur Gänze bereisen, um es einigermaßen kennenzulernen - Hamburg und Lübeck genauso wie Würzburg oder München. Allerdings hat Valéry Giscard d'Estaing mir gezeigt, wie auch mit bescheidenen Mitteln die kulturelle Vielfalt eines Landes dem auswärtigen Gast bewußtgemacht werden kann; so waren bei ihm die Menükarten immer mit Grafiken französischer Künstler geschmückt, die er selbst ausgesucht hatte.

Weil nicht gut elf Länder-Kultusminister gleichzeitig auftreten konnten, hatte man sich - schon vor meiner Amtszeit - darauf geeinigt, jeweils einen der Ministerpräsidenten zu beauftragen, bei den deutsch-französischen Konsultationen die kulturellen Interessen wahrzunehmen - zu allem Überfluß noch in turnusmäßigem Wechsel. Diese abstruse Lösung - genausogut hätten die Länder den Bundesinnen- oder -außenminister beauftragen können - bürgt für Unbeständigkeit. Sie hatte zu meiner Zeit allerdings den kleinen Vorteil, daß auf diese Weise von Zeit zu Zeit ein CDU-Ministerpräsident sich vom guten Geist der Konsultationen überzeugen und die Kritik der CDU/CSU-Opposition an der deutsch-französischen Zusammenarbeit dämpfen konnte - sofern er das wollte.

Valéry und ich glichen das Defizit der kulturpolitischen Bemühungen durch demonstrativen gemeinsamen Besuch von Konzerten und Kunstausstellungen aus. So veranstalteten wir in Bonn eine Max-Ernst-Ausstellung oder besuchten zusammen die überaus sehenswerte Ausstellung Paris-Berlin im Centre Pompidou, die 300000 Besuchern die Augen geöffnet hat für die gegenseitigen Befruchtungen der bildenden Künste in den ersten Jahrzehnten dieses Jahrhunderts.

Natürlich habe ich in Paris jede Gelegenheit benutzt, mir die Kunstschätze der Metropole wieder und wieder anzusehen, die Sainte-Chapelle und Notre Dame, den Louvre und immer wieder die von mir seit meiner Jugend geliebten Impressionisten im Jeu de Paume, die heute in großem Stil und um wichtige Stücke vermehrt im ehemaligen Bahnhof d'Orsay gezeigt werden.

In meiner Wohnung in Hamburg hängt ein Bild des Hamburger Hafens, das der französische Fauvist Albert Marquet um 1910 gemalt hat; es liegt mir am Herzen, weil es weitgehend mit meinen eigenen Kindheitserinnerungen an den Hafen übereinstimmt. Bei einer der Konsultationen in Paris besuchten Loki und ich das Atelier Marquets, es hat einen herrlichen Ausblick auf die Dächer von Paris. Marquet war gestorben. Wir trafen seine Witwe, eine zarte und gebrechliche alte Dame, die sich über unseren Besuch sehr gefreut hat. Voller Stolz berichteten wir von »unserem« Bild und von anderen Marquet-Bildern in Hamburg. Zum Abschied schenkte sie uns eine kleine Bleistiftzeichnung von Marquet, die Hamburger Binnenalster darstellend.

Bisweilen luden Valéry und ich statt nach Paris und Bonn an andere Orte ein, die ihrer Geschichte oder ihrer Schönheit wegen berühmt sind. So haben sich beide Regierungen auch in Südfrankreich in der Nähe von Nizza getroffen oder in Straßburg, in Bremen oder in Aachen. Das auf Einladung des Aachener Bischofs Hemmerle gemeinsam besuchte Kirchenkonzert im Aachener Münster, die Pfalzkapelle Karls des Großen und vielerlei Anspielungen auf diesen gemeinsamen fränkischen Vorfahren gaben dem Treffen in Aachen einen besonderen Akzent. Immerhin reichten die Geschichtskenntnisse auf beiden Seiten aus, zu wissen, daß Charlemagne einer der Urväter Europas gewesen ist und daß zu seiner Zeit noch niemand von einer französischen oder einer deutschen Nation gesprochen hat. Es wurde in den privaten Unterhaltungen an jenem Tage viel über die seither verflossenen zwölf Jahrhunderte gemeinsamer Geschichte gesprochen. Mir selbst wurde bewußt, wie ungeheuer groß die Aufgabe bleibt, nach all den vielen Kriegen eine dauerhafte Freundschaft zwischen unseren beiden Nationen zu stiften. Denn Verständnis, Freundschaft und Friede zwischen Franzosen und Deutschen müssen ja tatsächlich immer wieder neu gestiftet werden, um endgültig zu werden. Ich zweifle nicht daran, daß dies im 21. Jahrhundert eine ständige Aufgabe sein wird.

So sehr uns beiden daran lag, nach außen hin die Konsultationen herauszustellen, so sehr waren aus meiner Sicht die persönlichen Gespräche zwischen Valéry und mir doch das Wichtigste an diesen Treffen. Wir stimmten uns ab vor Sitzungen des Europäischen Rates oder vor Weltwirtschaftsgipfeln; wir tauschten unsere Erfahrungen im Verkehr mit Carter und Reagan ebenso aus wie hinsichtlich Breschnews oder Giereks. Mancher diplomatische oder politische Schritt des einen wurde zuvor mit dem anderen besprochen. Nicht immer wurden die Ratschläge und Warnungen auch befolgt; so beurteilte Valéry zum Beispiel die Stetigkeit Jimmy Carters noch weniger günstig als ich und warnte mich vor allzu enger Anlehnung. Umgekehrt hatte er 1981 und 1982 einen positiven Eindruck von Ronald Reagans Administration und ermahnte mich, nicht allzu kritisch zu sein. Dabei waren wir grundsätzlich von der Unerläßlichkeit des Atlantischen Bündnisses überzeugt, weil wir die potentiellen Gefahren, die von der Sowjetunion ausgingen, gleich einschätzten. Gerade deshalb bemühten wir uns auch beide um ein stabiles Verhältnis zur Sowjetunion und zu Breschnew.

Als Jimmy Carter, in schlechter innenpolitischer Ausgangssituation für seinen zweiten Präsidentschaftswahlkampf, nach dem sowjetischen Einmarsch in Afghanistan 1980 die europäischen Regierungen bedrängte, sich an einigen seiner auf innenpolitische Wirkung zielenden Gesten gegen die Sowjetunion zu beteiligen, erkannten Valéry und ich, daß kein wirklicher Wille zur konsequenten Konfrontation mit der Sowjetunion dahinter stand, und hielten uns deswegen zurück. Wir hatten 1979 Carters Werben um den Senat zwecks Ratifikation des von ihm ausgehandelten SALT-II-Abkommens auf seinen Wunsch öffentlich unterstützt, weil uns dieses Abkommen als vernünftig erschien, wenngleich es die sowjetische Vorrüstung bei den nuklearen Mittelstreckenwaffen ausgeklammert hatte. Über den Austausch von Bruderküssen zwischen Breschnew und Carter hatten wir zwar heimlich die Nase gerümpft, nun aber sollten wir uns am krassen Gegenteil, nämlich an Sanktionen gegen die Sowjetunion beteiligen. Unter anderem sollten wir die Olympischen Spiele boykottieren, die im Sommer 1980 in Moskau stattfanden. Valéry und ich waren über die Vergewaltigung Afghanistans nicht weniger empört als die Amerikaner, wir beteiligten uns selbstverständlich an den Protesten des Westens. Aber wir hielten nichts von Carters Idee einer »Bestrafung« der Sowjetunion, hinter der erkennbar keinerlei strategisches Konzept stand.

Valéry traf sich im Mai 1980 auf Vermittlung Giereks, den wir beide gleichermaßen als menschlich zuverlässigen Partner schätzten, in Warschau mit Breschnew, ohne auf Washingtons Entsetzen viel zu achten. Er sprach dort deutliche Worte über die Invasion Afghanistans; Breschnew machte ihm einige verbale Zugeständnisse. In Frankreich ist Giscards Treffen mit Breschnew auf erhebliche Kritik gestoßen, die ihm innenpolitisch geschadet hat. Für mich aber war das Wichtigste, daß der französische Staatspräsident mit diesem allseits überraschenden Treffen mir im Westen den Rücken freihielt für meinen wenige Wochen später stattfindenden Moskau-Besuch, bei dem es außer um Afghanistan vor allem um die SS-20-Raketen und um den Beginn der Rüstungsbegrenzungsverhandlungen im Sinne des Doppelbeschlusses ging.

Eines der schwierigeren Themen zwischen Valéry und mir war die Bekämpfung des international operierenden Terrorismus, der seit der Mitte des Jahrzehnts immer stärker in Erscheinung trat. Frankreich war damals vom Terrorismus noch wenig betroffen. Die öffentliche Meinung in Frankreich, das seit jeher politischen Flüchtlingen gern Asyl gewährt, tendierte dazu, terroristische Gewaltverbrecher als in ihrem Heimatland politisch Verfolgte zu betrachten. Deshalb konnten sowohl baskische als auch deutsche Terroristen durchaus auf eine Freistatt auf französischem Boden hoffen. Auslieferungsbegehren wurden von französischen Gerichten nach strengen Maßstäben entschieden. Nachteilig wirkten dabei Hinweise auf politische Motive der Terroristen, entscheidend war die Vorlage von Beweisen für eine kriminelle Straftat. Einige französische Medien und einige französische Intellektuelle überboten sich gegenseitig in öffentlichen Sympathiebekundungen für die Baader-Meinhof-Leute, während die deutsche Presse anfing zurückzuschießen; zwischen »Nouvel Observateur« und »Le Monde« einerseits und andererseits der »Frankfurter Allgemeinen Zeitung« spitzten sich die Dinge zu. François Mitterrand hat die französische Praxis später geändert.

Valéry und Raymond Barre, der im Oktober 1976 als Premierminister an die Stelle Chiracs getreten war, verhielten sich bei der Entführung und Ermordung von Hanns Martin Schleyer sehr kooperativ. Valéry riet mir, auf keinen Fall der Nötigung durch die RAF nachzugeben. Natürlich konnte er auf die Gerichtsentscheidung über die Auslieferung des deutschen Rechtsanwalts Croissant keinen Einfluß nehmen. Aber er ließ alle deutschen Einrichtungen auf französischem Boden besonders sichern, berief Treffen mit Chefredakteuren ein, um zu mäßigen, und Raymond Barre hielt eine öffentliche Ansprache zum Terrorismusproblem. Der Kontakt in jenen bösen Zeiten war eng und solidarisch. Die Befreiung des im Oktober 1977 nach Mogadischu entführten Lufthansa-Flugzeugs brachte eine Wende: Die französischen Medien verstanden jetzt, daß die Bundesregierung Freiheit und Leben deutscher Bürger zu schützen willens und imstande war, die Hysterie flaute ab. Seither haben auch französische und italienische Bürger – vor allem im Nahen

Osten, aber auch auf italienischem und französischem Boden – Terrorismus am eigenen Leibe erfahren müssen, und die Franzosen nehmen heute längst jenen Standpunkt ein, den Valéry schon im Februar 1976 mir gegenüber vertreten hat: »Es darf nirgendwo Asylrecht für terroristische Verbrecher geben.«

Eine andere schwierige Frage, wenngleich für mich von sehr viel geringerem Gewicht, war die Regelung von Ansprüchen ehemals zwangsrekrutierter Franzosen, die in den Jahren der Hitlerschen Einverleibung Elsaß-Lothringens zur Wehrmacht eingezogen worden waren. Ich kannte das Problem durch den Hamburger Patrizier Alfred Toepfer, der sich um die deutsch-französische Verständigung sehr verdient gemacht hat. Valéry hatte naturgemäß ein erhebliches innenpolitisches Interesse an einer positiven Regelung. Er benannte als Sonderbeauftragten zur Erörterung dieser Frage Daniel Hoeffel, den Spitzenmann der Giscardisten im Elsaß, ich benannte meinen engen Freund Alex Möller, der Bundesfinanzminister im ersten Kabinett Brandt gewesen war. Die deutsche Seite befürchtete präjudizielle Wirkungen auf die Abwicklung des Londoner Schuldenabkommens; deshalb einigten sich die beiden Sonderbeauftragten 1978 auf die Errichtung einer Stiftung, die, fünf Jahre lang aus Mitteln des Bundeshaushaltes gespeist, mit einem Gesamtbetrag von höchstens 250 Millionen DM die sozialen Probleme der ehemaligen Zwangsrekrutierung lösen sollte. Beide Chefs waren damit einverstanden und schlossen 1981 ein entsprechendes Abkommen.

Unglücklicherweise bemächtigte sich die deutsche Opposition der Sache – vornehmlich die Ministerpräsidenten Vogel und Strauß – und verzögerte das Inkrafttreten bis 1984. Sie verlangte als französische Gegenleistung die Rückgabe des Mundatwaldes, eines menschenleeren großen Forstes bei Bad Bergzabern und Landau nahe der pfälzisch-elsässischen Grenze. Über den Mundatwald gab es bereits seit 1962 ein deutsch-französisches Abkommen, aber Bundestag und Bundesrat hatten sich geweigert, es zu ratifizieren, während die Ratifikation durch das französische Parlament längst erfolgt war. Auch heute ist das Problem noch nicht gelöst. Allerdings stellte es nie eine ernste Belastung der Beziehungen dar – schließlich handelt es sich um ganze sieben Quadratkilometer.

Es ist des öfteren vorgekommen, daß Entscheidungen, die zwischen Paris und Bonn zu treffen waren, zu innenpolitischen Attacken mißbraucht wurden. Die kommunistische Partei Frankreichs tat dies regelmäßig, aber auch der rechte Flügel der Gaullisten. Im Winter 1980/81 verdächtigte man die SPD wie auch mich wegen der innerdeutschen Beziehungen. Wie immer in solchen Fällen gab es französische Zeitungen, die sich in Spekulationen über eine angebliche Abkühlung des deutsch-französischen Verhältnisses als Folge unterschiedlicher ostpolitischer Interessen hervortaten. Valéry stellte sich dem am 27. Januar 1981 klar entgegen und sagte in einem Fernsehinterview diese bemerkenswerten Sätze: »Frankreich und die Bundesrepublik Deutschland stellen den Kern Europas dar. Es handelt sich hier nicht um exklusive Beziehungen; aber die deutsch-französische Versöhnung hat in den letzten Jahrzehnten die Geschichte Europas geprägt. Wir haben eine sehr enge Zusammenarbeit mit Deutschland; diese hat sich in der jüngsten vergangenen Periode in keiner Weise geändert... Ich verstehe sehr gut, daß für die Bundesregierung die innerdeutschen Beziehungen eine sehr wichtige Frage darstellen, die sie in Erwägung zieht. Die Regierung jedes anderen Landes würde in solcher Lage das gleiche tun. Ich darf aber auch sagen: es gibt in unseren Beziehungen zur Bundesrepublik nichts, das erlaubte, die Prinzipien in irgendwelcher Form in Zweifel zu ziehen, die wir (gemeinsam) verfolgen: unsere Zugehörigkeit zur Organisation Europas, die bilaterale deutsch-französische Zusammenarbeit, das Herangehen an die Probleme der Sicherheit. Im Gegenteil, der deutsch-französische Kern ist und bleibt der zentrale Kern Europas.«

Der Interviewer hakte nach: »Sie haben, mit einem Wort, keinerlei Zweifel hinsichtlich der Loyalität und Solidarität des deutschen Partners?« Worauf Valéry antwortete: »Ich habe keinen Zweifel.«

Für mich war dieses Interview um so bemerkenswerter, als die Pressespekulationen sich an Äußerungen von Personen des linken Flügels der SPD, darunter des Parteivorsitzenden Willy Brandt, emporgerankt hatten; Valéry hatte sich im Gespräch mehrfach irritiert gezeigt über gemeinsame Auftritte Willy Brandts mit Giscards Gegenspieler Mitterrand, zum Beispiel während des Wahlkampfs zu den französischen Parlamentswahlen im März 1978. Damals erschien ein Wahlsieg der von Mitterrand geführten Linken durchaus denkbar; er hätte für Giscard ein ähnliches Problem aufgeworfen, wie sein Nachfolger es später zu lösen hatte, nämlich einen in Opposition zum Staatspräsidenten stehenden, zukünftigen Präsidentschaftskandidaten zum Ministerpräsidenten zu ernennen.

Valéry hatte es in seiner Deutschland- und seiner Europa-Politik vornehmlich mit zwei häufig und heftig wiederholten Vorwürfen zu tun:

Zum einen wurde er beschuldigt, Frankreich in ein von Deutschland beherrschtes Europa zu führen; zum anderen wurde ihm vorgeworfen, die Unabhängigkeit Frankreichs dadurch zu gefährden, daß er eine Entwicklung der Europäischen Gemeinschaft zu supranationalen Machtbefugnissen fördere. Ich habe immer wieder versucht, diesen Vorwürfen öffentlich entgegenzuwirken, zum Beispiel - mit Valéry abgesprochen - durch die Benutzung des Wortes »Europe des patries«, das mir schon seinerzeit mehr einleuchtete als manches voreilige Gerede von der »Politischen Union« Europas.

Die innenpolitisch motivierte deutsche Kritik an meiner Frankreich- und Europapolitik wurde in der Regel indirekt vorgetragen, indem man mich beschuldigte, ich würde die Allianz mit den USA vernachlässigen. Hierfür fanden CDU und CSU auch oft genug Stichwortgeber in Washington, so zum Beispiel Reagans ersten Sicherheitsberater Richard Allen. Allerdings gab es auch bei uns bisweilen überaus gehässige antifranzösische Presseangriffe. So schrieb zum Beispiel am 18. September 1978 das »Handelsblatt«, nachdem Giscard und ich uns in Aachen über die Grundzüge des Europäischen Währungssystems verständigt hatten, unter der Überschrift »Monsieur le playboy«, im neuen Währungssystem werde es sich »flott und fröhlich wie in Paris bei Nacht leben lassen, und das bürgerlich-sittliche Bonn zahlt im Moulin Rouge die Zeche«. Mit solchen geschmacklosen Gehässigkeiten versuchte man, die deutsche Wirtschaft zugleich gegen mich und gegen Frankreich aufzuwiegeln. Sehr viel ernster zu nehmen war die sorgfältig untermauerte Kritik aus der Bundesbank.

Im Grunde lief die Kritik in beiden Ländern nach dem gleichen Schema ab: Ich wurde beschuldigt, Giscard und Frankreich große Opfer zu bringen, Giscard wurde beschuldigt, den Deutschen und mir zu große Zugeständnisse zu machen – ein Abklatsch alten nationalen Eigensinns, gottlob nur noch ein schwacher Abklatsch. Der gegen den jeweiligen Nachbarn gerichtete Appell an vermeintliche nationale Interessen konnte bei keiner Wahl in Frankreich oder in Deutschland einen Erfolg für sich buchen.

Es ist gleichwohl nicht ausgeschlossen, daß in Zukunft doch einmal nationalistische Attitüden zwischen Franzosen und Deutschen wieder durchbrechen. Zwar zeigen die alljährlichen Meinungsumfragen sowohl in Frankreich als auch bei uns inzwischen mit großer Regelmäßigkeit, daß sich beide Völker als engste Freunde betrachten - so auch 1989, als die Berliner Mauer fiel und zum ersten Mal die Vereinigung der beiden deutschen Staaten als reale Möglichkeit am Horizont auftauchte. Die politische Klasse Frankreichs freilich blieb überwiegend skeptisch und besorgt. Leider hat Bundeskanzler Kohl sich nur unzureichend bemüht, die Besorgnisse zu zerstreuen.

Valéry und ich haben bewußt zur Entwicklung der Freundschaft zwischen beiden Völkern beigetragen; dabei stand ihm noch stärker als mir die Notwendigkeit vor Augen, die eigene nationale Identität durch unser Einvernehmen nicht zu verwischen oder als gefährdet erscheinen zu lassen. Dies galt auch für unsere europäischen Initiativen. Ob wir die Direktwahl zum Europäischen Parlament ins Werk setzten oder die außenpolitische Zusammenarbeit der EG-Mitgliedsstaaten intensivierten, in allen Fällen achteten wir darauf, daß die ihrem nationalen Parlament und ihrer nationalen öffentlichen Meinung verantwortlichen anderen Regierungen nicht in den Verdacht gerieten, vergewaltigt zu werden. Auch im Rahmen des von uns herbeigeführten Europäischen Währungssystems bleibt den Regierungen die Entschlußfreiheit, entweder ihre monetäre und fiskalische Politik der Disziplin der Zahlungsbilanz anzupassen oder die Wechselkurse ihrer Währung zu ändern.

Wir waren uns einig, daß Mehrheitsentscheidungen gegen einzelne Mitgliedsstaaten der EG oder gar supranationale Entscheidungen durch das Europäische Parlament oder die Brüsseler Hohe Kommission der EG nur schrittweise und vorerst nur auf weniger wichtigen Feldern eingeführt werden konnten. Giscard tolerierte deshalb auch nur zögernd das Projekt der Einheitlichen Europäischen Akte, das 1980/81 zwischen Colombo, dem italienischen Außenminister, und Genscher erstmalig skizziert worden ist; es faßte sowohl eine Korrektur des sogenannten Luxemburger Kompromisses über die Vermeidung von Mehrheitsentscheidungen ins Auge - 1966 zur Beendigung der Phase des leeren französischen Stuhls im Ministerrat der EG geschlossen - als auch eine engere Verknüpfung der Arbeit der EG mit der Außenpolitik der Mitgliedsstaaten, welche formal außerhalb der Organe der EG koordiniert wurde.

Giscard und seine Außenminister - nacheinander Sauvagnargues, de Guiringaud und François-Poncet - legten großen Wert darauf, daß die Brüsseler Kommission in der außenpolitischen Abstimmung der Regierungen nicht gleichen Rang mit diesen oder gar eigene außenpolitische Zuständigkeiten erhielt; dieser französische Standpunkt trat bei den außenpolitischen Unterhaltungen anläßlich der Weltwirtschaftsgipfel und der Gipfeltreffen der Nordatlantischen Allianz besonders deutlich hervor und setzte sich durch. Bis zur Ratifizierung der Einheitlichen Europäischen Akte, die schließlich 1987 in Kraft trat, beruhte die außenpolitische Zusammenarbeit (im Jargon der Diplomatie EPZ genannt, Europäische Politische Zusammenarbeit) im wesentlichen auf Beschlüssen, die zeitlich vor Giscards Präsidentschaft und vor meiner Kanzlerschaft gefaßt worden waren. Sie hat während Giscards und meiner gemeinsamen Amtszeit ihre entscheidende Ausprägung erfahren. Dies galt besonders für die Vorbereitung der Konferenz über Sicherheit und Zusammenarbeit in Europa (KSZE) in Helsinki 1975 und für die KSZE-Folgekonferenzen. Es galt ebenso für die Zusammenarbeit mit Staaten der Dritten Welt, sei es im europäisch-arabischen Dialog, sei es im Rahmen der UNO oder im Rahmen der Lomé-Abkommen.

Besondere Bedeutung gewann eine gemeinsame Erklärung des Europäischen Rates, die dieser am 12. und 13. Juni 1980 in Venedig zur Lage in Afghanistan und im Nahen Osten abgab. Sie trug wesentlich die französische Handschrift. Wir kritisierten darin die sowjetischen Operationen in Afghanistan, verlangten den Abzug der sowjetischen Truppen und solidarisierten uns mit den diesbezüglichen Forderungen der Islamischen Konferenz, welche vorausgegangen war; wir solidarisierten uns aber auch mit dem Libanon und betonten das Existenzrecht und das Recht auf Sicherheit *aller* Staaten der Region, von denen allein Israel ausdrücklich genannt wurde. Zugleich wurden die israelische Siedlungstätigkeit außerhalb des israelischen Staatsgebietes kritisiert, dem »palästinensischen Volk« ein volles Selbstbestimmungsrecht zuerkannt und die Beteiligung der PLO an den Verhandlungen gefordert. Außer Israel wurde damit auch die amerikanische Nahostpolitik deutlich kritisiert. Frankreichs und Englands Erfahrungen im Mittleren Osten hatten die übrigen Teilnehmer überzeugt. Soweit ich sehe, ist diese Position bis auf den heutigen Tag gültige Politik der Westeuropäer.

Der französische Staatspräsident war wenig erbaut vom Gedanken, Portugal und Spanien in die EG aufzunehmen. Er widersetzte sich zwar nicht dem Beitritt Griechenlands und der anderen beiden südeuropäischen Staaten, fürchtete aber eine Aufweichung der EG, vor allem eine weitere Komplizierung der ohnehin schon fast unlösbaren Probleme des gemeinsamen Agrarmarktes. Vorübergehend dachte er als möglichen Ausweg an ein »Europa der zwei Geschwindigkeiten«.

Natürlich sah Giscard, daß eine auf die enge französisch-deutsche Entente gestützte Führungsrolle Frankreichs im Falle der Süderweiterung automatisch etwas eingeschränkt werden würde. Wenn Giscard gleichwohl schon früh dem Beitritt der drei neuen Mitglieder zustimmte, so spielte dabei unsere gemeinsame Überzeugung eine entscheidende Rolle, daß anders eine Stabilisierung der Demokratie in den drei bisherigen Diktaturen kaum große Chancen hatte. Wer zum Beispiel die nach dem Wechsel von Karamanlis zu Papandreou einsetzenden außenpolitischen Extravaganzen in Athen miterlebt hat, mag sich freilich unsicher fühlen, was den zukünftigen Zusammenhalt der Zwölfer-Gemeinschaft anbelangt. Man wird auch in Zukunft pragmatisch vorgehen müssen, wenn man die Gemeinschaft zusammenhalten und ihre Integration fördern will.

Es war dieser Pragmatismus, der Valéry und mich bewog, von 1974 an für direkte Wahlen zum Straßburger Parlament einzutreten. Es gelang uns zwar, trotz der teilweise sehr verschiedenen nationalen Wahlsysteme, eine einheitliche Wahlprozedur durchzusetzen, aber wir konnten dem Parlament keine zusätzlichen Befugnisse verschaffen. Wir verließen uns darauf, daß sich das Parlament durch seine öffentliche Wirksamkeit im Laufe der Zeit selbst das nötige Gewicht und auch Kompetenz verschaffen würde. Im Juni 1979, als das Europäische Parlament zum ersten Mal gewählt wurde, konnte Valéry übrigens einen schönen Erfolg verbuchen, eine eindrucksvolle öffentliche Bestätigung seiner Europapolitik: Seine Partei UDF nahm gegenüber den französischen Wahlen des Vorjahres deutlich zu und wurde stärkste Partei, zu Lasten der Gaullisten; die Linke hielt sich.

In allen Staaten der Gemeinschaft lag die Wahlbeteiligung ziemlich niedrig; bei der zweiten Wahl zum Europäischen Parlament, 1984, ist sie sogar noch weiter gesunken. Die Völker Europas müssen sich an ihr gemeinsames Parlament erst noch gewöhnen. Sobald sich erst einmal Frauen und Männer der ersten Garnitur zur Wahl stellen und sich in Straßburg auch tatsächlich engagieren (Simone Veil gab 1979 das erste Beispiel, zehn Jahre später folgte Giscard d'Estaing selbst), wird im Schatten des Straßburger Münsters eine wirkliche Bühne für die Verhandlungen der öffentlichen Angelegenheiten Europas entstehen.

Der einzige Fehlschlag in unserer gemeinsamen Europapolitik war der Versuch, die Agrarpolitik der EG auf vernünftigere Grundlagen zu stellen. Sie verbraucht für ihre Subventionen mehr als zwei Drittel der Haushaltsmittel der EG und führt durch ihr Festpreissystem plus Abnahmegarantie für die wichtigen landwirtschaftlichen Produkte zu immer größeren Überschüssen. Während die EG 1973 nur 94 Prozent ihres Eigenbedarfs an Nahrungsmitteln produzierte und etwas Raum für Importe aus Drittländern - darunter das wichtige Agrarexportland USA - blieb, waren es 1986 114 Prozent geworden; die EG ist heute ein Nettoexporteur von Agrarprodukten. Während 1973 im EG-Durchschnitt pro Hektar 40 Doppelzentner Weizen geerntet worden waren, wurden daraus bis 1986 50 Doppelzentner. Die im Auftrag der EG-Kommission aufgekauften überschüssigen Mengen drückten auf die Weltmärkte und lösten immer wieder handelspolitische Konflikte aus, zumal große Mengen an Butter zum Teil billig verschleudert wurden; es handelte sich um echtes Dumping der EG zu Lasten ihrer billiger produzierenden ausländischen Konkurrenten und zu Lasten ihrer nichtlandwirtschaftlichen Steuerzahler.

Die unsinnige Idee, daß in jedem Land der EG ein und derselbe Preis für dieselben Agrarprodukte gelten sollte, stammt aus den Anfangszeiten der Römischen Verträge. In den fünfziger Jahren spielte vor allem in Frankreich, aber auch in Holland und Italien die Landwirtschaft eine innenpolitisch hochbedeutsame Rolle, und der deutsche Wirtschaftsminister Ludwig Erhard mußte seine marktwirtschaftlichen Vorstellungen zurückstellen. Heute sind in Frankreich nur noch 7 Prozent aller Erwerbstätigen in der Landwirtschaft tätig, in Holland 4,5 Prozent, in Italien 10,5 Prozent, in Spanien 15 Prozent, in Deutschland 5 Prozent, in England gar nur 2,5 Prozent. Wirtschaftlich gesehen sind also die Landwirte in den wichtigsten Mitgliedsländern höchstens ein zweitrangiger Faktor, politisch aber spielen sie immer noch eine Rolle ersten Ranges. Infolgedessen sind die Agrarminister innen- oder koalitionspolitisch wichtige Figuren. Sie haben in der EG ihren eigenen Agrarministerrat etabliert, der im Laufe der Zeit für fast alle Produkte Marktordnungen entwickelt hat, bis hin zu Korken und Schnittblumen.

Zu den Kämpfen über die Einrichtung der Marktordnungen kamen die alljährlichen Auseinandersetzungen um die Preiserhöhungen, welche in einer gemeinsamen »grünen« Verrechnungswährung ausgedrückt wurden. Die Landwirte und ihre Minister hielten es für selbstverständlich, daß die Preise jedes Jahr angehoben wurden. Ende der sechziger Jahre, als die internationalen Währungsturbulenzen begannen, haben sie zudem durchgesetzt, daß die Landwirte eines Aufwertungslandes zusätzliche Subventionen erhielten (sogenannte Währungsausgleichs-Beträge, im Jargon meist MCA = Monetary Compensatory Amounts genannt); den Landwirten in einem Abwertungsland, deren Erlöse sich durch die Abwertung gegenüber den in grüner Währung fortgesetzten Preisen erhöhten, wurden negative MCA abgezogen. So führte jede Währungsveränderung zur Neufestsetzung der MCA und damit automatisch zu Streitigkeiten.

Valéry und ich haben mehrfach versucht, die MCA abzubauen; durch einen schrittweisen Abbau wäre zwar die Landwirtschaft der ökonomisch erfolgreicheren Mitgliedsländer benachteiligt und diejenige der schwächeren Länder begünstigt worden, aber bei jeder Wechselkursveränderung wäre das unsinnige, zwangswirtschaftliche System gleicher Preise und gleicher Erlöse schrittweise ausgehöhlt worden. Wir hatten nur geringfügigen Erfolg. Auch unsere häufigen Ermahnungen an die Landwirtschaftsminister, wenigstens ihre Lautstärke zu dämpfen, blieben in der Regel erfolglos. Inzwischen haben einige Regierungen sogar zusätzliche nationale Subventionen eingeführt; so läßt zum Beispiel die heutige Bundesregierung den deutschen Landwirten Mehrwertsteuern erstatten, die sie nie gezahlt haben.

Der Unfug des Gesamtsystems der europäischen Agrarpolitik wird schlagartig deutlich, wenn man sich vorstellt, die EG würde in gleicher Manier für Stahlerzeugung, Schiffbau oder Automobilfabrikation einheitliche Preise, Währungsausgleichsbeträge, Abnahmegarantien und Abschöpfung der Preisvorteile billiger Importe aus Drittländern verwirklichen. Meine Hoffnung, daß sich in der Agrarpolitik auf Dauer englischer common sense durchsetzen werde, erweist sich einstweilen als ein schöner Irrtum.

Deutsch-französische Festtage

Giscard und ich haben uns oft auch außerhalb der offiziellen Konsultationen beraten – sei es in seinen privaten Räumen in dem ansonsten reichlich prunkhaften Elysée-Palast, sei es in Hamburg am Neubergerweg, sei es in Bläsheim im Elsaß, wo wir zweimal im »Ochsen« vorzüglich zu Abend gegessen haben. Im Laufe der Zeit wurden auch unsere Ehefrauen in die Freundschaft einbezogen. Für Anne-Aymone Giscard d'Estaing, deren Vater in einem deutschen Konzentrationslager umgebracht worden ist, war dies gewiß keine selbstverständliche Entwicklung. In den ersten Jahren wahrte sie freundliche Distanz, später wurde daraus eine herzliche Freundschaft. Madame Giscard d'Estaing ist eine schöne und elegante Erscheinung, sie verstand es hervorragend, ihr Land zu repräsentieren. Später – nach Valérys Abschied vom Elysée – hat sie sich aktiv an seiner politischen Arbeit beteiligt.

Die Ehepaare Giscard d'Estaing und Schmidt haben sich häufig getroffen – und sie tun es heute noch. Wir waren immer wieder vergnügt, wenn es uns gelungen war, unsere Treffen an den Medien vorbei zu organisieren. Denn ohne Druck, eine Nachricht oder gar ein Kommuniqué veröffentlichen zu müssen, kann ein Gespräch sehr viel mehr in die Tiefe und in die Breite gehen. Die Atmosphäre eines privaten Hauses – selbst wenn die Giscards in unserem kleinen Gästezimmer in der Mansarde schlafen mußten – gab auch den Ehefrauen die Möglichkeit intensiver Beteiligung. Anne-Aymone Giscard hat viel dazu beigetragen, daß Loki und ich ihr Land besser verstehen lernten. Übrigens gilt dies ähnlich auch für Betty Ford und Audrey Callaghan, für Frau Sadat, Frau Rabin, Frau Mubarak – aber auch für Frau Breschnewa oder Frau Gierkowa, und später für Danielle Mitterrand.

Valéry und ich haben bisweilen auch Schach gespielt oder uns über Literatur, Kunst und Geschichte unterhalten – die Freundschaft reicht über die Politik hinaus. Natürlich hatten wir ein Interesse daran, das Ausmaß unserer politischen Übereinstimmung auch nach außen sichtbar zu machen, sowohl für unsere Mitspieler in der EG und im Westen insgesamt als auch für die östlichen Gegenspieler, die erkennen sollten, daß es keine Chancen gab, Frankreich und Deutschland auseinanderzubringen. Wir hatten daran ebenso ein innenpolitisches Interesse. Deshalb luden wir bei unseren gegenseitigen Besuchen öfter zu größeren Essen ein; diese fanden statt in Schloß Ernich, der Residenz des französischen Botschafters, in der Redoute in Godesberg, im Elysée oder in der Residenz des deutschen Botschafters in Paris, dem Hotel Beauharnais. Dieses von den Franzosen geschätzte kleine Palais im Stil des Empire eignet sich vorzüglich zu solchen Einladungen. Zur Freude der Franzosen ist das Beauharnais gut restauriert worden; übrigens ist das ehemalige Badezimmer Bismarcks ein beliebter Ort für Gespräche nach dem Essen.

Im Beauharnais sah ich drei Männer wieder, denen ich wichtige Einsichten verdanke, nämlich Jean Monnet, Robert Marjolin und Raymond Aron; ich sah Pierre Pflimlin wieder, Madame Louise Weiß, auch Rolf Liebermann, der nach seinen Intendantenjahren an der Hamburger Oper die Pariser Oper übernommen hatte (ich erinnere mich an eine Aufführung von Alban Bergs »Lulu« unter Pierre Boulez), des weiteren Edgar Faure, Jacques Chaban-Delmas und Pierre Mendès-France, Pierre Messmer, Michel Rocard oder meinen alten Freund Nahum Goldmann, der meist in Paris lebte.

Bei offiziellen Gelegenheiten sprachen wir, wie es das Protokoll verlangt, jeder in seiner Muttersprache und waren deshalb auf Übersetzungen angewiesen. Da Valéry und ich zumeist improvisierten und ohne Manuskript sprachen, hatten es die Dolmetscherinnen nicht ganz leicht. Ich habe meine Landsmännin Colette Bouverat und Valérys Dolmetscherin Brigitte Sauzay oft bewundert, wie ich überhaupt den Simultan-Dolmetscherinnen in aller Welt - es gibt nur wenige Männer in diesem Beruf, offenbar haben Frauen ein besseres Einfühlungsvermögen - großen Respekt zolle. Natürlich sprechen viele der gebildeten Franzosen deutsch, so der Pariser Erzbischof Kardinal Lustiger, Joseph Rovan oder Alfred Grosser. Auch Valéry kann recht gut deutsch; als er in Mainz anläßlich des Jubiläums der Universität eine Rede in deutscher Sprache hielt, machte dies großen Eindruck auf seine Zuhörer - aber schließlich ist er in Koblenz geboren.

Ein wichtiges Ereignis war der Besuch Valéry Giscard d'Estaings am 29. Oktober 1979 in Berlin. Seit Napoleon 1806 als Sieger in Berlin eingezogen war, hatte es dort keinen Besuch eines französischen Staatsoberhaupts gegeben. Auch bei der Deutschlandreise de Gaulles war Berlin ausgespart worden. Giscard besuchte vor allem den französischen Sektor der geteilten Stadt. Seine erste Rede hielt er vor dem Rathaus des Bezirks Wedding; in deutscher Sprache wirkte sein Bekenntnis zur Freiheit und Sicherheit West-Berlins um so eindrucksvoller. Später - in der Staatsbibliothek - nannte er Berlin »ein Bollwerk der Freiheit, ein Symbol des Rechts und der Gerechtigkeit ... Unsere Rechte sind Ihre Freiheit. Unsere Rechte sind Ihre Sicherheit ... Die Freiheit Berlins ist auch unsere Freiheit.« Der Staatspräsident betonte Frankreichs Rolle im Rahmen der »Rechte und Verantwortlichkeiten der Alliierten aufgrund der Abkommen der Kriegs- und Nachkriegszeit für Berlin und Deutschland als Ganzes« und erwähnte das Viermächteabkommen von 1971, das diese Rechte und Verantwortlichkeiten bekräftigt hatte. Es war die sorgfältig formulierte eindeutige Rechtsposition Frankreichs, aber sie wurde mit großem Takt vorgetragen. Giscard unterstrich die Bindungen West-Berlins an die Bundesrepublik und sprach über die Mauer »mit Erschütterung, aber ohne Resignation«.

Der Besuch, das wurde in allem deutlich, galt Berlin und nicht der Bundesrepublik. Der Quai d'Orsay hatte dem Staatspräsidenten ein Programm gemacht, das die Rolle Frankreichs als Mit-Souverän in Berlin stark betonte und darum auf die anderen drei Souveräne (einschließlich der Sowjetunion) erkennbare Rücksicht nahm. De Gaulle hätte es wohl nicht anders gehalten; aber ob er bei gleicher Gelegenheit den Bundeskanzler in offizieller Rede seinen Freund genannt hätte, wie Giscard es tat? Er nahm am gleichen Tag eine französische Truppenparade ab und legte in Plötzensee einen Kranz zum Gedenken an die Opfer der nationalsozialistischen Terrorjustiz nieder; in Plötzensee sind während der NS-Zeit auch 116 Franzosen ermordet worden. Nachmittags gab es einen improvisierten Bummel über den Kurfürstendamm. Giscard, Stobbe und ich gerieten in ein freundliches und neugieriges Gedränge der Berliner (die Zeitungen nannten das anderntags ein Bad in der Menge); wir kamen nur wenige hundert Meter voran, aber das hat eine halbe Stunde gedauert.

Ich war froh über Giscards Besuch in Berlin; denn eine demonstrative französische Geste hatte dort schon lange gefehlt. Außer Giscard habe ich auch die britische Königin und zwei amerikanische Präsidenten in Berlin erlebt. Alle vier Besuche, so verschieden sie waren, haben mich bewegt: Sie brachten nicht nur die exponierte Lage Berlins ins Bewußtsein der Welt zurück, sondern zugleich auch die Gewißheit, daß es die feste Absicht und das klare Eigeninteresse der drei westlichen Siegermächte waren, zu ihren Garantien für Berlin zu stehen. Und jedesmal wurde mir erneut deutlich, wie sehr wir Deutschen nach wie vor abhängig bleiben von anderen Mächten. Diese Abhängigkeit wird sich im gegenwärtigen Zwei-plus-Vier-Prozeß noch deutlicher auswirken, als es bisher im Bundeskanzleramt vorausgesehen worden ist.

Ministerpräsidenten oder Bundeskanzler nehmen im Ausland an Konferenzen teil, oder sie machen sogenannte Arbeitsbesuche, im Höchstfall machen sie einen »offiziellen Besuch«. »Staatsbesuche« hingegen sind das Vorrecht von Staatsoberhäuptern. Im Juli 1980 machte zum zweiten Mal ein französischer Staatspräsident einen Staatsbesuch in der Bundesrepublik Deutschland - achtzehn Jahre nach de Gaulles Deutschlandreise. Hatte Giscard in Berlin die Garantiemacht Frankreich herausgestellt, so lag ihm jetzt vor allem an der Darstellung der Freundschaft zwischen Franzosen und Deutschen und der Demonstration der von ihm ausdrücklich so genannten »Bonne Entente«.

Der Staatsbesuch, dessen Ablauf wir Monate zuvor persönlich besprochen hatten - die offizielle Einladung durch Bundespräsident Carstens war schon etwas früher ergangen -, begann in charakterisierender Weise mit zwei militärischen Ereignissen, nämlich einer französischen Parade und einem gemeinsamen Appell deutscher und französischer Truppen. Wir traten bei beiden Gelegenheiten zusammen auf und betonten damit unsere Absicht, auch zu einer militärischen Zusammenarbeit zu gelangen. Aus demselben Motiv begleitete Bundesverteidigungsminister Hans Apel den französischen Staatspräsidenten während seines fünftägigen Besuchs. Giscard bereiste vier Bundesländer und sprach mit den vier Ministerpräsidenten, von denen drei der CDU/CSU-Opposition angehörten, darunter selbstverständlich Franz Josef Strauß, der in dem bevorstehenden Bundestagswahlkampf mein Gegner sein sollte. Der ehemalige »Gaullist« Strauß benutzte seine Gastgeberschaft zu der Mahnung, daß die militärische Rückendeckung durch die USA unerläßlich sei. Er wußte, daß weder Giscard noch ich dieser Mahnung bedurften; wohl aber gab es einige Sozialdemokraten, denen diese Unerläßlichkeit deutlich gemacht werden mußte. Da die Ermahnung vom Kandidaten der Opposition kam, hatte sie bei den wahren Adressaten jedoch kaum eine Erfolgsaussicht, sie behinderte eher die Wirkung meiner eigenen parteiinternen Ermahnungen.

Giscard ließ sich auf nichts ein, was auf den bevorstehenden Wahlkampf bezogen werden konnte. Er sprach an mehreren Orten von der »deutsch-französischen Schicksalsgemeinschaft« und von der Rolle Europas in der Welt. Die Welt brauche ein unabhängiges Europa. Unabhängigkeit habe nichts zu tun mit Neutralität oder gar Neutralismus. Er betonte die Solidarität im Atlantischen Bündnis; Europas Unabhängigkeit sei jedoch Voraussetzung dafür, um auf die Dauer Gleichgewicht und Frieden zu sichern. Europa müsse »seinen Einfluß in der Welt wiedergewinnen«. Mehrfach fiel auch das Wort vom »europäischen Europa«.

Für alle intelligenten Zuhörer und Beobachter war klar, daß der Franzose, mit Beihilfe seines Freundes, psychologisch den Boden für eine engere militärische Zusammenarbeit vorbereitete. Er ließ dies mehr ahnen, als daß er es klar aussprach. Ich benutzte ein Zeitungsinterview, um zu sagen: »Giscard und ich kennen uns so gut, daß wir sogar unsere Hintergedanken verstehen«; in der französischen Presse wurde das wörtlich zitiert, und der »Figaro« überschrieb seinen abschließenden Kommentar mit der Schlagzeile »Europa der Verteidigung«. Dies war eine voreilige und übertriebene These, aber die Tendenz stimmte. Peter Scholl-Latour schrieb differenzierter: »Das europäische Europa wird Schall und Rauch bleiben, solange es sich nicht auch der Verteidigungs-, das heißt der eigentlichen Existenzfrage bemächtigen kann. In dieser Hinsicht ist unter Giscard d'Estaing und Helmut Schmidt etwas in Bewegung geraten, was man den schockierten transatlantischen Freunden und den potentiellen russischen Gegnern noch verbergen möchte.« In diesem heiklen und gefährlichen Bereich werde sich die deutsch-französische Gemeinsamkeit bewähren müssen.

In der Tat: Wir wollten unsere Gedanken, die ja keineswegs ausgereift waren, noch verbergen - nicht so sehr aus außenpolitischer, sondern vielmehr aus innenpolitischer Rücksichtnahme; denn zuerst brauchte ich meine erneute (dritte) Wahl zum Bundeskanzler, und ein halbes Jahr später brauchte Valéry seine erneute (zweite) Wahl zum Staatspräsidenten. War das erreicht, wollten wir uns dem komplexen, schwierigen Thema einer deutsch-französischen Verteidigungskooperation zuwenden.

Giscards Deutschlandreise, die am 11. Juli mit einer routinemäßigen deutsch-französischen Konsultation in Bonn endete, wurde zu einem schönen Erfolg. Der französische Staatspräsident war überall auf Sympathie und Zustimmung gestoßen, Presse, Rundfunk und Fernsehen waren des Lobes voll. Peter Boenisch hatte in der »Welt«, die meine Regierung normalerweise scharf bekämpfte, zur Begrüßung des Gastes sogar von einem »politischen Wunder« gesprochen, das sich vor allem im politischen Denken des französischen Volkes vollzogen habe. Die deutsch-französische Kooperation sei noch nie so gut gewesen wie jetzt, noch nie habe es um Adenauers Werk so gut gestanden - »auch nicht in den Tagen der Ära Adenauer - de Gaulle«. Auch in den französischen Medien waren Echo und Kommentierung überaus positiv; wenn die kommunistische »L'Humanité« von »alten Dämonen des Pangermanismus« sprach und die Schicksalsgemeinschaft mit Bonn als »Marsch in den Tod« bezeichnete, so stand sie damit völlig allein. Das Medienecho in England war, verständlicherweise, zum Teil etwas säuerlich; die Medien der USA berichteten nur kurz, sie waren stark mit den akuten innen- und außenpolitischen Problemen des eigenen Landes beschäftigt.

Mir war sehr bewußt, daß Giscard d'Estaing und ich ursprünglich stärker in transatlantischer Richtung tendiert hatten. Vietnam, Watergate, der amerikanische Fehlschlag im Iran und die Unberechenbarkeit Jimmy Carters, vieles hatte uns enttäuscht. Gleichwohl waren wir auch ohne diese Enttäuschungen zu der Einsicht gelangt, daß der Ausbau der deutsch-französischen Freundschaft notwendig war. Wir wollten beide - darüber gab es zwischen uns keinen Zweifel - am Bündnis mit Amerika festhalten. Wir wollten aber beide unsere Nationen nicht zu Klienten oder Schutzbefohlenen werden lassen, die von wechselvollen Stim-

Vom 7. bis 11. Juli 1980 machte Giscard d'Estaing einen Staatsbesuch in der Bundesrepublik Deutschland. Es war der zweite Staatsbesuch eines französischen Präsidenten nach de Gaulles triumphaler Deutschlandreise im September 1962. Auf dem Programm standen Besuche in Baden-Baden, Kassel, Würzburg und Lübeck. Zum Abschluß fanden am 10. und 11. Juli in Bonn die regelmäßigen deutsch-französischen Konsultationen statt. Gast und Gastgeber im Park des Bundeskanzleramtes. Zwei Wochen zuvor hatte in Venedig der sechste Weltwirtschaftsgipfel stattgefunden (unten).

mungen und Strömungen in den USA abhängig waren. Giscard wollte die Würde Frankreichs geschichtlich sichern, ich wollte beitragen zur Wiederherstellung der Würde meiner eigenen Nation. Diesen beiden Zielen diente auch Giscards Deutschlandreise. Aufnahme und Echo in beiden Ländern zeigten: unsere Ziele wurden verstanden und engagiert gebilligt.

Das Jahr 1980 war insgesamt ereignisreich: Afghanistan, die amerikanisch-sowjetische Zuspitzung, die Stillegung der amerikanisch-sowjetischen Rüstungsbegrenzungs-Diplomatie, die Fehlschläge der Carterschen Politik gegenüber Teheran und im Mittleren Osten insgesamt, die zweite Ölpreisexplosion mit ihren verheerenden volkswirtschaftlichen Auswirkungen für Frankreich wie für Deutschland, der Wirtschaftsgipfel in Venedig mit dem vorangehenden Streit zwischen Carter und mir, Giscards und meine Treffen mit Breschnew, die Bundestagswahl, die Wahl Ronald Reagans im November. Kaum je vorher haben Valéry und ich es so häufig für nötig befunden, unsere Eindrücke auszutauschen und unsere Handlungen aufeinander abzustimmen. Als wir uns Anfang Februar 1981 in Paris abermals zur routinemäßigen Konsultation zusammensetzten, war überall in den westlichen Industriestaaten die wirtschaftliche Entwicklung abgeflaut. Wir litten unter dem Druck auf unsere Zahlungsbilanzen, denn die OPEC hatte 1980 einen Leistungsbilanzüberschuß von 115 Milliarden Dollar erzielt.

Dies alles drückte auf die öffentliche Meinung und beeinträchtigte Valérys Chancen bei der Präsidentschaftswahl im April und Mai, die ihre Schatten deutlich vorauswarf. Überflüssigerweise mischten sich abermals Leute vom linken Flügel meiner eigenen Partei in den französischen Wahlkampf und favorisierten François Mitterrand. Daß dieser denselben Leuten 1983 als Staatspräsident vor versammeltem Bundestag mit leidenschaftlicher Härte bescheinigte, daß sie in Sachen Doppelbeschluß genau das Falsche wollten, habe ich meinen Parteifreunden mit Genugtuung gegönnt. Trotz seiner akuten Sorgen hatte Valéry eine sehr freundliche Geste mir gegenüber angeregt, die mich sehr rührte, nämlich einen Ehrendoktor der Sorbonne, einer der angesehensten Universitäten der Welt.

Valéry Giscard d'Estaing hat mir mehrfach erklärt, er ziele darauf ab, für eine Reihe von Jahren in Frankreich höhere Zuwachsraten des Bruttosozialprodukts zu erreichen als in Deutschland, Frankreich müsse das wirtschaftliche Gewicht der Bundesrepublik erlangen. Diese Zielsetzung war mir vertraut, ich kannte sie schon von Pompidou. Sie ist inzwischen Allgemeingut der politischen Klasse Frankreichs geworden. Allerdings gibt es keine hinreichende Übereinstimmung in Frankreich, wie dies zu bewerkstelligen sei; mir scheint eine wesentliche Verbesserung des sozialen Klimas zwischen Gewerkschaften und Arbeitgebern eine der notwendigen Voraussetzungen zu sein. Vom deutschen Standpunkt aus hielt ich eine gewisse Stärkung der wirtschaftlichen Leistungskraft Frankreichs immer für wünschenswert, zumal Paris keine Methoden entwickelte, die zu Lasten der deutschen Wirtschaft gingen. Giscards Zielsetzung kam mir zwar nicht illusionär vor, aber ich rechnete kaum mit ihrer baldigen Verwirklichung.

Der Staatspräsident dachte marktwirtschaftlich und durchaus im Rahmen moderner ökonomischer Erkenntnisse; die Mehrheit der Franzosen aber dachte dirigistisch, etatistisch und protektionistisch, sie ist auch heute noch, ob politisch links oder rechts, in ihrer ökonomischen Vorstellungswelt eher konservativ. Giscards erster Premierminister Jacques Chirac ist dafür ein kennzeichnendes Beispiel; er war intelligent und tatkräftig, ein ENA-Zögling wie sein Präsident, aber zugleich ein konservativer Dirigist, der den Akzent auf die Landwirtschaft legte. Sein Nachfolger Raymond Barre, ein parteiloser Universitätsprofessor der Ökonomie mit erheblicher administrativer Erfahrung als Mitglied der Kommission der EG, lag dagegen auf gleicher Wellenlänge mit dem Präsidenten; ihr Überblick über die weltwirtschaftlichen Zusammenhänge und Probleme war beeindruckend. Der im Herbst 1976 lancierte »Plan Barre«, den ich sehr begrüßte, zielte auf eine Eindämmung der geld-, lohn- und haushaltspolitisch verursachten Inflationsraten, auf stärkeren Wettbewerb und auf eine Verringerung des französischen Leistungsbilanzdefizits; er war bis zum Beginn des zweiten Ölpreisschocks erfolgreich.

In der späteren Regierung des Ministerpräsidenten Mauroy (unter Mitterrand) entsprachen die beiden Sozialdemokraten Jacques Delors und Michel Rocard am stärksten dem marktwirtschaftlichen ökonomischen Realismus Giscards und Barres – ergänzt durch die ihrer politischen Grundeinstellung entsprechende sozialpolitische Komponente. Mauroy selbst hingegen glaubte an die neosozialistische Mixtur aus Keynesianismus, Wohlfahrtsstaat und staatlicher Wirtschaftslenkung einschließlich der Verstaatlichung der großen Banken und Industrieunternehmungen; sein idealistischer Optimismus verleitete ihn. Während sein Parteifreund Rocard mir einmal gesagt hatte, man müsse wählen zwischen mehr Lohn und mehr Freizeit, glaubte Mauroy nicht nur, daß beides zugleich möglich sei, sondern daß dadurch gleichzeitig auch mehr Arbeitsplätze entstünden. Staatspräsident Mitterrand sah sich, Jacques Delors' Ratschlag folgend, schon nach gut einem Jahr des sozialistischen Experiments Mauroy und nach zwei Franc-Abwertungen innerhalb kurzer Zeit gezwungen, auf Sparkurs zu gehen. Mitterrand erschien mir damals - wie den meisten Regierungschefs - als ein Mann ohne eigene ökonomische Urteilskraft, was ich für normal und deshalb auch keineswegs als eine Schande ansah, wohl aber als ein Manko.

Unter den Franzosen, die ich als Ökonomen näher kennengelernt habe, muß ich noch zwei Namen mit Dankbarkeit erwähnen, nämlich Robert Marjolin und Jacques de Larosière. Den ersteren habe ich in den frühen fünfziger Jahren als Generalsekretär der OEEC (Organisation for European Economic Cooperation) kennengelernt; ein Vierteljahrhundert später habe ich von ihm einmal weltwirtschaftlichen Rat erbeten und auch erhalten. Larosière habe ich als leitenden Beamten im Finanzministerium kennengelernt; spätestens als Managing Director des Weltwährungsfonds (IMF) erregte er meine Bewunderung. Nach 1982 verstand er es, in mühseligem Krisenmanagement immer wieder die drohenden Zusammenbrüche der internationalen Zahlungsfähigkeit von Schuldnerstaaten der Dritten Welt abzuwenden. Insgesamt verfügt Frankreich gewiß über ebenso viele ökonomische Spitzenkräfte wie Deutschland. Gleichwohl ist es den Franzosen bis heute nicht gelungen, die wirtschaftliche Leistungsfähigkeit der Bundesrepublik einzuholen.

Ehe ich zu den Gründen für diese Diskrepanz komme, ist zunächst ein Blick auf die Zahlen notwendig. Es ist auf der Welt allgemein üblich geworden, den wirtschaftlichen Erfolg eines Staates vornehmlich an den vier Kategorien des sogenannten magischen Vierecks zu messen: zufriedenstellendes Wachstum, hohe Beschäftigung (zumeist gemessen in den Prozentsätzen der Arbeitslosigkeit), Preis- oder Geldwert-Stabilität (zumeist gemessen im Anstieg der Konsumgüterpreise pro

Jahr, auch Inflationsrate genannt) und außenwirtschaftliches Gleichgewicht (zumeist gemessen an Überschuß oder Defizit der Leistungsbilanz, das heißt an der Differenz zwischen Export und Import des Warenhandels und der Dienstleistungen). Ich selbst habe es immer für nötig gehalten, über diese vier Kategorien hinaus mindestens zwei weitere Kategorien zur Bewertung heranzuziehen, nämlich eine sozial gerechte Einkommensverteilung und das Ausmaß der Beeinträchtigung beziehungsweise Schonung der natürlichen Umwelt und ihrer Ressourcen; allerdings ist die Messung dieser beiden Kriterien äußerst schwierig und überall umstritten. Deshalb beschränke ich mich auch im folgenden auf die zuvor genannten vier Kategorien.

Bei Betrachtung der Grafiken (siehe Anhang) erkennt man auf den ersten Blick, daß Frankreichs Wachstumsraten unter den beiden Ölpreisschocks nicht ganz so stark gelitten haben wie diejenigen der Bundesrepublik; seit dem ersten Ölpreisschock 1973/74 liegt das französische Wachstum insgesamt nicht nennenswert unter den deutschen Raten. Der Wachstumsverlauf der vier Nicht-Ölstaaten Frankreich, Deutschland, Italien und Japan verläuft in bemerkenswertem Maße parallel. Dabei liegt Japan kontinuierlich auf einem höheren Niveau; es konnte die Wachstumseinbuße durch die zweite Ölpreisexplosion von 1979/80 besser abfedern als alle anderen.

Auf den ersten Blick sieht es so aus, als ob Frankreich schon 1982 die Auswirkungen des zweiten Ölschocks überwunden hätte; tatsächlich ist aber der leichte Wachstumsanstieg des Jahres 1982 die Folge des ab Mitte 1981 von Mitterrand und Mauroy enorm ausgeweiteten Haushaltsdefizits gewesen. Da diese Politik mit vergleichsweise hohen Inflationsraten und einem Verfall der Leistungsbilanz bezahlt werden mußte, wurde die Haushaltspolitik bald korrigiert; mit Wegfall der fiskalischen Stimulantien sank auch die Wachstumsrate wieder.

Frankreich ist mit einer weitaus höheren Arbeitslosigkeit in die siebziger Jahre gegangen als Deutschland. Die starken Wachstumsverluste durch die Ölschocks haben infolgedessen zu einer vergleichsweise höheren Arbeitslosigkeit als in Deutschland geführt. Auch die Erholung des Wachstums in den Jahren 1976 bis 1979 hat in Frankreich, anders als in Deutschland, nicht zur Minderung der Arbeitslosigkeit geführt. Beide Länder lagen in der Arbeitslosigkeit jedoch immer deutlich unter dem Durchschnitt der EG, der besonders durch die Arbeitslosigkeit in England, Italien und den Beneluxländern nach oben getrieben wurde. Weder der »Plan Barre« seit Herbst 1976 noch seit Mai 1981 das sozialistische Experiment Mauroy haben den Anstieg der französischen Arbeitslosigkeit erkennbar bremsen können. Der 1983 einsetzende »Plan Delors«, der Mauroys keynesianisches Experiment der stark defizitären Haushaltspolitik beendete, hat dann zwar wesentlich dazu beigetragen, die besonders hoch gestiegene Inflationsrate Frankreichs und die enormen Defizite in der französischen Leistungsbilanz wieder zu dämpfen, welche infolge der hoch defizitären Haushaltspolitik ab Sommer 1981 entstanden waren; aber die Arbeitslosigkeit hat er zwangsläufig nicht mindern können.

In Deutschland haben die verschiedenen staatlichen Investitionshilfen und -programme in der zweiten Hälfte der siebziger Jahre positive Wirkungen auf dem Arbeitsmarkt gezeitigt. Ab 1981 schlugen jedoch die Wirkungen des zweiten Ölpreisschocks auf unsere hohe Exportabhängigkeit und ab 1982 die Verschlechterung des sozialen Klimas auf die Arbeitslosigkeit voll durch. Es bleibt bemerkenswert, daß die Gesamtheit der EG-Staaten selbst Jahre nach dem zweiten Ölschock kaum in der Lage war, den weiteren Anstieg der Arbeitslosigkeit zu verhindern.

Der Wegfall der von den festen Wechselkursen diktierten geldpolitischen Disziplin durch den Übergang zum freien Floaten des Dollar und der meisten anderen Währungen 1973, der bald darauf einsetzende erste Ölpreisschock und die daraufhin in vielen Staaten der Welt ausbrechende abermalige monetäre Expansion führten 1974 zu einem Quantitätssprung der Inflationsraten. Diese konnten zwar bis 1978 allgemein etwas abgefangen werden, aber danach stiegen sie unter dem zweiten Ölpreisschock von 1979/80 wieder stark an. Die danach in den meisten Staaten einsetzenden antiinflationären Anstrengungen der Geld- und Haushaltspolitik wirkten sich auch in Deutschland schon 1982 spürbar aus; die französischen Inflationsraten lagen jedoch seit 1974 doppelt so hoch wie die deutschen. Erstaunlich ist übrigens das Inflationsverhalten Japans: Nach dem ersten Ölpreisschock stiegen Japans jährliche Inflationsraten auf über 24 Prozent, nach dem zweiten lediglich auf 8 Prozent.

Am dramatischsten kommen die Auswirkungen der beiden Ölpreisschocks in der völligen Verwerfung der Zahlungsbilanz-Strukturen der Welt zum Ausdruck. Die Überschüsse der erdölexportierenden OPEC-Staaten schossen wie Raketen in den Himmel, die Defizite der ölimportierenden Staaten - zum Beispiel Brasiliens - führten zu einer noch nicht dagewesenen Verschuldungskrise und zu Massenelend. Von 1982 an traten als neue Destabilisierungsfaktoren ein Rückgang der Ölpreise und die bis dahin in der Geschichte unerhörten Haushalts- und Handelsbilanzdefizite der USA in Erscheinung. Frankreich wurde durch die weltweite Strukturkrise der Zahlungsbilanzen schwer in Mitleidenschaft gezogen, während die Bundesrepublik mit Hilfe geld- und haushaltspolitischer wie auch lohnpolitischer Disziplin beide Ölpreisschocks etwas leichter überwunden hat. Ähnlich wie Tokio beging freilich auch Bonn von 1982 an den Fehler, den restriktiven Kurs fortzusetzen und sogar noch zu verstärken; Deutschland wie Japan erzielten infolgedessen Mitte der achtziger Jahre Leistungsbilanzüberschüsse in einer Höhe, wie sie sonst lediglich bei einigen OPEC-Staaten vorgekommen war.

Sofern nicht besondere politische oder psychologische Gründe eine überlagernde Wirkung auslösen – zum Beispiel Kapitalflucht aus innenpolitischer Besorgnis oder aus Kriegsfurcht –, haben Leistungsbilanzungleichgewichte im wesentlichen zwei Wirkungen: Überschüsse verringern den möglichen realen Lebensstandard des eigenen Landes durch Verringerung der im Inland verfügbaren Güter, begründen dafür aber Forderungen an die Volkswirtschaften anderer Länder; Defizite vergrößern zwar den gegenwärtigen Lebensstandard zu Hause, belasten aber den zukünftigen Lebensstandard durch die Notwendigkeit der Verzinsung (und gegebenenfalls der Tilgung zugunsten des Auslands). Mit anderen Worten: ein Defizitland wird auf die Dauer zum Schuldner, ein Überschußland wird zum Gläubiger. Auf diese Weise sind die USA seit Mitte der achtziger Jahre zum größten Schuldnerland der Weltwirtschaft geworden. Auch Frankreich war zeitweilig auf einem Weg, der am Ende Frankreichs Schulden im Ausland größer hätte werden lassen können als sein Auslandsvermögen und seine Guthaben im Ausland. Umgekehrt sind Japan und die Bundesrepublik die größten Gläubigerstaaten der Welt geworden. Für jeden nüchtern Urteilenden liegt es auf der Hand, daß eine solche Entwicklung der beiden Verlierer des Zweiten Weltkrieges böse psychologische und politische Wirkungen auslösen kann. Dies gilt auch für das Verhältnis zwischen Frankreich und Deutschland.

In Frankreich kommt ein spezielles Prestige-Moment hinzu, das in anderen Staaten eine geringe oder gar keine Rolle spielt; der Wechselkurs des Franc wird in Paris bisweilen wie eine heilige Kuh behandelt. Ein Defizit-Land muß ausländische Währung ankaufen, um seine Importe zu bezahlen; je länger die defizitäre Situation anhält, um so begehrter und teurer wird die ausländische, um so billiger wird die eigene Währung, das heißt, der Wechselkurs der eigenen Währung sinkt. Von 1970 bis 1982 ist der Wechselkurs des französischen Franc gegenüber dem Durchschnitt der Währungen der Industrieländer um knapp 20 Prozent abgesunken. Umgekehrt ist im gleichen Zeitabschnitt der Kurs der D-Mark um fast 60 Prozent gestiegen. Während 1957 Franc und D-Mark den gleichen Wert hatten, betrug der Wert des Franc ein Vierteljahrhundert später, am Ende meiner Amtszeit, nur noch 0,37 DM. Mich hat diese Entwicklung immer beunruhigt, sie war des öfteren Gegenstand besorgter Gespräche mit meinen französischen Partnern. Gegen Ende der achtziger Jahre hat die seriöse Politik des Finanzministers Bérégovoy den Franc wesentlich stärker gemacht.

Natürlich drückt sich im Wechselkurs zwischen Franc und D-Mark auch der relative Erfolg der ökonomischen Politiken beider Länder aus. Allerdings wäre es falsch, von einer Verschlechterung des Wechselkurses einer Währung schon auf eine Verschlechterung des Lebensstandards des betreffenden Landes zu schließen. So bedeutete der Verfall des Dollar-Wechselkurses zur Zeit Jimmy Carters und erneut unter Ronald Reagan (seit Februar 1985) noch keineswegs einen Verfall des amerikanischen Lebensstandards; vielmehr ist er einstweilen lediglich ein Symptom des geringen amerikanischen Stabilitätsbewußtseins hinsichtlich der eigenen Geld- und Haushaltspolitik. Den Amerikanern ist der Wechselkurs ihres Dollars im allgemeinen ziemlich gleichgültig; John Conally hat als Finanzminister unter Nixon diese Gleichgültigkeit, ja Verachtung, in beredter Weise zum Ausdruck gebracht: »benign neglect«.

Für viele Franzosen dagegen ist der Wechselkurs des Franc durchaus eine Frage der Selbstachtung wie auch des internationalen Prestiges. Sie neigen dazu, bei Wechselkursveränderungen andere Staaten verantwortlich zu machen, Chirac war darin verbal Meister. Soweit es sich um ein Absinken des Franc gegenüber den Währungen der Welt handelt, haben Franzosen bei ihrer Suche nach ausländischen Sündenböcken unrecht. Soweit allerdings die D-Mark überdurchschnittlich gegenüber dem Franc ansteigt, haben wir Deutschen Anlaß, die Verträglichkeit unserer ökonomischen Politik im Verhältnis zu Frankreich (und zur EG insgesamt) sorgfältig zu prüfen und abzuwägen.

Die seit Jahrzehnten immer wieder erhobene Forderung nach einer Harmonisierung der nationalen Wirtschafts- und Währungspolitiken innerhalb der EG ist gerechtfertigt. Die Harmonisierung kann nicht durch einen einzigen gewaltigen Akt erreicht werden. Sie bedarf der schrittweisen gegenseitigen Anpassung der Sozialstrukturen, der Produktionsstrukturen, der Steuergesetze, der ökonomischen Entscheidungsgänge, welche die Geld-, Währungs- und Haushaltspolitiken und die Lohnfindung betreffen. Darüber waren sich Giscard und Barre viel stärker im klaren als ihre beiden Nachfolger. Auch ich hatte darüber keine Zweifel; aber sowohl Bundeswirtschaftsminister Graf Lambsdorff als auch einige Herren der Bundesbank hatten weniger Verständnis dafür, daß auch die Bundesrepublik den Willen zur Anpassung verfolgen muß und daß jeder Kompromiß die Bereitschaft zum Opfer erfordert.

Giscard und ich sahen wahrscheinlich weiter als manche unserer Mitarbeiter. Weil aber Giscards wie mein eigener innenpolitischer Spielraum begrenzt war, mußten wir den mühsamen Weg der vielen kleinen Schritte gehen. Unsere Vorstellung von einer schrittweisen Verwirklichung des Europäischen Währungssystems war ein Teil dieses Weges der gegenseitigen Anpassung; denn einer der Zwecke war ja, die Prestige-Empfindlichkeit der Regierungen gegenüber Wechselkursveränderungen auszunutzen, indem sie unter Druck gesetzt wurden, ihr ökonomisches Verhalten so einzurichten, daß Wechselkurskorrekturen möglichst selten erforderlich waren.

Im Sommer und Herbst 1981, nach dem Amtsantritt von Mitterrand und Mauroy, sah es freilich nicht nach französischer Wechselkursdisziplin aus. Das sozialistische Experiment Mauroy mußte, so analysierten wir damals in Bonn, schnell zu erhöhten Inflationsraten und noch größeren Leistungsbilanzdefiziten Frankreichs führen. Zwar erwarteten wir durchaus auch positive Effekte, etwa am Arbeitsmarkt, daneben aber - der hohen Haushaltsdefizite wegen - höhere Zinsen, Steuern und Abgaben. Wir rechneten mit sinkender Arbeitsproduktivität nicht nur der verstaatlichten, sondern aller Unternehmen, mit sinkender Wettbewerbsfähigkeit der französischen Wirtschaft und mit starken staatlichen Reglementierungen auf vielen Feldern. »Von daher«, so hieß es in einer Vorlage, die mir das Bundeskanzleramt Anfang Oktober 1981 zur Vorbereitung meines Besuches bei François Mitterrand in Latché machte, »wird es zu wahrscheinlich regelmäßigen, vielleicht gravierenden Störungen im deutsch-französischen Verhältnis kommen können«. Diese Besorgnis erschien mir gerechtfertigt, wenngleich ich mich hütete, sie nach außen erkennbar werden zu lassen. Durch großes, öffentlich erkennbares Entgegenkommen bei der ersten unter Mitterrand und Mauroy nötig werdenden Wechselkursanpassung im Rahmen des Europäischen Währungssystems am 5. Oktober 1981 (zwei Tage vor meinem Besuch in Latché) habe ich vielmehr für ein gutes Klima gesorgt. Im persönlichen Gespräch fanden Mitterrand und ich in der gemeinsamen beschäftigungspolitischen Sorge wegen des von den USA ausgehenden Hochzinsniveaus schnell einen gemeinsamen Nenner.

Die befürchteten Auswirkungen des Experiments Mauroy wurden mir von Monat zu Monat deutlicher, schon am 14. Juni 1982 war die nächste Franc-Abwertung (und D-Mark-Aufwertung) unvermeidlich. Aber Anfang 1982 war der Optimismus der französischen Regierung noch ungebrochen. Als mich Pierre Mauroy Ende Januar 1982 in Bonn besuchte, sprach er von der Politik des Aufschwungs, die er »anstelle von Deflation und Austerity« eingeleitet habe. Er hoffe sehr, daß auch wir in Deutschland einen wirtschaftlichen Aufschwung einleiten. Der sich daraufhin entwickelnde Dialog ist interessant und symptomatisch – nicht nur für die Sozialistische Partei Frankreichs, die damals mit absoluter Mehrheit regierte. Er mag ebenso für manche meiner Parteifreunde in Deutschland kennzeichnend sein.

»Um das Hauptproblem der Arbeitslosigkeit zu bekämpfen«, sagte Mauroy, »verfolgt die Regierung eine bessere Arbeitsplatzverteilung durch Verkürzung der Arbeitszeit. Wir haben die Wochenarbeitszeit bereits von 40 auf 39 Stunden verkürzt. Bis 1985 wollen wir auf 35 Stunden kommen. Dabei hoffen wir, daß Deutschland und die anderen Staaten sich ähnlich orientieren; denn nur im Gleichschritt kann diese Politik Erfolg haben ... Die kürzere Arbeitszeit wird nicht etwa zu Produktivitätsverlusten führen, im Gegenteil: die Maschinen werden mehr arbeiten. Auch die Arbeitgeber fangen an, die Vorteile dieser Politik einzusehen.«

Schmidt: »Produktivitätszuwachs allein schafft nicht automatisch zusätzliche Arbeitsplätze, eher im Gegenteil. Das Argument ist jedenfalls zweischneidig. Wenn pro Arbeitsstunde durch Rationalisierung 3 Prozent mehr produziert wird, so wird durch das dreiprozentige Wachstum zunächst noch kein einziger zusätzlicher Arbeitsplatz geschaffen ... Es besteht die Gefahr, daß Ihre Produktionskosten und deshalb auch die Preise Ihrer Produkte so hoch steigen, daß Sie von der ausländischen Konkurrenz überrannt werden.«

Mauroy: »Wenn wir bis 1985 auf 35 Stunden gehen, so werden damit 900 000 zusätzliche Arbeitsplätze geschaffen. Wir gehen ja schrittweise vor, im Augenblick nur eine Stunde und eine Reduzierung der Überstunden ... Die Regierung wird den Arbeitnehmern den durchschnittlichen Reallohn garantieren; es wird daher für die unteren Lohngruppen Lohnsteigerungen geben und eine Dämpfung für die höheren Gruppen.«

Schmidt: »Wie wollen Sie das zustande bringen?«

Mauroy: »Über das gesetzlich garantierte Mindesteinkommen. Das geht zwar nur für den öffentlichen Sektor, aber der ist ja in Frankreich sehr viel größer als in den anderen Staaten, und daher gibt er für die gesamte Wirtschaft den Ton an. Im übrigen werden wir im privaten Sektor natürlich auch mit dem Instrument der Steuern arbeiten ... Um den Zustrom der jungen Leute auf dem Arbeitsmarkt aufzufangen, werden wir das Rentenalter auf 60 Jahre senken und außerdem die Möglichkeit eröffnen, schon mit 55 Jahren auszuscheiden ...«

Schmidt: »Wer bezahlt? Die aktiven Arbeitnehmer durch höhere Versicherungsbeiträge oder der Staat mittels höherer Steuern – oder senken Sie die Renten?«

Mauroy: »Für 15 Monate bezahlt der Staat, dabei wird in dieser Zeit die Entschädigung höher sein als die Rente. Natürlich ist das eine Pferdekur, aber es schafft für 1982 und 1983 einen unmittelbar durchgreifenden Effekt. Wenn dadurch 200 000 Arbeitsplätze frei werden, so sparen wir außerdem ja die Arbeitslosenunterstützung. Die Unternehmen verpflichten sich durch einen sogenannten Solidaritäts-Vertrag, die frei werdenden Arbeitsplätze entweder durch Arbeitslose oder durch Schulabgänger zu besetzen.«

Mauroy war voller Zuversicht, bis Ende des Jahres 1982 den bisherigen Zuwachstrend der Arbeitslosigkeit ins Gegenteil verkehren zu können. Wenn wir in Deutschland gleichzeitig einen Aufschwung zustande brächten, so würde seine Aufgabe sehr erleichtert. Auf meinen Einwurf, in beiden Ländern stünden die Hochzinsen einem Aufschwung der Investitionen entgegen, bemerkte Mauroy, schon unter Raymond Barre habe es Ende 1980 in Frankreich eine Inflationsrate von 14 Prozent gegeben; seine Regierung strebe an, unter 10 Prozent zu kommen, sie würde es als sehr gutes Ergebnis ansehen, 1982 auf 11 bis maximal 12 Prozent herunterzukommen. Diese Erwartung ist eingetroffen; da aber gleichzeitig überall die Inflation ernsthaft bekämpft wurde, konnte Frankreich 1982 seinen Inflationsvorsprung weder gegenüber der EG insgesamt noch gegenüber Deutschland wesentlich abbauen.

Ich brachte das Gespräch auf die infolge des zweiten Ölschocks damals noch defizitären Leistungsbilanzen unserer beiden Länder: »Negative Leistungsbilanzen zwingen zu Auslandskrediten; sie können angesichts der hohen Zinsen eine böse Belastung unserer Volkswirtschaften werden. Wir sollten den Amerikanern gemeinsam sagen: Es geht nicht an, daß ihr als reichstes Land zugleich der größte Kreditimporteur seid und durch eure hohen Zinsen Geld aus der ganzen Welt in die USA saugt. Jedenfalls aber müssen wir in Paris und in Bonn in dieser Lage die Defizite in unseren eigenen Leistungsbilanzen beseitigen, damit wir von der Auslandsfinanzierung unabhängig werden. Dies ist augenblicklich meine erste Priorität. Unsere Volkswirtschaften müssen von dem hohen realen Zinssatz herunter, erst danach kann es zu einem Aufschwung der Investitionen kommen.«

Mauroy: »In Frankreich müssen noch zwei weitere Bedingungen erfüllt werden. Zum einen brauchen wir eine strikte Lohndisziplin. Die erwarte ich mir für das ganze Jahr 1982; dabei ist die Beteiligung der Kommunisten an der Regierung hilfreich, denn dadurch werden die kommunistisch bestimmten Gewerkschaften eingebunden. Zum anderen ist es eine vordringliche Bedingung, daß die französische Industrie sich den heimischen Markt zurückerobert. Das bedeutet nicht, daß wir Protektionismus wollen, aber erst einmal müssen wir einige schwer getroffene Sektoren wieder zum Leben erwecken. Wir haben dafür Sektor-Pläne ausgearbeitet. Unsere EG-Partner dürfen unsere Industriepolitik nicht bloß unter dem engen Blickwinkel der EG-Bestimmungen betrachten. Denn schließlich wird ein Wiederaufschwung der französischen Industrie allen in der EG zugute kommen.«

Schmidt: »Ich verstehe Ihr Ziel, aber wollen Sie den Import von Waren aus EG-Staaten behindern? Oder den Import aus der Schweiz, aus Japan, aus den USA? Oder wollen Sie französische Industrieerzeugnisse durch staatliche Subventionen oder Steuervergünstigungen im Preis verbilligen?«

Mauroy: »Es geht hier um dreierlei: Zum einen werden wir Forschung und Technologie fördern, die auf Industrieproduktion orientiert sind. Zum anderen werden wir Fehlentwicklungen berichtigen. Es ist zum Beispiel nicht einzusehen, daß die französische Industrie nicht mehr auf dem Markt elektrischer Haushaltsgeräte präsent ist; sie muß – wie etwa Thompson-Brandt – wettbewerbsfähig gemacht werden, durch technologische Verbesserungen und durch Reorganisation ... Zum dritten handelt es sich um Maßnahmen, die auf den Markt zielen, allerdings nicht gegenüber Staaten der EG, wohl aber zum Beispiel gegenüber Japan oder Taiwan oder Hongkong. Ich gebe zu, der Ausdruck ›Wiedereroberung des Marktes‹ hat einige leidenschaftliche Reaktionen provoziert.«

Schmidt: »Zu eins und zwei sehe ich bisher keine Verletzungen der Vorschriften des Gemeinsamen Marktes der EG. Zu drei aber muß ich sagen, daß der Ausdruck ›Wiedereroberung des Marktes‹ im Verständnis aller, die nicht Franzosen sind, nur als ein anderes Wort für nationalen Protektionismus erscheint ...«

Mauroy: »Aber der Ausdruck hat bei den Franzosen viel Anklang gefunden. Er ist für unsere Regierung der Ausdruck einer voluntaristischen Politik! An unseren vertraglichen Pflichten gegenüber unseren EG-Partnern werden wir jedoch festhalten.«

Anschließend wurden bilaterale Fragen und Projekte erörtert: Kampfpanzer, Kampfhubschrauber, Hochgeschwindigkeitszüge von Paris nach Brüssel und Köln sowie (nach Fertigstellung des Kanaltunnels) nach London, Airbus und so weiter. Wir berührten auch aktuelle Fragen aus dem Ministerrat der EG, bei denen Mauroy sich mehrfach über die in seinen Augen kompromißunwillige Haltung der englischen Regierung beklagte. Ich nahm die Gelegenheit wahr, um – teilweise entgegen meinen eigenen Erfahrungen – England zu verteidigen.

Mauroy räumte ein, als Regierungschef bisher erst wenig Erfahrung im Umgang mit England zu haben. Er bezeugte seinen Respekt vor dem englischen Volk. Aber er sprach auch wiederholt davon, daß es in der EG offenbar zwei verschiedene Mentalitäten gebe, und stellte zweimal die Frage, ob es deshalb nicht richtiger sei, ein Europa mit zwei Geschwindigkeiten anzustreben.

Ich widersprach: Der Kontinent und England seien sich im Laufe der letzten zwanzig Jahre viel näher gekommen, wenn auch nur langsam und schrittweise. Wir hätten beide den Eintritt Englands in die EG gewollt, jetzt müßten wir ihn auch verdauen – je eher der Kanaltunnel komme, desto besser. Wenn wir hingegen ein Europa der zwei Geschwindigkeiten deklarierten, würden wir damit England aus der EG heraus und in jeder Frage an die Seite der USA drängen. Wenn aber England nicht zur EG gehöre, dann fehle ein wesentliches Element, ohne das wir Europas politische Stellung in der Welt und im Verhältnis zu den beiden Weltmächten nicht stabilisieren könnten.

Ich muß zugeben, daß ich im Interesse der EG die Entwicklung der englischen Haltung positiver gezeichnet habe, als ich sie empfand. Aber ich fühlte mich dazu auch deshalb herausgefordert, weil eine Regierung in Paris, die mir soeben eine Reihe gemeinschaftswidriger beziehungsweise der EG unzuträglicher Maßnahmen angekündigt hatte, kaum legitimiert war, sich über Londons Verhalten in der EG zu beklagen.

Auch andere Mitgliedsstaaten hätten bisweilen Schwierigkeiten gemacht, sagte ich deshalb; gegenwärtig stelle sich Griechenland stur, vor zwanzig Jahren sei es Frankreich gewesen.

Unser Gespräch brachte nicht viel Übereinstimmung zutage, es hat meine Besorgnisse über das Experiment Mauroy eher vertieft; aber es verlief in freundschaftlicher, fast herzlicher Weise, bei gegenseitiger persönlicher Sympathie.

Schon im Laufe eines Jahres wurde der Fehlschlag der Mauroyschen ökonomischen Politik evident. Der Nachfrageschub kam höchstens zur Hälfte der französischen Industrie zugute, die andere Hälfte war in Aufträge an die italienische, belgische, holländische und deutsche Industrie geflossen; am 21. März 1983 war die dritte Franc-Abwertung seit Beginn des Experiments fällig. Präsident Mitterrand stand vor der Frage, entweder das Europäische Währungssystem zu verlassen und den Franc dem freien Fall anheimzugeben oder seine bisherige ökonomische Politik weitgehend zu revidieren. Die nüchterne Vernunft siegte; er wählte den zweiten Weg und verkündete vier Tage später ein drastisches Sparprogramm, den sogenannten »Plan Delors«, benannt nach dem damaligen Finanzminister. Es war zugleich die erste große Bewährungsprobe der politischen Ratio des Europäischen Währungssystems.

Meine französischen Kollegen aus der Zeit der Regierung Giscard/Barre und ich hatten uns geirrt. Wir hatten geglaubt, daß es Mitterrand bis zu den 1986 anstehenden Parlamentswahlen nicht gelingen werde, das Steuer herumzuwerfen. Jetzt aber bewies uns Mitterrand seine Entschlußkraft!

Nach den Wahlen 1986, die zu einer Rechts-Regierung Chirac unter dem linken Präsidenten Mitterrand führten – die Franzosen wählten dafür den plastischen Ausdruck »cohabitation« –, wurden die nationalisierten Unternehmen wieder privatisiert. So also kann eine mit großem Idealismus und mit Schwung begonnene, jedoch überhastete ökonomische Politik trotz einiger Anfangserfolge scheitern, wenn sie ohne Rücksicht auf die enge Einbettung der eigenen Volkswirtschaft in die weltwirtschaftlichen Zusammenhänge und Verflechtungen »voluntaristisch« vorgeht – eine Lehre für Ronald Reagan ebenso wie für manche Schwärmer am linken Rand des Spektrums der deutschen Sozialdemokratie.

Wachstum, Arbeitslosigkeit, Inflationsraten und Leistungsbilanz lassen einen erstaunlich geringen Einfluß der politisch so verschieden orientierten Regierungen erkennen, die in den siebziger und achtziger Jahren aufeinander folgten: Giscard/Chirac, Giscard/Barre, Mitterrand/Mauroy, ab Mitte 1984 Mitterrand/Fabius, ab 1986 Mitterrand/ Chirac, heute Mitterrand/Rocard. Außer nach dem Experiment Mauroy gab es keine tiefgreifenden Schwankungen, die mit dem politischen Konzept der jeweiligen Regierung korrelierten. Ähnlich lassen auch die deutschen Statistiken keine deutliche Prägung durch die von der FDP- Führung herbeigeführte »Wende« des Herbstes 1982 erkennen. Ob zwei Mitte-Links-Regierungen der sozial-liberalen Koalition, Brandt/Scheel und Schmidt/Genscher, oder die Mitte-Rechts-Regierung Kohl/Genscher: immer liegen die deutschen Arbeitslosigkeits- und Inflationsraten deutlich unter dem Durchschnitt der EG und immer unter den französischen Werten, das Wachstum liegt meist etwas höher als in Frankreich. In der deutschen Leistungsbilanz wurden die Auswirkungen der Weltwirtschaftskrise schneller wieder aufgefangen. Lediglich nach 1983 lassen sich die Übertreibungen der deflatorischen Politik durch Bundesregierung und Bundesbank an den Inflations- und Leistungsbilanzkurven deutlich erkennen. Die sogenannte Wende ist also im ökonomischen Bereich weitgehend eine Selbsttäuschung; sie konzentrierte sich im wesentlichen auf die Lohnquote der Volkswirtschaft und auf die Sozialpolitik.

Wenn also in beiden Ländern der Einfluß der verschiedenen Regierungen auf den Wirtschaftsablauf seit 1970 begrenzt blieb, müssen konstante Faktoren der Wirtschaft eine größere Rolle spielen, als es den Ökonomen und Politikern gemeinhin bewußt ist. Auch der Leistungsunterschied zwischen der französischen und der deutschen Volkswirtschaft beruht weitgehend auf unterschiedlichen Verhaltensweisen in Frankreich und in Deutschland, die sich bisher als relativ konstant erwiesen haben. Übrigens ist der Leistungsunterschied nicht so groß, wie er in Paris empfunden wird: Hinter der Spitzengruppe USA, Japan und Deutschland rangiert Frankreich in der Weltwirtschaft an vierter Stelle, vor der nächstfolgenden Gruppe Italien und England.

Der wichtigste Grund für den ziemlich konstanten Vorsprung Deutschlands innerhalb der EG liegt in dem gesunden deutschen Sozialgefüge. Wenn die großen deutschen Gewerkschaften ebenso klassenkämpferisch gesinnt und kommunistisch geführt gewesen wären wie die CGT (Confédération générale du travail) in Frankreich, hätten wir vermutlich ebenso viele Arbeitskämpfe und Streiks gehabt. Zwar sprechen Gewerkschafter auch bei uns bisweilen verächtlich über »das Unternehmerlager« oder »das Arbeitgeberlager«; aber man sitzt doch seit über dreißig Jahren als Betriebsratsvorsitzender oder als Gewerkschaftsvorstand am gleichen Tisch in den Aufsichtsräten der Unternehmen. Freundschaften sind selten, man liebt sich nicht; aber man ißt und trinkt doch gemeinsam, man kennt sich, man versteht die Sorgen, Interessen, Ziele, auch die Vorurteile des anderen. Man handelt seit Jahrzehnten die Lohn- und Gehaltstarife, die Arbeitszeit, die Urlaubstage miteinander aus und weiß jedesmal ziemlich genau, was die andere Seite braucht, was sie konzedieren kann und was nicht. De Gaulle hat das Wort von der »participation« geprägt, aber Teilhabe hat in Frankreich kaum eine für die Arbeitnehmer wahrnehmbare Verwirklichung erfahren. Infolgedessen sind Verständnis und Bereitschaft zur Mitverantwortung für die wirtschaftliche Gesamtentwicklung bei den französischen Gewerkschaften deutlich geringer als bei uns.

Im März 1982 unterhielt ich mich über dieses Thema mit François Mitterrand. Mitterrand fragte nach der politischen Einstellung der Arbeiterschaft in Deutschland; im Gegensatz zu Frankreich seien bei uns keinerlei Tendenzen zur kommunistischen Partei festzustellen. »Ihre sozial-liberale Koalition vertritt ja, im Gegensatz zur konservativen CDU, fast die Gesamtheit der Arbeiterschaft und der Linken. Wieso gelingt es Ihnen aber gegenwärtig, diese Menschen dazu zu bewegen, eine Einschränkung ihres Lebensstandards hinzunehmen? Praktisch verurteilen Sie doch die Arbeiterklasse heute zu einer Minderung ihrer Kaufkraft (gemeint war der Netto-Reallohn). Wie ist es Ihnen denn möglich, sich trotzdem das Vertrauen der Arbeiterklasse zu bewahren? Die einzige Antwort, die ich finden kann, ist: Eure Gewerkschaften sind vernünftiger als die Gewerkschaften anderswo.«

Schmidt: »Ich glaube, dies ist tatsächlich so; und es ist der Kern der Erklärung. Wir haben keine polemisch miteinander konkurrierenden kommunistisch, sozialistisch oder christlich geführten Organisationen, die sich in ihrer Kritik an der Regierung gegenseitig überbieten, sondern wir haben es mit Einheitsgewerkschaften zu tun. Natürlich werde auch ich als Bundeskanzler von den Führern der Einheitsgewerkschaften kritisiert, aber dies geschieht zumeist maßvoll. Die meisten von ihnen sind übrigens meine persönlichen oder meine politischen Freunde, wir reden oft miteinander und tauschen uns aus. Drei- oder viermal im Jahr lade ich die hervorragenden Gewerkschaftsführer auch gemeinsam mit den hervorragenden Unternehmern und Bankern zum Abendessen in mein Haus, dann wird vier oder fünf Stunden lang sehr freimütig über alle wirtschaftlichen und sozialen Fragen gesprochen.«

Mitterrand: »Dies ist wahrscheinlich eine sehr gute Methode. Aber dergleichen ist heute in Frankreich kaum denkbar. Und wird Ihre Politik akzeptiert?«

Schmidt: »Ich kann für den gegenwärtigen Zeitraum nur deshalb zur Hinnahme von kleinen Einbußen im Lebensstandard aufrufen, weil ich mit gutem Gewissen darlegen kann, daß dies eine notwendige Voraussetzung dafür ist, ohne Inflationierung die Arbeitslosigkeit zu verringern. Übrigens vertritt der Koalitionspartner FDP bei diesen Gelegenheiten weitgehend die Auffassungen der Unternehmer; dies trägt ungewollt dazu bei, die Grenzen des Handelns für den Chef einer Koalitionsregierung auch den Gewerkschaften deutlich werden zu lassen. Meine eigenen Beziehungen zur Unternehmerseite sind jedoch auch nicht schlecht, sie sind oft nützlich.«

Die vergleichsweise starke Rolle der französischen Regierung bei der Lohnfindung ist in Wahrheit eher eine wirtschaftspolitische Schwäche Frankreichs. Die gesetzlich festgelegten Mindestlöhne sind indexiert. Inflationsraten und Nominallohnsteigerungen schaukeln sich automatisch gegenseitig hoch, weil die meisten Lohntarifverträge die inflationsratenabhängige Indexierung der gesetzlichen Mindestlöhne übernommen und selbst in der schlimmsten Zeit der Weltwirtschaftskrise beibehalten haben - eine Parallele zur italienischen scala mobile (»Rolltreppe«), nur nicht so berühmt. Diese Erstarrung der Reallöhne ohne Rücksicht auf Beschäftigungs-, Absatz- und Ertragslage führt im Wettbewerb mit dem Ausland, zum Beispiel mit Deutschland, Japan oder den industriellen Schwellenländern, zu Verlusten von Geld oder von Marktanteilen oder von beidem. Zum Ausgleich konnte sich die Regierung in Paris dazu verleitet sehen, Subventionen zu zahlen oder den Import zu beschränken oder durch eine Franc-Abwertung wenigstens vorübergehend den französischen Export zu verbilligen - womit dann aber automatisch auch alle lebensnotwendigen Importe für die Franzosen teurer wurden.

Im Gegensatz zum damaligen lohnpolitischen circulus vitiosus in Frankreich haben die Inflationsraten in Deutschland zwar immer eine wichtige Rolle in den Tarifverhandlungen gespielt, aber sie haben nie zur Erstarrung geführt. Die Gewerkschaften haben zum Beispiel in den Bereichen Textil und Leder oder auch im Steinkohlenbergbau die internationale Wettbewerbssituation ihrer Branchen fast rechtzeitig verstanden und ihre Lohnforderungen entsprechend gemäßigt; diese Branchen sind schrittweise geschrumpft, der verbleibende Bestand aber ist stark modernisiert worden. Wo die Mäßigung ausgeblieben ist, etwa im Schiffsbau, hat die Regierung (ziemlich erfolglos) mit Subventionen geholfen, nicht aber mit Handelsbeschränkungen. Alles in allem war das unterschiedliche Lohnfindungs-Verhalten in Frankreich und in Deutschland ein wichtiger Grund für die höhere Flexibilität der deutschen Unternehmen, der einzelnen Branchen und der deutschen Volkswirtschaft insgesamt.

Diese Flexibilität wird im übrigen durch die Aufwertungen der D-Mark geradezu erzwungen; denn die währungspolitische Verteuerung deutscher Exportprodukte für den ausländischen Käufer zwingt die Unternehmen immer wieder zu Rationalisierung und Innovation, um sich durch höhere Qualität oder durch neuartige Produkte weltweit Marktanteile zu sichern. In Frankreich war ein solcher währungspolitischer Innovationsdruck auf die Unternehmen nicht gegeben; vielmehr ist auf vielen Feldern die Regierung selbst als Motor der Modernisierung tätig geworden.

Während die Regierungen in Deutschland die enorme und noch immer wachsende Exportabhängigkeit der gesamten Volkswirtschaft fast ein wenig zu sorglos hingenommen haben, möchten die Regierungen Frankreichs den Exportanteil gern anheben, zumindest aber eine auf Dauer ausgeglichene Handels- und Leistungsbilanz erreichen. Die unterschiedliche Wettbewerbsfähigkeit der beiden Industrien, vor allem aber die verschiedenen Vorstellungen von der Rolle des Staates in der Wirtschaft haben in Frankreich zu einer konservativen, in Deutschland zu einer liberalen Außenhandelspolitik geführt, wobei die totale Freiheit zu importieren unsere Industrie stark unter Druck setzt. In Frankreich dagegen herrscht latent eine Tendenz zur Reglementierung des Imports. Da protektionistische Reglementierungen aber seit Begründung des Gemeinsamen Marktes der EG zunehmend unzulässig wurden, steht Frankreichs Industrie stärker unter Modernisierungszwang als die deutsche; dies haben Giscard, Mitterrand, Barre und Mauroy gleichermaßen gesehen.

Weniger deutlich sahen sie einen tiefer liegenden Grund für die deutsch-französische Leistungsdivergenz. Während sich bei uns seit der Währungsreform 1948 weitgehend eine wettbewerbswirtschaftlich orientierte Grundhaltung durchgesetzt hat – zunächst unter dem Einfluß Ludwig Erhards in der Mitte und auf der Rechten, danach unter dem Einfluß Karl Schillers, Heinrich Deists und Alex Möllers auch auf der Linken –, hat eine Reform des merkantilistischen oder Colbertschen Erbes in Frankreich erst spät eingesetzt; Reste sind noch vorhanden. Giscard schrieb dazu 1976: »Konkurrenz und Markt werden von den Franzosen oft negativ betrachtet. Sie sehen darin eine Form von Desorganisation oder Anarchie.«

Der Übergang vom Agrarstaat zum Industriestaat hat sich im Denken der politischen Klasse Frankreichs bisher nur teilweise vollzogen. Was den bewußten Schritt von einer die Welt (ein weltumspannendes Kolonialreich) mit Konsumgütern beliefernden Industrie zu einer die allgemeinen Weltmärkte mit spitzentechnologischen Investitionsgütern beliefernden Industrie betrifft, so hinkt Frankreich im Vergleich zu Deutschland hinterher. Als die deutsche Industrie bereits vornehmlich die Märkte der Industriestaaten belieferte, war die französische Industrie habituell noch stark auf die Belieferung von Entwicklungsländern fixiert. Diese können inzwischen fast alle Massenkonsumgüter selbst herstellen, meistens auch billiger und ohne dafür viele Devisen zu benötigen. Alle französischen Regierungen haben sich deshalb angestrengt, den Prozeß der industriellen Innovation voranzutreiben, besonders auf dem Gebiet der sogenannten Hochtechnologien. Es gibt deshalb in Frankreich eine breit gefächerte Branchenpolitik des Staates. Dabei spielt leider die Landwirtschaft eine noch immer zu prominente Rolle.

Nach der ersten Ölpreisexplosion hat sich allgemein die Überzeugung durchgesetzt, daß die Abhängigkeit vom (ausschließlich importierten) Erdöl reduziert und der schnelle Ausbau der Kernenergieerzeugung vorangetrieben werden müsse. Da Frankreich seinen Kohlebergbau wegen hoher Produktionskosten schon früh weitgehend stillgelegt hatte - er war ohnehin viel bescheidener als der Bergbau an Ruhr und Saar -, war die Abhängigkeit Frankreichs vom Öl größer als diejenige Deutschlands. Die beiden Ölpreisschocks hinterließen in der französischen Volkswirtschaft denn auch sehr viel tiefere Spuren. Der doppelte Entschluß zu einer drastischen Energieeinsparung und zum Ausbau der Kernenergie war in Frankreich noch dringender geboten als bei uns, er war in beiden Ländern zwangsläufig. Als ich wenige Monate nach Beginn der zweiten Ölpreisexplosion Anfang Juni 1979 mit Raymond Barre darüber sprach, war in Frankreich der Bau weiterer 30 Kernkraftwerke mit insgesamt 40000 Megawatt installierter Leistung geplant; während 1978 lediglich 8 Prozent der Stromerzeugung aus den Kernkraftwerken gekommen waren, sollten es 1985 55 Prozent werden (die entsprechenden Größenordnungen für Deutschland waren 11 und 30 Prozent).

Barre und ich sahen übereinstimmend binnen kurzem eine weitere Preisanhebung durch die OPEC voraus (die dann im weiteren Verlauf des Jahres 1979 und im Jahre 1980 auch tatsächlich eingetreten ist), und wir erwarteten ölpreisbedingt einen schweren Rückschlag der ganzen Weltwirtschaft (der ebenfalls erfolgte). Mittelfristig hielt ich bis zum Jahre 1990 eine abermalige Verdoppelung der Ölpreise für möglich (sie ist nicht eingetreten; die Spitzenpreise auf dem Rotterdamer Spotmarkt lagen damals bei über 30 Dollar per barrel); Barre meinte, das könne schon binnen fünf Jahren geschehen. Auf dem bevorstehenden Weltwirtschaftsgipfel in Tokio wollten wir die USA dazu bringen, Öl einzusparen, statt den Verbrauch durch Zuschüsse zu stabilisieren, deren Einführung am Weltölmarkt prompt zu Preissteigerungen geführt hatte. Auf mittlere Sicht zogen wir gemeinsam Konsequenzen, die auch von Giscard gebilligt wurden, nämlich: Maßnahmen zur Erzwingung von Energieeinsparungen in Industrie, Privathaushalten und Verkehr; weiterer Ausbau der Kernenergieerzeugung; Bereitstellung von erheblichen Haushaltsmitteln zur Erforschung alternativer und regenerativer Energiearten; Verzicht auf die weitere Verringerung der Steinkohleförderkapazitäten; Versuch zur energiepolitischen Kooperation innerhalb der EG sowie zwischen den ölimportierenden Industriestaaten und den ölimportierenden Entwicklungsländern einerseits und andererseits der OPEC.

Der schwere Unfall im Kernkraftwerk bei Harrisburg (Three Mile Island) in den USA hat in Frankreich weniger tiefgreifende Wirkungen ausgelöst als bei uns. Die Franzosen waren aufgrund der force de frappe und der dazu benötigten Industrieanlagen in weitaus höherem Maße an Kernkraft gewöhnt als die Deutschen. Allerdings meinte Mitterrand später einmal zu mir, er müsse die Franzosen von der Notwendigkeit der Kernkraftwerke überzeugen, sein Vorgänger habe dies nicht ausreichend verstanden. Die Abwehrreaktionen in Teilen des deutschen Publikums waren ganz unvergleichlich viel stärker und vehementer, zum Teil sogar gewalttätig. Manche Politiker hängten opportunistisch ihre Fahne nach dem neuen Wind. Andere änderten ihre Meinung; auch Willy Brandt, unter dessen Vorsitz die Sozialdemokratie wie selbstverständlich auf die Kernkraft als Modernisierungsfaktor gesetzt hatte und unter dessen Kanzlerschaft die von mir später fortgesetzte Energiepolitik eingeleitet worden war, wandelte sich zu einem Gegner der Kernkraft. Als einige Jahre später der Unfall im sowjetischen Kraftwerk Tschernobyl passierte, sahen manche dies – in leidlich verborge-

Anfang Juni 1979 besprachen Helmut Schmidt und der französische Ministerpräsident Raymond Barre im Rahmen der deutsch-französischen Konsultationen Maßnahmen zur Bekämpfung der Folgen der Ölpreisexplosion. Auf dem Ende des Monats bevorstehenden Tokio-Gipfel (unten) wollte man die USA dazu bringen, ihre Energiepolitik zu korrigieren.

ner Rechthaberei – als Beweis für die Richtigkeit ihrer Forderung nach einem Ausstieg aus der Kernenergie. Die Angst vor dem Treibhauseffekt infolge der Verbrennung von Kohle, Gas und Erdöl spielte für sie keine Rolle.

Die enormen Kampagnen, die in Deutschland gegen die Kernkraft organisiert wurden, beunruhigten die politische Klasse in Frankreich sehr. Schon die deutschen und luxemburgischen Proteste gegen das Ende der siebziger Jahre noch im Planungs- und Vorbereitungsstadium befindliche große Kernkraftwerk bei Cattenom in Lothringen – nahe der Grenze zu Luxemburg und Deutschland – hatten in Paris erhebliche Verstimmung ausgelöst, zumal im französischen Bewußtsein Lothringen immer ein sehr sensitiver Ort im Verhältnis zu Deutschland ist; ich wurde mehrfach gebeten, mäßigend auf einige deutsche Politiker im Saarland einzuwirken. Die späteren, zum Teil gewalttätigen Demonstrationen stießen in Frankreich auf wachsende Besorgnis: Kam hier eine bisher nur schlummernde alte deutsche Irrationalität wieder zum Durchbruch? Die Franzosen halten sich viel zugute auf ihre zweihundert Jahre zurückliegende große Revolution und geben sich von Zeit zu Zeit Generalstreiks, Studentenunruhen und großen schulpolitischen Demonstrationen hin – aber jedes Zeichen von emotionaler Unordnung in Deutschland kann einen tiefsitzenden, latenten Soupçon gegen die Deutschen wieder zum Leben erwecken.

Die deutschen Gewerkschaften beteiligten sich nicht an der Gefühlsaufwallung. Sie wußten, es war nicht kapitalistisches Gewinnstreben, welches die Kernkraft als unvermeidlich erscheinen ließ; wie anders hätte sonst zum Beispiel die öl- und gasreiche Sowjetunion sich zum Ausbau der Kernkraft entschlossen? Ich stimmte mit den Führern des DGB und der Industriegewerkschaft Bergbau und Energie überein: Wir brauchten vier Elemente gleichzeitig, nämlich erstens konventionelle Energie aus Kohle, Gas und Öl; zweitens Energie aus Kernbrennstoffen; drittens technologische Förderung und Entwicklung alternativer und regenerativer Energien; und schließlich war viertens auf allen Gebieten sparsamster Energieverbrauch der ganzen Wirtschaft und Gesellschaft geboten.

Hinsichtlich der konventionellen Energie gab und gibt es zwei Hauptrisiken. Zum ersten bleiben die Verfügbarkeit von Öl und dessen Preis auf absehbare Zeit ungewiß, vornehmlich wegen der Unwahrscheinlichkeit einer dauerhaften Befriedung des Nahen und Mittleren Ostens. Eine dritte Explosion des Ölpreises (und anschließend des Gaspreises) war und bleibt nicht auszuschließen. Deshalb drängte ich, auch unter Inkaufnahme hoher laufender Subventionen und hoher Kostenbelastungen der Elektrizitätswirtschaft, auf die Erhaltung des europäischen und des deutschen Kohlebergbaus; zu meiner Enttäuschung war es dazu in Frankreich (und in Belgien) bereits zu spät. Gleichzeitig schlossen wir, gemeinsam vor allem mit Frankreich, einen langfristigen Vertrag mit der Sowjetunion über die Lieferung von Gas - trotz Reagans Protesten.

Zum zweiten wußten wir nicht - und auch heute noch weiß das keiner -, ob oder wann die Verbrennung von Öl, Kohle und Gas die äußere Atmosphäre der Erde durch Anreicherung von Kohlendioxid so weit verändern wird, daß die Verbrennung von Kohlenwasserstoffen wegen gefährlicher Veränderungen der natürlichen Umwelt für große Teile der Menschheit (Treibhauseffekt) beendet oder rationiert werden muß. Übrigens bleibt der Bergbau selbst ein gefährlicher Beruf, trotz eindrucksvoller technischer Verbesserungen der Betriebssicherheit; ich bin zwölf Jahre lang jedes Jahr einmal in einen anderen Schacht eingefahren und konnte daher den Fortschritt beurteilen.

Aber auch hinsichtlich der Kernkraft gibt es schwerwiegende Risiken. Zum ersten betrifft das Unfallrisiko ungleich mehr Menschen, selbst solche, die Hunderte von Kilometern vom Unfallort entfernt wohnen. Deshalb drängten die Regierungen in Bonn und in Paris in enger technologischer Zusammenarbeit auf die Entwicklung höherer Betriebssicherheit und auf international verbindliche Sicherheitsvorschriften; auf diesem Feld war der deutsche Nachdruck allerdings größer als derjenige Frankreichs; die Franzosen gaben sich selbstsicher und wollten am liebsten von internationalen Kontrollen wegkommen statt zusätzliche in Kauf zu nehmen. Zum zweiten schien nirgends auf der Welt das Problem der Endlagerung der abgebrannten, aber noch strahlenden Kernbrennstoffe dauerhaft gelöst zu sein, Wiederaufarbeitung war nur eine Teillösung. Zum dritten schien durchaus denkbar, daß weiterer kerntechnologischer Fortschritt zwangsläufig die Grenzen zwischen ziviler Nutzung der Kernkraft und militärischer Waffenproduktion undeutlich werden lassen und nicht nur weiteren Staaten, sondern sogar verbrecherischen Individuen die Herstellung nuklearer Bomben ermöglichen könnte. In dieser Frage waren die französischen Regierungen stets besonders besorgt; sie wachten sorgfältig über die Einhaltung des Nichtverbreitungsvertrages, dem sie selbst allerdings nicht beigetreten waren. Sie waren auch kritisch gegenüber deutschen Reaktor-

Exporten nach Lateinamerika und gegenüber Plänen für eine deutsche Wiederaufarbeitungsanlage. Immerhin hat Giscard uns den Rücken gestärkt, als Carter uns durch zeitweilige Verweigerung der vertragsmäßigen Lieferung von Kernbrennstoffen nötigen wollte, unser im Nichtverbreitungsvertrag verbrieftes Recht auf volle zivile Nutzung der Kernkraft de facto einzuschränken.

Giscard und später Mitterrand sahen die Risiken der Kernkraft mit anderen Augen als wir in Bonn. Es kam deshalb aber nicht zu gewichtigen Meinungsverschiedenheiten. In Paris wie in Bonn hatte man gleicherweise erkannt, daß die schwer kalkulierbaren Risiken sowohl der Kohlenwasserstoffe als auch der Kernkraft zu einer möglichst breiten Risikostreuung führen mußten; dabei ging ich davon aus, daß in zehn oder zwanzig Jahren die Risiken besser erkennbar sein würden und daß dann möglicherweise andere energiepolitische Schwerpunkte gesetzt werden müßten. Mir kam es darauf an, für diesen Zeitpunkt beide Optionen zu erhalten und neue Optionen zu schaffen, vor allem die Nutzbarmachung der Solarenergie, von der ich für unsere geographischen Breiten und für unser Klima vorläufig jedoch nur unwesentliche Beiträge erwartete; Wasserstoff als Energiequelle und die Forschungen zur Kernfusion standen ebenfalls auf dem Programm. Bonn und Paris hielten für den Beginn des nächsten Jahrhunderts technologische Durchbrüche auf diesen Feldern für denkbar. Allein im Bundeshaushalt gaben wir jährlich fast eine Million D-Mark für Forschung und Entwicklung alternativer und regenerativer Energien aus.

Insgesamt kann ich die energiepolitische Zusammenarbeit zwischen unseren beiden Staaten durchaus als wirksam und nützlich bezeichnen. Sie wäre ohne die vom Öl ausgelöste Weltwirtschaftskrise wahrscheinlich nicht in dieser Breite als notwendig empfunden worden; tatsächlich hat sie beiden Ländern bei der Überwindung der Krise geholfen und außerdem das Bewußtsein der Gemeinsamkeit gestärkt. Übrigens war die Energiesparpolitik in beiden Ländern außerordentlich erfolgreich. Während 1972, im letzten Jahr vor dem ersten Ölpreisschock, ein zusätzliches Prozent des Brutto-Inlandsproduktes in Deutschland zusätzlich 1,3 Prozent des bisherigen Primärenergieverbrauchs erforderte (in Frankreich 0,9 Prozent), genügte 1988 in Deutschland nur noch 0,1 Prozent. In Frankreich war der Primärenergieverbrauch inzwischen sogar rückläufig, trotz allgemeinen Wirtschaftswachstums! Auf beiden Seiten des Rheins hat man gelernt, mit geringerem Energieverbrauch gleichwohl mehr zu produzieren als früher.

Die Rüstungsindustrie ist ebenfalls eine Branche, der die französischen Regierungen immer eine hohe Bedeutung beigemessen haben. Dabei spielten Exportabsichten eine entscheidende Rolle. Der französische Export von Waffen, Flugzeugen und anderem militärischen Gerät verfolgt beschäftigungs- und außenpolitische Zwecke zugleich. Vor allem aber bedingt das Streben nach sicherheitspolitischer Unabhängigkeit die Selbstversorgung Frankreichs mit Rüstungsgütern, das heißt: Alle Waffen der französischen Streitkräfte sollen möglichst aus eigener Produktion kommen. Dieser Grundsatz wurde modifiziert durch die Bereitschaft zu gemeinschaftlicher Entwicklung und Produktion im Verein mit europäischen Verbündeten, vornehmlich mit Deutschland. Allerdings war es in einigen Fällen schwierig, in Paris verständlich zu machen, daß der deutsche Haushaltsgesetzgeber keine Haushaltsmittel für Projekte bereitstellen konnte, welche die Bundeswehr nicht brauchte (ich wäre der militärischen Verzahnung mit Frankreich wegen gern etwas großzügiger gewesen). Auch entstanden Probleme, weil zwischen der Absicht der Franzosen, die Waffen nicht nur für die eigenen Streitkräfte zu verwenden, sondern zugleich in größtmöglichem Umfang in der Welt zu verkaufen, und der deutschen Selbstbeschränkung, Waffen und militärische Ausrüstung nur an Mitgliedsstaaten des Nordatlantik-Paktes (und an diesen gleichgestellte westliche Staaten) zu liefern, ein Widerspruch klaffte.

Während wir früher stillschweigend zur Kenntnis genommen hatten, wenn Frankreich gemeinsam entwickelte oder gefertigte Waffen gegen französische Rechnung an Drittstaaten lieferte, machte sich innerhalb meiner eigenen Partei gegen Ende der siebziger Jahre ein Bestreben breit, deutsche Komponentenzulieferung für französische Fertigungen zu unterbinden, sobald diese von Paris aus an Drittländer exportiert wurden. Da alle militärischen Entwicklungsprojekte und Fertigungen durch die Ausschüsse des Bundestages liefen, hatten einige meiner Bundestagskollegen wichtige Hebel in der Hand, welche sie ohne allzuviel Rücksicht auf die Interessen Frankreichs benutzten. In Paris wurde dies mit Erstaunen und mit Ärger registriert, zum Teil als Einmischung verurteilt. Für die französische Industriepolitik war die Rüstungsindustrie eine der Branchen, die bei der Überwindung der Arbeitslosigkeit eine wichtige Rolle zu spielen hatten. Für meine Partei und für mich (und für einige FDP-Abgeordnete) war die Rüstungsindustrie ein lästiges Übel, das man zwar nicht vermeiden konnte, das man aber so klein wie möglich halten sollte. Den Umfang der französischen Rüstungsindustrie sah ich, ihrer möglichen volkswirtschaftlichen und politischen Folgewirkungen wegen, mit Bedenken.

Die starke politische Abneigung der Bundestagsabgeordneten setzte sich manchmal auch gegen wichtige beschäftigungspolitische Interessen durch, zum Beispiel die Interessen der Belegschaften deutscher Werften. Ich hatte immer wieder viel Mühe damit, die restriktive Grundhaltung der Bundestagsmehrheit, die ich durchaus verstand und angesichts unserer Erfahrungen in den zwanziger und dreißiger Jahren auch persönlich nicht mißbilligte, mit französischen Interessen (und mit eigenen Beschäftigungsinteressen) auf einen praktikablen gemeinsamen Nenner zu bringen. Im übrigen konnte ich die französische Exportpolitik nicht grundsätzlich verurteilen; denn ich kannte die ungeheure Waffennachfrage der Staaten der Dritten Welt, die jedes Jahr sechsmal soviel Geld für militärische Zwecke ausgaben, wie sie als Entwicklungshilfe empfingen. Wenn alle westlichen Demokratien sich die gleiche Selbstbeschränkung auferlegt hätten wie die Bundesrepublik, so hätte die Sowjetunion (welche ihre Entwicklungshilfe zur Zeit Breschnews fast ausschließlich als Militärhilfe leistete) zum monopolistischen Waffenlieferanten der Dritten Welt werden können; sie hätte dadurch in kurzer Zeit ihren politischen Einfluß in der Dritten Welt wesentlich verstärken können.

Die deutsch-französische Zusammenarbeit auf dem Feld der zivilen Luft- und Raumfahrt verlief vergleichsweise reibungslos. Ich hatte – abgesehen von dem in jeder Regierung chronischen Mangel an Haushaltsmitteln bei einem Übermaß an Haushaltsrisiken – keine Hemmungen, den gemeinsamen Airbus hoch zu subventionieren. Wenn Europa beim Bau großer Verkehrsflugzeuge auf die Dauer ein Monopol der beiden Supermächte vermeiden wollte, so konnte dies nur durch eine gemeinsame europäische Entwicklung und Produktion geschehen. Beide Supermächte subventionieren ihre Luftfahrtindustrie in hohem Maße aus den Verteidigungshaushalten; es gab und gibt keinen Grund, den sehr erfolgreichen, aber noch wenig verkauften Airbus, aus dem eine ganze Typen-Familie sich entwickeln wird, nicht auch aus Haushaltsmitteln zu bezuschussen. Übrigens soll aufgrund einer neueren Vereinbarung mit Daimler-Benz in absehbarer Zeit die Subventionierung des Airbus entfallen.

Trotz aller staatlichen französischen Bemühungen in Richtung Hochtechnologie ist ein genereller Gleichstand mit der deutschen Industrie nicht so bald zu erwarten. Ich bedaure dies, denn in dem für die Franzosen naheliegenden wirtschaftlichen Vergleich mit Deutschland liegt nicht nur eine Quelle des Ansporns, sondern auch des Neids. Auch auf den Weltmärkten spielen beide Volkswirtschaften eine unterschiedliche Rolle: Der Anteil Deutschlands am Weltmarkt beträgt seit Jahrzehnten rund 10 Prozent, der Anteil Frankreichs liegt bei rund 5 Prozent, wobei im Falle Frankreichs die Produkte der Investitionsgüterindustrie eine relativ kleine Rolle spielen. Der deutsche Vorsprung ist nicht leicht aufzuholen; Giscard hat einmal von fünfzehn Jahren gesprochen. Leider gibt es – um das Maß der unterschiedlichen Wirtschaftskraft voll zu machen – auch im bilateralen Handelsverkehr zwischen beiden Staaten seit Ende der sechziger Jahre hohe deutsche Exportüberschüsse.

Gelegentlich findet sich auf deutscher Seite eine Attitüde der Überheblichkeit. Sie bezieht sich auf die in manchen Fällen größere Dynamik deutscher Unternehmungen gegenüber französischen Konkurrenten, welche zu sehr an staatlichen Dirigismus gewöhnt und von ihm abhängig zu sein scheinen. Die Bevormundung konnte sehr weit gehen; so wurde es in Frankreich auch keineswegs als Absurdität empfunden, als Mitterrand im Sommer 1982 einen mehrmonatigen allgemeinen Preis- und Lohnstopp verordnete. Ich habe mir oft gewünscht, deutsche und französische Unternehmungen würden sich häufiger in Forschung und Entwicklung zusammenschließen oder für diesen Zweck wenigstens Interessengemeinschaften oder gemeinsame Tochtergesellschaften gründen; damit würde das gegenseitige Verständnis gefördert, ebenso die Einsicht in die überlegene Leistung aufgrund von Wettbewerb anstelle staatlicher Lenkung. Der Weg würde schließlich außerdem zur Herstellung wahrhaft europäischer Unternehmungen führen. Deren Zahl ist bisher noch klein; denn deutsche, französische, italienische und englische Unternehmen von Weltrang haben bisher die Verbindung mit amerikanischen Firmen bevorzugt, während sie in den europäischen Nachbarländern und innerhalb der EG lieber Tochterfirmen betreiben. Erst seit viele vom Jahr 1992 die tatsächliche Herstellung des Gemeinsamen Marktes erwarten, tritt hier ein Wandel ein.

Wir schaffen ein Europäisches Währungssystem

Ende 1977 durften Giscard und ich den Eindruck gewinnen, die negativen Auswirkungen des Ölpreisschocks auf das Wachstum und die Leistungsbilanzen unserer Volkswirtschaften im wesentlichen abgeschmettert zu haben. Den zweiten Ölpreisschock und seine viel schlimmeren Auswirkungen auf die Weltwirtschaft und auf unsere eigenen Volkswirtschaften konnten wir damals nicht voraussehen. Aus einem Gefühl ökonomischer Zuversicht beschlossen wir im privaten Gespräch, den seit der ersten Ölpreisexplosion 1973/74 vernachlässigten Weg Europas in Richtung auf eine Wirtschafts- und Währungsunion im Rahmen der EG wieder aufzunehmen. Das Ergebnis dieses Entschlusses war die Idee des Europäischen Währungssystems (European Monetary System, EMS), die wir im Laufe des Jahres 1978 im Europäischen Rat in allen wichtigen Bestandteilen durchsetzen konnten.

Nachdem Ende 1978 - von uns nicht ausreichend berücksichtigter agrarmonetärer Hakeleien wegen - vorübergehend eine Verzögerung der Inkraftsetzung eingetreten war, schickte der Präsident am 23. Februar 1979 Raymond Barre zu mir; wir erledigten mit je zwei oder drei Mitarbeitern den Hickhack der Landwirte und ihrer ministeriellen Erfüllungsgehilfen binnen zwei Stunden, brachten zehn Tage später unsere Lösung anstandslos durch den Agrar-Ministerrat, und am 19. März 1979 trat das EMS in Kraft.

Für den Entschluß, den Knoten einfach zu durchschlagen, gab es einen wichtigen Grund: Giscard und Barre waren überzeugt, das EMS zur Verwirklichung ihrer eigenen ökonomischen Politik unbedingt zu benötigen; ich war davon ebenfalls überzeugt. Experten der Finanz- und Agrarministerien, der Zentralbanken, der Geschäftsbanken und der Verbände hatten lange genug Bedenken und Hindernisse erfunden; jetzt hatten wir genug davon. Wir wußten, daß die europäischen Volkswirtschaften nicht in der Lage waren, sich einzeln gegen die Turbulenzen der Welt ausreichend zu wappnen. Deshalb wollten wir den Zusammenschluß und den gemeinsamen Erfolg.

Als Giscard und ich das gemeinsame Währungssystem für die EG anvisierten, befand sich Frankreich außerhalb der sogenannten Währungsschlange. Es war 1976 zum zweiten Mal aus dem vier Jahre zuvor gebildeten (unter diesem kaum noch verständlichen Namen laufenden) europäischen Wechselkursverbund ausgeschieden - in der Hoffnung, sich dadurch von der strikten, wechselkursbestimmten Disziplin befreien und seine Zahlungsbilanz gleichwohl durch staatliche Kapitalverkehrskontrollen und andere Dirigismen einigermaßen im Gleichgewicht halten zu können. Es hatte sich jedoch gezeigt, daß dies nur sehr unzureichend gelang - ebenso wie im Falle Englands und Italiens, die bereits früher ausgetreten waren. Außerdem hatten sich das rücksichtslose währungspolitische Verhalten der USA sowie die Abhängigkeit der Geld- und Währungspolitiken der europäischen Staaten vom Dollar, von den Dollarzinsen und der Dollarspekulation besonders schmerzhaft ausgewirkt.

Die nationalen Geld- und Kapitalmärkte befanden sich in einem schnellen Prozeß der weltweiten Integration, gestützt auf weltweite neue Telekommunikationssysteme und allerlei neue Finanzierungsinstrumente. Es war die Zeit, in der unter anderem Euro-Dollars, Euro-D-Mark und so weiter sowie das Offshore-banking gewaltig um sich griffen, beides private Finanzierungstechniken, die sich der Kontrolle und dem Einfluß der Zentralbanken weitgehend entzogen. Auf die Dauer mußten die Versuche einzelner EG-Staaten, durch staatliche Eingriffe in Außenhandel und internationalen Zahlungsverkehr ihre Währung autonom zu steuern, massive gegenseitige Handelsbehinderungen der Mitgliedsstaaten provozieren und zum Ruin des gemeinsamen Marktes führen. Insbesondere erschien mir unter längerer Perspektive auch der Freihandel zwischen Frankreich und Deutschland gefährdet – eine Möglichkeit, die bei mir tiefe politische Besorgnis hervorrief.

Über die Entstehungsgeschichte des EMS ist inzwischen eine Reihe von Aufsätzen und Büchern erschienen; vor allem das Buch des Engländers Peter Ludlow »The Making of the European Monetary System« (London 1982) scheint mir hinsichtlich der wesentlichen Fakten der Entwicklung (nicht unbedingt hinsichtlich der persönlichen Urteile) eine zutreffende, mit meiner Erinnerung übereinstimmende Darstellung, so daß ich den Leser darauf verweisen möchte, sofern ihn die Details interessieren. In einem Punkt habe ich allerdings Zweifel: Ludlow und andere schreiben mir die Initiative zu. Nach meiner Erinnerung – Aufzeichnungen der vielen privaten Gespräche zwischen Giscard und mir existieren meines Wissens höchstens in Form gelegentlicher Ergebnisprotokolle – ist der Gedanke im Gespräch zwischen uns beiden entstanden. Vielleicht lag er, wie man so sagt, in der Luft, denn es gab 1977 eine halböffentliche Debatte über die monetäre Zukunft Europas, an der sich negativ unter anderen Otmar Emminger (Präsident der Bundesbank) und positiv vor allem Roy Jenkins (Präsident der Kommission der EG) beteiligten. Jedenfalls beschlossen Giscard und ich, die Sitzung des Europäischen Rates am 7. und 8. April 1978 in Kopenhagen zu nutzen, um unsere Initiative zu starten, und zwar mit verteilten Rollen.

Verabredungsgemäß ließen wir unsere nationalen Bürokratien, aber auch die Bürokratie der EG in Brüssel (lediglich Roy Jenkins war informiert) in Unkenntnis über unsere Absichten; wir wußten aus unserer Zeit als Finanzminister, daß die Bürokratien als erstes alle Gründe zusammentragen würden, die gegen das Unternehmen sprachen, um sie dann in den Medien zu lancieren. Insbesondere in Deutschland und in England hatten bestimmte Bürokratien es seit Jahrzehnten für selbstverständlich gehalten, daß sie aus dem Hintergrund den Kurs der Geld- und Währungspolitik bestimmten.

In London spielten die hohen Beamten des Finanzministeriums diese Rolle. Manche der britischen Finanzminister - sie tragen den schönen altertümlichen Namen Chancellor of the Exchequer - waren ihrer Aufgabe mindestens so gut gewachsen wie ihre kontinentalen Kollegen; andere waren Berufspolitiker jenes Typs, der viele Ämter durchläuft und in allen Ministerien eine akzeptable Figur macht, obwohl er nicht fleißig oder urteilssicher genug ist, um alle grundsätzlichen Entscheidungen selbst zu treffen - auch sie waren gewiß nicht weniger begabte Finanzminister als viele ihrer kontinentalen Kollegen. Die Beamten der Treasury gehören im allgemeinen zur europäischen Spitzenklasse; sie werden zumeist bereitwillig von ausgezeichneten wirtschafts- und währungspolitischen Fachjournalisten unterstützt, die in der »Financial Times« und in den seriösen Londoner Tageszeitungen ihre Politik kommentierend begleiten. Hier herrscht eine ähnliche Symbiose wie in Frankfurt im Verhältnis der Fachjournalisten zur Bundesbank: Eine kleine Zahl hervorragender Journalisten wird persönlich mit Informationen und Indiskretionen erstklassig bedient und revanchiert sich dafür nach Kräften. Die Bank von England ist, anders als die Bundesbank, aber ähnlich wie die Banque de France, in wichtigen Entscheidungen weitgehend von der Treasury abhängig. Diese Gesamtkonstellation verleiht den Beamten der Treasury einen enormen Einfluß. Aber der ökonomische Erfolg Englands nach dem Krieg blieb im Vergleich zu Holland, Italien, Frankreich, Deutschland und anderen Staaten eher gering; denn außer in einer Krise wagt man nicht gern etwas Neues in London.

Da diese Trägheits-Navigation sich mit dem allgemeinen insularen Vorurteil gegen die europäische Integration verbindet, sahen Giscard und ich voraus, daß die Bürokratie der Treasury gegen das Projekt eingestellt sein würde. Wir hofften, James Callaghan persönlich überzeugen und gewinnen zu können, um EMS von oben starten zu können, ehe die englische Fachbürokratie ihre Hand daran legen konnte.

Von ganz oben die Sache ins Werk zu setzen, erschien mir auch in Deutschland dringend geboten, denn hier ist die bürokratische Landschaft viel komplizierter als in London oder Paris. Anders als dort spielt in Bonn neben dem Finanzministerium auch das Wirtschaftsministerium (damals unter dem FDP-Minister Graf Lambsdorff) eine einflußreiche Rolle; außerdem spinnt weit entfernt in Frankfurt die von allen Ministerien unabhängige Bundesbank ihre Fäden und Netze. Auf die zuverlässige Hilfe des Finanzministers, meines Freundes Hans Matthöfer, konnte man bauen, auch waren die Beamten des Finanzministeriums verschwiegen.

Das Wirtschaftsministerium jedoch war seit Ludwig Erhards Ministerzeiten eher den Habitus eines Künstlerklubs gewohnt; seine leitenden Beamten waren hochintelligent, egozentrisch, voller Antipathie gegen andere Denkschulen, gegenüber der Presse ziemlich indiskret; vor allem aber galt ihnen der zum beinahe mystischen Glaubensinhalt erhobene Begriff der »Ordnungspolitik« als sakrosankt. Hätten sie eine Wahl treffen müssen zwischen hoher Arbeitslosigkeit oder einer intakten »Wirtschaftsordnung«, so hätten sie die letztere höher bewertet, freilich nicht, ohne wohl hinzuzufügen, eine Entscheidung zwischen beiden sei theoretisch ausgeschlossen, denn selbst geringe Arbeitslosigkeit sei bei einer richtigen Wirtschaftsordnung gar nicht möglich. Da die europäische Integration eine endlose Kette von Kompromissen mit den Auffassungen anderer Völker und Staaten voraussetzt, ist es kein Wunder, daß aus dem Bonner Wirtschaftsministerium (anders als aus dem Auswärtigen Amt) kaum je eine fruchtbare europäische Initiative kam. Als ich 1972, nachdem ich in Doppelfunktion für ein halbes Jahr auch dem Wirtschaftsministerium vorgestanden hatte, die Abteilung Geld und Kredit aus dem Wirtschaftsministerium in das Finanzministerium überführte – wo sie bis heute fest verankert ist –, besaß ich dafür also gute Gründe; und ich konnte auf das Beispiel aller großen Staaten der westlichen Welt verweisen. Leider machte ich den Fehler, eine ökonomische »Grundsatzabteilung« im alten Hause zu belassen.

Vom Wirtschaftsministerium in Bonn war also keine Hilfe zu erwarten, wohl aber hinhaltende Kritik und Mobilisierung parlamentarischer und journalistischer Hilfstruppen zu befürchten; denn die Stabilität der Binnenkaufkraft der D-Mark – nicht aber ihrer Kaufkraft auf den Weltmärkten – ist in jenem Hause mit dem Ordnungsdenken verheiratet. Aus der Bundesbank hingegen war nicht nur Kritik, sondern sorgfältig orchestrierter Widerstand zu erwarten. Vornehmlich diejenigen Personen des Direktoriums, die praktisch ihr ganzes berufliches Leben in der Zentralbank verbracht haben, sind zumeist vorzügliche Fachleute. Auf der anderen Seite sind die Herren der Bundesbank bei der Betrachtung aller wirtschaftlichen Fragen sehr einseitig: Da ihnen der Gesetzgeber 1957 durch das Bundesbankgesetz eine hohe Unabhängigkeit gegeben hat, fühlen sie sich als Gralshüter vernünftiger ökonomischer Politik und jedenfalls als der einzige »Gralshüter der Stabilität«. Dabei gehen sie in der Interpretation der Stabilität gerne noch weiter als die Ordnungspolitiker des Wirtschaftsministeriums und wären im Grunde nur dann wirklich glücklich, wenn Deutschland dauerhaft negative Inflationsraten hätte, das heißt wenn die Binnenkaufkraft der D-Mark stetig stiege, was Mitte der achtziger Jahre dank enormer Dollar-Abwertung und vorübergehenden Rückgangs der Ölpreise tatsächlich der Fall gewesen ist. Der europäischen Integration stehen sie nicht feindlich gegenüber, aber sie akzeptieren diese nur insoweit, als ihre Handlungsfreiheit von europäischen Institutionen nicht eingeschränkt werden kann. Vor die Wahl gestellt, entweder ein Vereinigtes Europa zu schaffen oder die nationale Unabhängigkeit der Bundesbank zu erhalten, würden sich die Herren in Frankfurt - wenn auch nur insgeheim - ohne weiteres für das letztere entscheiden. Freilich kaschieren sie ihren Ressortpatriotismus immer sorgfältig mit Sachargumenten; Bundeskanzler Kohl ist 1986 bei Gelegenheit der Einheitlichen Europäischen Akte und erneut 1989 darauf hereingefallen.

Trotz allem habe ich als Finanzminister und als Bundeskanzler den Rat der Bundesbank weitgehend in Anspruch genommen. Dies lag besonders nahe, solange mein Freund Karl Klasen Präsident war; er besaß doppelte Erfahrung aus seiner Arbeit bei der Deutschen Bank und im Zentralbanksystem, er hatte Urteilskraft und Instinkt. Aber auch seine Nachfolger Emminger und Pöhl (beides Männer meiner Wahl) habe ich oft zu Rate gezogen.

Wahrscheinlich hat es seit 1949 keine andere Periode gegeben, in der die jeweiligen beiden Spitzenleute der Bundesbank vom Bundeskanzler so häufig zu Kabinetts- und anderen Sitzungen eingeladen wurden; ihre Beiträge zwangen die Bundesregierung immer zu sorgfältiger Abwägung. Aber man durfte ihnen weder Teile der Außen- noch der Europapolitik ausliefern. Schon die Finanzminister Strauß in den sechziger Jahren und Schiller Anfang der siebziger Jahre hatten in Sachen internationaler Währungspolitik ihre Auseinandersetzungen mit der Bundesbank, die sich aus Gründen der Stabilität der Binnenkaufkraft regelmäßig für eine Aufwertung der D-Mark und gegen institutionelle internationale Bindungen stark machte. Die Gralshüter hatten deshalb den Zusammenbruch des Bretton-Woods-Systems fester Wechselkurse im Grunde ihres Herzens begrüßt, sie hatten die Schaffung der europäischen Währungsschlange subtil bekämpft; es war mir klar, daß sie ebenso subtil das Europäische Währungssystem bekämpfen würden. Ich wunderte mich deshalb später auch nicht, als eine der größten Geschäftsbanken Zeitungsanzeigen gegen das EMS drucken ließ. Es gab also keinen Grund, der Bundesbank einen dem Vorhaben abträglichen Informationsvorsprung einzuräumen; lediglich ihr Präsident Dr. Emminger wurde persönlich informiert.

Giscards Probleme in Paris waren anderer Art. Er konnte sich, so vermute ich, auf die Beamten der Banque de France und des Finanzministeriums verlassen, aber er stand im März 1978 vor Parlamentswahlen. Viele Anzeichen hatten in den letzten Monaten dafür gesprochen, daß er seine Mehrheit in der Kammer an die Linke verlieren könnte, zumal sein ehemaliger Premierminister Chirac als Führer der gaullistischen Partei - Rassemblement pour la République (RPR) - seine eigene Politik verfolgte. Giscard mußte damit rechnen, daß sowohl die Kommunisten als auch manche Gaullisten und viele andere den alten Vorwurf wieder aufwärmen und im Wahlkampf gegen ihn und Barre auswalzen würden, er liefere Frankreich an die Wirtschaftsmacht Deutschlands aus. Giscard hatte also ein innenpolitisches Interesse an einer mindestens bis zum 19. März 1978 anhaltenden Vertraulichkeit.

Darüber hinaus brauchten wir aber auch noch Zeit, um unser Projekt besser und genauer auszuarbeiten, ehe es für die Öffentlichkeit präsentabel und eindrucksvoll genug war, um die zu erwartende Kritik der Fachleute zu überstehen. Hinsichtlich unserer eigenen Kompetenz waren Giscard und ich freilich nicht von Minderwertigkeitskomplexen geplagt; wir hatten die Dollarkrise von 1973, die zugleich die Krise des Bretton-Woods-Systems war, gemeinsam durchgestanden und mit unserem Entschluß zur Freigabe der Wechselkurse (»floating«) beendet - wir hielten uns nicht für Fachleute minderer Klasse. Aber wir hatten als Staats- und Regierungschef zu viele andere Aufgaben, als daß wir uns eine Reihe von Tagen gemeinsam zur Arbeit am EMS hätten zurückziehen können. Jeder benannte deshalb einen Fachmann seines persönlichen Vertrauens; diese Technik außerhalb der normalen bürokratischen und diplomatischen Kanäle hatten wir schon bei der Lancierung des ersten Weltwirtschaftsgipfels 1975 und seither jedes Jahr erneut erprobt. Giscard wählte Bernard Clappier, den Präsidenten der Banque de France, der schon am Schuman-Plan (und das heißt: im Einflußbereich Jean Monnets) mitgearbeitet hatte. Ich bestimmte Horst Schulmann, der damals im Bundeskanzleramt als Ministerialdirektor die ökonomische Abteilung leitete und der aus früheren Tätigkeiten in der Weltbank, in der EG-Kommission, im Finanzministerium und im Sachverständigenrat zur Begutachtung der gesamtwirtschaftlichen Entwicklung alle nötigen Erfahrungen besaß. Dazu hofften wir auf einen persönlichen Vertreter von James Callaghan. Diese drei Leute brauchten Ruhe vor ihren Kollegen und vor der Presse - mindestens bis zur übernächsten Sitzung des Europäischen Rates, die im Sommer 1978 unter meinem Vorsitz fällig war.

Es gab einen gewichtigen Grund gegen strikte Vertraulichkeit, nämlich die Rücksicht auf die anderen Regierungschefs im Europäischen Rat, mit denen wir zum Teil persönlich befreundet waren und deren positive Mitwirkung an der Beschlußfassung über das EMS unumgänglich war. Der belgische Premierminister Leo Tindemans würde - so dachten wir - schon aufgrund seines Tindemans-Berichts mitmachen und auch nicht pikiert reagieren; er war ein engagierter Europäer und zugleich ein im Dickicht der europäischen Bürokratien leidgeprüfter Mann. Der Luxemburger Gaston Thorn würde sich ihm aus ähnlicher Haltung anschließen. Anker Jørgensen würde mir persönlich vertrauen, daß dänische Interessen nicht gefährdet würden. Aber der Ire John Lynch würde vermutlich verärgert reagieren und ebenso meine italienischen und holländischen Freunde Giulio Andreotti und Andries van Agt. Am Ende würden beide allerdings nicht negativ votieren; schließlich vertrat jeder von ihnen ein Volk, das seit zwanzig Jahren in seiner Mehrheit von der Notwendigkeit des europäischen Integrationsprozesses überzeugt war, seit der Konferenz von Messina gehörten Italien und die Niederlande zum Kern der EG.

Mit den Engländern und ihrem Premierminister James Callaghan war das freilich anders. Trotz meines Respekts und meiner persönlichen Zuneigung, die er kannte, konnte ich kaum hoffen, ihn zu gewinnen. Dagegen stand die immer noch sehr skeptische Grundattitüde, mit der seine Labour Party (von deren linkem Flügel gar nicht zu reden) die EG betrachtete, dagegen stand die Treasury, dagegen standen Jims Überzeugung, die Harmonisierung der ökonomischen Politiken innerhalb der EG müsse sich am deficit spending orientieren, und sein Glaube an die überragende Bedeutung des Dollars, die seiner Meinung nach unbedingt aufrechtzuerhalten war. Valéry und ich beschlossen, Jim zu zweit persönlich anzusprechen.

Die Sitzung des Europäischen Rates in Kopenhagen lief ziemlich genau so ab, wie Valéry und ich es uns vorgestellt hatten. Anker Jørgensen hatte uns in das kleine, sehr anmutige Landhaus Marienborg außerhalb Kopenhagens eingeladen, das der dänischen Regierung als Gästehaus dient. Es hätte für eine intime und zwanglose Unterhaltung von neun europäischen Regierungschefs kaum einen angenehmeren Ort geben können als dieses Gutshaus. Aus einem mir unklaren Grund erinnerte es mich an den großen dänischen Märchenerzähler Hans Christian Andersen – vielleicht hing ein Scherenschnittporträt von ihm an der Wand. Wir hatten uns wie üblich von den Außenministern getrennt und hatten den Nachmittag, das Abendessen und den weiteren Abend für uns.

Die von Anker Jørgensen geschaffene Atmosphäre eignete sich vorzüglich, die Runde in Abwesenheit von kompetenzsüchtigen Bürokraten, Zentralbankern und Ministern auf politische Weise an das Thema heranzuführen und um Verständnis unter den Regierungschefs zu werben. Wir sprachen noch nicht vom ECU, sondern von der E.U.A. (European Unit of Account, Europäische Rechnungseinheit), die damals schon eingeführt war, und auch noch nicht von einem Europäischen Währungssystem (EMS), sondern noch immer von der »Währungsschlange«. Entsprechend unserer Verabredung gab Giscard Stichworte, die ich später aufgriff; auch an Gedanken von Callaghan und EG-Präsident Jenkins konnte ich anknüpfen, um unseren Plan zu skizzieren – worauf wiederum Giscard ergänzend eingriff.

Jedermann begriff, daß unsere Vorstellungen weit über die alte Währungsschlange hinausreichten, daß die neue Einheit in zunehmender Weise als Währungsreserve und zwischen unseren Zentralbanken als Mittel zum Salden-Ausgleich dienen sollte. Am Ende stand eine gemeinsame europäische Währung, vielleicht sogar die einzige Währung innerhalb der EG. Das Projekt war pragmatisch auf langsame, schrittweise Verwirklichung angelegt; so sollte erst zwei Jahre nach Beginn ein European Monetary Fund errichtet werden, auch bedurfte die erste Stufe noch keines völkerrechtlichen Vertrages, ein Abkommen auf der Basis der Römischen Verträge sollte ausreichen.

Außer bei Roy Jenkins, der im Jahr zuvor öffentlich zum Teil noch weiterreichende Gedanken vorgetragen hatte, war die Überraschung ziemlich groß; Andries van Agt und Jim Callaghan war anzumerken, daß die Überraschung sie ärgerte. Es gab viele Fragen, die wir beantworteten. Wie von uns vorausgesehen, war Jim Callaghan besonders skeptisch. Leo Tindemans dagegen war beinahe euphorisch; er wollte am liebsten schon am nächsten Morgen alle wichtigen Elemente in der abschließenden Pressekonferenz vorgetragen wissen – was wir ihm ausreden konnten, indem ich unter anderem wahrheitsgemäß darauf verwies, daß ich meine Vorschläge auf persönlicher Basis und ohne Kenntnis meines Kabinetts vorgetragen hatte. Als wir am anderen Nachmittag Kopenhagen verließen, blieb nach außen alles diskret, so auch in den folgenden Wochen bis zum nächsten Treffen des Europäischen Rates Anfang Juli in Bremen. Jeder der Kopenhagener Teilnehmer ging davon aus, daß wir in Bremen in eine detaillierte, anhand eines vorbereiteten Papiers zu führende Diskussion eintreten würden. Diese Vorbereitung übertrugen Giscard und ich unseren beiden Mitarbeitern Clappier und Schulmann; Callaghan konnten wir dafür gewinnen, als Dritten im Bunde Kenneth Couzens, einen Spitzenbeamten der Treasury, als seinen persönlichen Vertreter dazu abzustellen. Callaghan blieb sehr skeptisch, aber in seiner großzügigen Art machte er deutlich, daß Großbritannien auch im Falle seiner Abstinenz nicht versuchen werde, das Projekt zum Scheitern zu bringen; gleichwohl schied Couzens nach einiger Zeit aus der Arbeit aus.

Zwischen den Treffen in Kopenhagen und Bremen gab es mehrere internationale Konferenzen, so ein deutsch-englisches Treffen der Regierungschefs in Chequers, einen Weltwirtschaftsgipfel in Bonn, mindestens zwei Treffen des Ministerrates der Wirtschafts- und Finanzminister der EG, mehrere Treffen der Zentralbankgouverneure und so weiter. Alle diese Treffen waren entweder aus ganz anderen Gründen oder aber routinemäßig zustande gekommen; soweit die Regierungschefs selbst beteiligt waren, wurden im vertraulichen Zwiegespräch natürlich auch das EMS-Projekt und die jeweiligen Einwände und Wünsche der Partner erörtert.

Soweit andere Kabinettsmitglieder und die Zentralbankchefs zu Konferenzen zusammenkamen, waren sie immer noch ohne wirkliche Kenntnis, wenngleich bis Juni einiges durchgesickert sein dürfte. Aber noch immer war nicht genug Information auf dem Markt der Neuigkeiten und der Eitelkeiten, als daß es zur Lancierung von Kampagnen ausgereicht hätte. Gleichzeitig sorgten Clappier im Kreise der Zentralbankgouverneure, Matthöfer und sein Staatssekretär Lahnstein im Kreise der Finanzminister und Jenkins in Brüssel dafür, daß sich das von den

Experten verbreitete Klima der währungspolitischen Resignation wandelte. Eine allgemeine Aufbruchstimmung »Es muß etwas geschehen!« trat an seine Stelle.

Die Zusammenarbeit zwischen Clappier, Schulmann und Couzens verlief nicht ohne Reibungen, auch nicht nach dem Ausscheiden des letzteren. So kam es notwendigerweise zu einem Treffen der beiden Chefs Ende Juni in meiner Hamburger Wohnung. Valéry brachte seinen Außenminister François-Poncet mit, außerdem waren natürlich Clappier und Schulmann dabei. Wir arbeiteten, des großen Tisches wegen, im Eßzimmer. Loki versorgte uns mit Kaffee. Am nächsten Tag erzählte sie, wir hätten jedesmal, wenn sie ins Zimmer kam, etwas legerer gesessen, zunächst noch im Jackett, dann ohne und am Schluß auch ohne Schlips.

Wir brauchten allerdings nicht allzu lange, um uns über die offenen Punkte zu einigen (Zweierkonferenzen zur Vorbereitung des EMS gab es übrigens bis zum März 1979 noch mindestens zwei). Nach meiner Erinnerung hat Valéry bei dieser Gelegenheit den Vorschlag gemacht, die neue Verrechnungseinheit ECU zu nennen. Die Engländer konnten dagegen schlecht Einwände erheben, denn es handelte sich um die Abkürzung für den der englischen Sprache entnommenen Begriff European Currency Unit. Für die Franzosen jedoch hat das Wort Ecu als Bezeichnung einer Münze eine lange geschichtliche Tradition; die ersten, damals goldenen Ecu wurden unter Ludwig IX. im 13. Jahrhundert geprägt, sie trugen - wie der Name sagt - die Prägung eines Wappens. Meine inzwischen hoch entwickelte Frankophilie ließ mich den Vorschlag sofort akzeptieren, zumal abzusehen war, daß es beim besten Willen keine sinnvolle englische Abkürzung gab, die in der deutschen Sprache das Wort Taler ergeben hätte. Später hat Hans Matthöfer mir einmal einige spätmittelalterliche französische Ecu geschenkt, aber inzwischen hatten die Franzosen leider nicht mehr Gold, sondern bloß noch Silber als Münzmetall verwendet.

Wir verteilten das Clappier/Schulmann-Papier am Vorabend des Bremer Treffens vom 6. und 7. Juli 1978. Es wurde in Bremen noch ein wenig verändert, wobei Gaston Thorn sehr hilfreich war, veröffentlicht und in die offiziellen Kanäle gegeben. Jetzt endlich konnten sich Hunderte von Fachleuten in allen Hauptstädten darauf stürzen - und das taten sie auch, die Deutsche Bundesbank an der Spitze. Wir machten im Laufe des Herbstes eine Reihe von Konzessionen, gegenüber Irland und Italien, gegenüber den Landwirten, gegenüber der Bundesbank;

Giscard und ich mußten zweimal persönlich eingreifen, wir trafen uns einmal in Aachen, das andere Mal in Paris; auch traf ich Andreotti in Siena. Matthöfer und Lahnstein leisteten eine immense Überzeugungs- und Verfeinerungsarbeit. Aber wir gaben die prinzipiellen Elemente des EMS nicht auf und setzten es schließlich auf der das Halbjahr meiner Präsidentschaft abschließenden Tagung des Europäischen Rates in Brüssel am 4. und 5. Dezember 1978 durch. England blieb draußen.

Danach folgte noch ein agrarpolitisches Satyrspiel, das abermals zwischen Paris und Bonn bilateral geregelt wurde, diesmal zwischen Raymond Barre und mir; immerhin hatte es das Inkrafttreten des EMS um zehn Wochen verzögert. Die Details dieser aufreibenden Monate sind hier nicht weiter von Interesse, mit einer generellen Ausnahme: alle von Valéry und mir im Frühjahr vorhergesehenen Widerstände, sachliche und maliziöse, politische und persönliche, traten hervor und mußten einzeln aus dem Weg geräumt werden.

Die innenpolitischen Angriffe, die Giscard abzuwehren hatte, waren für das deutsch-französische Verhältnis in meinen Augen von signifikanter Bedeutung. Immerhin hatte sich Giscard durch Gespräche mit dem damaligen Oppositionsführer Mitterrand und dem innerhalb von Giscards und Barres Parlamentsmehrheit die interne Opposition anführenden Chirac beider Wohlwollen gesichert. Die Kritik einiger französischer Kommentatoren lief auf den Vorwurf hinaus, Frankreich habe sich den nationalen deutschen Interessen unterworfen, die in der Freiheit bestünden, entgegen den Interessen der Weltwirtschaft die deutsche »deflationäre« Politik fortzusetzen. Aber auch umgekehrt war zu hören: Die »D-Mark-Zone der Stabilitätspolitik« sei durch den Verfall des Dollars in Gefahr geraten, jetzt werde sie mit Hilfe des Franc wiederhergestellt. Daß Strauß, Kohl und Bundesbank im krassen Gegensatz dazu mich beschuldigten, mit dem EMS die Stabilitätspolitik der Bundesbank zu unterlaufen, nahmen jene französischen Kritiker natürlich nicht zur Kenntnis. Die Schlußfolgerung, die sie nahelegten, lautete schlicht, die deutsche exportierende Industrie sei der eigentliche Nutznießer des EMS, Frankreich säße am Rande, während Deutschland die Kommandohöhen besetzt habe. Der unvermeidliche Streit um die MCAs goß Öl ins antideutsche Feuer, Giscard mußte vorübergehend den vermeintlichen französischen Landwirtschaftsinteressen Tribut zollen. Alles in allem waren die Vorwürfe, der Staatspräsident, der »von seinem Gedanken der Kooperation mit der Bundesrepublik geradezu besessen« sei, nehme die »Soüveränität der D-Mark« in Kauf, zum Teil subtil (etwa in »Le Monde«), zum Teil plump (etwa in »L'Humanité«); aber sie waren innenpolitisch gewichtig.

Giscard wehrte sich in großem Stil: In der Tat, Frankreich müsse lernen, sich ökonomisch zu weit größeren Exporten zu befähigen, vor allem auf dem Gebiet der Hochtechnologie. Dazu sei ein Abbau der Inflationsraten ebenso unerläßlich wie eine größere soziale Stabilität. Frankreich brauche das EMS, um unter dessen Disziplin Deutschland ökonomisch einholen zu können; wenn Frankreich sich dem EMS verweigere, so öffne es damit den Weg für eine Hegemonie der deutschen Wirtschaft in Europa und setze die Zukunft der EG und die Zukunft Frankreichs aufs Spiel. Giscard breitete diese Argumentation bis in die Dimension der Grand Strategy aus: Er stellte England als eine weder militärisch noch wirtschaftlich mit Frankreich gleichrangige Macht dar, appellierte aber an das nationale Selbstbewußtsein der Franzosen, sich als Wirtschaftsmacht im Verhältnis zu Deutschland nicht mit einem zweiten Rang abzufinden, sondern vielmehr gleichen Rang zu erreichen. Wenn Frankreich dieses Ziel verfehle, werde Europa von Deutschland dominiert werden. Dies war in meinen Augen starker Tobak, aber es erschien mir legitim, denn Giscards Besorgnis hatte einen gewichtigen wahren Kern: Die von der Bundesbank erstrebte totale D-Mark-Autonomie lief im Erfolgsfalle auf eine klare währungs- und kreditpolitische deutsche Dominanz hinaus. Zum andern hatte auch ich selbst immer das EMS nicht nur als Instrument zur Harmonisierung der ökonomischen Politiken der EG-Mitgliedsstaaten angesehen, sondern zugleich als gesamtstrategisches Element zur Festigung der politischen Eigenständigkeit Europas. Um dieser beiden Ziele willen hatte ich keine inneren Schwierigkeiten, Giscards Argumentation zu ertragen.

Ich dachte nicht im Traum daran, die europäischen Wechselkurse für alle Zeiten festzulegen, dies hatte es ja auch in den besten Zeiten des Bretton-Woods-Systems und des International Monetary Fond (IMF) nicht gegeben und nicht geben können. Auch damals waren die festen Wechselkurse vieler Währungen oft genug nach oben oder unten auf- und abgewertet worden; die Wechselkurse waren ausdrücklich zwar festgesetzt, aber die Festsetzungen konnten durch gemeinsame Beschlüsse geändert werden (»fixed but adjustable«). Insgesamt hat es zwischen 1948 und 1973 allein seitens 15 Industriestaaten etwa 50 Wechselkursänderungen im IMF gegeben.

Meine Ziele waren einerseits realistischer und bescheidener, andererseits griffen sie wesentlich weiter. Das EMS sollte zum ersten die Wechselkurse zwischen den beteiligten Ländern so fest wie möglich halten, um sowohl die Geldwertstabilität als auch den innereuropäischen Handel und damit das Zusammenwachsen der EG zu fördern. Es sollte zum zweiten diejenigen Regierungen in die Pflicht nehmen, die eine so extreme Währungs- und Finanzpolitik betreiben, daß sie bei den übrigen Staaten um eine Wechselkursanpassung (das heißt Aufwertung oder Abwertung) nachsuchen müssen, um so indirekt die Konvergenz der verschiedenen Währungs- und Wirtschaftspolitiken und damit die Wirtschaftsintegration zu fördern. Und es sollte zum dritten stufenweise und allmählich mit dem ECU eine einheitliche europäische Währung schaffen, die der weltwirtschaftlichen Bedeutung des Dollars und des japanischen Yen endlich gleichkäme.

Die ersten beiden Zielsetzungen waren an sich nicht revolutionär, die älteren Fachleute kannten sie aus der Bretton-Woods-Zeit und hatten bis Ende der sechziger Jahre erfolgreich unter Regeln gearbeitet, die diesen Zielen dienten. Zwar galten jene Regeln weltweit, und sie waren zusammengebrochen, als die USA von 1968 an in rasch zunehmender Weise aus kurzsichtig interpretierten nationalen Interessen ihre eigene Rolle innerhalb des Systems verkommen ließen und schließlich aufgaben. Im Vergleich dazu ist das EMS aber auf relativ gleichartige westeuropäische Industriestaaten beschränkt, und die währungspolitisch zugleich rücksichtslosen und übergewichtigen USA sind am EMS nicht beteiligt. Es ist deshalb – und war ebenso schon 1978/79 – nicht einzusehen, warum die beiden ersten Zielsetzungen nicht erreichbar sein sollten.

Das dritte Ziel allerdings war ein revolutionäres Novum, denn eine gemeinsame europäische Währung hat es in der Wirtschaftsgeschichte der Neuzeit bisher nicht gegeben. Wohl hatten die Kaufleute des Mittelalters ihren Warenhandel zugleich mit französischen, holländischen, spanischen, mit diversen deutschen und italienischen Münzen betrieben, sie hatten in vielen verschiedenen Münzeinheiten und Münzgewichten gerechnet, sie hatten dafür und auch für den Tausch von einer Münze in die andere ihre Wechselkurse, aber eine gemeinsame Münze oder Währungseinheit wie den jetzt beabsichtigten ECU hatte es nicht gegeben. Am ehesten kam noch der gemeinsam befolgte Goldstandard der zweiten Hälfte des 19. Jahrhunderts, der 1914 zusammengebrochen war, dem Gedanken einer gemeinsamen Währung nahe. Aber das Gold diente damals in verschiedenen Ländern mit verschiedenen Münzgewichten als Zahlungsmittel, zum Teil wies es auch unterschiedlichen Feingehalt auf; der im Wirtschaftskreislauf verfügbare Bestand an Münz- und Barren-Gold hing ab von der Goldproduktion (die in einigen wenigen Ländern konzentriert war), von der Menge des für industrielle und handwerkliche Zwecke verwendeten und der Menge des privat und staatlich gehorteten Goldes.

Der ECU ist zunächst eine Devisenwährung, die auf einem Korb basiert, in dem die nationalen Währungen der teilnehmenden Länder, ihrer wirtschaftlichen Bedeutung entsprechend, mit unterschiedlichem Anteil ins Gewicht fallen. Er ist also in der heute noch geltenden Anfangsstufe des EMS durchaus vom Verhalten der einzelnen Teilnehmer-Währungen abhängig; er ist dabei aber stabiler als diese, weil Ab- und Aufwertungen der Teilnehmer-Währungen sich innerhalb des Korbes weitgehend gegenseitig aufheben. Es war dieser relativen Stabilität wegen vorauszusehen, daß der ECU sich als Währung für internationale Anleihen schnell einen Markt erobern würde. Aber darin lag nicht sein Hauptzweck. Sondern der ECU sollte allmählich neben den Franc, die Lira, den Gulden, die D-Mark und so weiter treten und als Parallelwährung *gemeinsam* in allen Mitgliedsstaaten gelten; am Ende sollte er dann die inzwischen in ihrer Bedeutung geschrumpften nationalen Währungen ganz ersetzen. Natürlich setzte diese von uns erstrebte Entwicklung voraus, daß auf der nächsten Stufe des EMS eine zentrale, unabhängige Währungsbehörde – ein gemeinsames föderatives Europäisches Zentralbanksystem oder ein European Monetary Fund, EMF – errichtet wird, auf die die währungspolitischen Befugnisse der nationalen Währungsbehörden, also der Notenbanken, übergehen und die als politisch unabhängiges Europäisches Zentralbanksystem die monetäre Politik der EG insgesamt, das heißt aller beteiligten nationalen Zentralbanken, zu steuern hat.

Frankreich war unter Giscard zu diesem am Ende des Weges stehenden Souveränitätsverzicht bereit; die Bundesbank und viele der sich für sachverständig haltenden deutschen Professoren der Nationalökonomie waren dazu nicht bereit (und sind es auch heute nicht). Sie bekämpften (und bekämpfen noch heute) einen hochpolitischen, gesamtstrategischen Fortschritt in Richtung auf Integration und Autonomie Westeuropas mit Argumenten, die sie als Expertisen ausgaben, die aber in Wahrheit auf dem – den Urhebern zum Teil unbewußten – politischen Urteil oder Vorurteil beruhten, Westeuropas Integration sei als Wert nicht so hoch zu veranschlagen wie deutsche monetäre Autonomie. Ihr auf Verhinderung oder jedenfalls auf Verzögerung abzielendes zentrales Argument war und ist auch heute noch, zuerst müsse eine volle Harmonisierung der Gesamtheit der ökonomischen Politiken der EG-Staaten erreicht sein, dann könne man auch deren Geldpolitiken unter einen gemeinsamen Hut bringen, quasi den Gemeinsamen Markt damit krönen. Tatsächlich bedingen und befruchten sich aber Fortschritte gegenseitig; die deutsche »Krönungstheorie« der späten achtziger Jahre ist Ausfluß der Attitüden des ökonomischen Nationalismus und des bürokratischen Ressort-Patriotismus der Bundesbank.

So war auch im Jahre 1978 die in Deutschland entfachte Opposition gegen das EMS in Wahrheit – ebenso wie in Frankreich – eine nationalistische Opposition, aber sie entfaltete sich in beiden Ländern unter umgekehrten Vorzeichen. Giscard wurde kritisiert, weil er das wirtschaftliche Wohlergehen seines Landes angeblich der an Stabilität des Geldwertes orientierten Herrschaft der D-Mark auslieferte; ich hingegen wurde kritisiert, weil ich die deutsche Wirtschaft angeblich der an Inflation orientierten Mehrheits-Herrschaft der französischen, italienischen und belgischen Geldpolitik auslieferte. Die innenpolitischen Angriffe gegen mich hatten zwar keine Spitze gegen Frankreich, aber sie offenbarten bei einigen eine nationalegozentrische Haltung gegenüber dem europäischen Integrationsprozeß, die von Arroganz nicht weit entfernt war. Das ungeschriebene Motto hieß: »Der Starke (die D- Mark) ist am mächtigsten allein.« Der damalige Oppositionsführer Helmut Kohl sprach von einer »Europäischen Inflations-Gemeinschaft«. Heute, viele Jahre später, müßte er eigentlich zugeben, daß unter dem EMS das Gegenteil eingetreten ist: Die Inflationsraten sind in ganz Westeuropa seit Ende der siebziger Jahre stark gesunken. Aber auch als Bundeskanzler redet Kohl des Sonntags zwar noch häufig von der Wirtschafts- und Währungsunion Europas, die er als Ziel propagiert; sein tatsächliches Regierungshandeln jedoch blieb bisher – unter dem Einfluß der um ihre nationalen Privilegien kämpfenden Bundesbank – in Verbalismus befangen. Erst seit dem Frühjahr 1990 stimmt er einer europäischen Regierungskonferenz zu, die sich anhand des Delors-Berichtes mit dem weiteren Ausbau des EMS befassen soll. Den Ausschlag für diesen Meinungswandel gab sein Gefühl, aufgrund seiner Beschleunigung des deutsch-deutschen ökonomischen Vereinigungsprozesses isoliert zu sein.

Allerdings ist der Weg zur zweiten Stufe des EMS, die ursprünglich zwei Jahre nach dessen Begründung eingeführt werden sollte, schon zu meiner Amtszeit durch drei Ereignisse behindert worden. Die zweite Ölpreisexplosion und ihre Auswirkungen auf Zahlungsbilanzen und Wechselkurse ließen 1980 und 1981 die äußeren Bedingungen als wenig geeignet erscheinen; der Amtswechsel im Elysée und das inflatorische Experiment Mauroy, welches auf den Franc-Wechselkurs keine Rücksicht nahm, ließen einen Kollaps des EMS als möglich erscheinen; nach Giscards und meinem eigenen Ausscheiden aus dem Amt war innerhalb der EG-Staaten zunächst niemand in verantwortlicher Position, der die Errichtung der zweiten Stufe des EMS zu seiner eigenen Sache hätte machen wollen. Einzig Jacques Delors, inzwischen Präsident der Kommission der EG, kämpfte um Fortschritt des EMS, unterstützt von einigen ehemaligen Regierungschefs, einigen ehemaligen Finanzministern und Zentralbankchefs, unterstützt auch vom Monnet-Comité. Die heutigen Amtsinhaber starrten lieber auf den Dollar und versuchten, ihn abwechselnd herunter und wieder hinauf zu reden.

Immerhin räumen sie ein, das EMS habe bisher gut funktioniert. Dies ist in der Tat richtig; ohne EMS und die Prestige-Einbuße mehrerer, durch die französische Haushalts- und Geldpolitik verursachter Franc-Abwertungen hätte François Mitterrand seinen ursprünglich expansiven, inflatorischen Kurs vermutlich fortgesetzt, der am Ende in monetären und handelspolitischen Protektionismus eingemündet wäre.

Weil es schon auf der ersten Stufe des EMS nicht der Spekulation an den Märkten überlassen blieb, aus falscher Geld- und Haushaltspolitik der Mitgliedsstaaten Wechselkurskonsequenzen zu ziehen, weil vielmehr die Regierungen selbst eine Wechselkursanpassung beantragen und aushandeln müssen und bei Aufwertung von ihrer Industrie, bei Abwertung von ihren Konsumenten und Gewerkschaften gescholten werden, deshalb scheuen sie den dramatischen Akt, und deshalb haben sie ihr monetäres und ihr fiskalisches Verhalten seit dem Inkrafttreten der ersten Stufe des EMS diszipliniert. Mit anderen Worten: das EMS hat durch den ihm innewohnenden Disziplinierungsmechanismus eine Konvergenz des ökonomischen Verhaltens der Mitgliedsstaaten herbeigeführt, die es in diesem Maße seit dem Zusammenbruch des Bretton-Woods-Systems nicht wieder gegeben hat.

In der Tat: Ein konsequenter Keynesianer müßte statt des EMS flexible Wechselkurse verlangen – ein konsequenter Monetarist aber desgleichen. Die beharrliche Behinderung des Ausbaus des EMS durch die Bundesbank geschieht allerdings weder aus keynesianischen noch aus monetaristischen Gründen. Vielmehr liegt ihr Motiv in dem auf die D-Mark bezogenen Stabilitäts-Sendungsbewußtsein. Deshalb hat die Regierung Kohl die »Einheitliche Europäische Akte« im Punkt Währungspolitik fast bis zur Bedeutungslosigkeit verwässert. Aber sie muß sich die Frage stellen lassen: Wieviel deutschen Eigensinn dürfen wir auf die Dauer unseren EG-Partnern zumuten? Ist es nicht schon mehr als genug mit dem britischen Eigensinn? Und wenn man sieht, daß das geld- und haushaltspolitische Gesamtverhalten von Bundesregierung und Bundesbank unser Land im Außenhandel zum zweitgrößten Überschußland der Welt gemacht hat, daß wir nur wegen der noch größeren japanischen Leistungsbilanzüberschüsse nicht der ökonomische Hauptangeklagte der Welt geworden sind, dann ist deutlich, daß Währungspolitik längst zu einem wesentlichen Element der internationalen Politik geworden ist. »Währungspolitik ist immer auch Außenpolitik«, so hat mich mein Freund Alex Möller gelehrt - mit Recht.

Es ist möglich, daß die Auslandsschulden der US-amerikanischen Volkswirtschaft sich im Laufe der frühen neunziger Jahre auf netto mehr als eine Billion Dollar (amerikanisch gesprochen: one trillion $) belaufen werden; die Last des Ausverkaufs amerikanischer Werte oder des Zinstransfers an das Ausland kann unerträglich werden. Wenn in solcher Lage die USA unter einem neuen Präsidenten Erleichterung durch entschiedenen Handelsprotektionismus suchen sollten, dann werden die eigenbrötlerischen Währungspolitiker in Westeuropa vielleicht verstehen: Unser westeuropäischer Integrationsprozeß bedarf auch in Währungsfragen dringend des Fortschritts; denn ein stabiler Dollarwechselkurs ist auf lange Jahre hinaus nicht in Sicht. England behindert den Fortschritt Europas ganz allgemein, die Bundesrepublik behindert den währungspolitischen Fortschritt. Beide zusammen behindern den Fortschritt bei der Herstellung eines wahrhaft gemeinsamen Marktes. Dabei bedürfte es heute auf diesen Feldern gar keiner großen Akte, keiner neuen völkerrechtlichen Verträge; vielmehr könnte pragmatischer Fortschritt im Rahmen der geltenden Verträge ausreichen, wenn er in klarer Orientierung auf Zweck und Ziel geschähe.

Dies gilt besonders für den Ausbau des EMS und des ECU. Bei der Gründung ist ein europäischer Fonds für monetäre Kooperation geschaffen worden, aber er schlummert noch immer vor sich hin; Ende 1989 gab es immer noch Kapitalverkehrskontrollen innerhalb der EG, immer noch verbot die Bundesbank ECU-Konten, immer noch fehlte eine Clearingstelle für private ECU. Immer noch bleibt das Pfund Ster-

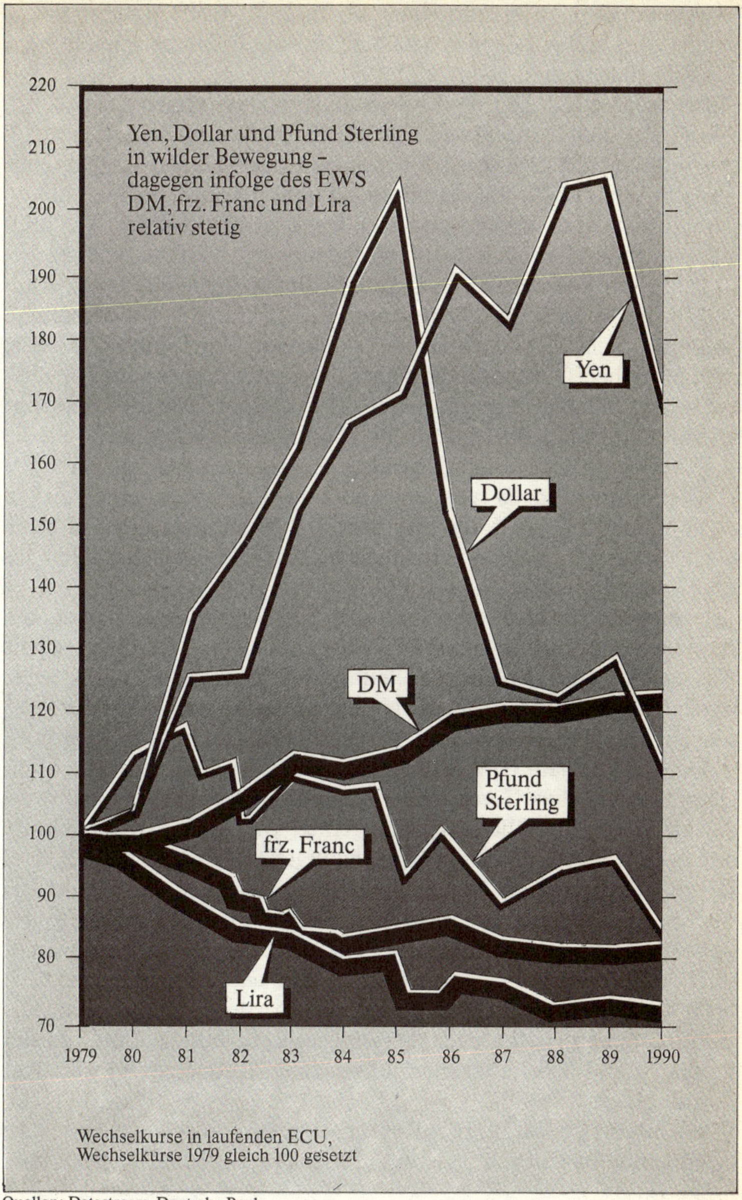

Quellen: Datastream, Deutsche Bank

ling außerhalb des Systems (obgleich es im ECU-Währungskorb mitgewogen wird und dort wegen gefallener Preise für Nordseeöl den Wert des ECU nach unten gedrückt hat).

Ebenso wie zur Zeit des Gold-Standards oder später zur Bretton-Woods-Zeit ließen sich feste, aber anpaßbare Wechselkurse vereinbaren, selbstverständlich entsprechend den Unterschieden der ökonomischen Struktur und der ökonomischen Politik der am EMS teilnehmenden Staaten. Aber ein System fester, wenn auch anpaßbarer Wechselkurse trägt dazu bei, das ökonomische Gesamtverhalten einer Regierung mit dem ökonomischen Gesamtverhalten der anderen Regierungen zu parallelisieren oder zu harmonisieren. Wer die über Jahrzehnte kontinuierliche Überlegenheit der deutschen Wirtschaftsverfassung, der deutschen Sozialordnung und der deutschen Stabilitätspolitik betrachtet, braucht als marktwirtschaftlich gesinnter Deutscher keinerlei Minderwertigkeitskomplexe oder Ängste zu haben, wenn es um die Vollendung des EMS geht. Er muß im schlimmsten Fall mit laufenden D-Mark-Aufwertungen rechnen. Aber genau dies wäre ohne EMS in noch höherem Maße nötig, weil dann die Wechselkurse der D-Mark noch stärker von dem längerfristig kaum berechenbaren Absinken des US-Dollars abhingen.

Immerhin hat auf Initiative des EG-Kommissionspräsidenten Jacques Delors der Europäische Rat der Staats- und Regierungschefs 1988 einen dritten Anlauf eingeleitet. Man beauftragte eine Arbeitsgruppe unter Delors' Vorsitz mit der Ausarbeitung konkreter Vorschläge zur stufenweisen Erreichung der Wirtschafts- und Währungsunion. Seit Frühjahr 1989 liegen diese Vorschläge auf dem Tisch. Ministerpräsident Felipe Gonzalez als Ratsvorsitzender hat die Glaubwürdigkeit seines Bemühens, darüber einen Beschluß herbeizuführen, durch den Beitritt Spaniens zum heutigen EMS untermauert. Der Delors-Bericht baut auf dem heute existierenden EMS auf; er sieht drei weitere Stufen der Entfaltung vor. Ein entscheidender Vorzug des Berichts liegt in der Einstimmigkeit der Beteiligten. Vor allem der Konsens der Zentralbankpräsidenten der EG-Staaten kann sich taktisch noch als sehr wertvoll für das weitere Procedere herausstellen. Die Selbstbindung der Zentralbankpräsidenten, die bisher immer wieder Probleme und Schwierigkeiten vorgeschützt hatten, ist ein wichtiger Fortschritt.

Umgekehrt freilich sind des Konsenses wegen einige Fragen nur vage beantwortet. Es gibt viel Spielraum für zukünftige Kontroversen. Eine empfindliche Schwäche kann sich daraus ergeben, daß zeitliche Vorstellungen für das Durchlaufen der ersten und der zweiten Stufe fehlen. Immerhin haben die Regierungschefs den Eintritt in die erste Stufe für Mitte des Jahres 1990 festgelegt. Allerdings ist die Verwendung des Begriffs »erste Stufe« unredlich, denn die erste Stufe existiert seit 1979. Auch daß sich das Delors-Komitee hinsichtlich der dritten und endgültigen Phase nicht eindeutig für den ECU als einzige Währung der EG entscheiden wollte, ist eine Schwäche; die Hintertür bleibt offen für eine unbegrenzte Fortführung der zwölf nationalen Währungen - allerdings bei irreversibler Festlegung ihrer Wechselkurs-Paritäten.

Wer sich aber die irregulären Vorgänge auf den inzwischen globalisierten Finanzmärkten vor Augen hält, zum Beispiel das Fehlen von autoritativer Bankaufsicht und Zentralbankfunktion über die off-shore-Banken, die wie Pilze aus dem Boden schießen, um den heimatlichen Bank- und Steuergesetzen und den nationalen Aufsichtsbehörden zu entgehen; wer die immer weiter um sich greifende Praxis der Abfall-Anleihen (»junk bonds«) und die Las-Vegas-Mentalität vieler Investment-Banken bei der Finanzierung von räuberischen Firmenaufkäufen (»leveraged buy-outs«) beobachtet; wer die durch keinerlei reale Wertunterschiede gerechtfertigten wilden Dollar-Wechselkursschwankungen der letzten zehn Jahre in Erinnerung hat, der muß dringend wünschen, daß dem Dollar und dem Yen eine einzige und deshalb gewichtige europäische Währung gegenübergestellt wird. Dafür sollte allerdings nicht die D-Mark als »Anker« des EMS (so der Delors-Bericht) in Betracht kommen, sondern vielmehr der ECU. Gegen den ECU in dieser Rolle spricht nichts - außer nationalem Eigensinn. Alle wirtschaftspsychologischen Erwägungen legen eine einzige Währung der EG nahe. Man stelle sich nur einmal den Binnenmarkt der USA mit fünfzig verschiedenen einzelstaatlichen Währungen vor!

Das Delors-Komitee hat nicht überzeugend begründet, warum es eine Zwischenlösung ablehnt, wonach der ECU als Parallelwährung neben die nationalen Währungen tritt, um diese schrittweise zu verdrängen. Diese Ablehnung verschließt einen pragmatischen Weg, den die Anleihemärkte schon gehen. Zu den Nachteilen gehört auch die künstliche Unterscheidung zwischen der Wirtschafts- und Währungsunion; tatsächlich bliebe die erste ohne die letztere nur beschränkt funktionstüchtig. Anlaß zur Kritik geben zuletzt die mannigfachen ökonomischen und vertragsrechtlichen Bedingungen und Hürden, die der Delors-Bericht eingebaut hat - bis hin zur Verdoppelung des Strukturfonds der EG und zum Eingriff der EG in die Haushaltspraxis der Mitgliedsstaaten. Hier findet sich ein deutliches Echo der »Krönungstheorie«, die von einigen Mitgliedern des Frankfurter Zentralbankrates vertreten wurde: Währungsunion erst als Krönung, das heißt nach Abschluß aller anderen integrativen Schritte, also möglichst spät - vielleicht erst am Sankt-Nimmerleins-Tag.

Der wichtigste Vorzug des Delors-Berichts liegt im klaren Bekenntnis zur politischen Unabhängigkeit des zukünftigen Zentralbanksystems. Denn nur ein von Weisungen der anderen Organe der EG unabhängiges Zentralbanksystem kann die Geldmenge innerhalb des gemeinsamen Marktes so knapp halten, daß das Preisniveau stabil bleibt.

Die von Bundeskanzler Kohl im Konflikt mit der Bundesbank zu Recht durchgesetzte deutsch-deutsche Währungsunion hat die Diskussion über den Fortschritt des EMS erneut verunsichert. In Paris hatte man bis dahin immer gehört, die Haltung der Bundesbank sei ein Faktor, auf den die Bundesregierung beim Ausbau des EMS Rücksicht nehmen müsse; jetzt zeigte sich, daß die Bundesregierung durchaus in der Lage war, aus übergeordneten politischen Gründen sich über Bedenken der Bundesbank hinwegzusetzen - warum also nicht auch im Falle des EMS. In Holland und anderswo meldeten sich kritische Stimmen zu Wort, die als Folge der deutsch-deutschen Währungsunion eine inflatorische Entwicklung der D-Mark und eine Verschlechterung ihres Wechselkurses befürchteten. Generell wurde jedoch die Besorgnis laut, binnen weniger Jahre werde die D-Mark alle anderen europäischen Währungen weit überragen und das EMS beherrschen.

Alle diese kritischen Besorgnisse und Einwände enthalten einen berechtigten Kern. Es ist durchaus möglich, daß die deutsch-deutsche Währungsunion *zunächst* einen kleinen, aber einmaligen inflatorischen Impuls (nämlich durch Schaffung erheblicher zusätzlicher DM-Geldmenge) und eine kleine, aber einmalige Wechselkursverschlechterung der D-Mark auslösen *kann.* Beides, wenn es denn dazu kommt, wird deshalb einmalig bleiben, weil die Bundesbank nach Herstellung der deutsch-deutschen Währungsunion prinzipiell bei ihrer bewährten Geldmengenpolitik bleiben wird. Allerdings ist ein Zinsanstieg nicht auszuschließen, weil die Bundesregierung große Zahlungen an die DDR leisten muß und dafür viel stärker als bisher auf den Kapitalmarkt zurückgreifen will, um Steuererhöhungen zu vermeiden oder wenigstens hinauszuschieben.

Bundeskanzler Kohl hat instinktiv richtig erfaßt, daß die von ihm erstrebte deutsch-deutsche Wirtschaftsunion ohne Währungsunion nicht machbar ist. Bisher fehlt es aber noch an der Einsicht, daß dies genauso für den einheitlichen Binnenmarkt der EG gilt. Im übrigen wäre die währungspolitische Einbeziehung der DDR natürlich weniger folgenreich, wenn sie sich unter dem Dach eines fertigen, funktionsfähigen EMS-Systems der Europäischen Zentralbanken und auf der Grundlage des ECU vollziehen könnte; die Versäumnisse der achtziger Jahre beim Ausbau des EMS machen die Währungsunion mit der DDR schwieriger als nötig.

Man kann damit rechnen, daß die deutsch-deutsche Währungsunion als neues Argument gegen den weiteren Ausbau des EMS oder für dessen Verzögerung ins Feld geführt werden wird, etwa in dem Sinne, zunächst müßten die Folgen der Ausdehnung des Geltungsbereiches der D-Mark abgewartet werden. »Take the arguments where you can find them«, sagen die Engländer.

In Wahrheit kommt es entscheidend nur auf zwei Prinzipien an. Zum einen ist der nationale »Souveränitätsverzicht« aller EG-Staaten auf eigene Geldpolitik genauso notwendig wie etwa ihr Verzicht auf eine eigene Handelspolitik. Zum anderen muß das föderative EMS-System der europäischen Zentralbanken unabhängig sein – unabhängig von der EG-Kommission, vom Europäischen Rat und vom EG-Parlament, unabhängig auch insofern, als die Amtsperioden der zwölf Gouverneure lang genug sein müssen, um sie freizuhalten von der Besorgnis um ihre Wiederernennung. Jede unabhängige Zentralbank wird ihren Ehrgeiz in eine stabile Währung setzen, darauf wird sie sich konzentrieren. Deshalb sind unter allen Währungen der Welt diejenigen die stabilsten, die von einer wirklich unabhängigen Zentralbank gehandhabt werden. Dies wird auch für das EMS-Zentralbanksystem und den ECU gelten.

Schon die Klassiker David Ricardo und John Stuart Mill haben gewußt, daß die Geldmenge ein entscheidender Faktor für die Höhe der Warenpreise ist; sie haben auch gewußt, daß die Preise um so höher sein werden, je geringer das Warenangebot ist. Die sogenannte Quantitätsgleichung – in unserem Jahrhundert vielfältig ausgebaut von Irving Fisher, John Maynard Keynes bis zu Milton Friedman – besagt im Grunde nichts anderes als das, was wir Deutschen von 1919 bis 1923 und die Sowjets seit Gorbatschows Perestroika begriffen haben: Ein Staat, der zusätzliches Geld druckt oder entstehen läßt, ohne daß in gleichem Maße am Markt zusätzliche Ware zur Verfügung steht, verursacht Preissteigerung. Wenn sehr viel zusätzliches Geld gedruckt wird, dann nennen wir die preisliche Auswirkung eine Inflation.

Seit Ludwig Erhard und Karl Schiller haben wir Deutschen überdies begriffen, daß Lohnerhöhungen die Kosten und tendenziell die Preise der angebotenen Waren erhöhen, nämlich dann, wenn die Lohnkostensteigerung nicht durch Rationalisierung der übrigen Produktionskosten aufgefangen werden kann. Wenn in einem solchen Fall die Notenbank die Geldmenge nicht vergrößert, kommt es zu Absatzstockungen und Arbeitslosigkeit; erhöht sie aber die Geldmenge, so steigen die Inflationsraten. Deshalb war Schillers Grundgedanke der »Konzertierung« des ökonomischen Verhaltens von Gewerkschaften, Arbeitgebern, Staat und Notenbank ein überzeugendes Konzept. Wenn ein Staat – sei es durch Besteuerung oder durch kreditweise Finanzierung seines Haushaltsdefizits – einen zu hohen Anteil der Geldmenge und infolgedessen des Sozialprodukts beansprucht, *kann* sich die Notenbank veranlaßt sehen, mehr Geld freizugeben, als für die Aufrechterhaltung des bisherigen Preisniveaus zuträglich ist. Diese Gefahr besteht vor allem dort, wo die Notenbank in ihrem Verhalten von den Weisungen der Regierung abhängig ist. Beispiele dafür haben wir in Europa vielfältig erlebt, vor allem in den südlichen Ländern.

Wegen der schlimmen Inflationserfahrungen in und nach beiden Weltkriegen wurde 1957 bei der Schaffung des Bundesbankgesetzes der Bundesbank Unabhängigkeit eingeräumt. Sie kann souverän über eine große Zahl von binnen- und außenwirtschaftlichen Instrumenten verfügen. Es gibt auf der Welt nur ganz wenige Staaten, deren Notenbanken eine ähnlich große Handlungsfreiheit besitzen. Die binnenwirtschaftliche Preisstabilität der D-Mark ist – im internationalen Vergleich der Inflation – seit langen Jahren sehr eindrucksvoll, auch innerhalb der EG. Hierauf gründet mein Hauptargument zugunsten der Unabhängigkeit einer zukünftigen föderativen EG-Zentralbank oder – wie der Delors-Report sagt – eines Europäischen Systems der Zentralbanken.

Abgesehen von englischen Einwänden gegen die Unabhängigkeit – angeblich handelt es sich um einen unzumutbaren »Souveränitätsverzicht« –, gibt es einen zweiten Einwand, der allerdings nicht sehr laut erhoben wurde. Danach hat sich die Bundesbank durch ihre Unabhängigkeit dazu verführen lassen, sich auf das Ziel binnenwirtschaftlicher Preisstabilität zu fixieren, bei Vernachlässigung der beiden anderen im Vertrag von Rom seit 1957 festgelegten Ziele, nämlich hoher Beschäftigungsstand und Gleichgewicht der außenwirtschaftlichen Zahlungsbilanz (damals landläufig »magisches Dreieck« genannt). In der Tat kann nach Überwindung der beiden Ölpreisschocks der siebziger Jahre in Deutschland von hoher Beschäftigung auf dem Arbeitsmarkt kaum die Rede sein. Und das Ziel des außenwirtschaftlichen Gleichgewichts ist – man denke an die unerhörten, außenpolitisch gefährlichen und weltwirtschaftlich widersinnigen deutschen Überschüsse – seit Jahren mißachtet worden.

Angesichts der hohen weltwirtschaftlichen Verflechtung der EG und ihres hohen Anteils an der Weltwirtschaft wären ähnliche Auswirkungen im Falle eines unabhängigen Europäischen Zentralbanksystems abträglich für die ganze EG. Ihnen sollte deshalb durch vertragliche Definition der Aufgabenstellung des Systems vorgebeugt werden. Jedoch ist nach allen bisherigen Erfahrungen keinesfalls damit zu rechnen, daß etwa ein politisch *abhängiges* Zentralbanksystem den im Vertrag von Rom postulierten Zielen besser gerecht würde, im Gegenteil.

Gegenwärtig sind viele europäische Unternehmen dabei, Niederlassungen in anderen EG-Staaten zu errichten; sie bereiten sich schneller auf die Vervollkommnung des Gemeinsamen Marktes vor, als die währungspolitische Praxis der zwölf Regierungen dies tut. Einige hervorragende Sprecher von Großunternehmen – von FIAT über Philipps bis zur Deutschen Bank – drängen gleichzeitig die Regierungen zum Fortschritt beim EMS. Die Regierungen haben jedoch den Weg des pragmatischen Fortschritts verlassen und beabsichtigen statt dessen einen völkerrechtlichen Vertrag oder eine Ergänzung der bestehenden EG-Verträge. Dazu ist eine langwierige Vertragskonferenz notwendig, die sich um so komplizierter gestalten würde, je mehr man sie den Fachleuten der Zentralbanken überließe. Frankreich drängt auf diese Konferenz, Bonn hat deren Beginn bisher verzögert. Frankreich möchte die Bundesrepublik – zumal angesichts der großen Veränderungen im Osten Europas und in der DDR – auch monetär fest in die Europäische Gemeinschaft einbinden. Diese Einbindung liegt auch im deutschen Interesse – nämlich in unserem Interesse an französischem Vertrauen in unsere Stetigkeit. Wir brauchen gerade dieses Vertrauen, wenn der deutsch-deutsche Vereinigungsprozeß Erfolg haben soll. Der November 1989 hat gezeigt, daß in Bonn dieses Interesse nicht ausreichend verstanden und nicht ausreichend gewürdigt worden ist.

Großbritannien wird erst dann dem EMS beitreten, wenn man in London dessen Erfolg erkennt. Aber der Erfolg wird nur eintreten, wenn Frankreich und Deutschland den Erfolg wollen und ihn herbeiführen. Wenn ich jemals mein Ausscheiden aus dem Amt bedauern sollte, so allein wegen der Tatsache, daß Valéry Giscard d'Estaing und ich das EMS in halbfertigem Zustand hinterlassen mußten. Wir waren beide atlantisch gesinnt, aber ebenso proeuropäisch, beide marktwirtschaftlich und zugleich antiinflatorisch orientiert. Wir hatten beide die alten Europa-Sprüche satt, wir wollten endlich konkreten, nützlichen Fortschritt. Wir fanden in den anderen Hauptstädten Mitspieler mit der Bereitschaft zum Risiko und wußten doch: ohne gemeinsame Führung durch den französischen Staatspräsidenten und den deutschen Bundeskanzler wäre nichts zustande gebracht worden. Heute ist klar, daß auch die Vollendung des EMS nur erreicht wird, wenn Paris und Bonn dies gemeinsam wollen.

Kontinuität der Deutschland-Politik im Elysée

Valéry Giscard d'Estaing verabschiedete sich am 19. Mai 1981 mit einer kurzen Fernsehansprache. Als Erfolge seiner Amtszeit hob er seine Afrika-Politik hervor, die Herstellung der Unabhängigkeit der Energieversorgung Frankreichs und die »französisch-deutsche Entente, um Europa zu festigen« - ein richtiges und gutes Wort. Unsere persönliche Freundschaft wird anhalten, wir sehen uns auch heute mehrmals im Jahr.

Der von mir geschätzte Premierminister Raymond Barre trat gleichfalls zurück, Pierre Mauroy wurde sein Nachfolger. Dessen Kabinettsmitglieder (einschließlich vier Kommunisten) hatten nur zum geringsten Teil Erfahrung in hohen Staatsämtern; aber die wichtigen neuen Ressortchefs kannte ich persönlich, so Claude Cheysson (Außenministerium), Jacques Delors (Finanzen) und Michel Rocard (Planung). Der neue Staatspräsident François Mitterrand trat sein Amt am 21. Mai an, drei Tage später war ich sein erster ausländischer Besucher.

Mitterrand hatte ich vor seiner Wahl zum Präsidenten mehrfach getroffen, bei seinem Amtsantritt kamen mir zwei Gespräche besonders in Erinnerung. Das erste war ein Zusammenstoß zwischen ihm und mir, der sich während einer im Januar 1976 von Anker Jørgensen nach Helsingör einberufenen Konferenz von Sozialdemokraten und Sozialisten ergeben hatte. Eine Überbetonung der Sozialistischen Internationale (SI) war bei Mitterrand übrigens nur so lange festzustellen, solange er noch nicht Staatspräsident war; ebenso gab es bei Brandt diese Überbetonung erst, nachdem er nicht mehr Bundeskanzler war. Für mich lag der Nutzen der SI in dem erwünschten Kontakt mit den nichtkommunistischen fortschrittlichen Parteien der Dritten Welt und im Kontakt mit den Sozialdemokraten der neutralen Staaten Europas, das heißt mit Politikern, die man nur selten und nicht regelmäßig zum Gespräch treffen konnte.

Mitterrand hatte in Helsingör Koalitionen zwischen Sozialisten und Kommunisten propagiert, und zwar keineswegs auf Frankreich beschränkt. Er sprach mit erheblichem Pathos und mit großem Selbstbewußtsein: Die Sozialisten und Kommunisten Frankreichs hätten durch ihr Bündnis ein Zeichen gesetzt, wir anderen in Europa sollten dem Beispiel folgen. Von der weitgehenden Beeinflussung der französischen kommunistischen Partei und ihres Chefs Marchais durch die Sowjetunion kein Wort, ebenso kein Wort von der Beherrschung der kommunistischen Parteien im östlichen Europa durch die sowjetische Staatspartei, kein Wort von der Unterdrückung der Freiheit überall dort, wo die Kommunisten die Macht in Händen hielten, wohl aber – mit Selbstgewißheit – die Rede davon, nur vereint werde »der Sozialismus den Kapitalismus überwinden«.

Das also war der politische Freund, den Willy Brandt mir so ans Herz gelegt hatte? Ich war nicht der einzige der versammelten fünfundzwanzig oder dreißig westeuropäischen Sozialdemokraten, der Mitterrand widersprach, aber sicherlich war meine Sprache am deutlichsten. Ich wollte die Trennungslinie zwischen Sozialdemokratie und jeder »eurokommunistischen« Spielart auf keinen Fall verwischen lassen. Wußte der Erste Sekretär der Sozialistischen Partei Frankreichs nichts von der Zwangsvereinigung von SPD und KPD, die dreißig Jahre zuvor die sowjetische Besatzungsmacht in der DDR gegen den Widerstand der Sozialdemokraten erzwungen hatte? Nichts von der Auslöschung des sozialdemokratischen Denkens und der Eliminierung aller Sozialdemokraten in den nachfolgenden Jahren? Sowohl innen- als auch außenpolitisch war es notwendig, Mitterrands Empfehlung zu widersprechen. Meine Gegenrede hat mir die langwierige Feindschaft der französischen Kommunisten und ihrer Zeitung »L'Humanité« eingetragen; dies war vorauszusehen und nicht weiter bedeutungsvoll. François Mitterrand selbst war wohl nicht nachtragend, wie mir schien. Für mich war in Helsingör nicht auszumachen, ob Mitterrand sich aus innerer Überzeugung an uns gewendet hatte oder ob seine Rede nicht vielmehr an die Adresse der französischen Kommunisten gerichtet war und somit bloß innenpolitisch-taktischen Zwecken diente – jedenfalls hatte er zu Hause den gewünschten Erfolg.

Mitterrand hatte damals bereits eine bedeutende politische Karriere hinter sich. Er war in der Vierten Republik Führer einer kleinen Partei der linken Mitte und als solcher in schnell wechselnden Regierungen vierzehnmal Minister gewesen; 1954 trug er als Innenminister politische Verantwortung für die Operationen in Algerien. 1971 hatte er, von außen kommend, in Epinay-sur-Seine die von Guy Mollet hinterlassene S.F.I.O. (Section française de l'internationale ouvrière) erobert, deren Rückwendung zum intellektuellen Marxismus mitvollzogen und war Erster Sekretär der aus einer Umbenennung hervorgehenden neuen PS geworden. Zweifellos war er ein Taktiker von hohen Graden. Aber ob er innerlich Marxist geworden war, blieb mir damals unklar – heute weiß ich, daß er es nicht geworden ist.

Knappe zwei Jahre nach Helsingör kam Mitterrand auf Einladung Willy Brandts Ende September 1977 nach Bonn, um die SPD zu besuchen. Weil ich einer von zwei stellvertretenden Parteivorsitzenden war, mehr noch, weil ich als Regierungschef nach den französischen Parlamentswahlen im folgenden Jahr möglicherweise mit ihm würde zusammen arbeiten müssen, traf auch ich mich mit ihm. Um die 1972 gegründete Linksunion stand es nicht sehr gut. Die Kommunisten fürchteten, von den Sozialisten an den Wahlurnen weit überflügelt zu werden und stellten harte Forderungen zwecks weiterer »Links«-Verschiebung des ohnehin widerspruchsvollen gemeinsamen Programms; dabei war noch unklar, ob Moskau einen Sieg der Linksunion wünschte und diese unterstützen würde. Der Konflikt zwischen PS und PCF gefährdete den attraktiven Mythos von der »Einheit der Linken«, der Mitterrand und seine sozialistische Partei großgemacht hatte; wenn Mitterrand aber den Kommunisten nachgab, lief er Gefahr, als deren Steigbügelhalter oder Schrittmacher gebrandmarkt zu werden. Angesichts meiner erfolgreichen Zusammenarbeit mit Giscard hatte ich kein Interesse an einem Wahlsieg der Linken und an kommunistischen Ministern in Paris; einen Wahlsieg der französischen Linken und die Ernennung François Mitterrands zum Premierminister durch Staatspräsident Giscard d'Estaing konnte ich jedoch keineswegs ausschließen. Deshalb empfing ich den französischen Oppositionsführer im Bundeskanzleramt, ebenso wie ich zu anderen Gelegenheiten andere ausländische Oppositionsführer oder -kandidaten empfangen habe, wie Jimmy Carter, Margaret Thatcher, Ronald Reagan oder Bettino Craxi.

François Mitterrand wurde von drei Mitarbeitern begleitet, darunter Jacques Delors, den ich später als Finanzminister und als Präsident der Kommission der EG schätzen gelernt und dem ich großes Vertrauen entgegengebracht habe. Der Besuch in Bonn (und besonders bei mir) wurde zu Hause in Paris von heftigen Vorwürfen der französischen Kommunisten begleitet: »Mitterrand holt sich seinen Lohn in Bonn ab.« Die Kommunisten hatten seit längerem die Bundesrepublik und speziell mich zum bevorzugten Objekt ihrer innenpolitischen Kampagnen gemacht: Deutschland sei ein Polizeistaat, verfolge hegemoniale Interessen in Europa, Giscard d'Estaing leiste dem Vorschub und so weiter.

Die Begleitmusik der westdeutschen Medien war teils indifferent, teils entgegengesetzt. Die »FAZ« schrieb: »Helmut Schmidt tut am besten daran, Mitterrand immer ganz ernst zu nehmen und ihm immer ganz wenig zu glauben«; die »Welt am Sonntag« sprach von einem Wandel durch Annäherung bei Mitterrand, aber dieser werde in der Rolle des Rotkäppchens den Wolf Marchais nicht bändigen können; die »Süddeutsche Zeitung« war wie zumeist um Rationalität bemüht: Da die französischen Sozialisten anfingen, sich auf die Zusammenarbeit mit den Deutschen einzustellen, habe auch Schmidt sein bisheriges »Nicht-Verhältnis zu Mitterrand gewandelt ... es ist jetzt neutral«.

Wie auch immer - das Gespräch mit François Mitterrand verdient hier festgehalten zu werden, weil es zum Teil Positionen zeigt, die der Staatspräsident später durchaus geändert hat, nachdem er die Bedeutung der PCF entscheidend geschwächt hatte. Er sprach mich als »sozialistischen« Genossen an - ich selbst habe mich nur in meiner Studentenzeit so genannt und mich im übrigen immer als Sozialdemokrat bezeichnet, was ein bedeutsamer Unterschied ist -, betonte aber, er wolle darüber hinaus auch mit dem verantwortlichen Regierungschef sprechen. Zwar seien unser beider Beziehungen nicht sehr gut, er nannte sie »herzliche Neutralität«, aber man könne sie vielleicht um einen Grad anheben.

Mitterrand forderte mich auf, mich in die innenpolitische Lage Frankreichs zu versetzen: Falls es in der Bundesrepublik 8 Millionen kommunistische Stimmen gäbe, würde wohl auch ich vor die Alternative gestellt sein, entweder eine Linksunion zu bilden oder die CDU 30 Jahre lang regieren zu lassen. Die französischen Sozialisten seien das Risiko eingegangen und hätten sich für das Bündnis mit der Linken entschlossen. Wenn die PS auch zahlenmäßig nicht die stärkste Partei sei, so gelte sie doch in den Augen der Bevölkerung als die stärkste. Die Tatsache, daß sich seit der Übernahme des Parteisekretariats durch ihn, Mitterrand, das Verhältnis zwischen den kommunistischen und den sozialistischen Wählerstimmen umgekehrt habe, habe bei der PCF einen Schock ausgelöst. Dadurch sei es zu dem Zusammenprall zwischen den beiden Linksformationen gekommen. Die Folgen würden sicher noch lange zu verspüren sein. Die PS stelle sich eine Entwicklung vor, »ohne die Union mit Worten zu zerbrechen«, was wichtig sei. Während 1971 die PS 10 Prozent der Stimmen erhalten habe, seien es heute - als Ergebnis eines »stufenweisen Vorgehens«, das zu einer ständigen Verstärkung des Sozialismus geführt habe - 30 Prozent. Die französischen Sozialisten hätten nicht die Absicht, das Bündnis zu brechen oder einen Partnerwechsel vorzunehmen; sie würden aber ihre eigene Politik fortsetzen.

Die derzeitigen Schwierigkeiten mit der PCF hätten nicht nur wirtschaftliche, sondern auch außenpolitische Gründe; es gehe um die Haltung zur Atlantischen Allianz, zum Gemeinsamen Markt, zur Deutschland-Politik und zur atomaren Bewaffnung Frankreichs. Trotz dieser Schwierigkeiten glaube er, die Linksunion (»wir«) werde 1978 die Wahlen gewinnen, denn die PCF könne sich bei dem benachteiligten Teil der Arbeiterklasse behaupten und die PS bei nicht traditionell linksorientierten Kreisen Boden gewinnen. Seien die Wahlen einmal gewonnen, werde sich die Lage wieder verändern.

In der Sicherheits- und Außenpolitik sei es zu einem Zusammenprall zwischen den Sozialisten und den Kommunisten gekommen. In Frankreich stehe man vor der »doppelten Perspektive«, einerseits die Freundschaft zu Deutschland, andererseits die traditionell guten Beziehungen zu den Russen zu pflegen. Eine der Schwierigkeiten zwischen PS und PCF sei die Tatsache, daß in den Augen der Kommunisten das eine das andere ausschließe. Eine Regierung der Linken würde aber in erster Linie eine französische Regierung sein.

Ich dankte Mitterrand für seine Offenheit. Man müsse die Haltung der meisten Deutschen und auch der Bundesregierung vor dem Hintergrund der Teilung Deutschlands sehen; diese habe das Identitätsbewußtsein gestört, es gebe keine Deckung von Nation und Staat. Dazu kämen schlimme Erfahrungen mit der sowjetischen Besatzungsmacht und der von ihr etablierten DDR: Berliner Blockade, Mauerbau und Stacheldraht, immer wieder Menschenopfer an den Grenzen. Deshalb könnten die vier Parteien, die sich bei uns als kommunistisch bezeichnen, zusammen nur ein Prozent aller Stimmen erreichen. Die Furcht vor der Sowjetunion habe die starke Neigung aller politischen Kräfte zur Einbindung in das westliche Bündnis, zur europäischen Einigung und zu Frankreich ausgelöst. Es werde »auch zukünftig dabei bleiben, ob nun in Frankreich de Gaulle, Pompidou, Giscard d'Estaing oder Mitterrand« regiere. Aus diesen Gründen hätte ich ihm, Mitterrand, in Helsingör widersprochen; nach meinem Eindruck seien seine dortigen Ausführungen über die Notwendigkeit einer Linksunion nämlich nicht auf Frankreich beschränkt gewesen, sondern hätten sich auf ganz Europa bezogen.

Jener Zusammenprall sei von den Medien aufgebauscht worden, meinte Mitterrand, ohne meiner Darstellung zu widersprechen. Ich wolle eine »sehr gewagte Prognose« aussprechen, fuhr ich fort. Ich ginge davon aus, daß in Deutschland der Wunsch nach einer Fortführung der deutsch-französischen Freundschaft aufrechterhalten bliebe, selbst wenn in einer Linksregierung die Kommunisten stärker als die Sozialisten wären. Andererseits würde man in Deutschland sehr besorgt sein, wenn etwa das Verteidigungsministerium in kommunistische Hände käme. Mitterrand beschränkte sich darauf zu antworten, letzteres sei schon seit 1945 ausgeschlossen, als de Gaulle Kommunisten in die Regierung, aber nicht in das Verteidigungsministerium aufgenommen habe.

Ich sprach über die Unterschiede der französischen und der deutschen Auffassungen zu den Problemen der Sicherheitspolitik. Dabei sei der Unterschied zwischen der Nuklearmacht und der Nichtnuklearmacht unproblematisch. Wohl aber gebe es Anlaß zu Bedenken, daß Frankreich seine konventionelle Armee vernachlässigt habe mit der Folge, daß die deutsche Armee den Franzosen als zu stark erscheine. Dieser Zustand sei ungesund, weil er geeignet sei, französische Vorwürfe gegen Deutschland auszulösen. Eine weitere Folge davon sei die Tatsache, daß zur Gewährleistung der konventionellen Verteidigung Europas eine unerwünscht enge Verzahnung zwischen den deutschen und den amerikanischen Streitkräften erforderlich sei, was eine große Abhängigkeit mit sich bringe.

Frankreich nehme an den MBFR-Verhandlungen nicht teil, was ich für bedauerlich hielte. Ich sei tief überzeugt, daß ein konventionelles Gleichgewicht auf niedrigerer Ebene notwendig sei, nicht nur für Deutschland und Westeuropa – also auch für Frankreich –, sondern auch für Osteuropa. Ich hoffte sehr, daß in Wien Fortschritte gemacht werden könnten, und würde nach Kräften dazu beitragen. Das Fernbleiben Frankreichs und seine teilweise Behinderung der Wiener Verhandlungen seien für mich eine Quelle des Bedauerns.

Mitterrand erklärte, er werde als Franzose nach Wien gehen und sich an den Verhandlungen beteiligen. Was er dort tue, sei eine andere Frage. Seiner Auffassung nach sprächen die Russen und die Amerikaner eine unterschiedliche Sprache; dennoch halte er die Wiener Verhandlungen im Hinblick auf die Abrüstung und die friedliche Koexistenz aus der Sicht Europas für wesentlich. Es sei falsch, daß Frankreich sich fernhalte. Sicherlich habe Frankreich etwas zu sagen, er wisse nur noch nicht, welche Politik er dort betreiben werde. Seine erste Entscheidung wäre es, überall dabeizusein – mit Ausnahme der militärischen NATO, aber dies sei wohl nicht so wichtig!

Die Haltung Giscard d'Estaings erkläre sich seiner Auffassung nach dadurch, daß das Erbe de Gaulles für ihn nicht leicht zu tragen sei. De Gaulle habe in einer anderen Zeit gelebt, vor allem habe er nicht an einen Krieg geglaubt und sich daher »ein Spiel« leisten, seine Stimme erheben und »dem französischen Nationalismus schmeicheln« können. De Gaulles Schüler hätten nicht seine Statur, sie versuchten, die Politik des Generals starr fortzuführen, als ob es sich um ein heiliges Buch handele. Mit heiligen Büchern sei aber keine Politik zu machen. Giscard besitze deshalb nicht genügend Freiheit, um seine eigenen Ansichten innenpolitisch durchzusetzen. Für die französischen Sozialisten stelle sich die Frage des de Gaulleschen Erbes nicht. Vielmehr könnten sie sachlich an die Probleme herangehen, »allerdings spielen dabei die Kräfteverhältnisse eine Rolle«.

Als ich nachfragte, wie die Sozialisten das Problem der Unausgewogenheit zwischen der französischen und der deutschen Armee zu lösen beabsichtigten, wich Mitterrand aus: Die Fragen der Verteidigung habe seine Partei noch nicht vertieft, er sei deshalb gegenwärtig noch nicht in der Lage, sich zu äußern. Ich sagte, die Probleme müßten ja nicht kurzfristig gelöst werden. Aber ich würde mich wohler fühlen, wenn die französische Seite sich der Tatsache bewußt werde, daß hier in Zukunft Spannungen im deutsch-französischen Verhältnis denkbar seien; jedenfalls könne angesichts des europäischen Kräfteverhältnisses die Bundeswehr nicht verringert werden, außer im Falle eines MBFR-Vertrages, der das Gleichgewicht wahre. Die amerikanischen Truppen in Europa spielten durch ihre Ausbildung und Ausrüstung doch eine erstrangige Rolle, meinte Mitterrand, auch wenn sie der Zahl nach nicht das größte Kontingent stellten.

Danach ging das Gespräch auf andere Themen über, von denen hier nur der Terrorismus und die auch von Mitterrand so genannten »Berufsverbote« im Zusammenhang mit Willy Brandts Extremistenerlaß aus dem Jahre 1972 erwähnenswert sind. Im ersten Falle meinte er, das Problem besser zu verstehen als die öffentliche Meinung Frankreichs; es handele sich nicht so sehr um ein deutsches Problem als vielmehr um eines der westlichen Kultur insgesamt, also auch um sein eigenes. Im zweiten Fall machte er eine Bemerkung, die mich beschwichtigen sollte.

Am Ende des Gespräches hatte ich Mitterrands koalitionspolitische Strategie verstanden und schenkte ihm Glauben. Ob seine Vorstellung realistisch war, mit Hilfe der Kommunisten die Regierungsmacht zu erlangen, um danach mit Hilfe des Ansehens seiner Regierung die Kommunisten wieder beiseite schieben zu können, konnte ich freilich nicht beurteilen. Als Mitterrand dreieinhalb Jahre später, am 10. Mai 1981, mit 52 Prozent der Stimmen zum Staatspräsidenten gewählt wurde und es ihm sechs Wochen darauf in den Parlamentswahlen gelang, für die PS eine absolute Mehrheit zu erobern, schien seine Rechnung aufgegangen zu sein. Daß er den zur Gesetzgebung nicht benötigten Kommunisten gleichwohl vier Ministerien einräumte, konnte ich mir dank unseres Gespräches vom September 1977 erklären.

Anders lagen die Dinge auf dem Gebiet der Gesamtstrategie und der Sicherheitspolitik. Mitterrands Ausführungen hierzu waren einerseits vage geblieben, andererseits schien er mir, entgegen seiner ausdrücklichen Selbsteinschätzung, stark von de Gaulles Konzept einer gesamtstrategischen Unabhängigkeit Frankreichs geprägt. Er hatte zwar die frühere Ablehnung der force de frappe oder, wie sie jetzt meist genannt wurde, force de dissuasion durch seine Partei erwähnt, jetzt aber sei die nukleare Streitmacht Frankreichs eine Tatsache. Er zeigte kein Interesse an stärkerer konventioneller Verteidigung; eine Beteiligung Frankreichs an der militärischen NATO hatte er abgelehnt, ohne dies näher zu begründen, es erschien ihm offenbar selbstverständlich. Mir war deutlich geworden, daß unter seiner Führung Frankreich auf allen internationalen Bühnen eine eigene Rolle spielen würde; die sicherheitspolitische Abhängigkeit der Bundesrepublik schien ihn nicht zu stören, die Anwesenheit amerikanischer Truppen einschließlich ihrer nuklearen Bewaffnung erschien ihm selbstverständlich und beruhigend. Wenngleich der sicherheitspolitische Teil des Gespräches auf Mitterrands Wunsch unter vier Augen stattfand, hatte das Gespräch doch keinerlei neuen Gesichtspunkt gebracht; von einer Offenheit hinsichtlich einer stärker europäisch geprägten Verteidigung konnte keine Rede sein. Eine engere franko-sowjetische Politik hingegen schien Mitterrand für möglich zu halten. Wieweit seine Absicht reichte, über die alltägliche Zusammenarbeit der EG-Staaten hinaus enger mit der Bundesrepublik zu kooperieren, war für mich nicht ersichtlich, der Elysée-Vertrag wurde nicht erwähnt.

Alles in allem war ich bei François Mitterrands Amtsübernahme am 21. Mai 1981 auf einen Staatspräsidenten vorbereitet, der sich in Sachen Außen- und Sicherheitspolitik nicht sonderlich von den gaullistischen Politikern unterscheiden würde, die ich kannte – vermutlich mit stärkerer Zuwendung zur Dritten Welt. Er würde an der EG festhalten, aber er würde wohl kaum von sich aus an der persönlichen Kooperation mit Bonn festhalten, die Giscard d'Estaing und ich gepflegt hatten. In Sachen innerer, ökonomischer und sozialer Politik war der Versuch weitreichender Reformen vorauszusehen, die wesentlich höhere Ausgaben und deshalb einen Wiederanstieg der Inflationsraten erwarten ließen. Ich befürchtete, daß Mitterrand auf die Stimmungen und Reaktionen der öffentlichen Meinung Frankreichs und seiner eigenen Partei ebenso Rücksicht nehmen werde wie auf die Kommunisten. In diesem Punkt sollte ich mich täuschen. Auch die Kooperation mit Deutschland und mit mir entwickelte sich schneller und reichte weiter, als Mitterrand dies vermutlich geplant hatte; bei Amtsantritt hatte er noch demonstrativ Zusammenarbeit mit den Mitgliedern der Sozialistischen Internationale signalisiert. Ich hingegen war entschlossen, ebenso offen und rückhaltlos auf ihn zuzugehen, wie ich dies sieben Jahre zuvor gegenüber Giscard getan hatte; denn die deutsch-französische Entente innerhalb von EG und Atlantischer Allianz war für mich der Eckpfeiler jeder deutschen Interessenwahrung.

Ich kam an einem Sonntag zu Mitterrand in den Elysée-Palast. In den Tagen zuvor hatte ich einen ersten offiziellen Besuch bei Präsident Reagan gemacht und gegenüber ihm wie Mitgliedern seiner Administration mehrfach die Gelegenheit genutzt, den neuen französischen Staatspräsidenten gegen törichte Vorurteile zu verteidigen. Allein Außenminister Haig hatte Verständnis und Sympathie gezeigt und mich gebeten, Claude Cheysson seinen Wunsch nach einem baldigen Treffen zu übermitteln (das dann alsbald stattfand). Ronald Reagan hatte mir Grüße an seinen neuen Kollegen aufgetragen. Ich flog von Washington direkt nach Paris und war bei der Ankunft rechtschaffen müde; gleichwohl dauerte das Gespräch mit Mitterrand fast vier Stunden.

Die deutsch-französischen Konsultationen am 24. und 25. Februar 1982 in Paris endeten mit einer gemeinsamen Erklärung, in der es hieß, man habe beschlossen, »daß die beiden Länder die Abstimmung ihrer Außenpolitik enger gestalten werden. In diesem Geist haben sie ebenfalls beschlossen, einen vertieften Meinungsaustausch zwischen beiden Regierungen in Sicherheitsfragen zu führen.«

Naturgemäß bildeten mein Bericht über meine Eindrücke von Reagan und seinen Leuten und unser beider Urteil über die amerikanische Politik den ersten Teil des Meinungsaustausches; dabei stand die ökonomische und vornehmlich die Zinspolitik der USA im Vordergrund, die wir wegen ihrer Auswirkungen auf unsere Volkswirtschaften mit Besorgnis betrachteten. Schon während des französischen Präsidentschaftswahlkampfes hatte ein zusätzlicher politisch-psychologischer Druck auf den Kurs des französischen Franc eingesetzt; die Banque de France hatte deshalb ihren Leitzins von 18 auf 22 Prozent erhöht. Seit dem 11. Mai hatten wir den Franc durch massive DM-Verkäufe gestützt, am 21. Mai, dem Tag von Mitterrands Amtsantritt, allein mit 2,3 Milliarden DM. Mitterrand stand stark unter dem etwas naiven Eindruck, »amerikanische Finanzkreise« wollten durch die gegen den Franc gerichtete Spekulation den neuen Staatspräsidenten »auf die Probe stellen«, vielleicht gar ihn sogleich wieder stürzen. Aber dies werde nicht gelingen, die Franzosen würden sich in solcher Lage hinter ihn stellen. Er habe – entgegen der Meinung einiger Kabinettsmitglieder – keineswegs die Absicht, aus dem Europäischen Währungssystem auszuscheiden. Ich sagte unaufgefordert unsere weitere Hilfe zu; allein könnten sich weder Frankreich noch Deutschland wirksam gegen eine falsche Haushalts- und Geldpolitik der USA wehren, aber gemeinsam seien wir stark. Mitterrand antwortete: »In dieser Richtung müssen wir uns bewegen.«

Auf Mitterrands Wunsch nahmen die sicherheitspolitischen Themen einen großen Teil des Gespräches in Anspruch. Dabei machte er zu den sowjetischen Mittelstreckenwaffen bemerkenswerte Ausführungen. Frankreich habe den Sowjets nicht klar genug gesagt, daß die Installierung der SS-20-Raketen eine Beeinträchtigung der Beziehungen sei. Der Weltfriede hänge vom Gleichgewicht der Streitkräfte der beiden Supermächte, aber auch vom Gleichgewicht der Rüstung in Europa ab. Durch die SS 20 werde dieses Gleichgewicht aber in zweifacher Hinsicht verändert: in Europa durch die »exzessive Überlegenheit«, die den Sowjets zuwachse, und zum anderen infolge der dadurch provozierten Reaktionen seitens der USA (gemeint waren die Pershing-Raketen). Die Russen hätten durch die Störung des Gleichgewichts eine schwere Verantwortung auf sich genommen; ihren Vorschlag eines Moratoriums oder eines Einfrierens halte er für schlecht. Die französische Regierung sei an baldigen Verhandlungen interessiert; möglicherweise könnten diese zu einer »neuen Konzeption« hinsichtlich der

Pershing-Raketen führen. Er sei gegen eine sowjetische Politik, die zu einer Änderung des Gleichgewichts und zu einer Bedrohung mit Waffen führe, die innerhalb von 15 Minuten »das französische Militärdispositiv«, das heißt die force de dissuasion, mit großer Genauigkeit treffen könnten. Ziel der Verhandlungen müsse ein Abbau der Rüstungen sein und nicht eine neue Über-Rüstung. Er glaube, daß beide Seiten zu Verhandlungen bereit seien.

Ich berichtete ihm von der Zerrissenheit der SPD in dieser Frage: Eine beträchtliche Minderheit bilde sich ein, das Gleichgewicht werde von den USA und nicht von den Russen durch die SS 20 gestört. Eine ebenfalls beträchtliche Minderheit meine, die Russen seien zu einer Verschrottung der SS 20 aufgrund von Verhandlungen bereit – auch ohne daß zunächst der Wille des Westens bekundet werde, diesen Raketen etwas entgegenzusetzen. Ich hielte die erstere Gruppe für töricht und die letztere für illusionär. »Das ist auch mein Urteil«, warf Mitterrand ein. Ich führte weiter aus, ich hätte vor einigen Tagen die Existenz meiner Regierung an die Einhaltung des NATO-Doppelbeschlusses vom Dezember 1979 geknüpft. Beide Teile dieses Beschlusses müßten mit gleichem Ernst betrieben werden, um einen beiderseitigen Verzicht aushandeln zu können. Hinsichtlich der von diesen Waffen ausgehenden Gefahren sei ich mit Mitterrand einig. Ich glaubte, daß die Russen ihre SS 20, nachdem sie diese mit großem Aufwand gebaut und installiert hätten, nur dann wieder verschrotten würden, wenn sie den ernsthaften Willen zu eindeutigen Gegenmaßnahmen spürten.

Ich begrüßte Mitterrands Bemerkung über die »Unannehmbarkeit einer Störung des Gleichgewichts durch die Russen«. Bereits vor der Einleitung der Ostpolitik durch Willy Brandt hätte ich ein Buch über militärisches Gleichgewicht und Ostpolitik geschrieben, und ich sähe keine Veranlassung, an dem Konzept gegenüber dem Osten etwas zu ändern; Verhandlungen seien jedoch nur auf der Grundlage eines militärischen Gleichgewichts möglich und nicht bei einer wachsenden Überlegenheit der Sowjetunion. Das gestörte Gleichgewicht müsse wiederhergestellt werden. Im übrigen glaubte ich, daß die Tage Breschnews gezählt seien. Ich hätte die Sorge, daß später andere sowjetische Führer und Generale antreten könnten, die risikofreudiger und weniger friedliebend seien. Man müsse daher die Zeit nutzen, in der Breschnew noch da sei. Mitterrand antwortete: »Ja, mit dem Ziel, sich mit den Russen zu verständigen, sich ihnen aber nicht zu unterwerfen.«

Im Anschluß daran hob ich hervor, daß die Stellung Frankreichs stärker sei als diejenige der Bundesrepublik. Frankreich sei eine Nuklearmacht im Gegensatz zur Bundesrepublik, die auf Nuklearwaffen verzichtet habe und auch in Zukunft nicht danach streben werde. Die Bundesrepublik sei in bezug auf Berlin von Frankreich wie auch von den USA und England abhängig. Im Sicherheitsrat der UN besitze Frankreich im Gegensatz zur Bundesrepublik einen ständigen Sitz und daher das Vetorecht. Allgemein sei jetzt und in Zukunft die Stellung Frankreichs viel stärker als die der Bundesrepublik: »Wir wünschen daher möglichst weitgehende Anlehnung an Frankreich.«

Mitterrand erwiderte: »Wir haben unsere Trumpfkarten und Sie die Ihrigen.« Man müßte diese Trumpfkarten addieren können, fügte er hinzu. Er würde es gern sehen, wenn das französische Volk die guten Eigenschaften des deutschen Volkes - aber nicht seine Fehler - übernähme. »Die Franzosen haben das savoir vivre, dem wir Deutschen leider nur unseren Fleiß entgegenzusetzen haben«, antwortete ich.

Nicht nur in dem sicherheitspolitischen Teil des Gespräches, sondern auch bei unserer außenpolitischen tour d'horizon zeigte sich Mitterrand - anders als 1977 - als ein Mann von gutem Überblick mit Detailkenntnissen; sein Urteil war fundiert, es unterschied sich in den allermeisten Punkten nicht merklich von demjenigen Giscards - was beide Herren vermutlich weder wußten noch sich gegenseitig zugetraut hätten. Mitterrand unterschied sich sehr vorteilhaft von dem Eindruck, den ich 1977 gewonnen hatte -, aber ebenso stach er äußerst vorteilhaft ab von Ronald Reagan, dessen geringe außenpolitische Kenntnisse und Differenzierungsfähigkeiten ich unmittelbar zuvor erlebt hatte.

Am Ende unserer langen Unterhaltung gaben wir beide vor den Mikrofonen eine kurze Bewertung. Mitterrand sagte: »Seit langen Jahren unterhalten die Bundesrepublik Deutschland und Frankreich privilegierte Beziehungen, die sich zwar nicht von der allgemeinen Entwicklung im Europa des gemeinsamen Marktes isolieren wollen, aber in deren Rahmen besondere Probleme von großer Bedeutung besprochen werden, welche die Entwicklung der Weltpolitik mitbestimmen ... Ich möchte unterstreichen, die heutigen Gespräche sind in einem vertrauensvollen Klima verlaufen. Der Bundeskanzler war bei uns willkommen. Diese ersten Worte werden uns Leitlinie für die Zukunft sein.«

Im weiteren Verlauf des Jahres 1981 haben sich Mitterrand und ich noch viermal getroffen, im Europäischen Rat, zur routinemäßigen deutsch-französischen Konsultation im Juli (turnusgemäß in Bonn), auf dem Weltwirtschaftsgipfel in Ottawa und vor allem in Mitterrands privatem Landhaus in Latché in Südfrankreich. Zu keiner Konsultation brachte Mitterrand einen seiner kommunistischen Minister mit, was die Presse viel wichtiger nahm als ich. Die Beratungen der jeweiligen Minister wie auch die übliche Plenarabschlußsitzung verliefen nicht anders, als dies in den vorangegangenen sieben Jahren geschehen war. Auch unsere langen Unterhaltungen unter vier Augen waren von der gleichen Offenheit gekennzeichnet, wie sie zwischen Giscard und mir geherrscht hatte. Natürlich spielten erneut die von uns beiden gewünschten INF-Verhandlungen über die SS 20 einerseits und andererseits die Pershings und GLCMs eine wichtige Rolle. Unsere Ansichten waren durchaus kongruent, Mitterrand war eher noch akzentuierter in der Kritik des sowjetischen Verhaltens als ich. Aber auch seine Distanz gegenüber einigen ziemlich martialischen öffentlichen Äußerungen Reagans brachte er deutlich zum Ausdruck. Zwischen den beiden Präsidenten schien sich eine gewisse gegenseitige Animosität zu entwickeln. Der seit de Gaulle habituelle amerikanische Soupçon gegenüber Frankreich und auf der anderen Seite die habituelle Verachtung der französischen Linken für das kapitalistische Amerika ergeben einen Nährboden für Spaltpilze, von denen von Zeit zu Zeit auch die Regierungen befallen werden.

So hat sich die Reagan-Administration veranlaßt gesehen, sich über einen alten Freund bei mir nach Mitterrands »Zuverlässigkeit« zu erkundigen, besonders im Zusammenhang mit der Beteiligung von Kommunisten in seiner Regierung. Ich nahm mir die Freiheit, Mitterrand die von mir gegebene Antwort wörtlich zu wiederholen: »Der Wille Frankreichs zu einer unabhängigen und selbständigen Politik steht seit langem fest, er hat sich nicht geändert. Die USA sollten nicht vergessen, daß 1962, als wegen der nach Kuba verbrachten sowjetischen Nuklearraketen die Gefahr eines dritten Weltkrieges unmittelbar bevorstand, Charles de Gaulle dem amerikanischen Präsidenten Kennedy sehr klar gesagt hat: Frankreich steht zu seinen Bündnispflichten. Bitte berichten Sie Präsident Reagan, nach meiner Überzeugung und ohne jeden Zweifel würde in gleicher Lage Präsident Mitterrand in gleicher Weise reagieren.«

Mitterrand unterbrach mich und sagte: »Sie haben sich nicht getäuscht, ich danke Ihnen für diese Erklärung.« Er versuche in der Tat alles zu tun, um eine eigenständige Politik Frankreichs zu gestalten; wenn es jedoch »um das Eigentliche« gehe, so werde man ihn nur im westlichen Lager finden. Wenn aber einer heute sage, das scheine zwar klar, aber da sei doch die Sache mit den Kommunisten, so verstehe der aus der Entfernung die innenpolitische Lage in Frankreich nicht; man dürfe von der französischen Innenpolitik nicht auf Frankreichs Außenpolitik schließen.

Ich wiederholte Mitterrand auch meine zu diesem Punkt gegebene Antwort: Man könne die derzeitige Situation in Frankreich nicht mit der Situation Italiens zur Zeit der Regierung Andreotti vergleichen; denn jener habe die kommunistischen Stimmen gebraucht, Mauroy dagegen sei nicht auf die Stimmen der französischen Kommunisten angewiesen. Infolgedessen zahle Mauroy mit der Mitwirkung einiger kommunistischer Minister im Kabinett keinen zu hohen Preis für die Einbettung der kommunistischen Gewerkschaftsbewegung CGT in die allgemeine Politik der Staatsführung. Diese Politik werde es ermöglichen, zu einem geringen Preis den Einfluß der Kommunisten wesentlich zu senken.

Mitterrand fügte hinzu, es sei sein Ziel, das Vertrauen der französischen Werktätigen, besonders der Arbeiter zu gewinnen. Die Lage sei in Deutschland anders, weil es hier keine große Linkspartei neben der SPD gebe. In Frankreich hingegen müsse er versuchen, marxistische Kräfte in das sozialistische Lager herüberzuholen. Der Preis sei in der Tat nicht sehr hoch. Er habe sich seit fünfzehn Jahren die Aufgabe gestellt, den Einfluß der Kommunisten zu dämpfen und andererseits die Konservativen zu schlagen. Die Arbeit an dieser doppelten Aufgabe sei nie leicht gewesen.

Übrigens gaben mir die Juli-Konsultationen 1981 in Bonn einen ersten Anlaß zu ökonomischer Besorgnis. Mitterrand und Mauroy wollten eine Reihe von Investitions- und Innovationsvorhaben einleiten, überwiegend auf dem Gebiet der neuen Technologien. Mir war durchaus geläufig, welche finanzwirtschaftlichen Größenordnungen hier in Betracht zu ziehen waren; aber gleichzeitig sollten erhebliche Verbesserungen der Sozialleistungen dazukommen sowie eine Verkürzung der Arbeitszeit auf 39 Stunden pro Woche bei gleichem Lohn. Die Industrialisierungspläne erschienen mir als durchaus zweckmäßig; aber gleichzeitig sollte die Nationalisierung großer Unternehmen und Banken eingeleitet werden, was einen erheblichen finanzwirtschaftlichen Aufwand erfordern würde. In jenem Stadium der Aufbruchsstimmung der sozialistischen Linken Frankreichs erschien es mir freilich sinnlos zu warnen. Außerdem hatte ich einen im deutschen Interesse liegenden Grund, meine Kritik für mich zu behalten: Die sich ganz offensichtlich anbahnende Fortsetzung des guten Einvernehmens zwischen den Regierungen in Paris und Bonn bedurfte der sorgfältigen Pflege, kalte Regengüsse konnten nur schaden.

Im Vorfeld dieser 38. deutsch-französischen Konsultation hatte die »Frankfurter Allgemeine Zeitung« geschrieben: »Das Bestehende wirkt und bindet ... Bonn und Paris haben bereits den rationalen Willen gespürt, mit dem der Bundeskanzler und der Präsident trotz ihrer Unterschiedlichkeit bewußt ein gutes persönliches Klima schaffen wollen, weil ihre Länder es brauchen.« Dies traf zu, und die Bundesminister Genscher, Apel und Matthöfer empfanden es gewiß genauso wie ihre französischen Kollegen. Einige Tage später schrieb der »Economist«: »Mitterrand und Schmidt kommen besser miteinander aus, als jeder von ihnen erwartet hat.«

Präsident Mitterrand hatte mich am Schluß der Bonner Sitzung zu einem privaten Besuch in Paris eingeladen; daraus wurde der schon erwähnte Besuch in seinem Landhaus am 7. und 8. Oktober. Der Ort Latché (oder Latche - die korrekte Schreibweise ist mir angesichts verschiedener Schreibweisen und Aussprachen durch die Franzosen selbst nie klargeworden) besteht eigentlich nur aus zwei oder drei verstreuten Gehöften; er liegt inmitten der riesigen, von der Atlantikküste sich ostwärts erstreckenden Pinienwälder südlich Bordeaux und der Garonne. Mitterrands Anwesen, eine ehemalige Schäferei mit alten, aber restaurierten und innen modernisierten Fachwerkgebäuden, ist unauffällig in die Landschaft eingepaßt. Die einstöckigen Häuser stammten aus dem Jahre 1783, sagte Mitterrand: ein ehemaliger Schafstall, ein Schuppen, dazu ein Backofen, ein kleiner moderner Anbau. Mitterrand hatte ein paar Jahre zuvor ein Eichenwäldchen gepflanzt, das er mir stolz zeigte, es war einstweilen noch eine Schonung.

In Latché hatte ich zum ersten Mal das Gefühl, Mitterrand zu verstehen. Ich wußte von seiner Ausbildung als Jurist, kannte seinen Werdegang als Politiker; ich hatte auch die Würde erlebt, mit der er bei offiziellen Anlässen Frankreich repräsentierte - auch hierin nicht viel anders als Giscard, offensichtlich ebenso stark geprägt vom Stil de Gaulles. Aber nun erlebte ich den Mann in seiner Bibliothek, die zugleich sein Arbeitszimmer war; es handelte sich um einen kreisrunden ehemaligen Stall für eine Schafherde, der sich einige Schritte abseits des Wohnhauses befand. Die Bücherregale entlang den Wänden waren bis unter die Decke gefüllt - Mitterrand war im Grunde ein Homme de lettres, einer, der die Bücher der anderen las, der selbst schrieb - und der Geschichte machen wollte. Während wir uns in diesem anheimelnden, zur seelischen Entspannung und zur Konzentration der Gedanken inspirierenden Arbeitszimmer unterhielten, schrie draußen ein Esel. »Sonst sind sie eigentlich immer wie die Philosophen«, sagte Mitterrand, »sie stehen stundenlang am gleichen Ort und denken über die Welt nach.« Meine Antwort: »Leider haben wir Esel von Politikern dafür zu selten Gelegenheit und Zeit.« Nun wohl, in Latché hatten wir beides, Zeit und Gelegenheit.

Wir haben die beiden Tage für ausgedehnte, in die Tiefe gehende Unterhaltungen genutzt; am zweiten Tag kamen unsere beiden Amtschefs Lahnstein und Bérégovoy hinzu, ebenso unsere beiden außenpolitischen Berater. Die außenpolitischen Themen reichten von der inneren Lage der beiden Supermächte, den Ost-West-Beziehungen und den Abrüstungsverhandlungen über nukleare Mittelstreckenwaffen, China, den Mittleren Osten, die Nord-Süd-Problematik im allgemeinen bis zu den europäischen Problemen und zur aktuellen Problematik der EG. Zwar gab es zu manchen der diskutierten Fragen durchaus unterschiedliche Nuancen, aber es gab keine Widersprüche. Mitterrand betonte, besonders enge Beziehungen und ein gutes Einvernehmen zwischen Frankreich und Deutschland seien der einzige Weg für die Westeuropäer, nicht zum Spielball der Amerikaner oder – noch viel schlimmer – gar der Russen zu werden. Ihm stand ein bilaterales Treffen mit Reagan ins Haus, und es lag ihm daran, die Punkte mit mir durchzugehen, die vermutlich zur Sprache kommen würden. Sehr treffsicher bemerkte er, man brauche viel direkten, persönlichen Kontakt zu Ronald Reagan, damit dieser mit eigenen Ohren die Positionen und Urteile der Europäer höre und kennenlerne.

Ich legte besonderen Wert darauf, meinem Gastgeber ein differenziertes Bild von der unterschiedlichen Lage der Polen, Ungarn und Tschechen sowie andererseits der Deutschen in der DDR zu geben. Meine Absicht, Honecker zu besuchen, stand fest, und ich wollte vermeiden, daß dabei falsche Töne, die ich mit Gewißheit in einigen Massenmedien sowohl der Bundesrepublik als auch Frankreichs erwartete, bei Mitterrand Zweifel an der Festigkeit meiner Position auslösten. Ich sprach über die mir geläufigen französischen Sorgen, daß die Deutschen in beiden deutschen Staaten versucht sein könnten, ihr nationales Problem durch die Herstellung einer neutralistischen Atmosphäre in Mitteleuropa zu lösen. Zwar gebe es solche Tendenzen, aber sie kennzeichneten auf unabsehbare Zeit nur eine kleine Minderheit (vornehmlich in meiner eigenen Partei), und man brauche den in Frankreich so genannten deutschen Neutralismus nicht zu fürchten. Mein Besuch bei Honecker diene unserem vitalen Interesse, die Verbindungen zwischen beiden deutschen Staaten nicht abreißen zu lassen. Vielleicht werde Honecker auf finanzielle Zugeständnisse abzielen und deshalb bereit sein, sich gewisse Reiseerleichterungen für unsere Bürger, leider nicht für die Bürger seines eigenen Staates, abhandeln zu lassen; wir hätten aber schon erlebt, daß er solche Vereinbarungen nach einiger Zeit wieder torpediere, etwa durch eine Erhöhung des Zwangsumtauschs. Mein Besuch werde Aufsehen erregen, obwohl er nur kurz und auch nicht herzlich sein werde; hoffentlich erwecke er keine illusionären Hoffnungen.

Kein westdeutscher Politiker glaube gegenwärtig, daß es noch in diesem Jahrhundert eine Möglichkeit der Vereinigung beider deutscher Teile geben werde; um so wichtiger erscheine es mir, alles zu tun, was die Lage der geteilten deutschen Nation und die Beziehungen zwischen beiden Teilen erleichtern könne. Mitterrand machte dazu eine Bemerkung, die auch von de Gaulle hätte stammen können: »Sicherlich wird bis zur Wiedervereinigung noch einige Zeit verstreichen. Aber sie liegt in der Logik der Geschichte, und mich schockiert das keineswegs. Die objektiven und die subjektiven Tatsachen, die einer Wiedervereinigung der Deutschen entgegenstehen - vor allem die Existenz des sowjetischen Imperiums - könnten sich immerhin eines Tages schneller verändern, als man heute denkt.« Mir hat diese realistische Einschätzung gefallen; ich habe mich 1989 ihrer erinnert, als die Ereignisse im Osten Europas und in der DDR die deutsche Frage kataraktartig beschleunigten.

Im Gespräch über die EG berührten wir 1981 auch die britischen Forderungen nach einer Verringerung der hohen Nettozahlungen an die Gemeinschaft. Mitterrand war bereit, den Briten auch im folgenden Jahr entgegenzukommen. Aber das dürfe nicht zur Regel werden, sonst gebe es bald keine EG mehr. Ich sah den letzten Punkt etwas anders: Die Finanzierungsansprüche beruhten nicht auf den Römischen Verträgen, sondern auf einer Folge von einzelnen Ratsbeschlüssen, die im Laufe der Jahre ergangen seien, sie könnten in voller Übereinstimmung mit den Verträgen geändert werden. Die Gründungsväter hätten sich nicht vorgestellt, daß zwei Staaten per Saldo (oder »netto«) die einzigen Finanziers der Gemeinschaft sein sollten; schon in einigen Jahren könne Italien ein höheres Pro-Kopf-Einkommen haben als Großbritannien, auch sei nicht einzusehen, warum Länder wie Holland, Belgien oder Dänemark mit ihrem weit höheren Lebensstandard Netto-Empfänger blieben, Großbritannien aber Netto-Zahler. Objektiv scheine mir eine Minderung der britischen Finanzleistungen notwendig und geboten, auch wenn Premierministerin Thatcher dies durch ihr Verhalten sehr erschwert habe. Die Bundesregierung sei ihrerseits auch weiterhin bereit, der größte Netto-Zahler in der Gemeinschaft zu bleiben, aber das könne auf die Dauer nicht ohne Limit geschehen. Gegenwärtig (das heißt für das Jahr 1981) zahlten wir – nach Abzug der Rückflüsse aus der EG in unsere eigene Volkswirtschaft – netto 6,5 Milliarden Mark im Jahr; wenn wir über diese Mittel selbst verfügen könnten, so könnten wir damit jedes Jahr ein unsere Gewerkschaften befriedigendes Arbeitsbeschaffungsprogramm finanzieren, ohne uns dabei zusätzliche Sorgen über inflatorische oder zinserhöhende Effekte machen zu müssen.

Mitterrand blieb diesen Darlegungen gegenüber recht schweigsam; aber wir wurden uns einig, die Meinungsverschiedenheit über diesen Punkt nicht im Europäischen Rat erkennbar werden zu lassen, vielmehr sollten die Minister Matthöfer und Delors sich bald zusammensetzen, um den nötigen Kompromiß auszuarbeiten. Uns beiden war klar, daß es im Kern der Materie um die Finanzierung der EG-Agrarpolitik ging. Diese nannte Mitterrand »Schwerpunkt der europäischen Konstruktion, wenngleich nicht deren einziger Aspekt«.

Von den Finanzbeiträgen der Mitgliedsstaaten zur Betrachtung unserer beiden Volkswirtschaften war es kein weiter Weg. Wir hatten drei Tage zuvor den Franzosen bei ihrer unvermeidlich gewordenen Franc-Abwertung innerhalb des Europäischen Währungssystems sehr geholfen, indem wir die Deutsche Mark um 5,5 Prozent aufwerteten, während der Franc um 3 Prozent abgewertet wurde. Unser Entgegenkommen war durch die französischen Medien, die dies nicht erwartet hatten, und durch die Regierung in Paris gewürdigt worden. Aber beim Meinungsaustausch über unsere weiteren ökonomischen Politiken wurde mir klar, daß unsere volkswirtschaftlichen Entwicklungen einstweilen noch weiter auseinanderlaufen würden, die nächste Franc-Abwertung erschien mir so gewiß wie das Amen in der Kirche. Gleichwohl blieb ich in meiner Kritik Mitterrand gegenüber auch dieses Mal noch zurückhaltend; ich vertraute darauf, daß eine abermalige Abwertung der französischen Währung ihm oder seinem Finanzminister auf dramatische Weise die Notwendigkeit einer Zügelung des vorläufig reichlich opulenten Keynesianismus à la française vor Augen führen würde.

Da mein Besuch privater Natur war, gab es keine abschließende Pressekonferenz. Aber es sickerten genügend Informationen durch, auch hatten einige angereiste Journalisten ein wenig von der lockeren Atmosphäre beobachten können, die meinen Besuch kennzeichnete. Madame Mitterrand war eine vorzügliche Gastgeberin, sie wirkte in der ländlichen Umgebung wie zu Hause, natürlich und unkompliziert. Sie und meine Frau haben sich gut verstanden.

Daß Mitterrand und ich in Sachen Agrarpreise und Netto-Finanzbeiträge im Rahmen der EG nicht übereingestimmt hatten, störte mich nicht; das war ich seit Beginn meiner Finanzministerzeit gewohnt, es kam alljährlich vor, und ebenso war alljährlich ein Kompromiß gefunden worden. Die Medien in Frankreich und in Deutschland kommentierten unser Treffen gleichermaßen positiv. Sie stellten mit Recht fest, daß wir beide weitgehend identische Auffassungen in den Bereichen der internationalen Politik und der Sicherheit Europas hatten, wobei ich die französische Position der Unabhängigkeit als einstweilen nicht zu änderndes Faktum unterstellte. Mitterrands Haltung hinsichtlich der Mittelstreckenwaffen und des Festhaltens am Doppelbeschluß stützte meine innenpolitische Position auf willkommene Weise, während ich Mitterrand bei der Abwehr gewisser internationaler Tendenzen zur Isolierung eines sozialistischen Frankreichs behilflich war. Die Medien Westeuropas kamen in ihrer überwiegenden Mehrheit zu dem zutreffenden Ergebnis, diese Begegnung als Bestätigung dafür zu sehen, daß die bevorzugten Beziehungen zwischen der Bundesrepublik und Frankreich beständig, weil für beide Seiten unverzichtbar seien – trotz unterschiedlicher ökonomischer Auffassungen. »France Inter« nannte dies »Realpolitik« und der Kölner Stadtanzeiger »entente rationale«. Beides waren zutreffende Begriffe, jeweils aus dem Wortschatz des anderen Landes entlehnt. Aber das Treffen von Latché war doch mehr.

Besonders unsere Unterhaltung über den Mittleren Osten hatte gemeinsame Werte zutage gebracht. Es war tiefe menschliche Anteilnahme, die uns verabreden ließ, einige Tage später persönlich in Kairo an der Trauerfeier für Anwar el Sadat teilzunehmen. Es waren wohl, wie manche Kommentatoren schrieben, die persönlichen Charaktere der beiden Staatslenker und auch ihr Bildungshintergrund durchaus verschieden, aber sie verstanden sich. Und der von mir hochgeschätzte Rolf Zundel irrte sich, als er in der »Zeit« im Rahmen eines klugen Artikels schrieb: »Mitterrand und Schmidt – daß sie auf angelsächsische lockere Art die Vornamen benutzen, ist nicht vorstellbar.« Doch, sie taten es und tun es noch!

Ich muß hier noch den der Volksrepublik Polen gewidmeten Teil unserer Gespräche in Latché nachtragen; denn ein Vierteljahr später führten die Ausrufung des Kriegsrechts durch General Jaruzelski und die auf dieser Grundlage ergriffenen Zwangsmaßnahmen in Teilen der französischen Presse zu schweren Angriffen auf die Bundesrepublik und auf mich, weil wir uns gegenüber dem Mißbrauch der polnischen Staatsgewalt angeblich opportunistisch verhielten. Im Gegensatz dazu hatten Mitterrand und ich in Latché hinsichtlich unserer Haltung zur Krise Polens durchaus übereingestimmt. In Latché legte ich dar, daß wir aus finanzwirtschaftlichen Gründen unsere finanziellen Hilfsleistungen für Polen nicht mehr im bisherigen Umfang fortsetzen konnten. Sie hatten in den letzten zwölf Monaten rund eine halbe Milliarde DM betragen, vor allem aufgrund massiver Inanspruchnahme der von Bonn gegebenen Export-Garantien, da die Polen ihre Importe nicht mehr bezahlen konnten. Diese Zahlungen zugunsten Polens machten etwa ein Achtel unserer bilateralen Entwicklungshilfe an alle Staaten der Dritten Welt aus.

Wir würden aber, so fügte ich hinzu, auch künftig jeden Eindruck ideologischer Einmischung in die innenpolitischen Auseinandersetzungen in Polen vermeiden, um der Sowjetunion keinen Vorwand zum Eingreifen zu bieten; deshalb hätte ich zum Beispiel auch auf den Vorsitzenden des Deutschen Gewerkschaftsbundes Heinz Oskar Vetter eingewirkt, eine Einladung an Lech Walesa noch zurückzuhalten.

Mitterrand meinte, auch die französischen Hilfsmöglichkeiten seien bald erschöpft, die Polen müßten selber wieder anfangen zu arbeiten. Ich fügte hinzu, daß wir angesichts der steigenden Arbeitslosigkeit auch an die Stabilität unserer eigenen Gesellschaft denken müßten, nicht zuletzt um später wieder helfen zu können. Wir verabredeten auf Mitterrands Vorschlag, daß unsere Außen- und Finanzminister die Frage weiterer Polenhilfe gemeinsam prüfen sollten. Mitterrand schloß das Thema mit einer Reihe von Bemerkungen ab: Je schlechter es den Polen zu Hause gehe, um so abhängiger würden sie von der Sowjetunion; sofern die Rüstungsbegrenzungsverhandlungen zwischen West und Ost begönnen, werde sich eine gewaltsame Lösung in Polen eher aufschieben lassen; für sowjetische Entscheidungen sei das Mißtrauen Moskaus gegenüber Kania von größerer Bedeutung als dasjenige gegenüber Walesa, in Jaruzelski hätten die Russen größeres Vertrauen. Wir müßten angesichts der Gefahr eines gewaltsamen sowjetischen Eingriffs ein Interesse daran haben, daß sich die kommunistische Partei

Polens halte. »So sehen es auch der Papst und die katholische Kirche in Polen«, meinte ich. Ich hatte nicht den Eindruck, daß es im Oktober 1981 in unseren Auffassungen zur Krise Polens verschiedene Nuancen gab.

Anfang Januar 1982 hatte es jedoch – vorübergehend – einen anderen Anschein. Der Einsatz des polnischen Militärs, die Ausrufung des Kriegsrechts und die große Zahl der Verhaftungen seit Anfang Dezember 1981 hatten in Teilen der amerikanischen und der französischen öffentlichen Meinung zu exaltierten Reaktionen geführt. Aus dem Parteivorstand der PS wurde eine Äußerung des Außenpolitikers Huntzinger zitiert: »Polen kann zu einem Vietnam in Europa werden ... Der Kampf der Sozialisten für die Menschenrechte postuliert eine Pflicht zur Einmischung, um den Unterdrückten ... zu helfen.« Sollte der Westen auf gleiche Weise intervenieren, wie die USA in Vietnam interveniert hatten?

Außenminister Cheysson dagegen blieb in einer Pressekonferenz selbst auf sehr spitze Fragen nach der deutschen Haltung in der Polenkrise völlig rational: »Es hat von Anfang an einen Unterschied gegeben zwischen den französischen Analysen der Lage und denen unserer europäischen und amerikanischen Partner ... Es gibt unterschiedliche Sensibilitäten ... Deutschland hat nicht die gleiche Reaktion gezeigt wie wir, aber England auch nicht ... Bundeskanzler Schmidt ein Neutralist? Welch' bemerkenswerte Absurdität! ... Wir behalten unsere humanistische Hilfe an Polen bei ... Zum Gasgeschäft mit der Sowjetunion: Wir sollten uns nicht selbst mit Sanktionen bestrafen, weil es in Osteuropa Entwicklungen gibt, die man nicht hinnehmen kann. Wir brauchen dieses Gas ... Ich habe nichts davon gehört, daß (die Amerikaner) das Geschäft mit 15 Millionen Tonnen Weizen an die Sowjetunion in Frage gestellt (hätten) ...« Claude Cheysson bezog sich ausdrücklich auf die Stellungnahme, die Paris und Bonn gemeinsam einige Tage zuvor erarbeitet und zusammen mit den anderen an der außenpolitischen Zusammenarbeit beteiligten Staaten der Gemeinschaft veröffentlicht hatten.

Ich selbst hatte schon am 18. Dezember 1981 dem Bundestag in einer Regierungserklärung zur Polenkrise gesagt: »Ich stehe mit ganzem Herzen auf der Seite der Arbeiter. Wir alle wünschen von ganzem Herzen, daß der Kriegszustand in Polen alsbald beendet werde (Beifall aller Fraktionen des Bundestages) ... Die Bundesregierung schließt sich voll und ganz der deutlichen Erklärung an«, die die Außenminister der EG wenige Tage zuvor gemeinsam verabschiedet hatten. Auch mein an die Sowjetunion gerichteter Appell, sich jeder Einmischung zu enthalten, hatte die Zustimmung aller Fraktionen gefunden.

Es gab aber wie in den USA so auch in Frankreich Leute, welche meine Regierungserklärung nicht hatten zur Kenntnis nehmen wollen, um gegen Bonn polemisieren zu können. Tatsächlich reagierten die Völker stimmungsmäßig verschieden. In Frankreich gab es hochtönende Erklärungen von Zeitungen und Rednern, die damit keinerlei Risiko eingingen; sie demonstrierten eine »abstrakte Festigkeit«, wie ein französischer Journalist dies treffend qualifizierte, ohne daß sie konkrete Opfer zu bringen oder auch nur Mut zu zeigen nötig hatten. Dabei spielte natürlich eine wichtige Rolle, daß die nichtkommunistische Linke, das heißt vornehmlich die PS, den französischen Kommunisten, welche die Solidarność verurteilten, und den kommunistischen Ministern im Kabinett gegen das Schienbein treten wollte. Die französischen Medien hatten endlich einen willkommenen Anlaß, die Auseinandersetzungen zwischen den beiden großen Volksparteien zu schüren und zum Beispiel den Staatspräsidenten als »Mitterrand zwischen zwei Stühlen« darzustellen.

Aber für einige war es auch ein willkommener Anlaß, Deutschland zu verdächtigen. Angeblich hatten wir viel zu lasch reagiert, entweder war unser Verhalten diktiert von deutschen Geschäftsinteressen im Osten oder von neutralistischer Gesinnung. Der emotionale Einfluß der wachsenden Friedensbewegung und der Grünen – und die angebliche Rücksichtnahme darauf in der Außenpolitik der Bundesregierung – war für eine wachsende Zahl von Franzosen eine Quelle der Beunruhigung geworden. Alle Emotionen in Deutschland führen in der französischen politischen Klasse zu Besorgnis.

In Wirklichkeit gab es deutsche Sympathien ausschließlich für Walesa und Solidarność; wahrscheinlich dachten bei uns aber nur einige Verrückte auf der äußersten Rechten, der Westen solle oder könne auf irgendeine Weise eingreifen. Statt dessen gab es breite, spontane Hilfsaktionen, allein zu Weihnachten gingen aus der Bundesrepublik zwei Millionen private Hilfspakete nach Polen. Diese Reaktion unterschied sich deutlich von derjenigen vieler Franzosen.

Je stärker die Differenz der öffentlichen Meinungen in Erscheinung trat, um so größer wurde die Gefahr, daß französische Politiker verschiedener Couleur sich der deutschen Karte für ihre innenpolitischen Zwecke bedienten; wenn einige Sozialisten und Nationalisten Deutschland denunzierten, konnte es leicht dazu kommen, daß einige Kommunisten Bonn lobten. Beides erschien uns in Bonn gleicherweise unerfreulich. Aber wir hatten keine ausreichende Antwort auf die selbstgestellte Frage, was wir tun sollten, um solche Eskalation im Nachbarland zu vermeiden. In dieser Situation erschien mir ein Gespräch mit Mitterrand angemessen und nötig, ich besuchte ihn am 13. Januar 1982.

Mitterrand betonte eingangs, daß im französischen Volk eine schärfere Reaktion zu verspüren sei als in Deutschland, die französische Regierung habe jedoch kein Wort gesagt, das mich hätte stören können. Ich erwiderte, dies sei mir bewußt; ich glaubte auch, bei der französischen Regierung Verständnis für die Haltung der Bundesregierung gefunden zu haben. Wir hofften sehr, daß die Rüstungskontrollverhandlungen zwischen den Amerikanern und den Russen, die erst wenige Wochen zuvor in Genf begonnen hatten, nicht infolge der Krise in Polen unterbrochen würden. Im übrigen seien wir gegenüber allen Vorgängen in der uns benachbarten polnischen Nation sehr empfindlich. »Die moralische Erschütterung über die Ereignisse in Polen ist in der Bundesrepublik sehr stark, um so mehr als man sich in den letzten Jahrzehnten sehr bewußt um eine Aussöhnung mit den ehemaligen Kriegsgegnern und besonders mit den Nachbarn im Westen und im Osten bemüht hat. Im Fall Polens ist dies besonders schwierig, weil das Land unter einem kommunistischen Zwangsregime steht. Trotzdem hat es bei uns gegen den Vertrag mit Warschau kaum eine nennenswerte Ablehnung gegeben – im Gegensatz zum Moskauer Vertrag und zum Grundlagenvertrag mit der DDR. Es besteht heute ein tiefempfundenes Mitgefühl mit dem polnischen Volk, wie es sich auch durch die Versendung von Millionen von Paketen an persönlich unbekannte Empfänger in Polen äußert.

Die Erwachsenen in Deutschland – vielleicht weniger die jungen Leute – haben längst begriffen, daß man mit Resolutionen und Demonstrationen weder den 17 Millionen Deutschen in der DDR noch den Ungarn oder den Tschechen hat helfen können. Sie wissen, dies gilt auch für die Polen. Das ist eine realistische Haltung, wohl aber etwas resigniert. Viele Deutsche sind besorgt wegen einiger Kreise in den USA, die von Kreuzzugsgedanken getragen zu sein scheinen.«

Da meine Frau und ich gerade einen Winterurlaub in Florida und einen Abstecher nach Washington hinter uns hatten, fragte Mitterrand, ob mich die Amerikaner unter Druck gesetzt hätten, an ihren Sanktionen gegen Polen teilzunehmen. O ja, sagte ich, sie hätten mich dafür verantwortlich machen wollen, daß die Europäer ihnen bisher nicht gefolgt seien. Ich hätte den Tadel auf mich gezogen, versetzte Mitterrand, weil ich zu jener Stunde als einziger Europäer greifbar gewesen sei.

Seine Analyse ging vom Jalta-Abkommen aus. Dort sei die geopolitische Lage Polens so eingesegnet worden, wie sie heute noch besteht. Die Sowjetunion sei folglich an allem beteiligt, was im östlichen Europa geschieht; das wisse jedermann. Die Franzosen könnten durch ihre Politik diese Lage nicht aufheben, so sehr sie auch danach strebten, »Europa von der brutalen Politik der Blöcke zu befreien«. Die Sowjetunion sei keineswegs bereit, ihre Haltung gegenüber den Ländern in ihrer Einflußzone zu mildern. Die französische Regierung verurteile die Zwangsmaßnahmen der polnischen Armee und die dahinterstehende Einmischung der Sowjetunion; man müsse aber die jetzige Situation deutlich unterscheiden von einem (denkbaren und drohenden) direkten, massiven Eingriff der Sowjetunion. Der Westen müsse jetzt die Instrumente nutzen, welche die Schlußakte von Helsinki ihm in die Hand gegeben habe. Aber auch Mitterrand ließ Resignation erkennen: »Entweder wird die polnische Regierung die Ordnung in Polen wiederherstellen, oder die Sowjetmacht wird dies tun.«

Gegenwärtig schienen die Russen nicht zu wissen, wie weit sie gehen sollen. Je mehr aber ihre Haltung sich verhärte, mit desto größerer Härte würden dann die USA ihre Autorität über den Westen ausüben. Im Ergebnis würden die beiden großen Mächte allein über das Schicksal der Welt entscheiden. Mitterrand selbst und eine große Mehrheit der französischen öffentlichen Meinung seien durch die Ereignisse in Polen zutiefst erschüttert. An der Spitze dieser echten und nicht nur künstlich zur Schau gestellten Gemütserregung in der öffentlichen Meinung stünden die linken Bewegungen, die Gewerkschaften, die Intellektuellen, jedoch auch die überwiegende Mehrheit der Konservativen. Die einzigen, die gegen diese Emotionen angingen, seien die Kommunisten.

Ich verstand dies sehr wohl und kam nochmals auf die deutsche Haltung zurück. Aufgrund der Geschichte des Zweiten Weltkrieges, den Hitler mit dem Angriff auf Polen ausgelöst hat, habe sich die Bundesregierung bemüht, gegenüber jeder polnischen Führung - unter Gomulka und Gierek ebenso wie unter Kania oder Jaruzelski - sich einer besonders vorsichtigen Sprache zu bedienen. Allerdings sei ich pessimistisch in bezug auf die weitere Entwicklung in Polen. Die wirtschaftliche Lage sei so verfahren, daß es selbst einer erstklassigen Regierung kaum gelingen könnte, damit fertig zu werden, geschweige denn einer Militärregierung. Meiner Auffassung nach sollte man die Rückkehr Polens zu einem Reformkurs nicht vom Westen aus verbauen.

Jaruzelski habe selbst versprochen, daß er den Kriegszustand aufheben und den Dialog mit der Kirche und den Gewerkschaften wieder aufnehmen werde. Man solle ihn beim Wort nehmen und ihn drängen, diese Versprechen einzulösen und die Inhaftierten wieder freizugeben. Zu solchem Drängen seien wir durch die Schlußakte von Helsinki legitimiert. Diese Forderungen seien in einer am 18. Dezember vom Bundestag fast einstimmig verabschiedeten Entschließung enthalten, die später auch im NATO-Kommuniqué wiederholt wurden.

Mitterrand sagte, er habe meine Haltung voll verstanden. Angesichts der unterschiedlichen Reaktionen der jeweiligen öffentlichen Meinung müsse man »mit großer Präzision eine gemeinsame Sprachregelung finden«. Keineswegs dürfe man Auslegungen zulassen, wonach das, »was gut für Frankreich ist, schlecht für Deutschland« sein müsse oder umgekehrt. Auch er sei dafür, die humanitäre und die Lebensmittelhilfe fortzusetzen, jedoch nicht über die Grenzen hinauszugehen, welche die Vorsicht gegenüber der Sowjetunion einzuhalten gebiete. Es sei nicht immer leicht, dies letztere den Wählern plausibel zu machen.

Ich erklärte mich damit einverstanden. Die Deutschen seien noch mehr als andere Westeuropäer an einem friedlichen Wandel im östlichen Teil Europas interessiert, weil ja doch ein Teil der Deutschen dort lebe. Man habe sich damit abgefunden, daß eine deutsche Wiedervereinigung in diesem Jahrhundert nicht mehr möglich erscheine, auch habe man sich längst mit der Abtretung eines Teils des deutschen Territoriums an Polen abgefunden, und die zunächst noch vorhandenen revanchistischen Empfindungen gegenüber Polen seien verschwunden. Man hoffe in der Bundesrepublik aber auch auf einen schrittweisen Wandel in der polnischen Einstellung gegenüber den Deutschen; der bisherige Verlauf habe sich ja auch in dieser Richtung als erfolgreich erwiesen. Leider habe Solidarność den Wandlungsprozeß allzu schnell voranbringen wollen, was zu dem jüngsten Rückschlag geführt habe; trotzdem solle aber die Politik des Dialogs mit dem Osten fortgesetzt werden. Man dürfe die Zusammenarbeit auf dem Gebiet der Rüstungskontrolle und die mögliche wirtschaftliche Kooperation mit dem Osten nicht über Bord werfen. Deshalb hätte ich mich bei Reagan darüber beklagt, daß die USA ihre europäischen Verbündeten nicht ausreichend konsultieren.

Mitterrand meinte, er könne sich nicht vorstellen, daß Reagan ernsthaft an die Wirksamkeit von Wirtschaftssanktionen glaube. Er könne sich auch nicht vorstellen, daß Reagan ernsthaft gedacht habe, Deutschland und Frankreich würden sich ohne weiteres wirtschaftlichen Sanktionen anschließen. Er halte Reagans Ankündigung von Sanktionen eher für eine »Attitüde«, die er gegenüber der öffentlichen Meinung Amerikas einnehme, um seine Position innenpolitisch zu stärken und um als »Leader« der westlichen Politik zu erscheinen. Er, Mitterrand, glaube nicht, daß die USA und Rußland wegen Polen einen Krieg führen würden, und alles andere sei »bloß Spektakel«. Das Ganze sei eine »seltsame Schachpartie«, denn Amerikaner und Russen würden ja trotz allem miteinander reden. Ich hätte Reagan von einer Unterbrechung der Genfer Verhandlungen abgeraten, bemerkte ich; damit setze er sich selber unter Zugzwang, sie später wieder zu eröffnen; ich hätte aber in Washington deutliche Neigungen zu einem Abbruch der Gespräche verspürt. Mitterrand betonte abschließend die Notwendigkeit der Einheit des Westens und der Atlantischen Allianz. Auch er sei der Auffassung, daß am Beginn dieser Einheit die Konsultation der Verbündeten durch die USA stehen müsse. Die USA dürften die das Bündnis betreffenden Entscheidungen nicht allein treffen. Sie könnten nicht erwarten, daß die Verbündeten ihnen folgten, ohne vorher konsultiert worden zu sein. Dies alles solle man deutlich sagen.

Ein Teil dieser Unterhaltung fand beim Abendessen statt, an dem auch Mauroy, Cheysson und Bérégovoy sowie Lahnstein, von Staden und von der Gablentz teilnahmen. Wir Deutschen waren mit dem Gang des Gespräches sehr zufrieden. Ehe dieses sich einer Reihe anderer aktueller Probleme zuwandte, schloß Mitterrand den Polen betreffenden Meinungsaustausch mit einer klaren Feststellung ab: »In der Sache unterscheiden sich die Analysen unserer beiden Regierungen nicht, Deutsche und Franzosen sprechen hier auf derselben Wellenlänge ... Die Erklärungen des Bundestages vom 18. Dezember und des Premierministers Mauroy vor der Nationalversammlung am 23. Dezember erlauben uns, von übereinstimmenden Positionen zu sprechen ... Der Unterschied zwischen deutschen und französischen Stellungnahmen liegt nicht in der Substanz, sondern im Ton. Die französische Regierung muß durch eine etwas härtere Sprache die großen öffentlichen Emotionen in Frankreich berücksichtigen, in Deutschland geht der öffentliche Druck wegen der Sorge um Rüstungsbegrenzung und Ostpolitik eher in Richtung geschmeidigerer Stellungnahmen.« Ich pflichtete dem bei; daraus ergebe sich die Aufgabe, dafür zu sorgen, daß die öffentliche Meinung in Deutschland und Frankreich nicht auseinanderlaufe, dabei könnten wir uns gegenseitig helfen.

Das haben wir dann auch getan. Nach übereinstimmenden Äußerungen gegenüber den Medien klang der antideutsche Akzent in der französischen Polendebatte schnell ab. Allerdings muß ich einräumen, daß auch wir in Bonn in den Fehler verfallen waren, der mich besonders häufig bei der Meinungsbildung amerikanischer Administrationen geärgert hat, nämlich suggestive Kampagnen in den Medien für die Wirklichkeit zu halten; wir hatten den Eindruck gehabt, die französische Regierung sei nicht schuldlos an den gegen uns gerichteten Anwürfen. Bei meiner Abreise aus Paris glaubte ich das nicht mehr. Wahrscheinlich war auch der französische Staatspräsident durch die Behauptungen einiger französischer Zeitungen über unsere angebliche Leisetreterei zunächst stärker beeinflußt worden als durch meine Erklärung vor dem Bundestag und dessen Entschließung - vielleicht hatte er beides zunächst kaum zur Kenntnis genommen und die Texte erst im Zusammenhang mit meinem Besuch gelesen. Es war eben ein empfindlicher Mangel, daß wir der Sprachbarriere wegen nicht persönlich miteinander telefonieren konnten, wie Valéry und ich das in komplizierten Lagen immer getan hatten. Wir beschlossen aber, nunmehr den telefonischen Kontakt mit Hilfe von Dolmetschern herzustellen.

Wichtiger noch waren zwei Schlußfolgerungen, die ich für mich selbst ziehen mußte. Zum einen hatte sich abermals gezeigt, daß es in Frankreich in manchen Bereichen eine latente Bereitschaft zum Argwohn gegen Deutschland gibt, die bei sich bietendem Anlaß virulent gemacht werden kann (ich erinnerte mich daran, daß acht oder zehn Jahre zuvor einmal eine französische Zeitung mich aus Anlaß einer der regelmäßigen Agrarstreitigkeiten mit großem Effekt »le Feldwebel« genannt hatte). Zum anderen war deutlich, daß diese Bereitschaft durch alles, was in französischen Augen als deutscher »Neutralismus« erscheint, gefördert wird.

Ob es das vorübergehende Auftauchen nationalistischer Strömungen in Gestalt der NPD in den sechziger Jahren oder die nationalistischen Töne aus dem Lager der Berufsfunktionäre der Flüchtlings- und Vertriebenenverbände waren, die - nicht nur in Frankreich - als »Revanchismus« aufgefaßt wurden, oder der sogenannte Extremistenerlaß in den siebziger Jahren, der sowohl rechten als auch linken Extremisten den Zugang zum öffentlichen Dienst verwehren wollte, aus solchen Anlässen entstand in Frankreich die Sorge vor einem Abdriften der Bundesrepublik nach rechts. Jetzt, in den achtziger Jahren, machten sich einige Wortführer der politischen Klasse Frankreichs Sorgen wegen eines deutschen Abdriftens in Richtung auf appeasement gegenüber Moskau. Deutsches Streben nach Wiedervereinigung, Friedensbewegung, Pazifismus, Anti-Atomtod-Kampagne und Anti-Kernkraft-Kampagne, Ostpolitik, außenpolitische Romantik, die Partei der Grünen und die der Sowjetunion eher entgegenkommende Haltung einiger prominenter Sozialdemokraten, dies alles wurde unter dem Neutralismus-Begriff zusammengefaßt oder jedenfalls als zusammengehörig gesehen und als bedrohlich empfunden. Denn alle diese für Deutschland scheinbar typischen Reflexe kommen in Frankreich nur vereinzelt vor.

Hinter den französischen Irritationen standen versteckt auch die Sorge, das deutsche Glacis gegen Osten und damit die eigene sicherheitspolitische Unabhängigkeit innerhalb des westlichen Bündnisses verlieren zu können, und, noch besser versteckt, die Sorge vor den möglichen Folgen einer Vereinigung beider deutscher Staaten. Nicht zuletzt aus diesem Grund habe ich im vorstehenden die Wiederherstellung des deutsch-französischen Einvernehmens so ausführlich geschildert. Einige Monate später hat übrigens Ronald Reagan durch den törichten Versuch, mit seinem extraterritorialen Pipeline-Embargo in die europäischen Angelegenheiten hineinzuregieren, dafür gesorgt, daß die Affäre zur Gänze vergessen wurde. Inzwischen hatte François Mitterrand einen zweitägigen Besuch bei mir in Hamburg gemacht, inzwischen hatten wir, vor allem während der Falklandkrise, eng miteinander kooperiert, und inzwischen hatten wir gelernt, miteinander zu telefonieren.

Natürlich dauerten die Telefonate fast doppelt so lang wie früher mit Giscard. Damals sprachen beide englisch, jetzt mußten Mitterrand und ich sehr langsam und mit großen Pausen in unserer jeweiligen Muttersprache sprechen, um den beiden mithörenden Dolmetscherinnen Gelegenheit zu geben, teils simultan, teils konsekutiv die Übersetzung dessen in unser linkes Ohr zu flüstern, was wir mit dem rechten Ohr direkt von dem anderen hörten, ohne es begreifen zu können. Diese Anordnung war umständlich, sie erforderte rechtzeitige Voranmeldung und Vorbereitung jedes einzelnen Telefonats, aber sie ermöglichte doch ein Minimum an persönlicher Gesprächsatmosphäre. Praxis und Technik spielten sich schnell ein, so daß wir in den letzten sechs Monaten meiner Amtszeit viele Male, bisweilen fast eine volle Stunde, miteinander telefoniert haben.

Mitte Mai 1982 kamen Danielle und François Mitterrand zum privaten Gegenbesuch nach Hamburg-Langenhorn, wo meine Frau und ich schon oft ausländische Gäste bewirtet hatten, die uns politisch oder menschlich besonders am Herzen lagen. Wie immer gab es auch diesmal viele neugierige, freundliche Nachbarn. Natürlich nutzten wir die Zeit zu ausführlicher politischer Unterhaltung, ähnlich wie damals in Latché. Nach dem gemeinsamen Essen blieben die Männer, der vielen Papiere wegen, am Eßzimmertisch sitzen, die Frauen nebst Dolmetscherin zogen sich in Lokis Schlaf- und Arbeitszimmer zurück. Lokis voller Schreibtisch scheint Madame Mitterrand gefallen zu haben, beide sprachen über ihre Arbeit. Danielle Mitterrand engagierte sich sehr für die Befreiung von politischen Gefangenen, vor allem in Lateinamerika; allerdings hat sie meine Frau etwas neidisch gemacht, weil sie neunzehn Mitarbeiter hatte, Loki dagegen nur eine einzige - allerdings tüchtige - Halbtagskraft.

Mitterrand hielt bei diesem Besuch einen Vortrag vor dem Überseeclub in der Hamburger Börse. Ähnlich wie zwanzig Jahre zuvor de Gaulle vor dem gleichen Publikum Hamburger Kaufleute und Industrieller, sprach auch Mitterrand frei und ohne Konzept, freilich in seiner Muttersprache. Die hamburgische Wirtschaft - natürlich waren auch viele Industrielle und Banker von außerhalb geladen - hatte gewiß manche Vorurteile gegen den Redner, dessen ökonomischer Staatssozialismus ihnen zuwider war, aber sie waren von der Visite geschmeichelt, und der eindringlich sprechende Redner fesselte ihre Aufmerksamkeit, obwohl er weit über eine Stunde sprach. Er entfaltete ein weitgespanntes Panorama der französischen Außenpolitik, ebenso der EG- Politik und behandelte ausführlich die französische Wirtschaftspolitik. Dabei stellte er die deutsch-französische Kooperation stark heraus: »Ich kenne kein Problem, über das Frankreich und Deutschland sich nicht einigen könnten.« Ihm wie mir war das in der europäischen Presse vielgebrauchte Wort von der »Achse Paris-Bonn« unangenehm; er wollte aber wohl auch das Wort »bonne entente« nicht benutzen, das Giscard geprägt hatte. Statt dessen benutzte er, wie meist, sein eigenes Wort von der »privilegierten Beziehung«. Rolf Stödter als Präsident des Clubs dankte dem Staatspräsidenten mit hanseatischem understatement. Aber er sagte auch: Das Verständnis zwischen Frankreich und Deutschland darf niemals enden, das ist unsere Zuversicht.

Im privaten Gespräch zwischen Mitterrand und mir spielte der Falklandkrieg eine wichtige Rolle. Unsere beiden Regierungen hatten Margaret Thatcher Solidarität gegenüber dem argentinischen Militärregime bezeugt, wie sie es erwarten durfte; jetzt ging es um die Frage, wie und wann wir mäßigend auf sie einwirken konnten. Daneben hatten wir das bilaterale Thema eines gemeinsam zu entwickelnden Kampfpanzers zu erörtern, an dem Mitterrand sehr gelegen war. Das von französischer Seite initiierte Projekt war im Verteidigungsausschuß des Bundestages auf hartnäckigen Widerstand gestoßen, weil die Bundeswehr nach dem großen Erfolg ihres neuen Panzers Leopard II ein anderes Nachfolgemodell des Leopard I erst Mitte der neunziger Jahre zu brauchen schien und weil die französischen Fachleute - auch mit Rücksicht auf den Export - einen leichteren Panzertyp wünschten als unsere Soldaten. Ich wollte den Versuch noch nicht aufgeben, wenigstens zugunsten einer gemeinschaftlichen Entwicklung einen Beschluß zustande zu bringen, durfte aber Mitterrand nicht verschweigen, daß meine Möglickeiten begrenzt waren. Im übrigen war das Gespräch weitgehend der Vorbereitung der bevorstehenden großen Konferenzen gewidmet, nämlich des Weltwirtschaftsgipfels in Versailles und des Gipfeltreffens der Atlantischen Allianz in Bonn, bei welch letzterem der Präsident sich durch seinen Premierminister vertreten lassen und selbst nur zum Abendessen kommen wollte.

Abends fuhren wir zum Essen ins Hamburger Rathaus. Die Alster präsentierte sich, bei bestem Maiwetter, in all ihrer Schönheit. Mitterrand sagte in seiner Tischrede, das Bild der Stadt spiegele städtebauliches Genie - die Hamburger hörten das gern. Der weite Rathausmarkt war voller Menschen gewesen, die auf zurückhaltende Art ihre Sympathie bekundeten.

Der Clou des Besuches war, daß ich den Gästen am nächsten Tag das von mir seit der Kinderzeit geliebte Lübeck zeigen konnte, die trotz der Kriegszerstörungen noch immer einzigartige Innenstadt, das Holstentor, den Dom und das Schabbelhaus, die Mengstraße, in der Thomas Mann aufgewachsen war und in der, nach meinem Verständnis, seine Buddenbrooks spielen. Die gotischen Kathedralen Frankreichs, soweit ich sie kenne, sind aus Naturstein erbaut; für die Mitterrands schien die norddeutsche Backsteingotik ein neuartiges Erlebnis zu sein - jedenfalls ging François Mitterrand mit ernsthaftem Interesse im Dom umher, um sich die Details sorgfältig anzusehen. Ich hatte den Domkantor Uwe Röhl um ein kleines Konzert für Orgel und Trompete gebeten; gemeinsam mit den beiden Trompetern Läubin spielte er Marchand, Telemann, Lully, Bach und Corelli - alles sehr strahlend und schön anzuhören. Zum Schluß gab es ein improvisiertes Potpourri auf der Orgel, mit einem Thema von Lully beginnend, bis hin zu »Sur le pont d'Avignon« (worüber insbesondere die französischen Sicherheitsbeamten begeistert waren) und »Der Mai ist gekommen« (was eine Verbeugung vor dem Lübecker Emanuel Geibel war, von dem der Text dieses Volksliedes stammt). Danach gingen wir zu Fuß durch die alten Gassen zum Schabbelhaus, um dort gut zu essen; auf dem Wege dorthin machte Bundesbildungsminister Björn Engholm, der in Lübeck zu Hause ist, den Fremdenführer, den »Hei lücht«, wie wir in Hamburg sagen - was auf hochdeutsch heißt: er lügt!

Engholm hielt auch die Tischrede; da er fließend französisch sprach, verstand ich kaum etwas, aber die Gäste und die Sprachkundigen unter den Lübeckern lobten ihn, er muß es also gut gemacht haben. Die Lübecker genossen den Besuch. Auf den Straßen wurde Mitterrand zugerufen: »Vive la France!« und auch: »Moin, Moin!«, der zwischen Aarhus und Hamburg von Deutschen und Dänen zu (fast) allen Tageszeiten akzeptierte Gruß.

François Mitterrand hatte vom Hubschrauber aus einen Blick nach Mecklenburg hinein tun können. Die im Volksmund immer noch Zonengrenze genannte Scheide zwischen dem Teil Europas, in dem die Menschen frei und selbstverständlich über alle Grenzen hinweg reisen konnten, und dem anderen Teil, in dem die Menschen eingesperrt waren, kam ihm greifbar zum Bewußtsein. Ich fand es gut, daß er auch dieses Element deutscher Realität erlebte. Ansonsten war es ein sehr unbeschwerter, heiterer Besuch.

Anteilnahme und Sympathie der Menschen in den beiden norddeutschen Hansestädten waren wichtig, denn die Freundschaft zu Frankreich darf nicht vorwiegend ein Anliegen der Rheinländer oder der deutschen Katholiken bleiben. Robert Held hatte recht, als er in der »FAZ« schrieb: »Die Bundesrepublik bedarf des Einverständnisses mit Frankreich, und die Beharrlichkeit, mit der Helmut Schmidt nach Wegen zu diesem Einverständnis sucht, sollte ein Prinzip deutscher Politik sein.« Er fügte hinzu, dies Prinzip sei auch deswegen nötig, weil man fragen müsse, wer dereinst an die Stelle dieser beiden »Monarchen auf Zeit« treten werde, von denen der eine Klassenkampf betreibe, indes der andere dies anderen überlasse. Die Hinzufügung erstaunte mich, nicht nur wegen des Klassenkampfes, sondern vor allem wegen der »Monarchen auf Zeit«; denn als ein solcher habe ich mich an der Spitze eines diffizilen Koalitionskabinetts, weiß Gott, nie empfunden.

Indessen hat Mitterrand drei Wochen später beim Versailler Weltwirtschaftsgipfel eine ungeheure, nahezu höfische Pracht entfaltet, die seinem Amtsvorgänger von der französischen Linken vermutlich schwer angekreidet worden wäre. Im großen Spiegelsaal des Versailler Schlosses, in dem 1871 Bismarck das Deutsche Reich begründet hatte und der jetzt von Tausenden von Wachskerzen beleuchtet war, waren Hunderte von Gästen zum Diner geladen. Waren Schloß und Park an sich schon eine überwältigende Kulisse, so wurde der Glanz noch erhöht durch drei Feuerwerke nacheinander, und die sich in den Kanälen und Bassins des Parks wunderbar spiegelnden Aufzüge historisch uniformierter Kavallerie streiften die Grenze des Märchenhaften. Ganz zum Schluß gab es ein kleines Konzert in einer Kapelle. Wir waren höchstens ein Dutzend Zuhörer und blickten von einer Empore herunter auf eine Solosängerin. Sie trug ein Kleid in den Farben des Regenbogens und saß auf einem goldenen Sitz - als Hintergrund grauer Marmor. Nur sie war beleuchtet - schon optisch eine fabelhafte Inszenierung. Sie sang Lieder, die ich als besonders melancholisch in Erinnerung habe.

Nie im Leben habe ich ein ähnlich prächtig-spektakuläres Fest erlebt. François Mitterrand wollte Frankreichs große geschichtliche Tradition zeigen. Welch bemerkenswerter Kontrast zu Latché oder zu Lübeck!

Aber selbst während dieses pompösen Festes für die Staatslenker der sieben großen industriellen Demokratien sorgte Mitterrand für eine besonders rührende Geste gegenüber seinem deutschen Gast: Am Vorabend luden die Mitterrands die Schmidts zu einem kleinen privaten Essen im Kreise ihrer französischen Freunde, meist Künstler und Wissenschaftler, ein. Mitterrand war sich der Möglichkeiten französischer Führung in Europa, sofern diese sich auf eine enge Zusammenarbeit mit Deutschland stützte, vom Beginn seiner Präsidentschaft an klar bewußt. Seine Bemühungen um eine enge französisch-deutsche Abstimmung auf allen Feldern waren stetig, die einzige Beinahe-Ausnahme ist bisher das Feld der Verteidigung. Dabei beschränkte er sich keineswegs bloß auf Gesten, sondern trat im Laufe der Jahre mit mancherlei Initiativen und Vorschlägen hervor. Bundeskanzler Kohl, obgleich im Grundsatz von gutem Willen, hat die Gelegenheiten freilich nur unzureichend genutzt. Das Schicksalsjahr 1989 hat zu meiner großen Besorgnis einen erschütternden Mangel an Offenheit und Zusammenarbeit zwischen Kohl und Mitterrand erkennbar werden lassen. Die Schuld für diese Fehlentwicklung lag in Bonn, nicht in Paris.

Übrigens standen dem großen Aufwand und dem Aufgebot von mehreren tausend internationalen Journalisten am Schluß des achten

Weltwirtschaftsgipfels nur äußerst magere Ergebnisse gegenüber; das lag jedoch nicht am Gastgeber, sondern vielmehr an Ronald Reagan. In dem handels- und währungspolitischen Streit zwischen den beiden Präsidenten stand ich eindeutig auf der Seite Mitterrands – nicht nur aus Gründen deutsch-französischer Solidarität, sondern auch, weil Reagan in der Sache durchaus unrecht hatte. Seine Berater hatten sich auf die am amerikanischen Bildschirm wirksame Darstellungskunst ihres Chefs verlassen und ihn streitbar und mit strittigen Positionen ins Gefecht gehen lassen; gegenüber seinen durchaus sachverständigen Kollegen konnte er in der Debatte nicht aus eigener Kraft standhalten. Er brauchte immer neue Spickzettel von seinen Mitarbeitern und verbiß sich rechthaberisch und mit Eifer; aus einem Meinungsaustausch wurde zum ersten Mal in den acht Jahren der Weltwirtschaftsgipfel ein mit Schärfe ausgetragener Streit. Das Schlußkommuniqué konnte die praktische Ergebnislosigkeit nicht verbergen.

Widersprüchliche Sicherheitspolitiken

Wer von Amerika aus die französische Gesamtstrategie der letzten drei Jahrzehnte betrachtet, also seit Gründung der Fünften Republik durch de Gaulle 1958, der mag den Eindruck gewinnen, sie habe sich von de Gaulle und Pompidou über Giscard d'Estaing bis zu Mitterrand nicht sonderlich geändert; auch Engländer und Deutsche mögen zu solchem Urteil neigen. So sehr dieser Eindruck auch zutrifft, was das Streben Frankreichs nach Bestätigung seiner internationalen Position und seiner Rolle als einer unabhängigen Nuklearmacht und das Postulat strategischer Autonomie und voller Entschlußfreiheit Frankreichs anlangt, so sehr sind in Wahrheit doch auch signifikante Veränderungen zu beobachten.

So gab es schon während des Jahrzehnts von de Gaulles Präsidentschaft eine bedeutsame Entwicklung im gesamtstrategischen Denken Frankreichs. Zwischen de Gaulles Vorschlag eines trilateralen strategischen Direktoriums der USA, Frankreichs und Englands im Jahre 1958 und dem Elysée-Vertrag von 1963 klaffen Welten. Zwischen seinem dem Elysée-Vertrag mit Deutschland zugrunde liegenden Konzept und seinen späteren Vorstellungen, als er sich entschloß, die militärische NATO zu verlassen und alle fremden Truppen und militärischen Stäbe aus Frankreich auszuweisen, besteht abermals ein bedeutsamer Unterschied. Die heutigen Gaullisten sehen freilich de Gaulles militärstrategische Position von 1966 als das von ihnen zu vollstreckende strategische Testament des Generals; sie sehen nicht, daß dieses »Testament« eine erhebliche Einschränkung der gesamtstrategischen Möglichkeiten Frankreichs in Kauf nahm. Weil Deutschland damals nicht bereit war, sich an Frankreich enger zu binden als an die USA, was durch die Bundestagsdebatten über den Elysée-Vertrag und durch die deutsche Präambel dokumentiert worden war, hatte de Gaulle auf das ursprüngliche Konzept verzichtet, das seinem Land die Führungsposition im kontinentalen Westeuropa hätte bescheren sollen. Statt dessen deklarierte er Frankreichs sicherheitspolitische Unabhängigkeit und bezog in militärisch-strategischer Hinsicht eine isolierte Position; diese mußte zwangsläufig einen Verzicht auf sicherheitspolitischen Einfluß gegenüber der Bundesrepublik und gegenüber den anderen Staaten Westeuropas mit sich bringen. De Gaulle räumte das Feld einem im Ergebnis größeren amerikanischen Einfluß auf das sicherheitspolitische Denken und Verhalten der Westeuropäer, vor allem der Deutschen.

De Gaulles Nachfolger Pompidou sah in dieser Situation keinen strategischen Wert mehr darin, die von de Gaulle einst verfügte Ausschließung Großbritannniens aus der EG aufrechtzuerhalten. Indem er Großbritannien den gleichen europäischen Rang und Einfluß zuerkannte, konnte er hoffen, einer möglichen amerikanisch-deutschen Dominanz zu begegnen, die sich besonders unter der Kanzlerschaft Ludwig Erhards in einer weitgehenden Anpassung der Bundesrepublik an amerikanische Wünsche abgezeichnet hatte; auch mögen Besorgnisse wegen der deutschen Ostpolitik eine verstärkende Rolle gespielt haben.

Giscard d'Estaing dagegen betrieb eine bewußte – und auch erfolgreiche – Wiederbelebung des deutsch-französischen Einvernehmens. Mitterrand ist ihm darin gefolgt. Aber beide haben bis heute nicht vermocht, Frankreich von dem militärstrategischen Testament des Jahres 1966 zu befreien oder es neu und anders zu interpretieren. Mit anderen Worten: angesichts des von ganz rechts bis zu den Kommunisten reichenden Konsenses, daß die militärstrategische Unabhängigkeit Vorrang habe, blieb Frankreich bei de Gaulles Konzept. Zwar hat Giscard beabsichtigt, in einer zweiten Amtsperiode als Präsident gemeinsam mit mir eine enge, vertraglich fundierte militärische Zusammenarbeit aufzunehmen; weil es aber nicht zu einer zweiten Präsidentschaft Giscards gekommen ist, bleibt es müßig, darüber zu spekulieren, ob er sich mit einem solchen Konzept in Frankreich (und ob ich mich damit in Deutschland) hätte durchsetzen können. Jedenfalls hatten bei Giscards Abschied aus dem Amt unsere Gespräche noch keine konkrete Form angenommen.

Giscard hatte das Dilemma schon 1974 erkannt, als er Präsident wurde: Solange die Bindung zwischen der Bundesrepublik und Frankreich sich im wesentlichen auf die ökonomische Zusammenarbeit in der EG beschränkte und die Bundesrepublik militärstrategisch zwangsläufig an den USA orientiert blieb, solange konnte die deutsch-französische Entente nicht wirkliches Gewicht erlangen. Daraus ergab sich, daß die von de Gaulle erstrebte europäische Führungsrolle Frankreichs illusorisch bleiben mußte. Die von mir häufig benutzte Formel lautete denn auch, die USA seien unser wichtigster, Frankreich aber sei unser engster Verbündeter.

Da eine Überwindung der de Gaulleschen Militärdoktrin nicht oder noch nicht in Betracht kam, versuchten Giscard und ich vorderhand, auf allen übrigen Feldern der internationalen und der europäischen Politik durch gemeinsames Handeln den Boden vorzubereiten. Ich habe das Tandem Giscard-Schmidt und auch unsere gemeinsamen Initiativen immer unter diesem Aspekt gesehen und betrieben. Dabei kam uns das innerhalb der Europäischen Gemeinschaft (nicht der NATO) weitgehend bremsende Verhalten Englands indirekt zu Hilfe, so lästig es auch oft gewesen ist – oder weil es von fast allen anderen Mitgliedsstaaten der EG als lästig empfunden wurde.

Bonn mußte – und muß auch heute und in Zukunft – in dieser Lage darauf achten, daß der deutsche Spagat zwischen Washington und Paris kein gefährliches Ausmaß annimmt. Allerdings kann man es uns in Amerika nicht verübeln, wenn wir auf vielen Feldern als Europäer tatsächlich »mit einer Zunge reden« oder wenn wir die europäischen Institutionen und Interessen stärken, vom Straßburger Parlament über das Europäische Währungssystem bis zur gemeinsamen Abwehr unzumutbarer Wirkungen verfehlter amerikanischer Geld-, Haushalts- und Handelspolitik. Wir können uns bei der »Europäisierung Europas« nicht nur auf Kennedy, sondern auf viele amerikanische Politiker berufen und auf eine breite amerikanische Grundstimmung, die der europäischen Uneinigkeit überdrüssig ist. Gleichwohl spürt man in den USA instinktiv, daß eine Stärkung der Einheit Westeuropas das Gewicht der Amerikaner innerhalb der Allianz mindern muß. Diese Besorgnis zeigt sich seit anderthalb Jahrzehnten besonders deutlich in dem wiederholten

Bestreben, die europäischen NATO-Partner zum Kauf amerikanischer Waffensysteme zu drängen und sogar zu pressen. Dahinter stehen nicht bloß industrielle Interessen und budgetäre Kostensenkungsmotive, sondern in noch stärkerem Maße militärische Einflußinteressen.

Umgekehrt habe ich mich - schon 1969/70 als Verteidigungsminister - immer um möglichst viele gemeinsame deutsch-französische Rüstungsprojekte und -produktionen bemüht. Dabei mögen, ob unter Pompidou oder unter Mitterrand, auf französischer Seite zwar das industrielle Interesse und der Kostensenkungseffekt - rein französische Produktionen bedeuten relativ kleine Serien und deshalb relativ teure Beschaffungen - im Vordergrund gestanden haben. Für mich hingegen war allein wichtig, das militärische Denken und die militärischen Bürokratien Deutschlands und Frankreichs enger miteinander zu verzahnen. Ob dieses Motiv später auch für Mitterrand eine größere Rolle gespielt hat, ist mir nicht wirklich deutlich geworden - bei Giscard war es jedenfalls gegeben.

Schon im Jahre 1966, damals als einer der Stellvertreter Fritz Erlers im Vorsitz der (oppositionellen) sozialdemokratischen Bundestagsfraktion, hatte ich mich im Bundestag für eine »gegenseitige Verzahnung mit Frankreich durch wirtschaftliche, technische, militärische, militärtechnische und rüstungsindustrielle Kooperation« eingesetzt, was damals durch den Kollegen Karl Theodor zu Guttenberg seitens der CSU dankbar quittiert wurde. Wenn sich auch mein gesamtstrategisches Denken seither in mancher Beziehung verändert hat, so kann ich doch auf diesem Felde Kontinuität für mich in Anspruch nehmen. Ich habe die militärtechnische Zusammenarbeit mit Frankreich immer auch als Vehikel betrachtet, um eine Evolution des militärstrategischen Denkens und der psychologischen Situation der isolierten französischen Armee zu fördern.

Gesamtstrategische Konzepte müssen über das Ökonomische und das Militärische hinausgreifen. Gesamtstrategisch hatte de Gaulle - nach der Ablehnung seines Direktoriumsvorschlages durch Washington und London - eine Vorstellung von Europa als einer unabhängigen Kraft, die von Frankreich, das hieß von ihm selbst, geführt werden und die mit Rußland (er sagte kaum je »Sowjetunion«) und Amerika, aber auch mit China und der Dritten Welt von gleich zu gleich sprechen sollte. Frankreich würde sich dabei auf seine unabhängige nukleare Rüstung stützen, es würde in diesem (West-)Europa die einzige Nuklearmacht sein. Europa würde zwar verbündet sein mit den USA und mit England, aber es würde sich vom Bündnis nicht außenpolitisch abhängig machen. Die Bundesrepublik würde sich der französischen Führung anvertrauen; das Bündnis dieser beiden westeuropäischen Kernstaaten würde das Fundament eines föderativen Europa sein, das sonst nur noch Italien und die Benelux-Staaten einschließen sollte.

De Gaulles Konzept schloß eine aktive Ostpolitik ein; eine der nötigen Voraussetzungen hatte er sich durch die förmliche Anerkennung der Grenzen zwischen der DDR und Polen geschaffen, eine andere durch die frühe Aufnahme diplomatischer Beziehungen mit der Volksrepublik China - den USA weit voraus. Der Unabhängigkeit der von ihm geschaffenen force de frappe wegen hatte er sich sowohl dem Teststopp-Vertrag als auch dem Nichtverbreitungsvertrag verweigert.

Dem de Gaulleschen Konzept kann Klarheit nicht abgesprochen werden. Aber es war größer und reichte weiter, als die Ressourcen, die Instrumente und die Gefolgschaft, die Frankreich zur Verfügung stehen, zuließen. Der Mann und seine Gedanken waren größer als seine Mittel. So war die Nuklearmacht Frankreichs nicht ausreichend - und konnte es auch nicht werden -, um Westeuropa gegen die überwältigende Nuklearmacht der Sowjetunion abzudecken. Vielleicht überschätzte de Gaulle die militärische Bedeutung der im Entstehen begriffenen force de frappe nicht, aber er gab auch nicht zu erkennen, daß er selbstverständlich mit dem Rückhalt durch die amerikanischen nuklearen Streitkräfte rechnete (in diesem Punkt waren Giscard und Mitterrand von größerer Deutlichkeit). Wer aber im schlimmsten Falle doch amerikanischer nuklearer Risikobereitschaft bedarf, der darf kaum hoffen, in minderen Konfliktfällen »unabhängig« sein Sanktuarium schützen zu können. Ebenso kann er nicht erwarten, ständig eine den Interessen und Absichten der USA zuwiderlaufende Strategie verfolgen und gleichwohl im schlimmsten aller denkbaren Fälle auf einen gleichsam selbstmörderischen Beistand Amerikas rechnen zu dürfen.

Auch Adenauer war de Gaulles Konzept gegenüber skeptisch. Zwar hat er den Elysée-Vertrag ohne die einschränkende Präambel geschlossen, aber auf das Konzept der Ostpolitik, welches de Gaulle ihm nahe zu bringen versuchte, ging er nicht ein. Auch sonst wollte er es mit den USA nicht verderben, wenngleich er erhebliche gefühlsmäßige Vorbehalte gegen Kennedy hatte (den er unter anderem für zu jung hielt). Sein Epigone Erhard - dem großen Spiel de Gaulles schon gar nicht gewachsen - beugte sich Johnson auf ziemlich kümmerliche Weise. Alles in allem hatte de Gaulle den erwarteten deutschen Beitrag zu seinem gesamtstrategischen Konzept zu hoch eingeschätzt. De Gaulles Rückzug auf eine isolierte militärisch-strategische Rolle seines Landes im Jahre 1966, zugleich seine Brüskierung der EG-Partner durch die Weigerung, den französischen Sitz im Ministerrat wahrzunehmen, schließlich die Brüskierung Englands, dem er 1967 zum zweiten Mal den Beitritt zur EG verweigerte, all dies hinterließ seinen Nachfolgern nur einen Torso.

Aber der Begründer der Fünften Republik hinterließ einen gewaltigen Nimbus, er hatte über seine europäischen Zeitgenossen weit hinausgeragt. Die Franzosen blickten auch nach seinem Amtsverzicht und nach seinem Tode zu ihm auf, und die Faszination hielt lange, so daß selbst kritische Nachfahren nicht leicht zu erkennen vermochten, daß die von de Gaulle hinterlassene militärstrategische Konzeption nicht mehr Bestandteil einer geschlossenen gesamtstrategischen Zweck-Mittel-Vorstellung war, sondern eher ein gleißendes Relikt aus einem ehedem vollständig scheinenden Mosaik. Selbst jene Franzosen, die das gesamtstrategische Mosaik angesichts der begrenzten Möglichkeiten Frankreichs zutreffend als zu weit ausgreifend oder als für Frankreich oder Europa unzweckmäßig oder schlicht als unrealistisch angesehen hatten, fanden es nach dem Abgang de Gaulles schwierig, das ererbte militärische Konzept der unabhängigen Sicherheit Frankreichs in eine bescheidenere Gesamtstrategie einzupassen oder den realen Erfordernissen der Sicherheit Frankreichs entsprechend zu verändern.

Valéry Giscard d'Estaing begann 1974 pragmatisch, schrittweise und geräuschlos, das militärische Konzept Frankreichs zu korrigieren. Dabei baute er, ebenso wie de Gaulle 1962/63, abermals auf die Zusammenarbeit mit der Bundesrepublik, die inzwischen in Gestalt der Bundeswehr formidable Streitkräfte im klassisch-konventionellen Sinn aufgestellt hatte. Auch Giscards Denken hat sich im Laufe der Zeit verändert und vervollständigt. Als wir im September 1974 erstmals ausführlich über militärische Fragen sprachen, hatte er mehrere Aspekte vor Augen. Er bat mich, Überlegungen hinsichtlich der Einbeziehung militärstrategischer Fragen in die Zusammenarbeit einstweilen beiseite zu lassen. Er hatte sich zunächst zu deutsch-französischen Generalstabsbesprechungen entschlossen, die der Planung des Einsatzes französischer konventioneller Streitkräfte auf deutschem Boden im Verteidigungsfall dienen sollten. Hierüber könnten möglicherweise auch Besprechungen mit der NATO geführt werden, meinte Giscard. Hinsichtlich der sogenannten taktischen Nuklearwaffen oder »Gefechtsfeldwaffen« Frankreichs ließ er eine gewisse Skepsis erkennen; er werde »Pluton« jedenfalls nicht für die französischen Streitkräfte auf deutschem Boden vorsehen, zumal ein etwaiger Einsatz von dort eine Abstimmung mit der NATO unerläßlich mache. An der Absicht zur weiteren Modernisierung der strategischen Nuklearwaffen Frankreichs hielt Giscard fest; das Schwergewicht verlagerte sich immer stärker auf U-Boot-getragene Raketen, Mehrfachsprengköpfe standen in Aussicht. Schließlich äußerte Giscard die Absicht, im Rahmen der Europäischen Gemeinschaft rüstungspolitisch zusammenzuarbeiten.

Ich sah eigentlich nur zwei Punkte als eine Neuerung, nämlich die deutsch-französische Generalstabszusammenarbeit und die Absicht zur rüstungstechnischen Zusammenarbeit innerhalb der EG. Letztere mußte illusorisch bleiben und sich praktisch und im wesentlichen auf bilaterale deutsch-französische Kooperationen beschränken. Ansonsten konnte ich keine Abweichungen von jenen Vorstellungen erkennen, wie sie mir seit Ende der sechziger Jahre geläufig waren. Gleichwohl betrachtete ich Giscards Absichten als einen willkommenen Schritt nach vorn, weil sie gleichzeitig mit unseren gemeinsamen EG-politischen Initiativen konzipiert wurden, nämlich Schaffung des Europäischen Rates, Zusammenfassung der außenpolitischen Zusammenarbeit der Neun im Ministerrat, Herstellung einer währungspolitischen Zusammenarbeit und Direktwahl des europäischen Parlaments. Zwar nahmen sich in diesem Paket von zunächst nur unscharf formulierten gemeinsamen Absichten zur Stärkung Europas die beiden auf militärischem Felde anvisierten Schritte vergleichsweise bescheiden aus, aber sie zeugten doch vom Willen zur Kooperation. Von besonderem Gewicht erschien mir die offizielle Indossierung bilateraler Zusammenarbeit unserer militärischen Führungsstäbe, die bis dahin nur in beiderseits vertraulich behandelten gelegentlichen Gesprächen angedeutet worden war.

Sicherheitspolitik umfaßt natürlich und wesentlich internationale Rüstungsbegrenzung und Abrüstung. Auf diesem Felde gab es zunächst keinen französischen Fortschritt. Für die Nichtbeteiligung Frankreichs an praktisch allen damaligen Rüstungsbegrenzungsverhandlungen (SALT, ABM, MBFR) galten auch unter Giscard die alten Begründungen: notwendige Unabhängigkeit Frankreichs und Nichtmitgliedschaft in der militärischen NATO. Für die Wiener MBFR-Verhandlungen trat eine neue und interessante Begründung hinzu. Giscard bezeichnete die Stärkung der konventionellen Kampfkraft der Sowjetunion in Europa als sehr gefährlich. Truppenreduzierungen mit dem Ergebnis eines tatsächlich ausgewogenen Gleichgewichts seien bei dieser Ausgangslage keineswegs zu erzielen, wohl aber erhalte die sowjetische Seite durch etwaige MBFR-Vereinbarungen praktisch ein Mitspracherecht bei der Stationierung der Truppen des Westens; es könnte sogar der Vorschlag einer neutralisierten Zone in Mitteleuropa gemacht werden, was eine »demoralisierende Wirkung« haben würde.

Zwar beteiligte sich Giscard 1979 an der Erarbeitung des NATO-Doppelbeschlusses, aber auch hier hielt sich Frankreich aus jeglicher Beteiligung an der Verwirklichung heraus, einschließlich der sich aus dem Doppelbeschluß ergebenden INF-Verhandlungen. Die Abstinenz Frankreichs gegenüber allen Begrenzungsverhandlungen und -abkommen wurde erst 1984 mit dem französischen Vorschlag einer Abrüstungskonferenz (KAE) durchbrochen, an der alle Staaten Europas sich beteiligen sollten.

Giscard hielt bis in das Jahr 1980 an seinen sicherheitspolitischen Positionen fest, nach außen sogar bis zum Ende seiner Amtszeit 1981. Zwar entwickelte er Ansätze, in Kategorien des militärischen Gleichgewichts gegenüber dem Osten zu denken, aber aus Gründen der Aufrechterhaltung der Ideologie der Unabhängigkeit lehnte er alles ab, was Frankreich hätte einbeziehen können. Kennzeichnend für seine Präsentation der Sicherheitspolitik waren zwei Passagen seines Buches »Französische Demokratie« (Originaltitel »Démocratie française«), das 1976 in Paris erschien und in wenigen Wochen die Auflage von über einer Million Exemplaren erreichte. Dort fragte er: »Ist für eine Nation, die nicht der auf zwei Mitglieder beschränkten Gruppe der Supermächte angehört und (die) in einer aus tausend engen Beziehungen ... gewobenen Welt lebt, die Unabhängigkeit eine realistische Haltung?«

Und er gab auf diese rationale Frage sogleich eine fast ausschließlich voluntaristische Antwort: »Jeder fühlt, daß sie (die Unabhängigkeit) in Zukunft weder Isolation noch Autarkie bedeuten kann. Muß man aber deshalb die dominierende Stellung der Supermächte als historisches Verhängnis hinnehmen? Unsere eigene Geschichte lehrt uns, wieviel Kraft und wie viele Handlungsreserven der Wille zum eigenen Sein in sich birgt ... Der Wille zur Unabhängigkeit bedeutet: unser Recht, in letzter Instanz selbst über alles zu entscheiden ... Ein solches Recht wird einem aber nicht geschenkt; es muß errungen werden. Es setzt zunächst voraus, daß sich Frankreich auf seine eigene Stärke verlassen kann, um seine Sicherheit zu gewährleisten, und daß es wie in den ver-

Die Notwendigkeit eines gemeinsamen westeuropäischen Sicherheitskonzepts war von Anfang an eines der zentralen Gesprächsthemen zwischen dem französischen Staatspräsidenten und dem deutschen Bundeskanzler. Mit Rücksicht auf die öffentliche Meinung Frankreichs konnte dieser Punkt jedoch nur vertraulich behandelt werden. Oben: Schmidt und Giscard beim Frühstück im Weißen Saal des Aachener Rathauses 1978; unten: im Elysée-Palast 1980.

gangenen achtzehn Jahren zu seiner Verteidigung Anstrengungen unternimmt, die der Lage und ihren Gefahren angemessen sind. Im Mittelpunkt dieser Anstrengungen steht die Bereitstellung von nuklearen Abschreckungswaffen.«

Es folgte eine längere Passage des Lobes auf de Gaulle als den Initiator der französischen nuklearen Waffen, sodann fuhr Giscard fort: »Ebenso müssen die Franzosen begreifen, daß es in ihrem Interesse liegt, ihre Streitkräfte mit den konventionellen Waffen auszurüsten, deren sie bedürfen, um auf die verschiedensten Situationen vorbereitet zu sein und ihren Rang auf dem europäischen Kontinent behaupten zu können.«

Zweifellos entsprach diese Passage weitgehend dem allgemeinen Grundgefühl der öffentlichen Meinung Frankreichs. Der Staatspräsident verschwieg ebenso wie seine Vorgänger Pompidou und de Gaulle, daß Frankreichs Sicherheit *auch* von zwei wichtigen Faktoren abhing, über welche die französische Führung ganz und gar nicht entscheiden konnte. Denn angesichts der im Vergleich zu den sowjetischen Nuklearstreitkräften unzureichenden force de dissuasion, die Giscard als Frankreichs »zentrales Abschreckungssystem« bezeichnete und die im wesentlichen eine Waffe gegen Städte war, eine Zweitschlagwaffe also, blieb Frankreich auf absehbare Zukunft in nuklear-strategischem Kalkül auf den Rückhalt der USA angewiesen. Zum andern blieb Frankreich für alle nicht-nuklear oder noch-nicht-nuklear denkbaren militärischen Konflikte darauf angewiesen, daß die auf dem Boden der Bundesrepublik stehenden konventionellen Streitkräfte das deutsche Glacis erfolgreich behaupten konnten. Daher die Sorge vor einer möglichen Schwächung dieser Fähigkeit durch ein MBFR-Abkommen. Wenn diese Besorgnis tatsächlich durchgreifend war, so hätte die französische Antwort jedoch lauten müssen, sich an den MFBR-Verhandlungen zu beteiligen und eigene Truppen von substantieller konventioneller Stärke für den Einsatz auf deutschem Boden vorzubereiten und gemeinsamer Führung zu unterstellen. Die Existenz taktischer Nuklearwaffen in französischen Händen, die kaum über das Territorium der Bundesrepublik hinausreichten, über deren Einsatz Frankreich aber autonom verfügte, konnte die Deutschen dagegen nicht bestärken, es mußte sie, die im Zielgebiet dieser Waffen leben, vielmehr verunsichern.

Bedenkt man den französischen Wunsch nach einer aktiven Ostpolitik, so war die Abstinenz von den laufenden Rüstungsbegrenzungsverhandlungen nicht sinnvoll. Schon Ende der sechziger Jahre nämlich war die Intensität der französisch-sowjetischen Beziehungen zurückgegangen, auch wenn Mitterrand noch sehr viel später von franko-russischer Freundschaft sprach. Sowohl Moskau als auch Paris wünschten beide gute Beziehungen; da aber Paris über die Begrenzung von Raketen und Nuklearwaffen nicht reden wollte, blieben als Themen nur Vietnam, später Kambodscha, Afghanistan und so fort - lediglich der Ausbau wirtschaftlicher Beziehungen ermöglichte einen positiven Akzent.

Ich hielt in den siebziger Jahren die gesamtstrategischen Vorstellungen Frankreichs für unklar und seine militärstrategischen und sicherheitspolitischen Positionen für in sich widersprüchlich. Aber ich hütete meine Zunge und beschränkte meine Kritik auf private Gespräche mit meinem Freund Valéry.

Wie nun sahen in jenen Jahren unsere eigenen gesamtstrategischen und sicherheitspolitischen Vorstellungen aus? Die Sicherung der Freiheit der Bundesrepublik und ihre Unversehrtheit mußten wie eh und je an der Spitze stehen, dazu gehört die Erhaltung des Friedens. Danach folgte eine Reihe von Zielsetzungen, die sich schwerlich in eine Rangordnung fügen lassen: der Wunsch nach Aufrechterhaltung der Bindungen zwischen den Menschen in beiden Teilen unseres Volkes und nach Bewahrung der Hoffnung und der Aussicht auf eine Beendigung der Teilung; Erleichterung der Lage der Deutschen östlich der Elbe; Normalisierung der Beziehungen zu allen Staaten Europas und Versöhnung mit den ehemaligen Kriegsgegnern, vor allem mit den Franzosen, den Polen und den Russen; Wiederherstellung des geschichtlichen und kulturellen Kontinuums Europa.

Kein vernünftiger Deutscher wäre angesichts dieser uns am Herzen liegenden Ziele auf den Gedanken gekommen, etwa die »Unabhängigkeit« oder den weltpolitischen »Rang« der Bundesrepublik für wichtige Ziele zu halten. Hierin liegt ein bedeutender Unterschied, jedoch nicht notwendigerweise ein Gegensatz zu den Zielsetzungen Frankreichs. Auch die von uns Mitte der fünfziger, Ende der sechziger Jahre gezogenen gesamtstrategischen Schlußfolgerungen, die sich angesichts unserer europäischen Zentrallage und angesichts der globalen Machtkonstellationen gleichsam von selbst ergaben, standen nicht im Gegensatz zu den Zielsetzungen Frankreichs. Diese Schlußfolgerungen lauteten: Einbettung in und aktive Mitwirkung an dem kollektiven Verteidigungsbündnis der USA mit den westeuropäischen Staaten; Einbettung in und aktive Mitwirkung an der Europäischen Gemeinschaft; Wahrung eines erträglichen militärischen Kräfteverhältnisses zwischen West und Ost in Europa, möglichst auf niedriger Rüstungsebene, möglichst in Gestalt eines zwischen West und Ost ausgehandelten Gleichgewichts; rüstungsbegrenzende und ökonomische Zusammenarbeit mit der Sowjetunion und den Staaten Osteuropas im Sinne der Harmel-Doktrin. Mit einem Schlagwort jener Zeit: Détente auf der gesicherten Grundlage eines ausreichenden militärischen Gleichgewichts. Zugleich erstrebten wir eine Reduzierung unserer politischen Abhängigkeit von den USA durch Ausbau und Stärkung der europäischen Komponente des Bündnisses und der EG.

Das militärisch-strategische Konzept der NATO enthielt einen kardinalen inneren Widerspruch, daraus ergaben sich schwerwiegende psychologische Mängel. Die Ursache lag in einer Unterschätzung der konventionell-militärischen Stärke des Westens in Europa und in der daraus resultierenden Absicht, im Verteidigungsfall relativ früh zu sogenannten taktischen Nuklearwaffen zu greifen, das heißt zu Waffen, die nur auf kurze Entfernungen wirken; im äußersten Notfall, als letzte Stufe eines eskalierenden Waffengangs, wären dann die strategischen amerikanischen Nuklearwaffen gegen Ziele auf sowjetischem Hoheitsgebiet eingesetzt worden.

Diese militärstrategische Doktrin der »flexible response« (ursprünglich »graduated deterrence«) galt praktisch seit 1962, offiziell seit 1967. Sie ist tatsächlich bis ans Ende der achtziger Jahre Kern der NATO-Planung zur Verteidigung Europas geblieben. Die Doktrin lief darauf hinaus, daß der Westen damit drohte, als erster taktische Nuklearwaffen anzuwenden. Falls diese Drohung nicht ausgereicht und ein sowjetischer Angriff die konventionelle Verteidigung Westeuropas zu überwältigen oder zu durchbrechen sich angeschickt hätte, wären schwere Menschenverluste bei den Deutschen auf beiden Seiten - sowie bei den Tschechen, Slowaken und Polen - und schwere Zerstörungen die Folge gewesen. Es handelte sich um eine Militärstrategie, die unwillentlich das zerstört hätte, was sie verteidigen wollte, und die darüber hinaus auch unwillentlich die Widerstandskraft und den Kampfwillen der Bundeswehr in kürzester Zeit hätte auflösen müssen.

Diese unsinnigen Folgen waren schon zu Beginn der sechziger Jahre klar vorauszusehen. Es waren zunächst Teile der deutschen Intellektuellen und später auch Teile der Medien, die den zwangsläufig selbstzerstörerischen Charakter der Verteidigungsplanung verstanden; sie bereiteten den Boden vor für die Friedensbewegung der siebziger und achtziger Jahre. Dabei spielte natürlich auch die ungeheure Massierung taktischer Nuklearwaffen auf deutschem Boden eine wichtige Rolle: Auf dem kleinen Territorium der Bundesrepublik befanden sich in den siebziger Jahren rund 6.000 nukleare Waffen, die höchste und zugleich unsinnigste Konzentration auf der ganzen Welt.

Ich hatte bereits 1961 in meinem ersten, die Möglichkeiten der Verteidigung Westeuropas analysierenden Buch geschrieben: »Die These von der Unvermeidlichkeit nuklearer Verteidigung ist tödlicher Unfug ... alle Möglichkeiten eines *durch NATO-Strategie* verursachten Qualitäts-Umschlages aus konventionellen in nukleare Konfliktsformen müssen ... sorgfältig ausgeschlossen werden.« Als ich 1970, gerade zum Verteidigungsminister ernannt, mit den Plänen der NATO konfrontiert wurde, entlang der innerdeutschen Grenze nukleare Zerstörungswaffen (von der Presse »Atom-Minen« genannt) fest einzubauen, um diese im Verteidigungsfall ohne große Vorbereitung zünden zu können, habe ich diese Pläne zum Scheitern gebracht.

Aber ich konnte weder damals noch später als Bundeskanzler die ganze Doktrin des Ersteinsatzes taktischer Nuklearwaffen und ihrer verschiedenen Einsatzformen (nukleare Bomben, Artillerie und Kurzstreckenraketen) abschaffen. Denn jedermann war von der hohen zahlenmäßigen Überlegenheit der in Osteuropa verfügbaren Massen sowjetischer Soldaten, Panzer und Artillerie überzeugt, so daß keine anderen als nukleare Waffen ausreichend erschienen. Für die westlichen militärischen Planer war es geradezu undenkbar, die konventionellen Streitkräfte des Westens so weit zu stärken, daß sie ein zur Verteidigung gegen einen sowjetischen Angriff ausreichendes Gegengewicht bildeten.

Ein Grund lag in der Überschätzung der Streitkräfte des Warschauer Paktes. Die NATO zählte die Divisionen Polens, der Tschechoslowakei und der DDR den sowjetischen Divisionen hinzu. Tatsächlich brauchte man aber im Falle eines sowjetischen Angriffs diese nichtrussischen Hilfstruppen nicht zu fürchten, denn sie wären den Angriffsbefehlen nur höchst widerwillig und keineswegs opferbereit gefolgt; die Sowjets hätten eher einen Teil ihrer eigenen Kräfte abzweigen müssen, um die Polen, Ungarn, Tschechen, Slowaken und die Deutschen in der DDR daran zu hindern, die Gelegenheit einer Weltkrise oder eines Krieges zum Widerstand oder gar zur Selbstbefreiung zu nutzen.

Ein weiterer Grund dafür, daß der Westen keine ausreichenden konventionellen Streitkräfte bereitstellte, lag in dem stark ausgeprägten quantitativen Denken der amerikanischen militärischen Führer. Sie haben in zwei Weltkriegen gelernt, durch zahlenmäßige und materielle Überlegenheit ihre Verluste an Menschen zu begrenzen. Sie empfinden ihre militärische Stärke als unzureichend, solange sie nicht zahlenmäßig wesentlich stärker sind als der Gegner. Logistik, Nachschub und Organisation sind für alle Armeen der Welt von hoher Bedeutung, für die Amerikaner jedoch sind sie zum entscheidenden Faktor der Kriegführung geworden. Demgegenüber treten die operativen Fähigkeiten der amerikanischen militärischen Führer zurück; Generale wie McArthur, Patton oder Bradley sind Ausnahmen, welche die Regel bestätigen. Da das amerikanische militärische Denken die NATO in Europa beherrschte (alle Oberbefehlshaber Europa waren bisher Amerikaner, ihre europäischen Stellvertreter hatten nie einen fühlbaren Einfluß), ist der Minderwertigkeitskomplex hinsichtlich der konventionellen Streitkräfte der NATO in Westeuropa nie überwunden worden - ebensowenig wie die daraus folgende Planung eines frühen Einsatzes nuklearer Waffen.

Das hohe deutsche Interesse an den Wiener Abrüstungsverhandlungen (früher MBFR, heute VKSE) war eine zwangsläufige Folge dieser Situation. Denn wenn es gelingen könnte, die in der Mitte Europas einander gegenüberstehenden konventionellen Streitkräfte von West und Ost durch Vertrag auf ein niedriges Gleichgewicht zu fixieren, dann würden erhebliche Mittel eingespart und das gegenseitige Vertrauen gestärkt werden; vor allem würde eine Verteidigungsplanung überflüssig, die im Effekt entweder Mitteleuropa – und damit Deutschland – zerstören oder zur Kapitulation führen muß.

Seit dem Herbst 1989, seit Beginn des Zerfallsprozesses des Warschauer Paktes und seit Beginn des Zwei-plus-vier-Prozesses, welcher eine sicherheitspolitische Einbettung des vereinigten Deutschland in eine ausgewogene europäische Konstellation oder ein europäisches Sicherheitssystem zum Ziele hat, haben die Wiener Verhandlungen eine andere Qualität erlangt. Quantitative Truppenreduzierung und qualitative Änderung der Bündniszwecke hängen voneinander ab, das eine kann nicht ohne das andere gelingen. Bei Abschluß dieses Buches ist der Ausgang ungewiß. Jedenfalls hat die Verhandlungs- und Gesprächsatmosphäre zwischen Ost und West eine andere Kategorie erreicht, denn auf beiden Seiten ist das Gefühl der Bedrohung im Bewußtsein weit zurückgetreten.

Auch während der allerlängsten Zeit meiner politischen Tätigkeit erschien mir ein sowjetischer Angriff als äußerst unwahrscheinlich; die Gefahr eines Krieges war nur zur Zeit der Doppelkrise Suez/ Ungarn 1956 und zur Zeit der Kuba-Raketenkrise 1962 gegeben. Zu anderen Zeiten erschien immer wieder sowjetischer militärischer Druck auf andere Staaten denkbar, Beispiele dafür sind im Mittleren Osten, in Südostasien, in Afghanistan und in Afrika gegeben worden. Auch die sowjetische SS-20-Rüstung habe ich immer als potentielles Instrument künftigen sowjetischen Drucks auf die Bundesrepublik aufgefaßt.

Ein Hauptgrund für den Westen, ein ausreichendes militärisches Gegengewicht für notwendig anzusehen, bleibt die Abwehr politischen, indirekt oder direkt militärisch untermauerten Drucks der Sowjetunion auf Westeuropa oder auf einzelne Staaten Westeuropas – zum Beispiel auf die Bundesrepublik.

Ein zweiter Hauptgrund besteht in der Notwendigkeit, einem tatsächlichen Verteidigungskrieg im Notfall gewachsen sein zu müssen, auch wenn dieser Fall zur Zeit sich als sehr unwahrscheinlich darstellt. Wenn aber der Westen für den Verteidigungsfall sich darauf verläßt, als erster taktische nukleare Waffen einzusetzen, so muß er damit rechnen, daß der Gegner ebenfalls zu nuklearen Waffen greift. Weil wir Deutschen ein vitales Interesse daran haben müssen, keine solche Selbstvernichtung zuzulassen, hatten wir ein dringendes Interesse an der Herstellung eines ausreichenden konventionellen Gegengewichts gegen die konventionellen sowjetischen Streitkräfte, die auf dem Boden der DDR, der Tschechoslowakei, in Polen, in Ungarn und in den westlichen Teilen der Sowjetunion bereitstanden. Dieses Gegengewicht brauchte keineswegs so groß zu sein, wie es der konventionelle Minderwertigkeitskomplex der NATO immer wieder forderte.

Der Westen hätte sich ohne allzu große zusätzliche ökonomische Anstrengungen dieses Gegengewicht durch Beteiligung der französischen Streitkräfte (einschließlich ihrer mobilmachungsfähigen Reserven) schaffen können. Hier lag der Kern des sicherheitspolitischen Widerspruchs zwischen den deutschen und den französischen Interessen. Der im Laufe der sechziger Jahre vollzogene Aufbau der Bundeswehr hätte die Herstellung eines ausreichenden konventionellen Gegengewichts gegen die sowjetischen konventionellen Streitkräfte durch die NATO ermöglicht, ohne ein wesentliches Defizit offen zu lassen, *wenn* die französischen Streitkräfte weiterhin Bestandteil der in der NATO vereinigten Truppen geblieben wären. Da de Gaulle sie 1966 herausnahm, erschien die NATO nach vollendetem Aufbau der Bundeswehr Anfang der siebziger Jahre kaum stärker als Ende der fünfziger.

Es mußte deshalb deutsches Bestreben sein, wenn schon nicht durch Beteiligung Frankreichs an der NATO, so doch auf vielerlei andere Weise eine möglichst enge Verzahnung zwischen französischen und deutschen Streitkräften - oder allgemein: NATO-Streitkräften - herbeizuführen. Natürlich wurden auf französischer Seite die alten Auffassungen weiterentwickelt, und es gab auch abweichende Meinungen. Der ursprünglich fast allein ausschlaggebende Gedanke der Abschrekkung durch die U-Boot-gestützte force de dissuasion verlor an Bedeutung. Erfahrungen - vor allem in Afrika - haben zur Aufstellung schnell eingriffsbereiter konventioneller Truppen geführt (force d'action rapide). Die Entwicklung neuer taktischer nuklearer Waffen einschließlich der vornehmlich zur Panzerbekämpfung gedachten Neutronenwaffe durch Frankreich belegte, daß Paris auf die Strategie der flexible response einschwenkte, die man noch in den sechziger Jahren für die NATO strikt abgelehnt hatte. Die gemeinsame Einsatzplanung für französische Streitkräfte als Reserve des Westens ließ erkennen, daß man sich in Frankreich langsam auf die Möglichkeit einstellte, sich an der Verteidigung des deutschen Glacis zu beteiligen.

Giscard hat sich im Laufe seiner Präsidentschaft stark mit Fragen der Verteidigung befaßt und ist ein Fachmann geworden. Er erkannte die Widersprüche zwischen der deutschen und der französischen Sicherheitspolitik und auch die inneren Widersprüche der französischen Vorstellungen. Anderthalb Jahre nach seinem Ausscheiden aus dem Amt, im Dezember 1982, hat er auch öffentlich von der Notwendigkeit eines gemeinsamen westeuropäischen Sicherheitskonzepts gesprochen. Im Juli 1980 waren wir uns einig gewesen, daß wir uns ein Jahr später diesem Problem gemeinsam zuwenden wollten. Giscard sagte zu mir: »Ich will nach meiner Wiederwahl große Schritte mit Ihnen gemeinsam tun; bis dahin sollten wir bitte die öffentliche Meinung Frankreichs nicht beunruhigen.« Und ich antwortete: »Ich werde dazu nächstes Jahr genauso bereit sein wie heute. Aber vergessen Sie bitte nicht, meine Amtszeit hat ihre Grenzen.«

Wir dachten an eine sehr viel engere sicherheitspolitische Verzahnung zwischen unseren beiden Staaten, ohne schon ein klares Konzept für die sich ergebenden Fragen der militärischen Organisation im Verhältnis zu den amerikanischen, englischen und anderen in Westeuropa vorhandenen Truppen zu haben, die die NATO ausmachten.

Mir erschien es aussichtslos, die Franzosen in die militärische NATO zurückführen zu wollen. Wohl aber konnte ich mir eine andere Organisationsform unter neuem Namen vorstellen, mit französischem statt amerikanischem Oberfehl und unter starkem französischen Einfluß. Der von einigen später zur Debatte gestellte Gedanke, die im Schatten der tatsächlichen Politik mehr oder weniger auf Papiere, Akten und Diskussionen beschränkte »Westeuropäische Union« als Rahmen zu benutzen, ist mir damals - der englischen Beteiligung wegen - nicht als aussichtsreich erschienen. Ebensowenig dachte ich daran, auf die Entfaltung der EG zu einer Politischen Union zu warten. Vielmehr erschienen mir für die Verzahnung der Verteidigung Frankreichs und Deutschlands der Nordatlantik-Vertrag und der Elysée-Vertrag als ausreichende Grundlagen.

Der Amtswechsel im Elysée ließ es mir geraten erscheinen, ab Mai 1981 solche Gedanken einstweilen für mich zu behalten. Jetzt kam es erst einmal darauf an, den erreichten Stand der deutsch-französischen militärischen Zusammenarbeit zu sichern. Nach einiger anfänglicher amerikanischer Aufregung über die Berufung von vier Kommunisten zu Kabinettsmitgliedern stellte Mitterrand schnell klar, daß diese keinen Zugang zu Angelegenheiten der Verteidigung hätten. Im Laufe seines ersten Amtsjahrs wurde uns in Bonn klar, daß Mitterrand keinerlei wichtige Veränderungen der französischen Sicherheitspolitik im Sinn hatte, was auch immer frühere Äußerungen seiner Partei über eine drastische Verkürzung der Wehrpflicht oder eine Umgestaltung des französischen Heeres zu einer bloßen Territorialarmee gewesen sein mochten. Die rüstungspolitische Zusammenarbeit schien in Paris einen noch höheren Wert zu haben als früher. Allerdings konnte ich nicht erkennen, ob dahinter nur ökonomische oder auch sicherheitspolitische Motive standen. Jedenfalls war ich überrascht, als François Mitterrand in einem Gespräch über das Projekt eines gemeinsamen Panzers einmal sagte: »Auf den gemeinsamen Kampfpanzer zu verzichten, wäre gleichbedeutend mit einem Verzicht auf deutsch-französische Zusammenarbeit überhaupt.«

Bei anderer Gelegenheit, abermals im Zusammenhang mit dem Panzer-Projekt, sprach Mitterrand von der Möglichkeit einer »Verschlechterung in den beiderseitigen Beziehungen«. Ich hatte das ernst zu nehmen, ebenso wie seinen Hinweis, wenn Frankreich im militärischen Bereich nicht auf andere zählen könne, könnte sich die Tendenz durchsetzen, die französische Abschreckungsstrategie ausschließlich für die

Sicherheit Frankreichs einzusetzen. Mir war bei mehreren derartigen Gesprächen nicht klar, ob und falls ja, wie konkret François Mitterrand sich vorstellte, die französischen Streitkräfte trügen tatsächlich zur gemeinsamen Verteidigung bei. Deshalb regte ich vertiefende sicherheitspolitische Gespräche zwischen den Verteidigungs- und Außenministern an.

Wir nahmen diese Absicht als Schlußteil in eine anläßlich der Konsultationen am 24. und 25. Februar 1982 in Paris veröffentlichte gemeinsame Erklärung auf: »Bundeskanzler ... und Präsident ... haben im Geist des Deutsch-Französischen Vertrages vom 22. Januar 1963 beschlossen, daß die beiden Länder die Abstimmung ihrer Außenpolitik enger gestalten werden. In diesem Geist haben sie ebenfalls beschlossen, einen vertieften Meinungsaustausch zwischen beiden Regierungen in Sicherheitsfragen zu führen.«

Der Beschluß wurde damals vor allem in Paris als Aktivierung der militärischen Bestimmungen des Elysée-Vertrags nach fast zwanzig Jahren und als Ausdruck einer gewissen Emanzipation von den USA gewertet. Die ersten in diesem Beschluß vorgesehenen Beratungen der Außen- und Verteidigungsminister fanden beim nächsten Gipfelgespräch (mit einer anderen deutschen Regierung) statt. Bundeskanzler Kohl gab dies am 22. Oktober 1982 der Presse mit folgenden Worten bekannt: »In Erfüllung eines Mandats, das die Staats- und Regierungschefs beim deutsch-französischen Gipfel im Februar 1982 gegeben haben (das heißt dem letzten Gipfel ihrer Regierungszeit), haben die Außen- und Verteidigungsminister der beiden Länder ...« Diese nun regelmäßigen Konsultationen wurden 1988 mit dem »Deutsch-Französischen Sicherheitsrat« auf eine höhere Ebene gehoben.

Im Januar 1983 hat sich Mitterrand vor dem Bundestag in Bonn in spektakulärer Weise für ein die sowjetischen SS-20-Raketen ausbalancierendes Gleichgewicht eurostrategischer Nuklearwaffen ausgesprochen, das heißt, für die Ausführung des Doppelbeschlusses. Dabei zeigte er keinerlei Hemmungen, die unverzichtbare nukleare Rolle der USA auf das deutlichste erkennbar zu machen. Ebensowenig aber schien er irgendwelche Hemmungen zu empfinden bei der starken Betonung der sicherheitspolitischen Unabhängigkeit Frankreichs und den sicherheitspolitischen »Pflichten« der Bundesrepublik. Der deutsch-französische Interessengegensatz und auch die innere Widersprüchlichkeit der französischen Vorstellungen von der militärischen Zusammenarbeit mit Deutschland kamen auf eklatante Weise zum Ausdruck.

Im Juni 1983 kam auf François Mitterrands Einladung ein privates Gespräch in Latché zustande (ich war nicht mehr im Amt). Dem lag weniger Mitterrands Wunsch zugrunde, sich mitzuteilen, als vielmehr seine Absicht, Fragen zu stellen und Anregungen zu erhalten. »Wenn ich mich in die Lage Frankreichs versetze«, sagte ich, »dann würde ich diese Überlegungen anstellen:

1. Da England, Irland, Dänemark und Griechenland bereits Mitglieder der EG sind, macht es für Frankreich keinen Sinn, den Beitritt Spaniens und Portugals zu verhindern.
2. Die zukünftige Gemeinschaft von zwölf Mitgliedsstaaten ist aber so heterogen zusammengesetzt, daß sie insgesamt politisch noch schwerfälliger werden wird als schon bisher.
3. Deshalb braucht die EG einen politischen Führungskern. Er sollte aus Frankreich, der Bundesrepublik, Italien und den Benelux-Ländern bestehen.
4. Dieser Kern kann auf einigen Feldern der Integration durchaus schneller vorangehen (zum Beispiel EMS, technologische Beschleunigung, Infrastruktur) als die EG insgesamt.
5. Frankreich und Deutschland sollten in den gegenseitigen militärischen Bindungen über den bisher erreichten Stand innerhalb der Atlantischen Allianz hinausgehen und ihre Außenpolitik, ihre Sicherheitspolitik und ihre militärischen Planungen in enger Abstimmung untereinander verfolgen; sofern Italien und die Benelux-Länder dazu bereit sind, sollten sie einbezogen werden. Jedenfalls wird eine klare Rollenverteilung nötig und möglich: Frankreich vornehmlich als Nuklearmacht, Deutschland als Macht starker konventioneller Streitkräfte.
6. Dies Konzept wird zur Entfaltung einer politischen Führung Westeuropas führen. Man kann es in einem verkürzenden Schlagwort zusammenfassen: Die nukleare Stärke und Souveränität Frankreichs vermählen mit der industriell-ökonomischen Kraft Deutschlands.«

»Dies ist eine kühne, starke Vision«, antwortete Mitterrand. »Aber es gibt dagegen Mißtrauen in Deutschland, weil Frankreich von der Linken regiert wird.«

»Auf beiden Seiten gibt es Mißtrauen. Aber eine solche enge Verbindung ist das einzig erkennbare Mittel, um den Regierenden in Washington und in Moskau Respekt gegenüber den Interessen Europas einzuflößen. Vielleicht sollten Sie einmal mit Helmut Kohl darüber reden, nicht in offizieller Konsultation, sondern bei einem Waldspaziergang.«

»Das ist ein guter Gedanke«, meinte Mitterrand. »Kohl ist gutwillig. Er gewinnt bei näherer Bekanntschaft. Im Augenblick ist er noch eine Knospe.«

»In der Tat«, pflichtete ich ihm bei, »man weiß noch nicht, ob in der Knospe eine Blüte steckt, die später zur Frucht sich entwickelt, oder bloß ein weiteres grünes Blatt. Aber da sich die Interessen weder Frankreichs noch Deutschlands geändert haben, kann die Zusammenarbeit zwischen dem liberalen Konservativen Giscard d'Estaing und dem Sozialdemokraten Schmidt, die gemeinsam Europa ein gutes Stück Führung gegeben haben, ebenso zwischen dem Sozialisten Mitterrand und dem gemäßigt Konservativen Kohl fortgesetzt werden und Führung bewirken. Frankreich und Deutschland müssen zusammenstehen, gleich wer in Paris oder in Bonn regiert.«

Ein Jahr später, im Mai 1984, kam es zu einer bedeutsamen Rede Mitterrands in Straßburg, in welcher er - neben einer eindrucksvollen Reihe von Vorschlägen zur Inangriffnahme gemeinsamer ziviler Projekte - offen von der Notwendigkeit einer »gemeinsamen Verteidigung der Europäer« sprach, ohne indessen die dabei noch zu überwindenden Schwierigkeiten zu verschweigen; allerdings gab er auch keine Fingerzeige, wie sie zu lösen seien.

Kurze Zeit darauf besuchte ich Mitterrand, um ihm ein Memorandum über Möglichkeiten zukünftiger deutsch-französischer militärischer Zusammenarbeit zu übergeben. Es wurde zugleich Grundlage für eine Bundestagsrede am 28. Juni 1984, in der ich zu einer französischen Initiative und zu französisch-deutschem Zusammenwirken zur Herstellung der Eigenständigkeit Europas aufrief; ich habe danach noch zwei weitere Male im Bundestag zum gleichen Thema gesprochen, außerdem immer wieder vor verschiedenen Auditorien in Paris. Ich sprach in der Hoffnung, die politische Klasse Frankreichs möge einen Weg finden, ein hohes Maß an Unabhängigkeit von den USA zu verbinden mit dem von Frankreich angestrebten weltpolitischen Rang, mit effektiver Führung Europas und mit vertrauensvoller Einbettung der Bundesrepublik Deutschland in den gemeinsamen Rahmen.

Valéry Giscard d'Estaing hat einmal gesagt: »Dort, wo Deutschland und Frankreich einig sind, kommt Europa voran. Dort, wo Deutschland und Frankreich sich trennen, tritt Europa auf der Stelle.« Dies war, unausgesprochen, das Motto meines Memorandums an François Mitterrand, das Leitmotiv meiner Reden und Vorträge. So wie der Beginn der europäischen Integration nur durch die französische Initiative des Schuman-Plans möglich gewesen war, so wie ein Dutzend Jahre später der Elysée-Vertrag der Initiative de Gaulles entsprang, so wie alle integrativen Fortschritte Westeuropas während der letzten drei Jahrzehnte nur durch enges Zusammenwirken von Paris und Bonn zustande gebracht werden konnten, so bedarf die Bewahrung der gesamtstrategischen Eigenständigkeit Europas immer wieder französischer Initiativen und sodann französisch-deutschen Zusammenwirkens.

Wenn vermieden werden soll, daß die Staaten Westeuropas auf den Status von Schutzbefohlenen oder Klienten der USA absinken, reicht eine bloße Fortsetzung der rüstungspolitischen Zusammenarbeit zwischen Bonn und Paris ebensowenig aus wie eine Aktivierung der Westeuropäischen Union (WEU) als Diskussionsforum. Mir erschien es nötig, innerhalb des Rahmens der Nordatlantischen Allianz personell, materiell, organisatorisch und führungsmäßig einen europäischen Kern der Verteidigung Europas zu schaffen. Dazu waren fünf Elemente von Bedeutung, die ich seit der Mitte der siebziger Jahre meinen französischen Partnern immer wieder vor Augen geführt habe:

1. Weil Frankreich und Deutschland, anders als die USA und England, ihre Wehrpflicht voll aufrechterhalten haben und daher über große ausgebildete militärische Personalreserven verfügen, können sie zusammen im Mobilmachungsfall mit Leichtigkeit zwei Millionen Soldaten stellen. Da von der Beteiligung der Benelux-Staaten auszugehen ist, so stünden im Bereich des zentralen Abschnitts von Jütland bis zu den Alpen rund 35 konventionelle Divisionen zur Verfügung, wobei englische, amerikanische und kanadische Kräfte nicht gezählt sind. Auf der Grundlage gemeinsamer operativer Planung und gemeinsamer Führung und Befehlsgebung reicht diese Streitmacht voll aus, um jede denkbare sowjetische Führung von einem konventionellen Angriff auf Westeuropa abzuschrecken. Diese Macht würde in einem tatsächlichen Verteidigungsfall zur Bewahrung des eigenen Territoriums ausreichen, ohne daß Westeuropa als erstes zu nuklearen Waffen greifen müßte.
2. An die Stelle der bisherigen militärischen NATO-Struktur und ihres amerikanischen Oberbefehlshabers tritt ein Westeuropäisches Verteidigungssystem mit einem französischen Oberbefehlshaber an der Spitze. Er ist dem Rat der beteiligten Staats- und Regierungschefs verantwortlich. Er vereinigt alle Kompetenzen, nicht jedoch das Recht, nukleare Waffen anzuwenden; dieses liegt ausschließlich beim französischen Staatspräsidenten.

3. Durch einseitige Erklärung, gestützt auf Frankreichs Beistandsverpflichtungen aus Nord-Atlantik-Pakt und WEU-Vertrag, weitet der französische Staatspräsident die Aufgabenstellung der autonomen französischen Nuklearstreitmacht der force de dissuasion auf die Verteidigung des westeuropäischen Territoriums aus.
4. Die benötigten Finanzmittel werden gemeinsam aufgebracht. Dabei wird der von französischer Seite für die force de dissuasion erforderliche Finanzaufwand voll als französischer Beitrag angerechnet. Auf der Seite Deutschlands (und der Benelux-Staaten) wird die finanzielle Last erleichtert durch vollständigen Verzicht auf die bisherige taktisch- nukleare Doppelbewaffnung des Heeres und durch weitgehenden Abbau der bisherigen nuklearen Zweit-Aufgaben der Luftwaffe.
5. Alle konventionelle Rüstung einschließlich Aufklärungssatelliten wird gemeinsam entwickelt und produziert.

Dieses Konzept eines Westeuropäischen Verteidigungssystems würde sich ganz im Rahmen des Nordatlantik-Paktes und des WEU-Vertrages bewegen. Es würde keinen zusätzlichen völkerrechtlichen Vertrag erfordern, sondern lediglich gemeinsame Beschlüsse auf der Rechtsgrundlage der bestehenden Verträge. Dabei ergibt sich die Leitlinie für die französische Initiative aus dem Elysée-Vertrag; eine ausdrückliche militärische Ergänzung des Elysée-Vertrages mag politisch-psychologisch wünschenswert sein, sie ist völkerrechtlich nicht erforderlich.

Natürlich würde eine derartige Umstellung des Verteidigungsdispositivs in Europa ganz erhebliche politische, psychologische, militärische und gesamtstrategische Wirkungen auslösen. Damit ist aber ohnehin zu rechnen, wenn die Wiener Verhandlungen über substantielle Truppenreduzierungen Erfolg haben. Selbstverständlich kann auf die maritimen Beiträge der USA und Großbritanniens und erst recht auf die interkontinental-strategische nukleare Abschreckung durch die USA nicht verzichtet werden. Aber es wäre nicht mehr nötig, einem etwaigen konventionellen Angriff durch die Sowjetunion durch Ersteinsatz westlicher Nuklearwaffen zu begegnen; die konventionelle Verteidigungskraft Westeuropas würde zur Abschreckung konventioneller Aggression oder Nötigung allein ausreichen. Alle Stufen der nuklearen Fähigkeiten des Westens würden ausschließlich dem Zweck der Abschreckung von nuklearen Aggressionen oder Nötigungen dienen.

Selbstverständlich könnten und sollten auch konventionelle amerikanische (und britische) Verbände auf dem Kontinent verbleiben; aber eine Verminderung der Präsenz amerikanischer Heeresverbände wäre durchaus vertretbar. Jedenfalls könnten die westeuropäischen Bündnispartner in Zukunft nicht mehr politisch mit der Drohung eines amerikanischen Truppenabzugs behelligt werden.

Gewiß würde eine französische Initiative zur Umgestaltung der Verteidigung Westeuropas vor allem in den USA und in England auf anfänglich starke Kritik stoßen; das ewige Argumentations-Requisit der Gefahr des de-coupling (wörtlich: Entkoppelung) würde wieder hervorgeholt werden. Mit anderen und brutaleren Worten: Weil nicht sichergestellt bleibt, daß im Verteidigungsfall auch amerikanische Soldaten sterben müssen, könne man sich nicht auf die Entschlußkraft eines amerikanischen Präsidenten verlassen, im äußersten Notfall Europas auch zur nuklearen Waffe zu greifen. Diese Entschlußkraft ist aber ohnehin im Schwinden; das bewies Reagans SDI-Anstrengung, die vermeintlich das amerikanische Volk (nicht aber Europa) von der nuklearen Angst befreien sollte; und das bewies noch eindeutiger das Treffen Reagan-Gorbatschow in Reykjavik, bei dem Reagan bereit war, ohne Konsultation mit den europäischen Verbündeten die Nuklearwaffen durch Vereinbarung vollständig zu eliminieren. Wenn aber eine amerikanisch-sowjetische nukleare Totalabrüstung als Möglichkeit unterstellt wird, ergibt sich erst recht und zwingend die Notwendigkeit Westeuropas, sich konventionell wirksam zu verteidigen und durch diese konventionelle Fähigkeit die Sowjetunion von konventionellem Angriff oder Nötigung abzuschrecken.

Großbritanniens Haltung wäre vermutlich abwartend; man würde sich zunächst distanzieren, im Falle des Erfolges aber dem Westeuropäischen Verteidigungssystem beitreten wollen – um nicht von Frankreich als europäischer Führungsmacht deklassiert zu werden. Ein britischer Beitritt könnte zu einer Verstärkung der dänisch-norwegischen Flanke führen.

Am Beitritt Belgiens, Hollands und Luxemburgs wäre kaum zu zweifeln; diese zum geschichtlichen Kern der EG gehörenden Länder würden die Europäisierung der Verteidigung ihres Vorfeldes eher begrüßen. Für die Benelux-Staaten bedeutete dies einen wesentlichen Schritt in Richtung auf die von ihnen erstrebte Integration Westeuropas. Das Westeuropäische Verteidigungssystem würde ihnen ähnlich wie das Europäische Währungssystem eine zusätzliche Klammer bieten. Paris liegt ihnen ohnehin näher als Georgia und Kalifornien – und dies keinesfalls bloß geographisch. Die außenpolitische Zusammenarbeit im Rahmen der EG würde durch den zwangsläufigen Einschluß der Sicherheitspolitik zu einem Forum werden, in dem sie ihre eigenen strategischen Vorstellungen endlich wirksam zu Gehör bringen können. Italien, möglicherweise auch Spanien, Portugal und Griechenland wären vor die Frage einer eventuellen Umgestaltung des Verteidigungsdispositivs an der südeuropäischen Flanke gestellt.

Frankreich würde den von ihm erstrebten Rang als die Führungsmacht Europas gewinnen. Es wäre dabei in seiner Autonomie nicht durch die USA eingeschränkt; allerdings hätte es im Interesse seiner Führungsaufgabe die Interessen der Mitgliedsstaaten des Westeuropäischen Verteidigungssystems stärker zu berücksichtigen als bisher. Es würde seine Stellung als ständiges Mitglied des Sicherheitsrates der Vereinten Nationen, sein dortiges Veto-Recht und seine Rechte und Aufgaben als Siegermacht des Zweiten Weltkrieges - nämlich aus dem Deutschland-Vertrag und aus dem Viermächteabkommen über Berlin - in seine Führungsaufgabe einbringen können. Frankreich würde sich in der gegenseitigen französisch-deutschen Bindung sicherer fühlen als zur Zeit, wo immer wieder Mißtrauen hinsichtlich der Entwicklung in Deutschland aufkeimt, begleitet von Mißvergnügen, Verärgerung und Enttäuschung, weil Bonn sich - im Bewußtsein seiner heutigen sicherheitspolitischen Abhängigkeit von den USA - in Zweifels- und Konfliktfällen notgedrungen immer wieder für Washington statt für Paris entscheidet.

Für die Deutschen würde sich die Gefahr, daß ihr Land durch taktische Nuklearwaffen zum nuklearen Schlachtfeld wird, entscheidend verringern. Daß sich der Abschreckungsauftrag der force de dissuasion auch auf das deutsche Territorium erstreckt, wäre dabei nur von indirektem Interesse für uns. Nicht der zusätzliche direkte nuklearstrategische Schutz - nämlich zusätzlich zu den amerikanischen interkontinentalstrategischen Nuklearwaffen - durch Frankreich fällt für die Deutschen ins Gewicht, wichtig ist für uns vielmehr die zwangsläufig damit einhergehende Umorientierung und Ausweitung des Pariser Sicherheitsdenkens. Deutschland könnte darauf rechnen, daß Frankreich nicht nur militärisch und militärstrategisch, sondern auch abrüstungspolitisch und gesamtstrategisch in europäischen Kategorien denkt und handelt. Deutschland könnte sich künftig an Frankreich anlehnen; der immer wiederkehrende, den Franzosen ambivalent erscheinende Bonner Spagat zwischen Paris und Washington - von der Währungspolitik über die

Nahost- und Afrikapolitik bis hin zur Beschaffung von Flugzeugen, Panzern, Satelliten und zu SDI – würde einer eindeutigen Struktur weichen. Frankreich wäre nicht mehr nur unser engster, sondern auch unser wichtigster Verbündeter.

Es waren immer wieder die hier skizzierten Gedanken, die mich veranlaßten, mit meinen französischen Kollegen und Freunden über die zukünftige Gestaltung der Verteidigung Europas zu sprechen. Dabei habe ich das Scheitern des Projektes einer Europäischen Verteidigungsgemeinschaft im französischen Parlament 1954 genausowenig vergessen wie das Scheitern der de Gaullschen Konzeption des Deutsch-Französischen Vertrags an der Präambel, durch welche das deutsche Parlament 1963 den Vertragstext verwässerte. Angesichts der jeweiligen zeitbedingten Umstände waren mir beide Fehlschläge aus der Rückschau durchaus verständlich. Das Projekt einer Europäischen Verteidigungsgemeinschaft überforderte ein Frankreich, das sich 1954 noch kaum vom Weltkrieg erholt hatte, das sich mit dem Feind-Nachbarn Deutschland noch nicht wirklich versöhnen konnte und das ohne eigene nukleare Waffen sich noch weitgehend von den USA abhängig wußte. Umgekehrt überforderte de Gaulle ein Jahrzehnt später Deutschland. Er hatte inzwischen die Versöhnung im wesentlichen zustande gebracht; er sah Frankreichs zukünftige Rolle als Nuklearmacht greifbar vor sich; er hatte recht, wenn er mit Deutschland an der Seite Europa führen zu können glaubte. Aber er überschätzte ebenso wie Adenauer unsere damalige Entschlußkraft; im Bewußtsein noch völlig unzulänglicher deutscher Streitkräfte hielten wir unsere Abhängigkeit von Amerika für zwangsläufig und glaubten nicht, den amerikanischen Schutz durch einen französischen Beistand ausreichend ersetzen zu können.

Seit die Bedrohung Europas durch die Sowjetunion unter Gorbatschow wesentlich geringer erscheint als ehedem, zeichnet sich in der politischen Klasse Frankreichs abermals eine Änderung der strategischen Vorstellungen ab. Von 1871 bis in die fünfziger Jahre war Deutschland als die hauptsächliche Bedrohung Frankreichs erschienen. Die Begründung des Bismarck-Reiches in Versailles, dem herausragenden Ort französischer Grandeur, hatte dazu geführt, daß viele Franzosen meinten, die Einheit der Deutschen sei erst durch den Absturz Frankreichs möglich geworden. Daraus war das Bewußtsein entstanden, französische Größe und deutsche Einheit, französische Größe und deutsche Größe schlössen sich gegenseitig aus. Beide Weltkriege haben dieses Bewußtsein vertieft, insbesondere die Demütigung Frankreichs durch die Anmaßungen des Hitler-Reiches hat dazu beigetragen. Erst die Bedrohung Europas durch Stalin und Chruschtschow und durch die sowjetischen Streitkräfte an der Elbe haben dieses Bild der latenten deutschen Bedrohung Frankreichs ersetzt: Nun sah man die Bundesrepublik als Verbündeten gegen die Sowjetunion und die Bundeswehr als Vorhut. Heute aber, da die sowjetische Bedrohung weit weniger aktuell erscheint, zugleich jedoch eine Vereinigung der beiden deutschen Staaten als aktuelle Möglichkeit über dem Horizont Frankreichs aufragt, beginnt abermals die Größe Deutschlands einige Franzosen zu beunruhigen.

Während der Zeit der aktuellen sowjetischen Bedrohung fürchteten manche Franzosen – gewiß grundlos, aber doch subjektiv ehrlich – eine deutsch-sowjetische Verständigung und dadurch eine Entblößung ihres östlichen Glacis. In der Tat: Eine weitgehende deutsch-sowjetische Verständigung mit der Folge einer Neutralisierung Gesamtdeutschlands hätte objektiv die geostrategische Lage nicht nur Frankreichs, sondern des ganzen Westens schwer beeinträchtigt. Sofern Moskau morgen, vier Jahrzehnte nach der Note Stalins, die im März 1952 eine solche Lösung anzubieten schien, die Neutralisierung eines vereinten Deutschland abermals zur Debatte stellen sollte, würde man in Paris dieses Mal nicht nur wegen der schwerwiegenden geostrategischen Verschiebung dagegen opponieren *müssen*, sondern auch wegen zu großer Handlungsfreiheit eines aus der NATO ausgeschiedenen Deutschlands dagegen opponieren *wollen*.

Heute wie damals erscheint in Paris eine Äquidistanz Deutschlands zum Westen wie zum Osten als unerträglich, auch wenn die Motive sich etwas verändert haben. Wenn wir Deutschen in der Bundesrepublik dies nicht verstünden, wenn wir diese französische Haltung nicht als für uns entscheidend wichtiges Datum akzeptierten und honorierten, so wären wir schlecht beraten. Denn Frankreich spricht hier für die allermeisten europäischen Regierungen und Staaten, auch Osteuropas. Daß unter den DDR-Deutschen in Mecklenburg oder Thüringen, Sachsen oder Brandenburg eine deutsche Einheit unter militärischer Neutralisierung zum Teil als großer Fortschritt empfunden würde, steht auf einem anderen Blatt. Für die DDR-Deutschen würde einerseits eine Neutralisierung das bisherige bedrohliche Gefühl sowjetischer militärischer Präsenz beseitigen, andererseits hat man in der DDR an der geschichtlich einmaligen Herstellung der Freundschaft zwischen Franzosen und Deutschen und der Zusammenarbeit ihrer beiden Staaten kaum irgendeinen Anteil gehabt. Die Deutschen in der Bundesrepublik hingegen dürfen das kostbare Gut der deutsch-französischen Freundschaft auf keinen Fall gefährden.

Wie schnell auch immer, in welchen Formen auch immer der deutsch-deutsche Vereinigungsprozeß sich vollzieht, an der Ablehnung eines denkbaren Neutralitäts-Status für Gesamtdeutschland darf kein Zweifel aufkommen, hier muß sich die in vierzig Jahren gewonnene Erfahrung durchsetzen. Nur eine feste Einbindung Gesamtdeutschlands in die Europäische Gemeinschaft und nur eine ebenso feste Einbindung der Truppen und des Territoriums der bisherigen Bundesrepublik in das westliche Bündnis können uns davor bewahren, abermals Angst bei unseren Nachbarn auszulösen. Angst vor Deutschland würde aber Angst der Deutschen nach sich ziehen und in Deutschland zu einem Gefühl der Unsicherheit führen. Zusammengefaßt: Gerade angesichts des deutsch-deutschen Einigungsprozesses liegt es im französischen *und* im deutschen Sicherheitsinteresse, das Atlantische Bündnis und unsere Mitgliedschaft beizubehalten und langfristig zu pflegen.

Eine gemeinsame deutsche und französische Sicherheitspolitik und Gesamtstrategie kann dazu führen, daß auf sowjetischer Seite ebenso versucht wird, den Warschauer Pakt aufrechtzuerhalten. Das braucht weder die Franzosen noch uns Deutsche zu beunruhigen; es muß auch den deutsch-deutschen Vereinigungsprozeß nicht behindern. Am Ende bliebe ein besonderer militärischer Status für das Gebiet der bisherigen DDR denkbar, der die sowjetischen Sicherheitsinteressen befriedigt; auch dies dürfte den deutsch-deutschen Vereinigungsprozeß langfristig keineswegs behindern.

Wenn also, was mir zugleich wünschenswert und wahrscheinlich vorkommt, das Atlantische Bündnis prinzipiell aufrechterhalten wird, werden die zu erwartenden Truppenreduzierungen und die damit verbundenen Kontrolleinrichtungen *innerhalb* des Bündnisses strukturelle Veränderungen nötig machen und zugleich das Verhältnis zwischen beiden Bündnissen auf eine neue, kooperative Grundlage stellen. Die Vorstellungen, die ich weiter oben dargelegt habe, mögen dafür von einigem Wert sein.

Im Verhältnis zu beiden Supermächten sind Frankreich und Deutschland ökonomisch wie militärisch stärker geworden, als sie 1962/63 zur Zeit des Elysée-Vertrages gewesen sind, unendlich viel stärker als 1954, zur Zeit des Scheiterns des EVG-Vertrages. Sie könnten es sich heute leisten, de Gaulles Konzept von 1962/63 mit gewissen Änderungen zu dem ihrigen zu machen. Freilich gehört dazu viel Mut auf beiden Seiten, vor allem viel Mut des französischen Präsidenten. Denn er müßte jenes falsch verstandene Vermächtnis de Gaulles überwinden, das in der öffentlichen Meinung Frankreichs immer noch gepflegt wird, obgleich es offiziell nicht mehr gilt: die Idee eines sicherheitspolitisch autonomen Frankreich, das bereit ist, sich mit seinen Nuklearwaffen »nach allen Himmelsrichtungen« zu verteidigen. Er müßte den Franzosen erklären, daß diese Idee eigentlich nur als sozusagen zweitbeste Lösung entstanden ist, nachdem de Gaulle die beste Lösung 1963 infolge der deutschen Weigerung nicht hatte verwirklichen können. Er müßte beiden Völkern sagen: Es ist nach mehr als einem Vierteljahrhundert an der Zeit, zur besten Lösung zurückzukehren und den Deutschen ein zweites Mal das Angebot zu machen, mit uns Franzosen gemeinsam nicht nur ökonomisch, sondern auch außenpolitisch und militärisch zusammenzugehen.

Der Bundeskanzler – er stehe etwas rechts oder etwas links von der Mitte – und der Bundestag müßten die Kraft aufbringen, trotz vielerlei Kritik das Angebot anzunehmen, anders als 1963. Mit Beharrlichkeit und Umsicht müßten die beiden Staatschefs anschließend das Westeuropäische Verteidigungssystem international verwirklichen. Valéry Giscard d'Estaing habe ich diesen Mut und diese Beharrlichkeit zugetraut; die Zeit reichte nicht aus – weder für ihn noch für mich. In François Mitterrands Denken habe ich Ansätze in dieser Richtung verspürt, stärkere im Gespräch mit Jacques Chaban-Delmas, schwächere bei Michel Rocard, Jacques Chirac und Raymond Barre. Insgesamt ist aber die politische Klasse Frankreichs uns Deutschen gegenüber deutlich skeptischer und zurückhaltender als das französische Volk.

Seit vielen Jahren antwortet das französische Volk auf die Frage nach seinem engsten Freund mit großer Mehrheit: die Deutschen. Ebensolang schon antwortet das deutsche Volk: die Franzosen. Trotz der großen Sprachbarriere sind die beiden Völker aufeinander zugegangen, trotz der Erinnerungen an die Eroberungen Ludwigs XIV. und Napoleons, an den Krieg Bismarcks, an den Ersten Weltkrieg, an Hitlers Zweiten Weltkrieg – alle drei auf französischem Boden –, und an alle Nazi-Verbrechen. Diese Versöhnung ist eine große Leistung, vornehmlich der Franzosen. Es waren französische Staatsmänner, die den Weg gewiesen und die ihn ermöglicht haben: Monnet, Schuman, de Gaulle, Giscard d'Estaing und Mitterrand. Auf deutscher Seite liegt der Hauptanteil bei Adenauer. Aber auch ich selbst habe seit einem Vierteljahrhundert sehr bewußt dazu beigetragen, und darauf bin ich stolz.

Nicht zuletzt deshalb ist dieses Kapitel über unsere französischen Nachbarn so ausführlich geworden. Ich bin überzeugt, daß der wichtigste Schlüssel für eine glückliche Zukunft unseres Volkes in Paris liegt, bei den Menschen, die in Paris die auswärtige Politik Frankreichs gestalten. Frankreich könnte sich nicht sicher fühlen, wenn nicht die Bundesrepublik sich sicher fühlt, so hat der französische Publizist Michel Tatu mit Recht geschrieben. Auch eine Umkehrung des Satzes ist wahr: Nur wenn Frankreich sich sicher fühlt, kann das deutsche Volk eine gute Zukunft für sich erhoffen. Nur die Franzosen – glaubwürdig für alle unsere Nachbarn in Europa – können unseren Wunsch nach deutsch-deutscher Vereinigung legitimieren. Das französische Volk bejaht heute mit großer Mehrheit diesen Prozeß. Aber nur wenn dieser Prozeß der politischen Klasse in Paris keine Sorgen bereitet, nur dann werden die Polen, die Holländer, die Tschechen, die Engländer, die Russen und alle anderen ihre Besorgnisse überwinden. Ohne die Zustimmung unserer Nachbarn kann der deutsch-deutsche Prozeß nicht zum Ziele führen.

An der Schwelle zum letzten Jahrzehnt dieses schrecklichen zwanzigsten Jahrhunderts ist der seit 1945 Europa teilende Eiserne Vorhang im Laufe weniger Monate verschwunden. Die Völker im Osten Europas und die Deutschen in der DDR haben ihre Diktaturen abgeschüttelt und sich die Freiheit zur Selbstbestimmung errungen. Die Sowjetunion hat, unter Gorbatschows Führung, zum erstenmal seit fünfzig Jahren dem Völkerrecht gehorcht und hat auf Einmischung und Gewalt verzichtet. Zum erstenmal erscheint die Zukunft Europas wieder als offen. Große Hoffnungen haben sich damit verknüpft: Hoffnungen auf die Freiheit des einzelnen, auch im östlichen Teil des Kontinents, auf wirtschaftlichen Wohlstand, auf Gerechtigkeit. Und überall hoffen die Menschen auf Rüstungsabbau; die Verträge erscheinen fast greifbar nahe.

Aber zugleich ist diese Zukunft undurchsichtig. Nur Narren können wünschen, daß Gorbatschows großes Experiment von Glasnost und Perestroika scheitert. Aber die Möglichkeit des Scheiterns können wir nicht ausschließen. Wir können nicht ausschließen, daß Gorbatschows Nachfolger später abermals versuchen werden, den Osten Europas zu kontrollieren, ihren Einfluß auf Deutschland und auf Westeuropa auszudehnen und Europa von Amerika zu trennen. Deshalb bedarf unser Kontinent für die Zukunft des Gleichgewichts der hier vorhandenen militärischen Kräfte. Und dazu bedarf es der Mitwirkung der beiden großen Bündnissysteme in West und Ost, der USA und der Sowjetunion - und der Mitwirkung Frankreichs. Ein europäisches Gleichgewicht der Kräfte ist ohne Frankreich nicht möglich.

Das gilt ebenso für die wirtschaftliche Zukunft Europas. Die Europäische Gemeinschaft ist heute nicht nur der wirtschaftliche Stabilitätsfaktor des ganzen Kontinents und die wirtschaftliche Hoffnung der Staaten im Osten; sie ist zugleich das politische Gravitationszentrum des ganzen Kontinents. Die politische Klasse Frankreichs kann auf diesen großen Erfolg der EG stolz sein, denn die Europäische Gemeinschaft ist zum wesentlichen Teil ihr Werk. Es bedarf heute der Vertiefung durch gemeinsame Währung, durch gemeinsame Außenpolitik und - hoffentlich eines nicht zu fernen Tages - durch gemeinsame Sicherheitspolitik. Aber all dies wird nur geschehen, wenn und soweit die Franzosen selber dies wollen und wenn und soweit wir Deutschen uns der französischen Schlüsselrolle bewußt sind. Jedermann in Bonn muß wissen: Wir dürfen keinen Schritt ohne Frankreich tun, wir müssen Paris den Vortritt lassen, der den Franzosen gebührt.

Wir Deutschen glauben den Franzosen, daß sie die Europäische Gemeinschaft weiter entfalten und festigen wollen. Den Engländern können wir das schwerlich glauben. Deshalb kann kein Engländer achtzig Millionen Deutsche an den Westen und seine Werte binden. Das kann auch kein Amerikaner. Aber de Gaulle konnte das, mein Freund Giscard d'Estaing desgleichen, Mitterrand kann es, Frankreich insgesamt kann es. Freilich müßte die politische Klasse Frankreichs dazu ihre inneren Hemmungen überwinden. Sie stammen allgemein aus wirtschaftlichen und demographischen Zahlenvergleichen, bisweilen - und besonders im Winter 1989/90 - aus Bonner Ungeschicklichkeiten, aus grober deutscher Verständnislosigkeit, aus französischer Ungewißheit über deutsche Gefühlsaufwallungen und über deutsche Berechenbarkeit, aber auch aus historischen Erinnerungen.

Frankreich besitzt völkerrechtliche, vertragliche und nukleare

Trumpfkarten, die wir Deutschen nicht haben und nicht haben werden. Viel wichtiger aber ist dies: Frankreich hat in der Völkergemeinschaft der Welt ein enormes, auf seine Geschichte und seine Kultur gegründetes Prestige als Nation, während auf uns Deutschen noch generationenlang die Erinnerung an Auschwitz und alle anderen Naziverbrechen lasten wird. Deshalb bedürfen wir Deutschen der Franzosen, ihres Verständnisses, ihrer politischen Initiativen und ihrer Führung in Europa. Frankreich aber muß sich für seine weltpolitische Position entscheiden zwischen der Möglichkeit einer autonomen nationalen Sonderrolle und der Möglichkeit zur initiativen Führung in Europa.

Die verborgene Vitalität der Italiener

Am 11. Juli 1982 spielten in Madrid Italien und Deutschland um die Fußballweltmeisterschaft. Italien gewann 3 : 1. Begeistert erhob sich beim Schlußpfiff Sandro Pertini, der italienische Staatspräsident, klatschte enthusiastisch Beifall und umarmte meine Frau und mich voller Freude über den Sieg seines Landes. Pertini war kein Nationalist, aber er war ein großer Patriot. Seine Geste war spontan - wie vieles andere auch, was er tat -, und seine Spontaneität ließ immer wieder die Regungen seines Herzens erkennen. Man mußte ihn einfach liebhaben.

Sandro Pertini war zweifellos der Italiener, dem von den Deutschen zu Lebzeiten das höchste Vertrauen entgegengebracht wurde - wobei ich von den Päpsten italienischer Herkunft absehe, das Vertrauen der deutschen Katholiken in den Papst liegt auf einer anderen Ebene. Nach seinem Staatsbesuch in Deutschland im September 1979 hat sich Pertini bei seiner Rückkehr in Rom begeistert über den Empfang bei uns geäußert. In der Tat, die Deutschen hatten diesen Italiener mit großer innerer Zustimmung empfangen.

Seinem Alter nach hätte Alessandro Pertini mein Vater sein können. Als er im Juli 1978 sein Amt als Staatspräsident antrat, stand er kurz vor seinem 82. Geburtstag. Als ich ihn im Jahr darauf kennenlernte, war er trotz seines Alters von sprühendem Temperament; ich habe bedauert, ihn nicht schon früher getroffen zu haben. Pertini war aus dem Ersten Weltkrieg als Offizier heimgekehrt und seit 1918 Sozialist. Er hatte gegen Mussolini und den Faschismus gekämpft und hatte dafür sieben Jahre im Gefängnis gesessen, bei anschließender Verbannung; nach dem Sturz Mussolinis befreit, gehörte er zum Widerstand gegen die deutsche Besatzungsmacht und wurde dafür 1945 zum Tode verurteilt. Sein Bruder ist 1945 im Konzentrationslager Flossenbürg umgebracht worden. Pertini konnte gleichwohl sagen: »Ich habe gegenüber dem deutschen Volk nicht das geringste Ressentiment.« Er war ein Mann von souveräner Menschlichkeit, der sich über alle Belastungen aus der Vergangenheit hinwegsetzte.

Pertini war aber keineswegs nur ein Mann des großen Gefühls, sondern er hatte auch ein klares politisches Urteil und verfügte über eine große politische Stetigkeit - dies galt sowohl für die italienische als auch für die internationale Politik. Er hat tatkräftig geholfen, die häufigen innenpolitischen Krisen seines Landes zu überwinden, und er hat energisch den Terrorismus bekämpft. Natürlich machte ihm das Alter Beschwerden. Ich erinnere mich besonders an eine Szene während der Beisetzungsfeierlichkeiten für den ermordeten ägyptischen Präsidenten Anwar el Sadat. Die meisten Staaten hatten entweder das Staatsoberhaupt oder den Regierungschef entsandt; da die ägyptische Regierung auf eine so große internationale Beteiligung nicht vorbereitet war, ergaben sich gewisse Komplikationen. So mußten die Trauergäste eine größere Strecke Weges über eine lange Asphaltpiste in glühender Hitze zu Fuß zurücklegen. Wegen der Furcht vor einem erneuten Attentat waren Hunderte von Sicherheitsbeamten aufgeboten worden, die das Geschiebe und Gedränge noch vermehrten. Ich selbst war in der Hitze einer Ohnmacht nahe, aber besonders für Pertini wurde die Anstrengung sichtlich zu groß. So griffen ihm Loki links und François Mitterrand rechts unter die Arme, und Pertini gelangte sicher zu seinem Platz.

In meiner Erinnerung lebt Pertini fort als eine der liebenswertesten Gestalten der Weltpolitik, denen ich begegnet bin. Er hat nicht nur mich, sondern auch viele andere Gesprächspartner immer wieder durch seine Klugheit beeindruckt. Als ich ihn zum letzten Male traf, waren wir beide schon aus unseren Ämtern ausgeschieden. Ich war zu einer privaten Konferenz in der Villa d'Este am Comer See. Als ich das Restaurant betrat, stürzte unvermutet ein weißhaariger Greis auf mich zu und umarmte mich. Ich erkannte Pertini erst im zweiten Augenblick, und von seinen Worten habe ich mangels eines Dolmetschers nichts verstanden außer »Caro Schmidt!« Die Szene hat mich gerührt, und ich werde sie nicht vergessen.

Kein italienischer Staatsmann hätte sich bei der Fußballweltmeisterschaft 1982 zu scheuen brauchen, einen deutschen Bundeskanzler öffentlich zu umarmen. Zwischen dem italienischen und dem deutschen Volk hat es zu meiner Zeit als Minister und als Bundeskanzler keine bilateralen Probleme gegeben, es kam weder zu dramatischen Zuspitzungen noch zu bedenklichen Spannungen. Bei den vielen Gesprächen mit wechselnden Regierungen ging es um aktuelle EG-Fragen, meistens war es ein bilateraler Meinungsaustausch über Fragen der Weltpolitik, der Weltwirtschaft oder der Europäischen Gemeinschaft.

Nur einmal, ganz am Anfang meiner Kanzlerzeit, gab es eine Angelegenheit, die unsere beiden Staaten unmittelbar betraf. Ende August

1974 traf ich in Bellagio am Comer See Ministerpräsident Mariano Rumor und seinen Außenminister Aldo Moro. Rumor war Chef der 36. Regierung Italiens seit dem Kriege – inzwischen sind es beinahe fünfzig –, er war zum sechsten Mal Ministerpräsident. Wunderbare Spätsommertage in einer hinreißend schönen Landschaft konnten nicht darüber hinwegtäuschen, daß es um Geld ging, sogar um sehr viel Geld.

Alle Staaten der Europäischen Gemeinschaft waren von der Vervierfachung der Weltmarktpreise für Öl auf das empfindlichste getroffen – es war die Zeit unmittelbar nach der ersten Ölpreisexplosion –, Italien aber trieb auch wegen einiger besonderer Umstände einer schweren Wirtschaftskrise entgegen. Der häufige Wechsel der Koalitionsregierungen und eine unzureichende Haushaltspolitik hatten sich schon seit längerer Zeit äußerst negativ ausgewirkt. Schwierige sozialpolitische Entscheidungen waren allzuoft zu Lasten des Staatshaushalts getroffen worden und hatten die Defizite in unverantwortliche Höhen getrieben. Weil die Sparrate der Bürger und die Kapitalbildung zur Finanzierung der Budgetdefizite nicht mehr ausreichten, hatte man auch die italienische Zentralbank zur Finanzierung herangezogen; deren versierter, konservativer Chef Guido Carli konnte zwar bremsen, letztlich aber nicht verhindern, daß seine Notenpresse immer wieder zur Finanzierung der Staatsdefizite beitragen mußte. Die Geldmenge wuchs deshalb sehr viel schneller, als es das Wachstum der Wirtschaft zuließ, die Folge waren hohe Inflationsraten. Das Vertrauen der Bürger in den Staat ging zunehmend verloren, es kam sogar zu Hamsterkäufen, zum Beispiel von Spaghetti und Zucker. Die Inflation wurde durch die »scala mobile« (Rolltreppe) der Löhne zusätzlich angeheizt: Den im Schatten häufiger Streiks ausgehandelten Lohnerhöhungen, die ohnehin bereits über dem Wirtschaftswachstum lagen, wurde automatisch alle paar Monate der jeweilige Inflationsausgleich hinzugefügt. Entsprechend stiegen die Lohnkosten der Unternehmen, und entsprechend stiegen die Preise; die Rolltreppe führte Löhne und Preise immer weiter nach oben.

Durch die Ölpreisexplosion erhielt die Inflationsrate einen starken zusätzlichen Auftrieb. Italien hatte damals Inflationsraten von 24 Prozent, während die USA und Frankreich bei etwa 12 bis 13 Prozent standen, Großbritannien bei 16 Prozent und die Bundesrepublik bei 7 Prozent; unter den großen westlichen Industrienationen lag lediglich in Japan die Inflationsrate ähnlich hoch wie in Italien. Der Export wurde durch stetige Abwertung der Lira gestützt. Diese Abwertungen verteuerten natürlich zwangsläufig die Importpreise, was die scala mobile zusätzlich in Bewegung hielt.

Trotz häufiger Abwertung konnte Italien nicht verhindern, daß auch seine Leistungsbilanz gegenüber dem Ausland in tiefrote Zahlen geriet. Die Devisenbestände der Banca d'Italia waren bis auf einen kleinen Rest zusammengeschrumpft. Deshalb griff die Regierung zur Beschränkung der Importe und zu allgemeiner Beschränkung der Kreditgewährung; damit trieb sie die Kreditzinsen über die Inflationsrate hinaus, um die Nachfrage zu drosseln. Die gewünschte Wirkung trat auch ein, hatte aber natürlich eine Zunahme der Arbeitslosigkeit zur Folge.

Das Ganze war ein klassisches Beispiel für eine Inflation, die durch übermäßige, die verfügbare Sparleistung der eigenen Wirtschaft übersteigende Haushaltsdefizite angeheizt wurde. Ein Jahrzehnt später haben die USA unter Ronald Reagan ähnliche Fehler gemacht. Aber während Reagan Vertrauen im eigenen Land genoß und die USA weltweit als kreditwürdig galten, besaßen die italienischen Regierungen der frühen siebziger Jahre weder das Vertrauen des Volkes noch das der Industrie und schon gar nicht das Vertrauen des Auslands. Die Finanzierung des Loches in der italienischen Zahlungsbilanz durch ausländische Kredit- und Kapitalzufuhr, sei es durch Private, durch die Zentralbanken anderer Staaten - in Gestalt vorübergehender Währungsbeistandskredite - oder durch die Europäische Gemeinschaft, war deshalb an einem toten Punkt angelangt.

In dieser für Italien sehr heiklen Situation überzeugte mich Bundesbankpräsident Karl Klasen davon, daß die Bundesrepublik einen sichtbaren Schritt zur Stärkung des nationalen wie des internationalen Vertrauens in die Wirtschaft und die Währung Italiens tun müsse. Angesichts unserer bedeutenden eigenen Währungsreserven (das heißt Devisenreserven) könnten wir uns das leisten. Mit meiner Zustimmung begann deshalb die Bundesbank in der zweiten Augusthälfte insgeheim Verhandlungen mit der italienischen Zentralbank zu führen, die einen deutschen Währungskredit an Italien zum Ziel hatten. Als einige vage Informationen in die Öffentlichkeit durchsickerten, ließ ich sie dementieren, um die Wirkung des beabsichtigten Vertrauensschubes zugunsten Italiens nicht im voraus zu beeinträchtigen. Am 31. August gaben Rumor und ich in Bellagio überraschend einen Kredit über 2 Milliarden Dollar bekannt - das waren zu damaligen Wechselkursen mehr als 5 Milliarden D-Mark. Der Erfolg war groß. Sowohl die italienische als

Oben: Im Gespräch mit Staatspräsident Sandro Pertini, Palazzo Quirinale, 10. Juli 1979.
Unten: Ankündigung der Bonner Finanzhilfe für Rom durch Helmut Schmidt und Mariano Rumor am 31. August 1974 in Bellagio am Comer See. Links die Dolmetscherin Colette Bouverat.

Oben: Helmut Schmidt mit dem italienischen Ministerpräsidenten Aldo Moro (Mitte) und Belgiens Premier Leo Tindemans (Aufnahme vom EG-Gipfel in Luxemburg, April 1976).
Unten: Begrüßung durch Ministerpräsident Giulio Andreotti auf dem Flughafen von Verona, Dezember 1977.

auch die deutsche sowie die Mehrheit der internationalen Presse werteten den Kredit als Sieg der europäischen Solidarität, der Italien einen ökonomischen Neubeginn ermögliche.

Lediglich die italienischen Kommunisten mäkelten, Deutschland strebe mit amerikanischer Rückendeckung die Hegemonie in Europa an. Die Kommunisten unter Enrico Berlinguer wollten an der Regierung beteiligt werden; auch in der Democrazia Cristiana (DC), der größten italienischen Regierungspartei, gab es Bestrebungen, zum »historischen Kompromiß« mit den Kommunisten zu gelangen und damit zu durchgreifenden Reformen in Staat, Wirtschaft und Sozialsystem. Eine Regierungsbeteiligung der Kommunisten war durch Rumors Erfolg in Bellagio einstweilen abgewendet. Die Regierungskoalition konnte nun aus eigener Kraft die dringlichsten Reformen in Angriff nehmen. Natürlich reichte der deutsche Währungskredit allein nicht aus, aber er ermöglichte immerhin eine Atempause.

Deshalb hatten Rumor und ich zwei weitere Hilfen verabredet. Zum einen wollten wir den in gut vierzehn Tagen auslaufenden kurzfristigen Währungsbeistand der EG über rund 4 Milliarden D-Mark zunächst verlängern lassen, um ihn danach in einen mittelfristigen Kredit zugunsten Italiens umzuwandeln. Zum anderen wollten wir eine größere langfristige EG-Anleihe auf den internationalen Kapitalmärkten zustande bringen, deren Erlös ganz oder überwiegend Italien zugute kommen sollte. Sowohl der mittelfristige Kredit der EG als auch die EG-Anleihe würden mit dem Löwenanteil zu Lasten Deutschlands gehen. Ich hatte deshalb im Vorfeld telefonisch mit Giscard d'Estaing Rücksprache gehalten, der diesen Plänen durchaus offen gegenüberstand, und flog binnen 48 Stunden nach dem Treffen in Bellagio zu ihm, um seine Hilfe zu erbitten.

Für Rumor und Moro war es innen- wie außenpolitisch besonders wichtig, daß jeder Anschein von politischen Bedingungen oder Auflagen durch die Bundesregierung vermieden wurde. Mit gutem Gewissen konnten Rumor und ich in einer gemeinsamen Pressekonferenz entsprechende Fragen kategorisch verneinen. Allerdings hatten wir die Kreditfragen als letzten Punkt unserer Gespräche behandelt, nachdem wir vorher über die ökonomische Politik Italiens, der Bundesrepublik und der EG eine weitgehende Übereinstimmung unserer Auffassungen und Absichten herausgearbeitet hatten. Auf diese Weise konnten wir jede Verstimmung der italienischen politischen Klasse und der italienischen Medien vermeiden; beide pflegten auf den bloßen Anschein einer Bevormundung von außen oder durch die Brüsseler EG-Kommission höchst empfindlich zu reagieren.

Die Technik unseres Währungsbeistandskredites war neu. Giscard d'Estaing und ich hatten zwar ein ähnliches Modell schon einmal zugunsten Frankreichs erörtert – damals waren wir beide noch Finanzminister –, aber Präsident Pompidou hatte dankend abgelehnt, und auch die Mehrheit des Zentralbankrates der Bundesbank hatte damals ihre Ablehnung erkennen lassen. Bei dem Kredit für Italien kam es sowohl für Bundesbankpräsident Klasen als auch für mich darauf an, einen Konflikt mit dem Zentralbankrat zu vermeiden; das Bundesbankgesetz hat für solche Fälle keine eindeutige Kompetenzregelung getroffen, eine Auseinandersetzung zwischen Bundesbank und Bundesregierung konnte für beide Seiten nur nachteilige Folgen haben. Andererseits ging es um einen Kredit von Zentralbank zu Zentralbank, so daß für das Aushandeln der Details (und für die Unterschriften!) jedenfalls die Kooperation der Bundesbank nötig war. Wir einigten uns auf eine Sicherung des Kredits durch Verpfändung eines Teils der Goldreserven der Banca d'Italia; dieses Gold sollte im Notfall nicht, wie es den Statuten des Weltwährungsfonds entsprach, mit 42 Dollar je Feinunze bewertet werden, sondern mit 80 Prozent des Preises auf dem freien Londoner Goldmarkt, das waren damals 155 Dollar je Unze. Für die Verzinsung wurde der Zinsfuß der amerikanischen Schatzwechsel verabredet, damals rund 8 Prozent. Diese neuartigen Regelungen waren zwischen den beiden Zentralbanken bei tätiger Hilfe der beiden Finanzminister Emilio Colombo und Hans Apel im Laufe der letzten Woche vor dem Treffen in Bellagio insgeheim vorbereitet worden; sie lagen in beiderseitigem Interesse, und beide Seiten wahrten das Gesicht. Das verpfändete Gold blieb natürlich in Rom; wir waren uns sicher, daß dieses Gold nicht benötigt werden würde, und wir sollten recht behalten.

Die CDU/CSU-Opposition hatte gegen die Beistandsoperation nichts einzuwenden. In Teilen der deutschen Presse wurde lediglich kritisiert, daß unsere vorhergegangenen Dementis eine bewußte Irreführung gewesen seien, ein Vorwurf, den wir in Kauf nahmen. Gewichtiger war, daß sich Teile des Koalitionspartners FDP verstimmt zeigten, weil die FDP nicht eingeweiht und nicht um Rat gebeten worden war. Ich habe auf diesen Vorwurf nicht reagiert, da Konsultationen dieser Art weder im Grundgesetz noch in der Geschäftsordnung der Bundesregierung noch in der Geschäftsverteilung unter den Bundesministern vorgeschrieben sind. Die halblaut geäußerte FDP-Kritik wie auch ihr Vorwurf, das Ganze ziele bloß auf innenpolitische Wirkung in der Bundesrepublik ab, gaben einen gewissen Vorgeschmack auf die Praxis der FDP in den folgenden Jahren: Im Bewußtsein ihrer parlamentarischen Unentbehrlichkeit hat die FDP mit wachsender Beharrlichkeit im Laufe der Jahre ein Maß an Mitbestimmung beansprucht, zu dem sie aufgrund ihres knappen Wählerpotentials nie legitimiert war. Im übrigen konnte sie ihren Mitbestimmungsanspruch intellektuell immer nur teilweise ausfüllen. Wenn ich heute aus der Distanz die Spitzengespräche der CDU/CSU-FDP-Koalition beobachte, so bietet die FDP noch immer das gleiche Bild: Mit weniger als 10 Prozent der Wählerstimmen möchte sie mindestens 50 Prozent der deutschen Politik bestimmen. Beinahe verhält sie sich ähnlich wie die vielen kleineren politischen Parteien in Italien, die eigensinnig und eigensüchtig an fast jedem Sturz einer Koalitionsregierung mitwirken.

Der Staat und die Mörder

Auch die Regierung Rumor stürzte noch im gleichen Herbst 1974. An Rumors Stelle trat Aldo Moro. Wie sein Vorgänger und wie viele nach ihm, hat auch Moro zahlreichen italienischen Regierungen in wechselnden Ämtern angehört, er war seit langem eine herausragende Figur. Im März 1978 wurde Moro - inzwischen Präsident der DC - von den terroristischen Roten Brigaden entführt und sieben Wochen später ermordet; seine Begleiter waren gleich zu Beginn der Aktion erschossen worden. Vieles an dem Fall glich der Entführung und Ermordung von Hanns Martin Schleyer ein halbes Jahr zuvor, und ähnlich wie die Bundesregierung blieb auch die Regierung unter Giulio Andreotti gegenüber den Erpressungsversuchen der linksextremistischen Roten Brigaden unnachgiebig.

Wir hatten in Bonn - bei tätiger und verantwortungsbewußter Mitwirkung der CDU/CSU-Opposition - ein Beispiel rechtsstaatlicher Festigkeit gegen den mörderischen Terrorismus der Roten Armee Fraktion (RAF) gegeben und waren darin von der öffentlichen Meinung der Welt unterstützt worden. Das war zu jener Zeit ein Präjudiz für die Regierungen anderer demokratischer Staaten, gegenüber terroristischen Drohungen nicht nachzugeben, was übrigens immer wieder auf Gesetzes- oder gar Verfassungsbruch durch die jeweilige Regierung hinauslaufen konnte. Allerdings steht eine Regierung in solchen Fällen unter einem ungeheuren Druck. Sie fühlt sich sowohl verantwortlich für das Schicksal der Entführten als auch für die Ergreifung der Verbrecher und ebenso für die Einhaltung der Gesetze durch die Organe des Staates und durch die Regierung selbst. Alle diese moralischen und verfassungsrechtlichen Maximen zugleich voll zu erfüllen, ist praktisch unmöglich; jeden Tag und jede Nacht ist eine Vielzahl von Entscheidungen zu treffen, und jedesmal erlebt man aufs neue die Konflikte zwischen Gewissen und Gesetz. Natürlich bedeutet die Verfassung das oberste Gebot, auch in der Bekämpfung von Terroristen. Sobald Terroristen aber zum Mord und zum Einsatz des eigenen Lebens entschlossen sind, können sie über einen gewissen Zeitraum die Oberhand behalten, und wer nach der Verfassung handelt, scheint dann in den Augen der Öffentlichkeit vorübergehend machtlos.

Dieses Dilemma hatten wir in Bonn schon mehrfach erlebt. Während der ersten terroristischen Entführung im Jahre 1975 hatten wir nachgegeben, um das Leben von Peter Lorenz zu retten. Lorenz' Freunde aus der CDU und in Berlin hatten dafür plädiert, und ich hatte schließlich – trotz prinzipieller Bedenken – ihre Argumentation akzeptiert. Alsbald wurde mir jedoch klar, daß wir die Terroristen damit zur Wiederholung eingeladen hatten; ich faßte deshalb den festen Entschluß, in künftigen Fällen nicht noch einmal nachzugeben. Bei der Besetzung der Stockholmer Botschaft habe ich dann erlebt, wie schwer es ist, diesem Vorsatz tatsächlich zu folgen. Ich erinnere mich noch an das Erstaunen Olof Palmes, als ich ihm am Telefon sagte, ich sei nicht bereit, auf die Forderungen der Terroristen einzugehen: »Nein, ich tausche nicht aus, ich lasse keinen Terroristen aus dem Gefängnis frei. Du mußt tun, was die Gesetze deines Landes dir gebieten und was du für richtig hältst.« Als Anfang September 1977 Hanns Martin Schleyer entführt und fünf Wochen später eine Lufthansa-Maschine mit 86 Menschen an Bord gekapert wurde, waren dies die schwersten Tage und Nächte meines Lebens.

Deshalb konnte ich im Frühjahr 1978 die Situation Andreottis in jeder Phase verstehen, wenngleich es natürlich Unterschiede zwischen der italienischen und der deutschen Situation gab. Ich hatte Schleyer als eine der herausragenden Figuren unter den deutschen Unternehmern zwar gut gekannt, Moro aber war für Andreotti seit Jahren ein vertrauter Kollege in der Parteiführung der DC und in mehreren Kabinetten. Das Verhältnis zwischen Andreotti und Moro war also ungleich enger, und zugleich war es delikat, denn Moro galt als Führer der Linken, Andreotti als Führer der Rechten innerhalb der DC. Um so mehr hat mich die Festigkeit der Regierung Andreotti überrascht. Im Jahre zuvor, während der Schleyer-Entführung, glaubte ich, in Rom eine gewisse Nachgiebigkeit gegenüber dem Terrorismus zu verspüren, aber das war wohl ein irreführender Eindruck gewesen. Nach dem Auffinden der Leiche Aldo Moros trat der für die Polizei verantwortliche Innenminister Francesco Cossiga - er ist heute Staatspräsident - zurück und brachte damit das moralische Dilemma der Regierung zum Ausdruck.

Andreotti und ich hatten vereinbart, uns mindestens zweimal im Jahr zu treffen, und daraus entwickelte sich ein freundschaftliches Verhältnis von großer Offenheit. Nach dem Mord an Aldo Moro hatten wir in Hamburg ein längeres Gespräch über unsere Erfahrungen im Kampf gegen den Terrorismus. Staatspräsident Leone, gegen den öffentlich Vorwürfe erhoben wurden, war tags zuvor zurückgetreten. Moro wäre für die Democrazia Cristiana der natürliche Nachfolgekandidat gewesen; jetzt wurde der Sozialist Sandro Pertini gewählt, der sich als Präsident der Abgeordnetenkammer einen guten Ruf weit über die sozialistische Partei hinaus erworben hatte.

Andreotti berichtete, Ghadaffi habe sich während der Entführung Moros scharf gegen die italienischen Terroristen ausgesprochen, dem Anschein nach auf Anregung Titos. Ich wies darauf hin, daß Jugoslawien andererseits zögere, einige deutsche Terroristen auszuliefern, die man aufgrund deutscher kriminalpolizeilicher Hinweise in Zagreb festgenommen hatte. Das Gespräch kam auf die Initiative Giscard d'Estaings zur Schaffung einer »einheitlichen Rechtssphäre« zwecks Bekämpfung des Terrorismus im Raum der EG. Andreotti meinte, dieser Gedanke solle weiterverfolgt werden. Zwar bestehe in Italien die verfassungsrechtliche Schwierigkeit, daß eine Auslieferung von Tätern nicht zulässig ist, wenn die Täter politische Ziele verfolgen; dennoch solle man den Gedanken einer einheitlichen Rechtssphäre weiterentwickeln. Dazu habe ihm ein Gutachten des Justizministeriums grünes Licht gegeben.

Obwohl von Giscards Vorschlag sehr angetan, hatte ich selbst Zweifel an seiner Realisierbarkeit. Denn nicht nur in Belgrad, sondern auch in Paris und anderswo gab es große Schwierigkeiten mit der Auslieferung von Terroristen an die Justiz des Landes, in dem die Tat begangen worden war. Jedermann kannte die Weigerung der französischen Behörden, baskische ETA-Terroristen an die spanische Justiz auszuliefern. Würde also angesichts solcher langjährigen Traditionen - bei denen unbewußt auch die Erinnerung an den Widerstand gegen die deutsche Besatzungsmacht eine Rolle spielte - ein internationaler Vertrag im Sinne Giscards von den Parlamenten in Italien, Frankreich oder Irland ratifiziert werden?

Andreotti war zuversichtlich: »Ich denke, wir kriegen eine gemeinsame Deklaration zustande, wodurch politische Terroristen des einen Staates das Privileg verlieren, in den Nachbarstaaten als politisch Verfolgte zu gelten. Danach können sie ausgeliefert werden, wie andere Verbrecher auch. Das Privileg spielt ja eine Rolle im Zusammenhang mit den Befreiungsbewegungen der ehemaligen Kolonien. Aber innerhalb Europas spielt diese Frage keine Rolle, vielmehr sind alle in Europa für die Abschaffung des Terrorismus. Vielleicht macht Irland hier eine Ausnahme, das kann ich nicht beurteilen. Aber Italien wird ohne Schwierigkeiten mitmachen.« Erst viele Jahre später hat Giscards Initiative im Europäischen Rat zu einem Teilerfolg geführt.

Andreotti und ich erörterten natürlich auch die Rolle Libyens. Andreotti sprach über einen Zwischenfall mit Palästinensern im Jahre 1973; damals habe die italienische Regierung Beweise für eine Unterstützung der Täter durch Ghadaffi gehabt. Es sei auch nachgewiesen, daß der Überfall auf die israelische Olympia-Mannschaft 1972 in München mit Ghadaffis Hilfe ausgeführt worden sei. Mir war dies nicht geläufig. Aber auch ohne Beweise zu kennen, rein gefühlsmäßig, so drückte ich mich aus, sei es schwer zu glauben, daß in Europa terroristische Akte begangen würden, bei deren Vorbereitung Libyen nicht indirekt finanziell seine Hand im Spiel habe.

Andreotti fragte mich, ob ich mir von neuen antiterroristischen Gesetzen eine Wirkung verspräche. Ich erwiderte: »Nein, für die Bundesrepublik halte ich neue Gesetze nicht für hilfreich und daher für überflüssig. Was wir brauchen, sind eine effiziente Polizei, wirksame Geheimdienste (gemeint waren die Verfassungsschutzorgane) und mutige Richter. Man erreicht dies nicht durch neue Bundesgesetze, zumal alle drei Elemente weitgehend in den Händen der Länder liegen. Ich habe mich deshalb gegen strengere Gesetze ausgesprochen. Neue Gesetze hinzunehmen, bin ich nur in dem Maße bereit, als es erforderlich ist, die aufgebrachte öffentliche Meinung einigermaßen zu beruhigen. Die Opposition will zwar schärfere Gesetze, aber ich kann mir davon nichts versprechen - außer neuen Illusionen. Alle vier Wochen streiten sie im Bundestag darüber. Noch vorgestern hat einer der Spitzenleute der Opposition mir vorgeworfen, ich sei in diesen Dingen zu gelassen. Ich habe ihm geantwortet, ich wünschte mir für jedermann, daß sich in Sachen der inneren Sicherheit sachlich begründetes Urteil, Zielstrebigkeit und Energie mit mehr Gelassenheit verbinden. Dann nämlich ist Gelassenheit kein Vorwurf, sondern vielmehr eine Tugend.«

Bezüglich strafferer Gesetze war Andreotti anderer Meinung als ich, er erläuterte die jüngst in Italien beschlossenen Antiterrorgesetze und sagte unter anderem: »Unsere Polizei wird jetzt mit modernsten Mitteln, auch mit elektronischen Geräten ausgerüstet. Das gilt auch für die Geheimdienste. Natürlich ist es sehr schwierig, aus Terroristenkreisen Informationen zu erhalten. Deshalb erlauben die neuen Gesetze der Polizei auch, fremde Telefongespräche abzuhören; sie braucht nicht mehr die Ermächtigung eines Richters, die Weisung des Innenministers genügt. Übrigens hat die Volksabstimmung letzten Sonntag eine Mehrheit von 70 Prozent für die neuen Gesetze erbracht. Das Volk will, daß Schluß ist mit dem Terrorismus.«

In diesem Wunsche stimmten beide Völker gewiß überein. Im Laufe der Jahre haben die Italiener sehr viel mehr terroristische Verbrechen hinnehmen müssen als wir - vom Niederlegen von Masten großer Überland- und Telefonleitungen, gezielten Schüssen in die Beine von Menschen bis hin zu Entführungen und Morden; dazu kommen die Verbrechen der Mafia. Während wir fast ausschließlich mit Terroristen unserer eigenen Nationalität zu tun haben, gab es in Italien und in Frankreich einen deutlichen Anteil arabisch sprechender Terroristen aus verschiedenen Ländern. Die Engländer schienen mit ihrem seit vielen Jahren andauernden IRA-Terrorismus noch am besten fertig zu werden. Sie gingen zum Teil aber viel rigoroser vor als wir - mitunter auch außerhalb der Gesetze. 1971 haben sie zum Beispiel fast zweitausend Leute ohne Prozeß auf unbefristete Zeit interniert. Am aufgeregtesten agierten amerikanische Regierungen, was besonders zur Zeit der Geiselnahme von Teheran zu unüberlegten Handlungen führte. Als im Oktober 1985 arabische Terroristen das italienische Touristenschiff Achille Lauro mit 545 Menschen an Bord in ihre Gewalt gebracht und dabei einen amerikanischen Staatsbürger ermordet hatten, gelang es den Italienern, nach der Aufgabe der Terroristen das Schiff freizubekommen. Nachdem das ägyptische Flugzeug mit den Palästinensern an Bord durch amerikanische Jagdflugzeuge zur Landung auf Sizilien gezwungen worden war, wurden sie inhaftiert und verurteilt. Ein amerikanisches Auslieferungsbegehren hat Italien abgelehnt.

Die Erfahrungen mit Faschismus und Nationalsozialismus, das heißt mit dem Terror von rechts, hatten in Deutschland und Italien psychologische Freiräume für extrem linke Gruppierungen entstehen lassen; diese Entwicklung wurde durch die Medien noch gefördert, in denen zum Teil ganz offen »Gewalt gegen Sachen« als akzeptabel behandelt wurde. In Italien hat man etwas früher als bei uns verstanden, daß rechtsstaatliche Gesinnung mit beiden Augen auf die Einhaltung der Gesetze achten muß - und nicht bloß mit dem rechten Auge. Ich bin auch heute noch der Meinung, daß wir keine zusätzlichen Paragraphen brauchen. Wohl aber brauchen wir Politiker, Beamte und Richter, welche die Courage besitzen, die geltenden Gesetze ohne Ansehen der jeweiligen politischen Einstellung zügig und konsequent anzuwenden. Wenn es sich in Berlin-Kreuzberg, in der Hamburger Hafenstraße oder bei den zum Teil gewaltsamen Demonstrationen am Frankfurter Flughafen und in der Nähe verschiedener Kernkraftwerke um rechtsextreme Gruppen gehandelt hätte, wären die Landesregierungen vermutlich sehr viel früher gegen den permanenten Rechtsbruch vorgegangen.

Seite an Seite beim Doppelbeschluß

Obwohl die wechselnden Koalitionsregierungen in Rom, deren größter Partner stets die Christdemokraten waren, während langer Zeitabschnitte auf die (nicht immer bloß stillschweigende) Duldung durch die Kommunisten angewiesen waren - zum Beispiel durch deren Stimmenthaltung -, konnte man in der Außenpolitik gleichwohl immer auf die Kontinuität der italienischen Regierungen rechnen - ob es um die EG, das Verhältnis zur Sowjetunion oder die Beziehungen zu unserem gemeinsamen Verbündeten USA ging. Lediglich auf dem ökonomischen Gebiet ist es zu Divergenzen gekommen. Aber auch hier haben wir Übereinstimmungen entdeckt, indem wir etwa die Agrarminister in die Schranken wiesen, denen »Kartoffeln, Butter und Wein weitaus wichtiger seien als Europa, Vaterland und eigene Partei« (wahrscheinlich war es Andreotti, von dem dieser Satz stammt).

Wenn es in Teilen der italienischen Presse gelegentlich zu Angriffen auf Deutschland kam (zum Beispiel wenn ein Zeuge auftrat, der meinte, die Terroristen hätten untereinander deutsch gesprochen, oder wegen der in Italien verurteilten deutschen Kriegsverbrecher), so konnte man sich auf eine korrekte Reaktion der italienischen Regierung verlassen, die etwaiger Hysterie keinerlei Vorschub leistete. Unsere eigene Boulevardpresse ist leider oft sehr unfair mit Italien umgegangen; es ist ihr aber nie gelungen, eine antiitalienische Hysterie zu entfachen, obwohl im Sommer 1988 sogar ein Bundesminister sich davon mitreißen ließ. Im Gegenteil: der Strom deutscher Touristen ergoß sich immer breiter nach Italien.

Unter den nichtnuklearen Mitgliedsstaaten des Atlantischen Bündnisses sind Italien und Deutschland die beiden wichtigsten, sowohl nach ihrer Größe und ihrer wirtschaftlichen Leistungsfähigkeit als auch militärstrategisch. In vielen Fragen, welche die nukleare Strategie oder die nukleare Rüstungskontrolldiplomatie der Nordatlantischen Allianz angingen, gab es gemeinsame Interessen. Deshalb waren gegenseitige Information und Abstimmung zwischen beiden Ländern häufig sehr intensiv, insbesondere in gespannten Situationen, zum Beispiel während der Afghanistankrise im Winter 1979/80, während der Polenkrise zwei Jahre später oder auch während des gesamten krisenreichen Verlaufs der nah- und mittelöstlichen Verwicklungen.

An der Konzeption des sogenannten NATO-Doppelbeschlusses im Januar 1979 auf Guadeloupe war Italien nicht beteiligt gewesen - was aus italienischer Sicht verständlicherweise eine schwerwiegende Prestigeverletzung bedeutete -, wohl aber am offiziellen Beschluß des Nordatlantikrates Ende des gleichen Jahres. Natürlich wußte man in Rom, daß der Beschluß auch in Italien große innenpolitische Schwierigkeiten auslösen würde. Diejenigen nichtnuklearen Mitgliedsstaaten der Allianz, die zur Stationierung amerikanischer Mittelstreckenwaffen - Pershing II und bodengestützte Marschflugkörper - vorgesehen waren, mußten ihre Bereitschaft zur Stationierung über vier Jahre aufrechterhalten. Sie hatten zwar die Hoffnung, daß es in der Zwischenzeit zu einem Begrenzungs- oder Abrüstungsvertrag zwischen den USA und der Sowjetunion kommen werde, der die Stationierung zusätzlicher amerikanischer Nuklearwaffen in Westeuropa ganz oder doch mindestens teilweise überflüssig machte, aber auf den Verlauf der Verhandlungen zwischen Washington und Moskau vermochten sie nur sehr indirekt Einfluß zu nehmen. Die Westeuropäer wurden von Washington nur unzureichend informiert, ihr Rat galt während der Reagan-Administration nicht viel, vor allem nicht in Caspar Weinbergers Pentagon. Umgekehrt nutzte Moskau all seine Verbindungen und agitatorischen Einflußmöglichkeiten, um durch breiten Protest innerhalb der vorgesehenen Stationierungsstaaten den Doppelbeschluß zu Fall zu bringen.

Falls Moskau – und viele Wohlmeinende innerhalb der Friedensbewegung in Holland, Italien und Deutschland – Erfolg gehabt hätte, hätte dies zu einer zusätzlichen, völlig einseitigen, ausschließlich auf Westeuropa gerichteten Bedrohung geführt. Jede der neuen sowjetischen SS-20-Raketen konnte mit ihren drei unabhängig lenkbaren nuklearen Sprengköpfen drei Ziele gleichzeitig auslöschen – eine einzige Rakete also Mailand, Verona und Bologna oder Hamburg, Kiel und Bremen, und es gab Hunderte davon. Die Regierungen in Rom und in Bonn (ebenso wie die in Den Haag und Brüssel) waren sich deshalb einig, diese Bedrohung nicht tatenlos hinzunehmen. Wenn schon unsere Bürger künftig mit diesem zusätzlichen nuklearen Erpressungspotential leben mußten, dann sollte gleiches jedenfalls auch für die westlichen Teile der Sowjetunion gelten. Nur auf diese Weise konnten wir hoffen, künftige Führer in Moskau von Raketenabenteuern abzuhalten.

Aus geographischen Gründen war klar, daß die Bundesrepublik die Hauptlast der Stationierung amerikanischer Mittelstreckenwaffen zu tragen haben würde. Die aus der Teilung der deutschen Nation herrührenden latenten Ängste in der Bundesrepublik würden dadurch noch vergrößert werden. Damit mein Land durch den Doppelbeschluß nicht in die Isolation geriet oder – mit dem damals üblichen rüstungsdiplomatischen Fachausdruck – »singularisiert« wurde, bestand ich darauf, daß die amerikanischen Mittelstreckenwaffen außer bei uns auch in Italien, in den Benelux-Staaten und in Großbritannien stationiert werden sollten (Frankreich kam wegen der seit de Gaulle geltenden nuklearstrategischen Autonomie-Doktrin nicht in Betracht). Ich durfte die Bundesrepublik nicht zum alleinigen Ziel sowjetischen Drucks werden lassen. Alle betroffenen westeuropäischen Regierungen haben diese Politik mitgetragen, obgleich auch sie innenpolitisch mit großem Widerstand zu rechnen hatten.

Mit Dankbarkeit erinnere ich mich aus jenen Tagen der Versicherungen von Staatspräsident Pertini und Ministerpräsident Cossiga. Als mich letzterer am 9. Oktober 1979 in Bonn besuchte, sagte er: »Italien wird Deutschland nicht im Stich lassen und immer an seiner Seite stehen.« Ich dankte Cossiga und fügte hinzu, daß ich wegen der Durchführung des Doppelbeschlusses notfalls die Existenz meiner Regierung aufs Spiel setzen würde.

Als Moskau 1983 einsehen mußte, daß man sich hinsichtlich des Erfolgs der westeuropäischen Friedensbewegungen böse verspekuliert hatte, und als Mitte der achtziger Jahre tatsächlich amerikanische Mittelstreckenwaffen von Europa aus sowjetische Städte und Moskau selbst bedrohten, lenkte die Sowjetunion ein. Zur Zeit der Arbeit an diesem Buch wurden auf beiden Seiten die ersten Mittelstreckenwaffen unter gegenseitiger Kontrolle verschrottet. Die Grundlage dafür ist der INF-Vertrag des Jahres 1987/88, der beiden Seiten keine bodengestützten Mittelstreckenwaffen erlaubt. Diese sogenannte »doppelte Null-Lösung« hatte ich in den späten siebziger Jahren erfunden. Daß gerade sie zum Inhalt des ersten wirklichen Abrüstungsvertrages zwischen Washington und Moskau geworden ist, verdankt Europa dem Beharren der westeuropäischen Regierungen auf dem Gleichgewichtsprinzip und ihrem tapferen Festhalten an der einmal beschlossenen Strategie – trotz aller populistischen Pressionen.

Die Italien-Sehnsucht der Deutschen

Die Italien-Sehnsucht der Deutschen hat eine lange Tradition. Die fast tausendjährige Verbindung zwischen uns Deutschen und der auf italienischem Boden gewachsenen römischen und italienischen Kultur bedeutete eine vielfältige Befruchtung der kulturellen Entwicklung unseres Volkes. Bis zum Ende des Mittelalters sind wir Deutschen von keinem anderen Land oder Volk so stark inspiriert worden wie von Italien und den Italienern, insbesondere von ihren Städten, allen voran Rom. Dieser produktive Einfluß hat sich bis ins 19. Jahrhundert fortgesetzt. Matthias Grünewald oder Albrecht Dürer sind ohne die italienische Malerei nicht denkbar, Bach, Händel und Mozart nicht ohne die italienische Musik, die deutschen Formen der Renaissance und des Barock nicht ohne die italienischen Vorbilder. Schiller und Goethe hätten anders und über anderes geschrieben, hätten nicht die ihnen aus Italien zugewachsenen Bildungsgüter, Kenntnisse und Anregungen zur Verfügung gestanden.

Von Goethes Bildungsreise nach Italien haben wir zumeist schon einmal etwas gehört. Zu seiner Zeit gehörte eine italienische Reise zum Erziehungsprogramm für die Söhne der Oberschicht. Wenn sich heute jedes Jahr Hunderttausende deutscher Urlauber nach Italien ergießen, so sind es vor allem die Sonne und die Strände Italiens, welche die Autokarawanen über den Brenner oder den Gotthard in Bewegung setzen. Aber wenn es sich einrichten läßt, besuchen wir doch auch wenigstens einmal in unserem Leben die Ewige Stadt, Venedig oder Florenz. Das

Bewußtsein von der zweieinhalbtausend Jahre umfassenden Kultur Italiens flößt uns Bewunderung und Respekt ein. Viele Millionen Deutsche haben inzwischen Italien besucht. Zwar ist es nur eine kleine Schicht, die sich einen Flug nach Mailand lediglich für den alljährlich gegen Ende des Herbstes stattfindenden Eröffnungsabend der Scala leisten kann. Aber fast jedermann bei uns kennt »Aida« oder »La Bohème« oder »Cavalleria rusticana«; man weiß, daß Verdi, Rossini und Puccini italienische Opernkomponisten des vorigen Jahrhunderts waren, und hat einige der großen Arien im Ohr.

Man kennt auch den Namen Arturo Toscaninis, der die Scala zwei Jahrzehnte geleitet hat, man erinnert sich an die Namen von Enrico Caruso oder Maria Callas, die dort gesungen haben. Ich bin einmal zu einem Eröffnungsabend eingeladen gewesen. Die musikalische Darbietung war erstklassig, ebenso Giorgio Strehlers Inszenierung. Nicht weniger beeindruckend war der gesellschaftliche Glanz, der an diesem Abend verbreitet wurde: Die Abendkleider wie auch der kostbare Schmuck der Damen boten ein erstaunliches Schauspiel. Die Menschen, die auf der Straße die Vorfahrt der Gäste beobachteten, schienen keinen Neid zu empfinden, sondern diesen Aufzug zu genießen. Das im klassizistischen Stil getreu dem Original wiederaufgebaute Opernhaus mit seinen hufeisenförmigen Rängen in Gold und Rot entfaltete an diesem Abend bei üppiger Blumendekoration eine unvorstellbare Pracht. Natürlich könnte die Scala ohne hohe staatliche Subventionen gar nicht existieren; der arme italienische Haushaltsgesetzgeber läßt sich den Weltrang der Mailänder Oper einiges kosten. Mein soziales Empfinden fühlte sich gestört, um das Mindeste zu sagen; gleichwohl war es ein großes Erlebnis.

Zwar bin ich selbst nur zweimal zum Urlaub in Italien gewesen, jeweils eine Woche in Lacco Ameno und Forio auf Ischia - der heißen mineralischen Bäder wegen; aber zum Glück haben die Regierungen Europas und das Europäische Parlament eine auffällige Vorliebe für italienische Sitzungsorte. So sind zum Beispiel die Verträge über die Europäischen Gemeinschaften in ihren Grundzügen durch eine europäische Konferenz in Messina entworfen und auf einer ähnlichen Konferenz später in Rom unterzeichnet worden (daher der gelegentlich benutzte Name »Römische Verträge«). Für uns als junge Abgeordnete (aber auch später als Minister und Kanzler) waren Konferenzen in Italien jedesmal wunderbare Gelegenheiten, von den Schätzen und den Eigenarten des Landes etwas sehen zu können. Eine Dependance der amerikanischen Johns-Hopkins-University in Bologna hatte die liebenswerte Gewohnheit, zu ihren Seminaren stets auch einige jüngere Deutsche einzuladen. In den späten fünfziger Jahren fuhr ich einmal zusammen mit Karl Dietrich Bracher, der 1955 sein großes, ungemein erhellendes Buch über die Auflösung der Weimarer Republik veröffentlicht hatte, dem ich grundlegende Einsichten verdankte.

Schon der Blick auf Bologna mit seinen eigenartigen, schornsteinähnlichen, sehr schlanken, zum Teil schiefen Türmen ist eindrucksvoll genug. Die vornehmen, adligen Familien, welche im Mittelalter hier das Sagen hatten, standen offenbar unter einem inneren Zwang, ihre Bedeutung durch einen Turm für jedermann sichtbar zu machen, denn keinem anderen Zweck schienen mir die Türme gedient zu haben. Es muß einst noch viel mehr Türme gegeben haben, die mittelalterliche Stadtsilhouette muß grandios gewesen sein. Nördlich der Alpen gibt es kaum vergleichbare Gegenstücke. Die alten Städteansichten aus Spanien, Frankreich, den Niederlanden, Deutschland, Österreich oder Polen zeigen uns zwar immer mehrere prächtige und zum Teil gewaltige Kirchtürme; aber selbst die schlanken, spätgotischen Türme zum Beispiel Lübecks wirken eher massig im Vergleich mit den superschlanken Bologneser Geschlechtertürmen.

In den fünfziger Jahren bin ich auch zum ersten Mal in Siena gewesen. Auf einer nächtlichen Autofahrt hatte ich im Herzen der Stadt eine halbe Stunde Rast gemacht. Ich war überwältigt gewesen von der Schönheit des Platzes vor dem Rathaus, dem Palazzo Pubblico. Der Platz, von mittlerer Größe, ist ringsum von alten Bauwerken begrenzt; die Zugänge, welche auf den Platz führen, sind schmal und unauffällig, so daß der Platz wie abgeschlossen wirkt. Sein Grundriß ist unregelmäßig; an den beiden Längsseiten sind die äußeren Flügelbauten etwas in den Platz herein gebaut. Der ganze Platz fällt zur Rathausseite hin stark ab, so daß der tiefste Punkt direkt vor dem Rathaus liegt. Man könnte den Platz mit der offenen Schale einer Auster vergleichen. Von jedem Punkt des Platzes aus wird der Blick des Betrachters unmerklich auf das Portal des Palazzo Pubblico gelenkt. An jenem Abend war der Platz fast menschenleer; die Front des Palazzo war beleuchtet, während die anderen Gebäude ziemlich im Dunkeln blieben. Später habe ich oft an diesen Moment zurückgedacht und den Platz für mich selbst zum schönsten Platz der Welt erklärt (an zweiter Stelle steht für mich die Grande Place in Brüssel).

Im November 1978 kam ich im Rahmen eines bilateralen Treffens mit Andreotti zum zweiten Mal nach Siena. Meine Vorfreude war groß und ebenso - aufgrund meiner Schilderung - die Neugierde meiner Frau. Als erstes besichtigten wir den Sieneser Dom, der eigentlich nur das Querschiff einer viel größer geplanten Kathedrale ist. Die Verschiedenartigkeit der für die Außenwände verwendeten Natursteine läßt die Kirche schwarz-weiß-gestreift erscheinen. Drinnen sang der jugendliche Chor der Stonati e Intonati, der Falsch- und Richtig-Singenden. Loki und ich haben nicht herausgehört, ob einige der Kinder wirklich falsch gesungen haben, wie uns die lokalen Würdenträger angekündigt hatten, aber vielleicht war das, ebenso wie der Name des Chores, nur ein Scherz. Jedenfalls gab der Chor ein schönes A-capella-Konzert, das uns Spaß gemacht hat.

Nach dem Konzert gingen wir alle zu Fuß zum Palazzo Pubblico. Entlang der Straße standen viele Menschen, die uns mit bunten Halstüchern und dergleichen freundlich zuwinkten. Der Rathausplatz wirkte diesmal, bei Tageslicht, ganz anders, weniger geheimnisvoll, aber gleichwohl sehr prächtig. Er ist auch am Tage für mich der schönste Platz der Welt. Dieses Mal bekamen wir den Palazzo von innen zu sehen. Nachdenklich stimmten mich zwei Wandgemälde aus dem 14. Jahrhundert, Il Buongoverno und Il Malgoverno, die gute Regierung und die schlechte Regierung. Das erste Bild zeigt Bürger und Bauern bei der Arbeit und beim Genuß des Lebens. Das zweite Bild zeigt Krieg und Mord und Totschlag, die Details erinnerten mich an ähnliche Details bei Hieronymus Bosch. Ich dachte, wenn doch die Alternative immer so einfach wäre, wenn doch die Regierenden immer im voraus erkennen könnten, welche Konsequenzen ihr Handeln oder Nichthandeln auslöst. Muß nicht bei aller Anstrengung das Ideal des Buongoverno in weiter Ferne bleiben? Unwillkürlich dachte ich an Marc Aurel.

Schon als Schüler, verstärkt dann als Soldat während des Zweiten Weltkrieges, habe ich mich mit den Selbstbetrachtungen dieses spätrömischen, der Stoa anhängenden Kaisers beschäftigt. Ich habe diesen Pflicht-Menschen, der sich immer wieder zur Gelassenheit ermahnte, stets als eines meiner Vorbilder angesehen. Für jeden politisch Verantwortlichen stellt sich immer aufs neue die Frage: Was ist in dieser und jener Lage meine Pflicht? Was weiß ich über die Situation meines Landes und über die Welt insgesamt? Was weiß ich über Freunde und Verbündete, was über das Verhalten der Gegenspieler? Moral und Verfassung gebieten mir eine friedfertige Politik, aber welche Politik dient dem Frieden, welche gefährdet ihn? Und wenn eine friedfertige, notfalls auf Anpassung oder gar Unterwerfung hinauslaufende Politik kurzfristig dem eigenen Frieden dient, werden dann die Konsequenzen solcher Anpassung auch auf mittlere Sicht den Frieden erhalten können? Oder gefährden sie ihn gar? Und wie steht es mit der Freiheit? Ist der Frieden ein grundsätzlich und in jedem Falle höherer Wert als die Freiheit? Marc Aurel, obwohl im Grunde ein friedliebender Mann, hat diese Frage verneint. Auch ich mußte diese Frage für mich verneinen – sonst hätte ich nicht Verteidigungsminister und niemals Bundeskanzler werden dürfen.

Die politische Klasse

Ausländische Gesprächspartner haben mir bisweilen vorgehalten, mit Ausnahme der Jahre von 1871 bis 1945 habe es nie einen deutschen Nationalstaat gegeben, 75 Jahre seien aber eine sehr kurze Spanne in der deutschen Geschichte. Die Schlußfolgerung, die sie daraus zogen: der deutsche Wunsch nach einem vereinigten Nationalstaat sei künstlich und unglaubwürdig, weil unhistorisch, wird nur von wenigen Deutschen gebilligt.

Für Italien gelten ähnliche geschichtliche Daten: Der italienische Nationalstaat kam 1861 zustande, zehn Jahre vor der Begründung des Deutschen Reiches durch Bismarck. Bis dahin hatte es nie einen Staat Italien gegeben. Gleichwohl war der italienische Wunsch nach Vereinigung aller italienischen Fürstentümer (und des damals noch bedeutenden Gebietes des Vatikanstaates) und aller Italiener in einem einzigen Staat historisch ebenso begründet wie der deutsche Wunsch nach einem Nationalstaat. Beide Nationen sind mithin erst spät zur nationalen Einheit gelangt.

Auch wenn es manchen überraschen mag: die Italiener waren trotz ihrer Begeisterung bei der Errichtung des italienischen Nationalstaates in dieser Frage immer erheblich nüchterner als die Deutschen. Sie waren es gewohnt, daß ihre Provinzen und Fürstentümer weitgehend von Ausländern regiert wurden. Insgesamt haben die Italiener deshalb wenig Loyalität zu ihren jeweiligen Regierungen empfunden. Im Gegenteil, seit vielen Generationen waren sie darin geübt, diesen partikularen Herrschaften mit Nichtachtung und einem nur unwilligen Gehorsam zu begegnen. Diese Einstellung ist später nur zum Teil korrigiert worden; auch heute noch gefallen sich die Italiener oft in einem sehr selektiven Gehorsam gegen die Anordnungen des Staates, besonders gegenüber seinen Steuergesetzen. Dem italienischen Staatspräsidenten Einaudi wird die ironische Bemerkung nachgesagt, der italienische Staat würde leicht 150 Prozent des gesamten Volkseinkommens verbrauchen, wenn er nur in der Lage wäre, alle gesetzlich vorgeschriebenen Steuern auch tatsächlich einzutreiben.

Abgesehen von diesem beschränkten Staaatsverständnis leidet Italien vor allem unter der enormen Verschiedenheit seiner Regionen. Von Turin bis Palermo ist es per Luftlinie genauso weit wie von Rostock bis Mailand, etwas über 900 Kilometer. In diesem langgestreckten Raum haben sich Geschichte und Tradition des Mittelmeerraumes einerseits, die Einflüsse Mitteleuropas andererseits sehr unterschiedlich ausgewirkt. Noch heute ist der gesamte Mezzogiorno, der Süden ab Neapel, in seiner sozialen und ökonomischen Struktur ebenso wie in seiner Mentalität völlig verschieden von der hoch rationalisierten, hoch produktiven Industriegesellschaft nördlich des Appenin. Neben diesem besonders eklatanten, auch uns Deutschen ins Auge springenden Gegensatz spielen die regionalen Eigenheiten eine viel größere Rolle als in Deutschland.

Alles in allem stellen die geschichtlich gewachsenen, sehr differenzierten Strukturen des Landes hohe Ansprüche an die Fähigkeiten seiner politischen Klasse. Wahrscheinlich sind nicht nur in demokratisch lange geschulten Ländern wie Frankreich und England, sondern auch bei uns in der Bundesrepublik Regierung und Verwaltung, Legislative und Exekutive einfacher zu handhaben als in Italien. Die permanenten Regierungskrisen in Rom haben außerhalb Italiens eine mitleidsvolle Herablassung erzeugt, die dem Lande abträglich ist. Wenn die Politiker Italiens ihren ausländischen Freunden immer wieder erklären, eigentlich sei Italien »unregierbar«, so glauben sie dies zwar selbst nicht ganz, aber dennoch scheinen sie mir - jedenfalls im Vergleich zu den Unternehmern des Landes - von einem gewissen Komplex befallen zu sein. Dennoch ist die parlamentarische Demokratie als Staatsform in Italien ohne jeden Zweifel stabil. Sie ist im Bewußtsein und in den Wertvorstellungen der Italiener verankert, seit Berlinguers Zeiten einschließlich der Kommunistischen Partei.

Allein schon das Zweikammer-System der italienischen Verfassung (Abgcordnetenhaus und Senat) macht Gesetzgebung und Regierung außerordentlich kompliziert, weil übereinstimmende Beschlüsse bcider Kammern benötigt werden. In der Praxis behilft man sich in hohem

Oben: bei Giulio Andreotti, September 1978. »Andreotti und ich hatten vereinbart, uns mindestens zweimal im Jahr zu treffen, und daraus entwickelte sich ein freundschaftliches Verhältnis von großer Offenheit.« Links: Francesco Cossiga zu Besuch in Bonn, Oktober 1979.

Oben: Bettino Craxi, Generalsekretär der Sozialistischen Partei Italiens, zu Besuch in Bonn, Mai 1979.
Unten: Giovanni Spadolini, der letzte der vielen italienischen Regierungschefs, mit denen Helmut Schmidt amtlich zu tun hatte, empfängt den deutschen Bundeskanzler auf dem Flughafen Ciampino, September 1981.

Maße damit, anstelle von Gesetzen »Dekrete« durch die Regierung zu erlassen; diese können allerdings von einer negativen Mehrheit ausgehebelt werden. Positive Mehrheiten zustande zu bringen und zusammenzuhalten, ist in Rom schwierig. Zum einen ist es Brauch, daß bei geheimen Abstimmungen relativ viele Senatoren und Abgeordnete der Koalitionsparteien - insgesamt gibt es fast tausend Parlamentarier - gegen die Vorlage der eigenen Regierung stimmen, sei es aus Gründen verletzter Eitelkeit oder aus Geltungsbedürfnis. Dieses Treiben der »Heckenschützen« hat zur Folge, daß zur effektiven Staatsführung mehr Mandate (und Parteien) benötigt werden, als der Koalition rechnerisch zur Verfügung stehen. Der »historische Kompromiß« der DC mit der Kommunistischen Partei (PCI) bestand darin, daß der PCI sich bei umkämpften Vorlagen der Stimme enthielt oder der Abstimmung fernblieb. Natürlich mußte die Regierungskoalition, welcher der PCI formal nicht angehörte, diesem politische Zugeständnisse einräumen, und auf diese Weise hat Berlinguers Partei de facto mitregiert.

Der wichtigere Grund für die Kompliziertheit des parlamentarischen Betriebes liegt im Wahlrecht, das in extremer Weise eine proportionale Verteilung der Mandate begünstigt; auch gibt es keine Fünfprozentklausel. Zwar sind DC und PCI die weitaus größten Parteien, aber zum Regieren braucht jede von ihnen mehrere der kleineren Parteien als Koalitionspartner. Der PCI hat bisher keine Regierung bilden können, obgleich er sich intensiv darum bemüht hat; so hat er zum Beispiel in der Frage des NATO-Doppelbeschlusses keineswegs die sowjetische Position gestützt, er hat den sowjetischen Einmarsch in Afghanistan kritisiert und so weiter.

Der italienische Staatspräsident spielt verfassungsrechtlich eine ähnliche Rolle wie der Bundespräsident in Deutschland; die Stellung des Ministerpräsidenten jedoch ist verfassungsrechtlich entscheidend schwächer als die Position des Bundeskanzlers. Er kann durch Verweigerung des parlamentarischen Vertrauens jederzeit gestürzt werden; der Sturz der Regierung ist - anders als bei uns - nicht an die Bedingung eines konstruktiven Mißtrauensvotums geknüpft. In Bonn muß man einen neuen Kanzler wählen, um den alten zu stürzen (woran gerade ich mich sehr gut erinnern kann); in Rom dagegen kann man den Ministerpräsidenten ohne weiteres stürzen, die Bildung einer neuen Regierung kann dann oft mehrere Wochen dauern, ohne daß sich die Zusammensetzung der Koalition am Ende wesentlich ändern muß.

In den Jahren meiner Amtszeit war Giulio Andreotti mein häufigster

Partner. Wir haben auch oft miteinander telefoniert (besonders während der Entführung Moros), was mangels einer gemeinsamen Sprache nicht einfach war. Technisch liefen die Telefonate so ab, daß auf beiden Seiten ein Dolmetscher mithörte; Frau Colette Bouverat war auch hier immer eine ausgezeichnete Hilfe.

Von allen italienischen Ministerpräsidenten hat bisher Bettino Craxi die längste Zeit ununterbrochen regiert. Wir kennen uns recht gut; da er aber erst 1983 Ministerpräsident wurde, habe ich mit ihm nicht offiziell zu tun gehabt. Die im Vergleich lange und auch erfolgreiche Regierungszeit Bettino Craxis beruhte zum einen auf dem in Rom üblichen Trick, die für die Umwandlung eines Dekrets in ein Gesetz notwendige parlamentarische Abstimmung mit der Vertrauensfrage zu verknüpfen, weil für letztere eine geheime Abstimmung unzulässig ist. (Zugleich ist jedoch vorgeschrieben, daß eine zweite Abstimmung allein über das Dekret unmittelbar zu folgen hat, und zwar geheim, was dann oft genug dazu geführt hat, daß nunmehr das Gesetz zu Fall gebracht wurde.) Zum andern ist das Gewicht von Craxis Sozialistischer Partei mit 10 bis 15 Prozent (DC 35 bis 40 Prozent) groß genug, daß eine Regierungsbildung kaum ohne den PSI möglich ist; der Posten des Ministerpräsidenten für den PSI war ein Preis, den die DC nicht ewig verweigern konnte.

Die Democrazia Cristiana, die man als eine breit angelegte Volkspartei und zugleich als *die* staatstragende politische Partei ansehen muß, war in mehrere innerparteiliche Gruppen (Correnti) aufgespalten. Es war Aufgabe des Parteisekretärs, die Partei zusammenzuhalten. Diese Aufgabenverteilung hat oft genug den Ministerpräsidenten unter Druck gesetzt, seine Politik beeinflußt und seine Position zusätzlich geschwächt. Die Ministerpräsidenten kamen und gingen, der Parteisekretär blieb im Amt.

Eine Verfassungsreform wäre dringend zu wünschen. Wahrscheinlich kommt sie aber nicht zustande, denn die kleineren Parteien werden es sich dreimal überlegen, ob sie zugunsten einer Reform ihre taktischen Interessen opfern sollen. Das italienische Beispiel zeigt, daß eine extrem demokratische Verfassungs- und Verfahrensordnung (einschließlich Volksabstimmungen) in der Praxis zu unbefriedigenden Ergebnissen führen kann.

Die Misere der italienischen Finanz- und Währungspolitik hat unmittelbar mit der Instabilität der Regierungen und mit dem übergroßen Gewicht taktischer Interessen innerhalb der Parteienlandschaft zu tun.

Wenn einer Regierung im Durchschnitt weniger als ein Jahr Lebenszeit zugebilligt wird, wäre es vermessen, von ihr eine grundlegende Sanierung des Staatshaushaltes zu erwarten. Im Gegenteil: da ein etwaiger Versuch zum Abbau von Subventionen und anderen Staatsleistungen unmittelbar zu ihrem Sturz führen würde, überfordert die Kreditaufnahme des Staatshaushalts chronisch den verfügbaren Anteil der Sparsumme von Wirtschaft und Gesellschaft, obschon die private Sparrate der Italiener im internationalen Vergleich ungewöhnlich hoch ist. In gleicher Richtung wirkte sich die Konkurrenz der drei großen Gewerkschaftsbünde aus, die durch eine hohe Streikfreudigkeit gekennzeichnet waren und deshalb hohe Nominallohnsteigerungen erzwangen; den Rest bewirkte die Scala mobile. Deshalb sah sich die Banca d'Italia jahrelang zu einer relativ opulenten Geld- und Kreditpolitik veranlaßt, was wiederum vergleichsweise hohe Inflationsraten und die Tendenz zur Abwertung der Lira zur Folge hatte.

In Kenntnis dieser Zusammenhänge habe ich 1978/79 gleichwohl nachdrücklich für den Beitritt Italiens zum Europäischen Währungssystem (EWS) plädiert. Da die einheitliche EG-Währung nur schrittweise zu erreichen war, mußte Italien als eines der Gründungs- und Kernländer der EG am ersten Schritt beteiligt sein, wollte man einen ausreichenden Impuls in Richtung auf eine gemeinsame Währung und eine gemeinsame föderative Zentralbank geben. Zum anderen war ich fest davon überzeugt, daß die italienische Haushalts- und Geldpolitik unter dem Druck der festen Wechselkurse innerhalb des EWS automatisch diszipliniert werden würde. Meine Erwartung hat sich übrigens erfüllt, wenngleich noch nicht in einem befriedigenden Maße.

Das EWS mit seinen festen Wechselkursen stellt im Falle des Absinkens der Lira Rom vor die Alternative, entweder durch Haushaltseinschränkung und knappere Geldpolitik den Wechselkurs der Lira wieder zu heben oder aber bei den übrigen Partnern des EWS einen Antrag auf offizielle Abwertung des Wechselkurses der Lira zu stellen und deren Zustimmung zu erlangen. Abwertung durch EG-gemeinsame Neufestsetzung des Lira-Wechselkurses ist stets ein in der gesamten Presse und Finanzwelt Italiens, aber auch weltweit hoch dramatisierter, mit mancherlei Spekulationen befrachteter Akt und führt zwangsläufig zu starker nationaler wie internationaler Kritik an der Regierung in Rom. Die Regierung büßt Prestige ein und muß sich außerdem den berechtigten Vorwurf gefallen lassen, die Abwertung führe zur Verteuerung importierter Waren und trage so zu weiterer Preisinflation bei. Innerhalb des

EWS aber kann die Regierung selbst bei den Wohlmeinenden keinen Glauben mehr finden mit der früher bei freien Wechselkursen beliebten Entschuldigung, nicht sie, sondern »die Märkte« trügen die Schuld für den Verfall der Lira.

Giulio Andreotti teilte meine Auffassung vermutlich, verlangte aber für Italien eine größere Schwankungsbreite, als sie für die übrigen EWS-Währungen gelten sollte (und tatsächlich bis heute gilt). Während für alle übrigen Währungen eine Abweichung von bis zu 2,25 Prozent von der festgelegten Parität zugelassen ist, verlangten Andreotti und die Banca d'Italia statt dessen eine Marge von bis zu 6 Prozent nach oben oder unten - in der Wirklichkeit also immer nach unten! Rom wollte sich dadurch der Gefahr entziehen, die Lira auch weiterhin allzu häufig in dramatischer Weise abwerten zu müssen, und sich zugleich einer etwas weniger strikten fiskalischen und monetären Disziplin unterwerfen, als sie für alle anderen am EWS teilnehmenden Staaten gelten sollte. Als Giscard und ich einsehen mußten, daß unsere Argumente nicht ausreichten, um Rom zu überzeugen, haben wir den anderen Regierungen empfohlen, den Italienern eine breitere Marge zuzugestehen, was auch geschah. Angesichts des heute von niemandem mehr bezweifelten Erfolges der ersten Stufe des EWS ist die Frage gerechtfertigt, ob Italien damals wirklich gut beraten war. Bei Akzeptierung der für alle anderen geltenden Marge wäre die italienische Inflationsrate heute vermutlich noch stärker normalisiert. Immerhin hat Italien 1990 schließlich die größere Schwankungsbreite aufgegeben.

Die Regierung Andreotti und die sie tragenden Koalitionsparteien haben mit ihrem Entschluß zum EWS-Beitritt übrigens beträchtlichen Mut aufgebracht. Allerdings sind fast alle politischen Parteien Italiens gegenüber der europäischen Integration seit jeher positiv eingestellt; allein der PCI hat darin bisweilen Schwankungen erkennen lassen. Eines der Motive dafür ist die Hoffnung, die EG werde helfen, die strukturellen Probleme des Landes, vor allem das Nord-Süd-Gefälle, in den Griff zu bekommen.

Der vielfache Wechsel der Koalitionskabinette führt zu einem schnellen Wechsel nicht nur der Ministerpräsidenten, sondern auch der Minister. Als ich Giulio Andreotti kennenlernte, war er zum zweiten Mal Verteidigungsminister; zuvor war er schon Innenminister, Finanzminister, Schatzminister, Minister für Industrie und Handel und Ministerpräsident gewesen - seither hat er weitere Regierungsämter ausgeübt. Er war lange Zeit ein enger Vertrauter und Mitarbeiter des legendären Alcide de Gasperi gewesen und wie dieser ein entschiedener Anhänger der europäischen Integration. Sein politischer Lebensweg ist in meinen Augen typisch für einen italienischen Politiker: Er befähigt ihn einerseits zur Übernahme fast aller Staatsämter, andererseits fördert er die taktische Wendigkeit. Dies soll nicht mißverstanden werden: Andreotti ist ein Mann von ausgeprägten rechtlichen, moralischen und religiösen Grundsätzen. Zum konservativen Flügel der DC gehörig, mit engem Kontakt zum Vatikan, wirkt er streng und zurückhaltend; auf mich machte er zunächst nicht den Eindruck eines italienischen Politikers, sondern eher den eines etwas gehemmten hohen Richters oder Beamten aus Holland oder Großbritannien. Erst im Laufe unserer vielfältigen Unterhaltungen lernte ich den großen Bildungsfundus, die politische Leidenschaft, aber auch den sarkastischen Witz dieses Mannes kennen.

Einige italienische Politiker mögen die Lage ihres Landes bisweilen für hoffnungslos gehalten haben, ich hingegen habe sie zu keinem Zeitpunkt auch nur für ernst angesehen. Mir haben die Fröhlichkeit der Italiener und auch ihre Wendigkeit immer imponiert, die ihnen einen großen wirtschaftlichen Aufstieg ermöglicht hat, obwohl sie beinahe niemals eine dauerhafte Regierung hatten. Deshalb habe ich Andreotti wie auch später Cossiga gesagt, sie könnten über mich verfügen, wann immer ich ihnen nützlich sei.

Im Sommer 1981 machte ich einen Besuch bei Johannes Paul II., der sich in Castel Gandolfo von den Folgen des Revolverattentates erholte; zugleich führte ich Gespräche mit Giovanni Spadolini, dem letzten der vielen italienischen Regierungschefs, mit denen ich amtlich zu tun hatte (er regierte von Juli 1981 bis August 1982). Wie fast zu allen seinen Vorgängern, so hat sich auch zu Spadolini alsbald ein offenes, vertrauensvolles, beinahe freundschaftliches Verhältnis ergeben, und unsere Gespräche verliefen recht harmonisch. Der Bonner »General-Anzeiger«, eine der politisch bestinformierten deutschen Zeitungen, schrieb anderntags: »Schon lange nicht mehr hatte man den Bundeskanzler so entspannt und gelockert gesehen wie nach dem Abschluß der deutsch-italienischen Gespräche. Diese Begegnung hat ein hohes Maß an Übereinstimmung in allen wesentlichen Fragen der Außen- und Sicherheitspolitik gebracht.« Den Zeitungsausschnitt von damals vor Augen, kann ich im nachhinein nur bedauern, nicht schon in jener heiteren Atmosphäre des Spätsommers 1981 zurückgetreten zu sein. Schließlich wären siebeneinhalb Jahre auch genug gewesen ...

Francesco Cossiga, Pertinis Nachfolger im Amt des Staatspräsidenten, ist ein überzeugter Europäer: »Die Hoffnung Italiens ist vor allem Europa anvertraut«, sagte er in seiner Antrittsrede 1985. »Auf diesem Kontinent, der so viele Tragödien des Brudermordes erlebt hat, in dem sich aber auch das Wunder der europäischen Kultur ereignete, wird es keinen wirklichen Frieden geben, wenn man nicht mit vereinter Kraft die noble Mission vertieft und vervollkommnet, die vor dreißig Jahren in konstruktivem Geist die Gründungsväter des neuen Europa beseelte.«

Cossiga ist Staatsrechtler, ein gebildeter, sprachenkundiger Mann. Und er ist - wie sein Rücktritt als Innenminister nach dem Mord an Aldo Moro zeigte - ein Mann von Charakter. Er redet seinen Landsleuten nicht nach dem Munde; er spricht nicht nur von ihren Rechten, sondern auch von ihren Pflichten. Er ist vorsichtig, aber kein parteipolitischer Taktiker, sondern umsichtig und weitsichtig. Er hat - wie manche Sarden - etwas Südländisch-preußisches an sich.

Einen anderen Sohn Sardiniens habe ich leider nie getroffen: Enrico Berlinguer. Der Chef der KPI hatte lange vor Gorbatschow die Notwendigkeit der politischen und ökonomischen Öffnung des Marxismus erkannt und propagiert. An seinen Namen knüpft sich das Schlagwort »Eurokommunismus«.

Die bewußte Einbettung des politischen Denkens in das kulturelle Kontinuum Europas ist der politischen Klasse Italiens mindestens ebenso selbstverständlich wie der politischen Klasse bei uns. Um so interessanter ist, was Luigi Vittorio Graf Ferraris, von 1980 bis 1987 Botschafter in Bonn, 1988 in der FAZ rückblickend über uns Deutsche schrieb. Es scheine fast ein internationales Gebot zu sein, heißt es da, der Bundesrepublik in Erinnerung an die Vergangenheit immer wieder schulmeisterliche Vorhaltungen zu machen; sobald aber die Bundesrepublik ihre innere Kraft zeige, werde die Umwelt sogleich von großen Ängsten erfüllt. Beide Feststellungen erwiesen sich im Herbst 1989 erneut als zutreffend, als Ministerpräsident Andreotti die Deutschen öffentlich vor Einheitsbestrebungen warnte.

Anders als die Mahnungen Andreottis erschienen mir die Ratschläge von Graf Ferraris sehr gerechtfertigt, vor allem seine Kritik an unserer Neigung zu politischer Hysterie. »Die Internationalisierung der Sorgen, mit denen wir zu tun haben, sollte vielleicht gerade den Deutschen dazu verhelfen, nicht von einer Hysterie in die andere zu fallen. Acht Jahre war ich in Deutschland, acht schöne, fruchtbare Jahre, und jedes Jahr konnte ich einen neuen Ausbruch von Hysterie beobachten. Jeder Anlaß war irgendwie begründet: von den Raketen bis zum Waldsterben, von den Nordseefischen bis zur Volkszählung. Doch ich möchte den Deutschen versichern, daß die Welt nicht so leicht untergeht, wie sie befürchten.« Und an anderer Stelle: »Mein Wunsch wäre es, die Deutschen zu bewegen, das Leben mit größerer Gelassenheit zu betrachten. Damit soll nicht der moralischen Gleichgültigkeit das Wort geredet, sondern vielmehr für einen gesunden Skeptizismus plädiert werden.« Ferraris berichtete, wie schwierig es war, seiner Regierung in Rom klarzumachen, daß fast jede Wahl hierzulande zur »Schicksalswahl« gestempelt wird, und er fügte trocken hinzu, andere demokratische Völker gingen nicht derart häufig zur Wahl, »um danach so wenig zu ändern«. Es mag manchen überraschen, daß ein eminent wohlmeinender Italiener uns eine allzu große Neigung zur Aufgeregtheit vorhält, wo es sich doch bei uns eingebürgert hat, die Italiener für aufgeregt, mindestens aber für etwas zu temperamentvoll zu halten. Aber Ferraris steht mit seiner Kritik beileibe nicht allein.

Den Wunsch nach mehr Gelassenheit auf deutscher Seite teilen fast alle unsere Nachbarstaaten, und wir täten uns einen großen Dienst, wenn wir uns diesen Wunsch zu Herzen nähmen, zumal wir den deutsch-deutschen Vereinigungsprozeß nur mit Billigung unserer Nachbarn zum guten Ende führen können. Die Politiker, Diplomaten und Publizisten unserer Nachbarvölker haben oft ein genaueres Registriervermögen, ein präziseres Gedächtnis und eine größere Nüchternheit zur Vorausschau als wir selbst. Dies gilt ganz bestimmt auch für Italien, und da das italienische Volk kaum Vorbehalte gegen uns Deutsche hat, sollten wir die Ratschläge aus dem Süden ernst nehmen.

Hervorragende Unternehmer

Wenn man sich die bewundernswerte Vitalität und den Erfolg italienischer Unternehmer vor Augen führt, so brauchen diese keinen Vergleich zu scheuen. Die Unternehmer Italiens, kleine wie große, besitzen denn auch das nötige Selbstvertrauen. Die Stahlhersteller in Brescia waren zu meiner Zeit tüchtiger – und billiger! – als ihre Konkurrenten in Deutschland. Fiat, Olivetti, Pirelli, Ferrari, Benetton, Montedison und andere waren in der ganzen Welt hoch geachtete Hochleistungs-Unternehmen; Italien darf auf Fiat genauso stolz sein wie Deutschland früher auf den Volkswagen und heute auf Mercedes. Bereits 1978 - es ging um den Beitritt Italiens zum EWS - habe ich Andreotti versichert, daß es nach meiner festen Überzeugung um die Wirtschaft Italiens viel besser bestellt sei, als es die Politiker Italiens wahrhaben wollten. Deutsche Unternehmer bestätigten mir immer wieder die hohe Effizienz ihrer italienischen Konkurrenten. Die Bundesrepublik war - im Export wie im Import - Italiens wichtigster Handelspartner. Die bilaterale Leistungsbilanz wies kontinuierlich italienische Überschüsse auf (dabei spielten natürlich auch die deutschen Urlauber in Italien und die regelmäßigen Geldüberweisungen italienischer Gastarbeiter eine Rolle).

Heute hat Italien mit seiner industriellen Güter- und Dienstleistungsproduktion sowohl Großbritannien als auch Frankreich überholt, es steht als Industrienation - hinter den USA, Japan und Deutschland - an vierter Stelle der freien Weltwirtschaft. Und auch der italienische Lebensstandard liegt deutlich über dem britischen. Zu den wichtigsten Gründen für diesen großen Erfolg gehören Ehrgeiz, Kompetenz und Vitalität der italienischen Unternehmer. Namen wie Agnelli, Benedetti, Berlusconi, Gardini oder Schimberni mit ihrem weltweiten Ruf stehen stellvertretend für ungezählte mittlere und kleine Unternehmer und Unternehmerfamilien.

Ein weiterer Hauptgrund liegt im Fleiß und in der Akkuratesse der italienischen Arbeitnehmer. Viele von ihnen gehen neben ihrem Hauptberuf noch einer anderen Beschäftigung nach - zum großen Teil in Schwarzarbeit. Die hohe private Sparrate beruht wohl zur Hauptsache hierauf. Fundierte Schätzungen beziffern das Bruttosozialprodukt der italienischen Schattenwirtschaft auf 25 bis 30 Prozent, die dem statistisch ausgewiesenen Bruttosozialprodukt hinzugerechnet werden müssen; die für Großbritannien oder Deutschland geschätzte Dunkelziffer liegt dagegen unter 10 Prozent. Ich habe dieses Ausmaß an Schwarzarbeit, die ohne Rechnung und zumeist gegen bar geleistet wird, immer für ein Zeichen ökonomischer Vitalität gehalten. Natürlich ist es zugleich ein Zeichen für die begrenzten Möglichkeiten des italienischen Staates, die Besteuerung tatsächlich durchzusetzen.

Daß die staatlich geführten Unternehmungen bei politischer Günstlingswirtschaft deutlich weniger erfolgreich sind als die privat geführten, liegt vor allem daran, daß sich manche Politiker mehr um ihre jeweilige Klientel und deren Interessen als um die Interessen der res publica kümmern. Der PCI, zeitweise auch der PSI, sowie Teile der DC haben jahrzehntelang immer wieder gewerkschaftlichem Druck nachgegeben, auch wenn dieser gesamtwirtschaftlich unvernünftig war. Die drei konkurrierenden Gewerkschaftsbünde selbst, deren einer weitgehend von den Kommunisten gesteuert war, haben ebenso lange die tatsächlichen materiellen Interessen ihrer Mitglieder verkannt. Endlose Streiks, entsprechende Produktionsverluste und über die Leistungsfähigkeit des Staatshaushaltes hinausgehende sozialpolitische Forderungen haben bis tief in die siebziger Jahre die italienische Arbeitnehmerschaft um einen Teil des Erfolges gebracht, der möglich gewesen wäre.

Seit etwa 1980 ist hier ein wichtiger Wandel insofern eingetreten, als sich große Teile der italienischen Arbeitnehmerschaft von der auf immer neue Streiks gerichteten Taktik ihrer Gewerkschaftsfunktionäre emanzipiert haben. Dies ist ein dritter Grund für den eklatanten wirtschaftlichen Aufstieg Italiens in den achtziger Jahren. Auch die scala mobile bewegte sich sehr viel langsamer – inzwischen ist sie beseitigt –, und die italienische Inflationsrate liegt heute innerhalb des westeuropäischen Spektrums, wenn auch noch immer über der deutschen.

Ähnlich wie Frankfurt die finanzielle Hauptstadt der Bundesrepublik geworden ist, haben Bankenkonzentration und Börse Mailand zur finanziellen Hauptstadt Italiens gemacht; dabei sind sowohl Frankfurt als auch Mailand zu Finanzplätzen von Weltbedeutung aufgestiegen. Auf einen bemerkenswerten Unterschied in der Eigentumsstruktur möchte ich jedoch hinweisen. Während die meisten großen Industrieunternehmen, Banken und Versicherungsinstitute bei uns sich im Besitz des Publikums befinden und der Aktienbesitz weit gestreut ist, sind riesige Aktienpakete italienischer Unternehmen im Besitz einiger weniger großer Familien. Die Familie Agnelli und ihr Oberhaupt, der »avvocato« (Anwalt) Giovanni Agnelli, hat zum Beispiel in Savoyen eine wichtigere Stellung als im vorigen Jahrhundert die Könige von Savoyen. Als Mario Schimberni auf einer Welle des Erfolges aus dem einst vom Staat dirigierten Chemiekonzern Montedison eine Publikumsgesellschaft mit breit gestreutem Aktienbesitz machen wollte, schlossen sich einige der großen Familien zusammen, um durch Aufkaufen von Aktien diesen Prozeß zu verhindern und Schimberni abzusetzen, was ihnen beides gelang.

Natürlich stammen nicht alle großen Unternehmer aus Familien, deren Vermögen auf frühere Generationen zurückgeht; manche der heute erfolgreichen Industriellen und Financiers haben ihre Erfolge im Laufe der letzten fünfzehn bis zwanzig Jahre errungen. Inzwischen sind die italienischen Konzerne dabei, im Vorgriff auf den Gemeinsamen Markt ihre Unternehmungen europaweit auszubauen, ähnlich wie ihre holländischen und deutschen Kollegen. Ob ihre große ökonomische Macht in Italien zu einer publizistischen und politischen Einflußnahme von unzuträglichem Umfang führt, bleibt abzuwarten. Für Deutschland würde ich eine solche Konzentration jedenfalls nicht wünschen.

Agnelli und Schimberni – die beiden italienischen Spitzenunternehmer, die ich persönlich näher kennengelernt habe – sind beide gleichermaßen an der internationalen Politik interessiert. Wie ich bei vielen Konferenzen beobachten konnte, machten beide bei derartigen Gelegenheiten eine ausgezeichnete Figur. Ihre proeuropäische Einstellung erschien mir übrigens selbstverständlich, nicht nur aufgrund der geschichtlichen Tradition Italiens, sondern auch, weil sie von der Einsicht in die ökonomische wie politische Notwendigkeit des westeuropäischen Zusammenschlusses geleitet ist. Die norditalienischen Industriellen scheinen mir mehr Vertrauen in die Arbeits- und Absatzmärkte Westeuropas als in diejenigen des eigenen Südens zu haben. Ohne Zweifel könnten sie durch größere Investitionen im Süden dazu beitragen, das Strukturproblem zu lösen, und hier liegt noch vieles im argen.

Die italienischen Unternehmer haben keine Sorgen wegen deutscher Konkurrenz. Auch die italienischen Politiker haben keine Angst vor dem wirtschaftlichen Gewicht Deutschlands. Aber sie sind besorgt hinsichtlich der politischen Stetigkeit eines vereinigten Deutschland.

Luigi Barzini hat 1983 in seinem hinreißend geschriebenen Buch über »The Impossible Europeans« uns Deutsche als sehr wandelbar bezeichnet. Als Grund für die von ihm diagnostizierte hohe politische Emotionalität und die vielen Demonstrationen in der Bundesrepublik nannte er die Zweiteilung unseres Volkes: »In Wirklichkeit handelt es sich bei der tiefen Emotion unter all den politischen, religiösen und humanitären Argumenten um das durch die Teilung ihres Landes hervorgerufene Unbehagen und um Angst, vor allem um Angst.« Ich habe die Ursachen ähnlich empfunden. Nachdem inzwischen alle Deutschen gleiche Menschenrechte, gleiche Meinungsfreiheit und gleiche Reisefreiheit genießen, nachdem zumindest die wirtschaftliche Vereinigung der beiden deutschen Staaten in Gang gekommen und die staatliche Vereinigung denkbar geworden ist, möchte ich hoffen, daß die Emotionen abebben werden. Jedenfalls ist dies die Hoffnung all unserer Nachbarn, einschließlich der Italiener. Die politische Klasse Italiens betrachtet uns mit Wohlwollen, aber zugleich mit sorgfältiger Skepsis. Ihre Sorge ist, daß nach der Vereinigung frühere deutsche Angst in Überheblichkeit umschlagen könnte. Wir Deutschen unsererseits dürfen auf die Stetigkeit der Italiener vertrauen.

Benelux

Ende der siebziger Jahre kaufte die auf Vorschlag unseres Freundes Kurt Körber von meiner Frau gegründete »Stiftung zum Schutz gefährdeter Pflanzen« mit Hilfe Werner Ottos, eines anderen Hamburger Freundes, eine Wildnarzissenwiese an der deutsch-belgischen Grenze. Wer die Wiese einmal in der Blütezeit gesehen hat – Millionen von gelben Narzissen, die gleichzeitig blühen –, weiß, daß ich nicht übertreibe, wenn ich sage, daß dies ein in Deutschland einmaliges Festival wilder Narzissen ist. Begeistert von diesem Anblick war unter anderen auch eine Gruppe polnischer Förster, deren Blumenenthusiasmus allerdings noch übertroffen wurde, als einer der Begleiter sie aufforderte, über den Bach auf die andere Seite der Wiese zu springen, und sie dort begrüßte: »Willkommen in Belgien!« Dies war für Menschen aus einem Lande des real existierenden Sozialismus unvorstellbar: daß man einfach mir nichts, dir nichts über eine Staatsgrenze springen konnte, keine Zöllner, keine Polizisten, keine Grenzmarkierungen weit und breit – das war eine noch größere Sensation als die Narzissenwiese.

Die gute Nachbarschaft mit Belgien, auch mit Holland und Luxemburg hat keine alte Tradition. Zweimal hat das Deutsche Reich Belgien und Luxemburg mit Krieg und Besatzung überzogen, im Zweiten Weltkrieg auch Holland. Vor allem der Zweite Weltkrieg hat über unsere Nachbarn im Westen unermeßliches Leid gebracht, angefangen bei der Bombardierung Rotterdams, mit der die schnelle Kapitulation erzwungen werden sollte, bis hin zu den Massendeportationen. Von 140 000 holländischen Juden sind 105 000 in deutschen Konzentrationslagern umgekommen.

Selbst die gröbsten Daten und Fakten der Geschichte Belgiens und Hollands sind uns Deutschen kaum geläufig. Friedrich Schiller schrieb eine »Geschichte des Abfalls der vereinigten Niederlande von der spanischen Regierung«, die heutzutage kaum mehr gelesen wird, und auch Goethes »Egmont« kennen wir mehr dem Hörensagen nach. Die uns selbstverständlich gewordene Wirtschaftsunion unter dem modernen, technokratisch klingenden Stichwort Benelux, vielleicht auch der anhaltende Sprachenstreit zwischen den flämisch und den französisch sprechenden Volksteilen Belgiens haben uns den Blick für die komplizierte Entstehungsgeschichte der beiden Königreiche und ihre sehr ausgeprägte, jeweils eigenständige politische Kultur verstellt.

Im sechzehnten Jahrhundert hatten die Menschen in den Gebieten der heutigen Staaten Belgien und Holland noch weitgehend das gleiche Schicksal. Zwar war der nachmalige Kaiser Karl V. 1500 in Gent geboren und in Mechelen in der Nähe von Brüssel aufgewachsen; aber unter seinem Sohn Philipp II. nahm die Unterjochung der Niederlande durch die spanische Besatzungsmacht, insbesondere durch Herzog Alba, schlimme Formen an. Alba verwüstete besonders Flandern. Die Namen der Grafen Egmont und Hoorne, Widerstandsführer, die Alba 1568 auf der Grande Place in Brüssel hinrichten ließ, haben in der belgischen Geschichte eine ähnliche Bedeutung wie Wilhelm von Nassau-Oranien in der holländischen Tradition.

1581 konnten sich sieben Provinzen der nördlichen Niederlande befreien, und am Ende des Dreißigjährigen Krieges bestätigte der Friede zu Münster und Osnabrück 1648 die schon gewonnene Unabhängigkeit der Republik der Niederlande. Sie umfaßte im wesentlichen das Gebiet des heutigen Königreiches der Niederlande, das wir Deutschen beharrlich Holland nennen (in Wahrheit ist »Holland« nur der Name zweier Provinzen). Das Gebiet des heutigen Königreiches Belgien dagegen blieb damals bei den spanischen Habsburgern, es fiel später an das österreichische Haus Habsburg.

Erst nach mehr als zwei Jahrhunderten, nach den Napoleonischen Kriegen, hat der Wiener Kongreß 1815 beide Teile wieder zusammengefaßt, nämlich zum Königreich der Niederlande (bei Personalunion mit Luxemburg). Aber nun zeigte sich, daß die Völker sich auseinander entwickelt hatten. In den südlichen Niederlanden, also im heutigen Belgien, war man katholisch geblieben und hatte im Laufe der Jahrhunderte starke romanische und französische Einflüsse aufgenommen. Für die Lebensfreude der Flamen sprechen schon die üppigen Gemälde des Peter Paul Rubens zweihundert Jahre zuvor. Die Menschen in den nördlichen Niederlanden dagegen waren puritanische Calvinisten, wirtschaftlich überlegen. Das vereinigte Königreich wurde vom Norden aus, von Den Haag, regiert. Dies führte nach fünfzehn Jahren, 1830, zum Aufstand des Südens gegen den niederländischen König. Ein Jahr später wurde das separate Königreich Belgien gegründet; Belgien ist also ein relativ junger Staat, wenn auch sein Name schon von den alten Römern stammt.

Holland kann seit dem Ende des 16. Jahrhunderts als Nationalstaat gelten; der Befreiungskampf gegen die Spanier hat die Nation entstehen lassen. Die Belgier hingegen erwecken aufgrund der Feindschaft zwischen Flamen und Wallonen oft Zweifel an der Identität der belgischen Nation; die kleine, nur 65 000 Menschen umfassende deutschsprechende Minderheit fällt dabei nicht ins Gewicht. Die Bewohner der Hauptstadt Brüssel empfinden sich neben den flämisch und den französisch sprechenden Volksteilen als ein drittes Element; allerdings spielt das Französische in Brüssel eine wichtigere Rolle als das Flämische – jedenfalls in den Oberschichten. Die politischen Parteien existieren doppelt, jeweils als flämische und als wallonische Partei, und die Regierungsmitglieder müssen laufend beide Sprachen sprechen. Leo Tindemans, Ministerpräsident von 1974 bis 1978, und Wilfried Martens, Ministerpräsident seit 1978 (mit kurzer Unterbrechung im Jahre 1981), meine beiden Kollegen, mußten ihre wichtigste Aufgabe darin sehen, die zentrifugalen Kräfte des Landes zusammenzuhalten.

Das Wort Benelux, das eine lateinische Assoziation auslösen kann, etwa im Sinne von »gutes Licht«, ist aus den Anfangsbuchstaben der drei Länder Belgien, Niederlande und Luxemburg gebildet. Der Benelux-Vertrag beruht auf Vereinbarungen, welche die drei Exilregierungen während des Zweiten Weltkrieges in London getroffen hatten. Alle drei zusammen haben gut 25 Millionen Einwohner (Belgien etwa 10 Millionen, Holland etwa 15 Millionen); Holland ist so groß wie Nordrhein-Westfalen, aber schon allein wirtschaftlich von größerer Bedeutung. In den letzten Jahrzehnten hat die Bedeutung der Benelux-Wirtschaftsunion stark abgenommen, weil die Volkswirtschaft aller drei Staaten im größeren Verbund der EG aufgegangen ist.

Alle drei Benelux-Staaten sind, aus den gleichen Motiven wie Italien, seit dem Beginn der westeuropäischen Einigungsbestrebung in den fünfziger Jahren EG-Mitglied und Fürsprecher des weiteren Integrationsprozesses. Sie sind ebenso bewußte Anhänger und Mitglieder des Nordatlantischen Bündnisses und der NATO. Weder als Verteidigungs- oder Finanzminister noch als Bundeskanzler habe ich holländische, belgische oder luxemburgische Kollegen kennengelernt, die etwa Zweifel gehegt hätten an der entscheidenden Bedeutung, welche EG und Nordatlantik-Pakt für ihre Staaten und für Europa insgesamt haben. Dies traf auch für die beiden Königshäuser zu und ebenso für Großherzog Jean von Luxemburg.

Verständlicherweise legten Belgier und Holländer von Anfang an Wert darauf, daß weder in der EG noch in der Allianz sich ein Direktorium der größeren Staaten herausbildete. Zum einen befürchteten sie, daß dann ihre eigenen Interessen nur unzureichend berücksichtigt werden würden, zum anderen sahen sie sich aus innerpolitischen Gründen veranlaßt, gleichberechtigt zu erscheinen. Die besonders enge Zusammenarbeit zwischen Giscard d'Estaing und mir wurde in Den Haag und in Brüssel nicht ohne Skepsis und gelegentliche Sorge verfolgt. Später wurde sie weitestgehend akzeptiert, weil ein gutes Einvernehmen zwischen Franzosen und Deutschen im Interesse der Benelux-Staaten liegt.

Für die Benelux-Staaten war es wichtig, daß einer der Ihren das Amt des Generalsekretärs der Nordatlantischen Allianz bekleidete. Auf den vormaligen belgischen Ministerpräsidenten Paul Henri Spaak folgte 1961 der Holländer Dirk Stikker. Zehn Jahre später kam mit Joseph Luns für lange Zeit wieder ein Holländer. Den größten Einfluß auf die Gesamtstrategie der Allianz hatte jedoch ein belgischer Außenminister: Pierre Harmel. Der mit Harmels Namen verbundene, unter seinem Vorsitz verfaßte Bericht gab Ende 1967 dem westlichen Bündnis die noch heute gültige doppelte Gesamtstrategie. Er verknüpfte das Prinzip der Abschreckung durch gemeinsame Verteidigungsanstrengungen und gemeinsame Verteidigungsfähigkeit mit dem Angebot an die Sowjetunion, durch Verträge auf dem Gebiet der Rüstungsbegrenzung und des wirtschaftlichen Austausches zum beiderseitigen Vorteil zusammenzuarbeiten. Es war diese zweigleisige Gesamtstrategie, welche sowohl die deutschen Ostverträge und das Viermächteabkommen über Berlin ermöglichte als auch die amerikanisch-sowjetischen Rüstungsbegrenzungsverträge unter den Stichworten SALT und ABM. Auch der NATO-Doppelbeschluß über die Mittelstreckenwaffen stand auf dem Boden des damals schon zwölf Jahre alten Beschlusses des Nordatlantik-Rates zum Harmel-Bericht.

Ein holländischer Journalist hat sich einmal darüber beklagt, daß die deutschen Bundeskanzler die kleinen Nachbarn im Westen ignorierten. Für mich trifft dies nicht zu. Allenfalls war es ein Fehler, daß ich die Kontakte nicht immer mittels Pressemitteilungen, Pressekonferenzen oder Fernsehinterviews an die große Glocke gehängt habe. Der Grund dafür lag in meiner Besorgnis, in der öffentlichen (oder veröffentlichten) Meinung der Benelux-Staaten könnten allzu häufige Bemühungen des deutschen Regierungschefs als Versuch zu Bevormundung und Dominanz mißverstanden werden. Wie man's macht, ist es verkehrt. Tatsächlich weisen meine Terminkalender für die achteinhalb Jahre meiner Kanzlerzeit neun gegenseitige Besuche zwischen Luxemburg und Bonn aus, elf zwischen Den Haag und Bonn und vier zwischen Brüssel und Bonn. Dabei sind die vielen bilateralen Gespräche, die wir am Rande der Sitzungen des Europäischen Rates oder des Nordatlantik-Rates arrangierten, ebensowenig mitgezählt wie die vielen Besuche von Ministern der Benelux-Staaten bei mir und schon gar nicht meine privaten Besuche bei belgischen oder holländischen Politikern. Nur mit Frankreich hatte ich noch intensiveren Kontakt als mit Holland und Luxemburg.

Wenn ich im folgenden meine Erfahrungen mit den Benelux-Staaten resümiere, dann stehen im Mittelpunkt nicht bilaterale politische oder wirtschaftliche Probleme, denn solche hat es kaum gegeben. Vielmehr ging es im Gespräch mit den luxemburgischen, belgischen und holländischen Staatsmännern fast ausschließlich um multilaterale Themen und Aufgaben, zumeist im Rahmen der EG oder der Allianz. Dabei wurden wir uns in den meisten Fällen ohne größere Schwierigkeiten einig. Jedoch habe ich oft genug die tiefsitzenden Ressentiments gespürt, die besonders unter den Holländern uns Deutschen gegenüber noch lebendig sind, und auch davon wird zu berichten sein.

Flamen und Wallonen

Zur Kennzeichnung des thematischen Rahmens zahlreicher deutsch-belgischer Konferenzen und Gespräche will ich etwas ausführlicher auf einen Besuch Leo Tindemans in Bonn am 3. Juli 1974 eingehen. Wir waren beide als Regierungschefs erst wenige Wochen im Amt. Tindemans, ein flämischer Christdemokrat, hatte eine komplizierte Dreierkoalition aus Flamen und Wallonen zusammenzuhalten, um seine knappe Parlamentsmehrheit behaupten zu können. Zum einen hing die Kohärenz seiner Regierung davon ab, wieweit sie Erfolg haben würde mit der Regionalisierung der belgischen Staatsverwaltung; zum anderen war entscheidend, wieviel persönliches Prestige der Ministerpräsident aufzubringen vermochte. Sein Ansehen hoffte Tindemans vor allem auf dem Felde der Europa- und der Außenpolitik zu mehren. Am 29. Dezember 1975 legte er denn auch im Auftrag der Staats- und Regierungschefs der EG den sogenannten Tindemans-Bericht zur Europäischen Union vor, der seinerzeit viel diskutiert wurde. Die europapolitisch am stärksten engagierte Persönlichkeit in der damaligen belgischen Regierung war wohl Vicomte Etienne Davignon, der politische Kopf des belgischen Außenministeriums. Er hatte bereits als junger Mann Spaak und Harmel gedient; später bin ich ihm als Mitglied der EG-Kommission häufig begegnet.

Die Belgier hatten für das Treffen im Sommer 1974 die Themen angegeben, über die sie sich mit uns auszutauschen wünschten: Europäische Politische Zusammenarbeit (EPZ, ein in den Bürokratien verwendetes Akronym für die außenpolitische Zusammenarbeit zwischen den EG-Staaten gegenüber Dritten); Straffung der Ministerratssitzungen der EG; wirtschafts- und währungspolitische Fragen; europäisch-amerikanisch-japanische Zusammenarbeit; Energieversorgung. Wir befanden uns auf dem Höhepunkt der ersten Ölpreisexplosion, unsere Zahlungsbilanzen sahen schlecht aus. Die belgische Inflationsrate lag deutlich über 10 Prozent, und Tindemans hatte soeben ein ökonomisches Stabilitätsprogramm verkündet. Die Probleme lagen in allen EG-Ländern ähnlich, wenn auch die Bundesrepublik etwas glimpflicher davonkam.

Über alle diese Themen haben wir miteinander gesprochen, außerdem noch über einige aktuelle NATO-Probleme. Belgien trug sich mit dem Gedanken einer Wehrreform; die Verteidigungsausgaben des Landes betrugen zu jener Zeit 3,1 Prozent des Bruttosozialprodukts, die der Bundesrepublik 3,9 Prozent, einschließlich der von der NATO anerkannten besonderen Berlin-Ausgaben sogar 4,7 Prozent des BSP. Belgien stand im Begriff, die in der Bundesrepublik stationierten belgischen Truppen von 35 000 auf 20 000 zu reduzieren. Da der Truppenabbau von der NATO bereits gebilligt worden war, war dies kein Punkt unseres Gespräches.

Bilaterale Themen kamen überhaupt nicht vor, und mir sind auch keinerlei Divergenzen in Erinnerung. Der wichtigste Teil solcher Treffen, von denen es viele gab und die immer sehr ähnlich verliefen, waren die »Vieraugengespräche«, in denen wir auch recht deutlich über dritte Regierungen sprachen und darüber, wie sie zu behandeln seien. Dieser deutsch-belgische Erfahrungsaustausch gestaltete sich zunehmend ohne Förmlichkeiten und gemütlicher. Nur einmal gab es eine Ausnahme, nämlich den zweitägigen »offiziellen Besuch«, den ich im Februar 1980 dem Königreich Belgien abstattete. König Baudouin war krank, legte aber Wert auf einen Besuch; ansonsten ließ er sich protokollarisch durch Königin Fabiola und seinen Bruder Prinz Albert vertreten.

Die Königin gab in Schloß Laeken ein Mittagessen, das – ganz wie in Hamburg – »Frühstück« genannt wurde. Mir war Schloß Laeken,

Offizieller Besuch bei König Baudouin und Königin Fabiola auf Schloß Laeken, Februar 1980.

genauer gesagt, der Schloßpark, in guter Erinnerung. Im März 1945 war ich in britische Gefangenschaft geraten; die Briten, auf so viele deutsche Kriegsgefangene nicht vorbereitet, brachten uns nach Belgien und packten uns auf eine grüne Wiese neben dem Park des Schlosses Laeken. Das Wetter war erträglich, und man konnte unter freiem Himmel schlafen. Auch den Hunger konnte man aushalten. Die Ungewißheit über das Schicksal der Nächsten aber war schmerzlich. Ich versuchte, meiner inneren Unruhe Herr zu werden, indem ich immer wieder auf die Kathedrale von Mechelen blickte, deren Turm in weiter Ferne über das flache Land hinausragte; Loki hatte mir von Mechelen erzählt, das sie in der Vorkriegszeit einmal besucht hatte.

1980 also sah ich Laeken wieder, diesmal auch von innen. König Baudouin vermittelte mir den Eindruck eines ernsten, politisch sehr interessierten, sympathischen Mannes, der äußerst vorsichtig urteilte. Wahrscheinlich war diese Zurückhaltung aufgrund der Stellung des Königshauses als Bindeglied zwischen Flamen und Wallonen erforderlich. Die Gespräche mit Wilfried Martens hingegen, dem Nachfolger Tindemans, entwickelten sich um so freimütiger und offener. Es ging um den Doppelbeschluß und andere Themen der Solidarität in der Allianz, um die Invasion in Afghanistan, die Lage im Persischen Golf, Hilfe für die Türkei, SALT-II-Ratifizierung, kurz um alle unsere beiden Staaten gemeinsam berührenden Fragen der internationalen Politik. Ein Gespräch über etwaige offene bilaterale Fragen war hingegen nicht notwendig.

Zur Vorbereitung derartiger Konferenzen wurde mir stets eine dicke Mappe mit Ausarbeitungen des Außenministeriums und anderer Ministerien überreicht, in der zu allen Fragen, die im Gespräch möglicherweise auftauchen konnten, der Stand der Dinge referiert war. Allein die vom Bundeskanzleramt erarbeitete Zusammenfassung, die der Akte normalerweise vorgeheftet war, umfaßte zumeist mindestens 30 Seiten. Ich habe sie immer kritisch durchgearbeitet, auch Erläuterungen oder Ergänzungen angefordert. So auch 1980 für den Besuch in Belgien. Eine Überschrift auf einer der ersten Seiten der Vorlage lautete »Bilaterale Beziehungen problemlos«. Ich habe sie am letzten Tag des offiziellen Besuches im Palais d'Egmont in meiner Erwiderung auf Martens' Tischrede zitiert.

Zutreffend schrieb die »Neue Zürcher Zeitung« in ihrem Kommentar zu meinem Belgien-Besuch: »Die leidvollen Kriegserfahrungen haben die mit internen Auseinandersetzungen beschäftigten Belgier schneller bewältigt als viele ihrer Nachbarn. Das heutige Deutschland wird in der belgischen Öffentlichkeit zwar kritisch, jedoch mit weniger Härte und durch die Vergangenheit bestimmten Vorurteilen betrachtet als in Holland oder in Frankreich.«

Während es in Luxemburg schon feiner Sensoren bedurfte, um antideutsche Ressentiments zu verspüren, während diese sich in Holland heute noch virulent, zum Teil aggressiv äußern und ziemlich allgemein verbreitet sind, bleiben sie in Belgien unterschwellig und sind überdeckt durch permanente Auseinandersetzungen und Eifersüchteleien zwischen Flamen, Wallonen und den Bürgern der Stadt Brüssel. Gleichwohl: Auch in Belgien ist nichts vergessen, weder die Zerstörungen im Ersten Weltkrieg, als die Front fast vier Jahre lang quer durch Belgien verlief, noch die deutsche Besatzungsmacht während des Zweiten Weltkrieges.

Als vor vier Jahrzehnten das Atlantische Bündnis und die Europäische Gemeinschaft für Kohle und Stahl (EGKS) als Vorläuferin der heutigen EG aus der Taufe gehoben wurden, hat die Sicherung vor Deutschland in den Benelux-Staaten wohl die entscheidende Rolle gespielt. Inzwischen ist dieses Motiv – jedenfalls in Belgien und Luxemburg – längst in den Hintergrund getreten; die Bundesrepublik ist der wichtigste Wirtschaftspartner Belgiens, beide Volkswirtschaften sind eng verzahnt. Aber ich wiederhole: die Deutschen haben zweimal in diesem Jahrhundert die belgische Neutralität verletzt und das Land zweimal mit Verwüstung überzogen. Dies hat seine Spuren hinterlassen. Als ich bei jenem »offiziellen« Besuch auch einen deutschen Soldatenfriedhof besuchte, konnte ich die Gefühle meiner belgischen Gastgeber freilich nur ahnen.

Aber ich erinnerte mich an eine Erzählung meiner Frau, die im Frühling 1939 mit einer Gruppe Hamburger Pädagogikstudenten, welche Niederdeutsch als Wahlfach betrieben, mit dem Fahrrad in Holland und Flandern unterwegs gewesen war. Der Hamburger Kaufmann und Mäzen Alfred Toepfer, der noch heute, im hohen Alter, die Völkerverständigung in Europa fördert, hatte die Reise finanziell ermöglicht. In Flandern hatten sich einige der jungen Leute verfahren; in einem Dorf mit kleinen, hübschen, neuen Häusern, die alle im gleichen Stil gebaut waren, klopften sie an und baten um Wasser. Sie wurden hereingebeten, und in der Wohnstube, wo mehrere Erwachsene versammelt waren, entwickelte sich ein Gespräch. Die Flamen konnten das Plattdeutsch der Studenten verstehen, wußten es aber nicht einzuordnen. Als die

Studenten sagten, sie kämen aus Deutschland, entstand eisiges Schweigen. Erst als ein Kleinkind in der Wiege mit fröhlichen Lauten auf Lokis Fingerspiele reagierte, war der Bann gebrochen. Wie sich dann herausstellte, war das Dorf im Ersten Weltkrieg von deutschen Truppen dem Erdboden gleichgemacht worden. Als man sich mit guten Wünschen verabschiedete, ahnte keiner, daß der nächste Krieg und der nächste deutsche Einmarsch vor der Tür standen. Was mögen diese Flamen dann gegenüber den Deutschen empfunden haben - und was denken sie heute?

Das Flämische, das Holländische und die niederdeutschen Mundarten sind im übrigen eng miteinander verwandt, und auch das Friesische weist gewisse Ähnlichkeiten auf. Es ist ein in Deutschland weit verbreiteter Irrtum zu glauben, Holländisch, Flämisch oder die plattdeutschen Mundarten seien nur Dialekte des Deutschen. Das Hochdeutsche stammt aus den gleichen Wurzeln wie das Niederdeutsche, das Holländische oder das Englische, aber jede dieser Sprachen war schon früh anderen Einflüssen ausgesetzt und hat andere Lautverschiebungen durchgemacht.

Das Plattdeutsche in Niedersachsen, Holstein, Hamburg oder Mecklenburg ist älter als Luthers Hochdeutsch, das Friesische ist noch älter als das Plattdeutsche. Das Holländische hat sich - kurz nach der Ausbreitung von Luthers Hochdeutsch - als allgemeine Schriftsprache in den Niederlanden durchgesetzt. Die Flamen können das Holländische gut verstehen, das Flämische ist mit dem Holländischen engstens verwandt; beide Sprachen werden auch als niederländisch zusammmengefaßt; Felix Timmermans ist ein besonders in Norddeutschland gern gelesener Autor. Die Tatsache, daß nur 14 Millionen Holländisch, nur 6 Millionen Flämisch und nur wenige hunderttausend Menschen Friesisch als Muttersprache sprechen, verleitet manche Deutschen - wenngleich wir selbst das Hochdeutsche zum Teil mit starken mundartlichen Einfärbungen sprechen - zur Überheblichkeit gegenüber den »Dialekten« unserer westlichen Nachbarn. Es gibt auch umgekehrt bei manchen Holländern eine gewisse Arroganz gegenüber der als hart und unnötig kompliziert empfundenen deutschen Sprache.

Zur Zeit Martin Luthers und seines Zeitgenossen Erasmus von Rotterdam begann der langsame Niedergang des Lateinischen als allgemeine Sprache der Kirche und der Wissenschaften in Europa. Es begann der Aufstieg der nationalen Sprachen. Die spätere Vorherrschaft des Französischen als Sprache der Höfe und der Diplomatie ist inzwischen wieder zu Ende gegangen. Statt dessen hat sich mit dem Aufstieg der USA zur Weltmacht und seit dem Zweiten Weltkrieg das Englische im wesentlichen Teil Europas als neue lingua franca durchgesetzt. Den Franzosen mißfällt diese Entwicklung sehr, auch in Brüssel würde man lieber am Französischen als Sprache der internationalen Politik festhalten; die Deutschen und die Skandinavier haben den Wechsel zum Englischen hingegen mit Sympathie aufgenommen, weil sie die Sprache relativ leicht lernen. Sehr viele Holländer freilich lernen und sprechen sowohl Französisch als auch Englisch als auch Deutsch; ich weiß nicht, ob hier eine besondere sprachliche Begabung vorliegt oder ob die Zweckmäßigkeit den Ausschlag gibt. Wahr ist jedenfalls, daß ein ausländischer Politiker oder Geschäftsmann - spreche er nun Französisch, Englisch oder Deutsch - in Den Haag oder Amsterdam gleicherweise verstanden wird; die Holländer ragen mit ihren fremdsprachlichen Fähigkeiten unter den Völkern Europas deutlich hervor - vielleicht stehen die Schweden an zweiter Stelle. Wir Deutschen sind dagegen ziemlich ärmlich ausgerüstet, denn bei den meisten von uns reicht es nur zu einer einzigen Fremdsprache; holländisch oder flämisch spricht kaum einer von uns.

Viele Norddeutsche fühlen sich hingezogen zu den alten flandrischen Handelsstädten wie Gent und Brügge. Die Hanse unterhielt hier Kontore, ebenso wie in Amsterdam. Aber die Städte - bei uns etwa Bremen, Hamburg, Lüneburg, Lübeck, Rostock, Stralsund oder Danzig - haben sich im 14. und 15. Jahrhundert nicht nur in Schiffahrt und Handel gegenseitig befruchtet, sondern ebenso im Handwerk - die flandrischen Städte waren darin zunächst viel weiter fortgeschritten -, im Lebensstil und besonders in der Architektur. Das prächtige Rathaus zu Bremen hätte genausogut in Brüssel gebaut werden können. Und umgekehrt kann ich mir manche der alten Häuser in Gent oder Brügge ebenso in den deutschen Städten entlang der Ostseeküste vorstellen, deren Stadtkerne im Zweiten Weltkrieg allerdings weitgehend zerstört worden sind.

In den Städten des deutschen Nordens gab es freilich kaum eine architektonische Anlage, welche an Pracht und Geschlossenheit dem alten Marktplatz in Brüssel, der Grande Place, gleichgekommen wäre. Als traditionsbewußter Hanseat habe ich mich dort immer sehr wohl gefühlt, übrigens auch in den Restaurants dieses Viertels, die sehr gut zubereitete, leider sehr üppige Mahlzeiten anbieten. In einer Seitengasse steht seit sechshundert Jahren das »Manneken Pis«, der pinkelnde

Junge, der in seiner symbolischen Rolle zu sagen scheint: Was kümmern mich die anderen! Der Till Eulenspiegel in Mölln ist dagegen ein Spaßmacher mit Hintersinnigkeit. Die deutschen Eulenspiegelgeschichten sind übrigens auch eine kulturelle Anleihe bei den Flamen; denn Eulenspiegel stammt aus Flandern, und die Flamen waren es, die ihn zur legendären Figur gemacht haben.

Brüssel war ursprünglich die Hauptstadt des Herzogtums Brabant. Zur Zeit Karls V., welcher der Stadt 1549 mit großem Prunk einen Besuch abstattete, war Brüssel gemeinsam mit Gent, Brügge und Antwerpen eine der Metropolen des Reiches. Karl V. dankte wenige Jahre später ab und zog sich nach Spanien in ein Kloster zurück. Unter seinem Sohn begann die Leidenszeit für die spanischen Niederlande.

Jahrhunderte später, nach der Trennung Belgiens vom Königreich der Niederlande, wurde Brüssel die Hauptstadt des neuen Staates Belgien. Von möglichen Resten alter Feindschaft gegen die Spanier habe ich unter meinen belgischen Gesprächspartnern nie etwas gespürt.

In Belgien ist man, soweit ich dies beobachten konnte, zufrieden mit der Rolle, die das Land heute in Europa spielt. Zwar hat sich nicht nur der französisch sprechende Teil der Oberschicht immer stark an Frankreich orientiert, sondern auch die ganze Wallonie, deren Kohlenbergbau das traurige Schicksal des angrenzenden französischen Kohlenreviers teilt; aber man ist in Brüssel doch froh, in der EG und in der NATO Frankreich gegenüber – und erst recht gegenüber Deutschland – als gleichberechtigt zu gelten. Natürlich weiß und akzeptiert man auch in Belgien, daß die großen Staaten mehr Gewicht haben als die kleineren. Aber die Tatsache, daß sie im Europäischen Rat, in den Ministerräten der EG, in der Kommission der EG und im NATO-Rat sitzen, verleiht auch den kleineren Ländern ein Gewicht in der europäischen Politik und sogar in der Weltpolitik, das sie anders nicht erlangen könnten.

Weil Brüssel Sitz des NATO-Rates wie auch Sitz der Kommission der EG ist, hat Belgien fast zwangsläufig einen starken atmosphärischen Einfluß; er ergibt sich aus dem hohen Anteil an belgischem Verwaltungspersonal, aus den gesellschaftlichen Kontakten in Brüssel, schließlich auch aus der Tatsache, daß frühmorgens fast überall die belgischen Zeitungen als erste auf den Tischen liegen. Brüssel ist gegenwärtig die Hauptstadt Westeuropas – was die französischen Politiker ein wenig wurmt und sie darum kämpfen läßt, wenigstens das Europäische Parlament in Straßburg zu verankern.

In den späten fünfziger Jahren gehörte ich selbst dem Europäischen Parlament an, gemeinsam mit meinem Freund Willi Berkhan. Wir waren vom Bundestag delegiert; erst zwei Jahrzehnte später haben Giscard d'Estaing und ich mithelfen können, direkte Wahlen einzuführen. Zu den Vormittagssitzungen in Brüssel mußte man früh, meist noch bei Dunkelheit, in Bonn aufbrechen; die Fahrt mit unserem Volkswagen dauerte über vier Stunden, weil es in Belgien noch keine Autobahn gab und auch die Autobahn von Köln nach Aachen nur zum kleineren Teil fertiggestellt war. Wir saßen auf den hinteren Sitzen des Käfers, weil man dort besser schlafen konnte; Anschnallgurte gab es noch nicht. Unsere Sekretärin Ruth Wilhelm war zugleich unser Fahrer. Gewöhnlich fuhren wir durch den holländischen Zipfel bei Maastricht, weil man dort schon am frühen Morgen in einer Kneipe ein reichhaltiges Frühstück bekam. Unsere Fahrerin machte sich jedesmal den gleichen Spaß: Sie bremste scharf, wir rutschten im Schlaf von unseren Sitzen, und sie rief fröhlich: »Frühstück«!

Die Fahrt nach Brüssel ging weiter über Löwen. Diese Stadt hatte für Deutsche drei Namen, denn in Belgien heißt sie zugleich Leuven (für die Flamen) und Louvain (für die Wallonen). Auch Löwen ist zeitweilig Hauptstadt von Brabant gewesen. Trotz großer Zerstörungen gibt es auch in Löwen schöne, ehrwürdige alte Bauwerke. Am besten ist mir der Beginenhof in Erinnerung, einstmals Sitz frommer Schwestern und heute Teil der Universität. Diese »Katholische Universität« hat mir später einen Ehrendoktor verliehen, auf den ich besonders stolz bin.

Ebensooft wie nach Brüssel mußten wir zu Sitzungen nach Straßburg und bisweilen auch nach Luxemburg. Nach Luxemburg – von Bonn aus quer durch die Eifel – fuhr ich gern selbst, weil ich ein begeisterter Autofahrer war und mir das Fahren auf den zum Teil eng gewundenen, romantischen Mittelgebirgsstraßen besonderen Spaß machte. Natürlich saßen auch hier immer mehrere Abgeordnete in einem Wagen, so daß man unterwegs vielerlei miteinander bereden konnte. Einmal hatte ich die Kollegen Walter Scheel (FDP), den späteren Bundespräsidenten, und Ernst Müller-Hermann (CDU) dabei. Keiner von beiden ist jemals wieder mit mir gefahren, offenbar ist ihnen meine Fahrweise ein Graus gewesen.

Finanzplatz Luxemburg

Das heutige Großherzogtum Luxemburg gehörte im Verlauf seiner wechselvollen Geschichte zu Lothringen, zu Burgund, wurde von österreichischen, später von spanischen Habsburgern regiert, zählte zeitweise zu Frankreich, zu Holland und auch zu Belgien. In der ersten Hälfte des 19. Jahrhunderts war die Stadt Luxemburg (theoretisch) Festung des Deutschen Bundes, bis 1919 gehörte das Land zum deutschen Zollverband; in beiden Weltkriegen wurde es von Deutschland überrannt. Heute ist Luxemburg ein souveräner Staat, der 1989 den 150. Jahrestag seiner Unabhängigkeit gefeiert hat.

Die Wirtschaft dieses 400 000 Einwohner umfassenden Staates (davon ein Viertel Ausländer) ist auf die Bundesrepublik und – etwas weniger stark – auf Belgien ausgerichtet. Die bedeutendsten Wirtschaftsfaktoren waren zu meiner Zeit der große Montankonzern ARBED (mit seiner deutschen Tochter Eschweiler-Bergwerks-Verein – EBV) und die vielen in Luxemburg niedergelassenen Bankfilialen sowie Finanzierungs- und Holdinggesellschaften. Die ARBED hat einmal 30 000 Leute beschäftigt, heute sind es noch 12 000. Aber weil Luxemburg eine Steueroase innerhalb der EG ist, konnte der Verlust an Arbeitsplätzen aufgefangen werden.

Abgesehen von Forderungen, Bonn solle den EBV subventionieren – wir waren bereit, ihn durch eine einmalige Zahlung abzufinden –, gab es mit Luxemburg keine Interessenkollisionen – genausowenig wie mit Brüssel oder mit Den Haag. Meine Gesprächspartner waren Großherzog Jean, die sich gegenseitig ablösenden Staatsminister (Ministerpräsidenten) und Finanzminister Werner und Thorn sowie der Aufsichtsratsvorsitzende des EBV, Burckhardt – allesamt konziliante, tüchtige Männer. Meist ging es um Fragen der EG oder des westlichen Bündnisses. Als Verteidigungsminister habe ich einmal die luxemburgische Streitmacht in Bataillonsstärke in einem NATO-Manöver erlebt. Je kleiner ein Mitgliedsstaat ist, desto größeren Wert legt er auf gemeinschaftliche Entscheidungen und auf die Stärkung der gemeinschaftlichen Organe; denn dies erscheint ihm als der beste Weg zu Gleichberechtigung und Mitbestimmung. Dies galt für Island (nur Mitglied der Allianz, nicht der EG), Irland (nur Mitglied der EG, nicht der NATO) und Luxemburg in gleicher Weise.

Luxemburg hatte erreicht, Sitz des Europäischen Gerichtshofes und des Rechnungshofes der EG zu werden. Darüber hinaus spielten Pierre

Werner und Gaston Thorn, Männer von großem Sachverstand, in den Ministerräten der EG und im Europäischen Rat eine wichtige Rolle. Werner hat am 8. Oktober 1970 den sogenannten Werner-Bericht vorgelegt, einen Bericht einer vom Rat der Europäischen Gemeinschaft eingesetzten Arbeitsgruppe an Rat und Kommission über die stufenweise Verwirklichung der Wirtschafts- und Währungsunion in der Gemeinschaft, der beim Ausbau der EG zur Wirtschafts- und Währungsunion auch heute noch als Orientierungshilfe dient.

Weil ich aus meiner Finanzministerzeit wußte, wie empfindlich Luxemburg reagieren konnte, wenn es glaubte, übergangen zu werden, habe ich Wert darauf gelegt, schon bald nach meinem Amtsantritt als Bundeskanzler ausführlich mit Gaston Thorn zusammenzutreffen, der damals Ministerpräsident war. Gaston Thorn ist zehn Jahre jünger, Pierre Werner fünf Jahre älter als ich, er war schon mit 40 Minister geworden. Werner war in Frankreich geboren, Thorn war in Frankreich aufgewachsen; im Krieg hatten die Deutschen ihn und seinen Vater inhaftiert. Beide besaßen einen guten Überblick über die französische politische Landschaft und konnten mir manchen Hintergrund erklären. Thorn war etwas beweglicher als Werner, aber beide erwiesen sich als überzeugte Anhänger und Promotoren der weiteren Integration im Rahmen der EG. 1981 wurde Thorn Präsident der EG-Kommission.

Eine der ganz seltenen Meinungsverschiedenheiten mit Gaston Thorn betraf das Europäische Parlament. Als wir Mitte der siebziger Jahre auf die Direktwahl des Europäischen Parlaments zugingen, kam der Gedanke einer Zweiten Kammer auf. Bei unserem ersten Gespräch als Regierungschefs am 23. September 1974 sagte ich Thorn, ich fände dies eine merkwürdige Idee. Nach Meinung aller seien die Kompetenzen des Europäischen Parlaments doch viel zu gering; wenn diese nun zugunsten der propagierten Staatskammer weiter verringert würden, bliebe noch weniger Entscheidungsmacht beim Parlament. Das hinge ganz von der Sitzverteilung im Parlament ab, antwortete Thorn. Wenn man die Abgeordnetenmandate so auf die neun Länder verteile, wie es der Zahl der Einwohner entspreche, dann brauchten die kleineren Staaten eine Staatskammer, damit sie vor Überstimmung geschützt seien. Wenn es sich wirklich durchsetze, daß die Mitglieder der Ersten Kammer in den neun Ländern direkt vom Volk gewählt werden und nicht mehr gleichzeitig Abgeordnete ihres nationalen Parlaments sind, dann könne man die Zweite Kammer aus den nationalen Parlamenten beschicken.

Ich hatte Angst vor einer Zweiten Kammer. Diese würde zwangsläufig die Zahl der Organe der EG noch vermehren, meinte ich, sie würde Mitarbeiter und einen eigenen Apparat benötigen und eine neue Bürokratie schaffen. Die Gefahr, daß die nationalen Bürokratien, die beiden Brüsseler Bürokratien – der Ministerrat allein hatte rund tausend Mitarbeiter, die EG-Kommission wesentlich mehr – und das Straßburger Parlament sich gegenseitig blockierten und neutralisierten, war schon groß genug. Mir schien es daher sehr viel klüger, die Zahl der Abgeordnetenmandate für die einzelnen Staaten so zu gewichten, daß die kleineren Mitgliedsländer zufrieden waren.

Natürlich diskutierten wir auch die Frage nach den Befugnissen eines direkt gewählten Parlaments. Staatsminister Hans-Jürgen Wischnewski erinnerte daran, daß die Bundesregierung hinsichtlich der Rechte des künftigen Parlaments weiter habe gehen wollen, als sich jetzt abzeichne. Bonn sei aber bei den anderen Regierungen auf wenig Gegenliebe gestoßen. Thorn meinte, man solle nicht zuviel verlangen. Wenn man die Direktwahl beschließe, sei das Straßburger Parlament die nächsten beiden Jahre erst einmal damit beschäftigt, das Wahlgesetz auszuarbeiten. Ich bekräftigte noch einmal meinen Standpunkt: »Wir müssen dem neuen Parlament mehr Rechte geben als dem alten. Wir dürfen jedoch die Rechte der Institutionen insgesamt nicht beliebig vermehren; deshalb müssen die zusätzlichen Rechte des direkt gewählten Parlaments anderen Institutionen weggenommen werden.« Am Ende einigten wir uns darauf, daß diese Rechte dem Ministerrat weggenommen werden sollten.

Das Gespräch war wohl typisch für viele Unterhaltungen jener Zeit. Sowohl den Europäischen Rat als auch die Errichtung des Europäischen Währungssystems zum 1. Januar 1979 haben wir ohne Änderung des EG-Vertrages zustande gebracht, aber die Direktwahl zum Europäischen Parlament bedurfte zwingender rechtlicher Grundlagen. Zwar dauerte es noch einige Zeit, bis diese geschaffen waren, aber das alte Europäische Parlament hat doch schneller gearbeitet, als Gaston Thorn vermutete – im Januar 1975 war es mit seinem Gesetzentwurf fertig. Der Europäische Rat hat dann noch bis zum Sommer 1976 gebraucht, um sich über die Verteilung der Mandate auf die Mitgliedsländer zu einigen. Die vier Großen erhielten jeder 81 Sitze, Holland 25, Belgien 24, Dänemark 16, Irland 15 und Luxemburg 6 Sitze. Je kleiner das Land, desto mehr wurde es gegenüber den größeren begünstigt. Gaston Thorns Anspruch wurde also in hohem Maße befriedigt, denn bei reinem Pro-

Oben: Empfang durch Ministerpräsident Gaston Thorn am Flughafen von Luxemburg, Mai 1975.
Unten: Aufnahme vom EG-Gipfel in Luxemburg, April 1976; von links nach rechts: Helmut Schmidt, Aldo Moro, Leo Tindemans, Joop den Uyl, Valéry Giscard d'Estaing, Jean, Großherzog von Luxemburg, Gaston Thorn, Harold Wilson, Anker Jørgensen.

porz hätte Luxemburg von den 410 Sitzen höchstens einen einzigen bekommen. Eine Zweite Kammer als Staatenkammer wurde vermieden, Gott sei Dank. Aber bis zur ersten Wahl dauerte es immerhin noch bis zum Juni 1979 - der Fortschritt ist eben doch eine Schnecke (frei nach Günter Grass).

Übrigens haben sich die zunächst noch nach den verschiedenen nationalen Wahlgesetzen gewählten Abgeordneten keineswegs national organisiert, sondern sogleich nach parteipolitischen Affinitäten. Sie haben - mit Recht - die nationalen Interessen ihrer Staaten für weniger wichtig gehalten als das Interesse, die Europäische Gemeinschaft insgesamt nach ihren politisch-programmatischen Vorstellungen voranzubringen. Sozialisten und Sozialdemokraten wurden damals mit 113 Sitzen stärkste Fraktion. Um sich in der öffentlichen Meinung Westeuropas voll durchzusetzen, wird das Europäische Parlament allerdings noch viele Jahre brauchen.

Eine zweite Divergenz mit Luxemburg ist für mich noch heute Anlaß zur Sorge. Die Steueroase fing Mitte der siebziger Jahre an, den Nachbarn rundherum Sorgen zu machen, besonders den Belgiern, den Holländern und den Franzosen. Auch etwa 20 oder 30 deutsche Banken unterhielten damals schon Tochterfirmen, Filialen, Finanzierungsgesellschaften oder maßgebliche Beteiligungen am Bankplatz Luxemburg, der sich schnell entwickelte. Die Banken unterliegen in Luxemburg keiner gesetzlichen Pflicht, Mindestreserven zu unterhalten; es gibt dort auch keine staatliche Zentralbank, die im Notfall - als »lender of last resort« - einspringen könnte.

Zinsen, Dividenden und Kursgewinne sind für Gebietsfremde - folglich auch für Finanzierungs- und Holdingsgesellschaften - steuerfrei. Dieses sogenannte »Holding-Privileg« hat zu erheblichen Gewinn-Verlagerungen aus anderen Ländern nach Luxemburg geführt. Mitte der siebziger Jahre gab es dort etwa 3500 solcher privilegierter Holding-Firmen, rund 400 davon waren deutsch; inzwischen dürften es mehr geworden sein. Sie dienen lediglich der Ansammlung steuerfreier Gewinne, die von Luxemburg aus verwendet werden. Viele Europäer deponieren Geld und Wertpapiere in Luxemburg und holen sich die Erträge im Vorbeifahren in bar ab; sie kaufen auch Gold in Luxemburg, das dort frei ist von Mehrwertsteuer. Niemand braucht Angst vor dem Finanzamt zu haben, denn das Bankgeheimnis wird in Luxemburg sorgfältig gehütet. Darauf achten auch die Luxemburger Politiker, die sehr gut wissen, daß diese Privilegien für Luxemburg nützlich sind.

Dies alles ärgerte natürlich die Finanzminister der übrigen EG-Staaten. Sie haben mehrfach vergeblich versucht, in Verhandlungen mit der luxemburgischen Regierung diese zur Abschaffung von bestimmten Privilegien zu veranlassen. Mich bewegte vornehmlich eine andere Sorge. Wenn auch nicht im gleichen Umfang wie in der Londoner City, so wurden von den in Luxemburg angesiedelten Finanzinstituten doch Devisentermingeschäfte und sogenannte Euromarktgeschäfte betrieben. Die letzteren hatten sich ursprünglich nur auf amerikanische Dollars bezogen (daher der Name Euro-Dollar). Luxemburgs Banken gaben an internationale Kreditnehmer Kredite in Dollar, die sie selbst am täglichen Geldmarkt (Devisenbörse) beschaffen mußten. Wenn bis zum Zeitpunkt der Fälligkeit der Wechselkurs des Dollars gestiegen war, so machten sie einen zusätzlichen Gewinn; war der Dollar gefallen, hatten sie den Verlust zu tragen.

Schon 1974, unter den Auswirkungen der ersten Ölpreisexplosion, war man zu sogenannten roll-over-Krediten übergegangen. Der fällige Kredit wurde nicht zurückgezahlt, sondern bloß verlängert, weil der internationale Kreditnehmer, der von einem Jahr zum anderen vervierfachte Ölrechnungen zu bezahlen hatte, dringend auf die Verlängerung angewiesen war und sogar um zusätzlichen Kredit ersuchte. An den internationalen Finanzmärkten wurde damals ausreichende Liquidität angeboten, weil die OPEC-Staaten noch nicht wußten, was sie mit ihren enormen Überschüssen anfangen sollten. Sie legten ihre Überschüsse kurzfristig bei den Banken ein, diese aber gaben roll-over-Kredite aus, die mittel- und langfristig waren. Die Operation trug den wohltönenden Namen »re-cycling of petro-Dollars«.

Meine Sorge war, daß die Geschäftsbanken der westlichen Welt (nicht nur in Luxemburg, sondern auch in Frankfurt, Zürich, London, New York, Tokio und Hongkong) sich übernehmen könnten; schließlich hatten wir die Bankzusammenbrüche der Weltwirtschaftskrise noch in Erinnerung, und die Pleite der Herstatt-Bank in Köln lag eben erst hinter uns. Nach der Herstatt-Erfahrung hatten wir in Deutschland die Systeme zum Schutz der Einlagen im Kreditgewerbe verbessert und dazu auch die Liquiditäts-Konsortialbank GmbH geschaffen, eine Art gemeinsamer Einlagenversicherung; andere Länder hatten bereits ähnliche Einrichtungen oder schufen sie sich.

Für mich tat sich die Frage auf: Wenn die Luxemburger oder die Karibische oder die Hongkong-Tochter einer deutschen Bank in Schwierigkeiten geraten sollte, welche Zentralbank ist dann »lender of last resort«? Konnte man von der Bundesbank erwarten, daß sie eine deutsche Tochter in Luxemburg (oder sonstwo auf der Welt) rettete, ohne Einblick und Kontrollbefugnisse zu besitzen, das heißt ohne die Möglichkeit zur vorbeugenden Aufsicht und ohne Garantie, daß die Hilfe nicht mißbraucht würde? Das gleiche Problem würde sich für andere große Zentralbanken stellen, und am Ende würde sich wohl keine von ihnen verantwortlich fühlen. Zentralbank und Bankaufsicht müssen jedoch äußerst schnell handeln, damit keine Lawine entsteht. Die amerikanische Regierung, die ähnliche Sorgen hatte, strebte deshalb eine Vereinbarung unter den Zentralbanken an, die zumindest einen negativen Kompetenzkonflikt ausschalten sollte.

Im September 1974 trug ich das Problem dem luxemburgischen Ministerpräsidenten vor und verhehlte dabei auch nicht meine Sorgen wegen des Bankplatzes Londoner City. Die chaotischen weltwirtschaftlichen Verwerfungen, denen wir im Gefolge der Ölpreisexplosion entgegengingen, waren im Umriß schon klar zu erkennen: hohe Auslandsverschuldung der auf Ölimport angewiesenen Entwicklungsländer, hohe Zahlungsbilanzdefizite der auf Ölimport angewiesenen Industriestaaten, Produktionskostensteigerung und zugleich Umsatzverluste der Industrie mit der Folge schnell steigender Arbeitslosigkeit, stark defizitäre Haushaltspolitik zwecks Arbeitsmarkt-Stützung, Gefahren für Wechselkursstabilität und für das Bankensystem. Im Kreise des Europäischen Rates standen Giscard d'Estaing und ich mit diesen Sorgen zunächst allein; die meisten anderen Regierungschefs hofften, mit keynesianischem deficit-spending aus der Bredouille zu kommen. So wohl auch Gaston Thorn. Seine Hauptsorge war, daß das Vertrauen in den Finanzplatz Luxemburg nicht beschädigt werden dürfe und daß alle ihm vorgetragenen Besorgnisse deshalb nur »in ganz kleinem Kreis und unter größter Diskretion« erörtert werden sollten. So weit, so gut. Aber bis zum Inkrafttreten des EMS, das wenigstens innerhalb der EG die Wechselkurse stabilisierte, dauerte es noch mehrere Jahre. Und die Luxemburger Oase bleibt hinsichtlich der Steuermoral der Deutschen auch weiterhin eine mißliche Sache, sosehr sie auch der luxemburgischen Wirtschaft nützt.

Die moralischen Holländer

Meine Zugehörigkeit zum Europäischen Parlament dauerte nur vier Jahre, denn 1961 ging ich in den Hamburger Senat. Die vielen Autofahrten zu den Sitzungen und Ausschussitzungen des Parlaments brachten es mit sich, daß mir die Landschaften im Westen und Südwesten vertraut wurden. Luxemburg und die Eifel erschienen mir romantisch, die Landschaft zwischen Köln und Brüssel dagegen empfand ich immer als etwas langweilig. Um so mehr fühlt man sich als Hamburger in Flandern und in vielen Gegenden Hollands zu Hause. Wir norddeutschen Flachlandbewohner haben unseren Deichbau vor Jahrhunderten von den Holländern gelernt, ebenso den Bau von Schleusen und den Bau von Windmühlen. Was in Holland im Wasserbau geleistet worden ist, findet auf der ganzen Welt nicht seinesgleichen. Holland, Ostfriesland, die Inseln und Halligen, Schleswig-Holstein und Hamburg, alle diese Landschaften, die nur wenige Meter über dem Meeresspiegel liegen, haben seit Menschengedenken unter Sturmfluten und Deichbrüchen gelitten. Im Laufe der Jahrhunderte gingen ungezählte Menschenleben und große, besiedelte Flächen an die Nordsee verloren. Die Sage von der untergegangenen Stadt Rungholt oder die Geschichte vom Schimmelreiter sind uns Norddeutschen von Kindheit an im Bewußtsein.

Wenn wir nach Holland kommen und sehen die Abdeichung der Zuidersee und die gewaltigen Abschlußdeiche im Delta von Maas und Schelde, dann stehen wir voller Bewunderung vor diesen kolossalen Bauten. Zugleich fühlen wir uns wohl in dem flachen und fetten, saftigen Land dahinter. Es ist die gleiche Landschaft wie in Nordfriesland, Eiderstedt, Dithmarschen, Ostfriesland oder am Unterlauf von Elbe und Weser. Teile des Marschlandes liegen unter dem Meeresspiegel und müssen deshalb beständig leergepumpt werden – die Holländer sagen »leer gemahlen«, weil sie gewohnt waren, die Gräben und Wetterungen mit Windmühlen leer zu schöpfen.

An der Mündung der Eider in die Nordsee hat einst ein Dänenkönig, der zugleich Herzog von Schleswig und Holstein war, holländische Siedler zur Gründung einer Stadt bewogen, um diese Gegend von den Fähigkeiten der Holländer profitieren zu lassen. Noch heute sieht Friedrichstadt in Dithmarschen wie ein holländisches Städtchen aus, und seine Silhouette erinnert mich von weitem immer an Amsterdam. Freilich haben die Deutschen nicht nur im Wasserbau und im Städtebau von den Holländern gelernt. Auch würde ein Binnenländer diese beiden Künste kaum an erster Stelle genannt haben; er hätte wohl zuerst Rembrandt genannt, Frans Hals oder auch Hieronymus Bosch. Die flämische und holländische Malerei hat einen gewaltigen Einfluß auf unsere und auf die europäische Malerei insgesamt gehabt - und dies ist uns Deutschen durchaus bewußt. Während meiner Schulzeit waren es die Drucke mit den unglaublich leuchtenden Sonnenblumen von Vincent van Gogh, die mich am meisten faszinierten. Auch Albrecht Dürer und Hans Holbein haben von der holländischen Malerei gelernt. Sie haben übrigens beide Porträts des holländischen Humanisten Erasmus von Rotterdam gemalt; Dürer hat Erasmus in Antwerpen und Brüssel, Holbein hat ihn in Basel getroffen. Von Erasmus wiederum hat ganz Europa gelernt, die norddeutschen Lutheraner vielleicht etwas zu wenig. Die »erasmischen Tugenden«, vor allem das Prinzip der Mäßigung, des friedlichen Wohlwollens gegen andere und der Verträglichkeit, haben bei uns damals weder die Kirche oder der Papst noch dessen Widersacher Martin Luther gepredigt. Auch die Tugend der religiösen Toleranz, inzwischen Teil des holländischen Nationalcharakters, ist bei uns immer noch nicht überall zu Hause.

Ich will mit der Tür ins Haus fallen: Diejenige Person, die mir in Holland am meisten imponiert hat, war kein Politiker, kein Wissenschaftler, kein Unternehmenschef, sondern vielmehr eine junge Frau, Königin Beatrix. Als in den fünfziger und sechziger Jahren ihr Vater, Prinz Bernhard, hin und wieder die Teilnehmer oder das steering committee der von ihm begründeten und geleiteten Bilderberg-Konferenzen in Soestdijk empfing, habe ich sie zum erstenmal gesehen, damals war sie ein junges Mädchen. Nach ihrem Doktorexamen heiratete sie 1966 den deutschen Diplomaten Claus von Amsberg, was damals viel Kritik in Holland wachrief; seit 1980 ist sie Königin - eine im Volk beliebte und geachtete Königin, die ihre Aufgaben mit großer persönlicher und sachlicher Autorität erfüllt.

Die holländische Königin hat als Vorsitzende des Staatsrates an der Verwaltungsrechtsprechung mitzuwirken, auch muß sie Gesetze und Ernennungen gegenzeichnen und alle anderen protokollarischen Aufgaben eines Staatsoberhauptes wahrnehmen. Vor allem aber obliegt ihr die Regierungsbildung. Das Verfahren ist sehr kompliziert. Es gibt im Parlament eine große Zahl von Parteien, bisweilen kommt es auch zu Neugründungen, Abspaltungen und Verschmelzungen. Für uns Deutsche ist die Zahl der holländischen Parteien schlechthin verwirrend;

von den zwölf Parteien, die 1982 in der Zweiten Kammer vertreten waren, hatten neun jeweils nur ein bis vier Mandate. Die Koalitions- und Regierungsbildungen gestalten sich angesichts dieser Vielzahl oft langwierig, die Königin trägt die Verantwortung dafür, daß gleichwohl eine Regierung zustande kommt. Immerhin hat zum Beispiel 1973 die Bildung der Regierung unter Joop den Uyl über fünf Monate gedauert (damals war noch Beatrix' Mutter Juliane auf dem Thron).

Natürlich läßt die Königin sich beraten, ehe sie einen »Formateur« beruft (oder auch zwei Formateure), welcher die Regierungskoalition formieren soll; es kann aber auch vorkommen, daß dem Formateur »Informateure« vorgeschaltet werden, um die Lage zu sondieren. Kompliziert wird es immer dann, wenn die Mitglieder einer möglichen Koalitionsregierung durch Beschlüsse ihrer Parteien auf einander widersprechende Antworten zu wichtigen politischen Fragen festgelegt sind. So waren 1981 in der Regierung meines Freundes van Agt die CDA (Christlich-Demokratischer Appell) *für* Stationierung der Pershing II, die PvdA (Partei der Arbeit) war *dagegen*; sie hatte ihre Minister verpflichtet, im Falle eines Stationierungsbeschlusses aus dem Kabinett auszutreten. Die CDA ist übrigens ein noch junger Zusammenschluß von drei konfessionellen, kirchlich gebundenen Parteien, die bis 1980 selbständig gewesen waren. Das Geschäft der Informateure und Formateure ist insgesamt stark von der Notwendigkeit zur politischen Voraussicht bestimmt, und die Königin übt realen politischen Einfluß aus. Das verlangt von ihr, selbst gut informiert zu sein und deshalb den Kontakt mit den politischen Führungspersonen zu pflegen.

Hollands Gesellschaft ist stark vom Hang zur moralischen Reflexion bestimmt. Deshalb gibt es nicht nur eine Vielzahl von politischen Parteien, sondern auch eine schier endlose Zahl von Religionsgemeinschaften. Bei uns wurde mit dem Augsburger Religionsfrieden von 1555 das obrigkeitsstaatliche Prinzip cuius regio, eius religio festgelegt: Wem das Land gehört, der bestimmt die Religion der Untertanen; wer sich dem nicht fügen will, darf auswandern, vorausgesetzt, er ist kein Leibeigener. In den Niederlanden dagegen entwickelte sich seit der Union von Utrecht 1579 ein nationaler Zusammenhalt ohne obrigkeitsstaatliche Herrschaftsformen und mit einer für damalige Zeiten hohen religiösen und geistigen Toleranz. Damit hatte man ein Grundrecht für den einzelnen postuliert, das zu einem zentralen Element der Politik und zu einer Quelle der Toleranz gegen jedermann wurde. Noch die zahlreichen Proteste der sechziger und siebziger Jahre, Bewegungen wie Hippies, Provos, Dolle Minnas oder auch die Hausbesetzer, sind nur vor dem Hintergrund dieser Toleranz denkbar, denn gleichzeitig blieb der Protest gegen die Obrigkeit ein tolerierter Teil der politischen Kultur. Der dabei zutage tretende Radikalismus reichte bis weit in die katholische Kirche hinein, die darüber in einen tiefen Konflikt mit Papst Johannes Paul II. geriet - der nicht nachgegeben hat.

Insgesamt ist die holländische Gesellschaft nach wie vor von calvinistischer, puritanischer Ethik geprägt. Während der deutsche Protestantismus, jedenfalls bis 1918, unter Berufung auf Kapitel 13 des Römerbriefes fast immer staatsfromm war und sich erst unter dem Eindruck der Naziherrschaft nach 1945 davon befreit hat, zum Teil heute auch ins Gegenteil umgeschlagen ist, war der holländische Calvinismus ein Zentrum des Widerstandes gegen die spanische und später gegen die deutsche Besatzungsmacht.

Ein gewisser Hang zur moralischen Kritik des Auslands und zur Besserwisserei - häufig genug zur Einmischung in die Politik der Bundesrepublik - hat aber noch eine andere, wichtigere Quelle. »Wir haben zwei Nachbarn, die Deutschen und das Meer«, so hört man bisweilen in Holland. Wir Holländer, so ließe sich dies interpretieren, haben durch freiwillige gemeinsame Anstrengung die Demokratie gelernt und unser Land gerettet. Gegen euch Deutsche uns zu wehren, dazu waren wir nicht stark genug, aber wir haben gelernt, vor euch auf der Hut zu sein.

Vielleicht ist diese Interpretation zu stark akzentuiert. Mancher Holländer mag sie als nicht allgemeingültig ansehen, mancher Deutsche mag sich davon verletzt fühlen. Wer das Tagebuch der Anne Frank kennt, wird die Holländer besser verstehen. Es war schlimm genug, daß Hitler einmarschierte - nach Napoleon die zweite Invasion seit dem Frieden von Münster und Osnabrück. Entsetzlich aber war das Schicksal der holländischen Juden.

Das Tagebuch der Anne Frank ist kurz nach Ende des Krieges das erste Buch gewesen, das mir Aufschluß gab über die Mentalität der Holländer. Und 1948 begegnete ich in Barsbüttel bei Hamburg zum erstenmal zwei jungen Holländern; der eine von ihnen, Max van der Stoel, war später, zu meiner Kanzlerzeit, holländischer Außenminister. Es handelte sich um ein internationales Treffen junger Sozialdemokraten und Sozialisten aus vielen Ländern Europas, zu dem der Hamburger Sozialistische Studentenbund eingeladen hatte. Für die deutschen Teilnehmer war es ein großes und prägendes Erlebnis, so kurz nach dem Kriege so viel Unvoreingenommenheit zu begegnen, schließlich waren die mei-

Zum Empfang bei Königin Beatrix, der Person, »die mir in Holland am meisten imponiert hat«; links im Bild Prinz Claus.

sten von uns noch kurz zuvor Soldaten gewesen. Ich habe später – auch im Gespräch mit Max – oft daran zurückdenken müssen.

Gerade unter den Holländern gab und gibt es viele, die sich mit uns Deutschen versöhnen wollen, die aber – mit Recht – nicht bereit sind, zu vergessen. Dies brachte auch Königin Beatrix zum Ausdruck, als sie im März 1982 bei ihrem Staatsbesuch in Deutschland sagte: »Das Leid, das damals über uns hereingebrochen ist, hat in unserem Lande tiefe, bis zum heutigen Tag sichtbare Spuren hinterlassen ... Gerade wenn wir uns und künftigen Generationen diese Erfahrungen immer wieder bewußt machen, werden wir uns verpflichtet fühlen, gemeinsam einen starken Schutzwall aufzuwerfen, damit sich eine solche schreckliche Zeit niemals wiederholen kann ... Kein Land ist heute mehr in der Lage, allein die großen Probleme unserer Zeit zu lösen. Daß es in den vergangenen Jahren zwischen unseren beiden Ländern zu einer so engen Zusammenarbeit gekommen ist und daß wir zu einem besseren Verständnis füreinander gefunden haben, ist Anlaß zur Freude und Dankbarkeit.«

Ich war für diesen letzten Satz dankbar; ich wußte, daß er zu Hause in Holland nicht von jedermann gebilligt wurde, noch immer nicht. Zu Beginn der fünfziger Jahre – das hatte ich inzwischen verstanden – wollten alle Politiker des Landes, daß Deutschland geteilt bleibe. Auch sollte die Bundesrepublik ohne eigene Truppen und Waffen sein. Zugleich aber sollte – auch im holländischen Interesse – das westdeutsche Territorium gegen den Druck aus Moskau verteidigt werden; letzteres hätte zwangsläufig zu einem dauerhaften Besatzungsregime geführt. Als der Gedanke der westeuropäischen Integration Gestalt annahm, wollten die Holländer die Bundesrepublik in Westeuropa integriert sehen. Die Logik dieser etwas disparaten Vorstellungen war gewiß nicht zwingend, aber sie drückten die Gefühle der Holländer aus. Später hat vor allem Gustav Heinemann mit seinem Staatsbesuch 1969 viel dazu beigetragen, einen großen Teil der Ressentiments abzubauen. Für mich war es eine Freude, als mir in Amsterdam die Nahum-Goldmann-Medaille verliehen wurde.

Der Prozeß der Verständigung zwischen Holländern und Deutschen geht jedoch nur langsam voran. Manche der deutschen Wochenendurlauber aus dem Ruhrgebiet tragen nicht eben zu seiner Beschleunigung bei. Wahrscheinlich sind sie nicht einmal daran interessiert, was die Einheimischen bisweilen von den »Moffen« denken. Helmut Kohl hat 1979 vor laufenden Fernsehkameras erkennbar schlechte Erfahrungen mit einem holländischen Publikum machen müssen. Ich erinnere mich aus meiner Zeit als Verteidigungsminister, daß bei einem offiziellen Besuch meines holländischen Kollegen Wim den Toom, den ich persönlich sehr schätzte, ebenso wie seine Frau Nettie, viele der holländischen Gäste sich auch im privaten Gespräch keineswegs auf die deutsche Sprache einlassen wollten, obwohl sie diese sehr wohl beherrschten.

Die Niederlande haben im Rahmen der NATO über 6000 Soldaten auf dem Boden der Bundesrepublik stationiert, Teile einer Panzerbrigade und eine größere Zahl von raketenbestückten Flugabwehrbatterien. Inzwischen weiß man auch in Den Haag, daß Holland nicht erst am Rhein verteidigt werden kann und daß das Konzept der Vorne-Verteidigung durchaus auch im holländischen Interesse liegt. Die Offiziere der holländischen Streitkräfte haben übrigens erheblich zur gegenseitigen Verständigung beigetragen.

Wie in einigen anderen Staaten des westlichen Europa, so haben auch die holländischen Sozialisten innere Schwierigkeiten mit dem Verteidigungsbeitrag ihres Landes. Die holländische Linke ist, wenn man sie mit den Parteien in Skandinavien, Österreich oder auch in Deutschland vergleicht, besonders stark ideologisch geprägt. Die Politiker der Arbeitspartei hatten immer ein hohes Ethos; im Sinne der Begriffsbildung von Max Weber waren sie überwiegend »Gesinnungsethiker«, keine »Verantwortungsethiker«. Das moralisch Richtige gewollt zu haben, war ihnen wichtiger, als etwa das Notwendige und Mögliche tatsächlich bewirkt zu haben. Ich glaube nicht, dem 1987 verstorbenen Parteivorsitzenden Joop den Uyl, den ich sehr gut gekannt und unzählige Male getroffen habe - von 1973 bis 1977 war er auch Regierungschef -, Unrecht zu tun, wenn ich sage, daß insbesondere unter seiner Führung die Partij van de Arbeid sich in höchstem Maße gesinnungsethisch orientierte. Sie war zwar eine »weltliche« Partei, aber ihre moralisch-politischen Sendschreiben waren ihr von allergrößter Wichtigkeit; für viele Mitglieder, besonders unter den Jüngeren, war sie eine Quasi-Kirche - ähnlich wie vor 1914 die SPD für viele ihrer Mitglieder. Folgerichtig ist die Partei 1982 wegen des Streits über den Stationierungsbeschluß über die amerikanischen Mittelstreckenwaffen aus der Koalitionsregierung van Agt ausgeschieden und konnte erst 1989 unter Führung des pragmatischen ehemaligen Gewerkschaftsführers Wim Kok in »großer Koalition« mit der CDA wieder in die Regierung zurückkehren.

Joop den Uyl hat den links-moralischen Neigungen großen Einfluß eingeräumt. Diese Bewegung hat in Holland früher begonnen als in der

Bundesrepublik, auch hat sie die drei damaligen großen christlichen Parteien Hollands viel stärker in ihren Sog gezogen, als dies in Deutschland bei CDU und CSU der Fall war. Von den holländischen christlichen Parteien und von der CDA aus gesehen steht die CDU/CSU ziemlich weit rechts.

Politiker, die bereit und fähig sind, über die Grenzen ihres Landes hinauszusehen, kommen zwangsläufig in die Lage, die Politik anderer Staaten kritisch zu beurteilen. Dies auch öffentlich zu tun, mag weniger zweckmäßig sein, als man glaubt - wie ich selbst habe erfahren müssen. Oft genug ist die Kritik an anderen Regierungen nicht dazu bestimmt, deren Politik auf einem bestimmten Felde zugunsten der eigenen Interessen zu beeinflussen, sondern sie moralisch zu verurteilen, wie die Beispiele Carter und Reagan zeigen. Joop den Uyl kritisierte ebenfalls vom moralischen Standpunkt aus, aber doch in der Absicht, seine Adressaten zu beeinflussen. So hat er 1974 und 1976 Briefe an Willy Brandt geschrieben - 1976 zugleich an mich -, um gegen den unglücklichen Extremistenerlaß zu protestieren. Dieser Erlaß, am 28. Januar 1972 aus Wahlkampfmotiven geboren, wurde polemisch und fälschlich »Berufsverbot« genannt, obgleich er lediglich die gesetzlich seit langer Zeit festliegenden Voraussetzungen für die Einstellung in den Staatsdienst in Erinnerung rief und die tatsächliche Praxis der Länder- und Bundesbehörden kritisch beleuchtete. Brandt wollte mit dem Erlaß den Vorwurf der CDU/CSU abwehren, gegen linken Extremismus unempfindlich zu sein. Nach 1974 war es mein Fehler, den Erlaß nicht zurückzuziehen, von dem ich übrigens abgeraten hatte; aber um die Kontinuität meiner Politik mit derjenigen meines Vorgängers zu unterstreichen, blieb der Erlaß in Kraft. Den Uyl - offenbar ohne detaillierte Kenntnis - übernahm das von der deutschen außerparlamentarischen Opposition geprägte Wort vom Berufsverbot, machte Brandt (und mir) Vorhaltungen und ließ seine Briefe an die Öffentlichkeit gelangen.

Eine öffentliche Kritik etwa an der deutschen Wechselkurspolitik oder an der Haushaltspolitik wäre durchaus legitim gewesen, denn diese haben starke Auswirkungen auf die wirtschaftliche Entwicklung in den Niederlanden, und hätte der eigenen Interessenwahrnehmung dienen können. Joops Briefe in Sachen »Berufsverbot« dagegen waren eine Einmischung in die Innenpolitik eines anderen Staates. Willy Brandt hat gelassen reagiert, wie auch später ich. Ich berichte diese kleine Geschichte, um zu illustrieren, daß öffentlich vorgetragene Gesinnung, auch Gerechtigkeitsfanatismus, bei den Holländern in hohem Ansehen steht. Das galt zum Beispiel auch für die Empfehlung von holländischen Regierungsmitgliedern, die Entwicklungsländer sollten sich »vom kapitalistischen Weltmarkt abkoppeln«! Ja, wie denn? Wer könnte ihnen denn dann Zinn oder Kaffee abnehmen? Und bei wem könnten sie dann mit dem Erlös Maschinen kaufen? Der niederländische Moralismus ist oft menschlich liebenswert, aber zugleich auch bisweilen verschroben. Ein bedeutender Holländer hat sogar einmal vorgeschlagen, das Talent einer Person zu besteuern – der Herstellung gleicher, gerechter Chancen wegen.

Mit dem moralisierenden Grundzug der Gesellschaft und ihrer großen Toleranz gegenüber dem Protest gegen die Obrigkeit hängt es vermutlich auch zusammen, daß bei radikalen Gruppen eine deutlich geringere Bereitschaft zur Gewalttätigkeit zu beobachten war als in Deutschland. Bei den Protestkundgebungen der sechziger und siebziger Jahre wurde das Gewaltmonopol des Staates in Holland weit mehr respektiert als bei uns. Man lehnte den Staat nicht ab und wollte auch nicht »kaputtmachen, was uns kaputttmacht«. Dies änderte sich erst mit dem Aufkommen der Kraker-Bewegung Ende der siebziger Jahre.

In der Wirtschafts-, Europa- und Außenpolitik war die Zusammenarbeit mit den Niederlanden stets gut. Die Holländer sind seit Jahrhunderten gute Kaufleute, und auch die holländischen Politiker beherrschen die Kunst des Rechnens und des Kalkulierens, jedenfalls besser als die meisten Politiker in Deutschland. Mit Dankbarkeit erinnere ich mich an die ausgezeichnete Zusammenarbeit mit dem modernen Ökonomen Wim Duisenberg, über viele Jahre Finanzminister, und mit dem umsichtigen Jelle Zylstra, dem Chef der niederländischen Notenbank. Schon in meiner Hamburger Senatorenzeit habe ich tüchtige, welterfahrene, zugleich gewinnende Unternehmensleiter aus den Spitzen der holländischen Konzerne oder deren deutschen Tochtergesellschaften kennengelernt. Enka, Shell, Unilever oder Philipps genießen bei uns seit langem ein hohes Ansehen; diese Konzerne waren schon europaweit ausgebaut, als vom gemeinsamen Markt noch nicht viel die Rede war. Die holländische Luftfahrgesellschaft KLM hat bei uns mit Recht einen guten Ruf, ebenso Hollands Reedereien und Speditionsunternehmen und der Hafen Rotterdam, der im Zuge der Entwicklung der EG zum wichtigsten deutschen Seehafen geworden ist – ähnlich wie umgekehrt der Drachenfels am Rhein, Bonn gegenüber, inzwischen »der höchste Berg von Holland« geworden ist.

Die Volkswirtschaft des 15-Millionen-Staates ist insgesamt stark an einer Ergänzung durch die deutsche Volkswirtschaft orientiert. Konjunkturelle Verwerfungen und Schwankungen der Weltwirtschaft treffen in der Regel Deutschland und Holland gleicherweise – wie zum Beispiel Dollar-Abwertung, Schiffbaukrise oder ein Kursverfall an der internationalen Aktienbörse –, jedoch wird die Wirkung in Holland oft über das deutsche Relais noch zusätzlich verstärkt. Die starke Abhängigkeit des holländischen Exportes vom deutschen Markt (etwa ein Drittel des holländischen Gesamtexportes) macht es für die holländische Zentralbank sehr schwierig, etwa die Währungspolitik für den Gulden von der Währungspolitik der Bundesbank für die D-Mark abzukoppeln. Mit anderen Worten: ob es der Bundesrepublik wirtschaftlich gut geht oder schlecht, dasselbe trifft doch immer auch für die niederländische Wirtschaft zu. Wenn Deutschland noch immer eine hohe Arbeitslosigkeit hat, obwohl inzwischen die Ölpreise weniger als halb so hoch sind wie 1981, so hat auch Holland noch immer eine hohe Arbeitslosigkeit (und ebenso Belgien). Es gibt eine wichtige Ausnahme: die beiden Ölpreisexplosionen der siebziger Jahre haben die Zahlungsbilanz Hollands weniger hart getroffen als uns, weil Holland ein großer Erdgas-Exporteur ist (Hauptabnehmer Deutschland) und weil die Gaspreise zwangsläufig den Ölpreisen gefolgt sind. Hier liegt auch eine der wichtigsten Einnahmequellen des holländischen Staates: Ein Sechstel der Staatseinnahmen stammt aus der fiskalischen Belastung des holländischen Erdgases und -öls. Noch 1970, vor rund zwanzig Jahren, war die holländische Erdgasförderung praktisch ohne Bedeutung.

Was den integrativen Prozeß der EG betrifft, so war die positive Haltung der Holländer kaum zu überbieten. Mit besonderer Dankbarkeit muß ich hier Max Kohnstam erwähnen, den jahrelangen engsten Mitarbeiter von Jean Monnet und Sekretär des Monnet-Comités. Kohnstam hat auch nach Monnets Tod immer wieder kluge Denkanstöße zur Vervollkommnung der EG gegeben, er ist dabei immer bescheiden im Hintergrund geblieben. Lediglich in der Frage der EG- Agrarpolitik konnte und kann man den Holländern keinen großen Weitblick bescheinigen – aber wir selbst schneiden hier nicht besser ab.

Den großen Sozialdemokraten Willem Drees habe ich nicht mehr kennengelernt, ich habe das sehr bedauert. Meine Partner waren den Uyl und van Agt. Zu Dries van Agt habe ich schnell ein enges und freundschaftliches Verhältnis gefunden. Nach seiner Amtszeit als Justizminister bekleidete er von 1977 bis 1982 das Amt des Ministerpräsidenten, 1982 das des Außenministers. Von 1983 bis 1987 war er Königlicher Kommissar der Provinz Noord Brabant; gegenwärtig vertritt er seine europäischen Überzeugungen als Botschafter der EG in Washington. Unsere Beziehung ergab sich von dem Tage an, an dem ich ihn kurz nach seinem Amtsantritt im November 1977 anrief und fragte, wann ich ihn besuchen könne. Er verstand den Anruf dahin, daß ich um eine offizielle Einladung ersuchte; tatsächlich hatte ich nur einen privaten Besuch im Auge. Dazu ist es dann auch innerhalb einiger Tage gekommen. Es gab ein vierstündiges, fruchtbares und beiderseits informatives Gespräch in seinem Privathaus in Nijmegen. Wir verstanden uns gut und sehen uns noch heute jedes Jahr. Ruud Lubbers kam erst am Ende meiner eigenen Amtszeit in das Amt des Premierministers; von weitem und auch auf Grund gelegentlicher Gespräche mit ihm sah es mir immer so aus, als ob er sein Land sehr geschickt regiere.

Zumal unter den Regierungen van Agt (seit 1977) und Lubbers (seit 1982), aber auch vorher zu Zeiten der Regierung den Uyl, war die ökonomische Zusammenarbeit zwischen Holland und Deutschland immer recht befriedigend; in der Regel konnten bilaterale Sachprobleme schnell gelöst werden. Einige Fragen, wie zum Beispiel das Projekt des Dollarthafens an der Emsmündung bei Emden, haben viel Zeit verbraucht, ebenso das Problem der Verschmutzung des Rheins. Dies letztere wog naturgemäß für die Niederlande noch etwas schwerer als für uns; die Holländer wußten aber, daß nicht nur wir und sie selbst, sondern am Oberlauf des Rheins auch die Franzosen und die Schweizer durch landwirtschaftliche Düngemittel, Kalibergwerke und durch die chemischen Industrien wichtige Verursacher waren. Es war lange Zeit schwierig, alle vier Länder in dieser Sache unter einen Hut zu bringen, zumal das Umweltbewußtsein in Frankreich hinter demjenigen in Holland und Deutschland weit zurückblieb.

Angesichts der niederländischen Neigung zum moralischen Diskurs war der NATO-Doppelbeschluß über mehrere Jahre ein Gegenstand heftiger Debatten im ganzen Lande. Auch in Holland sollten nach Ablauf der Frist amerikanische Mittelstreckenwaffen stationiert werden. Zumindest die niederländischen Spitzenpolitiker wußten, daß Holland (ebenso wie Belgien) in die westlichen Stationierungspläne deshalb einbezogen worden war, weil ich eine »Singularisierung« meines Landes aus außen- wie innenpolitischen Gründen verhindern wollte. Schon am 30. Oktober 1979, also noch *vor* der offiziellen Beschlußfassung im Nordatlantik-Rat, hat sich die Fraktion der CDA meinen Vorschlag einer »doppelten Null-Lösung« als Ziel der Verhandlungen zu eigen gemacht. Die Liberalen, damals Koalitionspartner, orientierten sich in dieser Frage zunehmend an der CDA. In den folgenden Jahren gab es innerhalb fast aller holländischen Parteien jedoch immer wieder moralische Skrupel - ähnlich wie innerhalb der SPD.

Falls die Bedenken sich durchgesetzt hätten, so hätten wahrscheinlich auch in Brüssel Ministerpräsident Martens und Außenminister Simonet die belgische Regierungskoalition aus Christdemokraten und Sozialisten nicht zusammenhalten können. Auch in Dänemark und tendenziell in Norwegen - beide Länder waren nicht zur Stationierung amerikanischer Mittelstreckenwaffen vorgesehen - regte sich inzwischen stärker werdende Opposition. Dies alles gefährdete van Agts Taktik, sich im holländischen Parlament mit dem Argument der völligen Selbstisolierung seines Landes durchzusetzen. Holland wurde mehr und mehr zum Prüfstein - natürlich indirekt auch für mich. Denn eine alleinige Stationierung nur in Deutschland hätte ich weder außenpolitisch verantworten wollen, noch hätte ich mich damit innerhalb meiner eigenen Partei durchsetzen können. Der Bruch der Mehrheit innerhalb der SPD mit der von mir geführten INF-Politik wäre nicht erst 1983 - *nach* dem Bruch der sozial-liberalen Koalition -, sondern alsbald erfolgt und hätte den alleinigen und dabei völlig legitimen Grund abgegeben für eine Aufkündigung der Regierungskoalition durch die FDP. Wichtiger noch - und sehr ernst zu nehmen - war die Gefahr, daß ein Ausfall Hollands der von Breschnew und Gromyko betriebenen Strategie der Aufspaltung der Atlantischen Allianz einen enormen, gesamtstrategisch die Epoche verändernden Erfolg beschert hätte.

Daß der Sowjetunion dieser strategische Durchbruch nicht gelungen ist, daß sie mit der unerhörten Bedrohung Westeuropas durch ihre SS 20 schließlich gescheitert ist, verdanken wir also zu einem nicht geringen Teil auch einigen wenigen niederländischen Spitzenpolitikern, die einerseits mit viel Takt und Taktik, andererseits mit großer Beharrlichkeit das Prinzip der Gemeinsamkeit hochgehalten und das westliche Bündnis vor großem Schaden bewahrt haben. Sowohl den Uyl als auch van Agt haben dabei während aller Stationen des langen Ringens mir gegenüber immer mit offenen Karten gespielt und sich vertrauensvoll auf meine Verschwiegenheit verlassen (bisweilen habe ich ihnen auch im verborgenen etwas helfen können); ich bin dafür noch heute dankbar.

Im Juli 1982 haben mich die Auswärtigen Ausschüsse der beiden Kammern zu einer gemeinsamen Sitzung nach Den Haag eingeladen.

Die Zweite Kammer ist das vom Volk direkt gewählte Parlament, die Erste Kammer setzt sich aus indirekt in den zwölf Provinzen gewählten »Senatoren« zusammen. Das repräsentative Zentrum Den Haags, der Binnenhof, ein Ensemble von Gebäuden verschiedener europäischer Stilepochen, an denen sieben Jahrhunderte lang gebaut wurde, ist zugleich der Tagungsort beider Kammern und Sitz des höchsten Gerichts. Der schönste und zugleich älteste der Säle ist der Rittersaal, eine weite Halle mit hölzerner Deckenkonstruktion; sie geht auf das Ende des 13. Jahrhunderts zurück. Die ganze Anlage, die im Norden von einem langgestreckten Weiher begrenzt wird, ist eine Freude für das Auge. An diesem Weiher liegt übrigens auch das Haus Schuylenburch, ein stolzes Patrizierhaus aus dem frühen 18. Jahrhundert, das heute die wohl schönste Botschafter-Residenz ist, welche die Bundesrepublik Deutschland unterhält. Ich habe im Haus Schuylenburch des öfteren Repräsentanten des öffentlichen Lebens der Niederlande getroffen. Sie schienen sich in diesem stilechten holländischen Hause wohl zu fühlen - letzteres war wohl überwiegend auch das Verdienst unseres langjährigen Botschafter-Ehepaares Otto von der Gablentz, der sich große Verdienste um das niederländisch-deutsche Verhältnis erworben hat.

Die Sitzung mit den beiden Ausschüssen am 9. Juli 1982 - eine im internationalen Betrieb ziemlich einmalige Angelegenheit - habe ich in angenehmer Erinnerung, wenngleich wahrscheinlich nur ein Teil meiner Antworten für die Mehrheit der Abgeordneten befriedigend war. Durch Zufall sind sieben Notizzettel erhalten geblieben, auf denen ich mir während der Sitzung die Fragen der Abgeordneten notiert hatte. In sehr bunter Reihenfolge betrafen sie das Verhältnis der europäischen Demokratien zu den USA und zur Sowjetunion; Rüstungsbegrenzung und Doppelbeschluß; die Lage in Polen, etwaige Veränderungen im Ostblock allgemein, das Verhältnis zwischen DDR und Bundesrepublik. Aber man wollte auch meine Meinung zur holländischen Friedensbewegung und zu den Grünen in Deutschland wissen und fragte, ob die Bundesrepublik bereit sei, die für Holland geplanten Mittelstreckenwaffen zusätzlich zu stationieren, falls Holland endgültig absage. Ein Abgeordneter interessierte sich für die Probleme der Friesen in Holland und in Deutschland, ein anderer für den Beitritt Spaniens und Portugals zur EG, ein dritter für den Rhein-Main-Donau-Kanal und seine Auswirkungen auf den Hafen Rotterdam.

Ich habe alle Fragen beantwortet, und zwar genauso, wie ich dies in einer Fragestunde des Deutschen Bundestages auch getan hätte. Natürlich benutzte ich die Gelegenheit, um meinen Respekt vor Königin Beatrix auszusprechen, aber auch meinen Respekt vor einem der ältesten Parlamente der Welt – die »Generalstaaten« wurden bereits 1579 der Souverän des niederländischen Staatswesens. Die ganze Veranstaltung hat mir Spaß gemacht. Einige der Abgeordneten sprachen deutsch, einige auch englisch. Das Ganze atmete einen gewissen kosmopolitischen, oder besser, gesamteuropäischen Geist, dem es freilich nicht an typisch niederländischen Ingredienzen mangelte. Einmal oder zweimal habe ich mich vor meiner Antwort gefragt, wie wohl Ronald Reagan oder Margaret Thatcher die Frage beantworten würden; denn natürlich durfte ich kein Öl in die kleinen Feuerchen schütten, die ohnehin schon lästig waren.

Übergang zur Normalität

Kaum irgendwo in Westeuropa ist der Deutschen-Haß am Ende des Zweiten Weltkrieges stärker gewesen als in den Niederlanden. Die Ursachen waren die Zerstörung Rotterdams, das harte deutsche Besatzungsregime, vor allem aber der Mord an den holländischen Juden. Der Haß war um so stärker, als man sich bis zum Beginn der Nazizeit den Deutschen kulturell wie auch wirtschaftlich besonders verbunden gefühlt hatte. Die besonders heftige Reaktion der Holländer erkläre ich mir aus zwei Gründen. Zum einen haben die Holländer zum Schutz ihres kleinen Landes seit Hugo de Groot, dem Vater des modernen Völkerrechts, immer besonders stark auf Verträge und auf Neutralität gesetzt; das führte zu einem gewissen Pazifismus, der selbst noch in den Hochzeiten der sowjetischen Expansionsstrategie und des kalten Krieges spürbar blieb. Die Erkenntnis, daß Hitler-Deutschland sich über alle Prinzipien des Völkerrechts und über alle Verträge rücksichtslos und gewalttätig hinweggesetzt hat, mußte deshalb eine besonders tiefe Empörung auslösen. Zwar haben auch die Franzosen mehr als genug Anlaß zur Erbitterung über Deutschland gehabt, aber sie wissen, daß der im Invalidendom zu Paris bestattete Napoleon ein ebenfalls weder vertrags- noch völkerrechtstreuer Eroberer gewesen ist.

Zum anderen hat das calvinistische Erbe bei den Holländern eine große Bereitschaft zum moralischen Protest hinterlassen. Der Protest stammt in Holland nicht erst aus dem Jahre 1968, er ist früher entstanden und hat früher auf andere Teile der Gesellschaft übergegriffen. Die holländische Kritik konzentrierte sich in den sechziger Jahren besonders auf die USA (wegen Vietnam) und auf Franco; Deutschland schien zunächst im Windschatten zu liegen. Die Konzentration der Kritik auf Deutschland konnte aber kaum ausbleiben, als der wirtschaftlich erstarkte deutsche Nachbar langsam auch zum wichtigsten europäischen Partner der Holländer wurde.

Auch die Mehrzahl der Holländer ist nach 1945 geboren; die deutlich spürbare Normalisierung im Verhältnis zu Deutschland wird sich infolgedessen wohl weiter fortsetzen. Das heißt nicht, daß die niederländische Nation vergessen wird, was gewesen ist. Sie wird auch schwerlich den Hang zu einer missionarischen Außenpolitik völlig ablegen. Ruud Lubbers in Den Haag und Wilfried Martens in Brüssel scheinen jedoch eine wesentlich pragmatischere Politik zu betreiben als seinerzeit Joop den Uyl.

Das starke Engagement aller drei Benelux-Staaten zugunsten der weiteren europäischen Integration wird anhalten. In allen drei Ländern weiß die politische Klasse, wissen vor allem auch die Unternehmer, daß ihre Volkswirtschaften zu klein und zu schwach wären, um auf Dauer der ökonomischen Macht der USA und Japans standhalten zu können. Etwas schwerer fällt allerdings insbesondere den Holländern ihrer traditionellen atlantischen Orientierung wegen die Erkenntnis, daß die Eigenständigkeit des alten Kontinents gegenüber den drei Supermächten USA, Sowjetunion und China nicht nur eine gemeinsame Außenpolitik der Staaten Westeuropas, sondern auch eine gemeinsame Sicherheitspolitik voraussetzt. Gleichwohl darf man insgesamt darauf hoffen, daß alle drei Benelux-Staaten auch im kommenden Jahrzehnt zu den die EG vorwärtstreibenden Kräften gehören werden. Der weiteren gegenseitigen Befruchtung kann dies nur dienlich sein. Bis auf den heutigen Tag haben wir aus Belgien und aus Holland immer wieder fruchtbare Anregungen empfangen - warum sollte Europa nicht auch etwas von der Moralität der jungen Menschen dort lernen und sie zum konkreten, greifbaren Erfolg führen? Und warum sollte Europa nicht von den großen belgischen und holländischen Unternehmen lernen, die schon »Europäische Unternehmungen« waren, ehe es den »Gemeinsamen Binnenmarkt 1992« als Ziel gab, und die wissen, wie man eine europaweite Unternehmung aufbaut, ohne dabei nationale Empfindlichkeiten zu verletzen und anderen auf die Füße zu treten?

Wir Deutschen dürfen dabei auch weiterhin eine besondere holländische Empfindlichkeit allem Deutschen gegenüber nicht vernachlässigen. Dies gilt ganz besonders für unsere öffentlichen Selbstdarstellungen im Zuge des Prozesses der deutsch-deutschen Vereinigung. Die Holländer beobachten uns sehr genau. Jedes Zeichen deutscher Überheblichkeit wird registriert und bisweilen durch ein Vergrößerungsglas betrachtet werden. Die Einbindung der achtzig Millionen Deutschen in die EG liegt im natürlichen holländischen Interesse, die sicherheitspolitische Einbindung Deutschlands in eine neue gesamteuropäische Ordnung nicht minder. Aber dafür haben einstweilen auch die Holländer in Den Haag kein Konzept – genausowenig wie wir in Bonn. Wie auch immer der Kompromiß zwischen der Sowjetunion, den drei westlichen ehemaligen Siegermächten und uns Deutschen am Ende aussehen wird: er muß zugleich den Interessen der kleineren Nachbarn Deutschlands gerecht werden, zumal den Interessen Polens, aber auch den Interessen Hollands und Belgiens.

Fünf in einem Boot

Zum Abschluß der Kieler Woche im Juni 1982 gab es eine kleine Windjammerparade: die »Gorch Fock«, eine Dreimastbark der Bundesmarine, die polnische Bark »Pogoria«, zwei französische Segelschulschiffe, »La belle Poule« und »Etoile«, der deutsche Dreimast-Gaffelschoner »Großherzogin Elisabeth«, die dänische »Georg Stage« und drei Dutzend andere Dickschiffe, umkreist von Hunderten kleiner Segeljachten, von Motorbooten und Fördedampfern. Die Dickschiffe liefen unter vollem Zeug, denn es rührte sich fast kein Wind. Es war ein schönes Bild für die sechs Regierungschefs, die am Deck der »Atalanta« standen und sich über das Spektakel freuten. Auch die »Atalanta«, in deren Messe wir anschließend zum außenpolitischen Gespräch zusammensaßen, war ein Oldtimer: ein dunkel geteerter Zweimast-Gaffelschoner aus dem Jahre 1900.

Der Kieler Oberbürgermeister Luckhardt, unterstützt vom schleswig-holsteinischen Ministerpräsidenten Stoltenberg, und ich hatten gemeinsam die Regierungschefs der fünf nordischen Staaten zum 100. Jubiläum der Kieler Woche eingeladen – die eben nicht erst von Wilhelm II. begründet worden ist, wie viele meinen, sondern schon vor ihm. Als das Gespräch unter Deck bei Kaffee und Aquavit dann richtig in Gang kam, zeigte sich bald, daß die kürzlich stattgefundenen Regierungswechsel in Schweden (Fälldin statt Palme) und Norwegen (Willoch statt Frau Gro Harlem Brundtland) höchstens zur Verschiebung von Nuancen geführt hatten, die Prinzipien der Außenpolitik aber waren die gleichen geblieben.

In meiner Tischrede sagte ich damals: »Kalevi Sorsa und Thorbjörn Fälldin als Vertreter zweier neutraler Länder werden mir verzeihen, wenn ich sage, daß die Neutralität Finnlands und Schwedens – die als solche nicht nur für Ihre beiden Nationen, sondern auch für Europa insgesamt ein großes Positivum ist – weniger sicher wäre, wenn es nicht auf der westlichen Seite ein Bündnis gäbe, das stark genug ist, das Gleichgewicht zum Warschauer Pakt und zur Sowjetunion zu wahren.« Die skandinavischen Gäste waren gewiß gleicher Meinung.

Die Entfernung von Reykjavik, knapp unterhalb des Polarkreises, bis nach Helsinki, nahe an der sowjetischen Grenze, beträgt rund 2400

Kilometer. Trotz dieser großen geographischen Distanz, der enormen sprachlichen Verschiedenheit und der Tatsache, daß die geschichtliche Entwicklung beider Länder über mehr als tausend Jahre völlig unabhängig voneinander verlaufen ist, bilden Island und Finnland die gemeinsame Klammer um die drei anderen Nordländer, Norwegen, Schweden und Dänemark. Während diese drei Völker sowie Island in der Geschichte oft genug durch Personalunion miteinander verbunden waren, war Finnland im Laufe seiner Geschichte teils schwedisch, teils russisch, teils souverän.

Seit fast vierzig Jahren nun halten diese fünf Staaten im »Nordischen Rat« engen Kontakt miteinander und treten in den internationalen Gremien oft auch geschlossen auf, nachdem sie sich zuvor untereinander abgestimmt haben. Für Außenstehende, zumal für manche Amerikaner, war dieser Zusammenhalt der fünf nordischen Staaten immer wieder erstaunlich und eindrucksvoll. Schließlich sind Island, Norwegen und Dänemark Mitglieder des Atlantischen Bündnisses, während Schweden und Finnland neutrale Staaten sind. Und nur Dänemark ist Mitglied der EG – in Norwegen hat eine Volksabstimmung sich gegen die Mitgliedschaft entschieden –, während Island, Norwegen, Schweden und Finnland Mitglieder der Europäischen Freihandels-Assoziation (EFTA) sind. Diese unterschiedlichen internationalen Orientierungen führen seit Beginn der achtziger Jahre zu einer Konzentration der Themen im »Nordischen Rat« auf innernordische Fragestellungen. Der Rat als Sprachrohr der fünf ist nach aussen schwächer geworden. Eigentlich muß man zu diesen fünf auch noch das zur dänischen Krone gehörige autonome Grönland und die ebenfalls zu Dänemark zählende Inselgruppe der Fåröer hinzurechnen, beide mit je rund 50 000 Einwohnern, sowie schließlich die zum Königreich Norwegen gehörige Inselgruppe Svalbard (Spitzbergen) im Eismeer, mit wenigen tausend Einwohnern, zwei Drittel davon Sowjetbürger.

Seit der Schulzeit, als ich in die isländische Sagenwelt eintauchte und zum erstenmal die finnische Kalevala-Sage hörte, habe ich, wie viele Norddeutsche, eine besondere Affinität zum skandinavischen Norden entwickelt. Dabei mag die jahrhundertealte kulturelle Ausstrahlung vor allem Dänemarks und Schwedens ebenso eine Rolle gespielt haben wie die Lektüre von Andersens Märchen oder später die Musik von Edward Grieg und Jean Sibelius. Wir Norddeutschen wissen natürlich, daß die Wikinger nicht nur in friedlicher Absicht gekommen sind, sondern durchaus als brutale Eroberer und Mordbrenner. Aber wenn heute im

Auf der »Atalanta« bei der Kieler Woche 1982. Von links nach rechts: Gerhard Stoltenberg, Kalevi Sorsa, Schmidt, Oberbürgermeister Luckhardt, Jørgensen, Willoch, Thoroddsen und Fälldin.
Unten: Auf der Rückreise aus den USA und Kanada machte Helmut Schmidt im Juli 1977 Station auf Island. Auf dem deutschen Soldatenfriedhof legte er einen Kranz nieder.

Gespräch mit dänischen Gästen die Rede darauf kommt, schlage ich vor, die Überfälle den norwegischen Wikingern zuzuschreiben; umgekehrt legen wir im Gespräch mit Norwegern mit demselben Augenzwinkern alles den dänischen Wikingern zur Last. Auch daß die Schweden unter Gustav Adolf während des Dreißigjährigen Krieges viele Landstriche in Mitteleuropa verwüstet und die Einwohner schwer drangsaliert haben, wird ihnen in Deutschland schon lange nicht mehr nachgetragen. Selbst an den deutsch-dänischen Krieg von 1864 und an die Erstürmung der Düppeler Schanzen denkt heute kein Deutscher mehr. Mit einem Wort: es ist viel Blut geflossen in der Vergangenheit, aber unsere Beziehungen zu den Ländern im Norden leiden nicht mehr darunter. Umgekehrt hingegen ist eine bittere Erinnerung an die Besetzung Norwegens und Dänemarks durch Hitler in Norwegen noch nicht verblaßt. Die Dänen dagegen scheinen die aus der deutschen Besatzungszeit herrührenden bitteren Erinnerungen schneller beiseite geschoben zu haben als die Polen oder die Holländer.

Reykjavik bei Mitternacht

Unser Nordland-Enthusiasmus führte Loki und mich bereits 1957 zu einer Urlaubsreise auf die Fåröer-Inseln. Zuerst ging es mit dem Auto über Jütland, den Kleinen Belt, Fünen und den Großen Belt nach Kopenhagen, von dort mit einem kleinen dänischen Dampfer durch Kattegat und Skagerrak die Nordsee hinauf nach Thorshavn auf der Fåröer-Insel Streymoy. Als wir am Kai festmachten, war weit und breit kein Mensch zu sehen. Später erfuhren wir, heute sei Olafstag, der Nationalfeiertag, der auch deshalb ein Volksfest war, weil an diesem Tage die alljährliche Alkoholration ausgegeben wurde – freilich nur auf Nachweis, daß man seine Steuern gezahlt hatte! Angeblich hatten die Färinger all ihren Schnaps auf einmal ausgetrunken und mußten nun erst einmal ausschlafen.

Loki und ich haben uns auf den kargen Fåröern ungewöhnlich wohl gefühlt. Die Menschen sprechen eine eigene, altnordische Sprache, die wohl dem Norwegischen am nächsten kommt; sie besitzt viele vokalreiche und wohlklingende Wendungen, die es in den skandinavischen Sprachen so nicht mehr gibt. Die Färinger lebten zu 95 Prozent vom Fischfang einschließlich des Walfangs. Auf der gesamten Insel entdeckten wir außer einigen kleinen Krüppeleichen und kleinen Vogelbeersträuchern im Windschatten der kleinen Häuser keine Bäume; es gab auch kaum Gemüse; die Kartoffelpflanzen mußten vor den Stürmen gehütet und genauso individuell gepflegt werden wie bei uns zu Hause die Blumen im Balkonkasten. Unser Essen bestand im wesentlichen aus Fisch; einmal in der Woche gab es Walfisch - auf der Rückfahrt haben wir viele Grindwale gesehen. Außer Hofhunden und Schafen erinnere ich mich an keine Haustiere, wohl aber an ungeheuer viele Meeresvögel. Der Raubmöwen, die Sturzflüge auf unsere Köpfe vollführten, mußte man sich mit einem Knüppel erwehren.

Die Inseln bestehen aus Basaltfelsen, die zumeist steil aus dem Wasser aufragen; von einem Ort zum anderen kam man nur mit dem Boot. Während des Weltkrieges hatten die Alliierten für ihre Nachschubflüge auf der Hauptinsel einen Feldflugplatz angelegt, der inzwischen jedoch nicht mehr funktionstüchtig war. Statt dessen gab es Gräber gefallener alliierter Soldaten.

Einmal haben wir zu Fuß einen einsamen Hof auf der anderen Seite der Hauptinsel besucht. Wir wurden vor plötzlichem Nebel gewarnt - mit Recht, wie sich zeigte - und erhielten für diesen Fall einen Bootskompaß mit auf den Weg, der in einen großen, ziemlich schweren Holzkasten eingebaut war. Nach zwei- oder dreistündiger Wanderung quer über den einsamen Bergrücken erreichten wir unser Ziel; die Anlage bestand aus ein paar aus Natursteinen gemauerten Gebäuden und drei kleinen Kirchen, von denen zwei nur noch eine Ruine waren. Die Gebäude des Hofes waren klein, einstöckig und mit Gras- oder Heidesoden gedeckt. Von dem Bauern erfuhren wir, daß der Hof Kirkjubøur hieß, Königshof.

Unser Bauer war ein belesener Mann, der sich in alten Büchern und Schriften auskannte; er war wohl zugleich Schriftsteller. An seinem Ringfinger trug er einen goldenen Ring mit einer aus Bernstein gefertigten Kamee; er hatte ihn beim Graben auf seinem Hofplatz gefunden und behauptete, dies sei ein vor langer Zeit in Rom geweihter Bischofsring. Uns schien das glaubwürdig; daß er das kostbare Stück bei der täglichen Arbeit trug, fand ich allerdings unerhört.

Zwei Jahrzehnte später machten Island und Reykjavik auf mich einen ähnlichen Eindruck wie die Fåröer und Thorshavn, nur daß Island weit stärker entwickelt ist. Wir waren Anfang Juli 1977 dort, und man konnte nachts auf einer Bank im Garten die Zeitung lesen! Die kurzen Sommer in den nordischen Ländern bringen es mit sich, daß die Flora dann geradezu explodiert. Für Loki war dies ein besonders aufregender Aspekt unseres Besuches; sie fand am Rande des Flughafens viele kleine, grün blühende wilde Orchideen.

Ministerpräsident Geir Hallgrimsson hatte mich eingeladen. Hallgrimsson war nicht der Familienname, sondern bedeutete wirklich Sohn des Hallgrim; fast alle zweiten Namen in Island richten sich nach dem Rufnamen des Vaters - wie in alten germanischen Zeiten. Island, im 9. Jahrhundert von Wikingern besiedelt, die aus dem heutigen Norwegen kamen, hat, wenn man so will, das älteste Parlament der Welt, das auf das Jahr 930 zurückgeht. Bis 1944 war Island mit Dänemark verbunden.

Die Schwerpunkte der Volkswirtschaft sind Fischfang, Fischverarbeitung und Fischexport. Auf diesem Feld lagen 1977 auch die aktuellen außenpolitischen Probleme Islands, sowohl in seinen Beziehungen zur EG (insbesondere zu Großbritannien) als auch zur Sowjetunion. Zwei Jahre zuvor hatte das Land einseitig eine Ausdehnung seiner Fischereizone auf 200 Seemeilen und damit eine Verzehnfachung des Gebietes seiner Fischerei-Hoheit verkündet. Wie schon oft in Krisensituationen hatte Hans-Jürgen Wischnewski den daraus resultierenden Konflikt zwischen Bonn und Reykjavik durch Verhandlungen mit dem isländischen Außenminister bereinigt. Aus seinem respektvoll gemeinten und wegen seiner glänzenden Beziehungen zur arabischen Welt wohlbegründeten Spitznamen »Ben Wisch« war daraufhin in den Medien der Name »Ben Fisch« geworden. Zwischen Island und Großbritannien jedoch war es zu einer Reihe von Zwischenfällen auf hoher See gekommen, die zum sogenannten »Kabeljaukrieg« führten. Island hatte die diplomatischen Beziehungen zu Großbritannien abgebrochen und mit dem Austritt aus dem Atlantischen Bündnis gedroht. Der Konflikt erschien seit Anfang 1977 vorläufig entschärft, so daß ich den gemeinsamen Standpunkt der EG nur zu erwähnen brauchte, ohne ihn sonderlich vertiefen zu müssen.

Dies war mir nur angenehm, denn ich empfand große Sympathie für dieses kleine, eigenständige Volk von nicht einmal einer Viertelmillion Menschen. Die Isländer waren damals durch Preisverfall ihres praktisch einzigen Exportartikels - Fisch und Fischprodukte - und ab 1973 durch die Ölpreisexplosion, bei der auch das Lieferland Islands, die Sowjetunion, mitzog, in eine volkswirtschaftlich sehr schwierige Lage geraten. Versuche, dieser Lage mit Lohnsteigerungen und Paritätsänderungen der Währung zu begegnen, erwiesen sich als kaum ausreichend oder nur kurzfristig wirksam. Die Volkswirtschaft blieb in ihren Grundfesten erschüttert; der Gedanke einer Hinnahme von realen Einkommensverlusten blieb zunächst fremd. Auch unsere Gewerkschaften und ebenso die damalige Bonner Opposition – beide mit größerer internationaler wirtschaftlicher Erfahrung ausgestattet als ihre Kollegen in Reykjavik – wollten nicht begreifen, daß gegen die Auswirkungen der weltweiten Ölpreisexplosion nichts helfen konnte als Disziplin in der Lohn- und Haushaltspolitik sowie große Anstrengungen zur Produktivitätssteigerung.

Island hatte außer dem ökonomischen Unglück noch immer an den Folgen einer Naturkatastrophe zu tragen. 1973 hatte ein Vulkanausbruch den Ort Vestmannaeyjar auf der Insel Heimaey getroffen, alle Einwohner mußten evakuiert werden; zugleich war eine neue Insel aus dem Atlantik aufgetaucht. Die Lava hatte verschiedene Farben: schwarz, braun, gelb und grünlich. Wir sahen, wie Lava und Asche die kleinen Holzhäuser des verlassenen Städtchens ganz oder teilweise unter sich begraben hatten; ein neues war an anderer Stelle im Bau begriffen. Das isländische Volk bewies große Solidarität, und darauf war man mit Recht stolz.

Im Mai 1982 machte der isländische Ministerpräsident Gunnar Thoroddsen in Bonn einen Gegenbesuch. Er war Chef einer Koalitionsregierung mit knapper Mehrheit, welche auch die kommunistisch geführte »Volksallianz« einschloß. Ihm lag daran, mir zu versichern, daß die Volksallianz, die auch früher schon an Koalitionsregierungen beteiligt gewesen war, keine außen- und bündnispolitische Gefahr darstelle, denn insgesamt gebe es im Althing und im Volk eine »überwältigende Mehrheit« für die Fortsetzung der bisherigen Bündnispolitik. Ich erinnerte daran, daß die Lage in Frankreich ganz ähnlich sei, wo François Mitterrand die PCF in die erste unter seiner Präsidentschaft gebildete Koalitionsregierung aufgenommen hatte.

Das Gespräch unterstrich auf mehrfache Weise die geostrategische Bedeutung Islands. Der große Flughafen Keflavik westlich von Reykjavik war als Stützpunkt nicht nur für den zivilen transatlantischen Luftverkehr, sondern auch für die Militärluftfahrt der NATO über den Nordatlantik von großer Bedeutung. Keflavik und Reykjavik sind darüber hinaus ausgezeichnete Beobachtungsposten für alle Flottenbewegungen im Nordatlantik; deshalb unterhielten sowohl die Sowjetunion als auch China dort ungewöhnlich große Botschaften mit viel Personal. Moskau hatte dies Reykjavik gegenüber damit begründet, daß man keine isländischen Kräfte beschäftigen wolle. Die Isländer wüßten natürlich, sagte Thoroddsen, daß dies keine vollständige Erklärung sei. Er sprach sich gegen die Errichtung besonderer kernwaffenfreier Zonen im Bereich des Nordatlantischen Bündnisses aus, betonte aber gleichzeitig, daß in Island - ebenso wie in den beiden anderen nordischen Mitgliedsstaaten Norwegen und Dänemark - keine nuklearen Waffen stationiert seien.

Das Gespräch berührte auch die Zukunft Grönlands, dessen Ostküste geographisch am nächsten an Island liegt. Ich interessierte mich für Grönland vor allem der Eskimos wegen. Dieses sehr kleine Volk - weniger als 50 000 Menschen - lebt weit zerstreut auf Grönland, im Bereich der kanadischen Northwest Territories, an der Nordküste von Alaska und auf der Tschuktschen-Halbinsel. Auf Baffin Island habe ich im Sommer 1982 zwei Eskimo-Ortschaften besucht, weil ich die im Laufe der letzten Generation entstandene Grafik und Bildhauerei der Inuit sehr bewundere, vor allem Künstler wie Frau Kenojuak und Kiawak Ashoona in Cape Dorset. Ein Versuch, ein Treffen von Eskimo-Delegationen aus allen vier Hoheitsgebieten zustande zu bringen, war damals an der kleinlichen Moskauer Weigerung gescheitert, sowjetischen Eskimos die Beteiligung zu erlauben.

Im Gespräch mit Thoroddsen ging es vor allem um die politische Zukunft Grönlands. Die Zugehörigkeit Grönlands zur EG war, so vermutete ich, mehr theoretischer Natur. Thoroddsen wies jedoch darauf hin, daß sich für das dänische Mutterland große Probleme ergeben würden, wenn es zur Errichtung von Zollschranken zwischen Grönland und Dänemark kommen sollte.

Die Hauptsorgen des isländischen Ministerpräsidenten waren noch immer die Fischwirtschaft und die Inflation. Die Inflationsrate hatte 60 Prozent im Jahre 1980 und noch immer 40 Prozent im Vorjahr betragen; Thoroddsen hoffte, sie auf 30 Prozent senken zu können. Dafür lag die Arbeitslosigkeit bei Null. Große Sorgen bereitete Thoroddsen das befürchtete Aussterben des Capelin oder Lodde - ich hatte die Namen dieses Fisches noch nie gehört - und der Rückgang der Fischreserven im allgemeinen. Er setzte sich deshalb für internationale Beschränkungen des Fischfangs ein. Ich habe diese Sorgen gut verstanden. Wir hatten vor unserer eigenen Haustür in Nord- und Ostsee ähnliche Probleme, und ich beobachtete mit wachsender Unruhe, wie besonders sowjetischc, chinesische und japanische Fischfangflotten in steigender Zahl die Weltmeere leerfischten. Hier liegt eine der vielen bedenklichen Konsequenzen jener fatalen Einstellung, die Probleme der Übervölkerung allein mit den Mitteln der modernen Technik lösen zu wollen. Deshalb sagte ich Thoroddsen gern zu, mich im Rahmen der EG für die von ihm gewünschten Verhandlungen einzusetzen.

Thoroddsen war sehr an den aktuellen Entwicklungen innerhalb der Allianz interessiert und erkundigte sich besonders nach der Friedensbewegung in der Bundesrepublik. Diese habe drei Hauptursachen, antwortete ich. Da sei zunächst die Tatsache, daß die Supermächte ihrer Verpflichtung aus dem Nichtverbreitungsvertrag (NV-Vertrag) zum Abbau ihrer nuklearen Waffen nicht nur nicht nachgekommen seien, sondern im Gegenteil ihre nukleare Rüstung immer weiter vorantrieben. Je mehr sich Moskau und Washington durch zusätzliche nukleare Rüstung voreinander zu schützen trachteten, um so größer werde das Unsicherheitsgefühl aller anderen. Diese Entwicklung zu kritisieren, sei legitim. Ein weiterer Grund, durchaus verständlich, wenn auch nicht unbedingt rational faßbar, liege in dem Umstand, daß immer mehr Leute sich mit der Logik nuklearer Abschreckung befaßten, ohne sie jedoch nachvollziehen zu können. Sie übersähen dabei, daß das System der gegenseitigen nuklearen Abschreckung immerhin seit über drei Jahrzehnten einen Krieg zwischen Moskau und Washington verhindert habe.

Der dritte Grund, die Betonung der Kriegsgefahr, sei maßlos übertrieben. Allerdings würde das apokalyptische Denken durch einige politische Kraftmeiereien angefacht, zum Beispiel durch das Geschwätz, wir lebten nicht in einer Nachkriegszeit, sondern vielmehr in einer Vorkriegszeit, oder auch durch das ständige Drängen der Amerikaner auf verstärkte Rüstungsbemühungen der europäischen Verbündeten. Alle drei Gründe zusammen erzeugten bei manchen, zumal jungen Menschen ein Gefühl der Ausweglosigkeit und verleiteten sie zu dem Trugschluß, durch einseitigen Abbau der eigenen Verteidigungsfähigkeit dem befürchteten Desaster entgehen zu können. Die Friedensbewegung sei nicht aus Feigheit geboren, sondern aus Angst; leider gebe es in Ost und West genug Leute, die bewußt und unbewußt diese Angst schürten. Ich hatte nicht den Eindruck, Thoroddsen damit etwas Neues gesagt zu haben. Aber darauf kam es nicht an, denn er sammelte wohl Argumente für die Auseinandersetzung mit den Anhängern der Friedensbewegung in den nordischen Ländern und mit den Kommunisten in seiner eigenen Regierung.

Wie immer gab es am Schluß eine gemeinsame Pressekonferenz und die unvermeidlichen Tischreden. Wir griffen beide in die Geschichte zurück, so auf die hamburgische Bruderschaft der Islandfahrer im 15. Jahrhundert, und wiesen auf die engen kulturellen Beziehungen zwischen unseren beiden Ländern hin. Ich hob Gunnar Gunnarsson und Halldor Laxness hervor - Laxness hatte gerade einen deutschen Ehrendoktor erhalten - und erwähnte natürlich auch die Bedeutung der Edda für die deutsche Literatur. Aber besser als alles andere hatte ich die »Geschichte von den Leuten aus dem Lachswassertal« in Erinnerung, die mit dem einprägsamen Satz beginnt: »Ketil Flachnase hieß ein Mann, der Sohn des Björn Buna; er war ein mächtiger Herse in Norwegen ...«

Die schweigsamen Norweger

Willy Brandt, der einen Teil seiner Emigration in Norwegen verbracht hat und der dieses Land sehr liebt, erzählte, wenn die Rede auf Norwegen kam, gern folgenden Witz: Zwei Männer fahren frühmorgens mit dem Boot zum Angeln. Sie fangen auch einiges. Gegen Mittag sagt der eine zum anderen: »Schöner Tag heute.« Worauf der andere am späten Nachmittag erwidert: »Sind wir eigentlich zum Reden hierher gekommen oder zum Angeln?« Wenn ich an meine Begegnungen mit Odvar Nordli (Ministerpräsident von 1976 bis 1981) denke, so scheint mir Brandts Anekdote nicht allzu weit von der Wirklichkeit entfernt. Nordli war ein prächtiger, aber äußerst wortkarger Kamerad, und als solche habe ich eigentlich die meisten Nordländer in Erinnerung.

Zu den etwas gesprächigeren Norwegern gehörten der Reeder Otto Grieg Tidemand, der als norwegischer Verteidigungsminister zeitweilig mein Kollege war, sowie Frau Gro Harlem Brundtland, Nordlis Nachfolgerin. Bei meiner ersten Begegnung mit Norwegern, einer Diskussionstagung Anfang der sechziger Jahre, war - dem Zweck der Veranstaltung entsprechend - Reden sogar Pflicht. Die norwegische Luftwaffe hatte mich eingeladen, an einer internen Diskussion über die Strategie der Atlantischen Allianz teilzunehmen. Vermutlich hatte jemand in Oslo mein 1961 erschienenes Buch »Verteidigung oder Vergeltung« gelesen, in dem ich mich gegen die in den fünfziger Jahren offiziell gültige Militärstrategie der massiven nuklearen Vergeltung aussprach. Nun also versammelte sich eine Handvoll norwegischer Generale und Obersten für einige Tage auf einer Skihütte in den norwegischen Bergen, um Fragen der gemeinsamen Verteidigung durchzusprechen. Es herrschte eine offene, kameradschaftliche Atmosphäre, auch gegenüber dem Deutschen, der ehemals unter Hitler Soldat gewesen und nunmehr sozialdemokratischer Senator in Hamburg war. Es wurde überwiegend englisch gesprochen, einige konnten auch ein wenig Deutsch.

Ich lernte ein wenig von Norwegen und seinen strategischen Problemen kennen. Von Kirkenes an der Barentssee, wo Norwegen und die Sowjetunion ihre gemeinsame Grenze haben, oder vom Nordkap bis zur Südspitze des Landes am Skagerrak sind es rund 1800 Kilometer Luftlinie; die Küste mit ihren vielen Fjorden ist um vieles länger. In diesem langgestreckten, überwiegend gebirgigen Gebiet wohnen nur vier Millionen Menschen; die Bevölkerungsdichte beträgt 13 Einwohner pro Quadratkilometer, das sind 5 Prozent der Bevölkerungsdichte der Bundesrepublik. Angesichts dieser Gegebenheiten lag es für Norwegen nahe, sich gleich zu Beginn dem westlichen Bündnissystem anzuschließen. Die als bedrohlich empfundene Nähe zu den sowjetischen Flotten-, Luftwaffen- und Raketenstützpunkten hat drei Jahrzehnte später auch dazu geführt, daß Norwegen gemeinsam mit der Türkei und der Bundesrepublik – anders als die übrigen europäischen NATO-Staaten – den Olympischen Sommerspielen in Moskau fernblieb, nachdem Präsident Carter dies als Antwort auf den sowjetischen Einmarsch in Afghanistan verlangt hatte.

Als ich Verteidigungsminister war, lud mich mein norwegischer Kollege Fostervoll zu einem offiziellen Besuch ein. Auf dem Programm stand unter anderem ein Flug nach Bodö, einem großen Luftwaffenstützpunkt nördlich des Polarkreises; vom Flugzeug aus wurde mir die Verletzbarkeit der Nordflanke Europas recht deutlich.

Im Mittelpunkt meines Gesprächs mit Ministerpräsident Trygve Bratteli stand die neue Ostpolitik unter Willy Brandt. Ich unterstrich zugleich unsere Entschlossenheit, unsere verteidigungspolitischen Pflichten voll zu erfüllen. Kurz zuvor, sechs Tage vor seinen Gesprächen mit Breschnew, hatte Brandt im Bonner Kabinett eine Aufstokkung des Verteidigungshaushalts für 1972 um 11 Prozent und eine Bonner Beteiligung am »European Defense Improvement Program« (EDIP) der NATO beschließen lassen. Unsere Politik der Sicherheit *vor* den Sowjets und zugleich der Zusammenarbeit *mit* den Sowjets wurde erstmals erkennbar. Diese Haltung wurde von den Norwegern prinzipiell geteilt und auch in ähnlicher Weise zum Ausdruck gebracht. Dabei gaben sich die Norweger in beiderlei Hinsicht keinen Illusionen hin. Einzig die Kommunisten verfochten einen anderen Kurs. Ihre kleine

Zeitung in Oslo und das SED-Zentralorgan »Neues Deutschland« logen im Zusammenhang mit meinem Besuch das Blaue vom Himmel herunter und brachten den »Kriegsminister« Schmidt in Verbindung mit Hitlers Admirälen Raeder und Dönitz.

Brandt hatte mich beauftragt, bei meinem Besuch auch unseren Wunsch nach einer EG-Mitgliedschaft Norwegens zur Sprache zu bringen. Leider entschied sich eine Volksabstimmung ein Jahr später mit 54 Prozent der Stimmen gegen den Beitritt - aus Sorge, die außenpolitische Unabhängigkeit des Landes zu gefährden, vornehmlich aber aus Angst, eine EG-Mitgliedschaft würde den EG-Staaten Zutritt zu den nordnorwegischen Fischgründen geben. Auch heute noch spielt - zumal in Nordnorwegen - die Fischereiwirtschaft eine bedeutende Rolle, nicht nur volkswirtschaftlich gesehen, sondern auch im Bewußtsein des Volkes. Mitte der siebziger Jahre freilich ist die Bedeutung des norwegischen Nordseeöls und -gases so gestiegen, daß der Export dieser Rohstoffe heute die Hälfte des norwegischen Gesamtexports ausmacht.

Als Minister und Kanzler bin ich sechsmal in Norwegen zu Besuch gewesen, die Gegenbesuche waren nicht minder zahlreich. Die Gespräche verliefen oft sehr zwanglos; so ist Nordli sowohl in Hamburg-Langenhorn als auch in meinem Sommerhäuschen am Brahmsee gewesen, während Loki und ich umgekehrt Nordlis Gäste in Reine auf Moskenes waren.

Die Außenministerien und die Diplomaten betrachten solche persönliche Nähe der Staatslenker untereinander nicht bloß mit Freude. Denn zum einen mißtrauen sie der Spontaneität, die sich ergeben kann, wenn die Regierungschefs sich persönlich so gut kennen, daß sie einander auch Besorgnisse, Hoffnungen, Motive und Absichten, Fragen und Antworten anvertrauen, welche die Apparate geheimhalten wollen und, mit roten Stempeln versehen, nur im Panzerschrank aufbewahren. Zum anderen gibt es in den Bürokratien der Außenministerien (durchaus auch in den demokratisch verfaßten Staaten, denen Glasnost nicht gepredigt zu werden braucht) das gleiche Prinzip, das auf fast alle Bürokratien der Welt zutrifft, nämlich das Prinzip der eifersüchtigen Kompetenzwahrung - nach dem Motto: Hier bin ich zuständig, halte du dich gefälligst heraus! Kompetenz-Patriotismus ist oft ein Grund für überflüssige Geheimstempel. Ich will aber gern einräumen, daß es auch Ausnahmen von dieser Regel gibt - sie waren unter den herausragenden und souveränen Personen des Auswärtigen Dienstes in Bonn durchaus häufig.

Oben: mit dem norwegischen Premierminister Odvar Nordli auf dem Flughafen Hamburg-Fuhlsbüttel, November 1978.
Unten: mit Nordlis Nachfolgerin, Frau Gro Harlem Brundtland, auf dem Staatsgut Staur Gaard, August 1981.

Eine der negativen Folgen übertriebener Geheimhaltung ist eine oft unzureichende Information der jeweiligen Opposition, die infolgedessen mit schiefen Perspektiven an ein Problem herangeht, der eigenen Regierung mißtraut und im Falle des Regierungswechsels oft Monate braucht, bis sie die wahre Struktur eines Problems begreift; in Washington ist dies besonders deutlich zu beobachten gewesen bei den Wechseln von Ford zu Carter und erneut von Carter zu Reagan. Die parlamentarischen Mit- und Gegenspieler informiert zu halten, war 1966 mein Motiv dafür, gemeinsam mit Rainer Barzel für die Einführung parlamentarischer Staatssekretäre (inzwischen gibt es deren allerdings zu viele) aus den Reihen der Abgeordneten zu plädieren. Zu Zeiten meiner eigenen Regierung haben – unter anderen – Hans-Jürgen Wischnewski und Willi Berkhan das Weitergeben wichtiger außen- und sicherheitspolitischer Informationen an vertrauenswürdige Führungspersonen der Opposition übernommen; sie waren darin äußerst erfolgreich und wurden deswegen sehr respektiert. Als ich selbst 1969 das Amt des Verteidigungsministers zu übernehmen hatte, habe ich die vornehme Art meines Amtsvorgängers Gerhard Schröder (CDU) zu schätzen gewußt, in der er mich (und andere Sozialdemokraten) jahrelang vorher informiert hatte, zum Teil persönlich, zum Teil durch seine Mitarbeiter. Als Bundeskanzler empfand ich es umgekehrt immer als meine Pflicht, den Außenminister oder die anderen jeweils in Frage kommenden Bundesminister durch nachträglich von mir diktierte Aufzeichnungen (oder diejenigen eines hohen Beamten, der zu diesem Zweck als stummer note-taker zugezogen wurde) über meine Gespräche mit meinen ausländischen Kollegen zu informieren.

Moskenes ist eine der Lofot-Inseln, und wir verbrachten dort eine Woche in einer Rorbu (was »Fischerbaracke« heißt), einer auf Stelzen gebauten Holzhütte; im Sommer leben dort Fischer und Angler, im Winter dient die Hütte zur Aufbewahrung kleiner Boote. Das Dorf Reine, von schroffen und steilen Felsen umgeben, die bis zu 800 Metern aufragen, besteht ausschließlich aus Holzhäusern, die fast alle rot angestrichen sind. Das Leben ist einfach, fast alles dreht sich um Fisch, in erster Linie um die Lachse. Auf einer Fahrt zu der südlichsten Lofot-Insel Roest wurden wir von dichtem Nebel überrascht, und dies vermittelte uns eine Vorstellung davon, wie das Leben der Menschen dort oben in den langen Wintermonaten aussehen mag.

Auf den noch weiter nördlich gelegenen Svalbard-Inseln (Spitzbergen) waren Loki und ich ebenfalls während des Sommers, und zwar

1989. Ein großer Teil der Fjorde lag noch immer unter Eis. Der gastfreundliche norwegische Sysselmann (Gouverneur) nahm uns in seinem Hubschrauber mit - wir flogen über eine berauschend schöne, hochalpine, weiße Gletscherlandschaft. Wir sahen weiße Wale, viele Rentiere, die großartigsten Seevögel und jenen legendären, aber ein wenig verrosteten Mast, an dem vor vielen Jahrzehnten der italienische Polarforscher Nobile sein Luftschiff verankert hatte. Wo kein Schnee mehr lag, war der Boden etwas aufgetaut und ließ winzige Pflanzen hervor. Loki entdeckte einen Baum, der mit unseren Salweiden verwandt ist und der keine fünf Zentimeter groß war. In den beiden norwegischen Siedlungen wohnten etwa 1500 Menschen - viele von ihnen waren Forscher. Von weitem sahen wir auch die doppelt so viele Bewohner zählende sowjetische Siedlung Barentsburg. Die Sowjets haben auf Spitzbergen das Recht zum Kohleabbau, aber dies hätte den Aufwand nicht gelohnt, offenbar standen militärische Interessen dahinter. So wurden wir inmitten der unberührten arktischen Landschaft an den sowjetischen Expansionismus erinnert.

Alle Gespräche mit den norwegischen Ministerpräsidenten, mit denen ich zu tun hatte (Bratteli, Nordli, Frau Gro Harlem Brundtland, Willoch), wie auch mit König Olav V. drehten sich im Grunde um die gleichen Themen. Zum ersten ging es um Fragen des Bündnisses: um die Nordflanke der NATO einschließlich des Eismeeres; um die doppelte Sorge der Norweger, einerseits eine ausreichende Verteidigung zu haben, andererseits die Sowjets nicht unnötig zu reizen - weshalb sie zum Beispiel im hohen Norden keine amerikanischen Depots haben, sondern Nordnorwegen ausschließlich mit norwegischen Truppen verteidigen wollen; um die mit den beiden anderen nordischen NATO-Staaten seit langem gemeinsam vertretene Position, keine Nuklearwaffen stationieren zu wollen - bei gleichzeitig starker Skepsis gegenüber dem sowjetischen Vorschlag zur Errichtung einer »kernwaffenfreien Zone« (man wollte keine sowjetischen Kontrollen); um den Doppelbeschluß der NATO; um den KSZE-Prozeß, die Lage in Polen und in der DDR. Vor allem war man in Oslo immer lebhaft an unserer Interpretation der sowjetischen Außenpolitik interessiert; über die politische Bedeutung der sowjetischen Flottenoperationen in der Ostsee war man sich dabei durchaus im klaren.

Im August 1980, kurz nach meinem letzten, von Präsident Carter zunächst heftig mißbilligten Besuch bei Leonid Breschnew, sagte Nordli zu mir: »Wir haben uns durch Sie in Moskau vertreten gefühlt.«

Damit brachte er zum Ausdruck, daß die norwegische und die deutsche Rußland-Politik im Gleichklang standen: Beide wollten militärische Sicherheit und zugleich die Fortsetzung des Entspannungsprozesses mit der Sowjetunion. Bonn erschien den Norwegern oft genug als Garant dafür, daß der Westen trotz mehrfacher Sprünge in der amerikanischen Außenpolitik den Versuch der Entspannungspolitik gegenüber Moskau nicht aufgeben würde; wir haben dieses Vertrauen nicht enttäuscht. Schon im Sommer 1981 haben Frau Gro Harlem Brundtland und ich auch die künftigen ökonomischen Probleme der Sowjetunion erörtert. Wir waren uns einig, daß auf Breschnews Nachfolger enorme Aufgaben zukämen; daß fünf Jahre ins Land gehen würden, ehe eine neue Führung den Umbau der Sowjetunion endlich in Angriff nahm, damit hatten wir freilich nicht gerechnet.

Der zweite Themenkreis betraf Fragen der Wirtschaft. Die norwegischen Politiker waren über den negativen Ausgang der Volksabstimmung über den EG-Eintritt nicht glücklich, wagten jedoch aus innenpolitischen Gründen kaum, dies einzuräumen. Oslo fehlte der enge Kontakt, den etwa die europäischen Gipfeltreffen, insbesondere nach dem Beitritt Großbritanniens und Dänemarks, den Staaten der Gemeinschaft ermöglichten. Soweit wir konnten, habe ich versucht, mit Interpretationen, Erläuterungen und Kontakten zu helfen. Der unverhofft große Reichtum an Öl und Gas, vornehmlich aus dem Ekofisk-Feld in der Mitte der Nordsee, machte Norwegen zeitweilig zu einem begehrten Wirtschaftspartner, und die Frage, welche Märkte Norwegen mit seinen Pipelines beliefern sollte, hat eine wichtige Rolle gespielt; es schien mir natürlich, daß die Versorgung der Nachbarn Schweden und Dänemark schließlich Priorität bekam. Unsere wirtschaftspolitischen Gespräche wurden dadurch sehr gefördert, daß der norwegische Finanzminister Per Kleppe und seine von Geburt schwedische Frau Margareta alte Freunde von Loki und mir waren.

Der dritte regelmäßige Themenkreis betraf die Weltpolitik im allgemeinen, wobei auffiel, daß die Norweger im Hinblick auf das Nord-Süd-Verhältnis immer eine starke Solidarität mit den Ländern der Dritten Welt bekundeten. Nordli und ich haben 1978 an einem privaten Gespräch teilgenommen, zu dem Michael Manley nach Jamaica eingeladen hatte; unter den Teilnehmern waren auch Pierre Trudeau und Olusegun Obasanjo aus Nigeria. Die Norweger sind häufig auf die Probleme der Entwicklungsländer zurückgekommen; Frau Gro Harlem Brundtland hat die eindrucksvolle norwegische Tradition fortgesetzt.

Bilaterale deutsch-norwegische Fragen, die ein Gespräch zwischen den Regierungschefs hätten notwendig machen können, hat es nicht gegeben. Die Beziehungen waren von Anfang an problemlos. Nur eine Generation nach dem Ende des Zweiten Weltkrieges und der deutschen Besetzung Norwegens war dies beileibe keine Selbstverständlichkeit. Während in Oslo Vidkun Quisling - dessen Name später europaweit zu einem Synonym für Kollaborateure geworden ist - eng mit dem »Reichskommissar« Hitlers zusammenarbeitete, hat das norwegische Volk jahrelang Widerstand geleistet. Nach Kriegsende folgte die Verurteilung der Kollaborateure und Sympathisanten, unter ihnen auch der große Schriftsteller Knut Hamsun, den ich als Schüler mit Begeisterung gelesen hatte. Daß die kulturellen Beziehungen zwischen Norwegern und Deutschen, die einst sehr eng gewesen waren - stellvertretend seien hier die Namen von Grieg, Ibsen und Munch genannt -, heute wieder aufgenommen worden sind, beruht vor allem auf dem Wunsch der Norweger, trotz der fünfjährigen Besetzung ihres Landes mit den Deutschen in einen fruchtbaren Dialog zu treten.

Die gemütlichen Dänen

Die gegenseitigen Anregungen und Befruchtungen zwischen der dänischen und der deutschen Kultur sind ungemein zahlreich. Die Spuren finden sich natürlich vor allem im Norden, denn die Könige von Dänemark haben im späten Mittelalter lange Zeit in Personalunion die Herzogtümer Lauenburg, Holstein und Schleswig regiert. Die von dem reichen Hof in Kopenhagen ausgehenden Impulse haben in meiner Heimat vielerlei Früchte getragen. Zu den schönsten Zeugnissen zählen das Wasserschloß Glücksburg, das Schloß in Ahrensburg, Schloß Emkendorf oder auch die großen, kegelförmigen Meilensteine aus Granit, die irgendein Christian an den Straßen zwischen Hamburg und der dänischen Grenze errichten ließ und die ich ihrer Schlichtheit wegen immer bewundert habe. Ob auf Jütland oder in Schleswig-Holstein, die Landschaft ist sehr ähnlich, und meistens herrscht auch das gleiche Wetter. Niemand hat dies deutlicher zum Ausdruck gebracht als Emil Nolde, der in Dänemark und im Schleswigschen seinen Bildern die gleiche unerhörte Leuchtkraft gab, zu der ihn der weite Himmel über der bisweilen eintönigen Moränenlandschaft herausgefordert hat.

Um Hamburg seine Bedeutung als Seehandelsmacht streitig zu

machen, ließ einst ein dänischer König an der Unterelbe zwei Städte gründen, Altona und Glückstadt. Er hat damit wenig Glück gehabt. Ansonsten aber herrschte - von kurzen Perioden in der Mitte des vorigen Jahrhunderts und nach dem Ersten Weltkrieg abgesehen - ein gutes Einvernehmen zwischen den Niederdeutschen und den Dänen. Erst die Besetzung 1940 hat eine tiefe Zäsur geschaffen.

In früheren Zeiten sind die Dänen keineswegs immer gemütliche Leute gewesen, auch wenn man von ihren Wikinger-Vorfahren absieht. Knut der Große zum Beispiel, zu Beginn des elften Jahrhunderts, war nicht nur König von Dänemark, sondern gleichzeitig auch von Norwegen und England; er bezeichnete wohl den Höhepunkt der dänischen Herrschaft im Mittelalter. Später haben die Dänen zeitweilig Südschweden, Vorpommern, Mecklenburg und sogar Estland erobert, wo sie die Stadt Reval (Talinn) gründeten. Wieder später hat Königin Margarete von Dänemark gleichzeitig Norwegen und Schweden regiert. Es gab über die Jahrhunderte in Skandinavien vielerlei Kriege und Eroberungen, Rückeroberungen, Verträge und Vertragsbrüche. Oft genug wurden deutsche Landschaften und Städte in diese Auseinandersetzungen hineingezogen. Zumal im Dreißigjährigen Krieg spielten die Schweden unter Gustav Adolf in Deutschland eine wichtige Rolle: sie hatten im 17. Jahrhundert die Vorherrschaft im Ostseeraum errungen. Aber auch der dänische König blieb ein mächtiger Mann; im 18. Jahrhundert gebot er außer über Dänemark zugleich über Grönland, Island, die Faröer, Norwegen und Schleswig-Holstein. Die Union mit Norwegen hat immerhin bis ans Ende der Napoleonischen Kriege gedauert; sie wurde 1814 durch eine norwegisch-schwedische Personalunion abgelöst, diese endete 1905. Die Personalunion mit Schleswig-Holstein endete 1864 mit dem Krieg gegen Österreich und Preußen, nachdem die Dänen versucht hatten, die beiden Herzogtümer durch eine oktroyierte Verfassung dem dänischen »Gesamtstaat« einzugliedern.

Etwa seit jener Zeit, seit vier oder fünf Generationen also, haben die Dänen aufgehört, die Rolle einer großen Macht spielen zu wollen. Die Hinnahme der Verselbständigung Islands während des Zweiten Weltkrieges und später die Gewährung innerer Autonomie an Grönland und an die Faröer waren Ausdruck friedlicher, kompromißbereiter Gesinnung - ebenso wie der Verzicht, am Ende des Zweiten Weltkrieges die Süd-Schleswig-Frage erneut aufzurollen. Die inzwischen eingetretene außenpolitische Orientierung an England und die Enttäuschung über Hitler-Deutschland ließen sowohl die dänische (und norwegische)

Beteiligung an der Begründung des Nordatlantischen Bündnisses als auch – zum Zeitpunkt des britischen Beitritts – den dänischen Eintritt in die EG als logisch erscheinen. Tatsächlich hat Dänemark in beiden Verbänden keine wichtigen Schritte unternommen oder mitbeschlossen, die Kopenhagen nicht vorher mit Oslo und Stockholm abgestimmt hat. Die gefühlsmäßige Bindung an die skandinavischen Nachbarstaaten ist auch heute stärker als die Bindung an die Nordatlantische Allianz.

Zwar gebrauchen die Hamburger gern die Redensart »leben und leben lassen«, aber es sind meines Erachtens eher die Dänen, die diese Weisheit wirklich beherzigen. Dänemark gehört heute zu den Ländern mit dem höchsten Lebensstandard. Ein Teil des dafür benötigten Geldes ist geborgt und muß eines Tages zurückgezahlt werden – die staatliche Schuldenlast pro Kopf ist hoch. Aber schließlich haben es die mächtigen Amerikaner unter Reagan genauso gemacht, und warum sollten die Dänen schärfer rechnen als die Amerikaner? Die Dänen genießen ihren Wohlstand, ihre Sommergärten, ihre Segelboote und nicht zuletzt ihr teueres, aber ausgezeichnetes Bier.

Wer in Flensburg oder auf der Schlei, in Kiel oder Heiligenhafen auch nur einen kleinen Jollenkreuzer liegen hat, der kann am Sonnabend bequem über die westliche Ostsee segeln, dort in einem kleinen Hafen gut zu Abend essen – vielleicht im berühmten Falsled- Kro auf Fünen –, sodann gut festgemacht in Ruhe schlafen und am Sonntag abend wieder zu Hause sein. Die »Atalanta« der Hamburger Warburg-Bank, von der zu Anfang dieses Kapitels schon die Rede war – zugegebenermaßen kein ganz kleines Boot –, habe ich mir oft ausleihen dürfen; mehrmals war Anker Jørgensen mit an Bord. Jørgensen war Ministerpräsident von 1975 bis 1982; seinen Vorgänger Poul Hartling habe ich kaum gekannt, um so besser aber dessen Vorgänger Jens Otto Krag (Ministerpräsident von 1962 bis 1968 und erneut 1971 bis 1972). Krag war nur vier Jahre älter als ich, aber politisch ungleich erfahrener. In den sechziger Jahren habe ich ihn ein paarmal in Kopenhagen besucht, und bei einem Glas Whisky wurde dann viel geklönt. Ich habe diese Stunden in guter Erinnerung, weil ich von Krag manches gelernt habe und weil mich seine Klugheit, seine fast englische Distanziertheit, untermischt mit ein wenig Resignation, anzogen.

Anker Jørgensen war von ganz anderer Art: meistens fröhlich, meistens optimistisch – trotz der großen finanzwirtschaftlichen Probleme seines Landes –, der Typus eines jovialen, volksverbundenen Gewerkschaftsführers. Ich glaube, die meisten Dänen redeten von ihm nur als von Anker – so familiär waren sie mit ihm. Anker und ich sind unzählige Male zum Gespräch zusammengekommen, oft auch privat, bei Bier und Aquavit.

Zu meinem 70. Geburtstag im Dezember 1988 hielt Anker Jørgensen vor vielen hundert Gästen in der Godesberger Stadthalle eine Rede, die in überzeugender Unbefangenheit unser Verhältnis charakterisierte. Er erinnerte an manche der gemeinsam erlebten und bewältigten Schwierigkeiten während der sieben Jahre, in denen wir für die politischen Geschicke unserer Staaten verantwortlich gewesen waren. Er lobte meine Kompromißbereitschaft – wenn die nur auch in meiner eigenen Partei anerkannt worden wäre! – und kam dann auf den NATO-Doppelbeschluß zu sprechen: »Dieser Vorschlag hat mir – gelinde gesagt – nicht zugesagt. Es gelang uns aber, einen Kompromiß zu schließen, da man einigen der dänischen Forderungen nachgekommen ist. Ich entsinne mich an den engen Kontakt zwischen uns in diesen Tagen und Stunden. Es ist erst dir zu verdanken, daß das Ergebnis ein Doppelbeschluß im wahren Sinne des Wortes wurde, mit der Forderung nach vorangehenden Verhandlungen. Das hat man aber nicht überall verstanden. Der vielleicht zu weiche Carter wurde von dem viel zu harten Reagan abgelöst. Aber zum Glück: die Entwicklung im vergangenen Jahr gibt der Entspannung neue Hoffnung. Unter diesem Aspekt war die Forderung des Doppelbeschlusses nach Verhandlung richtig. Ich möchte dir auch danken, weil du und die deutsche Sozialdemokratie immer den nordischen Ländern großes Interesse entgegengebracht und den Kontakt zu uns weiter ausgebaut habt. Es ist für die Zeit nach dem Zweiten Weltkrieg von entscheidender Bedeutung gewesen, daß die SPD die deutsche Politik so geprägt hat, daß man dem Norden und der nordischen Mentalität Offenheit und Verständnis entgegengebracht hat. Du, Helmut, hast durch dein persönliches Wirken diese Linie verfolgt. Für Dänemark, das einzige EG-Mitglied unter den nordischen Ländern, ist dies von großer Bedeutung gewesen.« Ich habe mich über diese Anerkennung gefreut, zumal Jørgensen ausdrücklich auch im Namen von Frau Gro Harlem Brundtland (Norwegen), von Kalevi Sorsa (Finnland) und Ingvar Carlsson (Schweden) sprach, den Vorsitzenden der nordischen sozialdemokratischen Parteien.

Zwei Konferenzen auf dänischem Boden, bei denen Anker Jørgensen der Gastgeber war, sind mir in besonderer Erinnerung geblieben. Die erste war eine Zusammenkunft sozialdemokratischer und demokratisch-sozialistischer Parteivorsitzender und Regierungschefs aus

Im Gespräch mit Anker Jørgensen; oben: auf Schloß Marienborg, 1978, unten: in Bonn, März 1980.

achtzehn europäischen Staaten; sie fand im Januar 1976 in Helsingör statt, dem Ort der Hamlet-Tragödie. Es ging in erster Linie um die Arbeitslosigkeit, die damals in Europa allgemein stark zunahm. Die Volkswirtschaften der auf dieser Konferenz vertretenen Industrienationen waren allesamt von der Strukturkrise der Weltwirtschaft schwer getroffen. Der Zusammenbruch des Bretton-Woods-Systems fester Wechselkurse, an deren Stelle stark fluktuierende Auf- und Abwertungen wichtiger Währungen getreten waren – vor allem des Dollars –, und die Vervielfachung des Ölpreises waren für viele Regierungen Anlaß gewesen, ihr Heil in hohen Haushaltsdefiziten zu suchen. Damit diese auf den Anleihemärkten finanziert werden konnten, hatte man zu schneller Geldvermehrung gegriffen und sich damit erhebliche Inflationsraten eingehandelt. Der britische Premierminister Harold Wilson war einer der Fürsprecher dieser Politik. Ich hingegen warnte davor, eine dauerhafte Inflation in Kauf zu nehmen. Ich plädierte für eine gemeinsam abgestimmte Politik gegenüber den OPEC-Staaten, ebenso für eine abgestimmte Kreditpolitik gegenüber den erdölimportierenden Entwicklungsländern sowie den RGW-Staaten und für die Aufrechterhaltung der »Schlange« der europäischen Währungen, das heißt für feste Wechselkurse in Westeuropa. Zugleich sprach ich mich gegen neue staatliche Eingriffe in die Gütermärkte und in die Preis- und Lohnfindung aus. Außer bei Olof Palme fand ich nicht allzuviel Zustimmung.

Die andere wichtige Frage, die in Helsingör Kontroversen auslöste, ergab sich aus einer Intervention von François Mitterrand, dem Führer der damals in Opposition stehenden Sozialistischen Partei Frankreichs. Er hatte den Teilnehmern der Konferenz empfohlen, in ihren Ländern Bündnisse mit der kommunistischen Partei zu schließen. Ich habe nachdrücklich davor gewarnt. Wir deutschen Sozialdemokraten wüßten, daß Entspannung im Verhältnis zur Sowjetunion nur dann erfolgreich sei, wenn wir durch das Gleichgewicht der militärischen Kräfte für unsere Sicherheit sorgten. Dies vorausgesetzt, blieben wir in der Vorhut der Entspannungspolitik gegenüber Moskau und den Staaten des Warschauer Paktes. Eine innenpolitische Zusammenarbeit mit den Kommunisten komme auf keinen Fall in Frage.

Willy Brandt hatte tags zuvor ähnliches gesagt. Die internationale Presse hob denn auch mit Recht die Meinungsverschiedenheiten hervor, und so entstand der Eindruck, als ob die portugiesischen, spanischen, italienischen und französischen Sozialisten zu Volksfrontbündnissen mit den Kommunisten bereit wären, während dies für die deutschen und die skandinavischen Sozialdemokraten unannehmbar sei. Dabei wurden zumeist einige wichtige Details außer acht gelassen: Die italienischen Kommunisten unter Berlinguer hatten sich mit ihrem Eurokommunismus weit von Moskau abgesetzt und waren als möglicher Koalitionspartner anders zu beurteilen als die deutschen Kommunisten; die portugiesische KP hatte alle möglichen Pferdefüße gezeigt, und deshalb war auch der spanische Nachbar Felipe Gonzalez deutlich auf Distanz zur Volksfrontideologie Mitterrands gegangen.

Eine zweite wichtige Konferenz, auf der Anker Jørgensen Gastgeber und Vorsitzender war, fand zwei Jahre später, im April 1978, in Kopenhagen statt. Es handelte sich um eines der inzwischen regelmäßigen Treffen der Regierungschefs im Europäischen Rat. Roy Jenkins, der erste Brite auf dem Stuhl des EG-Präsidenten, hatte Vorschläge für »neue Dimensionen der europäischen Rechnungs-Einheit« unterbreitet, die Dänen hatten in der Vorbereitung der Sitzung die Notwendigkeit größerer monetärer Stabilität hervorgehoben. Giscard und ich benutzten diese Konstellation und den uns alle beunruhigenden Verfall des Dollar-Wechselkurses, um unsere Vorstellungen von einer europäischen Währungsgemeinschaft zu lancieren. Es gelang uns, soviel Interesse bei unseren Kollegen zu wecken, daß wir drei Monate später beim nächsten Treffen des Europäischen Rates – im ehrwürdigen Rathaus zu Bremen, Anfang Juli 1978 – ein wesentliches Stück in Richtung auf das Europäische Währungssystem vorankamen. Daß der Europäische Rat in der Wohnstuben-Feierabend-Atmosphäre in Marienborg hierfür die Voraussetzungen hatte schaffen können, war nicht zum wenigsten Anker Jørgensens Verdienst. Man sprach in jener gelassenen, beinahe beiläufig anmutenden Weise miteinander, die in Skandinavien den politischen Alltag bestimmt. Das Echo der Presse war zwiespältig. Die schrillsten Töne kamen von »Ekstra Bladet«, der größten dänischen Zeitung. Sie rief zu einer »Volksbewegung gegen die EG« auf, griff Giscard d'Estaing und mich in polemischer Weise an – wir kämpften »um die Weltmeisterschaft in Arroganz« – und machte die EG verantwortlich für die dänische Arbeitslosigkeit. Obschon »Ekstra Bladet« Jørgensens Gewerkschaftsbewegung relativ nahestand und auch Meinungsumfragen zeigten, daß mehr als ein Drittel aller Dänen auf die Propaganda hereinfiel, die EG zum Sündenbock für Dänemarks ökonomische Beschwernisse zu machen, ließ sich Anker Jørgensen nicht beirren. Der so gemütlich scheinende, jovial und populistisch auftretende dänische Premier zeigte sich durchaus standhaft.

Wir Deutschen tun gut daran, die Besorgnisse der Dänen ernst zu nehmen. Die Dänen reden normalerweise nicht laut darüber, daß sie sich vor deutschem Dominanz-Streben und vor einer übermächtigen D-Mark fürchten. Als aber im Herbst 1989 die Möglichkeit einer deutschen Vereinigung sich abzeichnete, war der konservative Ministerpräsident Poul Schlüter nicht zufällig unter den ersten, die ihre Stimme erhoben und sich öffentlich gegen eine deutsche Einigung aussprachen. Meist führt jedoch die Friedfertigkeit der Dänen dazu, daß sie ihre Interessen sehr vorsichtig vertreten - außer wenn es um die Fischerei geht.

Vielleicht sollten sich unsere dänischen Nachbarn ab und zu des heimlichen Neides bewußt sein, mit dem viele Deutsche (jedenfalls wir Norddeutschen) auf ihre wunderschöne, historisch gewachsene Hauptstadt Kopenhagen blicken. Diese Landeshauptstadt ist zugleich eine kosmopolitische Metropole, ihr Charme reicht von der Selbstverständlichkeit einer demokratisch-parlamentarisch verfaßten Monarchie über die kleine Meerjungfrau auf dem Felsen an der Langenlinie bis zum Tivoli. Kopenhagen ist Ausdruck eines großen inneren Konsensus des dänischen Volkes - ohne Elendsviertel, ohne herausragende Unternehmer- und Banker-Eliten, gekennzeichnet vielmehr durch einen ungewöhnlich breiten, die Facharbeiterschaft einschließenden Mittelstand, dem es gutgeht. Kein Däne, der nicht stolz ist auf Andersen, den Märchenerzähler, oder auf Grundtvig, den großen Vormann der allgemeinen Volksbildung - aber auch kein Däne, der sich in weltanschaulichem Streit verbissen engagiert. In meinen deutschen Augen sind die Dänen ein glückliches Volk.

Schweden - ein kapitalistischer Wohlfahrtsstaat

Die schwedische Gesellschaft ist derjenigen Dänemarks insofern vergleichbar, als beide einen breiten Mittelstand aufweisen, aber ansonsten gibt es wenig Ähnlichkeiten. Zwar wurden die »welfare economics« in allen nordischen Staaten gleicherweise durch die sozialdemokratischen und sozialistischen Parteien über Jahrzehnte hin zum prägenden Faktor der Gesellschaft, aber Schweden spielt schon deshalb eine besondere Rolle, weil hier einige große, auf den Märkten der Welt ins Gewicht fallende Banken und Konzerne beheimatet sind: Volvo, Electrolux, Saab, Bofors, Skandinaviska Enskilda Banken und Handelsbanken.

Sieht man ab von den Jahren 1976 bis 1982, so hat Schweden seit 1932 sozialdemokratisch geführte Regierungen. Diese haben zwar institutionelle Möglichkeiten für staatliche Eingriffe in die Wirtschaft geschaffen, tatsächlich aber haben sie den Markt sich frei entwickeln lassen. Zwei Charakterzüge des im Reichstag einmal als Umweltpolitik der Gesellschaft bezeichneten »schwedischen Modells« fallen dabei besonders ins Gewicht. Zum einen erfordert der weit vorangetriebene Wohlfahrtsstaat eine extrem hohe Steuer- und Abgabenlast, die trotz ungewöhnlicher Verlustabschreibemöglichkeiten hoch bleibt. Die Staatsquote liegt, bedingt durch vielerlei Aufgaben, die der Staat nicht dem privaten Sektor überläßt, bei gut 52 Prozent des Bruttosozialprodukts. Zum anderen spielen die Gewerkschaften - die einen im westeuropäischen Vergleich ungewöhnlich hohen Organisationsgrad von etwa 80 Prozent der Arbeitnehmer erreicht haben - bei den laufenden wirtschaftspolitischen Entscheidungen der Regierungen eine bemerkenswert einflußreiche Rolle. Eine der negativen Konsequenzen ist eine tendenziell chronische Lohn-Preis-Spirale, deren Auswirkungen man bis in die achtziger Jahre hinein durch zwei Abwertungen der schwedischen Krone hat verdecken können.

Welfare economics und Gewerkschaftseinfluß haben durchaus nicht zu einem Verlust an internationaler Wettbewerbsfähigkeit der schwedischen Industrie geführt. Die antigewerkschaftlichen Litaneien mancher FDP-Politiker und einiger Ideologen der deutschen Industrie finden in der schwedischen Volkswirtschaft jedenfalls keine Rechtfertigung; Tatsache ist vielmehr, daß die Arbeitslosigkeit in Schweden seit langem deutlich niedriger liegt als bei uns oder im EG-Durchschnitt. Auch die drei »bürgerlichen« Parteien Schwedens denken nicht daran, den sozialökonomischen Konsens aufzukündigen.

Schweden liegt in Forschung und Entwicklung weltweit mit an der Spitze. Es ist ein bedeutender, leistungsfähiger Industriestaat, der zielstrebig und stetig das Schwergewicht von den alten Ausfuhrgütern Eisenerz, Holz, Zellulose, Papier und den Erzeugnissen der klassischen Schwerindustrie auf Spitzenprodukte der Elektro- und Elektronikindustrie und der chemischen Industrie sowie auf Dienstleistungen aller Art verlagert hat. Die wichtigsten Handelspartner sind Deutschland, Großbritannien und die USA, die EG insgesamt nimmt etwa die Hälfte aller schwedischen Exporte auf, die EFTA nur rund ein Fünftel; der Anteil der kommunistischen Staaten einschließlich der Sowjetunion fällt nicht ins Gewicht.

Dennoch kam eine Mitgliedschaft Schwedens in der EG - anders als für Norwegen und Dänemark - der schwedischen Neutralitätspolitik wegen bisher nicht in Betracht. Diese Neutralitätspolitik reicht bis in den Beginn des vorigen Jahrhunderts zurück; der Krieg gegen Napoleon war der letzte, an dem Schweden beteiligt gewesen ist. Die allseits respektierte schwedische Neutralität darf nicht mit derjenigen Finnlands oder Österreichs gleichgesetzt werden, am ehesten wäre sie noch mit derjenigen der Schweiz vergleichbar. Denn die schwedische Neutralität beruht nicht auf internationalen Verträgen, das heißt, Schwedens Neutralität hängt nicht von Vertragspartnern und deren etwaigen Auslegungen ab. Die Schweden selbst verstehen sie auch nicht als bloße Blockfreiheit, Bündnislosigkeit im Frieden oder als Neutralität im Falle eines Konflikts, sondern vielmehr als unverzichtbare Basis der politischen Selbstbestimmung des schwedischen Volkes. Die Neutralität Schwedens stützt sich im wesentlichen auf eine breite, tief in der Seele des Volkes verankerte Übereinstimmung *und* auf den beachtlichen, wenn auch abnehmenden Willen zur militärischen Selbstverteidigung, die von den Schweden als Garantie ihrer Neutralität verstanden und von allen getragen wird.

Bei knapp achteinhalb Millionen Einwohnern beträgt der Umfang der Streitkräfte im Mobilmachungsfall 850 000 Mann; auf die Bundesrepublik übertragen, wären das etwa 6 Millionen Mann. Die schwedischen Streitkräfte stützen sich weitgehend, nämlich zu drei Vierteln, auf die eigene Industrie; Waffen für das eigene Land zu produzieren, ist keineswegs anrüchig. Im Mobilmachungsfall wird auf große Teile der öffentlichen Einrichtungen zurückgegriffen, von den Pflegeheimen bis zum Fernmeldewesen. In meiner Zeit als hamburgischer Innensenator habe ich die schwedischen Verteidigungsvorbereitungen einmal in bezug auf den Zivilschutz studiert und war sehr beeindruckt.

Mitte der achtziger Jahre fiel durch eine Reihe von U-Boot-Zwischenfällen ein Schatten auf Schwedens Verteidigungsfähigkeit. Wer immer in der Sowjetunion die Befehle für solche Operationen gegeben haben mag - mindestens in einem Falle wurde zweifelsfrei ein sowjetisches U- Boot in schwedischen Gewässern identifiziert -, er muß in Sachen großer Strategie ziemlich töricht gewesen sein. Denn er hat sowohl den Schweden als auch der NATO deutlich gezeigt, daß die schwedischen Küsten und damit die Ostsee insgesamt durchaus von der sowjetischen Flotte bedroht sind und daß ihr Admiralstab das Eindringen in die schwedische Schärenwelt vorbereitet hat. Darüber hinaus hat er offenbar nicht begriffen, daß die schwedische Neutralität *auch* einen

Schutz der Ostseeflanke des Warschauer Paktes darstellt. Man braucht sich bloß einmal vorzustellen, Schweden träte der NATO bei und öffnete deren Schiffen und Flugzeugen seine Häfen und Flugplätze. Natürlich ist umgekehrt auch für die NATO eine ausreichend starke Selbstverteidigung Schwedens von erheblicher Bedeutung. Denn für den Kriegsfall muß die NATO ein vorrangiges sowjetisches Interesse an der Erzwingung operativer Freiheit in Ostsee, Öresund, Kattegat und Skagerrak und an einer direkten Verbindung zur Nordsee in Rechnung stellen.

Derartige militärstrategische Erwägungen der beiden Bündnisse, die sich in Europa gegenüberstehen, haben bei der Konzeption der schwedischen Neutralität keine Rolle gespielt. Wohl aber muß seit Ende des Zweiten Weltkrieges die exponierte Lage des gleichfalls neutralen, aber durch einen Vertrag mit der Sowjetunion in seiner Handlungsfreiheit beschränkten Finnland im strategischen Denken Stockholms berücksichtigt werden. Wenn dort von der Notwendigkeit der »nordischen Stabilität« die Rede ist, so ist damit auch gemeint, daß die Neutralität Schwedens, also des unmittelbaren westlichen Nachbarn, Finnland eine Garantie dafür bietet, daß die NATO auch theoretisch keine militärischen Operationen unter Einschluß des finnischen Territoriums planen kann und daß infolgedessen für die sowjetische Seite kein Anlaß gegeben ist, möglichen westlichen Planspielen durch einen Einmarsch in Finnland zuvorzukommen. Auch im diplomatischen Verhalten Schwedens gegenüber der Sowjetunion wie gegenüber den USA hat die Rücksichtnahme auf die besondere Situation Finnlands immer eine wichtige Rolle gespielt.

Zur nordischen Stabilität gehört auf der anderen Seite, daß man in Stockholm die Verteidigung der westlichen Seeflanke Skandinaviens durch das Atlantische Bündnis erwartet und infolgedessen gegen die NATO-Zugehörigkeit Norwegens und Dänemarks keinen Einwand hat. Im übrigen ist auch in Fragen der militärischen Verteidigung der Kontakt zwischen Stockholm, Kopenhagen, Oslo und Helsinki recht eng, obwohl dies nur selten erkennbar wird, zum Beispiel bei gemeinsamen Stellungnahmen zu Abrüstungs- und Rüstungskontrollthemen.

In Verteidigungsfragen unterscheidet sich die schwedische Mentalität insgesamt deutlich von derjenigen der Dänen. Während man in Dänemark dazu neigt, für die äußere Sicherheit des Landes die Verantwortung der NATO zuzuschreiben und den eigenen Verteidigungsbeitrag einzuschränken, obschon man der dadurch noch geförderten Präponderanz der USA und der größeren NATO-Partner nicht gerade mit Sympathie begegnet, verlassen sich die Schweden in erster Linie auf die eigenen Streitkräfte und nehmen ihre militärischen Anstrengungen sehr ernst. Es bleibt jedoch abzuwarten, wieweit die von Gorbatschow eingeleiteten Kursänderungen Moskaus einerseits, die in Stockholm empfindlich gewordene Haushaltskonkurrenz zwischen Sozialausgaben und Verteidigungsausgaben andererseits auf längere Sicht eine Verringerung des schwedischen Verteidigungshaushalts - auch im Sinne eines Signals für substantiellere Abrüstungsschritte der paktgebundenen Staaten - auslösen werden. Die Grundhaltung der Schweden gegenüber der Sowjetunion war bisher nicht freundlich.

Olof Palme war es, der durch seine vielfältigen weltpolitischen Aktivitäten - nicht zuletzt im Interesse der Dritten Welt - gegen die Grundbefindlichkeiten seiner Landsleute anrannte und Gegengewichte zu schaffen suchte. Palme war ein Intellektueller. Er hatte es anfangs nicht leicht, die Volksnähe seines großen Vorgängers Tage Erlander zu erreichen, der nach langer Regierungszeit 1969 zurückgetreten war. Kraft seiner hohen analytischen Begabung, seiner einleuchtenden Rationalität und auch kraft seiner Bescheidenheit ist Palme dann in wenigen Jahren eine vom Volk geachtete Instanz geworden. Seine teils großbürgerliche, teils adlige Herkunft stand ihm dabei ebensowenig im Wege wie sein Leutnantsrang bei der vornehmen Kavallerie. Als Palme am 1. März 1986 in seiner Hauptstadt ermordet wurde, machte sich in Schweden fassungsloses Entsetzen breit, und es zeigte sich die große Sympathie, die Palme inzwischen bei seinem Volk erworben hatte. Während ich in amtlicher Eigenschaft nur selten mit ihm zusammenkam, haben wir uns privat häufig gesehen. Ähnlich wie im Fall Anker Jørgensen haben auch Olof Palme und ich uns gegenseitig bei innenpolitischen Auseinandersetzungen geholfen - das letzte Mal im Dezember 1982 in meinem Wahlkreis Hamburg-Bergedorf anläßlich meiner letzten Kandidatur zum Bundestag. Ein Jahr später sah ich Olof in Stockholm zum letzten Mal.

Wie fast alle Nordländer legte auch Olof Wert darauf, mir den äußersten Norden seines Landes zu zeigen. Anläßlich eines offiziellen Besuches im Juli 1975 flogen wir deshalb mit seinem Sohn nach Kiruna nördlich des Polarkreises, etwa auf der nördlichen Breite von Narvik, und weiter zum Nationalpark Sarek in wilder Bergwelt, etwa 2000 Meter hoch.

Zu den freundschaftlichen Beziehungen zu Olof Palme ebenso wie

Oben: Mit Olof Palme in Schweden, Juli 1975.
Unten: König Carl XVI. Gustav auf Staatsbesuch in der Bundesrepublik, März 1979.

zu den guten offiziellen Beziehungen zwischen unseren beiden Ländern trugen zwei Personen besonders bei, die hier genannt werden müssen, nämlich Sven Backlund, schwedischer Botschafter in Bonn von 1972 bis 1983, eine Institution im deutsch-skandinavischen Verkehr, und Kjell-Olof Feldt, stellvertretender schwedischer Finanzminister von 1975 bis 1976 und Finanzminister von 1982 bis 1990, den ich aus meiner eigenen Zeit als Finanzminister kannte und dessen nüchternes Urteil ich besonders schätzte.

Weil Schweden in den großen westeuropäischen Gremien der Atlantischen Allianz und der EG nicht vertreten ist, war und ist für die schwedischen Politiker der bilaterale Kontakt mit den wichtigsten Staaten Europas von besonderem Interesse; die EFTA, bestehend aus den vier nordischen Staaten Finnland, Schweden, Norwegen und Island sowie Österreich und der Schweiz, ist nur bedingt ein Ort für allgemeinen Informationsaustausch. Da das Verhältnis zwischen Schweden und der Bundesrepublik keine Probleme aufwarf, konnten sich Palme und ich um so mehr auf weltpolitische, weltwirtschaftliche und gesamteuropäische Themen konzentrieren. Ich habe unsere Gespräche sehr geschätzt, und sie haben mir in meiner Urteilsbildung genützt. Olof ist bei seinem internationalen Engagement manchmal - vielleicht ganz gerne - auch den Supermächten auf die Füße getreten, darin ähnelte er Pierre Trudeau. Vieles kam einem idealistisch-moralistischen Hang entgegen, der in Teilen des schwedischen Volkes ähnlich stark ausgeprägt ist wie in Holland. Aber Palme hat sich wohl auch politisch-absichtsvoll dieser Tendenzen seiner Landsleute bedient. Sein Nachfolger Ingvar Carlsson ist in dieser Hinsicht weniger ambitioniert, er hat statt dessen das Verhältnis zu Moskau und zu Washington verbessert.

Ich muß zugeben, daß meine Kenntnisse über Schweden im wesentlichen auf einigen Besuchen in Stockholm beruhen und sich im Grunde auch auf die Hauptstadt beschränken. Das erste Mal waren Loki und ich in den frühen fünfziger Jahren als »Badegäste« auf einem kleinen hamburgischen Küstenmotorschiff - Besatzung ganze fünf Mann - nach Stockholm gekommen. Wir brachten Maschinenteile und nahmen Holz mit zurück. Tief beeindruckt waren wir von dem großzügigen, auch architektonisch ansprechenden sozialen Wohnungsbau; bei uns in Hamburg herrschte Wohnungsnot, wir selbst wohnten mit vier anderen Familien in einer einzigen Wohnung. Dies war meine erste Begegnung mit dem schwedischen Wohlfahrtsstaat; ich habe die Schweden fast beneidet, jedenfalls aber aufrichtig bewundert.

Während der mehrtägigen Liegezeit im Stockholmer Hafen haben wir die Stadt erwandert. Wir waren auf der kleinen Insel Riddarholmen, dem ältesten Teil der Stadt, der durch Brücken im Norden und im Süden mit dem übrigen Stadtzentrum verbunden ist. Wir besichtigten das königliche Schloß, die Domkirche aus gotischer Zeit, das Ritter-Haus, einen prächtigen Barockbau in holländischem Stil, und die Deutsche Kirche.

Auf dieser Reise sah ich auch zum ersten Mal einen Elch. Das war in dem kleinen Tierpark der südschwedischen Hafenstadt Oskarshamn am Kalmar-Sund, gegenüber von Öland. Unser Kümo (so nennen wir Norddeutschen die Küstenmotorschiffe) mußte im Hafen auf Ladung warten, und Loki und ich erkundeten die Gegend; an Bord war es uns zu langweilig, auch wurde während der Liegezeit allerhand getrunken. Die Trinkerei fand ihren Höhepunkt allerdings erst im Nord-Ostsee-Kanal: Kapitän, Kanal-Lotse und Rudergänger waren mindestens angetrunken, statt dessen stand ich am Ruder. Plötzlich tauchte hinter einer Biegung westlich von Rendsburg ein großes Schiff auf, das uns entgegenlief und dem wir auszuweichen hatten – zum Glück ging alles gut. Kapitän und Lotsen in Cuxhaven unauffällig von Bord zu schaffen, bildete den Schlußpunkt unserer ersten Schwedenreise.

Später gab es viele Anlässe für Reisen nach Schweden, etwa ein Bilderbergtreffen unter Vorsitz von Prinz Bernhard in Saltsjöbaden 1973, auf dem ich, damals noch Finanzminister, zum ersten Mal vor einem sachkundigen internationalen Kreis den später von Giscard d'Estaing und mir weiter erörterten Gedanken eines westeuropäischen Verteidigungssystems innerhalb der Allianz mit den USA vortrug; oder zwei Jahre später ein sozialdemokratisches Treffen zwischen Palme, Kreisky, Wilson, Mitterrand, den Uyl, Bratteli, Jørgensen, Sorsa, Brandt und mir. Das außerhalb der Stadt gelegene Haus in Harpsund eignete sich gut für solche Begegnungen, die schon Tage Erlander dort gepflegt hatte.

Das Vertrauensverhältnis zwischen Palme und mir ist ein einziges Mal auf eine ernste Probe gestellt worden – und hat die Probe bestanden. Am 24. April 1975 gegen Mittag bemächtigten sich sechs bewaffnete Terroristen unserer Botschaft in Stockholm und nahmen zwölf Angehörige des Auswärtigen Dienstes als Geiseln, darunter Botschafter Stoecker, den Militärattaché von Mirbach und den Wirtschaftsattaché Hillegaart. Sie töteten Baron von Mirbach und stellten – bei Androhung stündlicher weiterer Erschießungen – die Forderung, 26 in deutschen Gefängnissen einsitzende Angehörige der RAF, darunter

Andreas Baader und Ulrike Meinhof, zu entlassen und ihnen ein Flugzeug sowie eine halbe Million Dollar zur Verfügung zu stellen.

Zwischen Olof Palme und mir gab es an diesem Tag bis spät in die Nacht viele Telefongespräche; daß er deutsch sprach, erleichterte die Sache ebenso wie die direkte Telefonleitung, die Heinz Ruhnau zustande brachte. Ich hatte seit der Entführung des Berliner Politikers Peter Lorenz im März des gleichen Jahres viele Male darüber nachgedacht, ob wir recht daran getan hatten, der terroristischen Nötigung nachzugeben. Inzwischen war ich überzeugt, daß wir falsch gehandelt hatten und daß wir im Wiederholungsfall nicht noch einmal nachgeben durften, wenn wir nicht zu weiteren Verbrechen dieser Art einladen, das Ansehen des Staates auf Spiel setzen und das Vertrauen der Bürger erschüttern wollten. Auch lag der Fall Stockholm in vieler Hinsicht anders als der Fall Lorenz und wog ungleich schwerer. Ich brauchte nicht viel Zeit, um Olof Palme meine Ablehnung der terroristischen Forderungen wissen zu lassen.

Palme hatte möglicherweise eine andere Entscheidung erwartet. Jedenfalls vermittelte er mir den Eindruck, hinsichtlich der Endgültigkeit meiner Entscheidung nicht sicher zu sein. Er müsse nach Verfassung und Gesetz seines Landes handeln, sagte ich, eine Auslieferung der 26 in Deutschland Inhaftierten aber, von denen mehrere unter Mordanklage standen, komme für mich nicht in Betracht. Ich würde jetzt die Vorsitzenden der drei Bundestagsfraktionen zusammenrufen, die Länderchefs fragen und auch das Kabinett, aber er müsse davon ausgehen, daß es bei meiner Entscheidung bleibe. Auf Olofs Frage nach der Exterritorialität unseres Botschaftsgebäudes in Stockholm antwortete ich: »Die heben wir hiermit auf.«

Mir war klar, daß die schwedische Regierung - bei der ebenso wie bei uns ein Krisenstab improvisiert worden war - nunmehr daranging, ein polizeiliches Eingreifen vorzubereiten und alle Eventualitäten zu prüfen. In Bonn wurden die Fraktionsvorsitzenden Wehner, Mischnick, Carstens und Strauß, die Ministerpräsidenten der Länder und das Kabinett zusammengerufen und befragt. Das Ergebnis lag eindeutig auf der Linie, die ich Palme bereits mitgeteilt hatte und die ich nunmehr bestätigte. Wir verabredeten, daß allein die schwedische Regierung befugt sei, etwaige Mitteilungen an die Öffentlichkeit gelangen zu lassen. Wir selbst würden uns jeglicher Mitteilungen enthalten, denn allein die schwedische Regierung konnte das Geschehen und damit auch die Zweckmäßigkeit irgendwelcher Bekanntgaben richtig beurteilen. Vor allem mußte die schwedische Polizei Zeit für das Eingreifen gewinnen; es mußte deshalb auch bei der Regierung in Stockholm liegen, den Zeitpunkt zu bestimmen, an dem die Ablehnung des terroristischen Ultimatums den im dritten Stock der Botschaft verschanzten Gewalttätern mitgeteilt werden sollte. Der schwedische Justizminister Lennart Geiger, der von der Zweckmäßigkeit unserer Ablehnung keineswegs überzeugt war, gab den Terroristen die Entscheidung kurz vor 21 Uhr bekannt; sie stieß zunächst auf Unglauben und löste, wie den inzwischen angebrachten Lauschgeräten zu entnehmen war, Verwirrung aus. Es scheint, daß Heinz Hillegaart wenig später ermordet wurde. Kurz vor Mitternacht ereigneten sich im dritten Stock zwei schwere Detonationen – wer sie oder was sie verursacht hat, ist mir nie klargeworden. Danach ließen sich fünf Terroristen kampflos festnehmen, der sechste war tot.

Palme und ich hatten an jenem Tag alle möglichen Erwägungen angestellt, das BKA hatte Terrorismus-Spezialisten nach Stockholm geschickt, es gab breite Kontakte auf vielen Ebenen. Aber alle Entscheidungen lagen ausschließlich bei Palme, der selbst lange mit einem der Terroristen telefonierte. Am nächsten Tag hat Palme in einem langen Interview mit der »Welt« die Zusammenarbeit gelobt: »Ich habe Helmut in der Sache sehr gut verstanden ... (Die Ablehnung) war eine Entscheidung der Bundesregierung. Was immer die Bundesregierung bestimmen würde, wir waren entschlossen, es solidarisch zu respektieren ... Die Überstellung der Terroristen (nach Deutschland) war unsere eigene Entscheidung.« Und am Schluß sagte er: »Solange man eine offene, demokratische Gesellschaft sein will, kann man sich nicht hundertprozentig schützen.« Auf welch tragische Weise sollte sich dieses Wort an ihm selbst bewahrheiten.

Vor dem Bundestag sagte ich am Morgen: »Es ging nicht um die abstrakte Autorität des Staates. Unsere Entscheidung hat sich vielmehr orientiert an dem Grundsatz, daß unser Staat vor allem anderen die Aufgabe hat, das Leben und die Freiheit aller seiner Bürger zu schützen ... Unsere Entscheidung, die Forderungen der Verbrecher in Stockholm abzulehnen, wird von den führenden Männern der Opposition gleicherweise getragen ... Es war klar, daß die schwedischen Behörden jede Anstrengung machen würden, um das Leben der Geiseln zu retten und, wenn möglich, die Terroristen zu überwältigen ... Unser Staat wird sich in Zukunft neuen Herausforderungen mit der gleichen Entschiedenheit stellen.« Auch dieses Wort sollte sich noch zu wiederholten Malen als wahr erweisen.

Daß sich das Recht damals durchgesetzt hat, verdanken wir entscheidend Olof Palme. Alle beteiligten Schweden wurden im In- und Ausland gleichermaßen gelobt. »Le Monde« und die »Neue Zürcher Zeitung« schrieben, die Bundesregierung habe für alle eine »wichtige Wegmarke« und »ein Beispiel« gesetzt. Das Presse-Echo in Schweden war dagegen kritisch; man machte Palme Vorwürfe, die Regierung habe nichts getan, um ein Massaker zu verhindern. Was Palme hätte tun sollen, das wußten diese klugen Journalisten freilich auch nicht; ihre Kritik war wohl nur Ausfluß des Entsetzens der Augenzeugen im schwedischen Fernsehen.

Modell Finnland

Schweden hat lange Zeit großen Einfluß auf die kulturelle Entwicklung Finnlands ausgeübt. Die Finnen, die sich, aus Asien kommend, etwa zu Beginn unserer Zeitrechnung im nördlichen Skandinavien angesiedelt hatten, wurden im 12. und 13. Jahrhundert von den Schweden unterworfen und christianisiert. Die Schweden waren es auch, die unter Gustav Wasa 1550 Helsinki (damals noch Helsingfors) gründeten. Im 15. Jahrhundert begannen erste Eroberungsversuche der Russen, die Anfang des 19. Jahrhunderts, im Zuge der Napoleonischen Kriege, ganz Finnland eroberten und alsbald mit der Russifizierung des Landes begannen. In den Wirren der bolschewistischen Revolution gelang es den Finnen 1918, ihre Unabhängigkeit zu erreichen; im Frieden von Brest-Litowsk mußte Sowjetrußland Finnland als selbständigen Staat anerkennen. Kurz darauf haben die Finnen durch eine Bodenreform die alte schwedische Oberschicht entmachtet.

Die Sowjetunion war auf Dauer der gefährlichere Gegner. Als Stalin im Winter 1939 Finnland angriff, hat sich das kleine Land mit erstaunlichem Erfolg bis März 1940 verteidigt; fünfzehn Monate später ist es an der Seite Hitlers in den Krieg gegen die Sowjetunion eingetreten, um die im Moskauer Frieden verlorenen Gebiete zurückzuerobern. Am Ende hat Finnland seine Waffenbrüderschaft mit Deutschland teuer bezahlt. Wiborg, die Karelische Landenge – der Ladoga-See wurde ein sowjetisches Binnengewässer – und der Hafen Petsamo an der eisfreien Küste der Barentssee waren nun endgültig verloren; außerdem wurde das Land zu hohen Reparationszahlungen sowie zu einem Beistandspakt mit der Sowjetunion gezwungen. Aber die Hoffnungen Stalins auf eine innere Bolschewisierung des Landes erfüllten sich nicht: Finnland hat den Stalinismus als unabhängige Nation überlebt. Bis 1952 haben die Finnen mit zusammengebissenen Zähnen die Reparationen gezahlt; sie haben eine strikte, aber bewaffnete Neutralitätspolitik verfolgt und der Sowjetunion keinen Vorwand geliefert, vertragsuntreu zu sein. Aus einem starken Willen zur Selbstbehauptung haben sie eine funktionstüchtige Demokratie errichtet; die Verfassung gilt übrigens seit dem Ersten Weltkrieg fast unverändert. Zwar war die finnische KP mehrmals an der Regierung beteiligt, aber in den Präsidenten Paasikivi und Kekkonen hatten die Finnen zwei politisch äußerst geschickte Präsidenten, die das Land mit sicherer Hand steuerten. Das Andenken Marschall Mannerheims, der 1946 zurückgetreten war, wurde nicht beschädigt.

In mein Elternhaus kam regelmäßig eine volkstümliche Kunstzeitschrift, deren Namen mir entfallen ist. Darin entdeckte ich eines Tages Reproduktionen von Bildern des finnischen Malers Axel Gallén-Kallela, der in kraftvoller, nach meiner Erinnerung etwas romantischer Manier die Kalevala-Sage, das finnische Nationalepos, dargestellt hat. Die düsteren Gesänge der Kalevala habe ich längst vergessen, aber die Anziehungskraft jener Bilder ist mir im Gedächtnis geblieben. Dies war meine erste Begegnung mit Finnland - abgesehen natürlich von Nurmi, dem legendären Langstreckenläufer. Heute drückt sich meine besondere Neigung zu Finnland in meiner Liebe zur finnischen Keramik und zur finnischen Wohnkultur aus - einschließlich der allwöchentlichen Sauna.

Besonders eindrucksvoll war für mich immer der Aufbau der modernen finnischen Volkswirtschaft. Als ich 1966 zum ersten Mal in Helsinki war, schienen die Kriegsfolgeprobleme im wesentlichen gelöst, die finnischen Umsiedler aus den abgetretenen Landesteilen waren durch Landausgleich und Landreform eingegliedert. Finnland, wirtschaftlich der EFTA assoziiert - es schloß später ein Freihandelsabkommen mit der EG und ein Zusammenarbeitsabkommen mit dem RGW -, machte einen prosperierenden Eindruck, die Modernisierung der Wirtschaft war in vollem Gange. Als ich 1975 zur KSZE-Konferenz zum zweiten Mal in Helsinki war, noch mehr aber bei meinen letzten Besuchen 1988 und 1989 - das Land war inzwischen Mitglied der EFTA geworden - war ich von der unternehmerischen Leistung, von dem technischen Fortschritt, vor allem in der Elektronikindustrie und in der Telekommunikation, und vom hohen Lebensstandard tief beeindruckt. Der Wirtschaftsaustausch Finnlands mit Ost und West ist voll entwickelt. Bei einer Exportquote von rund 20 Prozent des Bruttosozialprodukts gingen 1988 etwa 15 Prozent des Exports in die Sowjetunion und die übrigen RGW-Staaten, über 40 Prozent in die Staaten der EG (davon etwa ein Viertel in die Bundesrepublik) und 20 Prozent in die EFTA-Staaten (davon die Hälfte nach Schweden). Übrigens hat Schweden immer einen Teil der finnischen Arbeitnehmer bei sich aufgenommen.

Es ist noch nicht lange her, daß man in Diskussionen häufiger amerikanische Stimmen hören konnte, welche die Bundesrepublik und andere westeuropäische Staaten vor »Finlandization« oder »Self-Finlandization« warnten. Dieses Wort von der Finnlandisierung ist auf doppelte Weise unangemessen, ja beleidigend. Zum einen enthält es unausgesprochen einen Vorwurf an die Adresse des finnischen Volkes, als ob es seine schwierige strategische Lage und deren politische Konsequenzen selbst verschuldet hätte. Finnland scheint mir im Gegenteil großes Lob dafür zu verdienen, daß es einerseits mit dem mächtigen Nachbarn Sowjetunion zu einem friedlichen Nebeneinander gefunden hat, andererseits als Mitglied des Nordischen Rates im engen politischen Meinungsaustausch mit seinen skandinavischen Nachbarn steht. Aufgrund seiner exponierten Stellung kann das Land in diesem Gremium mit viel Verständnis und Rücksicht rechnen. Die Fähigkeit Finnlands zur Selbstverteidigung ist dabei ungewöhnlich ausgeprägt.

Die Sowjetunion braucht sich Finnlands wegen keine strategischen oder außenpolitischen Sorgen zu machen. Wäre es nicht, so dachte ich bei meinen letzten Besuchen in Finnland, für Michail Gorbatschow langfristig von Vorteil, wenn er Polen, Ungarn, der ČSSR und der DDR einen ähnlichen Status zubilligte, wie Finnland ihn hat. Die Frage sowjetischer Truppenpräsenz wäre dabei zunächst zweitrangig. Starke vertragliche Bindungen an Moskau bei gleichzeitig offenen wirtschaftlichen und kulturellen Beziehungen nach Westen würden zu einer inneren Befriedung dieser Staaten führen. Die Sowjetunion könnte wirtschaftlich am Erfolg eines solchen Umbaus im östlichen Teil Europas stark partizipieren, und sie könnte sich darüber hinaus damit schmücken, das Selbstbestimmungsrecht der Völker ein großes Stück vorangebracht zu haben. Für einen Politiker, der in Jahrzehnten denkt, mußte dies keine Utopie bleiben. Europa hat im Laufe seiner Geschichte weit größere Veränderungen erlebt. Die Notizen, die ich mir damals machte, sind heute zwei Jahre alt, die Utopie ist hinfällig, auf erfreuliche Weise überholt durch die Ereignisse im Osten Europas. Stalinismus und Breschnew-Doktrin sind gescheitert. Dennoch bietet sich das finnische Modell auch jetzt noch zur Anwendung auf die Völker Osteuropas an. Wer vom »gemeinsamen europäischen Haus« redet, der muß auch tatsächlich Gemeinsamkeiten erlauben.

Meine Unterhaltungen mit den finnischen Staatsmännern Urho Kekkonen und Kalevi Sorsa waren für mich auch deshalb wertvoll, weil die Finnen einen guten Einblick in die inneren Mechanismen der sowjetischen Politik und Wirtschaft hatten und künftige Entwicklungen oft treffend vorauszusagen vermochten. Die Finnen wußten in aller Regel besser über die Sowjetunion Bescheid als jede andere nichtkommunistische Regierung in der Welt. Zugleich besaßen sie viel Urteilskraft. Ein typisches Beispiel für vertrauensvolle gegenseitige Information war ein Gespräch mit Kalevi Sorsa am 14. Juni 1982 in New York – wir waren beide zu einer Generalversammlung der Vereinten Nationen dort. Sorsa fragte mich nach dem Stand und den Aussichten der amerikanisch- sowjetischen Abrüstungsverhandlungen und nach dem Ergebnis des Weltwirtschaftsgipfels in Versailles, insbesondere, ob dort eine gemeinsame Sicht der weiteren wirtschaftlichen Entwicklung hergestellt worden sei.

Schmidt: »Nein. Reagan glaubt an den Erfolg seiner Reaganomics. Er hat in Versailles aber verstanden, daß wir Europäer angesichts der enormen Haushaltsdefizite, die er in Kauf nehmen will, letztlich nicht an einen Erfolg von Reaganomics glauben ... Wie schätzen Sie die Lage in Moskau ein?«

Sorsa: »Die sowjetische Führung hat große Schwierigkeiten mit ihrer Wirtschaftspolitik. Der Wirtschaft fehlt die Fähigkeit zur Dynamik, ihr fehlt auch die Information von unten nach oben. So hat die Sowjetunion zum Beispiel ihre Importe aus Finnland bisher durch Export von Öl nach Finnland finanziert. Aus irgendeinem Grund ist dieser Ölexport jetzt wesentlich eingeschränkt worden; folglich mußten sie auch ihre Importe drosseln. Das wichtigere Beispiel sind die von ihnen sogenannten ›schlechten Ernten‹, denn die sind inzwischen zur Regel geworden. Ich sehe in der Sowjetführung keinen, der mit dem Problem der fehlenden wirtschaftlichen Dynamik fertig werden könnte.«

Schmidt: »Vielleicht sollten sie ein wenig von Ungarn lernen. Leider haben sie keinen, der irgendwelche Erfahrungen hat mit einem anderen Wirtschaftssystem als mit ihrem eigenen.«

Sorsa: »Die Amerikaner sollten die wirtschaftlichen Schwierigkeiten, die sie der Sowjetunion machen können, nicht überschätzen ...«

Schmidt: »Ich teile Ihre Meinung. In der Tat, mit wirtschaftlichen Maßnahmen außenpolitischen Druck auf Moskau ausüben zu wollen, kann keinen Erfolg haben; dazu ist der außenwirtschaftliche Hebel viel zu kurz, und wir Europäer machen außerdem nicht mit ... Wer kommt nach Breschnew?«

Sorsa: »Gegenwärtig sind wohl Andropow und Tschernenko die Rivalen. Sie kommen beide in Frage, aber sie sind beide schon ziemlich alt. Tschernenko ist ein Innenpolitiker, er hat keine außenpolitische Erfahrung. Andropow hält sich noch im Hintergrund, aber hinter ihm stehen die Apparate - nicht nur der KGB, auch die Armee, wohl auch das Außenministerium und so weiter. Allerdings: Tschernenko ist der Mann Breschnews.«

Schmidt: »Sie haben immer enorme Schwierigkeiten mit dem Personenwechsel an der Spitze; bisher hat es noch nie eine völlig normale Wachablösung gegeben.«

Das Gespräch war für beide Seiten informativ. Wenige Monate später zeigte sich in mehreren Punkten, daß unsere Einschätzung von der Entwicklung bestätigt wurde. Obgleich Breschnew vom Siechtum befallen war, kam es zu keiner Wachablösung, man mußte vielmehr auf seinen Tod warten. Sorsas Tips für die Nachfolge waren richtig gewesen: Auf Breschnew folgte Andropow, nach dessen baldigem Tod Tschernenko. Keiner von beiden hat eine umfassende Reform der Wirtschaftspolitik eingeleitet; auch in diesem Punkt behielt Sorsa vorerst recht, der keinen kompetenten Wirtschaftspolitiker erkennen konnte. Das Röhrenembargo der USA erwies sich, wie wir ebenfalls vorausgesagt hatten, als folgenlos. In Wirklichkeit entsprang der ökonomische und auch der anschließende rüstungspolitische Kurswechsel allein der Einsicht Gorbatschows in die unzureichende Leistungsfähigkeit der sowjetischen Wirtschaft.

1984, also zwei Jahre nach meinem Gespräch mit Sorsa, hat der ausgezeichnete finnische Botschafter Max Jacobson in einem öffentlichen Vortrag das Ende des real existierenden Sozialismus vorhergesagt. Des weiteren prophezeite er eine Annäherung zwischen Moskau und Peking, eine Wirtschaftsreform in der Sowjetunion - Gorbatschow war noch nicht am Ruder - und den bevorstehenden Kampf Moskaus gegen die zentrifugalen Tendenzen der nichtrussischen Völker der Sowjetunion. Dieses Beispiel belegt zum weiteren Mal, daß die Finnen, was die innere Entwicklung bei ihren östlichen Nachbarn angeht, den Westeuropäern oft um ein großes Stück voraus sind.

Angesichts der gegenwärtigen Umbruchsituation in der Sowjetunion ist das Urteil der Finnen abermals von großem Interesse. Weniger in bezug auf Moskau selbst, denn was dort vorgeht, vollzieht sich heute in ungewohnter Offenheit und Öffentlichkeit, so daß jedermann sich ein zureichendes Bild von dem ökonomischen und politischen Drama auf der zentralen sowjetischen Bühne machen kann. Aber das Drama hat wichtige Nebenbühnen, und dazu gehören die drei baltischen Republiken Estland, Lettland, Litauen. Von Helsinki aus kann man besser als von irgendwo sonst in Europa beobachten, was sich dort abspielt. Besonders eng sind die Beziehungen zu Estland: Über die geographische Nähe und eine alte geschichtliche Verbundenheit hinaus - Finnen und Esten waren jahrhundertelang erst unter schwedischer, dann unter russischer Herrschaft - gehören das Finnische und das Estnische zur gleichen Sprachfamilie. Esten und Finnen können sich verständigen, viele Esten sehen regelmäßig das finnische Fernsehen. Auch wenn die Finnen mit angehaltenem Atem verfolgen, was in der Sowjetunion geschieht - schließlich liegt Leningrad unmittelbar vor ihrer Haustür -, Estland und Reval (Talinn) sind ihnen noch näher. Die Finnen werden ihre eingeübte Vorsicht gegenüber Moskau nicht vergessen, aber mit Blick auf das Baltikum muß man nicht lange rätseln, wo ihre Sympathien liegen.

Späte Übergänge zur Demokratie

In den siebziger Jahren brachen drei südeuropäische Diktaturen zusammen: in Griechenland, Spanien und Portugal. Der Prozeß verlief in den drei Ländern durchaus unterschiedlich, nicht zuletzt weil die historischen Voraussetzungen sehr verschiedene waren.

Griechenland war eine konstitutionelle Monarchie mit einer zwar entwickelten, aber anfälligen parlamentarisch-demokratischen Verfassung gewesen, als 1967 eine Gruppe rechtsextremer Obristen durch einen Putsch die Macht an sich riß. Der Versuch eines Gegenputsches unter dem jungen, unerfahrenen König Konstantin II. hatte noch im gleichen Jahr zu dessen Abdankung und einige Jahre später auch zur formellen Abschaffung der Monarchie geführt. Das rechtsextreme Militärregime konnte sich trotz seiner brutalen Rücksichtslosigkeit nur sieben Jahre halten.

Ganz anders in Spanien, wo Franco seit dem Bürgerkrieg der dreißiger Jahre ununterbrochen diktatorisch regierte. Zwar hatte er 1947 die Monarchie formell wieder eingeführt, aber aufgrund eines von ihm geschaffenen, durch Volksentscheid gebilligten Gesetzes lag es ausschließlich bei ihm, einen König als Nachfolger zu berufen. Als Franco am 20. November 1975 starb, wurde zwei Tage später seiner Verfügung gemäß Juan Carlos I. zum König proklamiert. Er war damals 37 Jahre alt und ein Enkel des 1931 ins Exil gegangenen Alfons XIII. Mit Weitblick, Umsicht und Vorsicht hat Juan Carlos die Entwicklung Spaniens zur Demokratie in den folgenden Jahren vorangebracht und dadurch zugleich die jahrzehntelange außenpolitische Isolation Spaniens beenden können.

In Portugal war die Monarchie schon 1910 durch eine Revolution gestürzt worden, aber da die Republik, die folgte, sich als unfähig erwies, mußte das Land weitere zwanzig Staatsstreiche und sogenannte Revolutionen mit ansehen. Aus einer 1926 beginnenden Militärdiktatur ging 1932 Salazar als Ministerpräsident hervor. Dieser hat das Land formell bis 1970, tatsächlich bis 1968 diktatorisch regiert. 1974 hat ein Militärputsch die Reste des Salazar-Regimes hinweggefegt und durch eine neue, stark links orientierte Diktatur der »Bewegung der Streitkräfte« ersetzt. Dabei spielte der aussichtslose Kolonialkrieg, den Portugal seit den fünfziger Jahren an den Rändern des Indischen Ozeans (in Indien und auf Timor) sowie in Afrika (Guinea, Mozambique und Angola) führte, eine wichtige Rolle. Dieser Krieg war ein Anachronismus und hat die Kräfte des kleinen Portugal total überfordert. Der Militärputsch des Jahres 1974 beruhte im wesentlichen auf der Entschlossenheit jüngerer Offiziere, den Kolonialkrieg zu beenden. Dies war durchaus legitim, aber ähnlich wie in Griechenland haben sich auch in Portugal die Militärs sehr bald als unfähig erwiesen, das Land zu regieren. So kam es zu einem schrittweisen Prozeß der Demokratisierung.

In den westlichen Demokratien ist es jahrzehntelang üblich gewesen, die Diktaturen Salazars und Francos ebenso wie diejenigen Mussolinis und Hitlers unter dem Sammelbegriff Faschismus zu subsumieren, und auch die Obristenherrschaft in Griechenland nannte man »faschistisch«. Tatsächlich waren diese fünf Regime sehr verschieden. Nach seinem Sieg in einem grausamen Bürgerkrieg erwies sich Franco als ein vorsichtiger und zurückhaltender Diktator. Die Militärjuntas in Griechenland und in Portugal sind schon deshalb nicht vergleichbar, weil Papadopoulos und Pattakos Rechtsextremisten waren, Gonçalves und auch Costa Gomes dagegen Linksextremisten. Daß alle in gleicher Weise unfähige Dilettanten in der Kunst des Regierens waren, macht sie nicht ähnlicher. In Spanien hatte der Bürgerkrieg zur Ausschaltung der politischen Linken geführt; in Griechenland war nach dem Ende des Zweiten Weltkrieges der von Stalin unterstützte Versuch einer kommunistischen Machtergreifung ebenfalls in einem Bürgerkrieg gescheitert.

Portugal ist Gründungsmitglied von Atlantik-Pakt und NATO, Griechenland trat dem Atlantik-Pakt 1952 bei – aus Furcht vor einem sowjetischen Vordringen auf dem Balkan –, um später aus der NATO aus- und noch später ihr wieder beizutreten. Spanien, in beiden Weltkriegen neutral – bei gewissen Zugeständnissen an Hitler –, der Diktatur Francos wegen aber zunächst von den Vereinten Nationen geächtet, trat erst in den achtziger Jahren dem Atlantik-Pakt bei.

Bei allen Verschiedenheiten bestanden und bestehen zwischen den drei Staaten doch auch Gemeinsamkeiten. Alle drei Länder blieben in den wirtschaftlichen Aufbaujahren der Nachkriegszeit weit hinter dem Durchschnitt Europas zurück. In allen drei Staaten gab es – und gibt es auch heute noch – manifeste Armut. In allen dreien blickten die Politiker spätestens seit den siebziger Jahren mit einer gewissen Begehrlichkeit auf den integrativen Fortschritt der EG und deren Finanzquellen. Auch waren sie besorgt, die EG könnte ihre Märkte gegen die Importe aus Griechenland, Spanien und Portugal verschließen; dies betraf vor allem Zitrusfrüchte, Oliven, Wein und andere Agrarprodukte. Nicht zuletzt mit Blick nach Norden waren sie in den siebziger Jahren deshalb bemüht, demokratische Formen in Staat und Gesellschaft herzustellen. Dieses hehre Ziel war bedroht durch mangelnde volkswirtschaftliche Stabilität und die dadurch wachsende Unzufriedenheit großer Teile der Bevölkerung. Angesichts der starken Abhängigkeit der Wählerschaft von Stimmungen, vor allem in Griechenland und Portugal, war man sich der Kontinuität der demokratischen Entfaltung nicht sicher. Dazu trug auch bei, daß geschichtlich gewachsene politische Parteien mit eigener Tradition weitgehend fehlten. Es gab etliche Partei-Neugründungen, Allianzen und Verschmelzungen, aber die parteipolitische Landschaft in allen drei Staaten wurde dadurch nicht übersichtlicher oder gar stabiler.

In allen EG-Staaten hoffte man auf einen demokratischen Durchbruch und auf eine Festigung der Demokratie im Süden Europas. Man war bereit, dafür gewisse finanzwirtschaftliche und andere Opfer zu bringen. Hinzu kam die Besorgnis, in Portugal könnte sich ein von der UdSSR abhängiges kommunistisches Regime etablieren. Auch waren wir uns unsicher, ob Griechenland unter dem Druck des Konfliktes mit der Türkei seine im Entstehen begriffenen demokratischen Strukturen würde festigen können. Zuletzt fürchteten wir, daß der Antiamerikanismus in Teilen des griechischen und des spanischen Volkes zu einer Wiederauferstehung starker kommunistischer Bewegungen führen könnte, zumal wir von der Weisheit und Umsicht der amerikanischen Politik gegenüber Athen, Madrid und Lissabon nicht überzeugt waren.

Alle diese Gründe zusammen führten schließlich zu der erklärten Absicht, die drei Staaten in die EG aufzunehmen. Zunächst diskutierten wir im Europäischen Rat die Frage – übrigens auch aus Enttäuschung über das Verhalten des neuen EG-Mitgliedes Großbritannien –, ob es nicht zweckmäßig wäre, vorläufig zwei Gruppen mit verschiedenem Integrationsstatus einzurichten, ein »Europe à deux vitesses«, ein Europa mit zwei Geschwindigkeiten. Die Bedenken gegen die Einrichtung einer wahrscheinlich doch als Diskriminierung empfundenen minderen Kategorie von EG-Mitgliedern haben schließlich überwogen. So kam es am 26. Januar 1976 zum grundsätzlichen Beschluß einer »Süderweiterung« der EG, das heißt zur Erweiterung der Zahl der EG-Mitglieder von neun auf zwölf. Die Beitritte wurden innerhalb weniger Jahre rechtskräftig (Griechenland 1981, Spanien und Portugal

1986). Für alle drei Staaten kam der Beitritt rechtzeitig; er hat in der Tat die damit verbundenen Erwartungen erfüllt und geholfen, die Demokratien in allen drei Staaten zu festigen. Für die EG selbst kam der Beitritt allerdings reichlich früh, denn sie hatte noch immer nicht die Schwierigkeiten überwunden, die sich aus der Erweiterung von sechs auf neun Mitglieder ergeben hatten.

Bis zu meinem Eintritt in die Bundesregierung 1969 habe ich von der jüngsten Geschichte der drei hier zu behandelnden Nationen, von ihrer aktuellen Situation und ihren Problemen herzlich wenig gewußt. Bis in die siebziger Jahre hinein waren wir Deutschen allzusehr mit unseren eigenen Problemen und den Problemen in unserer unmittelbaren Nachbarschaft befaßt, als daß wir den Blick über den Balkan oder über die Pyrenäen hinaus hätten richten können. Dies hat sich inzwischen geändert, und so will ich in diesem Kapitel versuchen, die Entwicklung nachzuzeichnen, wie ich sie erlebt habe.

Die Erben des Perikles

Von der klassischen Geschichte Griechenlands wußte ich einiges: von den Kämpfen zwischen Athen und Sparta, von Solon und Perikles, von den Kämpfen gegen die Perser, von Alexander dem Großen und von der schließlichen Eroberung Griechenlands durch die Römer. Natürlich hatten wir in der Schule die Welt der griechischen Götter kennengelernt, die Sagen und Mythen um Herakles, wir hatten von Homer gehört, von den Olympischen Spielen, vom delphischen Orakel und so fort. Athen hat mich besonders fasziniert. Das Parthenon und die Propyläen der Akropolis waren für mich der Inbegriff klassischer Schönheit. Ich habe nicht zu hoffen gewagt, sie jemals anders als nur auf Abbildungen zu sehen.

In der Schule hat mich die demokratische Verfassung der athenischen Polis zunächst am stärksten beeindruckt, die Beschlußfassung durch die Volksversammlung nach Rede und Gegenrede schien mir eine weise Einrichtung. Später habe ich begriffen, daß die meinungsführende Rolle der Demagogen (der Volksredner), der Ostrakismos (die Verbannung) durch Beschluß einer Massenversammlung und die Volksgerichte recht gefährliche Einrichtungen waren. Und noch später habe ich verstanden, daß es viele Sklaven gab, die von alledem ausgeschlossen waren, daß die 40 000 Athener Bürger sich mehr als doppelt so

Quelle: Jahreswirtschaftsbericht der EG-Kommission

viele Menschen als Sklaven hielten, die man kaufen und verkaufen konnte. Gleichwohl: Athen war vor zweieinhalb Jahrtausenden die Keimzelle der Demokratie, und es hat unglaubliche naturwissenschaftliche und philosophische, literarische und dramatische, bildhauerische und architektonische Leistungen hervorgebracht, von denen wir heute noch immer zehren.

Manche der heutigen Griechen sind auf das klassische Griechenland, auch auf den späteren Hellenismus, außerordentlich stolz - zu Recht. Ich habe griechische Politiker kennengelernt, die sich durchaus als rechtmäßige Nachfolger des Perikles und der Großen seiner Zeit fühlen. Allerdings habe ich den Eindruck, daß der böse Demagoge Thersites ebenfalls seine Nachfolger gefunden hat. Und auch die in der klassischen griechischen Geschichte häufig vorkommende Figur des Tyrannen hat ihre Nachfolger gefunden.

Die Demokratie war im alten Athen nicht vollkommen und auch nicht kontinuierlich; Demokratie ist auch heute nicht vollkommen und wird es nie sein können. Demokratie bleibt menschlich und deshalb allzumenschlich. Es war einer der größten Fehler der deutschen Nachkriegsentwicklung, daß unsere Schulen und Universitäten in der Reaktion auf die Nazizeit die Demokratie und ihre Institutionen zunächst allzu idealistisch dargestellt haben. Als sich später der eine oder andere Pferdefuß zeigte - zum Beispiel die Kriegführung der amerikanischen Demokratie in Vietnam, aber auch allerhand Nachteile bei uns -, glaubten manche jungen Deutschen, die Demokratie, die man sie gelehrt hatte, sei bloß eine Illusion, und deshalb müßten sie revoltieren. Es wäre zu wünschen, daß sie wenigstens nachträglich die Weisheit jenes Wortes akzeptieren, das Winston Churchill zugeschrieben wird, wonach Demokratie eine ziemlich »belämmerte« Form der Regierung sei, immerhin aber die beste von allen, die man bisher ausprobiert habe. Manche müssen die Demokratie erst verlieren, um ihren Wert zu schätzen.

Am ersten Jahrestag der Befreiung von der Militärdiktatur der Obristen unter Papadopoulos und Ioannidis hat Günter Grass bei einer Festveranstaltung in Heraklion auf Kreta sein Gedicht »Weiblicher Torso« vorgetragen: »Dieser Torso verkörpert für mich die Demokratie - etwas, dem Stücke fehlen; etwas, das Bruchstellen hat; etwas, das immer wieder vergraben wird und immer wieder neu ausgegraben werden muß. Die Demokratie ist kein dauernder Besitz. Sie ist eine Sache, die jeden Tag neu in Frage gestellt wird und neu erobert werden muß.

Auf diesem schwierigen Weg befindet sich Griechenland seit einem Jahr.«

Meine einzige, sehr flüchtige Begegnung mit der Tyrannis der Obristen hatte ich am 6. März 1970 in Bonn. Theo Sommer, damals Leiter des Planungsstabes des Bundesministeriums der Verteidigung, legte mir ein Fernschreiben unseres Athener Botschafters vor. Danach hatte ein Mitglied des bayerischen Landtages vom Chef der Logistik der griechischen Streitkräfte angeblich den »Auftrag« erhalten, Krauss-Maffei um ein offizielles Angebot über 120 Leopard-Panzer zu bitten. Die Lieferung sollte möglichst im Frühjahr 1971 beginnen. Die Botschaft berichtete, Krauss-Maffei stehe möglicherweise schon kurz vor Vertragsunterzeichnung. Sommer schrieb an den Rand: »So geht das nun weiter - erst U-Boote, dann Panzer; die Industrie legt die Regierung fest.« Ich weiß nicht mehr, wie die Sache ausgegangen ist.

Im Zusammenhang mit der Militärhilfe stand auch der Fall des von den Obristen inhaftierten Juristen Georgios Mangakis, der 1970 zu 18 Jahren Zuchthaus verurteilt wurde. Horst Ehmke und andere deutsche Juristen, die Mangakis schätzten, hatten eine Kampagne zu seiner Befreiung in Gang gesetzt und ihn demonstrativ auf einen Lehrstuhl in Heidelberg berufen. Gemeinsam mit hundert anderen Häftlingen wurde er 1972 freigelassen, nachdem Ernst Wolf Mommsen - mein Staatssekretär auf der Hardthöhe - Papadopoulos als Gegenleistung die Wiederaufnahme unserer Militärhilfe in Aussicht gestellt hatte; Mommsen konnte dafür sorgen, daß Mangakis alsbald ausgeflogen wurde. Papadopoulos schäumte, und unser Botschafter in Athen mußte deshalb abberufen werden.

Im Mai 1975 lernte ich den neuen Ministerpräsidenten Konstantinos Karamanlis kennen. Das Ansehen, das er sich als mehrfacher und langjähriger Ministerpräsident vor 1967 erworben hatte, hatte er während der sieben Jahre der Militärdiktatur wahren können. Nach dem Zusammenbruch des Militärregimes war er im Sommer 1974 aus der Emigration zurückgekehrt, um erneut das Amt des Ministerpräsidenten anzutreten. Er formierte die Reste der ehemaligen konservativen Partei »National-Radikale Union« (ERE) unter dem Namen »Neue Demokratie« (Nea Dimokratia), öffnete sie für politische Kräfte aus der Mitte und errang so im Herbst 1974 fast 55 Prozent aller Stimmen, ein in der neueren griechischen Geschichte einmaliger Wahlsieg; die Panhellenische Sozialistische Bewegung (PASOK), die ebenfalls neu geschaffene Partei des späteren Ministerpräsidenten Papandreou, erhielt damals 14 Prozent.

Karamanlis eröffnete das Gespräch mit einer Ankündigung, die durchaus – wie sich im Laufe der Unterhaltung herausstellte – keine bloße Höflichkeitsphrase war: »Ich möchte ganz offen und ganz aufrichtig zu Ihnen reden, auch auf die Gefahr von deutlicher Nicht-Übereinstimmung.« – »Dann wollen wir es beide so halten«, pflichtete ich ihm bei.

Karamanlis: »Als ich mein Amt übernahm, kam es darauf an, das von der zusammengebrochenen Diktatur hinterlassene Chaos zu beenden; es war ein politisches Chaos, in das bei Ausbleiben einer stabilisierenden Kraft der Kommunismus oder einfach nur die Straße hätten hineinstoßen können. Ich habe nach meiner Rückkehr Ruhe ins Volk und in die Armee gebracht und schnell nacheinander eine schmerzlose, unblutige Rückkehr zur demokratischen Normalität vollzogen, Parlamentswahlen, Volksbefragung über die Monarchie, Kommunalwahlen, auch die Ausarbeitung einer neuen Verfassung ... Heute stehe ich vor vier Problemen:

1. Verabschiedung der Verfassung und zugleich Wiederherstellung der Disziplin in den Streitkräften, bei denen das Gefühl einer nationalen Demütigung durch die türkische Invasion auf Zypern nachwirkt.
2. Bereinigung des Streits mit der Türkei über Zypern und die Ägäis; hier liegt eine reale Kriegsgefahr.
3. Integration Griechenlands in die EG. Ich strebe die Mitgliedschaft nicht so sehr aus wirtschaftlichen als aus nationalen Gründen an: Es geht mir um die Festigung der Demokratie in Griechenland und um ihre Absicherung durch den Rückhalt eines vereinigten Europa.
4. Die Wiederherstellung gesunder wirtschaftlicher Verhältnisse.«

Wenn ich dies richtig interpretierte, so ging es Karamanlis auch darum, Griechenland durch den EG-Beitritt einen sichtbar besseren Status zu verschaffen, als ihn die Türkei besaß. Ich fragte zunächst nach der gegenwärtigen wirtschaftlichen Lage.

Karamanlis: »Die Diktatur hat große Defizite im Haushalt und in der Zahlungsbilanz hinterlassen, dazu eine Inflation von 17 bis 18 Prozent. Zwar ist die Arbeitslosigkeit gering, aber wir hatten 1974 eine Rezession mit einer Schrumpfung des Bruttosozialprodukts um 2 Prozent. Sie war nicht nur eine Folge der weltweiten Rezession, sondern zusätzlich haben sich – wegen der anhaltenden Spannungen mit der Türkei – auch die inländischen wie die ausländischen Investoren zurückgehalten.

Den Jahreswechsel 1975/76 verbrachten Helmut und Loki Schmidt in Griechenland. Der Bundeskanzler führte fruchtbare Gespräche mit dem griechischen Ministerpräsidenten Konstantinos Karamanlis.

Das größte Problem ist die Lücke in der Zahlungsbilanz; sie wird 1975 etwa 800 Millionen Dollar ausmachen, aber unsere Devisenreserven liegen bei nur 900 Millionen bis ca. einer Milliarde Dollar. Wir können die Lücke nicht aus eigener Kraft schließen. Französische Banken werden uns 300 Millionen, der Internationale Währungsfonds 100 Millionen Dollar kreditieren. Unsere Vorsprachen bei arabischen Staaten haben bisher keinen Erfolg gehabt. Wir brauchen weitere Hilfe unserer Freunde, um das Vertrauen in unsere Wirtschaft und in die Stabilität der Demokratie zu sichern ...«

Als Hauptursachen der Zahlungsbilanzkrise nannte Karamanlis die stark gestiegenen Preise für den Import von Öl sowie den Rüstungsbedarf; absurderweise habe die Militärdiktatur ein Land ohne Waffen hinterlassen.

Schmidt: »Für 1976 kann ich Ihnen die Wiederaufnahme unserer klassischen Militärhilfe zusagen, aus haushaltsrechtlichen Gründen leider noch nicht für das laufende Jahr ... Zur Zahlungsbilanzhilfe schlage ich direkten Kontakt zwischen den beiden Zentralbankpräsidenten vor. Wenn Herr Zolotas Herrn Klasen besucht, so wird ein solches Gespräch dazu führen, daß wir die möglichen Hilfen zustande bringen; Herr Klasen hat die dazu nötigen Verbindungen. Wir werden alles tun, mit Rat und Tat, um das griechische Zahlungsbilanzproblem lösen zu helfen. Übrigens ist auch unsere eigene Wirtschaft von der Weltwirtschaftskrise schwer getroffen ...«

Karamanlis: »Kann Ihre Regierung nicht auch den Kauf von vier U-Booten vorfinanzieren? Wir brauchen sie wegen der sowjetischen und türkischen Bedrohung in der Ägäis.«

Schmidt: »Ihr Verteidigungsminister Averoff hat ja deswegen schon vor drei Wochen an seinen deutschen Kollegen geschrieben; wir prüfen seine Vorschläge noch. Natürlich müssen wir auch – wie es in der NATO üblich ist – die militärische Notwendigkeit prüfen. U-Boote sind sehr teure Waffensysteme, sie eignen sich vorzüglich für die hohe See wie etwa den Atlantik. In der Ägäis mit ihren tausend Inseln sind möglicherweise Schnellboote besser geeignet, weil sie in solchen Gewässern mehr Verteidigungskraft für weniger Geld darstellen können. In der westlichen Ostsee ist das ähnlich, deswegen habe ich vor einigen Jahren als Verteidigungsminister gegen den Rat der Marine die Anschaffung einer größeren Zahl von Schnellbooten durchgesetzt. Mit U-Booten könnte Ihre Marine zwar gegen den türkischen Seehandel, mit Schnellbooten aber gegen die türkische Marine operieren.«

Karamanlis: »Die Türken haben 17 U-Boote, wir haben nur sieben. Alle Chefs unserer Teilstreitkräfte haben sich für die U-Boot-Beschaffung ausgesprochen.« Damit deutete Karamanlis an, daß er die U-Boote auch haben wollte, um sein Verhältnis zu den eigenen Streitkräften zu festigen.

Europa müsse aus eigenem Interesse die Verteidigungskraft Griechenlands stärken, sagte ich. Griechenland sei angesichts seiner geographischen Position ein wichtiger Pfeiler der europäischen Gesamtverteidigung. »So sehe ich auch Ihren Beitritt zur EG. Ich habe die nationalpolitische Zielsetzung gut verstanden, die Sie dem Beitritt geben. Aber für uns macht Ihr Beitritt keinen Sinn, weil Sie aus der Allianz ausgetreten sind. Denn die Zusammenarbeit der EG-Staaten in ihrer Außenpolitik gegenüber dritten Staaten ist ohne gemeinsames Sicherheitskonzept nicht möglich. Ich verstehe den Ärger der Griechen über die Unfähigkeit der Allianz und der USA, den Übergriff der Türken auf Zypern zu verhindern. Aber er darf nicht zu voreiligen Entscheidungen führen. Ihre Sicherheit gegenüber dem Norden und gegenüber dem wachsenden sowjetischen Einfluß im Mittelmeer ist nur in der Struktur der Allianz zu gewährleisten.«

Tatsächlich war es auf griechischer Seite nicht bloß Ärger, sondern Zorn, ganz besonders auf Washington. Überdies glaubte man in Athen, daß es ohne die Hilfe der CIA und der amerikanischen Streitkräfte 1967 in Griechenland nicht zur Militärdiktatur hätte kommen können. Oppositionsführer Papandreou hatte sich diese These mit großem Nachdruck zunutze gemacht und spielte den latenten Antiamerikanismus der Griechen gegen Karamanlis aus. Ob an dieser Verschwörungstheorie etwas dran war, wage ich nicht zu entscheiden.

Bezüglich der NATO dürfe man die Haltung Griechenlands nicht mit derjenigen Frankreichs unter de Gaulle gleichsetzen, entgegnete Karamanlis. »De Gaulle wollte aus nationaler Ambition eigene, französische Weltpolitik machen. Griechenland dagegen befindet sich in einer Zwangslage. In der Nacht nach dem zweiten türkischen Überfall auf Zypern stand ich vor drei Alternativen. Entweder Krieg oder Rücktritt – und damit Rückfall Griechenlands ins Chaos – oder Austritt aus der NATO. Ich habe mich für das geringste Übel entschieden, nämlich ein Übel, das reparabel ist. Wenn die Türkei zur Vernunft zurückkehrt, so entfällt automatisch der Grund für den Rückzug Griechenlands aus der militärischen Integration der Atlantischen Allianz ... Ich bin in meiner vierzigjährigen politischen Laufbahn immer prowestlich und proatlantisch eingestellt gewesen. Niemand bedauert mehr als ich selbst, außerhalb der NATO stehen zu müssen.

Ich bin darauf vorbereitet, bei akuten Krisen und Problemen schwere Entscheidungen auf mich zu nehmen, wenn ich den notwendigen Beistand erhalte. Ich finde es deshalb nicht fair, wenn Sie eine Verbindung zwischen EG-Beitritt und NATO-Mitgliedschaft herstellen. Wenn ich in der Frage unseres EG-Beitritts keine Unterstützung erhalte, dann wird Griechenland in neue Abenteuer gestürzt werden und kann endgültig für den Westen verlorengehen.«

Ich blieb bei meiner Linie: »Ich begrüße diese Klarstellungen außerordentlich. Die letzten Minuten dieses Gesprächs waren sehr wichtig. Wenn es also Ihr Wille ist, im gegebenen Moment in die militärische Integration zurückzukehren, dann werden wir Ihnen in der Frage des EG-Beitritts helfen, so weit wir nur können.«

Danach wandte sich das Gespräch der Zypernfrage zu, über die wir ausführlich debattierten. Auch hier legte Karamanlis eine bemerkenswerte Offenheit an den Tag. Die erste türkische Invasion, für die Premierminister Ecevit verantwortlich war und die entscheidend zum Sturz der Obristen beitrug, sei bis zu einem gewissen Punkt verständlich gewesen. Karamanlis gab damit zu erkennen, daß er sich über griechisches und griechisch-zyprisches Fehlverhalten nicht hinwegtäuschte. Die zweite türkische Invasion aber, nach Karamanlis' Rückkehr in die Regierung, sei politisch, moralisch und rational nicht zu erklären; dafür müsse wohl nicht Ecevit, sondern das türkische Militär verantwortlich gemacht werden. Ich hatte Ecevit kurz zuvor gesehen – er war inzwischen durch Demirel ersetzt worden – und hatte von seiner Zypern-Politik keinen günstigen Eindruck erhalten.

Außenminister Genscher und ich haben uns in der Folge bemüht, in allen besprochenen Fragen Karamanlis und seinem Lande zu helfen. Wir nahmen die Militärhilfe wieder auf, und zwar für Griechenland (9 Millionen Einwohner) und die Türkei (40 Millionen Einwohner) im Verhältnis 3 zu 5; Griechenland wurde also überproportional berücksichtigt. Durch unsere Militärhilfe übten wir auf beide Staaten Druck aus, eine vernünftige, friedliche Lösung für Zypern anzustreben – ohne Erfolg. Griechenland erhielt von uns alsbald Kapitalhilfe und darüber hinaus einen kommerziellen Kredit eines westeuropäischen Bankenkonsortiums, der staatlich verbürgt war, beides zusammen in Höhe von 370 Millionen D-Mark. Kein anderes EG-Land hat sich damals zu solchen Hilfen entschließen können. Griechenland erhielt übrigens auch die gewünschten U-Boote. Vor allem aber haben wir uns – mit Erfolg – innerhalb der EG für die baldige Aufnahme Griechenlands eingesetzt. Als ich am Ende des gleichen Jahres 1975 Karamanlis einen Gegenbesuch machte, waren alle diese Operationen bereits auf den Weg gebracht worden.

Karamanlis hatte mir in seiner Offenheit sehr gefallen, und ich hatte spontan Vertrauen gefaßt in seine Ehrlichkeit, vor allem aber in seinen Willen zur Kontinuität. Als es im Jahre 1976 aufgrund eines Auslieferungsbegehrens der Bundesregierung an Athen zur Auslieferung des Terroristen Pohle an die deutsche Justiz kam, ließ sich Karamanlis auch von massiven linksextremistisch-antideutschen Aktionen nicht beirren; jene Kräfte hatten uns Deutschen sehr verübelt, daß wir Karamanlis zum EG-Beitritt verholfen hatten, hofften sie doch auf ein blockfreies sozialistisches Griechenland.

Ich bin mit Karamanlis bis zu seiner Wahl zum Staatspräsidenten im Mai 1980 fünfmal zusammengetroffen, meist in Bonn, einmal in Athen, einmal in Hamburg. Wir hatten ein von gegenseitigem Respekt getragenes, freundschaftliches Verhältnis zueinander, das wir nach unser beider Ausscheiden aus öffentlichen Ämtern bis auf den heutigen Tag pflegen. Für mich ist es eine Genugtuung, daß mein Freund Valéry Giscard d'Estaing den mazedonischen Bauernsohn gleicherweise hoch schätzt. Er ist kein levantinischer Demagoge, sondern ein eher wortkarger, distanzierter Mann, ein überzeugter Demokrat, wenn auch vielleicht ein »autoritärer Demokrat«, wie das Magazin »Time« einmal schrieb. Karamanlis war in seiner Politik ein Pragmatiker auf der Grundlage klarer moralischer Prinzipien; keiner hat je von irgendwelchen Berührungen mit jenen Korruptionsaffären gehört, die in Athen zu allen Zeiten an der Tagesordnung sind. Und Karamanlis hatte Mut. Denn obgleich eine Lösung der Zypernfrage – trotz erheblichen persönlichen Einsatzes und hoher Risikobereitschaft – nicht zustande kam, führte er Griechenland doch schrittweise wieder in die militärische Integration der Allianz zurück.

Mein Besuch in Griechenland Ende 1975 war – abgesehen von langen, fruchtbaren Gesprächen mit dem Gastgeber – für Loki und mich eine Offenbarung. Meine Freunde Ernst Wolf Mommsen, Klaus Bölling und Theo Sommer – alle drei Kenner Griechenlands – hatten mich zwar auf die Schönheiten, die uns erwarteten, vorbereitet, aber daß die Ruinen aus klassischer Zeit und die große Zahl erhalten gebliebener Kunstwerke einen so überwältigenden Eindruck auf uns machen würden, hatten wir uns doch nicht vorstellen können.

Wir besichtigten die Akropolis, das Theater in Epidauros und – für mich der tiefste Eindruck – den Poseidontempel auf Kap Sunion. Man zeigte uns Olympia, Mykene und Knossos auf Kreta. Untergebracht waren wir während jener Woche in Athen, in der Villa der liebenswürdigen Frau Goulandris, die besonders an kykladischer Kunst interessiert war und dafür ein eigenes Museum eingerichtet hatte.

Im Leben eines normalerweise von Termin zu Termin gehetzten Politikers war eine Woche der Muße eine lange Zeit. Sie ermöglichte uns vielerlei Gespräche – auch mit Archäologen und Museumsleuten. Im allgemeinen gingen unsere griechischen Partner gern auf unsere vielen Fragen ein; nach einer Visite Adenauers vor undenklichen Zeiten war dies der erste Besuch eines deutschen Regierungschefs in Athen. Einige linksextreme Unfreundlichkeiten wegen unserer Militärhilfe an die Türkei (eine Athener Presseagentur schrieb: »Herr Schmidt schmiert die türkische Kriegsmaschinerie«) fielen nicht ins Gewicht. Immerhin führten mich die Gespräche über die Türken zu der Erkenntnis, daß die griechisch-türkische Animosität eine historische Dimension hat, die weit über den aktuellen Zypernstreit hinausreicht. Schließlich war Griechenland fast vier Jahrhunderte lang von den Türken besetzt gewesen.

Die Geschichte Zyperns, das nie Bestandteil des griechischen Staates war, ist höchst verwickelt. Zunächst ein eigenes Königreich, ein Kreuzfahrerstaat, stand die Insel später nacheinander unter dem beherrschenden Eindruck von Genua, Ägypten und Venedig. 1573 wurde sie für dreihundert Jahre Teil des osmanischen Reiches und kam dann unter die Herrschaft Großbritanniens, das die Insel 1914 annektierte. 1959 wurde Zypern durch Vertrag zwischen London, Ankara und Athen zum unabhängigen Staat erklärt. Die Mehrheit der Einwohner waren Griechen, eine ansehnliche Minderheit Türken. In den sechziger Jahren proklamierten griechisch-terroristische Organisationen vertragswidrig den Anschluß an Griechenland. Die Zuspitzung der Verhältnisse durch Verschwörungen und Provokationen der Militärs in Athen führte 1974 zu einem Staatsstreich gegen den griechisch-zypriotischen Staatspräsidenten Erzbischof Makarios, der daraufhin vorübergehend das Land verließ. Der Staatsstreich löste unmittelbar die militärische Besetzung eines Teils der Insel durch die Türken aus. Es waren diese Vorgänge, die Karamanlis im Auge hatte, als er mir gegenüber einräumte, die erste türkische Invasion sei – in gewissem Umfang – zu begründen gewesen. Kein anderer Grieche, schon gar nicht Erzbischof Makarios, hat dies mir gegenüber jemals zugegeben. Karamanlis ist ein ungewöhnlich ehrlicher und sachlicher Politiker. 1990 ist er abermals Präsident geworden, weil Griechenland nach einer Zeit der Wirren einen Mann brauchte, der über jeden Zweifel erhaben war.

Von dem zwischenzeitlichen Ministerpräsidenten, Andreas Papandreou, läßt sich ähnliches nicht sagen. Papandreous Vater, ursprünglich ein liberaler Sozialdemokrat, der während des Weltkrieges im Widerstand aktiv gewesen war, hatte mehrfach Ministerposten und auch das Amt des Ministerpräsidenten bekleidet, zuletzt 1965, und der Sohn hatte sich in der Regierung des Vaters seine ersten Sporen verdient. Nach dem Militärputsch von 1967 ging Papandreou für sieben Jahre erneut ins Ausland, nach Schweden und Kanada, nachdem er bereits die Jahre von 1940 bis 1960 in den USA verbracht hatte. Nach der Rückkehr 1974 formierte er aus einer im Exil gegründeten Sammlungsbewegung die Panhellenische Sozialistische Bewegung (PASOK). Bei den Parlamentswahlen im Oktober 1981 erreichte PASOK die absolute Mehrheit der Mandate, und Papandreou wurde Ministerpräsident. Ich lernte ihn kurz vor jener Wahl im Sommer 1981 kennen. Er war Oppositionsführer und hatte um das Gespräch nachgesucht; sein Besuch in Bonn war Teil einer Rundreise zu europäischen Regierungschefs, durch die er sich dem Wählervolk zu Hause als eine international akzeptierte Figur darzustellen hoffte. Obwohl dies durchaus legitim war, zögerte ich und ließ Papandreou durch Staatsminister Günter Huonker empfangen, um erst später kurz dazuzustoßen.

Ich hatte gute Gründe für mein Unbehagen. Was ich über Papandreou wußte, klang nur bedingt vertrauenerweckend. Es war deutlich, daß die von ihm autoritär geführte PASOK (keine Delegiertenbeschlüsse, keine Parteitage) gute Chancen hatte, die Wahlen zu gewinnen, und daß dies offensichtlich weitgehend seiner dynamischen, für das griechische Publikum sehr attraktiven Persönlichkeit zu verdanken war. Schon der Gedanke, es möglicherweise mit einem künftigen Ministerpräsidenten zu tun zu haben, wäre Grund genug gewesen, mich mit Papandreou zu unterhalten. Aber ich hatte seine Artikel und Interviews gelesen und seine Politik als Oppositionsführer etwas genauer verfolgt.

Er benutzte marxistisches und pseudomarxistisches Vokabular, gab sich zugleich fast hemmungslos nationalistisch, dabei immer antiamerikanisch und teilweise antideutsch; jedenfalls erschien er sprunghaft und schwer berechenbar. 1971, noch im Exil, hatte er der sozialdemokratischen Wochenzeitung »Vorwärts« ein Interview gegeben, in dem sich eingangs die Feststellung findet: »Westeuropa hätte die Junta (unter

Papadopoulos) stürzen können, wenn es wirklich gewollt hätte ... Die ganze Atlantische Gemeinschaft trägt eine, wenn auch indirekte Verantwortung.« Nachdem er nachdrücklich an die westeuropäischen Regierungen appelliert hatte, stellte er wenige Absätze später fest, die Frage des Kampfes gegen die Junta »ist rein griechisch« und könne nicht durch Ausländer gelöst werden. Nicht weniger widersprüchlich war seine Haltung zur NATO. »Wir sind auch heute noch für die Beibehaltung der Atlantischen Allianz«, sagte er, um fortzufahren: »Wenn ... die Allianz die Diktatur duldet ... dann stellt sich die Frage, wie lange ... die Widerstandsorganisationen dies noch ertragen können.« Und ähnlich drei Jahre später, in einem Interview mit dem »Stern«: »Griechenland muß nicht nur militärisch, sondern auch politisch aus dem Bündnis heraus ... Der EG sollten wir uns nicht anschließen, solange die EG von den multinationalen Konzernen der Amerikaner beherrscht wird.«

Im September 1976 gab er dem »Spiegel« ein Interview, das vor Ungereimtheiten strotzte. »Was hat denn diese NATO uns bisher geboten? ... Wenn man solche Freunde hat, wozu braucht man dann noch Feinde?« Über die USA: »Die amerikanische Politik zielt seit langem auf eine Förderung der Sozialdemokratie ab ... Palme hat als Premier (sogar) den USA einen Persilschein für Vietnam ausgestellt.« Nach einem rüden Angriff auf mich: »Die Bundesregierung ist für uns der Statthalter Washingtons sowohl im gemeinsamen Markt als in Europa schlechthin.« Als ihm vorgehalten wurde, wie denn diese Aussage zusammenpasse mit der Tatsache, daß die »Statthalter Washingtons«, als die er die deutschen Sozialdemokraten heute sehe, sowohl ihn persönlich, der sich »radikal antiamerikanisch« gab, als auch die Panhellenische Bewegung in der Zeit der Junta finanziell und organisatorisch unterstützt hätten, antwortete er: »Die Hilfe der Deutschen war wenig mehr als ein Almosen.«

Diese Aufzählung von Absurditäten aus dem Munde des Oppositionsführers Andreas Papandreou ließe sich erheblich verlängern. Nachdem er Ministerpräsident geworden war, hörte man von ihm andere, gemäßigtere Töne. Weder ist Griechenland aus der EG ausgetreten, noch hat es die Allianz verlassen, im Gegenteil: Papandreou hat einen neuen Stützpunkt-Vertrag mit den USA geschlossen, die er früher aus dem Lande jagen wollte. Zu mir kam er mit der Bitte um Hilfe bei der Entschärfung der Konflikte mit der Türkei. Aber er blieb doch derselbe Mensch; mehrfach habe ich erlebt, daß er getroffene Verabredungen nicht einhielt.

Ende der achtziger Jahre sah man in den Zeitungen Bilder von der öffentlichen Schaustellung seiner Freundschaft zu einer ansehnlichen jüngeren Dame; das möge auf sich beruhen. In den Zeitungen stand jedoch auch, angesichts kritischer Blicke von der Regierungsbank habe diese Dame ihre Rolle mit derjenigen der Aspasia gleichgesetzt. Aspasia war die Freundin des Perikles - aber Papandreou ist alles andere als ein Perikles. Obgleich er es sich längst abgewöhnt hatte, für sein Land Blockfreiheit anzustreben, die er einst als vorbildlich ansah, obgleich er inzwischen schon zweimal - turnusgemäß - die Präsidentschaft im Europäischen Rat ausgeübt hatte, war er doch kein Staatsmann geworden. Er ist ein hochbegabter Populist geblieben, einer, dem sein Volk gern zuhört und dem es gern Glauben schenkt. Zugleich ist er ein hochbegabter Taktiker. Er konnte in den Räten der EG finanzielle Vorteile für die griechischen Landwirte herausschlagen, zugleich in einer Wahlversammlung die Bauern glauben machen, die Gelder aus den Brüsseler Töpfen seien sein alleiniges Verdienst, und bei der nächsten Wahlversammlung behaupten, für die erheblichen ökonomischen Probleme seines Landes sei nicht die Regierung, sondern vielmehr die EG verantwortlich.

Drei mutige junge Männer retten Spanien

Ich schreibe diesen Teil des Manuskriptes auf spanischem Boden, allerdings weit von Madrid entfernt. Je größer der Abstand zur spanischen Hauptstadt ist, desto klarer sehe ich, daß ohne den König, ohne seine demokratischen Instinkte und seinen persönlichen Mut die Demokratie in Spanien kaum eine Chance gehabt hätte, sich gegen eine stark faschistisch geprägte Armee zu behaupten. Spanien hat seit Generationen keine äußeren Feinde gehabt - wohl aber bornierte, reaktionäre Holzköpfe innerhalb der eigenen Nation. Die Armee, ihrer eigentlichen Aufgaben, der Landesverteidigung, entfremdet, begann sich verstärkt um Politik zu kümmern. Seit dem Sieg General Francos im Bürgerkrieg glaubte eine größere Zahl nicht nur älterer Obristen und Generale, sondern auch jüngerer Truppenoffiziere, auf ihnen ruhe das Wohl des Vaterlandes. Solche Selbstüberschätzung durch militärische Führer kommt überall und immer wieder vor, von Hindenburg und Schleicher bis zu Colonel Oliver North im Weißen Haus. Es gibt auch immer wieder ein Publikum, das bereit ist, auf den angeblichen Idealismus von

Usurpatoren in Uniform hereinzufallen. Daß politisierende Generale in 35 Jahren Bundeswehr nicht vorgekommen sind, scheint mir ein weiterer Beleg dafür, daß Bonn nicht Weimar ist.

Daß dergleichen auch im nachfrankistischen Spanien keinerlei Erfolg gehabt hat, ist vornehmlich das Verdienst von Juan Carlos I. Obwohl Franco für eine allgemeine und militärische Erziehung des Prinzen gesorgt hatte, die, wie er glaubte, der Wahrung der frankistischen Werte diente, bewies der König schon wenige Monate nach dem Tod des Generalissimo seinen eigenen Kopf - und demokratische Überzeugungen. Er entließ den zaudernden, noch zur Franco-Ära gehörigen Ministerpräsidenten Arias Navarro und berief statt dessen - nachdem er ihn geschickt auf eine Dreier-Vorschlagsliste hatte manövrieren lassen - den fast unbekannten Adolfo Suarez. Suarez zählte mit 43 Jahren zu des Königs eigener Generation. Er war zwar, wie man später erfuhr, dem König schon seit längerem persönlich bekannt, trotzdem war seine Ernennung eine riskante Operation. Denn auch Suarez hatte zur Zeit der Diktatur mehrere Ämter bekleidet; 1975 war er stellvertretender Generalsekretär und 1976 unter Arias Generalsekretär des frankistischen »Movimiento« gewesen.

Adolfo Suarez war also von rechts gekommen; nun aber trieb er - im Einvernehmen mit Juan Carlos und mit dessen Hilfe - unter großer Energie und mit taktischem Geschick die Demokratisierung des Staates voran. Er brachte noch 1976 die frankistischen Cortes zur Selbstauflösung und ließ dann nacheinander die anderen politischen Parteien zu - gegen den erbitterten Widerstand des Militärs auch die Kommunisten, die sich allerdings schon seit 1968 unter Santiago Carrillo von Moskau abgekehrt und einem »eurokommunistischen« Konzept à la Berlinguer zugewandt hatten. 1976 gewann die Regierung Suarez eine Volksabstimmung über die politischen Reformen mit 94 Prozent der abgegebenen Stimmen. Im Jahr darauf eroberte die UCD (Union des Demokratischen Zentrums), eine Allianz von acht verschiedenen Parteien unter Adolfo Suarez, bei den Parlamentswahlen fast die Hälfte, die sozialistische PSOE unter Felipe Gonzalez knapp 40 Prozent der Sitze. Damit schienen die Weichen gestellt.

Ende 1978 nahm das Parlament einen von einer Parlamentskommission erarbeiteten Verfassungsentwurf an; dieser wurde im Dezember des gleichen Jahres mit Rückendeckung des Königs in einer erneuten Volksabstimmung bestätigt; lediglich im Baskenland überwogen die Stimmenthaltungen. Seit dem Jahre 1812 war dies die achte beziehungsweise neunte Verfassung Spaniens, je nachdem, wie man die Verfassung Spaniens unter Franco wertet.

Natürlich gab es gegen diese rasante, strikt demokratische Evolution Widerstand, besonders unter den auf Franco eingeschworenen Militärs. Beim ersten Putschversuch 1978 setzte sich die Regierung relativ leicht durch; beim zweiten Mal, am 23. Februar 1981, brachten die Putschisten unter Oberstleutnant Tejero - manche Generale warteten opportunistisch im Hintergrund - praktisch das versammelte Parlament als Geisel in ihre Gewalt. Der soeben zurückgetretene Ministerpräsident Suarez gehörte zu den wenigen, die angesichts der MP-Salven, welche der Putschist Tejero im Parlament abschoß, nicht unter ihren Pulten Deckung suchten. Und es war der König, der die Demokratie rettete.

Juan Carlos rief die einzelnen Militärbefehlshaber an und gab ihnen in knappen Worten klare Befehle - sie begriffen augenblicklich, daß sie von ihm keine Duldung erhoffen konnten. Er sagte dem Militär klipp und klar: »Ich gehe aus Spanien nicht fort. Die Rebellen müssen mich erst töten, bevor ich ihnen den Weg freigebe.« Und weiter: »Die Krone, Symbol der Einheit und des Fortbestehens des Landes, erlaubt keine Handlungen von Personen, die mit Gewalt den demokratischen Prozeß unterbrechen wollen.« Der Putschversuch brach zusammen. Wenig später schärfte Juan Carlos den versammelten Parteiführern und der von ihm ernannten Regierung Calvo Sotelo ein: »Diesmal habe ich den Putsch erledigen können. Wer weiß, ob mir das ein zweites Mal glücken kann. Seid deshalb in Zukunft wachsamer!«

Auf der extremen Rechten hat es offenbar mehrfach Attentatsvorbereitungen gegen Juan Carlos gegeben, aber er hat sich selbst gegenüber dem Terrorismus als Demokrat erwiesen. Die Demokratie in Spanien verdankt ihm mehr als jedem anderen Mann im Lande. Er hat eine bewundernswerte Leistung vollbracht, ohne sich in den Vordergrund zu spielen. Sein Einfluß auf das Volk wie auch auf die beiden Ministerpräsidenten Suarez und Gonzalez beruht zum Teil auf seinem politischen Instinkt, zum Teil auf seiner Menschenkenntnis, auf seinem persönlichen Mut und schließlich auch auf seiner Begabung, Sympathie zu wekken und Freundschaft zu stiften. Der ehemalige Franco-Mann Suarez und der junge Sozialist Gonzalez zollten ihm hohen Respekt, wohl auch freundschaftliche Zuneigung.

Schon die erste Rede des Königs im November 1975 hatte mich beeindruckt. Er hatte seine Bereitschaft zu Veränderungen angekündigt, von der Beteiligung *aller* Spanier gesprochen und ein Bekenntnis zu Europa abgelegt. Ich verstand diese Rede als richtungweisend, auch wenn viele Spanier sie damals, unmittelbar nach Francos Tod, keineswegs so verstehen wollten. Spanien, so interpretierte ich die Worte des Königs, wollte hin zum demokratischen Pluralismus, hin zu Europa, raus aus der außenpolitischen Isolation. Freilich kannte ich Juan Carlos damals noch nicht und war mir meiner Deutung nicht ganz sicher. Auch hatte ich keine Vorstellung davon, ob die frankistische Bewegung solche Absichten hinnehmen und, falls nicht, mit welchen Mitteln sie sich gegen diesen jungen, noch unerfahrenen Monarchen durchsetzen würde. Ich lobte die »operativen Passagen« der Rede vor der sozialdemokratischen Bundestagsfraktion und vor dem Kabinett und fügte hinzu: »Wir müssen diese Tendenzen des Juan Carlos stützen. Wir müssen dabei auf Druck verzichten, denn das könnte zu sich überstürzenden Ereignissen à la Portugal führen. Aber wir dürfen keinen Zweifel an unserer festen Erwartung lassen, daß in Spanien schrittweise eine offene Gesellschaft und ein demokratischer Rechtsstaat erreicht werden.« Ich legte diese Sätze auch handschriftlich für unseren Außenminister fest; es war eine der wenigen »Richtlinien« im Sinne des Artikels 65 des Grundgesetzes, die ich als Kanzler gegeben habe.

Meine Ungewißheit über den Ausgang des Experiments von Juan Carlos hing auch mit den schrecklichen Geschichten zusammen, die ich von meinem Schwiegervater Hermann Glaser und von Loki gehört hatte. Mehrere junge Leute aus dem Freundeskreis meiner Schwiegereltern waren während des spanischen Bürgerkrieges von den Falangisten mißhandelt und getötet worden. Ich hatte die Lebenserinnerungen von Pablo Casals und andere Zeugnisse aus jener Zeit gelesen, in denen von der Grausamkeit berichtet wird, zu der die faschistische Rechte Spaniens fähig war. Andererseits hatte ich Ende Juli 1975 am Rande der KSZE-Konferenz in Helsinki ein interessantes Gespräch mit Ministerpräsident Arias Navarro gehabt, der zu jener Zeit seit anderthalb Jahren im Amt war. Die Unterhaltung fand fünf Monate vor Francos Tod statt. Nach einem längeren Meinungsaustausch über die Lage in Portugal fragte ich Arias Navarro nach der innenpolitischen Entwicklung seines eigenen Landes. Ich hätte den Eindruck, Spanien sei auf dem Wege, mit einer offiziellen Opposition zu leben; Opposition sei zwar kurzfristig zumeist lästig für eine Regierung, langfristig aber unerläßlich für jede Demokratie.

»Das portugiesische Beispiel lehrt uns«, antwortete Arias, »die Evolution sorgfältig zu lenken, sie darf sich nicht überstürzen und nicht außer Kontrolle geraten. Sie darf auch nicht unter radikale Vorzeichen der Gewalt oder fremder Ideologie geraten. An dem geordneten Weg zu einer umfassenden Evolution sollen alle Kräfte und Ideologien teilnehmen können, die innerhalb der Gesetze stehen und die Gewaltsamkeit ablehnen. Erst vor drei Tagen hat der Nationalrat ein Gesetz über die Errichtung von drei politischen Parteien beschlossen, einschließlich der sozialistischen Partei von Cantarero del Castillo (Castillo nannte sich übrigens nicht Sozialist, sondern abwechselnd einen Reformdemokraten, Sozialdemokraten oder demokratischen Sozialisten - seine Gruppierung stand wohl außerhalb der alten sozialistischen Tradition). Die traditionelle sozialistische Partei dagegen, deren Führung zum großen Teil im Exil ist, betrachtet die Gewalt noch immer als dialektische Waffe und will zum Nullpunkt der Revolution zurückkehren ... Nur eine einzige Partei ist verboten und steht außerhalb der Gesetze, nämlich die kommunistische Partei ... Schon ihre Ideologie verstößt gegen das Gesetz. Wir können sie auch nicht stillschweigend gewähren lassen. Sie wird wohl niemals als Partei zugelassen werden. (Sein Nachfolger Suarez hat dies getan und ist dafür von Arias schärfstens kritisiert worden.) In letzter Zeit sind nur Mitglieder von terroristischen Gruppen verhaftet worden, welche im kommunistischen Dienst stehen ... Hingegen sind die Mitglieder der sozialistischen Partei keinem Druck und keinerlei Einschränkungen ausgesetzt; sie können auch Interviews geben, mit ausländischen Delegationen reden.«

Ich fragte Arias nach dem zukünftigen Verhältnis Spaniens zur Allianz und zur EG: »Wir sind für die Zukunft an stärkeren Bindungen Spaniens interessiert. Im Augenblick allerdings verbietet es die öffentliche Meinung in England, Skandinavien, Holland, Deutschland und so weiter, Spanien Avancen zu machen.«

Arias schilderte die diversen Schwierigkeiten in den Stützpunkt- und Kreditverhandlungen mit den USA: »In diesen Punkten ist die spanische öffentliche Meinung sehr empfindlich. Sie ist sich auch durchaus der Gefahr bewußt, in der Städte wie Madrid, Zaragoza, Cádiz und Sevilla schweben, weil die nuklearen Einrichtungen der Amerikaner so nahebei sind.« An dieser Stelle griff der spanische Außenminister ein und meinte, die Deutschen verstünden wohl die Lage Spaniens besser als alle anderen. Sein Land habe zwar am Zweiten Weltkrieg nicht teilgenommen, gleichwohl habe man es einer Wirtschaftsblockade ausgesetzt und in der Nachkriegszeit Sanktionen gegen Spanien verhängt. Die USA hätten Spanien auch vom Marshallplan ausgeschlossen - ich wußte das nicht – und ihm verwehrt, bei der Neuordnung der Weltwirtschaft nach dem Krieg die ihm zukommende Rolle zu spielen. Spanien kämpfe darum, seine volle Handlungsfähigkeit wiederzuerlangen, um den ihm gebührenden Platz einnehmen zu können. »Spanien ist sehr wohl auch bereit«, fügte der Ministerpräsident hinzu, »seinen Beitrag zur westlichen Verteidigung zu leisten, aber es wird keine diskriminierende Behandlung hinnehmen. Ich bitte Sie um Unterstützung, damit mein Land seinen Platz in den entsprechenden internationalen Gremien einnehmen kann.«

Ich dankte für die Ausführungen. »Wir verstehen Ihre Lage sehr wohl. Ich glaube, es ist richtig, den Weg der inneren Entwicklung Schritt für Schritt zu gehen. Wenn er zum Erfolg führt, dann werden wir Sie unterstützen, damit Sie in der gemeinsamen Verteidigung und bezüglich der EG einen angemessenen Platz finden. Das ganze deutsche Volk wünscht Ihrem Lande Erfolg auf seinem Weg.«

Hier sprach also ein alter Faschist von Evolution, das Wort Fortschritt nahm er, wenn meine Erinnerung richtig ist, nicht in den Mund. Arias, damals 66 Jahre alt, war Ankläger und Militärrichter gewesen, später Provinzgouverneur, und hatte acht Jahre lang den spanischen Staatssicherheitsdienst geleitet, ehe er zum Bürgermeister von Madrid, zum Innenminister und schließlich 1973 zum Ministerpräsidenten ernannt wurde – eine Bilderbuchkarriere unter Franco. Er wirkte kühl, klug und selbstbewußt. Wenn dieser Mann begriffen hatte, daß es mit dem Frankismus nicht wie gewohnt weitergehen konnte, war das vielleicht eine in seinen Kreisen bereits verbreitete Erkenntnis. Mit Mißmut hatte ich jedoch konstatiert, daß die frankistisch beherrschten Cortes die zukünftigen Parteien durch Gesetz schaffen wollten, das heißt von oben. Allzuoft gebrauchte Arias die Worte »kontrolliert« und »geordnet«. Bei allem Wohlwollen, das er an den Tag legte, war er doch ein durch seinen Lebensweg geprägter Vertreter des Obrigkeitsstaates, und es blieb durchaus unklar, wie weit er gehen wollte.

Arias Navarro ging dann den Weg der Evolution – auch nach dem Tode Francos – in der Tat sehr vorsichtig und sehr obrigkeitsstaatlich. Es scheint mir, daß sein Tempo dem König und vielen anderen zu langsam war. Erst als Juan Carlos nach dem von ihm herbeigeführten Rücktritt von Arias im Sommer 1976 Adolfo Suarez zum Premierminister ernannte, bekam die Reformpolitik größeren Auftrieb.

Einen kurzen Neujahrsurlaub 1976/77 auf Mallorca nutzte ich, um mit den drei wichtigsten Akteuren des Neubeginns formlose Gespräche zu führen. Bei allen dreien - Suarez, Gonzalez und dem König - genoß der deutsche Regierungschef ein gewisses Ansehen: Erstens gab es keine bilateralen Probleme; wir stritten uns weder um Gibraltar noch wegen der Eta und hatten auch kein spezifisches Agrarproblem miteinander. Zweitens war Bonn eindeutig für den Beitritt Spaniens in die EG eingetreten, wobei jedermann mußte, daß die finanziellen Konsequenzen unseren Haushalt sehr viel stärker treffen würden als den jedes anderen EG-Mitgliedstaates. Und was zuletzt Felipe Gonzalez und die Sozialistische Arbeiterpartei Spaniens (PSOE) betraf, so half meine Partei in laufender Abstimmung mit mir organisatorisch, finanziell und durch Beratung. Dabei spielte der Vertreter der Friedrich-Ebert-Stiftung in Madrid, Dieter Koniecki - der einst mit unserer Hilfe aus den Gefängnissen der ČSSR entlassen und abgeschoben worden war -, eine außerordentlich hilfreiche Rolle. Auf ähnliche Weise unterstützte die Spitze des DGB die den Sozialisten nahestehende Gewerkschaft UGT.

Wir Deutschen haben nach einer katastrophalen Niederlage der Nachhilfe durch die westlichen Siegermächte bedurft, um den Übergang zur Demokratie zu schaffen. Die Spanier hingegen haben sich sozusagen am eigenen Schopf aus dem frankistischen Sumpf gezogen. Drei Glücksfälle kamen ihnen dabei zu Hilfe: Juan Carlos, Adolfo Suarez und Felipe Gonzalez. Diesen drei jungen Männern, die mich während der Phase des Übergangs zur Demokratie tief beeindruckten, will ich mich im folgenden widmen.

In dem Gespräch mit dem neuen Ministerpräsidenten Adolfo Suarez ging es unter anderem um die Frage, ob die Armee den Demokratisierungsprozeß respektieren werde. Suarez gestand, daß es Probleme gebe. Das liege auch daran, daß die Generale viel zu alt seien - 68 bis 70 Jahre - und noch in einer anderen Zeit lebten. Sie hätten Schwierigkeiten, sich den neuen Gesellschaftsstrukturen anzupassen. Aber sie seien dem König treu ergeben. Das schwierigste Kapitel sei die Wiederzulassung der kommunistischen Partei; dagegen gebe es besonderen Widerstand in der Armee, aber auch im Volk. Man bemühe sich, die Emotionen zu dämpfen, und hoffe hierbei auch auf Hilfe von den Sozialisten. Im Augenblick sei die Legalisierung der KPE noch nicht möglich, man brauche Zeit.

»Das verstehe ich«, warf ich ein. »Man darf aber nicht allzulange damit warten. Denn solange Sie die KP nicht zulassen, kann niemand wissen, wie stark deren Wählerschaft in Wirklichkeit ist . . .«

»Das ist wahr. Zur Zeit sagen die Meinungsumfragen, die KP habe ungefähr 8 Prozent. Wir werden die KP legalisieren, wenn der Widerstand in der Armee und im Volk weiter nachläßt. Zur Zeit sind nur 20 bis 25 Prozent der öffentlichen Meinung für die Legalisierung. Aber auch die Freilassung (Santiago) Carrillos hat schon zur Normalisierung beigetragen.«

»Sie sollten wohl auch bald freie Gewerkschaften zulassen, andernfalls werden die Kommunisten sich der gewerkschaftlichen Bewegung bemächtigen. Aber ihre ideologische Blindheit wird es kommunistischen Gewerkschaftern unmöglich machen zu erkennen, was ökonomisch vernünftig und was notwendig ist. Die wirtschaftlichen Probleme unserer Zeit können nur gemeistert werden, wenn Regierung und Gewerkschaften und Unternehmerverbände zusammenwirken. Wir haben damit in den letzten Jahren in Deutschland gute Erfahrungen gemacht, jedenfalls bessere als in Italien und England.«

Suarez bedauerte, daß es innerhalb der Gewerkschaftsbewegung keinen geeigneten Gesprächspartner für die Regierung gebe. Auch sei die Gewerkschaftsbewegung zu stark kommunistisch unterwandert. Man wolle dennoch schrittweise freie Gewerkschaften zulassen. Bis dahin gab es offiziell nur die staatliche Gewerkschaftsorganisation frankistischer Herkunft.

Das Gespräch wandte sich dann der Weltwirtschaft und deren Auswirkung auf die politische Lage in den europäischen Demokratien zu. »Spanien«, so Suarez, »ist besonders gefährdet, weil bei uns politische und wirtschaftliche Krise zusammentreffen ... Wir werden mit den politischen Parteien Verhandlungen aufnehmen, um ein Einvernehmen über die Grundlinien der Wirtschaftspolitik herzustellen, wenn auch natürlicherweise die Parteien dabei verschiedene Akzente setzen werden. Es geht darum, Inflation und Arbeitslosigkeit zu bekämpfen und höhere Investitionen zu erreichen ... Natürlich haben wir die Gefahr eines Zusammenspiels zwischen der extremen Linken und der extremen Rechten; diese kontrolliert große Zweige der Volkswirtschaft und hat erheblichen wirtschaftlichen Einfluß ... Sie hofft auf anhaltende Dauer der Wirtschaftskrise, um dadurch einen Umsturz von seiten der Militärs zu provozieren. Damit wollen sie dann auch den Beitritt Spaniens zur EG und zur NATO verhindern.« Es werde jedoch, versicherte Suarez, kein Zurück auf dem Wege der Demokratisierung geben. Und daran hat er sich gehalten. Was ihm half, sich über alle Widerstände hinwegzusetzen, war sein Mut, sein großes taktisches Geschick und – im Zeitalter des Fernsehens, zu dem er leichten Zugang hatte, besonders wichtig – sein ungewöhnliches Charisma.

Auch Felipe Gonzalez habe ich in jenen Neujahrstagen zum ersten Mal persönlich getroffen. Um niemandem Anlaß zur Verstimmung über eine vermeintliche Brüskierung zu geben – die PSOE war offiziell noch nicht zugelassen –, trafen wir uns in meinem Hotelzimmer. Gonzalez war damals 34 Jahre jung, aber gleichwohl ein Mann von erstaunlicher politischer Reife und Urteilsfähigkeit – er wirkte um Jahre erfahrener als etwa die gleichaltrigen Jungsozialisten in meiner eigenen Partei. Seit vielen Jahren Ministerpräsident, ist er heute der unbestrittene Führer der spanischen Politik, von jedermann im Lande respektiert, von vielen geradezu geliebt, und alle sprechen von ihm nur als von Felipe.

Wir waren von Anfang an Felipe und Helmut. Felipe hat mir die Lage der Gewerkschaften und der KP realistisch geschildert, so daß ich mich in den anschließenden Gesprächen mit Juan Carlos und Adolfo Suarez in dieser Hinsicht sicher fühlen konnte. Bemerkenswert war Felipes Einschätzung der Regierung Suarez, die ein halbes Jahr im Amt war. »Suarez hat eine politische Entwicklung eingeleitet, die wir von der PSOE unterstützen. Suarez ist ein guter Ministerpräsident, zugleich ein äußerst geschickter Verhandlungsführer. Nicht er ist ein Problem, sondern vielmehr die Gruppen, auf die er sich stützen muß.« Auf meine Frage nach der weiteren Entwicklung nannte Felipe als die nächsten Punkte eine vernünftige Amnestie für die politischen Gefangenen; ein akzeptables Verfahren für die Zulassung aller politischen Parteien; ein gutes Wahlgesetz.

Was die innere Entwicklung der PSOE betraf, meinte Felipe: »Wir wollen keine politischen und keine ökonomischen Experimente. Wir sind zu Kompromissen bereit ... Unsere Verbindungen zu den uns nahestehenden Gewerkschaftsgruppen sind eng und persönlich ... Wir wollen eine vernünftige Politik machen, aber nicht jeden Tag Zeugnisse unserer politischen Ideologie ablegen.« Damit spielte er auf die marxistische Programmatik der PSOE an, mit der er in den nächsten Jahren große Schwierigkeiten haben sollte. Von 1982 an hat er als Regierungschef den Marxismus beiseite geschoben. Er selbst hatte sich schon 1978 öffentlich als Nichtmarxist deklariert. – Wir schieden als Freunde und verabredeten, das Gespräch so bald als möglich fortzusetzen.

Der dritte der entscheidenden jungen Männer in Spanien, die ich damals kennenlernte, war der König. Er machte auf mich einen nüchternen und disziplinierten Eindruck. Zwar sprach er mit einer gewissen Impulsivität, aber seine Ausführungen waren getragen von dem, was man bei uns »gesunden Menschenverstand« nennt. Ich sollte ihn wenige Wochen später bei seinem Staatsbesuch in Bonn erneut zu ausführlichem Gespräch sehen, aber schon damals in Madrid hat er mir als Mann wie als politischer Kopf gefallen. Ich verstand, warum die Nation Zutrauen zu ihm gefaßt hatte, obgleich er erst seit gut einem Jahr König war. Die zahlreichen schweren Prüfungen, die ihm noch bevorstanden – zumal durch seine eigene Armee –, waren damals nur zu ahnen, aber instinktiv wußte ich, daß Juan Carlos die Aufgabe meistern würde.

An der von Suarez herbeigeführten ersten freien Wahl, die Spanien seit Menschengedenken erlebte, nahm eine für die Wähler nur schwer überschaubare Vielzahl von Parteien teil. Insgesamt waren wohl 80 politische Gruppierungen zugelassen worden, die parteipolitische Zersplitterung war perfekt. Die im April 1977 erfolgte Zulassung der KP hatte in frankistischen Kreisen und im Militär Alarm ausgelöst. König und Ministerpräsident setzten eindeutig auf die parlamentarische Unterstützung durch die politische Mitte, von der man sich bei den Wahlen eine Mehrheit erhoffte. Sie nahmen wenig Rücksicht auf die alte frankistische Rechte und lösten im April auch formal das frankistische »Movimiento« auf.

Strategische Übersicht und taktische Wendigkeit des Führers der Kommunistischen Partei, Santiago Carrillo, verdienen hier besondere Erwähnung. Carrillo, der sich im Bürgerkrieg einen Namen gemacht und dann jahrzehntelang im französischen Exil gelebt hatte, besaß gute Kontakte zu Marchais in Paris und zu Berlinguer in Rom. Unter seiner Führung bekannte sich die KPE sowohl zur Monarchie als auch zur parlamentarischen Demokratie – und dies zur Zeit Breschnews. Er und seine Partei sprachen sich klar gegen den Beitritt zur NATO aus, aber ebenso klar für den Beitritt zur EG. Durch seinen Eurokommunismus verhalf Carrillo seiner Partei zu einem beachtlichen Wahlergebnis, andererseits trug er wesentlich zur Stabilisierung der spanischen Demokratie bei. Wie weit der Wandel dieses alten Kommunisten echt war, ob Carrillo am Ende nur Kreide gefressen hatte, war aus der Ferne schwer zu beurteilen. Deshalb hätte ich ihn ebenso wie auch Berlinguer gern kennengelernt; weil ich aber mit gröbsten Mißdeutungen solcher Kontakte im In- und Ausland rechnen mußte, habe ich mir meine Neugierde auf die Eurokommunisten verkniffen.

Das Wahlergebnis vom 15. Juni 1977 führte zu einer Klärung der innenpolitischen Lage: Das Demokratische Zentrum (UCD), ein Zusammenschluß von acht Gruppen der politischen Mitte, erhielt 34 Prozent der Stimmen, ein Erfolg, der weitestgehend dem persönlichen

Die beiden Politiker, die an der Seite des Königs Spaniens Weg in die Demokratie ebneten: Adolfo Suarez (oben) und Felipe Gonzalez; Aufnahmen vom Januar 1980 in Spanien.

Prestige von Suarez zu verdanken war; Gonzalez' PSOE erhielt 29 Prozent, die KPE 9 Prozent und die konservative Alianza Popular (AP) 8 Prozent. Der Rest der Mandate entfiel auf sieben Splitterparteien, unter denen regionale Autonomie-Parteien besonders gut abschnitten.

Das Jahr 1977 brachte der Demokratie in Spanien große Fortschritte. Aber mindestens ebenso große Aufgaben standen noch bevor, nicht zuletzt die Klärung der beiden Streitfragen Autonomie – fast alle Teile des zuvor zentralistisch verwalteten Landes wollten Autonomie – und Separatismus (Baskenland). Die dem baskischen Separatismus zugrunde liegenden Emotionen finden seit mehr als einem Jahrhundert immer wieder neue Nahrung; zurückzuführen ist der Konflikt wohl auch darauf, daß sich die baskische Sprache vom Spanischen, ja von allen indogermanischen Sprachen grundlegend unterscheidet. Auch mit der neuen Verfassung, die den Autonomiebestrebungen der Provinzen weitgehend Rechnung trug, konnte eine Befriedung des irrationalen gewalttätigen Separatismus im Baskenland nicht erreicht werden, der Terrorismus der ETA treibt noch immer sein Unwesen. Die spanischen Behörden reagierten allerdings bereitwillig auf unser Ersuchen, die Sicherheitsmaßnahmen auf ihren Flughäfen zu verbessern, nachdem es im Oktober 1977 Luftpiraten in Palma de Mallorca gelungen war, mit Waffen an Bord der »Landshut« zu gehen und die Maschine nach Mogadischu zu entführen.

Als Suarez einen Monat später in Bonn war, war ein Teil unseres Gespräches dem Problem des Terrorismus gewidmet. Nach Suarez' Darstellung hatte der spanische Terrorismus nur zum Teil regionale Wurzeln, insbesondere natürlich im Baskenland, wo im Untergrund regelrecht Streitkräfte organisiert seien. Der überregionale Terrorismus habe in letzter Zeit an Dramatik verloren und werde dank der größeren Autonomie der Regionen in Zukunft noch weiter zurückgehen. In der ETA, der Untergrundorganisation des baskischen Separatismus, gebe es jedoch eine militante Gruppe mit internationalen Kontakten und finanzieller Unterstützung durch das Ausland. Geld für ETA und GRAPO komme aus Algerien und aus Libyen. Seine Regierung wisse von Kontakten spanischer Separatisten zur italienischen, irischen und deutschen Terroristenszene, ebenfalls zur Polisario im Nordwesten Afrikas. Auch wenn dies alles stimmen mochte, den Optimismus von Suarez in puncto Terrorismusbekämpfung konnte ich nicht teilen.

Ganz offensichtlich waren die terroristischen Anschläge und Morde in Spanien geeignet, vielleicht teilweise auch dazu bestimmt, den Militärs das Blut in Wallung zu bringen, zumal viele der Attentatsopfer Soldaten waren. Aber auch die Regelungen zur Autonomie der Regionen mußten die Armee reizen. Hatte ihnen Franco nicht eingeimpft, es sei ihrem Sieg im Bürgerkrieg zu verdanken, daß das Vaterland vor dem internationalen Kommunismus gerettet wurde? Viele Veteranen der Jahre 1936 bis 1939 standen noch immer im aktiven Dienst und sahen ihre raison d'être in Gefahr. So jedenfalls dachte wohl die große Mehrheit der 1200 (!) Generale.

Tatsächlich wäre zur Führung von Truppen und Kommandostäben weniger als ein Viertel der zur Verfügung stehenden Generale ausreichend gewesen. Da es für viele von ihnen gar keine Truppen gab, hatte man noch zu Francos Zeiten Planstellen in den Regionen und Provinzen geschaffen, die zum Teil den alten deutschen Wehrkreisbefehlshabern vergleichbar waren. Der beim Putsch 1981 im Hintergrund tätige General Milans del Bosch etwa fiel in diese Kategorie. Ein spezifisches Elitebewußtsein hatte überdies zu weitgehender Abschließung gegenüber der Gesellschaft geführt; Offizierssöhne wurden wiederum Offiziere und heirateten Offizierstöchter. Daß weder die Personalpolitik des Königs noch seine kameradschaftlichen Kontakte ausreichten, dieses Gefahrenpotential zu entschärfen, zeigte sich beim Putschversuch des ein wenig beschränkten Oberstleutnants Tejero. Noch lange Zeit danach zeigte sich der Staat peinlich darum bemüht, neue Konfliktsituationen gegenüber der Armee zu vermeiden.

Die Rolle der anderen alten Institution, nämlich der Kirche, war von großer Zurückhaltung geprägt. Die Kirche hatte - um es vorsichtig auszudrücken - nur zum Teil in Opposition zu Franco gestanden, jetzt stimmte sie generell der Demokratisierung zu. Der Vorsitzende der spanischen Bischofskonferenz, Kardinal Tarancón, hatte anscheinend seine Hand im Spiel, als es darum ging, die Gründung einer konfessionellen, an die Kirche angelehnten Partei zu verhindern, deren Existenz eher das Gegenteil, Antiklerikalismus, hätte auslösen können, zumal die Rolle der Kirche unter Franco nicht vergessen war. Gegen Ende des Regimes hatte Tarancón freilich demonstrativ alle Verbindungen gekappt. Er trat als Demokrat auf und sprach mit den Politikern verschiedener Parteien - selbst mit Carrillo, als dieser noch um die Legalisierung seiner KPE kämpfte! Gegen den Widerspruch des konservativen Teils des Klerus hat er somit dazu beigetragen, daß die Gläubigen heute zwischen ihrer Zugehörigkeit zur Kirche und einer Parteimitgliedschaft keinen Widerspruch sehen müssen. Papst Johannes Paul II., von dem die konservative Rechte ein Eingreifen erhofft hatte, mußte die Anhänger des alten Regimes in diesem Punkt enttäuschen. Erst später, als es um Scheidungsrecht, Erziehungs- und Schulgesetzgebung ging, trat die Kirche auf den Plan.

Die viereinhalb Jahre der Regierung Suarez waren in hohem Maße von Erfolg gekennzeichnet - Erfolg für das Land, aber auch für ihn selbst. Natürlich hat er nicht alle Absichten verwirklichen können; daß dies besonders auf ökonomischem Gebiet nicht gelang, war nicht so sehr seiner Regierung zuzuschreiben, sondern überwiegend die Folge der weltwirtschaftlichen Krise. Ohne diesen sehr jungen, zugleich umsichtigen und tatkräftigen Politiker wäre das moderne Spanien so schnell nicht zustande gekommen. Was mir besonders in Erinnerung geblieben ist, ist sein kollegiales Verhältnis zu Felipe Gonzalez, über den er bei der zweiten Parlamentswahl 1979 einen schönen Wahlsieg errang. Er hat mir gegenüber mehrfach betont, wie sehr er Gonzalez schätze. Umgekehrt hat sich auch Gonzalez mehrfach positiv über Suarez geäußert.

Nach der siegreichen Wahl von 1979 sank das Ansehen der Regierung Suarez rapide. Innerhalb seiner aus sehr verschiedenen politischen Gruppen zusammengewürfelten UCD brachen Gegensätze auf; einig war man sich nur in der Kritik am Spitzenmann. Ihm wurde die Wirtschaftskrise angelastet, ebenso der anhaltende Terrorismus. Nach mehreren Niederlagen im Parlament und bei Provinzwahlen wollte ihn die Partei weghaben. Anfang 1981 trat er zurück. Unter seinem schwachen Nachfolger Calvo Sotelo zerbröckelte die UCD immer mehr, bis sie bei der Parlamentswahl 1982 zu einem unbedeutenden kleinen Rest zusammenschmolz. Die PSOE eroberte die absolute Mehrheit. Aber auch die Sozialisten hatten eine nervenaufreibende Krise durchgemacht, eine Krise, die sie sich selbst eingebrockt hatten.

Nach der Wahl von 1979, bei der sie Stimmen verlor, kam es für die PSOE darauf an, ihre Stellung wenig links von der Mitte zu halten und sich von dort aus nach beiden Seiten zu verbreitern. Sie mußte an zwei Fronten kämpfen, nach links gegen die KPE, vor allem auch im gewerkschaftlichen Raum, nach der Mitte zu gegen Suarez' UCD. Diese Lage führte innerhalb der PSOE zu Strategie- und Ideologiedebatten, wie sie nach 1980 auch in der deutschen Sozialdemokratie in zunehmendem Maße angezettelt worden sind. Die SPD regierte damals seit über einem Jahrzehnt und hatte als Regierungspartei wiederholt pragmatische Entscheidungen treffen müssen, die den idealistisch-utopischen Vorstellungen mancher ihrer jungen, akademisch ausgebildeten Mitglieder nicht entsprechen konnten. Die Gründe für solche Entscheidungen lagen teils in außenpolitischen, teils in koalitionsbedingten Notwendigkeiten - die FDP suchte mit Fleiß unnötige Konflikte -, vor allem aber stand die praktische Erfahrung der Regierenden dahinter. Zu Willy Brandts Zeiten beschloß ein SPD-Parteitag schlechtweg, die Makler-Berufe abzuschaffen; zu meiner Zeit entzündeten sich solche Debatten besonders am NATO-Doppelbeschluß, am Ausbau der Kernenergie - für den die Partei in den fünfziger Jahren emphatisch eingetreten war - und an den harten Realitäten der weltweiten Wirtschaftskrise.

In der PSOE gab es weniger konkrete Anknüpfungspunkte aus der täglichen Parlamentsarbeit, denn die Partei stand in der Opposition. Statt dessen entfachte die Parteilinke eine breite Ideologiedebatte, angeführt von Tierno Galvan, dessen links- oder altsozialistische Splittergruppe bei der Wahl 1977 nur sechs Sitze errungen und sich daraufhin mit der PSOE vereinigt hatte. Der Streit kam 1979 auf einem Parteitag zum Austrag. Die Linke schlug marxistische Formulierungen für das Programm vor, denen fast zwei Drittel der Delegierten zustimmten. So hieß es zum Beispiel, die PSOE sei eine »marxistische, demokratische, föderalistische Klassen- und Massenpartei«. Für Gonzalez war klar, daß er solchen Unfug im Interesse seiner Partei und ihrer Wahlaussichten nicht akzeptieren durfte; auch mußte er fürchten, durch solche schwammigen Formeln bei konkreten ökonomischen, finanzwirtschaftlichen, sozialpolitischen Entscheidungen auf Dauer behindert zu werden. Er kämpfte tapfer dagegen an und trat, als er keinen Erfolg hatte, zur großen Überraschung der Partei noch auf dem Parteitag zurück, »aus ethischen und moralischen Gründen«. Ein anschließender Versuch der Linken, ihm auch den Vorsitz der Parlamentsfraktion zu nehmen, scheiterte in ziemlich kläglicher Weise; es soll nur eine einzige Stimme gegen ihn gegeben haben, dazu eine Handvoll Enthaltungen.

Im Grunde war das Aufbegehren der Linken - angeführt von alten, verdienten Sozialisten aus der Zeit vor Franco und aus der Emigration - dem starren Festhalten der frankistischen Rechten an den alten Positionen vergleichbar. Man wußte zwar nicht konkret, welche Politik man im Namen des Marxismus machen wollte, schon gar nicht, mit welchen Wählern und mit welchen Partnern, aber das Bekenntnis zum Marxismus beiseite zu stellen und den von Gonzalez vorgezeichneten Weg einer pragmatischen Reformpartei links von der Mitte zu akzeptieren, weigerte man sich. Weil die PSOE aber doch regieren wollte und weil sie niemand hatte, der Gonzalez wirksam ersetzen konnte, wählte ihn ein Sonderparteitag noch im gleichen Jahr mit überwältigender Mehrheit erneut in das Amt des Generalsekretärs. In der Programmdebatte hatte man Kompromisse gefunden, mit denen Gonzalez leben, das heißt, die er weitgehend ignorieren konnte. 1981 wurde er mit 100 Prozent der Stimmen wiedergewählt, zugleich verabschiedete der Parteitag ein maßvolles Programm.

Als der Londoner »Economist« Anfang der achtziger Jahre die rhetorische Frage stellte, ob Gonzalez »ein Schmidt oder ein Mitterrand« sei, hatte ich beim Lesen gedacht, mehr das erstere. Ich habe Felipe in zunehmendem Maße als gleichgesinnt empfunden. Mein einziges Bedauern war, daß der große Wahlsieg, der entscheidend seiner Mäßigung und Reife, seinem Charisma zu danken war und der ihn an die Regierung brachte, just in jenen Herbst fiel, als ich aus dem Amt schied. Gemeinsam hätten wir international wohl einiges bewegen können.

Gonzalez regiert seither ohne Unterbrechung, seine Regierungszeit wird später eine Ära genannt werden. Er hat manche der von Suarez nicht mehr gelösten Fragen beantworten können. Die Gibraltar-Frage ist durch einen Kompromiß mit London entschärft. Spanien ist (nach der Beitrittsunterzeichnung am 12. Juni 1984) seit 1986 Vollmitglied der EG, Felipe hat als Präsident des Europäischen Rates eine ausgezeichnete Figur gemacht; das Land ist dem EWS beigetreten. Der von Gonzalez ausgeschriebene Volksentscheid hat am 12. März 1986 die Mitgliedschaft Spaniens in der Atlantischen Allianz mit einer Mehrheit von 52,5 zu 39,8 Prozent der Ja- und Neinstimmen bestätigt; Spanien ist ebenfalls Mitglied der Westeuropäischen Union (WEU) geworden.

Gonzalez' Sicherheitspolitik ist heute realistisch. Die Stellung Spaniens in der Atlantischen Allianz liegt etwa auf der Mitte zwischen Frankreich und den übrigen NATO-Mitgliedern; die spanischen Generale nehmen an allen NATO-Ausschüssen teil, was auch innenpolitisch zweckmäßig ist. Gonzalez weiß, daß die Mitgliedsstaaten der EG keine verschiedenen Sicherheitspolitiken betreiben dürfen, wenn die EG zusammenwachsen und die gemeinsame außenpolitische Abstimmung (EPZ) Bestand haben soll. Besonders gefreut habe ich mich natürlich 1983, als Felipe öffentlich sein Erstaunen über den SPD-Parteitag in Köln zum Ausdruck brachte, auf dem sich die SPD in emotionaler Weise vom NATO-Doppelbeschluß distanzierte. In Rom sagte er damals: Die Sowjetunion wird erst dann ernsthaft zu INF-Verhandlungen bereit sein, wenn die erste Pershing-II-Rakete tatsächlich in Westeuropa aufgestellt ist. Recht hat er gehabt.

Natürlich sind für die sozialistische Regierung viele Fragen hinzugekommen, die früher nicht auf der Tagesordnung Spaniens standen. Natürlich sind auch von den alten Fragen einige immer noch offen, der Terrorismus zum Beispiel oder eine befriedigende Lösung der ökonomischen Probleme, aber solche Fragen gibt es in anderen EG-Staaten auch. Alles in allem erlebt Spanien jedoch einen großen Aufschwung des Vertrauens der europäischen Industrie, verbunden mit einer ungewöhnlichen Investitionstätigkeit. Das Wichtigste ist aber: die Demokratie erscheint der Nation als Normalität.

Regierungen können Veränderungen nur innerhalb einer bestimmten Spanne bewirken. Je mehr die internationale Verknüpfung oder auch die Verknüpfung innerhalb der EG fortschreitet, desto schmaler wird diese Spanne. Es ist klar, daß manche Gewerkschaftsführer dies nur schwer verstehen. Mein Freund Heinz Kluncker verlangte für seine Leute im öffentlichen Dienst einst zweistellige Lohn- und Gehaltserhöhungen von Willy Brandt; schließlich sei dieser Kanzler ja sein sozialdemokratischer Parteifreund, also müsse er auch einsehen, daß die öffentlich Bediensteten einen gewaltigen Nachholbedarf hätten. Felipe Gonzalez geht es als Ministerpräsident mit seinen Freunden aus der Gewerkschaft nicht viel besser, auch einen »Generalstreik« hat er schon erlebt. Spanien ist permissiv geworden. Die richtige Balance zwischen Forderungen und Leistungen hat sich noch nicht eingependelt.

Auch das spanische Wählervolk hat die Balance noch nicht endgültig gefunden. Die Alianza Popular des ehemaligen Frankisten Fraga Iribarne ist inzwischen zur eigentlichen Oppositionspartei geworden, Suarez' UCD ist verschwunden. Der Zustand ist noch nicht erreicht, in dem Wahlen von ein paar Prozentpunkten entschieden werden; vielmehr sind Erdrutsche denkbar, und auch die Kommunisten können sich ihres parlamentarischen Überlebens nicht mehr sicher sein. Die Parteienlandschaft Spaniens ist weniger gefestigt als in den alten EG-Staaten. Dies bedeutet einstweilen noch ein gewisses Risiko für die Kontinuität der Demokratie; es kann aber auch Sensibilität und Flexibilität bedeuten. Das Risiko militärischer Einmischung in die Politik jedenfalls hat stark abgenommen; die Einbindung in die westliche Allianz gibt den Generalen und Generalstäben zum ersten Mal wirkliche militärische Aufgaben. Außerdem kommen sie auf diese Weise in Berührung mit Generalen aus anderen Demokratien, denen der Primat der Verfassung selbstverständlich ist.

Juan Luis Cebrián von der bedeutenden Madrider Zeitung »El Pais«

hat die Spanier 1989 eine junge, dynamische Nation in den Entwicklungsjahren genannt. Was ihr noch fehle, sei Urteilskraft, noch könne sie Opportunisten und Alleswissern zum Opfer fallen. Daran mag etwas Richtiges sein. Aber nach vier Jahrzehnten der kulturellen Isolation unter Franco muß man die Aufbruchstimmung und den Erlebnishunger vor allem unter den Jugendlichen verstehen. Das Klima ist dem unter den DDR-Deutschen vergleichbar, die nach ebenfalls vier Jahrzehnten der kulturellen Abkapselung durch Ulbricht und Honecker endlich frei sind. Ähnlich wie die DDR war Spanien ein Land, in dem die Zensur auf kleinlichste und oft absurde Weise jede intellektuelle Selbständigkeit unterbunden hat. Diktaturen ähneln sich, ob faschistisch oder kommunistisch. Im Falle Spaniens stand die Diktatur freilich auf einem Boden, der seit der Zeit der Gegenreformation und der Inquisition vorbereitet worden war, die Abschließung gegenüber Aufklärung und Vernunft hatte hier Tradition. Der kurzlebige Versuch, Spanien für Liberalismus und Demokratie zu öffnen, wurde durch Francos Sieg im Bürgerkrieg abrupt beendet. Wenn heute die Pyrenäen nicht mehr die Grenze sind, an der der Geist Europas endet, wenn Spanien sich geöffnet und nach Europa eingebracht hat, so haben unsere spanischen Nachbarn damit mehr überwunden als bloß den Frankismus.

Dennoch sind die Spanier immer eine der großen Kulturnationen Europas gewesen, das Land war immer ein Zentrum der europäischen Kultur. Von hier aus ist Europa durch den fruchtbaren Zusammenprall von Islam, Judentum und Christentum das philosophische, naturwissenschaftliche und medizinische Erbe der Griechen zugeflossen, von hier aus erfuhren die Europäer erstmals in aller Breite vom Wissensschatz der Antike, den die Spanier von den arabischen und maurischen Gelehrten empfingen und nach Norden weitervermittelten. Wir werden uns dieser Funktion der Spanier auch in Zukunft erinnern – zum Beispiel um die Probleme und Interessen der Araber oder der Lateinamerikaner besser zu verstehen.

Ich habe in den Jahren meiner Regierung das Verhältnis zwischen Spanien und Deutschland intensiv gepflegt; niemals hatte es so viele gegenseitige Besuche von Abgeordneten, Ministern, Regierungschefs, Oppositionsführern und Staatsoberhäuptern gegeben. Als Juan Carlos im Mai 1982 zum wiederholten Male nach Deutschland kam, diesmal um in Aachen den Karlspreis in Empfang zu nehmen, war es meine Aufgabe, die Laudatio zu halten. Unter anderem zitierte ich eine mir in der Jugend wichtige Stelle aus Ortega y Gassets »Aufstand der Massen«:

König Juan Carlos I. auf der Senatsbarkasse »Hans Albers« während seines Hamburg-Besuchs im Mai 1982. Links: Bürgermeister Klaus von Dohnanyi.

»Europa ist als Gefüge kleiner Nationen entstanden. Nationalgedanke und Nationalgefühl waren in gewissem Sinne seine bezeichnendsten Erfindungen. Nun sieht Europa sich gezwungen, sich selbst zu überwinden. Dies ist das Schema des gewaltigen Dramas, das sich in den kommenden Jahren abspielen wird.« Und an anderer Stelle im gleichen, 1930 publizierten Buch: »Einzig der Entschluß, aus den Völkergruppen des Erdteils *eine* große Nation zu errichten, könnte den Puls Europas wieder beschleunigen.«

An den letzten beiden Tagen seines Besuches kam das Königspaar nach Hamburg. Zum Abschluß fuhren wir in der Senatsbarkasse »Hans Albers« durch den Hafen und aßen auf dem Sülberg in Blankenese zu Mittag. Am Abend zuvor hatten wir gemeinsam in der Hamburger Staatsoper die Premiere einer reichlich krampfhaft auf Postmoderne frisierten Inszenierung der »Zauberflöte« gesehen. Gäste und Gastgeber waren nicht eben begeistert, aus dem Publikum gab es Pfiffe. Zum Ausgleich fuhren wir anschließend in unsere Wohnung, um zu essen und zu reden. Loki bereitete ein hamburgisches Essen - Aal, Krabben und Rote Grütze. Der König hatte gebeten »ohne Dolmetscher«, und so verständigten wir uns alle vier ausgezeichnet in der modernen paneuropäischen lingua franca, nämlich auf englisch.

Calvo Sotelos Regierung - und vielleicht auch jemand in Bonn - war mißtrauisch eifersüchtig auf dieses Privatissimum gewesen und hatte auf dem Weg über Freunde in der FDP zu erreichen versucht, daß die beiden Außenminister hinzugezogen werden. Calvo Sotelo fürchtete offenbar, Juan Carlos werde seine Sorgen über Tendenzen auf der spanischen Rechten darlegen, durch eine Koalition mit Fragas Alianza Popular eine »große Rechte« zu schaffen, und mich bitten, bei Felipe Gonzalez statt dessen für eine Regierungsbeteiligung der PSOE zu werben. Darüber sprachen wir in der Tat: Der König fürchtete eine Rechts-Links-Polarisierung in Spanien, bei der die PSOE sich radikalisieren und den Kommunisten annähern könnte. Natürlich habe ich des Königs Besorgnis an Felipe Gonzalez weitergegeben. Sie wurde fünf Monate später durch dessen phänomenalen Wahlsieg hinfällig.

Es wurde eine wunderbare Nacht. Wir sprachen über Gott und die Welt, und unsere Gäste verließen uns erst im Morgengrauen. Immer noch - oder schon wieder? - waren einige Nachbarn auf den Beinen, um einen wirklichen König - oder besser noch eine Königin - zu sehen. Eine alte Dame sagte am nächsten Tag ganz enttäuscht zu meiner Frau, König und Königin hätten ja gar keine Krone getragen ...

Revolution der Nelken in Lissabon

Portugal, als Staat fast ein Jahrtausend alt, ist heute ein Entwicklungsland an der Schwelle der Industrialisierung. Die Diktatur von 1926 bis 1974 hat das Land in fast jeder Beziehung weit hinter den europäischen Standards zurückbleiben lassen. Ein Fünftel der 10 Millionen Portugiesen sind Analphabeten. Das reale Pro-Kopf-Einkommen liegt weit unter allen anderen Staaten Westeuropas. Wer sich aus dem Geschichtsunterricht an die Entdeckungsreisen Heinrichs des Seefahrers oder an das Jahr 1494 erinnert, in dem Papst Alexander VI. im Vertrag von Tordesillas den amerikanischen Subkontinent entlang einer Demarkationslinie etwa 370 Meilen westlich der Azoren zwischen Portugal und Spanien aufteilte, dem muß der Zustand des Landes gegen Ende des 20. Jahrhunderts um so erstaunlicher vorkommen.

Wie auch immer: die letzte Aprilwoche des Jahres 1974 hat wohl jedermann in Europa mitgerissen. Hier wollten junge Offiziere und ältere Generale einen unsinnigen Kolonialkrieg beenden, ein jahrzehntealtes faschistisches System liquidieren und durch ein demokratisches ersetzen, ihr Land wirtschaftlich und sozial auf europäisches Niveau heben. All dies geschah fast ohne Blutvergießen. Das Volk jubelte den Soldaten zu und steckte ihnen rote Nelken auf die Gewehrläufe. Politische Gefangene wurden entlassen, und der letzte Diktator Caetano übergab - protokollarisch formvollendet - seine schon dahingeschmolzene Macht an General Spínola, der ihn anschließend in die Verbannung schickte. Aus einem Offiziersputsch wurde tatsächlich alsbald eine Revolution. So weit, so gut! Das dicke Ende kam hinterher.

Ich habe die weiteren Ereignisse nicht sehr genau verfolgen können. Außer Mario Soares - dem Führer der portugiesischen Sozialisten und heutigen Staatspräsidenten - kannte ich keinen der Beteiligten, auch das Land nicht, ich war nur einmal für jeweils einen einzigen Tag in Lissabon und auf Madeira gewesen. Vor allem war ich in diesen Wochen mit meiner ersten Regierungsbildung beschäftigt. Was mich jedoch bald verwirrte, war die Vielzahl von politischen Gruppen und Parteien, die sich sozialistisch oder sozialdemokratisch nannten. Es gab die Sozialdemokratische Partei PSD, das Demokratisch-Soziale Centrum CDS, eine Linksunion für eine Sozialistische Demokratie UEDS, eine Unabhängige Sozialdemokratische Vereinigung ASDI und die Sozialistische Partei PS. Von allen diesen war lediglich letztere unter Mario Soares in unserem Sinne sozialdemokratisch; die PSD war in Wahrheit liberalkonservativ, das CDS rechtsorientiert. Neben der Sozialistischen Partei und den sich links gebärdenden Parteien rechts der Mitte - die in den nächsten Jahren zum Teil wechselnde Wahlbündnisse miteinander eingingen - gab es zwei kommunistische Parteien, nämlich die Portugiesische Kommunistische Partei PCP, orthodox und moskautreu, sowie die Portugiesische Demokratische Bewegung MDP, die auch links-katholische Tendenzen verfolgte; auch diese Parteien schlossen später ein Wahlbündnis.

Die Macht lag zunächst bei der Bewegung der Streitkräfte (MFA) sowie bei der von ihr im April 1974 begründeten »Junta der Nationalen Errettung« (ISN), ab März 1975 trat ein »Revolutionsrat« an deren Stelle. Die führenden jungen Offiziere der MFA wurden im Zuge der Revolution vielfach zu Generalen und Admiralen ernannt, um später, nach der Herstellung geordneter Verhältnisse, entweder zurückgestuft oder pensioniert zu werden. Die zentrale Figur jener Tage war ein älterer, Monokel tragender General namens António de Spínola. 1910 als Sohn eines wohlhabenden, aristokratischen Vaters geboren, hatte Spínola als Berufsoffizier Karriere gemacht und sich im Kolonialkrieg als Oberkommandierender (und Gouverneur) in Guinea-Bissau einen guten Ruf erworben. 1974, noch unter der Diktatur Caetanos, war er stellvertretender Generalstabschef unter Costa Gomes geworden. Mit dessen Billigung veröffentlichte er Anfang 1974 ein Buch, »Portugal und die Zukunft«, in dem er empfahl, den Kolonialkrieg aufzugeben, da er nicht zu gewinnen sei. Er und Costa Gomes wurden daraufhin vom Salazar-Erben Caetano in Pension geschickt. Wenige Wochen später wurde Spínola zum Aushängeschild des Putsches der MFA und zum Staatsoberhaupt. Gegen die zum Teil ultralinken Offiziere der MFA konnte er sich freilich nicht durchsetzen; er trat im Herbst des Revolutionsjahres zurück und wurde durch Costa Gomes ersetzt. In seiner Abschiedsrede warnte Spínola vor Anarchie und einer neuen Sklaverei. Nachdem ihm am 11. März 1975 ein rechter Militärputsch mißlang, war seine Rolle ausgespielt.

Der Rücktritt Spínolas gab den Weg vollends frei für die radikale Linke in der MFA. Sie bestand zum Teil aus Utopisten, zum Teil aus Marxisten und Leninisten. Zu einem Zusammenspiel mit der kommunistischen PCP und auch direkt mit Moskau kam es spätestens 1975. Der wichtigste Mann der MFA war nun Oberst Vasco Gonçalves, von Juli 1974 bis September 1975 Ministerpräsident von vier provisorischen Regierungen; insgesamt gab es bis zur Annahme der Verfassung im Frühjahr 1976 sechs »provisorische Regierungen«.

Gonçalves, den ich 1975 im persönlichen Gespräch erlebt habe, war ohne Zweifel fest entschlossen, den Kommunisten in den Sattel zu helfen. Ob dies bloß Opportunismus war oder ob er sich – aus welchen Gründen auch immer – als Instrument der PCP oder gar Moskaus verstand, konnte ich nicht erkennen. Er bediente sich jedenfalls des marxistisch-kommunistischen Vokabulars, selbst dort, wo es ganz unsinnig war. Er wirkte auf mich einerseits schlau und verschlagen, andererseits naiv und unsicher; möglicherweise fühlte er sich in der illustren Gesellschaft westlicher Staatslenker, die sich Ende Mai 1975 in Brüssel trafen, nicht ganz wohl. Wie dem auch sei, ich beschloß, ihn auf jeden Fall als einen Kommunisten anzusehen und seiner Regierung nicht zu vertrauen. Im übrigen war er mir auch persönlich unsympathisch.

Der Vier-Sterne-Admiral Rosa Coutinho (er war kurz zuvor noch Fregattenkapitän gewesen) hatte auf mich keineswegs besser gewirkt. Ich weiß nicht mehr, auf wessen Empfehlung ich diesen Stabschef der Politischen Abteilung des MFA in Bonn empfangen habe, aber der Betreffende hat Dank verdient, denn das Gespräch mit diesem Mann hat mein Urteil erheblich beeinflußt. Er redete von der Notwendigkeit, Arbeiterräte oder Volksräte zur Grundlage des Staates zu machen, ähnlich wie Gonçalves auch. Coutinho gab sich als Marxist-Leninist, zugleich als ein überlegener Denker. Ihm eignete erhebliche Intelligenz, zugleich aber Eitelkeit und Anmaßung. Ich dachte für mich selbst, bei uns wäre solch ein Mann wahrscheinlich nicht einmal Fregattenkapitän geworden. Übrigens erledigte sich die Frage, wes Geistes Kind die beiden Revolutionäre Gonçalves und Coutinho wirklich waren, schon wenige Monate später dadurch, daß sie beide im Herbst 1975 aus dem Revolutionsrat ausgeschlossen und kaltgestellt wurden. Immerhin war aber die Teilnahme von Kommunisten an einer Sitzung der NATO eine Welt-Uraufführung gewesen.

Henry Kissinger und Harold Wilson hatten wohl einen ähnlichen Eindruck gewonnen und gleichfalls den Entschluß gefaßt, den Portugiesen nicht zu trauen. Es kann sein, daß sie durch ihre Nachrichtendienste mehr über Gonçalves wußten als ich. Aber im Gegensatz zu Washington, wo man einen Verlust Portugals als künftiger Satellit der Sowjetunion bereits als Möglichkeit in Betracht zog, wenn nicht gar als wahrscheinlich ansah, glaubten wir Europäer, den Prozeß in Richtung Demokratie beeinflussen zu können. Wir hielten deshalb auch nichts von amerikanischen Erwägungen, die Azoren, die für den Nachschub über den Atlantik einen wichtigen Stützpunkt darstellten, notfalls von

Portugal zu trennen. Ich wußte, daß man den noch in der Konsolidierung begriffenen politischen Parteien Portugals Zeit lassen mußte, sich zu organisieren; obgleich noch kein Parlament gewählt worden war, übten die Parteien bereits starken Einfluß auf die Mitglieder des Revolutionsrates und seiner diversen Gruppen aus. Deswegen habe ich den Amerikanern empfohlen abzuwarten. Die Wahl zur verfassunggebenden Versammlung im April 1975 – die PS wurde mit 38 Prozent der Stimmen stärkste Partei, die Kommunisten erhielten nur 13 Prozent – hatte mich in meiner Erwartung bestärkt.

Im Sommer 1975 lernte ich während der KSZE-Konferenz in Helsinki General Costa Gomes kennen, der als Staatspräsident Nachfolger seines Freundes Spínola war. Costa Gomes – intelligent und taktisch begabt – »schwimmt wie ein Korken immer oben«, urteilte damals ein portugiesischer Gesprächspartner. Ich bat den Präsidenten, mir die Lage in Portugal zu erklären, sie sei für uns undurchsichtig geworden, wir hätten aber noch immer große Sympathien für den Impetus, mit dem die Revolution begonnen worden sei. Costa Gomes gab daraufhin einen längeren zusammenhängenden Lagebericht. Er wisse, daß ganz Europa die politische Entwicklung in Portugal aufmerksam verfolge. Tatsächlich könne der Rhythmus der Entwicklung, vor allem seit dem 11. März 1975, dem Tag von Spínolas gescheitertem Gegenputsch, einen außenstehenden Beobachter erstaunen. Seiner Meinung nach stimmten jedoch die von der europäischen Presse publizierten Analysen nicht mit dem tatsächlichen Gang der Dinge überein. Richtig sei, daß die portugiesische Revolution gewisse Sprünge gemacht habe und daß die Lage bisweilen nicht mehr kontrollierbar sei.

Die schweren Streitigkeiten hätten nicht nur das Ausland, sondern auch das portugiesische Volk selbst verwirrt. Der Antagonismus sei besonders stark zwischen Sozialisten und Kommunisten, die in dieser Phase des Kampfes eigentlich geeint gegen die Reaktion zusammenstehen müßten. Wie bekannt, sei die PS aus der Regierung ausgeschieden. Damit und indem sie die Teilnahme an einer neuen Regierung ausschließe, habe sie die momentane Krise hervorgerufen. Nach einer kühlen Analyse sei er, Costa Gomes, zu der Ansicht gelangt, daß die PS keinen wirklichen Grund für ihren Austritt aus der Regierung gehabt habe. Da das politische Konzept der MFA sich in wesentlichen Punkten mit dem der PS decke, dürfe sich die Frage einer Mitarbeit der PS grundsätzlich eigentlich nicht stellen.

Ich machte auf die großen wirtschaftlichen Probleme aufmerksam, die ich für Portugal voraussah. In einigen Monaten werde das Land nicht mehr aus eigener Kraft existieren können und auf finanzielle Hilfe von außen angewiesen sein. Wir seien zu solcher Hilfe bereit, das gleiche gelte für die Regierungen Frankreichs, Englands und Hollands, von denen ich dies wisse. Die Voraussetzung dafür müsse man aber in Lissabon klar und deutlich sehen: für eine Militärdiktatur nach südamerikanischem Muster werde es keinerlei Hilfe geben. Portugal werde übrigens auch von der Sowjetunion keine Kredite bekommen, denn Moskau werde sich zu finanziellen Opfern erst dann entschließen, wenn eine im Sinne der sowjetischen Interessen kontinuierliche kommunistische Entwicklung in Portugal gewährleistet sei.

Costa Gomes betonte, daß die Lösung der wirtschaftlichen Probleme Vorrang haben müsse und daß man die Wirtschaft nicht wie eine militärische Einheit befehligen könne. Dann kam er noch einmal auf die Parteien, besonders auf die Sozialisten, zu sprechen: »Ich weiß, Sie haben gute Beziehungen zu Mario Soares. Ich habe zu ihm ein ausgezeichnetes Verhältnis, allerdings möchte ich ihn nicht als Regierungschef sehen. Ich bin zwar mit ihm der Meinung, daß das Volk sich seine Regierung wählen muß. Allerdings ist unser Volk nach der längsten Diktaturperiode der Welt noch nicht darauf vorbereitet, unter einer demokratischen Regierung zu leben wie die meisten westeuropäischen Staaten. Wir haben fünfzehn Monate Lernprozeß hinter uns ... Unter der faschistischen Diktatur war es praktisch verboten, über Politik überhaupt zu reden. Dieser Mangel an Praxis ist der Grund für die ungeschickten und unglücklichen Verhaltensweisen unserer politischen Parteien. Ich habe in den USA Präsident Ford und Außenminister Kissinger deutlich gesagt, wie wesentlich eine Hilfe der USA und des Westens insgesamt für unsere Stabilisierung ist. Aber wir haben keinerlei substantielle Hilfen erhalten.«

Die Selbstverständlichkeit, mit der Gomes davon ausging, Sozialdemokraten und Kommunisten müßten gemeinsam »gegen die Reaktion« kämpfen, stand in einem gewissen Widerspruch zu seiner Weigerung, einen Sozialdemokraten an die Regierungsspitze zu berufen. Auffällig war auch, daß er die Schuld an dem Lissaboner Durcheinander nicht etwa dem Streit der Militärs gab, sondern die Sündenböcke in den politischen Parteien suchte. Offenbar hatte er eine längere Dauer der Herrschaft des Revolutionsrates im Sinn. Seine ökonomischen Vorstellungen waren vage.

Zuletzt blieb die schöne Utopie eines demokratischen, pluralistischen Sozialismus. Diese Utopie der MFA war mehr als eine für die Öffentlichkeitsarbeit geschickt zusammengestellte Kombination großer Worte. Auch manche polnischen oder jugoslawischen Kommunisten haben sich immer wieder Gedanken darüber gemacht, ob und wie Demokratie und Sozialismus dauerhaft miteinander verbunden werden können: Es ist das Kernproblem von Marxisten, die zugleich Demokraten sein wollen. Am Ende bleibt das Adjektiv »pluralistisch« ohne Bedeutung, es degeneriert zum schmückenden Beiwort. Wenn man Sozialismus auf Wirtschaft und Gesellschaft beschränkt, dann ist zwar gleichzeitig politischer Pluralismus vorstellbar, dieser aber bedeutet, daß auch nichtsozialistische oder gar antisozialistische Parteien Mehrheiten erhalten können. Wenn man diese politischen Parteien vom Zugang zu Parlament und Regierung ausschließt, um eine Demontage des Sozialismus zu verhindern, hat man die Demokratie schon entscheidend beschnitten. Das Ergebnis sind dann durch äußeren Zwang zusammengehaltene Blockparteien, wie etwa in der DDR unter Ulbricht und Honecker. Wenn man den Demokratiebegriff zurechtstutzt auf den innerparteilichen Pluralismus einer einzigen Staatspartei, dann gelangt man zu dem Modell, welches später die Reformer in Moskau für die KPdSU anstrebten.

Die europäischen Sozialdemokraten brauchten sich bis zum Ersten Weltkrieg nicht mit diesem Problem herumzuschlagen, denn sie waren allzuweit von der Macht entfernt. Als sie nach 1918, zum Beispiel im Deutschen Reich, Regierungsverantwortung übernahmen, haben sie die demokratischen Prinzipien zum obersten Gesetz erhoben. Die Verwirklichung des Sozialismus blieb infolgedessen dem politischen Kräftespiel und dem Willen der Wähler überlassen, die sozialdemokratischen Parteien wurden zu politisch mobilen, reformistischen Parteien. Wo aber, wie 1917 in Rußland, die sozialistischen Parteien das von ihnen erstrebte sozialistische System zum obersten Gesetz machten, kam es zwangsläufig zur Einparteiendiktatur, wenn nicht gar zur Einmanndiktatur. Das Endergebnis war von Lenin und Stalin bis zu Breschnew, Ceauçescu oder Fidel Castro fast immer der Polizeistaat.

Angesichts solcher Schrecken wurden Eurokommunisten wie der Italiener Enrico Berlinguer zu Demokraten. Sie stellten das demokratische Prinzip über das Prinzip des Sozialismus und veränderten damit ihre Wertskala grundlegend. Alvaro Cunhal hingegen, der Führer der portugiesischen Kommunisten, wollte zwar aus taktischen Gründen »mit den fortschrittlichen Kräften« zusammenarbeiten, gab aber das

Ziel eines sowjetischen Modells keineswegs auf. Seine PCP jedenfalls strebte zur Zeit der portugiesischen Nelken-Revolution eine kommunistische Einparteiendiktatur an. Gonçalves, Coutinho und andere Mitglieder der MFA und des Revolutionsrates standen auf seiner Seite. Ob Costa Gomes, dem dies nicht verborgen geblieben sein konnte, die Absichten der PCP billigte, ob er sie bloß in Kauf zu nehmen bereit war, oder ob er hoffte, die PCP später ausmanövrieren zu können, blieb mir verborgen. Ich sagte ihm, unsere Sympathien für den weiteren Verlauf der Revolution hingen entscheidend von ihm persönlich ab.

Zwei Tage vor dem Gespräch mit Costa Gomes sprach ich in Helsinki mit Tito über die Lage Portugals. Tito meinte nachdrücklich, man müsse alles tun, um einen endgültigen Bruch zwischen Cunhal und Soares zu verhindern. Nur eine Zusammenarbeit zwischen Kommunisten, Sozialisten und den Offizieren des Revolutionsrates könne Stabilität herstellen. Allerdings räumte er auf meine skeptischen Fragen nach Cunhal ein, dieser sei ein Sektierer, er höre nur auf Moskau. Auf den wiederholten Appell Titos, Soares zur Zusammenarbeit mit Cunhal zu drängen, antwortete ich, Soares werde das nicht machen, und ich könne ihm auch nicht dazu raten.

Tito warnte wiederholt vor der Gefahr einer außenpolitischen Destabilisierung Portugals. Darin stimmten wir überein. Dies war auch die große Sorge Giscard d'Estaings. Wenn es zu einer dauerhaften kommunistischen Herrschaft in Lissabon gekommen wäre, so hätte das Konsequenzen für die NATO, für das europäische Gleichgewicht und für das Verhältnis zwischen Washington und Moskau gehabt. Tito teilte auch die Auffassung, die Kontakte mit den portugiesischen Offizieren und Vertretern der Regierung in Lissabon möglichst eng zu gestalten. »Ein Zusammenbruch in Portugal«, betonte er abschließend, »wird schwere Folgen für Europa und für alle liberalen und fortschrittlichen Kräfte haben. Wir müssen alle versuchen, unsere Einflußmöglichkeiten dagegen zu setzen, und zwar auf dem Boden der KSZE-Schlußakte.«

Weder die Unterhaltung mit Tito noch die anderen Gespräche, die ich in Helsinki zum Thema Portugal führte, noch der Meinungsaustausch mit Costa Gomes selbst waren dazu angetan, bei mir Optimismus auszulösen. Die katastrophale wirtschaftliche Lage in Portugal kam hinzu. Zivilisten und Soldaten strömten zu Hunderttausenden aus den Kolonien nach Portugal zurück, Arbeitslosigkeit und staatliche Haushaltsdefizite stiegen gewaltig, ebenso die Inflation, das Defizit der Handelsbilanz und damit die Auslandsverschuldung. Es gab im Ausland kein Vertrauen in die Entwicklung der portugiesischen Wirtschaft, zumal viele bisherige Leiter von Industriebetrieben und Banken durch Gonçalves' Verstaatlichungen davongejagt worden waren. Der ökonomisch ahnungslose Ministerpräsident redete von der »notwendigen Zerschlagung des kapitalistischen Imperialismus«. Sachverständige Schätzungen erwarteten für das Jahr 1975 eine Schrumpfung des Bruttosozialprodukts um 15 Prozent. Die Investitionen waren ganz zum Stillstand gekommen.

Im August schrieb »Time Magazine«, die einzige Chance für Portugal, »durch die Revolution mehr zu erreichen als die Ersetzung einer Diktatur durch eine andere«, sei eine Regierung Soares. Das war zutreffend. Zunächst aber gab es zwei ernsthafte Versuche der Kommunisten, mit Hilfe der kommunistischen Offiziere in der MFA und des Ministerpräsidenten Gonçalves die Macht zu erobern. Als dies im ersten Anlauf an einer allgemeinen Offiziersversammlung scheiterte, die Gonçalves absetzte, inszenierte die PCP einen Putsch von Fallschirmjäger-Einheiten, der von Oberst Ramalho Eanes niedergeschlagen wurde. Die Drohung der Kommunisten mit Bürgerkrieg wurde abgewehrt. In dieser Phase der unmittelbar drohenden kommunistischen Machtergreifung hat Costa Gomes sich sehr zweideutig verhalten; alle, die ihm mißtraut hatten, haben Recht bekommen.

Im Frühjahr 1976 wurde die Verfassung angenommen, es folgten die ersten Parlamentswahlen, die Bildung der ersten »konstitutionellen« (verfassungsmäßigen) Regierung unter Mario Soares, im Sommer die Wahl von Eanes zum Staatspräsidenten als Nachfolger von Costa Gomes. Damit war die Gefahr eines kommunistischen Regimes endgültig abgewendet, die MFA verlor zunehmend an Bedeutung und Einfluß. Soares ließ ein ökonomisches Austerity-Programm anlaufen, er erhielt vom Weltwährungsfonds einen größeren Beistandskredit und beantragte die Aufnahme Portugals in die Europäische Gemeinschaft. Die parlamentarische Demokratie, die marktwirtschaftliche Orientierung und der Kurs in Richtung auf europäische Integration hatten sich durchgesetzt. Die Phase der Revolution ging über in ein verfassungsrechtlich einigermaßen geordnetes politisches Leben. Immerhin gab es aber bis 1980 noch zwei weitere Parlamentswahlen und nicht weniger als fünf weitere konstitutionelle Regierungen. Unter den Ministerpräsidenten waren abermals Soares (sozialistische Minderheitsregierung), Maria de Lourdes Pintasilgo (eine unabhängige Linkskatholikin, die mir später eine vertraute Kollegin im Inter Action Council werden sollte) und Francisco Sá Carneiro (Rechtskoalition). 1980 wurde Eanes ein zweites Mal zum Staatspräsidenten gewählt. 1986 wurde mein Freund Mario Soares als Nachfolger von Ramalho Eanes, dem verfassungsrechtlich eine dritte Amtsperiode versagt war, zum Staatspräsidenten gewählt - übrigens auch mit kommunistischen Stimmen, weil er der PCP als das geringere Übel erschien. Er ist seit über sechzig Jahren der erste Präsident Portugals, der nicht aus den Reihen des Militärs kommt.

Die deutsche Sozialdemokratie - und auch der Deutsche Gewerkschaftsbund DGB - hat in den siebziger und achtziger Jahren zu dem schwierigen Übergang Portugals zur Demokratie Wesentliches beigetragen, durch politische Beratung wie auch durch organisatorische und finanzielle Hilfe. Das gleiche gilt für die von mir geführte Bundesregierung und für mich selbst. In der Zeit zwischen 1974 und 1982 bin ich mindestens neunmal zu ausführlichen Gesprächen mit Mario Soares zusammengetroffen, mindestens dreimal mit Ramalho Eanes, außerdem mit einer Reihe portugiesischer Minister und Militärs. Die Zahl der Besuche und Gegenbesuche von Ministern, Staatssekretären, Abgeordneten und Generalen war ganz ungewöhnlich. Wir Deutschen haben uns redlich Mühe gegeben, die Sorgen unserer am äußersten Zipfel Europas wohnenden Nachbarn zu erleichtern.

Bundesregierung und Bundesbank haben zu meiner Zeit auch mit umfangreichen Krediten geholfen. Diese gingen in der Summe und im Verhältnis zur Einwohnerzahl weit über unsere Polen-Kredite hinaus. Wir haben entscheidend dazu beigetragen, den Portugiesen den Weg in die EG zu ebnen, was gegenüber Frankreich gar nicht leicht gewesen ist. Dazu kamen die Hilfen aller vier großen politischen Stiftungen der Bundesrepublik, die schließlich doch wieder in Gang gekommenen Direkt-Investitionen unserer Industrie und ein umfangreicher deutscher Tourismus an die Algarve und nach Madeira, alles Aktivitäten, die das positive Bild abrunden, das die Portugiesen von der Bundesrepublik haben.

Natürlich habe ich auch nach meinem Ausscheiden aus dem Amt den Kontakt mit alten Freunden und Gesprächspartnern gepflegt. So besuchte ich im Herbst 1983 - gemeinsam mit meinem Freund Hans Matthöfer, dem früheren Finanzminister - sowohl Soares als auch Eanes. Die beiden »konnten« nicht besonders gut miteinander, das wurde in den Gesprächen deutlich. Dabei unterschieden sie sich in ihrer Lagebeurteilung kaum. Soares als Ministerpräsident schien stärker an der Lösung der ökonomischen Probleme seines Landes orientiert zu sein, Eanes stärker an der Außen- und Weltpolitik.

Ebenso wie einen Tag später Felipe Gonzalez in Madrid wunderte sich auch Soares über den neuen sicherheitspolitischen Kurs der SPD und nannte deren Abrücken vom Doppelbeschluß eine Tragödie. Die im Norden und Westen Europas in Opposition geratenen sozialistischen Parteien seien sicherheitspolitisch vom Kurs abgekommen, und die SPD spiele dabei anscheinend eine führende Rolle. Erst der Beginn der Stationierung werde die Sowjetunion unter Verhandlungsdruck setzen. In der Ablehnung durch die SPD zeichneten sich Neutralisierungstendenzen ab, welche die Handlungsfähigkeit der NATO beeinträchtigen könnten. Hermann Scheer und Günter Verheugen hätten vierzehn Tage vorher von seinem Außenminister und anderen das gleiche noch etwas deutlicher gehört. In ihrem Reisebericht, den sie mir schickten, hatten die beiden ihr Erstaunen zum Ausdruck gebracht. Da mich die Auffassung von Soares keineswegs erstaunte und ich ohnehin seine Meinung teilte, konnten wir dieses Thema nach wenigen Minuten verlassen und uns der Lage der Wirtschaft in Portugal zuwenden.

Soares sagte, er betreibe gegenwärtig eine Austerity-Politik der knappen Haushaltsausgaben, zu diesem Zweck sei seine Koalition geschlossen worden. 1977 sei er wegen einer ähnlichen Politik gestürzt worden. Inzwischen betrage das Haushaltsdefizit 9 Prozent des BSP; das Leistungsbilanzdefizit von 20 Prozent des BSP wolle er auf zwei Fünftel herunterdrücken. Die Vorbedingung dafür sei natürlich politische Stabilität. Er habe zwar eine Zweidrittelmehrheit im Parlament und vorläufig auch noch die öffentliche Meinung hinter sich. Aber bei 23 Prozent Inflation und Lohnerhöhungen von nur 18 Prozent mute er den Lohn- und Gehaltsempfängern immerhin einen realen Einkommensverlust von 5 Prozent zu. Er hoffe, 1984 die Austerity-Politik etwas mildern zu können. Matthöfer und ich warnten, er dürfe bezüglich eines schnellen Greifens seiner Politik nicht allzu optimistisch sein, das hohe Zahlungsbilanzdefizit werde sich nicht so schnell senken lassen. – Am Rande machte Soares eine erhellende Bemerkung über die Mieten-Politik. Er sei Mieter einer größeren Villa, zahle des Mietstopps wegen aber seit Salazars Zeiten nur eine Miete von umgerechnet 80 DM im Monat; solche Mietengesetzgebung verhindere natürlich Reparaturen wie auch Neubauten.

Ich habe leider nicht viele Sozialdemokraten oder Gewerkschafter in Europa getroffen, die in einer vergleichbaren Situation genug Einsicht und genug Mut gehabt hätten zu den unpopulären Schritten, die Mario eingeleitet hatte. Auch die Liebe der Wähler geht durch den Magen – und danach richten sich leider nur allzu viele Politiker.

Mario Soares sucht in Bonn Unterstützung für eine Mitgliedschaft Portugals in der Europäischen Gemeinschaft, März 1977. Helmut Schmidt hat »entscheidend dazu beigetragen, den Portugiesen den Weg in die EG zu ebnen, was gegenüber Frankreich gar nicht leicht gewesen ist«.

Am Schluß kamen wir auf die Kommunisten zu sprechen, auf Alvaro Cunhal und seine PCP. Soares hielt ihn für einen typischen Kommunisten der dreißiger Jahre, er sei fanatisch und absolut prosowjetisch. Seine Partei werde unter anderem aus der DDR finanziert. Das portugiesische Spiel hatten die Kommunisten also verloren, Gott sei Dank! Wenn ich allerdings die schrecklichen Lebenswege so mancher alter Kommunisten bedenke, mit all den Jahren in den Gefängnissen, mit all der Verfolgung - zum Teil durch die eigenen Genossen in Moskau -, dann erscheint mir manchmal mehr Großzügigkeit und mehr Verständnis angebracht, auch heute in der DDR. Ich meine auch, die Portugiesen sollten den zum Teil irregeleiteten jungen Offizieren verzeihen, die 1974 und 1975 in der Revolution allerhand gefährlichen Unsinn angestellt haben. Gewiß waren einige von ihnen charakterlich nicht stabil, die Mehrheit aber bestand aus Idealisten. Auf ihrem Konto steht jedenfalls verzeichnet, daß sie eine Diktatur zum Einsturz brachten, die ein halbes Jahrhundert lang die Freiheit der Portugiesen mit Füßen getreten hat.

Was mich an dieser Revolution und manch anderer Revolution in der Welt immer wieder beunruhigt, das ist die Leichtigkeit, mit der Offiziere ihre Truppen zu Putsch und Gegenputsch von rechts und von links kommandieren können. Was haben eigentlich die Unteroffiziere und die einfachen Soldaten empfunden, wenn sie wieder einmal in Marsch gesetzt wurden? Verstanden sie, was sie bewirken sollten? Oder handelten sie in blindem Gehorsam? Aber wie kam es dann, daß sie nicht geschossen haben, sondern daß es eine Revolution der Nelken blieb?

Am 6. Juli 1974 schrieb Cyrus Sulzberger in der »New York Times« einen Artikel, überschrieben »Portugal, Spanien und Griechenland«. Darin hieß es am Schluß: »Was sich nach so langen Jahren der Vernachlässigung durch die liberalen Regierungen des Westens in Griechenland und Spanien als Realität herausstellen kann, wenn erst die Verbote und Beschränkungen weggefallen sein werden, das ist die Auferstehung der illegalen, verbannten kommunistischen Partei aus dem Untergrund als die größte und am besten organisierte politische Partei auf der Bühne, wie es in Portugal schon geschehen ist.« Ausnahmsweise bekam die »New York Times« nicht recht, und zwar in allen drei Ländern nicht. Mitte der siebziger Jahre hat sich in allen drei Völkern, die wir Mitteleuropäer für besonders emotional halten - als ob wir selbst das nicht auch wären und als ob unsere Gesellschaften im demokratischen Wechsel ihrer Regierungen nicht auch stark stimmungsabhängig wären -, ein Übergang zur Demokratie vollzogen, weil das alte, angeblich dekadente westliche Europa sympathisch und für die Staaten im Süden attraktiv war. Attraktiver jedenfalls als die Sirenenklänge aus östlicher Himmelsrichtung. Auch den Griechen, den Spaniern und den Portugiesen ist die persönliche Freiheit wichtiger als alle politische Ideologie von links und von rechts.

Europäisches Kaleidoskop

Am 28. Juli 1975 beendete Präsident Gerald Ford seinen Besuch in Bonn, einen Tag darauf flog ich zur Plenarsitzung der Konferenz über Sicherheit und Zusammenarbeit in Europa (KSZE) nach Helsinki. Der 29. Juli war ein besonders arbeitsreicher Tag, denn Außenminister Genscher und ich mußten uns an diesem Tag in Eile auf mehr als ein Dutzend wichtiger Einzelgespräche am Rande der Konferenz vorbereiten, zu denen wir uns mit den leitenden Staatsmännern anderer Staaten verabredet hatten. Natürlich flogen Genscher und ich – wie immer bei derartigen Gelegenheiten – aus Sicherheitsgründen in getrennten Flugzeugen. Meine Gesprächsserie begann noch am gleichen Abend, bald nach meinem Eintreffen. Die Begegnungen mit Leonid Breschnew, Edward Gierek und Erich Honecker waren für mich die wichtigsten. Breschnew hatte ich schon in Bonn und in Moskau getroffen, Gierek und Honecker kannte ich jedoch nicht; ich war neugierig auf sie, ja gespannt.

Die Finlandia-Halle liegt direkt am Wasser, an einer der hundert Buchten und Wiken Helsinkis. Die Stadt ist, zumal im Sommer, eine der schönsten Städte der Welt, eine überzeugende Symbiose von Althergebrachtem und Moderne. Zu den Sehenswürdigkeiten gehört auch die von Alvar Aalto gebaute Halle, ein harmonisches, zugleich zweckmäßiges Kongreß- und Konzertzentrum, das für die Mammutkonferenz der KSZE beinahe zu klein war. Am Morgen des 30. Juli hatte ich jedoch für die Schönheit der Halle noch keine Augen.

Helsinki, Hauptstadt eines fünf Millionen Einwohner zählenden Staates, hatte 1975 etwa eine halbe Million Einwohner. Die technischen Kapazitäten für eine Riesenkonferenz von 35 Staaten waren deshalb begrenzt. Die Finnen vollbrachten eine organisatorische Meisterleistung, mußten sie doch nicht nur die großen Plenarsitzungen abwikkeln, sondern auch die vielen übrigen, meist bilateralen Treffen. Fast alle Teilnehmer wollten nämlich die Gelegenheit zu Gesprächen mit anderen Staats-, Regierungs- und Parteichefs oder mit anderen Außenministern nutzen. Als Treffpunkt dienten die jeweiligen Botschaften oder deren Gärten, zum Teil stellten die Finnen Räumlichkeiten zur Verfügung. Das Wetter war schön, die kurzen, hellen, eher warmen Nächte waren angenehm; die Stadt Helsinki präsentierte sich von ihrer besten Seite. Wenngleich Ende Juli nicht mehr die eigentliche Zeit der »weißen Nächte« ist, so gab es doch auch viele nächtliche Unterhaltungen, an die ich mit besonderer Freude zurückdenke.

Die Plenarsitzung begann am Vormittag des 30. Juli. Der große Saal war schon ziemlich gefüllt, als ich eintraf. Die bundesrepublikanische Delegation und die DDR-Delegation, die, wie ich wußte, in der gleichen Sitzreihe nebeneinander saßen, nur durch einen schmalen Gang getrennt, unterhielten sich - jede Delegation für sich. Honecker saß direkt am Gang; auf der anderen Seite des Ganges war mein Platz. Ich fühlte, daß ich die säuberliche Trennung durch den Gang am besten sofort überwinden sollte, und wandte mich als erstes dem Generalsekretär zu. Hans-Ulrich Kempski hat die Szene in der »Süddeutschen Zeitung« beschrieben: »Wie Leute, die niemals direkt miteinander zu tun gehabt haben, wirken sie nicht, Honecker, der schon Platz genommen hatte, springt wie auf geheimes Kommando hoch, als sich Schmidt von hinten nähert. Beide sind körperlich etwa gleich groß geraten, beide tragen marineblaue Anzüge mit weißem Hemd. Lachend demonstrieren sie die Genugtuung von Nachbarn, die bisher keine Chance hatten, sich kennenzulernen. Und sie nehmen, nachdem sie sich niedergelassen haben, über den sie trennenden Gang hinweg ein Zwiegespräch auf, das sie, um sich physisch näherzukommen, mit vorgereckten, einander weit zugeneigten Oberkörpern führen. Alle im Saal starren auf die zwei Deutschen. Niemand hört, was sie sich zu sagen haben. Aber jeder sieht, daß sie am Schluß des Geplauders ... sich Grüße bis zum Wiedersehen signalisieren.« Soweit Kempski, dessen Reportage ich aufbewahrt habe.

Der finnische Staatspräsident Kekkonen eröffnete die Sitzung und präsidierte ihr würdig. Für Finnland in seiner strategisch durchaus delikaten Situation an der Westflanke des übermächtigen Nachbarn und Vertragspartners Sowjetunion war die Plenarsitzung der KSZE in Finnlands Hauptstadt von großer Bedeutung. Denn sie unterstrich Ansehen und Status eines kleinen, ungemein tüchtigen Volkes, das sich in außenpolitischer Zwangslage zur Neutralität entschlossen hatte - Ansehen und Status vor allem gegenüber Moskau.

Die sowjetische Delegation kam übrigens als einzige nicht mit dem Flugzeug, sondern mit der Eisenbahn aus Leningrad. Ob gewollt oder ungewollt, sie unterstrich damit die ehemalige Zugehörigkeit Finnlands zum Zarenreich, was unter anderem zur Verzahnung der auf beiden Seiten breitspurigen Eisenbahnsysteme geführt hat. Breschnew war auf der

Diner in Helsinki: Helmut Schmidt im Gespräch mit dem ihm gegenübersitzenden Harold Wilson; Honecker im Gespräch mit Gerald Ford. Rechts: UNO-Generalsekretär Waldheim.

Unten: die Plenarsitzung am 30. Juli 1975; von links: Schmidt, Honecker, Ford, Kreisky, Tindemans, Schiwkoff, Trudeau, Makarios, Jørgensen, stehend der finnische Präsident Kekkonen.

Höhe seiner Macht und seines Ansehens innerhalb seiner Partei; er wurde in der Konferenz von jedermann als Staatslenker der Supermacht respektiert, wenn auch von niemandem geliebt. Aus mir nicht näher bekannten Gründen hatte man ihm eingeredet, von der Plenarrede des deutschen Bundeskanzlers sei Schlimmes zu erwarten. Seine (oder vielleicht eher Gromykos) Abneigung gegen Außenminister Genscher glaubte ich schon im Vorjahr bei unserem Treffen in Moskau gespürt zu haben; seine Einschätzung meines Charakters mag noch unsicher gewesen sein. Jedenfalls erbat die sowjetische Delegation in Gromykos Auftrag im voraus ein Exemplar des Textes meiner Rede. Ich hatte nichts dagegen einzuwenden.

Die Reihenfolge der Redner war ausgelost worden, jeder der Delegationschefs hatte zwanzig Minuten Redezeit. Es war einerseits physisch unmöglich, alle Reden nacheinander anzuhören, man mußte das meiste nachträglich in Ruhe lesen und studieren, andererseits sind für den einzelnen Redner zwanzig Minuten eine sehr kurze Zeit. Schon deshalb war eine besondere Sorgfalt bei der Formulierung geboten. Noch tags zuvor hatte ich an meiner Rede gearbeitet. Mein Grundtenor war: Erst wenn tatsächlich neue, zusätzliche Entspannungsschritte sichtbar würden, könne die KSZE ihren wahren Wert erweisen. Und ich vergaß nicht, an das besondere Interesse der Deutschen zu erinnern: »Unser Ziel bleibt es, auf einen Zustand des Friedens in Europa hinzuwirken, in dem das deutsche Volk in freier Selbstbestimmung seine Einheit wiedererlangt.« Ich sagte damit nichts Neues, trotzdem hörte man später in den Wandelgängen und unter den Journalisten in Helsinki, dies sei eine »harte« Rede gewesen. Zu diesem Eindruck hat wohl beigetragen, daß ich auf Phrasen, die man in Helsinki allenthalben zu Gehör bekam, verzichtete und die vielen kontroversen Fragen nicht mit Stillschweigen überging. Breschnew hatte frühmorgens mit Gerald Ford konferiert. Jetzt folgte er, wie ich vom Rednerpult aus beobachten konnte, meinen offenbar ins Russische übersetzten Text vor Augen, sehr sorgfältig der Simultanübersetzung. Am Ende klatschte er lange.

Die solidarische Haltung der westlichen Verbündeten brauchte in Helsinki nicht besonders zur Schau gestellt zu werden; jedermann wußte von der intensiven Vorbereitung der Konferenz durch die EG-Staaten. Die Regierungschefs der neun Mitgliedsländer der Europäischen Gemeinschaft trafen sich zwar am Rande der Konferenz zu Einzelgesprächen, aber sie hatten dazu so oft Gelegenheit, daß in Helsinki kaum Nachholbedarf bestand. Ähnliches galt für die Mitgliedsländer des Nordatlantischen Bündnisses. Ich konzentrierte mich deshalb auf die Gespräche mit den kommunistischen Machthabern sowie mit einigen der Neutralen.

Ein Thema allerdings, die Krise der Weltwirtschaft, ließ uns doch ein Vierertreffen ratsam erscheinen. Präsident Ford, Präsident Giscard d'Estaing, Premierminister Wilson und ich trafen uns gemeinsam mit den vier Außenministern Kissinger, Sauvagnargues, Callaghan und Genscher im Garten der Britischen Botschaft. Das Gespräch entwickelte sich zu einer allgemeinen, viele Probleme umfassenden tour d'horizon. Im Mittelpunkt stand die infolge der Ölpreis-Explosion der Jahre 1973/74 für uns alle schwierige und bedrohliche Situation unserer Volkswirtschaften einschließlich der Zahlungsbilanzen und Wechselkurse. Giscard und ich konnten die beiden anderen für den Gedanken eines Weltwirtschaftsgipfels gewinnen; auch unser Vorschlag, Japan hinzuzuziehen, wurde akzeptiert, ebenso Giscards Einladung für den gleichen Herbst nach Rambouillet. Daraus haben sich dann – unter Einschluß Italiens und Kanadas – die regelmäßigen Weltwirtschaftsgipfel entwickelt, die bis auf den heutigen Tag mit Gewinn fortgesetzt werden und die nach der zweiten Ölpreis-Explosion 1979/80 entscheidend geholfen haben, einen handels- und währungspolitischen Kampf aller gegen alle und damit eine weltweite Depression zu verhindern. Die »Welt« berichtete anderntags, am Schluß des Vierertreffens hätten Callaghan und ich gemeinsam am Klavier gesessen und »Freude schöner Götterfunken« gesungen. Ob dies so war oder nicht, wir alle waren guter Dinge.

An dieser Stelle will ich noch einmal die Selbstverständlichkeit hervorheben, mit welcher der amerikanische Präsident und ebenso der kanadische Premierminister als Teilnehmer einer ansonsten rein europäischen Konferenz akzeptiert wurden – auch vom Osten. Ich erinnere nicht, ob es während der Vorbereitungen der KSZE wegen der Teilnahme der beiden Meinungsverschiedenheiten zwischen Ost und West gegeben hat; die Anwesenheit amerikanischer und kanadischer Streitkräfte in Europa und die große politische Rolle, welche vor allem die USA in Europa spielen, müssen den Ausschlag gegeben haben. Dennoch stellt sich natürlich gerade in diesem Zusammenhang die Frage: Was meinen wir eigentlich, wenn wir von Europa sprechen?

Was meinen wir mit dem Begriff Europa?

In den Jahren meiner aktiven politischen Arbeit haben viele meiner Kollegen und auch ich selbst die Begriffe Europa und Europäer häufig in unzulässiger und irreführender Weise verkürzt. Wer für die Zugehörigkeit seines Landes zu den westeuropäischen Zusammenschlüssen eintrat - also zur Westeuropäischen Union (WEU), zur Europäischen Gemeinschaft für Kohle und Stahl (EGKS), zum Europa-Rat oder später zur Europäischen (Wirtschafts-)Gemeinschaft (ursprünglich EWG, später EG, oft simplifizierend auch »Gemeinsamer Markt« genannt) -, der galt in den fünfziger und noch in den sechziger Jahren als »Europäer«. Wer dagegen war, aus welchen Gründen auch immer, dem sagte man nach, er sei antieuropäisch.

Ähnlich gedankenlos - wenn auch oft mit einem ironischen Unterton - sagten wir als Mitglieder der Straßburger Gremien, wir führen »nach Europa«, wenn wir zum Europa-Rat oder später zum Europäischen Parlament nach Straßburg fuhren. Eigentlich war es de Gaulle, der mit seiner berühmt gewordenen Formel »Europa vom Atlantik bis zum Ural« implizit auf den Unfug unseres Straßburger Sprachgebrauchs aufmerksam machte.

Tatsächlich ist der Inhalt des Begriffs Europa nicht leicht zu fassen. Geographisch hat man darunter seit langem den Raum zwischen Island und Bosporus, zwischen Gibraltar und Ural zu verstehen. Auf dieser Karte zählt die Türkei zu Asien, die ehrwürdige Stadt Byzanz, das heutige Istanbul, aber zu Europa. Hierin liegt ebenso ein gewisser Widerspruch wie in der Tatsache, daß denjenigen Russen, die auf der östlichen Seite des Urals leben - der eigentlich nur ein Höhenzug von wenigen hundert Metern ist - und die in weiten Landstrichen Sibiriens seit Generationen die Mehrheit der Bevölkerung stellen, die Zugehörigkeit zu Europa abgesprochen werden soll.

Das Christentum hat Europa einst zu einer geistigen Einheit gemacht. Man könnte es die europäische Religion nennen. Aber das Christentum hat sich, zum Teil gewaltsam, weit über das geographische Europa hinaus ausgebreitet und ist schließlich eine Weltreligion geworden. Auch der Versuch, Europa kulturell zu definieren, führt nicht leicht zu einer befriedigenden Antwort. Zuletzt taugen auch die europäischen Sprachen, die sich über die ganze Welt verbreitet haben, kaum zur Definition dessen, was wir mit dem Wort Europa meinen. Es bleibt der Versuch einer politischen Definition.

Bis an sein Ende ist das zaristische Rußland als europäischer Staat verstanden worden, jedenfalls als eine in ihrer europäischen Legitimation unbestrittene Macht. Später, nach der bolschewistischen Revolution, vor allem zur Zeit Stalins, wollten einige aus politischen Gründen die Westgrenze der Sowjetunion zur Ostgrenze Europas erklären. Aber was wäre dann aus den Litauern, Letten und Esten oder aus den Wolga-Deutschen geworden? Der Versuch, die Grenze Europas entlang der Trennlinie zwischen Demokratie und Kommunismus zu ziehen, kann schon deshalb nicht befriedigen, weil der Schnitt vierzig Jahre lang mitten durch unser Land ging.

Während bei all diesen Definitionsversuchen ein Unbehagen zurückbleibt, scheint mir die Frage nach der Vitalität Europas und damit die Frage nach seiner Zukunft durchaus sinnvoll, ja notwendig. Zum einen können die beiden Hälften Deutschlands nur im Rahmen eines in sich geordneten, kraftvollen Europa, eines Europa, das sich selbst vertraut, wieder zueinander finden. Zum anderen war die Furcht, Europa könne zum Museum für Amerikaner verkommen und wir Europäer würden auf den Status von Schutzbefohlenen, Abhängigen, Klienten und Hilfstruppen absinken, in den letzten vierzig Jahren nicht ganz unberechtigt. Nur wenn Europa genügend Vitalität besitzt, werden sich solche Befürchtungen als haltlos erweisen. Die Frage, wo Europa beginnt und wo es aufhört, scheint mir demgegenüber sekundär zu sein.

Aber es muß auch Grenzen geben! Wenn zum Beispiel gegenwärtig die Frage diskutiert wird, ob etwa die Türkei Mitglied der Europäischen Gemeinschaft werden soll, so mag dies im Hinblick auf die ökonomischen Interessen der Türkei eine durchaus einleuchtende Frage sein. Die Türkei ist wirtschaftlich weit hinter Westeuropa zurück, das Land ist karg und arm. Weil die Bevölkerung schnell wächst, besteht ein erhebliches Interesse an Auswanderung, besonders nach Deutschland. In den siebziger Jahren hat mir der damalige Ministerpräsident Demirel unumwunden erklärt, bis zur Jahrhundertwende müsse sein Land noch 20 Millionen Türken nach Mitteleuropa »exportieren«. Genau hier liegt der entscheidende Grund, weshalb es gefährlich wäre, volle EG-Mitgliedschaft und damit für alle Türken unbeschränkte Einwanderungsmöglichkeiten herzustellen. Weil die Türken zu 98 Prozent Muslims (Sunniten) sind, würden bei uns erhebliche kulturelle und soziale Probleme entstehen; schon heute sind die in der Bundesrepublik wohnenden anderthalb Millionen Türken in einer für sie und uns unbefriedigenden Weise untergebracht. Deshalb habe ich mich zur Zeit meiner

Kanzlerschaft immer wieder für finanzielle Hilfen an die Türkei eingesetzt – schließlich gehören wir dem gleichen Bündnis an, und das Atlantische Bündnis braucht die Türkei –, aber einer wesentlichen Ausweitung türkischer De-facto-Einwanderung habe ich mich widersetzt. Zu alledem ist die Türkei mit dem ungelösten Problem ihrer armenischen und kurdischen Minderheiten belastet, die von Ankara böse behandelt werden.

Überhaupt sollten die Minderheitsprobleme, die nach der Befreiung Osteuropas vom Kommunismus in verstärktem Maße, wie es scheint, wieder aufgebrochen sind, allen Europäern zur Lehre gereichen. Wenn wir die Europäische Gemeinschaft politisch nach Kleinasien, in den Nahen Osten oder in den Maghreb Nordafrikas ausweiten wollten, würden wir uns Probleme aufladen, die wir nicht lösen können. Andererseits müßte auch eine bloß ethnisch orientierte Erweiterung der EG in die Irre führen.

Als ich unmittelbar nach meinem Amtsantritt damit begann, mich auf die Helsinki-Konferenz einzustellen und an der diplomatischen Vorbereitung mitzuwirken, wußte ich: Europa ist nicht nur viel größer und weit mehr als der Bereich der NATO oder der EG, es ist als Ganzes auch wichtiger als irgendwelche historisch bedingten politischen Zusammenschlüsse. Die Attraktivität des Westens, in dem die Menschenrechte und die demokratische Staatsform weitgehend verwirklicht sind, dessen Volkswirtschaften sehr viel besser funktionieren und dessen durchschnittlicher Lebensstandard weit höher liegt als im Osten, diese Attraktivität wird – das war für mich eine Gewißheit – eines Tages dazu führen, daß beide Teile Europas sich wieder füreinander öffnen. Und allzu fern war der Tag ja nicht.

Zu meinen Erinnerungen aus der Kindheit gehört die Faszination eines Kaleidoskops. Ein Stückchen Pappe, zu einem kleinen Rohr geformt und zusammengeklebt, am einen Ende durch ein kreisrundes, milchiges Glas, am anderen durch einen Deckel verschlossen, mit einem Loch zum Hineinsehen, das war das ganze Spielzeug. Ich habe damals das Mysterium genossen, wie Spiegelungen im Innern des Rohres die fabelhaft bunten, mosaikhaften, sternähnlichen Konstellationen zustande brachten, die man, das Rohr gegen das Licht richtend, erblickte. Sobald man dagegen klopfte, änderte sich das Bild in verblüffender Mannigfaltigkeit.

Die Konferenz von Helsinki hat mich an das bunte Kaleidoskop aus meinen Kindertagen erinnert. Hier waren tatsächlich die Staatslenker von Zypern bis Portugal, von Island bis Jugoslawien versammelt, von Irland bis zur Sowjetunion; der Heilige Stuhl nahm ebenso teil wie Liechtenstein, San Marino oder Malta. Einschließlich der USA und Kanadas waren es fünfunddreißig Delegationen - nur Albanien fehlte. Es war ein buntes Bild, aber genau wie in einem Kaleidoskop konnte man sich durchaus Veränderungen der Konstellationen vorstellen. Man brauchte nur ein wenig an das Rohr zu klopfen.

Die Kontinuität der Bonner Ostpolitik

Wichtiger als Gespräche mit westlichen Partnern waren mir in Helsinki, wie gesagt, Gespräche mit den Staatslenkern aus dem Osten. Seit dem Ende des Zweiten Weltkrieges waren dreißig Jahre vergangen. Einen Friedensvertrag hatte es weder für Deutschland insgesamt noch für einen der beiden deutschen Staaten gegeben, er war schon lange nicht mehr zu erwarten. Mit den Nachbarn im Westen gab es seit Adenauers Zeiten ein enges Netz vielfältiger Verträge, und auf dem Wege der Normalisierung und Versöhnung hatten wir mit vielen Menschen Freundschaft geschlossen. Mit unseren östlichen Nachbarn hatten wir seit wenigen Jahren - als Ergebnis von Willy Brandts Ostpolitik - zwar Gewaltverzichtsverträge, und wir hatten einen Grundlagenvertrag mit der DDR. Aber von voller Normalisierung, von Freundschaft gar konnte keine Rede sein, denn die gegnerischen Bündnissysteme standen sich hoch gerüstet, argwöhnisch gegenüber. Auch mein persönlicher Kontakt zu den östlichen Nachbarn war daher - außer zu Breschnew - sehr spärlich gewesen. Nun also bot Helsinki die Gelegenheit, persönliche Bekanntschaften wie nebenbei herzustellen, um sie später dann auszubauen.

Dabei galt es im Verhältnis zu den kommunistischen Führern nicht nur gegenseitige Befangenheit zu überwinden. Vielmehr waren bei einigen der osteuropäischen Kommunisten Zurückhaltung und Skepsis durch massive Ressentiments, Abneigungen und Vorurteile begründet - über jeder Annäherung hing drohend der Schatten Hitlers. Die kommunistischen Machthaber befanden sich in einem doppelten Dilemma: Obwohl sie des Krieges wegen meist stark antideutsch empfanden, mußten sie Ost-Berlin gegenüber ein freundliches Gesicht machen. Dies wurde ihnen allerdings dadurch erleichtert, daß führende Männer der DDR wie Ulbricht und Honecker zur Opposition gegen

Hitler gehört und daß manche von ihnen Widerstand geleistet und dafür gelitten hatten, und auch die Solidarität der Internationale sowie die Bündnisgenossenschaft im Warschauer Pakt und im Rat für Gegenseitige Wirtschaftshilfe (RGW) wogen schwer. Andererseits hatte es die Führung der DDR mit einem gewissen Erfolg dahin gebracht, daß ihr Staat im Bewußtsein vieler, vor allem jüngerer Menschen im Osten nachträglich zu einem Bündnispartner der Anti-Hitler-Koalition wurde, zur Wiege und zum Hort des »Antifaschismus«. Diese Faktoren zusammen mit der im gesamten kommunistischen Herrschaftsbereich betriebenen Agitation, welche sich von Anfang an große Mühe gab, die Bundesrepublik als »kapitalistisch« und »imperialistisch« abzustempeln, brachten viele Kommunisten fast zwangsläufig dazu, ihre historisch bedingten antideutschen Gefühle ausschließlich auf die Bundesrepublik Deutschland zu konzentrieren – jedenfalls nach außen. Manche Funktionäre im kommunistischen Teil Europas hatten überdies jahrzehntelang die antideutschen Erinnerungen ihrer Völker benutzt, um ökonomische und soziale Unzufriedenheit auf einen äußeren Gegner zu lenken.

Dies hing auch mit jenen Ressentiments gegen unser Land zusammen, die sich aus dem inzwischen enorm und eklatant gewordenen Unterschied im Lebensstandard ergaben. Es mußte den Kommunisten schwerfallen, die Ursache in Gestalt ihres weit unterlegenen Wirtschafts- und Sozialsystems einzugestehen. Der allgemeine Wohlstand und die hohe wirtschaftliche Leistungsfähigkeit der Bundesrepublik weckten jedenfalls Neid und Begehrlichkeit, was seit Beginn der Entspannungsperiode zu immer neuen finanziellen Forderungen an uns führte. »Reparationen« kamen zwar sowohl aus Rücksicht auf die DDR als auch mangels jeder Aussicht auf einen Friedensvertrag nicht in Frage, aber man erhoffte sich zumindest günstige DM-Kredite. Die DDR-Führung beobachtete dergleichen Anstrengungen ihrer Nachbarn sorgfältig und argwöhnisch und schloß sich am Ende durchaus mit Erfolg dem Wunsch nach Krediten an.

Auch die Motive der Breschnew-Führung, sich auf Brandts Ostpolitik einzulassen, waren zum Teil ökonomischer Natur. Für uns dagegen waren Osthandel und Ostkredite von rein politischem Interesse. Sie in Gang zu setzen mußte mancherlei Intransigenz der CDU/CSU-Opposition überwunden, mancherlei Argwohn im Westen beschwichtigt werden. Nachdem Brandt, der am 27. April 1972 buchstäblich um Haaresbreite, nämlich mit zwei Stimmen Mehrheit, dem durch einen Mißtrauensantrag der CDU/CSU beabsichtigten Sturz entgangen war, die Ostverträge unter Dach und Fach hatte bringen können - ich hatte im Bundestag und in der Öffentlichkeit mit allen Kräften an der Abwehr der Opposition mitgewirkt -, stellte sich sowohl für uns als auch für die östliche Seite die Frage: wie kann es nun weitergehen? Beide Seiten erschienen im Laufe der Jahre 1973 und 1974 etwas enttäuscht, auf beiden Seiten hatten manche sich wohl zu viel und vieles zu schnell versprochen. Ich selbst war vorsichtig gewesen, ich wußte, der Weg der Normalisierung würde sehr lang sein und einen langen Atem brauchen. Gerade deshalb war ich zur Fortsetzung der Brandtschen Ostpolitik entschlossen, als ich 1974 Kanzler wurde. Schließlich entsprach diese Politik den Vorstellungen, die ich selbst im Laufe der sechziger Jahre in Reden auf SPD-Parteitagen, im Bundestag, in Aufsätzen und in einem Buch öffentlich vertreten hatte.

Im Mai 1974 stellte ich meine erste Regierung bewußt unter das Leitwort »Kontinuität und Konzentration«. Es war ein Signal nach Osten, daß es keine Wende in unserer Außenpolitik geben werde; zugleich deuteten wir an, daß die Regierung Schmidt/Genscher ihre finanziellen Mittel stärker auf die wichtigen Ausgaben konzentrieren werde, als dies bisher geschehen war. Ich war bereit, finanziellen Wünschen unserer östlichen Nachbarn nach Maßgabe unserer Möglichkeiten zu entsprechen, dies aber nur im Rahmen greifbarer Gegenleistungen und nicht bloß zwecks eines allgemein und vage in Aussicht gestellten Wohlverhaltens.

Das Wort »Wohlverhalten« erweckt möglicherweise einen irreführenden Eindruck. Konkret ging es meiner Regierung in erster Linie um eine Verbesserung der Lebensbedingungen für die in jenen Staaten lebenden deutschen Minderheiten - zum Beispiel um die Freiheit zu reisen, um die Pflege der deutschen Sprache, um Chancengleichheit, vor allem aber um die Erlaubnis zur endgültigen Ausreise in die Bundesrepublik für alle jene Deutschen, die dies wünschten. Die Herstellung dieser Freiheit, aus eigenem Entschluß in die Bundesrepublik überzusiedeln, erschien mir aus Gründen der Solidarität mit unseren vom Schicksal benachteiligten Landsleuten jenseits von Oder und Neiße ein unbedingtes moralisches Gebot.

Die in den fünfziger und sechziger Jahren virulente, auch heute noch nicht abgeflaute Agitation einiger Spitzenfunktionäre der westdeutschen Flüchtlings- und Vertriebenenverbände erreichte in den siebziger Jahren ihren Höhepunkt. Zum einen versuchten sie, in verkrampft pseudojuristischer Argumentation einen deutschen Anspruch auf jene Territorien wachzuhalten, die zwar nach dem Versailler Friedensvertrag 1919 beim Deutschen Reich verblieben, nach 1945 aber durch den Willen der Sieger abgetrennt und der Sowjetunion beziehungsweise Polen zugeschlagen worden waren. Zum anderen beschuldigten sie in schriller Sprache vor allem unser polnisches Nachbarvolk und versuchten, das in den letzten Kriegsmonaten und danach an Deutschen begangene Unrecht und die Gewalttaten gegen den millionenfachen Mord aufzurechnen, der mit dem Namen Auschwitz symbolisiert ist und der auf Jahrhunderte hinaus als Schandmal am deutschen Namen hängenbleiben wird. Zur Agitation nutzten die Vertriebenen-Funktionäre nicht zuletzt die beschwerlichen Lebensverhältnisse, unter denen die Deutschen in Polen, in der ČSSR, in Rumänien und in der Sowjetunion lebten. Natürlich waren manche der bei uns lebenden Vertriebenen und Flüchtlinge emotional bereit, auf diese Agitation hereinzufallen. Auch Bundestagsabgeordnete der CDU/CSU und sogar der SPD wirkten dabei mit. Das Wählerpotential der Vertriebenen verlangte deshalb große innenpolitische Anstrengungen zur Durchsetzung unserer Politik gegenüber dem Osten.

Auch die »nachgeborenen« Deutschen können Auschwitz und die aus nationalistischer und rassistischer Verblendung begangenen Nazi-Verbrechen nicht aus dem Bewußtsein der Welt tilgen oder sie »wiedergutmachen«, so sehr sie auch frei sind von Schuld oder Mitschuld, freier jedenfalls als die Generation Adenauers und Schumachers, freier auch als meine Generation. Die Gründergeneration der Bundesrepublik wies eine gemeinsame Schuld aller Deutschen weit von sich, sie hat sich gegen den an die Adresse der ganzen deutschen Nation gerichteten Vorwurf der »Kollektivschuld« mit Erfolg gewehrt. Adenauer hatte begonnen, den Menschen im Westen Europas die Ängste vor den Deutschen zu nehmen, Brandt übernahm die schwierige andere Hälfte dieser Aufgabe: das gleiche gegenüber den Menschen im Osten Europas zu leisten.

Jetzt kam es für mich darauf an – und das wird noch für einige weitere Nachfolger im Amt des Bundeskanzlers gelten –, Brandts mit Mühe geglückten Anfang auszubauen. Nach meiner Überzeugung gehörte und gehört weiterhin dazu, soweit sie selbst dies wollen, die deutschen Minderheiten im Osten Europas nach Deutschland kommen und hier heimisch werden zu lassen.

Die Schlußakte von Helsinki

Helsinki war wenige Tage die Hauptstadt Europas - ähnlich wie Wien zur Zeit des Wiener Kongresses. Hier war 1814/15 nach der Niederlage Napoleons die Konstellation der Mächte in Europa neu geordnet und die Herrschaft der fünf - Rußland, Österreich, Preußen, Frankreich und England - etabliert worden. Im Vergleich dazu war die Helsinki-Konferenz beschränkt, denn die Vormachtstellung der USA und der Sowjetunion in Europa war unstrittig, ihre beiderseitigen Bündnissysteme samt aller Grenzen lagen fest. Auch stand ein Friedensvertrag keineswegs zur Debatte.

Und dennoch: Die Helsinki-Konferenz wollte eine Summe der Entspannungspolitik ziehen, die seit Mitte der sechziger Jahre erste Früchte trug, indem die europäischen Staaten und die beiden Supermächte sich zu einer gemeinsamen Erklärung vereinigten, unter welche Prinzipien sie ihr zukünftiges Verhalten gegeneinander stellten wollten. Kein völkerrechtlicher Vertrag also, wohl aber eine detaillierte gemeinsame Absichtserklärung. Die Vorgeschichte war lang; auf deutscher Seite waren nacheinander drei Bundesregierungen (Kiesinger, Brandt, Schmidt) an der Vorbereitung beteiligt gewesen.

Ursprünglich handelte es sich bei der KSZE um eine sowjetische Erfindung; sie sollte dem sowjetischen Ziel dienen, den Zustand Europas festzuschreiben. Dem hatte der Westen ein anderes, dynamisches Ziel entgegengesetzt: Abrüstung und Herstellung der Menschenrechte. In dem Maße, in dem die Rüstungsbegrenzungsverträge zwischen der Sowjetunion und den USA (ABM-Vertrag, SALT-I-Abkommen) und die deutschen Ostverträge (insbesondere Moskauer Vertrag, Warschauer Vertrag und Grundlagenvertrag mit der DDR) sowie das Viermächteabkommen über Berlin vorangekommen waren, auch in dem Maße der Normalisierung der amerikanischen Beziehungen zur Volksrepublik China und des Rückzugs aus Vietnam, im gleichen Maße gestalteten sich die Vorbereitungen für Helsinki einfacher. Offiziell hatte die Arbeit allerdings erst im September 1973 in Genf begonnen. Sie war im wesentlichen auf die Formulierung der Schlußakte gerichtet.

Die »Schlußakte« vom 1. August 1975 machte als Bundestagsdrucksache nicht weniger als 33 Seiten aus. Ihr wichtigster Inhalt betraf

1. Prinzipien der Sicherheit in Europa,
2. Prinzipien der Zusammenarbeit auf den Gebieten Wirtschaft, Wissenschaft und Technik sowie Umwelt,

3. Grundsätze der Menschenrechte und Grundfreiheiten sowie die Zusammenarbeit in humanitären Fragen – im Westen meist unter dem Stichwort »Korb drei« angesprochen (obwohl sie im Schlußdokument durch die Einfügung der »Fragen der Sicherheit und Zusammenarbeit im Mittelmeerraum« an die vierte Stelle gerieten).

Das westliche Interesse war stark auf Korb drei und jene Teile von Korb eins konzentriert, in denen auf die Achtung der Menschenrechte und Grundfreiheiten – auf Familienzusammenführung, Eheschließungen, Reisen, kulturellen und Informationsaustausch – und auf die Achtung des Selbstbestimmungsrechts der Völker Bezug genommen wurde. Die Bundesregierung hatte überdies ein starkes Interesse daran, daß bei den Prinzipien der Unverletzlichkeit der Grenzen und des Gewaltverzichtes weder eine *friedliche* Grenzänderung ausgeschlossen noch der westeuropäische Integrationsprozeß behindert wurde; darüber hinaus mußten wir die Einbeziehung von Berlin (West) sichern.

Als die Delegationen in den letzten Julitagen 1975 in Helsinki eintrafen, konnten alle insgesamt mit dem Dokument zufrieden sein, das wir unterzeichnen wollten. Wie vielen Teilnehmern war auch mir klar: es wird noch eines langen Weges bedürfen, ehe im Osten Europas einige der uns besonders am Herzen liegenden Punkte von der erklärten Absicht in die volle Wirklichkeit überführt sind. Auch der in der Schlußakte bekundete Wille zur Fortsetzung sowohl des Entspannungsprozesses im allgemeinen als auch des KSZE-Prozesses im besonderen unterstrich, daß noch erdrückend viel zu tun blieb, um von Rüstungsbegrenzung zu tatsächlicher Abrüstung, von »vertrauensbildenden Maßnahmen« zu tatsächlichem Vertrauen zu gelangen. In einem Interview mit Ernst Dieter Lueg, einem schnellen, kritischen, aber persönlich immer angenehmen Fernseh-Sparrings-Partner, sagte ich damals, entscheidend sei, daß die Dokumente von Helsinki Maßstäbe setzten, an denen in Zukunft alle beteiligten Länder sich messen lassen müßten.

Die Beteiligung der Bundesregierung an den Vorarbeiten zur Schlußakte entsprach der außenpolitischen Kontinuität des Kabinetts Schmidt/Genscher. Wie unsere Vorgänger, so kannten wir die Notwendigkeit von Kompromissen; aber ebenso wußten wir genau, in welchen Punkten wir uns durchsetzen mußten. Dabei haben uns unsere Verbündeten geholfen. Wir waren ohne Euphorie über das Ergebnis, aber wir waren zufrieden. Wir hatten nichts Entscheidendes preisgegeben, wohl aber enthielten die Absichtserklärungen der Schlußakte viele Anknüpfungspunkte für unsere weitere Politik und die Verfolgung der Interessen der Deutschen insgesamt.

Natürlich gab es Kritik von der Opposition. Die CDU/CSU hätte ihre staatspolitische Aufgabe verfehlt, wenn sie ihre Forderungen nicht über das Maß des Erreichten hinaus gespannt hätte. Leider aber *über*spannte sie den Bogen. In einer Bundestagsdebatte kurz vor dem Treffen in Helsinki legte sie einen Entschließungsantrag vor, in dem es hieß: »Maßgebliche Inhalte des Schlußdokuments der KSZE ... dienen einer weltweiten Täuschung über die wahre Sicherheitslage der Welt«; Franz Josef Strauß formulierte sogar: »Helsinki – ein Etappensieg Moskaus.« Von der Bundesregierung wurde verlangt, sie solle der Konferenz fernbleiben und nicht unterschreiben. Auf der ganzen Welt gab es damals nur zwei Stimmen, die ähnliches verkündeten, nämlich Mao Zedong in China und Enver Hodscha in Albanien. Die CDU/CSU-Opposition vertrat eine Politik der Selbstisolierung und merkte nicht einmal, in welch sinistre Gesellschaft sie dabei geraten war; auf ihr Verlangen einzugehen, hätte tiefes Befremden und Mißtrauen hervorgerufen und einen Bruch mit allen unseren Verbündeten bedeutet. Auch die Tatsache, daß ihre regierenden christdemokratischen Schwesterparteien in den EG- und in den neutralen Staaten selbstverständlich unterschreiben würden, focht die CDU/CSU nicht an. Dies war Opposition um ihrer selbst willen. So weit darf eine parlamentarisch-demokratische Opposition niemals gehen. Gott sei Dank dauerte es noch sieben Jahre, ehe die CDU/CSU in Bonn wieder ans Ruder kam, und bis dahin war sie vernünftiger geworden.

Die Londoner »Times« schrieb drei Tage nach jener Bundestagsdebatte, auf die Behauptung der CDU/CSU, die Schlußakte stelle die endgültige Bestätigung der sowjetischen Dominanz über das östliche Europa dar, gebe es nur eine Antwort: Der Westen bestätige nichts außer den Prinzipien der nationalen Souveränität, des Gewaltverzichts, der Nichteinmischung, der Selbstbestimmung, der Gedanken- und Religionsfreiheit, der Informations- und Reisefreiheit und der wirtschaftlichen und wissenschaftlichen Zusammenarbeit; das Dokument bestätige den Anspruch der Menschen auf ihre Grund- und Menschenrechte und schaffe so einen Maßstab, an dem das zukünftige Verhalten der Sowjet-Macht gemessen werden könne. »Diese Anstrengung mußte gemacht werden, und das Ergebnis rechtfertigt die Reise nach Helsinki.« So hätte auch ich es formulieren können. Am Schluß jener Bundestagsdebatte sagte ich, das Dokument sei ein »Schritt auf einem langen Weg, auf dem noch sehr viele Schritte erforderlich sind ... Wir werden auf diesem Wege noch vielerlei Rückschläge erleben; wir werden dann aber auch die Rückschläge überwinden.«

Selbst die Skeptiker haben allerdings nicht erwartet, daß die allgemein als positiv empfundene Helsinki-Konferenz schon nach wenigen Jahren rückschauend als der Höhepunkt der ersten breiten Entspannungsphase angesehen werden mußte. In den folgenden Jahren kam durch die sowjetische SS-20-Rüstung, spätestens Ende 1979 mit dem Einmarsch der Sowjetunion in Afghanistan und 1981 mit dem Kriegsrecht in Polen, die Politik der Entspannung zum Stillstand. Sie hat in den achtziger Jahren einer abermaligen Periode des kalten Krieges – vornehmlich zwischen den USA und der Sowjetunion – Platz gemacht. Heute, nach den erneuten Annäherungen zwischen den USA und der Sowjetunion, nach mehreren Treffen von Reagan und Bush mit Gorbatschow, nach dem ersten wirklichen Abrüstungsabkommen (INF-Vertrag 1987/88), nach den erfolgreichen Revolutionen in den Staaten des Warschauer Paktes – heute erscheint es mir als wahrscheinlich, daß die Staaten Europas in den neunziger Jahren auf die Helsinki-Schlußakte zurückgreifen und ihre Beziehungen untereinander darauf aufbauen werden. Der KSZE-Prozeß kann eine wesentlich größere, gewandelte Bedeutung erlangen; er kann auch für die Sowjetunion das Netz werden, in dem sich die Reste des Warschauer Paktes und des RGW auffangen lassen.

Schon vor den osteuropäischen Revolutionen, von 1986 bis 1989 saßen in Wien die Delegationen zu einem dritten KSZE-Folgetreffen zusammen – übrigens selbstverständlich unter Beteiligung der von der CDU/CSU geführten Bundesregierung, welche die Linien ihrer Vorgängerin ohne Veränderung fortgesetzt hat.

Der Wille des Westens, sich nicht einschüchtern zu lassen, und der NATO-Doppelbeschluß des Jahres 1979 haben der Sowjetunion nicht nur den Verhandlungswillen des Westens vor Augen geführt, sondern ebenso seine gemeinsame Kraft, notfalls sowjetischer Vor-Rüstung durch eigene Nach-Rüstung zu begegnen. Die Verwirklichung dieser zweiten Hälfte des Doppelbeschlusses seit 1983 hat die Sowjets überrascht, sie erst hat den INF-Vertrag ermöglicht. Die sowjetische Führung hat einsehen müssen, daß sie den Westen nicht durch Überrüstung politisch in die Ecke drängen kann. Inzwischen sind die Einsicht der Sowjetführung unter Gorbatschow in die Unzulänglichkeiten ihres Wirtschaftssystems und ihr Wille, daraus politische Konsequenzen zu ziehen, hinzugekommen. Der Umbau der Wirtschaftsstruktur (Perestroika) und die erhoffte indirekte Wirtschaftslenkung machen öffentliche Transparenz und Diskussion (Glasnost) notwendig; wenn ein Anstieg des Lebensstandards der 300 Millionen Sowjetbürger nicht allzu lange auf sich warten lassen soll, so ist außerdem eine Senkung des enormen volkswirtschaftlichen Aufwandes für Militärzwecke nötig. Einseitige sowjetische Abrüstung ist innenpolitisch nur begrenzt durchsetzbar, Gorbatschow braucht auf Gleichgewicht abzielende Abrüstungsverträge.

Wenn Glasnost zu einem erfolgreichen Aufbegehren nationaler und religiöser Minderheiten führen sollte - Anfänge sind in Armenien, Aserbeidschan, in den baltischen Republiken und anderswo gemacht -, dann kann dies für Gorbatschow das politische Aus bedeuten. Auch andere Gründe für einen Fehlschlag sind denkbar. Im Falle eines gravierenden Fehlschlages der Perestroika muß man mit einem erneuten Führungswechsel in Moskau rechnen; eine neue Führung mag dann in Versuchung geraten, den ökonomischen und innenpolitischen Mißerfolg durch außenpolitische Überreaktionen zu kompensieren. In einem Satz gesagt: Es ist denkbar, daß sich die Gelegenheit zu Zusammenarbeit und Abrüstung nicht unbegrenzt viele Jahre lang bietet.

Nicht nur aus diesem Grunde hat der Westen, haben aber ebenso auch die Polen, Ungarn, Tschechen und Slowaken und besonders das deutsche Volk auf beiden Seiten ein vorrangiges Interesse am Gelingen von Gorbatschows gewaltigem Experiment. Auch prinzipiell sind wir in hohem Maße daran interessiert, daß das Fenster der Gelegenheit offenbleibt für weitere Abrüstungs- und Zusammenarbeitsabkommen. Ich bin heute zuversichtlich, daß die Helsinki-Schlußakte, an der ich unter erheblichen innenpolitischen Risiken selbst aktiv beteiligt gewesen bin, sich tatsächlich als brauchbare Grundlage für die weitere Stabilisierung des Friedens in Europa erweist.

Guter Rat von den Neutralen - Bruno Kreisky

Es gibt in Europa mehr neutrale und blockfreie Staaten, als uns gemeinhin bewußt ist. Auch ich muß bekennen, daß mir der außenpolitische Status von Malta, San Marino, Monaco, Liechtenstein oder Andorra nie klar gewesen ist. Die Neutralität Schwedens und Finnlands ist uns ebenso geläufig wie die Neutralität der Schweiz und Österreichs. Die bündnispolitische Blockfreiheit des EG-Mitgliedsstaates Irland hingegen ist nur wenigen bewußt.

Aus Stockholm, aus Belgrad, aus Wien haben die Bundesregierung wie auch manche anderen europäischen Regierungen immer wieder wichtige Hinweise und Ratschläge erhalten. Dies gilt ebenso für die Schweiz, die durch Genf und auch durch Lausanne der wichtigste Treffpunkt für Konferenzen zwischen West und Ost geworden ist und durch Basel und die dort residierende Bank für Internationalen Zahlungsausgleich (BIZ) der wichtigste Treffpunkt für die Zentralbanken Westeuropas.

In der Welt der privaten Wirtschaftsunternehmen und Banken oder des Luftverkehrs ist natürlich Zürich die bei weitem wichtigste Stadt der Schweiz; die Hauptstadt Bern bleibt ebenso wie die zuvor genannten Städte an Bedeutung weit hinter Zürich zurück. Wenn wir Deutschen an die Schweiz denken, so denken wir im allgemeinen eher an Wilhelm Tell, an das Matterhorn oder den Eiger; wir erinnern uns wohl an Gottfried Keller oder an Thomas Manns »Zauberberg«, an Davos und Ernst Ludwig Kirchner oder an die zeitgenössischen Schriftsteller Max Frisch und Friedrich Dürrenmatt.

Während meines aktiven politischen Lebens waren für mich zwei Männer aus der schweizerischen Politik und Finanzwelt von besonderer Bedeutung, Kurt Furgler und Fritz Leutwiler. Letzterer war Präsident der Schweizerischen Zentralbank und zugleich Präsident der Bank für Internationalen Zahlungsausgleich (BIZ). Deren regelmäßig tagender Verwaltungsrat, dem die Notenbankchefs der wichtigsten Industriestaaten der Welt angehören, von Japan bis zu den USA, hat sich in der Praxis der letzten Jahrzehnte zum wichtigsten Institut für die Abstimmung von Meinungen und Absichten der Zentralbanker entwickelt. Infolgedessen war Fritz Leutwiler einer der bestinformierten und urteilssichersten Finanzleute der Welt, obgleich die Schweiz weder dem Internationalen Währungsfonds und der Weltbank angehörte, noch an den sogenannten Weltwirtschaftsgipfeltreffen teilnahm. Ich habe Leutwiler nur selten getroffen, aber die wenigen Begegnungen habe ich immer als Gewinn empfunden.

Die geschichtlich und deshalb auch weltanschaulich tief verankerte Neutralität der sechseinhalb Millionen Eidgenossen hat dazu geführt, daß die Schweiz sich an vielen nützlichen und notwendigen internationalen Aktivitäten und Organisationen nicht beteiligt; anders als zum Beispiel Österreich ist die Schweiz nicht Mitglied der Vereinten Nationen. Gleichwohl sind die Schweizer Diplomaten in aller Regel sehr gut informiert, ebenso die »Neue Zürcher Zeitung«, eigentlich ein führendes Regionalblatt der deutschsprachigen Teile der Schweiz, die aber zugleich - ihrer weltpolitischen, weltwirtschaftlichen und finanzpolitischen Analysen und Kommentare wegen - auch in Bonn, Frankfurt und Wien gelesen werden muß. Unter den Schweizer Politikern habe ich eigentlich nur Kurt Furgler gut gekannt. Wir haben oft privat politische Informationen und Urteile ausgetauscht, zum beiderseitigen Gewinn, wie ich meine.

Weil man sich gut kannte und es keine offenen Fragen zu behandeln gab, war es in Helsinki nicht nötig, einen besonderen Kontakt zum Schweizer Bundesrat (das ist der Name der Regierung in Bern) herzustellen. Das Verhältnis zwischen Bern und Bonn war bereits seit langen Jahren selbstverständlich und gut. Das gleiche galt für unsere Beziehungen zu Schweden, Finnland, Österreich und Irland.

Von allen Staatsmännern der Neutralen haben die beiden schwedischen Ministerpräsidenten Tage Erlander und Olof Palme - und die von ihnen geprägte schwedische Sozialdemokratie - sowie der österreichische Bundeskanzler Bruno Kreisky meine Partei und mich persönlich am stärksten beeinflußt. Die langjährige schwedische Regierungspartei hatte eine noch immer äußerst erfolgreiche Kombination von privater Wettbewerbswirtschaft und Wohlfahrtsstaat zustande gebracht, und dies sicherte Erlander und Palme in der internationalen Gemeinde sozialdemokratischer und sozialistischer Parteien, soweit diese reformerisch orientiert waren, eine hohe Autorität. Schweden erlangte zeitweise den Charakter eines vorbildhaften Modells.

Bruno Kreiskys hohes internationales Ansehen beruhte entscheidend auf seiner persönlichen Urteilsfähigkeit in weltpolitischen Fragen. Die geostrategische Lage seines Landes und die Nähe sowjetischer Truppen zwangen jede österreichische Regierung zu außenpolitischer Vorsicht, zumal nach dem Krieg Südtirols wegen auch Österreichs Verhältnis zu Italien belastet war. Soweit ich sehen kann, kamen historische Belastungen im Verhältnis zu allen Nachbarn, außer zu den Ungarn, immer wieder einmal zum Vorschein, das letzte Mal im Zusammenhang mit der Debatte über Bundespräsident Waldheim im Verhältnis zu Jugoslawien.

Der ökonomische Erfolg Österreichs und seiner siebeneinhalb Millionen Einwohner hielt sich während der dreizehn Kanzlerjahre Kreiskys in Grenzen. Nach dem Ausscheiden des hoch befähigten Finanzministers Hannes Androsch fehlte es an einer qualifizierten ökonomischen Führungspersönlichkeit. Gleichwohl hat Kreisky, nach einem Wort Henry Kissingers, »die offizielle Neutralität seines Landes dazu ausgenutzt, sich einen Einfluß in der Weltpolitik zu verschaffen, der zu den tatsächlichen Machtverhältnissen in keiner Beziehung stand«. Dabei wurde Österreich immer öfter mit Kreisky identifiziert. Während er innenpolitisch bisweilen verbale Zugeständnisse an den Austromarxismus einzuflechten pflegte, war er in seiner Außenpolitik ein pragmatischer, schrittweise vorgehender, reformerischer Sozialdemokrat.

Kreisky hat sich über lange Jahre leidenschaftlich für den Dialog zwischen West und Ost und für den Entspannungsprozeß eingesetzt, ebenso für einen Ausgleich zwischen Israel und den arabischen Nachbarstaaten. Auch war er einer der stärksten Promotoren der KSZE. Die Plenarkonferenz in Helsinki war das Hauptthema eines offiziellen Besuches, den er Ende Juni 1975 in Bonn machte, zu einem Zeitpunkt, als das Datum der Konferenz noch nicht endgültig feststand, weil einige Passagen der Schlußakte noch offen waren. Ich zog es vor, diese im Vorfeld zu klären, während Kreisky auf eine schnelle Einberufung der Helsinki-Konferenz drängte. Von dieser Ausnahme abgesehen, waren wir einig. Wir brachten diese Einigkeit auch in unseren Tischreden zum Ausdruck. Tischreden werden vor allem gehalten, um der Öffentlichkeit einen Eindruck von der Atmosphäre der Gespräche zu geben und zu zeigen, welche Akzente von beiden Seiten gesetzt wurden. In diesem Falle wurde durch die Tischreden unterstrichen, daß wir beide Helsinki und die Fortsetzung des Entspannungsprozesses wollten, daß wir aber beide nicht euphorisch gestimmt waren.

Kreisky betonte mehrfach die »immerwährende Neutralität Österreichs«. Zugleich sprach er von seinem Wunsch, daß sein Land stärker als bisher in den europäischen Integrationsprozeß einbezogen werden möge. Eine Mitgliedschaft in der Europäischen Gemeinschaft lehnte Kreisky mit Hinweis auf den neutralen Status seines Landes ausdrücklich ab. Heute, anderthalb Jahrzehnte später, ist hierüber in Wien eine öffentliche Debatte entbrannt, die mir voreilig erscheint - schließlich hat niemand Österreich zur Mitgliedschaft eingeladen. Eine Vollmitgliedschaft Österreichs würde die weitere Entfaltung der gemeinsamen Außenpolitik der EG-Staaten (EPZ) wegen der unvermeidlichen Rücksichtnahme auf den Neutralitätsstatus der Alpenrepublik und ihre empfindlichen Beziehungen zur Sowjetunion wesentlich behindern, vielleicht gar verhindern. Im Hinblick auf Moskau erscheint mir die Diskus-

Bruno Kreisky besaß gute Kontakte zu den kommunistischen Führungen im Osten Europas und aufgrund seiner vermittelnden Position im Nahost-Konflikt einen guten weltpolitischen Überblick; auf seine Beurteilungen und Informationen griff Helmut Schmidt gern zurück. Gemeinsame Pressekonferenz in Wien, September 1981 (oben); mit Vera Kreisky und Loki Schmidt bei einem Empfang in der Bonner Redoute.

sion denn auch äußerst leichtfertig. Kreisky, der in den fünfziger Jahren am Zustandebringen des österreichischen Staatsvertrages beteiligt war, ist die Bedeutung, die Österreichs Neutralität für die Sowjetunion hat, immer deutlich gewesen, deutlicher jedenfalls als manchen heutigen Politikern in Wien. Bundeskanzler Franz Vranitzky, der nach dem Zwischenspiel von Fred Sinowatz der eigentliche Nachfolger Kreiskys zu werden scheint, ist hinsichtlich des Verhältnisses Österreichs zur EG realistischer und deshalb zurückhaltender als die Österreichische Volkspartei (ÖVP).

Während der acht Jahre, in denen wir gleichzeitig an der Spitze unserer Staaten standen, haben Kreisky und ich uns ein Dutzend Male ausführlich gesprochen - bei gegenseitigen offiziellen Besuchen oder auch privat -, und wir haben häufig telefoniert. Bei meinem Besuch im Juli 1976 sagte er öffentlich und ohne Rücksicht auf Österreichs diplomatische Beziehungen zur DDR: »Deutschland befindet sich in einer besonders schwierigen Situation, weil ein großer Teil des Volkes abgetrennt in einem anderen Staat lebt. Wir wollen nicht verhehlen, daß wir es als eines der großen Friedensziele auf unserem Kontinent sehen, daß es in friedlicher Form zur Wiedervereinigung Deutschlands kommen werde.« Dergleichen hatte schon lange kein ausländischer Regierungschef mehr gesagt.

Bei einem späteren Treffen im Frühjahr 1978 hatte Kreisky gerade eine Begegnung mit der Führung der DDR hinter sich; ich selbst hatte Honecker seit Helsinki noch nicht wieder gesehen, weshalb mich Kreiskys persönliche Eindrücke besonders interessierten. »Das deutsch-deutsche Verhältnis ist für die Entspannung in Europa von entscheidender Bedeutung. Das denkt jedenfalls auch Honecker«, sagte er zu mir. Honecker habe in freundlichen Worten über meine Politik und über Hans-Jürgen Wischnewski gesprochen und seine Sorge vor einer CDU-Regierung zum Ausdruck gebracht (1980 standen Bundestagswahlen bevor). Er, Kreisky, habe ihm daraufhin geantwortet, Honecker solle diese Sorge nicht öffentlich hörbar machen, vielmehr solle er »in seiner Politik dem Bonner Bundeskanzler entgegenkommen«. Honekker habe zugestimmt. Wirkliche Angst habe Honecker vor einer möglichen Ausbreitung des Terrorismus auch in die DDR. Stoph (den ich nicht kannte) sei ein redlicher, altgewordener Mann vom Schlage alter deutscher Kommunisten, er sei schwächer als Honecker. Die weltwirtschaftliche Krise habe auch die DDR getroffen, die sich außerdem ökonomisch durch die Sowjetunion übervorteilt fühle. Honecker habe sich gut informiert gezeigt über die Meinungsbildung in Breschnews Politbüro hinsichtlich der Moskauer Politik gegenüber der Bundesrepublik (im Mai stand ein Besuch Breschnews in Bonn und Hamburg bevor).

Diese Stichworte aus meinen erhalten gebliebenen Notizen stehen für Informationen, die damals wie so oft schon, sehr nützlich für aktuelle Entscheidungen waren, die wir in Bonn zu treffen hatten. Ich revanchierte mich mit Auskünften über die laufenden Entwicklungen im Nordatlantischen Bündnis, in der EG und in der Weltwirtschaft.

Als 1981 die amerikanische Präsidentschaft von Carter auf Reagan und die französische Präsidentschaft von Giscard d'Estaing auf Mitterrand übergingen, konnten Kreisky und ich uns mehrfach gegenseitig helfen, die Persönlichkeit und die politischen Vorstellungen der beiden neuen Präsidenten zu verstehen und unser eigenes Verhalten darauf einzurichten; Reagan kannte ich besser, Kreisky kannte Mitterrand besser. Dessen Programm zur Verstaatlichung großer Unternehmungen und Banken, gleich nach Beginn seiner Präsidentschaft verkündet, beurteilte Kreisky kritisch: »Das führt zu immer noch mehr Bürokratie; statt dessen sollte dem staatlichen Sektor ein mindestens ebenso starker privatwirtschaftlicher Sektor gegenüberstehen. Ich kann nur sagen und sage das auch den französischen Sozialisten, ich würde heute, anders als damals nach dem Kriege, keine Verstaatlichungen mehr vornehmen. Wir haben im Banksektor sogar ausländische Banken ins Land geholt, um unsere eigenen Banken vor bürokratischer Erstarrung zu bewahren.«

Kreisky fügte hinzu: »Was wirtschaftliche Fragen betrifft, so halte ich Delors für einen guten Mann, wohl auch Fabius ... Übrigens ist Mitterrand dir gegenüber sehr positiv eingestellt, er will mit der Bundesrepublik zusammen eine konstruktive Politik machen und ist überzeugt, du denkst darüber nicht anders. Mitterrand hat mir dies ausdrücklich gesagt, und ich glaube, er tat dies in der Vorstellung, daß ich dir dies weitergeben würde.« Ich stimmte der Fortsetzung deutsch-französischer Zusammenarbeit nachdrücklich zu und entwickelte meine Vorstellungen von der Rolle Frankreichs in der EG und in der Allianz. Natürlich ging ich davon aus, daß meine Worte in den Elysée-Palast zurückgetragen werden.

In einem für mich außen- wie innenpolitisch entscheidend wichtigen Punkt hat mir Bruno Kreisky im Herbst 1981 aufgrund seiner guten Kontakte zu den kommunistischen Führungen im Osten Europas eine Beurteilung vermittelt, die mich sehr in meiner Politik bestärkte. Wir sprachen über die sowjetische SS-20-Rüstung und über den Doppelbeschluß, von dem ich die Beseitigung, mindestens aber eine einschneidende Verringerung der SS-20-Raketen erwartete. Kreisky sagte: »Die Angst der Russen sitzt immer noch tief. Sie sind sehr besorgt über die ihnen angedrohte Stationierung der Pershing II bei euch. Ich glaube, ihnen ist an einem Erfolg der INF-Verhandlungen sehr gelegen. Nach meiner Einschätzung werden sie dafür einen hohen Preis bezahlen und werden zum Abzug aller SS 20 aus dem europäischen Teil der Sowjetunion bereit sein.« Dieses Gespräch fand wenige Wochen vor Breschnews letztem Besuch bei mir statt; es hat mir geholfen, gegenüber Breschnew wie auch gegenüber dem wachsenden Druck innerhalb meiner Partei fest zu bleiben.

Kreisky, der mir riet, Breschnew gleichzeitig unseren Willen zur Aufrechterhaltung guter Beziehungen zur Sowjetunion deutlich zu machen, hat recht bekommen - sogar mehr als das, denn der INF-Vertrag hat nicht nur die in Europa stationierten, sondern alle nuklearen Mittelstreckenwaffen beseitigt, entsprechend der »doppelten Null-Lösung«, die ich seit 1979 propagiert hatte. Bruno Kreiskys Rat, auf keinen Fall unseren guten Willen gegenüber Breschnew und der sowjetischen Führung aufzugeben, habe ich befolgt. Auch ansonsten habe ich oft genug seine Hinweise aufgegriffen - und bin gut dabei gefahren. Kreisky ist ein Idealist und war als Kanzler-Kollege zugleich ein durchweg realistischer Pragmatiker.

Natürlich fühlt sich ein Deutscher - allein der gleichen Sprache wegen - in Wien oder Salzburg oder Zürich durchaus nicht als Fremder. Mit beiden Alpenrepubliken verbindet sich für meine Frau und mich eine Reihe von schönen, angenehmen und freundlichen Erinnerungen. Dazu gehören eine gemeinsame Mozart-Aufnahme mit dem Züricher Tonhallen-Orchester, Christoph Eschenbach und Justus Frantz oder ein Besuch bei der gescheiten Lilli Palmer in ihrem Haus hoch über dem Zürichsee. Die Schauspielerin, Malerin, Schriftstellerin war eine fabelhaft interessante Gesprächspartnerin. Auch denke ich gern an Gespräche mit Max Frisch während einer langen gemeinsamen Reise. Zu unseren Erinnerungen an Österreich gehören Besuche der Salzburger Festspiele und in Anif bei Herbert von Karajan, ein ornithologischer Ausflug ins Burgenland an den Neusiedlersee, sowie ein urgemütlicher Abend mit Fred Sinowatz in einem Wiener Heurigenlokal.

In der Schweiz wie in Österreich habe ich bei vielen derartigen Begegnungen, deren Anlässe oft gar nicht politisch waren, nebenbei immer etwas über mein eigenes Land erfahren. Es war oft eine verhaltene Sympathie für Deutschland zu spüren, in der sich Distanz, Verständnis und Kritik in liebenswürdiger Weise mischten. Oft sprach Loki mit den Gastgebern über ganz andere Dinge als ich, und nachts tauschten wir dann unsere Eindrücke aus.

Die dreifache Rolle des Heiligen Stuhls

Je mehr man reist, desto besser kann man das eigene Land und das eigene Volk, auch die eigene Politik erkennen; die Perspektive wechselt, ähnlich wie bei der Betrachtung einer Landschaft von verschiedenen Hügeln aus. Aus dem Bedürfnis nach kritischer Ergänzung des eigenen Wissens und Urteils habe ich - zunächst instinktiv, später durchaus bewußt - in meinem Leben oft das Gespräch mit Leuten gesucht, die nicht zu meiner eigenen Generation gehören. Heute, als Siebzigjähriger, sind dies Menschen, die fünfzehn, zwanzig oder auch mehr Jahre jünger sind als ich. Früher, in jüngeren und mittleren Jahren, habe ich mich gern mit Sechzig- und Siebzigjährigen unterhalten. So sind Freundschaften mit Carlo Schmid, Alex Möller und Herbert Weichmann entstanden; so auch meine freundschaftliche Zuneigung zu so grundverschiedenen Männern wie Karl Popper, Takeo Fukuda oder Oswald von Nell-Breuning.

Männer der Religion und besonders der christlichen Kirchen haben mich - auch unter diesem Aspekt - immer wieder angezogen. In Österreich war es der Wiener Erzbischof, Kardinal König, der wie wenige das Leben und die Nöte der Menschen im östlichen Teil Europas kannte, was ihn auch unter politischem Gesichtspunkt zu einem bedeutenden Gesprächspartner machte. Er wußte, was seine Brüder in Polen, in Ungarn oder in der Tschechoslowakei empfanden, was sie hofften, was sie beschwerte und wovor sie sich ängstigten. Zugleich war Franz König hervorragend über die orthodoxen Kirchen im Osten unterrichtet - und über den Islam. Wenn ich mich wieder einmal an der über viele Jahre starren, manchmal beinahe intransigenten und verständnislosen Haltung des Kölner Vorsitzenden der Fuldaer Bischofskonferenz Kardinal Höffner gegenüber der deutschen Ostpolitik gerieben hatte, blickte ich um so erwartungsvoller auf die nächsten Treffen mit dem evangelischen Bischof Schönherr in der DDR oder mit Kardinal Bengsch in Ost-Berlin oder eben auch mit Kardinal König. Er ist übrigens derjenige gewesen, der mich auf den Krakauer Erzbischof Wojtyla aufmerksam gemacht hat, den zu besuchen mir bei einem Polen-Besuch im November 1977 allerdings nicht gelungen ist.

Die KSZE hat mich die verschiedenen Rollen des Heiligen Stuhls zu begreifen gelehrt. Daß der Papst das geistliche Oberhaupt der römisch-katholischen Kirche auf der ganzen Welt ist, weiß man; in Helsinki lernte ich die politische Funktion des Vatikanstaates als weltliches Instrument der Kirche kennen. Später habe ich verstanden, dank Johannes Paul II., daß dem Heiligen Stuhl auch eine dritte Rolle zukommt: als geistliche und moralische »Vorort-Instanz« der gesamten Christenheit. Diese dritte Rolle auszuüben, ist das Schwierigste. Die zweite Rolle kann sich auf die Vertretung der unmittelbaren Interessen der römisch-katholischen Kirche beschränken. Sie kann aber auch für den Prozeß der Stabilisierung des internationalen Friedens nutzbar gemacht werden; dies hat der Vatikan in der KSZE bewiesen.

Während der vorbereitenden Phase hatte die römisch-katholische Kirche, wie andere Kirchen und Religionsgemeinschaften auch, natürlicherweise ein besonderes Interesse am Inhalt und an der Ausgestaltung von Korb drei der Schlußakte, in erster Linie an der Religionsfreiheit. Die Sowjetunion und die anderen kommunistischen Staaten leisteten zähen Widerstand gegen die Kodifizierung der Grundfreiheiten und Menschenrechte; in dem komplizierten Einigungsprozeß erwies sich die diplomatische Umsicht des Vatikans als sehr hilfreich. Der Umstand, daß die katholische Kirche als einzige Kirche über einen Staat verfügt, noch dazu einen Staat mit traditionsreicher Diplomatie, erlaubte ihr eine direkte Mitwirkung am internationalen politischen Prozeß. Fast alle anderen Kirchen und Religionsgemeinschaften waren auf indirekte Einflußnahme angewiesen; die einzige Ausnahme neben dem Vatikan war Erzbischof Makarios von Zypern.

Der Vatikan als Kleinstaat existiert seit 1870, seine Souveränität wurde jedoch erst durch die sogenannten Lateran-Verträge 1929 etabliert. Während die Päpste in früheren Jahrhunderten über große Territorien geboten und sich am europäischen Machtkampf beteiligten, besteht der heutige Vatikanstaat aus wenigen hundert Menschen, sein Gebiet rund um den Petersdom ist winzig. Aber der Papst als geistliches Oberhaupt der römisch-katholischen Christen ist weltweit eine Symbol- und Leitfigur – auch für viele Christen anderer Konfessionen.

Allerdings ist diese Leitfunktion für die nichtkatholische Christenheit stark an die persönliche Ausstrahlung des jeweiligen Papstes gebunden. Der Roncalli-Papst Johannes XXIII. (1958–1963) war in diesem Sinne der erste; er strahlte Güte aus. Der Montini-Papst Paul VI. (1963–1978) hat bewußt die Ostpolitik des Vatikans eingeleitet; sein Pontifikat litt unter innerkirchlichen, dogmatischen Auseinandersetzungen. Dem ersten nichtitalienischen Papst seit Jahrhunderten, dem Polen Karol Wojtyla als Papst Johannes Paul II., gelang aufgrund seiner persönlichen Glaubwürdigkeit ein Durchbruch: Wohl ohne daß er es wollte, wurde der Papst eine weltweit geachtete Instanz. Sein Konservatismus freilich läßt den Einfluß wieder schrumpfen, den er über seine Kirche hinaus erlangt hat.

Natürlich durfte der Papst bei der KSZE-Konferenz nicht als Person Einfluß zu nehmen suchen. Damit wäre aus der Sicht der Kirche im politischen Ringen um die Schlußakte seine Autorität aufs Spiel gesetzt worden. Paul VI. schickte statt dessen den »Sekretär des Rates für öffentliche Angelegenheiten«, Titular-Erzbischof Casaroli, der gemeinhin als Außenminister des Vatikans angesehen wurde. Casaroli war in Helsinki der einzige Delegationsleiter, der nicht Staats- oder Regierungschef war; niemand hat daran Anstoß genommen. Er betonte, daß der Papst die positive Beteiligung des Heiligen Stuhls an der KSZE-Konferenz entschieden habe, und übte sich ansonsten in Zurückhaltung.

Auch später als Kardinalstaatssekretär ist Agostino Casaroli der kluge, umsichtige Außenpolitiker des Heiligen Stuhls geblieben. Die Ost- und ebenso die Friedenspolitik des Vatikans – unter Paul VI. und unter Johannes Paul II. gleicherweise – sind weitgehend sein Verdienst. Der Korb drei der KSZE-Schlußakte wäre ohne ihn wahrscheinlich dürftiger ausgefallen; man wird erwarten dürfen, daß er oder sein Nachfolger auch den weiteren KSZE-Prozeß konstruktiv begleiten wird.

Wenngleich ich in der Atmosphäre des norddeutschen Protestantismus aufgewachsen bin und mir meine Zugehörigkeit zur lutherisch-evangelischen Kirche immer selbstverständlich gewesen ist, so habe ich doch stets mit offenem Ohr auf das geachtet, was ich aus dem katholischen Raum erfahren und lernen konnte. Ich war fasziniert von der Lehre vom Naturrecht, von dessen katholischer Interpretation und von der Entfaltung der katholischen Soziallehre seit der Enzyklika »Rerum Novarum« (1891). Die weltweite Rolle des modernen Papsttums als allgemein-christliche Instanz habe ich begrüßt, obschon ich mit manchen Dogmen keineswegs einverstanden sein konnte, die Paul VI. und Johannes Paul II. überall in der Welt verkündet haben.

Rund 43 Prozent der Bundesbürger sind Katholiken. Ein Politiker, dessen Engagement auf das Wohl des *ganzen* Volkes gerichtet ist, muß ihre Vorstellungs- und Glaubenswelt kennen und verstehen. Während ich mir aus meiner eigenen Kirche oft Rat und Beistand geholt habe, habe ich zugleich großen Wert gelegt auf ständige Kontakte mit Männern der katholischen Kirche. Die Treffen fanden meist auf privater Ebene statt. Ich erinnere mich mit Dankbarkeit der Gespräche mit Kardinal Hengsbach von Essen und mit Kardinal Döpfner von München.

Viele Deutsche sind im Laufe ihres Lebens einmal in Rom gewesen. Als ich das erste Mal nach Rom kam, überwog die touristische Neugierde. Willi Berkhan und ich hatten als Abgeordnete des Europäischen Parlaments irgendeine Ausschußsitzung in der Ewigen Stadt. Anschließend – es war schon dunkel – fuhren wir zum Petersplatz und ließen die dämmerige Pracht der Kolonnaden Berninis auf uns wirken. Viele Jahre später, am 25. März 1977, während meines Besuches bei Paul VI., lag die ganze Pracht der Anlage in gleißendem Licht. Man ging durch ein großes Bronzetor, sodann einen langsam ansteigenden breiten Korridor hinauf und schließlich über eine prunkvolle Treppe. Zwei- oder dreimal mußte man Posten der Schweizergarde passieren; sie schienen mir ausgesuchte und gut ausgebildete Sicherheitsbeamte zu sein, ihre mittelalterliche Kostümierung konnte darüber nicht hinweg täuschen. Oben, mehrere Stockwerke über dem Petersplatz, erwartete uns eine lange Flucht von Sälen, kostbar, museal, aber nicht übertrieben ausgestattet.

Der Papst erwartete mich in einer Bibliothek, die ihm als Arbeitszimmer diente, und begrüßte mich sehr freundlich, indem er dabei auf ein Büchlein mit Reden und Aufsätzen von mir hinwies, das den Titel trug »Als Christ in der politischen Entscheidung« – eine schmeichelhafte Geste. Jene Gedanken seien durchaus aktuell, meinte er. Sie seien zum Teil schon zwanzig Jahre alt, versuchte ich abzuwehren. Der Papst lobte die Deutschen und kam auf den kurz zuvor verstorbenen Kardinal Döpfner und dessen wahrscheinlichen Nachfolger zu sprechen. Paul VI. äußerte große Wertschätzung, »fast Freundschaft« für Döpfner, auch wenn er mit ihm »in einer Reihe von Punkten unterschiedlicher Meinung gewesen« sei und sie lange Diskussionen miteinander geführt hätten; er hob Döpfners Aufrichtigkeit und Loyalität hervor. Auch Kardinal Frings bedachte er mit Lob. Von Ratzinger sagte er, dessen Ernennung zum Kardinal sei nicht schwer vorauszusagen. Ich kannte Ratzinger nicht, und mein Abstand zu Frings war groß, aber dem Urteil über Döpfner habe ich zustimmen können.

Danach wandte sich das Gespräch einem der Themen zu, die mich besonders interessierten, nämlich der katholischen Soziallehre; sie hat auch in meinen späteren Gesprächen mit Johannes Paul II. immer wieder im Vordergrund gestanden. Ich erwähnte einen kürzlichen Besuch bei Oswald von Nell-Breuning, dem Nestor der katholischen Soziallehre in Deutschland. Meine Hoffnung sei, daß bei der gegenwärtigen Diskussion über die Grundwerte die Soziallehre nicht in den Hintergrund gedrängt werde. Die SPD habe 1959 bei der Ausarbeitung des Godesberger Programms stark unter dem Einfluß dieser Lehre gestanden. Heute sei es wichtig zu erkennen, daß Grundwerte wie Freiheit, Menschenwürde, Solidarität für die Masse der arbeitenden Bevölkerung nur dann verständlich seien, wenn sie in der eigenen sozialen Umwelt greifbar und erlebbar würden. Mir liege es sehr am Herzen, »daß die Auseinandersetzung mit dem Kommunismus, in der wir Seite an Seite stehen, nicht allein auf der abstrakten theologisch-philosophischen Ebene geführt wird, sondern auch durch Konkretisierung der Soziallehre in der Praxis«.

»Vor achtzehn Jahren«, so der Papst, »habe ich mit großer Aufmerksamkeit den Übergang zu neuen Grundsatzpositionen Ihrer Partei zur Kenntnis genommen und mehrfach öffentlich darauf hingewiesen. Ich sehe darin eine echte Weiterentwicklung in die gute Richtung.« Erzbischof Casaroli bemerkte, angesichts der kommunistischen Parteien in Westeuropa sei es in der Tat wichtig, die Grundwerte nicht nur theoretisch zu erörtern, sondern sie in die Praxis umzusetzen. Ich erwiderte, Enzykliken wie »Populorum Progressio« und »Octogesimo adveniens« könnten eine große Rolle spielen, wenn sie in die allgemeinverständliche Sprache des praktischen Alltags übertragen würden. Dies könnte eine Aufgabe der Bischöfe sein. Dazu der Papst: »Das wünsche ich mir ... Die Sprache der Kirche ist in der Tat hermetisch und schwer verständlich ... Die Kirche ist durch ihre literarischen und philosophischen Traditionen an die Verwendung von Ausdrücken gebunden, die schwierig sind; sie sind auch nicht immer in eine moderne Sprache übertragbar ... Man muß sie aufbereiten.«

Ich bat den Papst um Verständnis für meinen Wunsch, einen Moment lang mich meines Amtes als Regierungschef zu entledigen und dafür in die Rolle eines Vorstandsmitglieds der SPD zu schlüpfen: »Bei der praktischen Verwirklichung der Werte der katholischen Soziallehre, nämlich Personalität, Solidarität, Subsidiarität – die letztere wird in Deutschland oft mißverstanden –, und ebenso in der konkreten Verwirklichung des Grundsatzprogramms meiner Partei sind sehr lange Wegstrecken zu gehen. Wenn diese zukünftig in Nachbarschaft zwischen der Kirche in Deutschland und der SPD und in ständiger Fühlungnahme zurückgelegt werden könnten, dann wäre dies zum Nutzen vieler Menschen. Es würden geistige Brücken geschlagen werden können zum gegenseitigen Verständnis zwischen katholischer Theologie, Naturrecht und katholischer Soziallehre einerseits und andererseits den Grundsatzaussagen der Sozialdemokratie.«

Daraufhin der Papst: »Ich betrachte Ihre Worte als eine programmatische Erklärung. Schon jetzt gibt es ja bei der Verwirklichung Berührungspunkte, die von der Kirche gebilligt werden. Dort, wo die Vorstellungen unterschiedlich sind, müssen diese besser erläutert werden. Wie gesagt, die Sprache der Kirche ist nicht immer leicht zu verstehen. Wir werden Ihre Worte beherzigen. Die Welt wünscht eine gemeinsame und verständliche Sprache.«

»Ich weiß, daß religiöse Überzeugungen und politische Zielsetzungen auf verschiedenen Stufen stehen und sich in verschiedenen Räumen bewegen. Aber die soziale Struktur einer Gesellschaft und ihres Staates ist ein gemeinsames Feld ...«

»Diesen Gedanken teile ich grundsätzlich«, sagte der Papst. »Es gibt Zielsetzungen, die miteinander vereinbar sind. Und es gibt Möglichkeiten für Berührung über die kirchlichen Grenzen hinaus ... Ich bin optimistisch und wünsche, daß eine aufrichtige Zusammenarbeit auf Gebieten von gemeinsamem Interesse zu besserem Verständnis führen möge.«

Am Schluß des Gespräches sagte Paul VI.: »Ich werde dieses Gespräch nicht vergessen ... Es war kein Gegeneinander (scontro), sondern eine echte Begegnung (incontro).« Auch ich war von diesem Gespräch angetan, auf das ich mich sorgfältig vorbereitet hatte. Ein halbes Jahr später, nach der Befreiungsaktion von Mogadischu und der Ermordung von Hanns Martin Schleyer, konnte ich Paul VI. für seine öffentlichen Worte des Mitgefühls und für seine Fürbitte danken und nicht zuletzt für sein großherziges Angebot, seine eigene Person im Austausch gegen die Geiseln zur Verfügung zu stellen.

Weitere Themen des Gespräches mit Paul VI. waren der Dialog mit den anderen Kirchen, die Ökumene, Nord-Süd-Problematik, Bevölkerungsexplosion und Ost-West-Problematik, besonders die Stabilisierung des Friedens, speziell Polen betreffend. Hinsichtlich der Ost-West- und der Friedensprobleme ist der Vatikan, soweit ich sehen kann, nie wieder so aktiv und so erfolgreich gewesen wie unter Paul VI. bei der Vorbereitung der Helsinki-Konferenz und – ein Dutzend Jahre früher – unter Johannes XXIII. bei der Beilegung der Kubakrise.

Dem Auswärtigen Amt in Bonn lag daran, daß auch ein deutschdeutsches Thema mit dem Vatikan erörtert wurde; Casaroli war seit langem darauf vorbereitet. Es ging um die deutschen Diözesangrenzen. Teile des Territoriums der DDR gehörten seit alters zu den Diözesen Paderborn, Osnabrück, Hildesheim, Fulda und Würzburg; diese Gebiete wurden seit 1973 von Apostolischen Administratoren im Bischofsrang verwaltet. Die DDR wollte diese Überlappung ihrer Westgrenze beseitigt wissen, und im Vatikan neigten manche dazu, im Interesse der Kirche in der DDR diesem Wunsch der DDR-Führung entgegenzukommen. Dies brachte einige Herren im Auswärtigen Amt in Harnisch; sie behaupteten, eine Veränderung der Diözesangrenzen würde unsere deutschland- und berlinpolitischen Interessen berühren, und stützten sich dabei auf allerhand rechtliche Argumente. Der Vatikan war sich des Problems durchaus bewußt. Ich selbst habe mich – trotz mehrfachen Drängens des Auswärtigen Amtes – nie auf eine Diskussion über dieses Thema eingelassen. Mir genügte die Erklärung, die der Heilige Stuhl 1976 anläßlich der Schaffung der »Berliner Bischofskonferenz« – ein DDR-Pendant zur Fuldaer Bischofskonferenz – öffentlich abgegeben hatte. Darin hieß es: »Der Heilige Stuhl hofft, daß entsprechend Buchstaben und Geist der Helsinki-Schlußakte eine friedliche und zufriedenstellende Lösung der zwischen beiden deutschen Staaten ungelösten Probleme erreicht werden kann ... auch auf kirchlicher Ebene.«

Meine Einstellung habe ich stets mit gleichen Worten zum Ausdruck gebracht: Entscheidend komme es auf die Meinung der Ortskirche, der Berliner Bischofskonferenz und des an ihrer Spitze stehenden Kardinals an, weniger auf die Meinung der Fuldaer Bischofskonferenz. Teile des politisierenden Rechts-Katholizismus in der Bundesrepublik haben mir das übelgenommen. Meine Gespräche mit der katholischen Kirche und ihrem Oberhaupt waren ihnen immer aufs neue Anlaß zur Herabsetzung. So hat ein ungenannter törichter Korrespondent am Tage nach meinem Besuch bei Paul VI. in der »Allgemeinen Zeitung« in Mainz geschrieben, dieser Besuch habe mich »sicher einige Überwindung gekostet«. Anläßlich eines späteren Besuches bei Johannes Paul II. spekulierte der »Bayernkurier« (das Blatt der CSU), der Papst habe von der Ostpolitik gewiß andere Vorstellungen als ich. Und der »Rheinische

Merkur« brachte eine Karikatur, die mir unterstellte, ich wolle Franz Josef Strauß beim Papst ausstechen. Auch aus Rom kamen immer wieder töricht-mokante Kommentare. Die Wahrheit war: in allen außen- und deutschlandpolitischen Fragen hat es zwischen den beiden Päpsten meiner Amtszeit – die wenigen Wochen des Pontifikats von Johannes Paul I. sind ohne Bedeutung geblieben – und mir keinen Dissenz gegeben. Lediglich in der Beurteilung der Bevölkerungsexplosion und ihrer Konsequenzen vertraten Johannes Paul II. und ich unterschiedliche Auffassungen, was jedoch nicht öffentlich zum Ausdruck kam.

Johannes Paul II. bin ich dreimal begegnet, im Sommer 1979 im Vatikan, im Herbst 1980 bei seinem Deutschland-Besuch und im September 1981 zur Zeit seiner Rekonvaleszenz nach dem Attentat. Ich möchte die Gelegenheit wahrnehmen, hier meine Sympathie für den Menschen Karol Wojtyla zum Ausdruck zu bringen, wohl wissend, daß inzwischen die weltweite Faszination durch ihn nachgelassen hat und daß seine konservativen Ansichten, die auch seine Personalpolitik prägen, ebenso auf Kritik stoßen wie sein bisweilen populistisch, bisweilen geradezu triumphal wirkender pastoraler Stil. Dennoch möchte ich hier meinen persönlichen Eindruck festhalten, wie ich ihn vertrauten Freunden gegenüber unmittelbar nach meinen Gesprächen wiedergegeben habe: Der Wojtyla-Papst ist ein warmherziger, offener Mann, weise und interessant, insgesamt faszinierend; sein Charisma wirkt durchaus auch im Gespräch unter vier Augen.

Den moraltheologischen und dogmatischen Konservativismus Johannes Pauls II. habe ich mir immer biographisch erklärt. Karol Wojtyla war gerade 19 Jahre alt, als Polen von Hitler überrannt wurde und die Deutschen ein immer brutaleres, mörderisches Besatzungsregime errichteten. Wojtyla studierte Theologie im Untergrund. Als er 1946 zum Priester geweiht wurde, war soeben eine neue, wesentlich von Moskau beeinflußte polnische Diktatur an die Stelle der deutschen Diktatur getreten. So hat er bis zu seiner Wahl 1978 nur unter Diktaturen gelebt – kein Wunder, daß er sich an seinen Glauben und an die Lehre der Kirche geklammert hat, kein Wunder auch, daß er als Papst, nunmehr fast 60 Jahre alt, sich nicht mehr ändern konnte noch wollte. Im Interesse der Gläubigen und der Kirche war er bereit zum Arrangement mit den kommunistischen Machthabern. Er sah den Marxismus als den »großen Antipoden« der Kirche, aber er fügte hinzu: »Wir dürfen Haß nicht mit Gegenhaß beantworten.« Sein Abwehrkampf gilt weniger der Macht der Kommunisten als vielmehr ihrer Ideologie.

Empfang in der Privatbibliothek des Papstes, 9. Juli 1979.

Unmittelbar nach der Wahl Wojtylas hatte ich Gierek nahegelegt, die Wahl eines polnischen Papstes für sein Land zu nutzen; Gierek hatte geantwortet, dies sei seine Absicht. Wie Wojtyla mir später sagte, hat Gierek diese Linie in der Tat durchgehalten, trotz Schwierigkeiten in der eigenen Partei. Polen und das Schicksal seines eigenen Volkes traten in der Gesprächsführung des Papstes immer wieder in den Vordergrund: »Die polnische Kultur ist national, nicht nationalistisch.« Von der geschichtlichen Erfahrung der polnischen Nation ausgehend, war der Papst deutlich den Prinzipien der nationalen Einheit und des Nationalstaats zugetan. Er wies auf seine frühen Kontakte mit den Kardinälen Bengsch und Döpfner hin und auf seine Besuche in Erfurt, Magdeburg und Dachau, um seinen Wunsch nach polnisch-deutscher Versöhnung zu unterstreichen.

Bei unserer zweiten Begegnung ein Jahr später auf Schloß Brühl bei Köln gab der Papst zu erkennen, daß er über die Einstellung des deutschen Episkopats zu Polen nie ganz glücklich gewesen sei. Es sei notwendig, die deutsch-polnische Geschichte seit 1939 zu analysieren. Noch besser sei es, antwortete ich, die gesamte Geschichte zu analysieren; wenige Deutsche wüßten, daß der polnische Staat vor tausend Jahren gegründet wurde, und viele kennten weder die innerstaatliche noch die territoriale Entwicklung Polens. Der Papst stimmte lebhaft zu. Krakau, Breslau, Gnesen und Kolberg seien als Diözesen ursprünglich polnische Gründungen gewesen; dies sei den Deutschen nicht bewußt. Er benutzte an dieser Stelle ausnahmsweise die polnischen Städtenamen, während er sonst von Breslau und Danzig sprach. Seine Beherrschung der deutschen Sprache hatte sich übrigens seit unserem ersten Gespräch noch einmal wesentlich verbessert, er gebrauchte nur noch wenige englische Ausdrücke.

Am gleichen Tag sagte der Papst in einer öffentlichen Rede, in der Vergangenheit des deutschen Volkes gebe es – wie im Leben jeder Nation – Beispiele von höchster menschlicher und christlicher Größe, aber auch von Abgründen, Prüfungen, tiefer Tragik und Widersprüchen zur menschlichen und christlichen Tugend. Stets habe Deutschland sich aus Zusammenbrüchen und Erniedrigungen wieder erheben können. Er hoffe auf eine friedliche Lösung der deutschen Teilung.

Wenn ich an die Begegnungen mit diesem Papst zurückdenke, dann im Gefühl bedeutsamer Übereinstimmung. Es gab ein einziges, weltpolitisch allerdings wichtiges Feld, auf dem keine Übereinstimmung zu erzielen war, das war die Frage der Familienplanung. Georg Leber und ich hatten – wie schon gegenüber Paul VI. – auf die Notwendigkeit hingewiesen, die Soziallehre für die verschiedenen Entwicklungsländer entsprechend den jeweiligen Bedingungen zu konkretisieren. Die Lage des arbeitslosen Proletariats in den Elendsquartieren der Großstädte erfordere andere Schritte als etwa diejenige der ausgebeuteten Campesinos. Leber, Mitglied des Zentralkomitees der deutschen Katholiken, ein sehr guter Kenner der katholischen Soziallehre, und ich hatten diesen Punkt 1979 auch Kardinal Casaroli gegenüber zur Sprache gebracht. Man könne der »Theologie der Revolution« oder der »Theologie der Befreiung« in Lateinamerika nicht mit Kontrovers-Theologie und Disziplinierung allein begegnen. Ich hatte von der Hilflosigkeit der Bischöfe in Lateinamerika berichtet; sie sähen Elend und Ungerechtigkeit deutlich genug, aber ihnen fehle das Rüstzeug, um als Anwälte von Menschenwürde und Gerechtigkeit erfolgreich sein zu können. Casaroli hatte das seinerzeit besser verstanden als sein Kurienkollege Ratzinger, der ausschließlich für die Reinheit der Lehre kämpfte, die allein kein Brot für die Armen bieten kann.

In Brühl versuchte ich, Johannes Paul II. *eine* der Wurzeln des Elends in Lateinamerika und anderen Entwicklungsgebieten vor Augen zu führen. Gegenwärtig gebe es mehr als vier Milliarden Menschen, im Jahre 2000 würden es sechs Milliarden sein, binnen weniger Jahrzehnte zehn Milliarden. Diese Explosion der Weltbevölkerung finde fast ausschließlich in den Entwicklungsländern statt, infolgedessen werde das Elend dort eher noch zunehmen. Es werde an Nahrung, Wasser, Energie, Arbeitsplätzen und Bildung fehlen; die Kindersterblichkeit werde verewigt. Schon im Jahre 2000 werde der Anteil der entwickelten Industrieländer an der Weltbevölkerung höchstens noch ein Sechstel, eher ein Siebtel oder ein Achtel ausmachen. Schon von daher sei ausgeschlossen, daß die Industrieländer durch Entwicklungshilfe dem Elend im Süden mit Erfolg entgegenwirken könnten. Ich plädierte deshalb nachdrücklich dafür, daß die Kirche über die Konsequenzen ihrer geltenden Lehre zur Familienplanung nachdenke.

Die Antworten des Papstes blieben für mich diffus, obschon er auf dieses Thema vorbereitet war. Mit vielen Details aus vielen Entwicklungsländern zeigte er auf, wie schon heute viel effizienter geholfen werden könnte. Eines seiner Beispiele war der Kongo, der aufgrund seiner natürlichen Ressourcen 150 Millionen Einwohner ernähren könnte. Er sprach auch über die Überalterung in der industriellen Welt und nannte hierfür Polen und Deutschland als Beispiele; deren Gesellschaften brauchten nicht weniger, sondern mehr Kinder.

Die industrielle Welt dürfe sich nicht das Ziel setzen, wandte ich ein, an der Bevölkerungsexplosion teilzunehmen und sie noch zu steigern. Die natürlichen Ressourcen der Erde seien begrenzt. Der Papst ließ sich aber nicht von seiner Argumentation abbringen. Er sprach vom »Prinzip der verantworteten Elternschaft. Die Eltern müssen entscheiden, wie viele Kinder sie haben wollen. Aber sie dürfen nicht gegen die Natur handeln.« Den Grundgedanken der Empfängnisverhütung durch Enthaltsamkeit entfaltete der Papst dann ausführlich, und zwar nicht anders, als wir es von der katholischen Kirche kennen. Ich hatte den Eindruck, Johannes Paul II. war durch die überlieferten, von ihm verinnerlichten dogmatischen Fixierungen daran gehindert, sich auf die Prognosen der Demographie rational einzulassen.

Kardinal König hat in einer sehr heterogen zusammengesetzten Gruppe von weniger als zwanzig Menschen, die der Japaner Takeo Fukuda und ich im März 1987 nach Rom eingeladen hatten, hinsichtlich der demographischen Explosion eine deutlich offenere Position mitgetragen; er litt unter den Gewissensnöten von Millionen Menschen in den Entwicklungsländern. Gemeinsam mit zwei ehemaligen Ministerpräsidenten kommunistischer Staaten, dem obersten Rabbiner Italiens, einem chinesischen und einem amerikanischen Protestanten, einem Hindu, einem Buddhisten aus Sri Lanka sowie einem indonesischen Muslim stimmte er der Forderung zu: »Im vollen Bewußtsein der unterschiedlichen Haltung der verschiedenen Religionen zu Familienplanung und ihren Methoden kamen die Teilnehmer überein, daß angesichts der gegenwärtigen Trends die Anwendung wirksamer Familienplanung unvermeidlich ist. Die positiven Erfahrungen mehrerer Länder und Religionen auf diesem Gebiet sollten mit anderen geteilt und die wissenschaftliche Forschung bezüglich von Familienplanung sollte beschleunigt vorangetrieben werden.«

Am 13. Mai 1981 wurde auf den Papst ein Attentat verübt, dessen Folgen er nur langsam überwand. Mir lag ein Krankenbesuch bei dem Rekonvaleszenten sehr am Herzen. Der Papst empfing mich am 12. September in Castel Gandolfo, wohin er einen Monat zuvor aus der Klinik entlassen worden war. Das Castel ist eigentlich eine Villa, hoch über dem Albaner See gelegen, ideal für einen Sommeraufenthalt. Ich durfte die Genesungswünsche vieler Millionen Deutscher überbringen, weit über den Kreis der Katholiken hinaus. Es blieb nicht aus, daß wir abermals kurz auf die Soziallehre zu sprechen kamen. Wojtyla stimmte mir zu, als ich erneut von der Notwendigkeit sprach, dieselbe für Lateinamerika auszugestalten und zu konkretisieren. Ansonsten war es ein mich anrührendes, persönliches Gespräch. Als besonders herzlich empfand ich, daß der Papst meine Sicherheitsbeamten zu sich bat, ihnen allen die Hand gab und sie ermahnte, gut auf mich aufzupassen. Wer die Angst sieht, die in der Welt herrscht und die von einigen geflissentlich noch verbreitet wird, der muß diesem Papst dankbar sein für das Vertrauen und die Kraft, die er auf seine Zuhörer überträgt.

Patriotismus statt Nationalismus

1975 in Helsinki hätte der Unterschied zwischen dem Auftreten des Erzbischofs Casaroli und demjenigen des Erzbischofs Makarios kaum größer sein können. Makarios hat auf mich einen makabren, fast bizarren, jedenfalls aber erschreckenden Eindruck gemacht. Er war als zypriotischer Staatspräsident im Habit des griechisch-orthodoxen Erzbischofs nach Helsinki gekommen; sein Auftreten und seine Redeweise waren gemessen und ernst. Der Inhalt seiner Ausführungen dagegen war unversöhnlich und unfriedlich.

Zugegeben, die griechischen Zyprioten hatten Grund zur Klage. Nach jahrelangen Reibereien hatten türkische Truppen 1974 die nördliche Hälfte des Inselstaates besetzt und den bisher von Griechen (etwa 75 Prozent der Bevölkerung) und Türken (etwa 20 Prozent) gemeinsam verwalteten Staat zerschlagen, dessen Präsident Makarios gewesen war. Anfang 1975 wurde in der überwiegend türkisch besiedelten Nordhälfte ein eigener, international nicht anerkannter türkisch-zypriotischer Staat errichtet, dessen Präsident Denktasch zuvor Stellvertreter von Makarios gewesen war. Es hatte viele Tote gegeben, Vertreibungen, Umsiedlungen und Elend; das Eingreifen der UN war erfolglos geblieben. Schon vor diesen Ereignissen war die Insel jahrzehntelang Schauplatz eines Bürgerkriegs und bürgerkriegsähnlicher Kämpfe gewesen.

Die Erbitterung von Erzbischof Makarios war verständlich, wenngleich jedermann wußte, daß durchaus auch auf griechisch-zypriotischer Seite erhebliche Fehler begangen worden waren. Makarios hatte um ein Gespräch mit mir am Rande der KSZE-Konferenz gebeten; er führte wohl eine Reihe derartiger Gespräche, um für seinen Rechtsstandpunkt zu werben und die Interessen seiner Volksgruppe zu vertreten. Mir gegenüber tat er dies in solch aggressiver Weise, daß ich nach einer knappen Stunde zu ihm sagte: »Herr Erzbischof, bisher hatte ich immer geglaubt, Bischöfe hätten die Aufgabe, zum Frieden zu mahnen und der Versöhnung zu dienen.«

Ich habe diesen beleidigenden Satz nicht bereut, als ich nachts über das Gespräch noch einmal nachdachte. Mir war schon lange klar, unter anderem durch Gespräche mit Armeniern, Kurden und Griechen, daß Türken gegen andere Völker mitunter radikal und rücksichtslos vorgehen. Aber der weit überzogene griechische Nationalismus des Erzbischofs, verbunden mit Unversöhnlichkeit und einer tief verwurzelten, gleichwohl affekthaften Aggressivität war für mich über alle Maßen erschreckend. Ich dachte: So oder ähnlich muß es 1914 in ganz Europa ausgesehen haben. Und ich wünschte mir gerade auch für uns Deutsche die Kraft und die Geschicklichkeit, dergleichen zwischen uns und unseren Nachbarn niemals wieder entstehen zu lassen.

Später erfuhr ich von Präsident Tito, er habe Makarios zur Geduld geraten; vielleicht könne man hier in Helsinki einen positiven Einfluß ausüben. Aber, so Tito zu mir, »der Erzbischof will keinen Zentimeter nachgeben, eher will er Krieg«. Tito und ich wußten, daß der griechische Ministerpräsident Karamanlis einsichtiger und wesentlich kompromißbereiter war als sein Landsmann Makarios. Aber Karamanlis konnte innenpolitisch wenig gegen Makarios ausrichten, denn der hatte sich zu einem griechischen Nationalhelden aufgespielt, und auch die Gefahr einer erneuten Militärdiktatur in Athen war noch keineswegs gebannt.

Der Erzbischof war in Helsinki vermutlich der einzige, der bereit war, einen Krieg in Kauf zu nehmen. Die USA hatten ihren politischen Einfluß auf die Türkei zu jenem Zeitpunkt weitgehend verloren, weil der Kongreß als Antwort auf die türkische Invasion Zyperns die amerikanische Militärhilfe für Ankara eingestellt hatte. Präsident Ford strebte eine Revision dieses Beschlusses an, und im Einvernehmen mit ihm hatten wir inzwischen die deutsche Militärhilfe an die Türkei intensiviert. Parallel dazu bemühten wir uns, in Ankara für den gemeinsamen Vorschlag der EG-Staaten zu werben, der auf eine bizonale Förderation auf Zypern hinauslief, wobei die Türken erhebliche Teile des von ihnen besetzten Gebietes aufgeben sollten. Wir redeten darüber sehr offen sowohl mit dem türkischen Premierminister Demirel als auch mit seinem Gegenspieler Ecevit - ohne Erfolg.

Während sich Demirel und Ecevit in ihrem Nationalismus gegenseitig aufstachelten, war der allgemeine Eindruck der, daß der türkisch-zypriotische Präsident Denktasch und der griechisch-zypriotische Führer Klerides am ehesten eine Lösung zustande bringen könnten. Dieser

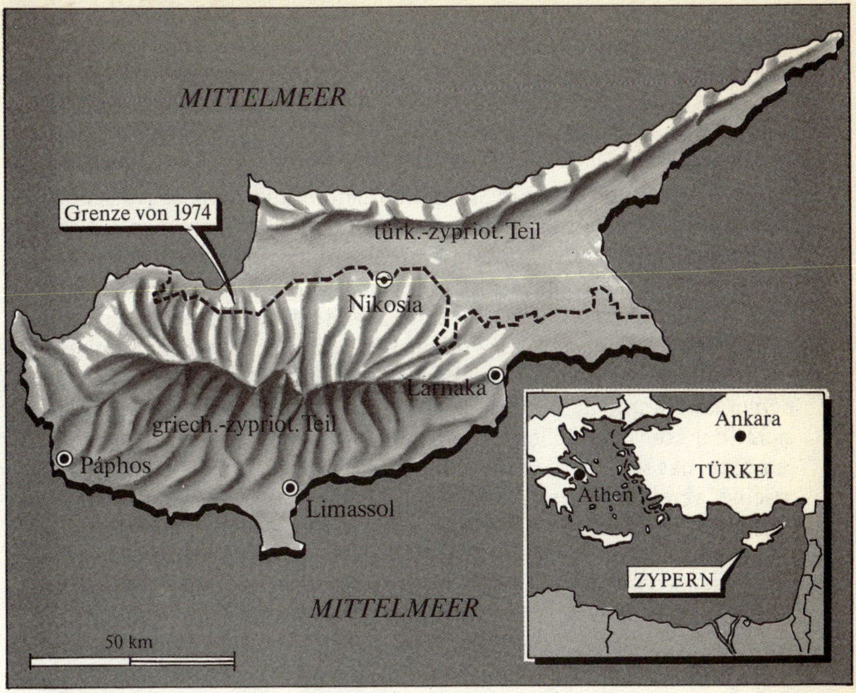
MITTELMEER
Grenze von 1974
türk.-zypriot. Teil
Nikosia
Larnaka
griech.-zypriot. Teil
Páphos
Limassol
MITTELMEER
50 km
Ankara
TÜRKEI
Athen
ZYPERN

Weg aber wurde von Makarios versperrt, der von sich behauptete, 90 Prozent aller griechischen Zyprioten würden keine Lösung akzeptieren, die nicht von ihm gebilligt sei: »Sie sind mir loyal ergeben. Ohne meinen Segen wird es keine Lösung geben.« Es war, wie gesagt, ein unerfreuliches, völlig nutzloses Gespräch.

Um so angenehmer war meine Unterhaltung mit dem kanadischen Premierminister Pierre Trudeau, einem Frankokanadier, den ich in Helsinki zum ersten Mal traf. Ihn interessierte vor allem die deutsche Haltung zu der in Kanada diskutierten Frage nach dem zukünftigen kanadischen Beitrag zur gemeinsamen Verteidigung im Rahmen der NATO. Sollte Kanada seine Bodentruppen aus Europa zurückziehen und sich statt dessen auf eine Verstärkung seiner Luftstreitkräfte über dem Atlantik und den Schutz von Geleitzügen konzentrieren? Angesichts der konventionellen Unterlegenheit des Westens in Europa riet ich dazu, das kanadische Kontingent hier zu belassen, solange es nicht zu einer Vereinbarung mit den Sowjets über gegenseitige Truppenreduzierungen gekommen sei. So hat sich Kanada dann auch verhalten.

Trudeau war wohl der offenste Staatslenker, mit dem ich zu tun gehabt habe. Deshalb war und ist noch heute jeder Meinungsaustausch mit ihm für mich ein Gewinn. Trudeau war ein kanadischer Patriot, weshalb er in Washington nicht bei jedermann beliebt war; manche amerikanischen Politiker haben nämlich die überhebliche Vorstellung, der kleine Nachbar Kanada habe sich gefälligst nach den Interessen der USA zu richten. In Trudeau begegneten sie jedoch einem Mann mit großem Überblick, Zivilcourage und der Fähigkeit zu argumentieren. Seine große Leistung war es, sein Land trotz des Separatismus seiner frankokanadischen Landsleute in der Provinz Quebec und trotz der stark divergierenden Interessen der zehn weit auseinanderliegenden Provinzen zusammengehalten zu haben. Er brachte die kanadische Verfassung von London nach Ottawa, das heißt: die englische Königin blieb zwar formales Staatsoberhaupt und Kanada blieb Mitglied des Commonwealth, aber von nun an konnte es selbst über seine Verfassung beschließen. Diese staatsrechtliche Konsolidierung Kanadas hat letztlich auch den USA genützt – wenngleich dies nur ein Nebeneffekt von Trudeaus Politik gewesen ist. Wie sein Vorgänger Lester Pearson wird er in der kanadischen Geschichte als herausragender Staatsmann verzeichnet werden.

Trudeau und ich haben uns im Laufe der Jahre häufig gesehen und sind schnell persönliche Freunde geworden. Der eine oder andere Leser mag sich vielleicht fragen, ob denn Freundschaft wirklich das richtige Wort sei, wenn Politiker von Politikern anderer Nationen als von Freunden reden. Meine Antwort ist: Doch, es gibt sehr wohl echte persönliche Freundschaften, die sich zwischen Politikern entwickeln, obgleich sie oft genug auch disparate Interessen zu vertreten haben. Dies setzt – wie im gesellschaftlichen Leben auch – persönliche Affinität voraus; dazu kommen bisweilen gewisse Übereinstimmungen in Grundauffassungen oder gemeinsame Neigungen, vor allem aber gegenseitiges persönliches Vertrauen. So habe ich nicht gezögert, den kommunistischen Polen Edward Gierek einen Freund zu nennen – gewonnen in einer einzigen Nacht in Helsinki, in welcher wir um die Ausreise von Menschen und um Geld zu streiten hatten. In seinen späten Lebensjahren habe ich einige freimütige private Gespräche mit Moshe Dayan gehabt, die mich veranlaßten, mich als Freund dieses hervorragenden Mannes zu fühlen. Ebenso galt das für Anwar el Sadat, der sich nicht scheute, mit mir sowohl seine sehr persönlichen außenpolitischen Vorstellungen zu besprechen als auch seine innersten religiösen Gefühle.

Vielleicht hat meine offene und untaktische Gesprächsführung die Chancen für solche Freundschaften erhöht. Wie dem auch sei, wenn ich die Worte Freund oder Freundschaft verwende, so bitte ich den Leser, mir zu glauben, daß ich dies tatsächlich so meine. Daß man im eigenen Wirkungsbereich oder innerhalb der eigenen Partei zuverlässige Freunde hat, mag dem Leser als selbstverständlich erscheinen. Daß man Freunde auch in einer anderen, gar in einer gegnerischen Partei gewinnt, ist sehr viel seltener. Aber damit ist es nicht anders bestellt als mit Freundschaften zwischen den Angehörigen verschiedener Regierungen: Ausschlaggebend sind Ehrlichkeit, Zuverlässigkeit und Stetigkeit des Gegenüber. Menschen, welche die Fähigkeit besitzen, über die eigenen Grenzen hinaus zu blicken und den Gesamtzusammenhang zu erfassen, haben mich ebenso angezogen wie Menschen mit dem Willen zum friedlichen Kompromiß. Insofern war im Kaleidoskop von Helsinki der engstirnige Nationalist Makarios für mich ein nur schwer zu ertragender Gesprächspartner, Trudeau dagegen ein Patriot, der zugleich die Welt überschaut, ein mitfühlender, engagierter Fürsprecher für Freiheit, Gerechtigkeit und Solidarität – und dies nicht nur zugunsten seines eigenen Landes.

Korb drei füllt sich mit Wirklichkeit

Als ich am Ende meiner Kanzlerschaft auf die große KSZE-Plenarkonferenz zurückblickte, waren die bunten Steine im Innern des Kaleidoskops trüb geworden. Von der Zusammenarbeit der beiden Supermächte war nichts mehr übriggeblieben, das SALT-II-Abkommen von 1979, das formell nie in Kraft gesetzt wurde, konnte darüber nicht hinwegtäuschen. Inzwischen war die Sowjetunion in Afghanistan einmarschiert; es folgten ein Embargo der Amerikaner, eine sowjetische Rüstungsbeschleunigung, die Drohungen mittels SS 20 und SDI, der Doppelbeschluß, die zunehmende militärische Einnistung der Sowjets in verschiedenen Staaten des Mittleren Ostens, Afrikas und Zentralamerikas. Wachsendes Mißtrauen war aber nicht nur zwischen Washington und Moskau zu konstatieren, sondern auch zwischen Moskau und Peking. Seit der Kubakrise war die Notwendigkeit einvernehmlicher Rüstungsbegrenzung niemals schlimmer mißachtet worden als während der Schlußphase der Breschnew-Ära und der Anfangsphase der Ära Reagan. Zugleich litt die westliche Wirtschaft, aber weitaus stärker die sowjetische Wirtschaft unter schweren Verwerfungen.

Breschnew hinterließ ein ungeordnetes Haus, seine beiden Nachfolger waren zu krank, zu alt und - jedenfalls Tschernenko - zu unfähig, Konsequenzen zu ziehen. Das legitime Verlangen nach Verwirklichung der Menschenrechte war in den Händen Carters und Reagans zeitweilig zu einem Schlaginstrument verkommen. Man redete nicht mehr miteinander. Die Diplomatie war zum Teil herabgesunken zu einer mittels Fernsehen und Lautsprechern ausgetragenen gegenseitigen Beschimpfung.

Und doch hat sich gegen Ende der achtziger Jahre das Blatt abermals gewendet. Dabei hat sich vor allem unser Festhalten am Willen zu Gleichgewicht, Entspannung und Zusammenarbeit bewährt. Inzwischen hat eine Reihe von KSZE-Folgekonferenzen stattgefunden. Weitere Folgekonferenzen stehen zur Diskussion, nachdem das dritte KSZE-Folgetreffen Anfang 1989 in Wien bemerkenswerte Ergebnisse gezeitigt hat. Die 35 Teilnehmerstaaten haben sich dort verpflichtet, ihre nationalen Gesetze mit Korb drei in Übereinstimmung zu bringen, vor allem hinsichtlich der Ausreisefreiheit, der Zulassung von Menschenrechts-Organisationen und der Rechtsstaatlichkeit. Lediglich Ceauşescu sträubte sich, vor allem gegen eine Verpflichtung zum Schutz und zur Gleichbehandlung nationaler Minderheiten.

Der Sturmwind der Freiheit, der bald danach, im Sommer und Herbst 1989, die kommunistischen Diktaturen im Osten Europas beiseite fegte, hatte sich in Polen erhoben. Der Ursprung aber war die Helsinki-Schlußakte des Jahres 1975, sie gab die Grundmelodie vor, die im Laufe von anderthalb Jahrzehnten von oppositionellen Gruppen in Osteuropa aufgenommen wurde, zunächst vorsichtig und heimlich, später laut und öffentlich. Lech Walesa und Solidarność griffen als erste, lange vor allen anderen, in die vollen Akkorde. Die Polen intonierten, dann kamen die Menschenrechtsbewegung in der Sowjetunion und die Charta 77 in der Tschechoslowakei; später fielen die Ungarn ein und variierten die Grundmelodie. Heute erscheinen die Chancen für die Verwirklichung der Menschenrechte in ganz Europa weitaus größer als 1975, größer als je zuvor. Die Hoffnung auf Würde und die Grundfreiheiten jedes einzelnen sind keine Utopie mehr, sondern sie haben eine reale Aussicht auf Verwirklichung. Das gilt auch für die Herstellung von Gewaltenteilung, für den freien Wettbewerb unter verschiedenen politischen Parteien und für freie Wahlen.

Die Ausgangssituation war von Land zu Land unterschiedlich; sie war gewiß am schlechtesten in Rumänien, während sich die Diktaturen in Polen oder Ungarn weit weniger brutal dem Willen zur Freiheit zu widersetzen suchten. Einer der Faktoren für das Gelingen der Revolution war jedoch überall der gleiche, ob in Warschau, Budapest, Ost-Berlin oder Prag: Die Sowjetunion und die sowjetischen Armeen auf dem Boden der Staaten des Warschauer Paktes mischten sich nicht ein. Anders als Stalin, Chruschtschow oder Breschnew hat Gorbatschow das Völkerrecht respektiert. Er hat sich an jene Erklärung der Nichteinmischung gehalten, die Breschnew in Helsinki unterschrieben hatte.

Rückschläge können keineswegs ausgeschlossen werden; sie sind vielmehr wahrscheinlich, zumal aus wirtschaftlichen Gründen und wegen des Wiederauflebens alter Konflikte zwischen Nationen und Nationalitäten. Gleichwohl, das Bild im europäischen Kaleidoskop sieht an der Schwelle der neunziger Jahre sehr viel freundlicher aus als ehedem in Helsinki und als jemals seit 1945. Zwischen den Forderungen in Korb drei und ihrer Verwirklichung mögen in einigen der bisher kommunistischen Staaten noch lange erhebliche Lücken klaffen. Aber was ehedem ein Korb voller Absichten und Hoffnungen war, das füllt sich jetzt mit Wirklichkeit.

Helsinki war also nicht umsonst. Unsere Ostpolitik, unsere Gewaltverzichtsverträge, unsere wirtschaftliche Kooperation mit der Sowjetunion, mit der DDR und mit Polen, aber ebenso unsere Festigkeit gegenüber sowjetischer Drohung und Nötigung, die feste Bindung der Bundesrepublik an den Westen: all dies waren notwendige Voraussetzungen für den heutigen Erfolg des Helsinki-Prozesses. Helmut Kohl hat Glück gehabt: Da wir während der siebziger Jahre seiner Forderung, uns vom Helsinki-Prozeß zu distanzieren, nicht gefolgt sind, kann er die Früchte der KSZE-Schlußakte und des Prozesses der Folgekonferenzen ernten. Mich beschleicht dabei kein Neid. Im Gegenteil, ich bin glücklich über diese Früchte, denn sie kommen allen Völkern im Osten Europas zugute, besonders aber dem deutschen Volk in seiner Gesamtheit.

Polen: unser Nachbar seit tausend Jahren

Als ich in Helsinki dem polnischen Staats- und Parteichef Edward Gierek zum ersten Mal gegenübertrat, war ich der Überzeugung, langfristig liege es auch im wohlverstandenen polnischen Interesse, die noch in der Volksrepublik Polen lebenden Deutschen ausreisen zu lassen. Die Regierenden in Polen sahen das, wie ich wußte, ganz anders. Nach 1945 hatte man – außer in Oberschlesien – die überwiegende Mehrheit der in den sogenannten Oder-Neiße-Gebieten lebenden Deutschen nach Westen vertrieben, jetzt aber wollte man den Rest keineswegs einfach »herausgeben«.

Schon zu Zeiten von Willy Brandts Kanzlerschaft hatten Bonn und Warschau begonnen, jene Fragen zu erörtern, die der Warschauer Vertrag vom 7. Dezember 1970 zwangsläufig nicht hatte regeln können, die aber dem Ausbau des gegenseitigen Vertrauens massiv im Wege standen. Das waren in den drei Hauptpunkten 1.) unser Wunsch nach Ausreiseerlaubnis für die in der Volksrepublik Polen verbliebenen Deutschen, 2.) auf polnischer Seite die Forderung nach einer pauschalen Abgeltung von Ansprüchen polnischer Bürger, die in der Zeit des Nationalsozialismus Beiträge zur deutschen Rentenversicherung geleistet hatten, und 3.) die Forderung nach einem großen Finanzkredit zu günstigen Bedingungen (diesen stellte Außenminister Walter Scheel im Herbst 1973 in Aussicht). Im Hintergrund der polnischen Forderungen stand die Behauptung, Polen habe in den fünfziger Jahren lediglich der DDR, nicht aber uns gegenüber auf Reparationen verzichtet. Überdies herrschte in Warschau die Vorstellung, die Bundesrepublik habe prinzipiell die Pflicht, für die polnischen KZ-Opfer Entschädigung zu leisten. Man deutete zwar an, auf Reparationen und Entschädigungen unter Umständen verzichten zu wollen, aber nicht öffentlich (und damit auch nicht verbindlich) und auch nur dann, wenn Warschau und Bonn sich über die zuvor genannten Hauptpunkte einigten.

Als mir im Herbst 1974 der polnische Botschafter dieses Konzept in Form eines Briefes von Edward Gierek nebst Entwürfen für ein Abkommen vortrug, reagierte ich hart: »Wenn es heute eine deutsche Verantwortung gibt für das, was während des Dritten Reiches geschehen ist, so trifft eine Verantwortung die 17 Millionen Deutschen in der

DDR genauso wie die 60 Millionen Deutschen in der Bundesrepublik. Dies ist meine sittlich begründete Auffassung, die kann keiner überwinden.« Dies sei eine schwerwiegende Feststellung, meinte der Botschafter. Ich fuhr fort: »Ich werde, selbst wenn wir uns in den Sachfragen einigen sollten, was ich nicht für leicht halte, nichts unterschreiben, was allein der Bundesrepublik Deutschland eine moralische Verantwortung für die Verbrechen der Nazis auferlegt. Die Formulierungen in dem Papier, das Sie mir übergeben haben, sind für mich nicht akzeptabel.«

Der noch im Benehmen mit Brandt und Scheel ins Auge gefaßte Besuch Giereks in Bonn ist daraufhin nicht zustande gekommen. Natürlich wurde von beiden Außenministerien an Einigungsversuchen gearbeitet, aber sowohl hinsichtlich der Ausreisequoten als auch hinsichtlich der Finanzvorstellungen beider Seiten klafften große Differenzen. Die Medien in beiden Staaten hatten sich des Streites bemächtigt, und die CDU/CSU-Opposition im Bundestag heizte kräftig an. Der Versuch zur vertraglichen Einigung und zur Normalisierung mit Polen mißfiel ihr seit Willy Brandts Amtsantritt auf das äußerste.

Als Edward Gierek und ich uns am Abend des 1. August 1975 in Helsinki zusammensetzten, war die Situation insgesamt sehr kompliziert geworden. Wir hatten jedoch beide den Willen, den Knoten zu lösen. Neben Gierek saßen der polnische Ministerpräsident Jaroszewicz, Außenminister Olszowski und weitere Herren, auf unserer Seite Genscher und andere. Daß die Runde so groß war, erwies sich als Fehler, denn nun war es unvermeidlich, daß die von den beiden Außenministerien erarbeiteten Positionspapiere und Zahlen vorgetragen wurden, die wir längst voneinander kannten. In solcher Lage will keiner sich die Blöße geben, vor Zeugen die bisher vertretenen Positionen und Zahlen beiseite zu schieben, um zur Sache, das heißt zum Kompromiß zu kommen. Ich selbst durfte mir das schon deshalb nicht erlauben, weil die Opposition zu Hause möglicherweise Wind davon bekommen konnte.

Gierek hatte gewiß ähnliche Gründe zur Vorsicht; wir hatten durchaus negative Äußerungen von Jaroszewicz und Olszowski bemerkt. So zog sich das Gespräch in die Länge. Eine der viel Zeit verschlingenden Fragen war: Wie viele Deutsche leben eigentlich in Polen? Wir hatten wesentlich höhere Zahlen als die polnische Seite. Nach 1945 hatte es eine harte Polonisierungspolitik gegeben; deutsche Schulen waren verboten worden, so daß manche der jüngeren Deutschen nur schlecht Deutsch sprachen. Aber wir mußten es durchaus auch für möglich halten, daß viele der beim Deutschen Roten Kreuz registrierten Ausreisewilligen nicht eigentlich Deutsche waren, sondern Polen, die aus wirtschaftlichen Gründen in die Bundesrepublik wollten, und auch mehrere tausend gemischte Familien, meist in Oberschlesien, bereiteten den Statistikern Kopfzerbrechen.

Einigung mit Gierek

Mitternacht war längst vorüber, als Gierek die Initiative ergriff: »Pan Kanzlerze, vielleicht sollten wir zwei mal ein wenig frische Luft im Garten schöpfen.« So geschah es. Wenige Minuten später, unter vier Augen, sagte er zu mir: »Mein Gott, das war doch bei uns in Oberschlesien alles ganz anders, als es da oben (am Verhandlungstisch) in den Tabellen steht. Wir Oberschlesier waren Polen, wenn es dem polnischen Volk gut ging. Wir waren Deutsche, wenn es euch gut ging.« Vielleicht war diese Bemerkung etwas übertrieben, aber sie war ehrlich gemeint. Gierek selbst war ein Beleg für das, was er gesagt hatte: Er sprach ein zwar unbeholfenes, mit polnischen Worten untermischtes, für mich aber durchaus verständliches Deutsch, wie ich es zuletzt als Soldat während einer vorübergehenden Stationierung in Hindenburg (Zabrze) gehört hatte.

»Mir ist das Verhandeln um Geld für Menschen ekelhaft«, sagte Gierek, und ich versicherte ihm, es gehe mir genauso. »Leider können wir nicht anders.« Giereks Ehrlichkeit und sein demonstrativer Wille zur Einigung forderten mich heraus. Unter dem hellen Nachthimmel von Helsinki einigten wir uns binnen einer Viertelstunde über alle wesentlichen Punkte. An den Verhandlungstisch zurückgekehrt, stellte sich heraus, daß jedermann über unsere gemeinsamen Vorschläge erleichtert war; einvernehmlich haben wir in kurzer Zeit die wichtigen Details ausformuliert, um schließlich gegen 3 Uhr früh nach einigen Wodkas ins Bett zu kommen.

Die Einigung war mehr Giereks Verdienst als das meinige. In jener Nacht begann meine Sympathie für diesen stämmigen Bergarbeiter aus Kattowitz. Er war der Typus des zuverlässigen, selbst- und machtbewußten, instinktsicheren und charismatischen Arbeiterführers und erinnerte mich an meine Freunde Georg Leber und Walter Arendt – der erstere ein Bauarbeiter, der letztere ein Bergarbeiterführer.

Schon Giereks Vater war Bergarbeiter gewesen; nach seinem Tod bei einem Grubenunglück war die Familie nach Frankreich ausgewandert, wo Edward mit 13 Jahren im Bergwerk anfing. Nach einem Streik wurde er als Ausländer aus Frankreich ausgewiesen, leistete während eines dreijährigen Aufenthaltes in der Heimat Wehrdienst und ging danach für sieben Jahre wieder ins Bergwerk, diesmal in Belgien. 1945 kehrte er nach Polen zurück. Er war stolz auf seinen Beruf, auf seine Laufbahn als kommunistischer Gewerkschafter und auf Kattowitz, wo er sich in der Politik großes Vertrauen erworben und nebenher ein Ingenieurstudium absolviert hatte. Als wir uns in Helsinki kennenlernten, war er seit fünf Jahren Erster Sekretär der Partei. Er hielt sich außenpolitisch an Moskau, weniger als Ideologe, sondern eher als Praktiker. Die Verbesserung des Lebensstandards der Arbeiter war ihm ungleich wichtiger als deren politische Bevormundung durch die Partei und ihre Funktionäre. Leider verstand er von den Zusammenhängen einer Volkswirtschaft genausowenig wie die meisten seiner Genossen in den anderen Staaten des RGW. Daran ist er 1980 gescheitert.

Die Ära der Wirtschaftsreformer Deng Xiaoping und Gorbatschow hatte noch nicht begonnen, als mir Gierek 1977 bei meinem Polenbesuch – inzwischen hatte er seinen Besuch in Bonn (und in Hamburg) gemacht – voller Stolz neue Anlagen der Schwerindustrie in Oberschlesien und in Gdynia zeigte. Ich fragte ihn: »Lieber Herr Gierek, dies alles, Ihre modernen Hütten, Ihre Automobilfabrik, Ihre neuen Werke und Werften, ist wirklich eindrucksvoll. Aber werden Sie auch genug Aufträge haben für diese großen Kapazitäten?« – »Aber ja«, sagte er emphatisch. »Ich rede von Auslandsaufträgen, denn dies ist doch alles mit ausländischen Krediten gebaut worden; müssen Sie nicht ins Ausland liefern, um die Kredite bedienen zu können?« – »Tak«, sagte Gierek, »aber wir haben ja große Auslandsaufträge.« – »Aus welchen Staaten?« Daraufhin nannte er eine Reihe von RGW-Staaten, das heißt: harte Währung war mit diesen Aufträgen nicht zu verdienen. Die Investitionskredite stammten jedoch von westlichen Banken und Konsortien und mußten in harter Währung bedient werden. Ich hatte den Eindruck, für Gierek sei Geld eben Geld, der enorme Unterschied zwischen westlichen Devisen und östlichen Verrechnungsrubeln schien für ihn nicht ins Gewicht zu fallen. Daß man mit Verrechnungsrubeln keinen DM-Kredit der Dresdner Bank bedienen kann, war ihm anscheinend nicht deutlich.

Auch die binnenwirtschaftliche Gleichung konnte nicht aufgehen. Lohnerhöhungen und Agrarpreissubventionen – weitgehend von der Notenbank finanziert – schufen eine monetäre Nachfrage, der bei geringem realen Wachstum kein ausreichendes Angebot gegenüberstand. Zugleich waren die Preise staatlich reguliert. Diese Konstellation mußte zu wachsendem Inflationspotential und zu wachsenden Versorgungsengpässen führen und eines Tages abermals soziale Erschütterungen auslösen. Die ökonomische Situation Polens hat mich bereits 1977 bedrückt.

Nach wie vor bin ich davon überzeugt, daß wir Deutschen ein primäres Interesse am Wohlergehen unserer polnischen Nachbarn haben. Denn wenn es ihnen schlecht geht, so werden fast zwangsläufig all jene Verletzungen wieder schmerzhaft ins Bewußtsein zurückkehren, die das polnische Volk im Laufe der letzten zweihundert Jahre erlebt hat. Jedenfalls darf man nicht ausschließen, daß solche Reaktionen möglich sind. Aus wirtschaftlichen Gründen hat es in Polen viele Unruhen gegeben: 1956, 1968, 1970, 1976, 1980, 1981. Bei solchen Kalamitäten kann psychologisch und auch politisch der deutsch-polnische Normalisierungsprozeß zurückgeworfen werden. Auch in Zukunft würde ich den Polen bis an die Grenze meiner ökonomischen Vernunft helfen wollen. Deshalb war ich glücklich, als 1981 aus der Bundesrepublik spontan Hilfspakete nach Polen geschickt wurden (ich mußte diese Solidaritätsbekundungen in Washington und auch in Paris nachdrücklich verteidigen); deshalb war ich erbittert, als die Einigung zwischen Gierek und mir von der CDU/CSU-Opposition auf das kleinlichste kritisiert wurde und im Bundesrat um ein Haar zu Fall gebracht worden wäre.

Das Einigungs-Paket bestand zum einen aus einer Ausreisezusage für 120 000 bis 125 000 Menschen innerhalb von vier Jahren; für die anschließende Zukunft gab die polnische Regierung eine Offenhaltungserklärung ab für individuelle Ausreiseberechtigungen nach Maßgabe einer Jahre zuvor durch uns entgegengenommenen Definition (»Information«) und der geltenden Gesetze. Warschau hat sich an seine Zusage gehalten: Von 1976 bis 1979 trafen 134 000 Deutsche bei uns ein, bis zum Ende meiner Amtszeit 1982 hat sich die Zahl auf fast eine Viertelmillion erhöht. Zum anderen vereinbarten wir eine pauschale Abgeltung von Rentenansprüchen in Höhe von 1,3 Milliarden DM nach dem Muster anderer Verträge, die wir seit 1951 mit einer Reihe von Staaten geschlossen hatten. Das dritte Element war ein Finanzkredit in Höhe von 1 Milliarde DM, zu gewähren durch die Kreditanstalt für Wiederaufbau bei Zinsverbilligung aus dem Bundeshaushalt. Unter Führung der Dresdner Bank – dank ihres Vorstandsmitglieds Schreiber und ihres später ermordeten Vorstandsvorsitzenden Jürgen Ponto – kam nach

Ratifizierung außerdem eine Kreditzusage über 2,7 Milliarden DM zustande, so daß die finanzielle Gesamtleistung des Pakets eine beträchtliche Höhe erreichte.

Den beiden Außenministern Olszowski und Genscher kommt das Verdienst zu, mitgeholfen zu haben, daß die zum Teil pingelig, zum Teil künstlich herbeigesuchten Einwände der von der CDU/CSU regierten Bundesländer – das Rentenabkommen unterlag wegen einiger administrativer Details der Zustimmung des Bundesrates – ausgeräumt werden konnten. Die CDU-Ministerpräsidenten Röder und Albrecht sowie der CDU-Vorsitzende und rheinland-pfälzische Ministerpräsident Kohl haben sich um das Zustandekommen eines am Ende einstimmigen Bundesratsbeschlusses verdient gemacht. Im Bundestag stimmte eine Reihe von Oppositionsabgeordneten mit der Regierungskoalition für die Ratifikation, so der frühere Fraktionsvorsitzende Barzel; der CSU-Vorsitzende Strauß und andere agitierten weiterhin in einer zum Teil bösen und die Polen verletzenden Weise weiter und blieben bei ihrer Ablehnung. Immerhin hatte die bis zum Tag der Abstimmung, dem 12. März 1976, sich hinziehende Debatte auch einen positiven Aspekt: von Mitte Februar bis Mitte März stieg in den Meinungsumfragen die Zustimmung zum Abkommen von 30 auf 60 Prozent, die Ablehnung fiel von 45 auf 24 Prozent. Diese wachsende Zustimmung war zwar keineswegs kritiklos, aber sie erhöhte den psychologischen Wert der deutsch-polnischen Abmachungen erheblich und demonstrierte so den hohen Aufklärungswert einer breiten, öffentlich geführten Debatte. Auch Gierek war davon beeindruckt.

Die Weltpresse hatte sich ihr Urteil schon lange vorher, nämlich in der ersten Augustwoche 1975 gebildet. Die »Financial Times« sprach von einem »großen Durchbruch«, einem »klaren Kompromiß, bei dem beide Seiten nachgegeben haben«. Die »New York Times« hatte die Abmachungen als einen »Wendepunkt in den westdeutschen Beziehungen zu Polen« bezeichnet. Die albanische »Bashkimi« gehört zwar nicht zur Weltpresse, aber ihr Kommentar offenbarte, gegen welche Art von Argumenten Gierek anzukämpfen hatte (und sie kamen keineswegs nur aus Tirana): »Gierek wird polnische Bürger an die Bonner Militaristen verkaufen.« Die »Zeit« in Hamburg resümierte: »Kein Anlaß zum Jubeln ... Aber kein anderer Weg führt in die Zukunft.«

Strategische Umklammerung

Dreimal war Polen unter seinen Nachbarn Rußland, Österreich und Preußen geteilt worden, 1772, 1793 und 1795, bei der letzten Teilung verschwand es für mehr als 120 Jahre ganz von der Landkarte. »Noch ist Polen nicht verloren«, sangen die Polen seither. 1939 teilten Hitler und Stalin Polen ein viertes Mal, und der am Ende des Ersten Weltkrieges gerade wiedererstandene polnische Staat ging abermals unter. Dann kam 1945 die gewaltsame Westverschiebung des gesamten polnischen Siedlungs- und Staatsgebietes durch Stalin; er nahm sich den Teil Polens, den Hitler ihm 1939 zugebilligt hatte. Zwar hatten schon in früheren Zeiten nationalistische Polen die Annexion deutscher Gebiete in Ostpreußen, Pommern und Schlesien verlangt. Aber 1945 hat Polen sich nicht darum beworben, große Teile ihres Landes an die Sowjetunion abzugeben und durch deutsche Gebiete für den Verlust entschädigt zu werden, aber wie hätten sie sich gegen diese Verschiebung nach Westen wehren sollen? Sie hatten dies hinzunehmen als Folge eines Krieges, der nicht von Warschau ausgegangen war. Daß sie danach an den ihnen ersatzweise zugeteilten Gebieten festhielten und weiterhin festhalten werden - wer kann ihnen das verdenken?

Angesichts dieser wechselvollen, tragischen Geschichte hatte ich Respekt vor den Polen, lange bevor ich in den fünfziger Jahren begann, mich für dieses Land zu interessieren. Inzwischen ist daraus eine tiefe Zuneigung geworden. »Man muß die Polen schon allein deshalb lieben, weil sie mehr gelitten haben als alle anderen.« Dieser Satz, den ich meiner Erinnerung nach zuerst von Herbert Wehner gehört habe, ist mir zur Überzeugung geworden. Deshalb habe ich jeden polnischen Vorschlag ernst genommen.

Als der polnische Außenminister Adam Rapacki 1957 mit Vorschlägen für eine militärisch verdünnte Zone in Mitteleuropa hervortrat, traf er bei den Konservativen im Westen auf Argwohn und Ablehnung. Man witterte die Absicht, militärische Vorteile für die Sowjetunion herauszuschlagen, und weil man sich den »Ostblock« ohnehin als eine von Moskau straff gelenkte Einheit vorstellte, glaubte man, Rapacki handele auf sowjetische Anweisung. Die meisten Sozialdemokraten im Westen Europas waren anderer Meinung. Wir hielten den Rapacki-Plan schon allein deswegen für einen wichtigen und interessanten Diskussionsbeitrag, weil er auf konstruktive Weise versuchte, aus der Sterilität des Ost-West-Verhältnisses herauszuführen. Die Regierungen in Ost und West beschränkten sich damals darauf, sich gegenseitig anzuschwärzen und zu beschuldigen; die militärische Intervention der Sowjetunion in Ungarn 1956 spielte dabei natürlich eine große Rolle.

Hinter Rapackis Vorstellungen, die leicht verändert etwas später erneut vorgetragen wurden, standen durchaus nationale polnische Interessen. Polen, ebenso die Tschechoslowakei und Ungarn sowie die Balkanstaaten litten unter der massiven militärischen Konfrontation. Der Aufmarsch der Sowjetunion von der mecklenburgischen Ostseeküste bis zum Balkan-Gebirge war, ungeachtet der Moskauer Begründungen, nicht nur eine Bedrohung für die Völker westlich von Elbe und Donau, sondern er war zugleich eine wirkungsvolle Garantie für den Gehorsam der Staaten des Warschauer Paktes gegenüber dem Kreml. Ob es damals auch in Moskau Leute gab, die anders dachten und die Rapackis Pläne guthießen, war für mich nicht zu ergründen. Aber ich begriff, daß eine Truppenentflechtung in Mitteleuropa die sowjetische Machtklammer um Polen lockern konnte und daß dies durchaus in Rapackis Interesse liegen mußte. Natürlich konnte weder damals noch später ein führender polnischer Politiker es wagen, ein solches Motiv erkennbar werden zu lassen.

Durch den Rapacki-Plan in seinen verschiedenen Versionen wurde mir in den späten fünfziger Jahren deutlich, wie der polnischen Führung zumute sein muß, die sich nicht nur an der Ostgrenze, sondern ebenso an der Westgrenze des Landes gewaltigen sowjetischen Streitkräften gegenübersieht. Auch an der Südgrenze (seit 1956 in Ungarn und seit 1968 zusätzlich in der ČSSR) waren bis vor kurzem starke Truppenverbände der Sowjetunion stationiert, ganz abgesehen von den sowjetischen Truppen auf dem Boden der Volksrepublik Polen.

Rapackis (und Gomulkas) Vorschläge schienen mir aus deutscher Sicht nicht ohne weiteres akzeptabel; ich habe mich 1959 in einer ausführlichen Bundestagsrede und 1961 in meinem Buch »Verteidigung oder Vergeltung« dazu geäußert. Prinzipiell war ich immer Anhänger eines durch vertraglich festgelegte Rüstungsverminderung herbeizuführenden militärischen Gleichgewichts in Europa. Als Verteidigungsminister wie als Bundeskanzler habe ich deshalb den Wiener MBFR-Verhandlungen zu Resultaten zu verhelfen gesucht. Beide Weltmächte hatten jahrelang wenig Interesse daran; sie haben deshalb zugelassen, daß auf beiden Seiten die Erbsenzähler sich der Verhandlungen bemächtigten. Dabei war das sowjetische Desinteresse angesichts der zahlenmäßigen Überlegenheit des Warschauer Paktes leichter zu verstehen als das westliche Desinteresse. Das hat sich seit der Überleitung in die VKSE-Verhandlungen, seit dem politischen Katarakt in Osteuropa, seit den Ankündigungen einseitigen sowjetischen Truppenabbaus in Ungarn und in der ČSFR grundlegend geändert: Ein später Erfolg Rapackis ist wahrscheinlich geworden.

Auf der Suche nach Verständnis und Vertrauen

Rapacki hatte mein politisches Interesse an Polen geweckt, und im Sommer 1966, auf einer Autofahrt von Nürnberg über Prag nach Moskau und Leningrad habe ich mir aus eigener Anschauung ein Bild vom Land zwischen Oder und Weichsel machen können. Die polnischen Behörden haben uns frei reisen lassen, wir konnten mit jedermann sprechen, und in Warschau standen uns auch einige offizielle Gesprächspartner zur Verfügung.

Wir haben damals Freundschaften geschlossen, die sich später vielfach bewährten, zum Beispiel mit dem Sozialdemokraten Andrzej Czystowski, einem liebenswerten ehemaligen KZ-Häftling, der zehn Jahre später Mitteilungen und Briefe zwischen Gierek und mir hin und her trug. Czystowski lebte mit seiner Frau in bescheidenen Verhältnissen, ein beruflicher Aufstieg war ihm nicht beschieden, wohl weil er gesinnungstreu geblieben war. Bis zu seinem Tod 1988 versuchte er, der Aussöhnung zwischen Polen und Deutschen zu dienen, eine Aufgabe, der er sich verschrieben hatte, längst ehe es diplomatische Beziehungen zwischen Bonn und Warschau gab. Als Loki ihn 1973, abermals auf einer privaten Polenreise, besuchte, arbeitete er an einem Buch über die polnische Sozialdemokratie – ob es jemals erscheinen wird? Damals zeigte er meiner Frau die Stelle, an der sein Vater von Sowjets erschossen worden war. Er zeigte ihr auch kleine Gedenktäfelchen, geschmückt mit Kerzen und Blumen, die Privatleute in kleinen Nischen an ihren Mietshäusern angebracht hatten, zum Andenken an Polen, die einesteils von Hitlerowcy (nicht etwa von Niemiecki = den Deutschen) und die andernteils von Angehörigen der Roten Armee umgebracht worden waren. Auch auf deutscher Seite hat es früh Stimmen gegeben, die mahnten, die polnischen Opfer nicht zu vergessen, so Marion Gräfin Dönhoff oder Karl Dedecius.

Die lange Autofahrt quer durch Polen vermittelte einen guten Überblick. Die primitive, hoch parzellierte – von Gomulka weitgehend wieder privatisierte – Landwirtschaft war ebenso zurückgeblieben wie der Wiederaufbau der kriegszerstörten Städte, trotz offenkundig großer Anstrengungen und liebevoller Hingabe bei der Restauration kulturell oder historisch wichtiger Gebäude. Als geschichtsbewußte Nation haben die Polen schon bald nach dem Krieg damit begonnen, Schlösser, Kirchen, Bürgerpalais und Marktplätze nach alten Vorlagen wiederherzustellen. 1966 imponierte uns besonders der Wiederaufbau der Warschauer Altstadt. Lebensstandard und Güterversorgung allerdings lagen weit unter dem Niveau, das für uns im Westen selbstverständlich war. Aufgrund all dieser Eindrücke wurde aus unserem bloß aus Bücherweisheit und aus Geschichtskenntnis stammenden Respekt für die Polen ein starkes Gefühl der Zuneigung.

Gewiß, in einigen Gesprächen in Warschau wurde ich auch mit kommunistischen Agitationsphrasen konfrontiert. Der Besuch war zu kurz, um herauszufinden, wieweit die Sprecher tatsächlich glaubten, was sie sagten. Hier und dort haben wir auch Haß auf die Deutschen gespürt. Und natürlich bekamen wir die offiziellen Parolen von der Wiederkehr der Nazis bei uns oder von unserem »Revisionismus« oder gar »Revanchismus« zu hören, von der Bedrohung des Friedens, die angeblich von der Bundesrepublik ausging und so weiter. Manche törichten und aggressiven Äußerungen einiger unbelehrbarer westdeutscher Politiker auf der äußeren Rechten des politischen Spektrums wurden als vermeintliche Beweise zitiert. Natürlich fiel es den Polen schwer, die geringe politische Bedeutung der damaligen Vertriebenenfunktionäre zu erkennen – manche Polen wollten sie vielleicht auch gar nicht erkennen.

In Warschau sah ich damals die größte Militärparade meines Lebens. Anläßlich der Tausendjahrfeier des polnischen Staates führten Polens Soldaten ihre modernen Waffen vor – von der Stalinorgel bis zur zweistufigen Rakete und vom Transportflugzeug bis zum schnellsten sowjetischen Düsenjäger. Wirklich beklemmend aber war der Vorbeimarsch von Tausenden von Jugendlichen und Kindern: Viele Stunden standen sie in allerlei Uniformen in der prallen Sonne und warteten auf ihr Marschkommando. Unwillkürlich mußte ich an meine eigenen Hitlerjugend-Erlebnisse in den Jahren 1934 bis 1936 denken. Am Abend lasen wir dann die große Parlamentsrede Gomulkas. Es war, um mich vorsichtig auszudrücken, eine kalte Dusche. Fast resigniert haben wir uns gefragt: Wie lange noch werden wir brauchen, um endlich einander zu vertrauen? Nur in seltenen Augenblicken tat sich eine verborgene Hoffnung kund: daß die Deutschen sich wandeln und Verständnis für die Lage Polens aufbringen mögen, daß sie endlich die Leiden und Anstrengungen des polnischen Volkes anerkennen und vor allem, daß sie seine Grenzen bestätigen.

Hitlers Krieg hat eine Welle roher Gewalt ausgelöst, wie sie Europa noch nie erlebt hatte. Millionen Menschen sind zugrunde gegangen, Millionen Menschen in fast allen europäischen Ländern haben Unsägliches gelitten, kein Volk aber hat mehr gelitten als das polnische. Wenn diese Schrecken sich nicht wiederholen sollen, wenn die Angst vor den Deutschen endlich aufhören soll, dann müssen wir den Verlust deutscher Siedlungsgebiete an unsere polnischen Nachbarn nicht nur hinnehmen, sondern wir müssen diesen Verlust innerlich bejahen. Alle unsere Nachbarn müssen diese Bejahung spüren können. Und eines nicht zu fernen Tages muß die *ganze* deutsche Nation der polnischen Nation deutlich und ohne Umschweife die Endgültigkeit ihrer Grenzen bestätigen. Je eher die politisch Verantwortlichen in Deutschland zu einer völkerrechtlichen Anerkennung dieser Grenze bereit sind, die in Wirklichkeit längst von der ganzen Welt einschließlich des Vatikans anerkannt ist, desto eher kann es zu freundschaftlichen Beziehungen zwischen Polen und Deutschen kommen.

So dachten jedenfalls Brandt, Wehner und ich 1970 zur Zeit der Aushandlung des Warschauer Vertrages. Aus Rücksicht auf unseren Koalitionspartner und auf die Mehrheiten in Bundestag und Bundesrat, auch angesichts der außenpolitischen und innerstaatlich-rechtlichen Festlegungen vorheriger Regierungen gingen wir im Warschauer Vertrag nur so weit die Grenzen zu respektieren (Verzicht auf Gewaltanwendung, verbunden mit der Erklärung, die *Bundesrepublik* habe keine Gebietsansprüche gegenüber Polen), nicht aber sie förmlich und völkerrechtlich anzuerkennen. Mehr war damals nicht möglich, mehr war auch später während meiner Regierung nicht möglich. Aber daß ich die polnische Westgrenze für endgültig hielt, das hat Edward Gierek gespürt – wenngleich ich es ihm nicht öffentlich sagen durfte. Auch darauf beruhte das Vertrauensverhältnis zwischen uns beiden. Leider hat Bundeskanzler Kohl im Winter 1989/90 in einer Reihe ambivalenter öffentlicher Äußerungen abermals tiefe Zweifel in Polen ausgelöst.

Ein Jahr nach Helsinki kam Gierek in die Bundesrepublik. Es war der erste offizielle Besuch eines polnischen Staatschefs. Wir hatten viel Zeit, miteinander zu reden, sowohl in Delegationsgesprächen als auch privat. Giereks Begleiter Babiuch, damals stellvertretender Vorsitzender des Staatsrates, später Ministerpräsident, und offensichtlich Gierek sehr ergeben, wirkte ein wenig blaß. Noch blasser wirkte der stellvertretende Ministerpräsident Wrzaszczyk; er trug weitgehende ökonomische Verantwortung, konnte aber gerade auf diesem Feld keinen seiner deutschen Gesprächspartner überzeugen. Zur Delegation zählten außerdem der mir schon länger bekannte Außenminister Stefan Olszowski und sein Stellvertreter Josef Czyrek, ebenso Mieczyslaw Rakowski und Ryszard Wojna. Der freundschaftlich-offene Kontakt zu den beiden Letztgenannten hat sich bis auf den heutigen Tag erhalten.

Natürlich habe ich großen Wert darauf gelegt, daß unsere polnischen Gäste mit möglichst vielen Deutschen in Kontakt kamen, vor allem mit Willy Brandt, Herbert Wehner und Wolfgang Mischnick. Mischnick ist als Vorsitzender der FDP-Fraktion im Bundestag immer ein überzeugter Helfer bei der Durchsetzung der Ostpolitik der sozial-liberalen Koalition gewesen, wie er überhaupt während aller Phasen der sozialliberalen Regierungskoalition von 1969 bis 1982 ein loyaler, zuverlässiger Partner war.

Wir haben auch für ein zweimaliges persönliches Treffen Giereks mit Helmut Kohl gesorgt. Kohl war unserer Ostpolitik gegenüber relativ aufgeschlossen und bisweilen hilfreich, was angesichts seiner Kanzlerkandidatur 1976 nicht selbstverständlich war. So hat er als rheinland-pfälzischer Ministerpräsident, anders als seine Parteifreunde in Stuttgart und München, nicht die Empfehlungen der zwischen Polen und uns errichteten gemeinsamen Schulbuchkonferenz abgelehnt. In seiner Regierungserklärung vom 4. Mai 1983 hat er sich dazu bekannt, die vorher geschlossenen Verträge »nach deren Geist und Buchstaben« zu befolgen. Kohl war damals klüger als in späteren Jahren.

Der Besuch Giereks vertiefte unser persönliches Vertrauensverhältnis. Als ich im September des darauffolgenden Jahres der Schleyer-Entführung wegen meinen verabredeten Gegenbesuch in Polen verschieben mußte, zeigte er Verständnis. Tatsächlich kam mein Gegenbesuch dann einige Wochen später, im November 1977, zustande. Zur Delegation gehörten unter anderen Herbert Wehner und Mischnicks Stellvertreter Engelhard, Berthold Beitz und andere Vertreter aus Industrie und Wirtschaft, mein aus Ostpreußen stammender Freund Siegfried Lenz, der Vorsitzende der IG Bergbau und Energie Adolf Schmidt und etwa fünfzig Journalisten. Im persönlichen Gespräch vertieften sich Wehner und Gierek ziemlich einvernehmlich in die MBFR-Problematik, an deren Lösung Gierek und wir in gleicher Weise interessiert waren. Ich

Helmut Schmidt und Edward Gierek bei der Unterzeichnung der gemeinsamen Schlußerklärung am Ende der Polenreise des Bundeskanzlers im November 1977.

Oben: bei einem Abendessen in Warschau, links Herbert Wehner, rechts Edward Gierek und Frau Schmidt.
Unten: beim Gang durch die Danziger Langgasse.

nahm die Gelegenheit wahr, darauf hinzuweisen, daß nicht nur Sozialdemokraten und Freie Demokraten, sondern auch viele aus der CDU Verständigung mit Polen suchten. Ich nannte ausdrücklich Richard von Weizsäcker, Rainer Barzel, Helmut Kohl, Heinrich Köppler und Klaus von Bismarck; Gierek legte Wert darauf, auch den Namen Gerhard Schröders einzufügen. Natürlich kam die Rede auch auf Strauß, den ich, wie immer, verteidigte, worauf Gierek seine Kritik einschränkte.

Auffallend waren Giereks positive Bemerkungen zu Kardinal Wyszynski, mit dem man sich über alles verständigen könne, was gut für die polnische Nation sei. Wenn das deutsche Episkopat Wyszynski einladen wolle, diene das der Verständigung. Gierek fügte eine kritische Bemerkung an über die Haltung der katholischen Kirche in der Bundesrepublik gegenüber Polen. Ich habe dazu geschwiegen, denn auch mir war die Einstellung Kardinal Höffners, des Vorsitzenden der Fuldaer Bischofskonferenz, fremd. Erst später, unter dem persönlichen Einfluß von Kardinal Glemp, der 1981 nach dem Tode Wyszynskis dessen Nachfolger geworden war, gab die katholische Kirche ihre unversöhnliche Haltung auf. Unsere Gespräche über Personen in Polen und in Deutschland, auch über Erich Honecker, haben uns geholfen, die Situation des jeweils anderen zu verstehen. Gierek begriff, wie schwierig die nationale Identifikation für manchen jungen Deutschen angesichts der Teilung sein muß, und verstand die darin verborgenen Gefährdungen.

Besonders am Herzen lag mir der Besuch der alten Hansestadt Danzig. Meinen Landsleuten zu Hause wollte ich damit zu verstehen geben: Der Bundeskanzler besucht Polen, die nicht nur in der ehemals deutschen Stadt leben, sondern die diese schöne Stadt heute auch als die ihre ansehen. Der Bundeskanzler erkennt diese Tatsache an, die eine blutige Geschichte uns hinterlassen hat. Die gesamte Delegation stieg am Goldenen Tor aus den Wagen und ging die Langgasse (heute Ulica Dluga) zu Fuß hinunter zum Rathaus, Pjotr Jaroszewicz und seine Frau neben mir, dazu die Gastgeber aus der Woiwodschaft und der Stadt Danzig. Auf beiden Seiten der Straße standen erwartungsvoll einige tausend Bürger mit verhaltener Freundlichkeit. Sie standen in zwei oder drei Reihen hintereinander. Ich fühlte ihre Augen auf mich gerichtet. In ihren Blicken lag Neugierde, wahrscheinlich kamen ausländische Regierungschefs nicht allzuoft nach Danzig. In ihren Blicken lag aber auch Stolz, Stolz auf den Wiederaufbau dieser total zerstörten Stadt. Viele jedoch, so kam es mir vor, fragten sich: Was will der hier? Gehört der zu denen, die uns eines Tages abermals vertreiben wollen? Kann ein

Deutscher überhaupt anständig sein? Kann man ihm vertrauen?

Warum vertraut ihr uns nicht? Warum versteht ihr nicht, weshalb wir euch besuchen? So meine stummen Gegenfragen. Aber die Antwort lag ja auf der Hand: Die Polen haben genug Gründe, mißtrauisch zu sein, sogar manchen Grund aus den Jahren nach 1945. Vielleicht dachte der eine oder andere gerade an die bösen Worte, die bei uns zu Hause über sie im Umlauf waren – auch und gerade während der Vorbereitungen dieser Polenreise.

Seither bin ich noch zweimal in Danzig gewesen. Die Wiederherstellung der schönen Altstadt ist inzwischen fast abgeschlossen. Schon 1977 hatte Otto Koll, ein Beamter des Bundeskanzleramtes, der meine persönlichen Akten verwaltete, über den Wiederaufbau seiner Heimatstadt gestaunt: »Das ist ja genau wie in meiner Kindheit!« Aber während damals manche Polen in Danzig so taten, als ob alle wiederhergestellten Bauwerke von polnischen Vorfahren errichtet worden seien, sprachen 1988 sowohl in Danzig als auch auf der Marienburg die Fremdenführer ganz ungeniert davon, dies alles stamme aus der »deutschen Zeit«. Und dann fügten sie stolz hinzu: »Aber wir Polen haben es wieder aufgebaut.«

Am Tag zuvor waren wir in Krakau gewesen. Leider war Kardinal Wojtyla einer persönlichen Begegnung ausgewichen. Dies schmerzte mich, denn ich hatte sowohl von Kardinal Doepfner als auch von Kardinal König manches Positive über ihn gehört, was mich neugierig gemacht hatte. Wojtyla ließ seine Absage damit begründen, ein Gespräch zwischen uns könne in Warschau mißgedeutet werden; ob damit die Parteiführung oder der polnische Primas Wyszynski gemeint war, blieb offen. Wyszynski hatte Deutschland gegenüber eine ähnlich reservierte Haltung wie umgekehrt Höffner gegenüber Polen. Wyszynski und ich haben einen Briefwechsel geführt, aber zu einem Besuch in der Bundesrepublik war er nicht bereit.

Der Besuch in Wojtylas Bischofskirche auf dem Krakauer Wawel, der Altar von Veit Stoß in der Marienkirche, die Tuchhallen und der Glokkenturm im alten Stadtkern, all das bewog mich, am Abend die Geschichte Krakaus nachzulesen. Es gibt wenige Städte, wo sich polnische und deutsche Kultur so nah gewesen sind. Nur wenig mehr als 50 Kilometer von Krakau entfernt aber liegt jener Ort, der zu den düstersten Orten der Geschichte überhaupt zählt – Auschwitz.

Auschwitz

Am 23. November 1977 waren wir in Auschwitz und Birkenau gewesen. Über eine Million Menschen sind hier von Deutschen ermordet worden. Ich zähle diesen Besuch zu den erschütterndsten meines Lebens.

Der Bundeskanzler wird bei seinen Auslandsreisen häufiger als andere mit den Zeugnissen von Verbrechen konfrontiert, die seine eigenen Landsleute begangen haben. Es gehört zur Routine solcher Reisen, sich binnen weniger Stunden auf völlig verschiedene Themenkreise einzustellen, ich kannte das. Als ich jedoch das Vernichtungslager Auschwitz-Birkenau betrat, war ich in einer Weise betroffen, wie ich es nie zuvor und nie wieder erlebt habe – außer vielleicht in Yad Vashem: Ich habe mich anstrengen müssen, meine Haltung zu wahren.

Die polnische Nation erwartete von mir, daß ich redete. Es fiel mir sehr schwer: »Dieser Ort gebietet Schweigen. Aber ich bin sicher, der deutsche Bundeskanzler darf hier nicht schweigen. Wir sind nach Auschwitz gekommen, um daran zu erinnern, daß es ohne Erkenntnis der Vergangenheit keinen Weg in die Zukunft gibt. Keinen Weg zu einem neuen unbefangenen Verhältnis zwischen Deutschen und Polen. In Auschwitz kann niemand der Einsicht ausweichen, daß Politik ... der moralischen Grundlage und der sittlichen Orientierung bedarf. Hier wird zwingend deutlich, daß Geschichte nicht nur als eine Kausalkette von Ereignissen und Handlungen verstanden werden darf. Schuld und Verantwortung gehören dazu. Auch sie sind geschichtliche Größen.

Die Verbrechen des Nationalsozialismus und die Schuld des deutschen Reiches unter Hitler begründen unsere Verantwortung. Wir heutigen Deutschen sind als Personen nicht schuldig, aber wir haben die politische Erbschaft der Schuldigen zu tragen ... Aus unserer Verantwortung erwächst der Auftrag, die Zukunft nicht dem Zufall zu überlassen, sondern sie mit Mut und Umsicht zu gestalten.

Kein junger Deutscher braucht sich unfrei zu fühlen, wenn er einem polnischen Altersgenossen begegnet. Aber er muß wissen, was Deutsche in deutschem Namen damals begangen haben. Er muß wissen, was sein polnischer Partner von seinen Eltern und Großeltern über Auschwitz erfuhr und über die deutsche Besatzung nach 1939. Er muß wissen, daß sich an ihn, als einen jungen Deutschen, besondere Erwartungen richten. Es sind Erwartungen, denen auch die Regierung der Bundesrepublik Deutschland ausgesetzt ist, denen sie sich stellt und die sie zu erfüllen sucht, seit Konrad Adenauer mit unseren westlichen Nachbarn und Willy Brandt mit unseren östlichen Nachbarn bewußt die Verständigung zu suchen begannen.

Wir können nichts ungeschehen machen. Wir können nur eins: Folgerungen für die Zukunft ziehen. Wir tun das ... im Blick auf alle Opfer des Nationalsozialismus in allen Ländern Europas, auch in unserem eigenen Land. Unsere polnischen Partner werden - gerade weil sie selbst am meisten zu leiden hatten - am besten verstehen, wenn ich an zweierlei erinnere. Die ersten Opfer Hitlers waren Deutsche. Bis zum Ende Hitlers wurden - in immer zunehmender Zahl - auch Deutsche zu Opfern der nationalsozialistischen Raserei.

Das zweite: Auch in unserem Lande wurde Widerstand geleistet. Es waren Deutsche, die immer wieder, in tragischer Vergeblichkeit, versucht haben, der mörderischen Tyrannei über Europa ein Ende zu machen. Diese deutschen Kämpfer gegen Hitler, Männer und Frauen aus allen politischen Lagern, gehören *auch* zur deutschen Vergangenheit. Sie sind ihr achtungswürdigster Teil. Sie sind für uns Grund zu bescheidenem Stolz, vor allem aber zu der Verpflichtung, von der ich eben sprach, nämlich: Folgerungen zu ziehen.

Auschwitz ist ein Mahnmal. Uns Deutschen steht es nicht zu zu sagen: ein Mahnmal zur Versöhnung. Das könnten nur die, deren Mitbürger hier gelitten haben. Wir wissen aber eines: Wege zur Versöhnung dürfen Auschwitz nicht ausklammern. Wege zur Verständigung dürfen in Auschwitz nicht enden.«

Wenige Tage nach meiner Rückkehr aus Polen erhielt ich einen Brief meines Hamburger CDU-Kollegen Erik Blumenfeld. Wir kannten und schätzten uns seit dreißig Jahren, aber erst jetzt erfuhr ich von ihm, er selbst habe als Häftling Nr. 53680 Birkenau überlebt. Blumenfeld bedankte sich für meine Worte vor dem Mahnmal, er habe sich als Deutscher und als Mitglied der Opposition durch mich repräsentiert gefühlt. Jetzt, da ich nach vielen Jahren Erik Blumenfelds Brief wieder in die Hand nehme, fühle ich mich abermals beschämt.

Meine Frau hat über den Besuch in Auschwitz später geschrieben: »Das große Tor mit der die Gefangenen und Todgeweihten verhöhnenden Überschrift ›Arbeit macht frei‹ hat mich entsetzt. Aber noch entsetzlicher war für mich die leere Fläche in Birkenau; freies, flaches Feld; spärliches Gras; und dann allein die stehengebliebenen Schornstein-Ruinen in Reih' und Glied. Mich überkamen das Grauen und die Tränen.«

Auch meine langjährige Chefsekretärin Lilo Schmarsow hat ihre Ein-

Kranzniederlegung im ehemaligen Konzentrationslager Auschwitz; neben Schmidt Herbert Wehner, im Hintergrund Manfred Schüler, Hans A. Engelhard und Klaus Bölling.

drücke festgehalten: »Der Schock und die Ergriffenheit war jedem von uns anzusehen. Wir stellten uns immer näher zueinander, wohl deshalb, weil wir die schreckliche Last der Vergangenheit nicht als einzelne tragen konnten. An der Rampe in Birkenau gab es Tafeln für sechs Millionen Ermordete, auch eine Tafel für die ermordeten Deutschen war da. Es war ein trüber Herbsttag. Aber der Name Birkenau sollte ja ursprünglich wohl eine Aue mit Birken bedeuten. Ich stellte mir einen Frühlingstag mit grünen Birken vor, der doch für Tausende den Gang in den Tod bedeutete, die an jenem Tag schon halbtot auf der Rampe aus den Eisenbahnzügen geklettert sind. Ich sah vor mir die ›Selektion‹, rechts in den Tod und links zur Arbeit. Auch die Arbeit bedeutete für viele den Tod... Von der Rede des Bundeskanzlers habe ich nichts mitbekommen, denn mich schüttelte ein Weinkrampf, und Greta Wehner nahm mich in die Arme.«

Abends in Krakau saßen wir nach dem Essen mit den Polen zusammen, die uns nach Auschwitz begleitet hatten. Lilo Schmarsow erzählte ihnen, daß ihr Vater Fritz Ohlig schon 1933 in »Schutzhaft« genommen worden war, gemeinsam mit ungezählten politischen Freunden, von denen viele später in den Tod geschickt wurden. Die Polen sagten, sie wüßten zwar, daß viele Deutsche unter den Nazis gelitten hätten, und auch vom Aufstandsversuch des 20. Juli 1944 hätten sie gehört. Aber noch nie seien sie Deutschen begegnet, die persönlich aus der Schrekkenszeit berichten konnten.

Ein Jahr später, am 9. November 1978, hatte ich in der Synagoge zu Köln zum 40. Jahrestag der Pogrome der sogenannten Reichskristallnacht zu sprechen – übrigens gemeinsam mit Nahum Goldmann. In wenigen Monaten stand eine Entscheidung des Bundestages über das Gesetz zur Aufhebung der Verjährung von Mord bevor; dann nämlich lief eine vom Bundestag in zwei Schritten 1965 und 1969 auf 30 Jahre verlängerte Frist aus. In meiner Kölner Rede bat ich öffentlich um Rat, handelte es sich doch um einen schwerwiegenden Konflikt zwischen zwei wesentlichen rechtlichen und rechtsstaatlichen Grundsätzen. Bereits Mitte der sechziger Jahre hatten zwei hervorragende Rechtsexperten sich dazu geäußert, Thomas Dehler: »auch wenn es unserem Gefühl widerspricht: Der Staat kann seine Strafgewalt nicht nachträglich auf abgeschlossene Tatbestände ausweiten«, und Adolf Arndt: »es wird den Richtern immer weniger möglich sein zu erkunden, was die Wahrheit war. Die unerträgliche Folge sind Freisprüche und Strafen, die wie Verspottung wirken.« Dennoch entschied ich mich, Auschwitz mahnend vor Augen, für die endgültige Aufhebung der Verjährungsfrist. Ich hielt es für möglich, daß auch in Zukunft Mordtaten ans Licht kämen, die noch gesühnt werden müßten. Und ich malte mir aus, daß nach Ablauf der Verjährungsfrist ein bisher Ungekannter sich öffentlich ungestraft seiner Verbrechen rühmen könnte …

Die Kirchen und Religionsgemeinschaften, aber auch viele Menschen im In- und Ausland, besonders in Polen und in Israel, haben bis zur Bundestagsdebatte am 29. März 1979 Stellung genommen. Die im Bundestag vertretenen Parteien haben es dem einzelnen freigestellt, wie er sich entschied, es bestand kein Fraktionszwang. Am Ende wurde die Verjährungsfrist aufgehoben. Die über Monate sich hinziehende Debatte hatte vielen, auch vielen Polen, deutlich gemacht, daß wir Deutschen die Auseinandersetzung mit der nationalsozialistischen Vergangenheit nicht scheuen. Dabei standen und stehen wir noch heute vor zwei Gefahren, die es beide zu vermeiden gilt. Weder dürfen wir uns von Anklagen und Selbstanklagen überwältigen lassen. Noch dürfen wir – wie es mein Nachfolger im Amt mit seinem Wort von der »Gnade der späten Geburt« anscheinend getan hat – unsere geschichtliche Last abschütteln oder uns vor ihr verschließen wollen. Auch im nächsten Jahrhundert werden die Deutschen diese Last zu tragen haben. Und sie werden verantwortlich dafür sein, daß sich im deutschen Namen begangene Schrecken niemals wiederholen.

Zwangswirtschaft im Krebsgang

Im Sommer 1979 besuchte ich Gierek zum zweiten Mal, formlos und eher privat. Eric Warburg hatte mir die »Atalanta« zur Verfügung gestellt, und er selbst war mit an Bord, als wir am 15. August von Kiel ausliefen, um über Bornholm nach Hela zu segeln. Aus Sicherheitsgründen und wegen des Fernschreibers fuhr in größerem Abstand ein Marineboot mit, die »Najade«. Wir sollten am 17. August morgens in Hela einlaufen, die polnische Marine sollte uns ein Boot entgegenschikken, um uns in den Hafen zu lotsen. In der Nacht jedoch gab es Nebel; wir liefen unter Motor, einer starrte jeweils auf den Radarschirm. Wir hörten polnische Funkgespräche, wir meldeten uns, aber die Polen sahen unseren aus Holz gebauten Zweimaster offenbar nicht auf ihren Radarschirmen. Eine Verbindung kam nicht zustande, und den Kontakt zur »Najade« hatten wir auch verloren. Als es am nächsten Morgen aufklarte, war schnell wieder alles im Lot. Auf der Rückfahrt hatten wir in dickem Nebel ein ähnliches Abenteuer zu bestehen.

Die Offenheit der Gespräche mit Gierek, Jaroszewicz, Babiuch, Czyrek und Wrzaszczyk war erfrischend. Acht oder zehn Stunden lang diskutierten wir über Weltpolitik und Weltwirtschaft, über die Interessen der Staaten Europas, über Rüstung und Rüstungskontrolle. Eine derart ausführliche tour d'horizon hatte ich bis dahin nur mit westlichen Kollegen erlebt. Am Schluß bedankte Gierek sich bei Botschafter Ahrens, der Warschau bald darauf verlassen sollte. Ich spürte die Ehrlichkeit dieses Dankes und freute mich. Unwillkürlich mußte ich an Alfred Blumenfeld denken, der sich anderthalb Jahrzehnte zuvor in Warschau unter schwierigen Umständen – wir hatten damals dort noch keine Botschaft, nur eine Handelsvertretung – um die deutsch-polnische Verständigung verdient gemacht hatte.

An dieser Stelle mag ein Wort des Respektes vor unseren Diplomaten angebracht sein. Sie unterliegen in der öffentlichen Meinung bisweilen dem Vorurteil, sie pflegten Adelsallüren und seien auch sonst arrogant. Dabei handelt es sich meist um Menschen, die ihren Aufstieg ihrem Fleiß, ihrem Einfühlungsvermögen in fremde Völker, ihrer Urteilskraft und ihrem Takt verdanken, ebenso ihrer Loyalität gegenüber dem eigenen Land und seiner Regierung. Loyalität meint hier Initiative und Mut zu Gegenvorschlägen ebenso wie eine sorgfältige Befolgung der erhaltenen Weisung. Ich habe nacheinander vier Diplomaten als außenpolitische Berater im Rang eines Ministerialdirektors und Abteilungsleiters im Kanzleramt berufen; wie ich vermute, war keiner von ihnen Mitglied der SPD, einer gehörte möglicherweise zur CDU. Es waren Carl-Werner Sanne, Jürgen Ruhfus, Berndt von Staden und Otto von der Gablentz. Alle vier waren erstklassige, umsichtige Beamte, denen ich viel verdanke. Sie hielten täglich enge Verbindung mit dem Auswärtigen Amt – eine wichtige Praxis, die leider heute nicht fortgesetzt wird. Bisweilen haben wir auch Nichtdiplomaten zu diplomatischen Aufgaben berufen, so Günter Gaus und Klaus Bölling als Leiter der Ständigen Vertretung der Bundesrepublik Deutschland bei der DDR. In Anbetracht des innenpolitischen Streits um unsere Ostpolitik haben sowohl Willy Brandt als auch ich es für richtig gehalten, Sozialdemokraten nach Ost-Berlin zu entsenden; beide, Gaus und Bölling, waren sehr einfühlsam und zugleich von eigenständigem Urteil.

Zurück in den Sommer 1979. Gierek war aufgrund der ökonomischen Mißerfolge innenpolitisch angeschlagen, aber er ließ sich das nicht anmerken. Seine Ausführungen zur ökonomischen Lage Polens waren nach wie vor viel zu optimistisch. Er setzte immer noch zu stark auf Investitionen, die er durch ausländische Kredite zu finanzieren hoffte. Aufgrund der allmählich deutlich werdenden schweren Schuldenkrise Polens wurden unter den Kreditgebern im Westen schon seit einiger Zeit Fragen nach einem Moratorium für Polen und nach einer Konsolidierung der Kredite gestellt. Nach meinen Eindrücken verstanden die ökonomisch zuständigen Herren Jaroszewicz und Wrzaszczyk die Ursachen der wirtschaftlichen Misere Polens keineswegs. Die von ihnen ergriffenen Maßnahmen waren wie Palliative und Placebos, eine wirkliche Heilung konnte damit nicht erreicht werden.

Einige der Ursachen der polnischen Wirtschaftsmisere lagen für mich klar zutage. Die zu großen Teilen reprivatisierte Landwirtschaft hatte vielfach zu unwirtschaftlichen, weil sehr kleinen Betriebsgrößen und Flächen geführt; Kleinbauern hätten das Land nur bei intensivster, gartenbauähnlicher Produktion auf besten Böden gut ernähren können. Das System staatlich festgesetzter Nahrungsmittelpreise bei entsprechender Subventionierung lief in Polen regelmäßig darauf hinaus, daß die Regierung die Preise alle paar Jahre erhöhen mußte. Dies führte regelmäßig zu inneren Unruhen, zum Sturz der Regierung und mehrfach auch zum Rücktritt des Parteichefs. So war es schon Gomulka gegangen, so ging es zehn Jahre später Jaroszewicz, Babiuch, Pińkowski, Gierek, Kania und Jaruzelski. Immer noch glaubte die Mehrheit der Funktionäre an die mittels Bezugsrechten und Bezugsscheinen durchgeführten Pläne der Zentralbürokratie. Immer noch verstanden sie nicht, daß die Zentralbank nicht die Aufgabe hat, je nach Bedarf Geld zu drucken, sondern vielmehr die Geldmenge so knapp zu halten, daß die Kaufkraft des Zloty einigermaßen stabil bleibt. Erst die Regierung unter dem Solidarność-Mann Mazowiecki hat das Konzept und die Kraft zur Marktwirtschschaft plus rigider Geldpolitik gefunden. Aber auch heute - 1990 - steht das Ergebnis noch nicht fest.

Die vorher mehrfach erfolgte Rücknahme von Preiserhöhungen legte jedesmal die Inkompetenz der Führung bloß und lud dazu ein, die Führung bei nächster Gelegenheit abermals durch Proteste und Streiks unter Druck zu setzen. Darüber hinaus wurde die Diskrepanz zwischen steigenden Nominallöhnen der Industrie und infolgedessen steigenden Produktionskosten einerseits und andererseits staatlich regulierten Endverbraucherpreisen nur noch größer. Die Überbrückung dieser Diskrepanz durch höhere Subventionen führte - zumal bei steigenden

Nominallöhnen - zu einer Übernachfrage, die wiederum Versorgungsengpässe und Rationierung zur Folge hatte. In Deutschland hatte man dergleichen vor der Währungsreform und vor Erhards Preisfreigaben »zurückgestaute Inflation« genannt. 1988 schätzte man die Inflationsrate auf 60 bis 70 Prozent.

In der Industrie wurden jahrzehntelang die Investitionen in neue, moderne Produktionskapazitäten forciert, die Ersatz- und Erneuerungsinvestitionen für die bestehenden Fabriken dagegen vernachlässigt, infolgedessen sank deren Produktivität. Für die neu errichteten Industriewerke fehlte es an Exportanalysen. Da die Weltwirtschaft seit 1973/74 - und erneut nach 1979/80 - wegen des OPEC-Preisdiktats schweren Stockungen und Verwerfungen unterlag, war sie kaum aufnahmefähig für zusätzliche Mengen industrieller Produkte polnischer Qualität. Auch der Absatz polnischer Erzeugnisse innerhalb des RGW entwickelte sich keineswegs im erwarteten Umfang, auch hier kam es zu einer allgemeinen schweren Stockung des Wachstums; Mißernten machten die Sache noch schlimmer.

Der hohe Kapitalimport aus westlichen Hartwährungsländern wurde zur Garrotte. Die Westkredite Polens, 1970 noch 1,1 Milliarden Dollar, stiegen bis 1980 auf 22,3 Milliarden Dollar - eine Verzwanzigfachung binnen eines Jahrzehnts - und stehen heute bei fast 40 Milliarden Dollar. In den Jahren von 1976 bis 1980 sind industrielle und landwirtschaftliche Produktionen weit hinter den Ziffern des polnischen Fünfjahresplanes zurückgeblieben, das Nationaleinkommen erreichte nur knapp ein Viertel des geplanten Wachstums.

Während in der Sowjetunion die Völker bis vor kurzem daran gewöhnt waren, den weitgehend hoffnungslosen Schneckengang der Wirtschaft stillschweigend zu ertragen und Mängel und Fehlschläge deshalb bis zu Gorbatschows Perestroika-Politik kaum offenbar wurden, haben die Arbeiter in Polen schon früh massenweise aufbegehrt. Aber der ökonomische Mißerfolg wurde in Polen nicht nur viel deutlicher empfunden als etwa in der DDR oder in Ungarn, er war auch tatsächlich größer als in anderen Staaten des RGW. Da alle polnischen Führungen seit Gomulka bei ihrer vergleichsweise liberalen Innenpolitik blieben und ihre Machtmittel nur zögernd einsetzten, konnte sich im Laufe der Jahre eine selbstbewußt auftretende Opposition bilden.

»Sollten sich die Kräfte der Erneuerung nicht finden, muß man davon ausgehen, daß die Zukunft des Systems unter den Zeichen von Erschütterungen und revolutionären Explosionen stehen wird, deren

Urheber in zunehmendem Maße das aufgeklärte Volk sein wird.« Dieser Satz wäre 1970 genauso richtig gewesen wie 1980; er stammt von Mieczyslaw Rakowski, geschrieben kurz vor seiner Berufung zum Ministerpräsidenten im Herbst 1988.

Eine offene Gesellschaft braucht gewerkschaftliche Freiheit. Aber werden die aus ihrer Oppositionszeit »verwöhnten« Gewerkschafter der Solidarność begreifen, daß reale Lohnerhöhungen einstweilen nicht zu erwarten und daß nominelle Lohnerhöhungen Gift für alle sind? Daß sie die Konsequenzen ihrer Politik in Zukunft selbst verantworten müssen? Man braucht einen runden Tisch, eine »konzertierte Aktion« à la Karl Schiller oder einen »Moncloa-Pakt« à la Felipe Gonzalez. Der erste Besuch des Wojtyla-Papstes in Polen hat der Solidarność großen Auftrieb gegeben; beim zweiten Besuch hat er versucht, ihre Forderungen zu dämpfen und sie zur Arbeit anzuhalten. Kardinal Glemp hatte schon lange Gewerkschafter *und* Regierende ermahnt.

Die polnischen Gewerkschaften befinden sich in einer Lage, die im großen und ganzen mit der Westdeutschlands gegen Ende der vierziger Jahre verglichen werden kann - mutatis mutandis. Aber Ansätze zu einer indirekt gelenkten Marktwirtschaft, ergänzt und korrigiert durch soziale Abfederung und Sicherung, waren lange Zeit nicht zu erkennen. Und wenn man bedenkt, wie lange die deutschen Gewerkschaften nach 1945 gebraucht haben, ehe sie verstanden, daß sie mitverantwortlich sind für Inflation und Arbeitslosigkeit, dann kann man ermessen, daß Solidarność und Walesa seit dem tiefgreifenden wirtschafts- und geldpolitischen Kurswechsel unter Mazowiecki eine bemerkenswerte Leistung im Stillhalten vollbracht haben.

Von Gierek zu Mazowiecki

Am 8. Mai 1980, gut ein halbes Jahr vor Giereks Rücktritt, trafen wir uns anläßlich der Trauerfeier für Tito in Belgrad zu einem Vieraugengespräch. Die sowjetische Intervention in Afghanistan hatte den kalten Krieg wieder voll in Gang gesetzt, Helsinki schien unendlich weit in der Vergangenheit zu liegen. Gierek und ich waren gleichermaßen besorgt. Wir sahen es als unsere Pflicht an, auch weiterhin mäßigend auf die beiden Supermächte einzuwirken.

Ich erklärte Gierek meine wachsenden Befürchtungen wegen der sowjetischen SS-20-Aufrüstung, die eines Tages als politisches Nötigungsinstrument gegen Deutschland benutzt werden könnte. Ich schilderte ihm aber auch meine Auseinandersetzungen mit Carter, der Giscard d'Estaing und mir verübelte, daß wir weiterhin mit Breschnew sprachen und daß ich Ende Juni nach Moskau reisen wollte. Gierek redete mir sehr zu, diese Reise zu machen, auch die Russen seien sich der drohenden Gefahr bewußt. »Ich meine, Sie sollten nicht an die schlimmste Alternative denken, daß Sie mit gänzlich leeren Händen zurückkommen. Ich bin überzeugt, Sie werden einen Teilerfolg mitbringen.«

»Ja, ich werde fahren«, sagte ich. »Aber die Sowjetführung darf den Besuch nicht mißverstehen. Ich bin nie ein weicher Mann gewesen und werde es auch morgen nicht sein. Plumpe Versuche, mich in eine Ecke zu drängen, könnten nur beiden Seiten schaden.« Darauf Gierek: »Ich verstehe sehr wohl ... Zwar sind weder die Bundesrepublik Deutschland noch Polen Großmächte, aber wir haben beide etwas zu sagen, unsere Meinung zählt, wir müssen beide dafür sorgen, daß dies auch in Zukunft so bleibt ... Auf dem Boden der Volksrepublik Polen stehen keine Raketen, und zwar nicht bloß deshalb, weil unsere sowjetischen Verbündeten dies nicht wollten, sondern auch aus anderen Gründen ... Auch mein Land wird von Nuklearwaffen bedroht ... Ich glaube, niemand kann sich Illusionen machen über die Folgen eines Krieges.« Es war deutlich, daß Gierek meine Sorgen wegen der SS 20 gut verstand. »Wir müssen beide alles tun«, sagte er abschließend, »damit es im ewigen Disput zwischen Deutschen und Polen nie zur Anwendung von Gewalt kommt. Sonst werden beide Völker vernichtet werden.« – »Solange ich lebe, werde ich mich gegen solche Gefahren stemmen«, pflichtete ich ihm bei.

Das Gespräch kam auf die Geiselnahme in Teheran, und ich fragte Gierek, ob die Sowjetführung nicht öffentlich ein helfendes Wort einlegen könne. »Das würde die Sowjetunion nichts kosten, würde aber der Welt und den Amerikanern zeigen, daß die sowjetischen Führer ein menschliches Herz haben, welches die Leiden anderer versteht. Es ist nicht gut, wenn die Sowjetführung ausschließlich Macht, Härte und Entschlossenheit demonstriert.«

Gierek wich zunächst aus: »Polen wird bei der grundsätzlichen Verurteilung von Geiselnahmen bleiben, auch bei der Verurteilung der gegenwärtigen brutalen iranischen Praxis. Allerdings darf man die Hintergründe nicht vergessen; das, was wir erleben, das sind ja doch Folgeerscheinungen des Schahs und seiner korrupten Hofkreise ... Gelöst werden kann die Geiselkrise nur durch Verhandlungen, auch wenn die Iraner dafür Bedingungen gestellt haben, die in der gegenwärtigen Version nicht annehmbar sind. Die sowjetische Regierung hat in einer offiziellen Erklärung die Geiselnahme verurteilt. Ob sie sich für die Befreiung der Geiseln weitergehend engagieren kann, weiß ich nicht. Die Sowjetunion sieht dieses Problem als Teil des Gesamtkomplexes der Stimmung in den islamischen Ländern insgesamt an. Es ist ja doch so, daß beide Großmächte versuchen, um die Gunst der islamischen Völker zu werben ... Ich finde, Sie sollten auch diesen Problemkomplex in Moskau zur Sprache bringen. Ich hoffe, die Geiseln kommen vorher frei. Wenn es jedoch einen erneuten amerikanischen Befreiungsversuch geben sollte, so wird sich die Lage verschärfen, und das Problem kann unlösbar werden. Ich kann Ihnen nicht für die Sowjetunion antworten. Falls es nützlich ist, so ist Polen bereit, seine Meinung überall zu wiederholen.«

Ich bat Gierek, den Inhalt unseres Gespräches bei seinen sowjetischen Freunden so zu verwenden, wie es ihm nützlich erscheine, und Gierek versprach es.

Zur Zeit dieses Belgrader Gespräches - bei dem wir uns wieder gut verstanden hatten - war Giereks Stellung in Polen, auch innerhalb der Vereinigten Polnischen Arbeiterpartei, bereits sehr gefährdet. Das bekannte Karussell hatte sich abermals zu drehen begonnen: Preiserhöhungen, Streikwelle, Auswechseln des Ministerpräsidenten (Babiuch statt Jaroszewicz), Rücknahme von Gesetzen, schließlich der Rücktritt des Ersten Sekretärs der Partei. Giereks Rücktrittsbrief vom 1. Dezember 1980 legte bloß, daß es schon früher Rücktrittserörterungen gegeben hatte, bereits im September 1975. Gierek beklagte sich über unzureichende Hilfe bei der Verwirklichung des vom Politbüro 1978 entwickelten Konzeptes einer umfassenden Wirtschaftsreform.

Mich hat es nicht überrascht, daß Edward Gierek, nachdem er ein halbes Jahrhundert im Dienste der Partei gestanden hatte, von eben dieser Partei am 15. Juli 1981 ausgeschlossen wurde. Die widerwärtige Praxis der Kommunisten auf der ganzen Welt, Menschen zur Unperson zu erklären, denen man gestern noch geglaubt und gehuldigt hatte, hat mich immer auf das äußerste abgestoßen. Aber nicht nur deshalb habe ich Edward Gierek 1986 in Kattowitz besucht; ich war inzwischen 67 Jahre alt, schon lange aus dem Amt, Gierek war 73. Das Wiedersehen war für uns und unsere Frauen eine Freude. Wir hatten uns gegenseitig vertraut, und wir hatten den Willen zum Frieden zwischen Polen und

Deutschen als Grundlage unserer Verständigung gewählt - was also hätte zwischen uns stehen sollen? Jaruzelski hat meinen Besuch bei Gierek zwar nicht gern gesehen, aber er hat ihn nicht verhindert. Er gehört nicht zu jenem opportunistischen Pack, das bei einem Wechsel der Personen an der Spitze auch gleich seine Meinung über diese Personen wechselt.

Als Wladyslaw Bartoszewski 1986 in der Frankfurter Paulskirche den Friedenspreis des Deutschen Buchhandels erhielt, vergaß er nicht, den vielen Deutschen zu danken, die im Geiste der Nächstenliebe dem polnischen Volk Hilfe geleistet hatten, vor allem in dem schlimmen Winter 1981/82: »Die volle psychologische Bedeutung dieser Tatsache wird sich vielleicht in der Zukunft als noch wichtiger erweisen als ihre unzweifelhafte materielle Bedeutung.« Ich hatte im Bundestag dazu aufgerufen, Pakete zu schicken, und bis Ende 1981 waren es bereits 2 Millionen Sendungen. Meine Rede am 18. Dezember 1981 - fünf Tage nach Ausrufung des Kriegsrechtes in Polen - begann ich mit dem Satz: »Ich stehe mit ganzem Herzen auf der Seite der Arbeiter!«

Die CDU/CSU-Opposition versuchte mit Eifer, meine wenige Tage zuvor am Werbellinsee geäußerten Worte als unzulässige Verharmlosung zu diffamieren, und gab sich alle Mühe, mich in Washington anzuschwärzen. Heute kann jedoch nicht mehr bestritten werden: Es hatte bereits mehrere demonstrative Militärmanöver des Warschauer Paktes gegeben, zum Teil auf polnischem Boden, als der Kreml im März 1981 Parteichef Kania und Ministerpräsident Jaruzelski ermahnte, »den Gang der Ereignisse umzudrehen«. Im Juni war beim Sekretariat des ZK der polnischen Arbeiterpartei ein Brief des ZK der KPdSU eingegangen, in dem Kania und Jaruzelski für die polnische Krise zur Verantwortung gezogen wurden, wobei Moskau ausdrücklich an die Vorgänge 1968 in der ČSSR erinnerte. Im Oktober war abermals ein Brief eingetroffen, der in starken Worten Kritik übte an »antisowjetischen Erklärungen« in Polen, die zu unterbinden seien. Die sowjetische Führung setzte Jaruzelski, der inzwischen an Kanias Stelle getreten war, unter Druck - und dieser wußte, daß er es nicht mit einem Papiertiger zu tun hatte.

Dies alles ist heute einigermaßen bekannt. Damals habe ich es nur ahnen können. General Jaruzelski hielt ich keineswegs für einen bereitwilligen Vollstrecker sowjetischer Befehle, im Gegenteil, ich empfand die Tragik seiner Lage: Er handelte in dem Bewußtsein, Ungerechtigkeiten zu begehen, die Freiheiten seiner Landsleute einzuschränken und sowohl von den Polen als auch in der Welt mißverstanden zu werden, aber er mußte handeln. Im Schatten der Sowjetmacht blieb ihm nur die Wahl, entweder eine nationale Katastrophe hinzunehmen, wie sie 1956 die Ungarn und 1968 die Tschechen und Slowaken heimgesucht hatte, oder so glimpflich wie möglich mit Hilfe der eigenen Macht zu versuchen, die Entwicklung zu korrigieren, die auf einen Bürgerkrieg hinauszulaufen schien und die den Zorn der Sowjetunion auslöste. Polen hatte ein solches Dilemma schon einmal erlebt, nämlich 1956, als die polnische Armee den Posener Arbeiteraufstand niederschlug, der bis dahin von der Partei verfemte Gomulka an die Spitze geholt und die bereits in Marsch gesetzte Rote Armee daraufhin angehalten wurde.

Ich empfand tiefes Mitgefühl mit dem geplagten polnischen Volk. Mit zunehmender Sorge hatte ich die wachsende Gefahr einer sowjetischen Intervention beobachtet; im Sommer 1981 hatte ich einen bereits vorbereiteten Besuch bei Honecker verschoben, weil Anzeichen auf eine bevorstehende sowjetische Intervention in Polen hinzudeuten schienen und ich davon nicht auf dem Boden der DDR überrascht werden wollte. Zum einen war es denkbar, daß polnische Streiks auf die DDR übergriffen, zum anderen hätte die DDR-Führung gezwungen werden können, sich an einer Intervention in Polen zu beteiligen – ähnlich wie 1968 bei der sowjetischen Intervention in der Tschechoslowakei.

Im Dezember 1981 konnte ich mich durchaus einfühlen in die verzweifelte Lage der Führung in Warschau. Sie hatte durch jahrelange Gängelung und durch Überheblichkeit ihr Ansehen beim Volk verspielt und sich um jedweden Kredit gebracht. Die Opposition, besonders die Leute von Solidarność hatten recht: Diese Staatsführung taugte nicht, sie mußte weg. Aber die Opposition begriff nicht, daß eine Beseitigung dieser Führung bei illusionären eigenen Zielen das Eingreifen der Sowjetunion auslösen würde – wobei offen war, wie schnell und mit welchen Mitteln Moskau eingreifen und welches Regiment dann eingesetzt werden würde. In jedem Falle wäre es allen freiheitlich gesinnten Polen wesentlich schlechter gegangen als zuvor, und die miserable Wirtschaftslage hätte sich abermals verschlechtert. Ich empfand große Sympathie für die polnische Opposition, die im Namen der Freiheit Heldenhaftes vollbrachte – das Ergebnis einer Machtprobe mit der Sowjetunion aber konnte nach meiner Einschätzung nur die Niederlage sein. Die Leidtragenden wären die Arbeiter und die kleinen Leute gewesen.

Kirche und Armee waren im Herbst 1981 die einzig intakten Institutionen des Landes. Ein halbes Jahr später benutzte ich den Katholikentag in Düsseldorf, um mich privat mit Kardinal Glemp zu treffen, der inzwischen als Nachfolger des verstorbenen Kardinals Wyszinski Primas des polnischen Episkopats geworden war. Mir waren die außergewöhnliche Religiosität des polnischen Volkes und die herausragende Rolle der Kirche bei der Bewahrung der Identität der unterdrückten Nation immer bewußt. Glemp und ich kannten uns nicht, fanden aber bald zu einem vertrauensvoll offenen Gespräch. Glemp schilderte General Jaruzelski ohne Einschränkung als einen polnischen Patrioten, der außerdem Kommunist sei; er respektiere jedoch den katholischen Glauben und die Kirche. Ich hatte das Gefühl, daß dem Kardinal deutlich war, wie eng Moskau die Grenzen zog. Als ich Glemp vier Jahre später, im Oktober 1986, in seinem Amtssitz in Gnesen privat besuchte, hatte er seine Meinung über Jaruzelski nicht geändert. Hingegen äußerte er sich mit spürbarer Distanz über einige unbedachte oppositionelle Aktivitäten in seiner Kirche.

Überall in der Welt, wo immer ich Gelegenheit dazu hatte, habe ich mich im Sinne meiner hier geschilderten Eindrücke und Auffassungen über Jaruzelski geäußert, besonders im Januar 1982 in Washington. Der amerikanische Verteidigungsminister Weinberger hatte Jaruzelski einen »russischen General in polnischer Uniform« genannt und mit dieser kenntnislosen Bemerkung in der polnischen Führung Erbitterung ausgelöst. Ähnlich unbedacht hatte der CDU-Abgeordnete Wörner, der spätere Generalsekretär des Nordatlantischen Bündnisses, Jaruzelski eine »Marionette der Russen« genannt. Tatsächlich war Jaruzelskis Vater als polnischer Offizier 1939 nach Sibirien verschleppt worden, der Sohn hat seine Eltern anscheinend nicht wieder gesehen. Er selbst schloß sich 1943 den in der Sowjetunion aufgestellten polnischen Einheiten an und kämpfte als polnischer Offizier bis zum Ende des Krieges. Zwei Jahre später wurde er Mitglied der VPAP, 1964 gelangte er ins Zentralkomitee; unter Gierek war er Verteidigungsminister in den Kabinetten Jaroszewicz und Pinkowski.

Nachdem Giereks Nachfolger Kania sich als Fehlschlag erwiesen hatte und Jaruzelski im Herbst 1981 Parteichef geworden war, traf er sich alsbald mit Glemp und Walesa, ohne daß jedoch eine Beruhigung der Lage erreicht werden konnte. Erst als die Sowjets ihn abermals unter Druck setzten, hat Jaruzelski am 13. Dezember 1981 den »kriegsrechtlichen Zustand« ausgerufen und das Land zunächst mit Hilfe eines »Militärrates für die Nationale Rettung« regiert. Während die Verhaftung vieler Oppositioneller Papst Johannes Paul II. nicht hinderte, Jaruzelski zu ausführlichen Gesprächen zu treffen, glaubten Reagan und Weinberger oder Kohl - dieser sprach im Bundestag von »vielen Zehntausenden ... in Konzentrationslager ... brutale Terrormethoden« - päpstlicher sein zu müssen als der polnische Papst, der gewiß ebensowenig ein Kommunist ist wie sie. Je intensiver die westlichen Kontakte mit Jaruzelski, Rakowski und anderen führenden polnischen Kommunisten wurden, um so mehr setzten sich die mäßigenden Stimmen im Westen durch. Andererseits blieb die westliche Unterstützung für Walesa begrenzt, weil man nicht schuld sein wollte an - denkbaren - bürgerkriegsähnlichen Zuständen.

Ich habe Jaruzelski erst 1986 persönlich kennengelernt. Die wirtschaftliche Situation war wie immer prekär. Die Streichung von Subventionen stand bevor, infolgedessen wurden abermals erhebliche Preissteigerungen befürchtet. Die Inflation war ohnehin beträchtlich, ebenso die West-Verschuldung. Man diskutierte bereits, ob Arbeitslosigkeit nicht unumgänglich sei - für eine kommunistische Partei eine Sünde wider den heiligen Geist. Die innenpolitische Lage insgesamt war von Unsicherheit gekennzeichnet. Der »sozialistische Pluralismus« in der öffentlichen Meinung und in den Medien - eine Vorwegnahme von Gorbatschows Glasnost - trieb erste Blüten, es hatte eine Amnestie gegeben, und auch die Kirche schien mehr Freiräume zu haben als früher. Aber von einer »Perspektive des Auswegs aus der schwierigen Lage«, von welcher der polnische Episkopat gesprochen hatte, spürte ich auf jener Reise wenig. Hansjakob Stehle faßte damals seine Eindrücke in der »Zeit« so zusammen: »Die Vernünftigen sind ratlos, aber nicht hoffnungslos, nicht viel anders als vor dreißig Jahren.«

Wojciech Jaruzelski schien beim Volk inzwischen Ansehen zu genießen. »Er gibt sich Mühe, er ist ein patriotischer General«, mögen sich die Leute gesagt haben, »aber natürlich ist er ein Kommunist. Deshalb trauen wir dem Frieden nicht.« Jaruzelski war nicht zu beneiden. Er eröffnete das Gespräch mit freundlichen Bemerkungen über die deutsche Sozialdemokratie, bei der er sich bedanken wolle. Wehner, Brandt, Vogel und ich hätten 1981/82 und seither die Situation Polens realistischer gesehen als die Amerikaner und manche andere. Seine Bitterkeit über Reagans Polemik und das amerikanische Embargo war unverkennbar. Man habe sich in Washington offenbar eingebildet, Polen sei eine weiche Stelle, an der man den Hebel gegen den Warschauer Pakt ansetzen könne, aber die Polen hätten durchschaut, wohin die USA die Volksrepublik Polen treiben wollten.

Mit dieser Bemerkung leitete Jaruzelski das Gespräch auf die Sowjetunion. »Seit vierzig Jahren hat Polen noch nie so gute Beziehungen zur Sowjetunion gehabt wie jetzt. Wir haben eine breite Zusammenarbeit. Die Sowjetunion läßt uns souverän unseren Weg gehen ... Vor ein paar Tagen wurde ich durch den Besuch der italienischen Parlamentspräsidentin, Signora Jotti, an Togliatti erinnert, den ich sehr geschätzt habe; Togliattis Auffassung ist stets gewesen, jede (kommunistische) Partei müsse sich selbständig und ohne Einmischung entwickeln. Gorbatschow und die KPdSU tun heute genau das, was Togliatti empfohlen hat. Was sich gegenwärtig in der Sowjetunion vollzieht, das ist beinahe so etwas wie eine zweite Revolution.« Es war offensichtlich, daß Gorbatschows Kampagne für Perestroika und Glasnost den Notwendigkeiten Jaruzelskis in höchstem Maße entgegenkam.

Ob es nicht ökonomisch notwendig sei, warf ich ein, daß die Sowjets ihre militärischen Ausgaben verringern. »Ich kenne das Land gut«, antwortete Jaruzelski, »ich war während des Krieges mehrere Jahre dort. Ich habe in Sibirien russische Mädchen gesehen, die bei 40 Grad Kälte in einem Zelt Panzer zusammengebaut haben. Dieses Volk hat eine ungewöhnliche Kraft. Wenn einer glaubt, er könne dieses Volk in die Knie zwingen, dann irrt er sich gewaltig. Die Sowjetunion hat bisher in allen Bereichen hinter den USA gleichgezogen, ob es sich um die Atombombe, um Raketen oder um Mehrfachsprengköpfe gehandelt hat. Auch bei SDI wird es wieder so sein; wenn aber die Sowjetunion zur Rüstungsspirale gezwungen wird, so wird niemand auf der Welt davon einen Vorteil gewinnen.«

Ich hatte das Gefühl, mit seiner Schilderung wollte mir Jaruzelski auch plausibel machen, warum er sich politisch an die Sowjetunion anlehne. Dabei wußte er wie ich, daß er gar nicht anders konnte, daß vorerst jede polnische Führung wegen der geostrategischen Lage des Landes auf Zusammenarbeit und auf Einvernehmen mit Moskau angewiesen war. Das hatten auch Jaruzelskis Vorgänger Gomulka und Gierek gewußt. Manche Oppositionelle dagegen hatten diese bittere Erkenntnis beiseite schieben wollen.

Seit Jahrzehnten gibt es in Polen eine heimliche Debatte darüber, wieviel polnische Autonomie - und auf welchen Feldern - man der Sowjetunion zumuten darf. Wenn Gorbatschow sich mit seinen Reformen durchsetzen kann, würde sein Erfolg manche polnische Besonderheit erlauben. Polen braucht einen wirtschaftspolitischen Umbau ebenso dringend wie die Sowjetunion, aber noch dringender brauchen die Polen Liberalität, denn Liberalität ist für diese Nation eine Lebensnotwendigkeit, fast genauso wichtig wie die Versorgung mit Grundnahrungsmitteln. Wenn den Polen die Freiheit verweigert wird, kommt es bei der nächsten Gelegenheit zu Aufständen. Sofern die Polen aber ihrerseits die schwer definierbaren Grenzen ihrer Freiheit überschreiten, fallen die Schatten der Sowjetunion über das Land.

Die deutsche Teilung und auch der Verlust ehemals deutscher Gebiete an Polen und an die Sowjetunion sind in unseren Augen eine bittere Strafe für Hitlers Krieg, manche halten sie für schieres Unrecht. Vielen bei uns fehlt jedoch das Verständnis dafür, daß auch die polnische Nation unter den politischen Ergebnissen des Krieges leidet – und zwar mindestens ebenso wie wir. Die Franzosen haben da mehr Verständnis. Paris und Warschau haben schon lange eine deutliche Affinität, und nach 1919 hätten die strategisch denkenden Franzosen an der östlichen Grenze Deutschlands gern ein starkes Polen gesehen. 1939 haben viele Franzosen Mitgefühl für die Leiden der polnischen Nation entfaltet. Anders dagegen die Amerikaner; ihr Polenbild ist weitgehend von polnischen Einwanderern bestimmt, deren Erinnerungen an die alte Heimat nationalistisch gefärbt sind und von denen einige am liebsten ihre Landsleute zum bewaffneten Aufstand aufstacheln würden.

»Es ist kein Größenwahn«, meinte Jaruzelski, »wenn ich sage, Polen braucht ein stabiles Europa, und umgekehrt hat Europa ein stabiles Polen nötig. Manche Leute draußen hatten das 1981 nicht verstanden, als sie beifällig und sorglos zuschauten, wie einige hier zu Hause mit Streichhölzern spielten. Sie hatten vergessen, wie leicht ein Feuer und ein Krieg daraus entstehen kann.« Im gleichen Atemzug erinnerte er an Sarajewo und an Danzig. Natürlich wolle Polen gute Beziehungen zum Westen, vor allem auch wirtschaftlich. Es sei wichtig, daß die kleineren und mittleren Staaten auf beiden Seiten »ihren Beitrag leisten – unabhängig davon, was die Großmächte (schließlich) miteinander aushandeln –, damit das Gewebe nicht zerstört wird, das den Frieden bildet ... Europa darf nicht auf Dauer in zwei Teile getrennt sein. Alle europäischen Staaten müssen ein gemeinsames Mosaik bilden.«

Unser Gespräch dauerte lange. Mein Eindruck von diesem Mann war: in erster Linie ein polnischer Patriot, in zweiter Linie ein General, erst in dritter Linie ein Kommunist. Ich versicherte Jaruzelski, auch als Privatperson für ein gutes Zusammenwirken von Deutschen und Polen eintreten zu wollen. »Morgen werde ich auf dem Weg zu Ferdinand Lassalles Grab in Breslau einen Besuch bei Gierek machen. Und zwar aus einem einzigen Grund: weil auch er ehrlich versucht hat zu helfen, die Beziehungen zwischen unseren beiden Völkern zu verbessern. Bei aller Kritik an Gierek will ich daran festhalten. Denn unabhängig davon, wer regiert hat oder heute regiert, Gomulka, Gierek oder Jaruzelski, Ulbricht oder Honecker, Brandt, Schmidt oder Kohl, die Aufgabe der Verständigung zwischen Polen und Deutschen geht alle an - und sie wird noch viele Jahre brauchen.«

Das war 1986. Wenige Jahre später hat Jaruzelski sich bei Václav Havel für die polnische Beteiligung am Einmarsch in die ČSSR 1968 entschuldigt. Auch Jaruzelski bekennt sich inzwischen zum politischen Pluralismus. Den Durchbruch erzielt zu haben, ist das Verdienst von Solidarność. Ministerpräsident Tadeusz Mazowiecki hat das Verdienst der Abkehr von der Kommandowirtschaft. Aber immer noch fehlen demokratische Erfahrungen und unternehmerische Praxis; vor allem fehlt Kapital.

Der Westen muß Polen - und ebenso Ungarn, der ČSFR und anderen Staaten in Osteuropa - mit einem neuen Marshallplan helfen. Ein Anfang dazu ist auf Mitterrands Initiative mit der Schaffung der Europäischen Bank für Wiederaufbau und Entwicklung im Frühjahr 1990 gemacht. Aber eine Schuldenregelung muß dazukommen; Polen hat netto 38 Milliarden Dollar Auslandsschulden - ein Mühlstein um den Hals der Volkswirtschaft! Schuldenerlaß, langfristige Umschuldung und Schuldendienst-Moratorium sind unerläßlich. Denn auf die Dauer läßt sich die pluralistische Demokratie nur dann halten, wenn die polnische Nation das Bewußtsein eines wirtschaftlichen Aufstiegs bekommt.

Nachbarn seit tausend Jahren

Die Marienburg, eine Autostunde südöstlich von Danzig, liegt auf dem hohen östlichen Ufer der Nogat. Auf der Fahrt durch die Weichselniederung fühlt man sich als Hamburger wie zu Hause: die gleiche flache, fette Marschlandschaft wie links und rechts der Elbe zwischen Geesthacht und Cuxhaven. Nähert man sich dem Städtchen Malbork, so kommt jenseits des Flusses langsam die ungeheure Burganlage ins Bild, der imposanteste gotische Profanbau, den ich kenne. Von dieser gewaltigen Wehranlage aus hatte der Komtur (Großmeister) des Deutschen

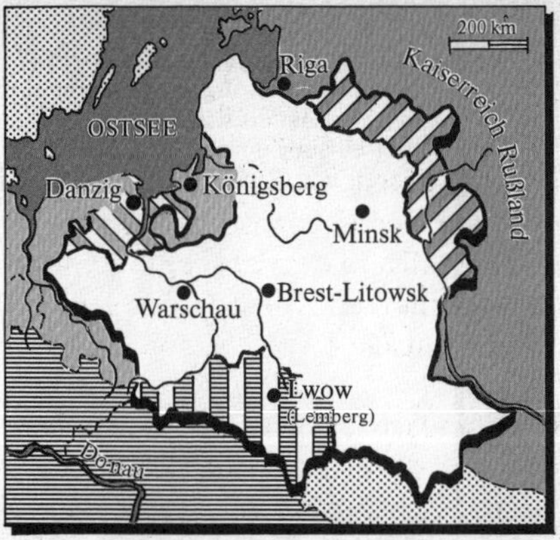

Polen 1772
1. Teilung

russische Erwerbungen

preußische Erwerbungen

österreichische Erwerbungen

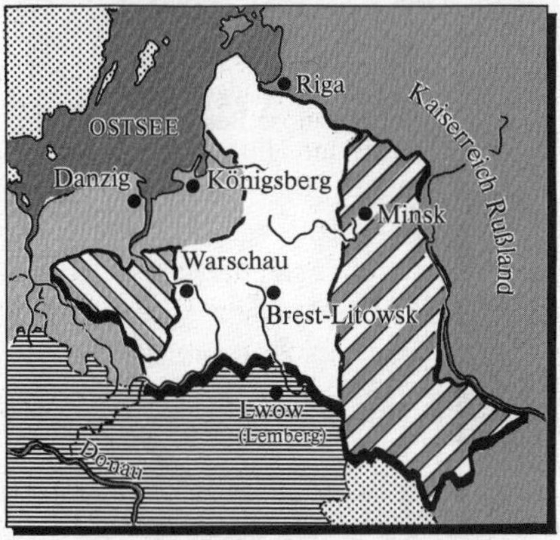

Polen 1793
2. Teilung

russische Erwerbungen

preußische Erwerbungen

Nach der sogenannten
3. polnischen Teilung 1795

In Wahrheit:
Totaler Untergang Polens

russische Erwerbungen

preußische Erwerbungen

österreichische Erwerbungen

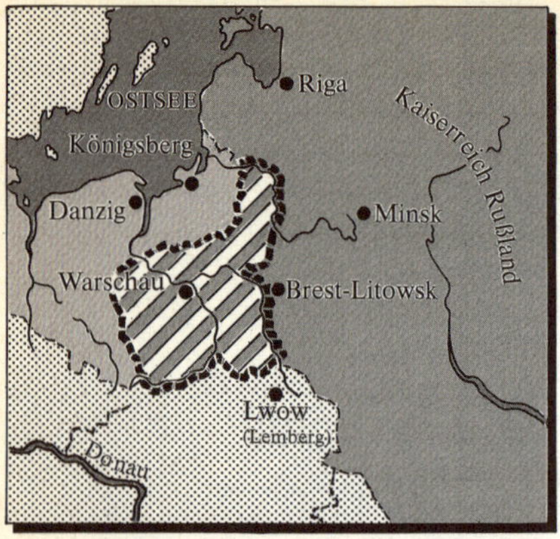

»Kongreßpolen« nach 1813/1814
Der Wiener Kongreß stellt scheinbar ein Rest-Polen wieder her, gibt es aber dem Zaren von Rußland in Personalunion

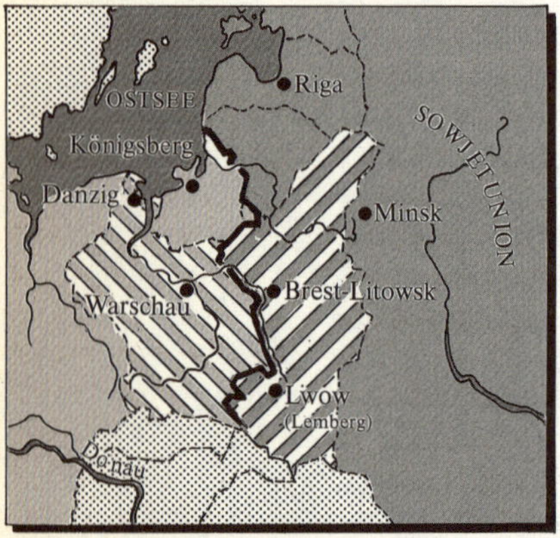

Polen zwischen den beiden Weltkriegen und seine restlose Beseitigung durch Stalin und Hitler 1939

Polen nach 1945

Ordens regiert, in seiner Hochzeit im 14. Jahrhundert weit über Riga hinaus bis an den Peipus-See.

In der Nazizeit war uns eingebleut worden, die Marienburg sei das herausragende Symbol des Deutschtums im Osten. Das mag richtig gewesen sein oder nicht, von den Hintergründen, von der eigentlichen Geschichte erfuhren wir damals kaum etwas, weder von den durchaus unfriedlichen Eroberungen des Deutschen (Ritter-)Ordens und des Schwertbrüderordens noch von den Pruzzen, die von den Ordensrittern mit Gewalt zum Christentum bekehrt wurden und auf die der Name Preußen zurückgeht. Wir halten Danzig für eine deutsche Gründung, was falsch ist, und wissen meist auch nicht, daß die deutschen Ritter 1226 durch den polnischen Herzog Konrad von Masowien ins Land gerufen wurden.

Wenn wir von der Schlacht bei Tannenberg hören, denken wir an den August 1914 und wissen nicht, daß es im Jahre 1410 schon einmal eine Schlacht bei Tannenberg gegeben hat, in welcher der polnische König Wladyslaw II. Jagiello - zugleich Großfürst von Litauen - den Ritterorden entscheidend geschlagen hat; die Polen nennen jene Schlacht nach dem Dorfe Grünwald (Grunwalden). Der Orden hatte inzwischen Städte gegründet, Deutsche ins Land geholt, freigiebig Ritter-(Adels-) Patente ausgegeben; er hatte die von ihm eroberten Gebiete nicht wie vereinbart als Lehen betrachtet, sondern praktisch einen eigenen Staat errichtet.

Nachdem gegen Ende des 14. Jahrhunderts die Aufgabe der christlichen Missionierung erledigt war, wandte sich der Orden dem Fernhandel zu. Am Ende hatte er Polen und Litauer, den Landadel und auch die Hansestädte gegen sich aufgebracht; für letztere war die Marienburg als wirtschaftlicher Konzern, als Sitz von Reederei, Handelsfirma und Großbank, ein übermächtiger Konkurrent geworden. Bei Tannenberg stand die Hansestadt Danzig auf polnischer Seite, ebenso 1457 bei der Eroberung der Marienburg durch die Polen. Die Städte und der Landadel baten den polnischen König, die Oberhoheit zu übernehmen, der Orden zog sich auf Königsberg zurück. Der letzte Hochmeister Albrecht hat den immer noch mönchischen Orden schließlich in ein weltliches Herzogtum verwandelt und - wenige Jahre nach dem Reichstag zu Worms - das Gebiet seines Herzogtums vom polnischen König Sigismund zu Lehen genommen und diesem den Lehnseid geleistet. Er legte damit den Keim für das sehr viel spätere Königreich Preußen, denn das Herzogtum kam durch Eheschließung einer Enkelin an einen brandenburgischen Kurfürsten - auch dieser blieb für das Herzogtum Lehnsmann des polnischen Königs! Erst 1657 wurde das Herzogtum Preußen von Polen unabhängig; Danzig kam noch später zu Preußen, nämlich durch die erste polnische Teilung von 1772.

Die Geschichte Pommerns, Pommerellens, des Ermlands oder Schlesiens ist ähnlich verwickelt wie diejenige Ostpreußens oder Danzigs. Alle diese Gebiete sind früher zeitweilig ebenfalls von Polen regiert worden. Auf den deutschen Schulen wird über all dies freilich kaum etwas gelehrt - und wenn doch, so aus deutschnationaler Sicht. Von der Begründung des christlichen polnischen Staates durch den Piastenkönig Miezko I. im Jahre 966 dagegen wissen wir heutigen Deutschen genausowenig wie von der wechselvollen Geschichte Polens in den eintausend Jahren seither. Der Name Polonia ist fast tausend Jahre alt - wie alt ist der Name Deutschland?

Wer bei uns weiß zum Beispiel, daß es ein polnischer König war, der im Jahre 1683 Wien vor den Türken gerettet hat? Allerdings bezweifle ich, daß die Polen über die deutsche Geschichte mehr wissen als wir über die ihre. Ein Redakteur der »Polityka«, Adam Krzeminski, hat 1986 in der »Zeit« geschrieben: »Vielen Polen ist es schwer zu erklären, daß ... Preußen nicht nur Schlagstock und gewaltsame Germanisierung war, daß es auch soziales Ethos ... gegeben hat, geduldiges Verharren in innerer Freiheit trotz erdrückender Disziplin.« Er nannte große deutsche Namen und fragte, welcher Pole damit wohl etwas verbinde. Er schrieb auch: »Ich will wissen, worin wir uns unterscheiden und worin wir uns ähnlich sind.« Es wäre gut, wenn es auf beiden Seiten solche Wißbegierde gäbe. Je mehr wir voneinander wissen, je mehr wir über die vielfältig verzahnte Geschichte der beiden Nationen erfahren, desto eher werden wir die Überheblichkeit, die Attitüde der Herablassung, Haß und Angst voreinander überwinden.

Nachdem 1795 Rußland, Österreich und Preußen den polnischen Staat vollends ausgelöscht und die polnische Nation in drei Teile gespalten hatten, änderte sich an der Unterjochung des polnischen Volkes über 120 Jahre lang praktisch nichts mehr, denn das auf dem Wiener Kongreß geschaffene Königreich Polen war wenig mehr als eine russische Provinz. Eine souveräne polnische Nation hat es erst wieder in der kurzen Zeit zwischen 1918 und 1939 gegeben. Zwanzig Jahre lang hat die polnische Nation in freier Selbstbestimmung über ihre Verfassung, ihre Innen- und Außenpolitik entscheiden können, aber diese zwanzig Jahre haben nicht ausgereicht, um eine funktionstüchtige Demokratie zu entwickeln und einzuüben.

Wenn uns Deutschen im Westen seit 1949 eine pluralistische, demokratische Republik gelungen ist, dann deshalb, weil wir das Glück hatten, daß unsere drei Besatzungsmächte uns die ersten Schritte in Sachen Demokratie beibrachten. Auch die meisten Polen wünschten sich nach 1945 wohl eine Demokratie, aber niemand gab ihnen die Chance, eine solche auszuprobieren und Erfahrungen zu sammeln. Vielmehr war die Errichtung eines in der Praxis kommunistischen Einparteienstaates zwangsläufig. Wir Deutschen haben keinen Grund, uns deshalb für tüchtiger zu halten und auf die Polen herabzusehen. Im Gegenteil: Es liegt unendlich viel Schuld auf deutscher Seite!

Es ist verständlich, daß unter den Polen eine antideutsche Stimmung weit verbreitet ist. Sie reicht zurück bis in die Zeit der ersten polnischen Teilung, wurde nach 1919 besonders von der polnischen Rechten gepflegt und bekam durch Hitlers Überfall 1939 und die deutschen Verbrechen in Polen neuen, unerhörten Auftrieb. Nach 1945 hatten die Kommunisten ein eigenes Interesse daran, die Sowjetunion als jene Macht darzustellen, die vor der deutschen Gefahr schützte. Ressentiments werden jedoch auch bei uns geschürt, von Funktionären der Vertriebenenverbände etwa. Die Vorurteile, die man heute besonders auch unter Bürgern der DDR beobachten kann, gehen teilweise zurück auf die Verächtlichmachung der Polen durch die Nazipropaganda. Antipolnische Agitation ist ebenso in unsere Seelen eingedrungen wie antisowjetische Agitation.

Die törichte Weigerung der Regierung Kohl, sich 1989/90 zur Endgültigkeit der deutsch-polnischen Grenze zu bekennen, lieferte mit ihrer pseudovölkerrechtlichen Argumentation neuen Stoff für polnische Ängste und Ressentiments. Die von uns ins Werk gesetzte deutsch-polnische Schulbuchkommission wird noch lange arbeiten müssen, bis auf beiden Seiten eine Geschichtsdarstellung sich durchsetzt, die der Wahrheit näher kommt. Gegenseitiges Vertrauen wäre an sich schon heute gerechtfertigt, denn weder unter den Polen noch unter den Deutschen hat der Revanchismus Aussicht auf Erfolg. Aber die beiden Nationen müssen lernen, einander zu vertrauen. Vorerst haben viele Polen Angst vor einer Vereinigung der beiden deutschen Staaten. Die Angst reicht bis tief in die Kirche und auch in die Solidarność hinein. Die Vorstellung, zwischen der sowjetischen Supermacht im Osten und einem mächtigen Deutschland im Westen eingeklemmt zu werden, hat alte Wurzeln.

Die generationenlange Unterdrückung der Polen hat drei Eigenschaften gefördert, die heute gewissermaßen den polnischen Nationalcharakter ausmachen. Diese drei Elemente: ein unbändiger Freiheitswille, eine tiefe Religiosität und ein glühender Patriotismus haben entscheidend dazu beigetragen, daß Polen als Teil des geschichtlichen Kontinuums Europa zu einem Herzland unserer Kultur wurde.

Wer als Deutscher den Frieden in Europa will, der muß wissen: als Partner zum Frieden sind die Polen für uns von ebenso überragender Bedeutung wie die Franzosen. Diese beiden Nationen sind - wenn wir von den zwei in Europa präsenten Weltmächten absehen - für unser eigenes Wohl die wichtigsten Nachbarn. Uns Deutschen kann es nur gutgehen, wenn es ihnen gutgeht. Deshalb müssen wir lernen, uns in die schwierige Situation Polens einzufühlen und sie zu verstehen.

Die verblichenen Gestalten des »real existierenden Sozialismus«

Die Polen waren in der Mehrheit keine Kommunisten. Sie wünschten sich eine pluralistische Demokratie, und die meisten polnischen Kommunisten hätten ihrem Lande ein gewisses Maß an Freiheit auch gegönnt, wenn sie nur hätten hoffen können, daß dadurch der »Sozialismus«, die Existenz der Partei, nicht gefährdet werde. Die Rumänen haben jahrzehntelang unter der rücksichtslosesten, gewalttätigsten Diktatur gelebt, die ich in Europa gesehen habe; von Pluralität hat dort bis zum Ende des Jahres 1989 keiner zu reden gewagt. Ungarn, Tschechen und Slowaken sind in ihren Vorstellungen von Gesellschaft und Staat stark von der einstigen Zugehörigkeit zur österreichisch-ungarischen Doppelmonarchie geprägt. Budapest und Prag erinnern nicht nur in ihren kulturellen Traditionen, sondern auch im Erscheinungsbild an Wien; dies gilt auch für die Lebensgewohnheiten ihrer Bürger. Trotzdem unterschied sich der Sozialismus in Ungarn unter der Führung Kádárs sehr deutlich von demjenigen in der ČSSR unter der Führung von Husák, Štrougal, Bilák und Jakeš. In Jugoslawien ist die Vielfalt der Völker und Nationalitäten und der Streit zwischen ihnen so groß, daß die meisten anderen Probleme nicht ins Gewicht fallen. Es gibt vier Staatssprachen - von denen das Serbische in kyrillischen Buchstaben geschrieben wird -, zwei weitere Amtssprachen, außerdem vier weitere Schulsprachen. Dagegen bietet Bulgarien ein relativ homogenes Bild, abgesehen von einer starken, zur Türkei tendierenden muslimischen Minderheit, die seit den Tagen der Türkenherrschaft hier beheimatet ist.

Die Herren in Tirana waren bis 1990 die letzten standhaften Zinnsoldaten des Stalinismus. Albanien, das einzige Land der Balkanhalbinsel, das ich aus eigener Anschauung nicht kennengelernt habe, war auch 1975 auf der Helsinki-Konferenz nicht vertreten. Unter der Führung Enver Hodschas hatte Albanien erst mit Jugoslawien, dann mit der Sowjetunion und später, 1978, auch mit China gebrochen. Hodscha hat alle Kirchen und Moscheen schließen lassen und Albanien zum »Ersten Atheistischen Staat der Welt« erklärt. Schon in den fünfziger Jahren hatte er begonnen, die meisten seiner innerparteilichen Gegner entweder hinrichten oder einsperren zu lassen; diese Praxis hat er bis zu seinem Tode im Jahre 1985 beibehalten. Albanien ist ein Musterbeispiel für die Pervertierung des sozialistischen Ideals, die eintritt, wenn keine Gewaltenteilung gegeben ist, wenn der regierenden Partei keine Gegenmacht - seien es andere politische Parteien oder die Kirche - gegenübersteht und wenn keinerlei öffentliche Meinung für ein Minimum an Kontrolle sorgt. Ein Sozialismus ohne solche Regulative führt in die Diktatur, und diese endet schnell im Staatsterrorismus. Albanien ist lediglich das letzte, keineswegs aber das einzige europäische Beispiel für diese Erfahrung.

Die Vorstellung einer gerechten und in sich friedlich geordneten Gesellschaft des Sozialismus kann eine ungeheure Anziehungskraft haben, besonders für junge Menschen und für Menschen, die ökonomisch oder politisch unterdrückt und ausgebeutet werden. Dies hat sich gezeigt im wilhelminischen Deutschland, im zaristischen Rußland, in Frankreich, in Italien, in China und in den hundert Entwicklungsländern, die einst Kolonien waren. Die einfache Gedankenführung und die mitreißende Sprache des »Kommunistischen Manifests« von 1848 haben bis heute ihre Ausstrahlung nicht verloren. Zugleich aber hat Marx' unseliges Wort von der »Diktatur des Proletariats«, seine Lehre vom Klassenkampf vielen Marxisten eine Scheinlegitimation für die Ablehnung demokratischer Prinzipien geliefert. Der ursprüngliche Idealismus verkümmerte weitgehend zu einem Kampf um Macht und Machterhalt.

Begriffe wie »Volksrepublik« oder »Volksdemokratie« gehen von der Vorstellung aus, eine Demokratie mit Wettbewerb der Parteien und der Politiker sei in Wahrheit bloß eine Staatsform der »bürgerlichen Klasse«, der »Bourgeoisie« oder des »Kapitalismus«. Abgesehen davon, daß es sich um eine Tautologie handelt, denn Demokratie ist per se die Herrschaft des Volkes, ist überall dort, wo ein Staat sich »Volksdemokratie« oder »Volksrepublik« nennt, allein an dieser Bezeichnung der wahre Charakter eines kommunistischen Einparteienstaates erkennbar. Das Adjektiv »sozialistisch« dient nur der Verbrämung, haben doch die Kommunisten nicht den Mut, die von ihnen geschaffene gesellschaftliche, ökonomische und staatliche Wirklichkeit ihrer Jämmerlichkeit wegen als »kommunistisch« zu bezeichnen. Der von den Kommunisten statt dessen bevorzugte Begriff des »real existierenden Sozialismus« ist abermals ein Euphemismus. Er sollte die schweren Mängel des Staates, der Gesellschaft und der Wirtschaft als bloß vorübergehend herunterspielen und suggerieren, das eigentliche Ziel, die volle Verwirklichung des kommunistischen Programms, liege noch in der Zukunft.

In diesen Einsichten liegt auch meine Überzeugung begründet, daß meine eigene Partei gut daran tat, sich schon vor einem Jahrhundert »sozialdemokratisch« und nicht etwa »sozialistisch« zu nennen und seither bei dem Namen zu bleiben. Ich selbst war – in den Begriffen der Frühzeit der deutschen Sozialdemokratie – ein Lassalleaner. Zwar habe ich den genialen Marx als ökonomisch-soziologischen Analytiker der Frühzeit moderner Industrie und als Geschichtsphilosophen interessant und erleuchtend gefunden, ebenso manchen seiner späteren Anhänger und Interpreten. Aber die Demokratie und die Grundrechte der Person erschienen mir immer unverzichtbar – leider waren sie im Lehrgebäude der meisten Marxisten weitgehend ausgespart, und in der Praxis des Marxismus-Leninismus kamen sie nicht vor. Seit Chruschtschows Entblößung des wirklichen Charakters des Stalinismus, seit Gorbatschow kann inzwischen die ganze Welt erkennen, wie weit der »reale Sozialismus« in den kommunistischen Diktaturen und reale Demokratie auseinanderklaffen.

Die moralische Überlegenheit der Demokratie im Vergleich mit jedweder Form der Herrschaft eines einzelnen, einer Klasse, einer Partei oder ihres Politbüros war den Liberalen und den Sozialdemokraten Europas längst bewußt, als gegen Ende des Ersten Weltkrieges die Kommunisten unter Lenins Führung die Macht in Rußland eroberten, die sie bis auf die Gegenwart nicht mehr aus den Händen gelassen haben. Das Festhalten der Sozialdemokraten am demokratischen Prinzip hat nach 1918 überall in Europa zur Spaltung der ehemals homogenen Arbeiterbewegung geführt. Überall dort, wo in Europa die kommunistischen Parteien die Macht erobern konnten – außerhalb des Balkans lediglich mit Hilfe der militärischen Macht Stalins –, haben sie die Sozialdemokraten (die sie in der Weimarer Republik als »Sozialfaschisten« bekämpft hatten) gewaltsam entweder unterdrückt oder zur »Vereinigung« gezwungen, was auf das dasselbe hinauslief. Beschönigende Namen wie »Sozialistische Einheitspartei Deutschlands« (SED) oder »Vereinigte Polnische Arbeiterpartei« (VPAP) konnten über die Beseitigung des demokratischen Prinzips nicht hinwegtäuschen.

Das zweite Kerndefizit des Marxismus ist sein Scheitern auf ökonomischem Gebiet. Nirgendwo auf der Welt haben regierende Marxisten oder Marxisten-Leninisten eine befriedigend funktionierende Volkswirtschaft zustande bringen können. Die Ursachen dafür liegen zum einen in der zentralistisch gesteuerten staatlichen Befehlswirtschaft, die mehr oder weniger zwangsläufig aus der politischen Machtballung folgen muß. Die Verführung zum Dirigismus ist jedenfalls ungeheuer groß. Keine Befehlswirtschaft aber kann – wie inzwischen jeder Europäer aus eigener Anschauung weiß – den Vergleich mit einer Marktwirtschaft aushalten, wie auch immer letztere geordnet und qualifiziert sein mag. Zum anderen liegen die Ursachen für das Versagen kommunistischer Volkswirtschaften in der Tatsache begründet, daß seit Marx ein theoretisch zu Ende gedachtes sozialökonomisches Handlungskonzept für eine sozialistische Gesellschaft fehlt. Zwar hat es einige Lehrer auf diesem Gebiet gegeben, zum Beispiel Enrico Barone, Oskar Lange oder in den sechziger Jahren Ota Sik, aber der Marxismus als Lehrgebäude hat deren theoretische Anstöße nicht aufgenommen. Der Marxismus ist hinsichtlich einer auf die Zukunft gerichteten ökonomischen Theorie unfruchtbar geblieben und hat sich in der Praxis mit einer zunehmenden Zahl staatlicher Befehle durchgewurstelt.

Deng Xiaoping und Michail Gorbatschow sind die ersten regierenden Marxisten, die den Versuch gewagt haben, aus den ungeheuren Fehlschlägen prinzipielle Konsequenzen zu ziehen. Eine theoretische Fundierung ihrer Versuche zum Umbau der ökonomischen Politik ist bisher nicht erkennbar, auch nicht in groben Umrissen. Vielmehr scheint sowohl in der Sowjetunion als auch in China alles auf eine aus praktischer Erfahrung gewonnene Korrektur der schlimmsten Fehler marxistischer Praxis hinauszulaufen, das heißt auf einen von den Kommunisten seit der Beendigung von Lenins »Neuer Ökonomischer Politik« durch Stalin immer verächtlich abgelehnten Pragmatismus. Erfolg oder Mißerfolg dieser Korrekturen in China und in der Sowjetunion werden im Laufe der neunziger Jahre sichtbar werden.

Der Fehlschlag kommunistischer Befehlswirtschaft oder, in wirtschaftstheoretischer Terminologie, »Zentralverwaltungswirtschaft« war vorauszusehen; Walter Eucken und andere haben das früh prophezeit. Für mich als angehenden Volkswirt kam die Erleuchtung mit Richard Löwenthals Buch »Jenseits des Kapitalismus«, das 1947 unter dem Pseudonym Paul Sering erschien. Rix Löwenthal, 1908 geboren, hatte Deutschland 1935 verlassen müssen; als junger Student ursprünglich Kommunist, hatte er sich 1928 von der KPD abgewandt. Er ist nach dem Krieg zurückgekehrt und hat sich seither als Sozialdemokrat mit Verve und Tapferkeit für ökonomische und außenpolitische Vernunft in der deutschen Sozialdemokratie eingesetzt.

Viele Marxisten, Pseudomarxisten und Schwärmer auf der deutschen Linken haben weder Arthur Koestlers »Sonnenfinsternis« noch den kritischen Rationalismus Poppers noch andere Abrechnungen mit dem Kommunismus zur Kenntnis nehmen wollen. Sie konnten die Vorzüge des westlichen demokratischen Systems nicht erkennen, weil sie dessen unverkennbare Schwächen mit großer Passion durch ein Vergrößerungsglas betrachteten, während sie gleichzeitig ihren Glauben an den Kommunismus keineswegs an der vielfältigen kommunistischen Wirklichkeit überprüfen wollten. Insofern war der Unterschied zwischen ihnen und den Mächtigen im Osten Europas nicht sehr groß, denn auch diese hatten, was die Beurteilung der Wirklichkeit betraf, dicke Bretter vor dem Kopf.

Die von den westlichen Medien bis vor kurzem verwendete Bezeichnung »Ostblock« für die Staaten des Warschauer Paktes war zumindest teilweise irreführend. Zwar stimmten deren Regierungen ihre Außen- und Verteidigungspolitik regelmäßig mit dem Kreml ab, wobei Rumänien unter der Führung Ceauşescus seit den sechziger Jahren häufig einen eigenen Kurs fuhr. Innenpolitisch aber wiesen die kommunistisch regierten Staaten große Unterschiede auf. Die DDR war stark zentralistisch organisiert und regiert; das nur anderthalb mal so viele Einwohner zählende, blockfreie Jugoslawien dagegen besteht aus sechs Republiken (plus zwei autonomen Provinzen), die alle ihre eigenen Parlamente und Regierungen und sogar eigene Staatsangehörigkeiten haben. Rumänien war die am stärksten polizeistaatlich geprägte Diktatur, im Vergleich dazu erschien Polen beinahe als ein liberaler Staat. Mit einem Wort: die kommunistisch regierten Staaten waren untereinander deutlich heterogener als die Staaten in Westeuropa.

Diese Verschiedenartigkeit drückte sich auch im Führungspersonal aus. In Helsinki etwa hielten sich die Vertreter aus Prag (Husák), Ost-Berlin (Honecker) und Sofia (Schiwkoff) sehr zurück. Der Pole (Gierek) und der Ungar (Kádár) wußten, daß sie von manchen westlichen Kollegen mit einer Mischung aus Neugier und verhaltener Sympathie betrachtet wurden, und vor diesem Hintergrund versuchten sie, für die Interessen ihrer Länder zu werben. Der Rumäne Ceauşescu benutzte die Gelegenheit, sich dem Westen aufs neue als Vertreter eines Landes zu empfehlen, das von der Sowjetunion unabhängig und das bereit war, Moskau an der Nase zu zupfen. Der einzige Kommunist, der wirklich unabhängig von Moskau war, dessen Land allerdings auch am weitesten entfernt lag und der gleichwohl die weltpolitische Bedeutung der

Sowjetmacht richtig einzuschätzen und zu würdigen wußte, war Marschall Josip Broz Tito, ein erfahrener Mann von souveränem Überblick und von großer innerer Freiheit.

Von Dubček über Jakeš zu Havel

Im Dezember 1987 gab Alexander Dubček der italienischen kommunistischen Zeitung »L'Unità« ein bemerkenswertes Interview. Knapp zwei Jahrzehnte zuvor war der mit seinem Namen verknüpfte Prager Frühling durch eine Invasion sowjetischer Truppen brutal beendet worden; auch Polen und die DDR hatten sich am Einmarsch beteiligt. Es waren jedoch eigene Genossen aus der Führung der Kommunistischen Partei der Tschechoslowakei gewesen, die auf sowjetischen Wink die Sowjets gerufen und entscheidend dazu beigetragen hatten, Dubček und die seiner Reformpolitik verbundenen Männer beiseite zu fegen. Von diesen gingen einige ins Ausland, so Mlynář, Sik oder Pelikán. Viele sind tot, darunter František Kriegel. Dubček selbst und Hunderttausende anderer hatte man damals aus der Partei ausgestoßen. Im Sinne der Breschnew-Doktrin von der eingeschränkten Souveränität sozialistischer Staaten wurde die ČSSR gleichgeschaltet, genauer gesagt: sie wurde von einem reformistischen auf einen neostalinistischen Kurs zurückgebracht. Aber jetzt, 1987, im Zeichen der Glasnost-Kampagne Gorbatschows, hatte es die konservativ-kommunistische Prager Führung ihrem ehemaligen Ersten Sekretär nicht länger verwehren wollen oder können, seine Meinung zu äußern – wenn auch nur in einer ausländischen Zeitung.

Dubček nutzte die Gelegenheit. Er verlangte Rehabilitierung für sich und für alle, die seinerzeit ausgestoßen, verfolgt, schikaniert worden waren. Gefragt, ob aus heutiger Sicht der Einmarsch der Truppen des Warschauer Paktes hätte verhindert werden können, sagte er: »Gewiß, jedoch nur unter der Bedingung, daß wir selbst mit Hilfe von Armee, Polizei und Miliz unseren gesamten Reformprozeß unterdrückt hätten. Aber weder im Zentralkomitee noch in der Regierung, weder im Parlament noch in der Person des Staatspräsidenten (Ludvik Svoboda) gab es solche Bestrebungen. Mit Entschiedenheit kann ich sagen: Wenn in der Sowjetunion damals eine ähnliche politische Führung an der Macht gewesen wäre wie heute, dann wäre ein militärischer Einmarsch der fünf Armeen in die Tschechoslowakei undenkbar gewesen.« Daran kann niemand zweifeln.

Dubček beschränkte sich nicht darauf, die Ereignisse in der ČSSR in den Jahren 1968/69 zu kommentieren, sondern er zog auch grundsätzliche Konsequenzen, welche den Kommunismus schlechthin betrafen: »Die Entwicklung hat gezeigt, daß wirtschaftspolitische Krisen auch in einer sozialistischen Wirtschaftsordnung möglich sind, auch wenn sie keinen antagonistischen Charakter (das heißt keinen Klassenkampf-Charakter) haben. Dies stand nicht in unseren Lehrbüchern. Die Praxis des sozialistischen Aufbaus hat bestätigt, daß allein die Übernahme der Produktionsmittel noch keine Vergesellschaftung bedeutet ... Kurz zusammengefaßt, hat ... die Entwicklung der vergangenen zwanzig Jahre in der Sowjetunion und in anderen sozialistischen Ländern eindeutig bestätigt, daß der Sozialismus in Zukunft keine Standardisierung mehr verträgt, keine Schablone und Starrheit, keinen Dogmatismus und kein Sektierertum, daß er sich erneuern und umgestalten muß im Einklang mit den neuen Bedürfnissen.«

Ich gestehe gern, mit einer gewissen Rührung den Nachdruck dieses langen Interviews in der »Zeit« gelesen zu haben. Da sprach ein Mann, der ein kommunistischer Idealist geblieben, zugleich aber ein Demokrat geworden war. Mit seinen regierenden tschechischen und slowakischen Genossen ging er vornehm und zurückhaltend um, obgleich sie ihn, seine Familie, Freunde und Anhänger nach zwanzig Jahren noch immer drangsalierten.

Etwa gleichzeitig mit der Veröffentlichung des Dubček-Interviews wurde in Prag der bisherige Erste Sekretär, Staatspräsident Dr. Gustav Husák, durch Milos Jakeš ersetzt. Jakeš war in den Jahren nach 1968 an den Verfolgungen mißliebiger Reformer führend beteiligt gewesen. Ob er 1968 auch zu denjenigen gehörte, welche die Sowjetunion in einem gemeinsamen Brief um Hilfe ersuchten, ist noch unklar. Jedenfalls war er ein Vertreter der harten Linie – ähnlich wie seine Politbüro-Kollegen Bilák und Indra. Bei seinem Amtsantritt hat Jakeš deutlich davor gewarnt, eine Rückkehr zum Reformkommunismus Dubčeks anzustreben; er sprach drohend von den »Revisionisten und Opportunisten«, die 1968/69 versucht hätten, das System zu unterminieren. Als Dubček zwei Jahre nach dem erwähnten Interview Parlamentspräsident wurde, als unter seinem Vorsitz Václav Havel zum Staatspräsidenten gewählt wurde, habe ich mich in besonderer Weise für Dubček gefreut. Ich habe immer bedauert, ihm nicht begegnet zu sein. Überhaupt, so muß ich einräumen, ist mein Bild von Böhmen, Prag und den Tschechen unvollständig; abgesehen von einem privaten Besuch in Prag und Pilsen 1966 habe ich das Land nie näher kennengelernt.

Als Norddeutscher habe ich früher weder von den Slowaken noch von den Tschechen viel gewußt, auch die Bedeutung der vor 1919 und auch noch bis 1945 starken deutschsprachigen Minderheiten in Böhmen, Mähren, im Sudetenland, in Prag oder in Brünn war einem Hamburger kaum geläufig, die Wiener wußten darüber sehr viel besser Bescheid. Zwar hatten wir in der Schule von Prag als einer der Residenzen der Kaiser des Heiligen Römischen Reiches Deutscher Nation gehört, und wir wußten, daß Prag die älteste deutsche Universität besaß. Aber wir wußten nicht, daß Prag eigentlich eine slawische Stadt war, in welche die böhmischen Könige und Herzöge des Mittelalters deutsche Siedler eingeladen hatten; wir wußten auch nichts darüber, daß es etwa seit Ende des 14. Jahrhunderts eine tschechische Opposition gegen deutsche Überfremdung gegeben hatte, daß Johann Hus als Professor und Prager Rektor einer der Anführer in dieser Auseinandersetzung gewesen war und daß dieser Kampf 1409 zum Abzug der deutschen Professoren und Studenten geführt hatte. Hus, vom Konzil zu Konstanz als Ketzer verbrannt, war uns lediglich als ein protestantischer Vorläufer Luthers geschildert worden. Daß die Hussiten nach seinem Tode auch gegen den Kaiser und die deutschen Reichsfürsten kämpften oder daß zwei Jahrhunderte später der Ausbruch des Dreißigjährigen Krieges durch den Fenstersturz zu Prag keineswegs allein religiöse Ursachen hatte, sondern auch den Konflikt zwischen den böhmischen Ständen und dem Kaiser in Wien, das alles war im Geschichtsunterricht nicht vorgekommen.

Erst als nach dem Zweiten Weltkrieg die Möglichkeit zu selbständiger Weiterbildung gegeben war, habe ich verstanden, daß der Panslawismus nicht nur russische und balkanische, sondern auch starke tschechische und slowakische Wurzeln hatte und daß die Tschechen im Laufe des 19. Jahrhunderts ihr Nationalbewußtsein wiederentdeckten und historisch fundierten; der tschechische Sprachenkampf gegen die deutsche Sprache war sehr verständlich.

Eigentlich hätten nach 1945 die aus der wiedererstandenen Tschechoslowakei vertriebenen Führer der deutschen Minderheiten nach Österreich gehen müssen, denn Böhmen und Mähren waren ja erst 1938 vom Deutschen Reich okkupiert worden, während sie bis 1918 undenkliche Zeiten zur österreichisch-ungarischen Monarchie gehört hatten. Daß sie statt dessen nach Deutschland gingen, hatte – neben sehr praktischen Gründen – seine Ursache wohl auch darin, daß sich das nationalsozialistische Großdeutsche Reich zum räuberischen Anwalt der

Alexander Dubček und Václav Havel während einer Großkundgebung am 26. November 1989.

deutschsprachigen Staatsbürger der Tschechoslowakei gemacht hatte. So fühlten sich die nationalistischen Vertriebenenpolitiker Jaksch, Czaja und Becher, Mitglieder des Bundestages, möglicherweise als ehemalige Reichsdeutsche und nicht als ehemalige Deutsch-Österreicher. Solche Gedanken sind mir 1966 durch den Kopf gegangen, als ich mich auf den Besuch in Prag vorbereitete.

Damals war Antonin Novotny Erster Sekretär der KPČ und zugleich Staatspräsident; seine Macht innerhalb der Partei schien bereits abzunehmen, und 1968 wurde er – auch wegen seiner Verantwortung für frühere Schauprozesse – abgelöst. Novotny schien zu wissen, daß er ein Relikt des Stalinismus war. Jedenfalls setzte er 1966 seine polizeistaatlichen Machtmittel nicht mehr in dem Umfang ein, wie ihm das früher selbstverständlich gewesen war. Nicht zufällig wies man mich mit bedeutungsvoller Miene auf den leeren Sockel des einstigen Stalindenkmals hoch oben über der Stadt hin. Was an die Stelle des stalinschen, polizeistaatlichen Geistes à la Novotny treten sollte, blieb freilich unklar. Mein Witz, am besten eigne sich wohl ein Denkmal des braven Soldaten Schwejk, welches daran erinnere, daß es für die Tschechen darauf ankomme, sich unbeschadet durch die Geschichte Mitteleuropas hindurchzuschlängeln, wurde 1966 von meinen tschechischen Gastgebern nicht eben goutiert.

Andererseits waren viele Tschechen im privaten Gespräch sehr freimütig und verbargen keineswegs ihre Abneigung gegen den Kommunismus Moskauer Prägung. Sie mißtrauten Moskau und der sowjetischen Agitation; das ging so weit, daß viele sogar die kosmonautischen Erfolge der Sowjetunion für nichts anderes als eine Propagandamasche hielten. Sie kritisierten ihre eigene Regierung, stimmten aber überwiegend den Zielen des Sozialismus durchaus zu. Viele unserer Gesprächspartner nahmen eine positive Haltung gegenüber der Bundesrepublik und gegenüber den Deutschen ein; nach Schätzungen lebten damals noch ungefähr 180 000 Deutsche in der ČSSR.

Ich war 1966 zwar der Form nach ein privater Besucher – ich reiste mit meiner Frau, meiner Tochter und meinem Mitarbeiter Wolfgang Schulz –, aber ich führte auch als stellvertretender Fraktionsvorsitzender der SPD das eine und andere Gespräch mit tschechoslowakischen Spitzenfunktionären. Das »Neue Deutschland«, die Parteizeitung der SED, hatte meine Gastgeber vor mir gewarnt, ebenso auch die Polen und die Russen, die ich anschließend besuchte: Ich sei ein Revanchist und Kriegstreiber, der den dritten Weltkrieg vorbereite. Die tschechoslowakische KP-Führung ließ sich damals, anders als die polnische Führung, davon nicht einschüchtern - »Sie haben ja wohl gesehen, daß wir das nicht zur Kenntnis genommen haben« - und stellte mir für eine Reihe von Gesprächen kompetente Partner zur Verfügung, an der Spitze den für Außenbeziehungen zuständigen Sekretär des ZK Koucký und den stellvertretenden Außenminister Dr. Klicka sowie Dr. František Kriegel, damals einfaches Mitglied des ZK.

Unser Besuch war durch den in Bonn akkreditierten tschechischen Rundfunkjournalisten Václav Novotny eingefädelt worden. Einen Tag waren wir mit ihm und seiner Familie zu Gast in dem kleinen, einsam im Wald gelegenen Wochenendhäuschen seiner Schwiegereltern in den Bergen. Das ehemalige Jägerhäuschen hatte einst den Großeltern gehört, war nach dem Krieg zunächst enteignet, dann aber den Eltern zum Rückkauf angeboten worden, weil sie im KZ gewesen waren. Wir wurden mit überschwenglicher Gastfreundschaft bewirtet, es gab viel Fleisch, Kuchen und Bier; jeder hatte etwas mitgebracht, im Scherz sprach man von Produktionsgenossenschaft. Außer den Schwiegereltern und den Novotnys waren der Bruder von Frau Novotna und seine Ehefrau zugegen, dazu wir vier Deutschen. Im Laufe des Tages sprach ich eine Gegeneinladung nach Hamburg aus. Die Reaktion ließ erkennen, daß man wohl gern einmal in den Westen fahren würde, aber: »Daraus wird wohl niemals etwas werden. An der Grenze bum-bum!« Fast jedermann sprach ein wenig deutsch.

Novotnys Schwager war der einzige, der nicht in den Westen fahren wollte; er wolle dort auch nicht leben, sagte er, das gesellschaftliche Getue im Westen mißfalle ihm außerordentlich. Er war Arzt - Nuklearmediziner, wenn ich mich recht erinnere -, seine Frau war Krankenschwester. Er sei dem sozialistischen Staat sehr dankbar dafür, daß er habe studieren können, denn sein Vater, der bis 1918 k.u.k.-Offizier gewesen war, hätte niemals ein Studium für ihn finanzieren können. Im Verlauf des Gesprächs drückte der Doktor seine Verwunderung über Loki und mich aus: Wir seien anders, als er sich Politiker aus der Bundesrepublik und ihre Ehefrauen vorgestellt habe, wir seien ja wohl ganz natürliche Menschen. Als Loki fragte, worauf sich sein bisheriges Urteil denn gründe und woher er seine Informationen beziehe, meinte er, er lese ziemlich regelmäßig den »Spiegel«. Ansonsten wurde an jenem Tag nur wenig politisiert, es war vielmehr ein typisches Wochenendgespräch über Kinder, Familie, Beruf und Urlaub.

Frau Novotna war in mehreren Sprachen zu Hause, sie arbeitete beim Rundfunk als Übersetzerin. Zwei Jahre später, nach Beginn des Prager Frühlings, schrieb sie meiner Frau, sie sei jetzt in die Partei eingetreten, denn jetzt könne man ja dank Dubček die begründete Hoffnung haben, daß alles besser werde. Tatsächlich wurde diese Erwartung schon bald bitter enttäuscht. Václav Novotny kam ins Gefängnis – er konnte später mit unserer Hilfe das Land verlassen –, und Frau Novotna wurde von ihren Vorgesetzten unter Druck gesetzt, sich von ihm scheiden zu lassen, um ihre Stellung beim Rundfunk behalten zu dürfen, mit der sie den Lebensunterhalt für sich und ihre Tochter bestritt. Václav Novotny blieb trotz allem und trotz des Verlustes seiner Frau ein Idealist. Wenn auch seinem Glauben längst der Boden entzogen worden ist, so sinnt er doch bis heute auf den vielbeschworenen »dritten Weg«.

Unser schönstes Erlebnis in Prag war ein langer Abend mit sieben tschechischen Bauarbeitern, darunter zwei Polieren, die uns in einer überfüllten kleinen Kneipe in der Prager Altstadt an ihrem Tisch Platz gemacht hatten. Viel ungezwungene Neugierde: War es schwierig für Sie, in die ČSSR einzureisen? Wieviel verdient ein Bauarbeiter bei euch? Was kostet ein Volkswagen? Was ist der Unterschied zwischen dem sozialistischen und dem kapitalistischen System? Woher kommt euer Wirtschaftswunder? Als wir erklärten, daß der Vorsitzende der Industriegewerkschaft Bau, Steine, Erden, mein Freund und späterer Ministerkollege Georg Leber, in Auseinandersetzungen mit den Arbeitgebern von Jahr zu Jahr höhere Reallöhne herausholt, gab es ungläubiges Staunen.

Uns interessierte, welcher Fußballverein denn nun wirklich besser sei, Sparta, Dukla oder Slavia. Die Antwort kam unter großem Gelächter: Borussia Dortmund. So haben wir, teils im Ernst, teils im Spaß, über tausend Dinge miteinander geredet und gutes Bier dazu getrunken. Von Haß oder Feindschaft war nichts zu spüren, eher von Bewunderung für den Lebensstandard der Westdeutschen: deutsche Zigaretten, deutsche Autos, aber auch Kaugummi, Blue jeans und die Beatles standen hoch im Kurs. Schließlich luden unsere neuen Freunde uns in eine weitere Kneipe ein, und nach Mitternacht mußten wir noch mit ihnen auf ihre Baustelle fahren, wo sie Baukräne und sonstige Maschinen in Bewegung setzten und uns durchaus mit Stolz vorführten. Es war ein gelungener Abend.

Bei Tage entdeckte man natürlich andere Aspekte der Prager Wirklichkeit. Die Wirtschaft war in einem bejammernswerten Zustand. Dies ist auch heute, ein Vierteljahrhundert später, nicht anders. Alle statistischen Vergleiche hinsichtlich des Bruttosozialprodukts, des Volkseinkommens pro Kopf oder der Produktivität pro Arbeitsstunde zwischen bisher kommunistischen und nichtkommunistischen Staaten sind noch genauso unbrauchbar wie damals. Verzerrte Preise und Wechselkurse, völlig andere ökonomische Begriffe, nicht zuletzt auch manipulierte Statistiken machen den internationalen Institutionen wie Weltbank oder Weltwährungsfonds noch immer jedweden Vergleich unmöglich. Seriöse Wirtschaftsforschungsinstitute verzichten denn auch auf die Veröffentlichung ihrer unzureichenden Vergleichsversuche.

Während die Tschechoslowakei vor dem Zweiten Weltkrieg in ihrer industriellen Produktivität und auch im Lebensstandard zum Beispiel mit Belgien konkurrieren konnte, haben die Methoden der zentralen Befehlswirtschaft, die Einbindung in den vornehmlich sowjetischen Interessen dienenden RGW und schließlich die von der Politik der KP ausgehende Demotivation das Land seit Kriegsende auf eklatante Weise ruiniert. 1966 war das Straßenbild durch Ärmlichkeit gekennzeichnet. Die Autos zum Beispiel waren zum großen Teil mindestens 25 Jahre alt, sie stammten aus der Vorkriegszeit. Die ganze Altstadt einschließlich der repräsentativen Gebäude entlang des Wenzelsplatzes bedurfte dringend der Renovierung.

Da Prag unter den Zerstörungen des Krieges weniger gelitten hat als andere Städte, war das äußere Bild ziemlich unverändert. Die Kultur, die sich hier über Jahrhunderte aus dem Zusammenwirken böhmischer (tschechischer), deutscher (deutsch-österreichischer), slowakischer und jüdischer Einflüsse gespeist hatte, war überall gegenwärtig. Literatur und Theater waren trotz teilweise törichter Zensur offenkundig noch immer fruchtbar. Mit Verachtung blickte man auf die viel tiefer greifende und borniertere Zensur in Ulbrichts DDR. Wir erinnerten uns an Kafka und Rilke, an Mörikes »Mozart auf der Reise nach Prag« und vor allem an Smetana. Als Gäste eines Hauskonzerts kamen wir in den Genuß seiner Musik. Die Bürger Prags und die Funktionäre, die das Land regierten, schienen stillschweigend eine Übereinkunft getroffen zu haben, sich gegenseitig möglichst nicht in die Quere zu kommen. Zwar gab es eine Geheimpolizei, aber vor ihr hatte man weit weniger Angst als etwa die Bürger in der DDR vor dem Staatssicherheitsdienst. Zwar wußten die Kommunisten, daß die Loyalität der Bürger begrenzt war, aber die Schikanen schienen sich vergleichsweise in Grenzen zu halten. Es gab einen Anflug dessen, was man bisweilen wohlwollend Wiener Schlamperei nennt. Und es gab – ebenfalls wienerisch – für meine Frau mehrfach den Handkuß, sogar auf der Straße. Mit einem Wort: Es herrschte eine Atmosphäre der Toleranz, die wir nicht erwartet hatten, auch und gerade uns Deutschen gegenüber.

Natürlich haben wir Lidice besucht, das am 10. Juni 1942 zur Vergeltung für das Attentat auf Heydrich dem Erdboden gleichgemacht worden war, nachdem man zuvor alle männlichen Einwohner erschossen hatte. Manche meiner Gesprächspartner hatten bittere Erfahrungen in deutschen Konzentrationslagern hinter sich, manche trugen die Auschwitz-Nummer eintätowiert, andere hatten nahe Angehörige und Freunde verloren. Aber trotz allem waren die Gastfreundschaft für uns Deutsche und der Wunsch nach guter Nachbarschaft allgemein. Gewisse Vorbehalte gab es lediglich bei meinen Gesprächspartnern aus der Partei- und Staatsführung.

František Kriegel, als Jude in Galizien geboren – Kossygin hat sich später zu geringschätzigen antisemitischen Äußerungen hinreißen lassen – hat auf mich den stärksten Eindruck gemacht. Er hatte in Prag Medizin studiert und anschließend drei Jahre als Arzt der Internationalen Brigade in Spanien gedient, konnte aber der deutschen Besetzung wegen nicht nach Prag zurück. Er tauchte in Paris unter und ging dann auf Wunsch der Komintern als Arzt und Offizier zu Zhou Enlai nach China, von wo er 1945 in die Tschechoslowakei zurückkehrte. Dort wurde er stellvertretender Gesundheitsminister, geriet in die Drangsal der Säuberungsprozesse, wurde verhaftet, aus der Partei ausgeschlossen und konzentrierte sich danach auf seinen ärztlichen Beruf; zeitweilig war er als Gesundheitsberater in Kuba tätig. 1966 war er, inzwischen von der Parteiführung wieder akzeptiert, Vorsitzender des Auswärtigen Ausschusses des Parlaments.

Kriegel war im Gespräch mit mir zunächst mißtrauisch und vorsichtig. Seine antideutschen Gefühle, aus denen er kein Hehl machte, konnte ich gut verstehen. Vermutlich war er anfangs auch unsicher, wie er mich einschätzen sollte. Ich weiß nicht, ob Kriegel am Schluß unseres mehrstündigen Gespräches etwas freundlicher über mich dachte als am Anfang. Immerhin hatte ich sehr offen die innenpolitische Lage der Bundesrepublik Deutschland – wir befanden uns in der deutlichen Niedergangsphase der Regierung Erhard/Mende – und die von der SPD beabsichtigte Ostpolitik geschildert. Wahrscheinlich hielt mich Kriegel aufgrund meiner Überzeugung, daß eine Regierungsbeteiligung der Sozialdemokraten unmittelbar bevorstehe, für einen Phantasten oder doch für einen großen Optimisten.

Was die Herstellung normaler diplomatischer Beziehungen zwischen unseren beiden Staaten betraf, blieb Kriegel skeptisch. Ich erläuterte unsere Vorstellungen, daß das Münchener Abkommen, mit dem Hitler und Chamberlain 1938 nicht nur die Abtretung des sogenannten Sudetenlandes, sondern praktisch auch das Schicksal der Tschechoslowakei besiegelt hatten, für ungültig erklärt werden müßte. Tatsächlich hat die Regierung Kiesinger/Brandt 1967 das Münchener Abkommen für erledigt (nicht aber für nichtig) erklärt. Bis zur endgültigen einvernehmlichen Regelung und bis zur Herstellung diplomatischer Beziehungen hat es dann noch bis Ende 1973 gedauert. Auch den damals geschlossenen Gewaltverzichtsvertrag mit der ČSSR hatten Kriegel und ich sieben Jahre zuvor schon ziemlich vollständig skizziert.

Die nachfolgenden Gespräche mit Koucky und Klicka dienten der Präzisierung. Ich begriff, daß Kriegel der vorgeschobene Beobachter gewesen war, der, auch im Detail ausgezeichnet informiert, zu sondieren hatte - eine Taktik, die im diplomatischen Verkehr durch die kommunistisch regierten Staaten allgemein angewandt wurde. Mit Koucký und Klicka war ich einig, daß auch die Grenze zur DDR in die von meiner Partei beabsichtigten bilateralen Gewaltverzichtserklärungen einbezogen werden sollte; daß wir - unter stillschweigender Aufgabe der Hallstein-Doktrin - diplomatische Beziehungen zueinander aufnehmen sollten; daß die Tschechoslowakei keinerlei Reparationen von uns verlangen würde (einer meiner Gesprächspartner sagte dazu: »Wir werden doch keinen Teer in das Honigfaß schütten!«); und daß wir den Handelsaustausch wesentlich erweitern wollten. Letzteres war wohl das Wichtigste für die andere Seite. Aber es war auch deutlich eine Enttäuschung darüber zu verspüren, daß Außenminister Gerhard Schröder vor allen anderen Staaten des Warschauer Paktes Rumänien den Vorzug zu geben schien, während sich Ceauşescu in der ČSSR schon damals nur geringer Wertschätzung erfreute - mit Recht, wie sich später zeigen sollte.

Natürlich habe ich nach meiner Rückkehr sowohl Außenminister Schröder als auch dem SPD-Parteipräsidium ausführlich über meine Prager Gespräche berichtet, außerdem der Presse. Ebenso hart, wie ich vor der Abreise durch die SED diffamiert worden war, wurde ich nunmehr von rechten Flügelmännern der CDU/CSU kritisiert - und von dem meiner eigenen Partei angehörenden Vertriebenenpolitiker Wenzel Jaksch. Entspannungspolitik erschien verbohrten Leuten wie diesen als schwere Gefährdung deutscher Interessen.

Ein interessanter Punkt in Prag war die von den Tschechen vorgeschlagene multilaterale Einbettung der Normalisierung der Beziehungen zwischen Prag und Bonn. Man hoffte auf eine gesamteuropäische Konferenz, zu der man die Teilnahme der USA und Kanadas zu akzeptieren bereit war; man hoffte auf eine Beseitigung der nuklearen Waffen und eine Herabsetzung der konventionellen Truppen auf beiden Seiten sowie auf den Abzug aller Truppen von fremdem Gebiet. Die sicherheitspolitischen Vorstellungen der Prager Führung und die ausdrückliche Betonung des Prinzips nationaler Souveränität hatten klar erkennbar einen Akzent, der den sowjetischen Machtinteressen zuwiderlief. Die Breschnew-Doktrin von der beschränkten Souveränität sozialistischer Staaten, die Moskau zwei Jahre später zur Rechtfertigung des Einmarsches in die ČSSR verkündete, war das Gegenteil dessen, was die Prager Kommunisten im Sommer 1966 mir gegenüber vertreten hatten.

Dubček und den anderen Führungspersonen des Prager Frühlings ist im Überschwang ihres reformerischen, humanistischen Enthusiasmus eine realistische Einschätzung der sowjetischen Machtinteressen und der Moskauer Brutalität abhanden gekommen. Vielleicht haben sie auf den Leninismus ihrer Moskauer Oberherren vertraut, aber weder Breschnew noch sein Politbüro noch die Moskauer Militärführung kümmerten sich um Lenins Lehren, das hatten ja auch Chruschtschow und Stalin nicht getan. Vielmehr dachten sie an die unbedingte Aufrechterhaltung ihrer strategischen Machtposition. Im Mai und Juni 1968 ließen sie Truppen des Warschauer Paktes Manöver in der ČSSR abhalten. Anfang August ließen sie auf einer Konferenz der Staaten des Warschauer Paktes die Verteidigung der sozialistischen Errungenschaften als *gemeinsame* Pflicht erklären. Rumänien und Albanien beteiligten sich daran ebensowenig wie drei Wochen später an der Invasion. Am 20./21. August erfolgte der Einmarsch der »harten« Pakt- Staaten unter Führung der Sowjetunion. Der Staaatschef der DDR, Walter Ulbricht, war einer der Scharfmacher gewesen, während Albanien aus Protest seinen Austritt aus dem Pakt erklärte. Tito und Ceauşescu ließen, besorgt über die Möglichkeit sowjetischer Übergriffe auf ihre Staaten, Teile der jugoslawischen und der rumänischen Truppen mobil machen.

Wir Deutschen verfolgten die Ereignisse mit angehaltenem Atem. Ich dachte: So fangen Kriege an. Wir alle in Bonn waren tief besorgt. Mit den Regierungen unserer Verbündeten in Europa und Nordamerika standen wir stündlich in Kontakt; niemand im Westen konnte die Gefahr eines Überschwappens der militärischen Operationen über die

ČSSR hinaus völlig ausschließen. Im Fernsehen verfolgten wir die Bilder: sowjetische Luftlandetruppen in Prag, Panzer der Roten Armee auf dem Wenzelsplatz. Die Tschechen waren zunächst fassungslos, dann griffen sie zum Generalstreik, der ohnmächtig zusammenbrach.

Uns war zum Weinen zumute. Wir dachten an unsere Gespräche in Prag zurück, an die Freunde im Jägerhäuschen, von denen ich wußte, wie sehr sie auf den Frühling unter Dubček gesetzt hatten. Jetzt wurden die Uhren wieder zurückgestellt: Die Zensur kehrte zurück, eine Welle der Verhaftungen setzte ein, die Gefängnisse füllten sich. Dubček wurde durch Husák ersetzt und aus der Partei ausgestoßen, eine halbe Million Parteimitglieder fiel den »Säuberungen« zum Opfer. Die ČSSR wurde eine der am konservativsten regierten kommunistischen Diktaturen. Und dies blieb so 21 Jahre lang.

František Kriegel, gerade erst Präsidiumsmitglied der KPČ geworden, wurde gemeinsam mit der gesamten Parteispitze nach Moskau zitiert. Er war der einzige, der sich dort am 26. August 1968 weigerte, seine Unterschrift unter das sowjetisch-tschechoslowakische Dokument zu setzen, das den Einmarsch in die ČSSR und die Rücknahme aller Reformen rechtfertigen sollte. Die Sowjets wollten ihn daraufhin sogleich verhaften, was Staatspräsident Swoboda, der bald darauf abgesetzt wurde, verhindert hat. Kriegel verlor nacheinander alle seine Ämter und Funktionen und wurde alsbald aus der Partei ausgeschlossen. Auch in den letzten Jahren seines Lebens - er starb 1979 in Prag - war er das Ziel zahlreicher Angriffe der neuen Parteiführung. Als er ein Jahr vor seinem Tode von der spanischen KP nach Madrid eingeladen wurde, verweigerte man ihm die Ausreise, ebenso wie ihm 1966 von der Regierung Erhard/Mende die Einreise in die Bundesrepublik verweigert worden war, als er an einem Treffen alter Spanienkämpfer teilnehmen wollte. An seinen Überzeugungen hat dieser tapfere Mann bis zuletzt festgehalten. Ich werde ihm deshalb stets einen hohen Respekt bewahren.

Gustav Husák hat sich 1968 - anders als Kriegel - Moskau unterworfen, ebenso Vasil Bilák, Lubomir Štrougal und Milos Jakeš; Bilák wurde Chefideologe der KPČ, Štrougal Ministerpräsident, Jakeš Ende 1987 Generalsekretär. Mit Gorbatschows Reformen kamen diese vier Prager KP-Führer später in die paradoxe Lage, zwecks Erhaltung ihrer Machtposition Moskau gegenüber das Recht auf den eigenen Weg zu betonen - also genau das, was sie 1968 öffentlich widerrufen hatten. Zwanzig Jahre nach dem Prager Frühling hat Jakeš in einem öffentlichen

Interview immer noch behauptet, Dubčeks Reformen seien »das Gegenteil von Demokratie« gewesen.

Husák habe ich 1975 in Helsinki kennengelernt. Er war Erster Sekretär und zugleich Staatspräsident; begleitet wurde er von Ministerpräsident Štrougal. An dem Gespräch nahmen außerdem die Außenminister Genscher und Chňoupek teil. Nach dem Besuch Brandts und Scheels im Dezember 1973 in Prag war dies das zweite Gespräch auf höchster Ebene. Es war nicht mehr von ungelösten bilateralen Problemen oder von Erfolgsdruck überschattet. Wie in fast allen Gesprächen, die ich während der Helsinki-Konferenz mit kommunistischen Machthabern führte, spielte für uns die Frage nach Ausreisegenehmigungen für Deutsche die wichtigste Rolle. Štrougal hielt sich im Hintergrund, und auch von Husák konnte ich mir kein klares Bild machen.

Dies änderte sich auch 1978 nicht, als Husák zu einem viertägigen Besuch in die Bundesrepublik kam, bei dem wir viele Stunden miteinander sprechen konnten, zum Teil unter vier Augen. Die Aussiedlung tschechoslowakischer Staatsbürger deutscher Nationalität hatte sich inzwischen befriedigend entwickelt; wir rechneten damit, daß die dem Deutschen Roten Kreuz noch vorliegenden wenigen tausend Ausreisewünsche in überschaubarer Zeit würden abgewickelt werden können. Dieses Problem überließ ich wie alle anderen bilateralen Themen den beiden Außenministern. Husák und ich konnten uns in Ruhe auf einen allgemeinen Gedankenaustausch einlassen.

Aber ob es um die Energiekrise oder um den Nahen Osten ging, um die Fortsetzung des KSZE-Prozesses in Europa, um die bevorstehende Generalversammlung der Vereinten Nationen zu Fragen der Abrüstung oder um die Fortsetzung der Wiener MBFR-Verhandlungen: bei allen Themen blieb Husák blaß und unsicher.

Ich gewann den Eindruck, daß er zwar durchaus zur weiteren Entspannung zwischen Ost und West beitragen wollte, durchaus auch zur Entspannung zwischen unseren beiden Ländern. Verglichen mit unseren Beziehungen zur Sowjetunion und einigen anderen Staaten des Warschauer Paktes waren unsere Beziehungen zur ČSSR zurückgeblieben. Dies konnte schon allein aus wirtschaftlichen Gründen der Führung in Prag keineswegs sinnvoll erscheinen; sie hatte mit Recht den Eindruck, Polen und Ungarn profitierten vom Wirtschaftsaustausch mit uns und von unseren Krediten stärker als die ČSSR. Auch über das ökonomische Interesse hinaus schien mir Husák aus allgemein politischen und menschlichen Gründen zur weiteren Normalisierung bereit. Aber er blieb auch hier unbestimmt und vage. Da ich seinen Lebensweg kannte, hielt ich es für undenkbar, daß es ihm an Urteilskraft mangelte; ebenso war es ausgeschlossen, daß man ihm vor seiner Abreise keine ausreichenden Informationen zu den von mir angeschnittenen Themen geliefert hatte. So blieb nur der Schluß, daß Moskau sich zu einer Reihe von aktuellen Fragen noch nicht ausreichend eindeutig festgelegt hatte und daß Husák sehr sorgfältig jeden denkbaren sowjetischen Vorwurf vermeiden wollte, auf eigene Faust geredet zu haben.

Ich bemühte mich vergebens, meinen Gesprächspartner aufzuschließen. Seine zweideutige Rolle während der Jahre 1968/69 hatte ich nicht vergessen, aber bewußt beiseite geschoben. In der Außenpolitik kann man sich die Gesprächspartner kaum aussuchen. Für uns in Bonn kam es auf Normalität im Verkehr mit der ČSSR an; die Vorgeschichte der Männer, welche die Tschechoslowakei repräsentierten, durfte uns dabei nicht behindern. Es mag sein, so denke ich heute, daß Husák unterschwellig spürte, wie ich über seinen Charakter zwangsläufig denken mußte. Dabei war er nur ein typisches Beispiel für die Wirklichkeit kommunistischer Verstrickungen, für die Widersprüche zwischen ursprünglich reiner Ideologie und den tatsächlichen Anforderungen des kommunistischen Alltags. Darüber hinaus verkörperte er unter dem Druck der Breschnew-Doktrin den Konflikt zwischen den Interessen des eigenen Staates und denen der Sowjetunion, wohl wissend, daß er von der großen Mehrheit der Bevölkerung politisch und moralisch abgelehnt wurde. Kurzum, Husáks Lebensweg war gekennzeichnet von moralischer Korrumpierung, wie sie der real existierende Sozialismus beinahe zwangsläufig mit sich brachte. Von 1951 bis 1960 hatten ihn seine Genossen eingesperrt, später rehabilitiert und Anfang 1968 zum stellvertretenden Ministerpräsidenten gemacht.

Als es aber im Sommer 1968 zu immer massiveren Forderungen der Intellektuellen nach Freiheit kam, blieb Husák vorsichtig im Hintergrund. Nach dem Einmarsch der Sowjets im August forderte er die Partei auf, die strategische Lage der ČSSR zu berücksichtigen, und noch im Herbst begann er, Dubčeks Freunde zu kritisieren. Im April 1969 trat er an Dubčeks Stelle. Ein halbes Jahr später klagte er Dubček, Smrkovský, Kriegel und andere Reformer als kleinbürgerlich, nichtklassenbewußt und unmarxistisch an; die Nation sei betrogen worden, der sowjetische Einmarsch sei notwendig gewesen zur Niederschlagung der »Konterrevolution«. In Moskau stellte er damals vollständige Übereinstimmung mit Breschnew fest. Heimgekehrt, gab er der alten Parteiführung – der er selbst angehört hatte – die Schuld an allen Mißständen und Fehlern und kündigte die Säuberung der Partei an.

Später ging Husák rücksichtslos gegen die Unterzeichner der »Charta 77« vor, die sich auf die KSZE-Schlußakte von Helsinki beriefen, um Freiheit der Information, der Meinungsäußerung und der Religionsausübung in der ČSSR einzuklagen. Aus einem Reformer war längst ein rigoroser Machthaber geworden, der nunmehr selbst Menschen ins Gefängnis sperren ließ. Niemand gesteht sich gern Opportunismus ein, jedermann möchte sich selbst gern bescheinigen, das Beste gewollt zu haben. Vielleicht wird Husák argumentieren, er sei der Sache des Kommunismus immer treu geblieben. Der Kommunismus erzieht zur Treulosigkeit gegen die eigenen Freunde. Vielleicht wird Husák auch sagen, er habe ein schlimmeres Eingreifen durch Moskau verhindert und damit den Völkern seines Staates größeres Übel erspart. Gleichwohl: für Menschen seines Schlages kann ich kein Mitgefühl aufbringen.

1966 waren wir dem eigenen Wagen, einem Opel- Rekord, von Nürnberg nach Prag gefahren und später weiter nach Breslau und Warschau. Alle vier Städte waren vom Krieg in Mitleidenschaft gezogen worden, Prag hatte noch das glimpflichste Schicksal erlitten. Der Wiederaufbau nach Kriegsende war mit unterschiedlicher Intensität betrieben worden. Die Polen hatten in Warschau unendliche Mühe aufgewandt; der Wenzelsplatz in Prag war zwar heil, sah aber trostlos aus; Breslau war noch schrecklich zerstört, Nürnberg dagegen weitgehend wiederhergestellt. So unterschiedlich diese vier Städte zwanzig Jahre nach dem Krieg wirkten und so verschieden sie in ihrer geschichtlichen Bedeutung sein mochten, eines war klar: sie gehörten historisch und kulturell zusammen, bildeten gleichsam das Herz des alten Mitteleuropa. Kein anderer Erdteil ist ähnlich reich an geschichtlich gewachsener Substanz – über alle Grenzen hinweg. Dies habe ich von Lissabon bis Leningrad, von Edinburgh bis Palermo immer wieder empfunden. Das alles ist ein und dieselbe Kultur. Und es sind die Städte, die diese Kultur geprägt haben. Prag aber ist eine der urbanen Perlen.

Zu Weihnachten 1989 bekamen wir von einem unserer tschechischen Freunde, die wir 1966 in Prag gewonnen hatten, einen Brief. Unser Freund war inzwischen alt geworden. In einem wienerisch anmutenden, leicht resignativen, aber im Grunde gelassen-heiteren Ton schilderte er seine Erlebnisse während des Umbruchs in der Tschechoslowakei und faßte sein Urteil in dem Satz zusammen: »Die Macht ist einfach, schnell und lächerlich zusammengebrochen.«

Am Tage, da ich dieses Kapitel abschließe, werden in der ČSFR die Ergebnisse der ersten freien Wahlen bekanntgegeben. Ähnlich wie bereits in der DDR und in Ungarn ist die Kommunistische Partei zusammengeschmolzen, sie wird einstweilen politisch kaum eine Rolle spielen.

Ob und wann und wieweit es den Tschechen und Slowaken gelingen wird, eine offene Gesellschaft und einen demokratischen, pluralistischen Staat zu errichten, ist heute noch nicht abzusehen. Die Schwierigkeiten, die zu überwinden sind, werden ähnlich sein wie in Polen oder in Ungarn. Trotz aller Rückschläge, die zu verzeichnen sein werden, darf man hinsichtlich dieser Staaten guter Hoffnung sein. Denn in keinem von ihnen haben die Menschen ihr kulturelles Erbe verloren, sie alle können auf den gemeinsamen politischen, geistigen und religiösen Traditionen Europas aufbauen.

Als im Oktober 1989 der deutsche Buchhandel dem Schriftsteller Václav Havel den Friedenspreis verlieh, konnte dieser nicht kommen, weil er sich nicht sicher fühlte, in die ČSSR zurückkehren zu dürfen. Havels Rede, von Maximilian Schell vorgelesen, enthielt diese Sätze: »Jahrhundertelang hatten wir, Deutsche und Tschechen, vielfältige Schwierigkeiten mit unserem Zusammenleben in Mitteleuropa ... Ich glaube, daß ich für uns verantwortlich sagen kann, daß sich die uralten und über Jahrhunderte hinweg auf verschiedenste Weise genährten nationalen Animositäten, Vorurteile und Leidenschaften bei uns, den Tschechen, in den letzten Jahrzehnten verflüchtigt haben. Und es ist überhaupt kein Zufall, daß das in einer Zeit geschah, in der wir unter einem totalitären Regime litten. Dies hat in uns nämlich ein so tiefes Mißtrauen gegenüber allen Verallgemeinerungen, ideologischen Floskeln, Phrasen, Losungen, gedanklichen Stereotypen und sich anbiedernden Appellen an diese oder jene Schicht unserer Emotionen, von den niedrigsten bis zu den höchsten, herausgebildet, daß wir heute zumeist schon immun sind gegenüber jeglichem hypnotisierenden Köder, und sei er von noch so suggestiver Gestalt, wie etwa traditionell der nationale oder nationalistische Appell.«

Ein halbes Jahr später – jetzt war Havel Staatspräsident – sagte Bundespräsident von Weizsäcker in Prag: »Auch heute, und heute erst recht, gibt es keine isolierte nationale Politik für uns. Die Epoche, in der sich ein guter Patriotismus in einen bösen Nationalismus gegen die Nachbarn verwandelt und zu zerstörischen europäischen Bruderkriegen geführt hat, liegt hinter uns. So wie Deutsche und Franzosen sie miteinander überwunden haben, so soll es auch zwischen Ihnen und uns werden. Unsere Brüder, zumal unsere Jugend, wollen und können es.« Versöhnung ohne Wenn und Aber: das war der Wunsch beider Präsidenten, das ist auch mein Wunsch.

Das Ungarn János Kádárs

Als 1918 die österreichisch-ungarische Doppelmonarchie der Habsburger zusammenbrach, wurde auch das zeitweilig sehr große und mächtige Ungarn gestutzt. 1920 im Vertrag von Trianon mußte es zugunsten Jugoslawiens, Rumäniens, der Tschechoslowakei und Österreichs unter anderem auf Kroatien-Slawonien, Siebenbürgen, die Slowakei und das Burgenland verzichten. Zwanzig Jahre später versuchte Nikolaus Horthy als ungarischer Reichsverweser mit Hitlers Hilfe, Teile der verlorenen Gebiete zurückzuerlangen; die Niederlage Deutschlands verwies Ungarn endgültig in seine heutigen Grenzen. Von den gut vierzehn Millionen Ungarn leben heute nur knapp elf Millionen in der Ungarischen Volksrepublik, zwei Millionen in Rumänien, wo sie ebenso wie die dort lebenden Deutschen vom Ceauşescu-Regime auf schlimme Weise unterdrückt wurden, und etwa je eine halbe Million in der ČSFR und in Jugoslawien.

Die Deutschen neigen dazu, Ungarn zu Osteuropa zu rechnen, die Ungarn aber hören das gar nicht gern. So hat auch mich einmal der ehrwürdige ungarische Schriftsteller Ivan Boldizsar, Präsident des ungarischen PEN-Clubs, in wohlgesetzten Worten berichtigt: »Osteuropa? Darunter versteht man in Budapest eigentlich etwas anderes. Wir hingegen bekennen uns zum östlichen Mitteleuropa. Das ist nicht nur eine Formel, sondern wirklich eine Art Bekenntnis.« So denkt die Mehrheit der Ungarn. Sie wollen anerkannt wissen, daß sie sich stets – gewollt und bewußt – als zu Mitteleuropa gehörig empfunden haben. Sie reagieren empfindlich auf jeden Gebrauch des Begriffes Europa, der sie nicht einschließt. Schon lange vor Gorbatschows Wort vom »gemeinsamen europäischen Haus« haben sich die Ungarn nicht nur als Europäer, sondern als Mitteleuropäer gefühlt. Nach ihrem Verständnis war die Grenze zu Österreich trotz des unterschiedlichen Status beider Länder viel weniger eine Grenze als die Grenze zu Rumänien. Ceauşescu war für sie schon lange ein Schlag ins Gesicht der europäischen Kultur; sie wünschten sich und den Rumänen, daß er möglichst bald verschwinde –

auch Kádár hat mir dies zu verstehen gegeben. Die Ungarn hatten mit ihrem eigenen Steuermann sehr viel mehr Glück: Ohne János Kádár hätten sie nicht 25 Jahre lang im liberalsten der kommunistischen Staaten Europas gelebt, und ihm verdanken sie es in erster Linie, wenn in ihrem Land heute Demokratie und Marktwirtschaft die größten Erfolgschancen haben. Ich sage dies, obwohl ich weiß, daß sich die Dankbarkeit der Ungarn Kádár gegenüber in Grenzen hält. Vor einigen Jahren freilich sah das noch ganz anders aus.

Im Sommer 1986, aus Anlaß des dreißigsten Jahrestages des Einmarsches sowjetischer Truppen und der blutigen Niederwerfung des ungarischen Volksaufstandes, schrieb das Magazin »Time«: »Die Niederschlagung führte zur Einsetzung einer Marionettenregierung unter dem 44jährigen Kádár, damals der meistgehaßte Mann in Ungarn ... Wenn morgen freie Wahlen abgehalten würden, so würde der 74jährige Kádár praktisch durch Akklamation gewinnen.« Dies war in jeder Hinsicht zutreffend. Wäre Kádár damals aus Altersgründen zurückgetreten, wäre den Ungarn und wäre ihm viel Bitterkeit erspart geblieben.

An die weltpolitische Doppelkrise im Herbst 1956 erinnere ich mich deutlich. England und Frankreich entsandten Truppen an den Suez-Kanal, den Nasser im Juli unter ägyptische Souveränität gebracht hatte; die USA gingen deutlich auf Distanz zu ihren Verbündeten, und nach Drohungen der Sowjetunion mußten sich England und Frankreich zurückziehen. Chruschtschow nutzte die Spannungen innerhalb des Westens zur Niederschlagung der Freiheitsbestrebungen in Ungarn, die inzwischen auch Teile der ungarischen kommunistischen Partei erfaßt hatten. Die Erregung im Westen war groß, aber ebensogroß war die Ohnmacht, die politischen Prozesse hinter dem »Eisernen Vorhang« beeinflussen zu können. So war es schon 1953 beim Bauarbeiteraufstand in der DDR gewesen, so sollte es 1961 beim Bau der Berliner Mauer abermals sein. Die uns durch Presse, Rundfunk und Fernsehen übermittelten Berichte und Bilder von den Ereignissen in Ungarn erfüllten uns mit Schrecken; die Einsicht aber, daß der Westen zwangsläufig untätig bleiben mußte, war nicht weniger deprimierend. Es war das erste Mal, daß eine breite westliche Öffentlichkeit direkt miterlebte, wie brutal die Sowjets mit ihren »Brüdern« umsprangen. Die ungarischen Kommunisten freilich gingen mit ihren eigenen Genossen, mit denen sie gestern noch im Politbüro oder in der Regierung zusammengearbeitet hatten, nicht besser um.

Ministerpräsident Imre Nágy wurde verhaftet und blieb verschwunden; er ist 1958 insgeheim hingerichtet worden. Nágy war 1945 mit der sowjetischen Armee nach Budapest zurückgekehrt, aber bereits 1949 von KP-Chef Rákosi kaltgestellt worden; von 1953 bis 1955 Ministerpräsident, wurde er, nach einer erneuten Kaltstellung, im Oktober 1956 abermals Ministerpräsident. Der ehedem verurteilte János Kádár, seit 1954 rehabilitiert, wurde nach dem Sturz Rákosis im Oktober 1956 Erster Sekretär der Partei. Als Nágy im Laufe der sich überstürzenden Ereignisse den Austritt Ungarns aus dem Warschauer Pakt erklärte, ging Kádár auf Distanz. Er bildete außerhalb Budapests eine Gegenregierung und begann mit der förmlichen Umgründung der KP zur Ungarischen Sozialistischen Arbeiterpartei, bei der bisher führende Funktionäre ausgeschaltet wurden. Kádár war es auch, der sowjetische Hilfe anforderte und dann mit der Invasionsmacht und ihren Organen kooperierte.

Den westlichen Medien erschien Kádár von Anfang an als ein willfähriger Handlanger Moskaus. Ich selbst war in meinem Urteil vorsichtig, weil ich von Herbert Wehner einiges über den bisherigen Lebensweg Kádárs gehört hatte. Unter dem Stalinisten Rákosi war er des Verrats und des »Titoismus« angeklagt, gefoltert, verurteilt und ins Gefängnis geworfen worden. Mir ging es damals ähnlich wie ein Vierteljahrhundert später, im Winter 1981/82, als alle Welt den polnischen Kommunisten Jaruzelski verurteilte. Keiner von uns, die wir im sicheren Port des Westens reden und schreiben, ohnmächtig und unfähig, anders zu helfen als mit Worten, und nur unzureichend informiert, keiner von uns sollte sich zum Richter aufwerfen über jene, die unter übermächtigem sowjetischen Druck ihren Einfluß nicht dazu verwandten, möglichst viele ihrer Landsleute zum Heldentod aufzurufen.

Kollaboration mit der Besatzungsmacht hat - spätestens seit Petain und Quisling - den Ruch der Ehrlosigkeit und des Verrats. Im zweiten Weltkrieg erschien den unterdrückten Franzosen, Norwegern oder Holländern die Wiedererlangung ihrer Freiheit immerhin erreichbar, denn die Anti-Hitler-Koalition führte ja den Krieg fort. Aber seit Europa scheinbar endgültig aufgeteilt war zwischen West und Ost und für die Menschen jenseits des »Eisernen Vorhangs« kaum Hoffnung auf Veränderung bestand, war Widerstand aussichtslos geworden. Ich selbst, so dachte ich damals, wäre bereit, für meine Freiheit große persönliche Opfer zu wagen. Aber das war eine sehr theoretische Bereitschaft. Zugleich fühlte ich, daß wir nicht das Recht haben, von den Ungarn zu erwarten, daß sie um der Freiheit willen ihr Leben aufs Spiel setzen.

Bei allen Invasionen, in Ungarn, in der Tschechoslowakei, in Afghanistan oder auch bei ihrer Drohung gegen Polen, in keinem Fall hatte die Sowjetunion irgendein Recht zum Einmarsch. Aber sie hatte die Macht. Moskau hat diese Macht auch über die innersowjetischen Veränderungen des Jahres 1989 hinaus, auch morgen und übermorgen – ebenso wie die USA gegenüber Grenada oder China gegenüber Tibet solche Macht besitzen. Und sie alle haben ihre gewaltige Militärmacht ohne erkennbare Skrupel gegen souveräne Staaten eingesetzt.

Auch wenn bis heute unklar ist, welche Rolle im einzelnen János Kádár bei den blutigen Ereignissen 1956 und danach gespielt hat und wieweit er mit Schuld belastet ist, so war doch für die Bewertung seiner Person durch seine Landsleute offenkundig der Erfolg seiner Politik entscheidend. Dieser Erfolg war größer als in irgendeinem anderen Land des Warschauer Paktes, die Sowjetunion eingeschlossen. Von Beginn der sechziger Jahre an sorgte Kádár für innere Entspannung. Er erließ eine Amnestie, verordnete eine gewisse Toleranz gegenüber den Intellektuellen – »Wer nicht gegen uns ist, ist für uns« – und pflegte den Auslandstourismus der Ungarn. Ende der sechziger Jahre begann er mit der Entkrampfung der Wirtschaftspolitik; die Betriebe erhielten Entscheidungsfreiräume, private Kleinbetriebe wurden zugelassen, es entwickelte sich ein bescheidener marktwirtschaftlicher Sektor. In den achtziger Jahren war Ungarn das in jeder Beziehung »liberalste« Land des Warschauer Paktes.

Der im Vergleich zu den kommunistischen Nachbarstaaten höhere Lebensstandard spielte ebenso wie die Reisefreiheit eine wichtige Rolle für das Lebensgefühl der Ungarn. Devisen waren zwar knapp, und nicht jedermann konnte jedes Jahr ins Ausland reisen, aber jeder wußte, daß er demnächst erneut würde reisen können, und so kehrte man immer wieder zurück. Ihre relative Freiheit und ihren relativen Wohlstand verdankten die Ungarn vor allem Kádár. Sie wußten das, und sie nahmen ihm deshalb auch ab, daß Ungarns geostrategische Situation eine enge Anlehnung an die Sowjetunion gebot. Dies schien vielen der unvermeidliche Preis der Freiheit zu sein. Außenpolitisch war Ungarn zur Zeit Breschnews ein zuverlässiger Verbündeter Moskaus, allerdings mehr der Not gehorchend als dem eignen Triebe. Kulturell war Ungarn jedoch weitgehend ein Land des Westens geworden. Man mag beides für unvereinbar halten, und wahrscheinlich gelang das Kunststück auch nur unter großen Schwierigkeiten. Aber ganz offenkundig waren die Ungarn dabei nicht unglücklich.

János Kádár war ein ungewöhnlicher, behutsamer Pragmatiker, wie ich außer Tito unter den kommunistischen Staatslenkern keinen erlebt habe. Daß dieser Mann Anfang der achtziger Jahre nicht erkennen konnte, daß nach einem Vierteljahrhundert der politischen Führung eine Nachfolge überfällig war, habe ich aufrichtig bedauert. Bei unserem letzten offiziellen Treffen im April 1982 - Kádár war damals siebzig Jahre alt - habe ich die ersten Zeichen seines Alters deutlich erkennen können, seine politische Urteilskraft ließ nach. Die Bundesregierung hatte dabei geholfen, daß Ungarn Mitglied des Internationalen Währungsfonds (IMF) wurde. (Übrigens verfügte Ungarn damals in Fekete, dem Vizepräsidenten der Nationalbank, über einen guten, international geachteten Währungs- und Kreditfachmann.) Jetzt aber erwog Kádár den Gedanken einer Assoziierung Ungarns an die Europäische Gemeinschaft und bat mich unter vier Augen um meine Meinung. Ich war überrascht. Nach meinem Urteil war an einer negativen Reaktion Moskaus und anderer Staaten des COMECON nicht zu zweifeln. Schon eine Sondierung dieser Idee würde im Westen nicht vertraulich bleiben, westliche Medien würden im Triumph die Lösung Ungarns aus dem Ostblock verkünden und damit seine, Kádárs, Position in Moskau zusätzlich erschweren. Am Ende müßte er sich zurückziehen. Deshalb riet ich ab. Soviel ich weiß, hat Kádár während seiner restlichen Amtszeit keine derartige Initiative mehr unternommen.

In den folgenden Jahren habe ich Kádár zweimal privat besucht und ihn jedesmal in freundschaftlich-höflicher Weise nach seinen Absichten für die Nachfolge gefragt. Beide Male schob er den Gedanken an Rücktritt weit von sich. Ob er nicht wußte, daß Ungarn sich wirtschaftlich übernommen hatte und daß ein neuer ökonomischer Ansatz nötig war? Steigende West-Verschuldung, zunehmende Inflation, sinkender Lebensstandard und Arbeitslosigkeit warfen bereits deutliche Schatten. Ungarn litt wie alle ölimportabhängigen Staaaten unter der Explosion der Energiepreise, und die ungarischen Wirtschaftsstrukturen waren der veränderten Situation nicht gewachsen. Die »kleine Freiheit« der ungarischen Wirtschaftspolitik, der »Gulasch-Kommunismus« - kurz zuvor von vielen Menschen im Ostblock noch mit Neid verfolgt - reichte nicht mehr aus. Die Lage verlangte nach einer Reform der ökonomischen Politik an Haupt und Gliedern. Aber Kádár war zu alt und von einem langen politischen Leben zu sehr erschöpft, um die Arbeit an einem solchen Konzept einleiten zu können. In Ungarn wuchs die Unzufriedenheit, auch unter den Kommunisten. Im Mai 1988 wurde

»János Kádár war ein ungewöhnlicher, behutsamer Pragmatiker, wie ich außer Tito unter den kommunistischen Staatslenkern keinen erlebt habe. Daß dieser Mann Anfang der achtziger Jahre nicht erkennen konnte, daß nach einem Vierteljahrhundert der politischen Führung eine Nachfolge überfällig war, habe ich aufrichtig bedauert.« Empfang Kádárs in Bonn, 1977.

Kádár auf einem Parteitag ziemlich sang- und klanglos beiseite geschoben und durch Karoly Grosz ersetzt. Seither beobachten wir in Ungarn eine mitreißende Reformbewegung, begleitet von einem schnellen Szenen- und Personenwechsel.

Wenn ein Herrscher beginnt, seine Untertanen aus langer Unterdrückung zu entlassen, heißt es bei Tocqueville, dann könne er dies nur überleben, wenn er ungewöhnliche Fähigkeiten besitze. Denn die Übel, die das Volk jahrelang als unvermeidliche Übel ertragen hat, werden in dem Moment unerträglich, wo ihre Beseitigung als denkbar gilt. Jeder Machtmißbrauch, jede Korruption, jeder Übergriff, der abgestellt wird, jede Lüge und Täuschung, die entlarvt werden, jede Gemeinheit, die transparent wird – alle diese Korrekturen und Entblößungen führen nur dazu, die noch verbleibenden Mißstände deutlicher hervortreten zu lassen. Auf diese Weise kommt es zur Revolution. Ungarns unblutige demokratische Umwälzung wurde dadurch eingeleitet, daß zunächst Kádár selbst und dann die herrschende Ungarische Sozialistische Arbeiterpartei (USAP) damit begonnen hatten, Mißstände abzuschaffen, Staat und Gesellschaft zu reformieren. Die Selbstzweifel der Kommunisten an ihrer Kompetenz haben dazu beigetragen, daß der schwache Versuch einiger von ihnen, die Herrschaft der Partei aufrechtzuerhalten, bald zusammenbrechen mußte.

Im Sommer 1989 beteiligten sich 600 000 Menschen an einer Trauerfeier für Imre Nágy und nahmen damit seine offizielle Rehabilitierung vorweg. Wenig später verurteilte die USAP als erste kommunistische Partei die zwanzig Jahre zurückliegende Invasion in der Tschechoslowakei. Ungarn öffnete seine Grenzen und ließ ohne Rücksicht auf Honecker und die Ost-Berliner Regierung Zehntausende von DDR-Bürgern nach Westen ausreisen; Warschau und Prag folgten diesem Schritt. In vieler Hinsicht wurde die ungarische Revolution zum Schrittmacher der Revolutionen in der ČSSR und in der DDR. Ende des Jahres 1989, als im benachbarten Rumänien die dortige Diktatur wieder einmal brutal gegen Vertreter der unterdrückten und gedemütigten ungarischen Minderheit vorging, setzten sich die Ungarn zur Wehr und leiteten damit das Ende Ceauşescus ein.

Kádár und ich sind uns sieben- oder achtmal begegnet; zweimal hat er während meiner Kanzlerzeit offiziell die Bundesrepublik besucht. Unsere Bekanntschaft begann 1975 in Helsinki, wo ich auf Anhieb Vertrauen zu diesem Mann faßte. Er wirkte auf mich nicht wie ein politischer Taktiker - obschon er gewiß auch dies war -, sondern lebensklug; stillschweigend schien er vorauszusetzen, daß ich die außen- und innenpolitischen Bedingungen kannte, unter denen er mit mir in aller Offenheit sprach. Wenig später bekundeten mir - unabhängig voneinander - Tito und Kreisky ihre ungewöhnliche Wertschätzung für Kádár.

Als wir uns zwei Jahre nach Helsinki, 1977 in Bonn zu ausführlichen Gesprächen trafen, äußerte Kádár Sorgen im Hinblick auf die Zukunft Jugoslawiens. Es gebe für Tito keinen denkbaren Nachfolger von vergleichbarer Autorität; Ungarn habe großes Interesse an der Aufrechterhaltung eines einheitlichen jugoslawischen Staates, die Bereinigung der nachbarlichen Beziehungen habe viele Jahre gekostet. Besonders erinnere ich mich an Kádárs Lob für Brandts Verträge mit der Sowjetunion, mit Polen und der ČSSR; die Opposition in Bonn ahne offenbar gar nicht, wie groß der Prestigegewinn sei, den die Bundesrepublik damit erzielt habe. Zur DDR sagte er: »Honecker hat auch seine Probleme. Ich weiß nicht, inwieweit es ihm um Prestige geht. Das Viermächteabkommen ist so etwas wie die Heilige Schrift für Berlin, Heilige Schriften kann man bekanntlich auf verschiedene Weise auslegen. Aber man darf dabei den Blick auf das Wesentliche nicht verlieren. Der neue Regierende Bürgermeister (Dietrich Stobbe) hatte recht, als er gesagt hat, Berlin darf nicht immer im Vordergrund der Öffentlichkeit stehen. Ich habe 1956 bei uns zu Hause gesagt: die erste Aufgabe unserer Regierung ist es, Ungarn aus den Schlagzeilen der Zeitungen herauszubringen. Ähnlich ist das heute mit Berlin.« Erst wenn nicht mehr täglich über Berlin geredet und gestritten werde, könne es zu vernünftigen Regelungen zwischen Bonn und Ost-Berlin kommen. Aber dazu brauche es viel Geduld. Auch Honecker wolle nichts zuspitzen, auch in der DDR gebe es Bereitschaft zur Zusammenarbeit. Dies waren für mich wichtige Worte; ich konnte sicher sein, daß sie nicht leichthin gesprochen worden waren.

Kádár war nicht indiskret, er stellte keinen seiner Gesprächspartner bloß. Aber er vermittelte auf indirekte Weise einen klaren Eindruck von deren Auffassungen, indem er seine eigene Schlußfolgerung darlegte. Ich war dagegen vergleichsweise direkt, ich brauchte allerdings auch nicht so vorsichtig zu sein wie er. Auf diese Weise haben wir uns im Laufe der Jahre über viele Probleme jederzeit offen ausgetauscht, auch über Personen. Die Liste der Namen, die in unseren Gesprächen vorkamen, reicht meinen Notizen zufolge von Breschnew über Berlinguer bis zu Papst Paul VI. und Kardinal Wyszinski, von Gierek über Carter bis zu Kohl und Strauß, den ich Kádár gegenüber verteidigte und von dem ich prophezeite, er werde eines Tages auf die Ostpolitik meiner Regierung einschwenken.

Kádár und ich gingen davon aus, daß der andere das, was in seinem Bündnisbereich von Interesse sein könnte, dort mit Takt an den Mann brachte. Und jeder konnte sich darauf verlassen, von dem anderen nicht als Quelle genannt zu werden. So dienten wir dem gegenseitigen Verständnis und hofften, dadurch Entspannung und Vertrauen zwischen Ost und West zu fördern. Die Gespräche mit János Kádár waren für mich auch deshalb wichtig, weil ich auf diese Weise meine Eindrücke von Entwicklungen in Moskau und im Osten Europas überprüfen und korrigieren konnte. Und mindestens einmal hat Moskau den guten Draht zwischen Kádár und mir genutzt, um eine Klarstellung zu erlangen, die in Bonn direkt einzuholen der Stolz Moskaus wohl zu groß war.

»Ich habe damals in Helsinki sehr auf Sie und auf Deutschland gesetzt«, sagte Kádár bei unserer letzten offiziellen Begegnung im April 1982. »Außer mit den finnischen Gastgebern habe ich nur mit Ihnen gesprochen. Mir kam es darauf an, eine Tür zu öffnen ... Ich schließe Freundschaften nur sehr langsam; aber dann stehe ich auch dazu. Deshalb war ich nie bereit, Chruschtschow öffentlich zu desavouieren. Auch Gierek habe ich nach seinem Sturz meine guten Wünsche überbringen lassen. Es ist kein Zeichen von Zuverlässigkeit, wenn man jemanden zunächst lobt und später nicht einmal mehr seinen Namen hören will.« Dieser Bemerkung habe ich aus Überzeugung sofort beigepflichtet. Es waren ähnliche Motive, die mich später veranlaßten, den schon zu Kádárs Zeit abgelösten, einst für die Wirtschaft zuständigen Parteisekretär Havasi in Budapest zu besuchen oder zur Zeit Jaruzelskis Gierek in Kattowitz meine Aufwartung zu machen. Noch im Mai 1988 habe ich dem inzwischen von seinen eigenen Genossen auf das schwerste kritisierten Breschnew an dessen Grab meine Reverenz erwiesen – trotz allem.

Im Laufe der Zeit haben sich für mich auch einige Bekanntschaften mit anderen ungarischen Persönlichkeiten ergeben. Mit dem stellvertretenden Chefredakteur der Parteizeitung »Népszabadság«, Peter Rényi, war ich gemeinsam zur Schule gegangen, ehe seine Familie wegen der Judenverfolgung Deutschland verließ. János Fekete kannte ich aus meiner Zeit als Finanzminister. Durch den regen Besuchsaustausch zwischen Bonn und Budapest lernte ich neben Ferenc Havasi auch Ministerpräsident György Lazar näher kennen, beide waren speziell mit der wirtschaftlichen Entwicklung Ungarns befaßt. Lazar war ein eher introvertierter, sehr sachlicher Mann. Havasi dagegen war ein extrovertierter, fröhlicher Gastgeber; vom Typus erinnerte er mich an Fred Sinowatz, den späteren österreichischen Bundeskanzler.

Einmal haben Havasi und seine Frau Loki und mich in ein Heurigenlokal eingeladen. Der wesentliche Unterschied zu entsprechenden Kneipen in Wien bestand darin, daß die Musik in Budapest besser war: ungarische Zigeunermusik, die leicht und süß ins Ohr ging. Wir wurden gefragt, was wir gerne hören wollten; was auch immer an Liedern aus West und Ost wir wünschten, es wurde aus dem Stand gespielt – einschließlich einer einfallsreichen Begleitung. Meine Frau erfuhr, daß alle Mitglieder der Kapelle ein doppeltes Musiksstudium absolviert hatten, neben der klassischen Musikausbildung außerdem eine Ausbildung in ungarischer Volksmusik. Nicht zufällig hat die ungarische Musik als Operettenmusik ganz Europa entzückt, und sie tut es noch, ebenso wie die Filmmelodien ungarischer Komponisten. Das Musical von heute ist das Erbe von Emmerich Kálmán und Franz Léhar. Ob Bartók oder Kodály: musikalisch ist Europa ohne die Komponisten und Musiker Ungarns nicht zu denken.

Europa an der Schwarzmeer-Küste

Die Gefühle zwischen Bulgaren und Rumänen sind nicht eben freundschaftlich. Die Gründe liegen wohl nicht zuletzt in der ungewöhnlichen Arroganz, mit welcher der »Conducator« (»Führer«) Nicolae Ceauşescu gegen fast alle seine Nachbarn auftrat – ob Russen, Ungarn oder eben die Bulgaren. Allerdings hat kaum jemand zur Kenntnis genommen, daß Rumänien aufgrund des Hitler-Stalin-Paktes 1940 zu erheblichen Gebietsabtretungen zugunsten der Sowjetunion gezwungen wurde. Diese Gebiete, Bessarabien und die Nordbukowina, sind auch nach dem Koalitionswechsel Rumäniens 1944 von der deutschen auf die sowjetische Seite nicht zurückgegeben worden.

Nicolae Ceauşescu hatte einen guten Überblick über die Welt, meine weltpolitischen Unterhaltungen mit ihm muß ich als durchaus lohnend bezeichnen. Seine Innenpolitik hingegen und speziell seine ökonomische Politik waren schon Mitte der siebziger Jahre geprägt von diktatorischem Gehabe, von Egomanie, Großmannssucht und ökonomischem Dilettantismus. Als meine Frau und ich im Januar 1978 Rumänien einen offiziellen Besuch machten, befanden wir uns auf der Rückreise von Ägypten. Anwar el Sadat hatte soeben seinen Besuch in der Knesseth zu Jerusalem hinter sich und genoß weltweit höchstes Ansehen. Gleichwohl war er im persönlichen Umgang bescheiden, und man mußte ihn einfach sympathisch finden. Ganz anders am nächsten Tag Ceauşescu. Der Conducator selbst wie auch seine Frau Elena traten mit einem Aplomb auf, den ich bei keinem anderen jemals erlebt habe - weder bei Breschnew noch bei Mao, ja nicht einmal bei Shah Reza Pahlevi. Der »Hofstaat« Ceauşescus - mit einem anderen Wort kann man das Verhalten seiner Genossen aus der rumänischen Parteiführung nicht charakterisieren - bot allerdings das gleiche Bild einer verkrampften, demonstrativen Unterwürfigkeit wie in Persien. Beim Galadiner aß man von goldenen Tellern - im Gegensatz zu denen des Schahs waren sie vermutlich jedoch nur vergoldet.

Die deutsche Delegation war im besten Hotel von Bukarest untergebracht: Die Heizung funktionierte ebensowenig wie das warme Wasser - draußen waren es immerhin minus 8 Grad Celsius. Schließlich fiel für Stunden auch noch der Strom aus, und einige unserer Leute blieben zwei Stunden lang im Fahrstuhl stecken. Vor den Lebensmittelgeschäften gab es allenthalben lange Schlangen, in den Kaufhäusern dominierte Plastikware und bedrucktes Papier. Beim Abflug konnten die Nationalhymnen nicht gespielt werden, weil man die Soldaten stundenlang im Freien hatte stehen lassen und infolgedessen aus den eingefrorenen Blechinstrumenten kein Ton herauszubringen war.

Mir haben die Rumänen leid getan, mein Mitgefühl hat sich im Laufe der Jahre immer mehr verstärkt. Seither hatte sich Rumänien vollends zu einem Polizeistaat entwickelt. Viele Politiker auch und gerade aus den Ostblockstaaten habe ich abfällige Witze machen hören über Ceauşescus Versuch, seine Familie als eine kommunistische Dynastie zu etablieren. Tatsächlich handelte es sich am Ende um eine absolut autokratische Quasi-Monarchie.

Solange Ceauşescu regierte, war Rumäniens Außenpolitik wahrscheinlich eine Quelle der Beunruhigung für die sowjetische Führung. Hatte ihm seine von der Linie des Warschauer Paktes abweichende, unabhängige Außenpolitik einst den Beifall der USA und Chinas eingetragen, so konnte er sich später kaum mehr darauf verlassen, daß irgend jemand für die Unabhängigkeit Rumäniens sein Leben in die Schanze schlagen würde. Demonstrative Besuche wie diejenigen Nixons und Hua Guofengs in Bukarest haben sich nicht wiederholt, denn die Mißachtung der Grundrechte der rumänischen Staatsbürger und die Korruption waren bald weltweit bekannt geworden.

Die Atmosphäre in Bulgarien war von derjenigen Rumäniens sehr verschieden. Nachdem wir uns in Helsinki kennengelernt hatten, besuchte Todor Schiwkoff 1975 die Bundesrepublik, vier Jahre später reiste ich zum Gegenbesuch nach Sofia. Wir hatten zwar dem bulgarischen Wunsch nach einem Kredit nicht entsprechen können – Polen blieb eine Ausnahme –, aber der wirtschaftliche Austausch hatte sich gleichwohl gut entwickelt. Wir waren auch mit den kulturellen Beziehungen zufrieden, denen ein 1975 geschlossenes Kulturabkommen zugrunde lag. Außerdem gab es einen lebhaften Tourismus: Ein- bis zweihunderttausend westdeutsche Touristen fuhren alljährlich ans Schwarze Meer, viele von ihnen trafen dort ihre Freunde und Verwandten aus der DDR.

Schiwkoff begrüßte mich ausgesprochen herzlich. Den Trinkspruch, den er gleich zu Beginn auf seine deutschen Gäste ausbrachte, leitete er in einer mich überraschenden Weise ein: »Wir Bulgaren haben in unserer Geschichte immer zwei gute Freunde gehabt, das waren die Deutschen und die Russen. So ist es bis auf den heutigen Tag ...« Im Verlauf seiner Rede ging Schiwkoff dann auf die bulgarische Geschichte ein und ließ jenen ersten Satz plausibel werden. Zu meiner Frau sagte er später: »Mit euch Deutschen haben wir uns beinahe zu Tode gesiegt, und die Russen haben uns davor bewahrt.« Er kannte viele politische Witze, auch Witze, in denen er selbst aufs Korn genommen wurde, und er erzählte sie mit Vergnügen. Zum Beispiel diesen: Bei seiner Ernennung zum Staatsratsvorsitzenden habe ihm das Oberhaupt der orthodoxen Kirche ein goldenes Verdienstkreuz überreicht. Warum? Weil er als Ministerpräsident etwas erreicht habe, was der Kirche in Hunderten von Jahren nicht gelungen ist, nämlich dem Volk das Fasten beizubringen.

Schiwkoff war damals nicht der Typ eines Apparatschiks. Vielleicht lag das auch an seiner Tochter Ludmilla Schiwkowa, die auf den Vater wohl einen gewissen Einfluß ausübte. Sie bemühte sich als Kultusministerin sehr darum, dem Publikum Westeuropas bulgarische Kunst und Geschichte näher zu bringen und umgekehrt Bulgarien für den Westen zu öffnen. So hat sie zum Beispiel in Köln gemeinsam mit Hugo Borger eine eindrucksvolle Thraker-Ausstellung zustande gebracht. Mir hat sie Ausgrabungen am Schwarzen Meer gezeigt. Ihre Mutter war gestorben, deshalb spielte sie an der Seite ihres Vaters die Rolle der First Lady, wenn ausländische Besucher kamen. Da sie sehr gut englisch sprach – sie hatte in Oxford über ein geschichtliches Thema promoviert – und über ein breites historisches und kulturelles Wissen verfügte, war sie eine interessante Gastgeberin. Bulgarien hat eine eigenständige Ikonenmalerei, großartige Chöre mit fabelhaften Bässen und interessante Volkskunst wie Weberei und Keramik zu bieten. All dies wurde uns mit verhaltenem Stolz vorgeführt. Ludmilla Schiwkowa starb früh, noch nicht einmal vierzig Jahre alt.

Schiwkoff begleitete mich auf der Fahrt durch das Land. Wenn man stundenlang zusammen im Auto sitzt, kann man über viele Themen ungezwungen miteinander reden. Im Mittelpunkt standen auch hier die Fragen der Nachfolge von Breschnew und Tito. Eine von Protokoll und Sicherheit gemeinsam organisierte Fahrt auf vorbereiteten Routen tötet jede Spontaneität. Als abseits der Straße ein malerisch an einem Hügel gelegenes Dorf nebst Kirche meine Neugier reizte, redete ich Schiwkoff ein, vom Weg abzuweichen und das Dorf zu besichtigen. Er willigte zögernd ein, wir wendeten und fuhren zur Verwirrung des Begleitpersonals in die wirklich schöne Ortschaft. Überraschend für mich war, daß die herbeieilenden Einwohner, die Schiwkoff erkannten, spontan freundlich Beifall spendeten. Wer sein Begleiter war, haben sie vermutlich nicht gewußt.

Schiwkoff war 35 Jahre lang der Steuermann Bulgariens. Er hat seinem Volk lange Zeit Erschütterungen ersparen können, wie sie andere kommunistisch regierte Völker heimgesucht haben. Er besaß politischen Instinkt und praktizierte schon früh, was später Glasnost und Perestroika hieß. Aber in den letzten Jahren muß sein Instinkt nachgelassen haben. Seit 1984 forcierte er die Unterdrückung und später die Austreibung der Türken aus Bulgarien (viele von ihnen sind inzwischen zurückgekehrt). Seine Reformen blieben stecken, die Versorgung verschlechterte sich wie überall in den kommunistisch regierten Staaten.

Todor Schiwkoff ist am Ende an sich selbst gescheitert, auch wenn sein Rücktritt am 10. November 1989 Folge einer Palastrevolte zu sein schien. Das Zentralkomitee ersetzte ihn sang- und klanglos durch Petar Mladenov, der seit langem als Mitglied des Politbüros und Außenminister an Schiwkoffs Seite stand. In Bulgarien fand mithin keine Revolution durch das Volk statt, sondern ein Putsch an der Parteispitze. Aber auch Bulgarien ist erfaßt von jener Aufbruchstimmung, die gegenwärtig die Völker des real existierenden Sozialismus durchzieht.

Unter den Sicherheitsbeamten, die mich jahrelang begleitet haben, waren auch zwei im heutigen Jugoslawien geborene Kriminalhauptkommissare. Sie hatten mit ihren deutschen Eltern gegen Kriegsende die kroatische Heimat verlassen und waren deutsche Staatsbürger geworden. Einmal haben wir gemeinsam versucht, unsere spärlichen Kenntnisse über Jugoslawien zusammenzusetzen, aber ein klares Bild hat sich nicht ergeben, wir wußten viel zu wenig.

Obwohl ich Jugoslawien, Bulgarien und Rumänien ebenso besucht und bereist habe wie die Türkei und Griechenland, sind mir doch – das muß ich gestehen – die Beziehungen zwischen den Völkern und Staaten des Balkans nur in groben Umrissen und auch nur teilweise deutlich geworden. Griechen und Türken stehen miteinander wie Hund und Katz, das weiß man. Der türkisch-griechische Streit auf und um Zypern ist nur die Spitze eines Eisberges von vielerlei Streitigkeiten, die aus der geschichtlich gewachsenen Situation resultieren. Ebenso wissen wir vom Streit zwischen Jugoslawien und Albanien, der im wesentlichen auf der Tatsache beruht, daß ein Drittel der Albaner nicht in Albanien wohnt, sondern in der zu Jugoslawien gehörigen autonomen Region Kosovo. Weniger bekannt ist bei uns der tiefgreifende Zwist zwischen Jugoslawien und Bulgarien wegen der Mazedonier, die innerhalb Jugoslawiens eine Teilrepublik bilden, tatsächlich aber zu großen Teilen auch in Bulgarien und in Griechenland wohnen.

Ich vermute, daß im Vielvölkerstaat Jugoslawien das europäische Bewußtsein am stärksten in Kroatien und Slowenien ausgeprägt ist; aus Belgrad und von Tito habe ich Bemerkungen dieser Art nicht in Erinnerung. Wahrscheinlich aber sind die auf der Balkanhalbinsel lebenden Völker insgesamt doch zu stark von Byzanz und später von der jahrhundertelangen Türkenherrschaft geprägt. Die Bulgaren benutzen wie die Serben die kyrillische Schrift – anders als ihre türkischen und rumänischen Nachbarn, welche die lateinischen Buchstaben benutzen; die Griechen wiederum haben ihr eigenes Alphabet.

Auch heute habe ich kein klares Bild von Jugoslawien und seinen offensichtlich gewaltigen inneren Spannungen. Die Probleme des Landes mit seinen sieben Nachbarn Italien, Österreich, Ungarn, Rumänien, Bulgarien, Griechenland und Albanien sind mir ebenfalls nicht ganz deutlich. Die ökonomischen Schwierigkeiten erschienen mir immer denjenigen Polens vergleichbar, aber wahrscheinlich sind sie aufgrund der verschiedenen Entwicklungsstufen der einzelnen Regionen wesentlich größer. Es gibt ein starkes wirtschaftliches Gefälle von den wohlhabenden Republiken Kroatien und Slowenien im Norden zu allen anderen Republiken, besonders zu Mazedonien und zum autonomen Kosovo. So undeutlich meine Vorstellung von dem Land und seinen Problemen war, so klar war mein Bild von jenem Mann, der diesen Staat geschaffen hatte.

Auf Einladung von Bundespräsident Heinemann kam Tito Ende Juni 1974 zu einem offiziellen Besuch in die Bundesrepublik; die öffentliche Meinung und die Medien brachten ihm große Sympathie entgegen. Damals arbeiteten rund 500 000 Jugoslawen bei uns, der deutsche Tourismus nach Jugoslawien ging in die Millionen. Der bilaterale Wirtschaftsaustausch nahm von Jahr zu Jahr zu, diplomatische Beziehungen waren schon 1968 aufgenommen worden. Insgesamt war der Stand der Beziehungen problemlos; um so mehr konnten wir die Zeit nutzen, uns über die politischen und ökonomischen Probleme der Welt auszutauschen. Im Vordergrund von Titos Interesse standen die Fragen nach der innenpolitischen und wirtschaftspolitischen Stabilität Italiens, vor allem aber die Lage im Nahen Osten. Auch in unseren Unterhaltungen Ende Juli 1975 in Helsinki und erneut Ende Mai 1977 in Belgrad kam das Thema Naher Osten zur Sprache, und es fiel mir auf, daß Tito kontinuierlich bei seinem Urteil blieb.

Er erwartete keine Lösung der israelisch-arabischen Probleme. Den USA fehle die Kraft, Israel von Angriffen auf den Libanon abzuhalten. »Die israelische Revanche-Politik gefällt mir nicht.« Natürlich müßten die Araber militärisch und finanziell dem Libanon helfen. Breschnew habe den Arabern sehr viel gegeben; falls trotzdem der sowjetische Einfluß im Nahen Osten zurückgehe, so schaffe das innenpolitische Probleme für Breschnew. Es sei ein Fehler Sadats gewesen, die Sowjets aus Ägypten herauszudrängen; zwar hätten sie sich in die inneren Angelegenheiten Ägyptens eingemischt, aber schließlich seien sie es doch gewesen, die die ägyptische Armee überhaupt erst geschaffen haben. Auf meine Frage, wieweit Ghadaffi in seinem Streit mit Sadat recht habe: »Ghadaffi ist besessen von seiner Religion. Außerdem hat er aber zuviel Geld und glaubt, damit kann man alles machen. Aber er wird sich mit Sadat verständigen.« Dies letztere erwies sich als Irrtum.

Er selbst – so Tito – habe schon 1967 Nasser gedrängt, Israel de facto anzuerkennen; schließlich sei es den Arabern doch unmöglich, Israel ins Meer zu werfen. Nasser habe seinen Rat jedoch nicht annehmen wollen. Im Gegensatz zu Ägypten gehe Saudi-Arabien soweit, Israel tatsächlich vernichten zu wollen – was ich bezweifelte. Er, Tito, habe seinerzeit die Vorstellung verfolgt, daß Israel sich aus den besetzten Gebieten zurückziehen und mit Hilfe amerikanischen Kapitals helfen sollte, die zerstörten Ortschaften wieder aufzubauen. Nahum Goldmann habe dem beigepflichtet. Jetzt aber spiele das Erdöl die entscheidende Rolle; die Ölstaaten kauften von den Erlösen große Mengen Waffen, auch der Schah wolle sich jetzt stärker einschalten. Noch seien die Araber vielleicht zu gewissen Opfern bereit, aber diese Bereitschaft werde nicht mehr lange dauern. Israel mache den Fehler, nicht darauf einzugehen. Sadat sei bereit, den Anspruch auf Gaza aufzugeben und Gaza mit der Westbank zu einem palästinensischen Staat zu vereinigen. Die USA wollten jedoch die Westbank bei Jordanien belassen. Dagegen seien wiederum die Palästinenser; ohne diese sei aber nichts mehr zu regeln.

1975 in Helsinki zeigte sich Tito besorgt über einen bevorstehenden Antrag arabischer und afrikanischer Staaten, Israels Mitgliedschaft in den Vereinten Nationen zu suspendieren; der Versuch, mit Mehrheiten Resolutionen gegen Israel zu erzwingen, sei unklug, weil dies die USA an die Seite Israels zwinge, die Politik Jerusalems aber nicht ändere. Jugoslawien unternehme große Anstrengungen, die Blockfreien von dem Antrag abzubringen. Leider tue Israel gar nichts, um die Sache zu erleichtern.

Hinsichtlich der komplexen Verwicklungen im Nahen Osten hielt ich mich in Gesprächen mit ausländischen Staatsmännern immer sehr zurück. Auf diese Weise hoffte ich zu vermeiden, daß Äußerungen von mir zum Gegenstand der israelischen Innenpolitik gemacht und als internationales Schlaginstrument gegen die Bundesrepublik mißbraucht wurden. Es gab aber auch noch einen anderen Grund, nämlich die Frage: Welches Recht hat eigentlich ein Deutscher, nur eine Generation nach Hitler kritisch über die Politik des jüdischen Staates sich zu äußern? Deshalb beschränkten Außenminister Genscher und ich uns in aller Regel auf die Darlegung der in der EG gemeinsam festgelegten Positionen. Von dieser Regel machte ich im Laufe der Zeit einige Ausnahmen, nämlich Menschen gegenüber, deren Diskretion in dieser Frage außer Zweifel stand. Dazu gehörten Kronprinz (später König) Fahd von Saudi-Arabien, Nahum Goldmann in den USA, Moshe Dayan und Shimon Perez sowie mein Freund Anwar el Sadat.

Auch Tito gegenüber empfand ich keinen Anlaß zu besonderer Vorsicht. Ich widersprach seinen Bemerkungen über Saudi-Arabien, dem er weder in Sachen Israel noch in Sachen Äthiopien und Somalia vertraute; Saudi-Arabien wolle aus dem Roten Meer bis nach Aden hinunter ein arabisches Binnenmeer machen, so sagte er einmal. Dagegen erschien mir die Politik Riads immer auf Ausgleich bedacht. König Chalid hätte es damals wohl genügt, wenn durch Vertrag am Felsendom in Jerusalem die grüne Fahne des Propheten aufgepflanzt und den Muslims aus aller Welt freier Zugang gewährt worden wäre.

»Israels Fehler«, warf Tito ein, »ist der Verzicht auf direkte eigene Kontakte mit den Arabern. Auf die Dauer ist die diplomatische Taktik Israels von Nachteil: Man schließt einerseits die Sowjets aus und verschafft ihnen dadurch freie Hand gegenüber allen arabischen Staaten; andererseits sprechen die Amerikaner mit den Israelis wie mit den Arabern, das bringt die USA in eine delikate Lage – auf die Dauer können die Amerikaner nicht zu beiden Seiten gleich freundlich sein.«

Ich weiß nicht, ob und wieweit Tito seine Auffassungen zur Weltpolitik im Kreise seiner Partei- und Staatsführung erörterte. Seine persönlichen Interessen reichten jedenfalls weit über die unmittelbaren Interessen Jugoslawiens hinaus. Er hatte ein klares Urteil, einen ausgeprägten Sinn für Gerechtigkeit und Vernunft, und er kannte, was Angelegenheiten außerhalb Jugoslawiens betraf, keine kommunistischen Vorurteile. Auch die Interna der sowjetischen Politik waren Tito zum Teil besser vertraut als uns. Von Breschnew sagte er mir 1974, dieser werde nicht nur Chruschtschows Entspannungspolitik fortsetzen, sondern mit der KSZE noch darüber hinausgehen: »Unter seiner Führung will die Sowjetunion tatsächlich eine dauerhafte Friedensordnung in Europa, dazu soll ihm die KSZE dienen. Natürlich kann man nicht alles akzeptieren, was die Sowjets verlangen. Aber um einige Dinge wird in Genf auch unnötig lange gerungen, die man einfacher erledigen kann. Nehmen Sie die Frage der Veränderbarkeit der Grenzen. Ich weiß, daß Sie dagegen sind, eine starre Unveränderbarkeit in die Schlußakte hineinzuschreiben. Aber wenn es den Deutschen in der Bundesrepublik und in der DDR gelingen sollte, auf längere Sicht zu freundschaftlichen Beziehungen zu kommen, so besteht doch der Schlußakte wegen keine Gefahr, daß ihr euch nicht doch vereinigt – und zwar ohne Rücksicht auf das, was heute in Genf formuliert wird. Diese KSZE-Schlußakte ist aber zur Stabilisierung Europas jetzt unbedingt nötig. Ich weiß, die Sowjetunion will dies auch, und innenpolitisch hängt Breschnews Schicksal daran; viele Russen stehen dabei auf seiner Seite. Wir in Jugoslawien haben sehr eingehende Erfahrungen mit der Sowjetunion, unser Land

Gemeinsame Pressekonferenz anläßlich des Besuches von Helmut Schmidt in Jugoslawien, 27. Mai 1977.

liegt ja auch an einer der hochempfindlichen Stellen Europas. Man kann praktisch gut mit der Sowjetunion zusammenarbeiten, aber man muß dabei seine Augen offenhalten. Man muß wissen, was ihre Wunschvorstellungen sind; sie müssen immer spüren, was die Realität ist.«

Ich habe Tito immer besonders aufmerksam zugehört, wenn er über die Sowjetunion sprach. In diesem Falle mußte ich aber seiner Bemerkung über die Unveränderbarkeit der Grenzen widersprechen: »Dieses Element ist für uns nicht von scheinbarer, sondern von wirklicher Bedeutung. Unsere Verträge von Moskau und Warschau haben die Unverletzbarkeit der Grenzen verbrieft; keineswegs wollen wir dahinter zurückgehen. Aber das neue Dokument (die KSZE-Schlußakte) darf nicht dazu führen, daß uns Deutschen verboten wird, über eine friedliche Veränderung der Grenzen nachzudenken und uns dazu zu äußern – wir wollen keine Vereinbarung treffen, die später so ausgelegt werden kann, daß jemand zum Aggressor erklärt wird, der über die Vereinigung der Deutschen spricht.«

Jetzt erst zeigte sich, daß Tito in Wahrheit eigene jugoslawische Interessen verfochten hatte: »Die KSZE darf nicht ohne Ergebnis enden, sonst kann es zu einem abermaligen kalten Krieg kommen. Jugoslawien hat viele Grenzen, wir sind deshalb sehr an einer Garantie des Status quo der Grenzen interessiert. Besondere Schwierigkeiten macht uns das Grenzproblem mit Italien ...« Es sei angemerkt, daß wir uns in der Frage der Grenzen in Helsinki durchgesetzt haben.

Im Mai 1977 habe ich Tito offiziell in Jugoslawien besucht, und wieder hatten wir weitausgreifende Gespräche. Diesmal stand neben der Sowjetunion auch die andere Weltmacht im Vordergrund; der neue amerikanische Präsident Carter hatte es fertiggebracht, von den ersten jugoslawischen Kernkraftwerken bis hin zu den Menschenrechten gleich mehrere Anlässe für amerikanisch-jugoslawische Meinungsverschiedenheiten zu schaffen. Auch Breschnew schien bei einem Besuch in Belgrad sechs Monate zuvor versucht zu haben, Jugoslawien unter Druck zu setzen, war aber wohl von Tito zurückgewiesen worden. Tito hatte dabei den Eindruck gewonnen, weniger Breschnew selbst als vielmehr das Politbüro sei Urheber dieser Politik gewesen. Es gebe Meinungsverschiedenheiten im sowjetischen Politbüro, daher auch die Absetzung Podgornys. Wahrscheinlich hätten die anhaltenden Mißerfolge der Sowjetunion im Nahen Osten die Einmütigkeit im Politbüro zerstört. Breschnew sei flexibler als die anderen, aber »sie alle gehören noch zu der Generation, die von Stalin erzogen worden ist«.

Das einzige Feld, auf dem Titos Urteilskraft mich nicht beeindruckte, war das Feld der Wirtschaft. Er war zwar ein Gegner der Inflation – Jugoslawien hatte damals hohe Inflationsraten –, trat aber im Interesse der Entwicklungsländer, wie er meinte, für eine weltweite Anhebung der Rohstoffpreise ein; es seien die multinationalen Konzerne, welche dies verhinderten. Meinen Hinweis auf die Folgen der Anhebung des Ölpreises durch das OPEC-Kartell, welche die ölimportierenden Entwicklungsländer härter treffen mußte als die ölimportierenden Industriestaaten, verstand Tito zwar besser als seine Minister. Meine Anregung aber, in seinen Gesprächen mit den arabischen OPEC-Staaten möge er diese für eine Investition ihrer enormen Überschüsse in den Entwicklungsländern interessieren, scheinen nicht auf fruchtbaren Boden gefallen zu sein. Vielleicht lag das auch nur daran, daß Tito die arabische Mentalität besser kannte als ich.

Von den übrigen Politikern Jugoslawiens sind mir zwei in nachhaltiger Erinnerung geblieben, nämlich Vladimir Bacaric und Stane Dolanc. Der erstere war schon herzkrank, als ich ihn kennenlernte, er hat Tito nur um wenige Jahre überlebt. Er hatte einen weiten Horizont und war ein interessanter Gesprächspartner; unter anderem trat er für den Eurokommunismus Berlinguers ein. Auch Dolanc machte auf mich den Eindruck eines Pragmatikers. Beide waren zu meiner Zeit in der Zentrale in Belgrad tätig.

Abgesehen von der Hauptstadt sah ich 1977 nur ein wenig von Serbien sowie einen Teil der Herzegowina mit der schönen Bucht von Kotor und dem zum Hotelkomplex umgebauten entzückenden ehemaligen Fischerdorf Sveti Stefan. Kein Zweifel: Dubrovnik ist eine der schönsten alten Städte, die Europa überhaupt zu bieten hat, und auch die Insel Brioni im Norden der Adria – nebst der nebenan gelegenen kleinen Privatinsel Titos – ist ein Juwel. Überhaupt ist Jugoslawien gesegnet mit schönen Orten. Daß ich mehrere davon gesehen habe, verdanke ich einer besonderen Gastfreundschaft, die ich mit einer gewissen Einschränkung als durchaus orientalisch-großzügig bezeichnen würde. Kein Bundeskanzler oder Ministerpräsident im Westen Europas könnte es sich herausnehmen, an verschiedenen Orten seines Landes von der Außenwelt abgeschirmte, äußerst komfortable Residenzen zu unterhalten, die er gelegentlich auch seinen Gästen zur Verfügung stellt.

Tito lebte wie ein Fürst. Obgleich dies meinen Vorstellungen von Sozialismus nicht ganz entsprach, hatte ich doch nicht das Gefühl einer krassen Ungehörigkeit. Vielmehr dachte ich: das steht ihm zu, denn er hat Großes zustande gebracht. Er hatte als Kroate im Ersten Weltkrieg in der k.u.k. Armee gedient, war in russische Gefangenschaft geraten und 1920 zurückgekehrt; er hatte die kommunistische Partei mitaufgebaut, am Spanischen Bürgerkrieg teilgenommen und dann von 1941 an mit englischer und vornehmlich sowjetischer Hilfe eine einheitliche Befreiungsfront der Partisanenverbände hergestellt, an deren Spitze er nach 1945, rücksichtslos gegen Andersdenkende vorgehend, den kommunistischen Partei- und Staatsapparat aufbaute. 1948 brach er mit Stalin und der Sowjetunion, an die er sich bis dahin angelehnt hatte, und proklamierte den »eigenen Weg zum Sozialismus«.

1955 hatte Tito gemeinsam mit Nehru und Nasser auf der legendär gewordenen Konferenz von Bandung die Initiative zur Bildung einer Gruppe der Blockfreien ergriffen. Jetzt, Ende der siebziger Jahre, stritt er als einer der herausragenden Führer der neutralen »Dritten Welt« noch immer für Koexistenz und für die Fortsetzung des Entspannungsprozesses. Zwar war die Friedenspolitik seit Nixons und Brandts Zeiten nicht mehr entscheidend auf Titos Drängen angewiesen – längst hatten andere Kräfte sich eingeschaltet, auch Breschnew –, aber gleichwohl war Tito in meinen Augen ein Riese, wenn auch ein Riese an der Spitze eines schwachen, zerbrechlichen, künstlichen Staatsgebildes. Als Tito 1980 starb, zeigte sich an der großen Beteiligung von Staats- und Regierungschefs aus aller Welt, daß ihn auch andere als einen Riesen eingeschätzt hatten und daß er bei allen in hohem Ansehen stand. Der Staat jedoch, den er hinterließ, war außer durch ihn selbst kaum durch andere regierbar, und so nahm das internationale Gewicht Jugoslawiens schnell ab. Heute, zehn Jahre nach Titos Tod, ist Jugoslawiens Zukunft ungewisser denn je. Der Bund der Kommunisten Jugoslawiens hat inzwischen weitgehend seine Klammer-Funktion über dem Vielvölkerstaat verloren; die kommunistischen Politiker und die Staatsfunktionäre der Teilrepubliken vertreten in zunehmend aggressivem Maße die Interessen ihres jeweiligen Volkes gegenüber den anderen Völkern und gegenüber den Belgrader Instanzen. Von rund 23 Millionen Staatsbürgern sind 36 Prozent Serben, 20 Prozent Kroaten, 8 Prozent Slowenen, ebenfalls 8 Prozent Albaner, 6 Prozent Mazedonier, knapp 3 Prozent Montenegriner; dazu kommen die zum Teil erheblichen Minderheiten der Tschechen, Slowaken, Ungarn, Türken, Bulgaren, Rumänen, Ruthenen, Italiener, Roma und Sinti (Zigeuner). Viele der Angehörigen von Minderheiten tendieren zu den souveränen Nachbarstaaten glei-

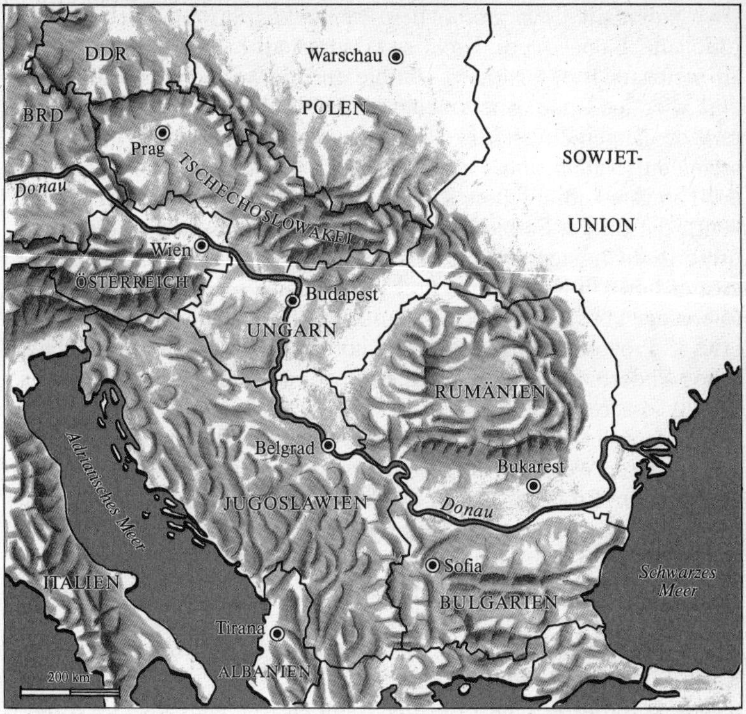
DDR
Warschau
BRD
POLEN
Prag
SOWJET-
UNION
TSCHECHOSLOWAKEI
Donau
Wien
ÖSTERREICH
Budapest
UNGARN
RUMÄNIEN
Adriatisches Meer
Belgrad
Bukarest
JUGOSLAWIEN
Donau
Sofia
Schwarzes
Meer
ITALIEN
BULGARIEN
Tirana
ALBANIEN
200 km

ÖSTERREICH
UNGARN
RUMÄNIEN
Slowenien
Vojvodina
Kroatien
Belgrad
Bosnien
und
Herzegowina
JUGOSLAWIEN
Serbien
BULGARIEN
Montenegro
Kosovo
Adriatisches
Meer
Makedonien
200 km
ALBANIEN

cher Nationalität. Die nördlichen Republiken Slowenien (Hauptstadt Ljubljana, Laibach) und Kroatien (Hauptstadt Zagreb) - wirtschaftlich am weitesten fortgeschritten - tendieren zum westlichen Mitteleuropa; eine wichtige Rolle dabei spielen die kulturellen Bindungen, die während der langen Zugehörigkeit zur österreich-ungarischen Doppelmonarchie entstanden sind. Hier überwiegen bei weitem die Angehörigen der römisch-katholischen Kirche (in Jugoslawien insgesamt 32 Prozent); die Bürger Serbiens hingegen sind weit überwiegend serbisch-orthodoxe Christen (welche in Jugoslawien insgesamt rund 42 Prozent ausmachen); in Kosovo, wo drei Viertel der Einwohner Albaner sind, überwiegen bei weitem die Muslime (welche in Jugoslawien insgesamt etwa 12 Prozent ausmachen); dazu kommen protestantische und jüdische Minderheiten, 12 Prozent der Einwohner Jugoslawiens werden als konfessionslos gezählt.

Die Sozialistische Föderative Jugoslawische Republik ist die nach dem Zweiten Weltkrieg im wesentlichen von Tito geschaffene Nachfolgerin des am Ende des Ersten Weltkrieges geschaffenen »Königreiches der Serben, Kroaten und Slowenen«. Die jugoslawische, das heißt südslawische Einheitsbewegung war schon im 19. Jahrhundert, gegen Österreich-Ungarn gerichtet, unter serbischer Führung entstanden. Seit damals gibt es ein serbisches Vormachtstreben innerhalb Jugoslawiens, und fast ebensolang bereits dauern die Abwehrbestrebungen der Kroaten und Slowenen und anderer Völker. Heute beansprucht die serbische kommunistische Führung ziemlich rücksichtslos die Vorherrschaft; sie beherrscht die beiden autonomen Provinzen Vojvodina (östlich der Donau) und Kosovo, während die Republiken Montenegro und Mazedonien sich an die Führung aus der Republik Serbien anlehnen. Die zusammengewürfelte Republik Bosnien-Herzegowina spielt kaum eine Rolle. Abgesehen davon, daß sie die größte Volksgruppe stellen, besitzen die Serben zwei Trümpfe im Ringen um die Vorherrschaft, nämlich den Besitz der Hauptstadt Belgrad und das in der Mehrheit serbische Korps der Generale und Offiziere der jugoslawischen Streitkräfte.

Es ist natürlich, daß die relativ liberalen Republiken Slowenien und Kroatien am stärksten unter den Einfluß des demokratisch-reformerischen Umbruchs in den bisher kommunistischen osteuropäischen Staaten des Warschauer Paktes geraten sind. Ihre Tendenz zum politischen Pluralismus trifft aber bei den Serben auf militante Ablehnung; Ende 1989 hat Serbien unter Führung seines Ministerpräsidenten Milosevic sogar zu einem Wirtschaftsboykott als »Strafaktion« gegen Slowenien aufgerufen. Insgesamt ist die jugoslawische Volkswirtschaft in einem Zustand, der solche Albernheiten verbieten sollte. Die Inflationsraten waren längere Zeit dreistellig. Das »jugoslawische Modell« einer kommunistischen Wirtschaft hat sich keineswegs besser bewährt als alle anderen kommunistischen Wirtschaftssysteme, von Peking bis Warschau und von Havanna bis Ost-Berlin.

Natürlich habe ich in den fünfziger Jahren mit großem Interesse die ökonomische Debatte verfolgt, die Milovan Djilas in Jugoslawien auslöste. 1953 oder 1954 war ich in Belgrad, um für eine Hamburger Reederei herauszufinden, ob eine Donau-Schwarzmeer-Schiffahrt zwischen Wien und den türkischen Häfen politisch möglich und kaufmännisch sinnvoll werden könnte. Meine damaligen Eindrücke haben mich veranlaßt, von dem Projekt abzuraten. Denn sowohl politisch als auch wirtschaftspolitisch erschien mir die Zukunft auf dem Balkan verworren und undurchschaubar.

Ich kann heute, fast vier Jahrzehnte später, kaum zu einem günstigeren Urteil über die Zukunft Jugoslawiens gelangen. Wahrscheinlich bleibt Winston Churchills Bonmot, Jugoslawien sei der weiche Unterleib Europas, noch lange Zeit eine freundliche Umschreibung. Die gesamte Balkan-Halbinsel wird ein Bereich der Unruhe und der Friedensgefährdung bleiben.

Gefahren und Chancen – wie geht es weiter?

Der real existierende Sozialismus steht heute überall nackt da, die Herbststürme des Jahres 1989 haben seine ganze Erbärmlichkeit bloßgelegt. Dies war nicht, wie manche bei uns frohlocken, ein Sieg des Kapitalismus, es war ein Sieg des Willens zur Freiheit. Aber was tritt an seine Stelle? Was bleibt von der humanistischen Utopie einer Gesellschaft der Gleichen? Läßt sie sich verbinden mit der Einsicht, daß in der Natur des Menschen auch persönlicher Erwerbstrieb angelegt ist und nicht nur die Sehnsucht nach Gerechtigkeit? Wie sollen Gesellschaft, Wirtschaft und Staat in Zukunft beschaffen sein? Auf welchen Wegen erreicht man diese Zukunft? Wer findet die Konzepte für den Übergang? Wohin führt die Wiedergeburt des Nationalstaats? Was wird aus Europa? Die Antworten werden nicht mit Hilfe neuer Ideologien und Utopien zu finden sein, sondern viel eher in einem langen Prozeß aus trial and error. Sie werden von Land zu Land verschieden ausfallen, wegen des unterschiedlichen historischen und kulturellen Entwicklungsstandes, wegen unterschiedlicher wirtschaftlicher Strukturen und wegen der unterschiedlichen Hinterlassenschaften der abgetretenen Diktatoren.

Die Generation der in Moskau geprägten Kommunisten hat in den achtziger Jahren ein Lebensalter erreicht, in dem aus natürlichen Gründen ein Wechsel und eine Nachfolge unvermeidlich geworden waren. Aber weder sie selbst noch ihre Parteiapparate waren auf einen solchen Wechsel vorbereitet. In der Sowjetunion sind Lenin, Stalin, Breschnew, Andropow und Tschernenko trotz ihres Siechtums und Verfalls keineswegs zurückgetreten oder abgewählt worden, sondern man wartete, bis sie starben. Ähnlich wagte auch in China niemand, den zur Steuerung des Riesenreiches keineswegs mehr fähigen Mao Zedong abzulösen. Bisher hat es in kommunistischen Ländern an der Spitze der Partei und des Staates nur zwei Möglichkeiten der Ablösung gegeben: entweder natürlicher Tod des Herrschers oder gewaltsame Absetzung durch seine bisherigen Paladine. Letzteres haben wir in der Sowjetunion und in der Volksrepublik Polen mehrfach erlebt, einmal auch in der DDR, nämlich im Falle Ulbrichts. In Ungarn und in der ČSSR erfolgten gewaltsame Absetzungen durch militärische Interventionen von außen, im Falle der Ablösung Kanias genügte die Androhung.

Die Nachfolge in den kommunistischen Ländern kannte keine festgelegten Regeln. Auch wenn vieles, zumal in Rumänien und Bulgarien, an die Erbfolge in absoluten Monarchien erinnern mochte, so ist es doch nirgendwo im Kommunismus zur Ausbildung einer quasidynastischen Erbfolge gekommen, eine derartig groteske, äußerste Korrumpierung ihres Ideals scheint den Kommunisten erspart geblieben zu sein. Andererseits gab es keine demokratischen Wahlen. Vielmehr basierte die Etablierung eines neuen Generalsekretärs offensichtlich auf Kungelei, Intrige und Fraktionsbildung im jeweiligen Politbüro und im Zentralkomitee. Jedenfalls besaßen die regierenden kommunistischen Parteien keine etablierten, eingeübten und selbstverständlich gewordenen Verfahren zur Auswechslung ihrer Spitzenleute. Gar eine demokratische Auswechslung der Regierenden durch die Regierten war zu meiner Amtszeit nirgendwo im Osten Europas denkbar. Wo in kommunistischen Staaten das Volk zur Wahl gerufen wurde, war ihm in Wahrheit kaum eine Möglichkeit zu wählen gegeben. Machterhalt für die Partei und ihre Funktionäre war zum ungeschriebenen Verfassungsprinzip geworden.

Viele der kommunistischen Spitzenmänner haben über Jahrzehnte an ihren Ämtern und an ihrer Macht geklebt. Dies galt für Honecker, Schiwkoff und Ceauşescu, ebenso für Husák und Kádár. Jeder kennt aus eigener Anschauung Beispiele dafür, daß alte Männer starrsinnig werden oder in ihrer Arbeitskraft nachlassen. Auch wenn sich manche im Alter forciert einen jugendlichen Anschein geben – und gerade in der Politik ist dies sehr beliebt –, so ist doch die allgemein übliche Pensionierung mit 65 Jahren keine unvernünftige Einrichtung. Denn nur wenige sind in der Lage, danach noch ihre Anschauungen zu ändern und neuen Gegebenheiten gerecht zu werden.

In den Staaten der Kommunisten entstammten die Nachfolger in fast allen Fällen der gleichen obersten Funktionärsschicht, die schon dem Vorgänger gedient und ihm oft genug nach dem Munde geredet hat. Wer grundlegende Neuerungen bewirken wollte, war in fast allen Fällen mit dem Odium früherer Komplizenschaft belastet. Davon befreite man sich am leichtesten, indem man die Verantwortung für offenbare Mißstände dem Vorgänger aufbürdete. Sofern er noch lebte, wurde er deshalb verurteilt oder zumindest aus der Partei ausgeschlossen.

Die Tatsache, daß es in diesem System keinerlei Gewaltenteilung gab, hat es Männern wie Stalin, Berija, Rakosi oder Ceauşescu erleichtert, ihre bösartige Macht auszuüben. So wie man den realen Kommunismus als ein Wirtschafts- und Gesellschaftssystem definiert, so läßt er sich auch als ein Herrschaftssystem definieren. Die ausschließlich hierarchische Auswahl sicherte die Einheitlichkeit der Kaste (genannt Partei), und das eigene Karriereinteresse – zum Teil auch das Überlebensinteresse – der Kastenangehörigen, das heißt der Parteifunktionäre, gewährleistete ihre Disziplin. Nur außergewöhnliche Persönlichkeiten – wie zum Beispiel Michail Gorbatschow – konnten innerhalb solcher Reglementierungen abweichende, neue, reformerische Ideen entwickeln. Sie taten aber gut daran, erst dann darüber zu reden, wenn sie bereits an die Spitze gelangt waren. Ein Wettbewerb der Ideen und Personen war bestenfalls im verborgenen möglich.

Aufgrund dieses allen kommunistisch regierten Staaten gemeinsamen Systems sind die Staaten Ostmitteleuropas nach ihrer Befreiung von der Diktatur mit einem doppelten personalpolitischen Defizit konfrontiert. Zum einen gibt es für viele der zu lösenden Aufgaben – zum Beispiel auf dem Gebiet der Wirtschafts-, Finanz- und Geldpolitik – außerhalb der kommunistischen Parteien und ihrer Kader kaum Personen mit ausreichendem Überblick und praktischer Erfahrung. Eine demokratische Grundüberzeugung und der gute Wille allein reichen nirgendwo auf der Welt aus, um aus einer verfahrenen ökonomischen Situation herauszufinden. Deshalb werden die demokratisch gewählten neuen Regierungen vorerst zum Teil auch auf die in der Praxis erfahrenen Wirtschaftsfunktionäre angewiesen sein. Dabei laufen sie Gefahr, daß Positionen und Praktiken von gestern konserviert werden. Gorbatschow kann ein langes Lied davon singen, wie die sowjetische Wirtschaftsbürokratie seine Reformen unterläuft und sogar sabotiert. Oft ist es nicht einmal schlechter Wille, sondern das tatsächliche Unvermögen der alten Wirtschaftsfachleute zu kreativem, reformerischem Denken.

In den alten Herrschaftsstrukturen hielt die Funktionärsschicht zwangsläufig an ihrer eingeübten ökonomischen Praxis fest, auch wenn sie bisweilen deren Unzulänglichkeiten und Defizite erkennen konnte. Den Funktionären fehlte es an konzeptioneller Kraft, an Mut, Willen und Durchsetzungsvermögen. Ihre Fähigkeiten erschöpften sich darin, an Symptomen herumzukurieren und Sündenböcke zu finden.

Auch Gorbatschow hat zunächst mit dem Kurieren der Symptome begonnen; anders konnte man seine Einschränkung des Wodkakonsums, seine Appelle zu höherer Arbeitsdisziplin und seine Kritik an der Bürokratie nicht bewerten. Als er einsah, daß dergleichen nicht ausreichte, um die Mißstände abzustellen, begann er gegen Ende der achtziger Jahre Reformen von Wirtschaft und Gesellschaft, von Partei und Staat einzuleiten. Aber keine der ökonomischen Reformen war konzeptionell ausreichend, keine war radikal genug.

Gorbatschow hat die Notwendigkeit von Wettbewerb und weitgehender Eigenverantwortlichkeit der Unternehmen verstanden und verkündet. Er hat verstanden und verkündet, daß es der öffentlichen Debatte, der Kritik, der Transparenz bedarf, um den Wettbewerb in Gang zu setzen. Aber ob und wieweit Gorbatschow Erfolg haben kann, muß sich erst noch zeigen. Bis jetzt haben die enormen Trägheitswiderstände der Bürokratien – nicht nur in Moskau, sondern in fast allen Republiken der Sowjetunion – lediglich dazu geführt, daß das alte ökonomische System der Kommandowirtschaft kaum mehr funktioniert, während das neue System noch nicht vorhanden ist.

Zur Zeit muß die Notenpresse noch immer zur Deckung eines riesigen Staatsdefizits herhalten. Die Folge ist ein wachsendes latentes Inflationspotential, das durch staatliche Preisdiktate zurückgestaut wird. Das führt zu grauen und schwarzen Märkten mit hohen Preisen; dorthin wandern Lebensmittel und Konsumgüter ab, und die staatlichen

Geschäfte sind fast leer. Seit Jahrzehnten war die Versorgungslage nicht so prekär, wie ich sie in den letzten Jahren bei mehreren Besuchen in der Sowjetunion erlebt habe.

1966 habe ich in einem Gespräch mit dem damaligen Chefredakteur der »Prawda«, Simjanin, Vorschläge nach dem Motto gemacht: »Wenn ich ein Kommunist wäre, dann würde ich ...« Ich sprach von der Notwendigkeit, die Unternehmen rentabel zu machen und ihnen zu diesem Zweck Entscheidungsfreiheiten und Eigenverantwortlichkeiten einzuräumen - auch für den Export ihrer Produkte und so weiter. Dem Prawda-Chef wollte das damals nicht einleuchten. Vielleicht glaubte er noch an das ideologische Märchen, Märkte seien ein Instrument des Klassenfeindes. Marktwirtschaft kann gesellschaftlich und politisch nur dann gefährlich werden, wenn den Staatsausgaben und der Notenpresse keine Disziplin auferlegt wird und wenn es keine ausreichenden sozialpolitischen Sicherungsnetze gibt.

Gorbatschow weiß das alles, wie ich im Juni 1989 in einem längeren Gespräch mit ihm feststellen konnte. Er sprach offen über seine wirtschaftlichen Probleme und beschönigte seine enormen Schwierigkeiten keineswegs. Sein Verständnis für ökonomische Fragen, seine Art zu argumentieren, auch sein Sinn für Humor haben mir imponiert. Auf meine Frage, was er denn nach all seiner Kritik am Zustand der Sowjetwirtschaft und nach all seinen dem Westen abgeguckten Reformabsichten künftig mit dem Wort Sozialismus meine und auf was Perestroika am Ende hinauslaufe, meinte Gorbatschow zögernd und nachdem er seine beiden Begleiter fragend angesehen hatte: »Ich hoffe, es läuft auf etwas Ähnliches hinaus wie in Schweden.« Ich war verblüfft.

Von der Verwirklichung des schwedischen Modells, eines Amalgams von freiem Unternehmertum, freien Gewerkschaften, Marktwirtschaft und tief gestaffelter sozialer Sicherung ist die Sowjetunion noch viele Generationen entfernt, ganz abgesehen von der seit Jahrzehnten entwickelten Demokratie Schwedens - und von dem Königshaus. Einstweilen steht der Reformer Gorbatschow mit dem Rücken zur Wand, er kann sehr wohl scheitern. Wenn er aber politisch scheitern sollte, dann halte ich es für unwahrscheinlich, daß ihm eine Führung folgen wird, die noch entschlossener auf ökonomische und politische Reformen setzt. Ich erwarte für diesen Fall eher eine Rückkehr zur zentralistischen Zwangswirtschaft, wahrscheinlich verbunden mit einer Stärkung der Rolle der sowjetischen Streitkräfte.

Hier liegt Gefahr für die Staaten des Warschauer Paktes. Denn Militärs sind fast ausnahmslos konservativ. Eine sowjetische Führung, welche sich innenpolitisch auf das Militär stützen muß, könnte unter dem Druck der Marschälle versuchen, nicht nur ihre Macht über die sowjetischen Republiken, sondern auch ihre Macht über die Staaten des Warschauer Paktes wieder zu festigen.

Schon aus diesem Grund muß der Westen den Abrüstungswillen der heutigen Führung nutzen. Für Gorbatschow wird der ökonomische Erfolg auch davon abhängen, ob und wie schnell dem INF-Vertrag des Jahres 1987/88 weitere Abrüstungsverträge folgen und ob es der Sowjetunion gelingt, freigewordene militärisch-industrielle Kapazitäten für den Konsumgüterbereich zu nutzen.

Die Polen, die Ungarn, die Tschechen, alle Völker in den Staaten des Warschauer Paktes, die im Begriff sind, den real existierenden Kommunismus durch Demokratie und Menschenrechte zu ersetzen, sie alle haben ein enormes Interesse am Erfolg Gorbatschows. Denn ohne ihn, ohne sein in der Geschichte der Sowjetunion beispielloses Stillhalten wären die Umwälzungen in Warschau, Budapest, Leipzig und Ost-Berlin, in Prag und anderswo schnell gescheitert. Sollte der Urheber von Glasnost und Perestroika zu Hause scheitern, könnte sich der Himmel über der östlichen Hälfte Europas schnell wieder verdunkeln. Allerdings wirken positive wirtschaftliche Entwicklungen hier auch positiv auf die Sowjetunion zurück.

Wir im Westen haben ein hohes Solidaritäts- und Friedensinteresse daran, daß Gorbatschows Reformexperiment Erfolg beschieden ist, wir Deutschen auf beiden Seiten der alten Trennlinie mehr als alle anderen. Deshalb sollte der Westen zur Hilfestellung bereit sein: durch gleichgewichtsorientierte Abrüstungsverträge, die überall im Osten wirtschaftliche Ressourcen frei machen; durch Öffnung unserer Märkte für die Produkte des Ostens; durch Investitionen, Investitionsfinanzierung und gemeinsame Unternehmungen (»joint ventures«) im Osten. Wir werden dabei weder den guten Onkel spielen und die Gelder unserer Steuerzahler oder unserer Sparer verschleudern, noch werden wir den Menschen auf der anderen Seite besserwisserisch und herablassend auf die Schulter klopfen. Wir dürfen nicht emotional handeln, sondern müssen uns an der Vernunft orientieren.

Glasnost hat nicht nur die Bürger der Sowjetunion, sondern auch die Menschen in den anderen Staaten des Warschauer Paktes ermutigt und die Machthaber unsicher gemacht. Den baltischen Völkern und vielen anderen Nationen und Nationalitäten innerhalb der Sowjetunion hat

Warschauer Pakt-Staaten
NATO-Staaten
Im Jahr 1989
Grönland
Spitzbergen (Svalbard)
Novaja Zemlja
ISLAND
Reykjavik
NORWEGEN
SCHWEDEN
FINNLAND
GROSS-BRITANNIEN
Oslo
Stockholm
Helsinki
IRLAND
NORD-SEE
Dublin
Amsterdam
Kopenhagen
OSTSEE
Moskau
SOWJET-UNION
London
Brüssel
Berlin
Warschau
Bonn
DDR
POLEN
Paris
LUX.
Prag
BRD
FRANKREICH
Wien
Bern
Budapest
ITALIEN
Bukarest
Belgrad
SPANIEN
JUGO-SLAWIEN
Madrid
Rom
Sofia
Lissabon
Tirana
Ankara
TÜRKEI
Athen
GRIECHENLAND
MITTELMEER
1000 km

Glasnost die Möglichkeit eröffnet, ihren Anspruch auf eigene Identität, auf Selbstverwaltung und auch auf Austritt aus dem sowjetischen Staatsverband lautstark zu unterstreichen. Gorbatschow wird mit diesen Forderungen behutsam umgehen müssen, damit er nicht in Konflikte gerät, die ihn am Ende zur Rücknahme seiner Öffnungspolitik und zur alten Sturheit des Kreml veranlassen könnten. Aber auch die anderen, nicht zuletzt die Deutschen werden in der Ausübung ihrer neugewonnenen Freiheit behutsam sein müssen. Denn es wäre nicht klug, die Sowjetunion oder die sowjetische Führung zu beleidigen oder sie zu provozieren. Denn noch immer handelt es sich um eine Supermacht.

Epilog über die Moral, welche der deutschen Politik nötig ist

Im Urteil mancher unserer Nachbarn neigen wir Deutschen zu einer uns selbst überschätzenden, mindestens aber zu einer emotionalen Politik und deshalb zu Schwankungen. Aus diesem Grund hatten manche im Westen zur Zeit der beiden sozialdemokratischen Bundeskanzler Sorge, die Deutschen könnten dem Osten zu große Zugeständnisse machen; deswegen fürchteten 1989 manche, Bundeskanzler Kohl werde aus Begeisterung über die Öffnung des Brandenburger Tors und über die sich unerwartet eröffnende Möglichkeit der Vereinigung beider deutscher Staaten nunmehr die Europäische Gemeinschaft und unsere Pflichten unseren westlichen Nachbarn gegenüber vernachlässigen. Emotionen in Deutschland schrecken unsere Nachbarn mehr als Emotionen anderswo.

Die feste Verankerung Deutschlands im Westen ist in den Augen Frankreichs, Englands, auch Polens, ja fast aller europäischen Staaten Voraussetzung für die schrittweise Umgestaltung Europas und für die Lösung der deutschen Frage. Wir selbst glauben, unzertrennlich an die Grundwerte westlicher Demokratie gebunden zu sein. Unsere Nachbarn dagegen wollen uns aufgrund früherer Erfahrungen mit Deutschland auch äußerlich fest an den Westen gebunden wissen, durch unsere Zugehörigkeit zur EG und zum westlichen Bündnis. Die Sorge mancher westlicher Politiker vor einem zu engen sowjetisch-deutschen Zusammenspiel mag uns Deutschen reichlich abwegig erscheinen, aber sie ist echt; die Erinnerung an Rapallo ist in Frankreich nie ganz erloschen. Schon wer mit dem Gedanken einer Neutralisierung Deutschlands spielt, erschreckt unsere Nachbarn.

1966 habe ich auf einem Bundesparteitag der SPD ausgeführt: »Auf beiden Seiten von Elbe und Werra ist ein starker Wille, in ein gemeinsames Haus zurückzukehren. Dieser Wille kann zwar keine Berge versetzen, aber wenn er mit Beharrlichkeit und mit politischer Vernunft gepaart wird ... dann kann er Änderungen herbeiführen ... Deutsche Beiträge zur Lösung der Sicherheitsfragen müssen die Interessen der anderen mit unseren eigenen Interessen auf gemeinsame Nenner bringen. Wir könnten um so erfolgreicher sein, je mehr es uns gelänge, die

Furcht vor Deutschland zu eliminieren. Die Furcht wird immer wieder genährt durch (deutsche) Forderungen, die das Schreckgespenst eines angeblichen deutschen Revanchismus lebendig erhalten, und durch das umgekehrte Schreckgespenst einer (deutschen) Unterwerfung unter sowjetische Politik. Der Weg zwischen beiden Befürchtungen, die sich immer wieder abwechseln, ist ein schmaler Weg ... Ohne Bereitschaft zum Kompromiß mit unseren Nachbarvölkern gibt es weder Vertrauen noch Verständigung.« Am Schluß zitierte ich den englischen Staatsphilosophen Edmund Burke: »Nichts kann einer Nation verhängnisvoller werden als ein Übermaß an Parteilichkeit und totale Mißachtung der natürlichen Hoffnungen und Befürchtungen anderer.« Das alles, einschließlich Burkes Diktum, ist auch heute noch prinzipiell richtig.

Alexis de Tocqueville hat 1835 den Aufstieg der USA und Rußlands zu beherrschenden Weltmächten vorausgesagt und hat damit recht bekommen. Marx und - in seinem Gefolge - Lenin und Mao Zedong dagegen sind mit ihrer Prophezeiung von der internationalen Revolution des Proletariats einem Irrtum erlegen; nichts deutet auf eine Erfüllung ihrer Erwartung in der Zukunft. Geschichte ist nun einmal kein Prozeß, der naturwissenschaftlichen Gesetzen folgt. Wer über die fernere Zukunft Europas spricht, der betritt unvermeidlich ein Feld, auf dem er weitgehend auf seine Intuition angewiesen ist. Und dennoch: Churchill, eine Reihe von Franzosen - von Monnet bis Giscard d'Estaing -, auch Truman und Marshall haben Beispiele dafür gegeben, daß das Wagnis einer neuen Vorstellung von der Zukunft Europas nicht unnütz ist. Da die Wirkung politischen Handelns kaum je auf die unmittelbare Gegenwart beschränkt bleibt, muß der Politiker auch die zukünftigen Wirkungen seines Tuns verantworten, einschließlich derjenigen, die er nicht beabsichtigt hat. Politik hat immer mit Zukunft zu tun - auch deshalb hat Max Weber dem Politiker Augenmaß abverlangt.

Die Zukunft Europas ist im Frühjahr 1990 schwierig einzuschätzen. Überall werden neue grundsätzliche Erwägungen angestellt; man versucht, die langfristigen eigenen Interessen neu zu definieren und die Interessen der anderen neu einzuschätzen. Dabei haben manche Äußerungen von Außenministern und Regierungschefs nur tagespolitischen Charakter, sie verwirren den Blick auf das Eigentliche. Für uns Deutsche wird es nötig bleiben, die wichtigsten Interessen der Mitspieler zu kennen und uns ihrer bewußt zu sein. Der europäische Veränderungsprozeß wird für uns Deutsche um so günstiger verlaufen, je weniger

Interessen unserer Nachbarn wir beeinträchtigen und je mehr Mühe und Sorgfalt wir aufwenden, um ihre Hauptinteressen zu befriedigen.

Europa steht in den neunziger Jahren vor der komplexen Aufgabe, eine Vielfalt von kardinalen Interessen auf einen gemeinsamen Nenner zu bringen, nämlich:

- das doppelte Interesse der Staaten im Osten Europas, politisch frei zu sein und ökonomisch erfolgreich zu werden,
- das Interesse der Deutschen an Einheit und Selbstbestimmung,
- das doppelte Interesse der Sowjetunion, ihren Weltmachtstatus und ihre strategische Sicherheit aufrechtzuerhalten und zugleich ihre Wirtschaft und den Lebensstandard ihrer Bürger zu verbessern,
- das Interesse aller europäischen Staaten und der USA, sich sicher fühlen zu können vor einer Wiederkehr sowjetisch-russischen Expansionsstrebens, gleich ob Gorbatschows Anstrengungen erfolglos bleiben oder ob Perestroika langfristig zur Wiedererstarkung der Sowjetunion führt; darin eingeschlossen ist das Interesse am Gleichgewicht und an der Vermeidung eines Neutralitätsstatus für Deutschland,
- das Interesse der kontinentalen EG-Mitgliedsstaaten am wirtschaftlichen und politischen Ausbau der Europäischen Gemeinschaft, um vor einer Wiederkehr deutschen Hegemoniestrebens sicher zu sein, sei es wirtschaftlicher, politischer oder gar militärischer Art; dies deckt sich mit dem Interesse fast aller europäischen Staaten und schließt die Endgültigkeit der deutsch-polnischen Grenze ein.

Wenn es gelingt, diese Hauptinteressen in gleichem Maße zu befriedigen und damit die Hoffnung auf eine dauerhafte, ungestörte, friedliche Entwicklung zu begründen, könnte das Wort vom »gemeinsamen europäischen Haus« politische Wirklichkeit werden. Das kulturelle Kontinuum Europa könnte sich dann zu einer politischen und ökonomischen Schicksalsgemeinschaft erweitern.

Aber es sind auch andere Entwicklungen denkbar. Auch Instabilität ist denkbar. Und ist nicht das politische Führungspersonal des Westens in den späten vierziger Jahren fantasiereicher gewesen als heute? Wer an Churchill und Truman, an Schuman, de Gaulle und Adenauer, an Kissinger oder Brandt zurückdenkt und Vergleiche zieht, dem erscheinen die heutigen Staatslenker allzu zögernd und allzu vorsichtig. Zugleich lassen aber die rasante Zunahme der Bevölkerung wie auch die neuen Techniken der Telekommunikation und der Luftverkehr die Erde kleiner werden. Eine gemeinsame Willensbildung der Staaten

Europas erscheint deshalb dringlicher geboten als ehedem - nicht zuletzt weil die Probleme der Energieversorgung, der Treibhauseffekt, die weitreichenden Klimaverschlechterungen und die globale Zerstörung der natürlichen Umwelt nach Lösungen verlangen. Auch dazu wird die Kraft Europas gebraucht.

Der größte Teil der Menschheit kann die heutigen Prozesse der Naturwissenschaft und Technik oder die arbeitsteilige Verflechtung allen Wirtschaftens kaum nachvollziehen. Diese Undurchschaubarkeit der Welt erleichtert es populistischen und demagogischen Führern, religiösen oder ideologischen Heilsverkündern, die Menschen in Feinde oder Freunde einzuteilen und ihre Anhänger zu kollektivem Wahn zu verführen. Die Massenmedien, zumal das Fernsehen, bieten Möglichkeiten von einer bis dahin ungeahnten Reichweite, im doppelten Sinn des Wortes. Je mehr Menschen zusehen oder zuhören, desto leichter wird es, an Gefühle und Instinkte zu appellieren. Zwar *können* die modernen Mittel der Massenkommunikation zum Verständnis beitragen, auch zum Verständnis der Nachbarn, ihrer Geschichte und ihrer Kultur. Tatsächlich aber sinkt das Verantwortungsbewußtsein derjenigen, welche die Massenmedien dirigieren. Auch in Deutschland gibt es - von der Sportberichterstattung bis zu Meldungen über Krawalle - eine ungewollte Verführung zur Hysterie und sogar zur Gewalttätigkeit durch die Medien.

Es ist zu erwarten, daß die Aufhebung der kommunistischen Diktaturen im Osten Europas jene nationalen und religiösen Gegensätze mit Schärfe wieder hervortreten lassen wird, die bisher mit staatlicher Gewalt unterdrückt waren; so zwischen mehreren Völkern der Sowjetunion, so in Rumänien, Bulgarien und Jugoslawien. Auch wir Deutschen sind nationalistischer Gefährdung ausgesetzt. Gewiß sind jene Befürchtungen abwegig, wie sie 1989/90 angesichts des deutsch-deutschen Annäherungsprozesses in einigen unserer Nachbarstaaten von manchen Politikern und Publizisten geäußert wurden - als ob ein »Viertes Reich« bevorstehe. Die Gefahr eines Rückfalls in Nazi-Ideologie oder in einen Nationalismus wilhelminischer Prägung, der deutsche Interessen grundsätzlich über alles stellt, besteht nicht. Haben wir aber genug Vernunft und genug Selbstdisziplin, um so viel Rücksicht auf unsere Nachbarn zu nehmen, daß sie ohne Sorge sein können?

Das Godesberger Programm der deutschen Sozialdemokratie von 1959 hat Freiheit, Gerechtigkeit und Solidarität als Grundwerte postuliert. Der Wille zur Verwirklichung dieser Grundwerte sollte heute

– weit über die Sozialdemokratie hinaus – auch unsere auswärtigen Beziehungen bestimmen! Als die Berliner Mauer fiel, sandte Teddy Kollek, Bürgermeister der zwischen Israelis und Palästinensern praktisch zweigeteilten Stadt Jerusalem, seinen Freunden in Deutschland ein solidarisches Telegramm. Mich hat dieser Glückwunsch sehr bewegt; daß Teddy Kollek sich mit uns freuen konnte, zeigte eine Mitmenschlichkeit, die wir Deutschen uns zum Vorbild nehmen dürfen. Toleranz aus Achtung, nicht aus Gleichgültigkeit, Solidarität, Mitmenschlichkeit sind im Verkehr zwischen den Völkern, den Staaten und auch zwischen den Religionen wichtige Gebote. Ein Staat, der seinen Bürgern religiöse, ideologische oder politische Überzeugungen aufzwingen will, der gefährdet den Frieden – den inneren Frieden zuerst und dann den äußeren. Toleranz gegen Nachbarn ist ein kategorisches Gebot, wenn der Friede gewahrt werden soll. Es gibt nur *eine* Grenze der Toleranz, nämlich die Gefährdung der eigenen Freiheit durch Intoleranz und Aggression eines Nachbarn.

Wie aber können Völker und Staaten die Überzeugungen und Interessen der Nachbarn respektieren, wenn sie dieselben gar nicht richtig kennen? Wenn sie mit den anderen nicht reden, ihnen nicht zuhören und nicht antworten? Wir Deutschen haben zwei Jahrzehnte des gegenseitigen Argwohns und des Hasses gebraucht, ehe sich die Verantwortlichen in Ost-Berlin und Bonn in den siebziger Jahren zum ersten Mal zum Gespräch trafen. Die Intoleranz Ost-Berlins hat danach noch fast zwei weitere Jahrzehnte das persönliche Gespräch zwischen den Bürgern beider Seiten verhindert.

»Über die allmähliche Verfertigung der Gedanken beim Reden« heißt ein schöner und bedeutender Aufsatz Heinrich von Kleists. Das persönliche Gespräch ist notwendig, damit man versteht, daß der Gegenüber kein Teufel ist, sondern ein Mensch. Deshalb habe ich mich im Umgang mit den Regierungen anderer Staaten immer um die Herstellung persönlicher Beziehungen bemüht, auch zu den Menschen an der Spitze kommunistischer Diktaturen. In der persönlichen Begegnung erkennen wir die wirklichen Probleme, die Interessen, Neigungen und Abneigungen des anderen – und ebenso die Grenzen seiner politischen Handlungsmöglichkeiten. Zumindest hindert ein Vieraugengespräch die Politiker daran, hinterher einander über das Fernsehen zu beschimpfen.

Friedliches Betragen von Menschen ist kein naturgegebenes Verhalten. Aber die Geschichte zeigt, daß gleichwohl der Friede durch Vernunft gewahrt werden kann. Der ewige Friede bleibt eine Utopie, sagt Kant, wenn sich die Menschen nicht täglich aufs neue anstrengen, Frieden zu stiften. So wie die Freiheit einer *Person* in Konflikt geraten kann mit Würde oder Freiheit einer anderen Person, so kann auch ein rechtlich durchaus zu begründender Anspruch eines *Volkes* in Konflikt geraten mit Rechten eines Nachbarvolkes. Grenzstreitigkeiten etwa in Gebieten, in denen Angehörige verschiedener Völker im Gemenge miteinander wohnen, sind dafür ein immer wiederkehrendes Beispiel.

Je mehr Gleichheit - oder Ordnung - erzwungen wird, desto mehr wird die Freiheit des einzelnen eingeengt. Die kommunistischen Diktaturen haben uns diese Wahrheit bitter erleben lassen. In der Demokratie bedingen sich Freiheit und Ordnung gegenseitig. Wenn die Freiheit zu weit geht, kann sie im Chaos enden; wenn aber die rechtliche Ordnung zu weit geht, so entartet sie in Unterdrückung. »Überall schwebt die Demokratie in Gefahr, das Gleichgewicht zwischen Freiheit und Ordnung zu verletzen«, schrieb mein verehrter Hochschullehrer Eduard Heimann. Ähnlich liegt das Problem zwischen den Staaten: Die 1945 von Stalin erzwungene Ordnung der Völker in der östlichen Hälfte Europas und ihre Unterordnung unter die Sowjetunion haben deren Freiheit beseitigt.

Das Machtgleichgewicht zwischen dem Atlantischen Bündnis und dem Warschauer Pakt hat nicht nur die Macht der Sowjetunion begrenzt, weitere Völker Europas in ihre Botmäßigkeit zu zwingen. Dieses Gleichgewicht hat auch ein Gefühl der Stabilität zwischen West und Ost erzeugt. Hier wie dort ist diese Stabilität im Laufe der Zeit immer stärker als etwas Wünschenswertes, als ein Wert an sich erschienen. Der Frieden erschien vielen Menschen wichtiger als die Freiheit derjenigen, die im Osten unterdrückt waren. Als sich der Zusammenbruch der kommunistischen Diktaturen im Osten abzeichnete, begannen manche Wortführer im Westen, den Verlust eines stabilen Machtgefüges in Europa zu beklagen. Andererseits begrüßten die gleichen Leute gleichzeitig den Gewinn der Freiheit für die Menschen im Osten Europas. Hierin zeigte sich ein deutlicher Widerspruch zwischen zwei Prinzipien, die dem Westen wichtig sind; denn die Freiheit für die Polen, Ungarn, Tschechen und die Deutschen in der DDR konnte nur durch eine Beseitigung der kommunistischen Herrschaft errungen werden, die zwangsläufig eine Destabilisierung des Gleichgewichts in Europa mit sich brachte.

Dieses Dilemma hat erkennen lassen, daß eine plötzliche Aufhebung des Status quo Angst vor der Zukunft auslösen kann. Wir Deutschen dürfen deshalb nicht den Eindruck erwecken, wir hätten eine dynamische Veränderung der Gesamtsituation Europas herbeiführen wollen, die unseren Nachbarn und den beiden Bündnis-Vormächten als potentiell chaotisch erscheint. Je mehr sie ein Chaos befürchten, desto mehr werden sie sich bemühen, den deutsch-deutschen Vereinigungsprozeß negativ zu beeinflussen und mindestens zu bremsen. In solcher Lage kann auch ein strategisches Zusammenspiel zwischen westlichen Staaten und der Sowjetunion nicht ausgeschlossen werden.

Unter unseren Interessen steht die baldige Herstellung geordneter wirtschaftlicher und finanzieller Verhältnisse in der DDR und deren Einbeziehung in die sozial geordnete Marktwirtschaft an der Spitze. Je weniger wir dabei die sicherheitspolitischen Aspekte der Zukunft Europas präjudizieren oder zu präjudizieren scheinen, desto weniger werden sich andere in den Vereinigungsprozeß einmischen. Daß die Bundesrepublik ökonomisch und finanziell der DDR unter die Arme greift, sieht fast jedermann in Europa als selbstverständlich an. Dabei muß unsere Hilfe darauf abzielen, den DDR-Deutschen eine begründete Hoffnung auf eine stetige ökonomische Verbesserung ihrer Lage zu geben; ein abermaliger Strom von Übersiedlern würde nichts Gutes bewirken.

Es ist denkbar, daß sich aus der zwischen West und Ost vertraglich vereinbarten Verringerung der Streitkräfte später ein »Europäisches Sicherheitssystem« entwickeln läßt. Wahrscheinlich werden mehrere Vertragswerke einander folgen und aufeinander aufbauen. Dabei bedarf jedwede Abrüstung und jedes sicherheitspolitische System der Kontrollen und Garantien. Auf keinen Fall dürfen wir Deutschen Lösungen zustimmen, die von Frankreich oder von Polen abgelehnt werden. Kein Schritt, den wir Deutschen ergreifen, darf diese beiden wichtigsten Nachbarn befremden oder gar erschrecken. Beide erwarten mit Recht eine förmliche Anerkennung der polnischen Westgrenze, ohne Wenn und Aber. Weil die Bundesregierung sich dazu im Winter 1989/90 nicht hat durchringen wollen, ist im polnischen Volk die Sorge vor einem deutschen Revisionismus erneut aufgelebt, die doch seit dem Warschauer Vertrag abgeklungen war.

Die polnische Nation weiß besser als manche andere, daß uns Deutschen nicht als einzigem Volk in Europa das Recht auf Selbstbestimmung verwehrt bleiben kann. Die Polen haben in den Jahrzehnten der Diktatur und der Bedrückung erfahren, daß der Mensch auf dreifache Weise Geborgenheit sucht und Geborgenheit nötig hat. Nämlich erstens die Geborgenheit in der Familie und unter Freunden; zweitens die Geborgenheit in der Heimat, in der gesellschaftlichen, seelischen, geistigen und religiösen Heimat, in der man und von der man lebt; und drittens die Geborgenheit in einem Nationalstaat, der die Möglichkeit zur Identifikation bietet. Dies letztere ist uns Deutschen ein halbes Jahrhundert lang vorenthalten worden. Wir haben auf beiden Seiten der Elbe darunter gelitten, vielerlei Angst und innere Unruhe sind daraus entstanden - zumal in den nachwachsenden Generationen.

Wenn heute zum ersten Mal sich die Möglichkeit eröffnet, das Trauma der Zweiteilung zu überwinden, so sehe ich mit Zuversicht dem wohlwollenden Verständnis unserer europäischen Nachbarvölker entgegen. Allerdings setzt das Verständnis der Nachbarn voraus, daß wir umgekehrt für ihre Besorgnisse Verständnis haben und dies auch beweisen. Nur eine feste Einbindung der Deutschen in die Europäische Gemeinschaft und in das westliche Bündnis bietet ihnen Gewähr gegen eine wirtschaftliche und später politische deutsche Vormachtstellung. Je weniger Zweifel an unserer tatkräftigen, kompromißwilligen Mitarbeit beim Ausbau der EG wir lassen, desto weniger Angst müssen unsere Nachbarn vor der zahlenmäßig stärkeren deutschen Nation haben.

Verständnis für unsere Nachbarn aufzubringen und zu pflegen, ist nicht bloß Sache der Regierenden, sondern die Aufgabe jedes Deutschen. Wer von uns ins Ausland reist, sollte daran denken. Und wenn die deutsche Fußballnationalmannschaft spielt, sollten wir dies ebenfalls beherzigen; allen voran sollten unsere Massenmedien zur Mäßigung anleiten, statt die Stimmung noch anzuheizen. Auch sie sind verantwortlich für das Bild, das unsere Nachbarn sich von uns machen.

Wir haben Realitätssinn nötig und Augenmaß; pragmatisches, schrittweises Vorgehen, Ausdauer und Stetigkeit sind gefordert. Wir müssen lernen zu unterscheiden zwischen Dingen, auf die wir keinen Einfluß haben, und solchen, auf die wir Einfluß nehmen können und dürfen; die ersteren müssen wir gelassen hinnehmen, die letzteren bedürfen unseres Engagements - nicht aber der Überreaktion. Wir dürfen unsere Politiker nicht drängen, die Welt über Nacht zu verbessern; im Gegenteil, wir müssen Politikern mißtrauen, die uns große Veränderungen von heute auf morgen versprechen. Die Schritte dürfen nicht zu groß sein, denn wenn sich ein Fehler herausstellen sollte, muß man ihn ohne allzu großen Schaden revidieren können; von einem großen Fehler kann eine große Zahl von Menschen böse betroffen werden. Die

Schritte dürfen jedoch auch nicht zu klein sein, sonst dauert der Reformprozeß zu lange, das zu lösende Problem verschärft sich, es wird durch neue Probleme überlagert, schleppt sich fort und wird zur Ursache weiterer Probleme und neuer Krisen. Jeder Mangel an Maß läßt Vertrauen schwinden. Deshalb bedarf jeder Schritt der vorherigen Analyse.

Politik ist pragmatisches Handeln zu sittlichen Zwecken. Das Ziel jeder Politik und ebenso jeder einzelne ihrer Schritte müssen sittlich gerechtfertigt sein. Über die Moralität wie über die Ratio von Zielen und Wegen freilich kann man fast immer streiten. Demokratie bedeutet Streit und Meinungskampf zwischen Führungspersonen, Parteien, politischen Strömungen und Interessengruppen. Wer politisch führen will, kann nicht allein bestimmen, was in seiner Stadt oder in seinem Land geschehen soll. Sondern er braucht die Zustimmung anderer, er muß sie überzeugen; gleichzeitig versuchen andere, ihn zu überzeugen, ihm den Weg zu versperren und ihn zu Fall zu bringen. In diesem Meinungskampf gibt es Unfairneß und Intrigen, und oft genug verdecken Taktiererei, Wichtigtuerei und Eitelkeit das Ziel. Eines der großen Probleme der nahen Zukunft Deutschlands wird darin liegen, daß die DDR-Deutschen genug Geduld aufbringen für den schrittweisen Gesundungsprozeß der DDR-Volkswirtschaft – und daß sie ihre neue Freiheit und die Demokratie nicht mit Utopien überfrachten.

Utopie bedeutet auf deutsch nirgendwo, nirgendwann. Politische Utopien bestehen nur in der Vorstellungswelt, nie in der Wirklichkeit. Deshalb sind sie gefährlich. Ein Politiker, der eine Utopie verwirklichen will, kann verleitet werden, viel zu viele Schritte auf einmal zu machen. Der ganze Leninsche Kommunismus war eine Utopie, die Folgen sind bis auf den heutigen Tag schrecklich. Auch eine Utopie der Moral kann zur Bedrohung der Freiheit und des Friedens werden. Politik muß sein die zweckgerichtete Anwendung feststehender moralischer Grundsätze auf wechselnde Situationen.

Der Politiker muß der Moralität nicht nur seiner Ziele, sondern auch seiner Mittel bei jedem einzelnen seiner Schritte gewiß sein. Er hat die Pflicht vorauszudenken und alle Folgen in Betracht zu ziehen – einschließlich der Folgen, die unsere Nachbarn betreffen. Wenn er alle Interessen kritisch abgewogen hat, auch die Interessen unserer Nachbarn, muß er die Anstrengung auf sich nehmen, seine Gründe transparent und plausibel zu machen; denn nicht nur braucht er Mehrheiten im eigenen Land, sondern ebenso muß er vermeiden, die Minderheiten und die Nachbarn in Angst zu versetzen. Er muß dies alles im Bewußtsein der eigenen Fehlbarkeit tun. Sein Idealismus und seine moralischen Wertvorstellungen dürfen ihn nicht auf den Irrweg der Rechthaberei und Intoleranz führen. Politik ohne Moral tendiert zum Verbrechen. Moral ohne Vernunft kann in die Katastrophe führen.

Wo Menschen dicht gedrängt auf engem Raum leben, können Wahn und Angst auftreten. In Deutschland gibt es mehr Katastrophenangst als anderwärts. Als im Frühjahr 1990 noch jeden Tag Tausende von Deutschen aus der DDR in die Bundesrepublik übergesiedelt sind, lag dem Angst vor einem möglichen Zusammenbruch der freiheitlichen Entwicklung oder vor einer wirtschaftlichen Katastrophe der DDR zugrunde. Manche Teilnehmer der Anti-Atomkraft- und der Friedensdemonstrationen in der Bundesrepublik waren von Katastrophenangst getrieben. Wir brauchen mehr Gefaßtheit und Gelassenheit gegenüber den Meldungen über Gewalt, Terror, Verbrechen und Unglücksfälle, die das Fernsehen täglich in unser Wohnzimmer bringt; wir dürfen uns davon nicht in Schrecken und Aufgeregtheit versetzen lassen. Ob wir an Gott glauben oder ob wir nicht glauben, wir müssen lernen und unsere Kinder dazu erziehen, Ängste auszuhalten und Sorgen zu ertragen. Viele unserer Nachbarn sind etwas gleichmütiger als wir und betrachten die deutsche Neigung zu exaltierter Gemütsbewegung mit Befremden und Besorgnis. Wir sollten ihnen keinen Anlaß zur Furcht vor deutschen Aufgeregtheiten geben.

Wenn die verfassungsrechtliche Vereinigung der beiden deutschen Staaten und deren völkerrechtliche Anerkennung erreicht sein wird, kommt mit der Erreichung dieses Zieles unserer Nachkriegspolitik eine lange, schwierige Epoche zum Abschluß. Die neue Epoche stellt uns vor die vielleicht noch schwierigere Aufgabe, das größere Deutschland außenpolitisch auf einem Kurs zu halten, der unsere europäischen Nachbarn nicht befremdet, sondern vielmehr ihr Vertrauen in uns festigt und rechtfertigt. Schon am Beginn des Vereinigungsprozesses hat Bonn einige Male das wünschenswerte Maß an Sensibilität vermissen lassen und dadurch viele Polen, viele Franzosen und manch andere verstört. Um so mehr müssen wir zukünftig solche Störungen vermeiden.

Marcus Aurelius hat geschrieben: »Was auch immer Du tust, tue es weder gegen Deinen Willen noch ohne Menschlichkeit noch ohne vorherige vernünftige Überlegung.« Der spätrömische Philosophenkaiser hat die Pflicht gegenüber Moral und Vernunft zur Maxime seines Regierens gemacht. Diese Maxime tut uns auch heute not. Es gehört zur

Pflicht des Politikers, sich sachkundig zu machen, ehe er seine Entscheidungen trifft. Ohne vernunftgemäße Analyse eines Problems ist eine ethisch vertretbare Entscheidung nur als Zufall möglich. Keine moralische Gesinnung darf uns der Anstrengung der Vernunft entheben.

Kein Kapitän kann sein Schiff allein mit Hilfe eines Handbuchs sittlicher Normen steuern, sondern er braucht die Fähigkeit, seinen Standort zu bestimmen, er braucht dazu Seekarte, Kompaß, Echolot und Radar; er braucht auch seine Erfahrung als Nautiker, um mit Hilfe seiner Instrumente einen vernünftigen Entschluß über seinen Kurs zu fassen. Und wenn andere Schiffe seinen Kurs kreuzen, so gelten für jeden der Kapitäne die internationalen Ausweichregeln der Seefahrt.

Der preußische Philosoph Immanuel Kant hat mit seinem kategorischen Imperativ eine allgemeine Ausweichregel, eine Grundregel für jedermann aufgestellt: Jeder soll so handeln, daß seine Prinzipien, sich gegen andere zu verhalten, zugleich auch als Regeln für alle anderen gelten können. In einer Welt, in der noch vor 90 Jahren nur anderthalb Milliarden Menschen gelebt haben, heute fünf, morgen sechs und übermorgen acht Milliarden Menschen leben werden, wird Kants kategorischer Imperativ, der vor zwei Jahrhunderten eine abstrakte Anleitung für den einzelnen war, unerhört praktisch und notwendig für das Zusammenleben und Zusammenarbeiten der Staaten und Nationen.

Wir Deutschen bleiben ein gefährdetes Volk. Nicht weil uns Gefahr von außen drohte; sie ist gegenwärtig nicht zu befürchten. Sondern wegen unserer Neigung zu Aufgeregtheit, Gefühlsüberschwang und Überheblichkeit. Diese Neigungen haben uns schon mehrfach in die Irre geführt. Ohne Idealismus wären wir arm. Aber unser Idealismus darf nicht umschlagen in wirklichkeitsfremde politische Romantik. Unser Idealismus muß den politischen Willen zu Kritik und Selbstkritik ebenso einschließen wie den Willen zur Vernunft und zum Kompromiß.

Als ich im Oktober 1982 als Bundeskanzler aus dem Amt schied, hat niemand voraussehen können, daß sich genau sieben Jahre später eine Möglichkeit eröffnen würde, die beiden Teile der Nation wieder zueinander zu führen. Wir verdanken diese Chance nicht nur uns selbst und unserem Festhalten am Willen zur Einheit, wir verdanken sie auch den Polen und den Ungarn, die den DDR-Deutschen vorangegangen sind. Wir verdanken sie auch unseren westlichen Verbündeten, die uns Deutschen in der Bundesrepublik in der Zeit sowjetischer Bedrohung Rückhalt und den Deutschen in der DDR Hoffnung gegeben haben. Wir verdanken sie auch den Staaten Europas insgesamt, die vor fünfzehn Jahren in Helsinki gemeinsam den Weg zur allgemeinen Verwirklichung der Menschenrechte gebahnt haben; und schließlich sollen wir nicht vergessen, daß sich die Sowjetunion unter Gorbatschow erstmals an die Schlußakte von Helsinki gehalten hat.

So hat also unser Volk am Ende dieses fürchterlichen 20. Jahrhunderts abermals eine Chance. Wir werden sie nutzen können: für unser Ziel der Einigkeit in Recht und Freiheit und für einen dauerhaften, ungefährdeten Frieden. Wenn wir uns einer pragmatischen, von praktischer Vernunft nüchtern gesteuerten Politik anvertrauen. Wenn wir über der Solidarität mit unseren Landsleuten in der DDR die Solidarität mit unseren Nachbarn nicht vergessen. Wenn wir zuverlässig unsere Verträge und unsere Versprechen einhalten. Wenn kein Nachbar an unserer Aufrichtigkeit, an unserem Friedenswillen, an unserer Rechtsstaatlichkeit und an unserer Treue zu den Menschenrechten zweifeln muß. Wenn wir uns willig einfügen in die Gemeinschaft der Völker.

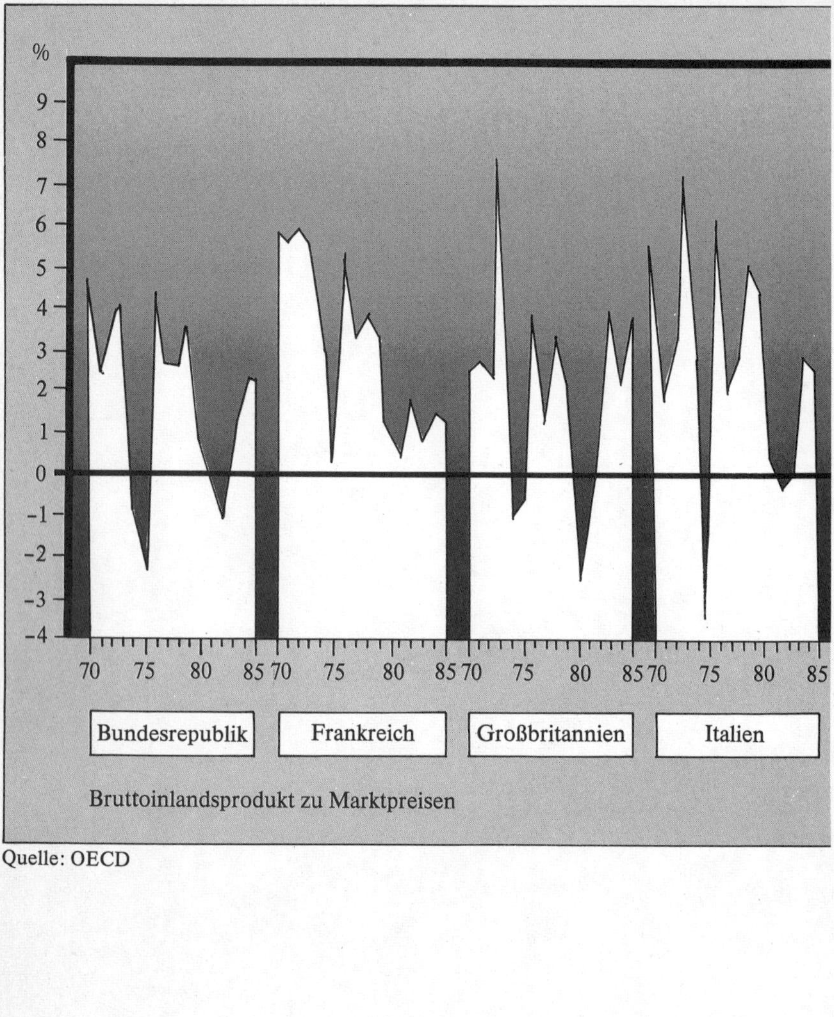
%
9
8
7
6
5
4
3
2
1
0
-1
-2
-3
-4
70
75
80
85
Bundesrepublik
Frankreich
Großbritannien
Italien
Bruttoinlandsprodukt zu Marktpreisen

Quelle: OECD

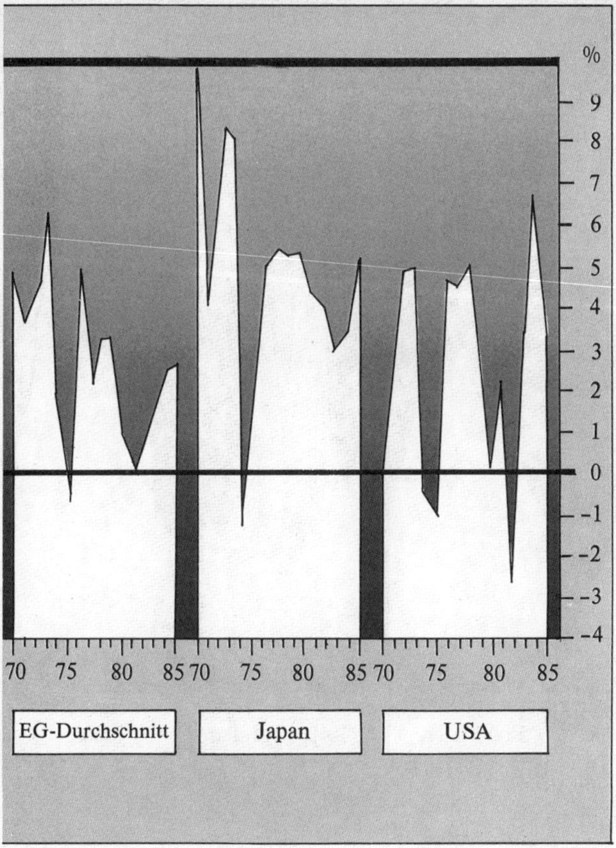

Jährliches Wirtschaftswachstum

Japan wird mit den letzten Ölpreisexplosionen besser fertig als Europa

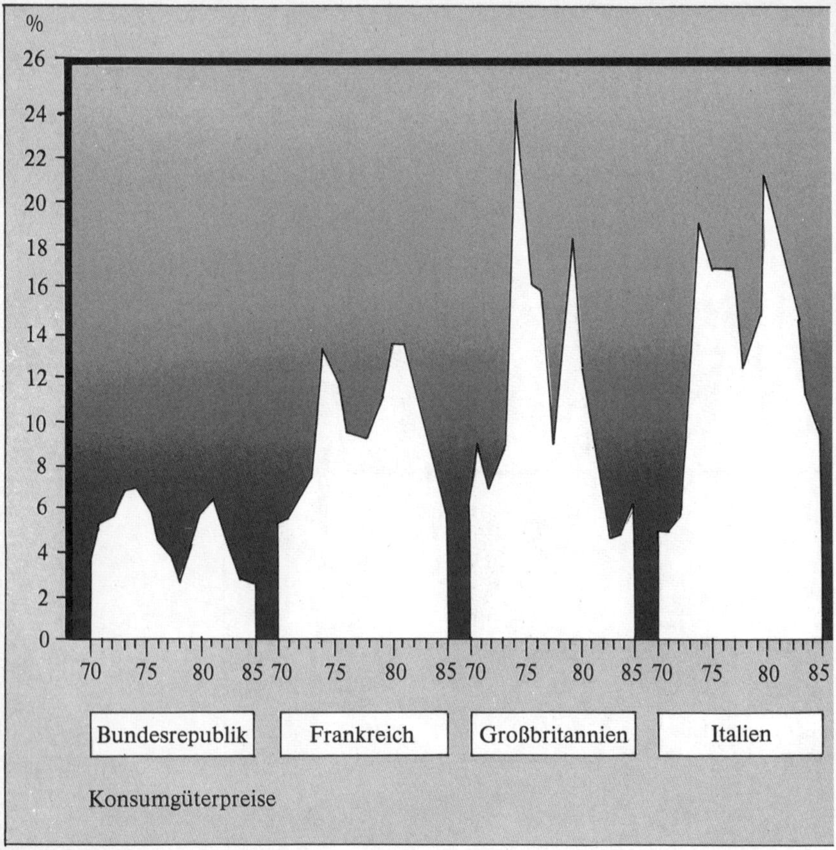
%
26
24
22
20
18
16
14
12
10
8
6
4
2
0
70 75 80 85 70 75 80 85 70 75 80 85 70 75 80 85
Bundesrepublik
Frankreich
Großbritannien
Italien
Konsumgüterpreise

Quelle: OECD

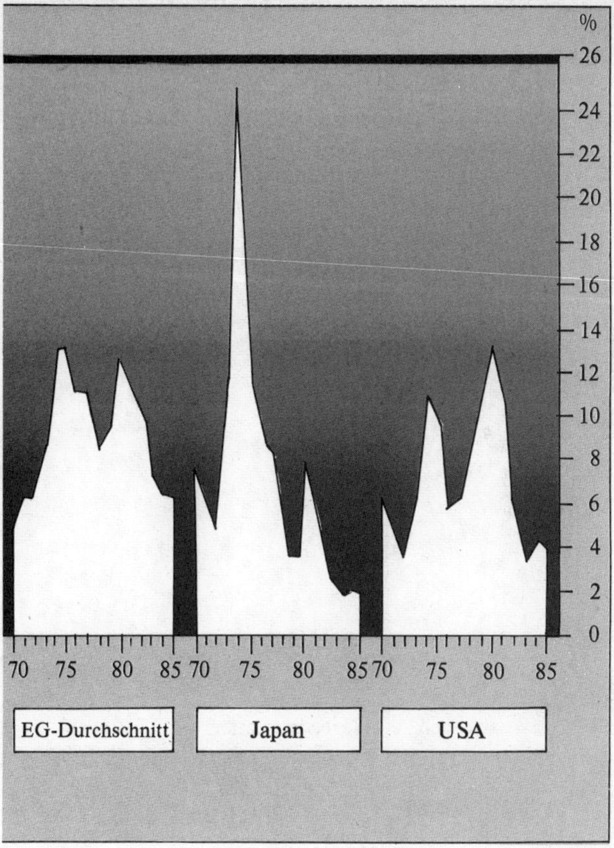

Inflationsraten

Die Bundesrepublik fährt am besten

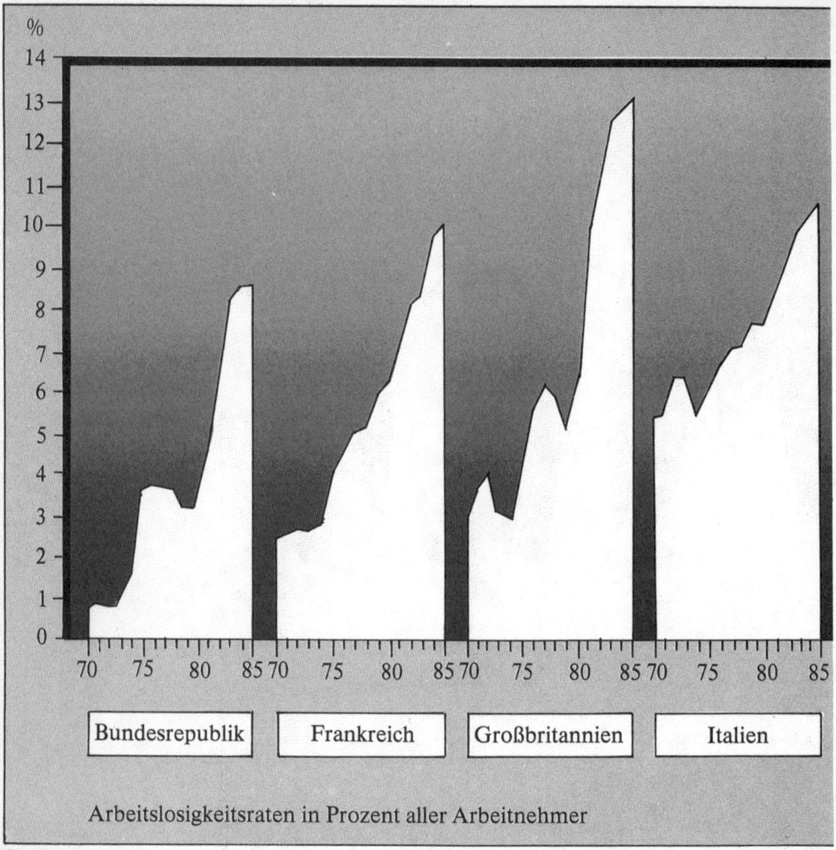
%
14
13
12
11
10
9
8
7
6
5
4
3
2
1
0
70 75 80 85 70 75 80 85 70 75 80 85 70 75 80 85
Bundesrepublik
Frankreich
Großbritannien
Italien
Arbeitslosigkeitsraten in Prozent aller Arbeitnehmer

Quelle: OECD

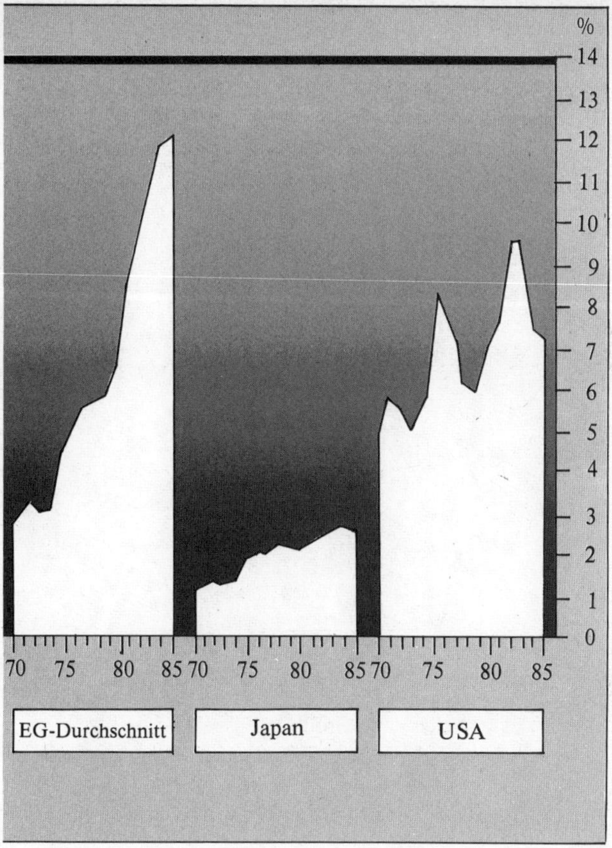

Arbeitslosigkeit

Auch nach den Ölpreisexplosionen steigt die Arbeitslosigkeit weiter an

Abkürzungs- und Sachregister

ABM (Anti-Ballistic-Missile- Treaty, Vertrag über Abwehrraketen gegen ballistische Flugkörper) 311, 374, 509
Abrüstung (Rüstungskontroll-, -begrenzungsverhandlungen) 68, 77, 93–95, 135, 146, 288, 292, 295, 297–298, 311–312, 314, 433–434, 443
Afghanistan (sowj. Einmarsch in A.) 68–71, 206–207, 212, 222, 315, 319, 351, 361, 378, 512, 538, 565, 605
Agrarpolitik (der EG) 161–162, 196, 213–215, 290–291, 400
Auswärtiges Amt 30, 138, 251, 418, 527, 562

Berlin 43, 47, 63–64, 80–81, 103–104, 185, 217, 218, 509, 609
Berliner Mauer 37, 174, 210, 276
Berlin-Ultimatum 37, 174
Bevölkerungswachstum 526, 531–532
BIZ (Bank für Internationalen Zahlungsausgleich) 514
Blockfreie Gruppe der B. 622
Bonn (als Bundeshauptstadt) 202–204
Breschnew-Doktrin 586, 596, 599
Bretton-Woods s. Weltwährungssystem
Bundesbank 80–81, 164, 210, 235, 250–253, 257–259, 261–264, 268, 270, 340, 344, 390, 491
Bundeswehr 144–146, 149, 153, 174, 310, 319–320, 330, 464

CDA (Christen Democratisch Appel, Christlich Demokratischer Appell) 393, 397–398, 401–402
CDU/CSU 30, 38, 72, 84–87, 91, 128, 178, 204, 219, 344–345, 398, 506–508, 511–512, 518, 542, 545–546, 555, 568, 609
CGT (Confédération générale du travail) 235, 286
Charta 77 18, 539, 600
COMECON s. RGW
Comité d'Action pour les Etats-Unis d'Europe (Aktionskomitee für die Vereinigten Staaten von Europa, sog. Monnet-Komitee) 182–184

DC (Democrazia Cristiana, Christliche Demokratie) 343, 345–347, 361, 365, 368
Delors-Plan 226, 234
Demokratie 450, 452–454, 456, 465–467, 479–480, 488, 503, 579, 581–584, 587, 597–598, 601, 603
»Deutschland-Plan« (der SPD vom März 1959) 37, 60
Deutschlandvertrag (von 1954) 49, 96–97
DGB (Deutscher Gewerkschaftsbund) 242, 292, 469
Dritte Welt s. Entwicklungsländer

Ecole Nationale d'Administration (ENA) 187, 223
ECU (European Currency Unit, Europäische Währungseinheit) 19, 27, 105–106, 164–165, 255, 257, 260–261, 264, 266–267, 269

EDIP (European Defense Improvement Program, Programm zur Verbesserung der europäischen Verteidigung) 417
EFTA (European Free Trade Assoziation, Europäische Freihandels-Assoziation) 96, 408, 431, 436, 441-442
EGKS (Europäische Gemeinschaft für Kohle und Stahl) 379, 502
Einheitliche Europäische Akte 211-212, 252, 264
Elysée-Vertrag (eigentlich: Deutsch-Französischer Vertrag vom 22.1.1963) 97, 174, 280, 305-306, 309, 321-322, 325-326, 329
EMF (European Monetary Fund, Europäischer Währungsfonds) 255, 261
EMS (European Monetary System) s. Europäisches Währungssystem
Entspannungspolitik 36, 94, 422, 509-512, 516, 518, 538, 595-596, 618, 622
Entwicklungsländer 44, 56, 156, 186, 201, 212, 224, 239-240, 246, 273, 280, 292, 390, 399, 422, 428, 434, 483, 531-532, 621-622
EPZ (Europäische Politische Zusammenarbeit) 212, 376, 478, 516
Erdgas (sowjetisches E.) 242-243, 293
ERE (Ethniki Rizospastiki Enosis, Nationalradikale Union) 453
Eskimos 414
ETA (Euskadi Ta Askatasuna, Baskenland und Freiheit) 347, 469, 474
E.U.A. (= European Unit of Account, Europäische Rechnungseinheit) 255
Eurokommunismus 366, 464, 488
Europa, kulturelle/geschichtliche Einheit E.s 88, 124-125, 315, 391-392, 480, 482, 580, 600, 602
Europäische Bank für Wiederaufbau und Entwicklung 574
Europäische Gemeinschaft (EG) 19-21, 26-28, 96-97, 100, 105-106, 108-113, 117-118, 129-130, 132-133, 135, 138, 158-165, 167-168, 171, 176, 178-179, 182-184, 190-192, 195-196, 210-213, 216, 223, 225-226, 228, 231-235, 238, 249-250, 254-255, 259-262, 270-272, 275, 280, 284, 289-290, 301, 306-307, 310-311, 315-316, 321, 323, 327-328, 334, 338-340, 343-344, 350, 354, 363-364, 373, 376, 382, 384-386, 388, 390, 399-401, 405-406, 412, 418, 422, 425, 431, 536, 441-442, 448-450, 454, 457-459, 462-463, 467-470, 478-479, 490, 500, 502-504, 511, 519, 534, 617, 633, 635, 640
Europäischer Rat 196-197, 205, 212, 249, 254-256, 258, 266, 290, 311, 348, 375, 385, 429
Europäisches Parlament 27, 146, 197, 211, 213, 311, 354, 382-383, 385-386, 388, 502
Europäisches Währungssystem (EWS) 80, 111-113, 129-130, 163-165, 184, 186, 210-211, 229, 234, 248-264, 266-269, 271-272, 290, 307, 323, 327, 363-364, 368, 386, 390, 429, 478
EVG (Europäische Verteidigungsgemeinschaft) 329, 332
Extremisten-Erlaß 279, 398

Falklandkrieg 168, 301
FDP (Freie Demokratische Partei) 38, 127, 178, 344-345, 402, 431, 477, 482, 552
Friedensbewegung 203, 294, 317, 415

Geldmenge 269-270, 339, 363
Gewerkschaften 26, 132-133, 235-237, 242, 363, 369, 469-470, 479, 491, 544
Glasnost 47, 68, 93, 334, 513, 571-572, 614, 630, 632
Gleichgewicht 35, 68, 100, 167, 172, 179-180, 282-283, 312, 316-318, 322, 334, 407, 489, 513, 534, 548
GLCM (Ground Launched Cruise Missiles, bodengestützte Marschflugkörper) 152, 285, 351
Grand Strategy (Gesamtstrategie) 146, 166, 169-171, 178, 259, 279, 305-310, 315-316, 326-329, 374, 402
GRAPO (Grupo Revolucionario Anti-Fascista Primero de Octobre, Revolutionäre Antifaschistische Gruppe 1. Oktober, Spanien) 474
Grünen, Die G. 127, 203, 294, 300
Grundgesetz, Präambel 42, 84, 98
Grundlagenvertrag (mit der DDR) 84, 295, 505, 509
Guadeloupe, Treffen von G. 151, 351

Habsburg 49, 372, 384, 602
Hallstein-Doktrin 30, 595
Harmel-Doktrin 18, 168-169

Inflation, -spotential 156, 186, 200, 224-226, 229, 231-232, 234-235, 237, 258-259, 262, 268-270, 280, 339-340, 376, 414, 428, 470, 545, 564, 571, 606, 621
INF-Vertrag (Intermediate Nuclear Forces Treaty, Mittelstreckenwaffenvertrag; s.a. Abrüstung) 18, 285, 312, 353, 512, 520, 630
IRA (Irish Republican Army, Irische Republikanische Armee) 349
Israel 212, 616-618

Jalta-Abkommen 30, 35, 296
Japan 157-158, 164, 188, 198, 201, 225-227, 232, 235, 237, 368, 405

KAE (Konferenz für Abrüstung in Europa) 312
Kernenergie 239-240, 242-244
KGB (Komitet Gossudarstwennoi Besopasnosti, Komitee für Staatssicherheit) 444
Koalition, Große K. 30, 91, 128
Koalition, Sozial-liberale K. 30, 37, 41, 84, 235-236, 402, 551-552
Kommando-, Befehlswirtschaft 46, 60, 83, 93, 574, 583-584
Konföderation (10-Punkte-Programm für eine deutsch-deutsche K. vom 22.11.1989) 97
KPČ (Kommunistische Partei der Tschechoslowakei) 597
KPdSU (Kommunistische Partei der Sowjetunion) 31, 83, 488, 568, 572
KPE (Kommunistische Partei Spaniens) s. PCE
Kredit- und Währungsmärkte 157-158, 343-344, 388-390
Kriegsrecht (Verhängung des K. in Polen) 85-87, 292-298
KSZE (Konferenz über Sicherheit und Zusammenarbeit in Europa, Helsinki 1975) 17-19, 38, 41, 45, 47, 62, 65, 67, 77, 95, 99, 198, 212, 296-297, 421, 466, 486, 489, 497-498, 500-501, 509-511, 513, 516, 522-523, 527, 533-534, 537-539, 581, 598, 600, 618, 620, 644
Kuba-Raketenkrise (1962) 285, 319, 527, 538

Labour Party 108-110, 117, 126-127, 133, 168, 254
»Library-Group« 158
Lichtwark-Schule, Hamburg 33, 87

Lomé-Abkommen 212
Londoner Schuldenabkommen 208

Marktwirtschaft, Soziale M. 58, 563-565, 584, 603
Marshallplan (ERP, European Recovery Program; europäisches Wiederaufbauprogramm) 13, 58, 166, 467, 574
Marxismus 56-57, 166, 274, 366, 471, 528, 583-584
MBFR (Mutual Balanced Forces Reductions, Gegenseitige und ausgewogene Truppenreduzierung in Mitteleuropa, Verhandlungen seit 1973 in Wien) 277-278, 311-312, 314, 318, 548-549, 552, 598
Mindestumtausch 79-82
MCA (Monetary Compensatory Amounts, Währungsausgleichsbeträge) 214-215, 258
MFA (Movimento Forzas Armadas, Bewegung der Streitkräfte) 484-486, 488-490
Mittelstreckenwaffen (nukleare M.) 36-37, 68, 71, 79, 151-152, 206-207, 282-283, 285, 291, 319, 322, 351-353, 393, 397, 478, 512, 520, 538, 565-566
MLF (Multilateral Force, multilaterale Atomstreitmacht zur See) 174
Mogadischu s. Terrorismus
MRCA (Multiple-Role Combat Aircraft, sog. Tornado) 180

Naher Osten 207-208, 212, 242, 329, 351, 616-617
Nation, Nationalstaat 29, 41-42, 48-49, 52-56, 73, 84-85, 95-96, 100-101, 176, 180, 289, 352, 357, 372-373, 482, 530, 551, 578, 639-640
Nation, »sozialist. N.« 29, 55
Nationalsozialismus 25, 53-54, 114-115, 557-558, 577
NATO (Strategie) 28, 83, 88, 100, 111, 140-141, 146, 149-151, 168-171, 176, 178-179, 181-182, 192-193, 196, 206, 277-279, 297, 302, 305, 307-308, 310-311, 315-326, 330-331, 334, 351, 373-374, 376, 382, 384, 397, 408, 413-414, 416-417, 421, 425, 432-434, 448, 456-458, 462, 467, 470, 472, 485, 489, 492, 504, 519, 536
NATO-Doppelbeschluß 18, 68, 71, 222, 283, 291, 312, 322, 351-352, 361, 374, 378, 401-402, 421, 426, 477-478, 492, 512, 520, 538
Neutralität 99-100, 219, 288-289, 293-294, 299-300, 330-331, 379, 432-433, 441, 492, 498, 513-516, 518
NPT (Non-Proliferations-Treaty, Nichtverbreitungsvertrag) 243-244, 309, 415
Nuklearwaffen, taktische (Gefechtsfeldwaffen) 310-311, 316-317, 319, 328
Null-Lösung, doppelte N. für nukleare Mittelstreckenwaffen (s.a. INF) 79, 353, 401, 520

OECD (Organization for Economic Cooperation and Development; Organisation für wirtschaftliche Zusammenarbeit und Entwicklung) 158
Ölpreis 44-45, 61, 156, 159-160, 185-186, 222-223, 225-226, 231, 239-240, 242-244, 247-248, 252, 263, 271, 339, 389-390, 456, 501, 606, 621
Olympiade (Teilnahme an der O. 1980 in Moskau) 69-70, 206, 417
OPEC (Organization of Petrol Exporting Countries, Organisation erdölexportierender Staaten)

156, 158–160, 164–165, 186, 197, 222, 226–227, 240, 389, 428, 564, 621
Ostpolitik 168, 283, 298–300, 306, 417, 505, 507, 521, 523, 539–540, 551–552, 562, 594, 609–610
Ostverträge (Gewaltverzichtsverträge mit Moskau, Warschau und Prag) 37–40, 43, 94, 295, 374, 505, 509, 541, 595, 609, 620

PASOK (Panellinio Sosialistiki Kinima, Panhellenische Sozialistische Bewegung) 453, 461
PCE (Partido Comunista de España, Kommunistische Partei Spaniens) 469–472, 474–475
PCF (Parti Communiste Français, Kommunistische Partei Frankreichs) 274–276, 413
PCI (Partito Comunista Italiano, Italienische Kommunistische Partei) 361, 364, 366, 368
PCP (Partido Comunista de Portugal, Kommunistische Partei Portugals) 429, 484–486, 488–491, 494
Perestroika 26, 46, 60, 65, 68, 93, 269, 334, 513, 564, 572, 614, 629–630
Pershing II s. Mittelstreckenwaffen
Piecemeal social engineering 120, 184
Pipeline-Embargo 300
PLO (Palestinian Liberation Organization, Palästinensische Befreiungsorganisation) 212
Potsdam, Konferenz von P. 30, 35
PS (Partido Socialista, Sozialistische Partei Portugals) 483–484, 486
PS (Parti Socialiste, Sozialistische Partei Frankreichs) 274–276, 279, 293–294, 428
PSI (Partito Socialista Italiano, Italienische Sozialistische Partei) 362, 368
PSOE (Partido Socialista Obrero Español, Spanische Sozialistische Arbeiterpartei) 464, 469, 471, 474, 476–477, 482
PvdA (Partij van de Arbeid, Partei der Arbeit, Niederlande) 393, 397

RAF (Rote Armee Fraktion) 207, 437
Rapacki-Plan 151, 547–548
Reich, Heiliges Römisches R. Deutscher Nation 52, 125, 588
»Reichskristallnacht« 560
Reykjavik, Treffen Reagan - Gorbatschow in R. 327
RGW (Rat für gegenseitige Wirtschaftshilfe; auch Comecon) 44–46, 48, 58, 63, 79, 96, 441, 506, 512, 544, 564, 593
Richtlinienkompetenz (des Bundeskanzlers nach Art. 65 GG) 145, 466
Römische Verträge 20, 117, 179, 196, 214, 255, 289, 354
RPR (Rassemblement pour la République, Sammlungsbewegung für die Republik, Frankreich) 253
Rüstungsindustrie 245–246, 308, 453

SALT I / II (Strategic Arms Limitation Talk; Verhandlungen und Verträge zur Begrenzung von Langstrecken-Nuklearwaffen der Sowjetunion und der USA, 1969–79) 135, 206, 311, 374, 538
Schuldenkrise 46, 156, 563
SDI (Strategic Defense Initiative, Strategische Verteidigungsinitiative der USA) 327, 329, 538, 572
SED (Sozialistische Einheitspartei Deutschlands) 31–32, 34, 37, 48, 61, 64–68, 70, 83, 88, 91, 93, 101–102, 418, 583, 590, 595

Selbstbestimmungsrecht 99
SI (Sozialistische Internationale) 272-273, 280
Solarenergie 244
Solidarność 18, 294, 297, 539, 563, 565, 569, 574, 579
Sozialdemokratie / Sozialdemokratische Partei Deutschlands 54, 66-67, 94, 98, 119, 127, 176, 186, 209, 235, 272-274, 286, 300, 388, 394, 402, 426-428, 437, 461, 476-477, 487-488, 491-492, 507-508, 515-516, 525-526, 547, 549, 562, 571, 583-584, 594-595
Sozialistischer Deutscher Studentenbund (SDS) 117, 394
Soziallehre, Katholische S. 523-526, 531
SS 20 s. Mittelstreckenwaffen
Swing 79-82
Stalinismus 48, 53, 441-443, 581, 590

Terrorismus 134, 202-203, 207-208, 279, 338, 345-350, 437-440, 459, 474-476, 479, 528
Teststopp-Vertrag 309
Treibhauseffekt 243

UCD (Union de Centro Democratico, Union des Demokratischen Zentrums) 464, 472, 476, 479
UDF (Union pour la Démocratie Française, Union für die französische Demokratie) 213
USAP (Ungarische Sozialistische Arbeiterpartei) 608

VPAP (Vereinigte Polnische Arbeiterpartei) 567, 570, 583
Vereinte Nationen (UNO; United Nations Organization) 52-53, 99, 167, 196, 284, 328, 443, 514-515, 533, 598
Verjährungsfrist (für nationalsozialistische Verbrechen) 560-561
Viereck, magisches V. 224
Viermächteabkommen über Berlin, 3.9.1971 41, 63-64, 96-97, 374, 509
Vietnamkrieg 149, 220, 293, 315, 452, 462, 509

Währungsreform (1948) 58, 238, 564
Währungsschlange 248, 255, 428
Währungsunion, deutsch-deutsche W. 268-269
Warschauer Pakt 44, 66, 83, 317-319, 333-334, 407, 433, 506, 512, 539, 548, 551, 568, 571, 585-586, 595-596, 598, 604-605, 612, 629-630
Wechselkurs (-politik) 227-228, 259-260, 263
Wehrpflicht 149-150, 321, 325
Welfare economics 430-431, 515
Weltbank 61, 166, 254, 514, 593
Weltwährungsfonds (IMF, International Monetary Fund) 79, 158, 163, 166, 224, 259, 344, 456, 490, 514, 593, 606
Weltwährungssystem 44, 166, 186, 253, 259-260, 263, 266, 428
Weltwirtschaft, Krise der W. 185-186, 192, 197-198, 237, 244, 338, 389-390, 428, 456, 501
Weltwirtschaftsgipfel 70, 160, 186, 198, 200-201, 205, 222, 253, 256, 284, 302-305, 443, 501
WEU (Westeuropäische Union) 321, 325-326, 478, 502

Zentralbank, Autonomie der Z. 267-271
Zypern 457-458, 460, 522, 533-534, 615

Namenregister

Adenauer, Konrad 15, 30, 38, 95, 98, 128, 161-162, 174, 185, 194-195, 220, 309, 329, 333, 460, 505, 508, 557, 635
Agnelli, Giovanni 369-370
Agt, Andries van 254-255, 393, 400-402
Ahrens, Werner 562
Ailleret, Pierre Marie Jean 181
Alba, Fernando Herzog von 372
Albert, Prinz von Belgien 376
Albrecht, Ernst 546
Alexander der Große 450
Alexander VI., Papst 483
Alfons XIII., König von Spanien 447
Allen, Richard 210
Amsberg, Claus von 392
Andersen, Hans Christian 255, 408, 430
Andreotti, Giulio 97, 254, 258, 286, 345-349, 356, 361-362, 364-366, 368
Andropow, Juri W. 444, 626
Androsch, Hannes 516
Annenberg, Walter H. 138
Apel, Hans 145, 219, 287, 344
Arendt, Walter 543
Arias Navarro, Carlos 464, 466-468
Arndt, Adolf 560
Aron, Raymond 182, 216
Ashoona, Kiawak 414
Attlee, Clement 130, 132, 151
Aurelius, Marcus 356-357, 642
Averoff-Tossizza, Evangelos 456
Axen, Hermann 74, 83, 92

Baader, Andreas 438
Babiuch, Edward 551-552, 562-563
Bacaric, Vladimir 621
Bach, Johann Sebastian 302, 353
Backlund, Sven 436
Baker, James 97
Barber, Anthony 154
Barlach, Ernst 87-88
Barone, Enrico 584
Barre, Raymond 182, 198, 207, 223, 229, 231, 234-235, 238, 240, 248, 253, 258, 272, 332,
Bartók, Béla 611
Bartoszewski, Wladyslaw 568
Barzel, Rainer 23, 62, 128, 420, 555
Barzini, Luigi 96, 370
Baudouin, König von Belgien 376
Beatrix, Königin der Niederlande 392-393, 396, 404
Bebel, August 132
Becher, Walter 590
Becker, Kurt 23, 88
Beitz, Berthold 552
Bengsch, Alfred 65, 521, 530
Benn, Wedgewood 132
Bérégovoy, Pierre 228, 288, 298
Berg, Alban 216
Berija, Lawrentij P. 627
Berkhan, Willi 23, 153, 383, 420, 524
Berlinguer, Enrico 343, 361, 366, 429, 464, 472, 488, 609, 621
Bernhard, Prinz der Niederlande 437
Bernini, Lorenzo 524
Berry, Henry Vaughan 116
Beveridge, William Henry 116, 153
Bevin, Ernest 151
Bilák, Vasil 581, 587, 597
Birckholtz, Hans 153

Birley, Robert 125
Bismarck, Klaus von 555
Bismarck, Otto von 35, 52, 103, 120, 173, 216, 304, 329, 333, 357
Bloch, Ernst 88
Blumenfeld, Alfred 562
Blumenfeld, Erik 558
Bölling, Klaus 23, 73-74, 92-93, 459, 562
Boenisch, Peter 220
Boldizsar, Ivan 602
Borger, Hugo 613
Bosch, Hieronymos 356, 392
Boulez, Pierre 216
Bouverat, Colette 217, 362
Bracher, Karl Dietrich 144, 355
Bradley, Omar N. 318
Bräutigam, Hans Otto 23
Brandt, Willy 15, 38, 40, 64, 78, 93, 108, 121, 134, 144-145, 156, 176, 180-181, 183-184, 189, 202-203, 208-209, 235, 240, 272-274, 279, 283, 398, 416-417, 428, 437, 477, 479, 505-506, 508-509, 541-542, 551-552, 558, 562, 571, 574, 595, 598, 609, 622, 635
Bratteli, Trygve 417, 421, 437
Breschnew, Leonid I. 17-18, 31, 36, 38-39, 47, 68-70, 74, 77-79, 86, 91, 172, 205-206, 222, 246, 283, 402, 417, 421-422, 444, 472, 488, 497-498, 500, 505-506, 519-520, 538-539, 566, 596, 599, 605, 609-610, 614, 616, 618, 620, 622, 626
Breschnewa, Wiktorija P. 216
Brontë, Emily 116
Brosio, Manlio 140, 146
Brundtland, Gro Harlem 407, 416, 421-422, 426
Bucerius, Gerd 23
Buchan, Alastair 146
Buhl, Dieter 23
Burckhardt, Helmuth 384
Burke, Edmund 634
Bush, George 97, 512
Buzzard, Anthony 146

Caetano, Marcello José 483-484
Callaghan, Audrey 216
Callaghan, James (Jim) 23, 106, 110, 119, 121, 128-129, 132-135, 142, 151-152, 154, 159, 163-164, 169-170, 250, 254-256, 501
Callas, Maria 354
Carli, Guido 339
Carlsson, Ingvar 426, 436
Carneiro, Francisco Sá 491
Carrillo, Santiago 464, 470, 472, 475
Carrington, Peter 110, 136, 141-142, 164, 170-171
Carstens, Karl 218, 438
Carter, James E. (Jimmy) 32, 69, 118, 151, 169-170, 186, 205-206, 220-222, 228, 244, 274, 398, 417 420-421, 426, 519, 538, 566, 609, 620
Caruso, Enrico 354
Casals, Pablo 466
Casaroli, Agostino 523, 525, 527, 531, 533
Castillo, Cantarero del 467
Castro, Fidel 488
Ceauşescu, Elena 612
Ceauşescu, Nicolae 34, 488, 538, 585, 595-596, 602, 608, 611-612, 627
Cebrián, Juan Luis 479
Chaban-Delmas, Jacques 181, 216, 332
Chalid, König von Saudi-Arabien 618
Chamberlain, Arthur Neville 595
Cheysson, Claude 272, 293, 298
Chirac, Jacques 182, 187, 190, 207, 223, 228, 235, 253, 258, 332
Chňoupek, Bohuslav 598
Chruschtschow, Nikita 37, 39, 95,

174, 330, 539, 583, 596, 603, 610, 618
Churchill, Winston S. 106, 116–117, 138, 141, 156, 178, 452, 625, 634–635
Clappier, Bernard 254, 256–257
Claudius, Matthias 13–14
Clausewitz, Carl von 166
Colbert, Jean Baptiste 188
Colombo, Emilio 211, 344
Conally, John 228
Conrad, Joseph 116
Constable, John 138
Corelli, Arcangelo 302
Cosgrave, Liam 112
Cossiga, Francesco 347, 352, 365–366
Coutinho, Rosa 485, 489
Couzens, Kenneth 256–257
Craxi, Bettino 274, 362
Croissant, Klaus 207
Cunhal, Alvaro 488–489, 494
Czyrek, Josef 552, 562
Czystowski, Andrzej 549
Czaja, Herbert 590

Davignon, Etienne 184, 376
Davout, Louis Nicolas 115
Dayan, Moshe 537, 617
Debré, Michel 146, 180–181, 187
Dedecius, Karl 549
Dehler, Thomas 560
Deist, Heinrich 238
Delors, Jacques 165, 223–224, 263, 266–268, 270, 272, 275, 290
Demirel, Süleyman 458, 503, 534
Deng Xiaoping 181, 544, 584
Denktasch, Rauf A. 533–534
Dönhoff, Marion Gräfin 549
Dönitz, Karl 418
Döpfner, Julius 524, 530, 556
Dolanc, Stane 621
Douglas Home, Alexander 128, 130
Drees, Willem 400
Duden, Marianne 24
Dürer, Albrecht 353, 392
Dürrenmatt, Friedrich 514
Dubček, Alexander 586–587, 592, 596–599
Duisenberg, Wim 399

Eanes, Ramalho 490–491
Ecevit, Bülent 458, 534
Eden, Anthony 106
Eggers, Karin 24
Egmont, Lamoral Graf von 372
Ehmke, Horst 453
Einaudi, Luigi 358
Elgar, Edgar 130
Elizabeth II., Königin von England 63
Elizabeth, Königinmutter 119
Emminger, Otmar 249, 252
Engelhard, Hans A. 552
Engels, Friedrich 56
Engholm, Björn 303
Erasmus von Rotterdam 380, 392
Erhard, Ludwig 58, 121, 161–162, 178, 214, 238, 251, 270, 306, 309, 564, 594, 597
Erlander, Tage 434, 437, 515
Erler, Fritz 37, 134, 169
Ertl, Josef 190
Eschenbach, Christoph 125, 520
Eucken, Walter 584

Fabiola, Königin von Belgien 376
Fabius, Laurent 235
Fälldin, Thorbjörn 407
Fahd, König von Saudi-Arbien 617
Faure, Edgar 216
Faure, Maurice 182
Fekete, János 610
Feldt, Kjell-Olof 436
Ferraris, Luigi Vittorio Graf 366–367
Fischer, Jens 23

Fischer, Oskar 79, 82-84, 92
Fischer, Per 194
Fisher, Irving 269
Fontaine, André 182
Fontane, Theodor 33, 77, 103
Forck, Gottfried 65
Ford, Betty 216
Ford, Gerald R. 18, 23, 63, 134, 142, 194, 198, 200-201, 420, 487, 497, 501
Fostervoll, Alv Jakob 417
Fourcade, Jean-Pierre 194
Franco, Francisco 405, 447-448, 463-466, 468, 475, 477, 480
François-Poncet, André 211, 257
Frank, Anne 394
Frank, Paul 23
Franke, Egon 23, 62, 79, 82
Frantz, Justus 23, 125, 520
Friedrich, Caspar David 33
Friedrich der Große 33, 124
Friedman, Milton 269
Frings, Joseph 524
Frisch, Max 514, 520
Fukuda, Takeo 521, 532
Furgler, Kurt 514-515

Gablentz, Otto von der 23, 298, 403, 562
Gaitskell, Hugh 117, 130
Gallén-Kallela, Axel 441
Gallois, Pierre 182
Galsworthy, John 116
Gasperi, Alice de 365
Gaulle, Charles de 106, 108, 140, 160, 162, 168, 173-174, 176, 178-184, 189, 192, 195, 217-218, 220, 236, 277-279, 285, 287, 289, 301, 305-310, 314, 319, 325, 329, 332-334, 352, 457, 502, 635
Gaus, Günter 39, 71, 73, 562
Galvan, Tierno 477
Geibel, Emanuel 303
Geiger, Lennart 439
Genscher, Hans-Dietrich 84, 130, 134, 194, 211, 235, 287, 458, 497, 500-501, 507, 542, 546, 598, 617
Ghadaffi, Muammer al 347-348, 616
Gierek, Edward 71, 74, 205-206, 296, 497, 530, 537, 541-546, 549, 551-552, 555, 561-563, 565-568, 570, 572, 574, 585, 609-610
Gierkowa, Stanislawa 216
Giscard d'Estaing, Anne-Aymone 215-216
Giscard d'Estaing, Valéry 23, 105, 112, 129, 134, 138, 142, 151, 156-157, 160, 162-163, 182-187, 189-198, 200-202, 204-213, 215-220, 222-223, 229, 234-235, 238-240, 244, 247-250, 253-259, 261-263, 272, 274-275, 277-278, 280, 284-285, 287, 299-301, 305-312, 314-315, 320, 324, 332-334, 344, 347-348, 364, 383, 390, 429, 437, 459, 489, 501, 519, 566, 634
Glaser, Hermann 187, 466
Glemp, Józef 555, 565, 570
Göring, Hermann 115
Goethe, Johann Wolfgang von 49, 353, 371
Gogh, Vincent van 392
Goldmann, Nahum 216, 560, 617
Gomes, Costa 448, 484, 486-487, 489-490
Gomulka, Wladyslaw 296, 548-550, 563-564, 569, 572, 574
Gonçalves, Vasco dos Santos 448, 484-485, 489-490
Gonzalez, Felipe 266, 429, 464-465, 469, 471, 474, 476-479, 482, 492, 565
Goodpaster, Andrew J. 149
Gorbatschow, Michail S. 17-18, 54, 60-61, 65-67, 101, 125, 171, 178, 269, 327, 329, 333-334, 366, 434, 442, 444, 512-513, 539, 544, 564,

571-572, 583-584, 586, 597, 602, 627-630, 632, 644
Goulandris, Dolly 460
Grass, Günter 388, 452
Grieg, Edward 408, 423
Gromyko, Andrej A. 31, 402, 500
Groot, Hugo de 404
Grotewohl, Otto 66
Grosser, Alfred 182, 217
Grosz, Karoly 608
Grünewald, Matthias 353
Grundtvig, Nikolaj Frederik Sewerin 430
Guillaume, Günther 38, 44
Guiringaud, Louis de 211
Gunnarsson, Gunnar 416
Gustav Adolf, König von Schweden 410, 424
Guth, Wilfried 198
Guttenberg, Karl Theodor von und zu 178, 308
Gwynne-Jones, Alun 146, 152

Händel, Georg Friedrich 353
Haig, Alexander 280
Haldane of Cloan, Richard B. 115
Hallgrimsson, Geir 412
Hallstein, Walter 30
Hals, Frans 392
Hamsun, Knut 423
Harmel, Pierre 168-169, 374, 376
Hartling, Poul 425
Havasi, Ferenc 610-611
Havel, Václav 574, 587, 601-602
Hassner, Pierre 182
Healey, Denis 109-111, 117, 139-141, 146, 151, 154, 168
Heath, Edward (Ted) 105-106, 108-109, 128-130, 132, 140, 154, 156, 170, 183
Hegel, Georg Wilhelm Friedrich 53, 120
Heigert, Hans 93
Heimann, Eduard 638
Heinemann, Gustav 396, 616
Heinrich der Seefahrer 483
Held, Robert 303
Hemmerle, Klaus 205
Hempel, Johannes 65
Hengsbach, Franz 524
Hillegaart, Heinz 437, 439
Hindenburg, Paul von 119, 463
Hirsch, Helga 23
Hitler, Adolf 14-15, 34-35, 37, 52-55, 57, 99, 114-115, 119, 149, 156, 166, 208, 330, 333, 417-418, 423-424, 440, 448, 505-506, 528, 547, 550-551, 573, 579, 595, 602, 617
Hodscha, Enver 511, 581
Hoeffel, Daniel 208
Höffner, Joseph 521, 555-556
Höynck, Wilhelm 23
Holbein, Hans 392
Homer 450
Honecker, Erich 16, 18, 31-34, 36, 38-48, 57-58, 60-63, 65, 68-74, 77-88, 92-95, 101, 288-289, 480, 488, 497-498, 505, 518, 555, 574, 585, 608-609, 627
Horthy, Nikolaus 602
Howe, Geoffrey 165, 168
Hua Guofeng 612
Hunt, John 198
Huntzinger, Jacques 293
Huonker, Günter 77, 461
Hus, Johann 588
Husák, Gustav 581, 585, 587, 597-600, 627

Ibsen, Henrik 423
Ioannidis, Dimitros 452
Indra, Alois 587
Iribarne, Fraga 479

Jacobson, Max 444
Jakeš, Milos 581, 587, 597
Jaksch, Wenzel 590, 595

Jaroszewicz, Pjotr 542, 555, 562-563, 570
Jaruzelski, Wojciech 77, 86, 292 296, 563, 568-574, 604, 610
Jean, Großherzog von Luxemburg 384
Jenkins, Roy 108, 133, 135, 249-250, 255, 429
Jobert, Michel 156, 186
Johannes XXIII., Papst 523, 527
Johannes Paul I., Papst 528
Johannes Paul II., Papst 365, 394, 475, 522-528, 530-533, 556, 565, 571
Johnson, Lyndon B. 178, 309
Jørgensen, Anker 254-255, 272, 425-426, 429, 434, 437
Jotti, Milda 572
Juan Carlos I., König von Spanien 447, 463-466, 468-469, 471-472, 480, 482
Juliane, Königin von Holland 393

Kádár, János 581, 585, 603-606, 608-610, 627
Kálmán, Emmerich 611
Kania, Stanislaw 74, 77, 292, 296, 563, 568, 570, 626
Kant, Immanuel 120, 638, 643
Karajan, Herbert von 520
Karamanlis, Konstantinos 213, 453-454, 456-461, 534
Karl der Große 205
Karl IV. 52
Karl V. 372, 382
Kekkonen, Urho 39, 441, 443, 498
Keller, Gottfried 514
Kempski, Hans-Ulrich 498
Kennedy, John F. 174, 178, 285, 307, 309
Kenojuak, Ashevak 414
Keynes, John Maynard 116, 153, 166, 269
Kiesinger, Kurt Georg 30, 91, 121, 176, 509, 595
Kirchner, Ernst Ludwig 514
Kissinger, Henry A. 158, 180, 485, 487, 501, 516, 635
Klasen, Karl 183, 252, 340, 344, 456
Kleist, Heinrich von 637
Kleppe, Margareta 422
Kleppe, Per 422
Klerides, Glafkos John 534
Klicka, Otakar 591, 595
Kluncker, Heinz 479
Knut der Große, König von Dänemark 424
Kodály, Zoltan 611
König, Franz 521, 532, 556
Köppler, Heinrich 555
Körber, Kurt 371
Koestler, Arthur 585
Kohl, Helmut 30, 37, 57, 63, 72, 82, 91, 93-94, 97, 134, 211, 235, 252, 258, 262, 264, 268, 304, 322-324, 396, 540, 546, 551-552, 555, 561, 571, 574, 579, 610, 633
Kohnstam, Max 400
Kok, Wim 397
Koll, Otto 556
Kollek, Teddy 637
Kollwitz, Käthe 87
Koniecki, Dieter 23, 469
Konstantin II., König von Griechenland 447
Kossygin, Alexej N. 83, 594
Koucký, Vladimir 591, 595
Krag, Jens Otto 425
Kreisky, Bruno 73, 437, 515-516, 518-520, 609
Krenz, Egon 16, 101
Kriegel, František, 591, 594-595, 597, 599
Krockow, Christian Graf von 103
Krüger-Penski, Birgit 24
Krzeminski, Adam 578

Läubin, Bernhard 302
Lahn, Lothar 23
Lahnstein, Manfred 23, 256, 258, 288, 298
Laird, Melvin 140
Lambsdorff, Otto Graf 79, 82, 229, 251
Lange, Oskar 584
Larosière, Jacques de 224
Lassalle, Ferdinand 574
Lawson, Nigel 168
Laxness, Halldor 416
Lazar, György 610–611
Leber, Georg 145, 530–531, 543, 592
Leber, Julius 54
Léhar, Franz 611
Lemnitzer, Lyman L. 181
Lenin, Wladimir I. 32, 57, 185, 488, 596, 626, 634, 641
Lenz, Siegfried 24, 53, 552
Leone, Giovanni 347
Leuschner, Wilhelm 54
Leutwiler, Fritz 514
Lever, Harold 111, 159
Liebermann, Rolf 216
Liddell Hart, Basil Henry 146
Loah, Ruth 24
Löwenthal, Richard 584
Lorenz, Peter 346, 438
Lubbers, Ruud 401, 405
Luckhardt, Karl-Heinz 407
Ludlow, Peter 249
Ludwig IX., König von Frankreich 257
Ludwig XIV., König von Frankreich 188, 333
Lücke, Paul 128
Lueg, Ernst Dieter 510
Lully, Jean Baptiste 302–303
Luns, Joseph 142, 374
Lustiger, Jean Marie 217
Luther, Martin 203, 380, 392
Luxemburg, Rosa 54
Lynch, John Mary 254

Macmillan, Harold 106, 109, 128, 130
Maizière, Lothar de 103
Maizière, Ulrich de 103, 149, 153
Makarios II. 460, 522, 533–534, 536–537
Mangakis, Georgios 453
Manley, Michael 422
Mann, Heinrich 103–104
Mann, Thomas 302, 514
Mannerheim, Carl Gustav 441
Mao Zedong 511, 626, 634
Marchais, Georges 273, 275, 472
Marchand, Jean-Noël 302
Margarete, Königin von Dänemark 424
Marjolin, Robert 216, 224
Marquet, Albert 205
Marshall, George C. 116, 634
Martens, Wilfried 373, 378, 402, 405
Marx, Karl 32, 48, 46–57, 120, 166, 582–584, 634
Mary, Königinmutter 119
Mason, Roy 111
Masowiecki, Tadeusz 563, 565, 574
Masowien, Konrad von 577
Massu, Jacques 179
Matthöfer, Hans 23, 165, 251, 256–258, 287, 290, 491–492
Mauroy, Pierre 223–226, 229–235, 238, 263, 272, 286, 298
McArthur, Douglas 318
Meinhof, Ulrike 438
Meisner, Joachim 65
Mende, Erich 594, 597
Mendès-France, Pierre 182, 216
Menge, Marlies 88
Menuhin, Yehudi 121
Mertes, Alois 86

Messmer, Pierre 216
Mies van der Rohe, Ludwig 121
Miezko I., Piastenkönig 578
Miki, Takeo 198
Milans del Bosch, Jaime 475
Mill, John Stuart 269
Milosevic, Slobodan 624–625
Mirbach, Andreas von 437
Mischnick, Wolfgang 438, 552
Mittag, Günter 79, 82–84
Mitterrand, Danielle 216, 291, 300–302
Mitterrand, François 97, 162, 172, 181–182, 188–189, 207, 209, 222–224, 229–230, 234–238, 240, 244, 247, 258, 263, 272–280, 282–292, 294–306, 308–309, 315, 321–324, 332–334, 338, 413, 428–429, 437, 478, 519, 574
Mladenov, Peter 614
Mlynář, Zdeněk 586
Modrow, Hans 16
Möller, Alex 34, 145, 208, 238, 264, 521
Mörike, Eduard 593
Mollet, Guy 274
Moltke, Helmuth von 173
Mommsen, Ernst Wolf 153, 453, 459
Momper, Walter 105
Monnet, Jean 117, 182, 184–185, 216, 254, 333, 400, 634
Moore, Henry 121–122, 124–125
Moro, Aldo 339, 343, 345–347, 362, 366
Mozart, Wolfgang Amadeus 353, 520
Müller-Hermann, Ernst 383
Mugabe, Robert G. 142
Munch, Edvard 423
Mussolini, Benito 337, 448
Muzurewa, Abel 142

Napoleon I. 14, 35, 49, 115, 217, 333, 372, 394, 404, 432, 509
Nágy, Imre 603–604, 608
Nassau-Oranien, Wilhelm von 372
Nasser, Gamal Abdel 616, 622
Nell-Breuning, Oswald von 521, 525
Nehru, Jawaharlal 622
Nier, Kurt 39
Nietzsche, Friedrich 96
Nixon, Richard M. 140, 180, 228, 612, 622
Nkomo, Joshua 142
Nobile, Umberto 421
Nolde, Emil 423
Nordli, Odvar 416, 418, 421–422
North, Oliver 463
Noske, Gustav 145
Novotna, Irina 591–592
Novotny, Antonin 590
Novotny, Václav 591–592
Nowottny, Friedrich 86

Obasanjo, Olusegun 422
Ohlig, Fritz 560
Olav V., König von Norwegen 421
Ollenhauer, Erich 134
Olszowski, Stefan 542, 546, 552
Ornano, Michel d' 194
Ortega y Gasset, José 480, 482
Otto, Werner 371
Owen, David 133

Paaskivi, Juho Kusti 441
Pahlevi, Mohammed Reza 566, 612, 617
Palme, Olof 346, 407, 428, 434, 436–440, 462, 515
Palmer, Lilli 520
Palmerston, Henry John Temple 182
Papadopoulos, Georgios 448, 452–453, 462
Papandreou, Andreas 213, 453, 457, 461–463
Papandreou, Georgios 461

Pattakos, Stylianos 448
Patton, George S. 318
Paul VI., Papst 523-527, 531, 609
Pearson, Lester 536
Pelikán, Jiři 586
Pertini, Alessandro 337-338, 347, 352
Petain, Philippe 604
Perez, Shimon 617
Perikles 450, 452, 463
Pflimlin, Pierre 182, 216
Philipp II., König von Spanien 372
Pińkowski, Józef 563, 570
Pinochet, Augusto 34
Pintasilgo, Maria de Lourdes 490
Platon 120
Pleß, Helmut 114
Plessner, Helmuth 49
Pleven, René 185
Podgorny, Nikolai W. 620
Pöhl, Karl Otto 552
Pohle, Rolf 459
Pompidou, Georges 108, 156, 168, 181, 183-184, 186-187, 189, 223 277, 305-306, 308, 314, 344
Poniatowski, Michel Casimir 194
Ponto, Jürgen 545
Popper, Karl 120-121, 125, 184, 521, 585
Puccini, Giacomo 354

Quisling, Vidkun 423, 604

Raeder, Erich 418
Rákosi, Mátyás 604, 627
Rakowski, Mieczyslaw 552, 565, 571
Rapacki, Adam 151, 547-549
Rathke, Heinrich 87-88
Ratzinger, Josef 524, 531
Reagan, Ronald 118, 166, 169-171, 181, 205-206, 210, 222, 228, 234, 243, 274, 284-285, 288, 297-298, 300, 305, 327, 340, 398, 404, 420, 425-426, 443, 512, 519, 538, 571
Reiche, Hans-Joachim 86
Rembrandt 392
Rényi, Peter 610
Reuter, Edzard 94
Reuter, Ernst 64, 94, 104
Ricardo, David 116, 269
Rilke, Rainer Maria 593
Ritzel, Gerhard 23
Rocard, Michel 182, 216, 223-224, 235, 272, 332
Röder, Franz Josef 546
Röhl, Uwe 302
Ronneburger, Uwe 91
Rossini, Gioacchino 354
Rovan, Joseph 182, 217
Rubens, Peter Paul 372
Ruf, Sepp 121
Ruhfus, Jürgen 23, 562
Ruhnau, Heinz 438
Rumor, Mariano 339, 343, 345

Sacharow, Andrej A. 18
Sadat, Anwar el 23, 291, 338, 537, 612, 616-617
Sadat, Gihan el 216
Salazar, Antonio 447-448, 492
Sanne, Carl-Werner 39, 562
Sauvagnargues, Jean Victor 194, 211, 501
Sauzay, Brigitte 217
Schäuble, Wolfgang 24
Schalk-Golodkowski, Alexander 39
Scheel, Walter 52, 181, 235, 383, 541-543, 598
Schell, Maximilian 601
Scheer, Hermann 492
Schiller, Friedrich 49, 353, 371
Schiller, Karl 144, 183, 238, 252, 270, 565
Schimberni, Mario 369
Schinkel, Karl Friedrich 33
Schiwkoff, Todor 585, 613-614, 627
Schiwkowa, Ludmilla 613-614
Schleicher, Kurt von 463

Schleyer, Hanns Martin 207, 345, 526
Schlüter, Poul 96, 430
Schmarsow, Lieselotte 23, 92, 558, 560
Schmid, Carlo 37, 116, 194, 521
Schmidt, Adolf 552
Schmidt, Gustav 114, 119
Schmidt, Hannelore (Loki) 14, 23, 62-63, 77, 87, 101-102, 116, 122, 145, 183, 187, 205, 215-216, 257, 291, 295, 301, 337-338, 356, 371, 378-380, 410-412, 418, 420-422, 436-437, 459-460, 466, 482, 520, 549, 558, 567, 590-591, 611-613
Schmidt, Susanne 202, 590
Schönherr, Albrecht 65, 74, 521
Scholl-Latour, Peter 219
Schreiber, Hans-Joachim 545
Schröder, Gerhard 146, 420, 555, 595
Schröder, Louise 64
Schulmann, Horst 23, 254, 257
Schulz, Wolfgang 590
Schumacher, Kurt 20, 98, 117, 134, 508
Schuman, Robert 20, 117, 185, 333, 635
Seeckt, Hans von 144
Selbmann, Eugen 23
Sering, Paul 584
Shakespeare, William 116
Shaw, George Bernhard 116
Shultz, George 157, 192, 198
Sibelius, Jean 408
Sigismund, polnischer König 577-578
Sik, Ota 584, 586
Simjanin, Michail 629
Simonet, Henri 160-161, 402
Sinowatz, Fred 518, 520, 611
Slessor, John 146
Smetana, Bedřich 593
Smith, Adam 116
Smrkovský, Josef 599
Soares, Mario 483, 487, 489-492, 494
Solon 450
Sommer, Theo 153, 453, 459
Sorsa, Kalevi 407, 426, 437, 443-444
Sotello, Calvo 465, 476, 482
Spaak, Paul Henri 374, 376
Späth, Lothar 91
Spadolini, Giovanni 365
Spínola, António de 483-484, 486
Staden, Berndt von 23, 298, 562
Stalin, Jossif W. 17, 21, 34, 54, 58, 99, 166, 172, 330, 440-441, 448, 488, 503, 539, 547, 583-584, 620-622, 626-627, 638
Stauffenberg, Claus von 54
Stehle, Hansjakob 571
Stern, Fritz 56
Stikker, Dirk 374
Stobbe, Dietrich 218, 609
Stoecker, Dietrich 437
Stödter, Rolf 301
Stoel, Max van der 394
Stolpe, Manfred 102
Stoltenberg, Gerhard 407
Stoph, Willi 78, 83, 518
Stoß, Veit 556
Strauß, Franz Josef 57, 72, 82, 91, 178, 208, 219, 252, 258, 438, 511, 528, 546, 555, 610
Strehler, Giorgio 354
Štrougal, Lubomir 581, 597-598
Suarez, Adolfo 464-465, 467-471, 474, 476, 478-479
Sulzberger, Cyrus 494
Suslow, Michail 31
Swoboda, Ludvic 586, 597

Tarancón, Vicente 475
Tatu, Michel 333
Tejero, Antonio 465, 475

Telemann, Georg Philipp 302
Tell, Wilhelm 514
Thatcher, Margaret 97, 105-106, 108-109, 112-113, 119, 126, 128-129, 132, 134-136, 152, 154, 156, 160, 163-165, 168-171, 196, 274, 290, 301, 404
Thomas, Stephan 37
Thorn, Gaston 254, 257, 384-386, 390
Thoroddsen, Gunnar 413-415
Tichonow, Nikolai A. 83
Tidemand, Otto Grieg 416
Timmermans, Felix 380
Tindemans, Leo 254, 256, 373, 375-376, 378
Tito, Josip Broz 47, 68, 347, 489, 534, 565, 586, 596, 606, 609, 614-618, 620-622, 624
Tocqueville, Alexis Charles de 608, 634
Toepfer, Alfred 208, 379
Thersites 452
Togliatti, Palmiro 572
Toom, Nettie den 397
Toom, Willem den 149, 397
Toscanini, Arturo 354
Trudeau, Pierre 200-201, 422, 436, 536-537
Truman, Harry S. 634-635
Tschernenko, Konstantin 444, 538, 626
Tucholsky, Kurt 103

Ulbricht, Walter 32, 34, 37, 48, 54, 480, 488, 505, 574, 593, 596, 626
Ustinow, Peter 121
Uyl, Joop den 393, 397-398, 400-402, 405, 437

Veil, Simone 194, 213
Verdi, Giuseppe 354
Verheugen, Günter 492
Vetter, Heinz Oskar 197, 292
Völpel, Wolfgang 92
Vogel, Bernhard 208
Vogel, Hans-Jochen 571
Vogel, Wolfgang 39, 44, 48, 78
Voltaire 124
Vranitzky, Franz 518

Waldheim, Kurt 515
Walesa, Lech 539, 565, 570-571
Warburg, Eric M. 561
Wasa, Gustav 440
Weber, Max 397, 634
Weck, Roger de 23
Wehner, Herbert 16, 37, 39, 48, 62, 128, 145, 182, 438, 547, 551-552, 571, 604
Wehner, Margarete 560
Weichmann, Herbert 521
Weinberger, Caspar 570
Weisenfeld, Ernst 23
Weiß, Louise 216
Weizsäcker, Richard von 91, 555, 601-602
Well, Günther von 70
Werner, Pierre 184, 384-385
Wilde, Oscar 116
Wilhelm I. 173
Wilhelm II. 19, 53, 407
Wilhelm, Ruth 383
Williams, Shirley 133
Willoch, Kåre Isaachsen 407, 421
Wilson, Harold 105-106, 108-113, 119, 128-130, 132-133, 135, 139, 141, 152, 154, 156-160, 191, 196, 198, 428 437, 485, 501
Wischnewski, Hans-Jürgen 386, 412, 420, 518
Wladyslaw II. Jagiello 577
Wörner, Manfred 570
Wojna, Ryszard 552
Wojtyla, Karol s. Johannes Paul II.
Wrzaszcyk, Tadeusz 552, 562-563
Wyszynski, Stefan 555-556, 570, 609

Zeller, Klaus 23
Zhou Enlai 594
Zimmermann, Armin 149, 153
Zimmermann, Friedrich 91
Zolotas, Xenophon 456
Zuckmayer, Carl 104
Zundel, Rolf 291
Zylstra, Jelle 399

Abbildungsnachweis

Sämtliche Bildvorlagen stammen aus dem Privatarchiv Helmut Schmidts. Folgende Rechteinhaber konnten ermittelt werden:

AP: 131 oben; dpa: 59 unten, 341 unten, 342 oben, 342 unten, 387 unten, 409 unten, 435 oben, 493, 589; Keystone: 90 oben; Presse- und Informationsamt der Bundesregierung: 75 oben, 123 oben, 131 unten, 137, 147 unten, 148 unten, 177, 199 oben, 199 unten, 221 oben, 221 unten, 241 oben, 241 unten, 313 oben, 341 oben, 359 unten, 360 oben, 360 unten, 377, 387 oben, 395, 419 oben, 419 unten, 427 oben, 427 unten, 473 unten, 481, 499 unten, 517 oben, 517 unten, 529, 554 unten; Süddeutscher Verlag: 59 oben.

Helmut Schmidt

Menschen und Mächte

Helmut Schmidts Memoirenbuch »Menschen und Mächte« ist mit über 420 000 verkauften Exemplaren der Originalausgabe der spektakulärste Memoirenerfolg der Nachkriegszeit geworden und in nahezu allen Weltsprachen erschienen. Dabei hat Helmut Schmidt nie zu den Politikern gehört, die viel von ihrem Privaten freigeben, er ist ganz in seinem Dienst aufgegangen. Der Mann und das Amt waren eins. Und der Staatsmann Helmut Schmidt spricht in diesem Band von den Mächten und Menschen, die als Partner und Gegenspieler sein politisches Leben bestimmten.

Die Sprache dieses Buches, das aus Erinnerungen und Erfahrungen ableitet und das Nachdenken über weltpolitische Gegenwart immer wieder an ganz konkrete Erlebnisse knüpft, trägt die unverkennbare Diktion Helmut Schmidts. Der Leser sieht, während er der Erzählung folgt, Schmidt auf der Bühne des Bundestages wie an den Tischen der internationalen Konferenzen, hört seine präzise und beherrschte Stimme.

Dies ist eines der großen politischen Bücher dieser Jahrzehnte, geschrieben von einem Mann, dem es nicht um die Schnörkel der Anekdoten, sondern um den Sinn der Geschichte geht.

»Schmidt ist ein guter Schreiber, ein scharfer Analytiker, und er liebt es, in großen Zusammenhängen zu operieren.«
NDR

Ein Siedler Buch bei Goldmann
ISBN 3-442-12800-5

Geheimnisvoll und rätselhaft ist China stets gewesen. Schon Marco Polo fand, daß man eigentlich im Reich der Mitte nichts begreife.

Peter Scholl-Latour, seit 40 Jahren einer der besten Kenner Ostasiens, stellt die schockierenden Ereignisse vom Frühjahr 1989 vor den Hintergrund einer 4000jährigen Geschichte. Nach der blutigen Unterdrückung der Studentenrevolte auf dem Tian-An-men ist er wieder lange durch diese geheimnisvolle Welt gereist. Er hat nichts so gefunden, wie die staatliche Propaganda es darstellt, aber auch nichts so, wie die westlichen Leitartikler es schildern. Alles war ganz anders, und alles war fremdartig.

Über dem Land liegt ein merkwürdiges, fast alarmierendes Schweigen. Aber war es nicht Jahrtausende so? »Zittere und gehorche!« – wie die Dekrete der Kaiser einst schlossen?

320 Seiten, Leinen

Siedler